LES FEMMES
DE HEART SPRING MOUNTAIN

ROBIN MACARTHUR

LES FEMMES DE HEART SPRING MOUNTAIN

roman

Traduit de l'américain
par France Camus-Pichon

TERRES D'AMÉRIQUE

ALBIN MICHEL

« Terres d'Amérique »

Collection dirigée par Francis Geffard

Édition originale américaine parue sous le titre :
HEART SPRING MOUNTAIN
Publiée par Ecco, une maison du groupe HarperCollins Publishers
à New York, États-Unis

Pour mes enfants, et pour leurs enfants

« La terre est un être qui se souvient de tout.
Vous aurez à répondre devant vos enfants,
devant leurs enfants,
Et devant les enfants de leurs enfants. »

Joy Harjo,
Conflict Resolution For Holy Beings

« Sois comme le renard
qui laisse plus de traces que nécessaire,
et certaines pour égarer.
Pratique la résurrection. »

Wendell Berry,
Manifesto : The Mad Farmer Liberation Front

PROLOGUE

Bonnie

2011

28 août, 16 heures

Les branches des érables et des chênes cinglent les vitres, les sirènes hurlent dans toute la ville. Une heure que l'électricité est coupée, et tout ce que voient Bonnie et Dean, ce sont ces branches aux feuilles tachetées, battues par le vent, et cette pluie torrentielle. Un ouragan ! Les infos l'ont annoncé, il est là. Et bien là.

« Tiens, bébé, c'est pour toi. » Dean tend la seringue à Bonnie. Assise sur le canapé, elle tremble, n'a pas faim, se demande si elle ne va pas vomir dans l'évier de la cuisine. Au lieu de quoi elle retrousse la manche de sa chemise de nuit, se fait un garrot autour du bras gauche avec l'élastique, cherche une veine pas trop dure. Elle y enfonce l'aiguille. Ah ! Cette vague de chaleur immédiate, ce souffle tiède.

La tête en arrière posée sur le coussin du canapé, elle ferme les yeux. Les pavots d'Afghanistan : elle les imagine oscillant dans un champ aux couleurs vives. La source mystérieuse de ce tour de magie. Bonnie sourit, elle redevient une jeune mère : Vale dans ses bras, tournoyant au bord d'un lac, un feu d'artifice au loin, elle rit. Elle enfouit son menton dans le cou grassouillet de sa fille et hume l'odeur de lait aigrelet – de yaourt fait maison.

Divin, pense-t-elle, radieuse, les paupières closes, écoutant les rafales de vent.

« Je vais me tremper les pieds dans l'eau, dit-elle à Dean en se levant du canapé. Explorer les éléments déchaînés ! » Il acquiesce de la tête en alignant des petits sachets d'héroïne et de fentanyl sur la table. Bonnie retire sa chemise de nuit, enfile un jean et un sweat-shirt, celui avec un loup rose fluo sur le devant, glisse ses pieds nus dans ses Reebok. Depuis quand les a-t-elle, ces baskets ? Celles de Patti Smith. De Joan Jett, putain. Elle éclate de rire, se regarde dans le miroir. Qu'est-il arrivé à son visage ? Grêlé. Émacié. Le fantôme de celui d'avant.

« À plus ! » lance-t-elle à Dean, sortant de l'appartement et descendant les trois étages par l'escalier extérieur.

Les eaux de Silver Creek, qui d'habitude s'écoulent paresseusement cinq ou six mètres plus loin, ont recouvert la rive cimentée et envahi le parking, elles viennent lécher les semelles des baskets de Bonnie. « De l'eau bénite », murmure-t-elle en s'agenouillant pour la toucher. Elle est froide, et de la même teinte orangée que la rouille – Bonnie n'a jamais vu d'eau de cette couleur. Le niveau est monté de trois mètres au moins, peut-être cinq. Elle déferle sur les fenêtres du sous-sol de l'autre côté de l'immeuble, dans un rugissement assourdissant.

En face, debout sur le toit de sa maison, une femme prend des photos. Elle salue Bonnie de la main, lui crie quelque chose d'inaudible, et Bonnie lui fait signe à son tour. Avec un grand sourire. Elle oblique pour marcher parallèlement à la rivière.

Un tonneau passe à toute allure. Puis un camion d'enfant en plastique. Trois pneus de voiture.

Un ouragan ! Exactement comme ils l'ont annoncé aux infos. Bonnie et Dean avaient rempli la baignoire et guetté toute la journée les premières rafales, or le temps était calme, d'une douceur étrange : seulement une pluie incessante, et les branches d'arbre qui heurtaient doucement les fenêtres. Mais la rivière – qui pouvait savoir ? Cette tempête, tout le monde l'attendait. Bonnie fait quelques pas de danse, le corps tiède, électrique.

Elle s'engage sur le pont d'Estey Street – piles en béton, garde-corps en acier peints en vert – et reste debout au milieu, affrontant la montée des eaux, les bras grands ouverts. Comme Jésus sur la Croix, songe-t-elle, offrant son visage à la pluie.

Jésus, elle l'a trouvé depuis peu. Dans l'église en béton à la sortie de la ville où elle va parfois le dimanche, le prêtre clame, de toute sa hauteur : « Car vous avez été sauvés par la grâce de votre foi ! », ses yeux bleus lançant des éclairs.

Assise au dernier rang, la tête entre les mains, elle acquiesce en silence.

Là, elle regarde en amont de la rivière bouillonnante. La pluie ruisselle sur ses joues, sur son cou, sur ses lèvres, s'insinue sous le col de son sweat-shirt. Une pluie chaude ! Une pluie qui a le parfum des Bahamas. Le parfum du Sud. Comme dans cette ville où vit sa fille – trop loin d'elle. Bonnie renverse la tête en arrière, sourit de toutes ses dents, laisse l'eau couler jusque sur sa langue. « Celui qui boira l'eau que je lui donnerai n'aura plus jamais soif », dit l'Évangile.

Bonnie a écrit cette phrase au feutre noir sur son mur.

« C'est dingue, mon bébé ! » hurle-t-elle dans ce tintamarre monstre, imaginant que la même pluie ruisselle sur le cou et la poitrine de Vale à La Nouvelle-Orléans. Les eaux de Silver Creek lui répondent. Un mugissement grave et triomphant. L'asphalte vibre sous ses pieds. Bonnie rit. Et murmure : « Eau bénite », le cœur battant à tout rompre dans sa cage thoracique.

I

LA RIVIÈRE

Vale

2011

28 août

À La Nouvelle-Orléans, Vale est en train de servir au bar – un trait de tonic à la lavande dans du gin aromatisé, un geste saccadé du poignet, du cuir carmin, « Diva » de Beyoncé qui jaillit des enceintes poussiéreuses dans un coin de la salle – quand elle reçoit l'appel de Deb : « Rivière en crue… Un pont… Ta mère… »

Depuis vingt-quatre heures elle suit la tempête à la télé. L'ouragan Irene a atteint le New Jersey la veille au soir, arrachant les arbres, causant des inondations, faisant sept morts. Un million et demi de personnes sans électricité. Il s'est ensuite abattu sur Long Island – routes, maisons et rues détruites, les stations d'épuration qui débordent à Long Beach. Puis il s'est dirigé vers le nord et la Nouvelle-Angleterre, où il a perdu de son intensité avant d'être rétrogradé en tempête tropicale. De fortes pluies seulement, d'après les journaux télévisés. Le vent tombait. Soupirs de soulagement au bar. « Le bébé s'endort », a chuchoté Monty, la main à plat sur l'acajou du comptoir criblé de brûlures de cigarette, en regardant les images des opérations de recherche et de secours sur la côte du New Jersey. Vale entend encore Moe, le pianiste qui vient le jeudi, déclarer : « Un jour, quelqu'un fera de ce bar une guitare. » Elle n'était pas là au moment de Katrina, mais les traces du traumatisme se sont infiltrées au plus profond d'elle-même, dans cette ville où l'on connaît trop bien la puissance du vent et de la pluie. À l'approche d'une tempête, un bourdonnement électrique, angoissé, emplit l'air. On met la musique plus fort. On picole trop. On danse plus sauvagement. Chaque jour, on attend le prochain ouragan, le *Big One* ; la question n'est pas de savoir « si », mais « quand ». Ce soir, Vale prépare cocktail sur cocktail, et comme tous les clients de ce bar du Faubourg Marigny, elle soupire de soulagement en pensant à leurs frères de Brooklyn, du Queens. Affreux. Destructeur. Oui. Mais moins que prévu, et de loin. La fin du monde n'est pas pour tout de suite.

Le bar est bondé, et elle aime les mouvements saccadés qui s'emparent de son corps durant ces soirées animées. Elle s'offre quelques shots, danse au ralenti sur la musique de Shorty, de Missy, de Kanye.

Mais plus tard ce soir-là, vers vingt-trois heures trente, affluent d'autres images : des vidéos tournées en Nouvelle-Angleterre avec des téléphones portables. Oui, le vent est tombé, mais aux dernières nouvelles, la pluie a redoublé. Sur l'écran, des scènes de routes éventrées, d'arbres abattus. « Imagine un peu les fantômes sortant de terre », dit Monty qui, quatre jours après

Katrina, avait retrouvé le cadavre boursouflé de son cousin sous un mètre d'eau dans la maison où il avait vu le jour. Vale trinque, son verre à elle contre son bourbon à lui : « Ils s'en sortiront, là-haut », assure-t-elle. Elle vient du Vermont – d'un appartement aux murs bleus surplombant la rivière. Les ouragans ne montent pas jusque-là. C'est l'un de ces lieux étrangement épargnés : par les araignées et les serpents venimeux, les tornades, les tremblements de terre, les glissements de terrain. Mais le plan suivant montre un mobile home – revêtement de plastique vert, volets noirs – emporté par les flots. « Merde », murmure-t-elle, passant un énième verre de Maker's Mark à Monty, qui commence à trembler sérieusement. Bonnie, la mère de Vale, vit justement dans l'une de ces villes en bordure de rivière qui sont actuellement dévastées par les inondations. Avec la tempête, toujours d'après la télé, il est tombé en huit heures l'équivalent de trente centimètres de pluie. Les cours d'eau sont sortis de leur lit. La crue a atteint des sommets. Sur les images, un pont couvert plus de deux fois centenaire s'écroule et disparaît dans les flots. Vale prend son portable et appelle le fixe de Bonnie, mais la ligne est coupée.

Elle reçoit une heure plus tard l'appel de Deb, sa tante, presque une inconnue désormais. Sa voix est rauque, à peine audible. Elle doit se trouver en haut du champ derrière la maison de Hazel, unique endroit de la ferme où les portables captent. « Pont… disparue… il y a huit heures », crie-t-elle, sa voix se brisant par intermittence.

Le sang de Vale se fige dans ses veines, glacé. Elle sort dans l'air tiède du dehors. Les branches d'un magnolia au tronc massif s'élèvent au-dessus d'elle. Des sirènes retentissent au loin. Elle a dû mal entendre. « Quoi ? »

Deb répète. Hurle pour couvrir le bruit de la pluie. La mère de Vale, explique-t-elle, est partie se promener en pleine tempête huit heures plus tôt. Elle a été aperçue par une voisine, marchant vers un pont qui s'est effondré, et n'est toujours pas rentrée. « On va la retrouver. J'en suis sûre », ajoute Deb, prononçant ce dernier mot avec une intonation montante, comme une question.

L'esprit de Vale enregistre ces images, qui composent lentement un tableau. Elle avait seize ans la première fois qu'elle a vu sa mère avec une seringue piquée dans le bras ; une baignoire à pattes de lion, du parquet, l'odeur de l'encens et de l'eau parfumée du bain. Une lente progression du vin à l'oxycodone, puis à l'héroïne, dans l'appartement aux murs bleus surplombant la rivière.

« D'accord », répond-elle avant de raccrocher. Elle aussi prenait des trucs à l'époque – des cachets de toutes sortes. À dix-huit ans, huit ans plus tôt, elle a tout arrêté, puis elle est partie de chez elle. Elle n'a pas revu sa mère depuis. Elle lève les yeux pour admirer les branches du magnolia. Appuie son front contre le tronc massif de l'arbre.

Elle adore cette ville – sa douce chaleur, sa musique, sa lumière. Et elle déteste sa ville natale – son silence, sa blancheur, ses nids-de-poule, les gens qu'elle y a laissés.

« Bonnie », murmure-t-elle.

Le lendemain matin, elle enfile ses bottes, met quelques affaires dans son sac à dos, retire de l'argent et part à pied vers la gare routière de Loyola Avenue.

Lena

1956

17 mai

Mes très chers pins,

Le mari de ma sœur a les yeux couleur de mousse, couleur de fougère. Jamais vu d'yeux de cette couleur, nulle part dans cette ville ni sur cette montagne, en tout cas. Couleur de terre et pailletés de lumière. J'habite l'ancienne cabane de chasse de mon grand-père, une seule pièce en sapin du Canada et en épicéa, encore imprégnée de l'odeur froide et humide du whisky et des peaux de cerf, où je garde mes livres sur les oiseaux, ce cahier, ainsi que les photos que j'ai découpées dans les magazines de pêche et de chasse, *Outdoor Life* ou *Field & Stream*. La guerre de Corée m'a pris mon père, et Lex, le mari de ma sœur, en est revenu distant, buvant trop, réticent à pelleter du fumier et à traire les vaches. Qui veut d'un monde pareil ? Malade de trop de tueries – radioactif.

Mon chez-moi ? Des couvertures de laine accrochées aux fenêtres pour lutter contre les courants d'air en hiver, un transistor qui diffuse Little Richard, Patsy Cline et Louis Armstrong. Des seaux d'eau de source alignés près de la porte, et Otie, ma chouette rayée ; c'est un mâle borgne, je l'ai trouvé sur la Route 100, un camion l'avait heurté et il respirait à peine. Je l'ai ramené à la maison par une fraîche nuit de mars, lui ai construit un nid à l'aide d'un vieux cageot de pommes, et deux mois plus tard il est toujours là, ne voyant que d'un œil, incapable de voler mais plein de vie.

« Plein de vie, Otie ! » je lui crie. Il ronronne d'aise. Je dis que c'est un mâle, car il est plus petit que d'autres chouettes que j'ai vues ; d'après mon manuel d'ornithologie, les mâles sont notablement plus petits que les femelles.

Il n'y a donc que lui et moi, et ces lettres que je griffonne pendant que Louis Armstrong chante « Mack the Knife » à la radio.

« Une souris, Otie ! » Hilare, je lui en tends une encore vivante, que j'ai prise au piège et que je tiens par la queue. Il n'en fait qu'une bouchée, remercie d'un clignement d'œil. Dans la journée, il reste perché sur mon épaule où que j'aille. Dans la grange, les prés, les bois. Partout, sauf près des maisons ou des villes – de tous ces regards froids et ces yeux innombrables. De leurs attentes écrasantes, auxquelles j'ai systématiquement échoué à répondre.

J'évite aussi la maison de ma sœur en contrebas. Ses parquets cirés, ses lignes droites, et le violon de Lex sur la terrasse de derrière, tard dans la nuit – des mélodies séculaires qui s'élèvent et se fondent dans le ciel.

Je ressemble au coyote à trois pattes qui vit tout près d'ici, celui qui traverse le pré tous les soirs, sans sortir de l'ombre.

Je ressemble aussi au matin, à l'aube, quand la brume monte de la vallée, au-dessus des arbres grillés par le soleil, au-dessus du verger, de Silver Creek et des pins – vous, mes amis – qui se dressent au sommet de la colline.

« Bonjour ! » vous dis-je en m'étirant. Des pins blancs : des dames au dos bien droit, charmeuses. Vous vous courbez sous le vent, chantez au plus fort des tempêtes, votre odeur est celle de la terre quand le soleil brille et celle du sucre quand il pleut. Vous entendez ça ? L'odeur du sucre quand il pleut.

J'interroge Otie. « Je suis bonne à quoi, mon ami ? » Il cligne de la paupière et consulte les arbres. Moi : vingt-sept ans. Et un œil qui dit merde à l'autre.

J'éclate de rire. J'emporte ma tasse de café – noir, sans sucre – sur le bloc de granit devant ma porte, Otie près de moi. Le café me brûle les lèvres ; je les pince, sens leurs gerçures. Renverse la tête en arrière pour affronter le soleil. Hier soir, un ours est venu faire le tour de la poubelle, renifler la fosse à compost. Son odeur musquée flotte toujours dans l'air. Otie traverse le jardin en sautillant, jusqu'à ce qu'il trouve près de la porte des cabinets les crottes de l'ours encore fumantes, pleines de glands et de pépins de pommes de l'automne dernier.

« Bravo, Otie ! » je m'exclame en riant.

De la fumée s'élève de la ferme en contrebas. Et, discret mais indéniable, le son d'un violon. Lex, sans doute ivre alors que l'aube se lève à peine.

À vous, les arbres, je chuchote : « Va te coucher, Lex. » Vous frémissez en guise de réponse. Vous hochez la tête. Sans rien dire.

Vale

2011

29 août

L'Alabama. Le Tennessee. La Virginie.

Des usines. Des mines à ciel ouvert. Des montagnes bleutées.

Des panneaux publicitaires pour un motel, le Smoky Mountain Motor Lodge, d'autres pour Dollywood, le parc d'attractions appartenant à Dolly Parton. « Je voudrais bien des nichons comme les siens, bon sang ! » disait Bonnie avec convoitise sur le canapé où Vale et elle regardaient chanter la star de la country sur la scène du *Grand Ole Opry*. « De vraies merveilles siliconées. Pas comme les seins tout riquiqui de ta vieille mère. » Riant et embrassant les cheveux de sa fille, buvant son chardonnay à petites gorgées. Vale a sept ans. Elle se pelotonne sur les genoux de sa mère – l'endroit qu'elle préfère au monde, avec son parfum de lavande et de sel, toujours bien chaud. « Toi et moi, mon bébé », chuchote Bonnie, prenant dans ses mains les pieds de la fillette, les amenant sur ses genoux, les caressant lentement.

Le faisceau vacillant des phares du car. Le grondement des roues.

Plus tôt, Deb a appelé pour dire que la police et la National Guard poursuivent les recherches mais n'ont rien trouvé. Voix hachée, mauvaise réception.

« Ma mère n'est pas morte », murmure Vale.

Deb peut bien sembler sceptique, et certes huit ans ont passé, mais Vale sent encore la présence de Bonnie en ce monde. Des particules en suspension, quelque part : un pré gorgé d'eau ; le froid d'une grange ; une maison presque vide, fenêtres entrouvertes, près d'un bon feu.

Elle ferme les yeux.

Bonnie racontait souvent qu'à quatre ans, Vale lui avait posé cette question : « Tu sais comment on trouve de l'amour ? Quand tu es dans le ventre de ta maman, tu entends son cœur. C'est ça qui fabrique ton cœur à toi. Et quand tu sors de son ventre, tu as cet amour à l'intérieur de toi. Une maman est une usine à fabriquer de l'amour. »

Bonnie, un sourire jusqu'aux oreilles, avait alors pris Vale dans ses bras : « Une maman est la *seule* usine à fabriquer de l'amour ! »

Bonnie, écrit Vale en lettres fluorescentes sur le ciel noir de son esprit, alors que le car entre dans l'État du Vermont. Elle est choquée par l'étendue des dégâts : un garage détruit, un pin déraciné, une berline noire encastrée entre les branches basses d'un énorme chêne. Elle scrute lentement ce spectacle, à la recherche d'une silhouette familière : un mètre soixante-deux, chevelure brune, debout en train de marcher ou bien assise.

Elle consulte les titres de la presse locale sur son portable : 2 400 routes, 300 ponts et 800 maisons détruits ou endommagés dans tout l'État. Quelque 117 000 personnes privées d'électricité. Deux morts. Une disparue.

Une disparue, se répète Vale, contemplant par la vitre les rues de cette ville qu'elle a quittée huit ans plus tôt en jurant de ne jamais y remettre les pieds : *la mienne*.

L'employé de la gare routière de Nelson s'esclaffe quand Vale lui explique où elle veut aller : à une quinzaine de kilomètres de la ville, sur les hauteurs.

Il a un œil bleu et l'autre marron. Désigne, avec dédain les bottes de Vale : la finesse des semelles, le cuir fendillé.

Avec un haussement d'épaules, elle reprend son sac à dos d'un geste brusque, rejoint à pied le bord de la route et lève le pouce en espérant qu'une voiture la prendra.

Demain, elle ira dans l'appartement de sa mère surplombant la rivière, où Dean sera sans nul doute occupé à faire chauffer une pépite d'héroïne sur la cuisinière – cette odeur écœurante, douce-amère, de vinaigre. Demain, elle ira sur le pont où Bonnie a été vue pour la dernière fois.

Dans l'immédiat, il faut qu'elle mange et trouve un lit où dormir. Il faut qu'elle grimpe jusqu'à la vieille ferme de Hazel, celle où Bonnie a grandi. Cette maison – aux chambres blanches et glaciales, en pin maintes et maintes fois repeint de frais – où les ancêtres de Vale ont vécu deux siècles durant. Des visages maussades sur les vieilles photos, des bouches aux lèvres pincées. « Combien d'années on peut tenir sans joie, avant que tout ce bordel se casse la figure ? » demandait Bonnie des années plus tôt en chatouillant Vale et en riant.

Un vieil homme dans un pick-up rouge s'arrête à sa hauteur.

« Vous êtes à pied ? Les routes sont détruites. Impossible d'aller jusque là-bas ou d'en revenir. Je ne peux faire que la moitié du chemin. »

Vale hoche la tête. « Ça me va. » Elle monte dans le pick-up et consulte son portable. Un message de Freddie, le patron du bar, qu'elle n'a pas prévenu. « Tu es où, mon chou ? »

« Fichue tempête, dit l'homme. Une femme est portée disparue. Vous êtes au courant ? On ne l'a toujours pas retrouvée. »

Sans répondre, Vale glisse les mains sous ses cuisses pour les empêcher de trembler.

Ils laissent derrière eux la caserne des pompiers, les champs de maïs dévastés par la pluie – ceux où Vale se défonçait autrefois, allongée entre les hautes tiges ; le 7-Eleven où elle a volé des cigarettes, des bonbons, des bouteilles de vin. Elle avait seize ans ; elle planquait son butin sous son tee-shirt et arborait son plus joli sourire. Chaque parcelle de paysage recèle un souvenir qui lui donne un coup au cœur, y plante ses griffes. Elle tire sur le col de son pull, en quête d'un peu d'air.

Ils ne passent pas devant les ruines du pont aux garde-corps verts, ni devant l'appartement surplombant la rivière où vit Bonnie, mais Vale reste en alerte.

La dernière fois qu'elle a vu sa mère, c'était dans cet appartement. Des ecchymoses couleur prune sur toute la longueur de ses bras. Cinquante kilos à peine. Vale lui avait annoncé qu'elle partait pour ne plus revenir. À l'époque, leur assistante sociale lui avait dit : « Votre mère a sa vie, vous la vôtre. » Bonnie avait accompagné Vale à la porte, lui avait tendu un sac plastique. À l'intérieur, deux oranges et quelques photos. Puis elle lui avait serré le bras trop longtemps ; quand Vale avait fini par se dégager, elle s'était retrouvée avec des cheveux de Bonnie dans les mains.

Le pick-up dépasse un mobile home jaune moutarde, couché sur le côté à une quinzaine de mètres de la rivière. Un rideau rose qui claque au vent par une vitre brisée, un soutien-gorge suspendu à une branche d'arbre.

Vale se fige. Non, ça ne peut pas être à Bonnie.

À La Nouvelle-Orléans, elle tient le bar trois soirs par semaine et travaille comme strip-teaseuse les deux autres. Des numéros similaires, en un sens : se déguiser, se maquiller, faire le show, avec brio. Ses spécialités de cocktails contiennent une pointe de sauge, de lavande, de rose. Ses strip-teases : poses provocantes, rythme, séduction, retenue. Jamais elle n'a parlé à Bonnie de la boîte de strip-tease. Du fait qu'elle peut gagner quatre cents dollars en une soirée.

Pas plus qu'elle ne parle de Bonnie à ses amis de La Nouvelle-Orléans. De seringues, de veines trop dures ou d'usine à fabriquer de l'amour. Ni à Shante, ni à Freddie, ni à Jack. À personne de cette boîte où elle danse et virevolte, ondule des hanches, laisse voir les mamelons sombres de ses seins, un seul à la fois.

Elle donne un petit coup sur la vitre du pick-up et désigne le magasin de spiritueux. « Ici, c'est parfait », dit-elle.

L'homme se gare. La dévisage. « Vous êtes sûre ?

– Oui. » Vale descend d'un bond et s'éloigne sans un mot.

Elle achète des bretzels, du café soluble, du gin et du vin, fourre le tout dans son sac à dos et se met en marche.

Les petites routes sont dans un sale état – arbres à terre, fossés de plusieurs mètres de large à la place des rigoles d'irrigation –, mais praticables à pied. La berge de la rivière, qu'elle longe, est jonchée de détritus : des rochers, des bidons, des jouets en plastique, un lave-linge – tout ce qui était stocké derrière les mobile homes et les granges a été emporté par les eaux. Vale voit une chaise haute de bébé fracassée sous un rocher en saillie. Un manteau de fourrure accroché à la branche d'un pin encore debout, deux mètres au-dessus d'elle.

Plus elle grimpe, moins il y a de dégâts, même si les fossés débordent encore. Elle a mal aux jambes. La gorge sèche. S'empiffre de bretzels et continue à marcher.

En fin d'après-midi, elle atteint la source. Une eau claire s'écoule trois saisons par an d'un tuyau de cuivre au bord de la route. Sur une plaque de bronze, l'inscription HEART SPRING MOUNTAIN, le nom de la montagne de sa famille – celle où Ezekial Wood et Zipporah, sa femme, se sont installés en 1803, du temps où il n'y avait qu'une forêt sauvage peuplée d'Indiens Abénakis, d'ours, de wapitis et de pumas. HEART SPRING – « la source du cœur » : c'est ainsi qu'ils ont baptisé cette montagne et cette source qui ne se tarit jamais. Tellement inapproprié, songe Vale, approchant ses lèvres du tuyau de cuivre. Mais l'eau est limpide, riche en minéraux et délicieusement fraîche. Vale s'asperge le visage et le cou, passe une main froide sur sa poitrine.

Autrefois, Bonnie l'amenait ici une fois par semaine pour remplir des bidons en plastique. « De l'eau pure », disait-elle, les lèvres à même le tuyau de cuivre, riant, buvant. « Ce que j'aime le goût de l'eau de source ! Pas d'eau chlorée de la ville pour moi, mon chou. »

Bonnie détestait ce flanc de montagne où elle était née et avait grandi, tout en ressentant son attraction. Ces forêts profondes, la pureté de l'eau, les piscines naturelles de Silver Creek. Vale se penche vers la source et se désaltère, encore et encore.

Aussi loin qu'elle se souvienne, sa mère découpait l'horoscope dans le journal et le scotchait au mur de la salle de bains : *Vous avez la main heureuse, Gémeaux ! Vous allez trouver l'amour. Aujourd'hui marque le début d'une chose nouvelle et extraordinaire.*

De petits bouts de papier qui finissaient éparpillés sur le plancher en pin noir, répandant leurs messages de chance.

Vale s'essuie la bouche, tourne le dos à la source et reprend sa route, les talons couverts d'ampoules prêtes à éclater. Quand elle arrive devant le pont conduisant chez Hazel, les ombres se sont allongées. Quarante-six heures qu'elle n'a pas dormi ; ses jambes lui font toujours mal, ses épaules aussi, ses yeux la brûlent lorsqu'elle se retourne pour contempler la vue.

À cette altitude, on a du mal à croire qu'il y a eu une tempête. Au sommet, la ferme de Hazel : de la tôle étincelante, des traces de peinture blanche illuminées par le soleil de cette fin d'après-midi, des bardeaux d'un gris fantomatique qui se fondent avec le flanc de la montagne. Derrière la maison, le vieux poulailler, la grange vide, les hangars tout aussi vides. Rien que des carrés, des rectangles, la terre humide et les pins frissonnants. Vale ferme les yeux et pense à la chaleur de La Nouvelle-Orléans ; à Jack, son compagnon épisodique, et à sa cabane dans un arbre qui domine la ville ; aux diseuses de bonne aventure et à leurs sombres pratiques vaudoues ; à sa copine Shante avec son ukulélé ; à la chambre de la maison délabrée (autrefois un hôtel, et avant cela un bordel) où Vale loge et aux camélias visibles par la fenêtre ouverte.

« Aucune envie d'être là », dit-elle à haute voix.

En amont de la ferme, elle distingue à peine les murs en rondins du chalet où vit Deb. Bonnie, souriante et glissant une cigarette entre ses lèvres gercées :

« Méfie-toi des hippies, ma chérie. On ne peut pas leur faire confiance ! » Mettant David Bowie plus fort sur la chaîne stéréo et dansant les yeux clos, pieds nus sur le lino froid.

Vale n'a pas envie d'aller jusqu'au chalet de Deb, pas plus que chez Hazel. Elle tourne à droite et, près de la rivière, adossée aux arbres en lisière du pré, voici la caravane bleu sarcelle où elle a vécu tout un été quand elle avait seize ans.

Vale n'en revient pas qu'elle ait survécu à la tempête, qu'elle soit encore là, au bord de l'eau. Un miracle miniature, en acier bleu pâle.

Une forte poussée, puis la porte s'ouvre et une mare d'eau brunâtre se déverse à ses pieds. L'odeur – de moisi, de souris, d'eau croupie de la rivière – lui donne un haut-le-cœur, mais pour dormir elle a connu pire. La caravane a peu changé en dix ans : un fourneau à deux brûleurs, une table, un lit dans un angle. Aux murs, du papier peint jaune taché d'humidité. Vale ouvre un tiroir de la cuisine et y trouve des crottes de souris, une pipe, des sachets de sucre, des préservatifs recouverts de moisissures. Des détritus restés là depuis ses seize ans. Sur les étagères, sa collection de chouettes datant de l'été qu'elle a passé là, des babioles dénichées dans des brocantes. Des talismans de plastique. Des idoles vides de sens.

Elle entend encore Hazel lui faire un jour cette confidence surprenante : « Ma mère disait toujours que voir une chouette signifiait la mort de quelque chose et la naissance d'autre chose. »

C'était la première fois que Hazel lui racontait une chose si personnelle.

« Salut, les chouettes », chuchote Vale, sortant de son sac la bouteille de gin et dévissant le bouchon. Sur le pas de la porte, elle retire ses bottes, masse ses pieds endoloris. Deux ampoules – en sang –, qu'elle met à l'air.

Le gin est du genre bas de gamme, mais elle le sent s'insinuer dans chaque centimètre de son corps. Elle en boit une deuxième gorgée. Et une troisième. Accueille la brûlure intérieure avec gratitude. Elle n'est là que pour un jour ou deux. Le temps de retrouver Bonnie.

Dans son sac à dos, elle prend l'épais carnet noir qui lui sert de journal, en tire une photo glissée entre les pages. Une de celles données par Bonnie le jour de son départ : Vale et sa mère au bord de la rivière en plein cœur de l'été, peut-être juillet ou août. Bonnie dans l'eau jusqu'à la taille, ses mèches brunes dans les yeux, la tenant par l'épaule, déposant un baiser sur sa joue rebondie de petite fille de sept ans.

« Viens te baigner avec moi, mon bébé ! » dit-elle, se déshabillant, sautant sur place et poussant des cris de joie.

Son amour : enivrant. En ce temps-là, elles vivaient dans un studio à la sortie de la ville, au-dessus de la laverie automatique, et filaient à la nuit tombée se rafraîchir au bord de la rivière. *Dans l'eau, mon bébé. Un bain de minuit.* Vale n'a jamais connu son père. *Tu n'as pas besoin d'un père, ma puce. Tu m'as, moi ! Pour toi toute seule.* Riant, et prenant Vale dans ses bras. Lui fredonnant à l'oreille le refrain de « Night Swimming », de R.E.M.

« Où es-tu ? » murmure Vale. La nuit est si paisible : rien que le bruit de la rivière et le bruissement des aiguilles de pin sur l'acier bosselé de la caravane.

Deb

1974

14 juin

Deb fait route vers le nord dans un van cabossé, prise en stop par un type qu'elle connaît à peine – l'ami d'un ami, prénommé Ron. Croit-elle. À moins que ce ne soit Ran ; il parle avec un vague accent du Sud, alors qu'elle jurerait qu'il est de Baltimore. Son accent est assorti à ses vêtements – une salopette usée et une chemise écossaise déchirée, comme s'il sortait d'un champ de tabac et que sa famille habitait depuis six générations un trou perdu dans les bois, à ceci près que ses cheveux blonds sont noués en une longue queue de cheval et qu'il a une barbe de plusieurs jours. C'est sûr, aucun cultivateur de tabac ne porte une queue de cheval.

Le monde est foutu et elle cherche le salut. Diffusion des enregistrements du Watergate. Crise pétrolière. L'Inde qui construit la prochaine bombe atomique, et la baptise en prime du nom consternant de « Bouddha souriant ».

Deb a entendu parler des communautés hippies par une poignée de vieux copains. D'après eux, il suffit pour en trouver une de rouler vers le nord jusqu'à atteindre l'État du Vermont. De s'arrêter dans une ville sur la Route 91 et de questionner n'importe qui avec une queue de cheval. Ron, ou Ran, roule vers le nord au volant de son van pour en trouver une lui aussi et s'est dit content d'emmener Deb. « On vit dans un monde libre, mon chou », a-t-il ajouté en lui passant un joint, et au fait, n'aurait-elle pas vingt dollars pour l'essence ? Deb a vingt et un ans, elle vient d'arrêter ses études à Swarthmore College et ne veut pas retourner chez ses parents dans la banlieue de Pittsburgh, où son père travaille à l'usine, fabriquant des pièces détachées d'hélicoptère, et où sa mère remplit complaisamment ses devoirs de femme au foyer.

Deux de ses amis sont morts au Vietnam. La guerre a beau être finie, son venin est partout : Patty Hearst impliquée dans une fusillade à San Francisco ; les mensonges à répétition de Nixon. « Dès qu'on ouvre un réfrigérateur, on est complice », a lu Deb quelque part.

C'est à sa grand-mère Zina, originaire d'un village près de Vitebsk en Biélorussie, qu'elle voudrait ressembler. Zina est morte quand Deb avait dix ans, mais elle se souvient encore de ses descriptions de la ferme où elle avait grandi avant l'arrivée des Allemands : vaches, canards, moutons et poules. Depuis, Deb rêve de retourner à la terre – de travailler aux champs et d'élever du bétail, des tâches utiles où elle se servira de ses mains, de ses bras, de ses jambes solides. Dans un monde sans guerres. Elle prend le joint entre les doigts trapus de Ran, le porte à ses lèvres et tire une bouffée. Détends-toi, se dit-elle, le visage tourné vers le soleil. La couture, les travaux des champs – ne dépendre que de soi, avoir un but, être libre. Le regard bienveillant de sa grand-mère s'embuait toujours de larmes lorsqu'elle fixait l'horizon par la fenêtre : « Rien de tel que de se réveiller à la ferme le matin », répétait-elle à Deb, suivant des yeux le vol d'une corneille, d'une hirondelle ou d'un merle.

Dans le sac à dos de Deb, l'édition de poche de *Walden*, de Thoreau, et de *Living the Good Life*, de Helen et Scott Nearing. Ses bibles. À en croire le couple Nearing, « la valeur de nos actes ne tient pas à leur niveau de difficulté, ni au caractère probable ou improbable de leur réussite, mais à une vision, à un projet, à la détermination et à la persévérance, à l'effort et à la lutte »…

Sous l'effet de la marijuana, l'esprit de Deb s'élève sur un nuage, et elle contemple les prés qui défilent. Ran et elle sont maintenant dans le Massachusetts et déjà elle respire mieux. L'odeur de la terre entre par les vitres baissées. Celle du fleuve Connecticut qui déroule près d'eux ses eaux comme une ceinture argentée, scintillant au soleil. Janis Joplin passe à la radio et Deb marque le rythme, sourire aux lèvres. Sa mère ne devrait plus tarder à rentrer de son club, un peu éméchée après ses trois martinis. Elle va découvrir le mot sur le plan de travail, entouré de brins de trèfle rouge cueillis dans le jardin : *Partie mener la belle vie. Love & peace. D.*

Sa mère, qui n'a jamais rien fait d'inattendu ni, selon Deb, de courageux. Deb, elle, veut être courageuse. La route vers le nord semble faire l'affaire, dans ce van où elle écoute le désir strident de Janis Joplin, sent le souffle du vent dans ses cheveux longs, le soleil sur ses pommettes. Mais Ron/Ran pose soudain la paume sur sa cuisse et lui sourit béatement, en pleine défonce, ce qui l'arrache à sa rêverie. Elle lui donne une claque sur la main : « Bas les pattes, connard ! Arrête-toi là, je descends. »

La liberté.

On la perçoit différemment quand on est seule et qu'on se retrouve à finir un trajet à pied.

Deb trouve un chemin parallèle à la route et se met à marcher. Elle dépasse des fermes entourées de vaches et de hangars délabrés, des mobile homes devant lesquels des chiens montent la garde, des cabanes adossées aux arbres. Un frisson lui parcourt la colonne vertébrale. Elle aime l'impression que donne ce paysage d'être sauvage, sans entrave.

Le long du chemin, une rivière ondoyante. Deb descend sur la berge et s'asperge le cou, le visage. L'eau a un goût sucré sur ses lèvres. Elle trempe à nouveau les mains dans la rivière, se passe de l'eau fraîche sous les bras. Tout est tellement réel, pense-t-elle en se remettant à marcher. Son cœur emplit sa poitrine. Quelle sérénité.

À l'approche du crépuscule, elle aperçoit une pancarte sur sa gauche. Blanche, avec un arc-en-ciel au-dessus de l'inscription FARTHER HEAVEN. « Paradis lointain ». En bleu, et en plus petits caractères : *Welcome.*

Il n'y a ni maison ni ferme en vue, rien qu'une longue allée escarpée et creusée d'ornières qui serpente à travers champs et, plus haut, de grands arbres.

Au sommet de la colline, Deb s'arrête. Une vieille demeure imposante, dont la peinture blanche a perdu de son éclat. Des granges, des hangars, des pommiers. Sous les arbres, à droite de la maison, s'affairent deux femmes en jean et tunique ample. À gauche, torse nu, trois hommes déplacent des bottes de foin. Le soleil du soir joue sur leurs cheveux, sur leur poitrine hâlée. Cette scène est si paisible, comme baignée par la lumière du couchant, qu'on la dirait tout droit sortie d'un film d'Ingmar Bergman. Deb se souvient de ses cours de cinéma au printemps dernier : Liv Ullmann au milieu des maisons en pierre ; les champs de fleurs sauvages aux tons fauves de Tarkovski.

Il y a aussi un enfant, découvre-t-elle, à côté des deux femmes. Entièrement nu. Se roulant dans l'herbe. Un chien dans les bras. Non. Un animal plus petit. Rose. L'enfant rit. Un cochon. Un petit cochon nu dans les bras d'un enfant nu.

Mon Dieu, se dit Deb. Elle tombe à genoux. Ses jambes sont si fatiguées. Elle se met à rire. À moins que ce ne soit un cri. Un cochon dans les bras de ce gosse. Elle imagine Zina à Vitebsk. *Je suis arrivée.*

Lena

1956

25 mai

Mon abeille,

Tout a la couleur du miel. Tout est doré, mon abeille ! Je m'éveille au son du chant d'Otie, de ses miaulements et de ses gloussements sourds, plus rapides à chaque fois. D'après mon manuel d'ornithologie, trilles descendants et hennissements servent de signes de reconnaissance entre les membres d'une même famille, et à marquer son territoire.

« Donc tu m'aimes. Parfait », je lui dis, me levant pour préparer du café. Toujours plus de café : voilà ce que je fais. Je m'attable avec ma tasse, je sors mon cahier et mon crayon, je dessine Otie. Son plumage rayé marron et blanc. Ses yeux couleur d'ambre. Ses serres qui ont l'air d'avoir deux cents ans. Sous mon dessin, j'écris : *Fureur dorée !*

« Fureur dorée, Otie. C'est bien toi ? »

Il ne répond pas.

Je finis mon café. Avale quelques gâteaux secs et enfile des bottes. « Viens », je lui lance.

On se dirige vers la cabane d'Adele. Adele est ma seule amie, à l'exception d'Otie et des animaux qui rôdent dans ces montagnes : ours, martres, cerfs, wapitis, renards, chouettes et coyotes. Le coyote : celui à trois pattes que je surprends presque tous les soirs traversant le pré au loin là-bas, celui que j'entends hurler en amont de la rivière la nuit. Mâle ou femelle, c'est une créature nocturne, comme Otie et moi – il est remarquablement doué pour passer inaperçu. Ses traces souillent les abords des marécages, le matin venu.

Il y a aussi des fantômes. Dans les ruines des vieilles maisons, et au cimetière où mes ancêtres sont enterrés depuis deux siècles. Des stèles grises sortant de terre, aux noms finement gravés : Henry, Ezekial, William, Zipporah, Eunice, Philena, Phebe. Plus récemment : Marie, ma grand-mère, et Jessie, ma mère, morte dans la chambre à l'étage un matin de juin quand j'avais neuf ans. Certains jours, je lui apporte des bocaux de fleurs sauvages : castillejas, phlox ou ombellifères. Je les installe dans la terre rocailleuse, je m'étends dans l'herbe et je ferme les yeux. Je rêve.

Mais pas ce matin. « Du nerf, Otie ! Ne te laisse pas abattre ! » J'encourage l'oiseau sur mon épaule, humant la fumée d'un feu de bois, suivant le sentier entre les bouleaux, les sapins du Canada et les épicéas.

Le sentier s'arrête devant la maison d'Adele : au bord de la route, adossée aux arbres. Deux pièces, des murs peints en blanc, une longue terrasse couverte, des rondins empilés partout.

Lorsque j'étais gamine, Buck, son oncle, vivait au fond des bois dans une cabane de tôle et de toile goudronnée.

Il transportait des grumes avec ses chevaux, se nourrissait de haricots en conserve et jetait les boîtes vides par la fenêtre de derrière sur un tas qui arrivait à mi-hauteur de la maison. Un jour, j'étais allée en cachette jusqu'à sa cabane et j'avais attendu, immobile et invisible, en lisière de la clairière. De la fumée sortait de la cheminée. Clouée au mur, une paire de raquettes en cuir. De l'intérieur me parvenait une belle chanson douce – une ballade sur un amour perdu et des rosiers grimpants enserrant les stèles grises.

Assise dans les feuilles, j'avais écouté cette chanson jusqu'à la fin.

« L'Indien », comme l'appelait mon père. « Moitié gitan, moitié nègre. » Les yeux bleus et grimaçants de mon père, son odeur de graillon, de paille et de métal.

« Bonjour ! » je lance, une fois grimpées les marches de la terrasse d'Adele.

Elle vient à la porte, souriante. Cheveux noirs tirés en arrière et noués en queue de cheval, pantalon de tergal, bottes d'homme en cuir souple. « Otie ! Lena ! s'exclame-t-elle, ouvrant tout grand la porte. Mes doux dingues préférés ! » À l'intérieur il y a des herbes sauvages suspendues au plafond pour sécher, du café chaud, une marmite de ragoût de gibier qui mijote sur la cuisinière. Dans un coin, sur le canapé tendu de tissu à fleurs, un de ses neveux est endormi devant la télé allumée sans le son. Au-dessus de sa tête : un carillon fait d'osselets.

« Tiens. » Elle m'apporte une tasse fumante. « Et pour toi, Otie, mon si précieux *gohkohkhas*, ceci. »

Elle se dirige vers le garde-manger où elle entrepose ses pièges, et revient avec une souris vivante qu'elle tient par la queue.

Otie engloutit la bestiole. Fait un clin d'œil à Adele, qui glousse et sort de sa poche un paquet de cigarettes. « Une belle aube brumeuse, déclare-t-elle en en allumant une. Vous venez à la pêche avec moi, aujourd'hui, Lena et Otie ?

– Trop sauvages », je réponds, regardant par la fenêtre et finissant mon café. Soudain je meurs d'envie d'être ailleurs : dans les champs, les bois, sur la montagne, au bord de l'eau.

Adele acquiesce. Murmure, avec un sourire aux lèvres : « Comme l'écureuil », tandis qu'Otie et moi la saluons de la tête en guise de remerciement avant de nous éclipser.

Nous rentrons en faisant un détour par la face cachée de Heart Spring Mountain. Comme les bois devaient être profonds en 1803, quand mes ancêtres s'y sont installés ! Des forêts primitives, des pistes tracées par les Indiens. J'essaie d'imaginer le défrichage avec une hache et une scie à deux poignées. Je sens d'ici l'odeur de la cabane où Ezekial et Zipporah dormaient avec leurs treize enfants en attendant d'avoir fini de construire leur maison à flanc de montagne. Il fallait éclaircir les bois pour avoir de la lumière. Et de l'air. Comme leur Dieu devait être austère en ce temps-là, Otie. Comme il devait être sévère !

Hazel

2011

1er septembre

Cette jeune femme qui remonte l'allée… Qui est-ce, déjà ?

On dirait un tour que lui joue son esprit, cette fille en gris surgie de la brume. Quelque chose que la tempête aurait traîné dans son sillage. Hazel se rapproche de la fenêtre et jette un coup d'œil au-dehors. Cheveux noirs en bataille, robe rouge, grandes bottes, yeux noirs eux aussi. Ces derniers temps, *tout* ressemble à un tour que lui jouerait son esprit. Que lui arrive-t-il d'ailleurs, à son esprit ? Le passé apparaît et disparaît. Toute cette pluie. Ces routes éventrées. Et Bonnie portée disparue.

« Un pont », a expliqué Deb lorsqu'elle a frappé à la porte un matin de bonne heure, plusieurs jours auparavant. « La rivière en crue. » Des larmes dans son regard fuyant. Depuis, pas un mot, et toujours pas d'électricité non plus, comme du temps où Hazel était gamine, il y a de cela quatre-vingts et quelques années. Comme la maison est calme, sans électricité. Et comme les nuits sont longues.

Mais voilà qu'on frappe de nouveau à sa porte, un coup sec et bien réel. Elle va ouvrir.

La jeune femme est debout devant elle, ses cheveux noirs formant une tresse qui lui descend sur l'épaule droite, ses yeux noirs maquillés de noir.

« Bonsoir, tante Hazel, dit-elle, un gros gilet gris noué autour de la taille. C'est moi, Vale. »

L'esprit de Hazel s'emballe. Repêche ce prénom dans sa mémoire. Oh ! Vale ! La fille de Bonnie. Cela fait si longtemps. Combien de temps ?

« Vale. Bonsoir. Entre. » Hazel ouvre grand la porte. Cette fille ressemble à un chat noyé. À un fantôme. En serait-elle un ? Hazel s'interroge un peu trop longuement, debout sur le seuil.

« Merci. » Une voix au son argentin, frais comme les pièces sombres du fond de la grange, où quelqu'un s'était caché il y a des années. Qui était-ce ? L'esprit de Hazel : un bateau qui prend l'eau, criblé de trous.

Elle va vers la table, prend sa tasse blanche pour la mettre dans l'évier. La jeune femme la suit dans la pièce.

« Je vais m'installer dans la caravane, annonce-t-elle. Pour quelques jours. Je peux manger quelque chose ? Emprunter des couvertures ? »

Hazel la dévisage. « Oh oui, bien sûr. »

Mais qu'a-t-elle à offrir ? Trois jours que la tempête est passée, et il reste si peu de choses dans ses placards.

« Bien sûr, répète-t-elle en posant la tasse dans l'évier. Du pain, du beurre ?

– C'est parfait. Merci. »

La jeune femme mange vite. Sans parler ni lever les yeux. Quand elle a fini, elle demande si elle peut monter chercher de quoi faire son lit et Hazel acquiesce, alors elle disparaît, dans un claquement de semelles.

Comme Bonnie, du temps où Bonnie était jeune. Elle rentrait tard, grimpait jusqu'à cette chambre sous les combles en haut de l'escalier. Hazel faisait semblant de dormir ; la radio marchait jusqu'à des heures indues. Une musique horrible – pleine de colère. Comme si cette maison n'avait pas les os fragiles, deux fois centenaire. Hazel ne voyait alors pas comment aider cette jeune femme – la fille de sa sœur, pas la sienne.

Mais elle a fait ce qu'elle pouvait, non ? De quoi manger. Et un lit chaud.

Vale revient, les bras chargés de couvertures en laine. Elle demande si elle peut emporter un des bidons d'eau de pluie alignés près de la porte. « Bien sûr », répond Hazel, toujours tournée vers son évier, et la jeune femme s'éclipse, criant par-dessus son épaule : « Merci !

– Je t'en prie ! » lance Hazel en retour, bien que Vale ne l'entende sans doute pas. Ce que Hazel ne dit pas : Attends. Reviens. Rien ne va plus, ici. Ni les routes, ni la rivière, ni la météo. Ni moi. Je suis navrée, pour ta mère. Ils vont la retrouver. N'est-ce pas ?

Elle ne dit pas non plus : Je crois que je vais mourir. J'en suis sûre, au plus profond de moi.

Les autres – Deb, Danny ou son médecin – n'en savent rien, mais Hazel, elle, le sait. Voilà des mois que ça dure, ces moments d'absence, ces nids-de-poule dans sa tête. Il y a deux jours, elle a contourné la maison en s'attendant à voir la grange, au lieu de quoi elle est tombée sur l'abri du puits, qui ne sert plus depuis soixante ans. Ce matin, sortie par la porte de derrière pour utiliser les cabinets au fond du jardin, elle est restée debout dans l'herbe humide, pieds nus, sans rien d'autre sur le dos que sa chemise de nuit élimée, mais les cabinets n'étaient pas là. Dès qu'elle fermait les yeux, elle voyait parfaitement ce cabanon où elle était allée tous les matins pendant les trente premières années de sa vie – avec un croissant de lune découpé dans la porte pour laisser entrer la lumière. Et cette odeur, pas si épouvantable, d'excréments humains, de sciure, de copeaux de pin et de mousse, qui lui revenait. Mais tout cela avait disparu. Depuis combien d'années ? Il ne restait qu'un carré d'herbe verte et grasse.

Elle n'a pas avoué à Deb, qui depuis la tempête vient matin et soir vérifier que tout va bien, qu'elle a peur. Qu'elle sent la mort approcher comme un ours rôdant en lisière de ses champs.

Elle voudrait chasser cet ours à coups de balai, avec sa faux ou son tracteur. Elle ne veut pas mourir. Que deviendront cette maison et ces terres quand elle sera morte ? Qui veillera sur cette montagne comme elle l'a fait ? Heart Spring Mountain – là où Ezekial Wood, son arrière-arrière-grand-père, a élu domicile avec Zipporah, son épouse ; trois jours durant, il avait marché avec un cheval, un bœuf et un chariot depuis Cornwall, Connecticut, avant d'arriver en ce lieu où personne d'autre ne vivait, que nul n'avait encore revendiqué : un lopin de terre traversé par une petite rivière sur le versant sud d'une montagne, avec des sources disséminées dans la roche et de minuscules fleurs blanches appelées sanguinaires. Comment choisit-on l'emplacement de sa maison ? De la même façon qu'on choisit depuis toujours l'endroit où l'on veut vivre : il faut de l'eau, des sapins du Canada, une terre qu'on peut retourner avec une bêche. Et s'établir sur les hauteurs, au-dessus des vallées inondables. Ezekial avait choisi ce pan de montagne, et Hazel s'en félicite. Elle y a passé les quatre-vingts années de son existence, et son aïeul avait assurément trouvé l'emplacement idéal : éclairé par les premiers rayons du soleil le matin, et situé en aval de la source la plus profonde. En août, quand les puits des voisins s'assèchent, l'eau continue à couler dans les canalisations jusqu'à la cave de Hazel et à alimenter la source près de la route au pied de la montagne. De l'eau pour l'éternité, et Ezekial avait baptisé cette source « Heart Spring ».

Hazel jette un coup d'œil par la fenêtre. Elle regarde en direction de la grange et ne peut s'empêcher de penser à ces pièces sombres tout au fond. Qui y a séjourné récemment ? Bonnie ?

Non, Bonnie est portée disparue. Heart Spring, la source de la rivière Silver Creek : c'est là que ces trente centimètres de pluie sont venus grossir les flots, là qu'ils se sont formés, qu'ils sont nés. La source à l'origine de la rivière où Bonnie a été vue pour la dernière fois. Heart Spring Mountain. Parce que le cœur a sa source éternelle dans cette montagne, s'était dit Hazel petite fille, puis jeune femme, puis femme mûre. Mais était-ce vrai ?

Et Bonnie – où est-elle à présent ? Hazel se retourne et crie son nom en direction du salon.

Vale

2011

2 septembre

Vale rêve qu'elle est de retour à La Nouvelle-Orléans. Une fête au bord du lac Pontchartrain, sur la plage abandonnée où se trouvait autrefois le parc d'attractions. Shante joue du ukulélé, vêtue d'une robe bleue qui scintille sous les étoiles ; une paire d'ailes noires est collée sur ses épaules. Sa chanson s'élève comme une plainte ponctuée de paroles gutturales et indéchiffrables. L'éclat fugace de phares éclaire la chaussée au-dessus de l'eau. Vale, Jack et les autres sont là eux aussi : ils dansent au ralenti, au rythme de la chanson de Shante. Il y a une batterie – ils se déhanchent en cadence. Des sirènes. De lointains éclairs et l'air moite de la mi-août, saturé d'une odeur de poisson. Jack pose les lèvres sur la colonne vertébrale de Vale, remonte centimètre après centimètre en direction de sa nuque. Vale rit, se retourne, se tortille pour lui échapper. Shante chante plus fort – quelques gloussements. Des acclamations. Vale s'avance dans l'eau, remontant sa robe au-dessus de ses genoux, et entrouvre les lèvres pour dire quelque chose – sa langue accouche d'un mot nacré et incomplet, couleur de lait…

Mais les battements de son cœur résonnent soudain aussi fort sous ses côtes que le roulement du tonnerre, et elle revient à elle : la puanteur de la caravane. Le grondement des eaux tumultueuses de la rivière.

Un coup au cœur : *Bonnie*.

Hier, elle a appelé la police en empruntant le téléphone d'un voisin, mais il n'y avait toujours rien de neuf. Quatre jours que Bonnie a disparu. L'estomac de Vale se noue. « La vie de ma mère n'est pas la mienne », se répète-t-elle.

C'est déjà l'aube, le ciel se teinte de rose à l'est.

Elle voudrait retourner à son rêve : aux lèvres de Jack remontant le long de sa colonne vertébrale. Jack, un copain avec qui elle couche parfois ; un gaucher à moitié créole qui dessine des faucons pèlerins et des aigles, et qui habite une cabane dans les arbres, près d'une maison pleine de musiciens du quartier de Ninth Ward. Vale n'est pas amoureuse de Jack. Elle revient pour la facilité avec laquelle leurs corps se trouvent ; pour cette cabane, pour les bruits de la ville qui entrent par les fenêtres ouvertes. Quand les digues ont cédé en 2005, Jack n'a pas bougé de sa maison dans les arbres alors que les eaux montaient tout autour de lui.

Dans quel arbre est Bonnie ? Dans quel appartement ou mobile home abandonné, sous quelle arche d'un pont de chemin de fer a-t-elle élu domicile ?

Vale se lève, verse de l'eau dans la bouilloire rouillée. Elle gratte une allumette (miraculeusement) épargnée par l'humidité, et le premier brûleur de la gazinière s'embrase.

Quand l'eau bout, elle se fait une tasse de café soluble et va chercher son sac à dos. Elle en sort son carnet noir, puis extrait la photo d'elle et Bonnie glissée entre les pages. Caresse du bout de l'index les fines clavicules de sa mère.

Il y a une autre photo, qu'elle pose sur la table près de la première. On y voit Lena, la mère de Bonnie, emportée par une fièvre puerpérale quelques jours après la naissance de sa fille. Sur la photo, elle est debout devant la porte de sa maison perdue au fond des bois – coiffée d'un feutre sombre, une chouette borgne sur l'épaule. Elle porte une chemise de flanelle râpée, un jean et des bottes ; elle a une natte noire qui lui descend presque jusqu'à la taille. Qui était vraiment cette femme ? se demande Vale, contemplant la photo et l'oiseau.

Elle sait seulement ce que savait Bonnie : que Lena vivait dans l'unique pièce de cette cabane de chasse au sommet d'une crête surplombant les marécages, seule avec sa chouette baptisée Otie. « Ma mère ? Lunatique, frappadingue, pas bien dans sa tête, répondait Bonnie, haussant les épaules et riant. Pas étonnant qu'on soit toutes les deux un peu bizarres, mon poussin. » Vale s'interroge : bipolaire ? schizophrène ?

Trois ans plus tôt, elle s'est fait tatouer une chouette sur l'épaule gauche en l'honneur de celle de sa grand-mère Lena : mêmes rayures, même regard.

Elle trouve des punaises dans un tiroir et fixe les photos sur la cloison au-dessus de la table.

Bonnie, elle non plus, n'a jamais su qui était son père. « Qu'est-ce que ça peut faire ? » disait-elle, serrant Vale dans ses bras sur le lit où elles ont dormi côte à côte presque toutes les nuits jusqu'à ce qu'elle ait treize ans. « Moi je t'ai, et toi tu m'as. » Des draps à fleurs jaunes. Le long cou de Bonnie, la peau douce et tiède de son ventre.

Vale l'avait appelée pour la dernière fois il y a deux mois. Sa mère avait le souffle court. Elle lui avait parlé de l'amour de Jésus et de la façon dont elle l'avait rencontré. La voix nerveuse et tremblante, les pensées décousues – shootée à l'héroïne ou à Jésus, ou aux deux. « Son amour brille de mille feux, ma chérie. Pour nous tous. Une bénédiction ! » Un rire chevalin, qui s'était transformé en quinte de toux. Elle avait expliqué qu'elle fréquentait une église quelque part. Et assuré à Vale que ça l'avait changée. Que tout avait enfin du sens. « Une renaissance, Vale chérie. Je suis en plein sevrage, je te le jure.

– C'est vrai ? » avait demandé Vale. Assise sur l'escalier de secours à l'extérieur de sa chambre du Faubourg Marigny, elle surplombait un océan de jardins : des vélos, des plantes grimpantes, des guirlandes lumineuses de Noël tendues le long des toits.

« Vrai de vrai », avait dit Bonnie avant de raccrocher.

Vale finit son café, met la tasse dans l'évier et grimpe vers le chalet de Deb.

Elles ont dîné chez Hazel la veille au soir – une brève conversation, un ragoût bien chaud. Deb a insisté pour qu'elle dorme chez elle dans l'ancienne chambre de Danny, mais Vale a décliné l'invitation : « Je suis bien là où je suis. Ça grince de partout. »

Maintenant, devant la porte grande ouverte du chalet de Deb, les mains dans les poches de son sweat, elle demande : « Je peux emprunter ton pick-up ? » L'endroit a la même apparence qu'il y a huit ans : une terrasse sur toute la longueur du mur de derrière, des livres et des plantes vertes dispersés çà et là, la friche foisonnante du jardin. Deb est debout dans la cuisine, une tasse de café à la main. La lumière matinale fait paraître ses cheveux plus gris, ses yeux plus fatigués, mais son visage reste beau.

« Les routes…

– Je m'en moque, réplique Vale. Il faut que j'aille là-bas.

– D'accord. » Deb pose sa tasse de café et prend ses clés. « Je t'accompagne. C'est moi qui conduis. »

Les dégâts sont partout visibles. Les deux femmes suivent les petites routes sinueuses dans le pick-up Toyota bleu et tout rouillé, aux sièges rafistolés avec du chatterton. Quatre fois elles doivent faire demi-tour à cause des fossés inondés, tenter différents itinéraires.

Deb s'efforce de parler de tout et de rien, mais Vale, le visage tourné vers la vitre, répond par onomatopées. « Essayons dans cette direction », dit doucement Deb, empruntant un énième chemin de traverse.

Chaque route apporte son lot de destructions supplémentaires : ruisseaux sortis de leur lit, maisons arrachées à leurs fondations, collines ravinées par le ruissellement. Liquide : tel apparaît aux yeux de Vale ce paysage dévasté. Pas du tout figé, contrairement à ce qu'elle avait toujours pensé. À La Nouvelle-Orléans, d'accord. Mais ici ? Elle qui trouvait cette région terriblement stable…

Il leur faut une heure, mais elles réussissent finalement à passer. Vale serre très fort la poignée de la portière lorsqu'elles se garent sur le parking de l'immeuble de Bonnie.

Deb pose la main sur son épaule. « On y est. Ça va aller ?

– Oui. » Vale fixe des yeux la rivière tumultueuse, la maison couleur de sorbet à la menthe sur le trottoir d'en face, la femme qui s'en éloigne pour se diriger vers une remise au fond du jardin. Les épaules voûtées. Un manteau rouge. Ce n'est pas Bonnie.

De si jolies maisons, songe Vale. Et à l'intérieur, tellement de substances : oxycodone, crystal meth, héroïne et fentanyl, qui se frayent un chemin jusqu'à une localité comme celle-ci, une petite ville d'ouvriers et de hippies. Partout où se niche la pauvreté. Là où les emplois sont aussi rares que les possibilités d'aller faire sa vie ailleurs.

Vale gravit l'escalier extérieur et atteint l'appartement du troisième étage : des plans de travail en formica bleu turquoise et une baignoire rose à pattes de lion sur un lino en décomposition. Elle s'arrête en haut de l'escalier, ferme les yeux et prend une profonde inspiration. Elle voudrait que Bonnie ouvre la porte lorsqu'elle frappera. Et qu'elle la prenne dans ses bras en s'exclamant : « Ha ! Dire qu'ils m'avaient portée disparue ! » Elle voudrait voir les yeux de sa mère illuminés par son amour tout neuf pour Jésus-Christ. À quoi peut bien ressembler cet amour ?

Deb lui met la main dans le dos. « Ça va ? »

« Vale ! » C'est Dean qui lui ouvre. Elle ne l'a pas vu depuis huit ans et il ne s'arrange pas en vieillissant : les bras tremblants, ses yeux bleu pâle comme surexcités. « Ça fait un bail, s'exclame-t-il. Entre. Tu viens pour ta mère, j'imagine. Ne t'inquiète pas, ils vont la retrouver. J'en suis sûr. »

Il porte un pantalon de survêtement gris et un débardeur blanc qui laisse voir ses bras maigres et couverts d'ecchymoses.

Vale pénètre dans la cuisine. Regarde autour d'elle. « Tu ne l'as pas vue ? »

Il va dans le salon et s'allonge sur le canapé, glisse une cigarette entre ses lèvres sans l'allumer. « Non. Mais elle va revenir. Elle revient toujours », répond-il doucement en fermant les yeux.

Vale fait lentement le tour de l'appartement. Des emballages de fast-food dans l'évier, des boîtes à pizza au pied du téléviseur, des tas de vêtements dans les coins. Elle s'immobilise devant l'appui de fenêtre où sont encore alignées les pierres semi-précieuses de Bonnie : améthystes et morceaux de quartz couverts de poussière.

À côté, il y a un jeu de tarot, un manuel d'astrologie, quelques ouvrages sur les mythologies amérindiennes, et puis des bondieuseries que Vale n'avait jamais vues : une édition récente de la Bible ; une carte postale de Marie tenant dans ses bras l'Enfant Jésus, qui a une toute petite tête mais les traits d'un adulte ; des cierges de couleurs vives ; un bol rempli de chapelets.

Elle ignore quelle paroisse avait choisie sa mère. Une église où elle pouvait sûrement se rendre à pied : catholique, baptiste ou évangélique. Elle remarque que les chapelets, de toutes les tailles et de toutes les couleurs – certainement achetés dans un dépôt-vente de la ville –, forment une sorte de nid dans le bol blanc. Elle en empoche un de couleur bleue.

Sur le mur près de la fenêtre, une citation des Évangiles griffonnée au feutre noir : *Celui qui boira l'eau que je lui donnerai n'aura plus jamais soif – Jean, 4:14.*

« Elle était défoncée », lance Dean depuis le canapé, les yeux toujours fermés.

Vale se retourne pour le dévisager et ses mains, qu'elle garde enfouies dans ses poches, se mettent à trembler. « Quoi ?

– Elle était défoncée. Elle venait de se shooter. Autant que tu le saches. »

Vale jette un coup d'œil par la fenêtre. Aperçoit la rivière et, plus loin sur la rive opposée, les voies de chemin de fer. « Va te faire foutre », dit-elle sans regarder Dean. Mais il n'ajoute rien.

« J'arrête tout, mon bébé. Je suis en plein sevrage, je te le jure ! » avait déclaré Bonnie la dernière fois qu'elles s'étaient parlé.

Vale se dirige vers la penderie et fouille parmi les pulls, les tee-shirts et les jeans entassés à même le sol, jusqu'à ce qu'elle trouve ce qu'elle cherche : la vieille robe de soie couleur pêche, toute trouée, que sa mère avait l'habitude de porter dans l'appartement quand elle était ivre de bonheur et d'alcool, enfin détendue.

« Cette robe appartenait à ma mère, disait Bonnie en l'enfilant par la tête. C'est la seule chose qui me reste d'elle. Tu ne trouves pas qu'elle me donne l'air d'une star de cinéma ? Le côté glamour de Rita Hayworth ! » Elle se levait et prenait Vale par l'épaule. La joue contre celle de sa fille, elle envoyait un baiser à leur reflet dans le miroir.

Vale enfouit son nez dans la robe : une odeur de tabac, de jasmin et de transpiration.

Deb lui effleure le bras. « On y va ? »

Vale acquiesce en silence, se dirige vers la porte.

« Ne t'en fais pas ! s'écrie Dean avec un grand sourire. Elle va revenir. Elle revient toujours. »

En descendant l'escalier, Vale se cramponne à la rampe.

Deb doit faire des courses au supermarché, mais Vale veut inspecter le quartier. « Passe me prendre ici quand tu auras terminé », dit-elle, partant à pied vers l'ancien emplacement du pont aux garde-corps verts. La rue désormais se termine en cul-de-sac dans un ravin de gravats et de métal tordu. Sur une dizaine de mètres en aval, ce n'est qu'un enchevêtrement de branches, troncs d'arbres, rochers et ferraille rouillée. L'eau a retrouvé son niveau normal. Et un calme si trompeur.

L'air est froid, humide. Quelques gouttes de pluie cinglent la peau de la jeune femme.

Vale laisse échapper un long soupir, remonte son sweat sur ses épaules.

« Mais qu'est-ce qui t'a pris, bon sang ? » murmure-t-elle, longeant la rive tant bien que mal, se frayant un passage entre les tas de pierres, la vase, les immondices. Et une petite chaussette blanche. Vale se penche pour la toucher. Une chaussette d'enfant, usée au talon. Elle s'assied à côté et ferme les yeux.

Hier, en consultant les actualités sur son téléphone portable, elle a vu la photo d'un enfant en Somalie où la sécheresse fait des ravages : un petit garçon squelettique assis dans une bassine grisâtre. Il y aura de nombreuses victimes, se dit-elle. Comme toujours.

Mais sa mère est une irresponsable, pas une victime. Cinquante kilos de chair et d'os marchant sous une pluie torrentielle.

« Va te faire voir, Bonnie », chuchote Vale en se relevant.

Deb et elle passent les vingt minutes du trajet de retour sans échanger un mot ou presque. Vale contemple par la vitre les champs, un silo gris, une grange rouge, le ruban étincelant de la Silver Creek qui leur fait des clins d'œil entre les arbres. Chaque centimètre est familier, mais dans chaque carré de paysage quelque chose a changé, est comme renversé ou sculpté différemment. À force de vivre à La Nouvelle-Orléans, on finit par s'habituer à la menace des ouragans, à l'affaissement silencieux mais indéniable des terres. À constater l'impermanence du sol, des arbres, des murs, de sa propre peau.

Mais ici ? Elle était habituée à ce que les choses soient immuables.

Deb glisse une cassette dans le lecteur, et Etta James se met à chanter « At Last ». Une des nombreuses chansons qu'aimait Bonnie – durant toutes ces années, la musique a été son remède et son ancrage. Vale fixe les arbres qui défilent derrière la vitre et revoit sa mère, rieuse et virevoltante dans sa robe de soie pêche, les yeux clos. « At last » : *enfin.* On va la retrouver – Vale en a le pressentiment en regardant le champ de maïs qui surgit devant ses yeux, en entendant la voix d'Etta James qui dévide sa chanson. Un espoir. Une possibilité. Une rédemption.

De retour dans la caravane, elle se sert un verre de gin. Puis elle prend la robe de soie, y enfouit son visage, hume son odeur.

Elle se déshabille et enfile la robe par la tête, avant de mettre le chapelet bleu autour de son cou. Puis elle attrape son portable et lance à plein volume « Under Construction » de Missy. Dans le miroir fêlé et constellé de chiures de mouches, elle ressemble à sa mère. Elle ressemble à Lena. Elle porte le verre à ses lèvres, boit une gorgée ; un petit vent passe sous la porte, l'air froid et humide lui lèche les chevilles.

Deb

1974

14 juin

Ils sont sept à vivre là, parfois plus. Il y a Ginny (épaisse chevelure auburn, longues jambes, quand elle rit on dirait un phoque) ; Tim (maigre, couvert d'acné, d'une timidité insoutenable) ; Feather (silencieuse et pâle) et Opal, sa fille ; Randy, le barbu au banjo, et une femme toute menue à la peau noire, prénommée Bird.

« Bird ?

– Oui, tout simplement. » Elle sourit à Deb, les yeux brillants.

Ginny, dans une robe ample et des bottes rouges en caoutchouc – elle ne porte pas de soutien-gorge et a les clavicules saillantes –, lui fait faire le tour du propriétaire. Sur la colline se trouve la vénérable ferme à la peinture écaillée où ils font la cuisine, se reposent, dorment et lisent. Les murs disparaissent sous des œuvres d'art peintes à même l'enduit : un portrait approximatif de l'anarchiste russe Emma Goldman enlaçant Martin Luther King ; une reproduction de la guitare de Woody Guthrie portant ces mots : *Machine à tuer les fascistes* ;

divers poèmes et croquis de montagnes, de forêts, de cerfs. Là où il n'y a pas d'œuvres d'art ont été installées des étagères de livres – de simples planches en pin posées sur des parpaings – qui sont pleines à craquer et penchent dangereusement.

Deb pourrait y passer la journée entière, mais Ginny l'entraîne par la porte du fond jusqu'au potager en contrebas, un océan de verdure que Deb, de l'endroit où elle se trouve, prend pour des laitues, des épinards et des petits pois, mais dont elle découvre en s'approchant que ce sont surtout des mauvaises herbes. Les jeunes plants sont bien là, sortant de terre et poussant de leur mieux, mais les pierres et le chiendent finissent toujours par l'emporter, constatera-t-elle au fil des semaines.

Il y a le bus scolaire rouillé, calé sur d'énormes souches, où Opal est née, et qui abrite maintenant trois canards, douze poules et trois coqs. « On n'a pas pu se résoudre à leur couper la tête – pour le moment », confie Ginny, désignant les trois volatiles arrogants qui se disputent l'amour de leurs mères et de leurs sœurs.

Il y a plus loin une grange où, explique-t-elle à Deb, ils projettent d'élever un jour chèvres, moutons, vaches et cochons. « On compte faire du fromage – de chèvre et de vache –, et aussi vendre du miel. Et la laine des agneaux », dit-elle. Elle a un sourire radieux, fulgurant.

Elle jette un dernier coup d'œil dans la grange déserte, s'attarde un moment – peut-être fatiguée d'avance –, et Deb se dit que cette fille lui plaît. Sa queue de cheval descend en cascade sur son épaule gauche. Malgré son allure de gazelle et sa robe en coton, elle semble pragmatique, pense-t-elle.

« Et puis il y a l'imprimerie », ajoute alors Ginny, lui montrant le chemin.

C'est visiblement l'endroit où elle se plaît le plus. Une ancienne laiterie aujourd'hui équipée d'un grand nombre de tables, toutes regroupées au centre. Sur l'une d'elles se trouve une ronéo. Sur une autre, une presse d'imprimerie comme celle du cours d'art plastique qu'a suivi Deb à l'université.

« Vous ne faites pas les choses à moitié, déclare Deb.

– En effet. »

Il y a des rames de papier partout, des cordes à linge tendues d'un bout à l'autre de la pièce, où sont accrochés des poèmes, des esquisses et des gravures sur bois. Il y a aussi des piles de tracts avec la reproduction de la guitare de Woody Guthrie. Ginny les désigne de la tête : « On les distribue en ville.

– Génial, dit Deb.

– Ça l'est, c'est vrai, répond Ginny sans sourire, mais ses yeux verts s'animent. Il faut qu'on essaie de changer le monde, tu sais. De troubler le calme de la Nouvelle-Angleterre par tous les moyens. »

Deb tourne et retourne le tract entre ses doigts en pensant à son cousin Pierce, dont le père a payé quelqu'un pour qu'il n'aille pas au Vietnam, et à ses propres actes pathétiques de militantisme et de résistance. Mais elle est là aujourd'hui avec dans son sac à dos les cinq billets de cent dollars de son père, qu'elle rêve de brûler sans oser le faire.

« Alors, lance Ginny en se dirigeant vers la porte, Deb sur ses talons. Tu veux rester ? »

Ils lui laissent le canapé-lit de la véranda et lui rappellent le contrat : « Tu peux rester aussi longtemps que tu veux, mais il faut travailler. Donner un coup de main. Faire ta part. Sinon, on te priera de partir. » C'est Ginny qui parle, et Deb comprend que c'est aussi elle qui tient les rênes – une main de fer dans un gant de velours. Elle comprend également que si Ginny vous prie de partir, on dit merci et on s'en va sans demander son reste.

Dans la cuisine de la ferme, Bird fait frire des galettes de pommes de terre sur le grand poêle à bois. Un disque de Nina Simone tourne sur la platine du séjour. Deb propose son aide et Bird lui tend un panier rempli d'herbes en désignant l'évier. Deb les rince à l'eau froide et se demande ce que ça peut bien être. Rien à voir avec la laitue de sa mère.

« Pissenlits. Petite oseille. Plantain. Des plantes sauvages et fourragères », explique Bird sans lever les yeux. Deb hoche la tête, tamponne les feuilles avec un vieux torchon à vaisselle pour les sécher et les jette dans le saladier en bois.

Ils mangent autour d'une grande table dans la salle de séjour, écartant pour poser leur assiette les livres, les bocaux garnis de fleurs et les bouteilles de vin vides qui servent de bougeoirs.

Ils rient beaucoup et racontent des anecdotes qui tournent toutes autour des mêmes thèmes. Ils parlent de révolution, et Deb se demande ce que signifie ce mot pour eux. Que représente la révolution, ici au fond des bois ? Bird cite Frantz Fanon, que Deb n'a jamais lu (mais elle le fera quelques semaines plus tard). « Chaque génération doit dans une relative opacité découvrir sa mission, la remplir ou la trahir », récite la jeune femme, les larmes aux yeux. Puis elle s'adresse à eux : « Et vous mes salauds, quelle sera votre mission ? »

Ginny lève son verre de vin pour porter un toast à l'assemblée.

« Être un bon coup au lit, répond Randy avec un large sourire. Voilà ma mission. »

Ginny hausse les épaules en soupirant. « Connard », marmonne Bird.

Feather se lève pour mettre *Blonde on Blonde* de Dylan, Randy et Ginny se chamaillent pour savoir si oui ou non les chèvres sont plus faciles à traire que les vaches – taille des pis, production de lait –, quand soudain Bird s'écrie : « Et si on dansait ? » Ginny remplace alors Dylan par Ruth Brown, tout le monde se met debout et commence à se déhancher au son de « Lucky Lips ». Les percussions. Les cuivres. Cet irrésistible swing de Memphis.

Deb est-elle en train de rêver ? Elle est à bout de forces. Incapable de parler et les jambes flageolantes. Après un deuxième verre de vin, elle s'éclipse par la porte ouvrant sur la véranda. Quelle sera sa mission à elle ?

Elle enlève son jean, s'allonge sous les lourdes couvertures militaires en laine, surprise par la fraîcheur qui règne déjà dans la pénombre. Il y a des lucioles, des étoiles, de temps à autre un caquètement ou le chant d'un coq provenant du bus. Elle entend les coups de frein des camions sur la route, mais cette route lui semble bien loin désormais. Le clair de lune tombe sur son visage à travers le treillis de la moustiquaire, et durant la nuit elle sort doucement des couvertures, ouvre la porte et s'avance dans cette lumière. Elle est pieds nus, un vieux tee-shirt glisse sur ses épaules. Elle se demande : Ai-je jamais été vivante avant cette journée ? La chair de poule hérisse ses bras et ses jambes. Elle s'accroupit pour se soulager dans l'herbe et l'urine produit un sifflement, puis un petit filet tiède entre ses pieds nus. L'air sent l'herbe, les forêts, la chaleur du poulailler. Ma vie, songe Deb. Elle ne fait que commencer.

Lena

1956

2 juin

Les bois, à l'aube.

Un geai bleu piaille dans les pins, une grive solitaire cachée derrière un tas de petit bois pousse son cri. Mon chant d'oiseau préféré – cette grive reste à l'arrière-plan, se montre rarement, mais elle émet le plus beau des chants : une mélodie flûtée qui s'élève en spirale. Dangereusement mélancolique.

« Une grive solitaire, Otie. L'oiseau de notre État », dis-je en descendant la colline pour aller traire les vaches.

Quatre matins par semaine, je rejoins la grange à l'aube pour faire la traite, nettoyer les étables et nourrir les veaux nouveau-nés. Ma sœur me paie en liquide au début de chaque mois. Une mince enveloppe renfermant quelques billets.

« Merci, Hazel. » Je la prends dans mes bras. Malgré son mouvement de recul, je serre son corps contre moi. Tout en os et en muscles noueux. Mais elle échappe à mon étreinte, ma sœur si active, si compétente.

Lex ne travaille pas les mêmes jours que moi : on se relaie. Or ce matin, une voix tantôt claironnante tantôt éraillée me parvient du fond de la grange. Chantant « That's All Right » d'Elvis Presley. Je décroche un seau propre de son clou sur le mur de la laiterie et pars dans la direction opposée.

Je m'approche de Fran, une vache Guernsey trop vieille, installe mon tabouret, pose les mains sur les pis et laisse le lait enrichi par l'herbe des pâturages jaillir dans le seau en métal. La tête appuyée contre le flanc de Fran, je chuchote : « Brave fille. » J'aime ces vaches qui continuent à vêler, année après année. Chaque vêlage, une perte. Leur lait est comme nourri par ce deuil.

D'ici, j'entends encore Lex chanter. La grange joue avec les sons, les envoie du mauvais côté.

Puis sa voix se tait. Je crois qu'il est parti. Mais quand je lève les yeux, il me domine de toute sa hauteur, souriant dans la lumière du matin.

Je baisse la tête, me tourne à nouveau vers le seau. « Je ne pensais pas que c'était ta matinée, dit-il tout bas. J'ai dû me tromper de jour.

– Ou bien c'est moi. » Je me mets debout et me dirige vers la laiterie.

« Ta compagnie ne me dérange pas », répond-il en m'emboîtant le pas.

Je verse le lait dans la citerne. Croise brièvement le regard de Lex. Puis je sors par la porte du fond et m'éloigne.

De retour dans ma cabane, je fais mon sac, y mets un couteau et de l'eau, fais grimper Otie sur mon épaule. Nous allons vers l'ouest, franchissons la crête entre les branches basses des arbres les plus hauts, escaladons les rochers.

Des excréments d'ours. Ceux du coyote à trois pattes. Des éraflures laissées sur l'écorce d'un hêtre par un wapiti en rut.

Nous contournons Round Mountain pour aller chez Adele. Elle nous accueille sur sa terrasse, et je lui confie que j'ai peur de mon corps. De ce qu'il réclame. Elle verse un trait de rhum dans une infusion âcre de bourgeons de sapin. « Bois, Lena. »

Je m'exécute. « Il est difficile d'échapper à soi-même », déclare-t-elle.

Elle descend de la terrasse, prend sa hache et commence à débiter les bûches de frêne empilées dans le jardin.

Je l'aide. Lui apporte les rondins, et range près de la porte, en tas réguliers, le petit bois fendu par la masse tandis qu'Otie nous observe, caquetant et sautillant.

Une fois tout le petit bois rentré, je m'allonge dans l'herbe, les bras en croix. Mes bras sont les pattes d'une araignée. Ils sont sa toile. Une fauvette babille depuis les branches d'un sapin du Canada et un mouchet chanteur lui répond de l'autre côté de la route. Je souris. Je me sens minuscule, évanouie dans les airs.

« Tu n'as pas l'air trop mal, Lena », lance Adele dans un gloussement.

Soudain, la faim me tenaille. « Grimpe, Otie-O », dis-je à l'oiseau en désignant mon épaule ; il obéit et, après un signe de la main à l'intention d'Adele, nous prenons le chemin du retour, escaladant les murets et les affleurements rocheux, les ruisseaux et les grumes, jusqu'à la maison.

Deb

2011

8 septembre

Onze jours et pas un signe.

Les routes principales restent impraticables. Et l'électricité coupée.

Deb casse des œufs dans une poêle, ajoute quelques légumes verts du jardin. C'est toujours la même gazinière blanche – désormais rouillée – de soixante centimètres de large, installée par Stephen il y a trente-sept ans. Trente-sept ans ! Ce chiffre claque comme un coup de tonnerre dans sa tête. Ridiculement lourd. Trente-sept ans d'entailles de couteau criblant la planche à découper. Trente-sept ans de bric-à-brac, où qu'elle se tourne. Trente-sept ans de photos punaisées au mur : Angela Davis, Simone de Beauvoir, Woody Guthrie, Nina Simone. Et des recueils de poésie un peu partout : Grace Paley, Joy Harjo, Pablo Neruda. Des compagnons au cœur sauvage entrés tard dans sa vie, qui convertissent miraculeusement leurs souffrances en joie. Thoreau est là, lui aussi : ce livre de poche aux pages cornées qu'elle emportait partout lorsqu'elle avait entre dix-huit et vingt-deux ans. « Plus vous vous simplifierez la vie, plus les lois de l'univers seront simples ; la solitude ne sera plus la solitude, la pauvreté ne sera plus la pauvreté. » Plus de solitude ? Plus de pauvreté ?

Deb éclate de rire en pensant à l'idéalisme de sa jeunesse. À la mère de Thoreau qui lui faisait sa lessive.

Elle a encore un seau sous l'évier. Son électricité arrive toujours par un câble de soixante mètres raccordé à la grange de Hazel en contrebas – avec des coupures chaque fois que le vent se lève. Son fils Danny, la seule personne au monde qu'elle aime vraiment, à qui elle tienne plus que tout, vit dans un village au Guatemala. La bougeotte, toujours. Mon Dieu, ce qu'il lui manque.

Si trente-sept ans sont un coup de tonnerre, alors ses cinquante-neuf ans ont la longueur d'un train de marchandises, songe-t-elle, buvant une gorgée de vin et apportant son omelette à table. Elle allume la radio : un reportage sur les catastrophes naturelles ayant frappé le monde au cours des deux années écoulées. En janvier l'an dernier : le tremblement de terre qui a tué 150 000 personnes en Haïti. Puis en mars ce séisme au Japon, avec son tsunami d'une dizaine de mètres de haut, les fuites radioactives à Fukushima, et 15 000 morts. La sécheresse qui sévit actuellement dans l'est de l'Afrique aurait tué 30 000 enfants. « On est en train de réveiller la bête », commente le journaliste.

« Merde », lâche Deb en éteignant le poste. *Trente mille enfants.* Une ville, pense-t-elle, une colline, une île, un port, une région, une montagne. Des points épars sur la carte, jusqu'à ce qu'ils fusionnent en une flamme étincelante.

Ici, sur la colline, la tempête avait été si calme. D'un calme trompeur. Il y avait eu quelques coupures de courant en milieu de matinée, puis plus d'électricité du tout, mais finalement pas d'ouragan, s'était-elle dit, enfilant une parka et des bottes avant de sortir sous le déluge. À un peu moins d'un kilomètre en aval, elle avait découvert les dégâts : arbres abattus, câbles électriques arrachés, partout des routes inondées. Jamais elle n'avait vu de tempête comme celle-là. Toute la journée, des hélicoptères – de l'armée et des secours – sillonnant le ciel pour porter assistance aux personnes âgées, larguer des kits de premiers soins. Et puis cette information concernant Bonnie.

Elle-même grimpant sous la pluie en haut du champ pour téléphoner à Vale : « Ta mère. »

Hier, par la fenêtre de la cuisine, elle a vu la jeune femme traverser le champ, semblable à une Tess d'Urberville du XXe siècle : cheveux noir corbeau emmêlés, yeux noirs, robe rouge cramoisi, une chouette tatouée sur l'épaule. On ne sait jamais à l'avance qui seront les victimes, a-t-elle pensé alors, le moral dans les chaussettes.

D'où cette angoisse presque paralysante, qu'elle neutralise le plus souvent grâce à son jardin – des framboises, des pommes, des pêches, des poires et son carré de légumes, dont elle fait des conserves – et grâce à ses volailles, un coq et quatre poules. Pour le reste, elle multiplie les jobs à mi-temps mal payés : ménage, jardinage, aide aux personnes âgées. Tout cela, elle le sait, fait d'elle une excentrique, avec son vin et ses livres, sa solitude ininterrompue.

Elle se verse encore un verre de ce malbec argentin bon marché mais aux délicieuses notes d'humus et de mûres, de celles qu'elle cueille méthodiquement dans la montagne en été. Elle en a acheté toute une caisse au cas où ils seraient coupés du monde pendant des semaines. Elle en est aux deux tiers de la bouteille, la tête lui tourne, ses pensées sont apaisées comme elle les aime.

« Foutu Thoreau ! » s'exclame-t-elle, levant son verre et songeant à l'époque où elle était jeune et idéaliste, où cette bulle temporelle – sa vie à la campagne – lui apparaissait comme un fruit parfait, avant de finir par brunir, vieillir, fermenter, devenir d'une complexité insondable.

Elle ferme les yeux et voit Bonnie sous une pluie battante, Bonnie sur un pont, ses poignets maigres, ses os meurtris. Va-t-on la retrouver ? *Helpless*, impuissante : voilà comment se sent Deb sur ce pan de montagne. *Helpless*, se répète-t-elle, fredonnant la chanson de Neil Young, celle que Stephen préférait.

Vale

2011

13 septembre

Vale emprunte le pick-up de Deb pour aller en ville. La route principale est en travaux, aux mains d'équipes venues de Virginie, du Delaware, du Tennessee. L'état de catastrophe naturelle : voilà ce qui a été décrété. La Federal Emergency Management Agency a débloqué des fonds pour réparer les ponts, reconstruire les routes, dédommager les familles dont la maison a été emportée par les flots. Vale imagine les ouvriers de la FEMA progressant d'amont en aval. Se représente un jeune homme envoyé ici pour remettre les routes en état et tombant sur le cadavre de Bonnie.

Deb l'informe toujours des dernières nouvelles en date à l'heure du dîner. Elle prépare chaque soir un ragoût consistant, à base de haricots secs et de légumes de son jardin, l'apporte chez Hazel, le sert dans des bols. Avec du pain encore chaud et du vin. Deb, comme toujours vêtue d'un jean et d'une chemise en flanelle. Un visage qui fait partie du paysage, songe Vale. Façonné par lui. Un renard argenté. Qui est vraiment cette femme ? Vale ne dit jamais grand-chose au cours de ces repas. Elle remercie d'un signe de tête. S'éclipse discrètement.

Ce matin, elle roule lentement dans les petites rues, scrutant les visages sur les terrasses, ou dans l'encadrement des portes. Une petite fille de six ou sept ans est assise sur le perron d'une maison dans un anorak rose, et un chat se frotte contre ses genoux. Une femme téléphone sur le pas d'une porte, son pied nu posé contre l'intérieur de sa cuisse. Vale se souvient de Bonnie faisant les chambres du Motel 6. Bonnie travaillant à la station-service Sunoco. Bonnie nettoyant la merde et le vomi dans les toilettes et les cabines de douche. Pas de congés maladie, et toujours des horaires de nuit. Quand Vale avait treize ans, Bonnie a trébuché en haut de l'escalier de l'appartement, s'est cassé le bras, et on l'a renvoyée chez elle avec une ordonnance interminable et des petites pilules blanches contre la douleur.

Vale glisse dans la photocopieuse la photo de Bonnie au bord de la rivière. Elle laisse son propre visage hors-cadre, agrandit celui de sa mère jusqu'à trois fois sa taille. Écrit en grosses lettres : DISPARUE. SI VOUS LA VOYEZ, APPELEZ SVP. Fait quarante photocopies et les affiche partout : épiceries, stations-service, laveries automatiques. Le visage de Bonnie au refuge pour femmes battues, et aussi au centre d'hébergement pour les SDF. Le visage de Bonnie punaisé sur la porte de plusieurs églises de la ville. Laquelle était la sienne ?

La plupart sont fermées à clé, mais la porte de l'église baptiste évangélique – un bâtiment de béton en lisière de la ville – ne l'est pas. Vale entre, s'assied au dernier rang et regarde autour d'elle. Elle comprend pourquoi Bonnie a pu venir là, dans cette immense salle silencieuse et presque nue : une moquette bleue, des bancs de bois, sur le mur une simple croix, elle aussi en bois. Ce vide étant en soi une bénédiction. La chaleur émane sans doute des fidèles, se dit Vale.

Elle se lève et s'avance vers la nef. « Il y a quelqu'un ? » lance-t-elle, l'écho de sa voix se répercutant dans toute l'église.

« Bienvenue », lui répond quelqu'un depuis une pièce voisine.

Un homme de haute taille, la soixantaine, s'approche d'elle. Des yeux bienveillants.

« Vous connaissez cette femme ? » dit Vale en lui tendant la photo.

L'homme se rapproche encore. Il examine longuement le cliché. « Oui, dit-il enfin. Je la reconnais. Elle vient de temps à autre. »

L'église de Bonnie. C'est bien celle-ci. Vale sent un petit frisson sur sa nuque.

« Vous l'avez vue récemment ? »

Le pasteur contemple lentement Vale des pieds à la tête. « Je ne crois pas, murmure-t-il. Non. Pas depuis la tempête. »

Alors qu'elle tourne les talons, il ajoute, haussant la voix : « Revenez quand vous voulez ! Vous êtes la bienvenue ici ! Jésus accueille tous ceux qui franchissent cette porte ! »

Vale reprend la route jusqu'à un salon de tatouage, celui qui jouxte le 7-Eleven. Peu importe lequel, elle n'est pas difficile. Elle sait ce qu'elle veut : sentir la brûlure de l'aiguille, la lente diffusion de l'encre dans la peau.

C'est une image de pavots, d'un flot de pétales, qu'elle a en tête depuis des années.

Les pavots – cette fleur splendide. Sauvage dans les déserts de l'Arizona et de la Californie, domestique dans les jardins de la Nouvelle-Angleterre. Cultivée à grande échelle dans les champs arides d'Afghanistan, de Turquie, du Pakistan ou de Colombie pour que des paysans puissent gagner leur vie, nourrir leurs enfants, envoyer leurs fils à l'école. Son suc, l'opium, est raffiné pour en faire de la morphine, et aussi de l'héroïne. Celle-ci est ensuite expédiée clandestinement par bateau à New York, transportée sous des sièges de voiture vers Springfield et le nord, et elle se vend cinq ou dix dollars le sachet à Nelson.

Assez bon marché pour Bonnie, accro à son oxycodone. Et pour la moitié des anciens copains de lycée de sa fille.

Vale affiche une photo sur l'écran de son portable et la montre à la tatoueuse : deux fleurs de pavot rouges, leurs pétales détachés par le vent, pour le bras qui ne porte pas encore de tatouage. Une seule tige. Un seul réseau de racines. Deux têtes : celles de Bonnie et de Vale.

« Cool », dit la femme, dont les bras sont tatoués sur toute leur longueur : des serpents, des lianes, un pistolet, un ours.

Elle fait claquer son chewing-gum. Avec un large sourire.

« Et ça signifie quoi ?

– Rien », répond Vale en fermant les yeux. Dix ans que sa mère s'injecte le suc de ce pavot – du soulagement sous une forme ultra-raffinée – dans chaque veine qu'elle peut trouver.

Le tatouage prend trois heures et presque tout l'argent liquide qui lui restait. Lorsqu'il est terminé, le parking est plongé dans l'obscurité. Vale parcourt une dernière fois les rues de Nelson au volant du pick-up avant de rentrer – passe devant l'épicerie indienne, devant les fenêtres éclairées des appartements et des maisons où des couples regardent la télé, où des bébés dorment, où des gamins font leurs devoirs.

Elle roule lentement, scrute chaque façade.

Comme il serait facile de repartir vers son studio de La Nouvelle-Orléans, où magnolias et camélias sont en fleurs, vers cette ville tissée de beaux souvenirs. Jack lui ôtant son chemisier par la tête, prenant un stylo pour lui dessiner des oiseaux et des lianes sur la poitrine, le cou, les épaules.

Mais elle ne peut pas s'en aller, pas encore.

Dean : *Elle va revenir. Elle revient toujours.*

Bonnie, la tête en arrière, riant à gorge déployée. Bonnie dans un champ de tiges de maïs desséchées, marchant vers elle.

Deb

1974

20 juillet

C'est de Tim qu'elle se croit d'abord amoureuse – malgré son visage constellé d'acné –, mais c'est Bird qui l'emporte. Elles sont dans le jardin, à désherber les plants de tomates. Les mauvaises herbes sont voraces, une jungle à elles seules, et les deux jeunes femmes s'escriment pendant des heures à les arracher, la tête protégée du soleil par des chapeaux de paille que Tim a rapportés de chez les Amish en Pennsylvanie. Elles retirent l'une son jean, l'autre sa robe, ne gardant que leur culotte et leur tee-shirt aux manches découpées pour laisser passer l'air. Deb a le dos et les épaules écarlates, mais la douleur sera pour plus tard, que les eaux de la rivière viendront calmer. Dans l'immédiat, il y a toutes ces mauvaises herbes parmi les plants de tomates, en rangs serrés, amenées par les pluies de juin. Et, devant elle, Bird.

Deb ne sait pas grand-chose d'elle. La jeune femme vient d'Atlanta, elle a rencontré Ginny à Yale. Elles sont parties ensemble vers le nord dans la Saab 96 bleue de

Bird, que son père banquier lui avait offerte. C'est elle qui a les meilleurs albums : Ruth Brown, Nina Simone, Billie Holiday. Quand elle danse dans la salle de séjour, tous les regards convergent sur elle.

Elle leur raconte des anecdotes sur sa grand-mère mexicaine – « l'aristocrate » – et sur sa grand-mère grecque, éleveuse de chèvres dans les montagnes. Dit en riant : « Je n'ai pas franchement hérité de son amour de la terre ! »

Là, dans le jardin, elle se laisse tomber au sol et ferme les yeux. « Fichu travail manuel, lâche-t-elle. Je meurs de soif. Pourquoi on est venues jusqu'ici, déjà ? »

Deb se frotte les yeux pour essuyer la sueur qui dégouline de son front, se barbouillant le visage de terre. C'est vrai. Ce n'est pas du tout ce qu'elle imaginait, cette routine quotidienne et implacable. Elle a mal au dos. Mal aux jambes. La douleur de sa nuque brûlée par le soleil est insupportable. Bird roule sur le côté et se tourne vers elle. Pose sa main aux doigts minces et enduits de terre sur la cuisse de Deb. « On devrait peut-être rentrer », suggère-t-elle avec un sourire.

Deb la dévisage, surprise. Sa jambe est fraîche sous la main de Bird.

« Peut-être », répond-elle.

Elles regagnent la maison – aux pièces d'une fraîcheur apaisante – et montent dans la chambre de Bird en empruntant l'escalier du fond. Deb sent sur elles le regard – soupçonneux ou blessé, difficile à dire – de Ginny, qui se fige devant l'évier de la cuisine. Elle suit Bird sans un mot.

La chambre, située au-dessus de la cuisine, est une pièce mansardée avec un lit à même le sol. « On y a caché des esclaves en fuite au temps de l'Underground Railroad, je crois », dit Bird. Il y a des bougies partout, une tapisserie en guise de rideau. Bird déshabille Deb et Deb la déshabille. Jamais Deb n'a embrassé une femme, touché d'autres mamelons que les siens, glissé le doigt à l'intérieur d'un corps féminin. Jamais elle n'a senti la main d'une femme dessiner des constellations sur sa poitrine couverte de coups de soleil. Elle passe la soirée et la nuit là, dans les bras de Bird, suivant la course de la lune entre les poutres.

Quand elle se réveille, Bird, assise sur le lit, fume une cigarette en écoutant « The Revolution Will Not Be Televised » de Gil Scott-Heron.

Elle sourit à Deb qui se laisse retomber sur l'oreiller, et rit. Deb reste couchée entre les draps de coton, écoutant la chanson elle aussi, et le coq en contrebas, et puis les grillons. Elle pose la main sur le bras de Bird. Ferme les yeux. *The revolution will be no re-run, brothers. The revolution will be live*, chante Gil Scott-Heron. La révolution ne sera pas une rediffusion, mes frères. Elle se fera en direct.

Vale

2011

18 septembre

Il est seize heures, et un gros bruit retentit dans le réfrigérateur sous le plan de travail. L'ampoule au-dessus de la table clignote deux fois, puis reste allumée.

L'électricité !

Vale branche son portable, déchargé depuis deux jours. Un message des services de police – son cœur cesse quelques instants de battre pendant qu'elle l'écoute. Un inspecteur l'informe qu'on a vu une personne correspondant à la description de sa mère, endormie sous le pont de chemin de fer. Ses hommes vont vérifier, on la contactera s'il y a du nouveau.

Elle descend du lit où elle est couchée depuis des heures et enfile un pull – elle se sent soudain frigorifiée. Elle verse dans la bouilloire l'eau du pichet en plastique posé sur le plan de travail, gratte une allumette.

Quand l'eau est chaude, elle humecte un gant de toilette et fait une toilette de chat – le visage et le cou, sous les bras, entre les jambes –, puis rince le gant et le met à sécher au-dessus du radiateur.

Elle est là depuis tant de jours. Ils se fondent les uns dans les autres. Et ne mènent nulle part.

Mais Bonnie sous ce pont de chemin de fer… Vale l'imagine cachée là-bas, près de ces eaux qu'elle a toujours aimées, la tempête comme une forme de sevrage.

Elle lit le reste de ses messages. Un de Freddie au bar : « Suis inquiet. » Deux de la boîte de strip-tease : « Tu es passée où ? » Un de Shante : « OÙ ES-TU, MON CHOU ? » Et un de Jack : « MA CHÉRIE ! »

Près de trois semaines qu'elle est là. Trop longtemps. Trop de journées passées au volant, à arpenter les petites routes et les ruelles, à afficher toujours plus d'avis de recherche. À manger le ragoût et le pain que Deb apporte chez Hazel, à boire du vin et à s'éclipser discrètement.

Bonnie sous le pont de chemin de fer : Vale s'y rendrait bien tout de suite, mais d'où elle est, elle constate que le pick-up de Deb a disparu.

Par la fenêtre, elle peut voir la maison de Hazel à flanc de montagne, celle où Bonnie a vécu ses dix-huit premières années, et elle se demande s'il reste une quelconque trace d'elle : flacons de vernis à ongles, cassettes, vêtements ?

Elle enfile son jean et ses bottes, glisse son portable dans sa poche et se dirige vers la maison.

En passant devant la grange, elle se rappelle une histoire que Hazel lui a racontée un jour. Deux esclaves, une mère et sa fille, arrachées à cette grange et remises aux autorités. Est-ce une histoire vraie ? Elle aimerait retrouver les photos de ses ancêtres, pouvoir les regarder droit dans les yeux et les traiter de salauds. Elle aimerait retrouver une photo de sa mère adolescente. En existe-t-il une ?

« Le courant est rétabli, annonce-t-elle à Hazel.

– Ah oui, répond la vieille dame. Tant mieux. » Elle est assise devant la table de la cuisine, une tasse vide à la main.

« Un soulagement, non ? »

Hazel acquiesce d'un signe de tête, se tourne vers la fenêtre.

« Je me demandais s'il y avait des photos de famille ici ? »

Les yeux de Hazel – bleu pâle, blanchis par la cataracte – restent un court instant dans le vague, puis enregistrent la question, comme s'ils quittaient quelqu'un ou quelque chose au loin.

« Des photos ? Oh oui. Elles sont au grenier, je crois.

– Merci », dit Vale, se dirigeant vers l'escalier.

Il y a des moutons de poussière dans les coins. Ça ne ressemble pas à Hazel de laisser la saleté s'accumuler. Vale est incapable de se souvenir d'un moment où cette femme n'était pas occupée à faire le ménage, tenant le chaos à distance avec tous les outils qu'elle avait sous la main : balai, aspirateur, tondeuse, faux.

« Je descends de puritains durs à cuire, disait Bonnie. Ils ne s'intéressent qu'à la terre et aux morts. La terre et les morts ! Comme si cette terre leur appartenait, d'abord ! Comme si elle n'avait pas été volée aux Indiens ! » Elle brossait la chevelure de Vale. Lui faisait une raie au milieu. Puis une natte.

Vale est pratiquement sûre que sa mère dormait dans la petite chambre orientée à l'est, en haut de l'escalier. Elle ouvre la porte, entre dans la pièce. Il y a un lit en fer dans l'angle, avec dessus une couverture en laine bien tendue, et des rideaux d'un jaune passé. Elle jette un coup d'œil dans la penderie : vide. Ouvre les tiroirs de la commode : vides eux aussi. Elle va à la fenêtre et admire la même vue que Bonnie durant ses dix-huit premières années : Round Mountain, les sapins, Silver Creek. Elle pose les doigts sur l'appui de fenêtre, sent quelque chose d'inscrit là, baisse les yeux : le prénom *Bonnie*, gravé dans le bois avec la pointe d'un couteau. L'inscription est brun pâle – une vieille blessure. Vale imagine Bonnie à seize ans, cherchant désespérément à s'évader. « Tu as trouvé ta liberté », chuchote Vale en caressant les rainures.

Le grenier est une pièce mansardée à l'étage, au-dessus de la cuisine : une unique fenêtre au fond et des solives à nu, noircies par les ans. Le sol est encombré de vieux meubles, cageots, malles et cartons. Le rebut de décennies entassé sous une couche de poussière, et sentant la fumée du feu de bois montée jusque-là. Mais il n'y a rien qui semble avoir appartenu à Bonnie, seulement des couvre-lits et plaids mités, des assiettes ébréchées. Vale s'apprête à partir lorsqu'elle découvre, sur l'étagère du haut, un album photo bleu foncé. Elle le prend, essuie la poussière avec sa manche, l'ouvre sans attendre. Sur la première photo, on voit la famille au complet devant cette maison. Les pentes boisées et les champs sans enclos, deux bœufs, des jeunes gens en pantalon et des jeunes filles en robe de coton blanc, sourcils froncés, lèvres pincées, le regard dur comme la pierre. Bon sang, pense Vale. Quel stoïcisme. Où était la joie ? Au bas de la photo, une date griffonnée au crayon : *1901*. Des prénoms, également : Henry, Ezekial Jr., Faith et Helen, Willem et, tout au bout à droite, Marie, la jeune épouse de Henry. Vale ne quitte pas Marie des yeux. C'est la grand-mère de Hazel, elle en est presque certaine – elle reconnaît le prénom, bien qu'elle n'ait jamais vu cette photo. Ni aucune photo de Marie, d'ailleurs. Elle a le visage large, des yeux sombres en amande, et deux nattes – épaisses et brillantes – qui lui descendent jusqu'aux épaules. Elle ressemble à une Indienne – une Abénakise, pense Vale. De l'index, elle effleure le cliché, regarde par la fenêtre poussiéreuse en direction du champ. Des années plus tôt, Bonnie avait fixé un attrape-rêves au-dessus du lit de Vale : « Toi et moi ? On est indiennes. Tu ne crois pas ? Je le sens dans mes veines ! Un peu de sang amérindien, quelque part. C'est mon côté sauvage. Et celui de ma mère. Et le tien, ma chérie ! » Vale avait longtemps adoré cette théorie, puis elle avait appris ce qu'était le colonialisme : ses ancêtres blancs avaient volé la terre des Abénakis et décrété qu'elle leur appartenait. Les épidémies. Les massacres. Et cette obsession de Bonnie la mettait mal à l'aise.

Elle feuillette le reste de l'album, mais il n'y a pas d'autre photo de Marie. Seulement de la maison, qui devient de plus en plus délabrée au fil des ans.

Pas de photo de Bonnie non plus.

Mais Marie. L'arrière-arrière-grand-mère de Vale.

Elle retire le cliché de l'album, le met dans sa poche et se dirige vers la porte. Sur le seuil elle s'arrête, quelque chose attire son regard : un chapeau posé sur une pile de cartons. Un feutre vert foncé, au rebord orné d'une plume. Le chapeau de Lena sur cette autre photo.

« Ça alors », murmure-t-elle, escaladant les cartons pour l'attraper. Elle le prend, l'époussette, s'en coiffe. Par miracle il n'est pas mité et lui va parfaitement.

Elle punaise sur la cloison de la caravane la photo de Marie et de la ferme, près de celles de Lena et de Bonnie. Consulte son portable : un nouveau message de la police. Elle l'écoute, son cœur – tenace – battant cette fois à tout rompre. D'après l'inspecteur, la femme vivant sous le pont de chemin de fer a été identifiée. Une trentenaire. Pas sa mère.

Vale se verse un grand verre de rhum. Allume la lampe – étrange nouveauté. Cherche sur son portable une chanson d'Odetta, replace le chapeau de Lena sur sa tête et étudie son reflet dans le miroir fixé au-dessus du lavabo : elle lui ressemble. Cette plume est-elle une plume de dinde ? De chouette ? D'aigle ? De lagopède ?

Vale ressemble aussi – mêmes yeux en amande, mêmes joues rebondies – à Marie, son aïeule. Même regard farouche, qui se détourne presque. Et alors elle pense à Jack, à la fois noir et créole, qui constelle les rues de ses graffitis d'oiseaux. Elle pense à Shante jouant de vieilles chansons françaises traditionnelles, apprises de sa grand-mère.

« Tu accepterais de danser sur ma musique ? » lui avait demandé son amie peu de temps auparavant. Vale avait haussé les épaules et virevolté dans l'appartement, vêtue de dentelle pourpre et de cuir noir. Elle avait préparé à Shante un cocktail où flottaient des capucines du jardin. Elles étaient toutes deux montées sur le toit avec une couverture et s'étaient allongées au soleil.

« Qui étais-tu ? » demande Vale à Marie. Les yeux de cette femme ne regardent pas le photographe mais le champ sur sa gauche, comme si quelque chose y bougeait – un chat, ou un autre animal, peut-être un enfant. Vale boit une gorgée de rhum. « Et toi, qui es-tu ? » demande-t-elle à son propre reflet dans le miroir. Elle sort de son sac un bâton de rouge à lèvres écarlate, farde sa bouche et valse doucement dans la pièce, au rythme de la chanson interprétée par Odetta : « Don't Think Twice, It's All Right » – Ne t'en fais pas, ça ira.

Hazel

2011

19 septembre

Une voix à l'étage, qui appelle. Bonnie ? Hazel monte tout en haut de l'escalier, dans la chambre sous les combles où Jessie, sa mère, a agonisé et où Bonnie a dormi plus tard.

Elle pousse la porte : des rideaux tirés, d'un jaune passé, une couverture de laine couleur crème tendue sur le lit. Elle s'assied dessus. Il y a des années qu'elle s'est débarrassée de toutes les affaires de Bonnie – elle les a fourrées dans des sacs en plastique pour les emporter à la décharge. Elle lisse la couverture autour d'elle. Jette un coup d'œil dans la pièce. Une odeur de poussière et de naphtaline. De vieilles lattes et de plâtre. N'a-t-elle pas entendu quelqu'un l'appeler ? Et qu'est-ce que Vale lui a demandé hier après-midi, déjà ?

« Hazel, que sais-tu de cette photo ? » avait-elle dit en descendant.

Debout devant l'évier de la cuisine, Hazel regardait par la fenêtre. Elle s'était retournée et avait longuement dévisagé Vale. La jeune femme portait un feutre vert foncé au rebord orné d'une plume de dinde. « Lena ? avait dit Hazel.

– Comment ? Non. Moi, c'est Vale avec le chapeau de Lena. Je l'ai trouvé dans le grenier. Tu vois ? C'est moi. Vale. » Elle avait retiré le chapeau de sa tête.

« Oh », avait lâché Hazel, clignant des yeux.

Ensuite, Vale lui avait montré la photo. Cette maison fraîchement peinte en blanc, toute la famille alignée devant, costumes sombres, robes en drap de laine et coton pâle.

« Oh oui ! s'était exclamée Hazel, un flot de chaleur lui inondant la poitrine. Regarde-moi ça. Ce sont nos ancêtres.

– Et elle ? Qui est-ce ?

– Ma grand-mère. Marie. Elle est morte quand j'avais onze ou douze ans.

– C'était une Abénakise ?

– Quoi ? » Hazel avait brièvement levé les yeux vers Vale. « Bien sûr que non. Nous n'avons pas de sang indien. »

Puis Vale était partie, emportant la photo avec elle, et Hazel s'était replongée dans la contemplation du champ et du paysage écrasé de soleil. Le nègre gitan : voilà comment son père appelait Buck, l'homme qui vivait au fond des bois. Cela faisait des années qu'elle n'avait pas pensé à lui.

« Maman ? demande Hazel doucement, en se retournant. Tu es là ? »

Mais bien sûr il n'y a personne.

La maison était si calme autrefois, avant l'électricité. Lena dans un coin, de huit ans sa cadette. D'une timidité maladive. Elle ne disait pas un mot à l'école. Ni devant des inconnus. Faisait des difficultés chaque fois que leur mère, ou plus tard Hazel, tentait de lui brosser les cheveux ou d'enlever la crasse derrière ses oreilles. Elle refusait aussi de porter des robes, voulait se promener toute nue ou en jean. C'étaient les animaux qu'elle aimait : ses chats de gouttière et leurs petits dans un carton au fond de la cuisine ; un bébé écureuil apprivoisé, niché sous son chemisier. Un jour, après la mort de leur mère, Hazel avait trouvé Lena à la cave. Elle venait d'ouvrir tous les bocaux de pêches, jusqu'au dernier. Ces pêches, c'était comme la lumière de leur mère, la douceur et la perfection mises en conserve, et à présent tout cela était perdu.

Hazel avait giflé sa sœur, qui avait neuf ans à la mort de leur mère. Après cela, elle avait refusé d'aller à l'école, s'était enfuie dans les bois et avait été ramenée par la police locale. On avait menacé Hazel de la lui retirer, et elle avait protesté de toutes ses forces : « Non ! »

« Ne crois-tu pas, maman, lance Hazel en direction du lit où repose sa mère endormie, le visage serein et beau, qu'il faudrait remplir les bouillottes ? »

Sa mère hoche la tête.

Elle a fait de son mieux, non ? Pour celle qui, durant leur année noire, respirait tout doucement dans cette chambre aux mêmes rideaux jaunes. Lena lui apportait des bocaux de fleurs sauvages – eupatoires, boutons d'or, rudbeckias. Leur père au rez-de-chaussée : trop calme. Des pas étouffés sur le bois usé.

Arrête ! Hazel ferme les yeux.

Elle se retourne, mais sa mère n'est pas là. Personne entre les draps. La couverture bien tendue.

Un goût métallique dans l'arrière-gorge de Hazel.

Qu'est-ce qui lui prend ? Elle apportait des bols de soupe à sa mère agonisante. Des tasses de thé. Des verres d'eau. Un souffle d'air en ouvrant la fenêtre. Bien sûr que sa mère n'est pas là. Quatre-vingt-dix ans, et son esprit est un parchemin, ne tient plus qu'à un fil. Elle se lève d'un bond et va à la fenêtre. Regarde au bout du champ et au-delà, vers les bois qui montent en pente douce.

« Non, nous ne sommes pas indiennes, dit-elle bien fort. N'est-ce pas, maman ? » Sa mère au visage couleur de lune. Irradiant de l'intérieur. Hazel s'approche d'elle et l'embrasse sur le front. Sa mère pose une main sur son épaule tremblante. Et ne la retire pas.

Lena

1956

9 juin

Cher crépuscule,

Ce soir, la cabane a l'odeur du nid d'Otie que j'ai installé dans un coin de la pièce, de son contenu de mousse, de lichen et de feuilles pourrissantes. L'odeur des pelotes qu'il régurgite chaque jour, pleines de poils et d'os. En me bouchant le nez, je racle le fond du cageot pour le vider dans un seau et le nettoyer. Otie ferme son œil unique, avant de sombrer dans un profond sommeil. Quand j'ai fini, je me lave les mains au savon et à l'eau de pluie. Je me prépare du thé dans la tasse ornée d'une rose au fond. Je bois lentement. En regardant le ciel s'assombrir.

Je glisse mes paumes le long de mes cuisses, enlève ma culotte, retire le linge imbibé de sang entre mes jambes. Je le frotte dans une casserole d'eau tiédie. L'eau devient toute rouge. Je la change. Je frotte à nouveau, puis accroche ce linge à un clou au-dessus du poêle pour qu'il sèche. Mon corps est en manque d'enfant, Otie.

La seule chose dont j'aie envie. Un enfant ! Une fille avec un peu de chance, pour des raisons que j'ignore.

Otie se réveille et sautille autour de moi, humant l'air, à l'affût, poussant un hululement occasionnel. Est-il destiné à une partenaire dans les parages ? Avec son œil unique, son aile cassée. Nous faisons la paire, lui borgne et moi qui louche de l'œil gauche. « On est définitivement impossibles à aimer, toi et moi », lui fais-je remarquer en mettant un linge propre entre mes cuisses, avant de me rasseoir devant la table.

Je sors mon cahier pour le feuilleter : des dessins de castors, de wapitis, d'ours, de visons, de martres, de coyotes.

J'écris : *Près du mal se trouve le remède* – c'est Adele qui m'a appris ça. Elle connaît le nom et les propriétés de toutes les plantes qui poussent en bord de route.

Contre les saignements : la sanguinaire (portée en collier), le pin blanc en cas d'hémorragie.

Contre les rhumes et la fièvre : le sapin baumier, le sapin du Canada, le tremble, l'épicéa noir, le pin blanc, le cèdre.

Je revois Marie, ma grand-mère qui est morte quand j'avais quatre ans, tresser près du feu ma longue et épaisse chevelure. Ses tasses d'infusions parfumées, à la saveur boisée.

Otie me regarde dessiner, clignant de son œil unique. Les chouettes s'unissent pour la vie, ai-je lu dans mon manuel. Me prend-il pour sa partenaire ? « Moi aussi je t'aime, Otie-O », dis-je. Satisfait, il referme son œil. D'après ce qu'on m'a expliqué, les chouettes ont une si bonne mémoire des lieux qu'elles peuvent voler entre les branches des arbres dans l'obscurité.

« On va se promener, Otie ? »

Au pied de la montagne, nous entendons de la musique et faisons le tour de la grande maison. La voix de velours de Buck Owens s'échappe des fenêtres ouvertes du salon.

Je longe les bardeaux, me faufile derrière les lilas, enjambe les pervenches et, plaquée contre le mur, je risque un coup d'œil à l'intérieur.

Dans un angle, Stephen joue avec une boîte d'allumettes. Ses jambes minces de petit garçon. Sa frange blonde qui lui cache le front. Stephen ! Un si bel enfant. Hazel est devant l'évier de la cuisine, robe bleue et épaules voûtées. Je voudrais prendre ces épaules à deux mains. Les redresser. Dire : « Voilà, c'est mieux. »

Lex est assis dans un fauteuil les yeux clos, un verre de bourbon à la main, un pied battant la mesure. Un homme aux pommettes saillantes abîmé par la guerre. Des chansons plein la tête.

Je me détourne de la fenêtre, m'adosse aux bardeaux de pin. Des écailles de peinture blanche se détachent sous mes doigts. Je ferme les yeux. Sens sur ma clavicule les serres toujours présentes d'Otie. La rosée du soir sur mon cuir chevelu et mes joues. Je reste immobile – le corps incandescent.

Au bord de la rivière en contrebas, le *yip-yip-yip* de mon ami le coyote à trois pattes.

M'éloignant discrètement de la maison pour rentrer chez moi, je murmure : « Comme toi et moi, Otie. Une créature de la nuit. Qui se languit. »

Vale

2011

20 septembre

Vale s'éveille à l'aube. Allume le radiateur à gaz fixé au mur.

Elle boit trop et commence à perdre le sens des réalités. Bonnie est-elle réfugiée dans les marécages, au fond d'une grotte, buvant une infusion de bourgeons de sapin devant un feu ?

Hier soir, Vale a demandé à Deb si elle avait des livres sur les Indiens du Vermont à lui prêter, et cette dernière en a plus tard rapporté deux de chez elle : une histoire des Abénakis et un tout petit livre qui tient dans la paume de la main, intitulé *No Word for Time* – « Pas de mot pour dire “temps” ».

Ce matin, en buvant son café, Vale décide de s'y plonger. Comment a-t-elle pu passer ici les trois quarts de sa vie, y faire sa scolarité, et ne rien savoir des premiers habitants de la région ? Mis à part quelques pétroglyphes près des chutes d'eau où, naguère, Jimmy et elle prenaient des bains de minuit et se défonçaient. Et cette partie de la rivière appelée Indian Love Call où l'emmenait sa mère. Bonnie aimait siffler en direction des falaises rocheuses et disait toujours, quand l'écho lui répondait : « Tu vois ? Des esprits indiens. Le tien et le mien ! » Elle retirait sa robe et plongeait – entièrement nue – dans l'eau froide. Vale scrutait les bois autour d'elles, espérant qu'il n'y aurait personne à proximité.

Elle est assise à la table, le plafonnier bourdonnant au-dessus d'elle, et feuillette les deux livres. Dans celui sur l'histoire des Abénakis, elle lit le chapitre consacré aux « Années du Castor » : la colonisation, les épidémies, le génocide, moins de mille membres de la tribu encore en vie après la guerre d'Indépendance. Elle lit ensuite celui sur le début des « Années du Renard » – de la fin des années 1820 au milieu du XXe siècle –, l'époque où fut prise la photo de Marie et où beaucoup d'Abénakis s'exilèrent plus au nord. Certains choisirent d'y rester et de se mêler à leurs voisins canadiens français. D'autres de suivre le Sentier du Renard, vers les montagnes et les fleuves ; d'autres encore de « s'intégrer » à la civilisation. D'après la légende griffonnée au dos, la photo de Marie date de 1901, sans doute quelques années avant la naissance de Jessie – la mère de Lena. Marie essayait-elle de s'intégrer ?

Vale découvre soudain quelque chose qu'elle ignorait jusque-là. Dans les années 1920, la Commission de la Vie rurale commandita une étude intitulée *Vermont Eugenics Survey*, explicitement destinée à codifier et à perpétuer la réputation blanche comme neige de l'État. Résultat : vingt ans d'internement pour les pauvres et les illettrés du Vermont, ainsi que pour les personnes de couleur. La majeure partie des individus visés étaient des Abénakis. La plupart se virent retirer leurs enfants. Et furent stérilisés de force. D'autres se cachèrent – dans les bois ou des campements au bord de la rivière –, ou bien renièrent leur sang indien.

Vale referme le livre et se verse une deuxième tasse de café, qu'elle boit lentement. Elle contemple la photo de Marie sur la cloison et songe que ce mouvement eugéniste existait encore du temps où Lena et Hazel étaient adolescentes. Elle s'imagine Marie s'installant dans la maison blanche sur la montagne, défaisant ses nattes, se nouant un tablier autour de la taille, désapprenant sa langue maternelle. N'allant plus ramasser l'herbe à bison dans les marécages. Ne racontant presque rien à ses petites-filles, pour les protéger autant que pour se protéger elle-même.

Vale se lève et sort pour s'éclaircir un peu les idées. Il fait froid. Un vent mordant au parfum de résine monte de la rivière. Elle s'enveloppe dans son gilet, rabat le chapeau de Lena sur ses yeux et ses oreilles. Un peu plus haut dans la montagne, la fumée d'un feu de bois s'élève du chalet de Deb ; la lumière du soleil se reflète sur la fenêtre de la cuisine de Hazel. « Chez moi », murmure-t-elle, le paysage lui apparaissant sous un jour nouveau.

De retour à l'intérieur, elle ouvre le second livre que lui a prêté Deb. Il porte sur la spiritualité des Algonquins, dont les Abénakis font partie, y apprend-elle. Pour eux, « abîmer la terre, c'est s'abîmer l'esprit », écrit l'auteur, Evan T. Pritchard.

Vale prend cette phrase en plein cœur. Elle repose le livre, pense au réchauffement climatique et aux tempêtes qui en résultent. Aux marées noires, aux oiseaux échoués sur les plages, aux décharges pleines de plastique. Elle pense à l'« esprit abîmé » de Bonnie, à tous ces livres dans sa bibliothèque – chacun d'eux ayant été une tentative pour se trouver elle-même.

Elle lace ses chaussures, boutonne son gilet et part marcher dans les bois. Les berges de la rivière ne sont plus moussues ni parsemées de fougères comme avant, tout droit sorties de l'ancien temps et dignes d'un paysage japonais, mais dévastées : des monceaux de gravier, des arbres déracinés.

Il y a des années, elle avait remonté à pied cette partie de la rivière avec Danny. Bondissant de rocher en rocher, se tenant en équilibre sur des troncs. « Tu es née ballerine, Vale ! » lui avait-il crié en la voyant faire, et c'était vrai : dans ces moments-là, son corps semblait pure lumière. Elle était amoureuse de Danny, à l'époque. Son cousin, de neuf ans son aîné, qui jouait à la guitare les chansons de Leonard Cohen dans le grenier à foin. Danny qui mettait les Rolling Stones à plein volume dans le chalet de Deb, là-haut sur la montagne – marquant le rythme d'un mouvement de tête, avec la même moue que Mick Jagger.

En ce temps-là, elle voulait devenir danseuse : une ballerine en tutu, vêtue de rose et blanc. Orteils tuméfiés et petit chignon. Pas exactement la façon dont elle décrirait ses soirées à la boîte de strip-tease, mais pas radicalement différent non plus. Le corps tout en muscles, vif comme l'éclair. En pleine possession de ses moyens. Lors de sa dernière conversation téléphonique avec Bonnie, elle lui avait appris qu'elle dansait – pour payer ses factures. Mais elle n'avait pas précisé quelle sorte de danse. La fierté dans la voix de Bonnie : « Oh, ma chérie. C'est formidable ! Je suis si fière de toi ! J'ai toujours su que tu avais la grâce. Que tu étais divine ! » Puis sa voix avait semblé se perdre, distraite ou épuisée, et elle avait raccroché.

Vale continue à longer la berge vers l'amont. Plus loin, là où la rivière se transforme en marécage, les dégâts sont moins importants. Seulement des champs de graminées et de fougères couchées. Étrangement silencieux, étrangement immobiles.

Elle se baisse pour examiner la vase près de l'eau : des empreintes de cerf. De chien ou de coyote. Mais pas d'empreintes de mère.

C'est sans doute là que je viendrais, pense-t-elle, si la fin du monde approchait.

Approche-t-elle ? À quelle hauteur doit monter le niveau de la mer, combien de tempêtes doivent encore s'abattre avant que le monde tel qu'on le connaît ne cesse d'exister ?

Il y a d'autres empreintes, qu'elle n'identifie pas. De martre ? De renard ? Celles d'animaux qui s'éveillent avec le jour et viennent s'abreuver. Dans ce proche avenir apocalyptique, se dit-elle, je serai comme eux : regard aux aguets, oreilles dressées, tournant la tête en tous sens. Réfugiée près de ces marécages fertiles ; réapprenant toutes ces choses oubliées.

Elle plonge sa main dans l'eau bourbeuse où flottent des brins de mousse, et se revoit se déshabillant sous la lumière crue de la boîte de strip-tease. La chaleur des projecteurs, la sueur qui ruisselle le long de sa colonne vertébrale et sous ses bras. Elle se souvient de la brûlure dans les muscles de ses jambes, du long apprentissage pour feindre de faire sans effort ce qui en demande le plus – pour rendre gracieux les mouvements les plus pénibles.

« On a des âmes de gitanes », disait sa mère en dansant dans la salle de séjour de leur appartement, seulement vêtue d'un vieux tee-shirt. « Des âmes de gitanes ! Toi et moi. Que les impies qui disent le contraire aillent se faire voir. Des âmes d'Indiennes ! Je le sens jusque dans mes *os*, Vale mon amour. »

Vale remonte le col de son gilet autour de son cou, lève le visage vers les nuages de plus en plus noirs qui arrivent de l'ouest à toute allure, vers les gouttes de pluie qui se mettent justement à tomber.

« Tu es là, Bonnie ? » lance-t-elle.

Un geai bleu dans le plus haut des pins. Un éclair au loin.

Elle se baisse à nouveau et enfonce les doigts dans ces empreintes de chien ou de coyote, porte son index à ses narines et le hume : la senteur entêtante de l'eau des marécages.

Lena

1956

18 juin

Chers oiseaux,

Je vais souvent aux bals de campagne, parce que j'adore danser. Quel Dieu refuserait d'exister dans mes semelles qui glissent sur le parquet, dans tout ce tourbillon ? Mais je ne vais pas à l'église, malgré les suppliques insistantes de ma sœur Hazel. Ma mère est morte quand j'avais neuf ans ; pourquoi irais-je prier ce Dieu si froid ? Mon Dieu à moi se trouve dans les racines des arbres, le chant de la rivière, l'odeur des champignons et le parfum puissant des herbes sauvages. Mon Dieu à moi se trouve sur le visage d'Otie – visage de Dieu, visage de Chouette, visage de Lune, visage de Borgne – et dans sa façon de me regarder, silencieux, la tête penchée. Dans ses serres acérées. Dans sa faim insatiable. Donnez-moi le nom de ce Dieu et je vous donnerai le nom du mien.

Mon Dieu à moi se trouve aussi dans la musique – violon, contrebasse, guitare, percussions. Il se trouve dans la sueur et le balancement des hanches, le contact d'autrui et le tournis. Voilà pourquoi je vais au bal.

Je laisse Otie dans ma cabane, au fond de son cageot contre la plinthe. Deux souris par jour : c'est ce qu'il lui faut. J'ai posé des pièges tout le long des fondations et des murets de pierre. J'attrape les souris par la queue, leur chuchote « Merci », puis les tends à Otie qui se jette sur elles et les dévore.

Je demande à Adele comment on dit « merci » dans sa langue, et elle me répond que c'est *oliwni*. « *Oliwni* », dis-je à l'oreille de la souris pétrifiée.

Je demande à Adele comment on dit « chouette », et elle me répond que c'est *gohkohkhas*. « *Gohkohkhas*, prends soin de toi, mon ami, dis-je à Otie. Je t'emmènerais bien au bal, mais on me traiterait de folle. » Il approuve d'un long et lent clin d'œil.

J'enlève mon jean, enfile une vieille robe de Hazel. En soie couleur pêche avec des boutons de nacre, une tache à la hauteur de la hanche, et sur le côté une déchirure que j'ai grossièrement raccommodée.

« Apprendras-tu un jour à coudre ? » me demande ma sœur depuis des années. Et moi je lui réponds du tac au tac, toujours avec le sourire : « Non. »

Je me fais deux nattes, mets mon bonnet de laine. Une fois chaussée, je bois une gorgée de whisky et je lance à Otie : « De quoi j'ai l'air ? » Il cligne de l'œil depuis son cageot, serein et muet.

Je descends au pied de la montagne, où Hazel et Stephen me prennent en voiture. Ma sœur emporte une tourte au poulet, un entremets et un thermos de café.

Elle nous regarde de biais, ma robe et moi : « Tu vas vraiment porter ça ? »

Je souris. Lui effleure la pointe du nez. Son arête fraîche. Elle s'écarte et démarre.

Je me tourne pour parler à Stephen. Six ans, les mêmes yeux couleur de mousse que son père. Il m'adresse un sourire radieux que je lui retourne. Il veut savoir où est Otie et je lui dis que je l'ai laissé chez moi, avec les étoiles pour compagnie : il serait terrifié par le bal – penserait qu'on est tous devenus fous. Je tapote le genou de mon neveu et lui demande s'il dansera avec moi ce soir. Il hausse les épaules. Sourit et hoche la tête. Je lui confie qu'il y a peu, Adele m'a raconté l'histoire d'une femme qui avait épousé un hibou, et que je la lui raconterais bien à mon tour un de ces jours. Elle lui plairait sûrement.

« Une femme qui a épousé un hibou ? » Son sourire amusé découvre ses dents de travers, les trous béants laissés par celles qui sont tombées récemment.

« Eh oui. C'est peut-être moi, cette femme. Et c'est peut-être simplement une histoire sur ma vie ! » Je lui fais un clin d'œil et me retourne vers la route devant moi. Je baisse la vitre, enlève mon chapeau de feutre, passe la tête au-dehors, reçois le vent en plein visage, et dans le crépuscule je hulule comme Otie : « Hou, hou, où courez-vous ? »

« Rentre la tête à l'intérieur », ordonne ma sœur. Je lui pince la cuisse. Me retourne pour faire un nouveau clin d'œil à Stephen, écroulé de rire sur la banquette arrière.

Le violoneux, c'est Lex. L'homme aux yeux couleur de fougère, à peine bordés de noir. Quand il joue, on dirait que son corps se détache du sol, seulement relié à la terre par un fil électrique courant de son orteil gauche au sommet de son crâne. Il tournoie autour de ce fil, tanguant légèrement, tremblant, se baissant, transporté, épanoui. La plupart du temps, ses yeux sont fermés, mais il lui arrive de regarder les danseurs et là il sourit, un sourire pareil à l'explosion d'une ampoule électrique dans cette salle tout en bois où nous dansons, où les hommes sont si tendus et les femmes si raides, le visage impassible, mais quand l'ampoule explose, l'espace d'un instant on a tous l'air tellement beaux que j'ai l'impression de pouvoir me métamorphoser en quelque chose que je n'étais pas auparavant : un faucon, une braise, les pétales épars d'une rose du Venezuela. Puis Lex referme les yeux, la musique continue, je m'agrippe aux bras de mon cavalier, abandonne mon corps au rythme et à la force du sien, et nous tournoyons ensemble.

Oh, ce pouvoir qu'a la musique de tracer des lignes rouge alizarine, des courbes dans cette salle carrée ! Cette impatience avec laquelle vous les suivez les yeux fermés pour grimper dans le cœur d'autrui, celui de l'auteur de la musique, en décrivant des spirales entre les murs en pin d'une salle au parquet en pin.

Je ne ressemble pas aux dames de la ville avec ma robe en soie grossièrement raccommodée, mes chaussures d'homme et mon chapeau de feutre. Je ne ressemble pas à ces femmes qui animent des cercles sociaux pour jeunes filles, qui font des tartes pour la bonne cause et portent de jolies robes à fleurs fraîchement cousues par leurs soins. Chaque fois que je franchis la porte, j'entends ma défunte mère prononcer mon prénom, comme un écho dans la voix de ma sœur. Leur intonation me fait marquer une pause : une odeur de mélasse brûlée et de fumée – un appétit si particulier.

Oh, que j'aime danser ! Cette robe, je la mets pour la façon qu'elle a de se balancer dans l'air, pour la douceur de sa soie qui virevolte au-dessus de mes chaussures et autour de mes genoux. J'aime me cramponner à un homme pour qu'il me fasse tournoyer en serrant de toutes ses forces mes bras et mes reins, mes nattes fouettant nos deux visages. Ces tourbillons me font rire, et toutes les têtes se tournent, mais pourquoi me gênerais-je ? Pour rien. Que serait cette gêne, Otie, sinon une longe nous empêchant d'aller vers un avenir déraisonnable et libre ?

Stephen

1974

20 mai

La clairière qu'il défriche se trouve sur la crête au-dessus de la ferme de sa mère, au sommet d'un pan de montagne orienté à l'est, seulement accessible en 4 × 4 ou à pied. Il en a marre de la proximité des routes, marre d'être raccordé par des câbles électriques ou téléphoniques, marre d'appartenir à un système qui pousse à tuer, à faire la guerre. Marre de vivre chez sa mère avec Bonnie, qui a dix-sept ans. De leurs chamailleries incessantes. De David Bowie, de War et des Bee Gees à plein volume sur la radio de la salle de bains du haut, du vernis à ongles noir et des nuages toxiques de laque.

Il abat les sapins du Canada, les épicéas, les bouleaux et les pins. Les érables à sucre, il les laisse debout pour recueillir leur sève au printemps, puis profiter de leur ombre en été et de leur compagnie l'hiver venu.

Comment vivre sa vie ? Ses amis – plus de la moitié d'entre eux – sont partis au Vietnam. Deux ans plus tôt, quand son numéro a été tiré au sort, il a disparu dans les bois avec son canif et s'est tranché la première phalange de l'index droit, celui qui sert à appuyer sur la détente. « Putain de merde ! » avait-il hurlé aux arbres autour de lui, enveloppant son doigt ensanglanté dans son tee-shirt. Il n'avait rien prémédité. Mais il ne pouvait pas partir là-bas. Faire ça. Tuer. Ni quitter Bonnie, sa cousine un peu fêlée, dont on dirait que le corps va finir par s'élever au-dessus du sol et s'envoler. Il s'était aussitôt rendu en voiture au bureau de recrutement. « Une mauviette. Une saleté de mauviette », avait soufflé Fred Cole. Son haleine fétide comme du café rance. « Voilà ce que t'es. » Et sa mère avait dit plus ou moins la même chose.

Il a beau travailler dur depuis, ces paroles ne le quittent pas. Elles se sont enracinées dans sa tête et dans ses muscles. Sept mille deux cents hommes du Vermont sont partis se battre. Cent trente-huit ne sont pas revenus. Alors Stephen travaille encore plus dur. Il est ouvrier à la scierie dans la journée ; l'après-midi et le soir, il construit son chalet. Avec une tronçonneuse et une hache, il a créé une petite clairière, puis abattu des arbres qu'il a débités en rondins et dégrossis avec l'herminette de son grand-père, exhumée du fond de la grange. Voilà comment avait été construite la grange en contrebas, et la vieille maison aussi : avec des mortaises et des poteaux en bois. Comme les entretoises et les solives qu'il contemplait naguère des heures durant, dans sa chambre à l'étage, ébahi par ce petit miracle d'architecture.

L'après-midi, Bonnie monte parfois jusque-là. Elle sèche les cours, baise trop souvent avec des mecs à l'arrière d'un pick-up. Ses yeux ont un pouvoir magnétique, et ses doigts qui s'agitent dans l'air semblent animés de vie.

« Stephen la Fripouille ! crie-t-elle. Viens fumer un joint avec moi. »

Il s'interrompt dans sa tâche. La rejoint près de son érable préféré dans la clairière, qui surplombe la ferme en contrebas.

« Hazel en a après moi, aujourd'hui, explique Bonnie en laissant échapper un rond de fumée, la tête renversée en arrière, seule face aux nuages. Pas question que je retourne là-bas. »

Stephen hoche la tête, détaille sa cousine : jean pattes d'éléphant et mini-débardeur. Une adolescente orpheline de mère dans le vide de l'après-Vietnam – avec tous les détritus des années soixante en héritage mais aucun de leurs espoirs, songe-t-il. Qu'est-ce que les jeunes de son âge ont à espérer ?

Et lui ? Qu'a-t-il à espérer ? Il repasse le joint à Bonnie, qui le saisit entre le pouce et l'index. Il n'y a pas un seul de ses amis d'enfance qu'il ait encore plaisir à voir. D'où ce chalet. Ces fondations : des pierres récupérées sur de vieux murs et traînées jusqu'ici à la force du poignet.

« Stephen, dit Bonnie allongée dans l'herbe, souriant de ses lèvres minces. Parle-moi de ma mère. »

Il lui a déjà raconté presque tout ce dont il se souvient – c'est-à-dire si peu de choses. Otie, sa chouette rayée, un mâle borgne percuté par une voiture et ramassé au bord de la route. Quand Stephen était petit – à cinq ou six ans –, il allait souvent voir Lena et Otie dans l'ancienne cabane de chasse sur la montagne, au-dessus des marécages. Dès qu'elle le voyait, elle riait. Lui offrait du fromage et des pommes sauvages, lui demandait : « Comment ça va côté cœur, Stevie ? » Elle lui apprenait à nourrir sa chouette avec des souris vivantes qu'elle prenait dans ses pièges, à la porter sur son épaule. Il sent encore les serres se planter dans la toile épaisse de son blouson en jean, entend encore la voix chantante de Lena à son oreille : « Chaque oiseau est un présage, qu'on en ait conscience ou pas. » Il se souvient aussi de l'odeur d'Otie dans la cabane – une odeur de merde, de plumes, et aussi de quelque chose qui n'avait rien à voir.

Il raconte tout cela à Bonnie comme il le lui a déjà raconté, les paupières closes, le joint lui montant à la tête, et quand il rouvre les yeux, il est trop tard : elle s'est couchée sur le côté dans les feuilles mortes, les joues ruisselantes de larmes.

Il s'approche d'elle. Lui pose la main sur l'épaule. Bonnie serre sa main dans la sienne, se lève, s'incline pour le saluer et redescend au pied de la montagne dans le demi-jour qui les a enveloppés tout d'un coup, se faufilant entre les arbres.

« Et merde », murmure Stephen, la suivant des yeux.

Quand elle a disparu, un autre souvenir de Lena lui revient. Quelque chose dont il n'a jamais parlé à Bonnie. Un jour, Lena lui avait raconté l'histoire d'une femme ayant épousé un hibou – une Indienne de la tribu des Passamaquoddys, avait-elle précisé, adossée à un rocher, les yeux fermés, un brin d'herbe aux lèvres.

Il était une fois une belle jeune fille, trop fière pour se marier. Son père avait promis d'accorder sa main au premier homme capable de ranimer les braises d'un feu en crachant dessus. Aucun prétendant n'y était parvenu, jusqu'à l'apparition d'un grand duc d'Amérique déguisé en beau jeune homme. Il cracha dans le feu, les flammes bondirent vers le ciel nocturne, et le père de la jeune fille la donna en mariage au hibou déguisé en homme, qui l'emmena chez elle et la mit le soir même dans son lit. Ce n'est que le matin venu qu'elle découvrit ses aigrettes, ses yeux jaunes et sa véritable nature.

« C'est une histoire vraie ? avait demandé Stephen, les yeux écarquillés.

– Évidemment ! » avait répondu Lena, hilare, en lui pinçant l'épaule. Elle avait dit tenir cette histoire de son amie Adele, qui vivait de l'autre côté de la montagne. « Mais attends. Ce n'est pas tout. » Le voyant sous son apparence de grand duc, la jeune femme s'était enfuie. Or il revint maintes et maintes fois vers elle, sous divers déguisements, jusqu'à ce qu'elle cède à sa dévotion, à son amour et, plus que tout, avait déclaré Lena les yeux brillants, à son hululement ensorcelant.

« Donc elle a épousé un hibou ? avait lancé Stephen.

– Oui. Et ils vécurent heureux dans les deux mondes : celui des humains et celui des animaux. » Elle s'était redressée et lui avait souri. « C'est tout moi, mon garçon. Mariée à un hibou. » Elle avait déposé un baiser sur ses cheveux, les avait humés, puis lui avait donné des coups de coude dans les côtes jusqu'à ce qu'il éclate de rire.

Sous l'effet de la marijuana, Stephen a la tête qui tourne et s'allonge au milieu des feuilles mortes. Il faut absolument qu'il raconte cette histoire à Bonnie.

La prochaine fois qu'elle viendra. *La femme qui a épousé un hibou.* Il s'interroge : existe-t-il une histoire équivalente sur un homme qui n'appartient pas tout à fait au monde des humains ?

Il regarde l'ombre de son chalet. Ces poteaux plantés dans le sol. La volonté de faire reculer les ténèbres, de laisser place à la lumière. Et ce dur labeur à l'ancienne. Une dévotion d'un autre ordre : au bois, à la clairière, aux arbres qu'il a choisi de laisser se ramifier. *Là ! Là ! Un monde meilleur !* se dit-il à chaque coup d'herminette – un monde fait non pas de tueries ou de renoncements, mais d'autosuffisance, de grands arbres transformés en poutres robustes, l'ossature d'une maison pour les générations à venir.

Quand il ne voit plus rien dans la pénombre, il s'assoit par terre devant le tas de rondins et de pierres, et se nourrit : un peu de viande froide, une boîte de haricots en conserve achetée le jour même, une bière. Autour de lui le monde s'assombrit, s'emplit de la compagnie des animaux : les coyotes au bord de la rivière, les chouettes, les chauves-souris qui volettent de branche en branche.

Deb

1975

17 janvier

Deb est heureuse dans cette communauté, plus qu'elle ne l'a jamais été, et pourtant. Il y a encore quelque chose qui cloche : ces personnages qui lui ressemblent trop, avec leur manque d'ambition et leurs rêves immatures. Tim est parti. Ginny ne se résout pas à abattre les poulets ou les canards ; les poules qui ne pondent plus continuent à vivre dans le poulailler, et Deb doit aller en voiture à Nelson leur chercher du grain à prix d'or. Sinon elles sont affamées, caquettent toute la journée, surveillent chacun de ses gestes.

Bird part à son tour, emportant avec elle ses albums de Nina Simone, de Bessie Smith et de Gil Scott-Heron. « Putain, mes chéris, tout est trop blanc ici, a-t-elle lancé sur le pas de la porte, les embrassant sur les deux joues. La neige, et puis vous tous. Qui a envie d'être une anomalie ? »

Le toit de la ferme se met à fuir ; ils grimpent dessus avec des bâches et des morceaux de papier goudronné, évacuent les chambres où se forment de grosses flaques, où l'eau suinte sur l'enduit et où la tapisserie se décolle.

Deb est fauchée. Ils sont tous fauchés. Elle avait beau s'y attendre, jamais encore elle n'a dû affronter ça. Elle emprunte pour aller en ville la vieille Ford qui appartenait à la grand-mère de Randy, mais les freins sont morts et elle conduit le cœur battant à tout rompre, sans lâcher le frein à main du trajet, prête à piler net.

Elle erre dans les rues et dans les rayons étincelants, presque phosphorescents, du supermarché, étudie ces facettes du monde matériel, tenaillée par une faim dont la voracité la surprend. Elle voudrait des oranges. Des pamplemousses. Des bretzels. Des citrons ! Des tomates bien rouges.

Tout ce qu'ils mangent à la ferme commence à avoir le même goût : pommes de terre, riz et haricots. Il lui faut de la viande, il lui faut de l'alcool.

« On n'a plus de quoi se payer du vin », a annoncé Ginny, alors ils boivent le cidre tord-boyaux fait maison par Randy et Feather au sous-sol. Ils ont écrasé des pommes avec l'antique pressoir Mast & Co trouvé au fond de la grange, ont ajouté du sucre, de la levure, et laissé reposer toute l'année dans des fûts. Ce cidre a goût de vinaigre et donne à Deb des maux d'estomac, mais comme ils n'ont rien d'autre, ils le boivent. Avec ferveur.

Randy joue de vieilles chansons folk qu'il a apprises en écoutant les disques de Woody Guthrie. La petite Opal virevolte à ses pieds en riant. C'est elle que Deb observe le plus souvent. Elle a sept ans, elle est belle, mince comme une asperge, avec des cheveux blonds tout emmêlés.

« Laisse-moi faire », dit Deb qui essaie de les brosser, mais Opal s'enfuit en piaillant ou en riant.

La gamine trimballe des poules dans ses bras, peint sur les murs de la ferme, fait encore pipi au lit.

« Tu crois qu'elle va aller à l'école ? » demande Deb à Feather, qui répond : « Je n'en sais rien. »

Opal entre en trombe dans la pièce ; Opal tournoie sur elle-même. Opal crie : « J'ai faim ! », et Deb se lève d'un bond pour descendre lui chercher une pomme à la cave.

L'hiver est long. Le toit fuit toujours. Leur route n'est pas déneigée. Ils restent à l'intérieur, font cuire du riz, des haricots, mangent tous les fruits et légumes stockés à la cave. Le poêle à bois les réchauffe, à condition de ne pas s'en éloigner de plus de quelques centimètres, et les disques les empêchent de devenir fous : Dave Van Ronk, Aretha Franklin, *Sgt. Pepper's Lonely Hearts Club Band.*

Randy gratte les cordes de son banjo.

« Tu ne connais pas d'autres mélodies ? » lance Deb, fixant le mur.

Elle emménage sous les combles, dans la chambre laissée vacante par Bird ; à son réveil elle trouve l'eau gelée dans le broc à son chevet, ses bras et jambes sont si transis de froid qu'elle doit se faire violence pour sortir du lit. Elle n'enlève jamais son pantalon de pyjama – ni le haut.

« Vie de merde », murmure-t-elle, dévalant l'escalier pour se chauffer près du poêle. Elle a la peau flasque, perd ses cheveux, manque de protéines. Et de vitamine D. Comme Opal.

Elle écrit à sa mère, lui avoue qu'elle souffre du froid. Elle lui parle d'Opal, de la pomme qu'elle est allée lui chercher à la cave. « Je crois avoir sous-estimé l'endurance des pionniers », conclut-elle. Elle pense à sa grand-mère Zina, en Biélorussie, à ce que celle-ci a peut-être préféré taire sur la vie dans une ferme. Les privations. Les muscles noueux dans les bras. Elle va à pied glisser sa lettre dans la boîte en bas de la route, et une semaine plus tard arrive un chèque de cinq cents dollars. À sa vue, Deb pleure de joie. Elle l'encaisse et remonte dans la Ford de Randy pour aller droit au supermarché, où elle achète du poulet et de la viande hachée en vrac – la moins chère qu'elle trouve. Elle emplit un caddie de nourriture. Achète trois bouteilles de vin doux. Puis rapporte le tout à la ferme et prépare sur le poêle un festin qu'ils dévorent ensemble – Feather, Randy, Ginny, Opal et Deb. « Merci, dit Feather, les larmes aux yeux. Je te suis tellement reconnaissante. » Opal mange avec ses doigts en riant, court vers Deb et l'étreint avec ses mains grasses, enivrée par la viande.

Cette nuit-là, Deb dort dans la chambre mansardée de Bird au-dessus de la cuisine, les jambes enfin réchauffées par la viande et le vin. Elle prend le livre de Thoreau et le lit à la lueur d'une bougie : « Suis le chemin, si étroit et sinueux soit-il, sur lequel tu peux marcher avec amour et dévotion. »

Elle rit, sombrant dans le sommeil tandis que la neige s'amoncelle sur le toit et que l'eau dégouline des chevrons.

Deb

2011

28 septembre

« Bonjour, vous », dit-elle doucement, ouvrant la porte et laissant ses poules sortir dans les hautes herbes couvertes de rosée. Folles de joie, les volailles caquettent et la regardent – elle ne s'y trompe pas – avec gratitude. Elle vide l'eau de la veille, en remet un peu grâce à la pluie recueillie dans un tonneau derrière la maison. Remplit de graines concassées le second seau. En lance plusieurs poignées qui font accourir les poules. « Merci », leur souffle-t-elle en ramassant quatre œufs encore tièdes. Grâce à Dieu il y a ces poules, et son jardin au pied du chalet à flanc de montagne, modeste mais vigoureux, regorgeant de tomates, de haricots, de maïs, de pommes de terre, de chou kale et de framboises tardives, épargnées par les fortes pluies.

Un vers de Grace Paley résonne dans sa tête : « Me voici au jardin en train de rire. »

N'est-ce pas une parfaite description d'elle-même, après toutes ces années ? Deb allant au jardin cueillir des tomates mûres à point – une variété ancienne à la peau pourpre et tachetée, enveloppe meurtrie abritant une chair tendre, sucrée à la perfection –, et les disposant délicatement dans son panier.

Elle rit au souvenir de son année dans cette communauté hippie : l'éclairage à la bougie, le cidre tord-boyaux fait maison, la cave pleine de courgerons et de pommes blettes. Leurs tomates qui ne mûrissaient jamais à cause du manque d'eau, d'engrais, de soleil. Mais regardez son jardin à elle, ces jours-ci : de quoi tous les nourrir pendant des mois ! Pour la moitié de l'hiver au moins. Elle emplira la cave, creusée il y a des années par Stephen, de carottes, de pommes de terre, de choux. Emplira de petits pois, de tomates, de courgettes et de haricots le congélateur de la véranda.

Elle apporte les œufs et les tomates à l'intérieur et allume la radio, bien qu'elle déteste écouter les informations en ce moment, qu'elle ne les supporte plus depuis la disparition de Bonnie. Sans surprise, c'est la même litanie que d'habitude : les forces pro-Assad qui livrent une cyber-guerre en Syrie ; des familles somaliennes qui cherchent un peu de répit dans leur pays ravagé par la guerre ; le nombre inquiétant de catastrophes climatiques – canicules, feux de broussailles au Texas, inondations, tempêtes de poussière, tornades, et l'ouragan Irene. Le directeur du service national de météorologie déclare n'avoir jamais vu d'année « aussi meurtrière, destructrice et impitoyable ».

Deb s'assied devant la table et se verse une tasse de café. Elle revoit Ginny, grisée par le cidre aigre, citant Yeats : « Les choses tombent en morceaux ; le centre ne tient plus. » Ginny riant, se tenant les côtes, fondant soudain en larmes. Bird s'approchant d'elle, lui embrassant le lobe de l'oreille. Opal dansant dans un coin, serrant contre elle un chaton nouveau-né aux yeux tristes, infesté de vers et de puces. « Le centre ne tient plus. » Comment le savaient-ils, et le poète irlandais Yeats avant eux ? Ces fièvres apocalyptiques semblent toujours aller et venir – mais serait-ce pour de bon, cette fois ?

Dieu merci, elle a ses bocaux alignés sur son étagère, pleins de haricots, de riz, de lentilles, de quinoa. De confiture de framboises. De confiture de prunes. De compote de pommes. Est-elle vraiment autosuffisante ? Durant ces dix jours où les routes et le courant étaient coupés, elle a nourri tout le monde. Mais une année entière ? Chaque jour elle prépare une marmite de soupe aux lentilles ou aux haricots blancs, additionnée de tomates, de piment, de pommes de terre, de courgettes vertes ou jaunes, de chou kale, de sauge et de thym – et d'une pincée de sel rose de l'Himalaya. Elle l'emporte chez Hazel, avec une miche de pain et une bouteille de vin. La vieille dame y touche à peine. Mais Vale dévore avec appétit.

« Merci, dit-elle après chaque repas. Merci infiniment. » Elle fixe des yeux le parquet en pin, avant de tourner les talons et de se diriger vers la porte. Vale chaque jour un peu plus distante. Vale qui boit trop de vin.

Deb se dit qu'à certains égards, cette tempête et la consommation d'opiacés dans la région sont les symptômes d'un même mal. Addiction aux médicaments et dépendance au pétrole brut. Ouragans et héroïne. Un même mal qui progresse inexorablement.

« Foutu fric ! » lâche-t-elle, se levant et vidant le reste de son café dans l'évier.

Mais la révolte gronde, à en croire le reportage qui suit : il y a des manifestations à New York. Des milliers de gens campent devant Wall Street pour protester contre la rapacité des grandes banques et des multinationales. Le journaliste décrit une affiche représentant un danseur qui chevauche la statue du taureau symbolisant Wall Street. Au bas de l'affiche, ces mots : APPORTEZ VOS TENTES.

L'esprit du Printemps arabe est en train de gagner notre pays, se félicite Deb, sentant monter sa fougue d'antan. La jeune génération est-elle déterminée à combattre la quête débridée du profit ?

Elle éteint la radio et sort utiliser les W.C. du jardin. Remercie mentalement Dieu pour leur présence à eux aussi, tandis que deux poules trottent sur ses talons. Elle laisse la porte ouverte trois saisons sur quatre, profitant de la vue qu'elle a sur le siège : la montagne la plus éloignée, dans la brume ou le brouillard, sous la pluie ou baignée de soleil. Elle a recouvert les murs de couvertures du *New Yorker*, garde une pile de magazines à feuilleter. Peu importe le froid brutal du siège en plein hiver (sauf par les journées les plus glaciales, où elle jure comme un charretier), elle n'y renoncerait pour rien au monde.

De retour à la maison, elle reste debout sur la terrasse, que le soleil naissant commence à éclairer. Dans le monde de l'après-pétrole, se dit-elle, je ferai chauffer l'eau sur le poêle à bois. Je mettrai des tomates en conserve par trente-cinq degrés à l'ombre au mois d'août. Sauf qu'alors je serai morte, non ? Et nous qui tenons ces ressources pour acquises : le blé, les haricots, le café, le vin, le sel, le propane pour la gazinière. Comme nous sommes riches sans le savoir !

Elle se retourne pour regarder la maison de Hazel en contrebas. Ironie du sort, la vieille dame serait peut-être la seule à savoir comment survivre à cet âge sans pétrole, mais elle aura alors disparu depuis longtemps.

Le ciel est couleur abricot, illuminé par le lever du soleil. Le monde change indéniablement, mais il reste beau, songe-t-elle, le visage tourné vers l'aube.

II

LES BOIS

Lena

1956

6 juillet

Chère rivière,

Ma sœur Hazel ne danse pas. Elle sert le thé et le café, veille à ce qu'il y ait des gâteaux sur la table, s'assure que la vaisselle est faite ; une fois le bal terminé, elle passe le balai, rassemble le linge de table, fait un signe de tête à Lex et dit : « On se retrouve à la maison. » D'habitude, je rentre avec elle.

Mais pas ce soir. On est en juillet, il fait chaud, l'air est merveilleusement moite, et j'ai trop tourbillonné pour remonter avec Stephen, six ans, dans la voiture de ma sœur et regagner notre pan de montagne. « Je rentre à pied », dis-je. Elle me dévisage, hoche la tête, se met au volant et démarre. Assise sur le seuil de la salle des fêtes, je regarde les étoiles scintiller ; j'écoute le bruit que font les musiciens en rangeant leurs instruments, le crissement des pneus sur le gravier lorsqu'ils partent en voiture. Un à un ils s'en vont, tous mariés, des fermiers pour la plupart, et soudain il n'y a plus que Lex et moi devant la salle des fêtes, toutes lumières éteintes, la musique vibrant encore dans l'air, les pommiers de l'autre côté de la route constellés par l'éclat des lucioles.

Lex sourit, s'assied à côté de moi, sort ses cigarettes de sa poche et en allume une.

« J'en fumerais bien une, moi aussi », dis-je. Il me tend le paquet et j'attrape une cigarette. Il gratte pour moi une allumette.

« Lena… » Il tire une bouffée, contemple les étoiles au-dessus de nous.

« Lex. » Son prénom ricoche sur ma langue.

« Tu veux que je te reconduise chez toi ?

– Non, j'ai pas envie de rentrer. »

Il contemple toujours les étoiles, tire une nouvelle bouffée, sourit encore : « Moi non plus. » Alors il m'emmène faire un tour dans son pick-up, un Chevy 45.

Il allume l'autoradio et je monte le son – si bien que les chansons de l'émission *Harvey's Jubilee* envahissent la cabine, et que plus rien ne sépare la musique de nos corps et de nos esprits. Nous longeons les petites routes en cahotant jusqu'à la chaussée goudronnée de la Route 5, et là nous fonçons vers le nord plus vite que j'aie jamais roulé, dépassant les champs de maïs, les granges, les motels et les arbres, toutes vitres baissées et mes cheveux flottant au vent dans la nuit. Sur notre droite, par intermittence, nous apercevons le fleuve Connecticut ; il fait suffisamment sombre pour que le clair de lune s'y reflète sous les étoiles, et par les vitres baissées me parviennent son odeur de sable et de berges moussues, son soupir alangui. Sur l'autre rive clignotent les lumières du New Hampshire aux affleurements granitiques, aux usines en brique, aux fermes à flanc de colline comme chez nous.

Lex récupère une bouteille sous son siège, retire le bouchon et me la tend. Je bois au goulot et ma gorge s'embrase.

« Bourbon du Kentucky », déclare-t-il, et j'avale une rasade dont la chaleur me descend jusqu'aux orteils.

Je glousse, m'esclaffe dans la nuit. Mes dents pareilles à de vieux ossements que la lumière traverse.

Lex boit au goulot lui aussi, rit, puis se met à chanter avec la musique. Sa voix éraillée, pleine de tristesse, accompagne celle de Kitty Wells qui interprète « Making Believe ». Le tableau de bord éclaire son visage et je l'observe, cachée dans la pénombre : son long cou, sa pomme d'Adam si marquée, son début de calvitie, ses pommettes saillantes, son nez un peu crochu. Un visage fugacement empreint d'une forme de joie que je discerne d'où je suis, tandis que Kitty chante son ode à l'amour et à l'imagination.

Lex me redonne la bouteille, je bois encore une gorgée, sens mon corps s'engourdir dans ce doux halo doré, me cale au fond de mon siège, mais le pick-up ralentit subitement, tourne, ses roues crissent sur le gravier, s'arrêtent, puis Lex coupe le moteur et un silence inquiétant s'installe.

Alors je lève la tête. Nous sommes sur une hauteur, face au fleuve Connecticut. Ses eaux avancent lentement, scintillantes, et par les vitres ouvertes on entend soudain le chant assourdissant des grillons. La tête appuyée contre le dossier de son siège, Lex ferme les yeux, le corps vide de sons, sa tristesse criante dans le pick-up silencieux. Je pose la main sur la sienne.

« Lex…

– Oui. » Il garde les yeux fermés.

« Ce fleuve est magnifique. »

Les paupières toujours closes, il sourit : « C'est vrai.

– J'ai envie de me baigner. »

Là, il rouvre les yeux et me regarde sans ciller. De la peur se mêle à la tristesse.

« Viens », dis-je, et je descends du pick-up pour dévaler la berge vers ces eaux fraîches et sombres.

Vale

2011

2 octobre

Elle trouve du travail à quelques kilomètres de là. Dans un petit hôtel où elle peut se rendre à pied – en coupant à travers bois et en longeant les routes de campagne. Elle fait les lits et la vaisselle, met le couvert du petit-déjeuner, gagne dix dollars de l'heure.

Il lui fallait cet emploi. Voilà un mois qu'elle parcourt en voiture Nelson et ses environs, placardant la photo de sa mère partout où elle le peut. Pourquoi reste-t-elle ? Ses jambes refusent de la porter jusqu'à la gare routière. Ses mains refusent de lui acheter un billet de retour.

De toute façon, son compte bancaire est à découvert. Elle a perdu entre deux et trois kilos, et chaque matin ou presque, elle oublie de se brosser les cheveux.

« Vous connaissez cette femme ? » demande-t-elle à des inconnus.

Ils se détournent aussitôt, et dans ces moments-là elle se sent comme Bonnie marchant dans ces mêmes rues : une personne en souffrance dont il faut s'écarter.

Dans *No Word for Time*, elle lit : « Il n'existe pas de mot pour dire "temps" en langue micmac, ni dans la plupart des langues algonquines… Le temps est par nature relatif et insaisissable, comme l'a prouvé Einstein, et comme le découvrent les chercheurs en physique quantique. »

Pas de mot pour dire « temps ». Pas de Bonnie. Pas de billet pour rentrer chez elle.

D'où cet hôtel – sa planche de salut.

Les clients, qui viennent de partout, répètent : « Les dégâts dans la région sont phénoménaux. »

Vale acquiesce de la tête devant ces couples bien coiffés aux yeux brillants de curiosité, qui boivent leur café en lisant le *New York Times*. Elle s'assiérait volontiers à leur table pour leur parler de la Commission de la Vie rurale et de sa politique : internements, stérilisations forcées, création de réserves, déracinement et exclusion de tout ce qui est rebelle, non blanc, amérindien, sauvage, jusqu'à ce qu'il ne reste plus que ces maisons blanches, ces vaches noir et blanc, ces pins blancs odorants qui attirent les visiteurs. Mais elle ne le fait pas.

Pendant qu'elle leur sert du café, ils lui demandent si elle est de la région. « Oui, mais de retour au pays seulement pour quelque temps, répond-elle en détournant le regard.

– C'est si beau, malgré la tempête », disent-ils, et Vale approuve, sans mentionner l'oxycodone, les chouettes, les ponts, l'héroïne.

Après le travail, elle fait un détour pour rentrer et grimpe au sommet de Heart Spring Mountain, passant devant les fondations abandonnées de l'ancienne maison des Emerson, désormais hérissées de fougères qui poussent entre les éclats de verre, les briques et le métal rouillé. Elle s'agenouille quelques instants dans ce champ au parfum d'herbe coupée. Sent la terre fraîche sous elle, la chaleur du soleil sur son visage.

Danny et elle sont venus ici autrefois. Il y a une semaine, il lui a envoyé une carte postale du Guatemala : « Tu as toujours été une star, Vale. Je suis absolument navré. Avec tout mon amour, D. »

Il chantait Leonard Cohen dans le grenier à foin, ce fameux été où il avait dix-sept ans et elle huit.

« Écoute cette chanson », disait-il, une cigarette roulée aux lèvres, éteinte (« On ne va quand même pas mettre le feu à la grange. »). Il prenait sa guitare et Vale l'écoutait les yeux fermés, les paroles déferlant sur elle, s'élevant dans l'air poussiéreux. Elle aimait ces chansons, oui, mais aussi sa voix – gravier et rouille mêlés –, les craquements du toit sous le soleil, et le bruit d'un avion quelque part au-dessus d'eux. Danny chantait « Bird on the Wire ». Et « Suzanne ».

« Tu l'aimes, celle-là ? » lançait-il en se tournant vers elle, et elle répondait que oui, et il disait : « Moi aussi. Tiens, encore une. »

Je suis amoureuse, pensait-elle alors, du haut de ses huit ans. Riant toute seule. « Sisters of Mercy ». « So Long, Marianne ».

Elle se relève parmi les fougères et les herbes folles, et puis repart. Marche sans s'arrêter.

Dans la caravane, elle se sert un verre de gin. L'avale d'un trait et se demande ce que fait Danny à cet instant.

Elle voit d'ici son visage couvert de coups de soleil et de poussière au Guatemala. Puis elle se sert un deuxième verre et ressort. Elle imagine la femme, jeune ou vieille, à la peau brune ou blanche, avec qui il vit là-bas.

« Danny », murmure-t-elle dans la nuit. Elle est à moitié ivre. Personne ne peut l'entendre.

Une citation de *No Word for Time* lui vient alors à l'esprit, une phrase qu'elle a lue le matin même : « Peu importe le sol que vous foulez, il devrait être sacré, car la terre tout entière est sacrée. » Elle ferme les yeux. Sent la terre solide et fertile sous ses pieds, et entend résonner à ses oreilles l'eau qui court sur les galets de la rivière.

Stephen

1975

6 juin

Il la prend en stop au bord de la Route 100. C'est le début du mois de juin, quand les arbres sont d'un vert tendre, presque phosphorescent. Elle porte un jean d'homme moulant, une chemise de flanelle et, à l'épaule, un sac en cuir plein de nourriture. Lorsqu'elle grimpe à l'avant du pick-up, elle dit vouloir aller à Farther Heaven, une des communautés hippies du coin.

Ses cheveux bruns sont noués en queue de cheval avec un bout de ficelle ; elle a les poignets pâles mais robustes, semés de taches de rousseur.

« Tu vas par là ? » lance-t-elle, une certaine fébrilité dans le regard.

Il ment : « Oui. Ça tombe bien.

– Super ! » dit-elle en refermant la portière.

Elle baisse la vitre tandis qu'il démarre. Puis il allume l'autoradio pour combler le silence et tombe sur la station de musique country, qui passe Merle Haggard dont il adore la voix mais déteste les prises de position politiques. Sa passagère marque le rythme du bout de sa chaussure, ses doigts pianotent sur la poignée de la portière.

« Tu vis dans cette communauté ? » demande-t-il.

Elle se tourne vers lui. « Oui. Depuis un an. »

Cette fille lui plaît. Elle est dans le concret et ne s'en laisse pas conter. Le contraire de l'idée qu'il se faisait des hippies, vus de loin.

Il la questionne sur la vie là-bas, et elle s'anime visiblement. Elle lui raconte que c'est épouvantable. Formidable. Compliqué. Parfois ridicule. Tant d'idéalistes entassés dans la même maison, qui rivalisent de purisme et d'authenticité, se disputent sur la viande et les protéines, et pourtant elle aime cet endroit. « Plus que je n'en aie jamais aimé aucun autre. » Elle rit. À gorge déployée. Comme une cloche sonnant à la volée. Un rire communicatif. Puis elle interroge Stephen : « Et toi, tu te plais ici ? »

S'il se plaît ici ? Quelle question absurde ! Il a voyagé à droite et à gauche : Boston, Montréal, New York une seule fois – il s'était soûlé dans l'appartement d'un pote et avait erré toute la nuit dans la ville, perdu et terrifié. S'était arrêté quelque temps au milieu du pont de Brooklyn, se demandant si et comment il rentrerait chez lui, s'il avait vraiment envie de rentrer. Car il pouvait aussi continuer sa route, avait-il réalisé alors, et ne jamais retourner vivre sur ce flanc de montagne d'où il venait. Avec sa mère et Bonnie. Être libre. Mais il était revenu à lui peu avant l'aube, avait retrouvé l'appartement de son copain et pris le bus Greyhound pour rentrer chez lui. À l'exception de cet épisode, jamais il n'avait sérieusement envisagé de vivre ailleurs qu'ici. Jamais il ne s'était demandé pourquoi, jusqu'au moment où cette jeune femme était montée dans son pick-up. Longues jambes, cheveux bruns, yeux gris, mains agiles allant et venant sans cesse de ses genoux à la poignée de la portière. Et sa question absurdement simple : « Tu te plais ici ? »

Elle pose les yeux sur le moignon rouge de son index droit et se penche vers lui, veut savoir ce qui s'est passé.

Stephen se crispe, il regarde le paysage : une grange, un silo, un pin courbé par le vent. Mais lorsqu'il se retourne vers sa passagère, elle le fixe sans ciller. Alors il lui parle de la conscription, de son canif. Du sang sur les feuilles des chênes.

Il doit se forcer à se concentrer de nouveau sur la route, sur les arbres qu'il risquerait de percuter.

« Tu as fait le bon choix, murmure-t-elle.

– Tu crois ? » Le Vietnam lui donne encore des cauchemars. Les photos de presse prennent vie dans ses rêves.

Elle met son pouce sur le moignon encore sensible, l'y laisse quelques instants, puis s'écarte et jette un coup d'œil par la vitre. « Tu n'as pas envie de participer à cette boucherie.

– Non, en effet », répond-il sans quitter la route des yeux.

Quand il dépose Deb devant la communauté, elle plonge son regard dans le sien avant de descendre d'un bond. « Reviens me voir un de ces quatre », dit-elle en souriant.

Stephen opine du chef, mais sait qu'il n'en fera rien. Il n'est pas comme eux – ces hippies, ces doux rêveurs.

Et eux ne sont pas comme lui – pieds et poings liés. Redevable à Bonnie. À Hazel. À cette terre. Il redoute de s'engager dans une conversation dont il ne saurait pas comment sortir. Enfumée et pleine de mots à rallonge. « D'accord », dit-il en la saluant de la tête.

Elle lui fait un signe de la main et monte vers la maison. Il ne veut pas la fixer, mais se surprend à ne plus pouvoir partir, à regarder ses jambes fermes gravir la colline – d'un pas décidé.

Il jette un coup d'œil autour de lui. Jamais encore il ne s'était rendu dans ces communautés, mais elles ont toujours éveillé sa curiosité. Celle-ci ressemble à ce qu'il imaginait : une vieille maison entourée de voitures, un ancien bus scolaire, divers bâtiments à divers stades de délabrement. Assis sur la terrasse, un jeune type en haillons joue du banjo. En contrebas de la maison, deux femmes courbées désherbent le potager, vêtues d'un short en jean et d'un débardeur blanc en fin coton à travers lequel pointent leurs mamelons. Il détourne les yeux, enclenche la marche arrière et pense à la vie de sa mère, à ses épaules voûtées, à ses hanches qui la font souffrir quand elle se déplace. Ces gens voient le monde avec désinvolture – ce qu'il admire et méprise à la fois –, comme si ce paysage était un lieu qu'ils pouvaient posséder, acheter, habiter quelque temps, aimer et puis quitter, et non une terre à laquelle ils se sentent redevables, enracinés en elle tel un arbre dans son substrat. C'est quelque chose, de voir, connaître et habiter ainsi le monde, songe-t-il, passant la première et s'éloignant.

Lena

1956

6 juillet

Chère eau,

Je retire mes chaussures, mes chaussettes, puis enlève par la tête l'ancienne robe de ma sœur. Je ne porte rien en dessous, et je sais que l'obscurité de la nuit me dissimule presque entièrement, mais je sais aussi qu'elle n'est pas totale. J'entends Lex descendre la berge en trébuchant, et j'entre alors dans l'eau. Sa fraîcheur saisit mes tibias, mes cuisses, mon ventre, puis j'y plonge tout entière, la tête complètement immergée, et je sens le courant qui m'entraîne vers le sud, la pression de l'eau sur mes yeux, sa pulsation à l'intérieur de mes oreilles. Quand je remonte à la surface pour reprendre mon souffle, Lex est dans la rivière jusqu'à la taille et regarde vers moi.

« Waouh ! dis-je. Sacré spectacle ! » Le corps de mon beau-frère est splendide dans ces bribes de lumière : mince, délié, plein de grâce. J'imagine quelques instants ma sœur et lui faisant l'amour, mais la scène se dissipe aussitôt. Il plonge sous l'eau et moi aussi, et je me sens dériver vers l'aval, m'abandonne si totalement à la force du courant que je flotte sur le dos sous les étoiles, sans attaches.

Très vite, Lex me rejoint, me prend par la main. « Lena ! Il faut qu'on nage vers l'amont, sinon on ne retrouvera jamais le pick-up. »

Je n'ai pas envie de nager. Pas envie de lutter contre le courant, mais Lex me tient toujours par la main et nage vigoureusement, donc je l'imite. C'est plus pénible que je ne l'imaginais. Je bats des bras et des jambes contre cette force obscure, et quand nous finissons par regagner la rive près du pick-up, je suis épuisée. À plat ventre comme un phoque, je me hisse sur cette berge sablonneuse, puis j'éclate de rire. Lex s'allonge près de moi sur le sable et sourit de m'entendre rire. « On y est arrivés, souffle-t-il.

– Oui », dis-je, riant toujours, sans savoir pourquoi. L'air est plus chaud que l'eau, il me porte. Lex pose alors la main sur ma nuque et suit du pouce ma colonne vertébrale.

« Lena… » Le visage grave, à nouveau empreint de tristesse, il me regarde droit dans les yeux. Je me couche sur le côté pour lui faire face. Il laisse son regard descendre sur mon corps.

« Lena », répète-t-il.

Je crois souvent être la personne la plus solitaire au monde. Mais ce n'est peut-être pas vrai.

Je prends la main de Lex sur le sable et la pose sur mon sein droit. Ses doigts en épousent l'arrondi, son pouce touche mon mamelon. « Lena…

– Lex », dis-je. Jamais je n'ai été touchée par un homme. Jamais je n'aurais imaginé que cela ressemblerait autant à la terre et à l'eau. À la foudre.

Son bras entoure mes épaules et mon cou, ses doigts effleurent mon visage. Il promène le dos de sa main entre mes tétons, sur mon ventre, l'immobilise entre mes jambes, et une vague de chaleur s'élève, un son s'échappe de mes lèvres.

« Lena ? » Tout à la fois une question, une excuse et un appel. Quelqu'un m'a trouvée dans l'obscurité.

« Lex… » Je le serre contre moi, et nous ne reprenons la route que beaucoup plus tard.

Vale

2011

10 octobre

Au bar de l'hôtel, il y a un homme récemment rentré d'Irak. Neko : les yeux noirs, âgé de quelques années de plus que Vale. De lointains souvenirs lui reviennent vaguement en mémoire, elle le revoit tout mince, fils d'une Mexicaine, faisant des acrobaties sur son vélo devant le bureau de poste.

Vale et lui sont seuls dans ce bar. Il est vingt-deux heures, elle vient de ranger la cuisine et de dresser les tables pour le petit-déjeuner. Les propriétaires sont partis se coucher, lui confiant le soin de fermer l'établissement. Elle finit par aimer ces retours tardifs à pied – les petites routes, l'écran de son portable qui éclaire la chaussée.

Ce soir, la vieille demeure craque de partout. L'étrange musique de nuit de l'hôtel : bruits de chasse d'eau à l'étage, ronronnement du lave-vaisselle.

Vale n'a pas pensé à Neko depuis des années, et les voilà qui se retrouvent en tête à tête avec un whisky et un verre de vin sur le comptoir devant eux, du jazz en sourdine à la radio.

Neko lui apprend qu'il est photographe, qu'il a passé les deux dernières années à couvrir la guerre en Irak pour l'agence Reuters, qu'il est rentré de Bagdad en avion il y a un mois pour faire une pause et tenir compagnie à sa mère.

Il boit une gorgée de whisky. Raconte à Vale que Carmen, sa mère, est arrivée à dix-huit ans du Mexique, a épousé le père de Neko, et passe depuis trente ans l'hiver assise devant la télé, recroquevillée près du poêle à bois. Il joue distraitement avec son verre sur le comptoir. « Une singulière conception du bonheur, hein ? »

Vale acquiesce. « Les hivers peuvent être longs. »

Neko avale une rasade de whisky. « Oui. Très longs. » Il jette un coup d'œil à Vale. « Et toi ? »

Elle contemple les poignets de Neko, leurs veines bleues qui palpitent. Ses dents de travers – l'une d'elles ébréchée. Un beau visage. Des pommettes magnifiques.

« Moi… » Elle détourne les yeux et boit son vin à petites gorgées. « Rien de passionnant. De retour au pays pour quelque temps. »

Il hoche la tête sans cesser de la fixer.

« Ce ne serait pas ta mère ? » demande-t-il doucement, désignant l'affiche avec la photo de Bonnie, punaisée au mur près de la porte.

Vale ne regarde pas l'affiche. Il est au courant, bien sûr. Tout le monde est au courant. Elle ferme les yeux quelques secondes, s'imagine reposer brutalement son verre sur le comptoir pour qu'il se brise en mille morceaux. Des éclats dans la moquette – impossibles à ramasser. « Si. C'est Bonnie. »

Il hoche à nouveau la tête. Porte son verre à ses lèvres. « Elle est belle, murmure-t-il.

– C'est vrai. » Une douleur soudaine transperce le ventre et les cuisses de Vale.

Après une autre gorgée de whisky, il lui explique qu'il est revenu voir sa mère, oui, mais qu'il avait aussi besoin d'être un peu au calme. « Loin de toute cette folie. Et puis la tempête Irene est arrivée. » Il rit en buvant. « Où qu'on aille, on est cerné, non ?

– Exact. » Vale fait lentement tourner son verre sur lui-même, créant une mosaïque de cercles concentriques sur le comptoir.

C'est ainsi qu'ils en viennent à coucher ensemble. Ils quittent le bar et vont à pied chez les parents de Neko – une maison à bardeaux vert menthe des années cinquante qui se trouve quatre cents mètres plus loin sur la route. Un escalier extérieur mène jusqu'à une chambre située juste au-dessus du garage : une guirlande électrique, un matelas à même le sol, un poêle à bois dans un coin. Neko remet une bûche dans le feu, règle le tirage, et la bûche s'embrase dans un grésillement d'écorces de bouleau. Vale s'assoit sur le futon tandis que Neko sert du whisky dans des gobelets. « Mademoiselle », dit-il, lui tendant le sien. Avec un sourire irrésistible.

Elle en boit une gorgée. Cette somptueuse brûlure qui lui traverse le haut du corps. Elle appuie la tête contre le mur.

« C'est comment, la guerre ? » demande-t-elle tout bas.

Neko s'installe par terre en face d'elle. Avale une nouvelle rasade de whisky et ferme les yeux. « Ça ne ressemble à rien de connu, la guerre. C'est la part d'ombre de l'humanité. »

Vale approuve de la tête.

« Mais assez parlé de ça », reprend Neko, laissant échapper un soupir et rouvrant les yeux. Visiblement, il sait compartimenter. « Tu fais quoi, Vale, quand tu n'es pas ici ? »

Comment répondre à cette question ? Elle se revoit se dénudant sous des lumières rouges et dorées, entourée par les corps concupiscents d'hommes et de femmes malades, tristes et solitaires. Elle dit : « Je suis serveuse dans un bar. Je fais de délicieux cocktails.

– Je veux bien le croire. » Neko sourit. « J'y goûterais volontiers un de ces jours.

– Ça doit être possible. »

Il est beau, Neko : peau brune, articulations fines, longs doigts. Elle s'approche de lui, pose ses lèvres sur les siennes. Lui retire son tee-shirt. Elle ne connaît rien à la guerre. Sa douleur à elle vient de différentes blessures, mais toute douleur n'est-elle pas plus ou moins de la même couleur ? Bleutée, violacée. Courant dans nos veines. Reconnaissable dans cette pièce.

Stephen

1975

26 juin

La deuxième fois qu'il la voit, c'est au Stonewall quelques semaines plus tard. Le mois de juin touche à sa fin, c'est le premier vrai soir d'été. De son bras levé, elle lui fait signe de la rejoindre au bar où elle est debout avec des hippies : une grande femme impressionnante qui ressemble à un corbeau, et deux hommes aux cheveux longs, l'air apathique.

« Stephen, c'est bien ça ? » demande Deb en souriant tandis qu'il avance vers elle.

Il confirme d'un signe de tête et s'efforce de ne pas fixer les boutons de son chemisier élimé en coton blanc – légèrement taché de sueur sous les aisselles.

« Au fait, je te dois un verre, ajoute-t-elle en lui donnant un coup de coude dans les côtes. Pour te remercier de m'avoir prise en stop. »

Il refuse, mais se commande une bière Miller et lui offre son verre de vin.

« Tu vis ici ? lui lance un des hippies, un rouquin aux cheveux longs et fins.

– On peut dire ça, répond-il calmement.

– Stephen est du coin », précise Deb, glissant l'index dans un passant de sa ceinture. Elle porte le même jean moulant que la première fois qu'il l'a vue. Elle sent le tabac, et autre chose qu'il n'arrive pas à identifier – la sueur, le sexe. Elle le questionne sur son été, et il fait de même. À la deuxième tournée, elle se penche pour lui chuchoter à l'oreille qu'elle aimerait voir sa maison.

Il s'esclaffe, s'en étouffe presque avec sa bière. Les femmes l'ont toujours terrifié, mais surtout les femmes comme elle.

« Je suis sérieuse », assure-t-elle. Ces yeux gris. L'échancrure de son chemisier où il essaie de ne pas poser les yeux.

« Ma maison n'a rien d'extraordinaire. Ça m'étonnerait que tu aies envie d'y aller. » Mais son sang bouillonne et court dans ses veines, du cuir chevelu jusqu'aux orteils, et il s'empresse de chercher un autre endroit où il pourrait l'emmener. La rivière. Un pré. La banquette avant de son pick-up.

« Si, insiste-t-elle, je veux la voir. Vraiment. »

Ils remontent en pick-up aussi loin que possible l'ancien chemin forestier en pente, puis continuent à pied dans l'obscurité, hors d'haleine. La nuit n'a pas encore fraîchi, et lorsqu'ils atteignent le chalet, ils sont tous deux en nage. Deb se serre contre lui et regarde autour d'elle.

« C'est beau », déclare-t-elle quelques instants plus tard, inclinant la tête pour admirer les étoiles. À la lumière du croissant de lune qui filtre à travers les pins, ils ne distinguent que les contours du chalet à moitié terminé, le toit de celui de la mère de Stephen en contrebas, et les lueurs de la ville sur la ligne d'horizon à une quinzaine de kilomètres. Il offre à Deb une Budweiser sortie du seau d'eau enfoui dans la terre humide, où il garde ses bières au frais.

« Merci, dit-elle. Ça fait du bien. » Ils s'asseyent sur un rondin, étendent leurs jambes devant eux. Deb se rapproche jusqu'à ce que les siennes touchent celles de Stephen.

« C'est quelque chose, concède-t-il.

– Plus que ça. » Elle pose la main sur sa cuisse.

Il se met à rire. « D'accord.

– Eh, Stephen…

– Oui ?

– Je voudrais vivre ici avec toi. » Cette voix rien qu'à elle, pure et sonore – comme le tintement d'une cloche.

Il en avale sa bière de travers. « Mais tu ne sais rien de moi.

– Je voudrais quand même vivre avec toi.

– Pourquoi ?

– Tout me plaît, ici. Les bois. La vue. Toi. Je le sens, c'est tout. » Elle ne sourit plus. Parle avec gravité. « Et puis j'en ai marre de la communauté. Ici, c'est bien plus réel. Plus calme. J'aime ces arbres. » Elle abandonne alors sa bière et se blottit contre lui, de ses lèvres elle effleure les siennes. Il essaie tant bien que mal de défaire les boutons de son chemisier, jusqu'à ce qu'elle l'aide en pouffant de rire.

« Voilà ! » Elle laisse glisser le chemisier sur ses épaules. Ce soir-là, il n'a pas de préservatif et tente de se retirer – son père n'est pas le genre d'homme qu'il veut voir se refléter en lui, et il n'a pas suffisamment trouvé sa voie dans ce monde pour y guider quelqu'un d'autre –, mais Deb l'attire à nouveau en elle. « Ne t'en fais pas, souffle-t-elle. Ça n'arrivera pas.

– Quoi donc ?

– Que je tombe enceinte.

– Oh… » Stephen ne lui demande pas pourquoi, puis il jouit en elle, une sensation de décharge à l'état pur qui lui laisse les entrailles comme déchirées, à vif. Ils s'endorment aussitôt, nus, bras et jambes entrelacés sous le duvet de Stephen pour tenir à distance le froid mordant des nuits de juin.

Elle s'installe avec lui ce même été. Ils isolent les murs du chalet avec de la laine de verre, posent dessus de la frisette de pin tout juste sortie de la scierie. Stephen abat quelques arbres supplémentaires à l'est et au sud pour laisser passer la lumière, et transforme avec trois bennes de gravillons l'ancien chemin forestier en route praticable la moitié de l'année.

« J'adore cet endroit, dit Deb, si souvent que cela devient comme un refrain. Essayons de tout faire bien, Stephen. Tout. À fond. » Elle cite le couple Nearing : « Prendre sa vie en main et la vivre à la campagne, avec bon sens, simplicité et bienveillance. » Stephen s'abstient de tout commentaire : il pense à sa mère ; à l'amertume qui peut naître de l'isolement.

Mais il aime bien Deb. Elle le surprend par sa capacité de travail, son désir d'apprendre, sa façon de rire aux éclats. Il emprunte le tracteur d'un voisin et ils passent des heures, cet été-là, à transformer l'ancienne forêt en champ. Deb suit le tracteur, débarrassant la terre des pierres et des racines, et entassant celles-ci séparément à l'orée de la clairière. Elle porte tous les jours le même tee-shirt bleu aux manches coupées, le même short en jean, le même chapeau de paille qui vient de la communauté, et Stephen se réjouit de l'apercevoir derrière lui, menue mais solide, les pieds et les mains noirs de terre, les bras et les jambes aussi bruns que l'écorce des arbres.

Tout l'été et tout l'automne ils travaillent ainsi, jusque tard le soir, côte à côte, et le week-end, une fois la nuit tombée, ils descendent la longue allée en pick-up pour aller acheter au supermarché des bières bien fraîches et des plats préparés.

« Comme tu es silencieux, lui dit-elle un soir, assise par terre devant le chalet, lui caressant la jambe du dos de la main.

– Sans doute.

– Moi j'ai l'habitude d'exprimer ce que je ressens. De raconter des âneries. D'avoir des réactions impulsives. À côté de toi, je me fais l'effet d'une folle.

– Pas du tout. » Il sourit, promène une canette glacée sur la cuisse bronzée de Deb, et se sent plus heureux qu'il n'aurait jamais imaginé l'être.

En octobre, elle lui apprend qu'elle est enceinte. Elle affirme ignorer comment c'est arrivé – elle a dû oublier deux ou trois fois sa pilule. Elle a préparé pour le dîner des côtes de porc et des haricots verts de leur nouveau potager. Elle ouvre une bouteille de vin, leur roule un joint et dresse leur table de fortune – des planches posées sur deux tréteaux – avec une nappe et des bougies. Quand Stephen rentre après avoir fendu du bois toute la journée, elle l'accueille sur le pas de la porte et l'embrasse sur la bouche. Ses cheveux bruns tout propres, encore humides, sentent le jasmin et le citron. Et un peu la fumée.

« Devine quoi ! » Elle ferme les yeux et lève la tête vers lui.

Il s'attable et lui sourit. Il ne devine pas du tout. Un emploi ? De l'argent ? « Quoi donc ? » demande-t-il.

Elle s'assied en face de lui, prend sa main dans la sienne. Se rapproche et lui presse la paume. « Tu vas être papa », annonce-t-elle.

Plus tard, le souvenir de ce moment sera toujours aussi douloureux pour lui – cette impression d'avoir le souffle et les jambes coupés. Deb se lève, s'avance vers lui, serre fort ses deux mains dans les siennes et se met à danser, là, près de la table. Une simple ampoule pend au plafond de la cuisine, et Deb se place juste dessous, son corps passant et repassant de l'ombre à la lumière. Stephen reconnaît son odeur, un reste d'eau de toilette au jasmin couvert par cette senteur bien à elle de fruits sucrés, un peu trop mûrs. Il voudrait la toucher, enlacer son corps qui se balance dans la lumière devant lui, mais quelque chose lui enserre le cœur, accélérant sa respiration. Il pense aux excès de boisson de son père, à ses airs de violon si tristes sur la terrasse le soir. À son habitude de claquer la porte et aux vibrations qui se propageaient bois contre bois. Au jour où il a disparu pour ne plus jamais revenir.

« Tu es malheureux », dit Deb. Elle cesse de danser et lève les yeux vers lui.

« Non, non, pas du tout. Je suis très heureux », proteste-t-il. Il la soulève dans ses bras pour l'emmener sur la terrasse, la dépose dans le fauteuil à bascule qu'ils y ont installé, se met à masser doucement ses jambes et ses pieds nus.

« Merci, Stephen », murmure-t-elle, la tête appuyée contre le dossier du fauteuil, les yeux dans les étoiles.

Vale

2011

15 octobre

Trois soirs par semaine, elle travaille plus tard ; trois soirs par semaine, il vient la chercher au bar ; trois nuits par semaine, elle dort chez lui, dans la chambre au-dessus du garage. Entre les draps, ils se trouvent : lèvres sur mamelons, lèvres sur chevilles, lèvres sur l'intérieur de ses cuisses.

Cette nuit-là, ils dînent après, sur la petite table de Neko : du pain, du fromage et une bouteille de vin.

Il lui confie qu'il a fait des clichés de la région dévastée. Que photographier les dégâts causés par Irene est certes plus facile que de couvrir une guerre, mais tout de même éprouvant. « C'est le rapport entre les deux qui fait mal, dit-il. Ces guerres que l'on mène pour du pétrole. Ces tempêtes provoquées par la combustion de ce même pétrole. Je veux montrer le lien. »

Vale hoche la tête, sirote son vin. « Je peux les voir, tes photos ? »

Neko sort son appareil et lui montre : une maison toute blanche au bord de la rivière, ses fondations détruites ; une Pontiac Trans Am coincée dans les arbres à trois mètres au-dessus du sol ; le mobile home jaune moutarde couché sur le côté que Vale avait vu en arrivant, avec son rideau rose qui flotte au vent par une vitre brisée.

Encore une gorgée de vin. La vue de ces photos l'empêche de respirer. À cause du réalisme avec lequel elles semblent saisir l'immobilité stupéfiante qui suit une tempête : tout est figé, mais rien n'est plus pareil.

« Tu as du talent, dit-elle.

– Merci. Le défi, c'est de ne pas rendre trop belles la guerre ou la destruction. Car elles peuvent l'être – des chefs-d'œuvre sur le plan esthétique. »

Il ferme les yeux. Lui raconte qu'en août il a sorti une gamine – de neuf ou dix ans – d'un immeuble bombardé. Le corps en sang, vêtue d'une robe jaune. Il ignore si elle a survécu.

Vale regarde par la fenêtre : arbres orangés, ciel gris. Bon sang. La guerre, elle en sait si peu de choses. Elle prend soudain conscience que ses pires craintes apocalyptiques deviennent réalité en plusieurs endroits de la planète, à cette minute même. Elle pose la tête sur la cuisse de Neko. « Je suis désolée. »

En pleine nuit, alors que Neko est profondément endormi, elle sort du lit, s'approche de la fenêtre et jette un coup d'œil au-dehors. Elle sent le clair de lune sur ses seins, sur son ventre et ses cuisses nus.

Elle pense au talent de Neko. Au caractère indispensable de son travail. Mais elle, qu'a-t-elle à apporter au monde ?

Elle se revoit danser sur la musique de Shante lors d'une fête. Entend encore son amie chanter de sa voix d'or liquide, jouer du ukulélé dans cet entrepôt entièrement irradié par la chaleur des corps, de l'alcool, du rythme. Un cercle s'était formé autour de Vale tandis qu'elle dansait au centre. À ce moment précis, en sentant tous les regards converger sur elle, elle avait éprouvé un sentiment de puissance. Comme si elle faisait ce pour quoi elle était faite. Juste l'espace d'un instant – mais un instant bien réel. Elle voudrait pouvoir transporter Neko dans cette salle. Déclarer : Voilà ce que je suis. Voilà ce que je fais.

Elle se souvient d'une lettre que Danny lui a écrite il y a des années, qui citait Faulkner : « Combien de fois, couché sous la pluie sur un toit inconnu, ai-je pensé à mon petit comté ? » Philadelphie, Pittsburgh, La Nouvelle-Orléans : toutes ces villes où elle s'est retrouvée sans se trouver. Dormant sur des canapés, dans des alcôves ou des chambres sans fenêtre de la taille de sa caravane. Comme les étoiles lui ont manqué, dans ces pièces aveugles et ces villes immenses. En langue abénakise, d'après le livre qu'elle a emprunté à la bibliothèque, les étoiles se disent « alakws ». Et comme la rivière – « sibosis » – lui a manqué. Comme les bois lui ont manqué. Tout cela lui a manqué, oui, sauf sa mère. Sa mère ne lui a jamais manqué.

Elle retourne se coucher et attrape l'appareil de Neko, posé par terre. Elle l'allume, fait défiler les photos : la marchandise inondée d'une boutique du centre-ville important d'Inde des objets artisanaux – des saris aux couleurs vives et des tapisseries séchant sur les branches des arbres. Une femme debout devant sa maison, des monceaux de gravats à la place de ce qui était une pelouse. Une vieille grange détruite que Vale reconnaît, les poutres maîtresses à terre et la charpente renversée. À l'arrière-plan : un hangar, une rue familière et, au ras du cadre, tournant le dos à l'objectif, une femme menue vêtue de blanc, cheveux noirs mi-longs avec un chapeau de pluie orange rabattu sur le front et un anorak gris sur les épaules.

« Merde », murmure Vale. Une montée d'adrénaline dans sa poitrine.

Elle secoue Neko, qui finit par ouvrir les yeux et se tourne vers elle. « Qu'est-ce qui se passe ? » Vale remet sa culotte, cherche son soutien-gorge. « Où as-tu pris cette photo ? »

Neko s'assied sur le lit. Se frotte les yeux. Jette un coup d'œil à l'appareil.

« Celle-là ? En ville. Dans Cedar Street.

– Quand ?

– Il y a peut-être une semaine. Pourquoi ? »

Vale récupère son jean. Elle ne voit pas le visage de cette femme, mais elle est de la même taille que Bonnie. Avec les mêmes épaules minces. Les mêmes cheveux fins et noirs.

Elle enfile son tee-shirt et son gilet. Ses chaussettes et ses chaussures.

« Explique-moi, Vale, dit doucement Neko, qui se met debout et enfile son jean.

– À plus tard, lance-t-elle en se dirigeant vers la porte.

– Je te raccompagne ! crie-t-il du haut de l'escalier.

– Je préfère marcher. Merci ! » Pas sûr que ce soit Bonnie, mais ça se pourrait, pense Vale. Elle lève les yeux : le ciel est criblé d'étoiles, comme troué par leurs lueurs phosphorescentes.

Le lendemain matin, elle se réveille tôt. Avale une tasse de café soluble, fourre dans sa poche le chapelet bleu de sa mère. Ces chapelets, cette église évangélique : tu as toujours été à côté de la plaque, Bonnie, pas vrai ? À moins que Bonnie ne se soit jamais contentée d'une réponse trop facile.

Coiffée du feutre vert de Lena, Vale monte jusqu'au chalet de Deb, à qui elle demande si elle peut à nouveau emprunter son pick-up.

« Évidemment », lui répond celle-ci en la dévisageant par-dessus sa tasse de café noir.

Le pick-up sent la crotte de souris ; la couverture mexicaine jetée en travers du siège avant est déchirée par endroits.

Bien sûr que Bonnie est vivante, se répète Vale en passant la première. *Ma mère, d'une résilience diabolique.* La cascade dorée de son rire. Treize années durant, Vale s'est éveillée dans les bras de sa mère sur leur lit éclairé par le soleil, avec la rivière en contrebas : son haleine du matin, son sourire. « Dors encore un peu, mon bébé. Je vais faire du thé et du café. »

Elle roule jusqu'à Cedar Street. La grange est facile à trouver – ses poutres encore disséminées dans toutes les directions. Vale gare le pick-up, sort dans l'air humide et froid, relève le col de son blouson et fait le tour de la grange effondrée, à la recherche d'emplacements où quelqu'un aurait pu se construire un abri temporaire – un nid parmi les décombres.

« Bonnie ! » appelle-t-elle en grelottant.

Elle se dirige vers un hangar fermé et le contourne. À l'autre extrémité, il reste une remise encore debout. Elle y pénètre et attend que ses yeux s'habituent à la pénombre : un sol de terre battue, des murs en pin brunâtre, une fenêtre couverte de toiles d'araignée. La pièce est pleine de vieux meubles, de matériel rouillé ; dans un coin, sur un lit pliant, des plaids et un vieil oreiller. Vale prend une profonde inspiration, s'approche. Croit voir dans ces couvertures noires de crasse l'empreinte d'un corps endormi.

« Bonnie ? » chuchote-t-elle, les murs en pin lui renvoyant l'écho de sa voix.

Elle se penche, enfouit son visage dans les couvertures, hume leur odeur : suint, poussière et pisse de chat mélangés. Rien de commun avec celle de la Bonnie qu'elle connaît, mais quelle odeur aurait Bonnie après avoir dormi dehors pendant un mois et demi ?

Une vitre brisée a été recouverte de plastique ; on a aussi utilisé de la paille, des tee-shirts et de la laine pour boucher les fissures des murs. Une carte postale de Californie est punaisée au-dessus d'une commode verte à la peinture écaillée, à l'angle de laquelle se trouvent une bible et un stylo. Vale arrache l'une des pages vierges tout à la fin de la bible, prend le stylo, écrit : *Bonnie ? Je suis là. V.*, et griffonne en dessous son numéro de portable.

Quel effet produit l'espoir sur le corps ? Celui d'un souffle d'air frais. D'une décharge électrique.

Pendant deux heures, elle arpente lentement les petites rues au volant du pick-up, vérifie sans arrêt son portable. En début d'après-midi, elle va jusqu'au supermarché acheter des crackers et du fromage, et aussi une bouteille de vin rouge. Elle déchire les emballages sans attendre, sur le parking, détache quelques tranches de fromage avec ses doigts. Ouvre la bouteille de vin et boit une gorgée au goulot, contemplant l'océan des mères aux caddies pleins à craquer, leurs enfants sur les talons.

Ma mère à moi n'a pas disparu, se répète-t-elle, assourdie par les battements de son cœur, en avalant une autre gorgée de vin. La voilà qui boit sur un parking de supermarché, maintenant, en plein jour. Elle s'en moque. *Ma mère n'a pas disparu.*

Deb

2011

17 octobre

En début de soirée, Deb allume la radio et apprend que des glissements de terrain ravagent actuellement le Guatemala, le Salvador et le Nicaragua. On parle de pluies torrentielles et d'inondations. Quatre-vingts morts à ce jour, selon la BBC. « Mon Dieu », murmure-t-elle, allant voir sur son ordinateur si elle a reçu un e-mail de Danny. Cela fait un mois qu'il n'a pas donné de nouvelles. Elle lui envoie un message. D'après le journaliste, des milliers de familles ont perdu maison et récoltes. L'ONU a inscrit l'Amérique centrale sur la liste des régions du monde les plus touchées par le réchauffement climatique.

Elle éteint la radio, sort donner de l'eau fraîche à ses poules. Debout dans les dernières lueurs du couchant, cette débauche obscène de couleurs sur les arbres – rouge, orange, jaune –, elle se force à respirer.

Une heure plus tard, elle reçoit une réponse :

Mamá. Dix villageois ont perdu la vie. C'est terrible.

Je rentre à Noël pour vous voir, Hazel, Vale et toi. Je t'aime – ton Danny.

Elle s'affale dans son fauteuil sur la terrasse. Cale sa tête contre le dossier. Respire à fond, les larmes aux yeux.

Son fils est vivant.

On dirait qu'elles ont soudain toutes besoin de lui sur ce pan de montagne. Pas pour qu'il les sauve, mais pour qu'il leur tienne compagnie. Bonnie toujours portée disparue. Vale si distante, muette, refusant de se livrer. Et Hazel qui perd de plus en plus la boule. Le choc de la disparition de Bonnie aurait-il été la goutte d'eau pour son esprit vieillissant ? Ce matin, Deb l'a trouvée en chemise de nuit au milieu du salon, scrutant une fissure dans le mur.

« Où est Lena ? a demandé Hazel en tournant vers elle son regard bleu étrangement vide.

– Lena est morte il y a bien des années. » Deb s'est approchée d'elle, a posé la main sur son bras.

Hazel a eu un brusque mouvement de recul, puis est allée s'asseoir dans son fauteuil près de la fenêtre et a contemplé le champ. Quelques tout petits flocons de neige, les premiers, se posaient sur les vieux pommiers.

« Oh, j'ai cru un instant qu'elle était là.

– Ça arrive, a dit Deb. Je vais vous faire du thé. »

La cuisine était en désordre : la vaisselle propre posée à droite de l'évier au lieu de sécher sur l'égouttoir ; une pomme à moitié mangée sur une étagère du vaisselier, à côté des assiettes ; le lait à température ambiante dans le placard près du réfrigérateur. Hazel… Le cœur serré, Deb a pris la pomme, est allée la jeter dans le seau à ordures destinées au compost, et a vidé le lait aigre dans l'évier.

Quand elle a regagné le salon, sa belle-mère était endormie, la tête contre le dossier du fauteuil bleu. Deb a passé le reste de la journée à faire le ménage dans deux ou trois maisons du coin : la ferme restaurée d'un médecin, l'appartement d'un avocat divorcé. Le travail ne lui fait pas peur : la satisfaction de voir un sol lessivé et des plans de travail étincelants lui procure un étrange réconfort. Quelle ne serait pas la stupéfaction de ses employeurs s'ils découvraient son propre intérieur – les toiles d'araignée, les murs en pin rugueux qu'elle ne nettoie jamais. Son chalet est un organisme à part entière, seulement séparé des bois alentour par une fine paroi, et c'est ainsi qu'elle l'aime. L'instinct contraire qu'ont tant de gens lui semble bien étrange – leur combat sans relâche pour tenir le chaos de la nature à distance.

Depuis la terrasse où elle est assise, le cœur soulagé de savoir Danny sain et sauf, elle voit une lampe s'allumer dans la caravane de Vale. Une phrase de Thoreau résonne dans sa tête (comme si souvent) : « Le mieux que je puisse faire pour un ami est simplement d'être son ami. »

Bien sûr. Être l'amie de Vale.

« Je nous ai apporté du vin », annonce-t-elle en brandissant une bouteille quand Vale ouvre la porte de la caravane.

La jeune femme sourit. « C'est gentil, merci. Entre. » L'endroit est minuscule, spartiate, propre. Une odeur de café, d'alcool et de moisi, mais voilà que Vale s'active, va chercher deux verres, approche une chaise.

Elle a meilleure mine que ces derniers temps. L'air moins famélique. Les joues un peu plus colorées.

« Pardon de ne pas passer plus souvent, s'excuse Deb en trinquant avec elle. On s'habitue trop facilement à vivre en ermite. »

Vale hausse les épaules. « Je sais. Tu veux qu'on aille boire ce vin dehors ? »

Elles emportent leurs verres dans le pré, où elles pourront entendre la rivière et voir la lune se lever. Le temps est d'une douceur inhabituelle en cette fin octobre. Une alternance anormale de sécheresse, de chaleur, de gelées : une météo déréglée, imprévisible, songe Deb. Mais le fond de l'air est assez frais pour que Vale fasse du feu. Elle a construit un modeste foyer avec des galets disposés en cercle. Elle ramasse quelques brindilles, froisse du papier journal et gratte une allumette. Assises dans l'herbe humide, les deux femmes regardent les flammes s'élever, qui leur réchauffent les mains. Deb évoque les absences de Hazel. Le fait qu'elle l'ait trouvée en chemise de nuit au milieu du salon en pleine journée, en train de fixer une fissure du mur. Cette pomme sur le vaisselier et le lait aigre dans le placard. « Qu'est-ce qui lui arrive, selon toi ? »

Vale hausse les épaules. Boit une gorgée de vin, s'absorbe dans la contemplation du feu. « Sa maison est peut-être hantée ? »

Deb éclate de rire. « Oui. La mienne aussi. Je souffre du même mal. À notre flanc de montagne hanté », déclare-t-elle, trinquant à nouveau avec Vale. Un tintement. Des étincelles jaillissent des flammes.

« Tu sais ce qui me travaille, ces derniers temps ? demande-t-elle, inclinant la tête en arrière. La difficulté d'apprendre à aimer durant le laps de temps qui nous est imparti. » Elle pense à Stephen et à Hazel. À sa propre mère. À Bonnie. Des reflets miroitent sur les eaux de la rivière. « Et la facilité qu'on a à transmettre nos défauts – notre colère, notre tristesse, notre froideur ou notre dissimulation. »

Vale acquiesce, boit une autre gorgée.

« On s'acharne tellement à nier ce qui nous vient de nos ancêtres, reprend Deb. Mais en fait c'est gravé au plus profond de nous. Tu as entendu parler de l'épigénétique ? Cette nouvelle science selon laquelle notre ADN garderait la mémoire des traumatismes – mais aussi des joies – des générations précédentes. » Elle raconte à Vale que sa grand-mère Zina a grandi dans une ferme de Vitebsk. Raison pour laquelle elle-même vit ici – c'est ça qui l'a poussée à prendre la route vers le nord il y a trente-cinq ans.

« Je ne savais rien de tout ça.

– On ignore beaucoup de choses sur l'histoire des autres, non ? » répond Deb, chassant brusquement une flammèche de sa manche. Elle pense à Bonnie, orpheline de mère, à ce traumatisme privé des mots qui permettraient de l'assumer, de le comprendre, de transformer le poison en remède comme seuls les récits peuvent le faire. Et de cartographier le passé, pour créer les cartes du futur.

« Bonnie avait… je veux dire, elle *a* son propre traumatisme épigénétique, ajoute doucement Deb.

– Exact. » Vale se lève et jette une branche dans le feu. Rassemble les cendres du bout de sa chaussure. « Au fait, Deb…

– Oui ? »

Elle fixe les flammes des yeux et parle à Deb de la photo de Marie punaisée sur la cloison de la caravane. De ce qu'elle a appris sur le mouvement eugéniste – cette deuxième vague de destruction envers un peuple et une culture. Un mode de vie et un savoir. Deb avoue alors n'avoir jamais entendu parler d'une telle chose dans le Vermont. La complexité que peut receler un lieu, se dit-elle. Le temps qu'il faut pour en peler chaque couche.

« Ma mère a toujours prétendu que nous étions indiennes, poursuit Vale. Moi qui la prenais pour une affabulatrice. » Elle se met à rire, sans quitter le feu des yeux.

« C'est une révélation. En partie, du moins », répond Deb. Elle ferme les yeux et se représente Lena dans sa cabane. Stephen dans son chalet. Si cela est vrai, tout se tient, d'un point de vue épigénétique. Ce retour à la terre. Cette attirance pour les bois, les rivières, les marécages.

« Tu as froid ? » demande Vale, lui passant une écharpe, et Deb la remercie d'un signe de tête en mettant l'étoffe sur ses épaules. Elle s'allonge dans l'herbe humide et regarde les étincelles bondir dans le ciel nocturne. Marie aurait-elle été abénakise ? Stephen le savait-il ? Elle se retourne pour observer Vale. Cette jeune femme est si belle à la lumière du feu, se dit-elle. Comme elles le sont toutes. Si seulement elles savaient à quel point.

Vale

2011

31 octobre

Vale prend chaque jour le pick-up pour aller jusqu'à la grange de Cedar Street. Le mot qu'elle a laissé a disparu, mais elle n'a reçu aucun message sur son portable. Elle tâte l'oreiller et les couvertures à la recherche de la chaleur d'un corps, de quelques cheveux bruns : rien.

Elle arrache un autre bout de papier à cette bible imprégnée d'humidité. Dessine un cœur en son centre. Écrit : *Bonnie ?*

Elle quitte la grange et marche jusqu'à la rivière. Soulève une grosse brique sur la berge, la hisse au-dessus de sa tête et la jette dans l'eau.

Les journées se répètent inlassablement. Les photos de Lena et de Marie sur la cloison lui tiennent compagnie les soirs où elle ne va pas voir Neko. À chaque nouvelle tempête, on croit que c'est la fin du monde, se dit-elle, puis elle passe, comme les autres, et le monde est encore là. Les berges cicatrisent. Les maisons détruites sont rasées. Les gens portés disparus ne réapparaissent pas. Ceux qu'ils laissent derrière eux se débrouillent comme ils peuvent.

Elle descend d'autres couvertures du grenier de Hazel. Consulte de manière obsessionnelle le fil d'actualités sur son téléphone. Parcourt quotidiennement les routes de campagne et les petites rues au volant du pick-up de Deb. Combien de temps reste-t-on quelque part à chercher un cadavre qui ne réapparaîtra pas ? *No Word for Time* : « Le temps est par nature relatif et insaisissable. »

Elle retourne au refuge pour femmes battues. Au centre d'hébergement des sans-abri, puis au poste de police. Toujours rien. Alors elle décide de se rendre à la mairie et demande à voir l'acte de mariage de Henry et Marie Wood. L'employé l'emmène dans l'arrière-salle, sort une mince feuille de papier qu'il lui tend. Elle s'assied à une petite table pour la lire. Année de mariage : 1901 – celle où la photo a été prise. Année de naissance de Marie : 1885. Lieu de naissance : Mallets Bay, au bord du lac Champlain. Prénom du père : Pierre. Prénom de la mère : Louise. En marge, une mention pâle au crayon, à peine lisible : *INDIENNE*.

« Ça alors ! » murmure Vale, toute seule sous la voûte de cette arrière-salle, la colonne vertébrale parcourue par un frisson.

De retour dans la caravane, elle enfile son blouson, met le chapeau de Lena et glisse une bouteille de vin dans sa poche.

« Des Indiennes ! » lance-t-elle avec un grand sourire aux photos de Marie et de Lena en franchissant la porte.

Puis elle traverse le pré et se dirige vers les bois. Elle veut retrouver la cabane de Lena, cette bâtisse d'une seule pièce au sommet de la montagne et sans doute entièrement délabrée. Voilà des années qu'elle ne l'a pas vue, et à l'époque déjà, il n'en restait plus grand-chose : toit moussu, vitres brisées, porte battant au vent. Elle n'était pas entrée – Danny, qui l'accompagnait, avait détourné les yeux et déclaré : « Jamais de la vie. »

Elle bifurque vers le nord et grimpe le long d'un ancien chemin forestier. Peut-être praticable au volant d'un pick-up ou d'une voiture il y a quarante ans, mais maintenant envahi par les ronces et de jeunes sapins du Canada, par des troncs de pins tombés en quinquonce.

C'est sans doute là que je viendrai au prochain ouragan, pense Vale, continuant son ascension, écartant de son visage les lourdes branches basses.

Et soudain le voici : un toit au sommet de la montagne, niché entre les troncs élancés des érables, des bouleaux et des pins, surplombant les marécages.

« J'adore la pluie. Je l'adore, putain ! criait Bonnie, debout au milieu de la rivière, ses cheveux, sa jupe et ses jambes ruisselants. Viens te tremper, Vale, mon bébé ! »

Toujours au bord de l'abîme.

Bonnie appelait la cabane de Lena « le repaire de Stephen », tout en refusant elle aussi de s'en approcher. Ainsi blottie à flanc de colline, émergeant dans la lumière de l'après-midi, la bâtisse ressemble à un corps humain ou à un animal. Une seule pièce, une seule porte, et trois fenêtres. Un toit de bardeaux goudronnés, verdi par la mousse. Quelques vitres cassées ou manquantes.

Vale s'approche, revoit la photo sur la cloison de sa caravane : Lena debout au même endroit, coiffée de son feutre, Otie sur son épaule. La porte en bois, à la peinture verte écaillée, a été ouverte par une rafale de vent. Le sol est jonché de feuilles mortes, d'aiguilles de pin, de nids abandonnés par les souris, les écureuils, les blaireaux, les porcs-épics – et qui sait quelles autres créatures.

Elle entre, inspire profondément. La pièce sent le moisi – une odeur de tanière, de terrier, partie intégrante des bois. Mais la lumière à l'intérieur est superbe – des rais obliques filtrant à travers les toiles d'araignée et les vitres poussiéreuses. Plusieurs objets reposent sur les appuis de fenêtre. Elle s'approche pour mieux voir. Un bocal en verre rempli de plumes – de dinde et de chouette. Un alignement d'ossements d'animaux qu'elle est incapable de nommer. Une collection de galets de la rivière, arrondis et lisses, blanc crème, bleu ardoise ou gris acier, et couverts de toiles d'araignée et de poussière. Elle en prend un tout rond, l'époussette avec sa manche, le garde au creux de sa main. Retient son souffle.

Les objets de Lena. Il y a si longtemps. Sa grand-mère – la mère de Bonnie – a vécu ici, sur cette montagne, entre ces murs.

Vale jette un coup d'œil sur sa gauche. Quelques clichés découpés dans des magazines sont punaisés sur le mur en pin à droite de la fenêtre. Écornés, avec des taches de moisissure, mais on voit encore ce qui est photographié : un puma dans une clairière dévastée et une Indienne assise sur une souche devant un wigwam, un faucon sur les genoux. De ses doigts, Vale effleure le visage de cette femme. « Salut », souffle-t-elle.

Dans un angle, un lit une place – au matelas plein de nids de souris et de trous. Une petite table construite de bric et de broc, deux chaises. Un poêle ventru. Un plan de travail fait d'une planche de pin grossièrement coupée. Au-dessus, il y a deux tasses en porcelaine accrochées à des clous recourbés. Vale en décroche une et la pose sur sa paume – une rose d'un rouge éteint orne le fond. Vale la frotte avec l'ourlet de sa robe, s'assied devant la table, sort la bouteille de vin de sa poche et remplit la tasse à ras bord.

Elle la brandit devant elle.

« À toi, Lena », dit-elle bien fort, trinquant de ses mains qui tremblent un peu avec l'autre tasse encore accrochée au mur.

Sa voix résonne bizarrement entre les murs de cette pièce abandonnée. « Qui es-tu, Lena ? » Seul lui répond le cri d'une corneille au-dehors. Et le chant strident du coq de Deb plus bas sur la montagne. « J'aimerais bien le savoir. »

Elle boit son vin à petites gorgées, inspecte les biens de sa grand-mère autour d'elle. La cabane est silencieuse. D'un calme angoissant. La poussière danse dans l'air ensoleillé.

Lena

1956

18 juillet

Cher coyote,

Adele me montre les bocaux de plantes médicinales qu'elle a cueillies : genièvre, vigne de Judée, actée à grappes noires. Elle m'en dit un peu plus à chacune de mes visites, m'apprend comment elle les fait sécher et les conserve, ajoute une touche de celle-ci et une goutte de celle-là en fonction du remède désiré.

Elle se penche vers moi, fait une grimace. « Tu as l'odeur de ton corps, Lena. » Elle sourit. Me tend une tasse d'infusion encore fumante.

C'est l'odeur de mon sexe qu'elle sent, mais je ne le lui dis pas. En silence, je sors mon cahier de ma poche et note le nom des plantes qu'elle me donne.

« Pourquoi écrire tout ça ? lance-t-elle, me transperçant de ses yeux noirs.

– J'ai une mauvaise mémoire. Ça ne t'ennuie pas ?

– Bien sûr que non », répond-elle en se roulant une cigarette.

Je pense à ma grand-mère Marie, morte quand j'avais quatre ans, et qui chantait d'une voix basse et douce. Quelles étaient ces chansons ? Je demande à Adele si elle l'a connue, mais elle secoue la tête, déclare que non.

Je lui dis que ma grand-mère me manque, ainsi que la mélodie de ses chansons. Elle sourit. Allume sa cigarette et sort de la pièce.

Dans la soirée, nous descendons au bord de la rivière, Otie et moi. J'enlève mon pantalon, ma chemise, mes chaussures. J'éclabousse d'eau glacée mes aisselles, le bas de mon ventre, mes mamelons. L'eau a une odeur de terre, de carcasse en décomposition et de fougères. Sur la berge, Otie m'observe, me fait un clin d'œil.

Je l'interpelle. « Viens te baigner avec moi, espèce d'oiseau fou ! »

En guise de réponse, il me refait un clin d'œil puis me tourne le dos.

Encore un souvenir : ma grand-mère dans un champ avec Hazel et moi à ses côtés, nous désignant les étoiles dans le ciel. Des paroles jaillissant de sa bouche, aussi indistinctes que si elles venaient des profondeurs de la rivière.

Alors que je m'apprête à remonter sur la rive, j'aperçois une paire d'yeux en lisière du bois. Ocre. Couleur de terre. Je les sens sur moi avant de les voir. Lex Starkweather, me dis-je, et je ferme les paupières, esquisse un sourire. Une chaleur musquée me parvient. Mais quand je rouvre les yeux, je découvre un coyote. Rusé, sauvage, féroce, à trois pattes. Il croise mon regard un long moment. Telle une eau invisible, notre souffle flotte entre lui et moi. S'aidant de son aile valide, Otie sautille vers l'animal avec un cri rauque. Le coyote fait demi-tour, bat en retraite, disparaît parmi les sapins du Canada et les pins.

« Tout va bien, Otie, dis-je en sortant de l'eau, avant de m'envelopper dans plusieurs épaisseurs de drap de laine. Tout va bien. Rien à craindre. » Je tremble de tous mes membres. « Rentrons. »

Je grelotte pendant tout le trajet de retour.

La flamme de la lampe à pétrole sur la table vacille ; l'air nocturne me donne la chair de poule – le long de ma colonne vertébrale, de mes chevilles et de mes tibias jusqu'à mes genoux.

D'un bond, Otie descend du lit sur la chaise, de la chaise sur le sol. Il donne des coups de bec aux rideaux qui encadrent les fenêtres. Tachés d'humidité. Déchirés. Couverts de chiures de mouche. Il se met à les lacérer. Avec fureur. Je le laisse faire – il se construit un nid. Un instinct archaïque, ce besoin de s'accoupler. Ma mère disait que les chouettes annonçaient la mort de quelque chose et la naissance d'autre chose. Tu entends ça, Otie mon ami ? La mort de quelque chose, et la naissance d'autre chose.

III

LES CHAMPS

Stephen

1986

14 décembre

Dans l'obscurité de la clairière à flanc de montagne que Deb et lui ont défrichée ensemble, au-dessus de la ferme de ses parents, Stephen est assis avec une bouteille de Jim Beam entre les genoux. On est en décembre et l'air est glacial – quinze degrés en dessous de zéro, peut-être même moins. Les températures n'en finissent pas de baisser. Le sol est recouvert de plusieurs centimètres de neige, quelques feuilles tenaces s'accrochent aux branches des chênes et des hêtres, l'odeur de la fumée monte du chalet où Danny et Deb sont installés près du feu. Danny – dix ans – est sans doute plongé dans un album de Tintin, perdu sur quelque île déserte, et Deb boit sûrement un verre de vin. Stephen et elle se sont encore disputés. « Va au diable ! lui a-t-elle hurlé. Pourquoi tu ne me dis jamais rien ? »

Les mots étaient coincés dans sa poitrine, inarticulables. Son silence aussi lourd que des chimères de glace. Alors il est parti, avec sa parka et cette bouteille. Les bois comme seule consolation, depuis toujours.

Quand il a construit ce chalet, il le voulait différent des autres : plus en hauteur, dominant la vallée où les nuages stagnaient la moitié de la journée en été et où le soleil ne se montrait pas plus d'une heure en hiver. Un lieu à l'écart du monde malade. À l'écart de la guerre. Mais Ronald Reagan a été réélu, et des chercheurs britanniques ont découvert un énorme trou dans la couche d'ozone au-dessus de l'Antarctique. Cette maison qu'il a construite dans la montagne – avec une herminette, des rondins, des clous, des poutres – est-elle à l'abri de tout ça ? Il ne le croit plus désormais.

Où se sont-ils trompés ? Il se souvient de cette soirée, dix ans plus tôt, où Deb lui avait annoncé qu'elle était enceinte – pieds nus sur le plancher tout neuf, dansant autour de la table de la cuisine. De son rire communicatif. De son cœur à lui qui s'était arrêté net, pour retourner dans les bois – parmi les érables robustes, les hêtres tourmentés, les pins tendres.

Il grimpe dans la montagne, faisant craquer sous ses pas les feuilles mortes et la glace. La neige tombe plus dru. Il pense à son fils Danny, et à ce qu'il a été capable, ou pas, de lui offrir. Il pense à Bonnie, qui vit maintenant dans le centre-ville avec son bébé, Vale. Aux petits boulots à mi-temps, mal payés, qu'elle enchaîne. Il lui donne un peu d'argent de temps à autre. Lui apporte des provisions. Du civet de lièvre. Mais être mère, toute seule ? C'est l'épuisement dans ses yeux qu'il n'arrive pas à chasser.

Et l'insatisfaction de Deb non plus. À partir de quel moment un chalet – avec ses rondins vieillissants, ses lampes qui éclairent mal, ses cabinets dans le jardin censés enrichir la terre, son mince filet d'eau de source – ne suffit-il plus ? « J'en ai marre de ce trou dans lequel on vit, Stephen, lui a-t-elle dit plus tôt. Il y fait toujours sombre, on est pauvres, on se trouve à des kilomètres de tout être humain à part ta mère, et nos voitures sont infoutues de démarrer quand on a besoin d'elles. C'est un vrai trou, Stephen. Un vrai trou ! Et toi ? » Elle avait alors posé la main sur sa poitrine, pleine d'une tendresse qu'il avait longtemps niée, avant d'ajouter, au bord des larmes : « Toi, tu es un con. »

Il en était resté muet, à regarder la colère déformer les traits de Deb. À regarder ses larmes. Debout, enfilant sa parka et ses bottes. Sur le pas de la porte, il s'était tourné vers elle : « Ce n'est pas moi qui t'ai demandé de venir », avait-il fini par déclarer. La cruauté de ces mots avait un goût amer. Leur vérité aussi.

Quelques flocons, gros et lourds, lui tombent sur le visage. La première tempête de neige de l'année : elle lui fait toujours l'effet d'une bénédiction. D'un nouveau départ. Il fourre la bouteille dans sa poche et continue à grimper. Il se dirige comme d'habitude vers la crête la plus élevée, celle où est nichée la cabane de Lena. Cet endroit qu'ils ont laissé pourrir, se délabrer, tomber en ruine depuis que Lena n'y vit plus. Le plancher abîmé par les porcs-épics, des vitres brisées, une porte qui ne ferme plus, le poêle ventru tout rouillé. Il lui arrive d'y entrer. De regarder ce qui reste : quelques photos sur un mur, des plumes, des ossements. Une cafetière sur la vieille gazinière à deux brûleurs. Il aime sentir la présence de Lena en ce lieu. La femme qui avait épousé un hibou. « Chaque oiseau est un présage, disait-elle souvent. Chacun sans exception. »

L'ascension est de courte durée, mais la nuit est très froide. Il aurait dû apporter du papier, des allumettes, du petit bois. Il boit une rasade de bourbon, s'arrête devant la porte de la cabane et contemple les montagnes plongées dans l'obscurité autour de lui. À cette hauteur, il distingue les contours de la grange en contrebas, baignée par le clair de lune. Elle a l'air vivante, comme des charbons ardents, comme les guirlandes lumineuses d'un sapin de Noël ou le halo vacillant d'un téléviseur. Puis il voit les lumières s'éteindre dans son propre chalet. Il imagine Danny assoupi sous les combles, Deb grimpant à l'échelle, se déshabillant, enfilant la vieille chemise de nuit qu'elle met pour dormir. Il voudrait aller la retrouver, soulever cette chemise de nuit, poser la tête sur la peau tiède et douce de son ventre, encore plus souple depuis qu'elle a porté Danny, approcher les lèvres de son oreille et murmurer : *Pardon*. Elle est encore belle. C'est la femme la plus belle qu'il ait sans doute jamais vue, son visage désormais sillonné de rides creusées par le soleil, les sourires, les soucis, comme un pays bien-aimé. Aux yeux de Stephen, le temps améliore toutes choses – les bardeaux de la grange, les lames du plancher, le cuir – et Deb ne fait pas exception. Mais il ne peut se résoudre à descendre la retrouver. Ni à prononcer ces deux syllabes : *Par-don*. Il attendra d'être sûr qu'elle soit endormie. De pouvoir grimper se coucher sans que Deb remarque sa présence et demeurer allongé, invisible, à étudier ses traits au clair de lune. Dans l'immédiat, il va rester là, dans cette cabane venteuse au sommet de la montagne, le repaire de Lena, à regarder tomber la neige. Cette neige qui vous donne la permission de garder le silence ! Voilà un monde où rien ne l'oblige à parler, et où il n'en a d'ailleurs jamais ressenti le besoin : l'étrange grognement des chênes, le doux parfum hivernal des pins, et cet air si vif qu'il lui mord la peau, transforme son haleine en stalactites dans sa barbe.

Il entre, s'assied à même le sol en s'adossant au mur et boit longuement au goulot. Son grand-père avait construit cette cabane pour en faire un abri de chasse. Pour aller y picoler tranquille, être seul. Un endroit qui empestait le sang du gibier et le whisky. Et puis Lena en avait fait autre chose – un lieu constellé de lumière, décoré de plumes, chaleureux. Il avale encore une rasade, puis une autre, et sent le bruit de ses pensées s'atténuer, ses bras et ses jambes retrouver des forces ; il se sent lui-même courageux, intelligent et sage, capable d'être un père aimant et un mari attentionné. La femme qui avait épousé un hibou. L'homme qui avait épousé une chouette. Deb en est-elle une ? Il finit la bouteille. S'allonge sur le plancher. Il faudrait qu'il se lève, qu'il fasse du feu, mais y a-t-il seulement du papier ? Du petit bois ?

Lena. Il venait souvent lui rendre visite quand il était petit. Il adorait son rire, son extravagance. « Tiens », disait-il en lui tendant un trésor qu'il avait découvert, et elle s'agenouillait pour l'examiner. L'approchait de ses narines et le humait : crâne de renard, plume de faucon, morceau de quartz… Le frottait entre ses doigts. Lui demandait où il l'avait trouvé. Imaginait la vie de cet objet avant qu'il ne croise leur chemin.

« Car ce sont les choses qui nous trouvent, et non l'inverse, déclarait-elle, appuyant son front contre celui de Stephen. Comme toi pour moi, et moi pour toi : on avait besoin l'un de l'autre, alors on est tous les deux partis à la recherche de l'autre. »

Et ils s'étaient trouvés, pense Stephen, son corps sombrant dans le sommeil. Il ne devrait pas s'endormir là, il le sait, mais le bourbon l'a réchauffé, la bouteille est vide. Il a juste besoin de faire un somme. Juste un petit somme. *Alors on est tous les deux partis à la recherche de l'autre.*

Vale

2011

10 novembre

Les arbres se dénudent. La terre devient grise.

Vale se rend au volant du pick-up dans tous les endroits que sa mère aimait : Indian Love Call, les entrepôts de feux d'artifice du New Hampshire, les ruines d'un manoir incendié sur le versant nord de Mount Wantastiquet, de l'autre côté du fleuve. Wantastiquet : un mot abénaki, réalise-t-elle pour la première fois. Elle se souvient d'un reportage entendu à la radio quelques jours plus tôt à propos du soulèvement d'Indiens de Bolivie, qui avait conduit à une marche de six cents kilomètres pour exiger d'être dédommagés des effets néfastes du réchauffement climatique. Tout se tient, songe alors Vale, se remémorant la description d'une petite fille de huit ans qui marchait avec sa mère en direction de La Paz, ville que ni l'une ni l'autre n'avaient encore jamais vue. La pression monte. Partout.

Le manoir incendié s'appelle Madame Sherri's, en mémoire de la New-Yorkaise excentrique qui l'a fait construire dans les années vingt. Sa légende court dans la région depuis plusieurs décennies : coupé décapotable, amants en pagaille, luxe et débauche… Un tempérament notoirement subversif pour cette ville. Le manoir a été détruit par les flammes une dizaine d'années plus tard, mais les ruines qui perdurent – pans de mur, fenêtres de pierre en ogive, quelques piliers noircis et un escalier monumental à vis, en pierre également, qui s'élève à une dizaine de mètres – ont abrité les fêtes de générations de lycéens.

Vale regarde autour d'elle : éclats de verre, immondices, rochers couverts de graffitis : TZ + NB. LES ARMES GOUVERNENT. MERDE À TOI, CAPITALISME. Sous ce dernier, au marqueur noir : *Trouve-moi.*

Une fine pluie froide s'est mise à tomber. Vale ferme les yeux et s'imagine sa mère en ce lieu, écrivant ces mots avec son feutre noir. *Trouve-moi.* Elle est fatiguée de ces indices qui ne mènent nulle part. De cette Bonnie qui, quoique démultipliée, n'apparaît jamais.

Elle s'approche de l'escalier et commence à le gravir. C'est une idée stupide, et risquée – les pierres sont branlantes sous ses pieds, glissantes à cause de la pluie. Elle s'étonne que l'on n'ait pas rasé ces vestiges, ou interdit leur accès.

Mais elle réussit à atteindre la dernière marche, un bloc de pierre à peine assez grand pour y tenir sur ses deux pieds. Bien campée sur ses jambes, elle jette un coup d'œil autour d'elle. La clairière est entourée d'arbres, de rochers, du vague reflet d'un étang au loin. La pluie redouble sur le visage et les jambes de Vale. *Trouve-moi*, se dit-elle, ôtant son chapeau et le jetant sur le sol. Elle retire son gilet. Le laisse tomber en contrebas. Se débarrasse de son tee-shirt, le fait tournoyer au-dessus de sa tête. Lève lentement les bras sous la pluie froide. Dans la boîte de strip-tease, parmi toutes les paires d'yeux qui la regardaient, sans ciller, se dévêtir ainsi, y avait-il un seul individu qui la voyait vraiment ? Elle dégrafe son soutien-gorge, l'enlève à son tour, le lâche dans le vide. Ferme les yeux et sent ses mamelons durcir dans l'air glacial. Son ancien numéro, sans personne pour le voir. Une phrase lue hier dans *No Word for Time* lui revient en mémoire : « En ce monde, nous sommes essentiellement définis par la somme de nos relations, avec la nature et avec autrui. » Elle entend crisser les freins des poids lourds sur la route. Le frisson du vent dans les pins. *La somme de nos relations.* Paupières closes, elle crie : « Trouve-moi ! » D'une voix gutturale. Sonore. Elle qui a passé sa vie d'adulte à essayer d'apprendre à être seule. Puis elle lève une jambe et pivote sur elle-même : une pirouette au ralenti sur un bûcher funéraire.

Vale remonte dans le pick-up et se rend chez Neko. Elle grelotte, chaque centimètre de son corps comme frigorifié. Neko lui retire ses vêtements trempés de pluie, l'enveloppe dans des couvertures. Il lui sert du thé dans un mug vert fluo et s'allonge près d'elle. Elle lui parle alors de la cabane de Lena. De cet acte de mariage, de ce mot presque illisible : *Indienne.* Elle lui parle aussi du manoir appelé Madame Sherri's, des mots *Trouve-moi* au feutre noir sur un rocher. « La prochaine fois que tu vois une femme de ce genre-là, tu me préviens tout de suite, d'accord ? supplie-t-elle, claquant toujours des dents. Tu iras vers elle, tu la questionneras et tu lui diras que je suis là, OK ?

– Évidemment, dit Neko en posant ses mains bien chaudes sur sa poitrine gelée.

– Mais tu n'as revu personne, n'est-ce pas ? » demande-t-elle. Elle se réchauffe. Les frissons s'atténuent.

« Non », avoue Neko en lui embrassant le sein côté cœur. Puis l'aisselle. En la regardant droit dans les yeux. « Mais je cherche sans relâche. Je te le promets. »

Vale acquiesce. Et elle le déshabille. L'attire en elle. Elle ne veut pas attendre. Un flot de chaleur l'inonde de la tête aux pieds, se propage dans tout son corps.

Lena

1956

6 août

Bébé oiseau,

L'heure que je préfère est celle qui précède l'aube : le chant du coq et des oiseaux, les corneilles, le bleu noir du ciel. Je sors et l'herbe est couverte de rosée, le visage du monde voilé de brume à son réveil. Lex est parfois près de moi, son corps tout doré entre les draps en désordre, l'ombre d'un mauvais rêve sur ses traits endormis. Des faucons ? Des guerres ? Quelle tempête fait donc rage sous ton crâne, mon bien-aimé ?

Nous sommes des pécheurs. Communiant dans la noirceur de la nuit. Dans celle du café bien sucré. Je porte la tasse aux lèvres de Lex, tends un peu de bacon à ses doigts engourdis : « Rentre chez toi, mon amour. Il vaut mieux que tu rentres. » Oh, ces yeux vert mousse noyés de remords ! De l'index je lui effleure le visage de haut en bas, jusqu'à sa mâchoire et sa barbe de trois jours. « Chut », dis-je, et je pose mon doigt sur ses lèvres. Une belle tête. Une tête de corneille. Otie nous observe dans un coin.

Après le départ de Lex, la matinée m'appartient : la brume se lève, le pré vibre du chant des grillons. Cette cabane est un hameau, ou une grotte. Je chantonne : *Swing low, sweet chariot.* Répands des miettes de pain sur la table du jardin, et mes amis les oiseaux ne tardent pas à débarquer – merles, mésanges, moineaux et geais. Trilles et gazouillis. Le café noir refroidit et a encore meilleur goût. Il ruisselle sur ma langue. Me fouette le sang, qui s'éveille pleinement au monde.

Et puis cet enfant adorable. Stephen ! Le voici qui monte à flanc de montagne. Longues jambes, cheveux blonds, pieds nus.

Il entre dans la pièce qui garde l'odeur de son père, bien qu'il ne le sache pas.

« Regarde ! » s'exclame-t-il, le crâne d'une bestiole quelconque dans ses mains tendues. Je lève les bras au ciel, je le serre contre moi. « Oh, Stephen ! C'est un authentique trésor ! Rat musqué ? Loutre ? » Il explique l'avoir trouvé près de la rivière, blanchi par le soleil, taché de moisissures verdâtres.

Nous le lavons à l'eau fraîche. Puis lui trouvons une place sur mon étagère en bois.

« Reviens quand tu veux, Stevie-o. C'est ton animal totem. Tu es un rat musqué. Tu es une loutre. » Il tourne les talons et dévale le sentier, chantant à pleins poumons.

Je vais chez Adele, lui confie que je meurs de peur. Que l'amour m'est tombé dessus comme une maladie. Elle me donne des plantes médicinales – galane tête de tortue et frêne noir –, foncées et amères. « Fais-les infuser, dit-elle, et bois-en chaque matin. » Le remède marche : une semaine plus tard, mes règles reviennent. J'embrasse les mains brunes et ridées de cette femme, qui sentent la savonnette, les herbes sauvages et le tabac. Je lui apporte une bouteille de whisky et un pack de six bouteilles de Coca.

Elle me raconte l'histoire de M-ska-gwe-demoos, une femme vivant dans les marécages, vêtue et coiffée de mousse, qui crie toute seule dans la forêt et passe pour dangereuse.

« Ne deviens pas comme M-ska-gwe-demoos ! s'esclaffe Adele avec un hochement de tête, tout en décapsulant un Coca. L'amour est un jeu risqué, ajoute-t-elle.

– Tu as déjà été amoureuse ? »

À peine ai-je posé cette question que je voudrais pouvoir ravaler mes paroles. Mais celles-ci ont des ailes et s'élèvent tel un vol de carouges à épaulettes au-dessus de la cabane, de la cime des plus hauts pins. Près de moi, Adele se tait. Elle boit lentement son soda, me dit qu'elle avait seize ans lors des premières rafles. Elle se cramponne au plan de travail, me raconte qu'on l'a emmenée de force à l'hôpital et qu'elle n'a jamais pu avoir d'enfant. « Ha ! C'est comme ça. » Un petit rire sonnant comme une plainte.

Elle s'approche du poêle, me tend une tasse d'infusion encore fumante à l'odeur d'arbre, de vase, de terre.

Je m'incline jusqu'à terre : « Je suis tellement navrée.

– Mmm… » Elle a un regard glacial. Aussi noir que les galets au fond de la rivière. « Lena. » Elle caresse mon bras, y laisse un long moment sa main tiède et noueuse. « Ne couche pas avec n'importe qui. »

Stephen

1986

14 décembre

Depuis combien de temps est-il là, dans cette cabane ? La neige forme des congères autour de lui. Le froid le transperce jusqu'aux os.

Sur l'appui de fenêtre éclairé par la lune, il distingue le crâne d'un animal, de la taille de son poing, et un bocal bleu rempli de plumes.

Un jour, quand il était petit – six ou sept ans peut-être –, il était monté jusqu'à la cabane en sautillant, comptant y trouver Lena, mais il avait entendu une autre voix. Des rires. Il s'était agenouillé au pied d'un arbre à quelques mètres de distance, retenant son souffle. Qui pouvait rendre visite à Lena ?

Et soudain, derrière ces murs, ces mêmes murs, un sifflotement familier. Celui de son père.

Il l'aurait reconnu n'importe où.

À nouveau, le rire de Lena. Puis le silence. Seulement un écureuil, le vent, la circulation sur la route au loin. Il s'était relevé pour s'approcher de la fenêtre à pas de loup, avait jeté un coup d'œil à l'intérieur et vu le corps nu de Lena se redresser, ses seins à l'air, sa taille, ses longs cheveux, et sous elle le rire de son père avait retenti.

Un animal : voilà à quoi ressemblait Lena. Une créature terrifiante, mi-femme mi-bête, aux yeux révulsés d'une façon qu'il n'avait jamais vue.

Il s'était éloigné sur la pointe des pieds, avait redescendu la pente en courant et foncé dans la grange, avant de grimper à l'échelle du grenier à foin et de se faire un lit au milieu des bottes. Il était resté couché là des heures durant, du foin dans ses poings serrés.

Jamais il n'en a parlé à quiconque. Ni à Hazel. Ni à Deb. Ni à Bonnie. Ni à Danny. Avoir su garder ce secret contribue sûrement à faire de lui un bon père, se dit-il, et un bon époux. En ne se déchargeant pas de ce fardeau sur autrui.

Cette cabane – où Lena et son père se retrouvaient… Dieu qu'il a froid. Il faudrait qu'il rentre, mais ses jambes refusent de le porter. Il fait si froid. Il devrait aller retrouver Deb et Danny, sa famille. Quand il les imagine endormis sous les combles du chalet, il se sent fier, magnanime, et il se dit que le lendemain matin il se réveillera avant Deb pour faire du feu, lui apporter son café au lit, comme avant, puis il se penchera pour embrasser son front à la peau si douce. Peut-être même, si Danny dort encore, qu'ils feront l'amour. Il aimerait que ça se passe comme ça. Il n'aurait pas peur de le faire en plein jour. Ni de laisser Deb le déshabiller, comme avant. Et il aimerait aussi pouvoir la déshabiller. Embrasser la peau souple de sa poitrine, prendre ses seins à pleines mains. Lui montrer qu'il est toujours là. Approcher les lèvres de son oreille et lui parler. Que lui dirait-il ? *J'aime ton corps. J'aime tes bras, tes mains, ton cou, tes cheveux. Je suis tellement heureux que tu sois là.* Il va le faire. Demain matin il prononcera ces mots, et ensuite, si elle le désire, ils feront l'amour, il attendra qu'elle jouisse, guettera ce doux frisson silencieux qu'il aimait tant percevoir autrefois, cette vague sous son propre corps, et là il jouira à son tour, en elle.

Deb

1986

15 décembre

Deb ne trouve pas le sommeil. Elle reste couchée, toutes lumières éteintes, guettant le déclic du verrou, le craquement du plancher de la cuisine sous les bottes de Stephen, le bruit de la porte de leur chambre. À quatre heures du matin elle s'assoupit enfin, mais lorsqu'elle se réveille une heure plus tard, il n'est toujours pas là. À six heures, dès les premières lueurs du jour, elle réveille Danny et lui annonce qu'ils vont faire une randonnée. Une randonnée ! Elle tâche de donner à sa voix cette note d'enthousiasme feint. Le chalet est glacial, en désordre, la vaisselle de la veille au soir entassée dans l'évier. Les albums de Tintin et les Lego de Danny jonchent le sol.

Ce spectacle lui rappelle les petits matins d'hiver au sein de la communauté : l'eau glacée dans la chambre mansardée de Bird, les canalisations gelées de la cuisine, les assiettes sales qui s'amoncelaient autour d'eux.

Danny et elle se mettent en route, marchant dans les pas de Stephen sur la neige – des traces à peine visibles.

« Regarde, les empreintes de ton père ! » dit-elle, nauséeuse, tremblant de tous ses membres. Elle voudrait sentir une odeur de fumée venant de la cabane au sommet de la montagne, voudrait croire que Stephen s'est fait un campement hivernal dans les bois, parmi les arbres, là où il est le plus heureux.

« Qu'est-ce que tu fais là-haut ? » lui avait-elle demandé encore la semaine dernière.

Il avait haussé les épaules.

« On ne te manque pas ?

– Bien sûr que si », avait-il marmonné, mais pas sur le ton qu'elle avait besoin d'entendre. Elle aurait voulu qu'il la prenne dans ses bras, pose la paume au creux de ses reins et la serre tout contre lui.

« Prends-moi dans tes bras », dit-elle plus souvent qu'elle ne le voudrait. Et parfois il s'exécute, mais sans conviction, avec fébrilité, quand il ne se détourne pas purement et simplement d'elle.

Pourquoi ne se décide-t-elle pas à partir ? Elle marque une petite pause pour attendre Danny, la couche de neige est étonnamment épaisse. Depuis des années, sa mère revient à la charge : « Je ne comprends pas que tu élèves ce gamin dans la misère. »

La misère. Est-ce de ça qu'il s'agit ? De celle qui régnait dans le village de sa grand-mère en Biélorussie ? Latrines au fond du jardin, poêle à bois, murs en pin sombre aux recoins impossibles à nettoyer… Le chalet a l'eau courante grâce à une source, mais pas le tout-à-l'égout : les eaux usées s'écoulent encore sous l'évier, dans un seau que Deb vide deux fois par jour. Sa Datsun, vieille de vingt ans, ne démarre que si on allume d'abord l'autoradio – et Deb ne peut couper le contact qu'en l'éteignant. « Putain, c'est quoi ce cirque ? » avait-elle lancé un jour à Stephen, qui avait souri et haussé les épaules avant de s'éloigner.

« On va où ? interroge Danny, s'arrêtant dans la neige derrière elle. J'ai froid.

– Je sais, mon chéri, répond-elle, dissimulant la peur dans sa voix. C'est l'aventure ! »

Ce qu'elle ne peut pas décrire à sa mère, ce sont tous les plaisirs offerts par cette vie qu'elle a choisie. Le plaisir de s'éveiller dans le noir, de descendre par l'échelle et d'allumer le poêle à bois, de regarder le jour se lever. Ce pan de montagne dont elle connaît si bien les sources et les fleurs sauvages qu'il lui donne l'impression d'être un prolongement de son corps. Le rythme imprimé par les saisons à ses journées, à ses années. La sensation d'avoir créé de ses propres mains un monde à elle. D'appartenir enfin à un endroit. Certes, elle éprouve de la frustration, certes, elle se sent seule, parfois, et souffre de leur dénuement. Et pourtant…

Où est Stephen ? Les empreintes de ses bottes suivent la pente. Elle scrute le faîte des arbres dans l'espoir d'apercevoir de la fumée. En vain. « Merde, marmonne-t-elle entre ses dents. Allez, Danny. Dépêche-toi. »

Quant à expliquer à sa mère les raisons pour lesquelles elle reste avec Stephen… Ces matins d'autrefois où il écartait les cheveux de son visage pour la réveiller. Le regard qu'il posait alors sur elle – son air étonné, à chaque fois. Son odeur – de sous-bois, de sueur aux senteurs de terre, de sel. Sa façon, lorsqu'ils font l'amour – de moins en moins souvent ces derniers temps –, de laisser échapper un cri à la dernière minute, une vague de douleur, de joie et d'amour qui inonde les combles plongés dans l'obscurité. La tendresse avec laquelle, après, il enfouit le visage dans les replis de son corps, caresse sa peau nue et murmure : « Merci. » Comment dire tout cela à sa mère ? Le fait que la tristesse embrumant les yeux de Stephen ne soit pas quelque chose qu'elle a envie de fuir, mais plutôt qui les rapproche. L'abnégation avec laquelle, quand Danny était bébé, il allait le chercher la nuit, le prenait dans ses bras, le berçait et le consolait pour qu'elle puisse continuer à dormir. La générosité avec laquelle il lui a offert ce monde – ce chalet, ce pan de montagne, cet enfant, cette chance de vivre autrement.

Ils ne sont plus très loin maintenant. Ne parlent ni l'un ni l'autre. Deb prend la main de Danny dans la sienne ; il ne proteste pas, et ils continuent leur ascension ainsi, côte à côte. Le soleil étincelle sur la neige qui crisse. L'air est limpide, sec, glacial. Ils atteignent enfin la petite cabane de chasse sur la crête, mais aucune fumée ne s'échappe de la cheminée. Bon sang ! La porte est fermée. Deb s'immobilise, sent ses entrailles se nouer. Un goût métallique envahit sa bouche. Un geai criaille dans les arbres au-dessus d'eux, des sons stridents qui lui criblent les jambes comme des flèches, jusqu'aux pieds. Elle se tourne vers Danny, prend son autre main dans la sienne. « Reste ici, mon chéri, d'accord ? »

Sans ciller, il soutient son regard et hoche la tête.

Elle va jusqu'à la porte de la cabane et l'ouvre. Il fait sombre dans la pièce. Ses yeux ne sont pas encore habitués à l'obscurité, mais elle distingue une ombre.

Un corps à même le sol. Couché sur le côté, une bouteille vide près de lui, le plancher trempé d'urine. Il a les yeux fermés, et la première pensée de Deb est qu'il a l'air paisible. Tellement paisible. Ces joues, ces bras, ces épaules. Stephen. Elle s'approche, lui soulève un bras, puis une main, lourds comme du plomb, retrousse la manche de son gilet, palpe son poignet aussi froid que la neige : pas de pouls. Elle entrouvre alors la bouche, émet une plainte sourde et angoissée. Puis se relève, quitte la cabane et redescend le sentier où son fils attend, grelottant au milieu de tout ce blanc. Elle s'agenouille devant lui, le prend dans ses bras, enfouit le visage dans son cou et dit : « Viens, Danny. Rentrons. On va faire un bon feu. »

Vale

2011

15 novembre

Vale retourne en ville au volant du pick-up et s'arrête d'abord à la station Shell pour faire le plein, parcourt les rayons, s'approvisionne en crackers, cacahuètes et eau gazeuse. Puis elle regagne la remise située derrière la grange où elle découvre un oiseau prisonnier qui, affolé par la présence de Vale, ne cesse de se cogner à la fenêtre sans trouver la sortie.

« Désolée », dit-elle, se baissant pour esquiver l'oiseau, qui heurte à nouveau la vitre avant de s'envoler par la porte à tire-d'aile en lui frôlant l'épaule.

Cet oiseau l'a perturbée. Elle va s'asseoir sur le lit pliant, inspecte l'oreiller, trouve un fin cheveu blanc d'une dizaine de centimètres de long.

Elle le prend et le garde au creux de sa main.

Bonnie a-t-elle désormais des cheveux blancs ? Possible. La bible imprégnée d'humidité est toujours à l'angle de la commode, là où Vale l'a laissée. Rien ne semble avoir changé.

Elle laisse le cheveu glisser de sa paume, sort et regarde par terre autour d'elle. Elle trouve une pierre grise de la taille de son poing, criblée de quartz. De retour dans la remise, elle arrache encore une page vierge à la fin de la bible pour y inscrire son numéro de téléphone, la pose sur l'oreiller avec la pierre par-dessus et s'en va.

Pendant le trajet de retour, elle entend à la radio que dix mille manifestants se sont rassemblés deux semaines plus tôt devant la Maison-Blanche pour protester contre l'oléoduc Keystone XL qui doit relier la province canadienne de l'Alberta au Nebraska. L'affrontement du bien et du mal, songe-t-elle. Partout.

Elle remplit son sac à dos de bouteilles d'eau et de vin, de crackers, de bougies, prend aussi une boîte d'allumettes et du petit bois, et monte à pied jusqu'à la cabane de Lena. Elle s'assied devant la petite table en pin, prévue pour deux. Une chaise pour elle et une pour Bonnie. Le temps semble ne pas avoir de prise sur cette cabane – à l'exception des ombres qui s'allongent. Si le monde est un jour fichu pour de bon, se dit-elle, ce serait un bon endroit où s'installer. Un refuge au fond des bois pour survivaliste amateur de vin. Elle allume un feu dans le poêle ventru, ajoute quelques brindilles ramassées dehors, s'allonge sur le lit de Lena et s'endort. Son rêve est un collage : Jack, Neko, et Bonnie – jeune, le corps respirant la joie – qui se déshabille et entre dans l'eau de la rivière. Ruisselante et souriante. Elle appelle Vale, restée sur la berge. « Viens me rejoindre, mon cœur ! »

Dans ce rêve, Vale, encore enfant, porte un pantalon et une veste de laine, avec des bottes aux pieds et des moufles en daim. Des vêtements totalement inadaptés par cette chaleur – faits pour protéger. Elle se met debout. Au creux de sa paume, quelque chose de petit et de chaud. Elle ouvre la main et voit un oiseau mort, l'aile gauche en sang.

Elle se réveille, le cœur battant à tout rompre. Elle a froid, les cheveux entremêlés de crin du matelas, d'aiguilles de pin et de feuilles mortes. Cet oiseau : celui enfermé plus tôt dans la remise de la grange.

« Va te faire voir, Bonnie ! s'exclame Vale en se redressant. Je n'en peux plus de tout ça ! »

Elle retire les feuilles de ses cheveux, de ses manches. Quand elle se lève, ses yeux se posent sur une boîte coincée entre les solives qu'elle n'avait pas remarquée. En bois foncé, environ trente centimètres sur trente. Elle remonte sur le lit pour l'atteindre, l'attrape et ouvre le couvercle. Elle retient son souffle. À l'intérieur se trouvent des livres : *Guide pratique d'ornithologie*, *Guide pratique des fougères*, *Guide pratique des mammifères*. Et au fond, un petit cahier noir, relié cuir.

Le bord des pages est poussiéreux, gondolé sous l'effet de l'humidité. Le papier a cette odeur propre aux vieux livres, à laquelle s'ajoute celle de la fumée. Vale ouvre le cahier et découvre des pages couvertes de dessins au crayon et à l'encre noire. Des croquis représentant des lynx, des coyotes, des wapitis, des ours. Des oiseaux, aussi, et des plantes : fougères, arbres, fleurs sauvages. Des portraits d'Otie sous toutes les coutures. Il y a quelques mots çà et là, tracés d'une écriture déliée et tentaculaire : *L'odeur des feuilles mortes… Quel oiseau est-ce ?… Ces nervures centrales, brisées sous la charge !*

« Lena », murmure Vale.

Dehors il se met à pleuvoir.

Elle retourne s'installer devant la table pour lire : *Dimanche à l'aube, la brume se lève. Fiente d'oiseau sur le pas de la porte. Une corneille ? Un geai ?*

Vale tourne la page.

Adele dit toujours : Près du mal se trouve le remède. Cette citation est accompagnée de croquis d'herbes médicinales, de racines et de feuilles, avec leur nom griffonné dessous : *pourpier*, *sanguinaire*, *bardane*.

Qui est Adele ?

Vale ferme les yeux et inspire profondément. Elle pense à Lena, avec sa longue natte et son feutre vert. La mère de Bonnie pendant une semaine et un jour. Elle rouvre les yeux et tourne une autre page : une esquisse représentant un coyote à trois pattes à moitié caché par les pins, qui fixe un point droit devant lui. Le regard halluciné, féroce, curieux. Dans la marge, l'écriture de Lena : *Ami à trois pattes ! Yeux : couleur de pétrole. Des météorites.*

Vale s'interroge. La vodka, l'héroïne : est-ce si différent ? Ne s'agirait-il pas du même désir de s'approcher de ce qui rôde à la marge ?

Elle pose le petit cahier. Sa nuque, son dos, sa colonne vertébrale lui font mal. Elle éteint le feu dans le poêle à bois, glisse le cahier dans la poche de son blouson. Il est tard, il fait froid et humide, et les bois ne sont plus que des ombres – pas de montre, « pas de mot pour dire "temps" », pense-t-elle en reprenant le sentier à flanc de montagne, frôlant les arbres dans l'obscurité.

Hazel

1956

20 août

À l'autre extrémité du lac, un canoë se dirige vers la rive. Deux silhouettes à la fois étranges et familières, le dos droit, épaules et bras à l'air. Quatre bras qui pagaient. Un homme et une femme. La silhouette à l'avant s'interrompt un instant, plonge le poignet dans l'eau sombre et fraîche.

Hazel est au bord du lac avec Stephen. C'est déjà la fin de l'après-midi – elle devrait rentrer pour préparer le dîner. Stephen a six ans, il est torse nu, bras et jambes hâlés. Elle ignore où est passé Lex – il disparaît si souvent, ces derniers temps.

« C'est l'heure de rentrer, Stephen ! » crie-t-elle en direction de l'endroit où il nage et plonge, mais il ne l'écoute pas.

Le couple dans le canoë pagaie jusqu'à la rive, tire l'embarcation sur la grève. Ils se déshabillent. D'où elle se trouve, Hazel ne distingue pas leurs visages, seulement leur peau, aussi pâle que l'écorce des bouleaux.

Bondissants. Oui, ils bondissent dans les eaux du lac, évitant la boue et la vase du rivage. Ils nagent en silence, décrivant des cercles. Comme en orbite l'un autour de l'autre, sans un mot.

Une douleur subite dans la poitrine de Hazel. Ce silence. Ces nageurs.

« Maman ! » Stephen accourt, lui brandissant son poing sous le nez. Il ouvre la main, dit : « Une salamandre ! », et la bestiole lui file entre les doigts, tombe sur les genoux de sa mère, descend entre ses jambes jusqu'à l'ourlet de sa robe. Alors la paume rêche de Hazel, incapable de retenir ce geste, s'abat sur la joue de Stephen.

« Arrête ! Remets-moi cette bête dans l'eau. »

L'enfant détourne les yeux. Le regard d'un vert ombrageux, la joue de plus en plus rouge.

Oh, quelle trahison, pense Hazel, le cœur serré – la colère d'une mère. Elle voudrait lui demander pardon, mais son fils retourne vers le lac, la salamandre à nouveau entre ses mains.

Les deux nageurs se hissent sur la rive, se sèchent avec leurs vêtements, se rhabillent et remontent dans le canoë. S'éloignent d'une poussée, puis repartent en pagayant vers l'endroit d'où ils sont venus, ce côté du lac que Hazel ne peut pas voir.

Elle pense à eux, aux cercles concentriques qu'ils décrivaient en nageant. Pense à Lex qui ne la touche plus et ne partage que rarement son lit.

« Stephen ! crie-t-elle, plus doucement cette fois. Range tes affaires, on y va. » Ce poignet dans l'eau sombre, ces corps pâles comme des bouleaux, qui n'avaient pas honte de leur nudité. Mais voilà que son fils, son petit garçon, court vers elle, ramasse ses jouets et l'accompagne jusqu'à la voiture.

Lena

1956

19 septembre

Chère petite prune,

Deux mois que dure cette folie, cet incendie impossible à éteindre. Lex vient tous les jours. J'entends ses pas dans les feuilles. Le rythme particulier, hésitant, de sa respiration. Et soudain : « Lena ? Tu es là ? » Ces pommettes magnifiques. Ce cou bruni par le soleil. Ces yeux vert mousse. Chanteur. Farceur. Coyote.

Nous ne parlons pas de Hazel. Nous ne parlons pas de l'avenir. Je fais du café sur le poêle, puis en remplis une tasse pour lui et une pour moi. Assis devant la table, face à la fenêtre, nous discutons, respirons, contemplons, buvons notre café terreux, plein de marc. Lex me raconte la bataille de Taejon : la 24e division d'infanterie, trois mille six cent deux victimes, blessés compris. Il me raconte ce petit matin à Yongsan où il est tombé sur un fossé plein de cadavres de civils – des femmes et des enfants. Les mouches dans leurs plaies, les mouches sur leurs yeux sans vie.

« Je n'en ai jamais parlé à personne », dit-il.

Je pose ma tête sur la table. Prends les mains de Lex dans les miennes et les garde un long moment.

Je lui parle des animaux que j'ai vus récemment, de mon ami le coyote à trois pattes. De son cri nocturne au bord de la rivière. Et Lex me chante ses chansons préférées : « Love Me Tender » d'Elvis Presley ; « Long Tall Sally » de Little Richard ; « Making Believe » de Kitty Wells. Il ferme les yeux, tandis que son pied bat la mesure sur le plancher de la cabane.

Parfois je m'approche, pose ma paume sur sa nuque, et il m'attire contre lui, enfouit le visage dans le profond sillon entre mes seins. Parfois nous ne nous touchons pas. Parfois je dis : « Tiens, regarde ça », et je lui montre quelque chose que j'ai dessiné – un puma, les bois d'un cerf, une chouette. Otie nous observe, cligne de l'œil et hulule pour participer à la conversation.

« Il n'y en a pas deux comme toi, Lena mon amour », lance Lex avec un petit sourire, les yeux brillants.

Parfois nous nous promenons : murets de pierre, marécages au fond des bois, là où les arbres clairsemés cèdent la place aux joncs et au ciel dégagé. La berge est couverte d'empreintes de coyotes, la boue piétinée par leurs pattes.

« De vrais trésors », déclare Lex, promenant ses gros pouces calleux sur les arêtes, les creux et les rainures des os qui ornent mon appui de fenêtre.

Puis tout à coup, un désir insatiable s'allume dans son regard : « Lena ? »

Nous nous dirigeons vers le lit. Chacun déshabille l'autre. Je vois le visage de ma sœur derrière chaque vitre. Ses yeux dans chaque nœud de chaque surface en pin. Mais cela ne nous arrête pas. Avant qu'il ne prenne le chemin du retour et disparaisse, je le supplie : « Ne cesse jamais de venir. »

Il m'embrasse sur le front, là où les cheveux rencontrent la peau.

« Lena », répète-t-il, l'air contrit, son corps tout contre le mien.

Stephen vient me voir, lui aussi ; des jambes de jeune garçon, une galopade, un coup à ma porte, sa voix qui appelle : « Lena ! »

Nous marchons jusqu'à notre endroit préféré dans les bois : une crête rocheuse qui surplombe la cabane, les prés, la rivière en contrebas. Un rocher entouré de fougères, d'oseille crépue, de grande camomille. « Couche-toi sur le dos, Lena, et tu voyageras avec les nuages. »

J'obéis. Et il a raison ! Nous flottons côte à côte jusqu'au ciel, survolant le faîte des arbres. Stephen rit aux éclats : un gamin vêtu d'un jean et d'une chemise de flanelle, aux cheveux coupés ras, au nez semé de taches de rousseur et aux yeux mouchetés de vert, comme son père. Subitement, il ne rit plus.

« Il t'arrive d'avoir peur, Lena ? »

Je pose la main sur la sienne. « Bien sûr que oui.

– Moi, je ne veux pas mourir.

– Tout le monde meurt. Et ensuite on se transforme en lumière. »

Il se tait. Nous nous taisons tous les deux. Nous écoutons les feuilles frémir au-dessus de nous ; le bruit d'un tracteur au loin, un oiseau dans les branches.

« Une paruline masquée », dis-je.

Stephen hoche la tête et glisse sa petite main rugueuse aux ongles rongés dans la mienne.

« Mais moi, Lena, si je meurs, je me transformerai en papillon. Et tout ira bien parce que je volerai autour de toi, et tu diras : “Hé, qui est ce beau papillon ?”

– Entendu. » Je pose sa main sur mon cœur.

« Je serai un papillon magique, reprend-il. Pour pouvoir te parler.

– Ça me plairait bien, tu sais.

– Je serai aussi le plus beau des papillons, aux ailes pareilles à une tapisserie.

– Oui, Stephen, c'est ce que tu seras.

– Et tu pourras me garder avec toi partout où tu iras.

– Bien sûr que oui. Ça me plairait vraiment. Je te garderai avec moi partout où j'irai. »

Alors il se tourne vers moi, pose sur ma poitrine sa tête aux cheveux coupés ras, et j'embrasse son beau front de petit garçon.

Vale

2011

16 novembre

Le petit cahier de Lena dans sa poche, elle monte jusqu'au chalet de Deb et frappe à la porte. Par la fenêtre, elle la voit se lever de la table à laquelle elle était assise, un livre ouvert devant elle.

Le visage de Deb s'adoucit à sa vue. « Entre dans ma tanière, dit-elle, retirant pour lui faire de la place des livres entassés sur une chaise. Tu veux du thé ? De l'eau ?

– De l'eau, ce serait parfait, répond Vale en s'asseyant.

– J'étais en train de lire des poèmes de Grace Paley. »

Deb lui apporte un verre d'eau, s'affale sur le canapé. Les jambes repliées sous elle, elle boit une gorgée de thé. « Cette poétesse rebelle est mon héros. Elle me tient compagnie quand les nuits sont longues. Tu l'as déjà lue ?

– Non.

– Ah, tu devrais. Elle a aussi écrit des nouvelles. C'était une militante pacifiste et antinucléaire. Elle s'est installée dans une ferme du Vermont au milieu des années soixante-dix et a vécu simplement. Elle a écrit des choses magnifiques, elle donne de la valeur à tout ça. » Deb laisse échapper un petit rire, désigne de la tête sa bibliothèque et le seau sous l'évier. « À moi et à mon taudis. »

Vale sourit. Sort de sa poche le cahier de Lena et le lui tend. « J'ai trouvé ça. Là-haut, dans la cabane. »

Deb le prend, le feuillette.

« Mon Dieu. C'est incroyable, déclare-t-elle, effleurant les dessins du bout des doigts.

– Il fallait que je montre ça à quelqu'un. »

Deb continue à tourner lentement les pages. Prend une profonde inspiration. « Ça ferait plaisir à ta mère de le voir, non ?

– Oh que oui. » Vale vide son verre d'un trait. Puis elle se lève et s'approche du mur sur lequel Deb a collé des photos d'artistes, d'écrivains, de musiciens. Un kaléidoscope de voix pour lui tenir compagnie sur ce pan de montagne.

« Tu sais que tu peux toujours dormir ici, Vale. Dans l'ancienne chambre de Danny.

– Je sais, oui. Merci. » Vale contemple une photo de Frida Kahlo avec un bouquet de roses sur la tête. Une autre de Marilyn Monroe coiffée d'un chapeau de paille et vêtue de cuir noir. « Mais je me plais bien là où je suis. »

Elle reste dîner – haricots et riz, salade de chou kale agrémentée de quelques autres légumes verts du jardin – et accepte de regarder un film.

Deb sort de sa penderie un petit téléviseur et un magnétoscope. « Je vis encore au Moyen Âge, ironise-t-elle en montrant l'appareil à Vale. Les cassettes sont si bon marché quand on les achète en ligne. » Elle met *Sans toit ni loi* d'Agnès Varda, qu'elle dit n'avoir encore jamais vu, et apporte deux verres de vin. Le film commence par de lents panoramiques sur des champs en hiver. Des hommes, des feux au loin dans un vignoble français. Un quatuor à cordes, et soudain la découverte d'une femme morte de froid dans un fossé.

« Merde, je suis navrée, murmure Deb. Juste ce qu'il ne fallait pas. Tu veux que j'arrête ?

– Non. » Vale en a la nausée. Sa mère comme ça, dans un fossé. Elle n'arrive pas à détourner le regard : ces taches de vin qui rougissent l'herbe gelée près de Mona. Les cheveux emmêlés de cette femme.

Le film remonte le temps : Mona quitte son emploi à Paris pour prendre la route. En chemin elle rencontre d'autres vagabonds : un vendangeur tunisien, une famille de bergers et leurs chèvres, un professeur qui fait des recherches sur les arbres. De ces gens qui vivent discrètement en marge.

Vale se sent incroyablement moins seule en voyant ce film. Ce refus de fermer les yeux sur la souffrance ou la solitude. La lumière froide de l'écran qui éclaire les murs sombres du chalet. Mona et les bergers. Mona et la femme de ménage. Mona qui reprend la route, seule… Le montage est elliptique – les séquences juxtaposées sans transition. Il faut faire le travail soi-même, reconstituer la vie de cette femme. Les champs encore fumants, les troupeaux de chèvres, les vignes. Le vibrato du violon qui se faufile dans la pièce.

Quand le film se termine, Vale peut à peine bouger.

« Désolée. C'était malvenu, lâche Deb.

– Non, c'était beau. » Vale a l'estomac noué. Les jambes engourdies. Mona sous les traits de Bonnie. Bonnie sous les traits de Mona. Le chalet paraît subitement sombre et silencieux autour d'elles.

« Ça nous parle trop, à toutes les deux », insiste doucement Deb.

Vale songe rarement à la mort de Stephen, mais à cet instant elle ne peut s'en empêcher. Elle pense à ce que Deb a dû endurer ici, toute seule, durant tant d'années.

« Nos vies sont pathétiques », dit-elle.

Deb se met à rire. « Oui. Remarquablement pathétiques. »

Hazel

1986

15 décembre

Le bruit des bottes sur la terrasse, un raclement pour enlever la neige, puis la porte qui s'ouvre. « Stephen ? » lance-t-elle. À table devant un café, près du poêle Stanley qui rougeoie, elle est sûre que c'est lui. Son fils aux longues jambes. Bel homme et gentil. Le thermomètre est descendu bien en dessous de zéro la nuit dernière, la première nuit vraiment froide de l'hiver, et ce matin il a fallu mettre trois bûches dans le poêle avant que la cuisine ne se réchauffe. « Stephen ? » répète-t-elle.

Mais ce n'est pas Stephen. C'est Deb avec Danny sur ses talons, qui se tiennent par la main. Sa belle-fille est encore en chemise de nuit par-dessus son jean, des bottes fourrées aux pieds, les cheveux en désordre. Toujours l'air d'une traînée.

« Hazel », dit-elle, le visage plus pâle que jamais, la respiration irrégulière. Une odeur étrange flotte soudain dans la pièce, puis Hazel croise le regard de Danny. Ses petits yeux cernés, deux billes noires qui semblent s'enfoncer trop loin dans leurs orbites. Il grelotte. Bleuie par le froid, sa lèvre inférieure tremble.

« Qu'y a-t-il ? demande Hazel, la gorge sèche.

– Stephen, répond Deb sans ciller ni détourner le regard, immobile. C'est Stephen. »

Maudite sois-tu, pense Hazel plus tard ce jour-là, après que deux voisins ont descendu le corps de la montagne, après la visite de la police et celle de Bonnie avec son bébé. Puis ils se retrouvent finalement tous les quatre : Danny, Deb, Hazel et Bonnie (avec la petite Vale endormie sur le canapé), assis autour de la table dans la cuisine, seul endroit où l'on sent la chaleur du poêle. Dehors, le ciel abandonne sa lumière pour faire place aux gris et aux bleus du crépuscule.

Ils mangent en silence la soupe de pois que Hazel a fait chauffer sur le poêle, jusqu'à ce que celle-ci ne puisse plus se taire.

« Maudite sois-tu ! » dit-elle en fixant du regard cette femme qui a mis sens dessus dessous la vie de son fils. Cette femme qui semble n'avoir jamais levé le petit doigt de toute son existence, qui dépensait l'argent du ménage pour acheter du vin ou des disques, et a toujours refusé que Stephen – ou Danny, d'ailleurs – s'occupe des vaches ou de la terre. Elle voulait tenir dans son petit poing Stephen et ce pan de montagne, les transformer en une sorte de chimère, marcher la tête pleine de rêveries poétiques. Mais que savait-elle vraiment de ce lieu ? De ceux qui ont construit ces beaux murs maintenant délabrés, de la sueur et du labeur qui ont donné vie à ces champs désormais en friche ? Hazel en est sûre, jamais Deb n'a aimé Stephen comme elle l'aurait dû. Elle lui en demandait trop – avait besoin de lui comme un enfant a besoin d'une mère. Et Danny. Assis près de Deb, il mange sa soupe les yeux écarquillés, avec cette expression encore pleine d'une gravité qui impressionne tant Hazel et l'oblige à détourner le regard. L'esprit traversé par l'image de son propre fils au même âge courant à travers champs. Mon fils était parfait, se dit-elle, débordant d'un amour qu'elle n'a jamais ressenti pour personne.

Elle se tourne vers Deb : « Danny peut dormir ici », propose-t-elle l'air de rien. Sa belle-fille a séché ses larmes, mais la dévisage avec une froideur qui l'effraie.

« Non. » Deb a un petit rire incrédule. Puis elle se lève et prend Danny par la main. « Viens. On rentre à la maison. »

Les voilà partis, fermant sans bruit la porte derrière eux, et il ne reste plus que Hazel et Bonnie, qui ne tarde pas à partir elle aussi avec son bébé, et Hazel se retrouve à nouveau seule dans sa cuisine, seule comme depuis des années, semble-t-il, et ce n'est qu'une fois toutes les lampes éteintes, une fois pelotonnée sous les couvertures en laine, qu'elle sent la douleur monter de ses jambes jusqu'à son dos, sa nuque et ses épaules. Une douleur insoutenable, qui ne la quittera plus.

Vale

2011

20 novembre

Vale achète un marqueur et laisse des messages partout où sa mère pourrait les voir : toilettes de stations-service, lampadaires, piles en pierre du pont de chemin de fer. REVIENS, BONNIE. *MY BONNIE LIES OVER THE OCEAN*[1].

Elle se la représente faisant du stop pour aller en Californie. Bonnie réfugiée dans une grotte quelque part, se nourrissant d'animaux écrasés sur la route, de noix tombées et d'herbes sauvages. Bonnie imprévisible, capable de se fondre dans la nuit, de passer inaperçue dans les petites rues de la ville.

Il y a un nouveau cheveu blanc sur le lit de la remise derrière la grange. La pierre a été déplacée et le mot a disparu. Des odeurs corporelles. La pisse de chat. La fiente d'un oiseau.

Sur le mur, Vale inscrit : *MY BONNIE.*

---

1. Chanson traditionnelle écossaise, reprise par Tony Sheridan et les Beatles sous le titre « My Bonnie ». (*N.d.T.*)

Neko l'attend au bout de l'allée dans la voiture de sa mère.

« Ça t'arrive souvent d'entrer par effraction dans une propriété privée ? demande-t-il, lui ouvrant la portière côté passager.

– Non. » Elle lui jette un regard méfiant, se cale au fond du siège.

Il s'engage sur la route gravillonnée, accélère trop brutalement.

« Qu'est-ce qui te prend ? demande Vale.

– Rien. J'ai envie de t'emmener danser, répond-il en souriant.

– Ça, d'accord. » Elle pose la main sur la sienne. Elle adore ses grosses mains : leur chaleur, leurs doigts trapus.

Dix minutes plus tard, au bout d'une longue allée, ils s'arrêtent devant une maison de plain-pied en bois et en verre – construite dans les années soixante, grandes baies vitrées, aucune autre voiture garée ici. « Une résidence secondaire », explique Neko.

Il inspecte les fenêtres jusqu'à ce qu'il en trouve une au sous-sol qui s'ouvre en coulissant.

« Señorita ? » lance-t-il à Vale, en lui montrant du doigt par où entrer. Quelle drôle de façon nous avons de chercher la consolation et la joie, songe-t-elle en se glissant à l'intérieur.

Un escalier mène au rez-de-chaussée, où Neko allume plusieurs lampes. La maison est toute en lignes droites et en bois sombre, ses murs couverts de livres. Des New-Yorkais, se dit Vale : une sophistication parfaite, simple et de bon goût, qui sent le fric. Mais elle est en train de comprendre que l'argent est quelque chose de relatif, que ces gens – les universitaires et les artistes – qu'elle a entendu sa mère traiter de « richards » toute son enfance sont à la fois riches et pas riches, résultat d'une curieuse forme d'injustice.

Neko allume les spots de la cuisine, sert à Vale un verre de vin après avoir débouché une bouteille posée sur le plan de travail. Catalogne, lit-elle sur l'étiquette. Garnacha. Elle caresse la bouteille et hume le vin – sent l'odeur des terres montagneuses du nord de l'Espagne. Leur aridité séculaire sur sa langue. Elle ferme les yeux et s'imagine dans une ville espagnole, marchant sur les pavés.

Neko sourit. « C'est beau, ici, non ? » Il jette un coup d'œil autour de lui, puis vient trinquer avec Vale. « Danse avec moi, dit-il en lui tendant les bras.

– Pourquoi pas ? » Vale sourit à son tour et ils se mettent à danser, sans musique, à travers la pièce. Un tango. Et une salsa.

« Parle-moi espagnol, dit Vale. Je trouve ça sexy. » Et il s'exécute : *Te quiero, bonita. Quítate la ropa. Huye conmigo.*

Vale rit. Neko dépose un baiser sur sa gorge, l'enlace, la fait tournoyer. D'autres petits baisers, de ses seins jusqu'à la pointe de son menton. Il lui souffle à l'oreille : *Me hace feliz verte reír.*

Elle sourit. « Il faut que tu traduises.

– Te voir rire me rend heureux », chuchote-t-il.

Elle le serre contre elle et s'écroule avec lui sur le canapé. Il enfouit son visage contre sa poitrine. Murmure : « Prends-moi. »

Plus tard, les yeux dans le vague, il est sur un autre continent. Il annonce qu'il va repartir. Qu'il en éprouve le besoin. C'est un impératif pour lui : donner à voir la guerre dans toute son horreur.

Vale s'écarte. Les yeux du même acajou sombre que le plafond. Il y a un piano à queue dans un angle, et des livres épars tout autour. Comme si elle n'avait pas entendu, elle désigne l'instrument de la tête. « Joue pour moi.

– Bien sûr. » Neko se lève, va jusqu'à une pile de disques. Il examine les pochettes, puis en sort un qu'il pose sur la platine.

Le saphir touche le microsillon avec un sifflement aigu, et des notes de piano commencent à emplir l'air. « Concerto n° 5 de Bach ! » crie Neko depuis l'autre bout de la pièce.

Il se met au piano, le dos tourné, et s'amuse à promener ses mains de gauche à droite au-dessus du clavier. Vale, hilare, ferme les yeux.

La musique s'intensifie, tremble, s'interrompt par instants, comme en suspens. Puis reprend lentement, ramenant Vale sur la terre ferme. Jamais encore elle n'avait écouté Bach attentivement. Et encore moins les paupières closes comme maintenant – en se laissant inonder. C'est beau. Puis d'un coup, la frivolité des gestes de Neko disparaît, remplacée par autre chose. Vale voit une brume s'élever. De la fumée. Un ciel criblé de balles, d'étoiles. Un insupportable chagrin se loge dans sa poitrine, apporté par ce piano – par les épaules courbées de Neko. Son expérience en Irak, la disparition de Bonnie. La guerre, la drogue, les ouragans : autant de symptômes d'un même mal, se dit-elle.

Les doigts de Neko s'immobilisent soudain. Il se penche vers le couvercle en bois crème du piano. Y pose ses bras et puis sa tête. Quelques minutes plus tard, Vale s'aperçoit qu'il dort, les yeux tressaillant sous l'effet d'un rêve.

Elle enfile son jean et son sweat, remet le chapeau de Lena sur sa tête. Tourne la clé de la porte d'entrée pour l'ouvrir, se glisse dehors et se met à marcher. Elle ne veut pas que Neko la quitte. Elle ne veut pas devoir le supplier de rester. Elle ne veut pas qu'il lève la tête de ce piano, croise son regard et découvre ce qui peut s'y trouver.

Il lui faut bien une heure pour rentrer à pied, guidée par la torche de son portable : les petites routes, les champs, Silver Creek.

Elle grelotte. La nuit est plus froide, cette marche plus longue qu'elle ne s'y attendait. Mais elle se félicite de la morsure du froid, des courbatures dans ses jambes. Une branche se casse au-dessus d'elle, puis un bruit cinglant résonne, et, levant les yeux, elle voit un grand oiseau prendre son envol dans un battement d'ailes. Une chouette. La chouette de Lena, pense-t-elle, le souffle coupé, suivant des yeux ces ailes dans le ciel bleu nuit.

« Salut, chouette rayée ! » s'écrie-t-elle, des frissons parcourant sa colonne vertébrale.

Quelques jours plus tôt, elle a lu que les chouettes rayées habitent les forêts touffues, les marécages et le bord des rivières. Debout dans le froid, alors que les battements d'ailes de l'oiseau résonnent encore à ses oreilles, elle pense : Bien sûr qu'il y a des chouettes ici. Sur les berges de cette rivière, nichées dans les branches des arbres, elles me voient bien avant que je ne puisse les voir.

Hazel

2011

20 novembre

Allongée sur son lit, le radiateur en marche près de ses pieds, elle regarde tomber les feuilles de l'érable derrière la fenêtre, sous une lune pâle. Il est tard, un courant d'air glacial s'insinue par les fissures des huisseries. Elle ne sait pas en quelle année on est. Le temps est incroyablement embrouillé dans sa tête. La maison semble soudain se résumer à des murs frêles – rien qu'un squelette. Stephen est parti vivre ailleurs, se dit-elle, et il ne reste plus que Bonnie et moi dans cette vieille bicoque en haut du champ.

« Bonnie ! » appelle-t-elle. Mais personne ne lui répond.

Bonnie : la finesse de ses cheveux noirs, de ses jambes à la peau mate. Cette satanée musique filtrant sous la porte de sa chambre à toute heure du jour et de la nuit. Hier – ou bien avant-hier ? – Bonnie lui a demandé où était son père, qui il était, et elle lui a répondu : « Tu n'as pas de père. Va te préparer pour l'école. »

Le claquement de la porte contre le chambranle.

Toute une vie passée à s'occuper des autres, pense Hazel. Et maintenant ce clair de lune, ce lit et cette maison trop froide, même avec les radiateurs allumés. N'y tenant plus, elle repousse les draps et contemple sa chemise de nuit usée, ses jambes pâles, ses pieds robustes dans cette chambre où elle a dormi enfant, puis femme mariée, et où elle est désormais seule. Elle devrait se remettre au chaud. Fermer les yeux. Dormir. Au lieu de quoi elle se lève, défait les boutons de sa chemise de nuit, la laisse glisser sur ses épaules. Elle s'approche du mur, cherche l'interrupteur et allume.

La voici. Inondée de lumière dans le miroir au-dessus de sa commode. Son visage de très vieille femme. Celui d'une de ces poupées traditionnelles qui ont une pomme séchée, ratatinée, en guise de tête. Ses cheveux pareils à des flammes blanches. Ses seins, des fruits flétris qui peinent désormais à remplir son vieux soutien-gorge en polyester.

La première fois que Lex lui a fait l'amour, c'était en août. Un bal à la salle des fêtes. Pas du tout le genre d'homme que son père lui aurait choisi : un violoneux taiseux, distant, irrésistible, né dans une famille pauvre en lisière de la ville. Pas un paysan.

Ces yeux d'un vert sidérant. C'était elle qui l'avait invité à danser, et non l'inverse. Il s'était retourné, avait souri, une lueur de curiosité dans le regard, et répondu : « Bien sûr. »

Pourquoi lui ? Cela fait cinquante ans qu'elle se pose la question. Cette salle des fêtes était le territoire de Lex, sa rivière, tout son corps jouait avec la lumière, apparaissait et disparaissait. Et soudain son corps à elle s'était mis à tournoyer, les mains cramponnées aux épaules de Lex, sa poitrine contre la sienne. Pourquoi lui ? Elle aurait pu en choisir tant d'autres.

Quelques flocons de neige voltigent de l'autre côté de la vitre. Ses petits seins flasques pendent à l'air.

Et pourtant Lex les a aimés, dans ce champ. Il les a caressés, les a embrassés et traités comme si c'étaient des bijoux, un trésor inestimable.

Elle ferme les yeux. Lex Starkweather. Elle serre les bras contre sa poitrine. Puis laisse descendre sa main. Là. Et réveille cette vieille et intense brûlure.

Quand ai-je vraiment été aimée ? se demande-t-elle.

Vale

2011

20 novembre

Alors que sa marche à travers bois touche à sa fin, Vale entend encore ce brusque envol de la chouette entre les branches ; elle sent encore le battement d'ailes de l'oiseau au ras de sa peau, et sa présence derrière chaque arbre. Elle est terrifiée – sans comprendre pourquoi.

Quand elle atteint le champ de Hazel, elle se fige. La chambre de la vieille dame est éclairée, fait inhabituel à cette heure. Malgré le détour que cela représente, elle monte jusqu'à l'ancienne ferme et jette un coup d'œil par la fenêtre pour s'assurer que tout va bien.

Il lui faut quelques instants pour comprendre ce qu'elle voit.

Hazel devant le miroir de sa chambre, posant sur ses seins ses mains couvertes de taches de vieillesse.

Hazel laissant descendre sa main gauche sur son ventre, jusqu'à la fente entre ses jambes.

Nom de Dieu, se dit Vale en s'accroupissant sous le rebord de la fenêtre.

Un éclat de rire silencieux monte dans sa poitrine.

Mais le rire s'arrête là. Vale s'éloigne à quatre pattes et reprend sa marche à travers champs, consciente de la douce courbure de la terre sous ses pieds.

Et puis elle pense : Tu as bien raison, ma vieille Hazel. Il n'y a pas d'âge pour chercher le plaisir.

Deb

1986

16 décembre

Chacun fait son deuil différemment, songe Deb en remontant le sentier enneigé, la main de Danny dans la sienne, mais intérieurement elle a envie de casser quelque chose. Envie de crier. De capituler – de se jeter du haut du pont et de laisser le courant l'emporter. Une fois dans le chalet, elle allume toutes les lampes, installe Danny sur le canapé, l'enveloppe de plusieurs couvertures. Puis elle allume le poêle avec du papier journal et, à défaut d'avoir du petit bois, empoigne une chaise de cuisine qu'elle fait voler en éclats sur le sol du salon ; elle dispose les morceaux sur le papier journal et recouvre le tout de quelques bûches qui s'embrasent. Elle s'approche ensuite de la gazinière, verse du lait dans une casserole, ajoute du cacao et du sucre, tourne jusqu'à obtenir un mélange sombre et crémeux, puis apporte deux tasses fumantes à l'endroit où Danny est assis près du feu. Que lui dire ? Elle a cherché toute la journée, mais pour la première fois les mots ne veulent pas sortir. Elle lui tend sa tasse de chocolat chaud et, de son bras libre, prend son fils par l'épaule et le serre tout contre elle.

Parfois – ou plutôt : souvent –, quand il était bébé, il lui semblait qu'elle n'avait rien d'autre à lui offrir que son corps : son sein, ses bras, ses genoux. Parfois, trop fatiguée ou accablée pour lui chanter une berceuse ou jouer avec lui, elle se contentait de s'allonger sur le lit, de le prendre près d'elle, de le laisser téter et trouver le réconfort et la chaleur qu'il pouvait pendant que, paupières closes, elle s'abandonnait à une rêverie quelconque. Dans ces moments-là, elle s'évadait, se remémorait les lieux qu'elle avait aimés avant de venir ici : la chambre de son enfance, aux rideaux de mousseline blanche. Les bords de la Monongahela River avec son petit ami de l'époque. Ce lit dans la véranda de la communauté de Farther Heaven, où elle était réveillée par le chant des grillons, des coqs et des corneilles. Dans ces moments d'allaitement et d'évasion, elle se sentait plus ou moins coupable, mais était-ce justifié ? Parfois, le corps n'est-il pas autant source de consolation que n'importe quoi d'autre ?

Danny finit par se tourner vers elle. Il ne dit rien mais l'enlace, glisse une main sous son chemisier et la laisse posée sur sa peau douce. Quand il a fini son chocolat chaud, il lui rend la tasse, se penche pour blottir son visage contre elle, et Deb lui caresse les cheveux, les oreilles, la nuque et les épaules jusqu'à ce qu'elle sente le petit corps s'alourdir sous l'effet de la fatigue, puis ce léger frisson l'informant qu'il a sombré dans le sommeil, et elle reste ainsi toute la nuit, près du feu, serrant son fils contre elle, jusqu'à ce que l'aube vienne rosir le flanc de la montagne.

Pendant une semaine ou deux, Deb se demande s'ils n'iront pas ailleurs, s'ils ne s'installeront pas chez sa mère à la périphérie de Pittsburgh, ou si elle ne fera pas traverser le pays à Danny dans sa Datsun rouillée, histoire de trouver un appartement pas cher quelque part dans le désert, mais Danny et elle restent là, dans ce chalet, tous les deux. Elle vide les penderies de la plupart des vêtements de Stephen et se met à porter ceux qu'elle garde : jeans trop longs qu'elle coupe à la hauteur des chevilles, chemises et pulls en laine. Un matin de janvier, elle va en voiture à la bibliothèque de Nelson et demande s'ils embauchent, dit qu'elle pourrait aider bénévolement quelque temps jusqu'à ce qu'un poste se libère, et la femme aux yeux verts derrière le guichet la dévisage un instant, avec un regard compréhensif et apitoyé, puis jette un coup d'œil au livre posé devant elle avant de répondre : « Bien sûr. »

Les petites villes, pense Deb, peuvent être sacrément cruelles.

En cassant du bois et en l'empilant, elle se rappelle que d'autres sont morts. D'autres maris. D'autres pères et d'autres fils, se répète-t-elle en faisant la vaisselle, en rangeant les livres sur les rayonnages de la bibliothèque le mardi et le jeudi. D'autres qu'elle ont souffert et continué à vivre en voyant plus loin que l'existence d'un être cher. Même dans les petites villes. Elle connaît une femme dont le mari a tué un homme d'une balle dans la tête en plein jour. Or cette femme vit toujours là, va une fois par mois à la prison au nord de Rutland pour rendre visite à son mari, qu'elle réussit à aimer encore. Cette femme a pris goût à la solitude, comme elle l'a un jour confié à Deb. Elle avait ajouté que c'était la seule véritable source de réconfort. Et c'est bien souvent vrai : un vol d'oies sauvages au-dessus d'un lac ; des hérons sur un étang ; le crissement des bottes sur les feuilles mortes par temps froid.

Finalement, Deb obtient un poste à la bibliothèque et gagne de quoi payer leur nourriture et leur bois de chauffage. Sa mère lui envoie parfois de l'argent, et ce n'est pas de refus. Deb continue à vider les seaux d'eau sous l'évier, à faire réparer sa vieille voiture. Leur vie, à Danny et à elle, devient plus silencieuse, plus routinière, plus paisible à bien des égards : nul besoin de quémander l'amour de Stephen, de tenter d'atténuer sa tristesse ou d'apaiser sa colère. Le soir, ils lisent, jouent à des jeux de société. Elle boit du vin, sûrement trop, mais au moins ça l'aide à s'endormir tôt, d'un sommeil profond, à côté de Danny. Elle écoute les albums préférés de Stephen – John Prine, Townes Van Zandt – et les siens – Ruth Brown, celui de Nina Simone envoyé par Bird, Georges Brassens. Parfois, Danny et elle dansent dans le chalet. D'un pas traînant, en riant à la lueur des bougies. Parfois, ils rient tous deux si fort qu'ils en pleurent.

Son fils est un naufragé, et elle son seul ancrage. « Viens », dit-elle, le prenant dans ses bras : ce visage aux mêmes traits que ceux de son père, les mêmes mains, les mêmes jambes. Elle le serre contre elle, lui chante les berceuses qu'elle lui chantait quand il était bébé, et malgré ses dix ans, il la laisse faire.

Lena

1956

19 octobre

Chers petite prune, oiseau, salsepareille,

Adele ouvre la porte et va faire chauffer de l'eau sur le poêle pour l'infusion. Une tisane à base de plantes médicinales qu'elle a ramassées – bourgeons de sapin du Canada, achillée mille-feuille, bardane –, suivie de café soluble. Nous la buvons sur la terrasse, qu'importe la saison. Adele avec ses grosses bottes et ses mains écorchées. Elle prétend que nous buvons dehors pour ne pas oublier d'écouter ce que les oiseaux ont à dire.

Elle murmure : « Aimer le mari d'une autre. Tss, tss. Dangereux. » Puis ajoute : « Tu devrais faire attention. L'amour peut se révéler plus fort que les plantes.

– Jamais ! » Je ris, mais mes règles ne reviennent pas ; ma taille s'épaissit. Le matin, je quitte la cabane où l'odeur d'Otie flotte partout et, appuyée à mon chêne préféré, je vomis dans les feuilles mortes.

« Maintenant il n'y a plus qu'une solution, c'est d'aller de l'avant », déclare Adele. Elle me donne des bourgeons de sapin du Canada et des fleurs de sabot de Vénus.

Je ne dis rien à Lex quand il franchit ma porte ce soir-là. Je prends ses mains dans les miennes et l'attire contre moi. Ses yeux verts étincellent à la lumière du couchant, dont les rais obliques filtrent par la fenêtre. « Si seulement on avait de la musique, Lena-belle », lance-t-il, ce à quoi je réplique : « Oh, mais nous en avons, mon Lex. Nous en avons », et je sifflote « Saint Anne's Reel » en entier.

Il m'allonge à même le sol. M'enlève mon chemisier par la tête, pose les lèvres sur le bout de mon sein, puis le pince.

Je ris. Je roucoule.

« Lex, espèce de charmeur. » Et il y a soudain la musique que nous trouvons là – lumière des étoiles, trou noir, étincelle. Ensuite nous rampons jusqu'au lit où Lex s'endort, m'enveloppant de son corps jusqu'à l'aube.

Réveil matinal. Lex a perdu sa joie de vivre pendant la nuit – il s'éveille avec les sourcils froncés. Il tremble, ce qui signifie toujours qu'il est retourné vers cette guerre et son éternel champ de bataille. Je sors du lit, enfile un gilet et nous prépare du café. Il me rejoint à table. Le visage penché sur sa tasse fumante, il prend une profonde inspiration. « Lena, demande-t-il, une lueur de désespoir dans les yeux. Qu'est-ce qu'on est en train de faire ? »

Je bois une gorgée, lève la tête et croise le regard d'Otie qui cligne de l'œil dans son coin. « Nous sommes des animaux », dis-je. Au-dehors : un geai, une corneille, un tamia.

Du pouce, Lex me caresse l'index. Avec insistance. « Il y a Stephen », répond-il, sa voix rauque se réduisant à un murmure.

Je dis : « Oui, il y a Stephen. » Je ne dis pas : « J'attends un enfant. » Je jette un coup d'œil par la fenêtre : les feuilles rouges des érables tombent, celles des bouleaux frémissent.

« J'ai déjà fait tellement d'erreurs », lâche-t-il, et je ne le nie pas. Je ne nie aucun de nos torts à tous deux dans notre quête d'amour.

Je l'embrasse sur la bouche – lèvres gercées, encore humides de café – avant qu'il ne redescende le sentier jusqu'à la maison en contrebas, où sa femme, déjà debout, récure l'étable et trait les vaches.

Hazel

2011

25 novembre

Hier, c'était Thanksgiving ; Deb a apporté une petite dinde, des haricots verts et de la purée de pommes de terre. Vale aussi est venue. Rien qui change vraiment des autres jours, en somme. N'était-ce pas différent, autrefois ? Du temps où elles étaient jeunes ?

Elle regarde par la fenêtre et voit justement une jeune femme vêtue de gris s'approcher des bois noyés dans la brume. Lena ?

Un jour, au cours de l'été qui avait précédé la mort de leur mère, Hazel avait trouvé Lena nue dans la rivière, debout avec de l'eau jusqu'aux genoux, sa robe gisant sur le tapis de feuilles derrière elle.

Hazel lui avait recouvert les épaules de son propre gilet. « Viens », avait-elle dit.

Mais Lena s'était contentée de sourire. Le corps transi de froid. Grelottant. « Ces feuilles, tu ne trouves pas qu'elles ressemblent à des rubis ? » Le visage radieux, rayonnant. Des feuilles et des brindilles mêlées à ses cheveux.

« Oui, Lena. Mais c'est l'heure de rentrer. » Hazel avait pris sa sœur par le bras, ramassé sa robe, et l'avait entraînée à travers champs jusqu'à la maison.

Est-ce Lena qui se dirige à présent vers les bois ? Hazel met un manteau et sort sur la terrasse. « Lena ! » crie-t-elle, mais la jeune femme ne se retourne pas.

Hazel remonte son col. Qu'est-ce qu'il fait froid, ce matin. Un froid brutal. Et ce vent violent. La jeune femme se retourne enfin, la salue de la main, sourit et continue à marcher, alors Hazel la suit.

Voilà si longtemps qu'elle n'est pas allée dans les bois. Le fouillis végétal la surprend : toutes ces racines, ces branches cassées au sol, ces ronces infranchissables. Elle n'a jamais aimé les bois – préférant l'ordre impeccable des champs. Mais elle persévère, sur les talons de cette jeune femme, trébuchant sur un tronc d'arbre mort et se rétablissant toujours. Lorsqu'elle reprend son souffle, la jeune femme a disparu. Hazel s'appuie à un pin et ferme les yeux. Sa tête n'en finit pas de tourner, une migraine lui bat les tempes.

Il est cinq heures du matin, elle est jeune à nouveau. Réveillée dès l'aube par le chant du coq et le ciel qui bleuit lentement, elle se retourne pour tirer Lex du sommeil, lui souffler à l'oreille : « C'est l'heure de la traite ! », mais le lit est vide.

Ce n'est pas la première fois. Ces draps entre lesquels il n'y a personne. Elle sort du lit, retire sa chemise de nuit, contemple son corps dans le petit jour. Elle a trente-cinq ans et se sent encore dans la fleur de l'âge. Le ventre plat, les seins ronds, les jambes musclées.

Elle s'habille et se tourne vers la fenêtre : dans l'allée, elle peut voir le pick-up de Lex. Il n'y a pas de lumière dans la cuisine, ni dans la grange.

Dehors, le froid la saisit ; déjà, le jour a déjà commencé à se lever plus tard sur la montagne, et seul un pâle coucher de lune éclaire le faîte des arbres à l'ouest de la prairie.

« Lex ! » crie-t-elle devant la porte de la grange, mais elle n'obtient pour toute réponse que l'inlassable piétinement des vaches et leurs mugissements sourds comme un orage grondant au loin.

Elle va dans la remise à bois : personne. Et poursuit jusqu'à la lisière du champ, mais il n'y a personne là non plus. Sans trop savoir pourquoi, elle s'engage sur l'ancien chemin forestier conduisant à la cabane où vit Lena.

La cahute est silencieuse, immobile, mais un panache de fumée s'échappe de sa mince cheminée en zinc. Il y a quelque chose près de la porte, deux formes familières. Elle s'approche et retient son souffle. Les bottes de son mari. Leur cuir craquelé qu'elle a si souvent huilé.

Elle reste figée à cinq ou six mètres de distance, les bras ballants, reprenant son souffle dans l'air froid. « Maudit soit-il », murmure-t-elle aux pins en redescendant au pied de la montagne. « Maudit soit-il », répète-t-elle aux herbes folles, aux feuilles mortes et aux fougères à ses pieds, aux rayons de soleil qui lui caressent le front. À la montagne, à la source, à la maison, au petit garçon endormi dans sa chambre à l'étage. « Maudit soit-il. »

Elle se retourne, et une branche d'épicéa lui cingle la joue jusqu'au sang. Que diable fait-elle ici dans les bois ? Son estomac se noue. Il n'y a pas de jeune femme, espèce d'idiote !

Elle a les bras, les jambes et le visage gelés. L'eau des marécages entoure ses pieds, transperce ses chaussures. Elle repart vers les champs, vers sa maison à peine visible entre les arbres. Ce n'est pas loin, se dit-elle, tremblant de tous ses membres, ses chaussettes trempées.

Alors qu'elle est presque arrivée, elle trébuche à nouveau et tombe là, derrière la grange. Un craquement, des maux de tête insoutenables. Une douleur fulgurante qui lui traverse le côté gauche, et elle sent une flaque se former entre ses jambes. Mon Dieu, non ! pense-t-elle, immobile sur le sol, respirant à grand-peine. Quelqu'un va-t-il me retrouver ? Et puis : quel déshonneur.

Deb

2011

25 novembre

Deb est devant l'évier de la cuisine, un disque de John Prine sur l'électrophone, une bouteille à côté d'elle. Quelle sinistre vieille chouette je suis devenue, se dit-elle. C'est avec Vale qu'elle devrait être en train de boire ce vin. Ou avec Ginny, sa vieille copine gauchiste. Un soir comme celui-là, elles devraient être au cinéma, ou à un concert de jazz. Avoir enfilé leurs vieilles robes ou un jean bien moulant et tout fait pour pimenter la soirée.

Elle finit son deuxième verre de vin et jette un coup d'œil à la maison de Hazel en contrebas. Une vieille habitude, comme pour se rassurer. Or, ce soir, il n'y a aucune fenêtre éclairée. Elle regarde la pendule au-dessus de l'évier : vingt heures quarante-sept. Après tant d'années d'observation, elle sait que chaque soir, entre dix-huit et vingt et une heures, Hazel est devant la télévision de son salon, mais cette fois la fenêtre est plongée dans le noir. Aucun halo bleuté.

Deb prend le raccourci à travers bois, la lune qui se lève l'éclaire suffisamment pour voir où elle met les pieds. Toujours pas de neige, mais il fait froid : moins dix, et le thermomètre continue à descendre.

Elle est sur la terrasse quand elle entend un cri animal derrière la grange.

« Merde », lâche-t-elle, s'élançant dans cette direction.

Hazel est là, étendue, et elle tremble de tous ses membres. « Tout va bien, lui dit Deb, soutenant le regard terrifié de sa belle-mère. Tout va bien, je suis là. Je reviens tout de suite. » Elle va jusqu'à la maison pour appeler les secours, en rapporte un coussin du canapé et une pile de couvertures. « Ne vous inquiétez pas, Hazel, l'ambulance va arriver », assure-t-elle, ce qui n'est qu'à moitié vrai – il va falloir patienter vingt minutes, voire plus. Elle glisse le coussin sous la tête de la vieille dame, l'enveloppe dans les couvertures, prend sa main dans la sienne et lui chante les premières chansons qui lui traversent l'esprit tandis que les étoiles apparaissent dans le ciel.

Il n'y en a pas tant que ça dont elle connaisse les paroles. Quelle absurdité de s'en rendre compte dans un moment pareil ! Ce sont les berceuses qui lui reviennent en premier, celles qu'elle chantait à Danny quand il était petit : « Hobo's Lullaby » de Woody Guthrie, et « Douce nuit », aussi bizarre que cela puisse paraître. Mais chanter semble nécessaire, pour maintenir à tout prix Hazel éveillée. Une voix et un peu de chaleur sous ce ciel glacial. Et soudain, une sirène, les lumières d'un gyrophare, l'arrivée des ambulanciers.

La maladie de Creutzfeldt-Jakob. D'après les médecins, c'est ce dont souffre Hazel. D'une côte cassée, oui, mais aussi de cette forme rare et fulgurante de démence. Un cas sur un million de personnes – les protéines du cerveau s'autodétruisent, d'où une rapide détérioration mentale, touchant la zone qui permet de se repérer dans le temps et dans l'espace. Une détérioration physique, également : troubles respiratoires, cardiaques, locomoteurs. Hazel passe quatre jours à l'hôpital pour subir des examens, et Deb est choquée par la dégradation à laquelle elle assiste en si peu de temps : incapacité soudaine à marcher, absence d'appétit, confusion mentale grandissante. Il s'agit de la phase terminale de la maladie, comme le lui explique le médecin responsable des soins palliatifs. L'espérance de vie est variable : de quelques semaines à quelques mois. À ce stade, il recommande l'hospitalisation. Dans un centre spécialisé, ou à domicile.

Deb se tourne vers Hazel allongée près d'elle, les paupières closes, lui demande où elle veut aller, et aussitôt les yeux de la vieille dame s'ouvrent : « Chez moi », déclare-t-elle avec une force troublante. Elle rentre donc chez elle.

Vale et Deb installent le lit près de la fenêtre du salon. Une infirmière spécialisée viendra deux fois par jour les aider à changer les draps, vérifier les stocks d'analgésiques, vider la sonde.

« Que se passe-t-il ? » articule Hazel d'une voix faible, la terreur se lisant dans ses yeux bleus, et Deb dit la vérité à sa belle-mère. Lui révèle que la maladie est en phase terminale. Jamais encore elle n'a dû apprendre à un de ses semblables qu'il allait mourir. Hazel regarde par la fenêtre, hoche la tête, mais il est difficile de savoir si elle comprend.

L'infirmière apporte un flacon de morphine à prendre par voie orale et explique à Deb comment contrôler la douleur, qui ne semble pas faiblir depuis la chute de la vieille dame. Cette infirmière a les yeux bleu pâle. Un regard bienveillant. « Votre tâche est de veiller à ce qu'elle souffre le moins possible, d'accord ? »

Deb acquiesce d'un signe de tête.

L'ironie du sort ne lui échappe pas : quatre mois plus tôt, Bonnie s'enfonçait lentement dans le bras l'aiguille d'une seringue emplie d'une drogue équivalente, puis sortait affronter la tempête. Elle s'interroge : quelle tempête Hazel va-t-elle affronter à son tour, et que va-t-elle découvrir : les ténèbres ou la lumière ? Telle est la question. Après des millions d'années, c'est la seule à rester sans réponse.

Comme j'étais ignorante à dix-neuf ans, quand je faisais du stop sur les petites routes, songe Deb, approchant des lèvres de Hazel un gobelet d'eau avec une paille, vérifiant la perfusion.

Vale

2011

28 novembre

Elle est dans la grande maison avec Deb, assise au chevet de Hazel, quand elle reçoit un appel. Il est neuf heures du matin ; l'officier de police annonce qu'on a retrouvé une vidéo apportée il y a quelques mois par une voisine. Vale sort sur la terrasse avec son portable.

« Je suis désolé, dit le policier. Elle avait disparu dans la pagaille ambiante. Vous voulez venir la voir ? »

Vale éloigne le portable de son visage. « Espèce de connard », murmure-t-elle. Elle contemple sa petite caravane bleue à l'autre bout du champ, le rideau d'arbres derrière. Son cœur cogne dans sa poitrine. Comment peut-on être si incompétent ?

« Bien sûr, répond-elle. J'arrive »

Elle raccroche et fixe du regard les arbres aux branches nues, le ciel couvert, les corneilles à l'horizon.

A-t-elle vraiment envie d'aller au poste de police pour visionner ces images ? Elle n'a pas vu Bonnie depuis huit ans. De quelle mère veut-elle garder le souvenir ? Au cours du mois écoulé, Bonnie a changé à ses yeux.

Elle est redevenue cette femme sur la photo placardée dans toute la ville : la chevelure opulente, hilare. Vale a-t-elle vraiment envie de voir celle qui est sortie en pleine tempête après s'être injecté de l'héroïne et du fentanyl dans les veines ?

Elle reste là un long moment avant de grimper dans l'antique Ford Taurus marron de Hazel, que celle-ci ne conduira plus jamais. « Elle est à toi, a déclaré Deb hier en désignant la voiture de la main. Toute à toi. Prends-la. Sens-toi libre. »

Voilà longtemps que Vale n'a pas eu de véhicule à elle. Elle pourrait retourner à La Nouvelle-Orléans. Ou bien aller à New York se joindre aux manifestations. Elle pourrait rouler vers l'ouest avec Neko, verrouiller les portières, ne s'arrêter que là où ils tomberaient en panne d'essence, repartir de zéro dans une ferme abandonnée du Dakota du Nord. Brûler les cartes de crédit, le passeport et l'appareil photo de Neko. Elle ne l'a ni appelé ni vu depuis qu'elle s'est éclipsée cette nuit-là. Lui n'a pas non plus cherché à la joindre. En se garant sur le parking du poste de police, elle se dit qu'elle voudrait être n'importe où ailleurs plutôt qu'ici.

Les images sont un peu floues, agrandies par l'écran de l'ordinateur. En bruit de fond : la pluie et le hurlement du vent. L'objectif est couvert de gouttes de pluie, qui se rejoignent et forment comme un réseau veineux. Debout sur le toit de sa maison, la voisine a filmé la rivière et ses eaux en crue.

Bonnie apparaît à gauche de l'écran. Une silhouette blanche – sweat-shirt blanc, baskets blanches – descend par l'escalier extérieur de l'immeuble, se fige un instant, lève les yeux, traverse la rue. Elle semble minuscule sur cette vidéo – Vale ne distingue pas ses traits, seulement la forme de son corps : ses épaules voûtées, sa maigreur. Elle marche d'un bon pas. Le portable vacille, la femme qui le tient crie : « Attention à vous ! » Sur l'écran, Bonnie, qui est aussi menue qu'une enfant, se retourne pour saluer de la main – une vague forme blanche – et continue vers le pont. Elle s'avance au milieu, ouvre les bras en croix et reste ainsi, la tête renversée en arrière, puis l'écran devient noir.

Vale n'arrive plus à respirer.

« Vous voulez la garder ? » demande le policier debout derrière elle.

Si elle veut garder cette vidéo ? Sa mère, cette femme-fantôme marchant sous la pluie ?

« Non merci », réplique-t-elle en se dirigeant vers la porte.

Elle roule jusqu'à ce qu'il fasse presque nuit. Elle roule jusqu'à la rivière. En lisière des champs de maïs, il y a un accès à ce bassin naturel où la photo d'elle avec sa mère a été prise voilà près de vingt ans. Elle freine, se gare sur le bas-côté gravillonné.

Elle descend de voiture et traverse un champ hérissé de chaumes de maïs qui lui arrivent aux mollets. Elle s'arrête à mi-parcours, face à la rivière en contrebas. S'agenouille, enfonce les doigts dans le sol humide et froid entre les tiges gelées. Puis elle ouvre la bouche pour crier, mais aucun son n'en sort. Les phares des voitures défilent à toute vitesse sur le pont au loin. « Va te faire voir, Bonnie ! » dit-elle, retrouvant enfin sa voix. Pour avoir préféré la drogue à ta fille. Pour avoir préféré Dean à ta fille. « Va te faire voir », répète-t-elle tout bas, posant le front contre la terre mouillée.

Vale a sept ans. Elle est dans ce même champ avec Bonnie et enjambe les plants de maïs encore verts qui lui arrivent à la cuisse. L'air grésille dans la chaleur de juillet, ou d'août. « Viens ! » hurle Bonnie, courant vers la rivière dans son short en jean et son tee-shirt bleu. Vale s'élance pour la rattraper. Lorsqu'elle la rejoint sur la berge, elle prend la main de sa mère, qui referme les doigts sur les siens. Elle porte la main de Bonnie à son visage, la garde sur sa joue. Plisse les yeux au soleil. Cette main sent le tabac et le citron. Quelqu'un les prend en photo. Puis envoie le cliché à Bonnie – qui l'épingle sur le mur. Vale emporte la photo quand elle part – la main de sa mère, le rire de sa mère : deux épis d'or. Puis Bonnie s'écarte d'elle, se déshabille et plonge dans l'eau froide.

Lena

1957

28 avril

B.,

Mon ventre est gros. Absurdement gros. Et gros de toi, B. ! De toi. Une fille, j'en suis sûre. B comme Bonnie. B comme le beau mois de mai.

Stephen est venu me voir et nous allons marcher. Les bois ont la douceur de la fin avril – des tussilages, des érythrones, des trilles blancs. Nous rendons visite à Adele, dont il n'a pas encore fait la connaissance – Otie sur mon épaule, puis sur celle de Stephen. « Sur moi, vraiment ? » Il rit lorsque les serres se plantent dans son épaule. Otie a trouvé sa clavicule, il s'y cramponne. Là, Stephen grimace. Contracte les mâchoires. Se montre courageux.

En marchant, je lui parle de ma grand-mère Marie. Des deux nattes sur ses épaules. De ses yeux noirs. De mon habitude d'aller la voir quand j'étais enfant, de m'asseoir pour écosser les petits pois avec elle pendant qu'elle me racontait des histoires – sur les cycles lunaires, les animaux, les monstres et la création de la Terre.

« Encore qu'à sa mort, j'avais quatre ans, dis-je en lui faisant un clin d'œil. Alors peut-être que mon esprit invente.

– C'était une Indienne ? » demande Stephen. Son regard s'éclaire, il a son sourire de petit garçon adorant les livres sur les Indiens, et je hausse les épaules, lui souris à mon tour, lance : « Il y a des chances ! »

Qui le sait vraiment ? Pas moi. Ni Adele. Peut-être Jessie, ma mère, mais elle n'est plus là, elle non plus.

Les bois sont humides, les ombres fraîches et profondes, la terre en pleine renaissance. Stephen fredonne en marchant, des mélodies apprises de son violoneux de père : « Saint Anne's Reel » et « Bill Hopkin's Colt ». Otie se met à caqueter et je le reprends à Stephen, qui part devant en courant, décrit un cercle et fait demi-tour. Bras et jambes en mouvement. Comme un chien. Comme le poulain de Bill Hopkin ! Comme un puma.

« Stephen ! Tu n'as pas honte de me faire sentir que je suis vieille ? » Je le prends par les épaules et serre de toutes mes forces. Il éclate de rire. Se dégage. Repart d'un bond.

À sa vue, Adele sourit jusqu'aux oreilles. « Un enfant, Lena. Tu m'amènes un enfant ! Une créature de Dieu. »

Elle nous sert du thé. Ouvre un paquet de biscuits. Puis nous l'aidons à faire du feu dans le foyer du jardin, posons dessus quelques morceaux de gibier, salons les autres avec soin et les mettons dans des sacs en plastique, à l'ombre du pignon nord de la maison. Adele nous dit qu'elle les fumera plus tard, nous tend les côtelettes encore brûlantes au goût de terre, de noix, de feuilles de bouleau et de printemps.

Nous dévorons la viande, ce petit garçon et moi. Deux affamés ! Deux amoureux. Nous essuyons nos mains luisantes de graisse dans l'herbe et les feuilles.

Sur le chemin du retour, Stephen est silencieux, absorbé par les mousses, les pierres, les flaques des marécages, l'écorce des arbres.

« Lena…, commence-t-il d'une voix douce.

– Oui ?

– J'aime bien ces bois. »

Je prends sa petite main dans la mienne. Une main minuscule, aux os minuscules. « Moi aussi », dis-je.

Il sourit et lève les yeux vers moi. Ses yeux verts de cette magnifique et si riche couleur de mousse et de feuilles, qui ne s'effacera jamais. « On court ? »

Deb

1987

20 mars

Deb va jusqu'à la ferme de Ginny pour lui emprunter son téléviseur et son magnétoscope. Trois mois se sont écoulés depuis la mort de Stephen, et elle veut montrer à Danny qu'il existe un monde plein de ressources et plus vaste que celui dans lequel ils vivent. Elle veut lui montrer que l'art – la poésie, le cinéma, la peinture – peut donner du sens à la souffrance, aider à tracer un chemin pour surmonter son chagrin.

Il y a longtemps qu'elle n'est pas retournée à Farther Heaven. Ginny est la seule des anciens marginaux à y être restée – elle rembourse l'emprunt grâce à un maigre héritage, peint sur les murs des oiseaux, des vignes, des raies pastenagues et des abeilles.

Elle accueille Deb devant la porte, l'étreint longuement, et Deb se laisse faire. « Oh, ma chérie, dit Ginny. Je suis tellement navrée. » Deux vieilles amies.

Elles prennent un café dans l'immense cuisine, et se remémorent en plaisantant Randy et son banjo. Cet hiver glacial. Deb faisant l'amour avec Bird dans la chambre mansardée en haut de l'escalier. Ginny rit si fort qu'elle s'étrangle avec son café. « Nous voilà vieilles, Deb.

– Excentriques, plutôt.

– Incontrôlables ! » renchérit Ginny. Avant d'ajouter, d'une voix plus posée : « Et fauchées comme les blés. »

Terre de Sienne brûlée, pense Deb à la vue de certains tableaux dans l'atelier de Ginny. Un cheval à tête de femme. Une femme à tête de cheval. Peints à l'huile sur des panneaux. Des gris, des bleus et des noirs – la couleur de la fumée, la couleur du mois de novembre.

« J'adore ces toiles », dit-elle, effleurant du bout de son index les crêtes de peinture sèche.

Des paysages feutrés, avec leurs bouleaux blancs aux feuilles brun rouille. Ces conversations entre les ténèbres et la lumière, la couleur et l'espace. À moins que leur message ne soit discrètement politique. Une façon de dire : « Voyez. »

Peu importe, elle les adore, se perd dans leurs détails : la texture des fougères lointaines, le fût gracile des bouleaux, le rayonnement de la lumière, ses reflets et ses ondulations. Jaune de cadmium, rouge garance, rouge de Sinope, rose : un moyen d'être moins seul au milieu des arbres. Un moyen de leur répondre. La beauté, Deb l'apprécie chaque jour un peu plus.

Ginny hausse les épaules. « Elles représentent quelque chose, c'est vrai. Un reflet de lumière. »

Deb hoche la tête. Et elle, comment occupe-t-elle ses journées ? Avec Danny. Elle a fait don de sa vie à son fils, et à la maison qu'ils habitent. Elle casse du petit bois chaque matin, étudie les catalogues de semences, nourrit et soigne ses poules, travaille à la bibliothèque.

En fin d'après-midi, elle commence à préparer le dîner, fait la lessive et la vaisselle. Elle se revoit lisant *Le Deuxième Sexe* dans sa chambre d'étudiante, une cigarette aux lèvres, soulignant avec conviction : « Il y a peu de tâches qui s'apparentent plus au supplice de Sisyphe que celles de la ménagère. »

Y a-t-il la moindre radicalité dans son existence présente ? Le veuvage, la maternité et les tâches ménagères : rien de différent de la vie de Hazel au pied de la montagne. Ou de celle de sa mère, au fond. À Helen Nearing, elle aimerait demander : Et le féminisme ? Tu en tiens compte, au milieu de tes pains faits maison ?

Dans l'atelier de Ginny, Deb s'interroge : n'aurait-elle pas dû rester là, dans cette communauté, et vieillir avec Ginny, telles deux artistes dans leur repaire ? Yoga le matin, verre de vin l'après-midi. Un féminisme diffus. L'art comme moyen de participer aux conversations du monde.

Mais il y a Danny. Son fils. Pas question de regretter cette vie qui le lui a offert : yeux verts, longues jambes, le sang de Stephen et le sien. Et Stephen : quelle envie elle avait, dès qu'il franchissait la porte, de s'élancer vers lui, de serrer contre elle son corps, qu'il soit vêtu d'un mince tee-shirt ou d'un gros pull. De nicher son nez dans le cou de son homme et de humer son odeur.

En rentrant de chez Ginny, elle s'arrête au vidéo-club et parcourt les rayons à la recherche d'un film valable. Un Fellini, un Godard, un Bergman ou un Tarkovski – les réalisateurs qu'elle adorait à l'université. Une partie d'elle-même en sommeil depuis trop longtemps. Enfin, elle déniche *Huit et demi* de Fellini dans un recoin.

Elle installe le téléviseur et le magnétoscope, fait du pop-corn, débouche une bouteille de vin rouge qu'elle a achetée en ville, insère la cassette.

Une lumière bleutée se diffuse sur les murs de pin sombre. C'est le premier film que voit Danny, et elle ne se souvient pas s'il peut lui convenir. Elle-même l'a vu à l'université il y a un certain temps et, depuis, le visage d'Anouk Aimée est resté gravé dans sa mémoire.

Des images envahissent l'écran : Guido, l'artiste torturé derrière ses lunettes noires, cigarette accrochée au coin de la bouche. Deb sourit de plaisir devant la beauté des plans. Elle se sert un deuxième verre de vin.

Sandra Milo se débarrasse du drap de bain qui l'enveloppait : « Tu m'aimes, Guido ? » Puis la scène d'amour fait place à un cauchemar : la mère morte de Guido dans la pièce. Un flot ininterrompu de flash-back et de rêves qui se mêlent au présent.

Deb jette un coup d'œil à Danny qui fixe l'écran, fasciné. Elle pose la main sur son bras. Trop de scènes de sexe ! Elle aurait dû s'en souvenir. « Ne t'inquiète pas, mon chéri, ce n'est que du cinéma », dit-elle doucement, et c'est vrai. Cela n'a rien à voir avec la vraie vie.

Parfois, en faisant l'amour avec Stephen, elle fermait les yeux et pensait à Bird. Non qu'elle n'ait pas aimé le corps de Stephen, mais il lui arrivait d'avoir désespérément envie d'autre chose. D'une autre existence. De vivre tous ces possibles qu'elle refoulait dans la nuit, alors que le corps de Stephen était contre le sien.

Jamais elle ne lui en a parlé, bien sûr.

Et lui, à qui pensait-il en lui faisant l'amour ? Encore une chose qu'elle ne saura jamais. Dire que l'on peut partager le linge, les repas, son lit, concevoir un enfant ensemble, et en même temps avoir tant de secrets, honteux ou triviaux, l'un pour l'autre.

Le générique défile et Danny se lève, adresse un bref sourire à Deb, grimpe à l'échelle pour aller dans sa chambre. « Bonne nuit, mon chéri ! » lance-t-elle, trop enjouée, à moitié éméchée, et il répond de la tête, refermant la porte derrière lui.

Elle reste assise dans l'obscurité pendant une bonne heure, finit sa bouteille de vin. Dans sa tête se pressent des images de Rome. De bordels, de cuir, d'aventures d'un soir. De la femme qu'elle aurait pu être si elle avait vécu ailleurs, si elle n'avait pas épousé cet homme-là. Un ours. La femme qui avait épousé un ours. Si elle réalisait un film sur sa vie, ce serait un bon titre.

Elle rit. La femme qui avait épousé un ours, qui regardait des films de Fellini en hiver et se soûlait au vin rouge, seule dans l'obscurité.

Ce soir-là, comme tant d'autres, elle se réveille à trois heures du matin, transie de froid, et se surprend à chercher le corps tiède de Stephen à côté d'elle. Au bout de quelques minutes, elle a la certitude que c'est à trois heures du matin qu'il est mort de froid, que ce réveil nocturne est une sorte de veille spirituelle. Peut-être même que l'esprit de Stephen rôde dans la pièce. Son mari mort, ce malheureux roi des bois. Elle n'a jamais cru aux esprits, quoi que Hazel puisse penser d'elle. Elle n'était pas, et n'est toujours pas, cette sorte de hippie. Mais quand elle se réveille en pleine nuit, elle se sent plus proche de Stephen qu'à aucun autre moment. Tantôt elle pleure, tantôt elle lui parle en chuchotant. « Notre fils… », dit-elle tout bas, en direction des solives et de la lucarne au-dessus de leur lit. Ou bien : « Ma vie sans toi… » Et parfois, mais elle ne l'avouerait à personne, il lui répond. Il pose sa main rugueuse et chaude au creux de ses reins. La masse tout doucement, et murmure : « Salut, toi. »

Deb

2011

29 novembre

Ces jours sont les plus courts de l'année. N'aurait-on pas droit à un peu de lumière ?

Deb range le téléviseur et le magnétoscope à l'arrière de son pick-up, et descend au pied de la montagne les installer chez Hazel. Elle a loué *L'Insoutenable Légèreté de l'être*, qu'elle n'a pas revu depuis vingt ans. Vale et elle ont besoin de quelque chose d'exaltant, qui les transporte. Deb veut remonter le temps et s'identifier à Sabina, artiste mélancolique, bohémienne et solitaire par choix ; voir un film sur une période terrible de l'Histoire et se rappeler comment on survit à une tragédie. L'art comme modèle.

« Ça, tu connais ? » demande-t-elle quand Vale arrive.

La jeune femme secoue la tête.

Deb met des olives dans un bol. Leur sert à chacune un verre de vin français. Vale prend le sien. Hume le bouquet. Sourit et dit : « Éclaire ma lanterne. »

Ne voulant pas réveiller Hazel, elles s'asseyent à la table de la cuisine pour regarder le film. Tout se passe pendant l'invasion des chars soviétiques à Prague en 1968. Sexualité, politique, capacité des individus à se rencontrer dans l'obscurité. Sur l'écran : Lena Olin dans le rôle de Sabina, qui se déshabille, un chapeau sur la tête. Juliette Binoche jeune, qui photographie l'occupation soviétique. 1968 : à plus d'un titre, Deb regrette le sentiment d'urgence qui régnait cette année-là. Sa pleine conscience des buts qu'elle poursuivait alors, de la voie qu'elle avait choisi de suivre. L'élan de résistance – contre la guerre, contre le racisme – de toute une génération, son engagement politique.

La beauté silencieuse des dernières images la bouleverse tout autant que la première fois – cette lumière que Daniel Day-Lewis et Juliette Binoche trouvent l'un chez l'autre. Le bonheur. Juste avant leur accident de voiture sur une route glissante de pluie au milieu de la nuit.

« Éprouvant, lâche-t-elle à la fin du film.

– Je ne veux pas que le rêve se termine », murmure Vale, la tête en arrière, les yeux clos.

Deb sourit. « Moi non plus. Le retour à la réalité est insupportable.

– J'ai rencontré quelqu'un », annonce doucement Vale sans transition, toujours les paupières closes.

Deb hausse le sourcil. « C'est vrai ?

– Il s'appelle Neko. Il est photographe.

– Non ! » Deb sourit à nouveau. « Je suis heureuse pour toi, Vale. » Elle boit une gorgée de vin. « Et jalouse.

– C'est un peu flippant, confesse Vale en se levant, avant d'enfiler son manteau et ses bottes pour partir.

– Oui, répond Deb. Je m'en souviens encore. »

Vale s'attarde quelques instants sur le pas de la porte. « Ça en vaut la peine ? »

Deb éclate de rire – de son rire si singulier, une sorte de croassement. « Sacrément ! »

Sourire aux lèvres, Vale la salue avec son chapeau, puis sort dans la nuit et le vent.

Vale

2011

30 novembre

Vale retourne en voiture à la grange détruite de Cedar Street, puis termine à pied jusqu'à la remise. De l'intérieur lui parviennent des bruits : plastique froissé, cliquetis – pas ceux d'un oiseau.

« Ohé ! » lance-t-elle depuis l'encadrement de la porte, sa respiration plus rapide, irrégulière. Ce vieux regain d'espoir qu'elle a fini par redouter.

« Qui est là ? » Une voix masculine, sourde.

Vale franchit la porte. Assis sur le lit, genoux repliés contre la poitrine, un sans-abri qu'elle a vu traîner en ville ces derniers mois : barbe blanche, cheveux blancs noués en catogan.

« Désolée, dit-elle, reculant d'un pas.

– Vous cherchez quelqu'un ? » Il la dévisage de ses yeux chassieux. Par terre, un sac à dos kaki.

Elle sort de sa poche l'affichette, pliée en quatre, avec la photo du visage de Bonnie. « Vous l'avez vue ? »

L'homme prend l'affichette, étudie la photo.

« Bien sûr », dit-il calmement.

Vale soutient son regard – bleu pâle dans un océan de rides. « Vraiment ?

– Il y a des mois de ça. Mais pas depuis la tempête. Seulement sur vos affiches. »

Elle hoche la tête. Revoit Bonnie sur la vidéo. Une idiote. Malade. Suicidaire.

« Je suis persévérante, réplique-t-elle.

– Ça devait être une femme formidable. »

Vale prend une profonde inspiration. « C'est vrai. Elle adorait danser, et se baigner. »

L'homme cherche une cigarette dans sa poche et en offre une à Vale. Elle l'accepte, bien qu'elle n'ait pas fumé depuis des années, et il lui tend son briquet. « C'est terrible. Et incompréhensible », déclare-t-il, laissant un ruban de fumée s'échapper lentement de ses lèvres gercées.

Elle le salue et s'en va, mais reste un moment dehors à tirer sur sa cigarette. Ses poumons sont en feu. Ses yeux la piquent, mais enregistrent tout : la voie ferrée, la rivière qui commence à geler, les pigeons sur le toit d'un hangar, leurs corps aux reflets iridescents se détachant sur le ciel.

IV

LA MAISON

Lena

1957

21 mai

B., mon bébé,

Une petite fille. Voilà ce qui glisse entre mes jambes. *Glisse.* Comme nous sommes prompts à employer ce verbe ! Comme il coule sur la langue ! Et c'est vrai : après avoir passé huit heures à quatre pattes, la bouche dans l'aisselle moite de la terre – mousse, feuilles, cendres, poussière – près des toilettes du jardin, je te sens glisser hors de moi. Pas le temps de dévaler ce pan de montagne. Ni le moyen d'appeler à l'aide. « Doucement, bébé », dis-je, l'abdomen comme percuté par une voiture, sans relâche. J'arrache ma robe de mes épaules. Pleure. Transpire. Jure comme un charretier : « Connerie de bon Dieu ! » Puis : « Doucement, bébé, doucement. Viens, mon bébé. »

Otie sautille en rond sur les feuilles, affolé, émettant le même hululement guttural qu'en cas de danger. Dans la cabane, la radio est allumée en sourdine : la chanteuse Patti Page, ridiculement joviale. Et moi je revois toutes ces génisses dans la grange, leur dos cambré et leurs pattes tremblantes. J'entends leurs mugissements sourds. Je pense : *Bien sûr que nous sommes nées pour cela, mais j'ai vu plus de veaux mort-nés que je ne peux en compter. Trop de vaches qui n'en réchappaient pas – mortes d'une hémorragie ou d'épuisement.* Je pense aussi : *Bordel de merde !* Et encore : *Va te faire voir, Lex, voilà ce que ça me coûte à moi. Pas à toi. Toi, tu as le plaisir. Ta bite frétillante et tes reins frissonnants, mais ça ! Ça, bon sang, voilà ce que ça me coûte, ce que ça coûte aux femmes aux quatre coins de la terre.*

Une nouvelle vague de douleur, et je me retrouve par terre, la joue contre le sol humide et froid, les dents serrées, les bras parcourus de tremblements. *Respire,* me dis-je, *respire, ouvre-toi, respire.* Et : *Viens, mon bébé. Tout va bien se passer.*

C'est alors qu'il me découvre. Lex.

« Lena », chuchote-t-il, posant la main sur mon dos, me soufflant à l'oreille, les yeux écarquillés. « Tiens bon. Je reviens tout de suite, avec de l'aide. » Il tourne les talons et part en courant, tandis que près de moi surgit soudain ma sœur, forte et loyale comme un bœuf, ma sœur Hazel qui a déjà fait cela, qui a aidé cent fois les génisses à vêler dans la grange. Ces mains solides, compétentes. « Respire », ordonne-t-elle. Son corps sent la farine, le beurre, le foin de la grange. « Lex, le pick-up. Vite », dit-elle. Mais « vite » ne suffit pas. Il y a mon dos qui s'arc-boute, se cambre. Un son qui s'échappe de mes lèvres. Et le hoquet de stupéfaction de ma sœur : un torrent d'eau et de sang, ma main qui se pose entre mes jambes, et : « Oh, te voilà ! » La bosse souple et humide d'un crâne, puis tu es dans mes bras, à même la terre, les yeux bleu-vert, maculée de sang, le corps bleuâtre, aspirant l'air pour la première fois.

Moi aussi, je respire. Grand Dieu. Je suis vivante. Et toi aussi.

« Mets-la au sein », déclare ma sœur, et j'obéis. Toi, petite chose braillarde couverte de feuilles. Ma sœur enlève son gilet, frictionne ton visage et tes membres avec, t'enveloppe dedans. Elle apporte une couverture et m'en recouvre. Une fille. Ma fille. « Tiens-la contre toi jusqu'à ce qu'elle prenne le sein », dit ma sœur, et je m'exécute. Cette bouche béante d'oisillon qui s'approche, avide, et te voilà qui prend mon mamelon et commence à téter.

D'un arbre voisin, Otie nous observe. Ton pouls palpite sur ton cou minuscule. Sur ton épaule nue et bleutée. À droite de ton œil. Sous ta peau translucide. Tu tètes. Oh, B… Nous sommes vivantes ! Toi et moi. Et tu vas bien : sanguinolente, mais parfaite. Je pose le visage contre ton crâne d'une douceur insoutenable. « Bonnie », dis-je dans un murmure. Bonnie comme dans « belle », comme dans « ce beau mois de mai », comme dans la chanson que chantait ma mère : *My Bonnie lies over the ocean…* « Bonnie, May, Starkweather. » Je m'adresse à toi, ma petite fille, que je serre contre mon sein, ton petit corps contre le mien.

Lena

1957

21 mai

Il y a du sang. Beaucoup de sang. Trop de sang. Puis il y a un pick-up qui se fraie un passage sur l'ancien chemin forestier pour monter jusqu'à la cabane et en redescendre. On les conduit, elle, Lena, et son bébé, dans la maison de Hazel. Lex la porte dans ses bras jusqu'à une chambre à l'étage, aux murs fraîchement repeints et aux fenêtres sans rideaux. « Tout va bien », souffle-t-il, son corps transpirant la peur – une peur animale. Elle tient bon, le visage contre le torse de Lex, niché dans cette laine aux senteurs familières, dans ce creux bien-aimé sous la clavicule.

Par miracle sa petite fille est là, elle tète, mais ensuite Hazel la lui prend des bras, et elle disparaît.

« Dors, Lena. Tu as besoin de repos », dit Hazel.

Cette maison que Lena a quittée il y a tant d'années. Cette maison où l'on traitait les voisins abénakis de nègres et de gitans. Cette maison où l'on n'en finissait pas de laver les robes de Lena et d'essayer de lui démêler les cheveux.

Elle ne peut pas dormir sans Bonnie. « Mon bébé », répète-t-elle dans cette chambre, entre ces murs blancs, mais Hazel ne vient pas. Lex ne vient pas. Elle tente de se lever, mais son corps refuse de bouger. Entre ses cuisses, des douleurs fulgurantes.

Hazel

2011

6 décembre

La pièce tourne – des bateaux bleu-vert, des citrons pâles.

Ils descendent Lena jusqu'à la maison, l'installent sur un lit à l'étage, elle et son bébé, mais elle n'est pas en état de s'occuper de l'enfant. Elle a de la fièvre, souffre d'une infection. Elle est faible, a perdu trop de sang. Hazel fait cela depuis des années pour les vaches dans la grange : leur apporter de l'eau tiède et masser leurs pis, les aider à se rétablir. Elle prend le bébé des bras de Lena. La petite fille braille, Hazel prépare un biberon de lait maternisé, recommandé par le médecin, et glisse la tétine entre les lèvres de Bonnie jusqu'à ce qu'elle se calme.

Lena pleure, elle a des accès de rage dans sa chambre en haut de l'escalier. « Rendez-moi mon bébé ! » proteste-t-elle d'une voix faible, brisée par l'émotion.

« Chut, dit Hazel à sa sœur. Tu ne vas pas bien. Il faut te reposer. » Chaque matin elle lui amène la petite, mais l'empêche d'allaiter.

« Laisse-moi nourrir Bonnie », implore Lena, en larmes, mais Hazel reprend l'enfant. Les seins de Lena enflent, s'engorgent, deviennent brûlants au toucher.

« Pince-les entre tes doigts, conseille Hazel. Ils se tariront. »

Au téléphone, le médecin déclare : « Mieux vaut renoncer à l'allaitement. » Il prescrit des compresses chaudes, de l'aspirine.

La sueur perle sur le front de Lena. Elle a de plus en plus de fièvre. Ses chemisiers sont trempés de lait, ses seins rouges et durs comme des pierres.

Hazel met la petite dans son berceau. Lui donne le biberon. L'enveloppe dans des langes épais. La couche sur le ventre et sort sans bruit.

« Pardon, Lena », murmure Hazel, inspectant fébrilement la pièce autour d'elle. Tendant les bras. Mais non, elle s'égare à nouveau. Ce n'est pas Lena qui s'avance vers elle. Mais Deb, qui lui tend une tasse d'un breuvage trop sucré. Avec une paille qu'elle lui glisse entre les lèvres.

Hazel ferme les yeux. Aspire.

Une maladie du cerveau, voilà ce qu'elle a, lui a dit Deb. Et elle se retrouve dans son salon sur le même lit qu'à l'hôpital, Deb en permanence à son chevet. Parfois avec une femme inconnue. Parfois avec Vale.

Elle garde les yeux fermés. Cela l'aide à respirer, calme la douleur qui semble à la fois venir de nulle part mais être partout. Comment s'appelle-t-elle, déjà, cette maladie qu'elle a ? Tout ce dont elle se souvient, c'est : une personne touchée sur un million.

Une sur un million. Lena et elle sont gamines, elles cueillent des mûres à flanc de montagne. Elles chantent – des cantiques qu'elles connaissaient à l'époque. Lena porte une robe en vichy bleu pâle toute tachée, avec un trou à la hauteur du genou gauche, couvert de croûtes. Ses longues jambes courent loin devant : une boule de feu, ou de soleil, les cheveux au vent pareils à des flammes, ces mêmes cheveux que Hazel a essayé de brosser ce matin-là. Lena agite les bras, elle court, court sans s'arrêter malgré les cris de sa sœur.

Elle a vu Lena accoucher. Lex avait dévalé le sentier comme s'il était poursuivi, le visage aussi pâle qu'un fantôme. Alors Hazel s'était mise à courir elle aussi. Morte, avait-elle pensé. Ma sœur va mourir. Comme toutes ces vaches laitières. Et puis Lena s'était cabrée avec la force d'un cheval, d'une lionne, elle avait serré les poings, raidi le cou, montré les dents, redevenant la gamine qu'elle avait été, cette enfant sauvage qui jurait et crachait. Et soudain était apparue la tête d'un bébé. La sphère humide, sanguinolente, du crâne d'un enfant venant au monde.

Hazel avait séché la petite, l'avait apportée à Lena couchée à même le sol, lui disant : « Laisse-la téter. »

Et Lena avait obéi. Approchant son sein des lèvres de la petite. La joue nue du bébé contre la peau nue de sa mère. Là, entre les taches de lumière. Les doigts de Lena retenant le crâne enduit de sang de la petite fille, avant une nouvelle série de contractions à l'expulsion du placenta : cette chose couleur magenta, encore à moitié vivante, palpitant dans la poussière et les feuilles.

« Lena ! crie maintenant Hazel. Prends le bébé. »

Mais c'est Deb qui se penche pour écarter les cheveux de son visage. « Hazel ? Ça va ? Vous avez besoin de quelque chose ?

– Où suis-je ?

– Dans votre salon. Tenez. J'ai fait de la soupe de légumes. »

Elle approche la cuillère des lèvres de Hazel. Cette soupe chaude. Ces mains fraîches. Le liquide descend dans la gorge de Hazel, lui remplit l'estomac. Le goût des tomates, des pommes de terre et de la courge. Les légumes du jardin, toujours.

Vale

2011

12 décembre

Hazel dort. Elle dort tellement, ces jours-ci.

Vale est assise dans le fauteuil à l'autre bout de la pièce, près d'une lampe, *No Word for Time* ouvert dans ses mains. « Par essence, on pourrait qualifier la poétique des Algonquins de "poésie en mouvement", c'est-à-dire que chacun se l'approprie comme moyen d'expression », lit-elle. La poésie en mouvement : Vale contemple ses bottes de cuir, sa robe rouge achetée dans une friperie, le tatouage représentant des fleurs de pavot sur son bras droit. Toutes ces choses matérielles – les vêtements, le chapeau vert de Lena, le fauteuil verdâtre dans lequel elle est assise, la texture de l'enduit des murs – lui parlent, influent sur sa façon de respirer, sa capacité à se sentir en paix avec le reste du monde. « Tout ce qui importe vraiment appartient au réel », écrit l'auteur, et Vale pense à la vie de Lena là-haut sur la montagne – sa simplicité, ces flacons remplis de plumes, ces crânes sur son appui de fenêtre, son mode de vie devenu une prise de position philosophique. Un éloignement physique des jeux de pouvoir et de la mécanique du désir. La volonté de se tourner vers les arbres, les bois, les animaux, les étoiles.

Quelle est la poétique de Vale ? Et celle de Bonnie ? Des pierres semi-précieuses ; Patti Smith ; un bol plein de chapelets. Vale fouille la poche de son sweat et en sort le chapelet bleu, resté là depuis sa visite dans l'appartement de sa mère. Elle le passe autour de son cou. Égrène les perles une à une.

Elle regarde par la fenêtre, voit qu'il s'est mis à pleuvoir. Une pluie de décembre, qui fait tomber les dernières feuilles des chênes sur les champs et dans les fossés, que la neige devrait déjà recouvrir.

Des pas sur la terrasse et la porte d'entrée qui s'ouvre, laissant apparaître le visage hâlé, semé de taches de rousseur, de Deb. « Salut, toi », dit-elle avec un large sourire, retirant son imperméable et sortant une bouteille de tequila de sous son pull.

De la tête, Vale désigne la bouteille. « On ne se laisse pas abattre, à ce que je vois ?

– Non. Et toi ? demande Deb, surveillant du regard Hazel dans le salon.

– Moi non plus. » Vale se lève du fauteuil, se dirige vers le placard.

Il n'y a pas de verres à shot dans la maison – elle sert donc la Patrón dans des pots à confiture. Pendant combien d'années Hazel les a-t-elle remplis de framboises, de mûres, de myrtilles ? Et combien d'années se sont écoulées depuis qu'elle a cessé de le faire ? Le jardin s'est déplacé, imperceptiblement, de la ferme au chalet dans la montagne. Quelle étrange évolution, songe Vale.

« À l'hiver ! dit Deb, levant son verre.

– À l'hiver encore à venir ! » rectifie Vale en trinquant.

Deb s'assied devant la table. « Dis-m'en plus sur ce livre que tu lis. »

Alors Vale lui parle de *No Word for Time* et de la présence au monde. De la nature fluctuante du temps – passé et présent. Du fait que, selon Pritchard, le passé est contenu dans le présent, et l'avenir aussi. Elle lui confie qu'elle ne cesse de penser à Marie, son arrière-arrière-grand-mère. À ce qui s'est perdu au fil des générations : le tressage des joncs, les plantes médicinales qui poussent à portée de main, tout ce qui nous donne un sentiment d'appartenance.

« Des légendes à eux seuls, ces ancêtres ! s'exclame Deb. Des modèles à suivre pour mieux se conduire en ce monde. »

Vale hoche la tête et boit une gorgée de tequila. « Oui, mais que se passera-t-il quand on perdra ces légendes ? Quand le fil de l'histoire sera rompu ? » Elle revoit le visage de Bonnie près de la rivière, serrant contre le sien le corps potelé de Vale, riant. Bonnie, qui n'a jamais eu les cahiers de Lena entre les mains. Jamais vu la photo de Marie. Sa vie aurait-elle été différente, si elle avait su ce que sait Vale aujourd'hui ?

« Raconte-moi, c'était comment ta communauté hippie ? » demande-t-elle à Deb.

Celle-ci se cale contre le dossier de sa chaise et pousse un gémissement. « Farther Heaven ! Littéralement : le paradis lointain… Comme elle semble d'un autre âge, cette vie ! » Elle parle à Vale de Ginny qui accrochait ses œuvres aux solives de la grange, de la petite Opal affamée tout l'hiver, de sa maigreur, de Bird et de son extrémisme, de sa chambre sous les combles, avec ses bougies et ses brocs d'eau glacée. Elle lui parle du jour où Randy, après s'être soûlé avec le cidre maison, est monté en haut d'un pin avec un tonnelet et une tronçonneuse, sciant les branches au fur et à mesure. Du soir où Ginny a sauté au-dessus d'un feu de joie et où sa robe a pris feu. Des concours au cœur de l'hiver, où c'était à qui pisserait avec le plus de virtuosité dans la neige. « Facile, pour les mecs, d'écrire leur prénom. Mais pour nous… »

Vale sourit, leur ressert de la tequila et lève les yeux vers les solives mal équarries : « Ça me rappelle les punks de La Nouvelle-Orléans, mais avec une espèce de foi en l'avenir. Pas la pire façon d'entrer dans l'âge adulte.

– Une certaine foi en l'avenir, c'est vrai, dit Deb. Mais c'était aussi la fin d'une guerre affreuse. Aucun changement radical n'a lieu pendant les périodes heureuses. »

Vale acquiesce. « Au changement ! » lance-t-elle, levant une deuxième fois son pot en verre. Puis le vidant d'un trait. Cette fabuleuse brûlure. Elle ferme les yeux et se demande si sa propre génération compte essayer de changer le monde, à l'heure de cette nouvelle croisée des chemins.

Deb sirote sa tequila. « Malgré tout le sérieux et l'amour avec lesquels on travaillait la terre, on a lamentablement échoué. Mon Dieu, ce qu'on sentait mauvais ! »

Elle s'esclaffe. « Tout le monde est parti, sauf Ginny. Et tu sais… (de la tête elle désigne la fenêtre, les champs que Hazel a cultivés avec un soin jaloux)… le plus dur, c'est parfois de ne pas ficher le camp, et aussi d'assumer la réalité du travail de la terre. »

Vale hoche la tête et regarde ses mains qui égrènent le chapelet bleu.

« Oh, quelle imbécile je fais ! s'exclame Deb. Pardonne-moi ! Chacun est libre. De rester ou de partir. D'assumer le passé ou de le laisser derrière soi. Tu peux faire ce que tu veux, Vale, tu sais. Rien ne t'oblige à rester là. »

La jeune femme jette un coup d'œil dans le salon, où Hazel est couchée en chien de fusil. Elle s'imagine prenant ses cliques et ses claques dès le lendemain – rejoignant les manifestants à La Nouvelle-Orléans, à New York ou à San Francisco. Comme ce serait facile. Elle revoit les poignets de Neko. Ses lèvres. Ses épaules. Elle brandit son verre vide et trinque avec Deb. *Nous nous résumons à la somme de nos relations*, pense-t-elle.

Elle pénètre au petit matin dans la chambre de Neko. Monte sur le lit. Referme ses bras froids sur ce corps chaud.

« Salut, lance Neko, se retournant et prenant appui sur ses coudes. Te revoilà !

– Me revoilà.

– Ça me fait plaisir de te voir. » Il la serre contre lui.

Elle pose le visage contre sa poitrine. « Dis, Neko…

– Oui ?

– Je peux t'emmener chez moi ? »

Neko installé sur le siège passager, Vale emprunte sans un mot un itinéraire aux multiples détours ; le pare-brise illuminé par les rayons du soleil, la voiture dépasse River Road et Hogback Mountain, l'ancienne épicerie à la vitrine obturée par des planches, Silver Creek, Sunset Lake dont la surface gelée scintille. Puis elle reprend la direction de la ferme de Hazel, traverse le pont et se gare au milieu de l'allée. De la tête, elle indique sa caravane trônant au fond du pré.

« *Home sweet home* », dit Neko en clignant des yeux. Vale hoche la tête. Depuis l'année de ses seize ans, elle n'a amené personne, sauf Deb, dans cette caravane. La présence de Neko lui donne l'étrange sensation d'être à nu : le chapeau de Lena accroché à une patère derrière la porte, la robe en soie de sa mère à un clou, la collection de chouettes datant de son adolescence, les photos de Bonnie, de Lena, de Marie.

Neko prend le temps de regarder autour de lui. Il étudie longuement les photos.

« Un café ? demande Vale, mettant de l'eau à chauffer.

– Avec plaisir », répond-il tout en caressant la robe en soie.

Il s'assied sur l'une des deux chaises et lève les yeux vers Vale. « Ça te ressemble, déclare-t-il. Cette caravane. Tous ces objets. C'est vraiment toi. »

Vale acquiesce, verse l'eau bouillante dans les tasses et les pose sur la table. « Je suis désolée. Je n'ai ni crème ni sucre. »

Neko porte la sienne à ses lèvres. « C'est parfait. »

Puis il ouvre *No Word for Time* et commence à tourner les pages.

« Dans quel vide culturel on vit, hein ? dit-il au bout de quelques minutes. Chacun doit chercher sa voie. Trouver tout seul un sens au monde. Quel travail ça représente, quand on y réfléchit… »

Repensant aux histoires de sa mère, Vale répond : « Je voudrais tellement avoir la preuve que Marie était une Abénakise, dit Vale, parce que j'aurais alors davantage le sentiment d'appartenir à ce territoire. Et d'avoir des droits sur ces bois. Tu comprends ? »

Neko approuve d'un signe de tête. « Oui. Mais ne sois pas aussi sévère envers toi-même, ou envers ceux qui sont venus s'établir sur ce pan de montagne. Eux aussi étaient pauvres, aux abois, affamés. Ils ne cherchaient qu'à survivre. Tous ou presque, on se débrouille comme on peut avec ce qu'on a, non ? »

Il a soudain les yeux dans le vague. L'Irak, se dit Vale. Il doit penser à cette fillette qu'il a tirée des décombres – elle imagine ses bras minces, ses yeux noirs au regard fixe.

Elle appuie son front contre celui de Neko et reste un long moment ainsi : peau contre peau. « Je peux te montrer un autre endroit ? »

Ils grimpent à flanc de montagne, traversent le pré et longent l'ancien chemin forestier jusqu'à la cabane de Lena. Vale ne sait pas trop pourquoi elle y emmène Neko. Elle veut lui montrer à quel point cette cabane fait corps avec la montagne et les terres environnantes, comme un terrier, quasiment invisible mais recevant la lumière. Elle y vient souvent – presque chaque jour maintenant, avant ou après le travail – et y a stocké de quoi se chauffer.

Elle allume un feu dans le poêle ventru. Assis devant, blottis l'un contre l'autre, ils regardent le papier journal s'embraser et le petit bois prendre lentement.

Neko garde le silence, tout en approchant les mains du poêle pour les réchauffer. Observe Vale, une lueur admirative dans le regard.

« Elle est là, dit celle-ci au bout d'un moment, les paumes au-dessus de la plaque du poêle.

– Lena ?

– Non. Bonnie. »

Neko écarquille les yeux. « Ah bon ? Explique-moi.

– Je ne sais pas trop, répond Vale en haussant les épaules. Je le sens, c'est tout. Mais assez parlé de ça. » Elle sourit, se lève et pousse Neko en arrière sur le lit de Lena. Puis y grimpe à son tour et domine Neko de toute sa hauteur. Enlève son chapeau, son blouson, son écharpe, et reste là, reprenant son souffle.

C'est alors qu'elle voit le dessin. Sur la face latérale d'une solive au-dessus du lit, un endroit qu'elle n'avait jamais remarqué jusque-là. Un simple croquis un peu caricatural – un homme et une femme. Elle regarde de plus près.

L'homme, nu, tient un violon. La femme, nue elle aussi et hilare, a de longues nattes. À côté, des initiales : LW + LS.

LW et LS. Vale en a la tête qui tourne. Lena Wood. Sa grand-mère. Elle a soudain la poitrine en feu. Lena n'était pas seule. Mais qui est LS ? L comme Lex. S comme Starkweather. Le mari de Hazel. Le père de

Stephen. Lena Wood et Lex Starkweather. Le violoneux. Vale prend une profonde inspiration. Jette un coup d'œil à Neko sur le lit. « Ça alors », murmure-t-elle, descendant du lit, prenant son gilet et s'enveloppant dedans.

Elle sait parfaitement quel effet cela fait de ne pas connaître son père. Elle passe sa vie à scruter le visage de chaque homme qu'elle croise, y cherchant des traits et des yeux semblables aux siens. « Qui est-ce ? » a-t-elle demandé un jour à Bonnie, hurlant, martelant la table de ses poings, et sa mère avait enfoui sa tête dans ses mains. Elle était restée ainsi un long moment avant de chuchoter – et Vale l'avait crue : « Je n'en sais rien. »

Vale revoit maintenant les yeux verts de Danny. Les yeux verts de Bonnie. Bien sûr. Lex : le père de sa mère.

« Neko ?

– Oui ?

– Tu veux bien me serrer fort dans tes bras ? »

Deb

2011

13 décembre

Vale attend devant la porte de Hazel sous la bruine, au milieu de l'après-midi. « Tu étais au courant, pour Lena et Lex ? demande-t-elle quand Deb vient lui ouvrir. Je ne sais pas pourquoi je tremble. Je ne sais pas pourquoi j'ai si froid.

– Entre, je t'en prie. » Deb referme la porte, tend un plaid à Vale et lui apporte une tasse de café adouci de quelques gouttes de lait concentré.

Vale lui décrit les dessins sur la solive. LW + LS. Ces yeux verts. La naissance d'un bébé qui n'aura jamais su qui était son père. Et dont la mère est morte avant de pouvoir le lui révéler.

« Doux Jésus, murmure Deb en s'asseyant. Qui d'autre serait au courant ? Hazel ? » Les deux femmes se tournent vers l'intéressée, endormie dans le salon.

Vale hausse les épaules. Boit lentement son café et ferme les yeux.

« Tous les secrets de cette montagne. Quels foutus dégâts peut faire le silence ! » lâche Deb, la prenant dans ses bras.

Elle pense à Bonnie introuvable, à qui elles ne peuvent rien dire. Elle voudrait questionner Hazel, découvrir si elle sait, mais ne veut pas risquer de lui apprendre la nouvelle sur son lit de mort.

Soudain Vale se lève, vide le reste de sa tasse dans l'évier, déclare qu'elle doit y aller, et voilà Deb à nouveau seule avec sa belle-mère. Dans la vieille coquille vide et silencieuse qu'est devenue cette maison – où les fantômes de Lex et de Lena flottent dans l'air.

Un son lui parvient finalement du salon, et Deb pénètre dans la pièce.

L'état de Hazel s'aggrave peu à peu. C'est à peine si elle peut avaler le bouillon, le jus de fruits ou l'eau qu'on lui apporte dans une tasse avec une paille.

Elle a ouvert les yeux. Deb approche un verre de jus de pommes de ses lèvres. Tient la paille pendant que Hazel se désaltère à petites gorgées, le regard dans le vague. Ses paupières se ferment. Elle détourne la tête.

Deb, épuisée, va s'asseoir sur le canapé. Sa solitude lui manque, et son chalet aussi – elle passe chaque nuit ici sur le divan du salon. Elle consulte son portable, découvre un e-mail de Danny au Guatemala. *À dans cinq jours*, écrit-il. Elle fixe longtemps l'écran. Peine à reprendre son souffle.

Cinq jours. Tiendra-t-elle ? Danny : les jambes et les yeux verts de Stephen, les pommettes de Deb. Danny qu'elle aime plus que tout au monde, et qu'elle n'a malgré tout pas réussi à rendre heureux. La malédiction de la maternité, songe-t-elle : nos enfants font notre bonheur, et nous sommes incapables de faire le leur.

Alors nous souffrons, doublement. Elle laisse échapper un rire amer. A-t-elle été une mauvaise mère ? Sa colère rentrée, ses attentes.

Mais assez ressassé. Elle a depuis longtemps réglé son compte à la culpabilité. À ces remords vieux de trente ans qu'elle a fait taire – des lambeaux qu'elle laisse au vent le soin d'emporter.

En début de soirée, une infirmière vient prendre le relais pendant quelques heures. Deb retourne dans son chalet, remet quelques bûches dans le poêle, allume la lampe près de l'évier. Lex et Lena. Combien de temps ? À quelle fréquence se voyaient-ils ? Elle pense à Stephen petit, à ce qu'il savait – ou pas.

Elle monte par l'échelle, qu'elle utilise si rarement, faire le lit de Danny sous les combles avec des draps propres. Lisse la couverture. Danny, Hazel, Deb, Vale : la distance se réduit entre leurs bois, leurs champs et leurs villes. Quelle ironie tragique qu'il faille des catastrophes – des tempêtes, des morts et des disparus – pour que cela se produise.

« Mes poulettes qui rentrent au poulailler », a déclaré Hazel deux ou trois jours plus tôt en découvrant Vale et Deb à son chevet, avec un éclair de lucidité dans le regard.

C'est le leitmotiv de la souffrance qui les réunit. Et pourtant, Vale : Deb voit des lueurs d'espoir dans sa présence. Vale qui éclaircit les mystères du passé, qui détricote une histoire révisionniste où l'amour existait là aussi. Quelle signification cela a-t-il pour ce pan de montagne, pour cette famille, pour l'avenir ? Deb pense à la beauté de la jeune femme : radieuse, farouche, singulière. À ce tatouage représentant des fleurs rouges aux pétales emportés par le vent. À ces ailes de chouette déployées sur son épaule gauche.

Elle s'approche de la toile accrochée au mur – un tableau de Ginny. Un champ couleur rouille, des arbres bordeaux. Il est presque aussi grand que Deb – ridiculement grand. « Tu veux vraiment un tableau de cette taille dans ton séjour ? » avait demandé Ginny avec un sourire en le transportant dans le pick-up de Deb il y a une semaine. Et elle avait confirmé.

La toile a l'odeur de térébenthine de Ginny. Deb passe l'index sur ses stries fines, sur les aspérités des touches plus épaisses de peinture. Elle adore ce tableau. Vermillon, terre de Sienne brûlée, ocre. Une magnifique ligne de blanc cru au centre. Saisissant, si on le regarde assez longtemps. D'une certaine façon, elle en a besoin. Un ami écrivain lui a dit un jour qu'il faut trouver l'histoire que l'on est seul à savoir raconter. Ce tableau est l'histoire que Ginny est seule à pouvoir raconter. Et Deb, quelle histoire a-t-elle à raconter ?

Elle s'approche de l'électrophone, met *Lady Sings the Blues* de Billie Holiday. Bird avait l'habitude de glisser une fleur artificielle de gardénia derrière son oreille et se déhanchait dans la cuisine, sous la citation de Frantz Fanon qu'elle avait inscrite en travers d'un mur : « Chaque génération doit dans une relative opacité découvrir sa mission, la remplir ou la trahir. »

Billie Holiday chante « I Must Have That Man » et Deb ferme les yeux. En chaussettes de laine sur le plancher en pin. Le sourire aux lèvres. Elles sauront forcément trouver le chemin qui les réunira, les femmes de cette montagne. Vale et ses filles après elle. Celles de Danny. Trouver un lieu – là ou ailleurs – où elles puissent se sentir chez elles.

Quand la chanson se termine, Deb ferme la porte du poêle, enfile son manteau et descend relayer l'infirmière au chevet de Hazel. Accepter de s'occuper des autres : un atout supplémentaire de la maturité, pense-t-elle en enroulant son écharpe autour de son cou – un vent glacial se lève, les herbes folles cinglent ses bottes, ses genoux et ses cuisses. Accepter de donner de son temps – sans compter – pour autrui. Même pour qui ne vous a jamais aimée, se dit-elle en marchant vers cette ferme à l'odeur de fumée, vers la femme qui l'y attend, vers l'ampoule nue allumée au-dessus de la porte d'entrée.

Vale

2011

17 décembre

« Viens faire un tour, lui dit Deb, désignant le pick-up de la tête. L'infirmière est là pour la soirée. On mérite une pause, toi et moi. Et puis je ne supporte plus de regarder les infos. Les drames ne font que se répéter. »

Vale acquiesce. Deux jours plus tôt, la tempête tropicale Washi a frappé les Philippines : vingt centimètres de pluie en douze heures. Inondations et glissements de terrain, on parle de 1 200 morts et de 500 000 sans-abri. Les Européens essuient la tempête Joachim : 400 000 personnes privées d'électricité en France. Des trains qui déraillent. Des bateaux détruits.

Elles prennent les petites routes le long de Silver Creek, traversent un pont, dépassent des fermes, des mobile homes, des maisons neuves qui ne semblent pas encore unies au paysage.

« On va où ? demande Vale.

– Chez Ginny. À Farther Heaven.

– La communauté ?

– Oui. La communauté ! Le décor de ma jeunesse naïve. »

Elle explique que Ginny a racheté les parts des autres membres plusieurs années auparavant et vit seule là-bas, solitaire, stoïque, et fauchée comme les blés : « Comme nous tous, les anciens hippies. Ah ! La réussite n'est pas notre fort. Mais Ginny te plaira. Elle est fabuleuse et redoutable, une vraie marginale déjantée. »

Deb tourne à droite dans une longue allée en pente creusée de profondes ornières, qui forme un coude. Au sommet de la colline, on aperçoit une grande ferme, un ancien bus scolaire posé sur des souches, des monticules de pierres et un potager sous la neige – où pointent des choux kale. Vale sourit.

Elles descendent du pick-up et remontent l'allée à pied. Au pied du pignon sud se trouve une longue véranda. À l'intérieur, un canapé tendu de couvertures en laine, une collection de bottes enduites de boue, quelques carillons, et un paon – mâle – qui fait la roue devant elles.

« Un paon ? s'étonne Vale.

– Oui. » Deb rit. « Et même plusieurs. »

Ginny leur ouvre et sort sur le pas de la porte. Elle a une stature imposante : plus d'un mètre quatre-vingt-dix, vêtue d'un jean et d'un tee-shirt noir dont l'ourlet s'effiloche. Ses cheveux blancs lui descendent jusqu'à la taille. Son visage est tout ridé, et lorsqu'elle sourit, Vale découvre avec surprise qu'il lui manque deux incisives. Ses longues boucles d'oreilles turquoise oscillent dans l'air.

« Mes amies ! s'écrie-t-elle. Soyez les bienvenues ! » Elle leur tend les bras, répandant autour d'elle une odeur de lavande et de fumée.

Elle embrasse Vale sur la joue, la serre contre elle, lui souffle à l'oreille : « Toutes mes condoléances. Je suis tellement navrée, pour ta maman. »

Vale la remercie à voix basse. Le paon entre par la porte ouverte, et Ginny leur fait signe de la suivre.

C'est la première fois que Vale se rend dans une ancienne communauté hippie, mais elle a entendu toute sa vie les rumeurs circuler dans la région. La maison en tout cas jouit d'une merveilleuse lumière, elle rayonne comme Ginny. Le plan de travail et la table de la cuisine sont couverts de livres, de mugs en céramique, de plumes de paon dans des bocaux. Sur les murs, sont accrochées des œuvres d'art : plusieurs dessins, une série de modelages en argile, un immense tableau représentant une femme avec un pistolet à la main et, derrière Vale, un paysage calme d'arbres et de ciel noyés dans la brume.

« Désolée pour le désordre, dit Ginny en s'approchant du poêle à bois sur lequel chauffe une bouilloire. Même quand on vit seule, on peut occuper beaucoup d'espace. »

Sur le mur derrière la table, Vale aperçoit quelques croquis – un cerf, une raie pastenague, une guitare avec cette inscription manuscrite : *Machine à tuer les fascistes*.

Ginny leur apporte des verres de cristal dépareillés, pleins à ras bord. « Des cubis de vin, voilà à quoi j'en suis réduite ! Merde, je vieillis, je perds mes dents. Mais bon, regardez ça. » Elle tend à Deb une gravure sur bois à laquelle elle travaille : une rivière, des sapins du Canada aux branches duveteuses, un renard courant au clair de lune, au-dessus d'un vers de Wendell Berry : PRATIQUEZ LA RÉSURRECTION.

« C'est de mon âge, non ? » lance-t-elle, les regardant droit dans les yeux en buvant une gorgée. Elle fait passer la gravure à Vale. Le bois garde l'odeur de l'encre humide – on sentirait presque celle du renard et des aiguilles de sapin.

« Pratiquez la résurrection, poursuit Ginny, fermant les yeux. Et je m'y efforce. Mon Dieu, cette tempête… » Sa voix s'assourdit soudain. « Mes voisins ont perdu leur mobile home. Et tout ce qu'il y avait dedans. » Elle fixe Vale, au bord des larmes. « Je suis navrée, Vale. J'ai lu récemment qu'en langue cree, on ne dit pas : "Je suis malade", mais plutôt : "La maladie est venue à moi." Puissant, non ? Notre monde malade porte la responsabilité de toutes ces souffrances. »

Vale hoche la tête, met la main dans sa poche et caresse les perles du chapelet bleu de Bonnie.

« Mais ne parlons plus de cette tempête », déclare Ginny, qui se lève pour sortir du four un pain tout chaud. Elle se retourne. « On croyait sauver le monde et on s'est trompées, Deb ! Totalement trompées ! On se cachait dans les bois pour cultiver nos tomates et nos haricots verts alors que l'apocalypse couvait. Tu veux bien couper du pain ? » Elle le pose sur le plan de travail, va chercher un couteau.

Le paon se pavane aux pieds de Vale. Elle n'en avait

jamais approché un de si près. Ses plumes ocellées – turquoise et vert jade iridescent – la fascinent. Lorsque l'oiseau lâche une fiente sur le sol près de sa botte, Ginny pouffe de rire.

« Toutes mes excuses. Mes oiseaux sont mal élevés. Chaque jour, le monde retourne un peu plus à la sauvagerie ! » Elle vide son verre de vin d'un trait. « Je nettoierai plus tard. Oh, j'oubliais ma soupe ! Haricots, poireaux, pommes de terre, chou kale et romarin. Cette soupe pratique la résurrection, elle. »

Tandis qu'elle sort du buffet trois bols blancs décorés à la main, Vale jette un coup d'œil aux livres qui jonchent la table. Langston Hughes, Leslie Marmon Silko, Monique Wittig, Edna St. Vincent Millay. Elle voudrait ouvrir chacun d'eux, jusqu'au dernier. Elle imagine ce que serait sa vie au milieu de tous ces livres ; l'effet que cela ferait, de vieillir dans une maison qui raconte toute votre histoire – l'idéalisme de votre jeunesse, votre excentricité revendiquée, mais mâtinée de pragmatisme, avec trop de gens autour de soi, puis après plus assez.

« Notre idéalisme n'a quand même pas été en pure perte, tu n'es pas d'accord ? » demande Deb tout en tranchant le pain.

Ginny hausse les épaules. « Je n'en sais rien. Mais l'art… Que deviendrait-on sans l'art ? Il faut bien montrer qu'il y a des modes de vie alternatifs, non ? Écrire les légendes du futur. Le faire aveuglément, et avec amour. Apporter une consolation où et quand nous le pouvons. »

Vale pense à Neko et à ses photos – elles ne consolent pas, mais disent la vérité. Un geste artistique tout aussi nécessaire. Elle pense à son propre corps évoluant sous les projecteurs du bar de strip-tease, en quête de fluidité. Quelle histoire aurait-elle à raconter ? Et en quelle langue ?

Ginny remplit les bols de soupe et les pose sur la table en disant : « Voici mon humble offrande. » Deb apporte le pain encore chaud et un pot de beurre, tandis que Vale ferme les yeux et hume le fumet. Boisé : cette soupe a le parfum des écorces, de la résine, des bois. « Un délice, dit-elle. Merci. »

Ginny lève les yeux de sa soupe, le regard brillant, les joues rosies par l'ivresse. « Mon secret, c'est les girolles séchées, confie-t-elle tout bas. J'en ai mis dedans. »

Après le dîner, elles débarrassent et s'installent dans le séjour, une salle immense au plafond voûté. « Avant l'arrivée des hippies, c'était une grange qui jouxtait la ferme », précise Ginny.

Le paon les suit, accueilli par deux congénères : un mâle et une femelle qui éparpillent les feuilles mortes en tas dans un coin. Ginny ajoute une bûche dans le poêle à bois, ouvre la porte pour augmenter le tirage. Elle va mettre un disque sur la platine dans l'angle opposé, et la voix d'Édith Piaf s'élève vers les solives.

Vale sourit ; cette voix lui évoque un vin français minéral, la fumée de cigarette. Elle revoit sa mère danser pieds nus en écoutant Patti Smith dans leur cuisine sombre. Revoit Shante chanter en français dans son appartement de La Nouvelle-Orléans. La voix de ces femmes est comme un étrange remède.

Des bouquets de menthe ont été mis à sécher, suspendus au plafond. Et sous une table tout au fond, il y a des paniers pleins de pommes, courges et pommes de terre. « Cette pièce reste fraîche tout l'hiver – une chambre froide idéale, explique Ginny, remplissant à nouveau leurs verres. Je me prépare pour le monde de l'après-pétrole. Depuis quarante ans. Qui aurait deviné que mes compétences se révéleraient si utiles ?

– Les hippies avaient raison », renchérit Deb, s'affalant sur un antique canapé jaune moutarde, calant sa tête contre le dossier et fermant les yeux.

Oui, ils avaient bel et bien raison, songe Vale. Voilà peut-être la réponse. Ce dépouillement. Cette vie intérieure. Ces légumes-racines, ces poêles à bois et ces plantes médicinales. Cela ne la gênerait pas d'être comme ces femmes lorsqu'elle approchera de la soixantaine – d'avoir leur férocité et leur résilience en même temps que leurs cheveux blancs. La vie n'a pas pris le tour qu'elles imaginaient, et pourtant elles ont tenu bon, ont fait leur vie ici, par idéalisme.

« Regardez, reprend Ginny, décrochant du mur un long cordon pourpre fixé à la poutre maîtresse par un mousqueton. Je me suis mise au trapèze. »

Sur le canapé, Deb s'esclaffe. « Au trapèze ?

– Ne ris pas. J'ai beau avoir des rides et perdre mes dents, je pratique vraiment la résurrection. »

Elle enlève ses chaussures, puis son tee-shirt, dévoilant un débardeur en soie trop grand pour elle qu'elle porte sans soutien-gorge. Ses épaules bronzées, musclées, sont constellées de taches de vieillesse. À la force des bras, elle se hisse à plus de six mètres de hauteur, cramponnée au cordon pourpre. Là-haut, ses bras aux muscles saillants tremblent. Elle renverse la tête en arrière, une cascade de cheveux argentés sur les épaules, et laisse échapper un long rire guttural.

« Une reine du cirque ! s'exclame Deb. Voilà en quoi tu es ressuscitée, Ginny. En foutue reine du cirque ! »

Édith Piaf chante « La Vie en rose » et Vale a le sourire aux lèvres. Un étrange frisson la parcourt. De l'espoir : c'est ce qu'elle ressent à cet instant précis en regardant Ginny tout là-haut, cette femme de soixante-cinq ans dont la vie est une succession d'expériences.

« Tu veux essayer ? lui demande Ginny, se laissant redescendre et se tournant vers elle.

– Avec plaisir. »

Vale retire son gilet et attrape le cordon. Ginny lui montre comment l'enrouler autour de son pied. Comment se hisser à la force des bras puis grimper. Les muscles de danseuse de Vale sont mis à l'épreuve.

« Tu es douée ! lui crie Ginny. Sois prudente. »

Elle grimpe toujours, jusqu'au plafond de cette grange transformée en séjour – avec des toiles d'araignée entre les poutres, Ginny et Deb souriantes en contrebas, le cordon s'enroulant doucement sur lui-même.

« Tu es incroyable ! hurle Deb.

– Une déesse ! » renchérit Ginny d'une voix éraillée.

Vale pivote sur elle-même au ralenti et regrette que Bonnie ne soit pas là. Elle aurait aimé ces deux femmes, cette soirée, cette maison, cette musique. Tendant le bras comme une star, Vale ressent soudain une douleur inexplicable qui monte dans sa poitrine. Ma mère ne verra pas cela, pense-t-elle. Bonnie ne frappera pas à la porte et ne découvrira pas sa fille en train de se balancer entre les poutres à une hauteur phénoménale, la tête renversée en arrière, tel un oiseau rare et extraordinaire.

Hazel

2011

17 décembre

Il y a quelqu'un dans son allée. Hazel voit une camionnette bleu et blanc, puis une personne qui traverse la cour et se dirige vers la porte d'entrée avec une boîte à la main (de la même forme que l'étui d'un fusil ou d'un violon).

Lex ?

Non, c'est une voix de femme. « Bonjour ! » lance celle-ci en toquant à la porte.

Bon sang, pense Hazel, que dois-je faire ? La femme soulève le loquet et entre. « Bonjour ! » répète-t-elle.

Puis Hazel l'entend parler à l'inconnue dans la cuisine – l'infirmière qui vient de temps en temps. Et se diriger vers elle. Où est Lex ? Où est Lena ? Elle ne marche pas sur la pointe des pieds comme Deb ou comme l'infirmière, cette femme. Sur le robuste parquet en pin de la maison, son pas est lourd, décidé. Elle s'approche, et Hazel est surprise par la jeunesse de son expression et la luminosité de son visage – la rondeur d'une sphère, d'une lune, mais ridé, pas si jeune que ça –, par ses yeux bleus perçants et ses joues roses. Une sorte de poupée en porcelaine. Mais pas fragile – non, pas fragile du tout, solide au contraire, avec de belles mains aux longs doigts et…

« Je suis venue vous chanter quelques chansons, annonce-t-elle. Deb s'est dit que cela pourrait vous plaire. »

Quel culot, songe Hazel sans oser le dire. Quand on est mourante, semble-t-il, on ne peut plus choisir ses visiteurs ni leurs propos, pas plus qu'on ne décide ce qui arrive à son propre corps. N'est-ce pas, maman ? Sa mère est près d'elle. Endormie sur le même oreiller. Les mains jointes.

« Bon, très bien », déclare l'inconnue, ouvrant l'étui noir qui ressemble tellement à celui dans lequel le père de Hazel rangeait son fusil, à un détail près : cette poupée de porcelaine géante en sort non pas une arme, mais un dulcimer. Elle installe une chaise près du lit de Hazel, pose l'instrument sur ses genoux, regarde quelques instants par la fenêtre de ses yeux gris-bleu, puis se met à jouer.

Ce n'est pas du tout ce à quoi Hazel s'attendait. La voix de cette jeune femme n'est ni indistincte, ni faible, ni plaintive. Elle ne chante pas une chanson triste et mélancolique pour aider Hazel à mourir, ni un cantique plein d'une joie feinte. C'est une chanson où il est question de coyotes, d'étoiles, de cowboys, et la voix de la visiteuse est forte, limpide, si sonore qu'elle semble transpercer l'air étouffant de la pièce. Vraiment surprenant. Non, Hazel ne s'attendait pas à cela, à sentir l'air ainsi percé de part en part.

Des coyotes, des poissons, et Lex avec son violon, il y a soixante ans, à ce bal de campagne, le premier soir où il l'a prise par la main pour l'entraîner sur la piste de danse et la faire tournoyer jusqu'à ce que des ampoules se forment sur ses talons. De quoi parle cette chanson ? *Them stars, how often I've laid on the prairie and watched them go spinning around.* Assise bien droite, l'inconnue regarde souvent par la fenêtre, ne jetant qu'occasionnellement un coup d'œil à ses doigts – de beaux doigts agiles, donnant une impression de jeunesse.

Some clusters is branded, the Dipper, the Lion
The Eagle, the Serpent, the Bear
The Horns o' the Bull and the Belt o' Orion
And Cassia o' What's-her-name's Chair.

Cette chanson semble n'avoir pas de fin ; comment cette femme peut-elle se rappeler toutes les paroles ? Et les chanter d'une voix si claire qu'un tableau vient à l'esprit de Hazel : des étoiles gravitant autour de la Terre, des déserts où elle n'est jamais allée, et toutes les créatures qui vivent là-haut. Sa grand-mère Marie connaissait toutes les constellations et, par les nuits sans lune et sans nuages, elle les emmenait Lena et elle, quand elles étaient petites, au milieu du pré pour leur apprendre leur nom.

Hazel redevient cette petite fille, debout dans ce pré, la grande main chaude de sa grand-mère dans la sienne, sous cet immense ciel éternel et mouvant où les astres ne dessinent que des cercles, jamais de lignes droites.

Les aurores boréales, raconte sa grand-mère en les leur désignant, sont provoquées par des gens qui jouent avec des boules de lumière. Alors s'échappe de sa langue un mot que Hazel avait oublié, un mot qui, dans ce pré, sonne comme une musique étrange et familière : *Wassan-mon-haneehla-ak*. « C'était le nom de ces gens », dit sa grand-mère en lui serrant bien fort la main. Puis elle pointe son autre main vers la gauche. « Et là, c'est la Grande Ourse. *Kchi-awasos.* »

Kchi-awasos.

Un terrible nœud se forme dans la poitrine de Hazel.

Ces mots : ceux des Indiens.

Elle se souvient que son père traitait ces derniers de nègres rouges. De gitans. D'une voix métallique, teintée de haine.

La musique s'interrompt. « Cette chanson s'intitule "Them Stars", précise l'inconnue, regardant Hazel droit dans les yeux. Tout va bien ? »

Les lèvres de Hazel refusent de bouger. Elle jette un coup d'œil par la fenêtre. La visiteuse hoche la tête et regarde elle aussi au-dehors, comme pour tenter de voir la même chose que Hazel. « Aimeriez-vous entendre une autre chanson ?

– Non. » Hazel essaie de s'asseoir, en vain.

Toujours ce nœud dans la poitrine, qui remonte vers sa gorge. A-t-elle jamais montré les étoiles à Stephen ? Ou à Bonnie ? Elle ne se souvient pas de l'avoir fait. Stephen, petit garçon, debout dans ce même pré, sa main dans la sienne.

« Entendu. » La jeune femme se lève et range son instrument dans l'étui noir qu'elle avait à son arrivée. Hazel n'a pas envie qu'elle parte, sans savoir pourquoi. Cette inconnue est si robuste, et puis sa voix : une eau claire, profonde. Comme celle de la piscine naturelle de Silver Creek où Hazel plongeait quand elle était gamine.

« Ce sont les garçons qui font ça, pas les filles », répétait son père chaque fois qu'elle rentrait à la maison trempée de la tête aux pieds, sa culotte et sa robe toutes mouillées, l'eau de la rivière ruisselant encore sur ses cuisses. Mais elle adorait se baigner. Elle adorait cette eau froide, noire et limpide à la fois, ces galets luisants au fond, l'agilité avec laquelle elle tendait la main pour en remonter un à la surface – hors d'haleine, éclaboussant tout –, puis ouvrait son poing pour découvrir ce qu'il contenait : un morceau de quartz, de pierre à aiguiser ou de granit.

L'inconnue se tourne à nouveau vers elle. « C'était un plaisir, Hazel, dit-elle. Merci. »

Hazel lève le bras. Un geste bien loin de ce qu'elle voudrait faire. Évoquer cette eau sombre mais limpide dans laquelle elle plongeait quand elle était petite ; ces étoiles que sa grand-mère lui avait désignées ce soir-là ; ce mot – *Kchi-awasos*. Confier à quelqu'un combien elle souhaiterait pouvoir remonter le temps jusqu'à l'époque où Stephen était petit garçon, lui attraper la main et la garder là, au creux de sa paume, lui montrer le ciel et lui expliquer : « Regarde, Stephen. Une aurore boréale. Là, ces remous dans le ciel… »

Hazel entend l'inconnue se diriger vers la porte et sortir. Elle se tourne, la voit par la fenêtre longer l'allée et grimper au volant de sa camionnette. Jamais elle ne connaîtra le nom de toutes les étoiles. Ni ne plongera dans cette eau claire. Mais quand Hazel ferme les yeux, elle entend chanter la voix de cette jeune femme. Elle lui trotte dans la tête. Résonne dans son crâne : limpide, joyeuse, sonore.

Deb

2011

18 décembre

On frappe, la porte s'ouvre avec un grincement, et elles se retournent toutes les deux. Danny !

Deb s'élance pour l'accueillir. Danny : son grand garçon. Danny qui aurait pu perdre la vie dans ce glissement de terrain il y a deux mois. Il se trouvait dans un village à proximité, mais il n'est pas mort. Le regard bienveillant, il lui tend les bras au moment même où elle lui tend les siens. Elle le serre contre elle – son fils. Les cheveux plus clairsemés. Un coup de soleil sur le nez. Ces bras, ce dos, ce torse mince. Son odeur de laine, de feu de bois, de sueur et de poussière venue d'un autre pays. Lui aussi la serre contre lui. Elle pleure bêtement. « Danny », dit-elle, reculant pour admirer son beau visage, ses yeux vifs, son sourire qui découvre ses dents. « Entre. »

Ils vont retrouver Vale dans la cuisine. « Vale, vallée, vibrante Vale, récite-t-il, s'approchant d'elle, la prenant dans ses bras. Je suis vraiment navré.

– Moi aussi », murmure-t-elle.

Une longue étreinte, et soudain ils sont tous là : les poulets de Hazel, de retour par miracle dans le poulailler.

Danny va dans le salon, s'assied au chevet de sa grand-mère et la regarde dormir. Le ciel est maintenant d'un bleu éteint, on voit les premières étoiles.

Deb fait chauffer la soupe sur la cuisinière tandis que Vale coupe du pain. Danny finit par les rejoindre dans la cuisine et pose son menton sur le haut du crâne de Deb. Longuement.

« Je suis tellement contente que tu sois de retour, mon fils », dit-elle, refermant ses bras sur lui.

Ils mettent le couvert, ce qu'ils n'ont plus fait ensemble ici, chez Hazel, depuis les repas de Thanksgiving d'avant la mort de Stephen. Trois couverts. Des bols. Des tasses pour l'eau. Des pots à confiture pour le vin.

Quel sentiment de communion, se dit Deb en allumant des bougies sur le chandelier en cuivre, resté dans le placard pendant vingt-six ans. Le fils de Stephen et la fille de Bonnie, rassemblés par une catastrophe naturelle et humaine. Combien de dîners ont été pris à cette table par les ancêtres de Danny, de Bonnie et de Vale ? À cette même table de chêne. Éclairée par le même chandelier à trois branches. Zipporah et Ezekial, Henry et Marie. Leurs esprits sont très présents dans la pièce. Ils vont et viennent autour de Deb, observent dans un coin, ou derrière le plâtre blanc des murs. Cette maison, les colons l'ont construite avec leur sang, leur sueur, leur ignorance, leur morale et leurs larmes. Danny et Vale devront vraisemblablement la vendre – comment l'un ou l'autre aurait-il les moyens de la garder ? Ils partageront les terres et sauveront ce qu'ils pourront : les parcelles en lisière de la ferme, les cabanes dans la montagne. On revient en arrière, se dit Deb, se représentant Zipporah, la première occupante, qui a mis au monde et élevé treize enfants dans une seule pièce plus haut sur la montagne, durant la construction de la ferme. Cette famille s'appauvrit, conclut-elle. Nos maisons rapetissent.

Danny s'installe au salon avec Vale tandis que Deb fait réchauffer le dîner et se ressert un verre de vin. Elle entend la voix douce de son fils parlant à Vale et à Hazel. De temps à autre, le rire de Vale. Comment a-t-elle pu retrouver ce pan de montagne et ses habitants – à moins que ce ne soit eux qui l'aient retrouvée ?

Comme elle les aime, tous autant qu'ils sont, défauts compris. C'est une part essentielle de la beauté, après tout – ses imperfections, ses ombres et sa lumière. « Gloire à Dieu pour avoir créé les choses tachetées… toutes ces choses contradictoires, originales, libres. » Elle a ces vers en tête depuis plus de trente ans, depuis que Ginny leur a lu Gerard Manley Hopkins à la lueur des bougies, dans la cuisine de la communauté. Pendant ce long hiver. Ils ont résonné dans sa tête durant toutes ces années où son chalet lui semblait trop froid et humide, trop sombre, trop calme, trop triste.

La beauté imparfaite. Ses propres cheveux grisonnants, les vergetures sur son ventre et ses cuisses, les taches de vieillesse sur son front et ses mains. L'amour fluctuant de Stephen et son cœur faillible. « Tout ce qui est changeant, grêlé (qui sait par quoi ?) », a écrit Hopkins. Comme la famille de Deb, ici même, dans cette ferme deux fois centenaire de Heart Spring Mountain.

Vale

2011

18 décembre

« Danny ? lance Vale après le dîner. Si on allait se promener ? C'est trop calme, ici.

– D'accord. » Il prend sur la table la bouteille de vin à moitié vide et sort à la suite de Vale, leur haleine blanchie par le froid dans la lumière qui tombe des fenêtres de la cuisine.

Il lève les yeux vers le ciel. « Bon sang. Les étoiles en hiver dans l'hémisphère Nord. J'avais oublié.

– "Des sphères lumineuses à l'état de plasma", réplique Vale, citant une définition apprise au cours moyen et qu'elle n'a jamais pu oublier. Suis-moi. J'ai quelque chose à te montrer. »

Elle allume sa torche électrique et commence à grimper dans la montagne, Danny sur ses talons. Il fait nuit, une fine couche de neige fraîche crisse sous leurs bottes, mais la lune les éclaire suffisamment.

Elle ne veut pas qu'il sache où elle l'emmène, dans cette cabane où son père est mort – *près du mal se trouve le remède.*

« Tu crois aux esprits, Danny ? » lance-t-elle, essoufflée par l'ascension, l'air glacial lui brûlant les poumons.

Il s'arrête pour contempler la ferme en contrebas, nichée dans sa vallée. « Bien sûr. Et toi ?

– Je commence à y croire. À celui de ma mère, à celui de Lena. »

Danny hoche la tête et scrute les branches des arbres au-dessus d'eux.

« Hazel est presque un esprit elle aussi, à ce stade, poursuit Vale. Dis-moi, Danny, les étoiles sont les mêmes au Guatemala ? »

Alors il lui parle des étoiles près de l'équateur. Des soirées qu'il passe à admirer le ciel en fumant un joint sur le toit d'une maison de Quetzaltenango, celle d'une femme prénommée Luz – « lumière ».

Elle pense soudain à Neko qui, dans un mois, admirera peut-être les étoiles depuis un toit en Irak, et elle se remet à grimper. « Viens. »

Lorsqu'ils approchent de la cabane de Lena, Danny s'arrête derrière Vale sur le sentier. « Pourquoi tu m'emmènes là ? demande-t-il doucement, d'une voix presque inaudible.

– Fais-moi confiance. S'il te plaît. »

Il soutient son regard à peine visible sous la lune et lui emboîte le pas.

Vale ouvre la porte d'un coup d'épaule, prend une boîte d'allumettes et allume les bougies posées sur la table. Debout à la porte, Danny reprend son souffle.

« Regarde ! » Vale éclaire avec sa torche électrique les deux tasses accrochées à leur clou au-dessus de l'évier : des roses aux tons passés, des taches de thé.

« Et là ! » Elle braque le faisceau lumineux vers les plumes, les pierres et les ossements d'animaux alignés sur l'appui de fenêtre, puis plus haut, vers les photos sur le mur.

« Lena ? » s'étonne Danny. Il va jusqu'à l'appui de fenêtre, effleure du bout des doigts le crâne d'un petit animal. « J'ignorais qu'il y avait tout ça ici.

– Moi aussi, dit Vale. Mais Lena est là. Elle est mal lunée. Bien vivante. »

Danny s'assied sur une chaise devant les bougies allumées. Il fixe le sol, l'endroit où son père est mort par une nuit d'hiver. Il hoche la tête. « Oui, elle est là, notre aïeule. Sa vie est inscrite dans ces objets.

– En effet. » Vale s'installe à côté de lui. « Je dois te dire quelque chose : je suis pratiquement sûre qu'on a du sang abénaki. »

Danny lève les yeux vers elle. « Ah bon ? »

Elle lui parle de Marie, leur arrière-arrière-grand-mère. De la photo trouvée dans le grenier de Hazel. De la mention griffonnée sur cet acte de mariage : *Indienne.*

« Sans blague ? » Danny frotte nerveusement le bois de la table du bout de son pouce.

« Non pas que ça change quoi que ce soit, reprend Vale. Mais pour moi, si. Je trouve important de savoir qui on est. Bonnie n'a jamais vraiment su qui elle était. »

Danny pose la main sur celle de Vale.

« C'est ça qui est tragique, conclut-elle, sa voix se brisant comme la branche d'un arbre au-dehors. Il a fallu qu'elle disparaisse pour que… j'atterrisse ici. Et pour qu'on me retrouve. » Les mains à plat sur la table en pin, elle contemple les photos punaisées au mur.

« Je suis désolé, Vale. »

La jeune femme décroche les deux tasses de leur clou, les essuie avec ses moufles en laine et les remplit du vin de la bouteille apportée par Danny. Elle en pose une devant lui, porte l'autre à ses lèvres.

« Voilà peut-être pourquoi mon père venait là, lui aussi, déclare-t-il. À cause de la présence de l'esprit de Lena. » Il ferme les yeux et boit une gorgée de vin. « Un jour, il m'a raconté une histoire. »

Vale le fixe. Ne dit pas un mot. Jamais encore il ne lui a parlé de Stephen. Et il lui raconte l'histoire de la femme qui avait épousé un hibou. Celle qui avait préféré à tout le reste un hululement, et ce monde mi-animal mi-humain. Comme Lena avec Otie, songe Vale.

« Danny… » Elle a longtemps attendu pour lui faire cet aveu. Elle a la voix qui tremble, presque un murmure.

« Oui ?

– Ton grand-père venait là, lui aussi. »

Il la dévisage. « Qu'est-ce que tu veux dire ? »

Le cœur de Vale cogne dans sa poitrine. Et si ce n'était pas vrai ? Mais il y a ce dessin sur une solive. Il y a les yeux verts de Bonnie.

Elle braque le faisceau de sa torche sur le mur à sa gauche et montre à Danny le croquis à l'encre au-dessus du lit. Ces amants nus mal proportionnés, l'homme avec un violon à la main. Leur sourire ridicule et niais. LW + LS.

Danny détourne les yeux du dessin et interroge Vale du regard. « Lex et Lena ? » Soudain, Vale étouffe dans cette cabane trop froide, trop petite et trop sombre.

Elle acquiesce. « Lex a disparu juste après la naissance de ma mère. »

Danny vide sa tasse d'un trait et se prend la tête entre les mains. « Bon sang. Quel paysage plein de trous et de demi-vérités !

– Je sais », répond Vale tout bas. À la lueur des bougies, leurs silhouettes se détachent en ombres chinoises sur le mur.

Danny relève la tête. Laisse échapper un petit rire. « Et puis merde, Vale ! Au moins ils ont connu l'amour. »

Elle sourit, sent une onde de chaleur la traverser de la poitrine jusqu'aux orteils. « Oui, ils ont connu l'amour. »

Elle remplit à nouveau la tasse de Danny. Approche la sienne pour trinquer. « À l'amour et au plaisir qu'ils ont pris ! »

Danny hoche la tête. Lui sourit à son tour. « À l'amour et au plaisir qu'ils ont pris ! »

Ils rentrent à pied dans l'obscurité. Devant la maison de Hazel, Danny tend les bras à Vale et elle s'affaisse contre lui, se laisse étreindre.

Il va retrouver Deb à l'intérieur, et Vale monte dans la voiture de Hazel. Elle tend le bras pour prendre son portable et lance « Love » de John Lennon. Une chanson que Bonnie adorait. Tendre les bras : comme Bonnie sur ce pont. Vale aime Danny. Et elle croit pouvoir aimer Neko. En tout cas, c'est à lui qu'elle tendra les bras. Cette chaleur, ce contact. Sa façon de la regarder droit dans les yeux, de dire : « Salut ! » comme s'il était à chaque fois surpris de la voir. Elle gare la voiture et gravit l'escalier. Retrouve le corps de Neko dans l'obscurité. Se retrouve elle-même à ce contact. Le soleil finit par se lever. Illumine la pièce. Si j'ai une fille, je la prénommerai Luz, décide-t-elle en regardant la lumière poindre.

Lena

1957

23 mai

« Adele », marmonne Lena dans son sommeil, rêvant de bocaux emplis de plantes médicinales. Bourgeons de sapin du Canada. Aiguilles de pin blanc. Sanguinaire. Quel serait le remède pour son mal ? Le seul qui conviendrait à coup sûr, ce serait de pouvoir allaiter son enfant. Sa petite fille ! Crâne duveteux, oreilles roses, peau veinée de bleu. Un œuf de Pâques, un oiseau. Bonnie. Et Otie : où est-il ? Elle sourit à son souvenir, espère qu'Adele ira le voir. Oh, satanée douleur ! « Apportez-moi mon enfant ! » essaie-t-elle de hurler, mais sa voix est trop faible et la maison endormie ; le zinc du toit craque en refroidissant, un rayon de lune tombe sur le sol blanchi à la chaux.

Elle tente à nouveau de hurler dans la nuit, mais seul un filet de voix s'échappe de ses lèvres. Elle est prise de vertiges. Se revoit tournoyer sur la piste de danse : ces tourbillons couleur alizarine. Elle a tellement chaud. Elle repousse la couverture, le drap, ouvre sa chemise de nuit. Attrape un linge près d'elle, le trempe dans le bol d'eau fraîche sur la table de chevet et le frotte sur sa poitrine, sur ses seins engorgés dont le lait asperge les draps et l'oreiller à l'odeur rance.

Où est son enfant ? Ses jambes refusent de bouger. Refusent de la porter. Elle ne peut pas se lever, or il le faut, et soudain la porte s'ouvre, et elle crie dans la nuit : « Bébé B. ? »

Mais c'est Lex.

Il s'approche d'elle, pose ses mains sur ses épaules. « Chut, Lena mon oiseau », souffle-t-il, s'asseyant près d'elle au bord du lit.

Elle se rallonge. Sent le drap sous son corps. Laisse la main de Lex lui caresser le front, les cheveux, le cou, la peau brûlante de sa poitrine.

« Lena… » Son haleine a des relents de whisky. « Il faut guérir. Il faut dormir. »

Dormir. Elle prend les mains de Lex et les serre contre elle. Les pose sur ses seins gonflés. « Pince-les, Lex, je t'en supplie », et il s'exécute. Presse un mamelon, puis l'autre, soulageant la douleur. Le lait gicle, s'écoule sur le ventre de Lena, forme une flaque sous ses côtes. Lex saisit le linge et éponge le lait. Presse encore. Doucement, mais fermement.

Ce soulagement. Cette brûlure. « Tète, je t'en prie », implore-t-elle. Il la regarde droit dans les yeux, acquiesce du regard, se penche vers elle et pose les lèvres sur son mamelon, tétant lentement le lait et l'avalant. Un sein, puis l'autre. Et Lena reprend son souffle. Oh, Dieu soit loué, elle respire enfin !

« Dors, mon amour », dit-il en s'écartant, le visage éclairé d'un côté par le halo pâle de la lune, ses doigts sur le linge rafraîchissant la poitrine semée de taches de rousseur de Lena.

« Où est Otie ? demande-t-elle.

– Adele l'a emmené.

– Et Bonnie ?

– Hazel s'occupe d'elle.

– Lex…

– Oui ?

– Il y a des lettres. Dans la cabane.

– D'accord.

– Brûle-les.

– Quoi ?

– Brûle-les. »

Lena sourit, puis s'assoupit. Dort pour la première fois depuis des jours, pendant que Lex, toujours assis près d'elle, lui tamponne le front avec un linge humide. Dans son rêve, elle se promène avec Bonnie dans ses bras. Sur un pan de montagne enneigé, mais elles ont bien chaud sous plusieurs épaisseurs de laine, avec leurs bonnets ornés de plumes. Sa petite fille – aux joues rondes comme des pommes, et solide sur ses jambes – a deux ou trois ans. Elles chantent en se promenant. Se promènent en chantant. Les arbres autour d'elles – sapins du Canada et épicéas – frémissent à leur passage, se joignant à leur chant. « On va où ? » demande Bonnie en riant, et Lena rit à son tour : « Jusqu'au sommet de la montagne ! »

Elles grimpent tout en haut, cette mère et sa fille. Un sommet couvert de neige. Un dôme de lumière blanche.

Sans un arbre. Un vol d'oiseaux gris décrit des cercles tout autour.

« Qu'est-ce qu'on trouve là-haut ? » crie Bonnie d'une voix rouge cerise, pleine de joie, tel le tintement d'une clochette, et Lena répond : « De l'amour, ma chérie ! Là-haut, il y a de l'amour ! » Et elles continuent à grimper ensemble. Quand la petite fille est fatiguée, Lena la soulève, la prend dans ses bras, toujours en chantant, l'enveloppe dans son châle de laine, et lorsque Bonnie s'endort, Lena fredonne encore, jusqu'à ce qu'elles atteignent le sommet. Accompagnées par Otie, aux deux ailes valides à présent, qui les survole. En hululant. Rageusement. Dans un tourbillon de lumière blanche, de flocons de neige, de mousse et de granit constellés de cristaux de glace. Lena s'allonge sur ce lit de mousse et de neige, serre sa fille contre elle et s'endort, toujours en fredonnant, et Bonnie sourit. Un sourire radieux ! Otie est près d'elles. L'ami oiseau. Et la petite fille. Ces joues rondes comme des pommes, ce sourire. Bonnie, née en mai, aux lèvres rouges dans les dernières lueurs du jour. Bonnie.

Hazel

2011

19 décembre

La lumière est bizarre ce soir, ou cette nuit – comment savoir ? La lueur vacillante des bougies, celle du feu dans le poêle, ces sons peu familiers qui parviennent jusqu'au salon où elle est couchée sur un lit médicalisé, face au paysage plongé dans l'obscurité. La vue qu'avait son père, celle choisie il y a deux siècles par Ezekial Wood, son arrière, arrière, etc., grand-père. La vue qu'avaient les Indiens, du temps où il n'y avait que des arbres. Ces montagnes ! Ces étoiles ! Comme dans la chanson que cette dame est venue lui chanter : *Them stars, how often I've laid on the prairie and watched them go spinning around.* Hazel ne peut pas bouger la tête, mais elle entend les voix dans la cuisine, parfois des rires. Les femmes sont là. Elles sont toujours là. Avec le peu de voix qui lui reste, Hazel appelle : « Maman ? »

Et soudain sa mère est à son chevet. À moins que ce ne soit pas sa mère, mais cette jeune femme qui lui ressemble. Vale. Avec sur les paupières le même reflet argenté ou bleuté que le clair de lune.

« Hazel ? Je suis là. »

La vieille dame ne peut quitter des yeux le scintillement bleuté de ces paupières. Quelques paillettes argentées, ou peut-être même violettes. Ce doit être la lumière vacillante qui donne cet éclat aux couleurs. Le bleu du givre matinal sur les fenêtres. Les reflets du ciel d'azur sur la glace en hiver.

« Hazel ? » Vale reste là, l'observant de toute sa hauteur comme un grand oiseau inconnu. « Tu as besoin de quelque chose ? » Un battement de paupières, et le fard bleuté se met à scintiller.

« Oui », répond-elle.

Vale se penche. Sourit. Lui caresse la main. « Dis-moi ce que tu aimerais », chuchote-t-elle.

Les paroles sont fibreuses dans la gorge de Hazel. Lentement, elles forcent le passage. « Je voudrais qu'on me maquille les yeux. »

Vale la regarde quelques instants comme si elle n'avait pas entendu, ou pas compris, puis elle sourit. Recule d'un pas. « Tu veux qu'on te maquille les yeux comme les miens ?

– Oui. »

Fais-le, toi, pense Hazel.

« D'accord. » Vale va chercher son sac dans un coin, le rapporte et s'assied sur la chaise à son chevet.

Hazel sent les doigts sur ses joues, puis sur la chair flasque sous ses paupières.

« Ferme les yeux », dit calmement Vale, et Hazel obéit.

Comme un bébé. Quand l'a-t-on jamais touchée ainsi ? Elle reconnaît soudain l'odeur de sa mère : ce mélange de farine, de blanc d'œuf et de lait qui a imprégné ses vêtements des années durant. Sa mère a dû la toucher de cette manière, lui caresser le front, les joues, oh mon Dieu, et les tempes.

Maman, songe Hazel. Que va devenir notre maison quand je serai morte ? Que vont devenir nos terres ? Heart Spring Mountain. La source éternelle. Vale pose ses paumes sur les joues de Hazel et les masse avec une crème qui lui laisse une impression de fraîcheur. Ah ! C'est comme de l'air pur, comme si on respirait le chant silencieux de la neige. Hazel se souvient de Stephen au sein, ses petits doigts refermés sur la peau tendue, son œil vert qui l'impressionnait par l'intensité de son regard. Que réclamait cet œil ? Même à l'époque, elle ne le savait pas avec certitude. Mon bébé, mon seul et unique bébé, lui chantonnait-elle dans le fauteuil à bascule, durant cet interminable hiver.

Elle entend des boîtes s'entrechoquer, un couvercle qu'on dévisse, et Vale réapparaît au-dessus d'elle, un petit pot bleu à la main.

« Bleu, ça te va ? » chuchote-t-elle, et Hazel acquiesce de la tête.

« C'est magnifique », ajoute Vale en lui appliquant sur les paupières ce fard étincelant. Mélangeant le bleu et l'argent, imagine Hazel, si bien qu'on dirait la lumière de la lune sur la terre enneigée. Mais pour la première fois depuis longtemps, elle ne pense pas à la terre. Elle ne pense qu'à ces doigts sur ses joues, sur ses paupières, et caressant la peau souple sous ses oreilles. Elle pense à Stephen là-haut dans les bois. Mon fils. Elle pense au matin où elle est entrée dans la chambre de Lena, tant d'années auparavant. Avec une tasse de thé et un bol de porridge sur un plateau.

Elle est entrée, et le plateau est tombé à ses pieds, rebondissant sur le sol. Le visage moite de sa sœur. D'une teinte inconnue.

« Non », a-t-elle dit. C'est tout. Ce mot bref : *Non.*

Plus tard dans l'après-midi – après la visite du médecin, après la mise en bière, après le départ du corps de Lena –, elle est allée dans la chambre du bébé vérifier que Bonnie allait bien, et Lex s'y trouvait. Bonnie dans les bras, le poing minuscule du bébé refermé sur son index.

« Il faut que tu t'en ailles, a-t-elle déclaré.

– Non, je t'en supplie. » Il avait les yeux injectés de sang, empestait la sueur et l'alcool. Il a posé les lèvres sur le front de Bonnie en fredonnant : *My Bonnie lies over the ocean.*

« Va-t'en », a répété Hazel, d'une voix glaciale et dure comme le granit, et Lex l'a dévisagée longuement, puis s'est tourné pour remettre Bonnie dans son berceau. Il lui a de nouveau embrassé le front, a pris une profonde inspiration avant de quitter la pièce.

Il n'a jamais écrit. Jamais appelé. C'était la dernière fois que Hazel le voyait.

Elle croise le regard au-dessus d'elle – quelle belle enfant. Oui, une belle enfant ! Elle a les larmes aux yeux et, l'espace d'un instant, elle redoute que Vale ne s'en aperçoive, puis elle ne s'en soucie plus du tout. Les larmes se forment à toute vitesse, en silence, elles coulent sur son visage et emplissent les vallées au creux de ses joues. Elle ne pense qu'à ce bleu translucide qui poudre ses paupières, à la lumière qui emplit ses veines, à la beauté des reflets du soleil sur la neige. Pourquoi a-t-elle attendu si longtemps ? Aurait-il été si facile, durant tout ce temps, de simplement s'allonger et de se laisser toucher ? Elle croit pendant quelques minutes qu'elle est en train de mourir, qu'elle ne pourra plus jamais respirer, que son cœur s'est arrêté, et puis elle reprend son souffle, et un sanglot monte de sa poitrine. Un unique sanglot.

« Ça va aller, murmure Vale, l'amour et la peur se mêlant dans ses yeux. Ça va aller. »

Vale

2011

19 décembre

Il est tard – vingt-deux ou vingt-trois heures. Danny s'installe dans le siège passager, et ils roulent quelques minutes pour aller chez Neko. Par chance, celui-ci est encore debout ; Vale le prend par la main et l'entraîne vers la porte. Lui enfonce un bonnet sur la tête. « Chut », dit-elle.

Neko met sa parka sans dire un mot, sourit, et la suit jusqu'à la voiture. Ni lui ni Danny ne savent où elle les conduit. En l'honneur des sérénades de Danny dans le grenier à foin, elle met une compilation de titres de Leonard Cohen. Danny se tourne vers elle. « Tu n'as pas oublié.

– Bien sûr que non », répond-elle en souriant.

Ils prennent les petites routes recouvertes d'une mince couche de neige, sous la lune presque pleine qui rend les granges et les champs comme phosphorescents : un paysage lunaire. Leonard Cohen parle de héros solitaires et querelleurs, Danny s'époumone, Vale et Neko joignent leurs voix à la sienne. Ils s'égosillent. Chantent faux.

Vale conduit trop vite, grisée par son audace et par le clair de lune.

Cohen répète qu'il se transforme en or, et leurs voix éraillées, pleines de fureur et de rires, entonnent le refrain.

« Cette chanson ! s'exclame Danny, donnant un coup de poing sur le tableau de bord. Un sacré chef-d'œuvre !

– Le salut passe par Leonard Cohen », dit paisiblement Neko, se penchant depuis la banquette arrière pour embrasser Vale dans le cou.

Elle accélère. Fait un doigt d'honneur à la pleine lune.

Elle ne sait pas trop où elle va jusqu'à ce qu'elle se surprenne à passer devant l'allée qui mène à Farther Heaven, chez Ginny. Évidemment ! Elle fait une marche arrière et tourne dans l'allée.

Elle doit accélérer à cause de la neige ; en haut de la dernière montée, les pneus patinent et la voiture verse dans le fossé. « Merde, lâche-t-elle. Je crois qu'il va falloir marcher. »

Ils descendent de voiture et finissent de remonter l'allée dans l'obscurité. Aucune lampe n'est allumée à l'intérieur de la ferme. Vale n'a pas trop réfléchi, mais quelque chose lui dit que s'ils réveillent Ginny, elle ne leur en voudra pas.

Elle conduit les deux hommes derrière la maison jusqu'à la grange convertie en séjour et fait coulisser une fenêtre, qu'ils enjambent pour entrer. À l'intérieur il fait froid – le poêle est éteint –, mais le cordon pourpre du trapèze pend encore de la poutre maîtresse, une ligne sombre au centre de la pièce éclairée par la lune. Le sol est jonché de plumes de paon, et Danny en ramasse une.

« La terre promise », déclare-t-il avec un sourire amusé.

Neko garde le silence. Fixe des yeux le cordon de soie du trapèze, puis Vale.

Elle se déshabille, ne gardant que son soutien-gorge en dentelle noire et le caleçon long de couleur grise qu'elle portait sous son jean. Puis elle s'approche du cordon et se met à grimper – telle une créature animale à la lumière de la lune –, se hisse jusqu'en haut. Elle fait un nœud sous son pied et se redresse, tend son bras et sa jambe gauches, fait pivoter ses hanches et sa tête jusqu'à ce que le cordon commence à décrire des cercles. Lentement. Puis plus vite.

Elle n'a pas un regard pour les visages en bas, dont elle sait qu'ils l'observent. L'enjeu n'est pas d'être vue. Encore que… Elle ferme les yeux et imagine la voix de Shante flottant jusqu'à elle – les accords syncopés de son ukulélé, la beauté et la profondeur de sa voix serpentant dans l'air. Il y a une lucarne entre les poutres, la lune scintille au travers, et chaque fois que Vale pivote sur elle-même, sa lumière lui balaie le visage tel un éclairage stroboscopique dans cette vieille grange.

La lumière nous enveloppe tous, Bonnie, pense-t-elle en tournoyant. Ces hommes qu'elle aime et qui l'aiment, aux yeux levés vers elle. La présence de Ginny assoupie dans la pièce voisine. Les paons qui dorment, chacun dans son coin. Oui, tous autant que nous sommes, se dit-elle, tournoyant toujours, sentant travailler chaque muscle de son corps. Tous autant que nous sommes, putain !

Deb

2011

19 décembre

Elle est à moitié endormie sur le canapé du salon chez Hazel. Ces soins vigilants. La respiration irrégulière, heurtée, de la vieille dame. Inspiration, expiration. La poche marron foncé de la sonde, son odeur aigre, humaine. Ce corps qui se cambre parfois, sous l'effet de ce que Deb suppose être une souffrance insupportable. Deux fois par jour, elle lui administre de la morphine, mais cela ne semble pas suffire. La veille, l'infirmière l'a entraînée dans la cuisine et lui a posément expliqué : « C'est à vous de décider. Jusqu'à quel point vous pouvez la voir souffrir. Combien de temps doit durer ce voyage. » Puis elle a désigné d'un regard appuyé le flacon de morphine sur la table. « Vous comprenez ce que je veux dire ? » a-t-elle demandé d'une voix douce, et Deb a acquiescé d'un signe de tête. Elle comprend.

La décision leur appartient donc : à elle, à Danny et à Vale.

Tous deux se sont éclipsés il y a une heure ou plus, et ils ne sont toujours pas rentrés. Deux cousins. Deux amis. Elle se félicite qu'ils soient là l'un pour l'autre au moment où le monde se transforme en autre chose.

Et elle, qui aura-t-elle ? Elle se ressert un verre de vin, pense à Stephen et à la part d'ombre qu'il devait porter en lui. Cette souffrance muette. Cela fait du bien d'atteindre la soixantaine, conclut-elle. Les portes s'ouvrent. Les oiseaux entrent ou sortent d'un coup d'ailes. La lumière du tableau frémit. La musique prend une autre portée, plus essentielle, plus chimérique.

« Stephen », chuchote-t-elle dans l'obscurité. Dans cette pièce où il a grandi. Et qui lui ressemble. « La vie devient meilleure. Moins âpre. Je regrette que tu ne sois pas là pour le découvrir avec moi. » La souffrance se fait plus discrète, songe-t-elle. Elle s'émaille de lumière.

Mais Stephen est parti depuis longtemps. Voilà vingt-cinq ans qu'elle vit seule. Avec qui fera-t-elle l'amour durant la seconde moitié de son existence ? Pourquoi pas le conducteur du chasse-neige municipal, tiens. Oh, comme elle aimerait jouir à nouveau. Faire l'amour avec Stephen dans le lit conjugal, leur fils endormi au-dessus d'eux. Elle attendait depuis tant d'années le retour de Danny pour se sentir entière, et maintenant qu'il est là, elle se sent encore seule.

Elle laisse retomber sa tête sur les coussins du canapé. « Il n'est jamais trop tard pour avoir envie de ça, lance-t-elle à Hazel, dont les paupières tressaillent. Jamais trop tard pour apprendre à désirer. » A-t-elle trop bu ? Elle sortira mardi prochain, après le travail. Elle ira au bar et restera là, comme elle le faisait à dix-neuf ans, fraîchement douchée, cherchant une aventure d'un soir. Elle demandera à Ginny de l'accompagner. Elle éclate de rire, un rayon de lune en travers du visage, sur ses pommettes. « Jamais trop tard pour avoir envie de ça », répète-t-elle tout bas.

Hazel prend une profonde inspiration, roule légèrement sur le côté, expire. Ces pommettes, pense Deb. « Puisse ce dernier voyage être paisible », dit-elle à haute voix, se levant et s'approchant de la vieille dame, prenant sa main dans la sienne.

Danny

2011

19 décembre

Danny est debout devant la porte de la ferme où Hazel, sa grand-mère, agonise, et où sa mère – d'âge mûr, magnifique, un peu voûtée – est assise avec une bouteille de vin qu'elle boit seule. Il la voit par la fenêtre de cette maison qui abrite les siens depuis une éternité, et qui continuera de les abriter. La maison où Marie, son arrière-arrière-grand-mère, s'est installée alors que la culture dont elle était issue sombrait dans le silence et l'oubli, disparaissait parmi les arbres.

Elle est vraiment belle, sa mère. Sereine. Elle n'en a pas encore fini avec la vie – avec sa vie. La tête renversée en arrière, les yeux fermés, cachant cette ardeur qu'il avait oubliée. Elle lui parlait de tout. Il revoit les films français, russes, italiens et scandinaves qu'elle lui montrait quand il était enfant. Jean Seberg, Brigitte Bardot, Ingrid Bergman. Les larmes qu'elle laissait couler sans honte. Son rire et ses pas de danse.

Ces films les sortaient du silence dans lequel ils vivaient depuis la mort de Stephen. Danny se reconnaissait dans tous ; chacun d'eux lui offrait une version de lui-même, lui ouvrait un chemin vers l'avenir par le truchement d'un paysage, d'un train, d'un livre ou d'un corps. Ces films lui assuraient qu'il s'en sortirait, lui aussi. Que la souffrance rend plus sage. Que si certains ne s'en sortent pas – tel son père –, ce n'est pas faute de mérite, mais parce que leur souffrance est trop immense. Voilà tout. Grâce à ces films, il a pardonné à son père. Il a aimé sa mère et les femmes comme elle – ces héroïnes au sang chaud, ces survivantes.

Comme Vale.

Grelottant dans le noir, il contemple sa mère par la fenêtre. L'époque où il avait besoin de s'éloigner de ceux qu'il aime est révolue, songe-t-il.

Il tape des pieds pour faire tomber la neige de ses bottes et entre. La vaisselle est faite, de la vapeur d'eau s'échappe d'une bouilloire sur la cuisinière. Il met des sachets de menthe dans deux tasses, y verse de l'eau bouillante, en apporte une à Deb.

Elle ouvre les yeux sur le canapé et sourit. « Danny, dit-elle, tapotant le coussin près d'elle, prenant la tasse à deux mains. Merci. Quelle heure est-il ? »

Il s'assied à côté d'elle. « Deux heures du matin. »

Elle pose la tête sur son épaule et referme les yeux. « Je suis si heureuse que tu sois de retour.

– Et moi heureux d'être là.

– Vraiment ? Pas trop éprouvant pour toi, cet endroit ? »

Danny regarde le corps frêle de Hazel sur le lit près de la fenêtre. Sa poitrine qui se soulève doucement. Et retombe. « Si. Très éprouvant. Et terrifiant. »

Deb hoche la tête. « Tellement d'absents, hein ? Et ce foutu isolement. »

Danny sirote sa tisane. « Oui. Les absents et l'isolement. Dis-moi, maman… »

Deb rouvre les yeux. Le dévisage.

« Tu étais au courant, pour Lena et Lex ?

– Vale me l'a appris il y a peu.

– Incroyable, non ? » Il lui décrit la cabane de Lena : les pierres, les plumes, les photos punaisées sur le mur, ce dessin représentant un violoneux et son amoureuse avec ses nattes. LW + LS.

« Ça change tout, non ? murmure-t-elle.

– Oui, répond Danny. Tout et rien à la fois.

– Tu as raison. Que peuvent de vieilles histoires, à ce stade ? »

Deb prend la main de son fils dans la sienne. Elle ferme à nouveau les yeux et il sent qu'elle s'abandonne au sommeil.

Il se souvient d'une nuit – il avait quoi ? huit ou neuf ans ? – où son père était monté le réveiller en lui secouant l'épaule. « Une aurore boréale, avait-il chuchoté. Viens voir. » Il avait pris Danny par la main et lui avait fait descendre l'échelle, lui avait mis un bonnet sur la tête, des bottes aux pieds, un anorak sur les épaules. Dehors, il gelait – une quinzaine de degrés en dessous de zéro, peut-être même moins.

Puis Stephen avait pointé le ciel du doigt. « Regarde ! »

Danny n'avait encore jamais rien vu de pareil : le ciel devenait bleu, violet, rose, vert. Des couleurs à l'éclat presque artificiel, entre les cimes des sapins du Canada, des épicéas et des pins.

C'était plus beau que tout ce qu'il avait pu imaginer. Et plus étrange aussi. Les joues glacées, il avait recroquevillé les doigts à l'intérieur de ses moufles, blotti son corps contre les jambes de son père, écouté sa respiration régulière dans la nuit noire.

« On devrait montrer ça à maman, tu ne crois pas ? » avait-il demandé au bout de quelques minutes, et comme Stephen approuvait, il était rentré réveiller Deb.

« Oh, quelle merveille ! » s'était-elle exclamée sur le pas de la porte, enveloppée dans la parka de Stephen, marchant vers lui, et Danny s'était retrouvé debout entre leurs deux corps – cet homme et cette femme qu'il aimait plus que tout au monde –, formant un pont entre eux avec ses bras, tandis qu'ils admiraient en silence ce spectacle troublant et sidérant, fait de gaz et de lumière.

Il aime penser à eux ainsi, toujours, ses parents.

Il niche sa tête au creux de l'épaule de sa mère et ferme les yeux. Laisse à son tour son corps s'abandonner au sommeil.

Vale

2011

20 décembre

Vale est seule dans la caravane quand elle reçoit un appel de la police. Le chien d'un fermier a rapporté une chaussure de sport, une Reebok blanche qui correspond à la description de celles que portait Bonnie. Elle a été trouvée dans un champ en bordure de la rivière à l'est, à trois ou quatre kilomètres en aval du pont. Un inspecteur s'est rendu sur place, mais n'a rien découvert d'autre. « Impossible d'affirmer que cette chaussure est bien la sienne, déclare la femme au téléphone. Elle correspond aux descriptions, mais ce n'est pas une preuve formelle… »

Vale pense aux corps retrouvés après Katrina, décrits par Moe et Monty : boursouflés, dégageant une odeur terrible. Et elle pense aux coyotes. Aux coups de bec des buses. Aux corneilles noires.

« Non, en effet. On ne peut rien affirmer », réplique-t-elle. Elle a envie de vomir. Le pré est silencieux et immobile autour d'elle : couvert de gelée blanche. Sa tasse de café lui brûle les mains.

Au poste de police, on la fait entrer dans l'arrière-salle où elle avait visionné la vidéo. La chaussure est posée sur une pile de journaux. Du 37 : la pointure de Bonnie. Imprégnée d'humidité et pleine de boue. Déjà moisie.

Vale voudrait tomber à genoux. Elle voudrait saisir cette chaussure et la lancer contre une vitre.

« Je peux ? » demande-t-elle, prenant la Reebok, revoyant les ossements blanchis, tachetés de gris, alignés sur l'appui de fenêtre de Lena.

« Bien sûr », répond la femme.

Froide, humide, de la longueur de sa main : on dirait à peine une chaussure. Vale a la sensation de tenir une créature blessée. Elle se souvient du rêve qu'elle a fait dans la cabane de Lena : l'oiseau de la grange, mort, dans ses mains.

« Je peux la garder ? »

La femme fixe quelques instants la basket, puis jette un coup d'œil vers la porte. « Bien sûr », dit-elle doucement, tendant à Vale un sac en plastique et lui donnant l'adresse de l'exploitation agricole où elle a été retrouvée.

« Merci. » Le sac sous le bras, Vale se dirige vers la porte, fourrant les mains dans ses poches pour les empêcher de trembler.

Le pont sur lequel sa mère se tenait pendant la tempête a été réparé avec des plaques de béton et des poutrelles d'acier, mais si l'on se poste en son centre, comme le fait Vale à présent en s'arrêtant sur le trottoir étroit, et qu'on regarde en contrebas, on peut voir les vestiges de l'ancien pont : un enchevêtrement monstrueux de piles en béton fissurées et d'acier peint en vert. Il neige légèrement, et Vale relève le col de son blouson, tire sur les manches. Les voitures roulent lentement, phares allumés.

Vale rejoint l'autre extrémité du pont et descend tant bien que mal sur la berge, glissant sur le sol gelé et les rochers couverts de neige. Elle longe la rivière vers l'aval au moins une heure durant, laissant derrière elle les jardins, les zones industrielles à l'abandon, scrutant les monceaux de détritus emportés par la crue. Au confluent de la rivière et du fleuve Connecticut qui charrie ses eaux vers l'océan, elle oblique vers le sud et parcourt environ cinq cents mètres avant d'atteindre le champ où la chaussure a été découverte.

Elle inspecte la rive, donne des coups de pied dans les tas de feuilles mortes.

Alors qu'elle s'apprête à faire demi-tour, elle tombe sur la carcasse d'un cerf. Un mélange de peau, d'os et de poils, coincé sous des branchages.

« Non », lâche-t-elle en s'approchant, écartant les branches avec ses mains gelées : une cage thoracique, des lambeaux de chair pareils à du cuir tanné, couleur caramel, et, soudain, un crâne.

« Pas humain, en tout cas », dit Vale à voix haute, pour elle seule, le cœur battant à tout rompre.

Elle reprend son souffle. Examine cette carcasse. Ce n'est pas Bonnie.

Elle s'assied au bord de l'eau, la tête de cerf entre ses doigts gourds.

« Ma mère est morte », déclare-t-elle.

Puis elle le hurle : « Ma mère est morte ! »

Elle voit d'ici un cadavre emporté par le courant, jusqu'à l'océan.

Bonnie, qui lui apportait une tasse de thé au lit le matin, quand elle était petite. Les lèvres toutes douces de sa mère sur sa joue. Un murmure de fumeuse, aux relents de café : « Je t'aime. »

Le cadavre de Bonnie convertie à l'amour de Jésus, ses globes oculaires arrachés par les corbeaux et les corneilles. Sa peau transformée en flaques de graisse et de cuir sombre.

Vale regarde la rivière, calme, large et élégante, presque sacrée, s'écouler devant elle.

« Bonnie », souffle-t-elle.

Elle ignorait qu'une telle douleur était possible.

« Elle est morte, lance-t-elle en poussant la porte de la chambre de Neko, et je ne la retrouverai jamais. » Elle grelotte dans ses vêtements humides, couverts de neige.

Elle va s'allonger sur le lit. Ferme les yeux et voit Bonnie sur le pont, toute de blanc vêtue, les bras en croix. Voit son corps enfoui à cinq ou six mètres sous un barrage.

Neko lui apporte des couvertures. Du thé. Puis il s'assied près d'elle, sans un mot. Tremblant encore de tous ses membres, elle lui parle de la chaussure. De la carcasse de cerf. Elle ne respire pas normalement. Trop vite, pas assez. « Allez vous faire voir, toi et ta mère qui t'aime », marmonne-t-elle, les paupières closes, incapable d'empêcher son corps de trembler. « Va te faire voir, toi et ton putain de métier. »

Neko pose une main sur sa jambe. Baisse la tête. « Vale, écoute...

– Va te faire voir. » Elle chuchote ces mots, puis elle les crie. Se déchaîne entre les draps, sanglote, Neko toujours assis près d'elle.

Elle le déshabille. Il la déshabille. Son esprit se débat avec toutes sortes d'images : la carcasse du cerf en décomposition, des cadavres d'enfants en Irak et celui de Bonnie, emporté vers le large. Neko pose les lèvres sur son mamelon, glisse ses doigts en elle, et elle retient son souffle. Traversée par une interminable douleur.

« Neko..., murmure-t-elle plus tard, sa respiration apaisée, son corps détendu.

– Oui ?

– Pourquoi tu repars là-bas ? »

Il prend une profonde inspiration, jette un coup d'œil par la fenêtre – quelques flocons de neige tombent encore – et répond à voix basse : « Le seul espoir de faire comprendre aux gens la réalité de la guerre est de la leur montrer. » Il lui rappelle les 45 000 victimes irakiennes, dont 3 900 enfants. Certes, les États-Unis ont officiellement retiré toutes leurs troupes au sol, mais les violences sont loin d'être terminées. « Il faut que les gens le sachent. »

Vale ramasse le chapeau de Lena sur le sol et le brandit devant ses yeux. « Tu as raison », dit-elle, avant de le lancer à travers la pièce.

Neko s'approche d'une pile de photos sur la table et lui en tend une. Un cliché de dix centimètres sur quinze représentant la grange détruite de Cedar Street, une vue en contre-plongée des poutres à terre, qui se détachent sur un ciel gris acier telles les côtes d'une cage thoracique.

On dirait une église. De celles où Vale accepterait d'assister à un service : inondées de lumière, poreuses. « J'ai pris cette photo il y a quelques jours. Pour toi, précise Neko.

– La grange de Bonnie. » Vale se redresse et la prend. Quelle beauté ironique peuvent avoir les décombres, songe-t-elle. Des tons rouille, brun foncé, un vol d'oiseaux s'élevant au-dessus des fils électriques. Elle pense à « Bird on the Wire » de Leonard Cohen – un oiseau sur le fil –, et à cette célèbre phrase qu'il a écrite sur les fêlures par lesquelles entre la lumière. Elle pense à Danny reprenant ces deux chansons dans le grenier à foin comme si elles étaient paroles d'Évangile, huit ans après la mort de son père.

« Vale ?

– Oui ? répond-elle, surprise, en le dévisageant.

– Je reviens toujours, dit-il en la regardant droit dans les yeux, sans ciller. Je voyage beaucoup, c'est vrai, mais je suis aussi fidèle qu'un foutu chien. »

Il enfouit son visage dans les cuisses de Vale. « Je t'aime, Vale. Pour moi, ce n'est pas un jeu. Tu le sais ?

– Je le sais, oui. » Elle pose les mains sur la tête de Neko, la joue contre ses cheveux. Puis elle se tourne vers la fenêtre, vers la lumière qui filtre lentement à l'intérieur. « Pour moi non plus, ce n'est pas un jeu. »

Deb, Danny, Vale

2011

21 décembre

« Avis de tempête », annonce la radio, conseillant une fois encore de remplir d'eau baignoires et jerrycans, de stocker bougies, piles et torches électriques. On prévoit un ou deux centimètres de verglas, peut-être plus. De nombreuses coupures de courant, des routes dangereuses, des chutes d'arbres.

Bien sûr, se dit Vale. La tempête d'après. De quelle gravité ? La véritable apocalypse, ou un point lumineux supplémentaire sur les radars ? Comment savoir ? Elle espérait voir Neko ce soir, le ramener ici pour dîner avec Deb et Danny, mais les routes sont déjà trop glissantes, les bois infranchissables.

Elle lui envoie un texto : « Route verglacée. Reste au chaud. » Pourtant elle a envie de le voir. Envie de l'entendre rire. De poser la main sur son torse et de lui embrasser la poitrine.

Elle enfile la robe en soie de Bonnie sur son jean. « C'est la robe de ma mère morte », dit-elle à la photo de Lena sur la cloison de la caravane, s'entraînant à prononcer ces mots, essayant d'atténuer leur morsure.

Et dire qu'on s'apprête à fêter le solstice d'hiver. Elle pense aux rues étouffantes de La Nouvelle-Orléans ; la voix de Shante lui manque en cette nuit la plus longue de l'année. Elle met le feutre de Lena, passe le chapelet de Bonnie autour de son cou. « C'est celui de ma mère morte », dit-elle à Marie. Elle se maquille les yeux avec du fard à paupières argenté et bleu – en l'honneur de Hazel –, met du rouge sur ses lèvres. La nuit la plus longue de l'année. Une tempête de glace. Une fête ! Elle choisit ses bottes les plus chaudes, sa veste la plus épaisse, et va chercher le champagne qu'elle a acheté trois jours plus tôt. Alors qu'elle s'apprête à partir, elle aperçoit la chaussure de sport de sa mère sur le plan de travail. Un autel dont la vue lui est insupportable. Elle la glisse dans un sac en papier qu'elle cale sous son bras, puis se met en route pour la maison de Hazel.

Elle doit casser la glace à coups de talon pour ne pas glisser, peine à atteindre le haut du champ. Mais s'il y a bel et bien une tempête, c'est dans cette maison qu'il faut être. À combien de cataclysmes a-t-elle survécu ? Et puis n'est-ce pas ce que les gens ont toujours fait dans les heures sombres, et continueront à faire : se rassembler ?

Dans la vieille maison, Danny a rempli d'eau la baignoire et les anciens bidons à lait dans la remise à bois, puis regroupé les torches électriques et les bougies.

« Des cadeaux classiques pour faire la fête, dit Vale, posant sur la desserte la bouteille de champagne et la chaussure de Bonnie. Joyeux solstice d'hiver !

– Joyeux solstice à toi », répond Danny, la main sur le bras de Vale. Elle lui a parlé de la chaussure le matin même.

Elle débouche le champagne, le sert dans trois pots à confiture en y ajoutant quelques brins de lavande séchée qu'elle avait dans sa poche, en donne un à chacun. Deb de son côté garnit une assiette de pommes et de fromages affinés venus de l'autre bout du monde. Les yeux fermés, Danny hume le champagne. Son beau visage de toujours, pense Vale en l'observant. Son cousin à la fois rayonnant et torturé – qui se donne trop de mal pour faire le bien.

« À la vôtre ! » lance-t-elle, et ils trinquent.

Puis ils passent à table et dégustent leur champagne. La radio est réglée sur une station de country. Danny leur décrit les fêtes au Guatemala, les bals qui se prolongent toute la nuit sur le *zócalo*. « Les gens sont tellement plus solitaires, ici, déclare-t-il. La malédiction du puritanisme et de l'esprit d'indépendance de la Nouvelle-Angleterre. »

Il jette un coup d'œil à Vale, lève à nouveau son verre et dit doucement : « À notre héroïne : Bonnie.

– À Bonnie », répète Vale tout bas. La pluie crépite sur le toit et contre les vitres. Les branches des arbres se courbent jusqu'à terre.

« À Bonnie, reprend Deb. Et à Hazel. »

Sa respiration leur parvient de la pièce voisine où elle est endormie. Lente et affaiblie. Elle n'a pas ouvert les yeux depuis vingt-quatre heures. Toutes les trois heures, Deb lui redonne de la morphine, et aussitôt son corps se détend. Retrouve un certain bien-être. En un clin d'œil on passe de la présence à l'absence, songe Vale, l'observant par la porte ouverte.

Un craquement retentit au-dehors – une grosse branche s'est cassée sous le poids du gel – et la lumière clignote, puis s'éteint complètement. La radio se tait.

« La voici, annonce Vale. La nouvelle grande tempête. »

Deb se lève, allume les bougies qu'ils ont disposées sur la table, puis une vieille lampe à pétrole qu'elle va mettre au chevet de Hazel.

« Bien sûr, déclare Danny, se roulant un joint et le glissant entre ses lèvres, le réchauffement climatique va provoquer des changements, et une extrême pauvreté. Peut-être ces bois sont-ils le meilleur endroit où se réfugier. Où revenir aux anciens modes de survie. »

Il tend le joint à Vale, qui tire doucement dessus. L'avenir se délite, et le présent aussi. Elle recrache la fumée et leur parle de ce dicton dans le cahier de Lena : « Près du mal se trouve le remède. » Le mal : la guerre, les addictions, les tempêtes, le corps de Bonnie entraîné par le courant. Quel est le remède, dans ce cas ? Elle pense au savoir et à la présence au monde de Marie et d'Adele – à leur vision de nos vies humaines comme appartenant à un grand tout plus vaste et plus sauvage.

« Marie nous serait bien utile. On a grand besoin aujourd'hui de son savoir. »

Ils restent assis, attentifs au bruit de la pluie qui gèle

sur le toit ; au souffle irrégulier de Hazel, aux lueurs des bougies qui dansent sur les murs. Vale tend le joint à Deb qui le prend entre l'index et le majeur, retient son souffle, hausse les épaules : « Pourquoi pas ? »

Deb n'a jamais été une fumeuse de joints. Même dans cette communauté hippie et à l'université, ce n'était pas son truc. Elle n'a jamais aimé la sensation de perdre pied avec la réalité. Mais durant la nuit la plus longue de l'année, cela paraît une bonne chose, près du poêle de la cuisine, avec les deux personnes qu'elle aime désormais le plus au monde – Danny et Vale, des survivants –, tandis qu'au-dehors tout craque et scintille. Danny et Vale. Ils sont l'avenir – ce sont eux les héritiers de Heart Spring Mountain. Des êtres neufs : sages, sauvages, désintéressés. Ont-ils trahi ou libéré leurs ancêtres puritains ? Et les enfants de Danny, ceux de Vale : qui seront-ils, et de quel monde hériteront-ils ? Y aura-t-il des fruits pour les petits-enfants, encore à naître, de Deb, dans cette région où les hivers sont devenus si imprévisibles ? Trop de neige ou pas assez. Chaleur en décembre et gelées tardives qui anéantissent les récoltes. Printemps trop secs, et les étés qui le sont encore plus. Y aura-t-il toujours de l'eau potable ? Le monde deviendra complètement différent de ce qu'il est aujourd'hui, et elle souffre de savoir qu'elle ne sera plus là pour sauver ceux qu'elle aime.

« Passe-moi le joint, maman », demande Danny avec un sourire qui illumine et réchauffe le cœur de Deb. Ce visage expressif aux yeux verts, comme Stephen. Et comme Lex, le grand-père violoneux qu'aucun d'entre eux n'aura connu.

Danny tire une nouvelle bouffée, se lève et prend le portable de Vale sur le plan de travail. « C'est de la musique qu'il nous faut, les amis ! » Il met « 5-10-15 Hours » de Ruth Brown. « Ruthie ! » s'exclame-t-il, esquissant un slow. Vale sourit, pose son verre et le rejoint.

« Danse avec nous, maman », dit-il, tendant le bras à Deb pour l'aider à se lever de sa chaise. Et Deb danse elle aussi. Elle se sent ridicule dans cette cuisine, avec son corps fatigué et ses chaussettes en laine, à se déhancher près du poêle. La musique, mon Dieu – n'a-t-elle pas un pouvoir ? Une maison ne la reconnaît-elle pas elle aussi ? Ne se laisse-t-elle pas combler, griser, briser et réparer par la musique ? Deb sent son chagrin pour Bonnie et pour Hazel la traverser, trouvant un exutoire dans chaque recoin de son corps.

Quand la chanson se termine, Vale attrape son portable et met « Partytime » de Missy Elliott. « Exactement ce qu'on aurait pu entendre dans cette même cuisine il y a cinquante ans », s'amuse Danny, déplaçant ses pieds nus et bronzés sur les lames de pin. Les bras en l'air, les paupières closes, Vale roule des hanches au rythme syncopé de la chanson.

Deb rit, mais avec un énorme pincement au cœur. Quelles splendides créatures, pense-t-elle, servant une deuxième tournée de champagne, regardant onduler les corps jeunes et beaux de Vale et Danny. Au même instant, un nouveau craquement au-dehors ébranle toute la maison, faisant presque vaciller la flamme des bougies.

On lui passe le joint une nouvelle fois, et Deb s'assied pour tirer encore une bouffée, avec la certitude soudaine qu'ils ne sont pas seuls dans cette pièce. Hazel est là avec eux, bien sûr, mais une Hazel plus jeune, dans un tablier à fleurs et une ample robe de coton, sortant du four un pain tout chaud. Lena est là elle aussi – la grand-mère de Vale –, avec sa longue chevelure et sa chouette borgne sur l'épaule. Assise dans l'angle, elle bat la mesure du bout de son pied et chantonne. L'oiseau cligne de son œil unique, puis le ferme.

Et voici Lex qui les accompagne avec son violon, marquant le rythme de son pied gauche avec la force d'un instrument à percussion. Quelle assemblée !

Mais il y a quelqu'un d'autre, Deb en est certaine. Stephen, qui s'avance vers elle. Le Stephen qu'elle avait aimé au premier coup d'œil – âgé de vingt-trois ans. En jean et chemise de flanelle râpée. Stephen au cœur trop tendre, jamais sûr de lui. Le voilà derrière elle. Elle reconnaît d'abord son odeur. Sa chaleur. Le contact de la laine. Il se penche et l'enlace. Approche ses lèvres de l'oreille gauche de Deb – cette moiteur excitante de sa bouche, le piquant de sa barbe – et lui souffle : « Bonsoir. »

Elle ferme les yeux. Pousse un long soupir, qu'elle retenait depuis des années.

Mais Danny l'appelle, lui fait signe de se lever, de se remettre à danser, et elle lui obéit. Tous sont à nouveau réunis : Danny, Deb, Vale, Stephen, Lena, Lex, Hazel. Avec leur plus beau visage, le plus radieux, celui de leur jeunesse. Leur absence de peur et d'inhibition. Ils éclairent la nuit, jouent des coudes, sautillent sur place, tandis que les arbres ploient sous la glace. Tandis que le monde se délite, ils sont tous là à danser, avec cet amour et cette joie.

« Ne t'arrête pas maintenant, maman. » Danny lui tend les bras, et elle danse le two-step avec son fils. Ils heurtent une chaise de Hazel, une antiquité au moins vieille d'un siècle, la rattrapent à la dernière seconde, puis repartent en sens inverse et percutent le réfrigérateur. Deb rit si fort qu'elle a peur de faire pipi dans sa culotte, ou de fondre en larmes. De leurs bras, ils forment un cercle au-dessus de la tête de Vale – dansent en rond autour d'elle –, et celle-ci, mains levées vers le plafond, paupières closes, sourit. Deb se dit : Voilà la solution. Voilà comment affronter la fin du monde – la tête à l'envers. En dansant. En riant.

La chanson se termine et Vale en choisit une autre. « I Wish I Knew How It Would Feel to Be Free », de Nina Simone. La chanson préférée de Deb, qui s'immobilise, le cœur cognant contre ses côtes, la respiration plus lente, avant de se laisser tomber sur sa chaise. Si Dieu avait une voix, songe-t-elle, ce serait celle de Nina Simone. Danny prend Vale dans ses bras et ils entament un slow, son visage à elle contre sa poitrine à lui, Vale avec le sourire aux lèvres, heureuse en cet instant, et Deb s'étonne qu'elle ait les larmes aux yeux.

Vale mérite tellement de connaître le bonheur.

Les danseurs se séparent, Danny vient s'asseoir près de sa mère et Vale continue à danser, seule au centre de la pièce. Les yeux clos, le front plissé. Bougeant les bras au ralenti – une vision grisante. Elle possède un don, pense Deb. Celui de s'exprimer avec son corps. Accompagnant ainsi le piano de Nina Simone. Ses silences, ses percussions. Accompagnant de son corps cette voix qui lui chante à l'oreille, presque une plainte – une voix dont le timbre semble, momentanément, tous les libérer.

Hazel

2011

21 décembre

Elle entend leurs rires. Leurs pas sur le plancher. Cette musique affreuse.

Aucun d'eux ne remarque la femme qui entre par la fenêtre : cheveux noirs, visage fin, yeux humides.

Hazel sent d'ici son odeur. De boue ? De fumée de cigarette ? D'urine ? Qui est cette femme, et pourquoi est-elle là ? Elle sent aussi mauvais qu'un animal malade, qu'une vache mourante au fond de la grange. Ses vêtements sont mouillés et pleins de boue.

Hazel scrute le visage qui se rapproche d'elle. Les pommettes de cette femme lui sont si familières. Ses yeux pareils à ceux d'une biche : noirs et tendres.

Elle vient au chevet de Hazel et s'assied près d'elle sur le tabouret. Hazel la fixe. Qu'est-il arrivé à son visage ? Des croûtes sur les joues, comme si elle s'était grattée. Des boucles de cheveux noirs autour de son front, de ses joues et de ses oreilles.

Hazel jette un coup d'œil vers la cuisine, à Deb, à Danny et à Vale en train de faire les fous au son de cette musique insoutenable. Pourquoi ne voient-ils pas cette femme entrée par effraction dans la maison ? Hazel voudrait les appeler, mais sa langue refuse de bouger. Elle a la bouche sèche. Est incapable de déglutir. Cette femme ressemble plus à un fantôme qu'à un être humain. Elle pose la main sur celle de Hazel, et Hazel la laisse faire. Une main bien chaude. Remarquablement chaude. De beaux petits doigts – presque de la taille de ceux d'un enfant. Pourquoi ces cernes si noirs sous ses yeux ? D'où viennent ces cicatrices le long de ses bras maigres, sous les manches de son sweat-shirt ? Et ce sweat-shirt : blanc, avec un écusson à l'effigie d'un loup sur le devant, et souillé de traînées marron. L'eau croupie des marécages.

Oh… Pendant un long moment, Hazel ne peut plus respirer, mais voilà que son souffle revient, volcanique, que sa poitrine s'emplit à nouveau d'air. Bonnie, c'est Bonnie.

Elle est de retour. Hazel referme ses doigts sur ceux de Bonnie. Les serre aussi fort qu'elle le peut, concentre tous les muscles de son corps. Bonnie, qui était portée disparue. Hazel s'en souvient, maintenant : une tempête. De ses lèvres et de sa langue sèches qui ne veulent pas bouger, Hazel articule : « Bonnie. »

Cette femme lui sourit. Un sourire radieux – un rayon de soleil. « Bonsoir, chuchote-t-elle. Comment vas-tu ? »

Hazel essaie de répondre qu'elle a peur, mais aucun mot ne vient. Pourquoi les autres ne voient-ils rien ? Quel vacarme dans la cuisine ! Ces corps ridicules, ces sons agressifs.

Bonnie, pense Hazel, serrant cette main dans la sienne. L'enfant sauvage qui courait pieds nus dans le jardin, s'accroupissait pour faire pipi sur les pervenches de Hazel, hurlait en voyant une vache et se barbouillait de confiture. L'enfant sans mère à qui Hazel apprenait à cueillir les mûres, à ramasser les œufs et à écosser les petits pois.

« Il fait froid, ici, dit Bonnie en riant. Quelle horreur. »

Hazel se cramponne à cette main. Les terres ne sont pas le problème, pense-t-elle. Elles iront à ce bébé, à cette petite fille aux jambes potelées.

Bonnie se penche et embrasse Hazel sur le front. « Dors bien », murmure-t-elle. Son odeur aigre envahit tout. Elle lâche la main de la vieille dame, se dirige vers la fenêtre.

Hazel voudrait tendre le bras vers elle, la rappeler. Mais les mots ne viennent toujours pas. Bonnie se glisse au-dehors et referme la fenêtre derrière elle.

Quelle lumière. Quelle panique. Oh, mon Dieu. Quelle lumière ! Une douleur surprenante. Hazel tend les mains vers les draps. Quelque chose est en train de s'ouvrir.

Bonnie

2011

28 août, 16 heures

Elle regarde la rivière en crue, tumultueuse, et toutes ces choses qu'elle charrie en contrebas, arrachées à la berge : des branchages, des tonneaux, une botte en caoutchouc vert, des arbres, un frigo. Elle cligne des yeux, incrédule. Éclate de rire.

« Putain que c'est beau ! » s'écrie-t-elle, le son de sa voix couvert par les flots.

Elle revoit la ferme où elle a grandi, à une quinzaine de kilomètres en amont, à la source de cette rivière et de ce qu'elle recèle. « Purifie-nous tous », lui souffle-t-elle, les bras tendus vers ses eaux tourbillonnantes. Elle n'entend que leur rugissement. La pluie lui trempe le visage, les cheveux, transperce son sweat-shirt, son pantalon, ses baskets blanches. La tête en arrière, offerte, elle affronte cette pluie. Si fraîche, presque pétillante ! Elle regrette que sa fille ne soit pas là pour la voir. Pourquoi tu n'es pas là avec moi, Vale ? Bonnie entend le craquement de quelque chose qui se brise. Elle baisse les yeux : le béton ondule sous ses pieds. Une forme noire est emportée par les flots. Des ailes – un gros oiseau. Un corbeau ? Un faucon ? Une chouette ? Sa mère en avait une. Otie. Bonnie rit rien que d'y penser. Sa mère et sa chouette. Mais que se passe-t-il ? Une décharge électrique la traverse. Le sol tremble sous ses pieds. Encore un craquement pareil à un coup de tonnerre. Mais que se passe-t-il, mon Dieu ? Jésus a dit : « Aimez-vous les uns les autres, car l'amour efface une multitude de péchés. » Voilà la vérité, se dit-elle en contemplant les eaux sous ses pieds. Le pont craque de partout, se casse en morceaux, mais le corps de Bonnie ne tombe pas. Il ne s'écrase pas avec le béton dans les flots. Au contraire, elle marche jusqu'à l'autre rive. Jusqu'à la terre ferme. Cette terre noire et fraîche qui la porte. Les bras en croix. Le sourire aux lèvres. Laissant échapper un gloussement strident. L'amour de Jésus bat dans sa poitrine et partout ailleurs. Elle se retourne et voit le pont s'écrouler, s'effriter, se désintégrer, ses garde-corps peints en vert et ses piles de béton disparaître dans l'écume blanche. De l'eau pure ! « Celui qui boira l'eau que je lui donnerai n'aura plus jamais soif. » Vale, mon bébé, pense Bonnie en riant. J'ai toujours adoré cette foutue pluie.

Vale

2011

21 décembre, 23 heures

Un craquement au-dehors, comme un coup de tonnerre. Vale jette un coup d'œil par la fenêtre et voit qu'une énorme branche s'est abattue à moins d'un mètre de la maison. Elle tourne les talons et va dans le salon vérifier l'état de Hazel. Un silence inhabituel règne dans la pièce.

« Hazel ? » chuchote Vale en s'approchant d'elle. Elle cherche sa main, lui prend le poignet.

Pas de pouls.

Elle pose la paume sur sa poitrine : pas de respiration.

« Elle est partie ! » crie-t-elle en direction de la cuisine, le corps traversé de douleur.

Elle n'avait encore jamais tenu une main sans vie. Et elle n'avait jamais non plus tenu la main de Hazel. Ces longues mains couvertes de taches de vieillesse. Ces veines gonflées, où stagne le sang encore tiède. « Hazel ? » répète-t-elle tout bas, le souffle coupé.

Les vers. Les abeilles. Les corneilles noires. Un bain de minuit.

Deb et Danny accourent de la cuisine. « Oh », lâche Deb, posant à son tour la paume sur la poitrine de Hazel. Danny est debout derrière elle, une main sur la jambe de sa grand-mère.

« On ne devrait pas chanter ? » demande Deb au bout de quelques minutes, les larmes roulant sans bruit sur ses joues, et comme Vale et Danny acquiescent, elle entonne les paroles de Nina Simone qui résonnent encore à leurs oreilles – *I wish I knew how it would feel to be free*, « j'aimerais savoir ce que c'est de se sentir libre » –, d'une pertinence presque absurde. Vale et Danny se mettent à chanter avec elle.

La voix de Vale se brise souvent – elle a du mal à respirer. « Je suis là avec toi, Hazel », murmure-t-elle.

Et c'est vrai : elle est là. Elle qui a si longtemps manqué de racines. Elle est là maintenant. Et pose son visage contre la poitrine de la vieille dame.

Elle se lève, se couvre pour sortir, et prend la Reebok blanche restée sur la table de la cuisine. Dehors, les arbres sont enveloppés de plus de deux centimètres de glace. Il n'y a pas de lumière – ni étoiles ni lune. Vale longe l'allée tant bien que mal. Elle entend les craquements des branches dans les bois ; la pluie, la neige et la glace fondues dégoulinent dans le col de sa veste. Soudain elle dérape et se retrouve sur les fesses, se relève et se laisse glisser le reste du chemin.

En bas de l'allée, près du pont qui enjambe Silver Creek, elle marque une pause puis s'avance au milieu. Elle reste là un long moment, sentant la pluie geler sur ses joues, sur ses cils, se mêler à ses larmes.

Elle brandit la chaussure à la hauteur de son épaule. « Tu es libre, Bonnie ! » hurle-t-elle dans ce vent et cette pluie. Autour d'elle les branches se tordent, tremblent et se brisent. Elle jette la Reebok dans les flots, où elle tournoie quelques instants, entraînée par un tourbillon, avant de disparaître en aval.

Elle porte ses mains à son cœur, sent l'eau gronder sous ses pieds. Soudain, un hululement dans les arbres sur les hauteurs, près des marécages. Une chouette rayée – *Ouh-ouh, où cours-tu ?* –, et Vale rouvre les yeux, éclate de rire. « Cette foutue Bonnie, bien sûr », dit-elle, immobile, scrutant les bois en amont. Une chouette : la mort de quelque chose et la naissance d'autre chose.

Bonnie pose sa joue humide contre celle de Vale et sourit. Lui chuchote à l'oreille, les lèvres couvertes de sable : « Une maman est une usine à fabriquer de l'amour. »

Avec le chapeau de Lena, Vale adresse un salut aux bois et aux oiseaux qui les habitent. « Ouh-ouh, ouh-ouh ! » hulule-t-elle à l'unisson, presque une chouette elle-même, le corps vidé de ses forces.

Des chants d'amour, songe-t-elle. Au cœur de la tempête, ils se cherchent les uns les autres – Deb, Danny, Neko, Vale. Elle se tourne en direction de la maison et de ses occupants : ces oiseaux de nuit qui lui ont été offerts. Elle ouvre ses bras en croix, le corps frigorifié. Se chercher les uns les autres. Au cœur de ces grandes tempêtes sauvages qui sont également les nôtres. Lentement elle bat des bras, comme si c'étaient des ailes. *Luz.* La lumière qui revient chaque matin.

REMERCIEMENTS

Merci au Vermont Arts Council et au National Endowment for the Arts, pour le généreux soutien qu'ils ont apporté à ce roman.

Merci aux divers chalets, salles de séjour et cafés de tout le sud du Vermont (et surtout à leurs poutres et à leurs fenêtres) où ces lignes ont été écrites.

Merci aux auteurs et aux livres suivants de m'avoir aidée à mieux comprendre les notions de temps, de lieu et d'espoir, ainsi que la vie des oiseaux : *No Word for Time : The Way of the Algonquin People*, d'Evan T. Pritchard ; *The Voice of the Dawn : An Autohistory of the Abenaki Nation*, de Frederick Matthew Wiseman ; *Aunt Sarah : Woman of the Dawnland*, de Trudy Ann Parker ; *Braiding Sweetgrass : Indigenous Wisdom, Scientific Knowledge and the Teachings of Plants*, de Robin Wall Kimmerer ; *Hope in the Dark : Untold Histories, Wild Possibilities*, de Rebecca Solnit (*Garder l'espoir*, trad. Daniel de Bruycker, Actes Sud, 2006) ; *The House of Owls*, de Tony Angell.

Merci à mon amie Judy Dow de m'avoir appris l'existence de *The Eugenics Survey of Vermont*, modifiant à jamais ma vision de l'appartenance à un lieu.

Merci à Julia Kenny, agent émérite, d'avoir maintenu à flot mon moral (fluctuant).

Merci à Megan Lynch, éditrice émérite, pour son génie, sa lucidité et sa confiance indéfectible.

Merci à la vaillante et compétente équipe de la maison Ecco (le vaisseau des rêves), et surtout à Sonya Cheuse, Miriam Parker, James Faccinto et Emma Dries.

Merci à Sara Wood pour son talent inégalé de maquettiste.

Merci à Margaret Wimberger d'avoir veillé à l'authenticité de mes dialogues.

Merci à Jennifer Bowen Hicks, ce phénomène, d'avoir été là, toujours.

Merci à mes parents – optimistes, pragmatiques – pour leur retour à la terre.

Merci à ma grand-mère Margaret pour ses chansons, son cran et sa mort magnifique.

Merci à mon grand-père John pour son amour des chouettes, sa connaissance des astres et sa mort magnifique.

Merci à Ty, mon roc et mon rocker, mon poète émérite.

Enfin, un grand merci (et pas des moindres) à mes enfants au cœur sauvage, A et O, ma raison de vivre, ma plus belle cause, mon espoir au cœur de la nuit. C'est pour vous que j'écris, mes chéris.

NOTE DE L'AUTEUR

La chanson « Them Stars » (p. 295 et 312) s'inspire d'un poème anonyme intitulé « Star Planters », qui a été retrouvé dans les archives Ben Gray Lumpkin de l'université du Colorado et mis en musique par Margaret MacArthur dans son album *Them Stars* (1996). J'ai repris dans ce roman une partie des paroles, avec l'autorisation de la famille.

Je remercie par ailleurs Evan T. Pritchard de m'avoir autorisée à reproduire plusieurs extraits de son ouvrage *No Word for Time : The Way of the Algonquin People.* Ce livre est disponible en anglais chez Millichap Books LLC, une maison d'édition établie à Graham, en Caroline du Nord. Pour plus d'informations : www.algonquinculture.org.

DU MÊME AUTEUR

Aux Éditions Albin Michel

LE CŒUR SAUVAGE, nouvelles, 2017

« Terres d'Amérique »

Collection dirigée par Francis Geffard
(Extrait du catalogue)

CHRIS ADRIAN
Un ange meilleur, nouvelles

SHERMAN ALEXIE
Indian Blues, roman
Indian Killer, roman
Phoenix, Arizona, nouvelles
La Vie aux trousses, nouvelles
Dix Petits Indiens, nouvelles
Red Blues, poèmes
Flight, roman
Danses de guerre, nouvelles

TOM BARBASH
Les Lumières de Central Park, nouvelles

DAVID BERGEN
Une année dans la vie de Johnny Fehr, roman
Juste avant l'aube, roman
Un passé envahi d'ombres, roman
Loin du monde, roman
La Mécanique du bonheur, roman

JON BILLMAN
Quand nous étions loups, nouvelles

TOM BISSELL

Dieu vit à Saint-Pétersbourg, nouvelles

AMANDA BOYDEN

En attendant Babylone, roman

JOSEPH BOYDEN

Le Chemin des âmes, roman

Là-haut vers le nord, nouvelles

Les Saisons de la solitude, roman

Dans le grand cercle du monde, roman

KEVIN CANTY

Une vraie lune de miel, nouvelles

Toutes les choses de la vie, roman

De l'autre côté des montagnes, roman

DAN CHAON

Parmi les disparus, nouvelles

Le Livre de Jonas, roman

Cette vie ou une autre, roman

Surtout rester éveillés, nouvelles

Une douce lueur de malveillance, roman

MICHAEL CHRISTIE

Le Jardin du mendiant, nouvelles

CHRISTOPHER COAKE

Un sentiment d'abandon, nouvelles

TOM COOPER

Les Maraudeurs, roman

CHARLES D'AMBROSIO
Le Musée des poissons morts, nouvelles
Orphelins, récit

CRAIG DAVIDSON
Un goût de rouille et d'os, nouvelles
Juste être un homme, nouvelles
Cataract City, roman

ANTHONY DOERR
Le Nom des coquillages, nouvelles
À propos de Grace, roman
Le Mur de mémoire, nouvelles

DAVID JAMES DUNCAN
La Vie selon Gus Orviston, roman

DEBRA MAGPIE EARLING
Louise, roman

LOUISE ERDRICH
L'Épouse Antilope, roman
Dernier rapport sur les miracles à Little No Horse, roman
La Chorale des maîtres bouchers, roman
Ce qui a dévoré nos cœurs, roman
Love Medicine, roman
La Malédiction des colombes, roman
Le Jeu des ombres, roman
La Décapotable rouge, nouvelles
Dans le silence du vent, roman
Femme nue jouant Chopin, nouvelles
Le Pique-nique des orphelins, roman
LaRose, roman

BEN FOUNTAIN

Brèves rencontres avec Che Guevara, nouvelles

Fin de mi-temps pour le soldat Billy Lynn, roman

TOM FRANKLIN

Le Retour de Silas Jones, roman

Braconniers, nouvelles

TOM FRANKLIN & BETH ANN FENNELLY

Dans la colère du fleuve, roman

HOLLY GODDARD JONES

Une fille bien, nouvelles

Kentucky Song, roman

KEVIN HARDCASTLE

Dans la cage, roman

ALAN HEATHCOCK

Volt, nouvelles

RICHARD HUGO

La Mort et la Belle Vie, roman

Si tu meurs à Milltown, textes

KARL IAGNEMMA

Les Expéditions, roman

De la nature des interactions amoureuses, nouvelles

MARLON JAMES

Brève histoire de sept meurtres, roman

BRET ANTHONY JOHNSTON
Souviens-toi de moi comme ça, roman

THOM JONES
Le Pugiliste au repos, nouvelles
Coup de froid, nouvelles
Sonny Liston était mon ami, nouvelles

CHRISTIAN KIEFER
Les Animaux, roman

THOMAS KING
Medicine River, roman
Monroe Swimmer est de retour, roman
L'Herbe verte, l'eau vive, roman

SANA KRASIKOV
L'An prochain à Tbilissi, nouvelles

RICHARD LANGE
Dead Boys, nouvelles
Ce monde cruel, roman
Angel Baby, roman

MATT LENNOX
Rédemption, roman

BRIAN LEUNG
Les Hommes perdus, roman
Seuls le ciel et la terre, roman

DAVID MEANS
De petits incendies, nouvelles

DINAW MENGESTU
Les belles choses que porte le ciel, roman
Ce qu'on peut lire dans l'air, roman
Tous nos noms, roman

PHILIPP MEYER
Le Fils, roman

BRUCE MURKOFF
Portés par un fleuve violent, roman

JOHN MURRAY
Quelques notes sur les papillons tropicaux, nouvelles

MATTHEW NEILL NULL
Le Miel du lion, roman

KEVIN PATTERSON
Dans la lumière du Nord, roman

BENJAMIN PERCY
Sous la bannière étoilée, nouvelles
Le Canyon, roman

DAVID JAMES POISSANT
Le Paradis des animaux, nouvelles

DONALD RAY POLLOCK
Le Diable, tout le temps, roman
Une mort qui en vaut la peine, roman

ERIC PUCHNER
La Musique des autres, nouvelles
Famille modèle, roman
Dernière journée sur terre, roman

JON RAYMOND

Wendy & Lucy, nouvelles

La Vie idéale, roman

ELWOOD REID

Ce que savent les saumons, nouvelles

Midnight Sun, roman

La Seconde Vie de D.B. Cooper, roman

EDEN ROBINSON

Les Esprits de l'océan, roman

KAREN RUSSELL

Swamplandia, roman

Foyer Sainte-Lucie pour jeunes filles élevées par les loups, nouvelles

Des vampires dans la citronneraie, nouvelles

GREG SARRIS

Les Enfants d'Elba, roman

JON SEALY

Un seul parmi les vivants, roman

NATHAN SELLYN

Les Caractéristiques de l'espèce, nouvelles

HUGH SHEEHY

Les Invisibles, nouvelles

WELLS TOWER

Tout piller, tout brûler, nouvelles

DAVID TREUER

Little, roman

Comme un frère, roman

Le Manuscrit du Dr Apelle, roman

Indian Roads, récit

Et la vie nous emportera, roman

BRADY UDALL

Lâchons les chiens, nouvelles

Le Destin miraculeux d'Edgar Mint, roman

Le Polygame solitaire, roman

GUY VANDERHAEGHE

La Dernière Traversée, roman

Comme des loups, roman

Comme des feux dans la plaine, roman

CLAIRE VAYE WATKINS

Les Sables de l'Amargosa, roman

SHAWN VESTAL

Goodbye, Loretta, roman

VENDELA VIDA

Se souvenir des jours heureux, roman

JOHN VIGNA

Loin de la violence des hommes, nouvelles

WILLY VLAUTIN
Motel Life, roman
Plein nord, roman
Ballade pour Leroy, roman
La Route sauvage, roman

JAMES WELCH
L'Hiver dans le sang, roman
La Mort de Jim Loney, roman
Comme des ombres sur la terre, roman
L'Avocat indien, roman
À la grâce de Marseille, roman
Il y a des légendes silencieuses, poèmes

COLSON WHITEHEAD
Underground Railroad, roman

CALLAN WINK
Courir au clair de lune avec un chien volé, nouvelles

SCOTT WOLVEN
La Vie en flammes, nouvelles

Composition : Nord Compo
Impression : CPI Bussière en janvier 2019
Éditions Albin Michel
22, rue Huyghens, 75014 Paris
www.albin-michel.fr
ISBN : 978-2-226-32281-4
ISSN : 1272-1085
N° d'édition : 22024/01 – N° d'impression : 2039194
Dépôt légal : février 2019
Imprimé en France

Stefan Lautenbacher

Onur Güntürkün

Markus Hausmann (Hrsg.)

Gehirn und Geschlecht

Neurowissenschaft des kleinen Unterschieds zwischen Frau und Mann

Stefan Lautenbacher
Onur Güntürkün
Markus Hausmann (Hrsg.)

Gehirn und Geschlecht

Neurowissenschaft des kleinen Unterschieds zwischen Frau und Mann

Mit 38 Abbildungen und 24 Tabellen

Springer

Prof. Dr. Stefan Lautenbacher
Universität Bamberg
Lehrstuhl für Physiologische Psychologie
Markusplatz 3
96045 Bamberg

Prof. Dr. Onur Güntürkün
Ruhr-Universität Bochum
Fakultät für Psychologie
Biopsychologie, GAFO 05/618
44780 Bochum

PD Dr. Markus Hausmann
University of Durham
Department of Psychology
South Road
Durham DH1 3LE
Großbritannien

ISBN 978-3-540-71627-3 Springer Medizin Verlag Heidelberg

Bibliografische Information der Deutschen Nationalbibliothek
Die Deutsche Nationalbibliothek verzeichnet diese Publikation in der Deutschen Nationalbibliografie; detaillierte bibliografische Daten sind im Internet über http://dnb.d-nb.de abrufbar.

Springer Medizin Verlag
springer.de

Planung: Dr. Svenja Wahl
Projektmanagement: Michael Barton
Copyediting: Ursula Illig, Stockdorf
Übersetzung der Kap. 1–4, 7, 9: Dr. Silke Lissek, Bochum
Layout und Einbandgestaltung: deblik Berlin
Satz: TypoStudio Tobias Schaedla, Heidelberg

SPIN 11617297

Gedruckt auf säurefreiem Papier 2126 – 5 4 3 2 1 0

Geleitwort

Sehr geehrte Leserinnen, sehr geehrter Leser,

vor nicht allzu langer Zeit war die Beschäftigung mit Geschlechtsunterschieden in der Psychiatrie, Neurologie und Psychologie weitestgehend verpönt. Beschäftigte man sich mit ihnen, schienen ihr Vorhandensein und ihre Richtung etwas Beliebiges an sich zu haben. Geschlechtsunterschiede durften nämlich nur Resultate der Sozialisation sein und galten daher größtenteils als rein historisch-gesellschaftliche Produkte. Der Biologischen Psychiatrie, zu deren Vertreter ich mich zählen darf, waren solche Unterschiede daher lange Zeit nicht substantiell genug, weil sich diese Disziplin mit den stabilen, biologisch engrammierten Determinanten des normalen und gestörten Verhaltens beschäftigt.

Hier hat sich ein dramatischer Perspektivenwechsel in jüngster Vergangenheit ergeben. Es ist mittlerweile fast selbstverständlich anzunehmen, dass genetische (und nicht nur Gene auf dem Geschlechtschromosom) und frühe hormonelle Einflüsse die Struktur und Funktion weiblicher und männlicher Gehirne bedingen. Obwohl diese weiblichen und männlichen Gehirne ja nach geographischer und kultureller Situation ganz unterschiedliche Lebenswelten in sich aufnehmen, ist mittlerweile sicher, dass die neurobiologischen Grundlagen von Geschlechtsunterschieden auch zu transkulturell stabilen Verhaltens- und Erlebensunterschieden führen. Nicht nur bei Gesundheit, sondern auch im Krankheitsfall sind Unterschiede zwischen Männern und Frauen nachzuweisen und ihre Berücksichtigung ist in der medizinischen Praxis ein Schritt hin zu einer individualisierten Medizin.

Diesen Perspektiven geben dankenswerter Weise die Herausgeber viel Raum in ihrem Buch. Der ganze erste Teil beschäftigt sich mit den neurobiologischen Grundlagen von Geschlechtsunterschieden, mit Unterschieden in der genetischen, neurochemischen und neuroanatomischen Ausstattung, die Geschlechtsunterschiede als »natur-wissenschaftliches« Phänomen erwarten lassen. Erst im zweiten und dritten Teil geht es in Ableitung dieser Unterschiede um die Ähnlichkeiten und Unähnlichkeiten zwischen Männern und Frauen in grundlegenden psychischen Funktionen und bei psychiatrischen sowie neurologischen Erkrankungen. Mich als Psychiater freut es dabei besonders, dass die Herausgeber Geschlechtsunterschiede auch an den klassischen psychopathologischen Entitäten, nämlich der Schizophrenie und der Depression, aufzeigen lassen. Da wir uns mittlerweile im Klaren sein dürfen, dass »der kleine Unterschied« ein dauerhafter und stabiler ist, lohnt sich die Anstrengung der Herausgeber und ihrer kongenialen Autoren ein Buch zu dieser Thematik zu schreiben. Ich darf daher dem Werk eine interessierte und große Leserschaft wünschen.

München, April 2007

Prof. Dr. Dr. Florian Holsboer
Direktor des Max-Planck-Institutes für Psychiatrie

Vorwort

Liebe Leserin, lieber Leser,

Sie interessieren sich also für die neurowissenschaftlichen Unterschiede zwischen Frauen und Männern. Nun, dieses Interesse teilen Sie mit sehr vielen anderen Menschen. Gibt man zur Zeit der Drucklegung dieses Buches (Frühling 2007) die Begriffskombination »Unterschied Frauen Männer« in die führende Suchmaschine ein, erhält man fast 1,5 Millionen Treffer. Es gibt nur wenige andere Kombinationen aus drei deutschen Worten, die mehr Seiten identifizieren. Die Verschiedenheiten von Männern und Frauen werden im Internet häufiger thematisiert als die Arbeitslosigkeit, die Erderwärmung, die Überalterung der Gesellschaft oder andere aktuelle Probleme. Schaut man sich aber die aufgelisteten Seiten zu Geschlechtsunterschieden im Gehirn und im Verhalten an, stellt man schnell fest, dass man primär auf schlechte Witze und pseudowissenschaftliche Texte stößt. Nach längerer Suche findet man durchaus auch einige wissenschaftlich fundierte Zusammenfassungen. Häufig behandeln diese aber nur schmale Ausschnitte des Themenkomplexes und richten sich ausschließlich an Experten. Darum haben wir dieses Buchprojekt in Angriff genommen.

Wir wollten die neurowissenschaftlichen Gemeinsamkeiten und die Unterschiede von Frauen und Männern in einer Breite darstellen, die es kaum in einem anderen Werk gibt. Die Themen sollten grundsätzliche neurobiologische Mechanismen umfassen, aber auch Auskunft geben zu Denk- und Handlungsprozessen sowie Krankheitsverläufen. Und gleichzeitig wollten wir das Unmögliche wagen, ein Buch zu schreiben, das sowohl für Experten interessant ist als auch für Laien lesbar. Wir erstellten eine Liste von internationalen Experten, die zu diesem Thema sehr viel zu sagen haben – und wir konnten unser Glück nicht fassen, dass die meisten von ihnen ihre Beteiligung zusagten und dann auch noch (fast) pünktlich ihre Beiträge ablieferten.

Jedes Buchprojekt verfolgt eine Reihe von Zielen. Bei uns waren es zwei. Das erste Ziel war, den zwei fiktiven Gruppen von Lesern, die wir bei der Erstellung des Buches im Blick hatten, ein zufriedenstellendes Werk in die Hand zu drücken.

Die erste Leserzielgruppe sind die wissenschaftlich interessierten Laien. Wir stellten uns vor, dass diese Leser viel von Hirnunterschieden zwischen Männern und Frauen gehört und gelesen haben und häufig über widersprüchliche und teilweise populistisch abgefasste Schriftstücke verwirrt und verärgert sind, die in jeder Buchhandlung ausliegen. Diese Leser wollen ein Buch, das nicht oberflächlich ist und trotzdem, so gut es geht, für Nicht-Spezialisten verständlich; und sie wollen, dass nicht nur ein schmaler Ausschnitt behandelt wird, sondern möglichst viele der faszinierenden Facetten dieses Themas. Sie wollen also ein Buch, dass durch seinen Gesamtüberblick Zusammenhänge erschließt, die vorher nicht sichtbar waren. Dafür bringen sie hoffentlich auch in extrem komplexen Bereichen wie z. B. den genetischen und neurobiologischen Grundlagen von Geschlechtsunterschieden die Bereitschaft mit, schwierige Zusammenhänge nachzuvollziehen und sich in Details zu vertiefen.

Unsere zweite Leserzielgruppe sind Wissenschaftler, für deren Arbeitsgebiet das Verstehen der Mechanismen neurowissenschaftlicher Geschlechtsunterschiede wichtig ist. Diese Kollegen suchen den neuesten Stand der Diskussion zu einem Thema und akzeptieren nicht, dass Widersprüche unerwähnt bleiben oder oberflächlich pauschalisiert werden, bloß weil sie sich nicht griffig vereinfachen oder gar populistisch umsetzen lassen. Diese Kollegen sind evtl. selber Experten zu einigen Themen dieses Buches. Sie werden uns dann (hoffentlich) nachsehen, dass nicht jedes Detail zu jedem Thema dargestellt werden konnte. Wir bieten ihnen mit diesem Buch und seinen vielen breitgefächerten Themen durch die Vielfalt der dargestellten Aspekte trotzdem Neues und Unerwartetes.

Das zweite Ziel dieses Buchprojektes war die Darstellung der Zusammenhänge von Fakten, die über Forschungsgegenstände und wissenschaftliche Disziplinen verstreut sind. Dieses Ziel hoffen wir dadurch zu erreichen, dass wir fast die ganze Facettenvielfalt neurowissenschaftlicher Geschlechtsunterschiede behandeln. Wir haben also zusammen mit unseren Autoren ein großes Mosaik gelegt. Die einzelnen Fragmente dieses Mosaiks können zwar problemlos für sich alleine betrachtet werden, aber erst die Gesamtbetrachtung offenbart noch ein weiteres, tieferes Bild.

Hoffentlich haben wir diese selbstauferlegten Ziele zumindest näherungsweise erreicht.

Die Herausgeber
Bamberg, Bochum und Durham, Juni 2007

Inhaltsverzeichnis

I Neurobiologie

II Psychische Funktionen

Autorenverzeichnis

Aloisi, Anna Maria, Prof. Dr.
University of Siena
Department of Physiology
Via Aldo Moro 2
53100 Siena
Italien

Arnold, Arthur P., Prof. Dr.
Univ. California Los Angeles
Dept. Physiol. Science
Rm LSB 4117
621 Charles Young Drive South
Los Angeles CA 90095-1606
USA

Brand, Gerard, Dr.
Laboratoire de Neurosciences
Faculté des Sciences et Techniques
Université de Franche-Comté
Place Leclerc
25000 Besançon
Frankreich

Cohen-Kettenis, Peggy, Prof. Dr.
Department of Medical Psychology
VU University Medical Center
P.O. Box 7057
1007 MB Amsterdam
Niederlande

Craig, Ian, Prof. Dr.
King's College London
Institute of Psychiatry
Social, Genetic and Developmental Psychiatry Centre (MRC)
De Crespigny Park
London, SE5 8AF
Großbritannien

Esser, Günther, Prof. Dr.
Akademie für Psychotherapie und Interventionsforschung
Institut für Psychologie
Universität Potsdam
Karl-Liebknecht-Str. 24/25
14476 Potsdam

Fulda, Stephany, Dipl.-Psych.
Max-Planck-Institut für Psychiatrie
Kraepelinstr. 2–10
80804 München

Goozen, Stephanie H.M. van, Dr.
Cardiff University
School of Psychology
Tower Building
Park Place
Cardiff, CF10 3AT
Großbritannien

Günther, Thomas, Dr.
Universitätsklinikum Aachen
Klinik für Kinder- und Jugendpsychiatrie und -psychotherapie
Neuenhofer Weg 21
52074 Aachen

Güntürkün, Onur, Prof. Dr.
Ruhr-Universität Bochum
Fakultät für Psychologie
Biopsychologie, GAFO 05/618
44780 Bochum

Häfner, Heinz, Prof. Dr.
Zentralinstitut für Seelische Gesundheit
Postfach 12 21 20
68072 Mannheim

Hausmann, Markus, PD Dr.
Department of Psychology
University of Durham
South Road
Durham DH1 3LE
Großbritannien

Ihle, Wolfgang, Dipl. Psych.
Akademie für Psychotherapie und Interventionsforschung
Institut für Psychologie
Universität Potsdam
Karl-Liebknecht-Str. 24/25
14476 Potsdam

Jacquot, Laurence, Dr.
Laboratoire de Neurosciences
Faculté des Sciences et Techniques
Université de Franche-Comté
Place Leclerc
25000 Besançon
Frankreich

Konrad, Kerstin, Prof. Dr.
Universitätsklinikum Aachen
Klinik für Kinder- und Jugendpsychiatrie und -psychotherapie
Neuenhofer Weg 21
52074 Aachen

Kühner, Christine, Prof. Dr.
Zentralinstitut für Seelische Gesundheit
Postfach 12 21 20
68072 Mannheim

Kunz, Miriam, Dr.
Universität Bamberg
Physiologische Psychologie
Markusplatz 3
96045 Bamberg

Lässle, Rainhold G., Prof. Dr.
Universität Trier
FB I Psychologie
54286 Trier

Laucht, Manfred, Prof. Dr.
Zentralinstitut für Seelische
Gesundheit
Postfach 12 21 20
68072 Mannheim

Lautenbacher, Stefan, Prof. Dr.
Universität Bamberg
Lehrstuhl für Physiologische
Psychologie
Markusplatz 3
96045 Bamberg

Loat, Caroline S.
King's College London
Institute of Psychiatry
Social, Genetic and Developmental
Psychiatry Centre (MRC)
Box P082, De Crespigny Park
London, SE5 8AF
Großbritannien

McCarthy, Margeret M., Prof. Dr.
Univ. Maryland Sch Med
Dept Physiol
655 W Baltimore St
Baltimore MD 21201-1559
USA

Schienle, Anne, Prof. Dr.
Karl-Franzens-Universität Graz
Institut für Psychologie
Klinische Psychologie und
Gesundheitspsychologie
Universitätsplatz 2/III
8010 Graz
Österreich

Schmidt, Martin H. Prof. Dr. Dr.
Zentralinstitut für Seelische
Gesundheit
Postfach 12 21 20
68072 Mannheim

Schredl, Michael, PD Dr.
Zentralinstitut für Seelische
Gesundheit
Postfach 12 21 20
68072 Mannheim

Schulz, Hartmut, Prof. Dr.
Rankestr. 32
99096 Erfurt

Sommer, Norbert, Prof. Dr.
Universitätsklinikum Marburg
und Giessen
Klinikum für Neurologie
Rudolf-Bultmann-Straße 8
35039 Marburg

Trotsenburg, Michael van, Dr.
Klinik für Frauenheilkunde der
Medizinischen Universität Wien
Währinger Gürtel 18–20
1090 Wien
Österreich

Vedder, Helmut, Prof. Dr.
Psychiatrisches Zentrum
Nordbaden
Allgemeinpsychiatrie und
Psychotherapie II – AP II
Heidelberger Str. 1a
69168 Wiesloch

I Neurobiologie

Geschlecht, Gender und Hormone – diese drei Begriffe werden in verschiedenen aktuellen Überblicksarbeiten zu Geschlechtsunterschieden verwendet. In diesem Kapitel sollen sie definiert und Untersuchungsergebnisse vorgestellt werden, die ihre Beziehung zueinander beleuchten. Besondere Aufmerksamkeit gilt dabei physiologischen Geschlechtsunterschieden unter Berücksichtigung derjenigen Hormone, die Geschlecht und Gender beeinflussen. Es werden nur gonadale Hormone (Androgene und Östrogene) besprochen, die als Geschlechtshormone bezeichnet werden und deren Ursprung nicht ausschließlich auf den Gonaden basiert. Dieses Kapitel kann keinen vollständigen Überblick liefern und soll sich auch nicht nur auf einen bestimmten Aspekt konzentrieren. Vielmehr will es die interessantesten Forschungsfelder betrachten, in denen Einflüsse von Hormonen auf Geschlecht und Gender aufgezeigt oder vermutet wurden.

1.1 Begriffsdefinitionen

Obwohl die Verwendung der Begriffe »Geschlecht« und »Gender« weit verbreitet ist, gilt es, ihre Bedeutung zu erklären. Der Begriff **Geschlecht** dient zur Klassifizierung von Lebewesen als entweder männlich oder weiblich, entsprechend ihrer Fortpflanzungsorgane und der Funktionen, die auf den entsprechenden Chromosomen basieren. Daher werden Personen mit zwei X-Chromosomen (XX) als weiblich, Individuen mit der Kombination von X- und Y-Chromosom (XY) dagegen als männlich angesehen.

Der Begriff **Gender** wird insbesondere in englischsprachigen Ländern gebraucht, während andere Sprachen keinen ähnlichen Begriff zur Beschreibung männlicher/weiblicher Individuen verwenden. In der wissenschaftlichen Literatur wird der Begriff Gender jedoch zunehmend gebraucht, insbesondere wenn auf soziokulturelle Lebensaspekte von Individuen Bezug genommen wird. Daher sollte man von Gender sprechen, wenn man sich auf das Selbstbild einer Person als männlich oder weiblich oder auf ihr Geschlechtsrollenverhalten bezieht. Gender wurzelt in der Biologie, wird aber durch Umwelt und Erfahrung geformt.

1.2 Männlich oder weiblich? Mann oder Frau?

Die Zuordnung zu dem einen oder anderen Geschlecht beantwortet nicht immer die Frage, ob ein Individuum ein Mann oder eine Frau ist. Da während der normalen Expression der beiden **Chromosomen** verschiedene Störungen auftreten können, ergibt sich eine Vielfalt von Möglichkeiten, durch die eine Person »weiblicher« oder »männlicher« wird. Wenn eine Person z. B. XY-männlich ist, aber keine Androgenrezeptoren besitzt, wird sie einen »weiblichen« Phänotyp entwickeln. Bei weiblichen Individuen spielt es eine große Rolle, welches der X-Chromosomen aktiv ist, das väterliche oder das mütterliche, denn es ist immer nur ein X-Chromosom aktiv, während das andere deaktiviert wird. Die anfängliche Entscheidung, welches X-Chromosom deaktiviert wird, scheint zufällig zu sein (Carrel et al. 1999). Es wird vermutet, dass diese Entscheidung die geschlechtsspezifischen Risiken für die Anfälligkeit gegenüber bestimmten Krankheiten determiniert.

Zusätzlich zu einem männlichen oder weiblichen Genotyp hat die Entwicklung von männlichen oder weiblichen Fortpflanzungsorganen zur Folge, dass **Hormone** produziert werden, die typisch für weibliche oder männliche Lebewesen sind. Obwohl Gene die Geschlechtsdifferenzierung initiieren, spielen die von den Gonaden ausgeschütteten Hormone eine wichtige Rolle für diese Differenzierung. Während sich die Hoden in der 6. bis 7. Schwangerschaftswoche entwickeln, beginnt mit der Produktion von Testosteron um die 9. Woche eine Serie von Veränderungen, die zu einer Maskulinisierung des Gehirns und der Genitalien führt. Durch diese Maskulinisierung wird die vorgegebene weibliche Differenzierung umgangen. Daher unterscheiden sich Individuen nicht nur als Folge genetischer Variabilität, sondern unter Umständen auch infolge pränataler hormoneller Einflüsse.

Tierexperimentell wurde bereits gezeigt, dass weibliche Lebewesen – abhängig von ihrer Position im Uterus und dem Testosteronniveau, dem sie durch männliche Geschwister aus dem gleichen Wurf ausgesetzt sind – mehr oder weniger maskulinisiert werden können (Vandenbergh u. Huggett 1995). Auswirkungen zeigen sich an den äußeren Genitalien und im Gehirn. Einzelne hormoninduzierte Wirkungen wurden auch bei menschlichen Zwillingen beschrieben (z. B. McFadden 1993).

1.3 Androgene und Östrogene

1.3.1 Was bewirken sie?

Da Gonadenhormone stark an Fortpflanzungsfunktionen beteiligt sind, wurden sie als geschlechtsspezifisch angesehen (d. h. Androgene wirken in männlichen und Östrogene in weiblichen Lebewesen). Tatsächlich wirken aber sowohl Androgene wie Östrogene in beiden Geschlechtern. Bei Männern liegt ein Östrogenspiegel von etwa 50 pg/ml vor, während bei Frauen der Testosteron-Plasmaspiegel im Vergleich zu Östradiol relativ hoch liegt (500 pg/ml Testosteron gegenüber 300–500 pg/ml Östradiol in der Hochphase). Möglicherweise führt die Gepflogenheit, Testosteron in ng/ml anstatt in pg/ml auszudrücken (bei Frauen: 0,5 ng/ml vs. 500 pg/ml) den Betrachter irrtümlicherweise zu der Annahme, dass der Testosteron-Plasmaspiegel bei Frauen sehr niedrig liegt und nicht wichtig genug ist, um bestimmt und – falls notwendig – korrigiert zu werden. Es wird jedoch zunehmend deutlicher, dass die Aufrechterhaltung eines physiologischen Testosteronspiegels bei Frauen nicht nur aus ästhetischen Gründen bedeutsam ist (beispielsweise verursacht ein hoher Testosteronspiegel Hirsutismus), sondern auch aufgrund wichtiger psychischen Prozesse, an denen Testosteron beteiligt ist (z. B. der Stimmungslage).

1.3.2 Steroidsynthese

Für Steroide gibt es zwei Synthesewege, über Pregnenolon oder über Progesteron. Welche Steroide produziert und ausgeschüttet werden, hängt von den physiologischen (oder pathophysiologischen) Eigenschaften der steroidogenen Zelle und der Aktivität der inhärenten Enzymsysteme ab. An der Synthese von Steroidhormonen sind bis zu fünf verschiedene Hydroxylasen, zwei Dehydrogenasen, eine Reduktase und eine Aromatase beteiligt (■ Abb. 1.1). Die Steroidhydroxylasen und die Aromatase gehören zur Zytochrom-P450-Supergenfamilie (CYP).

Bei normal menstruierenden Frauen wird mehr als 95% des zirkulierenden Östradiols unmittelbar von den Ovarien ausgeschüttet, der Rest stammt aus der peripheren Umwandlung von Östron. Etwa 60% des zirkulierenden Testosterons und 100% des zirkulierenden Dihydrotestosterons (DHT) stammen aus der peripheren Umwandlung von Androstenedion, einem der Hauptprodukte der Nebenniere.

In postpubertären männlichen Primaten stammt mehr als 95% des zirkulierenden Testosterons aus den **Testes**, der Rest aus metabolischer Umwandlung von Vorläufern, die hauptsächlich von der Nebennierenrinde ausgeschüttet werden,

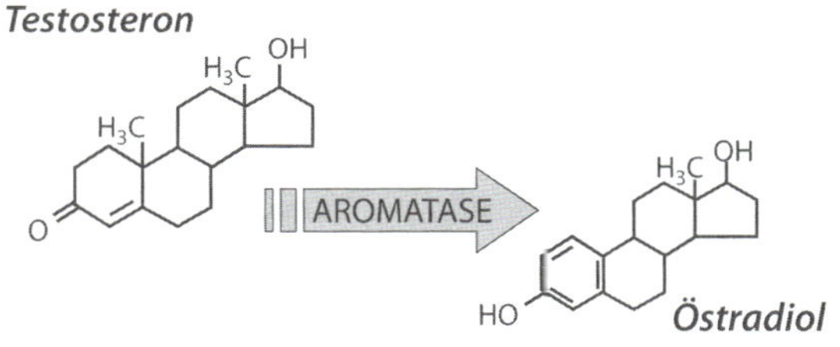

■ **Abb. 1.1.** Umwandlung von Testosteron in Östradiol

wie DHEA, DHEA-Sulfat und Androstenedion. Diese schwachen Androgene stellen ein Reservoir an Vorläufersubstanzen für eine periphere Umwandlung in biologisch aktives Testosteron bereit. Bei Männern stammen zwei Drittel oder sogar mehr des zirkulierenden Östradiols aus testikulären Sekretionen, der Rest aus peripherer Umwandlung von Testosteron und Östron. Wie auch bei Frauen wird das zirkulierende DHT bei Männern hauptsächlich aus der peripheren Umwandlung von Androstenedion gewonnen.

Neben der Ausschüttung durch die Hauptdrüsen (Gonaden und Nebennierenrinde) können biologisch aktive Steroide peripher (in Haut und Fettgewebe) aus anderen aktiven Hormonen produziert werden. Testosteron fungiert z. B. als ein Prohormon, das in andere potente Hormone (DHT und Östradiol) umgewandelt werden kann.

Hormonveränderungen

Bei Frauen kann es neben den Hormonveränderungen über den **Monatszyklus** auch durch **Schwangerschaft** zu großen hormonellen Umstellungen kommen. Die Schwangerschaft ist keine homogene Phase, da der weibliche Körper während der Schwangerschaft und der Vorbereitung auf die Geburt kontinuierlichen Veränderungen unterworfen ist. Auf den progressiven Anstieg des Plasmaspiegels von Östradiol folgt beispielsweise eine Verstärkung des analgetischen Systems. Dieser Effekt scheint sowohl auf prä- wie auf postsynaptischer Ebene über das spinale analgetische Dynorphin/κ-Opioid-System vermittelt zu werden (Craft et al. 2004).

Bei **postmenopausalen Frauen** schütten die Ovarien keine Östrogene mehr aus. Extragonadal werden Östrogene aber weiterhin produziert und wirken lokal als parakrine oder sogar intrakrine Faktoren. Zu diesen Produktionsorten gehören das Fettgewebe, das vaskuläre Endothelium und verschiedene Gehirnareale.

Es wird angenommen, dass bei postmenopausalen Frauen und bei Männern das zirkulierende Östradiol die östrogenen Wirkungen nicht antreibt, dass es also reaktiv anstatt proaktiv ist. In diesen Fällen stammen die zirkulierenden Östrogene aus extragonadaler Produktion, wo sie lokale Wirkungen entfalten. Wenn sie dem lokalen Metabolismus entgehen, gelangen sie in den Kreislauf. Daher reflektiert das zirkulierende Östrogen bei postmenopausalen Frauen und bei Männern lediglich die östrogenen Wirkungen, reguliert sie jedoch nicht (Simpson 2003).

Veränderungen im Hormonspiegel der Gonadenhormone kommen bei Männern und Frauen häufig vor und haben verschiedene Ursachen. Ein niedriges Testosteronniveau beispielsweise ist eine häufige Folge therapeutischer Interventionen. Symptomatischen Hypogonadismus stellt man häufig bei männlichen Krebspatienten fest, die dauerhaft **Opioide** einnehmen (Rajagopal et al. 2004).

Wir fanden ähnliche Resultate bei Männern über 55 Jahren, die über lange Zeit wegen chronischer Schmerzen nicht-malignen Ursprungs mit intrathekalen Injektionen von Opioiden behandelt wurden (Aloisi et al. 2005). Patienten, die mit Morphium behandelt wurden, zeigten eine signifikante Verringerung des Testosteron-Serumspiegels (0,99 ng/ml gegenüber 2,47 ng/ml in der Kontrollgruppe). Dieser Testosteron-Plasmaspiegel liegt klar im Bereich des Hypogonadismus (<3 ng/ml). Das klinische Bild wird oft von Veränderungen des sexuellen Interesses und der Sexualfunktionen, von Depressionen, Muskelabbau und Osteoporose begleitet.

Der Opioid-induzierte Hypogonadismus bildet sich sehr schnell heraus und bleibt über die gesamte Behandlung mit Opioiden bestehen. Aufgrund des Wirkortes der Opioide gelangten wir zu der Annahme, dass bei diesen Patienten die Unterdrückung der hypothalamisch-hypophysären-gonadalen Achse durch Opioide wahrscheinlich auf der Ebene des Hypothalamus erfolgt, da man im Hypothalamus Opioidrezeptoren findet (Jordan et al. 1996) und sich der Hormonspiegel der Gonadotropine (FSH und LH) nicht veränderte. Störungen der gonadalen Funktionen führen im Allgemeinen zur Hyperaktivität des Hypothalamus, d. h. zu einem höheren Plasmaspiegel von FSH und LH, wie man ihn im Allgemeinen bei postmenopausalen Frauen beobachtet.

Tierexperimentell konnte gezeigt werden, dass kurzfristige und auch langfristige Opioidgaben zu einer Verringerung des Testosteronspiegels und einer Veränderung des Sexualverhaltens führten (Roberts et al. 2002; Ceccarelli et al. 2006).

1.3.3 HPA, HPG und Stress

Umwelteinflüsse wie z. B. chronischer Stress können bei Frauen signifikante Veränderungen des Plasmaspiegels von Hormonen verursachen. Stressfaktoren wie psychologische Krisen, Umweltgifte und anstrengendes Sporttraining können zu einer Dysfunktion der Ovarien führen, die den Hormonspiegel und möglicherweise sogar den Zeitpunkt der Menopause beeinflusst. Ovarielle Dysfunktionen, die sich als **sekundäre Amenorrhö** zeigen, sind bei jungen Frauen tatsächlich weit verbreitet, etwa 5–18% der Frauen unter 40 Jahren sind betroffen. Für bis zur Hälfte dieser Fälle von vorzeitiger Ovarialinsuffizienz kann keine Ursache gefunden werden, daher werden oft Umwelt- oder psychogene Faktoren als Auslöser der sog. funktionellen hypothalamischen Amenorrhö (FHA) angenommen.

In der komplexen Interaktion zwischen der **Hypothalamus-Hypophyse-Nebennieren-Achse** (HPA-Achse) und der **Hypothalamus-Hypophyse-Gonaden-Achse** (HPG-Achse) verläuft die Wirkrichtung nicht ausschließlich einseitig von der HPA-Achse auf die HPG-Achse. Viele Untersuchungen haben stattdessen auch starke Wirkungen der HPG-Achse-Produkte auf die HPA-Achse gezeigt. Eine potenzielle Verknüpfung zwischen weiblichen Geschlechtshormonen und der HPA-Reaktion auf Stress resultiert beispielsweise aus dem Befund, dass Östrogene durch Bindung an Rezeptoren auf dem CRH-Gen die CRH-Aktivität erhöhen können (Vamvakopoulos u. Chrousos 1993). Die Annahme, dass das weibliche Steroid Östrogen auch unmittelbare Einflüsse auf das Nebennierenmark ausübt und so sympatho-adrenale Wirkungen auslöst, wird auch durch Resultate gestützt, die in Zellen des Nebennierenmarks bei Frauen Östrogenrezeptor-Immunoreaktivität feststellten (Saunders et al. 1997). Darüber hinaus wurde gezeigt, dass Androgene und Glukokortikoide gemeinsam zur Regulation der Sekretionen von Hypophyse und Nebenniere beitragen, sowohl unter Normal- wie auch unter Stressbedingungen. Testosteron hemmt bei Stress diese Sekretionen, möglicherweise über eine veränderte Sekretionsfähigkeit von Kortikotrophen der Hypophyse oder über Veränderungen in der Reaktion/Funktion von Mechanismen, die an der Wahrnehmung und Einschätzung aversiver Stimuli beteiligt sind (Patchev et al. 2004).

1.3.4 Wirkmechanismus der Geschlechtshormone

Bindung der Steroidhormone. Im Blutkreislauf liegen Steroidhormone in zwei Formen vor: gebunden und ungebunden. Testosteron und Östradiol sind zu mehr als 97% an Plasmaproteine gebunden, insbesondere an das **sexualhormonbindende Globulin** (SHBG) und unspezifisch an **Albumin**. Männliches und weibliches SHBG unterscheiden sich. Dieses Protein spielt eine wichtige Rolle, da es zusätzlich zu seiner Fähigkeit, Steroidhormone im Plasma zu binden, über seinen eigenen Membranrezeptor auch an der Signalübertragung beteiligt sein kann (Kahn et al. 2002). Bei normalen Männern und Frauen sind 40–65% des zirkulierenden Testosterons und 20–40% des zirkulierenden Östradiols an SHBG gebunden (Dunn et al. 1981). Die Bindung an SHBG verändert den Metabolismus von Testosteron, verringert seine metabolische Clearance und seine Konversionsrate zu Androstenedion (Vermeulen u. Ando 1979). SHBG blockiert darüber hinaus die Diffusion von Steroidhormonen aus dem Blutstrom, wodurch deren Bindung an intrazelluläre Androgen- oder Östrogenrezeptoren verhindert wird. Der nicht an SHBG gebundene Anteil eines Hormons wird als biologisch aktiv betrachtet (Mendel 1989).

Testosteron und Östradiol binden an derselben SHBG-Bindungsstelle, wobei die Affinität für Testosteron höher ist als für Östradiol. Wenn der Testosteronspiegel niedrig ist, bindet daher der größte Teil an SHBG, wodurch Östradiol stärkere Einflüsse auf den Körper ausüben kann. Dieses Phänomen könnte die Gynäkomastie erklären, die bei klinischen Störungen, bei denen hohe SHBG-Konzentrationen auftreten, oft beobachtet wird (Ford et al. 1992; Abalovich et al. 1999). Da bei der klinischen Bewertung eines Steroidhormons routinemäßig auch die Gesamtzirkulation des Steroids interpretiert wird, ist es wichtig, dabei das SHBG-Niveau zu berücksichtigen.

Bei gesunden Männern kann die SHBG-Konzentration durch viele Faktoren beeinflusst werden. Beispielsweise erhöht sich durch eine Östradiolbehandlung das SHBG-Niveau im Blut zusammen mit der Gesamtkonzentration von Testosteron. Darüber hinaus steigt SHBG bei Männern mit zunehmendem Alter an, daher verringert sich der Anteil freien Testosterons und erreicht bei Männern über 60 Jahre das niedrigste Niveau (Leifke et al. 2000). Bei Lebererkrankungen und Hyperthyreose ist das SHBG-Niveau ebenfalls erhöht (Rosner 1990).

Viele unkonjugierte Steroide binden an Albumin, diese Bindung ist unspezifisch und von niedriger Affinität. Die Bindung dieser Steroide an Plasmaalbumin hat nur geringe Auswirkungen auf den Metabolismus. Im Gegensatz dazu binden Steroid-Sulfokonjugate stark an Plasmaalbumin und werden daher nur langsam aus dem Blut entfernt. Testosteron und Östradiol werden als Glukoronide und Sulfonate im Urin ausgeschieden.

Wirkungsprinzip der Steroidhormone. Steroidhormone können über genomische und nicht-genomische Prozesse Einfluss auf Zellen nehmen. **Genomische Prozesse** laufen über Transkription und Translation neuer Genprodukte und erfordern oft mehrere Stunden bis zur Wirkung. **Nichtgenomische Wirkungen** treten sehr schnell ein und beruhen auf Ionenbewegungen (Falkenstein et al. 2000). An diesen schnellen Wirkungen sind insbesondere G-Proteine, Kalziummobilisation, Adenylzyklase, Phospholipase C oder Tyrosinkinase beteiligt. So inhibiert Östradiol die Aktivität von Ca^{++}-Kanälen des L-Typs und beeinflusst die Ca^{++}-Signalkaskade. Die G-Protein- und Ca^{++}-Signalwege sind für die Gedächtnisfunktion von wesentlicher Bedeutung.

Bei genomischen Prozessen aktivieren Steroidhormone die entsprechenden Rezeptoren, die ligandengebundenen Steroidhormonrezeptoren dimerisieren und binden an spezifische hormonresponsive Elemente auf der DNA, um den Transkriptionsprozess in Gang zu setzen. Die Forschung hat gezeigt, dass der Steroidhormonrezeptor nicht allein agiert, sondern mit einer Vielzahl von Koregulatorproteinen in zellspezifischen Positionen interagiert, die gewebespezifische Effekte ermöglichen.

1.3.5 Androgen- und Östrogenrezeptoren

Östrogenrezeptoren. Es gibt zwei Subtypen von Östrogenrezeptoren (ERα und ERβ) mit unterschiedlicher Verbreitung. Bei der Ratte findet sich die höchste Dichte von ERα im Uterus, den Testes, der Hypophyse, Ovarien, Niere und Nebenniere, während sich ERβ Rezeptoren eher im ZNS befinden (Smith 1994). Eine Östrogenbehandlung kann die Transkription zahlreicher Gene beeinflussen, die keine Östrogen-responsiven Elemente enthalten, dies geschieht über Interaktion der Östrogenrezeptoren mit anderen Transkriptionsfaktoren zur Steigerung (Transkriptions-Koaktivator) oder Verringerung (Transkriptions-Korepressor) der Transkription.

Androgenrezeptoren. Dagegen ist nur ein Typ des Androgenrezeptors (AR) bekannt, der sich auch im ZNS, einschließlich des Vorder- und Hinterhorn des Rückenmarks, befindet. Obwohl die intrazelluläre Aromatisierung von Testosteron zu Östradiol (■ Abb. 1.1) und die darauf folgende Aktivierung von Östrogenrezeptoren für viele androgene Funktionen verantwortlich ist (Kawata 1995), wird ein großer Teil androgener Wirkungen über Aktivierung von Androgenrezeptoren in Zielgeweben erreicht (Collado et al. 1992). Androgenrezeptoren werden durch Androgene hochreguliert (Lu et al. 1999), Androgene kontrollieren außerdem die Aktivität des Enzyms Aromatase, wodurch die lokale Konzentration von Östradiol indirekt reguliert wird (Roselli u. Resko 1997). Im Neuron kann Testosteron

- an Androgenrezeptoren binden,
- mittels 5-α-Reduktase zu 5-α-DHT umgewandelt werden und an Androgenrezeptoren binden,
- mittels Aromatase zu Östradiol umgewandelt werden und an Östrogenrezeptoren binden,
- über einen von verschiedenen metabolischen Prozessen zu einer androgenen metabolischen Form umgewandelt werden, die weder an Androgen- noch an Östrogenrezeptoren bindet (Kawata 1995).

Rezeptorendichte. Die Reaktivität der Zellen auf Steroidhormone hängt von der Rezeptordichte ab. Aus diesem Grund können Mechanismen, welche die Rezeptordichte verändern, auch die Steroidwirkungen wesentlich beeinflussen. Wie in einer aktuellen Übersichtsarbeit von Patchev (2004) dargestellt, unterliegt die Expression verschiedener Steroidrezeptoren im ZNS einer homologen Herabregelung durch den entsprechenden Liganden. Androgenrezeptoren zeigen andersgeartetes Verhalten: ihre Zahl steigt nach endogener Freisetzung oder exogener Gabe von Androgenen an. Daher erzeugt ein physiologisches Androgenniveau bestimmte Rezeptordichten, die für die vollständige Ausprägung der Androgenwirkungen notwendig sind. Das Gen für den Androgenrezeptor befindet sich auf dem X-Chromosom (Brinkmann 2001). Da die X-Inaktivierung mit dem Alter stärker wird (Toghi et al. 1995), steht die nachlassende zelluläre Reaktion auf eine Testosteronbehandlung im Zusammenhang mit der Verringerung der Androgenrezeptoren.

Bei Frauen steigt 72 Stunden nach einer **Ovariektomie** die Anzahl von Östrogenrezeptoren in der gesamten Neuroachse an, wie in einer Studie berichtet wurde (Shugrue et al. 1992). Eine weitere Studie stellte einen Anstieg der Östrogenrezeptoren in vielen Gehirnregionen und peripheren Bereichen nach länger zurückliegender Ovariektomie fest (Mohamed u. Abdel-Rahman 2000). Diese Untersuchungen führten zu der Schlussfolgerung, dass Östrogen im Gehirn die fortlaufende Transkription moduliert und dass diese Transkriptionsprozesse durch permanente Rezeptoraktivität oder lang anhaltenden Östrogenmangel gestört werden (Foster 2005). Im Gehirn besteht kein enger Zusammenhang zwischen der Transkription, an der Östrogen-responsive Elemente beteiligt sind, und dem Plasmaspiegel von Östrogen; die ligandenunabhängige Transkription kann starke Einflüsse auf die basale Transkription haben (Ciana et al. 2003). Während die Transkription zusammen mit dem initialen Anstieg des Plasma-Östrogenspiegels im Diöstrus zunimmt, verringert sie sich in der Phase der höchsten Östrogenwerte im Proöstrus stark (Ciana et al. 2003). Dieses Phänomen könnte eine Adaptation des Gehirns an die fluktuierenden Östrogenspiegel während des Menstruationszyklus und den sehr hohen Östrogenspiegel während der Schwangerschaft reflektieren. Chronisch gesteigerte Hormonspiegel sind beispielsweise mit beeinträchtigten Gedächtnisleistungen in Aufgaben mit deutlicher emotionaler oder Stresskomponente verknüpft (Gibbs et al. 1998; Galea et al. 2001).

1.3.6 Geschlechtsunterschiede im Gehirn und bei kognitiven Funktionen

Beim Menschen ist das männliche Gehirn schwerer und größer als das weibliche (▶ Kap. 5). Einer der zuerst entdeckten morphologischen Geschlechtsunterschiede betraf den sexuell dimorphen Nukleus (SDN) im präoptischen Areal des Hypothalamus, der bei Männern doppelt so groß ist wie bei Frauen (Gorsky 2002). Interessanterweise sind jedoch der zerebrale Blutfluss (Ragland et al. 2000) und der Glukosemetabolismus (Andreason 1994) im weiblichen Gehirn höher. Obwohl es keine Geschlechtsunterschiede bei der Dicke des Kortex gibt, sind Dichte und Anzahl von Neuronen bei Männern höher: Dies deutet darauf hin, dass der männliche zerebrale Kortex deutlich mehr Neuronen besitzt. Experimente mit Ratten zeigen, dass Testosteron den apoptotischen Neuronenuntergang hemmt, dieses Phänomen ist bei Männern für die größere Zahl von Neuronen im SDN des präoptischen Areals im Hypothalamus verantwortlich (Davis et al. 1996). Zur stärksten Reduktion kortikaler Neuronen kommt es beim Menschen während der letzten 10 Schwangerschaftswochen, was vermuten lässt, dass Geschlechtsunterschiede in der Zahl kortikaler Neuronen durch biologische Faktoren, die in utero wirken, verursacht werden.

Eine einfache Erklärung für diese Effekte ist die Tatsache, dass Östradiol und Testosteron das Gehirn über das Kreislaufsystem erreichen können. Gonadenhormone haben eine niedrige Molekularmasse (270–379 KDa) und sind ausreichend lipophil, um die Blut-Hirn-Schranke durch einfache Diffusion passieren zu können. Aber ebenso wie Zellen in der Nebennierenrinde, in den Ovarien, Testes und der Plazenta können auch Zellen in bestimmten Gehirnarealen eine Cholesterol-Seitenkettenspaltung durchführen.

1.3.7 Geschlechtshormone im ZNS

Das ZNS ist eine Zielregion gonadaler Hormone, und es wird immer klarer, dass signifikante hormonelle Veränderungen zahlreiche Prozesse im ZNS modulieren können. So genannte **organisierende** Effekte sind Wirkungen von Geschlechtshormonen, die permanente Spuren im ZNS hinterlassen. Diese Wirkungen treten während der Entwicklung ein und sind dauerhaft. Geschlechtshormone üben aber auch während des adulten Stadiums weiterhin Wirkungen aus, diese werden als **aktivierend** bezeichnet.

Die Rolle von **Östrogen** für die Aufrechterhaltung neuronaler Integrität und für die Plastizität im ZNS wird zunehmend deutlicher. Verschiedene Studien stellten bei gesunden postmenopausalen Frauen Verbesserungen kognitiver Leistungen durch Östrogentherapie fest (Smith u. Zubieta 2001), wobei am häufigsten über eine Verbesserung des verbalen Gedächtnisses berichtet wird.

Es gibt eine Reihe potenzieller Mechanismen, über die Östrogen kognitive Funktionen unterstützen könnte. Beispielsweise besitzt **Östradiol** antioxidative und entzündungshemmende Eigenschaften, diese können Gehirnschäden entgegenwirken (► Kap. 16 und 17), welche durch freie Radikale verursacht werden (Smith u. Zubieta 2001). Im menschlichen Gehirn finden sich Östrogenrezeptoren in verschiedenen Regionen, wobei der ERα-Subtyp die höchsten Konzentrationen in der Amygdala, im Hypothalamus und in Teilen der hippokampalen Formation zeigt. Der ERβ-Subtyp wird am häufigsten im **Hippokampus**, im Klaustrum und im Kortex gefunden (Osterlund et al. 2000).

Ein bekanntes Zielgebiet neuromodulatorischer Wirkungen von Gonadenhormonen ist die hippokampale Formation, die an Lern- und Gedächtnisprozessen beteiligt ist. Östrogene haben nicht nur genomische, sondern auch schnelle nicht-genomische Einflüsse auf die synaptische Plastizität im Hippokampus. Das Vorhandensein von Östradiol im Hippokampus kann – neben der Bereitstellung des Hormons über den Blutkreislauf – mit dem Vorkommen von Zytochrom-P450-Aromatase im Hippokampus erklärt werden; diese Aromatase wurde kürzlich bei der adulten Ratte und beim Menschen im Hippokampus nachgewiesen. Dieses Enzym vermittelt die Umwandlung von Testosteron zu Östradiol (Azcoitia et al. 2001). Darüber hinaus wurde gezeigt, dass Östradiol in hippokampalen Neuronen aus Cholesterol synthetisiert werden kann.

Die Wirkungen von **Androgenen** auf die neuronale **Exzitabilität** sind umstritten. Während die beobachteten exzitatorischen Wirkungen von Testosteron wahrscheinlich auf seine Umwandlung in Östradiol zurückgehen (Beyenburg et al. 2001), kann Testosteron sogar den epileptogenen Effekten von Östradiol entgegenwirken (Edwards et al. 1999). Außerdem kann es die Reaktion von Östrogenrezeptoren antagonisieren und die Dichte von Östrogenrezeptoren im Gehirn herabregulieren (Brown et al. 1996). Interessanterweise verbessert eine Testosteronersatztherapie bei Epilepsie die Kontrolle von Krampfanfällen, wenn Testosteron in Kombination mit Testolakton verabreicht wird, einem Aromatasehemmer, der die Umwandlung von Testosteron zu Östradiol unterbindet (Herzog et al. 1993).

Bei Männern kann ein vorübergehende Erhöhung des Steroidhormonspiegels auf das Dreifache durch Gabe von humanem Choriongonadotropin dazu führen, dass die Schwelle zur Auslösung einer motorischen Reaktion bei transkranieller Magnetstimulation des primären Motorkortex sinkt (Bonifazi et al. 2004). Da der Schwellenwert für die Auslösung einer motorischen Reaktion die Exzitabilität der Motoneuronen reflektiert, kann angenommen werden, dass Geschlechtssteroide die kortikospinalen Bahnen fazilitieren. Interessanterweise fanden Smith et al. (2002) bei Frauen während der späten Follikularphase des Menstruationszyklus, in der die Östradiolkonzentration im Blut 3,5-mal höher ist als in der frühen Follikularphase, keine signifikanten Veränderungen dieser Schwelle. Diese Unterschiede lassen vermuten, dass männliche Neuronen über ein höheres Exzitabilitätsniveau als weibliche verfügen und dass Östradiol die Exzitabilität bei Männern steigert, bei Frauen jedoch nicht.

Untersuchungen zu **kognitiven Fähigkeiten**, darunter insbesondere diejenigen, die sich auf Geschlechtsunterschiede konzentrierten, haben gezeigt, dass Frauen im Allgemeinen bessere verbale Fähigkeiten, eine höhere Wahrnehmungsgeschwindigkeit und bessere feinmotorische Fähigkeiten besitzen, während Männer in Tests zu räumlichen und mathematischen Fähigkeiten und grobmotorischer Kraft häufig besser abschneiden (Hampson 1990; ► Kap. 6). Interessanterweise werden die Leistungen von Frauen in bestimmten Tests kognitiver Fähigkeiten durch Veränderungen des weiblichen

Hormonspiegels über den Menstruationszyklus beeinflusst. In der präovulatorischen Phase beispielsweise, in der relative hohe Östrogenwerte vorherrschen, werden geringe Verschlechterungen der räumlichen Fähigkeiten und Verbesserungen in Aufgaben zur manuellen Koordination und artikulatorischen Fähigkeit beobachtet (Hampson 1990).

Insgesamt zeigen die Untersuchungen, dass weibliche Geschlechtshormone die Leistungen bei denjenigen Fertigkeiten verbessern, bei denen Frauen normalerweise besser abschneiden, während sie die Leistungen in Aufgaben, die Männer normalerweise besser können, verschlechtern (Wizemann u. Pardue 2001).

1.3.8 Stress, Schmerz, Hormone und Immunsystem

Man nimmt an, dass Gonadenhormone eine Rolle für Geschlechtsunterschiede bei verschiedenen **chronischen Schmerzsyndromen** und Immunreaktionen spielen (Craft et al. 2004; Grossman et al. 1991; ► Kap. 11). Östrogene scheinen die Entwicklung chronischer Schmerzsyndrome zu fördern, während Androgene dagegen schützen sollen (Craft et al. 2004). Androgene scheinen auch die Aktivität des Immunsystems zu verringern, während Östrogene dessen Aktivität eher fördert, wie sich in der größeren Häufigkeit von Störungen des Immunsystems bei Frauen zeigt (Whitacre 2001).

Im Schmerzsystem, ebenso wie in den anderen sensorischen Systemen, zeigen sich Geschlechts- wie auch Gender-Unterschiede. Es wurde wiederholt gezeigt, dass Frauen häufiger und intensiver an Schmerzen leiden als Männer. Diese Resultate werden durch klinische und experimentelle Befunde gestützt, die demonstrieren, dass weibliche Lebewesen eine geringere Schwelle für nozizeptive Stimuli haben als männliche und auf dieselben Schmerzreize eine stärkere Verhaltensreaktion zeigen, auch in den inneren Organen (Giamberardino 2000).

Experimentelle und klinische Befunde verweisen auf eine Beteiligung weiblicher Gonadenhormone an vielen chronischen Schmerzsyndromen. Veränderungen im Östrogen-Plasmaspiegel korrelierten mit wiederkehrenden Schmerzen bei Frauen (Marcus et al. 1995). Bei postmenopausalen Frauen, die sich eine Östrogenersatztherapie unterziehen, ist ein erhöhtes Vorkommen von temporomandibulärem Gelenkschmerz zu beobachten (Le Resche 1997). Kürzlich stellten wir fest, dass männliche Ratten, die über zwei Tage intrazerebroventrikulare Östrogeninjektionen erhielten, stärkeres Leckverhalten in Reaktion auf Formalin-induzierten Schmerz zeigten als Kontrolltiere, die Injektionen mit Kochsalzlösung erhielten (Aloisi u. Ceccarelli 2000).

Östrogene scheinen also die Schmerzwahrnehmung zu fördern – dies könnte zum Teil erklären, warum chronische Schmerzsyndrome häufiger bei Frauen auftreten (Berkley 1997).

Im Gegensatz dazu verfügen wir nicht über ausreichende Informationen zur Rolle von Androgenen bei Schmerz. Die meisten durchgeführten Studien weisen allerdings darauf hin, dass Androgene bei Schmerzen helfen. Beispielsweise wurde bei Arbeiterinnen ein inverser Zusammenhang zwischen Plasmatestosteron und arbeitsbedingten Schulter- und Nackenschmerzen gefunden (Kaergaard et al. 2000). Ähnliche Resultate stammen aus Tierexperimenten: beispielsweise wurde festgestellt, dass bei männlichen Ratten Testosteron eine Schutzfunktion gegen Adjuvans-induzierte Arthritis ausübt (Harbuz et al. 1995).

1.3.9 Geschlechtsunterschiede bezüglich der HPA-Achse

Die Forschung hat gezeigt, dass schwere traumatische Erlebnisse in der Kindheit einen Faktor für Störungen des neuroendokrinen Systems und der HPA-Achse darstellen könnten; diese Störungen sollen mit erhöhtem Auftreten von stress- und schmerzbezogenen Krankheiten in Zusammenhang stehen (Weissbecker et al. 2006). Zahlreiche Tierexperimente haben gezeigt, dass nach Stimulation der HPA-Achse der Glukokortikoidspiegel in weiblichen Lebewesen höher ist als in männlichen, im Gegensatz dazu zeigten die meisten psychologischen Stressuntersuchungen beim Menschen entweder niedrigere Kortisolwerte bei Frauen als bei Männern oder keine signifikanten Geschlechtsunterschiede in Reaktion auf einen akuten realen psychologischen Stressfaktor (Kajantie u. Phillips 2006; Kudielka u. Kirschbaum 2005).

Die beobachteten Geschlechtsunterschiede in der **Stressreaktion der HPA-Achse** könnten auf geschlechtliche Dimorphismen in Gehirnfunktionen und zirkulierenden Steroiden zurückzuführen sein. Die wesentlichen Geschlechtsunterschiede sind laut Kajantie u. Phillips (2006):

- Erhöhte Sensitivität der CRH-Produktion im männlichen Hypothalamus als Reaktion auf Stress führt zu verstärkter ACTH-Synthese.
- Die Nebennierenrinde bei prämenopausalen Frauen zeigt jedoch höhere Sensitivität für ACTH, wodurch die geringeren ACTH-Konzentrationen teilweise ausgeglichen werden und der Geschlechtsunterschied bei der Kortisolsynthese verringert wird.
- Die Synthese von kortikosteroidbindendem Globulin (CBG), das die Bioverfügbarkeit von Kortisol beeinflusst, wird durch Östrogen stimuliert und ist daher bei Frauen höher als bei Männern, insbesondere, wenn orale Kontrazeptiva verwendet werden.

Der Zusammenhang von chronischen Schmerzsyndromen, Funktion der HPA-Achse und Geschlechtshormonen ist beim Menschen in verschiedenen Studien untersucht worden. Girdler et al. (2005) stellten eine Beeinträchtigung der Funktion der HPA-Achse bei **Rauchern** fest. Eine solche verringerte Funktion der HPA-Achse könnte bei Raucherinnen das Ausbleiben von stressinduzierter Analgesie bei ischämischem Schmerz erklären, die man bei Nichtraucherinnen normalerweise beobachtet. Da die Schmerzempfindlichkeit beim Ischämietest durch intrinsische Opioidsysteme vermittelt wird (Girdler et al. 2005), kann die verringerte Fähigkeit der HPA-Achse, auf Stress zu reagieren, zusammen mit verringerter Modulation der Konzentration von β-Endorphinen, zur gestörten Regulation der endogenen Schmerzmechanismen bei Frauen beitragen.

Hampf et al. (1989) untersuchten das Niveau von Kortisol und β-Endorphinen bei Patienten mit **chronischem orofazialem Schmerz,** konnten jedoch keine Korrelation zwischen endokrinen Markern und Schmerz bzw. psychischen Störungen nachweisen. Wir haben jedoch vor kurzem festgestellt, dass bei Patienten, die an chronischem, nicht-malignem Schmerz leiden, die Kortisolwerte signifikant niedriger und auch die Östrogenwerte niedriger liegen als bei der Kontrollgruppe, während die Testosteronwerte keine Unterschiede aufweisen (Aloisi et al. 2005). Außerdem haben Frauen mit chronischen Unterleibsschmerzen ohne identifizierte organische Ursache normale bis niedrige diurnale Kortisolkonzentrationen im Speichel (Heim et al. 1999). Bei diesen Frauen führt eine Stimulation von CRH zu normalen Plasmawerten für ACTH, aber zu einer verringerten Kortisolkonzentration im Speichel (Heim et al. 1999).

Adler et al. (1999) stellten fest, dass bei Patienten mit **Fibromyalgie**, einer chronischen Erkrankung, von der hauptsächlich Frauen betroffen sind, die Aktivierung der HPA-Achse in Reaktion auf Hypoglykämie beeinträchtigt ist. Bei Patienten mit Fibromyalgie können auch Veränderungen des zirkadianen Rhythmus für Kortisol auftreten, erkennbar an einem hohen Kortisolspiegel am Abend. Eine Erklärung für die gestörte zirkadiane Rhythmik bei diesen Patienten ist eine verringerte Elastizität der HPA-Achse, wahrscheinlich aufgrund hippokampaler Störungen der Feedback-Inhibition durch beeinträchtigte Funktion von Glukokortikoidrezeptoren (Crofford et al. 2004). In diesem Zusammenhang stellten Lentjes et al. (1997) fest, dass bei Patienten mit Fibromyalgie eine verringerte Bindungsaffinität für Glukokortikoide an den Glukokortikoidrezeptoren in peripheren mononuklearen Zellen (PBMC) vorliegt, die zum Teil für die Störung der Kortisol-Feedback-Inhibition verantwortlich sein könnte.

Eine Anpassung an den Trainingsstress bei Sportlern, erkennbar an Leistungssteigerungen, geht mit hoher Bindungskapazität von **Glukokortikoidrezeptoren** einher (Bonifazi et al. 2001). Eine gesteigerte Bindungskapazität der Glukokortikoidrezeptoren erhöht die Sensitivität der Hypophyse für die negative Kortisolrückkopplung und hilft dabei, ein optimales Niveau von zirkulierendem Kortisol aufrechtzuerhalten. Damit könnte die Wirkung von Kortisol gefördert (Sapolsky et al. 2000) und so die Reaktion auf Stressfaktoren und die Adaptionsprozesse verbessert werden. Bei Patienten mit Fibromyalgie wurde nach einem dreiwöchigen multidisziplinären Therapieprogramm, das Aerobic-Übungen, Entspannungsübungen und kognitive Verhaltenstherapie umfasste, ein signifikanter Anstieg in der mRNA-Expression von Glukokortikoidrezeptoren festgestellt (Muscettola et al. 2004). Gleichzeitig wurde eine signifikante Verringerung der Anzahl von Druckschmerzpunkten, der prozentualen Größe schmerzhafter Bereiche und der tatsächlichen Schmerzempfindung festgestellt. Diese Befunde verweisen darauf, dass ein teilweises Nachlassen der Muskelschmerzen bei Patienten mit Fibromyalgie auf verbesserte Funktion der HPA-Achse zurückzuführen sein könnte, die mit einer gesteigerten Anpassungsleistung des Stress-Systems einhergeht, was wiederum wahrscheinlich mit einer verstärkten Synthese von Glukokortikoidrezeptoren zusammenhängt.

1.4 Geschlechtsunterschiede und Immunsystem

1.4.1 Interferon-γ (IFN-γ)

Unsere Forschergruppe hat wiederholt starke Korrelationen zwischen Gonadenhormonen, Schmerz und Immunfunktionen beobachtet (▶ Kap. 15). Beispielsweise zeigen die beiden wichtigen Zytokine IFN-γ und MIF Geschlechtsunterschiede und werden durch Geschlechtshormone beeinflusst. Eine Beteiligung von IFN-γ an Schmerzprozessen wird vermutet, da man an Synapsen der oberflächlichen Schichten des Hinterhorns bei Ratten IFN-γ-Rezeptor-Immunoreaktivität festgestellt hat (Vikman et al. 1998). Darüber hinaus bewirkte eine anhaltende schmerzhafte Stimulation bei Ratten eine Verringerung von IFN-γ (Aloisi et al. 2004). IFN-γ kann die synaptische Übertragung auf verschiedene Weise beeinflussen, da es die Expression einer großen Zahl von Genen reguliert. Insbesondere ist IFN-γ wirksam bei der Induktion von **NOS** (Stickoxidsynthase) (Forstermann et al. 1998), während zentraler Sensitivierung werden verschiedene Formen von NOS im Rückenmark induziert (Wu et al. 2001). Dies muss betont werden, denn Vikman et al. (2003) zeigten kürzlich, dass IFN-γ die Reaktivität von Neuronen im Hinterhorn auf Stimulation von DRG-Axonen steigert. Daher könnte die Disinhibition der Aktivität neuronaler Netzwerke im Hinterhorn, die bei Entzündungen und Infektionen durch IFN-γ im Rückenmark ausgelöst wird, die Reaktionen auf periphere sensorische Stimulation im Hinterhorn steigern, woraus eine Sensitivierung und Verstärkung aller durch Nozizeption induzierten zentralen Veränderungen resultiert (Ji et al. 2003).

In Verbindung mit anderen Resultaten verweisen diese Daten auf eine faszinierende Hypothese: IFN-γ könnte eine Schlüsselrolle bei der Bestimmung der experimentell und klinisch beobachteten Geschlechtsunterschiede beim Schmerz spielen, und zwar aufgrund seine Fähigkeit, die Aktivierung im Rückenmark, die durch periphere nozizeptive Stimuli induziert wird, hochzuregulieren. Dieser Mechanismus könnte erklären, weshalb Frauen (mit höherem Östrogen- und IFN-γ-Niveau) eine stärkere Verhaltensreaktion und länger andauernde neuronale und Verhaltenseffekte zeigen als Männer (Aloisi et al. 1997; Ceccarelli et al. 1999).

1.4.2 Migrationsinhibitionsfaktor

Der Migrationsinhibitionsfaktor (MIF) wurde zunächst als ein T-Zellen-Zytokin beschrieben, das in der Lage ist, die regellose Migration von Makrophagen zu hemmen, Makrophagen an den Entzündungsorten zu konzentrieren und ihre Fähigkeit zur Vernichtung intrazellulärer Parasiten und Tumorzellen zu steigern (Bloom u. Bennet 1966; David 1966; Nathan et al. 1971). Vor einiger Zeit wurde gezeigt, dass MIF von verschiedenen anderen Zelltypen wie Monozyten, Endothelzellen und Zellen des Hypophysenvorderlappens produziert wird und multifunktionale physiologische Wirkungen besitzt (Bernhagen et al. 1993; Nishihira et al. 1998; Abe et al. 2000). MIF kann als Reaktion auf Stress oder systemische Entzündungsstimuli von der Hypophyse freigesetzt werden (Bernhagen et al. 1994; Calandra u. Bucala 1997) und zirkuliert danach im Blut als ein Hormon.

Viele Zytokine beeinflussen die Funktionen des Nervensystems und regulieren das neuroendrokrine System über lokale und/oder systemische

Effekte (Vitkovic et al. 2000). MIF gehört zu dieser Gruppe von Vermittlern zwischen Immunsystem und neuroendokrinem System (Fingerle-Rowson u. Bucala 2001). Obwohl MIF an einer Reihe von reproduktiven Prozessen beteiligt zu sein scheint und in verschiedenen hormonsensitiven Geweben (Prostata und Uterus) exprimiert wird (Arcuri et al. 2001, Vera u. Meyer-Siegler 2003), konnte bislang kein direkter Zusammenhang zwischen MIF-Plasmaspiegel und Gonadenhormonen gezeigt werden.

In einer aktuellen Studie (Aloisi et al. 2005) wurde festgestellt, dass der MIF-Plasmaspiegel in einer Kontrollgruppe von schmerzfreien Männern signifikant höher war als in einer Kontrollgruppe von Frauen. Dieser Unterschied zeigte sich allerdings nur in der Altergruppe unter 55 Jahren. Die jüngeren Männer hatten auch die höchsten Testosteronwerte. Der einzige weitere Bericht eines vergleichbaren Geschlechtsunterschiedes stammt von Vera u. Meyer-Siegler (2003), die feststellten, dass die MIF-Proteinkonzentrationen in der Blase von Ratten bei jungen Männchen dreimal höher lagen als bei jungen Weibchen.

Obwohl man viele Hypothesen anführen kann, um das höhere MIF-Niveau bei jüngeren Männern zu erklären, legt die positive Korrelation zwischen MIF-Plasmaspiegel und Testosteron nahe, dass der MIF-Spiegel direkt und/oder indirekt über Testosteron moduliert wird. Eine solche Interaktion wird auch durch den Befund von MIF-Expression in testosteron-sensitiven Organen wie der Prostata und den Testes gestützt (Hedger u. Meinhardt 2003; Vera u. Meyer-Siegler 2003), sowie durch die Beteiligung von Testosteron bei pro- und antiinflammatorischen Zuständen auf systemischer und zellulärer Ebene (Ashcroft u. Mills 2002; ▶ Kap. 15).

Zirkulierendes Testosteron ist auch bei Frauen vorhanden, das niedrige Niveau scheint jedoch nicht im Zusammenhang mit MIF zu stehen. Es gibt bei Frauen jedoch eine negative Korrelation zwischen MIF und Östradiol: Jüngere Frauen (mit hohem Östrogenniveau) haben niedrigere MIF-Werte. Dies legt die Vermutung nahe, dass MIF durch Östrogene heruntergeregelt wird.

Starke Expression von MIF findet sich in Neuronen des Kortex, des Hypothalamus, im Hippokampus, Zerebellum und Pons (Bacher et al. 1998). Das hohe MIF-Niveau in den Neuronen lässt eine physiologische (protektive) Rolle vermuten, zusätzlich zu der bei zerebralen Entzündungen. Besonders stark wird MIF in hippokampalen Neuronen exprimiert, die sensitiv für Glukokortikoide sind. Die Wirkung von Glukokortikoiden auf den Hippokampus ist gut bekannt, wenn sie lange andauern, treten negative Auswirkungen auf, die denen bei chronischem Stress und Schmerz ähneln (Bacher et al. 1998; Ogata et al. 1998).

Die Vorstellung, dass ein hohes MIF-Niveau bei jüngeren Männern eine protektive Wirkung auf Neuronen im Hippokampus ausübt, ist für Erklärungsansätze der Geschlechtsunterschiede bei der Entwicklung chronischer Schmerzsyndrome von besonderer Relevanz.

Ein weiterer interessanter Aspekt ist die Wirkung von MIF auf periphere Nerven. Eine Untersuchung hat gezeigt, dass MIF sogar in peripheren Nerven exprimiert wird, daher könnte dieser Faktor Bedeutung für die Nervenregeneration haben (Nishio et al. 1999). Ein großer Prozentsatz von Patienten entwickelt nach einer Nervenschädigung ein chronisches Schmerzsyndrom, die meisten davon sind Frauen (Fillingim 2001).

Diese Befunde veranlassten uns, über die Rolle von MIF bei der **Nervenregeneration** zu spekulieren. Zunächst einmal ist der MIF-Plasmaspiegel bei Männern höher als bei Frauen. Wenn das MIF-Niveau in den Nerven bei Frauen ebenfalls geringer ist, können wir die Hypothese aufstellen, dass Frauen sich möglicherweise schlechter von einer Nervenschädigung erholen. Darüber hinaus spielt MIF eine Rolle bei der Detoxifikation von Katecholaminprodukten (Matsunaga et al. 1999), daher lässt das niedrigere MIF-Niveau bei Frauen geringere Kapazitäten für den Schutz von Nervengewebe vermuten. MIF kann aufgrund seiner Fähigkeit, die Freisetzung von Zytokinen oder Stickoxid (NO) zu modulieren, auch für die Funktion des neuralen Systems von Bedeutung sein (Bernhagen et al. 1994; Bozza et al. 1999). Eine weitere, nicht auszuschließende Möglichkeit lautet, dass das geringere MIF-Niveau bei chronischen Schmerzpatienten keine Folge des chronischen Schmerzes, sondern konstitutionell determiniert ist und so die Entwicklung eines chronischen Schmerzsyndroms bei diesen Individuen begünstigt.

Fazit

Hormone, insbesondere Gonadenhormone, üben vielfältige Wirkungen im ganzen Körper aus. Aus mehreren Gründen ist es uns bislang nicht gelungen, eine genaue Karte aller ihrer Effekte zu erstellen. Ihre Konzentrationen, relativen Konzentrationen, die unterschiedlichen Effekte bei unterschiedlichen Konzentrationen usw. machen ihre umfassende Untersuchung praktisch unmöglich. Darüber hinaus unterliegt die Bestimmung der Blutkonzentration von Hormonen sowie von Hormonmangel oder Hormonersatz starken methodischen Einschränkungen, die die Untersuchung sehr erschweren.

Insgesamt lautet die zentrale Aussage all dieser Betrachtungen, dass sich die im Körper vorhandenen Gonadenhormone im Laufe des Lebens deutlich verändern. Forscher müssen dies bei ihren Untersuchungen und Kliniker bei ihren Diagnosen und Therapien beachten. Diese Tatsache zu vergessen würde bedeuten, dass die Antworten auf einige experimentelle Fragen und – was noch wichtiger ist – korrekte Diagnosen und Therapien für Männer und Frauen erst verzögert gefunden werden.

Literatur

Abalovich M, Levalle O, Hermes R, Scaglia H, Aranda C, Zylbersztein C, Oneto A, Aquilano D, Gutierrez S (1999) Hypothalamic-pituitary-testicular axis and seminal parameters in hyperthyroid males. Thyroid 9:857–863

Abe R, Shimizu T, Ohkawara A, Nishihira J (2000) Enhancement of macrophage migration inhibitory factor (MIF) expression in injured epidermis and cultured fibroblasts. Biochim. Biophys. Acta 1500:1–9

Adler GK, Kinsley BT, Hurwitz S, Mossey CJ, Goldenberg DL (1999) Reduced hypothalamic-pituitary and sympathoadrenal responses to hypoglycemia in women with fibromyalgia syndrome. Am J Med 106:534–543

Aloisi AM, Ceccarelli I (2000) Role of gonadal hormones in formalin-induced pain responses of male rats: modulation by estradiol and naloxone administration. Neuroscience 95:559–566

Aloisi AM, Muscettola M, Lupo C (2001) Effects of gonadectomy and pain on interferon-gamma production in splenocytes of male and female rats. Brain Behav Immun 15:266–272

Aloisi AM, Pari G, Ceccarelli I, Vecchi I, Ietta F, Lodi L, Paulesu L (2005) Gender-related effects of chronic non-malignant pain and opioid therapy on plasma levels of macrophage migration inhibitory factor (MIF). Pain 115:142–151

Aloisi AM, Zimmermann M, Herdegen T (1997) Sex-dependent effects of formalin and restraint on c-Fos expression in the septum and hippocampus of the rat. Neuroscience 81:951–958

Andreason PJ, Zametkin AJ, Guo AC, Baldwin P, Cohen RM (1994) Gender-related differences in regional cerebral glucose metabolism in normal volunteers. Psychiatry Res 51:175–183

Arcuri F, Ricci C, Ietta F, Cintorino M, Tripodi SA, Cetin I, Garzia E, Schatz F, Klemi P, Santopietro R, Paulesu L (2001) Macrophage migration inhibitory factor in the human endometrium: expression and localization during the menstrual cycle and early pregnancy. Biol Reprod 64:1200–1205

Azcoitia I, Sierra A, Veiga S, Honda S, Harada N, Garcia-Segura LM (2001) Brain aromatase is neuroprotective. J Neurobiol 47:318–329

Bacher M, Meinhardt A, Lan HY, Dhabhar FS, Mu W, Metz CN, Chesney JA, Gemsa D, Donnelly T, Atkins RC, Bucala R (1998) MIF expression in the rat brain: implications for neuronal function. Mol Med 4:217–230

Beyenburg S, Stoffel-Wagner B, Bauer J, Watzka M, Blumcke I, Bidlingmaier F, Elger CE (2001) Neuroactive steroids and seizure susceptibility. Epilepsy Res 44:141–153

Berkley KJ (1997) Sex differences in pain. Behav Brain Sci 20:371–380

Bernhagen J, Calandra T, Mitchell RA, Martin SB, Tracey KJ, Voelter W, Manogue KR, Cerami A, Bucala R (1993) MIF is a pituitary-derived cytokine that potentiates lethal endotoxaemia. Nature 365:756–759

Bernhagen J, Mitchell RA, Calandra T, Voelter W, Cerami A, Bucala R (1994) Purification, bioactivity, and secondary structure analysis of mouse and human macrophage migration inhibitory factor (MIF). Biochemistry 33:144–155

Bloom BR, Bennet B (1966) Mechanism of a reaction in vitro associated with delayed-type hypersensitivity. Science 153:80–82

Bonifazi M, Bosco C, Colli R, Lodi L, Lupo C, Massai L, Muscettola M (2001) Glucocorticoid receptors in human peripheral blood mononuclear cells in relation to explosive performance in elite handball players. Life Sci 69:961–968

Bonifazi M, Ginanneschi F, della Volpe R, Rossi A (2004) Effects of gonadal steroids on the input-output relationship of the corticospinal pathway in humans. Brain Res 2:187–194

Bozza M, Satoskar AR, Lin G, Lu B, Humbles AA, Gerard C, David JR (1999) Targeted disruption of migration inhibitory factor gene reveals its critical role in sepsis. J Exp Med 189:341–346

Brinkmann AO (2001) Molecular basis of androgen insensitivity. Mol Cell Endocrinol. 179:105–109

Brown TJ, Scherz B, Hochberg RB, MacLusky NJ (1996) Regulation of estrogen receptor concentrations in rat brain:

effects of sustained androgen and estrogen exposure. Neuroendocrine 63:53–60
Calandra T, Bucala R (1997) Macrophage migration inhibitory factor (MIF): a glucocorticoid counter-regulator within the immune system. Crit Rev Immunol 17:77–88
Carrel L, Cottle AA, Goglin KC, Willard HF (1999) A first-generation X-inactivation profile of the human X chromosome. Proc Natl Acad Sci USA 96:14440–14444
Ceccarelli I, Scaramuzzino A, Aloisi AM (1999) Effects of formalin pain on hippocampal c-Fos expression in male and female rats. Pharmacol Biochem Behav 64:797–802
Ceccarelli I, De Padova AM, Fiorenzani P, Massafra C, Aloisi AM (2006) Single opioid administration modifies gonadal steroids in both the CNS and plasma of male rats. Neuroscience140:929–937
Ciana P, Raviscioni M, Mussi P, Vegeto E, Que I, Parker MG, Lowik C, Maggi A (2003) In vivo imaging of transcriptionally active estrogen receptors. Nat Med 9:82–86
Collado P, Segovia S, Cales JM, Perez Laso C, Rodriquez Zafra M, Guillamon A, Valencia A (1992) Female's DHT controls sex differences in the rat bed nucleus of the accessory olfactory tract. Neuroreport 3:327–329
Craft RM, Mogil JS, Aloisi AM (2004) Sex differences in pain and analgesia: the role of gonadal hormones. Eur J Pain 8:397–411
Crofford LJ, Young EA, Engleberg NC, Korszun A, Brucksch CB, McClure LA, Brown MB, Demitrack MA (2004) Basal circadian and pulsatile ACTH and cortisol secretion in patients with fibromyalgia and/or chronic fatigue syndrome. Brain Behav Immun 18:314–325
David JR (1966) Delayed hypersensitivity in vitro: its mediation by cell-free substances formed by lymphoid cell-antigen interaction. Proc Natl Acad Sci USA 56:72–77
Davis EC, Popper P, Gorski RA (1996) The role of apoptosis in sexual differentiation of the rat sexually dimorphic nucleus of the preoptic area. Brain Res 734:10–18
Dunn JF, Nisula BC, Rodbard D (1981) Transport of steroid hormones: binding of 21 endogenous steroids to both testosterone-binding globulin and corticosteroid-binding globulin in human plasma. J Clin Endocrinol Metab 53:58–68
Edwards HE, Burnham WM, MacLusky NJ (1999) Testosterone and its metabolites affect afterdischarge thresholds and the development of amygdala kindled seizures. Brain Res 838:151–157
Falkenstein E, Tillmann HC, Christ M, Feuring M, Wehling M (2000) Multiple actions of steroid hormones – a focus on rapid, nongenomic effects. Pharmacol Rev 52:513–556
Fillingim RB (2001) Sex, gender and pain. IASP Press, Seattle
Fingerle-Rowson GR, Bucala R (2001) Neuroendocrine properties of macrophage migration inhibitory factor (MIF). Immun Cell Biol 79:368–375
Ford HC, Cooke RR, Keightley EA, Feek CM (1992) Serum levels of free and bound testosterone in hyperthyroidism. Clin Endocrinol (Oxf) 36:187–192
Forstermann U, Boissel JP, Kleinert H (1998) Expressional control of the 'constitutive' isoforms of nitric oxide synthase (NOS I and NOS III). FASEB J 12:773–790
Foster TC (2005) Interaction of rapid signal transduction cascades and gene expression in mediating estrogen effects on memory over the life span. Front Neuroendocrinol 26:51–64
Galea LA, Wide JK, Paine TA, Holmes MM, Ormerod BK, Floresco SB (2001) High levels of estradiol disrupt conditioned place preference learning, stimulus response learning and reference memory but have limited effects on working memory. Behav Brain Res 126:115–126
Giamberardino MA (2000) Sex-related and hormonal modulation of visceral pain. In: Fillingim EB (ed) Sex, gender and pain. IASP Press, Seattle, USA
Gibbs RB, Burke AM, Johnson DA (1998) Estrogen replacement attenuates effects of scopolamine and lorazepam on memory acquisition and retention. Horm Behav 34:112–25
Girdler SS Maixner W, Naftel HA, Stewart PW, Moretz RL, Light KC (2005) Cigarette smoking, stress-induced analgesia and pain perception in men and women. Pain 114:372–385
Gorski RA (2002) Hypothalamic imprinting by gonadal steroid hormones. Adv Exp Med Biol 511:57–70; discussion 70–73
Grossman CJ, Roselle GA, Mendenhall CL (1991) Sex steroid regulation of autoimmunity. J Steroid Biochem Mol Biol 40:649–659
Hampf G, Ekholm A, Salo T (1989) Sensibility threshold, mental health, and endocrine markers in patients with chronic orofacial pain. Int J Psychosom 36:37–40
Hampson E (1990) Variations in sex-related cognitive abilities across the menstrual cycle. Brain Cogn 14(1):26–43
Harbuz MS, Perveen-Gill Z, Lightman SL, Jessop DS (1995) A protective role for testosterone in adjuvant-induced arthritis. Br J Rheumatol 34:1117–1122
Hedger MP, Meinhardt A (2003) Cytokines and the immune-testicular axis. J Reprod Immunol 58:1–26
Heim C, Ehlert U, Hanker JP, Hellhammer DH (1999) Psychological and endocrine correlates of chronic pelvic pain associated with adhesions. J Psychosom Obstet Gynaecol 20:11–20
Herzog AG, Klein P, Jacobs AR (1998) Testosterone versus testosterone and testolactone in treating reproductive and sexual dysfunction in men with epilepsy and hypogonadism. Neurology 50:782–784
Ji RR, Kohno T, Moore KA, Woolf CJ (2003) Central sensitization and LTP: do pain and memory share similar mechanisms? Trends Neurosci 26:696–705
Jordan D, Tafani JA, Ries C, Zajac JM, Simonnet G, Martin D, Kopp N, Allard M (1996) Evidence for multiple opioid receptors in the human posterior pituitary. J Neuroendocrinol 8:883–887
Kaergaard A, Hansen AM, Rasmussen K, Andersen JH (2000) Association between plasma testosterone and work-related neck and shoulder disorders among female workers. Scand J Work Environ Health 26:292–298
Kahn SM, Hryb DJ, Nakhla AM, Romas NA, Rosner W (2002) Sex hormone-binding globulin is synthesized in target cells. J Endocrinol 175:113–120
Kajantie E, Phillips DI (2006) The effects of sex and hormonal status on the physiological response to acute psychosocial stress. Psychoneuroendocrinology 31:151–178

Kawata M (1995) Roles of steroid hormones and their receptors in structural organization in the nervous system. Neurosci Res 24:1–46

Kudielka BM, Kirschbaum C (2005) Sex differences in HPA axis responses to stress: a review. Biol Psychol 69:113–132

Lentjes EGWM, Griep EN, Boersma JW, Romijn FPTHM, de Kloet ER (1997)Glucocorticoid receptors, fibromyalgia and low back pain. Psyconeuroendocrinology 22:603–614

Leifke E, Gorenoi V, Wichers C, Von Zur Muhlen A, Von Buren E, Brabant G (2000) Age-related changes of serum sex hormones, insulin-like growth factor-1 and sex-hormone binding globulin levels in men: cross-sectional data from a healthy male cohort. Clin Endocrinol (Oxf) 53:689–695

LeResche L (1997) Epidemiology of temporomandibular disorders: implications for the investigation of etiologic factors. Crit Rev Oral Biol Med 8:291–305

Lu S, Simon NG, Wang Y, Hu S (1999) Neural androgen receptor regulation: effects of androgen and antiandrogen. J Neurobiol 41:505–512

Marcus DA, Scharff L, Turk DC (1995) Nonpharmacological management of headaches during pregnancy. Psychosom Med 57:527–535

Matsunaga J, Sinha D, Solano F, Santis C, Wistow G, Hearing V (1999) Macrophage migration inhibitory factor (MIF) – its role in catecholamine metabolism. Cell Mol Biol 45:1035–1040

McFadden D (1993) A masculinizing effect on the auditory systems of human females having male co-twins. Proc Natl Acad Sci USA 90:11900–11904

Mendel CM (1989) The free hormone hypothesis: a physiologically based mathematical model. Endocr Rev 10:232–274

Mohamed MK, Abdel-Rahman AA (2000) Effect of long-term ovariectomy and estrogen replacement on the expression of estrogen receptor gene in female rats. Eur J Endocrinol 142:307–314

Muscettola M, Bonifazi M, Cambiaggi C, Grasso G, Lodi L, Mencarelli M, Suman A, Carli G (2004) Changes in corticosteroid receptors mRNA expression after a 3-week multidisciplinary treatment programme in fibromyalgia patients. 55. Convegno Nazionale SIF, Pisa, October 4–7

Nathan CF, Karnovsky ML, David JR (1971) Alterations of macrophage functions by mediators from lymphocytes. J Exp Med 133:1356–1376

Nishihira J, Koyama Y, Mizue Y (1998) Identification of macrophage migration inhibitory factor (MIF) in human vascular endothelial cells and its induction by lipopolysaccharide. Cytokine 10:199–205

Nishio Y, Minami A, Kato H, Kaneda K, Nishihira J (1999) Identification of macrophage migration inhibitory factor (MIF) in rat peripheral nerves: its possible involvement in nerve regeneration. Biochim Biophys Acta 1453:74–82

Ogata A, Nishihira J, Suzuki T, Nagashima K, Tashiro K (1998) Identification of macrophage migration inhibitory factor mRNA expression in neural cells of the rat brain by in situ hybridization. Neurosci Lett 246:173–177

Osterlund MK, Gustafsson JA, Keller E, Hurd YL (2000) Estrogen receptor beta (ERbeta) messenger ribonucleic acid (mRNA) expression within the human forebrain: distinct distribution pattern to ERalpha mRNA. J Clin Endocrinol Metab 85:3840–3846

Patchev VK, Schroeder J, Goetz F, Rohde W, Patchev AV (2004) Neurotropic action of androgens: principles, mechanisms and novel targets. Exp Gerontol 39:1651–1660

Ragland JD, Coleman AR, Gur RC, Glahn DC, Gur RE (2000) Sex differences in brain-behavior relationships between verbal episodic memory and resting regional cerebral blood flow. Neuropsychologia 38:451–461

Rajagopal A, Vassilopoulou-Sellin R, Palmer JL, Kaur G, Bruera E (2004) Symptomatic hypogonadism in male survivors of cancer with chronic exposure to opioids. Cancer 100:851–858

Roberts LJ, Finch PM, Pullan PT, Bhagat CI, Price LM (2002) Sex hormone suppression by intrathecal opioids: a prospective study. Clin J Pain 18:144–148

Roselli CE, Resko JA (1997) Sex differences in androgen-regulated expression of cytochrome P450 aromatase in the rat brain. J Steroid Biochem Mol Biol 61:365–374

Rosner W (1990) The functions of corticosteroid-binding globulin and sex hormone-binding globulin: recent advances. Endocr Rev 11:80–91

Sapolsky RM, Romero LM, Munck AU (2000) How do glucocorticoids influence stress responses? Integrating permissive, suppressive, stimulatory, and preparative actions. Endocrine Rev 21:55–89

Saunders PT, Maguire SM, Gaughan J, Millar MR (1997) Expression of oestrogen receptor beta (ER beta) in multiple rat tissues visualised by immunohistochemistry. J Endocrinol 154:R13–16

Shughrue PJ, Bushnell CD, Dorsa DM (1992) Estrogen receptor messenger ribonucleic acid in female rat brain during the estrous cycle: a comparison with ovariectomized females and intact males. Endocrinology 131:381–388

Simpson ER (2003) Sources of estrogen and their importance. J Steroid Biochem Mol Biol 86:225–230

Smith MJ, Adams LF, Schmidt PJ, Rubinow DR, Wassermann EM (2002) Effects of ovarian hormones on human cortical excitability. Ann. Neurol 51:599–603

Smith SS (1994) Female sex steroid hormones: from receptors to networks to performance – actions on the sensorimotor system. Prog Neurobiol 44:55–86

Smith YR, Zubieta JK (2001) Neuroimaging of aging and estrogen effects on central nervous system physiology. Fertil Steril 76:651–659

Tohgi H, Utsugisawa K, Yamagata M, Yoshimura M (1995) Effects of age on messenger RNA expression of glucocorticoid, thyroid hormone, androgen, and estrogen receptors in postmortem human hippocampus. Brain Res 700:245–253

Vamvakopoulos NC, Chrousos GP. (1993) Evidence of direct estrogenic regulation of human corticotropin-releasing hormone gene expression. Potential implications for the sexual dimophism of the stress response and immune/inflammatory reaction. J Clin Invest 92:1896–1902

Vandenbergh JG, Huggett CL (1995) The anogenital distance index, a predictor of the intrauterine position effects on reproduction in female house mice. Lab Anim Sci 45:567–573

Vera PL, Meyer-Siegler KL (2003) Anatomical location of macrophage migration inhibitory factor in urogenital tissues, peripheral ganglia and lumbosacral spinal cord of the rat. BMC Neurosci 4:17

Vermeulen A, Ando S (1979) Metabolic clearance rate and interconversion of androgens and the influence of the free androgen fraction. J Clin Endocrinol Metab 48:320–326

Vikman K, Robertson B, Grant G, Liljeborg A, Kristensson K (1998) Interferon-gamma receptors are expressed at synapses in the rat superficial dorsal horn and lateral spinal nucleus. J Neurocytol 27:749–759

Vikman KS, Hill RH, Backstrom E, Robertson B, Kristensson K (2003) Interferon-gamma induces characteristics of central sensitization in spinal dorsal horn neurons in vitro. Pain 106:241–251

Vitkovic L, Bockaert J, Jacque C (2000) »Inflammatory« cytokines: neuromodulators in normal brain? J Neurochem 74:457–471

Weissbecker I, Floyd A, Dedert E, Salmon P, Sephton S (2006) Childhood trauma and diurnal cortisol disruption in fibromyalgia syndrome. Psychoneuroendocrinology 31:312–324

Wizemann TM, Pardue M-L (eds) for the Board on Health Sciences Policy (2001) Exploring the biological contributions to human health. does sex matter? National Academy Press, Washington

Whitacre CC (2001) Sex differences in autoimmune disease. Nat Immunol 2:777–780

Wu J, Fang L, Lin Q, Willis WD (2001) Nitric oxide synthase in spinal cord central sensitization following intradermal injection of capsaicin. Pain 94:47–58

In diesem Kapitel geht es um die biologischen Grundlagen von Geschlecht. Schon bevor unsere ersten Erinnerungen einsetzen, gehören wir bereits einem Geschlecht an. Unser Geschlecht bestimmt unser Selbstbild, weist uns spezifische Rollen in Familie und Gesellschaft zu, ist tief in unserer Sprache verwurzelt und bedingt, wie wir uns verhalten. Unser Geschlecht beeinflusst unsere Lebenserwartung und unsere Anfälligkeit für Krankheiten. Geschlecht hat eine Bedeutung. Wie wir uns als Männer oder Frauen verhalten, ist teilweise von anderen erlernt, die uns – explizit oder implizit – vermitteln, welches Verhalten für ein Mitglied unseres Geschlechts angemessen ist. Obwohl die Definition unseres Geschlechts und unserer männlichen und weiblichen sozialen Rollen sozial vermittelt wird, hat Geschlecht biologische Grundlagen. Das Geschlecht eines Kindes wird also zunächst durch biologische Kräfte determiniert, die das Kind dann in einen geschlechtsspezifischen sozialen Kontext einbinden, der wiederum seine Entwicklung weiter beeinflusst. Die Trennlinie zwischen biologischen und sozial vermittelten Geschlechtsunterschieden ist niemals ganz klar. Sitzen mehr Männer wegen Gewalttaten im Gefängnis, weil es einen biologischen Imperativ für männliche Aggression gibt? Oder liegt es daran, dass die Umwelt Aggressionen bei Männern stärker ermutigt oder toleriert als bei Frauen? Biologische Faktoren beeinflussen soziale Faktoren, und die soziale Umwelt hat wiederum Einfluss auf die Genexpression oder andere biologische Merkmale. Dadurch wird es faktisch unmöglich, die beiden Einflüsse vollständig zu trennen. Auch die biologischen Fragen, die wir als Wissenschaftler stellen, werden bereits durch unsere in einem sozialen Kontext geprägte Perspektive auf das Geschlecht beeinflusst.

2.1 Was ist ein Geschlechtsunterschied?

Wir gehen von der Annahme aus, dass es zwei Geschlechter gibt. Für viele Menschen scheint diese Tatsache auf der Hand zu liegen. Die Angelegenheit ist jedoch komplizierter, als man meinen könnte. Wenn man männlich und weiblich anhand der sozialen Rollen des Individuums definieren müsste, könnte man zu der Ansicht gelangen, dass man männlich und weiblich kaum als klare Dichotomie sehen kann. Man kann Individuen begegnen (und das sind möglicherweise viele), die in ihrer sozialen Rolle in der Mitte zwischen dem typischen Mann und der typischen Frau liegen. Die meisten Menschen zeigen im Sozialverhalten eine Mischung aus maskulinen und femininen Merkmalen. Wenn man dieser Auffassung folgt, kann man »Mann« und »Frau« lediglich als die zwei Endpunkte eines Kontinuums betrachten, nicht aber als getrennt.

Biologisch betrachtet stellt Geschlecht jedoch eine klare **Dichotomie** dar, zumindest für die meisten Spezies von Wirbeltieren. Männer besitzen Hoden und produzieren Sperma, Frauen besitzen Ovarien und produzieren Eier. Obwohl es Individuen gibt, deren gonadaler Typus zwischen Ovar und Hoden liegt, sind diese »Zwischenfälle« selten und bestätigen die grundlegende Erkenntnis, dass die meisten Individuen zu einer der separaten Kategorien Mann oder Frau gehören.

Sobald man zwei Typen, männlich und weiblich, definiert hat, wird offensichtlich, dass sich die beiden Geschlechter in vielfacher Hinsicht unterscheiden, in großen und in kleinen Dingen. Die Unterschiede können groß sein, insbesondere bei körperlichen Merkmalen, die unmittelbar mit Reproduktion zu tun haben und bei denen es nur wenige Zwischenstadien gibt.

Fortpflanzungsbezogene körperliche Merkmale. Männer haben einen Penis und ein Skrotum, während Frauen eine Klitoris und Schamlippen besitzen. Frauen haben Eileiter und einen Uterus zum Transport von Eiern, Empfang des Samens und zur Ernährung des Fötus. Männer besitzen Samenleiter und Organe, die den Samen ausschütten und verändern (Vorsteherdrüsen und Samenbläschen) und die den Samen transportieren und ernähren. In einigen unmittelbar fortpflanzungsbezogenen Gehirnregionen findet man ebenfalls große und dichotome Geschlechtsunterschiede. Bei der Ratte ist ein Kern im medialen präoptischen Areal, der für die männliche Kopulation eine Rolle spielt, bei männlichen Tieren fünfmal größer als bei weiblichen (Gorski et al. 1978; Arnold u. Gorski 1984). Im Rückenmark besitzen männliche Tiere Neuronen, die die Kontraktionen der Penismuskulatur kontrollieren, bei weiblichen Tieren fehlen diese Neuronen (Breedlove u. Arnold 1980). Bei männlichen Singvögeln sind die den Balzgesang kontrollierenden Gehirnregionen 5- bis 6-mal größer als bei weiblichen Vögeln, zumindest in den Spezies, in denen nur das Männchen bei der Balz singt (Nottebohm u. Arnold 1976).

Sonstige körperliche Merkmale. Aber auch abgesehen von Körpermerkmalen, die ausschließlich der Reproduktion dienen, existieren grundlegende Unterschiede zwischen männlichen und weiblichen Lebewesen. Häufig sind diese Unterschiede aber klein und eher kontinuierlich als dichotom. In diesen Fällen ist es unwahrscheinlich, dass jeder einzelne Mann »maskuliner« ist als jede Frau. Beispielsweise sind Männer im Durchschnitt größer als Frauen. Man kann jedoch das Geschlecht einer Person nicht zuverlässig anhand ihrer Körpergröße einschätzen, es gibt viele Frauen, die größer sind als viele Männer. Der zerebrale Kortex des Gehirns, in dem Informationen für Bewegung, Empfindung und Kognition verarbeitet werden, ist bei männlichen Ratten im Durchschnitt dicker als bei weiblichen Ratten (Juraska 1991). Bei Frauen sind Gehirn und Schädel normalerweise kleiner als bei Männern, das weibliche Gehirn verfügt aber über mehr kortikale Windungen als das männliche (Luders et al. 2004). All diese Beispiele repräsentieren mittlere Populationsunterschiede, mit Überschneidungen zwischen Männern und Frauen.

Wie in den folgenden Abschnitten ausgeführt wird, konzentrierte sich die Forschung zu Geschlechtsunterschieden in der Vergangenheit auf große und leicht untersuchbare Unterschiede. Große dichotome Geschlechtsunterschiede können jedoch andere Ursachen haben als eher kleine und kontinuierliche. Außerdem unterscheiden sich die Geschlechter manchmal in vielen kleinen Dingen, die sich zu grundlegenden funktionalen Unterschieden aufsummieren können.

Genexpression. In einer aktuellen Studie, in der das Expressionsniveau Tausender von Genen in der Mäuseleber untersucht wurde, fand man in 75% der Gene Geschlechtsunterschiede (einige Werte waren bei männlichen Tieren höher, andere bei weiblichen) (Yang et al. 2005). Normalerweise waren die Unterschiede eher klein, durchschnittlich etwa 9%, sie sind jedoch reliabel. Wenn man die Summe solch kleiner Geschlechtsunterschiede betrachtet, ergibt sich ein Gesamtbild, in dem sich die männliche Leber grundlegend von der weiblichen unterscheidet. Wenn der Geschlechtsunterschied in der Expression eines Einzelgens gering ist (9%), liegt eine starke Überlappung in der Expression dieses Gens in männlichen und weiblichen Lebewesen vor. Wenn man jedoch eine große Zahl von Genen gleichzeitig misst, unterscheidet sich das männliche Expressionsmuster vieler Gene deutlich von dem weiblichen – hier gibt es keine Überlappung zwischen männlichen und weiblichen Lebewesen.

Diese Ergebnisse könnten wichtige Implikationen für die Entwicklung optimaler Behandlungsmethoden von Lebererkrankungen bei Männern und Frauen haben.

Krankheitsdisposition. Männer und Frauen unterscheiden sich auch in ihrer Anfälligkeit für Erkrankungen des Gehirns und anderer Organe. Männer haben ein größeres Risiko, Morbus Parkinson, ein Tourette-Syndrom und ein Aufmerksamkeitsdefizitsyndrom mit Hyperaktivität (ADHS) zu entwickeln (Elbaz et al. 2002; Pauls et al. 1981; Arnold 1996). Frauen haben ein größeres Risiko, an Depressionen, Osteoporose und Autoimmunkrankheiten wie Multipler Sklerose, rheumatoider Arthritis und Lupus zu erkranken (Whitacre et al. 1999). Geschlechtsunterschiede findet man auch bei der Schmerzempfindlichkeit, der Drogensucht, im Vorkommen tödlicher Herzkrankheiten etc. (Eastwood u. Doering 2005; Mogil u. Chanda 2005; Carroll et al. 2004). Obwohl soziale Einflüsse, die aus Geschlechtsunterschieden in sozialen Rollen oder Berufen resultieren, eine Rolle für Geschlechtsunterschiede bei Krankheiten spielen können, ist die Bedeutung biologischer Geschlechtsunterschiede wahrscheinlich ebenfalls nicht zu unterschätzen.

2.2 Evolution von Geschlechtsunterschieden

Warum unterscheiden sich Männer und Frauen im Körperbau, in ihrem Verhalten und anderen Merkmalen, wie der Anfälligkeit für Krankheiten? Allgemein gilt, dass sich Geschlechtsunterschiede dann entwickeln, wenn diese Unterschiede für beide Geschlechter einen evolutionären Vorteil bringen. Die Evolution des Penis bei männlichen – nicht jedoch bei weiblichen – Lebewesen lässt sich leicht erklären, weil männliche Lebewesen, die einen funktionstüchtigen Penis besitzen, sich fortpflanzen und die Gene, die die Entwicklung eines Penis steuern, an die nächste Generation weitergeben. Ebenso nimmt man an, dass Gehirnregionen, die das männliche Kopulationsverhalten steuern (z. B. das präoptische Areal des Hypothalamus), bei männlichen Lebewesen eine andere Struktur als bei weiblichen entwickelt haben, weil diese Gehirnstrukturen für sexuelle Erregung, Werbeverhalten und Kopulation erforderlich sind, also für Verhaltensweisen, die wiederum für die erfolgreiche Fortpflanzung des männlichen Lebewesens nötig sind. Männliche Lebewesen, die diese Strukturen besitzen, geben ihre Gene erfolgreicher weiter als solche, denen diese Strukturen fehlen.

Die Entwicklung männlicher Schaltkreise in weiblichen Gehirnen ist nachteilig, da diese mit der weiblichen Rolle während der Fortpflanzung interferieren, daher gibt es eine natürliche Selektion gegen weibliche Lebewesen, die eine typisch männliche Gehirnorganisation besitzen. Bei Merkmalen, die für das eine Geschlecht günstig, für das andere hingegen ungünstig sind, kann eine Auslösung durch Signalstoffe, die nur in einem Geschlecht vorhanden sind, vorteilhaft sein. Beispielsweise sollten Merkmale, die vorteilhaft für männliche Lebewesen sind, durch Signalstoffe ausgelöst werden (d. h. auf diesen Signalen basieren), die nur bei männlichen Lebewesen vorhanden sind, bei weiblichen aber fehlen.

So hat sich für die Penisentwicklung eine Sensitivität für Testosteron entwickelt. Männliche Lebewesen bilden Testosteron, weibliche nicht. Testosteron verursacht eine Differenzierung des Genitalgewebes zu Penis und Skrotum, bei Abwesenheit hoher Testosterondosen kommt es hingegen zu einer weiblichen Entwicklung der Genitalien, also zur Ausbildung von Klitoris und Schamlippen.

Aber wie sieht es mit Erklärungen für subtilere Geschlechtsunterschiede aus? Einige Geschlechtsunterschiede resultieren aus **sexueller Selektion.** Sexuelle Selektion bedeutet, dass ein Geschlecht bezüglich gewisser Merkmale des anderen Geschlechts, mit dem es sich paart, besonders wählerisch ist. Ein kräftigerer Hals- und Nackenbereich könnte sich bei Männern beispielsweise dadurch entwickelt haben, dass sich Frauen bevorzugt mit Männern paaren, die Körperkraft signalisieren. Dadurch geben solche Männer ihre Gene an die Söhne dieser Frauen weitergeben, die dann wiederum ebenfalls bessere weibliche Partner anziehen. Damit sich ein Merkmal wie ein kräftiger Hals-Nacken-Bereich oder die Körpergröße bei Männern und Frauen unterschiedlich entwickelt, muss die Entwicklung dieses Merkmals durch geschlechtsspezifische Signale beeinflusst werden, die nur in einem Geschlecht vorhanden oder zumindest stärker ausgeprägt sind. Im folgenden werden wir biologische Signale beschreiben, die nur bei einem Geschlecht vorhanden oder stärker ausgeprägt sind und die Geschlechtsunterschiede in der Entwicklung verursachen können.

Einige Geschlechtsunterschiede scheinen keinerlei Nutzen zu besitzen. Warum sind mehr Frauen als Männer von Multipler Sklerose und anderen Autoimmunkrankheiten betroffen? Wenn dieser Geschlechtsunterschied – was wahrscheinlich zutrifft – eine biologische Grundlage hat (dies schließt eine wichtige Rolle der Umwelt aber nicht aus), muss man davon ausgehen, dass geschlechtsspezifische Signale, die aus einem bestimmten Grund favorisiert werden, pleiotrope Wirkungen (Wirkungen auf mehrere verschiedene Körpersysteme) haben. Frauen besitzen im Allgemeinen ein **reaktiveres Immunsystem** als Männer, was sie anfälliger für Autoimmunkrankheiten wie Multiple Sklerose macht. Ein reaktiveres Immunsystem kann unter gewissen Bedingungen vorteilhaft sein, es kann beispielsweise Krankheiten schneller bekämpfen. Eine solche Wirkung kann insbesondere für dasjenige Geschlecht vorteilhaft sein, das sich intensiver der Pflege des Nachwuchses widmet. Daher kann die Reaktivität des Immunsystems eine Sensitivität für einen geschlechtsspezifischen Faktor entwickelt haben. Ein hyperaktives Immunsystem wird jedoch dann nachteilig, wenn es zu Immunangriffen auf körpereigenes Gewebe übergeht (Autoimmunität).

Jedes Geschlecht besitzt Eigenschaften, die möglicherweise keinen Vorteil bieten, aber unvermeidliche Konsequenzen der Zugehörigkeit zum männlichen oder weiblichen Geschlecht sind. Männer besitzen zwangsläufig ein **Y-Chromosom** und erleben daher alle Vor- und Nachteile der Gene auf diesem Chromosom. Wenn Gene auf dem Y-Chromosom negative Nebenwirkungen haben, hat der Mann die Konsequenzen des Männlichseins zu tragen. Das Gen mit der negativen Nebenwirkung kann erhalten bleiben (anstatt über Generationen aus der Population herausselektiert zu werden), wenn es zusätzlich einen anderen großen Vorteil mit sich bringt oder wenn seine nachteilige Wirkung erst nach Beendigung der reproduktiven Phase des Mannes einsetzt, so dass das Gen seine Fortpflanzungsfähigkeit nicht beeinträchtigt. Außerdem besitzen Männer – im Gegensatz zu Frauen – zwangsläufig nur ein einziges X-Chromosom, wodurch sie für Mutationen auf X-Genen anfälliger werden als Frauen. Ein Mann mit einem funktionsuntüchtigen X-Gen muss mit diesem Gen leben, während eine Frau mit derselben Mutation eine weitere Kopie dieses Gens besitzt, das die negative Wirkung verringern kann. Männer sind daher stärker durch Mutationen auf X-Genen beeinträchtigt (Beispiele hierfür sind die Rot-Grün-Blindheit und verschiedene andere, ans X-Chromosom gekoppelte Gehirnerkrankungen) – dieser Geschlechtsunterschied ist ein Nebenprodukt der Evolution von Geschlechtschromosomen. Der zwangsläufige Geschlechtsunterschied bei Y-Genen oder der Anzahl von X-Genen trägt dabei zu Geschlechtsunterschieden im Gehirn und im übrigen Körper bei.

Wenn diese negativen Nebenwirkungen des Mann- oder Frauseins schwerwiegend genug sind, können sich Mechanismen zur Verringerung des Geschlechtsunterschiedes entwickeln. Frauen besitzen beispielsweise die zweifache Gendosis für jedes Gen auf ihrem X-Chromosom, doppelt soviel wie Männer, die nur ein einziges X-Chromosom besitzen. Dieser Geschlechtsunterschied in der Gendosis der X-Gene stellt ein großes Problem dar. Weil die X-Gene mit Gen-Netzwerken interagieren müssen, die viele autosomale (nicht geschlechtschromosom-gebundene) Gene enthalten, die in beiden Geschlechtern gleichermaßen vorhanden sind, kann die Gendosis von X-Genen bei Frauen zu hoch oder bei Männern zu gering sein. Dieses Problem hat in der Evolution von Säugetieren zur Entwicklung eines spezifisch weiblichen Mechanismus zur **Inaktivierung von X-Genen** geführt, bei der jede weibliche Zelle die Gene auf einem der beiden X-Chromosomen inaktiviert oder zum Schweigen bringt (Nguyen u. Disteche 2006). Die Gene auf dem einzigen aktiven X-Chromosom werden in beiden Geschlechtern doppelt ausgelesen, so dass die Gendosis der

X-Gene der Anzahl der nicht-X (autosomalen) Gene entspricht.

2.3 Geschichte des klassischen Dogmas geschlechtlicher Differenzierung

2.3.1 Funktion der Gonaden bei der geschlechtlichen Differenzierung des Körpers

Dass die geschlechtsspezifische Entwicklung des Körpers in den beiden Geschlechtern durch Sekretion unterschiedlicher Hormone verursacht wird, ist eine alte Idee. Untersuchungen seltener intersexueller Tiere, die weder vollständig männlich noch vollständig weiblich waren, lieferten Unterstützung für diese Hormontheorie sexueller Differenzierung. Im frühen 19. Jahrhundert befassten sich zwei Laboratorien, eines in Deutschland und das andere in Amerika, mit der Untersuchung der Föten von Zwillingskälbern, von denen eines männlich und das andere, ein sog. **Freemartin**, intersexuell war (Lillie 1916, 1917). Der Freemartin besaß Eierstöcke (kleiner als normal) und zeigte ansonsten eine Mischung von maskulinen und femininen Merkmalen. Im Unterschied zu normalen weiblichen Tieren besaß der Freemartin-Fötus beispielsweise hypertrophierte Wolffsche Gänge, also diejenigen embryonalen Strukturen, aus denen später die Samenleiter und Samenbläschen hervorgehen. Als weiterer Unterschied zu normalen weiblichen Tieren besaß der Freemartin atrophierte Müllersche Gänge, aus denen sich der Uterus und die Eileiter entwickeln. Die Autoren folgerten, dass der Freemartin ein zygotisch weibliches Tier war (heute würden wir den Ausdruck »genetisch weiblich« wählen, damals konnte man die Gene jedoch noch nicht untersuchen), dessen Entwicklung durch die Wirkung von Hormonen, die über das Blut vom männlichen auf den weiblichen Zwilling übertragen wurden, maskulinisiert wurde. Dieser Grundidee zufolge sollte der männliche Körper normalerweise durch Faktoren, die den eigenen Hoden entstammen, maskulinisiert werden, der weibliche Körper sollte sich dagegen entwickeln, wenn diese testikulären Hormone fehlen.

Diese Theorie, die auf der sorgfältigen Untersuchung natürlich vorkommender intersexueller Tiere basierte, musste zunächst experimentell überprüft werden, um Anerkennung zu finden. Den ersten erfolgreichen Test führte der französische Endokrinologe Alfred Jost durch. Er manipulierte die gonadalen Sekretionen normaler männlicher und weiblicher Kaninchenembryos, um damit zu zeigen, dass die Entwicklung eines männlichen oder weiblichen Fortpflanzungssystems bei einem Kaninchen von diesen Sekretionen abhing (Jost 1947; Jost et al. 1973). In einer frühen Phase der Entwicklung entnahm Jost die Gonaden aus Kaninchenembryos und setzte die Embryos zurück in die Gebärmutter. Es gelang ihm, die Föten nach dem Eingriff lange genug am Leben zu erhalten, um die für Geschlechtsunterschiede in Fortpflanzungsorganen verantwortlichen gonadalen Sekretionen ermitteln zu können. Wenn beispielsweise ein normales männliches Tier Hoden besaß, degenerierten während des Fötalstadiums die Müllerschen Gänge (Vorläufer des Uterus und der Eileiter) und die Wolffschen Gänge (Vorläufer der Samenleiter) entwickelten sich. Weiterhin entwickelte sich ein normaler männlicher Penis. In männlichen Tieren, denen die Hoden fehlten, blieben die Müllerschen Gänge erhalten und die Wolffschen Gänge bildeten sich zurück, ähnlich wie bei der normalen Entwicklung eines weiblichen Tieres, und die Entwicklung des männlichen Penis wurde blockiert.

Jost folgerte, dass die Hoden Substanzen ausschütteten, die die Entwicklung der Müllerschen Gänge hemmten und die der Wolffschen Gänge stimulierten. Im Gegensatz dazu hatte bei weiblichen Tieren die Entfernung der Eierstöcke nur geringe Auswirkungen auf die Differenzierung der Gänge: In weiblichen Tieren blieben die Müllerschen Gänge erhalten und die Wolffschen Gänge degenerierten, unabhängig davon, ob die Tiere Eierstöcke besaßen oder nicht. Jost verpflanzte außerdem einen Hoden in ein weibliches Tier und stellte fest, dass die entsprechenden Organstrukturen maskulinisiert wurden – ein Beleg dafür, dass die hormonalen Sekretionen der Hoden sogar ein Kaninchen, das genetisch weiblich war, maskulinisieren konnten. In der Annahme, dass es sich bei dem testikulären Faktor, der für die Maskulinisierung verantwortlich ist, wahrscheinlich um **Testosteron** handelte, implantierte Jost weiblichen Tieren einen Testosteronkristall, um den Effekt des testikulären Transplantats zu imitieren. Zu seiner Überraschung stellte er fest, dass Testosteron, obwohl es die Wolffschen Gänge und den Penis maskulinisierte, keine Degeneration der Müllerschen Gänge verursachte. Er postulierte daher das Vorhandensein eines zweiten Hormons, das mittlerweile als **Anti-Müllersches Hormon** (AMH) bezeichnet wird, das von den embryonalen Hoden ausgeschieden wird, um die Rückbildung der Müllerschen Gänge anzuregen. Jost schlussfolgerte, dass die komplexen Kräfte, die zur maskulinen Entwicklung verschiedener Organe wie Reproduktionstrakt, Penis und Skrotum führten, offenbar durch testikuläre Sekretionen gesteuert werden. Sekretionen der Eierstöcke spielten hingegen nur eine geringe Rolle für die Differenzierung dieser Strukturen; die weibliche Form wurde als die Grundform angesehen, die sich in Abwesenheit gonadaler Sekretionen entwickelt.

In einer Zusammenfassung von Josts Untersuchungen könnte man sagen, dass der Fötus während seiner Entwicklung an einen kritischen Verzweigungspunkt gelangt. Die frühesten Entwicklungsstufen sind nicht geschlechtlich differenziert und besitzen das Potenzial für beide Entwicklungsverläufe. Jost stellte in dieser embryonalen Stufe keine Geschlechtsunterschiede fest und fand heraus, dass genetisch männliche oder weibliche Tiere gleichermaßen über das Potenzial verfügen, maskuline oder feminine Merkmale zu entwickeln. Der geschlechtlich bipotenziale Zustand endet mit der Entwicklung der Gonaden. Zu diesem Zeitpunkt wird entweder die Richtung hin zu männlicher oder zu weiblicher Entwicklung eingeschlagen. Diese Entwicklung ist vollständig von den gonadalen Sekretionen abhängig. Zwei Hormone (Testosteron und AMH) werden von den Hoden in den Blutstrom abgegeben und sorgen dafür, dass der Fötus den männlichen Weg einschlägt. Josts Modell geht davon aus, dass diese Entscheidung permanent ist. Einmal ausgeformt, bleiben männliche Strukturen wie der Penis erhalten, auch wenn das maskulinisierende Signal (in diesem Fall Testosteron) abgeschaltet wird.

2.3.2 Funktion der Gonaden bei der geschlechtlichen Differenzierung des Gehirns

Josts Untersuchungen warfen eine weitere Frage auf. Wenn das männliche Gehirn anders als das weibliche funktioniert, wird es möglicherweise durch dieselben testikulären Hormone geformt, die zur Differenzierung von Penis und Skrotum führen. Eine amerikanische Forschergruppe testete diese Hypothese etwa 10 Jahre später (Jost 1947), jedoch nicht durch Messungen des Gehirns (damals existierten keine anerkannten Geschlechtsunterschiede, die auf unmittelbarer Messung des Gehirns basierten), sondern durch die Messung von Verhalten, also des Outputs des Gehirns (Phoenix et al. 1959). Wie zuvor Jost entschied sich diese Gruppe für die Untersuchung eines fortpflanzungsrelevanten Merkmals (Kopulationsverhalten), das sich in männlichen und weiblichen Tieren auffallend unterscheidet.

Männliche Meerschweinchen kopulieren, indem sie auf das weibliche Tier aufreiten und Beckenstöße machen. In Reaktion darauf biegt das weibliche Tier den Rücken durch und hebt das Hinterteil an, in einer Reflexhaltung, die als Lordose bezeichnet wird. Phoenix et al. injizierten schwangeren weiblichen Meerschweinchen Testosteron, um die weiblichen Föten den Wirkungen des Androgens auszusetzen, ähnlich wie auch Jost weibliche Föten mit **Testosteron** behandelte. Als diese so »androgenisierten« Weibchen geschlechtsreif waren, wurde deren Kopulationsverhalten untersucht. Wenn die androgenisierten Weibchen als adulte Tiere mit Östrogenen behandelt wurden (erforderlich zur Stimulation des Lordose-Reflexes) zeigten sie dennoch weniger Lordose als normale Weibchen. Nach Testosteroninjektionen (erforderlich zur Stimulation männlichen Kopulationsverhaltens), zeigten sie mehr maskulines Kopulationsverhalten als normale Weibchen. Offenbar genügte eine relativ kurze Einwirkungsphase von Testosteron im Fötalstadium, um das Gehirn zu differenzieren, um es zu veranlassen, den männlichen Entwicklungspfad einzuschlagen und den weiblichen zu unterdrücken.

2

Organisierende und aktivierende Effekte

Phoenix et al. (1959) nahmen an, dass Testosteron das Gehirn der androgenisierten Weibchen »organisierte«, wie es normalerweise das Gehirn von männlichen Tieren organisierte. Der Begriff blieb haften, so dass der dauerhafte maskulinisierende Effekt von Testosteron weiterhin als »organisierende« Wirkung beschrieben wird. Man nimmt an, dass Testosteron Schaltkreise organisiert, die für männliches Verhalten verantwortlich sind, und die Organisation von Schaltkreisen, die für weibliches Verhalten verantwortlich sind, unterdrückt. Im Gegensatz dazu werden diejenigen Hormonwirkungen, die für das Kopulationsverhalten erwachsener Tiere erforderlich sind (Östrogene bei weiblichen und Androgene bei männlichen Tieren) als »aktivierende« Effekte gonadaler Hormone bezeichnet. Aktivierende Effekte sind, im Gegensatz zu den permanenten organisierten Effekten, reversibel (das männliche Interesse an der Kopulation schwindet, wenn das Testosteronniveau verringert wird). Später wurde festgestellt, dass organisierende Effekte nur während spezifischer kritischer Entwicklungsphasen auftreten. Seit der ersten Beschreibung der organisierenden Wirkungen von Testosteron im Jahr 1959 wurden diese Befunde in zahlreichen Untersuchungen repliziert und ergänzt (Arnold u. Gorski 1984; Goy u. Mc Ewen 1980; MacLusky u. Naftolin 1981). Viele Geschlechtsunterschiede im Gehirn werden durch permanent maskulinisierende Testosteronwirkung verursacht, oder auch durch transiente Effekte gonadaler Hormone bei Erwachsenen.

Geschlechtsunterschiede im Verhalten lassen vermuten, dass sich die Gehirne von männlichen und weiblichen Lebewesen unterscheiden. In den 70er-Jahren wurden strukturelle Geschlechtsunterschiede im Gehirn entdeckt (■ Abb. 2.1). Raisman und Field (1971, 1973) waren die ersten, die einen Geschlechtsunterschied im Gehirn (von Ratten) feststellten und Beweise dafür lieferten, dass dieser Geschlechtsunterschied durch Testosteronsekretion beim Neugeborenen verursacht wurde. Sie fanden einen Geschlechtsunterschied in der Häufigkeit einer spezifischen Synapsenart im präoptischen Areal des Hypothalamus, einer Gehirnregion, die an der Steuerung männlichen Kopulationsverhaltens beteiligt ist. Genetisch weibliche Tiere, die bei der Geburt mit Testosteron behandelt wurden, besaßen ein maskulineres präoptisches Areal, und männliche Tiere, die bei der Geburt kastriert wurden, waren weniger maskulin als normale Männchen.

Im Jahre 1976 entdeckten Nottebohm und Arnold (1976) einen gut beobachtbaren Geschlechtsunterschied im Gehirn von Singvögeln, bei denen das Männchen einen Balzgesang singt, das Weibchen jedoch nicht. Männliche Vögel besitzen einen Gesangsschaltkreis, der etwa fünfmal größer ist als der von Weibchen. Eine Behandlung neugeborener Weibchen mit Östradiol (einem Testosteronmetaboliten) verursacht eine permanente Maskulinisierung des Gesangs-Schaltkreises, diese Weibchen singen anders als normale Weibchen (Gurney u. Konishi 1980 und weitere Publikationen). Inzwischen wurden zahlreiche weitere strukturelle, zelluläre und molekulare Geschlechtsunterschiede im Gehirn entdeckt, die in vielen Fällen durch die Sekretion gonadaler Hormone erklärt werden (De Vries u. Simerly 2002; De Vries et al. 2002).

Ein Beispiel für einen Geschlechtsunterschied im Zentralnervensystem sind die **SNB-Motoneurone**, eine Gruppe von Motoneuronen im spinalen Nukleus des Bulbocavernosus des Rückenmarks. Diese Neuronen innervieren die gestreifte Muskulatur des Penis. Daher überrascht es nicht, dass männliche Lebewesen mehr Motoneuronen im SNB besitzen als weibliche. Die kleine Menge von SNB-Motoneuronen bei weiblichen Tieren innerviert andere Muskeln. Eine ausschließlich während des Neugeborenenstadiums durchgeführte Testosteronbehandlung kann dazu führen, dass weibliche Tiere für den Rest ihres Lebens ebenso viele SNB-Motoneuronen besitzen wie männliche. Wenn man bei männlichen Tieren in ähnlicher Weise die Wirkung von Androgen blockiert, entwickelt sich dieser Kern bei ihnen vollständig weiblich (Breedlove u. Arnold 1980, 1983; Forger et al. 1992).

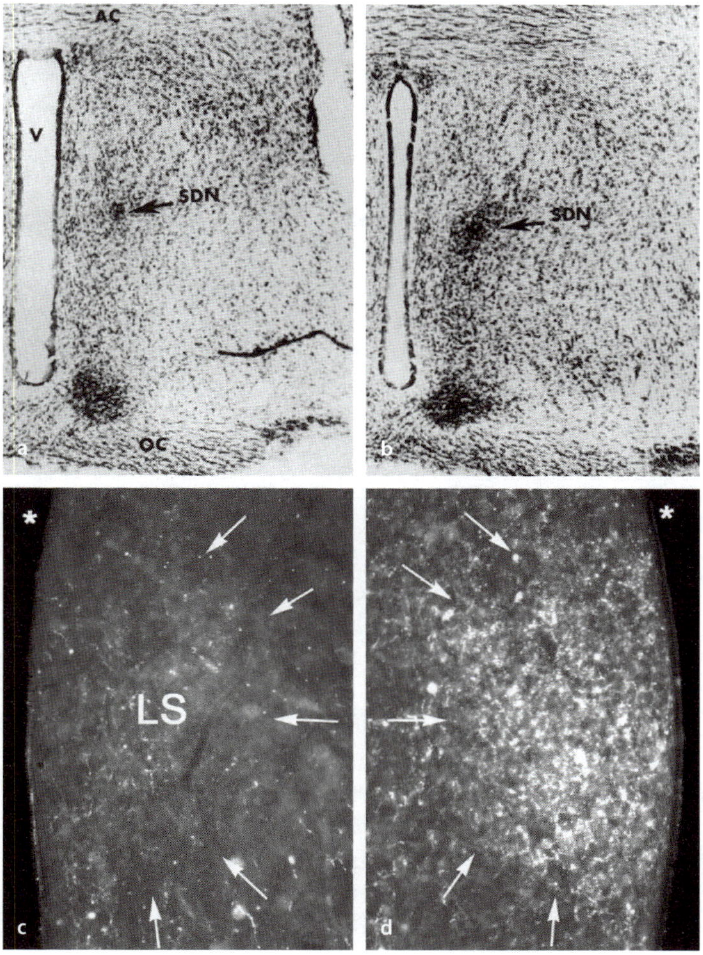

Abb. 2.1a–d. Beispiele für bekannte strukturelle Geschlechtsunterschiede im Gehirn von Nagetieren. Oben, weibliche (**a**) und männliche (**b**) Form des sexuell dimorphen Nukleus des präoptischen Areals (SDN-POA) der Ratte (Gorski et al. 1978). Der SDN-POA des männlichen Tieres ist erheblich größer als der weibliche, wie man aus der größeren Gruppe dunkler Neuronen rechts sehen kann. Dieser Kern liegt in einem Bereich des Hypothalamus, der für männliche Sexualfunktionen verantwortlich ist. *AC* anteriore Kommissur, *OC* Chiasma opticum, *V* Ventrikel. Unten, die Vasopressinfasern im lateralen Septum (LS) sind weiß gegen einen schwarzen Hintergrund dargestellt und durch Pfeile gekennzeichnet. Links: weibliches Tier, rechts: männliches Tier. Das Vasopressinsystem ist an Fortpflanzungs- und Sozialverhalten beteiligt. (Aus De Vries u. Panzica 2006)

2.3.3 Bedeutung der Geschlechtschromosomen für die Entwicklung des gonadalen Geschlechts

Zu derselben Zeit als Forscher feststellten, dass männliche Hormone zu einer Maskulinisierung von Körper und Gehirn führten, untersuchten andere die Geschlechtschromosomen und genetischen Faktoren, die eine männliche oder weibliche Entwicklung der Gonaden verursachen. Um 1901 nahmen Forscher an, dass das Geschlecht eines Tieres durch die Geschlechtschromosomen bestimmt wird. Um 1920 hatten Morgan und Bridges herausgefunden, dass das Y-Chromosom bei Fruchtfliegen nur eine geringe Rolle für das Geschlecht des Tieres spielt, obwohl bei diesen Fliegen XX für weiblich und XY für männlich steht (Sturtevant 1965). Fliegen mit nur einem X-Chromosom (XO) waren voll funktionstüchtige Männchen, ein Hinweis darauf, dass zwei X-Chromosomen ein Weibchen entstehen lassen und ein X-Chromosom ein Männchen. Überraschenderweise wurde dieselbe Frage für Säugetiere erst 1959 geklärt, als mehrere Forschergruppen zeigten, dass das Y-Chromosom bei Säugern für die Entwicklung der Hoden verantwortlich ist (Ford et al. 1959; Jacobs u. Strong 1959; Welshons u. Russell 1959). Mäuse oder Menschen mit unterschiedlicher Anzahl von X-Chromosomen sind weiblich, es sei denn es ist zusätzlich ein Y-Chromosom vorhanden. Die Schlussfolgerung lautete: Eines oder mehrere Gene auf dem Y-Chromosom sorgt dafür, dass sich die undifferenzierten embryonalen Gonaden zu Hoden entwickeln.

Die Jagd nach dem kritischen Testes-determinierenden Gen auf dem Y-Chromosom begann. In den frühen 90er-Jahren wurde dieses Gen als **Sry** identifiziert (Goodfellow u. Lovell-Badge 1993). Wenn Sry vom Y-Chromosom bei Mäusen entfernt wird, entwickelt auch eine XY-Maus Eierstöcke. Umgekehrt, wenn das Sry-Gen auf einem Autosom einer XX-Maus eingebaut wird, entwickelt diese Hoden. Unmittelbar vor Beginn der testikulären Differenzierung wird das Sry-Gen selbst in den undifferenzierten Gonaden transient exprimiert. Man nimmt an, dass die Wirkung des Sry-Proteins darauf beruht, dass es verschiedene andere Gene an- oder abschaltet und damit eine Kaskade molekularer Ereignisse koordiniert, die die Zellen zu Hoden organisieren. In Abwesenheit von Sry werden verschiedene andere Gene angeschaltet, die die Gonaden zu einem Ovar organisieren.

In den 90er Jahren erkannte man daher deutliche Unterschiede zwischen den geschlechtlichen Differenzierungsmechanismen von Gehirn und Körper und den geschlechtlichen Differenzierungsmechanismen der Gonaden. Diese **Gonaden-Soma-Dichotomie** sagt aus, dass die Geschlechtschromosomen (XX bzw. XY) unmittelbar Geschlechtsunterschiede in der Entwicklung der Gonaden verursachen, dass aber danach die Sekretionen der Gonaden alle darauf folgenden Geschlechtsunterschiede in verschiedenen Körpergeweben außer den Gonaden selbst kontrollieren.

2.3.4 Zusammenfassung: Biologische Grundlagen aller Geschlechtsunterschiede

An diesem Punkt unterbrechen wir unseren historischen Bericht, um alle möglichen biologischen Faktoren zusammenzufassen, die zu Geschlechtsunterschieden beitragen können. Im Augenblick der Empfängnis, wenn ein Spermium ein Ei befruchtet, wird die diploide Zygote gebildet. Diese erste Zelle besitzt entweder XX- oder XY-Geschlechtschromosomen. Man nimmt an, dass sich keine andere Komponente der Zygote bei männlichen und weiblichen Lebewesen unterscheidet. Im späteren Verlauf der Entwicklung wird in den undifferenzierten Gonaden von XY-männlichen Embryos das auf dem Y-Chromosom befindliche Sry-Gen exprimiert, wo es die Ausdifferenzierung zu Hoden induziert, die dann während des Fötal- und Neugeborenenstadiums Testosteron und AMH und auch im späteren Leben Testosteron abgeben. In XX-weiblichen Embryos bilden sich Eierstöcke, die in verschiedenen Lebensphasen Östradiol, Progesteron und andere Hormone absondern.

Geschlechtsunterschiede können aus fünf unterschiedlichen Ursachen resultieren. Die ersten drei kann man als »Wirkungen der Geschlechtschromosomen« bezeichnen, die letzten beiden sind »Wirkungen gonadaler Hormone«.

Ursachen von Geschlechtsunterschieden

- **Y-Gene:** Sie wirken nur in männlichen Lebewesen und verursachen Unterschiede zu weiblichen. Klassisches Beispiel ist die durch Sry induzierte Entwicklung von Hoden.
- **Gendosis der X-Gene:** Im Genom weiblicher Lebewesen befinden sich doppelt so viele X-Gene wie im männlichen. Wie oben beschrieben, wird dieser Unterschied durch X-Inaktivierung verringert, indem bei weiblichen Tieren eines der X-Chromosomen abgeschaltet wird. Die X-Inaktivierung ist jedoch unvollständig, so dass einige X-Gene in weiblichen Lebewesen auf höherem Niveau exprimiert werden könnten. Für den Menschen wird beispielsweise angenommen, dass 15–25% aller X-Gene der X-Inaktivierung bis zu einem gewissen Grad entgehen (Carrel u. Willard 2005).
- **Genomische X-Prägung:** Männliche Lebewesen erhalten alle ihre X-Gene von der Mutter, während weibliche Lebewesen jeweils die Hälfte ihrer X-Gene von beiden Elternteilen erhalten. Weil Mütter und Väter unterschiedliche genomische Prägungen der X-Gene aufweisen, die sie an ihre Kinder weitergeben, können die Expressionsmuster oder -niveaus

▼

von X-Genen bei beiden Geschlechter aufgrund des unterschiedlichen Ursprunges ihrer X-Gene (von einem Mann oder einer Frau) unterschiedlich sein. Die genomische Prägung verursacht eine langfristige, möglicherweise sogar permanente Steigerung oder Verringerung in der Expression spezifischer Gene (Bartolomai u. Tilghman 1997).

- **Differenzierende Wirkungen gonadaler Sekretionen (»organisierende Effekte«):** Die Hoden sondern Testosteron, AMH und ein drittes Hormon, Insl3, ab – Hormone, die für männliche Lebewesen spezifische, permanente Wirkungen auf den Embryo ausüben. Testosteron hat die weitreichendste Wirkung, weil es die maskuline Differenzierung vieler Körperorgane einschließlich der äußeren Genitalien (Penis, Skrotum) und des Gehirns steuert. Wir gruppieren alle lang anhaltenden (d. h. über das Vorhandensein des Hormons im Körper hinausgehenden) Effekte gonadaler Steroidhormone in diese Kategorie, d. h. solche Effekte, die auch nach Absinken des entsprechenden Hormonniveaus anhalten (Arnold u. Forski 1984; Sisk et al. 2003; Nunez et al. 2002).
- **Wirkung gonadaler Sekretionen über die Lebenszeit (»aktivierende Effekte«):** Hoden und Eierstöcke sondern unterschiedliche Steroidhormone mit geschlechtsspezifischen Wirkungen ab (Becker et al. 2005). Bei Frauen verändert sich das Östrogen- oder Progestinniveau während ihres Menstruationszyklus oder der Schwangerschaft, daher machen sie Erfahrungen, die Männern vorenthalten sind. Männer werden durch das Testosteron aus ihren Hoden beeinflusst. Ein hohes Testosteronniveau stimuliert bei männlichen Tieren viele fortpflanzungsbezogene Verhaltensweisen. Bei weiblichen Tieren werden Kopulation und andere fortpflanzungsbezogene Verhaltensweisen durch Sekretionen aus den Ovarien reguliert.

Geschlechtsunterschiede treten jedoch auch als Folge der Wirkung anderer Hormone und Faktoren auf, die sich bei männlichen und weiblichen Lebewesen unterscheiden. Das Sekretionsmuster des Wachstumshormons aus der Hypophyse unterscheidet sich zwischen männlichem und weiblichem Geschlecht, was zu Geschlechtsunterschieden in der Leber und möglicherweise auch in anderen Organen führt. Wir klassifizieren diese Geschlechtsunterschiede jedoch als Konsequenzen der zuvor beschriebenen organisatorischen Testosteronwirkungen. Testosteron, das im männlichen Fötus oder Neugeborenen ausgeschüttet wird, wirkt auf den Hypothalamus und bewirkt eine Veränderung der Schaltkreise, die die Ausschüttung von Wachstumshormon aus der Hypophyse steuern. Gegenwärtig kennen wir außer den fünf oben genannten keine weiteren Faktoren, die Geschlechtsunterschiede im Körper oder im Gehirn verursachen. Weil die Effekte der Geschlechtschromosomen (#1–3) primär sind, da sie aus genetischen Unterschieden resultieren, die schon in der Zygote vorliegen, sind die hormonellen Effekte (#4–5) sekundär.

2.4 Aktuelle Modifikationen des klassischen Dogmas

2.4.1 Erklärungslücken der Gonaden-Soma Dichotomie

Wenn alle Geschlechtsunterschiede außer den Gonaden selbst durch geschlechtsspezifische Sekretionen der Gonaden kontrolliert werden, müsste man erwarten, dass männliche und weibliche Gehirne und Körper so lange gleich sind, bis die Hoden oder Eierstöcke mit der Hormonausschüttung beginnen. Seit den 80er-Jahren haben verschiedene Forscher Ausnahmen von dieser Regel entdeckt. Eine der ersten berichteten Ausnahmen beschreibt, dass schon in sehr frühen Entwicklungsstadien vor der Ausbildung der undifferenzierten Gonaden männliche Embryos verschiedener Säugerspezies, auch beim Menschen, größer sind als weibliche. Diese Beobachtung lässt vermuten, dass die Größenunterschiede von XX- und XY-Embryos durch geschlechtspezifische Wirkungen von Genen auf den X- und Y-Chromosomen verursacht werden.

Es stellte sich heraus, dass dabei Y-Gene eine Rolle spielen, denn Mäuseembryonen mit unterschiedlichen Y-Allelen weisen unterschiedliche Wachstumsraten auf, außerdem wachsen XXY-Mäuse schneller als XX-Mäuse. Geschlechtsunterschiede in der elterlichen genomischen Prägung tragen ebenfalls dazu bei, denn XO-Weibchen (mit nur einem X-Chromosom) zeigen unterschiedliche embryonale Wachstumsraten, die davon abhängig sind, ob ihr X-Chromosom von der Mutter oder vom Vater stammt (Arnold u. Burgoyne 2004).

Bei dem Beuteltier Tammar-Wallaby, einem kleinen Känguru, erfolgen Geburt der Jungtiere und Übergang in den mütterlichen Beutel in einer Phase, in der die gonadale Differenzierung gerade erst begonnen hat. Das Skrotum männlicher Tiere und die Zitzen weiblicher Tiere sind bereits vier Tage vor der Geburt sichtbar, zu einem Zeitpunkt, wo noch keine Geschlechtsunterschiede in der Gonadensekretion aufgetreten sind (Renfree u. Short 1988). Untersuchungen an intersexuellen Wallabies zeigen, auf welchem Geschlechtschromosom die für die geschlechtsspezifische Entwicklung dieser Strukturen kritischer Gene liegen. Obwohl Wallabies das Gen Sry besitzen, das die Ausbildung von Hoden induziert und letztlich zur Ausschüttung von Testosteron führt, welches das Wachstum des Penis vermittelt, scheint das Vorhandensein eines Y-Chromosoms weder die Ausbildung des Skrotums zu fördern noch die Ausbildung eines Beutels zu verhindern. Stattdessen scheint die Differenzierung von Skrotum, Zitzen und Beutel mit der Anzahl der X-Chromosomen zusammenzuhängen. Ein Wallaby mit XXY-Genotyp besitzt Hoden (aufgrund des Vorhandenseins von Sry auf dem Y-Chromosom), einen Penis (ausdifferenziert unter der Kontrolle testikulärer Androgene, ebenso wie bei Eutheria-Säugetieren wie Maus und Mensch), einen Beutel und Milchdrüsen (ausdifferenziert aufgrund des Vorhandenseins von zwei X-Chromosomen wie bei normalen XX-Weibchen), aber kein Skrotum (aufgrund des doppelten Vorhandenseins des X-Chromosoms) (Sharman 1990; Watson et al. 1997). Ein XO Weibchen (mit einem einzelnen X-Chromosom) hat Eierstöcke und ein Skrotum, aber keinen Beutel. Außerdem besaß ein Tier, ein sog. lateraler Gynandromorph (männlich auf einer Körperseite, weiblich auf der anderen), einen halben Beutel auf der weiblichen Seite und ein halbes Skrotum auf der anderen (Sharman 1990; Cooper 1993; Hughes et al. 1993).

Auch in Gehirnzellen von Rattenembryos sind Geschlechtsunterschiede bereits vor dem Einsetzen testikulärer Sekretionen entdeckt worden. Beispielsweise werden im embryonalen prägonadalen Gehirn der Maus zahlreiche Gene stärker in dem einen als in dem anderen Geschlecht exprimiert (Dewing et al. 2003). Auch wenn man Zellen aus dem Mittelhirn des Rattenfötus entnimmt und in einer Petrischale kultiviert, zeigen die Zellen von männlichen und weiblichen Tieren unterschiedliche Merkmale. Weibliche Zellkulturen enthalten mehr Zellen, die das **Tyrosinhydroxylase-Gen** (TH) exprimieren, das zur Herstellung des Neurotransmitters Dopamin benötigt wird. Es gibt darüber hinaus Unterschiede in der Größe bestimmter Zelltypen und in der Aufnahme von der Petrischale zugesetztem Dopamin, sowie in der Anfälligkeit der Neurone für Schädigungen. Der Entnahmezeitpunkt der Gehirnzellen lässt es unwahrscheinlich erscheinen, dass all diese Geschlechtsunterschiede durch die Wirkungen gonadaler Hormone entstehen. Die Zellen wurden am 14. Embryonaltag der Ratte entnommen. Nach den bisherigen Erkenntnissen hat zu diesem Zeitpunkt die Ausschüttung großer, für männliche Tiere typischer Testosteronmengen aus den Hoden noch nicht begonnen. Wenn Zellen von Mäusen in ähnlicher Weise kultiviert werden, findet man zwischen XX- und XY-Mäusen Unterschiede in der Anzahl von Neuronen, die TH enthalten, unabhängig von der Art ihrer Gonaden (Carruth et al. 2002). Die Resultate verweisen darauf, dass XX- und XY-Zellen nicht äquivalent sind.

In frühen Phasen der embryonalen Entwicklung von Wirbeltieren entwickeln sich Gehirn und Rückenmark aus einem verdickten Band von Zellen, der sog. Neuralplatte, die an einer Stelle verläuft, wo sich später die Wirbelsäule von Tier oder Mensch ausbildet. Zur Ausbildung von Gehirn und Rückenmark faltet sich die Neuralplatte zunächst an ihren Längsseiten entlang des Rückens, bis sich die Ränder der Platte berühren und das **Neuralrohr** bilden. Wenn sich die Zellen an dieser Mittellinie nicht verbinden (entlang der Achse, die den Rücken des Tieres bilden wird), entstehen

Entwicklungsanomalien von Gehirn oder Rückenmark. Geburtsfehler, die aus Fehlbildungen des Neuralrohrs resultieren, sind beispielsweise Spina bifida, Anenzephalie und Exenzephalie. Bei Frauen kommen diese Fehlbildungen häufiger vor als bei Männern (Seller1995). Ein Tiermodell zur Erforschung dieser Fehlbildungen ist eine Maus mit einer Mutation im Gen p53, das an der Steuerung der Zellproliferation beteiligt ist. Einige Mäuse, denen p53 fehlt, zeigen einen unvollständigen Schluss des Neuralrohrs, sie sterben vor oder kurz nach der Geburt. In den meisten Fällen sind es Weibchen, die sterben. Dieser Geschlechtsunterschied resultiert nicht aus Geschlechtsunterschieden in den Wirkungen gonadaler Hormone, da sich das Neuralrohr vor der Differenzierung der Gonaden und somit vor der Einwirkung gonadaler Sekretionen auf das Gehirn ausbildet (Armstrong et al. 1995; Sah et al. 1995). Diese Beobachtungen weisen darauf hin, dass X- oder Y-Gene auch in normalen Embryos Geschlechtsunterschiede bei der Ausbildung des Neuralrohrs verursachen könnten.

2.4.2 Genetische Geschlechtsunterschiede im Gehirn von Singvögeln

An einem besonderen Tiermodell kann man beobachten, dass große Geschlechtsunterschiede in fortpflanzungsrelevanten Gehirnregionen nicht durch gonadale Hormone, sondern vorrangig durch Geschlechtschromosomen verursacht werden. Der Zebrafink (Taeniopygia guttata) lebt in Kolonien in vielen Regionen Australiens. Aufgrund seiner Schönheit und der einfachen Nachzucht in Gefangenschaft ist er darüber hinaus ein auf der ganzen Welt beliebter Ziervogel. In der Biologie ist der Zebrafink inzwischen der am intensivsten erforschte Singvogel, weil er sich gut unter Laborbedingungen halten und leicht züchten lässt. Während der Balzzeit singen männliche Finken einen speziellen Gesang für ihre weiblichen Artgenossen. Der Gesang erregt das Weibchen, es gestattet dem Männchen die Kopulation. Es legt Eier, beide bebrüten die Eier und ziehen die Jungvögel auf.

Der Gesang des adulten Männchens wird durch das aus den Hoden ausgeschüttete Testosteronniveau bestimmt (ein aktivierender Effekt); obwohl auch kastrierte Männchen singen, tun sie dies häufiger bei hohem Androgenniveau (Arnold 1975). Weibchen können das Lied nicht singen, selbst wenn sie als adulte Tiere mit Testosteron behandelt werden. Der Schaltkreis im Gehirn, der den Gesang kontrolliert, besteht aus verschiedenen untereinander verbundenen Regionen, die außerdem Verbindungen zum Stimmapparat, der Syrinx, senden. Diese Gehirnregionen sind im männlichen Vogel wesentlich größer und besitzen mehr Neuronen (■ Abb. 2.2) (Nottebohm u. Arnold 1976). Die physikalische Größe dieser Gehirnregionen hängt unmittelbar mit der Gesangsfähigkeit zusammen. Das Männchen lernt den Gesang von seinem Vater

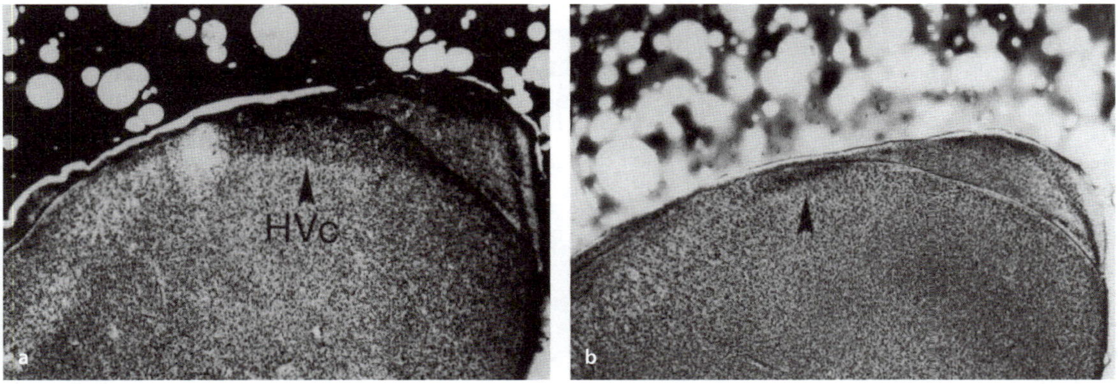

■ **Abb. 2.2a, b.** Geschlechtsdimorphismus im Nukleus HVC im Gehirn des Zebrafinken. **a** Männliches Tier, **b** weibliches Tier. Der Nukleus HVC ist ein Teil eines Vorderhirn-Schaltkreises, der den Balzgesang kontrolliert. Männliche Zebrafinken singen, weibliche tun dies nicht, und der Gesangsschaltkreis ist beim männlichen Tier erheblich größer als beim weiblichen. (Aus Arnold 1980)

oder anderen Männchen, die es während der ersten Lebensmonate hört (Immelmann 1969).

Gonadale Hormontheorie des Vogelsangs

Basierend auf der vorherrschenden Annahme, dass Geschlechtsunterschiede im Gehirn über gonadale Sekretionen organisiert werden, wurden die ersten Experimente zur Erforschung der Ursachen von Geschlechtsunterschieden im Gesangssystem an die Studien von Phoenix et al. (1959) angelehnt. Weibliche Tiere erhielten unmittelbar nach dem Schlupf männliche Hormone (Testosteron oder den Testosteronmetaboliten Östradiol), um den neuralen Schaltkreis auf männliche Weise zu organisieren (Gurney u. Konishi 1980). Beide Hormone, insbesondere aber Östradiol, verursachten eine deutlich maskulinere Entwicklung dieses Schaltkreises als bei normalen Weibchen. Außerdem sangen die mit Östradiol behandelten Weibchen einen Gesang, der dem normaler Weibchen nicht ähnelte. Weil Östradiol ein natürlicher potenter Metabolit von Testosteron ist, nahm man an, dass Männchen aus ihren Hoden Testosteron ausschütten, das während der frühen Entwicklung ins Gehirn gelangt. Im Gehirn wird das Testosteron (mittels des Enzyms Aromatase) in Östradiol umgewandelt, das dann die Schaltkreise im Gehirn permanent maskulinisiert.

Einige Beobachtungen wollten jedoch nicht zu dieser gonadalen Hormontheorie der Gehirnmaskulinisierung passen:

- Es wurde beobachtet, dass das Gehirn weiblicher Vögel durch die Östradiolbehandlung nur halb so maskulin wie das normaler Männchen wurde, so dass für die volle maskuline Entwicklung der Männchen offenbar noch ein weiterer Faktor erforderlich war (Jacobs et al. 1995).
- Mehrere Laboratorien scheiterten bei dem Versuch, während den ersten Wochen nach dem Schlupf, in denen sich der Gesangsschaltkreis differenziert, im Blut von männlichen Tieren höhere Östradiol- oder Testosteronwerte als bei weiblichen zu finden (Arnold u. Schlinger 1993).

Zum vollständigen Beweis einer unter Normalbedingungen wirksamen maskulinisierenden Rolle von Östradiol (oder gonadaler Hormone ganz allgemein) müsste gezeigt werden, dass eine Blockade dieser hypothetischen Effekte von Östradiol (oder anderer Hormone) in männlichen Vögeln zur Entwicklung eines femininen Schaltkreises führt. Trotz zahlreicher Versuche verschiedener Laboratorien konnte jedoch keine hormonale oder antihormonale Behandlung männlicher Finken jemals die maskuline Entwicklung des Gesangsschaltkreises verhindern. In diesen Experimenten wurden Finken mit Östrogenen, Androgenen, Anti-Östrogenen, Anti-Androgenen, Östrogen-Synthesehemmern und anderen Mitteln behandelt, die die Wirkungen gonadaler Hormone während früher Entwicklungsstadien modifizieren (Arnold 1997).

Bedeutet dieses Resultat nun, dass etwas nicht stimmt mit Josts hormonaler Theorie der somatischen geschlechtlichen Differenzierung, wenn man sie auf Zebrafinken anwendet? Anfangs zögerten die Forscher, die gut belegte Theorie von Jost zu verwerfen (Arnold u. Schlinger 1993). Da die maskulinisierende Wirkung von Östrogen bei weiblichen Tieren durch viele Forschungsarbeiten belegt ist, nahm man weiterhin an, dass Östrogen eine zentrale Komponente des Maskulinisierungsprozesses bildet. Außerdem gab es immerhin einige Untersuchungsresultate, die zeigten, dass Östrogen für die normale Maskulinisierung des männlichen Gehirns erforderlich ist. In zwei Experimenten wurden beispielsweise einige Komponenten der Gehirnmaskulinisierung (allerdings nicht das vollständige maskuline Muster) durch Blockierung von Östrogenen in männlichen Tieren verhindert (Dittrich et al. 1999; Kim et al. 2004).

In einem weiteren Experiment, bei dem man dünne Hirnschnitte adoleszenter Finken in einer Petrischale kultivierte, zeigten sich einige der spezifischen maskulinen Entwicklungsmuster, die jedoch offenbar Östrogen benötigten (Holloway u. Clayton 2001). Beispielsweise bildeten Neurone im Nukleus HVC, die normalerweise mit dem Nukleus RA Synapsen bilden, diese auch in Hirnschnitten männlicher Tiere aus, jedoch nicht in weiblichen Hirnschnitten oder in männlichen Hirnschnitten, denen man einen Östrogenblocker beigegeben hatte. Obwohl keine hormonelle Manipulation jemals eine Geschlechtsänderung eines männlichen Tieres herbeiführen konnte (d. h. eine Gehirnentwicklung provozierte, die der weiblichen entspricht), scheinen Östrogene doch zum Maskulinisierungsprozess beizutragen. Aus dem Experiment, bei dem Hirnschnitte in Petrischalen kultiviert wurden, ging auch hervor, dass Zellen in männlichen Hirnschnitten Östrogene in einer Menge synthetisierten, die zur Maskulinisierung weiblicher Schnitte, die daneben lagen, ausreichte. Dieses überraschende Ergebnis lässt vermuten, dass diejenigen Östrogene, die zur Gehirnmaskulinisierung beitragen, möglicherweise vom Gehirn selbst gebildet werden und nicht über Testosteron, das von den Hoden ausgeschüttet wird (Holloway u. Clayton 2001).

Unsere Theorie besagt, dass das Geschlecht des Gesangsschaltkreises beim Zebrafink primär durch Gene bestimmt wird, die sich auf den Geschlechtschromosomen befinden. Im Kern ähnelt diese Theorie stark derjenigen, die den Beginn geschlechtlicher Differenzierung in den Gonaden von Säugetieren beschreibt, oder der zuvor ausgeführten Differenzierung der Genitalien in Wallabies. Die Geschlechtschromosomen bei Vögeln werden mit ZZ für männlich und ZW für weiblich bezeichnet, die Situation ist also genau umgekehrt wie bei Säugern. Ein Geschlechtschromosom ist nur in einem Geschlecht vorhanden (Y bei männlichen Säugetieren, W bei weiblichen Vögeln), das andere ist in zwei Kopien im anderen Geschlecht vorhanden (XX in weiblichen Säugern, ZZ in männlichen Vögeln). Wir stellen uns vor, dass in frühen Entwicklungsphasen eines oder mehrere Gene auf dem W-Chromosom im Gehirn exprimiert wird und das weibliche Entwicklungsmuster initiiert und/oder das männliche Entwicklungsmuster unterdrückt. Alternativ könnten eines oder mehrere Gene auf dem Z-Chromosom höher im männlichen Gehirn exprimiert werden und so die männliche Entwicklung fördern und/oder die weibliche unterdrücken. Obwohl im Gehirn selbst synthetisierte Östrogene wichtig sind, legt die Theorie nahe, dass männliche Vögel ein höheres (im Gehirn synthetisiertes) Östrogenniveau haben als weibliche Vögel, dass aber der Geschlechtsunterschied für Östrogen im Gehirn durch einen geschlechtsspezifischen Effekt von Genen auf dem Z- oder W-Chromosom ausgelöst wird.

Eine Reihe von Experimenten verweist auf eine wichtige Rolle der Geschlechtschromosomen. In einem Experiment versuchte man, bei genetisch weiblichen Finken Hoden wachsen zu lassen, um damit die Rolle testikulärer Sekretionen für die geschlechtliche Differenzierung zu überprüfen (Wade u. Arnold 1996, 2004). Da das Ovar von Vögeln für seine Differenzierung Östrogen benötigt, entwickeln genetisch weibliche Tiere Hoden, wenn die Östrogensynthese im Embryo während der ersten Tage nach der Eiablage blockiert wird. Wenn man Zebrafinkenembryos mit einem Östrogensynthese-Hemmer behandelt, entwickelt sich die rechte Gonade zu einem Hoden, der Sperma produziert und Testosteron ausschüttet, während sich die linke Gonade zu einer Ovotestis entwickelt (einem Hoden mit einigen Überbleibseln eines Ovars). Überraschenderweise bleibt der Gesangsschaltkreis in solchen Tieren weiblich. Das Geschlecht des Gehirns (weiblich) korreliert in diesem Fall mit dem genetischen Geschlecht der Gehirnzellen (ZW weiblich), nicht mit der Art der Gonaden.

Die Untersuchung eines seltenen intersexuellen Finken lieferte darüber hinaus Belege dafür, dass das genetische Geschlecht der Gehirnzellen die geschlechtsspezifischen Eigenschaften des neuralen Gesangsschaltkreises determiniert (Agate et al. 2003). Bei diesem Vogel handelte es sich um einen lateralen Gynandromorphen, ein Tier mit männlichem Gefieder auf der rechten Körperseite und weiblichem Gefieder auf der linken, mit einer scharfen Trennung entlang der Mittellinie (■ Abb. 2.3). Der Vogel verhielt sich wie ein typisches Männchen und balzte und kopulierte normal mit einem normalen Weibchen.

Nach dem Tod des Vogels fanden sich ein Ovar auf der linken (weiblichen) Seite und eine Testis auf der rechten (männlichen) Seite. Genetische Analysen verschiedener Gewebeproben von beiden Seiten des Tieres zeigten, dass die rechte Seite ein männlichen Genom (ZZ) und die linke ein weibliches Genom (ZW) hatte, obwohl auch einige Zellen der rechten Seite ein W-Chromosom enthielten. Die Analyse des Gehirns zeigte ein erstaunlich ähnliches Muster wie die männlich-weiblich Trennung beim Gefieder. Expressionen eines W-Gens, das normalerweise nur in weiblichen Zellen vorhanden ist, in männlichen

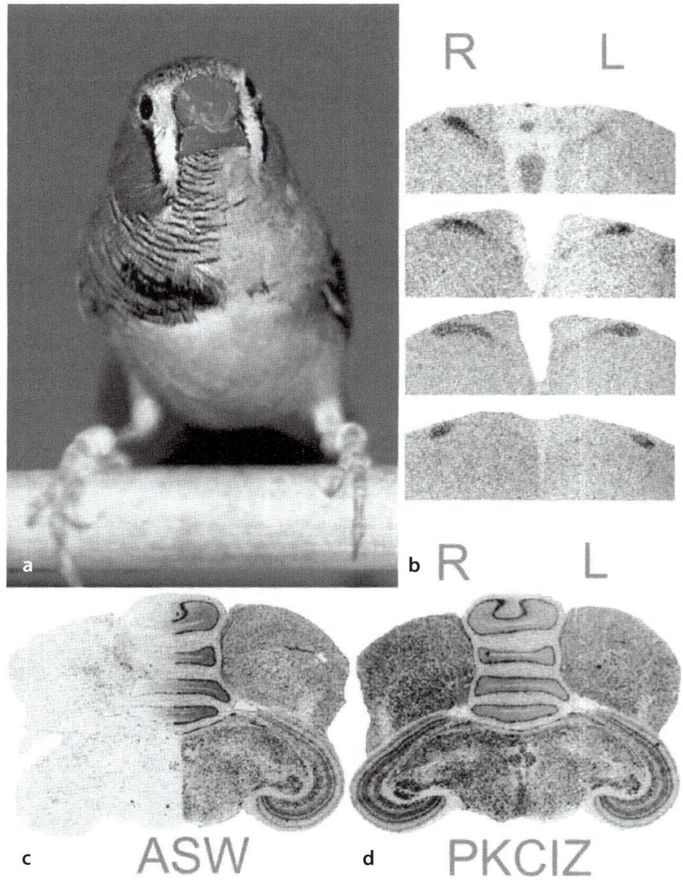

Abb. 2.3a–d. Ein seltener, halb-männlicher, halb-weiblicher gynandromorpher Zebrafink. **a** Die rechte Körperseite ist genetisch männlich mit männlichem Gefieder (oranger Wangenfleck, Streifen und schwarzer Balken auf der Brust), während die linke Körperseite genetisch weiblich mit weiblichem Gefieder ist. **b** Der Bereich des HVC wird anhand der Expression (dunkle Bereiche) eines genetischen Markers für HVC dargestellt und zeigt, dass der HVC auf der genetisch männlichen Seite (rechts) größer war als auf der genetisch weiblichen Seite (links). **c** Darstellung der Expression (dunkle Areale) des ASW-Gens auf dem W-Chromosom, das normalerweise im ganzen Körper weiblicher Tiere exprimiert wird, zeigt, dass dieses Gen fast ausschließlich auf der linken Gehirnseite zu finden ist. **d** Die Expression des PKCIZ-Gens des Z-Chromosoms, das bei männlichen Tieren in doppelter Anzahl vorliegt, ist auf der rechten Seite des Gehirns stärker ausgeprägt. Dieses Muster der Genexpression verweist auf eine scharfe Trennungslinie zwischen der rechten (genetisch männlichen) und der linken (genetisch weiblichen) Gehirnhälfte. Der größere HVC auf der rechten Seite wird auf die Unterschiede in Geschlechtschromosomen zwischen dem linken und dem rechten Gehirn zurückgeführt. (Aus Agate et al. 2003)

aber fehlt, fanden sich auf der weiblichen Seite des Gehirns, aber nur sehr gering auf der männlichen Seite. Die Abbildung der Genexpression zeigt eine auffallende Linie entlang der Gehirnmitte, ähnlich wie die Trennungslinie zwischen männlichem und weiblichem Gefieder.

Da die rechte Gehirnhälfte genetisch überwiegend männlich war und die linke genetisch überwiegend weiblich, bot dieser Vogel die seltene Gelegenheit, die Auswirkungen eines männlichen bzw. weiblichen Genoms auf geschlechtsspezifische Merkmale des Gehirns zu untersuchen. Wenn Gonadenhormone bestimmen, ob das Gesangssystem männlich oder weiblich ist, dann müssten beide Seiten des Gehirns gleichermaßen männlich oder weiblich sein. Wenn andererseits aber das genetische Geschlecht der Gehirnzellen die sexuelle Differenzierung steuert, dann sollte die rechte Gehirnhälfte maskuline Züge und die linke Gehirnhälfte weibliche Züge haben. Das Ergebnis bestätigte keine der beiden Hypothesen vollständig: einige Regionen des neuralen Gesangsschaltkreises waren auf der genetisch männlichen Seite größer als auf der genetisch weiblichen. Dieses Resultat verweist darauf, dass das genetische Geschlecht der Gehirnzellen eine wichtige Rolle für eine männliche oder weibliche Entwicklung des Gesangssystems spielt. Die genetisch weibliche Seite war allerdings maskuliner als bei einem normalen Weibchen, was darauf hindeutet, dass sie durch irgendeinen Faktor, möglicherweise durch Hormone, von der männlichen Seite aus maskulinisiert worden war. Dieses Muster passt zu einer Theorie, in der das männliche Genom einen Anstieg der Östradiolausschüttung im Gehirn selbst bewirkt, die dann für die weitere maskuline Entwicklung erforderlich ist.

Die Entwicklung von Geschlechtsunterschieden in der Gehirnregion HVC, einem Teil des Gesangsschaltkreises, beginnt etwa um den neunten Tag nach dem Schlupf (Kim et al. 2004; Agate et al. 2003). Wir möchten daher Z- oder W-Gene finden, die im HVC schon vor den ersten sichtbaren Unterschieden zwischen Männchen und Weibchen geschlechtsspezifisch angeschaltet werden. Ein solches Gen könnte die Geschlechtsunterschiede induzieren. Ein Kandidat für ein solches Z-Gen ist trkB. Im HVC von männlichen Tieren wird **trkB** etwa am 2. bis 6. Tag nach dem Schlupf stärker exprimiert als bei weiblichen Tieren – noch bevor andere Geschlechtsunterschiede im HVC sichtbar werden (Chen et al. 2005). Bei trkB handelt es sich um einen Rezeptor für einen neurotrophen Faktor (**BDNF**, brain-derived neurotrophic factor), der bekanntermaßen Wachstum und Differenzierung von Zellen im Nervensystem fördert. Wenn BDNF bei der Entwicklung des HVC eine Rolle spielt, könnte das höhere trkB-Niveau ein stärkeres Wachstum des HVC bei männlichen Tieren verursachen.

2.4.3 Wirkungen von Geschlechtschromosomgenen, untersucht an Tiermodellen

Resultieren die Unterschiede zwischen den Gehirnen von Männern und Frauen aus
- Unterschieden im Niveau der Gonadenhormone im Erwachsenenalter,
- unterschiedlicher Gehirnentwicklung aufgrund organisierender Wirkungen von Testosteron in frühen Entwicklungsphasen oder aus
- Unterschieden in den Wirkungen von X- und Y-Genen in männlichen und weiblichen Gehirnzellen (also Wirkungen der Geschlechtschromosomen)?

Im menschlichen Gehirn wurde bereits eine Vielzahl struktureller und funktioneller Geschlechtsunterschiede gefunden, und man kann davon ausgehen, dass viele Geschlechtsunterschiede noch ihrer Entdeckung harren. Unsere Möglichkeiten, die Ursachen menschlicher Geschlechtsunterschiede zu erklären werden wesentlich davon bestimmt, inwieweit es uns gelingt, geeignete Tiermodelle zu finden, die dem Menschen ausreichend ähneln und bei denen man kausale Faktoren wie Hormone und Gene manipulieren und deren Einfluss auf das Gehirn beobachten kann. Zahlreiche Belege aus Tierexperimenten, die zum Teil bereits genannt wurden, zeigen, dass Gonadenhormone eine zentrale Rolle für die Ausbildung von Geschlechtsunterschieden im Gehirn spielen. Zu dieser Frage sind tausende von Experimenten durchgeführt worden, unter anderem weil eine Manipulation des Hormonniveaus durch Injektion von Hormonen oder Mitteln, die die Hormonwirkung blockieren, relativ einfach ist.

Über Wirkungen von Geschlechtschromosomgenen wissen wir weniger, hierzu gibt es nur wenige Experimente. Das liegt zum Teil daran, dass eine Manipulation der Genexpression zur Veränderung der Genwirkungen schwieriger zu realisieren ist als eine Manipulation des Hormonniveaus zur Beeinflussung von Hormonwirkungen. Daher herrscht weiterhin der Eindruck, dass Hormone als Ursache von Geschlechtsunterschieden wesentlich wichtiger sind als die unmittelbaren Wirkungen von X- und Y-Genen im Gehirn. Wir wissen jedoch nicht, ob dieser Eindruck nur ein Artefakt der Messprobleme für Wirkungen von X- und Y-Genen ist.

Unmittelbare Wirkungen von Y-Genen kann man testen, indem man die Expression eines einzelnen Y-Gens im Gehirn verändert und untersucht, ob sich daraufhin die Funktion des Gehirns verändert. Die erste Demonstration eines für männliche Tiere spezifischen Y-Gen-Effekts entstammt dem Befund, dass **Sry** in der Substantia nigra von männlichen Ratten und Mäusen exprimiert wird (Dewing et al. 2006). Die Substantia nigra ist eine Gruppe von dopaminergen Neuronen im Mittelhirn, die ihre Axone zum Striatum senden, wo sie die Motorik kontrollieren. Die Substantia nigra wird als diejenige Gehirnregion, die bei Morbus Parkinson degeneriert, intensiv erforscht. Von Morbus Parkinson sind sowohl Männer wie Frauen betroffen, Männer allerdings 1,5-mal so häufig wie Frauen (Elbaz et al. 2002). Wenn man bei Ratten die Expression von Sry in der Substantia nigra experimentell verringert, kommt es zur Verringerung von Tyrosinhydroxylase (TH), einem Enzym, das zur Dopaminsynthese benötigt wird. Die Tiere zeigen außerdem motorische Probleme, die sich zurückbilden, sowie man die Manipulation von Sry rückgängig macht. Somit spielt das Sry-Gen, das für seine Rolle bei der Ausbildung der Hoden im Embryo bekannt ist, im erwachsenen männlichen Gehirn eine andere Rolle.

Ein nicht gelöstes Paradoxon ist, dass weibliche Lebewesen keine motorischen Probleme aufweisen, obwohl ihnen Sry fehlt. Eine Theorie dazu nimmt an, dass ein unbekannter Faktor bei weiblichen Lebewesen die Rolle von Sry übernimmt. Wenn dies tatsächlich zutrifft, müssen ein weiblicher und ein männlicher Faktor ähnliche Rollen übernehmen, wodurch männliche und weibliche Lebewesen eher ähnlicher als unterschiedlicher werden. Wahrscheinlich haben diese beiden Faktoren nicht vollständig identische Wirkungen, daher bleibt die Substantia nigra von Männern und Frauen unterschiedlich anfällig für Parkinson.

Die Wirkungen von Genen des Y-Chromosoms kann man auch über einen Vergleich der Merkmale von männlichen Mäusen messen, die mit Ausnahme unterschiedlicher Y-Chromosomen genetisch identisch sind. Viele Inzuchtstämme von Mäusen sind zum Zweck genetischer Untersuchungen gezüchtet worden. Diese Stämme sollen für jeden Lokus auf dem Genom homozygot sein, obwohl die Allele auf verschiedenen Loki sich von Stamm zu Stamm unterscheiden. Männliche Mäuse des Stammes DBA/1 sind wesentlich aggressiver als Männchen des C57BL/10-Stammes. In einem Experiment wurde das Y-Chromosom aus dem C57BL/10-Strang auf den DBA/1-Stamm übertragen, indem man C57BL/10-Männchen mit DBA/1-Weibchen verpaarte und die Söhne in vielen Folgegenerationen wieder mit DBA/1-Weibchen verpaarte. Auf diese Weise entsprachen die X- und autosomalen Gene des Nachwuchses schließlich dem DBA/1-Stamm, das Y-Chromosom stammte aber immer noch vom C57BL/10-Stamm.

Wenn man diese Männchen nun mit normalen DBA/1-Männchen vergleicht, ist dies genau genommen ein Vergleich männlicher Mäuse, die bis auf ihr Y-Chromosom genetisch identisch sind. Diese zwei Typen von Mäusen zeigten im Labor große Unterschiede im Aggressionsniveau, so dass die unterschiedlichen Allele auf den zwei Typen von Y-Chromosomen offensichtlich unterschiedliche Wirkungen auf die Aggressivität der Mäuse ausüben (Maxson et al. 1989). Ein Grund hierfür könnte sein, dass die unterschiedlichen Y-Allele zu dauerhaften Unterschieden im Testosteronspiegel der beiden Mäusetypen führen, die dann wiederum das Aggressionsniveau beeinflussen. Eine weitere Möglichkeit lautet, dass Allele auf den beiden Y-Chromosomen in denjenigen Schaltkreisen im Gehirn, die der Aggressionskontrolle dienen, unterschiedlich exprimiert werden. Die Y-Gene, die an Aggression beteiligt sind, wurden bislang noch nicht identifiziert, es ist auch nicht bekannt, wo im Körper sie ihre Wirkung entfalten.

Andere Mäusestämme ermöglichen eine Einschätzung von Unterschieden zwischen XX- und XY-Zellen (Arnold u. Burgoyne 2004). Bei diesen Mäusen wird Sry vom Y-Chromosom entfernt, es resultiert ein Y'-Chromosom. Wegen des fehlenden Sry besitzen XY'-Tiere Ovarien und werden als weiblich bezeichnet. Bei einzelnen Tieren wird eine transgene Kopie von Sry ins Genom eingebracht, ein Ersatz für das fehlende Sry auf dem Y-Chromosom, welches zur Entwicklung von Testes führt. Diese Mäuse, als XY'Sry bezeichnet, sind voll funktionsfähige Männchen. Der wichtige Unterschied ist, dass sich das Sry-Gen nunmehr auf einem Autosom und nicht auf dem Y-Chromosom befindet, so dass es unabhängig vom Y-Chromosom auf den Nachwuchs dieses Männchens übertragen wird. Die Verpaarung von XY'Sry-Männchen mit normalen XX-Weibchen erzeugt vier Typen von Nachkommen: XY'Sry-Männchen, XXSry-Männchen, XY'-Weibchen und XX-Weibchen. Indem man die Merkmale von Mäusen mit demselben Gonadentyp, aber mit unterschiedlichen Chromosomen vergleicht, kann man die Wirkungen von XX- bzw. XY'-Chromosomen auf die Körperzellen beurteilen (auf verschiedene Merkmale, auch auf Gehirn und Verhalten). Man kann beispielsweise XX-und XY'-gonadale Männchen vergleichen (XY'Sry und XXSry), oder XX- und XY'-gonadale Weibchen. Wenn sich XX- und XY'-Mäuse unterscheiden, kann diese Diskrepanz auf die Unterschiede zwischen den X- und Y-Genen zurückgeführt werden.

Gehirn, Verhalten und andere Merkmale wurden bei diesen Mäusen verglichen. XY-Mäuse haben ein maskulineres Expressionsmuster von Vasopressin im lateralen Septum, zeigen mehr Agressionsverhalten und weniger Elternverhalten als XX-Mäuse mit demselben Gonadentyp (De Vries et al. 2002; Gatewood et al. 2006). Diese Unterschiede zwischen XX- und XY'-Zellen traten zwischen Tieren auf, die im Erwachsenenalter identische Testosteronmengen erhielten, so dass die Unterschiede zwischen ihnen nicht auf ein unterschiedliches Niveau von Gonadenhormonen zum Testzeitpunkt zurückzuführen sind. Es ist auch unwahrscheinlich, dass die Gruppenunterschiede global unterschiedliche Testosteronniveaus in früheren Lebensphasen spiegeln, da der XX- vs. XY'-Effekt bei beiden Geschlechtern gefunden wurde (d. h. gleichermaßen bei Mäusen, die als Fötus oder Neugeborenes ein hohes Testosteronniveau besaßen wie auch bei Mäusen mit für Weibchen typischem, niedrigem Niveau). Viele der XX- und XY'-Mäuse zeigten auch keine Unterschiede in zahlreichen anderen Merkmalen, die als empfindliche Barometer für die organisierenden Wirkungen von Testosteron gelten. XY'-Mäuse beider Geschlechter unterschieden sich von XX-Mäusen auch in ihrer Immunreaktion, ein Unterschied, der sich wahrscheinlich nicht durch Gruppenunterschiede bei den Gonadenhormonen erklären lässt (Palaszynski et al. 2005).

In einer anderen Untersuchung wurden die kognitiven Fähigkeiten zweier Typen von XO-Mäusen verglichen. Bei XO-Mäusen handelt es sich um ungewöhnliche Tiere, die weiblich sind, aber nur ein X-Chromosom besitzen (Dawies et al. 2006). Diese Mäuse erhielten ihr X-Chromosom entweder vom Vater (XpO) oder von der Mutter (XmO). Die adulten Mäuse wurden trainiert, ihr Futter in einem bestimmten Arm eines Labyrinths zu finden, danach wurde die Aufgabe abgeändert, d. h. das Futter nun in einem anderen Arm angeboten, in dem vorher kein Futter zu finden war. XmO-Mäuse taten sich beim Lernen diese Umkehrlernaufgabe schwerer als XpO- oder normale XX-Mäuse. Die Resultate zeigen, dass der elterliche Ursprung der X-Gene einen Einfluss auf Gehirnfunktionen hat. Eine Möglichkeit besteht darin, dass XY-Männchen, die ihre X-Gene normalerweise nur von der Mutter erhalten, eine andere Gehirnorganisation als weibliche Tiere aufweisen, weil XX-Weibchen sowohl die väterliche wie mütterliche genomische Prägungsvariante besitzen. Die Auswirkungen der genomischen Prägung des X-Chromosoms auf Geschlechtsunterschiede müssen noch ausführlicher untersucht werden.

Fazit

Alle Geschlechtsunterschiede entstehen aus den unterschiedlichen Wirkungen von X- und Y-Genen. Viele Geschlechtsunterschiede resultieren aus der Wirkung des Gens Sry, das bei XY-männlichen Tieren die Entwicklung von Hoden auslöst. Mit diesem Ereignis werden lebenslang wirksame geschlechtsspezifische Sekretionsmuster der Gonadenhormone in Gang gesetzt, die zum einen eine unterschiedliche Organisation der Gehirne von männlichen und weiblichen Lebewesen während des Fötalstadiums, und zum anderen unterschiedliche Funktionen der Gehirne im späteren Leben verursachen, weil sie während der gesamten Lebenszeit unterschiedlichen Dosen von Gonadenhormonen ausgesetzt sind.
Aber auch abgesehen von Hormonwirkungen sind XX- und XY-Gehirnzellen nicht äquivalent. Aktuelle Forschungsarbeiten zeigten bereits einige Unterschiede zwischen XX- und XY- Gehirnen, aber es gibt immer noch sehr viel zu entdecken. Ein wichtiges Ziel ist nun, diejenigen X- und Y-Gene zu identifizieren, die Geschlechtsunterschiede im Gehirn verursachen, und darüber hinaus ihren Wirkort im Gehirn und ihre genaue Wirkungsweise herauszufinden.
Geschlechtsunterschiede haben sich entwickelt, weil männliche und weibliche Lebewesen bei der Fortpflanzung und im dazugehörigen Sozialverhalten unterschiedliche Rollen einnehmen und daher unterschiedliche Gehirnstrukturen benötigen, um ihre jeweiligen Rollen zu spielen. Wahrscheinlich gibt es aber auch einige Geschlechtsunterschiede, die keine funktionellen Vorteile bieten, sondern lediglich Nebenwirkungen anderer Geschlechtsunterschiede darstellen, die aufgrund ihrer Vorteile selektiert wurden.

Danksagung

Dank an Geert de Vries und Roger Gorski für die Überlassung der Abbildungen.

Literatur

Agate RJ, Grisham W, Wade J, Mann S, Wingfield J, Schanen C et al. (2003) Neural not gonadal origin of brain sex differences in a gynandromorphic finch. Proceedings of the National Academy of Sciences USA 100:4873–4878

Armstrong JF, Kaufman MH, Harrison DJ, Clarke AR (1995) High-frequency developmental abnormalities in p53-deficient mice. Current Biology 5:931–936

Arnold AP, Burgoyne PS (2004) Are XX and XY brain cells intrinsically different? Trends in Endocrinology and Metabolism 15:6–11

Arnold AP, Gorski RA (1994) Gonadal steroid induction of structural sex differences in the CNS. Annu Rev Neurosci 7:413–442

Arnold AP, Schlinger BA (1993) Sexual differentiation of brain and behavior: the zebra finch is not Just a flying rat. Brain Behav Evol 42:231–241

Arnold AP (1975) The effects of castration and androgen replacement on song, courtship, and aggression in zebra finches (Poephila guttata). J Exp Zool 191:309–326

Arnold AP (1980) Sexual differences in the brain. Am Sci 68:165–173

Arnold LE (1996) Sex differences in ADHD: Conference summary. J Abnorm Child Psychol 24:555–569

Arnold AP (1997) Sexual differentiation of the Zebra Finch song system: Positive evidence, negative evidence, null hypotheses, and a paradigm shift. J Neurobiol 33:572–584

Bartolomei MS, Tilghman SM (1997)Genomic imprinting in mammals. Annu Rev Genet 31:493–525

Becker JB, Arnold AP, Berkley KJ, Blaustein JD, Eckel LA, Hampson E et al. (2005) Strategies and methods for research on sex differences in brain and behavior. Endocrinol 146:1650–1673

Breedlove SM, Arnold AP (1980) Hormone accumulation in a sexually dimorphic motor nucleus of the rat spinal cord. Science 210:564–566

Breedlove SM, Arnold AP (1983) Hormonal control of a developing neuromuscular system: I. Complete demasculinization of the male rat spinal nucleus of the bulbocavernosus using the antiandrogen flutamide. J Neurosci 3:417–423

Carrel L, Willard HF (2005) X-inactivation profile reveals extensive variability in X-linked gene expression in females. Nature 434:400–404

Carroll ME, Lynch WJ, Roth ME, Morgan AD, Cosgrove KP (2004) Sex and estrogen influence drug abuse. Trends Pharmacol Sci 2004, 25:273–279

Carruth LL, Reisert I, Arnold AP (2002) Sex chromosome genes directly affect brain sexual differentiation. Nat Neurosci 5:933–934

Chen XQ, Agate RJ, Itoh Y, Arnold AP (2005) Sexually dimorphic expression of trkB, a Z-linked gene, in early posthatch zebra finch brain. Proc Natl Acad Sci USA 102:7730–7735

Cooper DW (1993) The evolution of sex determination, sex chromosome dimorphism, adn X-inactivation in therian mammals: A comparison of metatherians (marsupials) and eutherians (»placentals«). In: Reed KC, Graves JAM (eds) Sex chromosomes and sex determining genes. Harwood Academic Publishers, pp. 183–200

Davies W, Isles AR, Burgoyne PS, Wilkinson LS (2006) X-linked imprinting: effects on brain and behaviour. BioEssays 28:35–44

De Vries GJ, Panzica GC (2006) Sexual differentiation of central vasopressin and vasotocin systems in vertebrates: Different mechanisms, similar endpoints. Neurosci 138:947–955

De Vries GJ, Simerly RB (2002) Anatomy, development, and function of sexually dimorphic neural circuits in the mammalian brain. In: Pfaff DW, Arnold AP, Etgen AM, Fahrbach SE, Rubin RT (eds) Hormones, brain, and behavior. Academic Press, San Diego, pp. 137–191

De Vries GJ, Rissman EF, Simerly RB, Yang LY, Scordalakes EM, Auger CJ et al. (2002) A model system for study of sex chromosome effects on sexually dimorphic neural and behavioral traits. J Neurosci 22:9005–9014

Dewing P, Shi T, Horvath S, Vilain E (2003) Sexually dimorphic gene expression in mouse brain precedes gonadal differentiation. Brain Res Mol Brain Res 118:82–90

Dewing P, Chiang CW, Sinchak K, Sim H, Fernagut PO, Kelly S et al. (2006) Direct regulation of adult brain function by the male-specific factor SRY. Curr Biol 16:415–420

Dittrich F, Feng Y, Metzdorf R, Gahr M (1999) Estrogen-inducible, sex-specific expression of brain-derived neurotrophic factor mRNA in a forebrain song control nucleus of the juvenile zebra finch. Proc Natl Acad Sci USA, 96:7986–7991

Eastwood JA, Doering LV (2005) Gender differences in coronary artery disease. J Cardiovasc Nurs 20:340–351

Elbaz A, Bower JH, Maraganore DM, McDonnell SK, Peterson BJ, Ahlskog JE et al. (2002) Risk tables for parkinsonism and Parkinson's disease. J Clin Epidemiol 55:25–31

Ford CE, Jones KW, Polani PE, de Almeida JC, Briggs JH (1959) A sex chromosome anomaly in a case of gonadal dysgenesis (Turner's syndrome). Lancet 1:711–713

Forger NG, Hodges LL, Roberts SL, Breedlove SM (1992) Regulation of motoneuron death in the spinal nucleus of the bulbocavernosus. J Neurobiol 23:1192–1203

Gahr M, Metzdorf R (1999) The sexually dimorphic expression of androgen receptors in the song nucleus hyperstriatalis ventrale pars caudale of the zebra finch develops independently of gonadal steroids. J Neurosci 19:2628–2636

Gatewood JD, Wills A, Shetty S, Xu J, Arnold AP, Burgoyne PS et al. (2006) Sex chromosome complement and gonadal sex influence aggressive and parental behaviors in mice. J Neurosci 26:2335–2342

Goodfellow PN, Lovell-Badge R (1993) SRY and sex determination in mammals. Annu Rev Genet 27:71–92

Gorski RA, Gordon JH, Shryne JE, Southam AM (1978) Evidence for a morphological sex difference within the medial preoptic area of the rat brain. Brain Res 148:333–346

Goy RW, McEwen BS (1980) Sexual differentiation of the brain. MIT Press, Cambridge 1980

Gurney ME, Konishi M (1980) Hormone-induced sexual differentiation of brain and behavior in zebra finches. Science 208:1380–1382

Holloway CC, Clayton DF (2001) Estrogen synthesis in the male brain triggers development of the avian song control pathway in vitro. Nature Neuroscience 4:1–7

Hughes RL, Pearse A, Cooper DW, Joss JMP, Johnston PG, Jones MK (1993) The genetic basis of marsupial gonadogenesis and sexual phenytype. In: Reed KC, Graves JAM (eds) Sex chromosomes and sex determining genes. Harwood Academic Publishers, pp. 17–48

Immelmann K (1969) Song development in the zebra finch and other estrildid finches. In Hinde RE (ed) Bird vocalizations. University Press, Cambridge, pp. 61–74

Jacobs EC, Grisham W, Arnold AP (1995) Lack of a synergistic effect between estradiol and dihydrotestosterone in the masculinization of the zebra finch song system. J Neurobiol 27:513–519

Jacobs PA, Strong JA (1959) A case of human intersexuality having a possible XXY sex-determining mechanism. Nature 183:302–303

Jost A (1947) Reserches sur la différenciation sexuelle de l'embryon de lapin. Arch Anat Microsc Morphol Exp 36:271–315

Jost A, Vigier B, Prepin J, Perchellet JP (1973) Studies on sex differentiation in mammals. Rec Prog Horm Res 29:1–41

Juraska JM (1991) Sex differences in »cognitive« regions of the rat brain. Psychoneuroendocrinol 16:105–119

Keller K, Tandler J (1916) Über des Verhalten der Eihäute bei der Zwillingssträchtigkeit des Rindes. Untersuchungen über die Entstehungsursache der geschlectlichen Unterentwicklung von weiblichen Zwillingskälbern, welche neben einem männlichen Kalbe zur Entwicklung gelangen. Wien Tierärztliche Wehnscrift 3:513

Kim YH, Perlman WR, Arnold AP (2004) Expression of androgen receptor mRNA in zebra finch song system: Developmental regulation by estrogen. J Comp Neurol 469:535–547

Lillie FR (1916) The theory of the freemartin. Science 43:611–613

Lillie FR (1917) The freemartin: a study of the action of sex hormones in the fetal life of cattle. J Exp Zool 23:371–452

Luders E, Narr KL, Thompson PM, Rex DE, Jancke L, Steinmetz H et al. (2004) Gender differences in cortical complexity. Nat Neurosci 7:799–800

MacLusky NJ, Naftolin F (1981) Sexual differentiation of the central nervous system. Science 211:1294–1303

Maxson SC, Didier-Erickson A, Ogawa S (1989) The Y-chromosome, social signals, and offense in mice. Behav Neural Biol 52:251–259

Mogil JS, Chanda ML (2005) The case for the inclusion of female subjects in basic science studies of pain. Pain 117:1–5

Nguyen DK, Disteche CM (2006) Dosage compensation of the active X chromosome in mammals. Nat Genet 38:47–53

Nottebohm F, Arnold AP (1976) Sexual dimorphism in vocal control areas of the song bird brain. Science 194:211–213

Nunez JL, Sodhi J, Juraska JM (2002) Ovarian hormones after postnatal day 20 reduce neuron number in the rat primary visual cortex. J Neurobiol 52:312–321

Palaszynski KM, Smith DL, Kamrava S, Burgoyne PS, Arnold AP, Voskuhl RR (2005) A Yin-Yang effect between sex chromosome complement and sex hormones on the immune response. Endocrinol 146:3280–3285

Pauls DL, Cohen DJ, Heimbuch R, Detor J, Kidd KK(1981) Familial pattern and transmission of Gilles de la Tourette syndrome and multiple tics. Arch Gen Psychiatry 38:1091–1093

Phoenix CH, Goy RW, Gerall AA, Young WC (1959) Organizing action of prenatally administered testosterone propionate on the tissues mediating mating behavior in the female guinea pig. Endocrinol 65:369–382

Raisman G, Field PM (1973) Sexual dimorphism in the neuropil of the preoptic area of the rat and its dependence on neonatal androgen. Brain Res 54:1–29

Raisman G, Field PM (1971) Sexual dimorphism in the preoptic area of the rat. Science 173:731–733

Renfree MB, Short RV (1988) Sex determination in marsupials: evidence for a marsupial-eutherian dichotomy. Philosophical Transactions of the Royal Society of London B:Biological Sciences 322:41–53

Sah VP, Attardi LD, Mulligan GJ, Williams BO, Bronson RT, Jacks T (1995) A subset of p53-deficient embryos exhibit exencephaly. Nature Genetics 10:175–180

Seller MJ (1995) Sex, neural tube defects, and multisite closure of the human neural tube. Am J Med Genet 58:332–336

Sharman GB (1990) The chromosomal basis of sex differentiation in marsupials. Australian Journal of Zoology 37:451–466

Sisk CL, Schulz KM, Zehr JL (2003) Puberty: A finishing school for male social behavior. Steroids and the Nervous System 1007:189–198

Sturtevant AH (1965) A history of genetics. Harper & Row, New York

Wade J, Arnold AP (1996) Functional testicular tissue does not masculinize development of the zebra finch song system. Proc Natl Acad Sci USA 93:5264–5268

Wade J, Arnold AP (2004) Sexual differentiation of the zebra finch song system. Behavioral neurobiology of birdsong. Ann NY Acad Sci 1016:540–559

Watson CM, Johnston PG, Rodger KA, McKenzie LM, O'Neill RJW, Cooper DW (1997) SRY and karyotypic status of one abnormal and two intersexual marsupials. Reprod Fertil Dev 9:233–241

Welshons WJ, Russell LB (1959) The Y chromosome as the bearer of male determining factors in the mouse. Proc Natl Acad Sci USA 45:560–566

Whitacre CC, Reingold SC, O'Looney PA (1999) A gender gap in autoimmunity. Science 283:1277–1278

Yang X, Schadt EE, Wang S, Ingram-Drake L, Arnold AP, Drake TA et al. (2005) Thousands of sex differences in transcript levels in mouse somatic tissues relevant to common diseases. submitted

Geschlechtsunterschiede lassen sich im Gehirn auf mehreren Ebenen definieren. Da gibt es die Größe auf der Makroebene, wie beispielsweise die Dicke des Kortex, und die Größe auf der Mikroebene, wie das Volumen des sexuell dimorphen Nukleus. Daneben kann man die Form auf der Makroebene, wie beim Splenium des Corpus callosum, und auf der Mikroebene, wie bei der Form von Astrozyten im Nucleus arcuatus, unterscheiden. Darüber hinaus gibt es chemische und/oder physiologische Geschlechtsunterschiede, die schwieriger zu untersuchen und aus verschiedenen Gründen schwerer zu verstehen sind. Nun, da viele Geschlechtsunterschiede im Gehirn charakterisiert und katalogisiert worden sind, muss unser Ziel sein, herauszufinden, wie sich diese Geschlechtsunterschiede herausbilden und worin ihre Funktion besteht.

3.1 Einführung

Die erste Variable, die von Artgenossen wahrgenommen wird, ist normalerweise das Geschlecht, männlich oder weiblich. Körpermerkmale oder Verhalten zeugen von der Geschlechtsidentität und ermöglichen eine schnelle und einfache Identifikation. Evolutionär betrachtet bringt es keinerlei Vorteile, sein Geschlecht zu verbergen. Dennoch muss man in einer Diskussion über Geschlechtsunterschiede im Gehirn vorgefasste Meinungen, Vorurteile und politische Aspekte außer Acht lassen. Die Diskussion lässt sich am besten anhand von drei Fragen gliedern:

- Was sind Geschlechtsunterschiede im Gehirn?
- Wie entwickeln sie sich?
- Haben sie eine Bedeutung? Oder mit anderen Worten: Worin besteht die Funktion spezifischer Geschlechtsunterschiede?

Die Antwort auf die erste Frage »Was sind Geschlechtsunterschiede im Gehirn?« erscheint auf den ersten Blick so offensichtlich, dass die Frage eigentlich unnötig zu sein scheint; auf den zweiten Blick offenbart sich allerdings eine Vielschichtigkeit, die nicht unmittelbar ins Auge fällt. Manche Geschlechtsunterschiede sind stabil, werden während einer perinatalen sensiblen Periode dauerhaft etabliert und sind unmittelbar mit geschlechtsspezifischen (normalerweise fortpflanzungsbezogenen) Funktionen verknüpft. Beispiele hierfür sind das Volumen des sexuell dimorphen Nukleus (SDN), die Dichte der exzitatorischen Synapsen auf den dendritischen Spines im Hypothalamus oder die Kontrolle der LH-Ausschüttung durch den Hypophysenvorderlappen.

All diese Beispiele beziehen sich auf Gehirnregionen, die eine zentrale Rolle für die Fortpflanzung spielen (Simerly 2002). Allerdings gilt dies nicht unbedingt für die Mehrzahl der Geschlechtsunterschiede im Gehirn. Viele Geschlechtsunterschiede im Gehirn sind, insbesondere beim Menschen, relativ klein, Belege für funktionelle Unterschiede bestenfalls fragwürdig (McCarthy u. Konkle 2005; Spelke 2005). Andere sog. Geschlechtsunterschiede beschreiben eigentlich Phänomene, die beim Erwachsenen (insbesondere beim weiblichen Erwachsenen) Plastizität infolge Veränderungen des Hormonspiegels zeigen und dabei eine Varianz aufweisen, die den Mittelwert des anderen Geschlechts (normalerweise des männlichen) einschließt. Da ein Geschlecht Veränderungen des Hormonstatus zeigt, während das andere dies nicht tut, liegt hier zwar ein Geschlechtsunterschied vor, tatsächlich resultiert dieser aber aus dem hormonellen Milieu im Erwachsenen. Dieses Prinzip wurde bislang noch nicht unmittelbar mit der Untersuchung von Geschlechtsunterschieden in Verbindung gebracht, daher gibt es nur wenige direkte Vergleiche erwachsener männlicher und weiblicher Lebewesen im Zusammenhang mit einem Geschlechtsunterschied. Beispiele hierfür sind die Schwelle zur Auslösung von Langzeitpotenzierung (LTP) im Hippokampus und die Anfälligkeit für Suchtdrogen.

Eine andere Form von Geschlechtsunterschieden besteht in unterschiedlichen Reaktionen männlicher und weiblicher Lebewesen auf einen salienten Stimulus, beispielsweise Stress, trotz gleichen Ausgangsbedingungen (Shors et al. 2001). In diesen Fällen bleibt der Geschlechtsunterschied unter normalen Umständen verborgen, daher ist es möglich, dass es viele weitere, noch unentdeckte Geschlechtsunterschiede dieses Typs gibt. Bei einem weiteren Typus von Geschlechtsunterschieden sind unterschiedliche Strategien zur Erreichung desselben funktionellen Resultats implementiert. Ein Geschlechtsunterschied bei Wühlmäusen betrifft beispielsweise das Elternverhalten: bei männlichen Tieren wird Elternverhalten durch die Vasopressininnervation des Vorderhirns gefördert, dasselbe Verhalten wird bei weiblichen Tieren durch ein anderes neurales Substrat kontrolliert (DeVries 2004). Dieses für Geschlechtsunterschiede wichtige Prinzip wird in der allgemeinen Tendenz, den Geschlechtern eher Divergenz als Konvergenz zu unterstellen, allzu oft übersehen. Die verschiedenen Typen von Geschlechtsunterschieden sind schematisch in ◻ Abb. 3.1 darsgestellt.

Aber zurück zu der Frage, was ein Geschlechtsunterschied ist. Grundsätzlich kann man zwischen anatomischen und physiologischen Geschlechtsunterschiede differenzieren. Bei **anatomischen Geschlechtsunterschieden** sind zwei Parameter von Bedeutung: Größe und Form. Genauer gesagt: man findet Geschlechtsunterschiede im Volumen bestimmter Gehirnregionen wie dem Zerebellum, oder in Subnuclei wie dem sexuell dimorphen Nukleus (SDN) im präoptischen Areal. Außerdem existieren Unterschiede in der Größe und der Form von Projektionen. Hier sind die großen Stränge weißer Substanz wie das Corpus callosum (Driesen u. Raz 1995; Bishop u. Wahlsten 1996; Moffat et al. 1997) am besten untersucht – allerdings mit uneinheitlichen Resultaten. Eine direkte Projektion zwischen zwei Kernen im präoptischen Areal ist in männlichen Lebewesen 10-mal größer, sie ist unmittelbar für die Kontrolle der LH-Sekretion relevant (Hutton et al 1998) und stellt ein Beispiel für einen stabilen Geschlechtsunterschied dar.

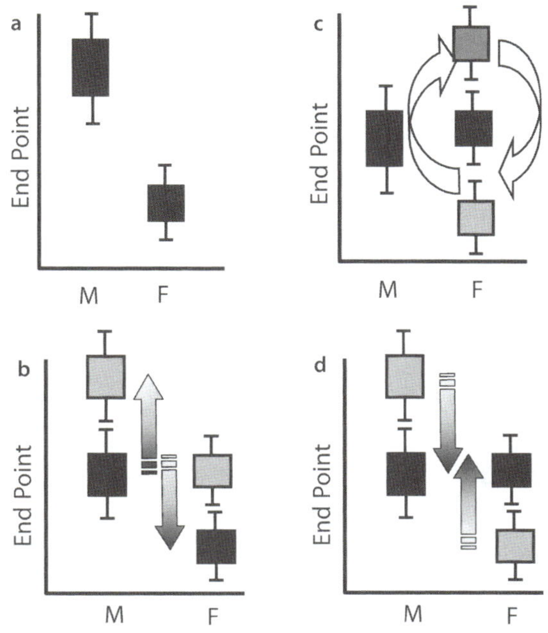

◻ Abb. 3.1a–d. Varianten von Geschlechtsunterschieden im Gehirn. Es gibt verschiedene Formen von Geschlechtsunterschieden im Gehirn. In einem Schema, in dem die Kästchen den theoretischen Bereich und die Linien die theoretische Varianz darstellen, werden mindestens vier dieser Varianten illustriert. **a** Viele morphometrische Unterschiede (d. h. ein Geschlecht besitzt eine größere oder anders geformte Gehirnstruktur als das andere) sind robust und überlappen nicht. Dies gilt auch für fortpflanzungsbezogene Verhaltensweisen und einige neurochemische Geschlechtsunterschiede. **b** Alternativ gilt für einige Geschlechtsunterschiede, dass im adulten Stadium der Mittelwert einer bestimmten Reaktion in einigen Phasen des weiblichen Reproduktionszyklus identisch ist, in anderen hingegen nicht. Mit anderen Worten: das männliche Lebewesen besitzt eine konstante Reaktion, während die Reaktion des weiblichen Lebewesens sich zusammen mit dessen endokrinem Status verändert. Dieses Phänomen kann für morphometrische und physiologische Veränderungen innerhalb des Östruszyklus, wie die LTP-Schwelle oder die Dichte dendritischer Spines auf Pyramidalneuronen im Hippokampus gelten, aber auch für komplexe Verhaltensweisen wie Aggression, die in einem jungfräulichen Weibchen und einem säugenden Muttertier sehr unterschiedlich ausgeprägt ist. Eine dritte Form (**c**) ist schwieriger zu erkennen, da die Geschlechter sich – bei identischem Ausgangspunkt – in der Reaktion auf einen Stimulus wie Stress unterscheiden. Dieses Prinzip wurde für Veränderungen in der dendritischen Morphologie von Hippokampalneuronen festgestellt, existiert möglicherweise aber in größerem Umfang als bisher festgestellt. Zuletzt (**d**) gibt es einige Fälle, in denen sich die Morphometrie oder Neurochemie einer bestimmten Gehirnregion im männlichen und weiblichen Gehirn unterscheidet, das funktionelle Resultat aber dasselbe ist. Beispielsweise sorgen in einigen Spezies beide Eltern für den Nachwuchs, wobei das Elternverhalten aber von unterschiedlichen Gehirnregionen und neuronalen Schaltkreisen gesteuert werden kann

Auf mikroskopischer Ebene findet man deutliche Geschlechtsunterschiede in der Form von Neuronen und Glia. **Neuronen** im präoptischen Areal und im Hypothalamus haben im männlichen Gehirn im Vergleich zum weiblichen häufig zwei- bis dreimal mehr Synapsen auf dendritischen Spines, oder auch vielfältigere Verzweigungen. Es gibt weiterhin Regionen, in denen Astrozyten, ein spezieller Typ von Gliazellen, im männlichen Gehirn im Vergleich zum weiblichen zahlreichere und damit sternförmige Verzweigungen aufweisen (Mong et al. 1996; Amateau u. McCarthy 2002b). Funktionell stellen solche Geschlechtsunterschiede spezifische neurale Netzwerke zur Kontrolle des Fortpflanzungsverhaltens dar.

Physiologische Geschlechtsunterschiede im Gehirn werden weitaus seltener untersucht als anatomische, da die Anatomie methodisch besser zugänglich ist. Auf der Ebene des Organismus besteht der wichtigste physiologische Geschlechtsunterschied in der Regulation der **LH-Sekretion** über den Hypophysenvorderlappen: zyklisch versus pulsierend, dieser Unterschied ist eine Funktion des Gehirns. Die Neurone, die die LH-Sekretion regulieren, sind gut erforscht, es handelt sich um sog. LHRH-Neurone, die das Luteinisierendes-Hormon-Releasing-Hormon synthetisieren und in die Eminentia mediana ausschütten. Von dort aus transportiert das portale Gefäßsystem den Releasing-Faktor zu den gonadotrophen Zielzellen. Hauptsächlich über Afferenzen erhalten die LHRH-Neurone durch gonadale Steroide ein negatives Feedback. Auf diese Weise wird im männlichen Gehirn der LH-Spiegel relativ konstant gehalten. Im weiblichen Gehirn jedoch folgt auf eine Phase negativer Feedback-Regulation der LH-Ausschüttung eine Phase positiven Feedbacks, in der ein Anstieg von Östradiol zu gesteigerter LH-Ausschüttung führt, die für die Ovulation notwendig ist. Diese Variabilität besitzt das männliche Gehirn nicht. Der Mechanismus, über den Östradiol zwei verschiedene Wirkungen auf die LH-Ausschüttung ausübt, nämlich negatives und positives Feedback, ist trotz 30-jähriger intensiver Forschung noch nicht bekannt. Daher wissen wir auch nicht, warum das männliche Gehirn diese Fähigkeit nicht besitzt.

Ein alternativer Zugang zur Analyse physiologischer Phänomene ist die **Neurochemie**. Wie hoch ist das Niveau bestimmter Neurotransmitter oder Neuromodulatoren? Wie sieht der Phänotyp bestimmter Zellen aus? Wie verhält es sich mit der Dichte und Bindungsaffinität bestimmter Rezeptoren? usw. Zu derartigen Parametern gibt es viele Einzelresultate, die allerdings im Allgemeinen deskriptiv bleiben und keine Beschreibung von Ursache und Wirkung geben. Zuletzt kann man die Physiologie der Einzelzelle betrachten. Gibt es Geschlechtsunterschiede im Ruhemembranpotenzial? Im Basisniveau von Kalzium? In der Menge oder der Aktivität bestimmter Kanäle und Ionenpumpen? Geschlechtsunterschiede auf dieser Ebene wurde bislang kaum beachtet.

3.2 Überblick

Bei der Entwicklung der geschlechtlichen Differenzierung des Gehirns wirken während einer perinatalen sensiblen Periode gonadale Steroide auf das undifferenzierte neurale Substrat ein und verändern es dauerhaft, wodurch letztlich der Phänotyp des Gehirns dem der Gonaden entspricht. Aktuelle Untersuchungen zu Beiträgen des chromosomalen Geschlechts zum Phänotyp des Gehirns haben die zentrale Bedeutung von Steroiden hinsichtlich fortpflanzungsbezogener Aspekte bestätigt, zeigen aber auch wichtige genetische Einflüsse auf nicht fortpflanzungsbezogene Aspekte (Arnold et al. 2003; Arnold et al. 2004). Bei der Ratte schütten die fötalen männlichen Gonaden Testosteron aus, mit einem Maximum am 18. Embryonaltag, aber auch weiterhin während der Geburt und den ersten Lebenstagen (Weisz u. Ward 1980). Zentral für den Differenzierungsprozess ist dabei die in den Neuronen stattfindende Umwandlung von Testosteron in Östradiol. Die meisten sexuell dimorphen Gehirnregionen enthalten große Mengen von Aromatase Zytochrom P450 (CYP19), dem für die Umwandlung von Testosteron in Östradiol verantwortlichen Enzym, und weisen eine hohe Dichte an Östrogen-Rezeptoren auf (Pfaff u. Keiner 1973; Roselli et al. 1984; Roselli u. Resko 1993; Maclusky et al. 1994; DonCarlos et al. 1995; DonCarlos 1996). Mütterliche Östrogene werden im peripheren Blutkreislauf des Fötus durch Alpha-Fetoprotein sequestriert, ein steroidbindendes Glykoprotein, das nur sehr geringe Affinität für Androgene besitzt, wodurch das testikuläre Testosteron ungehindert die fötalen Zielgewebe einschließlich des Gehirns erreichen und beeinflussen kann. Wenn die Funktion von Alpha-Fetoprotein während der perinatalen sensiblen Periode gestört ist, zeigt die gesamte Nachkommenschaft einen maskulinen Verhaltensphänotyp (Bakker et al. 2006).

Eine Behandlung mit Testosteron, nicht jedoch mit dem nicht-aromatisierbaren Androgen Dihydrotestosteron (DHT), ahmt viele der trophischen Wirkungen von Östrogen nach und die normale Maskulinisierung des Gehirns wird nach Blockierung der Aromatase während der sensiblen Periode verhindert (McEwen et al. 1977; Vreeburg et al. 1977; Mong et al. 1999; Amateu u. McCarthy 2002a, b; Bakker et al. 2002b; Bakker et al. 2002a). Das Grundprinzip der Maskulinisierung des männlichen Gehirns durch lokale Umwandlung von Östradiol wird in der »Aromatisierungs-Hypothese« dargestellt. Diese Hypothese wurde erstmals im Jahre 1975 von Naftolin vorgestellt (Naftolin 1975) und später durch andere Forscher erweitert (McEwen et al. 1977; Vreeburg et al. 1977). Wir wissen jedoch relativ wenig über die Mechanismen, mit deren Hilfe Östradiol seine maskulinisierende Wirkung auf das Gehirn entfaltet.

3.3 Sexualverhalten von Nagern als heuristisches Modell

Untersuchungen, die die mechanistische Grundlage von Geschlechtsunterschieden im Gehirn erforschen, nutzen ein robustes und zuverlässiges Modell: das Sexualverhalten der **Albino-Laborratte.** Ob eine adulte Ratte auf den sexuellen Annäherungsversuch einer anderen adulten Ratte mit einer männlichen Reaktion (Aufreiten, Intromission und Ejakulation) oder einer weiblichen Reaktion (Lordose) antwortet, hängt vollständig von zwei Variablen ab:
- dem hormonellen Milieu während eines perinatalen sensiblen Zeitfensters, das zu dem
- hormonellen Milieu des erwachsenen Tieres passen muss.

Dies ist die bekannte **Organisations/Aktivierungs-Hypothese** der sexuellen Differenzierung, ein Grundsatz, der vor beinahe 50 Jahren formuliert wurde (Phoenix et al. 1959). Damit ein Neugeborenes später männliches Verhalten zeigt, muss in der Neugeborenenphase ein kritischer Östradiolspiegel und im adulten Tier zusätzlich ein kritischer Testosteronspiegel vorherrschen. Damit ein Neugeborenes später weibliches Verhalten zeigt, darf ein solcher kritischer neuronaler Östradiolspiegel in der Neugeborenenphase NICHT vorhanden sein. Zusätzlich ist eine Sequenz von Östradiol (Schwellenwert) und Progesteron im adulten Tier erforderlich. Männliches Sexualverhalten ist opportunistisch und wird in Gegenwart eines empfängnisbereiten Weibchens sofort gezeigt. Weibliches Sexualverhalten ist physiologisch auf den Zeitraum um die Ovulation eingeschränkt

Sexualverhalten und Erfahrung

Ein faszinierender Unterschied zwischen männlichem und weiblichen Sexualverhalten, dessen Mechanismus aber noch ungeklärt ist, betrifft die Wirkungen von Erfahrung. Männliche Tiere verbessern ihr Verhalten durch Übung. Wenn Testosteron (durch eine Kastration) eliminiert wird, zeigen sie weiterhin sehr viel Kopulationsverhalten, das erst im Verlauf von Monaten allmählich erlischt. Im Gegensatz dazu machen es weibliche Tiere gleich beim ersten Mal und jedes folgende Mal richtig und zeigen Lordose erst dann, wenn die richtigen hormonellen Umstände gegeben sind. Wenn Steroide eliminiert werden, erlischt auch das entsprechende Verhalten. In Begriffen ultimater Ursachen ausgedrückt, ist die adaptive Basis für diesen Unterschied offensichtlich. Weibliche Tiere haben keinerlei Nutzen, aber potenzielle Kosten bei Paarungen außerhalb des Zeitfensters der Empfängnisbereitschaft, wohingegen männliche Tiere ihre Fitness maximieren, wenn sie keine Gelegenheit zur Paarung auslassen. Proximat dagegen verweist diese Dichotomie in der Plastizität dieser beiden Verhaltensweisen auf distinkte und separate neuronale Schaltkreise, seien sie physikalisch oder lediglich funktional.

Aufgrund der oben beschriebenen Merkmale ist das am häufigsten untersuchte sexuell dimorphe

Verhalten Sex, und das am häufigsten verwendete Tiermodell die Laborratte. Außer den offensichtlichen Vorzügen eines Labornagetiers vor anderen Spezies wie Hunden oder Primaten gibt es weitere gute Gründe dafür, die Ratte anderen Nagern vorzuziehen. Ein Vorteil der Ratte ist, dass bei ihr die für Verhaltensdifferenzierung kritische Phase noch nach der Geburt andauert. Dies erleichtert die Manipulation und Beobachtung kritischer zellulärer Ereignisse zum Zeitpunkt ihres Auftretens. Ein zweiter Vorteil ist, dass die Verhaltensunterschiede zwischen den Geschlechtern bei einigen Rattenstämmen (insbesondere bei der Sprague-Dawley-Albinoratte) deutlich größer sind als bei anderen Stämmen oder Spezies, die im Labor verwendet werden. Männliche Tiere zeigen robustes Aufreitverhalten und Stoßbewegungen, empfängnisbereite weibliche Tiere zeigen sowohl werbendes Verhalten wie auch eine sexuell empfangsbereite Position, die man als Lordose bezeichnet. Männliches Verhalten lässt sich leicht anhand von Reaktionslatenz und -frequenz quantifizieren, während weibliches Verhalten als Quotient (Häufigkeit der Lordosereaktionen dividiert durch Häufigkeit des Aufreitens) und Größe (Amplitude der Lordosehaltung) quantifiziert werden kann.

Am wichtigsten ist jedoch, dass unter normalen Bedingungen, d. h. dem angemessenen geschlechtstypischen Hormonstatus, männliche Tiere keinerlei Lordoseverhalten und weibliche Tiere keinerlei Aufreitverhalten auf andere Weibchen zeigen. Bei der Maus, einem ansonsten aufgrund der Einfachheit genetischer Manipulationen zunehmend beliebteren Labornagetier, ist dies anders. Weibliche Mäuse zeigen häufig Aufreitverhalten gegenüber anderen Weibchen und sogar Männchen, und auch Männchen zeigen Aufreitverhalten gegenüber anderen Männchen. Daher reflektiert das Aufreitverhalten bei Mäusen nicht notwendigerweise deren Geschlecht oder sexuelle Differenzierung. Dennoch hat der genetische Ansatz, für den Mäuse besonders geeignet sind, wichtige Einsichten in den Prozess sexueller Differenzierung geliefert, die wir sonst nicht gewonnen hätten.

Die zwei weiteren Nagetiermodelle, **Hamster** und **Meerschweinchen** (zoologisch kein Nager), liefern ebenfalls einzigartige Beiträge. Der Hamster hat eine ausnehmend kurze Gestationsphase (nur 16 Tage). Weibliche Hamster verfügen per se nicht über eine Lordosereaktion, stattdessen nehmen sie eine starre Haltung ein, die das Interesse des männlichen Tieres weckt. Die Zeitdauer, während der das Weibchen diese Haltung beibehält, liefert quantitative Daten. Das Meerschweinchen hat eine relativ lange Gestationszeit und wirft frühreife Jungtiere. Da man im Nucleus arcuatus dieses Labortieres LHRH-Neuronen findet, ist das Meerschweinchen hinsichtlich der Regulation der Gonadotropinsekretion den Primaten ähnlicher als Ratte oder Maus. Die sensible Periode für die Geschlechtsdifferenzierung von LH-Sekretion und Verhalten liegt jedoch vollständig pränatal, wodurch Manipulation und experimentelle Beobachtung deutlich erschwert werden.

Zurück zum Sexualverhalten der Laborratte: Um dieses Verhalten vollständig zu verstehen, muss man drei unabhängige Prozesse betrachten – Maskulinisierung, Feminisierung und Defeminisierung (es gibt keine natürlich auftretende Demaskulinisierung):

- **Maskulinisierung** beschreibt einen aktiven Entwicklungsprozess, ausgelöst durch gonadale Steroide während der perinatalen sensiblen Periode, der das adulte Tier zu normalem männlichen Kopulationsverhalten befähigt.
- Zu **Feminisierung** kommt es, wenn Maskulinisierung ausbleibt, d. h. Feminisierung ist der vorgegebene Entwicklungsweg und führt dazu, dass das adulte Tier unter den geeigneten hormonellen Bedingungen Lordose zeigt.
- **Defeminisierung** ist von Maskulinisierung zu unterscheiden, obwohl sie normalerweise gemeinsam damit auftritt. Hierbei ist ein Prozess gemeint, durch den die Fähigkeit, weibliches Sexualverhalten zu zeigen, verloren geht.

Defeminisierung scheint ausschließlich der Wirkung von Östradiol zu unterliegen, wohingegen an Maskulinisierung sowohl Östrogene wie Androgene beteiligt sind (Whalen u. Edwards 1967; Vreeburg et al. 1977; Auger et al. 2002). Defeminisierung kann aber leicht durch Gabe von Östradiol in neugeborenen weiblichen Tieren induziert werden (Ani 1978; Simerly et al. 1985; Amateau u. McCarthy 2004; Todd et al. 2005). Eine Isoform des Östrogenrezeptors, ER-β, könnte eine kritische

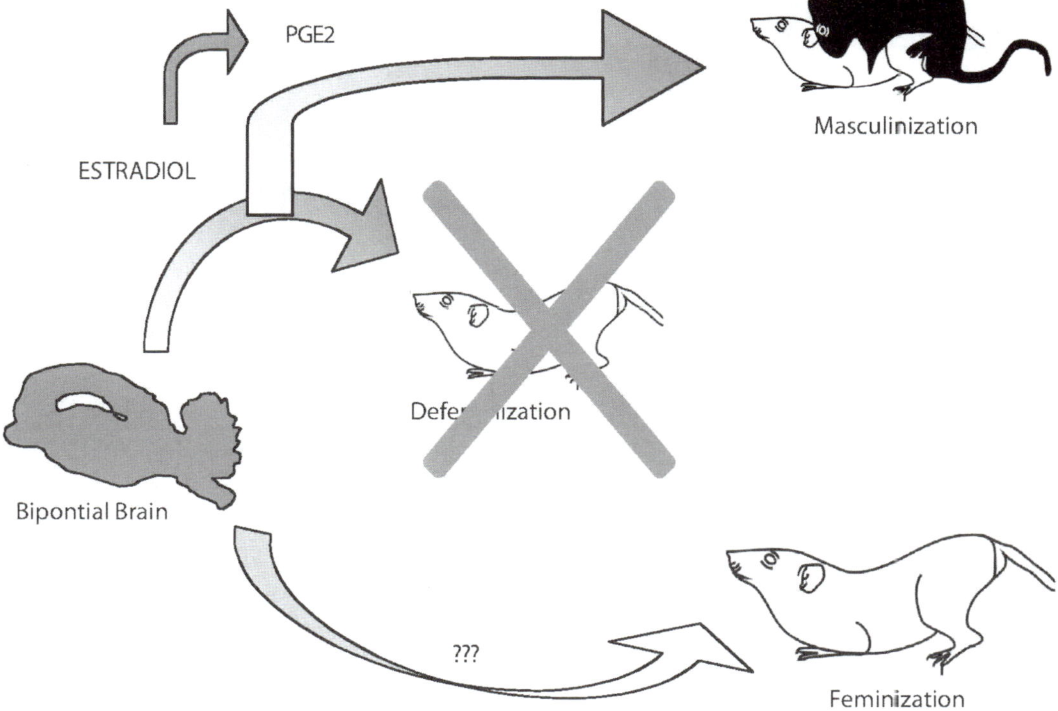

Abb. 3.2. Das Sexualverhalten der Ratte als Modellsystem. Es existieren drei unabhängige Mechanismen der geschlechtlichen Differenzierung des Rattengehirns: Maskulinisierung, Defeminisierung und Feminisierung. Maskulinisierung ist ein von Hormonen vermittelter Prozess, der ein neurales Substrat ausbildet, das das männliche Sexualverhalten im adulten Tier fördert. Aktuelle Belege verweisen darauf, dass ein östradiolinduzierter Anstieg von Prostaglandin PGE2 notwendig und hinreichend für die Maskulinisierung des präoptischen Areals und des Sexualverhaltens ist. Ein paralleler Prozess, Defeminisierung, führt zur Eliminierung oder Ausschaltung des neuralen Substrats, welches die Expression von weiblichem Sexualverhalten im adulten Tier fördert. Dieser Prozess wird ebenfalls durch Östradiol während einer perinatalen sensiblen Periode ausgelöst, der zelluläre Mechanismus ist jedoch unbekannt. Bei Fehlen von gonadalen Steroiden während der sensiblen Periode entwickelt sich in einem aktiven Prozess, der als Feminisierung bezeichnet wird, ein weibliches Gehirn. Über diesen Entwicklungsprozess ist so gut wie nichts bekannt

Rolle bei der Defeminisierung spielen (Kudawa et al. 2005). Daher gilt, dass dasselbe Steroidhormon, Östradiol, zwei verschiedene Prozesse vermittelt, Maskulinisierung und Defeminisierung (◘ Abb. 3.2). Aber durch welche Mechanismen geschieht dies?

Für das Sexualverhalten des Menschen kann man aus diesen Entwicklungsprozessen bei der Ratte keine klar erkennbaren Schlussfolgerungen ziehen, und es wäre auch nicht sinnvoll, danach zu suchen. Mit einer klaren Definition von Maskulinisierung, Feminisierung und Defeminisierung bei der Laborratte besitzen wir drei robuste Ausgangspunkte, um die mechanistische Grundlage für eine Differenzierung des Gehirns durch Steroide zu erforschen. Darin und in der Tatsache, dass sie neue Einsichten in die Wirkweise von Steroiden vermitteln, liegt ihr Wert. Um diese Befunde auf das menschliche Gehirn zu übertragen, ist mehr Wissen über die mechanistische Grundlage von Motivation und Ausführung menschlichen Sexualverhaltens notwendig. Im Gegensatz dazu besteht allerdings gegenwärtig übermäßiges Interesse an den Grundlagen sexueller Präferenzen.

3.4 Fortschritte in der Erforschung von Geschlechtsunterschieden

3.4.1 Die üblichen Verdächtigen

Seit nunmehr beinahe 50 Jahren ist bekannt, dass gonadale Steroide das Gehirn während einer definierten sensiblen Zeitspanne der Entwicklung differenzieren. Seitdem sind vielfach Versuche unternommen worden, über die Steroide hinauszublicken, indem man nach den Mechanismen forschte, die die permanente organisatorischen Veränderungen im Gehirn herbeiführen. Frühe Studien konzentrierten sich auf Substanzen, die ich hier als die »üblichen Verdächtigen« bezeichnen möchte: **Neurotransmitter** galten als in Frage kommende Kandidaten, die durch Steroide moduliert werden und die Gehirnentwicklung verändern könnten. Die klassischen Neurotransmitter Noradrenalin, Dopamin und Serotonin wurden allesamt von verschiedenen Forschergruppen als die Vermittler steroidinduzierter Maskulinisierung des Gehirns vorgeschlagen. Tatsächlich entdeckte man Geschlechtsunterschiede in all diesen Systemen (Ani 1978; Simerly et al. 1985; Simerly 1998). Einige davon treten bereits sehr früh in der Entwicklung und möglicherweise schon vor dem Einfluss gonadaler Steroide auf (Reisert u. Pilgrim 1995). Stört man diese Systeme durch pränatalen Stress oder durch direkte Gabe von Agonisten oder Antagonisten, resultieren korrelative oder kausal verknüpfte Störungen der adulten Sexualfunktionen (Gonzalez u. Leret 1992; Hull et al. 1998). Solche Resultate werden oft als Indikatoren dafür angesehen, dass Serotonin, Dopamin oder Noradrenalin wesentliche Vermittler der steroidinduzierten sexuellen Differenzierung des Fortpflanzungsverhaltens seien.

Der Vermittler steroidinduzierter sexueller Differenzierung des Gehirns müsste jedoch in der Lage sein, diesen Prozess in der Abwesenheit von Steroiden zu induzieren. Mit anderen Worten: Wenn zu Östradiol aromatisiertes Testosteron das Niveau von Substanz X steigert, und Substanz X dann auf die Neuronen wirkt und einen maskulinen Phänotyp generiert, dann müsste die Gabe von Substanz X an weibliche Lebewesen während der sensitiven perinatalen Zeitspanne zu einem maskulinen Phänotyp sowohl auf neuronaler wie auf Verhaltensebene führen. Dies konnte jedoch mit keinem der klassischen Neurotransmitter jemals gezeigt werden. Die Administration von Serotonin-, Dopamin- oder Noradrenalinanaloga bei neugeborenen weiblichen Tieren löst keine Maskulinisierung aus. Aufgrund dieser Resultate ließ das Interesse an der mechanistischen Grundlage der Maskulinisierung stark nach.

3.4.2 Prostaglandine

Ein überraschendes aktuelles Forschungsergebnis zeigt, weshalb vorausgegangene Versuche, bestimmte Neurotransmitter mit der Maskulinisierung des Gehirns in Zusammenhang zu bringen, gescheitert sind. Es zeigte sich, dass der Vermittler steroidinduzierter Maskulinisierung gar kein Neurotransmitter ist, sondern ein Prostaglandin. Dabei handelt es sich um **Prostaglandin E2** (PGE2), dessen Synthese in der präoptischen Region des Neugeborenen während der perinatalen sensiblen Phase durch Östradiol gefördert wird. Die Synthese von Prostanoiden beginnt mit der oxidativen Zyklisierung von Arachidonsäure durch Zyklooxygenase. Die induzierbare Isoform von Zyklooxygenase, COX-2, ist ein Immediate-early-Gen, das auf Stimuli wie Fieber, Verletzungen und auf Stimuli, die mit neuronaler Plastizität zusammenhängen, reagiert (Hoffmann 2000; Camu et al. 2003; Giovannini et al. 2003). Wir stellten fest, dass das Niveau von COX-2-mRNA und -Proteinen im präoptischen Areal (POA) neugeborener männlicher Tiere höher ist als bei weiblichen und durch Östradiol deutlich ansteigt, was wiederum zu einem signifikanten Steigerung der PGE2-Produktion führt.

Die Gabe von PGE2 an neugeborene weibliche Tiere hatte zwei bemerkenswerte und möglicherweise zusammenhängende Effekte: einen zwei- bis dreifachen Anstieg in der Anzahl dendritischer Spines (der Primärseite exzitatorischer glutamaterger Synapsen) im POA sowie die Induktion maskulinen Sexualverhaltens im adulten Tier. Im Gegensatz dazu führte eine temporäre Blockade der PGE2-Synthese durch den COX-Hemmer Indomethazin in neugeborenen männlichen Tieren zu einer signifikanten Verringerung der Anzahl von dendritischer Spines im POA bis auf ein Niveau, wie man es normalerweise im weiblichen Gehirn findet. Darüber hinaus zeigten sich im adulten Tier schwere Beeinträchtigungen des normalen männlichen Sexualverhaltens (Amateau u. McCarthy 2002a; Amateau u. McCarthy 2004). Die Wirkung von PGE2 auf dendritische Spines konnte mit dem AMPA-Rezeptorantagonisten NBQX blockiert werden, was darauf hinweist, dass die Wirkung der Prostanoide über Glutamatausschüttung vermittelt wird. Synapsen auf dendritischen Spines sind zentrale Regler neuronaler Exzitabilität, so dass eine zwei- bis dreifache Anzahl dieser Spines erheblich mehr exzitatorischen Input in die Neuronen weiterleitet, wodurch sich deren Reaktionen auf afferente Stimulation stark verändern.

Neugeborene weibliche Tiere, die mit PGE2 behandelt werden, zeigen als adulte Tiere das vollständige Muster männlichen Sexualverhaltens, wenn man zusätzlich noch für ein männliches Testosteronniveau sorgt und ihnen Zugang zu einem empfängnisbereiten weiblichen Tier gibt. Neugeborene männliche Tiere, die mit Indomethazin behandelt werden, zeigen fast kein männliches Sexualverhalten (Amateau u. McCarthy 2004; Todd et al. 2005). Diese Resultate zeigen die Bedeutung von PGE2 für die Maskulinisierung, machen aber keine Aussage über die Fähigkeit zu weiblichem Sexualverhalten. Wenn man dieselben männlichen Tieren, die infolge der COX-2-Hemmung im Neugeborenenstadium kein männliches Sexualverhalten zeigten, mit Hormonen behandelt, die weibliches Sexualverhalten auslösen, zeigen sie dennoch kein weibliches Sexualverhalten, sie sind vielmehr asexuell. In deutlichem Gegensatz dazu zeigen weibliche Tiere, gleichgültig ob sie durch Behandlung mit PGE2 als Neugeborene maskulinisiert wurden oder nicht, eine in Häufigkeit und Qualität normale Lordosereaktion.

Bei denselben Tieren wurden mütterliche Reaktionen getestet, ein weiteres geschlechtsspezifisches, durch Hormone gesteuertes Verhalten, an dem das POA zentral beteiligt ist. In einem Sensitivierungsparadigma zeigten all diese Weibchen (zusätzlich zu weiblichem Sexualverhalten) ungeachtet ihrer Behandlung als Neugeborene, auch mütterliche Reaktionen, während keines der männlichen Tiere entsprechendes Verhalten zeigte, also keines Jungtiere zurücktrug. Interessanterweise kam es durch neonatale PGE2- oder Indomethazin-Behandlung nicht zu einer Volumenänderung des SDN, der im männlichen Gehirn drei- bis fünfmal größer und zentral im POA positioniert ist (Gorski et al. 1980; Davis et al. 1996b), so dass erstmalig eine Dissoziation von SDN-Volumen und Verhalten gezeigt werden konnte. Die Resultate sind in ◘ Abb. 3.3 zusammengefasst.

Die Schlussfolgerung lautet, dass PGE2-Effekte im POA für die Maskulinisierung von Sexualverhalten spezifisch sind, aber keine Auswirkungen auf die Feminisierung (d. h. keine Defeminisierung) von Sexualverhalten oder mütterlichen Reaktionen haben. Diese Resultate zeigen außerdem definitiv, dass die Defeminisierung ein über Steroide vermittelter Prozess ist, der über einen bislang noch unbekannten Mechanismus abläuft.

3.4.3 Mögliche Wirkungen von GABA

Die Aminosäuretransmitter Glutamat und GABA sind allgegenwärtig, schnellwirkend und von zentraler Bedeutung für beinahe alle Gehirnfunktionen. Sie sind die wesentlichen Regler neuronaler Exzitabilität und wirken hauptsächlich über ionotrope Rezeptoren. Diese zentrale Funktion erschwert nicht nur ihre Untersuchung, sondern führte auch zu der Vermutung, dass sie als Kandidaten für die Vermittlung hormonell induzierter Geschlechtsunterschiede im Gehirn wahrscheinlich ausscheiden. Es war schwer vorstellbar, wie Veränderungen im Ionenstrom zu den spezifischen und lang anhaltenden Effekten führen sollten, die in der organisatorischen Phase der Geschlechtsdifferenzierung auftreten. Im Rückblick ist dies natürlich eine sehr naive Sichtweise, da inzwischen bekannt ist, dass sowohl GABA wie Glutamat wesentliche Komponenten der Gehirnentwicklung sind, die Einflüsse auf ein breites Spektrum von Reaktionen haben. Dazu gehören neuronale Differenzierung, Migration, Apoptose, Neuritenwachstum und Synaptogenese. Zu diesen Erkenntnissen kam es jedoch weitgehend erst, nachdem das intensive Interesse an der mechanistischen Basis steroidinduzierter geschlechtlicher Differenzierung des Gehirns nachgelassen hatte.

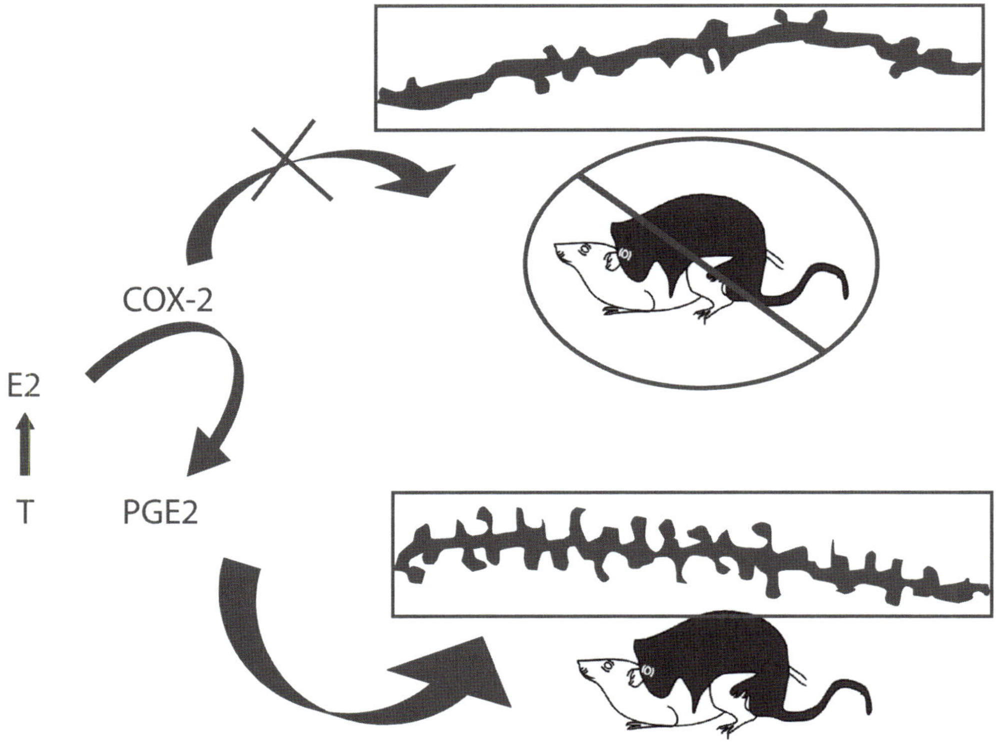

Abb. 3.3. Östradiol induziert über PGE2 die Maskulinisierung. Im sich entwickelnden männlichen präoptischen Areal vermittelt Östradiol einen Anstieg des induzierbaren Enzyms Zyklooxygenase 2 (COX-2). Der resultierende Anstieg eines seiner Produkte, Prostaglandin E2 (PGE2), vermittelt die Entwicklung von Spines auf den Dendriten der Neurone in dieser Gehirnregion. Dendritische Spines sind der wichtigste Vorkommensort exzitatorischer Synapsen, sie können durch starke Vergrößerung von schwermetallgefärbten Neuronen sichtbar gemacht werden (siehe Kasten). Die höhere Dichte von dendritischen Spines auf Neuronen des präoptischen Areals korreliert mit der Expression von männlichem Sexualverhalten im adulten Tier. Wenn das Enzym COX-2 blockiert wird, bleibt die Dichte dendritischer Spines gering und es kommt auch nicht zu Expression männlichen Sexualverhaltens im adulten Tier. Wenn Östradiol vorhanden ist, wird jedoch trotzdem der Prozess der Defeminisierung ausgelöst – ein so behandeltes adultes Tier zeigt weder männliches noch weibliches Sexualverhalten

Als sich der Forschungsschwerpunkt verlagerte, galt das Interesse zunächst GABA und nicht Glutamat als einem Regler der geschlechtlichen Differenzierung. Dieses Interesse ging unseren aktuellen Kenntnissen über die Rolle von GABA während der Entwicklung voraus. Im letzten Jahrzehnt hat sich unser Bild über die Wirkungen von GABA erheblich verändert. Früher wurde GABA als die primäre Quelle inhibitorischer Prozesse im Gehirn angesehen. Inzwischen wissen wir, dass GABA eine Hauptquelle von **Exzitation** sein kann. Die Exzitation wird durch einen Kalziumeinstrom über spannungssensitive Kalziumkanäle, der durch Depolarisation ausgelöst wird, vermittelt (Abb. 3.4). Am deutlichsten ist diese Wirkung von GABA während der Entwicklung, sie scheint dabei im gesamten Gehirn vorzukommen (McCarthy et al. 2002). Der auf die depolarisierende GABA-Wirkung folgende Kalziumeinstrom gleicht in der Wirkung einem trophischen Faktor, obwohl viele Aspekte der potenziellen trophischen Wirkung noch nicht gut untersucht sind. Die exzitatorischen Wirkungen von GABA werden über $GABA_A$ Rezeptoren (Chlorid-Ionophoren) und den relativen Chloridgradienten über die Membran vermittelt. Ob die Aktivierung von $GABA_A$-Rezeptoren zum Chlorideinstrom oder -ausstrom führt, wird über den transmembralen Chloridgradienten bestimmt, der sich wiederum aus der Aktivität und Expression von Chlorid-

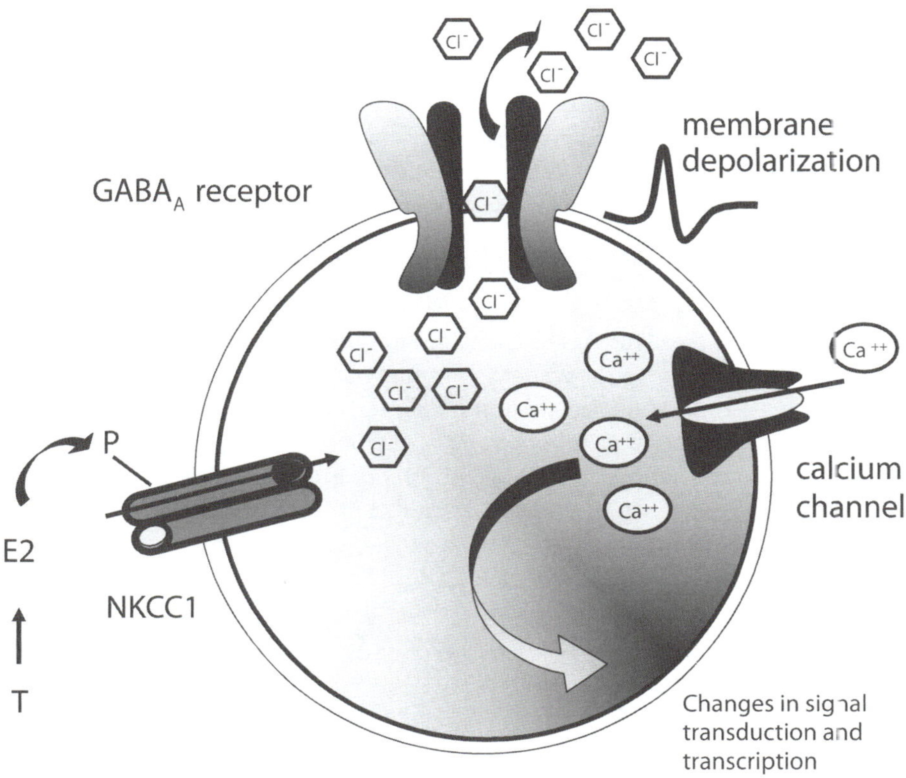

Abb. 3.4. Östradiol fördert die Effekte von exzitatorisch wirkendem GABA. Im Gegensatz zu der vorwiegend hemmenden Wirkung im adulten Gehirn stellt GABA im sich entwickelnden Gehirn eine Hauptquelle der Exzitation dar. Diese Umkehrung der Wirkung ist eine Folge des transmembranen Konzentrationsgradienten von Chlorid, der in unreifen Neuronen die genau entgegengesetzte Richtung hat wie in reifen. Der Kotransporter NKCC1 transportiert Chlorid in die jungen Neuronen, was netto zu einer Akkumulation führt. Der GABA$_A$ Rezeptor ist ein Chlorid-Ionophor, der Chlorid als Funktion von dessen Konzentrationsgradienten einwärts oder auswärts fließen lässt. Wenn das intrazelluläre Chlorid hoch ist, führt das Öffnen des GABA$_A$-Rezeptors zu einem Netto-Auswärtsstrom von Chlorid und die resultierende Veränderung der negativen Ladung führt zu einer Depolarisation der Zellmembran. Zusätzliche Kanäle in der Membran reagieren auf Spannungsänderungen und öffnen in Reaktion auf eine Depolarisation, so dass Kalzium in die Zelle einströmen kann. Kalzium ist ein wichtiger Auslöser zahlreicher Signalkaskaden und kann so zu Veränderungen der Transkription führen. Östradiol verstärkt diesen Gesamtprozess, indem es die Phosphorylierung und damit die Aktivität von NKCC1 fördert, wodurch der transmembrale Gradient von Chlorid weiter verstärkt wird. Dadurch kommt es zu einer stärkeren Depolarisation der Membran nach Öffnen des GABA$_A$ Rezeptors, was wiederum zu längerem und häufigerem Öffnen der spannungssensitiven Kalziumkanäle führt. Im Endeffekt führt dies zu einem stärkeren Einstrom von Kalzium in die Zelle als es ohne Östradiol der Fall wäre. Ein Kausalzusammenhang zwischen dieser Wirkung von Östradiol und der geschlechtlichen Differenzierung des Gehirns konnte bislang noch nicht definitiv bestätigt werden

Kotransportern herleitet (Plotkin et al. 1997b; Plotkin et al. 1997a; Rivera 1999; Ganguly et al. 2001).

Während der Neugeborenenphase ist das Umkehrpotenzial für Chlorid (E_{Cl-}), relativ zum Ruhemembranpotenzial, positiv (Barna et al. 2001), was netto zu einem Chloridausstrom führt, wenn GABA$_A$-Rezeptoren öffnen und die Membrandepolarisierung ausreicht, um die spannungssensitiven Kalziumkanäle (hauptsächlich vom L-Typ) zu öffnen (Leinekugel et al. 1995; Obrietan u. van den Pol 1995; Owens et al. 1996). Im weiteren Fortgang der Entwicklung wird E_{Cl-} relativ zum Ruhemembranpotenzial negativ, wodurch es zum Einstrom von Chlorid und damit zu einer über GABA$_A$-Rezeptoren vermittelten Hyperpolarisierung führt, der primären Grundlage für synaptische Inhibition im voll entwickelten Gehirn.

Die während der Entwicklung stattfindende allmähliche Verlagerung von GABA-vermittelter Exzitation hin zu Inhibition wird über Veränderungen in der Expression und/oder Aktivität von **Chlorid-Kotransportern** reguliert, dazu gehören NKCC1 und KCC2 sowie Chloridkanäle wie CIC2 (Schwartz-Bloom u. Sah 2001). NKCC1 fördert den Chloridtransport in die Zelle zusammen mit Natrium und Kalium, seine Expression ist im Neugeborenengehirn hoch, verringert sich jedoch mit zunehmendem Alter. Im Gegensatz dazu fördert KCC2 den Chloridausstrom, seine Expression ist im Neugeborenengehirn gering, steigt aber mit dem weiteren Verlauf der Entwicklung an, so dass am Ende der zweiten Lebenswoche das Niveau von KCC2 erhöht, das Niveau von NKCC1 signifikant verringert ist (Plotkin et al. 1997a, b, Plotkin et al. 1997a; Delpire 2000). Infolgedessen führt zu dieser Zeit die Aktivierung von $GABA_A$-Rezeptoren zu einem Chlorideinstrom und der Hyperpolarisierung der Membran (Stein et al. 2004).

In Neuronen des Hypothalamus verstärkt **Östradiol** die depolarisierende Wirkung von GABA während der perinatalen sensiblen Periode. Östradiol wirkt, indem es die Kalziumtransiente mit jeder Depolarisation vergrößert und die Anzahl von Neuronen erhöht, die auf die $GABA_A$-Rezeptor-Aktivierung mit einer Kalziumtransiente reagieren, und indem es während der Entwicklung die Dauer der depolarisierenden GABA-Wirkung verlängert (Perrot-Sinal 2001). Über welche/n zellulären Mechanismus/en, die östradiolinduzierte Verstärkung der depolarisierenden GABA-Wirkung abläuft, ist gegenwärtig noch nicht bekannt. Es hat aber den Anschein, dass Östradiol während einer längeren Entwicklungsphase einen (relativ) hohen intrazellulären Chloridgradienten aufrecht erhält, indem es die Expression und/oder Aktivität von NKCC1 steigert, dem am Chlorideinstrom beteiligten Chlorid-Kotransporter.

Das Niveau von NKCC1 wird durch Gabe von Östradiol nur marginal gesteigert. Die Aktivität dieses Transporters ist jedoch von Phosphorylierung abhängig (Dowd u. Forbush 2003; Gimenez u. Forbush 2003), und Östradiol steigert die Menge der Kotransporter im aktivierten Zustand (Nunez et al. 2005). Gesteigerte Aktivität von pNKCC2 steigert die intrazelluläre Chlorid-Konzentration und verstärkt die depolarisierende Wirkung der Aktivierung von $GABA_A$-Rezeptoren, was zu einem gesteigerten Kalziumeinstrom über die spannungssensitiven Kalziumkanäle vom L-Typ führt. Dies könnte ein plausibler Mechanismus sein, über den Östradiol den von Muscimol induzierten Kalziumeinstrom verstärkt und auf diese Weise vermutlich die Gehirnentwicklung verändert (■ Abb. 3.4).

Damit Östradiol seine Wirkung auf die Menge von exzitatorischem GABA über einen Chlorid-Kotransporter entfalten kann, muss das Steroid auf die den postsynaptischen $GABA_A$-Rezeptor exprimierende Zelle wirken. Es gibt aber auch Belege dafür, dass Östradiol auf GABA produzierende Neuronen einwirkt. Östrogenrezeptoren finden sich an GABAergen Neuronen des Hypothalamus (Flugge et al. 1986). Neugeborene männliche Ratten besitzen im Vergleich zu weiblichen Tieren ein zweimal so hohes hypothalamisches Niveau von mRNA für Glutaminsäure-Decarboxylase (GAD; das Enzym, das die Rate der GABA-Synthese limitiert) und GABA (Davis et al. 1996a, 1999). Die kombinierte Wirkung der Verstärkung von depolarisierendem GABA und mehr GAD und GABA im männlichen Gehirn hat wichtige Konsequenzen für die nachgeordnete Signalkaskade. Dies zeigt sich zumindest zum Teil in einer Aktivierungszunahme von cAMP-response element binding-Protein (**CREB**), die man an gesteigerter Phosphorylierung (pCREB) erkennen kann.

Verabreicht man neugeborenen männlichen Tieren einen $GABA_A$-Agonisten, so steigt die Anzahl der Neuronen im Hypothalamus, die pCREB exprimieren, dramatisch an; dieselbe Behandlung hat auf weibliche Tiere den exakt gegenteiligen Effekt, die Anzahl der Neuronen, die pCREB exprimieren, nimmt ab. Da Phosphorylierung und Dephosphorylierung zentraler Transkriptionsfaktoren wie CREB durch Kinasen und Phosphatasen reguliert werden, könnten die gegenläufigen Wirkungen der Aktivierung von $GABA_A$-Rezeptoren im männlichen und weiblichen Gehirn während der Entwicklung Formen divergenter Signalübertragung darstellen, die die geschlechtliche Differenzierung vermitteln (Auger et al. 2001).

Zwei Aspekte dieser möglichen Wirkung von GABA wurden untersucht: Verhalten und Ausbildung synaptischer Muster. Wenn die Wirkung von GABA tatsächlich einen Verzweigungspunkt in der geschlechtlichen Differenzierung darstellt, dann müsste eine Blockade der GABA-Aktivierung während der perinatalen sensiblen Zeitspanne das Sexualverhalten im Erwachsenenalter beeinträchtigen. Dies trifft tatsächlich zu. Verabreicht man Antisense-Oligonukleotide gegen die mRNA für GAD zur Verringerung der GABA-Produktion während der perinatalen Phase, wird sowohl männliches wie weibliches Sexualverhalten beeinträchtigt (Davis et al.). Ein zu derselben Zeit verabreichter $GABA_A$-Antagonist hat ähnliche Wirkung (Silva et al. 1998). Wenn jedoch, wie oben erwähnt, GABA für die normale geschlechtliche Differenzierung notwendig und hinreichend ist, dann müsste die Verabreichung von GABA oder $GABA_A$-Agonisten ausreichen, um diesen Prozess zu induzieren. Dieses Ergebnis wurde jedoch nicht beobachtet. Außerdem zeigen die beiden wichtigsten Gehirnregionen, die Maskulinisierung und Defeminisierung regulieren, nämlich POA und mediobasaler Hypothalamus, einen geschlechtlichen Dimorphismus: Männliche Gehirne besitzen mehr dendritische Spines als weibliche. Da die Synaptogenese oft durch Veränderungen der neuronalen Exzitabilität reguliert wird, könnte der über Östradiol vermittelte Anstieg von depolarisierendem GABA ein möglicher Kandidat für die Induktion dieses Geschlechtsunterschiedes bei exzitatorischen dendritischen Synapsen sein – dies wurde jedoch ebenfalls nicht beobachtet.

Der einzige Bereich, in dem sich die Verheißungen von GABA erfüllt haben, ist ein kleiner, aber wichtiger Kern im Hypothalamus, der **Nucleus arcuatus**. Neurone in dieser Hirnregion interagieren eng mit dem Hypophysenvorderlappen und kommunizieren daher mit peripheren endokrinen Organen, einschließlich der Gonaden, Nebennieren, Schilddrüse und Fettgewebe. In der neugeborenen Ratte sind die Astrozyten im Nucleus arcuatus bereits herangereift und exprimieren auf hohem Niveau ein Strukturprotein, das sog. saure Gliafaserprotein (glial fibrillary acidic protein, GFAP). Auf entsprechend gefärbten Hirnschnitten entdeckt man **Astrozyten** mit einer komplexen und sternförmigen Morphologie.

Die Morphologie dieser Zellen zeigt im männlichen Gehirn eine höhere Komplexität mit häufigeren Verzweigungen als im weiblichen. Behandlung neugeborener weiblicher Tiere mit Östradiol induziert innerhalb von 48 Stunden eine Differenzierung der Astrozyten bis zu einem Punkt, an dem sie männlichen gleichen (Mong u. McCarthy 2002). Die Suche nach Östrogenrezeptoren auf diesen Astrozyten blieb erfolglos, daher könnte der primäre Wirkort in den Neuronen liegen, die dann entsprechende Signale zu den Astrozyten übertragen. Diese Vermutung wurde durch die Entdeckung bestätigt, dass GABA, das nur in Neuronen, aber nicht in Astrozyten, produziert wird, die Astrozyten-differenzierenden Wirkungen von Östradiol präzise nachahmte, und dass durch Gabe eines $GABA_A$-Rezeptor Antagonisten die Wirkung von Östradiol blockiert wurde. Östradiol wirkt erst auf das Neuron, womit die Synthese und/oder Freisetzung von GABA heraufgeregelt wird, das dann in die benachbarten Astrozyten diffundiert und deren Differenzierung induziert (Mong et al. 2002). Weil diese Prozesse während der perinatalen sensiblen Periode auftreten, sind die induzierten Veränderungen permanent, so dass männliche Gehirne während der gesamten Lebenszeit mehr sternförmige Astrozyten im Nucleus arcuatus aufweisen als weibliche. Dieser Geschlechtsunterschied ist möglicherweise bedeutsam für die Aufrechterhaltung eines weiteren Geschlechtsunterschiedes in der Synapsenstruktur, der in dieser Gehirnregion ebenfalls über die gesamte Lebensdauer gefunden wurde, dessen Funktionalität jedoch noch unbekannt ist.

3.4.4 Bedeutung von Glutamat

Glutamatrezeptoren spielen bei der Ausbildung von dendritischen Spines eine zentrale Rolle, so dass sie möglicherweise auch an der Ausbildung von Geschlechtsunterschieden in synaptischen Mustern beteiligt sind. Eine Überexpression des GluR2-Subtyps des Glutamatrezeptors führt zur Zunahme von Größe und Dichte dendritischer Spines in hippokampalen Neuronen und initiiert die Ausbildung von Spines auf GABAergen Interneuronen, die normalerweise keine Spines aufweisen

(Passafaro et al. 2003). Aktivierung von Glutamatrezeptoren ist darüber hinaus für den Fortbestand dendritischer Spines im Hippokampus notwendig (McKinney et al. 1999).

In einem Szenario, in dem PGE2 notwendig und hinreichend für die Maskulinisierung des neuronalen Phänotyps des POA und des männlichen Sexualverhaltens ist, lautete eine wichtige offene Frage: Wie vermittelt ein Prostaglandin die synaptische Strukturierung? Im Rückblick erscheint die Antwort offensichtlich: über Glutamat natürlich! Nach der Entdeckung, dass Astrozyten nach Stimulation durch PGE2 Glutamat ausschütten, stieg das Interesse an den Wirkungen von Prostaglandinen auf das Gehirn stark an. Dieses Glutamat ist synaptisch aktiv und kann die neuronale Funktion verändern (Bezzi et al. 1998). Für die Entwicklung des POA scheint zu gelten, dass Glutamat darüber hinaus tatsächlich die synaptische Strukturierung für das weitere Leben bestimmt. Wenn also Östradiol COX-2 hochreguliert, um die Produktion und Ausschüttung von PGE2 zu steigern, veranlasst PGE2 die benachbarten Astrozyten zur Ausschüttung von Glutamat, das dann auf die Neuronen rückwirkt, um die Ausbildung von Synapsen an dendritischen Spines zu induzieren (Amateau u. McCarthy 2004). Man beachte, dass hier dasselbe Szenario vorliegt, das auch für die Wirkung von GABA auf die Astrozyten diskutiert wurde, dass nämlich Östradiol zunächst auf das Neuron einwirkt, und so eine Fernwirkung auf die Astrozyten ausübt, die dann den Kreis schließen, indem sie wieder mit den Neuronen kommunizieren.

Insgesamt gesehen gibt es überzeugende Belege dafür, dass sowohl GABA wie Glutamat wichtige Regler im Prozess der geschlechtlichen Differenzierung des Gehirns sind. Wie jedoch aus dem obigen Bericht hervorgeht, ist unser Wissen immer noch sehr lückenhaft. Inwiefern physiologische Veränderungen wie der Anstieg von intrazellulärem Kalzium oder von pCREB mit Funktionen verknüpft sind – dies zu erklären, bleibt ein anzustrebendes Ziel.

3.5 Wissenslücken

3.5.1 Aufbau von Netzwerken

Um das geschlechtlich ausdifferenzierte Gehirn umfassend zu beschreiben, ist es wichtig, die Geschlechtsunterschiede in den verschiedenen Gehirnregionen zu kategorisieren und zu charakterisieren. Zur Vervollständigung des Bildes müssen diese regionalen Veränderungen jedoch in ein definiertes neurales Netzwerk eingebunden sein, das die endgültige Funktion reguliert. Umfangreiche Forschungsarbeiten haben zur Definition der neuralen Schaltkreise beigetragen, die weibliches Fortpflanzungsverhalten regulieren, aber ironischerweise wissen wir so gut wie nichts über die Konstruktion des weiblichen

Östradiol und Glutamat

Weil Glutamat für die Ausbildung eines Geschlechtsunterschiedes in der synaptischen Strukturierung des POA eine Rolle spielt, überprüften wir seine potenzielle Rolle im mediobasalen Hypothalamus, wo ein ähnlicher Geschlechtsunterschied zu beobachten ist. In einem ersten Schritt testeten wir, ob PGE2 involviert war, dies war nicht der Fall. Dennoch werden die synaptogenetischen Wirkungen von Östradiol durch eine Blockade von Glutamatrezeptoren komplett verhindert (Todd et al. 2006 – eingereicht), daher beeinflusst Östradiol die Gehirnentwicklung wahrscheinlich über einen anderen Mechanismus. Vorläufige Ergebnisse weisen darauf hin, dass Östradiol die Glutamatsynthese und -freisetzung in einem Neuron fördert, das dann wiederum auf ein anderes einwirkt, womit das Thema der Kommunikation von Zelle zu Zelle ständig wiederholt wird. Dieses Resultat illustriert sehr anschaulich ein weiteres Prinzip, wie Steroide die sexuelle Differenzierung im sich entwickelnden Gehirn modulieren. Steroide wie Östradiol verwenden im allgemeinen keine neuartigen Mechanismen, um bestimmte Entwicklungsresultate zu erzielen, sondern benutzen bereits bestehende Mechanismen, die sie entweder fördern oder unterdrücken, um damit ein extremeres Resultat herbeizuführen als sonst erreicht würde.

Gehirns. Tatsächlich können wir das weibliche Gehirn nur über die Abwesenheit eines männlichen Musters definieren; dadurch werden unsere Möglichkeiten, experimentelle Fragen zu stellen, stark eingeschränkt. In letzter Zeit sind Fortschritte bei der Bestimmung der neuralen Schaltkreise des männlichen Fortpflanzungsverhalten erzielt worden, das sich in mindestens drei Faktoren deutlich vom weiblichen unterscheidet:

- der Rolle von Olfaktion,
- den Auswirkungen von Erfahrung und
- der Rolle der Hormone.

Olfaktion und Sexualverhalten bei Ratten

Männliche Ratten lernen, das pheromonale Profil einer weiblichen Ratte im Verhaltensöstrus zu erkennen, wobei ihre Erfahrung mit bestimmten Gerüchen ihr darauffolgendes Verhalten beeinflusst. Erfahrung beeinflusst auch die Wirkungen von Steroiden. Naive männliche Tiere zeigen kein Sexualverhalten, wenn man ihnen gonadales Testosteron entzieht, wenn aber ein Männchen erst einmal Erfahrung gesammelt hat, kopuliert es auch im Falle von Testosteronentzug noch längere Zeit (Wochen bis Monate) weiter. All dies ist bei weiblichen Tieren anders, bei ihnen spielt Olfaktion nur eine geringe oder gar keine Rolle, es gibt wenig Einfluss von Erfahrungen und die Expression des Verhaltens ist vollständig von Steroiden des Ovars abhängig. Leider haben diese interessanten Unterschiede uns bislang keine nützlichen Einblicke in die Konstruktion der neuralen Netzwerke geliefert, die männliches und weibliches Verhalten steuern.

Es ist klar, dass Östradiol multiple Wirkungen auf verschiedene Gehirnregionen hat, einige davon treten zeitgleich auf, andere in verschiedenen, aber überlappenden Phasen. Bislang ist nicht analysiert worden, ob Prozess A dem Prozess B vorausgehen muss, damit der Schaltkreis erfolgreich ausgebildet wird, oder ob die beiden Ereignisse separate Hälften derselben Brücke sind, die sich in der Mitte treffen, weil beide als Startpunkt die engste Stelle wählten. Es ist bekannt, dass sich die Entwicklungsgeschwindigkeiten verschiedener Gehirnregionen deutlich unterscheiden, Neurogenese und Synaptogenese können dabei um Wochen variieren. Beim Menschen unterscheidet sich die Entwicklungsrate von weißer versus grauer Substanz zwischen Jungen und Mädchen und korreliert mit dem ersten Auftreten bestimmter kognitiver Fähigkeiten. Wie koordinieren Steroide diese unterschiedlichen Ereignisse, um ein kohärentes Ganzes zu bilden? Unser gegenwärtiger Ansatz, jede Gehirnregion isoliert zu analysieren, ähnelt dem Briefmarkensammeln und hindert uns daran, Einsichten über diese Zusammenhänge zu gewinnen. Es braucht mehr als Ziegelsteine, um ein Haus zu bauen, sie müssen auch zusammengefügt werden. Aber dennoch müssen wir irgendwo beginnen, und es sind bereits große Fortschritte erzielt worden.

3.5.2 Regionale Spezifität

Systematische Untersuchungen der zellulären Mechanismen steroidinduzierter Gehirndifferenzierung zeigen überraschenderweise ein hohes Ausmaß regionaler Spezifität. Ein Hormon, Östradiol, scheint eine Vielzahl simultaner Wirkungen auszuüben, die in jeder Gehirnregion einzigartig sind. Außerdem ist das Entwicklungsresultat (wenn auch möglicherweise nicht das funktionelle) in den Regionen teilweise identisch. Östradiol induziert z. B. die Ausbildung von dendritischen Spines im präoptischen Areal, mediobasalen Hypothalamus und im Hippokampus des Neugeborenen. Im präoptischen Areal wird dies allerdings über PGE2 vermittelt, im mediobasalen Hypothalamus über die Aktivierung von Glutamatrezeptoren, während im Hippokampus der vermittelnde Mechanismus unbekannt ist. Außerdem unterdrückt – in demselben Gehirn zu derselben Zeit – Östradiol die Ausbildung dendritischer Spines im Nucleus arcuatus, was wiederum über die Aktivierung von $GABA_A$-Rezeptoren vermittelt wird (◻ Abb. 3.5).

Wie kann ein einziges Steroid in verschiedenen Gehirnregionen solch unterschiedliche Wirkungen haben, wo doch alle dieselbe Grundausstattung an Östrogenrezeptoren, GABA- und Glutamatrezeptoren und COX-2 besitzen? Die Antwort auf diese Frage zu finden ist die nächste große Aufgabe in unserem Bestreben, die Entwicklung von Geschlechtsunterschieden im Gehirn zu verstehen.

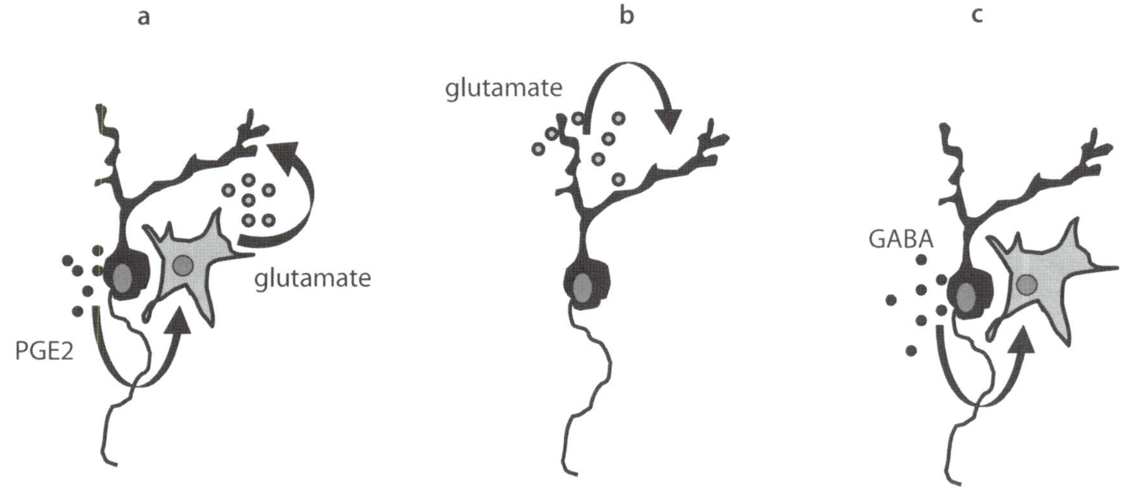

Abb. 3.5. Die zellulären Mechanismen von Steroiden zeigen regionale Spezifität. Der Bereich Hypothalamus/präoptisches Areal ist eine komplexe Gehirnregion, die eine Vielzahl verschiedener Funktionen steuert. Während einer perinatalen kritischen Zeitspanne übt Östradiol in dieser gesamten Region starke geschlechtlich differenzierende Wirkungen aus. Zahlreiche Befunde weisen darauf hin, dass die Wirkungen sich regionsspezifisch unterscheiden. **a** Im präoptischen Areal fördert Östradiol die Synthese von PGE2, das die Freisetzung von Glutamat, wahrscheinlich aus den Astrozyten, stimuliert, Glutamat selbst fördert die Entwicklung dendritischer Spines. **b** Im Nucleus ventromedialis des Hypothalamus scheint Östradiol die Freisetzung von Glutamat unmittelbar aus den Neuronen zu fördern, die dann wiederum zu einer Vermehrung der dendritischen Spines führt. **c** Im unmittelbar angrenzenden Nucleus arcuatus agiert Östradiol völlig anders, indem es die Synthese und/oder Freisetzung von GABA aus Neuronen fördert, die wiederum auf benachbarte Astrozyten einwirken und deren sternförmige Verzweigung fördern. Auf eine bislang unbekannte Weise unterdrückt diese morphologische Veränderung der Astrozyten die Ausbildung von dendritischen Spines

3.5.3 Feminisierung

Eine noch größere Herausforderung besteht möglicherweise darin, die Entwicklung des weiblichen Gehirns zu verstehen. Das auslösende Ereignis für die Entwicklung des männlichen Gehirns ist bekannt: Einwirkung testikulärer Androgene. Dieser Auslöser kann bei neugeborenen weiblichen Ratten leicht durch eine Injektion von Testosteron oder dessen aromatisierten Produkts Östradiol nachgeahmt werden. Daher können wir den Prozess auslösen und ihn im weiteren Ablauf überwachen, unterbrechen oder nachahmen. Als Grundform entwickelt sich jedoch immer das weibliche Gehirn, dafür gibt es kein auslösendes Ereignis und der Prozess läuft ab, solange er nicht gestört wird. Bislang kennen wir nur eine einzige Methode, die normale weibliche Gehirnentwicklung bei Nagetieren zu unterbrechen, nämlich während der perinatalen sensiblen Zeitspanne gonadale Steroide zu verabreichen. Da Maskulinisierung aber nicht das Gegenteil von Feminisierung ist, liefert dieser Prozess keinerlei Einsichten. Inzwischen kann Maskulinisierung ohne Steroide, nur über PGE2, induziert werden, daher verfügen wir über eine Möglichkeit der selektiven Manipulation von Defeminisierung. Defeminisierung ist tatsächlich das Gegenteil von Feminisierung.

Die Herausforderung besteht nun darin, das neurale Substrat der Defeminisierung zu finden, das dann nützliche Hinweise auf das Substrat der Feminisierung liefern sollte. Trotz seiner Nützlichkeit ist dieses Modellsystem aber auf Sexualverhalten beschränkt. Andere geschlechtlich dimorphe Phänomene, wie die Regulation der LH-Sekretion, sind bipotenziale Ereignisse, d. h. sie sind entweder maskulinisiert oder feminisiert, aber nicht defeminisiert. In diesen Fällen sind Maskulinisierung und Feminisierung also entgegengesetzte Enden eines Spektrums, die das Potenzial eines intermediären Phänotyps enthalten und daher andere Parameter für die Hypothesentestung erfordern.

3.6 Nicht fortpflanzungsbezogene Geschlechtsunterschiede

3.6.1 Art der Unterschiede

Es klingt wie ein Widerspruch in sich, wenn man behauptet, dass es Geschlechtsunterschiede im Gehirn gibt, die nicht fortpflanzungsbezogen sind. Letztlich sind alle als adaptiv selektierten Merkmale für die Fortpflanzung vorteilhaft, selbst wenn sie dem Lebewesen lediglich zu längerem Überleben und damit häufigerer Fortpflanzung verhelfen. Dennoch kann man sinnvoll zwischen solchen Geschlechtsunterschieden im Gehirn, die unmittelbar mit Fortpflanzung zu tun haben, wie Regulation der LH-Sekretion, Sexual- oder Elternverhalten, und solchen unterscheiden, die mit Kognition und Emotionalität zu tun haben. Wie oben beschrieben, befinden sich fortpflanzungsbezogene Geschlechtsunterschiede hauptsächlich im **präoptischen Areal** und im **Hypothalamus**, also in Teilen des Zwischenhirns. Im Gegensatz dazu sind Geschlechtsunterschiede mit kognitiver und emotionaler Relevanz im Vorderhirn angesiedelt. Besonders interessante Regionen sind hier der Hippokampus und die Amygdala. Der Hippokampus besitzt eine zentrale Rolle für Lernen und Gedächtnis, darüber hinaus fungiert er als wichtiger Knotenpunkt in der Regulation von Stressreaktionen. Eine Schädigung des Hippokampus beeinträchtigt das Lernen und erhöht das Niveau zirkulierender Stresshormone, weil die negative Feedbackregulation ausfällt. Bei der Amygdala handelt es sich um eine komplexe Ansammlung von Kernen, die an Angst, Angstkonditionierung und männlichem Sexualverhalten beteiligt sind.

Wenn man nicht fortpflanzungsbezogene Geschlechtsunterschiede im Gehirn diskutiert, muss man verschiedene Aspekte berücksichtigen. Der erste ist die Art der Unterschiede: Größe, Zuverlässigkeit und Reproduzierbarkeit über Spezies hinweg? Der zweite ist die Funktion der Unterschiede: was sind die Verhaltenresultate und wie unterscheiden sich diese, falls überhaupt, zwischen den Geschlechtern? Zu guter Letzt: wie kommt es zu diesen Geschlechtsunterschieden? Sind sie das Ergebnis der klassischen organisatorischen/aktivierenden Wirkung von gonadalen Steroiden? Ist die weibliche Form die Ausgangsform und wird die männliche aktiv durch testikuläre Androgene, die vor Ort in Östrogene umgewandelt werden, organisiert? Es sind bislang erstaunlich wenige Versuche unternommen worden, Geschlechtsunterschiede außerhalb des Kontexts von Fortpflanzung zu untersuchen (Überblick in Konkle u. McCarthy 2005).

Die Morphometrie des Hippokampus ist ausführlich beschrieben worden, beispielsweise Geschlechtsunterschiede im Gesamtvolumen, in der Größe spezifischer Subregionen und der Dichte von Zellschichten oder Faserverbindungen. Es ist verführerisch, diese verschiedenen, statistisch signifikanten Unterschiede als Beweise dafür aufzulisten, wie sich Männer und Frauen in Kognition und Emotionalität unterscheiden. Wenn man sich jedoch die Daten zu Geschlechtsunterschieden im Vorderhirn genauer betrachtet, präsentiert sich anderes Bild: Geschlechtsunterschiede in dieser Region sind nämlich im allgemeinen eher klein, transient, für den Stamm spezifisch und spiegeln – was am wichtigsten ist – eher die Plastizität des adulten Gehirns als einen während der Entwicklung etablierten permanenten Geschlechtsunterschied. Der letzte Aspekt, Plastizität, lässt sich anhand der Wirkungen von Östradiol und Testosteron auf die Dichte dendritischer Spines in hippokampalen CA1-Neuronen gut illustrieren. Männliche und weibliche Lebewesen unterscheiden sich in der relativen Empfindlichkeit für Wirkungen von durch östrogen- versus androgenvermittelten synaptischen Umformungsprozessen (Leranth et al. 2004) – und diese Tatsache stellt einen Geschlechtsunterschied dar. Das Entwicklungsresultat aber, die Dichte dendritischer Spines und zugehöriger Synapsen unterscheidet sich nur geringfügig und zustandsabhängig. Anders ausgedrückt: der stabile Hormonstatus des adulten männlichen Lebewesens bewirkt ein bestimmtes synaptisches Aktivitätsniveau. Im adulten weiblichen Lebewesen variiert der Hormonstatus stattdessen über den Fortpflanzungszyklus, was im weiblichen Gehirn zu einem variablen synaptischen Aktivitätsniveau führt, das um den stabilen Mittelwert des männlichen schwankt (◘ Abb. 3.1). Es ist umstritten, ob es sich hierbei um einen wirklichen Geschlechtsunterschied handelt oder lediglich um eine hormonell verursachte Varianz im Erwachsenen. Auch wenn dies letztlich eine semantische Frage ist, negiert sie nicht die Tatsache, dass die morphometrischen Geschlechtsunterschiede im Vorderhirn relativ klein und inkonsistent sind – im Vergleich zu den robusteren Geschlechtsunterschieden im Zwischenhirn, die man in einer Vielzahl von Spezies findet.

Für Geschlechtsunterschiede in der **Amygdala** gilt dasselbe allgemeine Prinzip, aber mit einem interessanten Unterschied. Die mediale Amygdala spielt eine zentrale Rolle für die Verarbeitung fortpflanzungsrelevanter olfaktorischer Reize, ist aber keine essenzielle Komponente des neuralen Schaltkreises für männliches Sexualverhalten. Das Volumen dieses Subnukleus der Amygdala ist im männlichen Gehirn etwa 65% größer als im weiblichen (Cooke et al. 1999), im Vergleich dazu beträgt der Volumeunterschied des SDN-POA 300–700%. Besonders interessant ist, dass dieser Geschlechtsunterschied im Erwachsenenalter umgekehrt werden kann. Eine Kastration von männlichen Tieren verringert das Volumen der medialen Amygdala auf weibliche Werte, und nach eine dreiwöchigen Langzeitbehandlung weiblicher Tiere mit Testosteron steigt das Volumen der medialen Amygdala auf männliche Werte an (Cooke et al. 1999). Es gibt noch weitere dokumentierte Beispiele von Plastizität in der Größe verschiedener Gehirnregionen als Funktion zirkulierender Steroide im adulten Gehirn, aber hierbei handelt es sich normalerweise um nur geringfügige Veränderungen – im Gegensatz zu der kompletten Geschlechtsumwandlung, die man in der medialen Amygdala beobachtet. Die Grundlage dieser einzigartigen Reaktionsbereitschaft der adulten medialen Amygdala auf Steroide ist bislang unbekannt, die Volumenänderung konnte bislang auch nicht mit einer Verhaltensänderung verknüpft werden.

3.6.2 Ausbildung der Unterschiede

Das Beispiel der Reversibilität volumetrischer Geschlechtsunterschiede in der adulten medialen Amygdala zeigt deutlich, dass die Organisations-/Aktivierungs-Hypothese nicht für die Ausbildung aller Geschlechtsunterschiede zutrifft. In diesem Fall scheint der Geschlechtsunterschied vollständig auf Aktivierung zu beruhen, d. h. eine Funktion zirkulierender Steroide im adulten Gehirn zu sein. Es gibt andere Beispiele, bei denen der Geschlechtsunterschied vollständig auf Organisation beruht, wie beim SDN-POA – das Niveau zirkulierender Steroide hat, wenn überhaupt, nur geringen Einfluss auf das Volumen dieses Kerns. In anderen Fällen scheint eine Kombination organisierender und aktivierender Komponenten bei der Ausbildung morphologischer Geschlechtsunterschiede vorzuliegen. Die geschlechtliche Differenzierung des menschlichen Bed Nucleus der Stria terminalis beginnt beispielsweise sehr früh im Leben, setzt sich aber bis ins Erwachsenenalter fort und ist durch gonadale Steroide des Erwachsenen beeinflusst (Chung et al. 2002).

Ab einem gewissen Punkt ist das Organisations-/Aktivierungs-Paradigma zur Hypothesentestung über den Ursprung von Geschlechtsunterschieden jedoch nicht mehr sinnvoll zu verwenden. Dies zeigt sich im Hippokampus, wo Geschlechtsunterschiede vorhanden sind, die sich jedoch nicht den bekannten Typen wie Volumen oder dendritische Morphologie zuordnen lassen (McCarthy u. Konkle 2004). Stattdessen scheinen im Hippokampus physiologische Geschlechtsunterschiede vorzuliegen, die nicht leicht erkennbar sind und möglicherweise erst in der Reaktion auf Anforderungen manifest werden. Beispielsweise unterscheiden sich Ausmaß und Folgen von exzitotoxischen Schäden in männlichen und weiblichen Neugeborenen (Hilton et al. 2003; Nunez et al. 2003). Darüber hinaus kann derselbe Stressfaktor im Gehirn männlicher und weiblicher Erwachsener gegensätzliche Effekte auf die Dichte dendritischer Spines von Pyramidalneuronen in CA1 ausüben (Shors et al. 2001).

Keiner dieser Geschlechtsunterschiede passt in das Organisations-/Aktivierungs-Konstrukt. Daher müssen möglicherweise neue Aspekte berücksichtigt werden, um den Grundlagen von Geschlechtsunterschieden in dieser Region auf die Spur zu kommen. In Frage kommende Aspekte sind: die potenziellen Beiträge genetischer Geschlechtsunterschiede, die epigenetische Regulation der Genexpression auf der Basis früher Erfahrungen und die Einflüsse von Steroiden, die nicht aus den Gonaden entspringen, sondern aus De-novo-Steroidogenese durch das neurale Gewebe selbst. Dies sind einige der aufregenden neuen Richtungen, die sich am Horizont der Forschung über Geschlechtsunterschiede im Gehirn abzeichnen.

Fazit

Geschlechtsunterschiede im Gehirn zeigen eine Spannweite von robust und unveränderlich bis hin zu subtil und veränderlich. Ein wichtiger Teil jeder Forschung zur geschlechtlichen Differenzierung ist es, diese Unterschiede und ihre Funktion zu verstehen. Bei der Identifikation und Beschreibung von Geschlechtsunterschieden im Gehirn sind enorme Fortschritte erzielt worden; Fortschritte im Verständnis der zellulären und molekularen Mechanismen, aus denen diese Geschlechtsunterschiede hervorgehen, sind dagegen relativ rar. Das Ziel, eine einheitliche Beschreibung der geschlechtlichen Differenzierung des Gehirns zu entwickeln, ist noch lange nicht erreicht. Der hohe Grad regionaler Spezifität und einer Vielzahl verschiedener zellulärer Entwicklungsresultate, die durch ein einziges Hormon, Östradiol, reguliert werden, stellen Komplikationen dar. Dennoch gibt es bereits Fortschritte und wird es auch in Zukunft Fortschritte geben.
Seit den ersten Versuchen, unsere eigene Natur zu verstehen, sind Wissenschaftler und Laien gleichermaßen von Geschlechtsunterschieden im Gehirn fasziniert. Trotz 50 Jahren intensiver Forschung ist das Interesse an der Entdeckung von Ursachen und Bedeutung der Geschlechtsunterschiede im Gehirn ungebrochen. Es gibt gute Gründe dafür, die Unterschiede zwischen männlichen und weiblichen Gehirnen verstehen zu wollen, beispielsweise: Therapiemaßnahmen geschlechtsspezifisch maßschneidern zu können, Vorurteile über angeborene Fähigkeiten der Geschlechter abzubauen, bessere Einblicke in Störungen mit unterschiedlicher Prävalenz bei den Geschlechtern zu gewinnen. Was den letzten Punkt betrifft, ist die Ätiologie von gut belegten Geschlechtsunterschieden bei psychischen Störungen, wie Depressionen oder Autismus, vollständig unbekannt. Bessere Kenntnisse über die normalen Entwicklungsmechanismen bei Männern und Frauen könnten neue Einsichten darüber bringen, wie es zu Fehlsteuerungen dieser Prozesse kommen und wie dadurch die Anfälligkeit für Störungen steigen kann. Ein größeres Verständnis der normalen Gehirnentwicklung bei Männern und Frauen zeigt außerdem neue Mechanismen auf, die ansonsten vielleicht nicht entdeckt worden wären, wie die Rolle von Prostaglandinen bei der Ausformung der spezifisch männlichen synaptischen Strukturierung. Wir wissen nicht, welche Mechanismen noch ihrer Entdeckung harren.

Literatur

Amateau SK, McCarthy MM (2002a) A novel mechanism of dendritic spine plasticity involving estradiol induction of prostglandin-E2. J Neurosci 22:8586–8596

Amateau SK, McCarthy MM (2002b) Sexual differentiation of astrocyte morphology in the developing rat preoptic area. J Neuroendo 14:904–910

Amateau SK, McCarthy MM (2004) Induction of PGE(2) by estradiol mediates developmental masculinization of sex behavior. Nat Neurosci 7:643–650

Ani M, Butterworth, PJ, Thomas, PJ (1978) Sexual dimorphism in the adenylate cyclase activity in the hypothalamus of newborn rats. Brain Res 151:615–618

Arnold AP, Rissman EF, De Vries GJ (2003) Two perspectives on the origin of sex differences in the brain. Ann N Y Acad Sci 1007:176–188

Arnold AP, Xu J, Grisham W, Chen X, Kim YH, Itoh Y (2004) Minireview: Sex chromosomes and brain sexual differentiation. Endocrinology 145:1057–1062

Auger AP, Perrot-Sinal TS, McCarthy MM (2001) Excitatory versus inhibitory GABA as a divergence point in steroid-mediated sexual differentiation of the brain. Proc Natl Acad Sci USA 98:8059–8064

Auger AP, Tetel MJ, McCarthy MM (2002) Steroid receptor coactivator-1 (SRC-1) mediates the development of sex-specific brain morphology and behavior. Proc Natl Acad Sci USA 97:7551–7555

Bakker J, Honda S, N. H, Balthazart J (2002a) The aromatase knock-out mouse provides new evidence that estradiol is required during development in the female for the expression of sociosexual behaviors in adulthood. J Neurosci 22:9104–9112

Bakker J, Honda S, Harada N, Balthazart J (2002b) Sexual partner preference requires a functional aromatase (CYP 19) gene in male mice. Horm Behav 42:158–171

Bakker J, De Mees C, Douhard Q, Balthazart J, Gabant P, Szpirer J, Szpirer C (2006) Alpha-fetoprotein protects the developing female mouse brain from masculinization and defeminization by estrogens. Nat Neurosci 9:220–226

Barna B, Kuhnt U, Siklos L (2001) Chloride distribution in the CA1 region of newborn and adult hippocampus by light microscopic histochemistry. Histochem Cell Biol 115:105–116

Bezzi P, Carmignoto G, Pasti L, Vesce S, Rossi D, Rizzini BL, Pozzan T, Volterra A (1998) Prostaglandins stimulate calcium-dependent glutamate release in astrocytes. Nature 391:281–285

Bishop KM, Wahlsten D (1996) Sex differences in the human corpus callosum: myth or reality. Neuroscience and biobehavioral reviews 21:581–601

Camu F, Shi L, Vanlersberghe C (2003) The role of COX-2 inhibitors in pain modulation. Drugs 63 Suppl 1:1–7

Chung WC, De Vries GJ, Swaab DF (2002) Sexual differentiation of the bed nucleus of the stria terminalis in humans may extend into adulthood. J Neurosci 22:1027–1033

Cooke BM, Breedlove SM, Jordan CL (1999) A brain sexual dimorphism controlled by adult circulating androgens. PNAS 96:7538–7540

Davis AM, Grattan DR, Selmanoff M, McCarthy MM (1996a) Sex differences in glutamic acid decarboxylase mRNA in neonatal rat brain: implications for sexual differentiation. Horm Behav 30:538–552

Davis AM, Ward SC, Selmanoff M, Herbison AE, McCarthy MM (1999) Developmental sex differences in amino acid neurotransmitter levels in hypothalamic and limbic areas of rat brain. Neuroscience 90:1471–1482

Davis EC, Popper P, Gorski RA (1996b) The role of apoptosis in sexual differentiation of the rat sexually dimorphic nucleus of the preoptic area. Brain Res 734:10–18

De Vries GJ (2004) Minireview: Sex differences in adult and developing brains: compensation, compensation, compensation. Endocrinology 145:1063–1068

Delpire E (2000) Cation-chloride cotransporters in neuronal communication. News Physiol Sci 15:309–312

DonCarlos LL (1996) Developmental profile and regulation of estrogen receptor (ER) mRNA expression in the preoptic area of prenatal rats. Dev Brain Res 20:224–233

DonCarlos LL, McAbee M, Ramer-Quinn DS, Stancik DM (1995) Estrogen receptor mRNA levels in the preoptic area of neonatal rats are responsive to hormone manipulation. Brain Res Dev Brain Res 84:253–260

Dowd BF, Forbush B (2003) PASK (proline-alanine-rich STE20-related kinase), a regulatory kinase of the Na-K-Cl cotransporter (NKCC1). J Biol Chem 278:27347–27353

Driesen NR, Raz N (1995) Sex, age, and handedness-related differences in human corpus callosum observed in vivo. Psychobiology 23:240–247

Flugge G, Oertel WH, Wuttke W (1986) Evidence for estrogen-receptive GABAergic neurons in the preoptic/anterior hypothalamic area of the rat brain. Neuroendocrinology 43:1–5

Ganguly K, Schinder AF, Wong ST, Poo M (2001) GABA itself promotes the developmental switch of neuronal GABAergic responses from excitation to inhibition. Cell 105:521–532

Gimenez I, Forbush B (2003) Short-term stimulation of the renal Na-K-Cl cotransporter (NKCC2) by vasopressin involves phosphorylation and membrane translocation of the protein. J Biol Chem 278:26946–26951

Giovannini MG, Scali C, Prosperi C, Bellucci A, Pepeu G, Casamenti F (2003) Experimental brain inflammation and neurodegeneration as model of Alzheimer's disease: protective effects of selective COX-2 inhibitors. Int J Immunopathol Pharmacol 16:31–40

Gonzalez MI, Leret ML (1992) Neonatal catecholaminergic influence on behaviour and sexual hormones. Physiol Behav 51:527–531

Gorski RA, Harlan RE, Jacobson CD, Shryne JE, Southam AM (1980) Evidence for the existence of a sexually dimorphic nucleus in the preoptic area of the rat. J Comp Neurol 193:529–539

Hilton GD, Nunez JL, McCarthy MM (2003) Sex differences in response to kainic acid and estradiol in the hippocampus of newborn rats. Neuroscience 117:383–391

Hoffmann C (2000) COX-2 in brain and spinal cord implications for therapeutic use. Curr Med Chem 7:1113–1120

Hull EM, Lorrain DS, Du J, Matuszewich L, Bitran D, Nishita JK, Scaletta LL (1998) Organizational and activational effects of dopamine on male sexual behavior. In: Ellis L, Ebertz L (eds) Males, females and behavior: toward biological understanding. Greenwood Press, pp 79–96

Hutton LA, Gu G, Simerly RB (1998) Development of a sexually dimorphic projection from the bed nuclei of the stria terminalis to the anteroventral periventricular nucleus in the rat. J Neurosci 18:3003–3013

Kudwa AE, Bodo C, Gustafsson JA, Rissman EF (2005) A previously uncharacterized role for estrogen receptor beta: defeminization of male brain and behavior. Proc Natl Acad Sci USA 102:4608–4612

Leinekugel X, Tseeb V, Ben-Ari Y, Bregestovski P (1995) Synaptic $GABA_A$ activation induces Ca^{2+} rise in pyramidal cells and interneurons from rat neonatal hippocampal slices. J Physiol 487:319–329

Leranth C, Hajszan T, MacLusky NJ (2004) Androgens increase spine synapse density in the CA1 hippocampal subfield of ovariectomized female rats. J Neurosci 24:495–499

Maclusky NJ, Walters MJ, Clark AS, Toran-Allerand CD (1994) Aromatase in the cerebral cortex, hippocampus, and midbrain: ontogeny and developmental implications. Molec Cell Neurosci 5:691–698

McCarthy MM, Konkle AT (2005) When is a sex difference not a sex difference? Front Neuroendocrinol 26:85–102

McCarthy MM, Auger AP, Perrot-Sinal TS (2002) Getting excited about GABA and sex differences in the brain. TINS 25:307–312

McEwen BS, Lieberburg I, Chaptal C, Krey LC (1977) Aromatization: Important for sexual differentiation of the neonatal rat brain. Hormones and Behavior 9:249–263

McKinney RA, Capogna M, Durr R, Gahwiler BH, Thompson SM (1999) Miniature synaptic events maintain dendritic spines via AMPA receptor activation. Nat Neurosci 2:44–49

Moffat SD, Hampson E, Wickett JC, Vernon PA, Lee DH (1997) Testosterone is correlated with regional morphology of the human corpus callosum. Brain Research 767:297–304

Mong JA, McCarthy MM (2002) Ontogeny of sexually dimorphic astrocytes in the neonatal rat arcuate. Dev Brain Res 139:151–158

Mong JA, Glaser E, McCarthy MM (1999) Gonadal steroids promote glial differentiation and alter neuronal morphology in the developing hypothalamus in a regionally specific manner. J Neurosci 19:1464–1472

Mong JA, Nunez JL, McCarthy MM (2002) GABA mediates steroid-induced astrocyte differentiation in the neonatal rat hypothalamus. J Neuroendo 14:1–16

Mong JA, Kurzweil RL, Davis AM, Rocca MS, McCarthy MM (1996) Evidence for sexual differentiation of glia in rat brain. Hormones and Behavior 30:553–562

Naftolin F, Ryan KJ, Davies IJ, Reddy VV, Flores F, Petro Z, Kuhn M, White RJ, Takaoka Y, Wolin L (1975) The formation of estrogens by central neuroendocrine tissues. Recent Prog Horm Res 31:295–319

Nunez JL, Alt J, McCarthy MM (2003) A new model for prenatal brain damage: I. GABAA receptor activation induces cell death in developing rat hippocampus. Exp Neurol 181:258–269

Nunez JL, Bambrick LL, Krueger BK, McCarthy MM (2005) Prolongation and enhancement of gamma-aminobutyric acid receptor mediated excitation by chronic treatment with estradiol in developing rat hippocampal neurons. Eur J Neurosci 21:3251–3261

Obrietan K, van den Pol AN (1995) GABA neurotransmission in the hypothalamus: developmental reversal from Ca2+ elevating to depressing. The Journal of Neuroscience 15:5065–5077

Owens DF, Boyce LH, Davis MBE, Kriefstein AR (1996) Excitatory GABA responses in embryonic and neonatal cortical slices demonstrated by gramicidin perforated-patch recordings and calcium imaging. J Neurosci 16:6414–6423

Passafaro M, Nakagawa T, Sala C, Sheng M (2003) Induction of dendritic spines by an extracellular domain of AMPA receptor subunit GluR2. Nature 424:677–681

Perrot-Sinal TS, Davis AM, Gregerson KA, Kao JPY, McCarthy MM (2001) Estradiol enhances excitatory gamma-aminobutyric acid-mediated calcium signaling in neonatal hypothalamic neurons. Endocrinology 143:2238–2243

Pfaff DW, Keiner M (1973) Atlas of estradiol-concentrating cells in the central nervous system of the female rat. J Comp Neurol 151:121–158

Phoenix CH, Goy RW, Gerall AA, Young WC (1959) Organizing action of prenatally administered testosterone proprionate on the tissues mediating mating behavior in the female guinea pig. Endocrinology 65:369–382

Plotkin MD, Snyder EY, Hebert SC, Delpire E (1997a) Expression of the Na-K-2Cl- cotransporter is developmentally regulated in postnatal rat brains: a possible mechanism underlying GABA's excitatory role in immature brain. Journal of Neurobiology 33:781–795

Plotkin MD, Kaplan MR, Peterson LN, Gullans SR, Herbert SC, Delpire E (1997b) Expression of the Na-K-2Cl cotransporter BSC2 in the nervous system. American Journal of Physiology 272:C173–C183

Reisert I, Pilgrim C (1995) Catecholaminergic systems and the sexual differentiation of the brain. Cellular mechanisms and clinical implications. In: Segawa M, Nomura Y (eds) Age-related dopamine-dependent disorders. Karger, Basel, S. 216–224

Rivera C, Voipio J, Payne JA, Ruusuvuori E, Lahtinen H, Lamsa K, Pirvola U, Saarma M (1999) The K+/Cl- co-transporter KCC2 renders GABA hyperpolarizing during neuronal maturation. Nature 397:251–255

Roselli CE, Resko JA (1993) Aromatase activity in the rat brain: hormonal regulation and sex differences. J Steroid Biochem Mol Biol 44:499–508

Roselli CE, Ellinwood WE, Resko JA (1984) Regulation of brain aromatase activity in rats. Endocrinology 114:192–200

Schwartz-Bloom RD, Sah R (2001) gamma-Aminobutyric acid(A) neurotransmission and cerebral ischemia. J Neurochem 77:353–371

Shors TJ, Chua C, Falduto J (2001) Sex differences and opposite effects of stress on dendritic spine density in the male versus female hippocampus. J Neurosci 21:6292–6297

Silva MR, Oliveira CA, Felicio LF, Nasello AG, Bernardi MM (1998) Perinatal treatment with picrotoxin induces sexual, behavioral, and neuroendocrine changes in male rats. Pharmacol Biochem Behav 60:203–208

Simerly RB (1998) Organization and regulation of sexually dimorphic neuroendocrine pathways. Behav Brain Res 92:195–203

Simerly RB (2002) Wired for reproduction: Organization and development of sexually dimorphic circuits in the mammalian forebrain. Annu Rev Neurosci 25:507–536

Simerly RB, Swanson LW, Gorski RA (1985) The distribution of monoaminergic cells and fibers in a periventricular preoptic nucleus involved in the control of gonadotropin release: immunohistochemical evidence for a dopaminergic sexual dimorphism. Brain Res 330:55–62

Spelke ES (2005) Sex differences in intrinsic aptitude for mathematics and science?: a critical review. Am Psychol 60:950–958

Stein V, Hermans-Borgmeyer I, Jentsch TJ, Hubner CA (2004) Expression of the KCl cotransporter KCC2 parallels neuronal maturation and the emergence of low intracellular chloride. J Comp Neurol 468:57–64

Todd BJ, Schwarz JM, McCarthy MM (2005) Prostaglandin-E2: a point of divergence in estradiol-mediated sexual differentiation. Horm Behav 48:512–521

Vreeburg JT, van der Vaart PD, van der Shoot P (1977) Prevention of central defeminization but not masculinization in male rats by inhibition neonatally of oestrogen biosynthesis. J Endocrinol 74:375–382

Weisz J, Ward IL (1980) Plasma testosterone and progesterone titers of pregnant rats, their male and female fetuses and neonatal offspring. Endocrinology 106:306–313

Whalen R, Edwards D (1967) Hormonal determinants of the development of masculine and feminine behavior in male and female rats. Anat Rec 157:173–180

Untersuchungen über den Entwicklungsverlauf zeigen übereinstimmend, dass Frauen in verbalen Fähigkeiten und in verschiedenen Schulfächern bessere Leistungen erbringen – eine oftmals unliebsame Überraschung für Männer. Aber auch im Verhalten zeigen sich prägnante Unterschiede zwischen den Geschlechtern: Männer werden mit höherer Wahrscheinlichkeit gewalttätig, entwickeln häufiger Drogen- und Alkoholsucht und verfügen im Allgemeinen über schlechtere soziale Kompetenz. Andererseits neigen Frauen stärker zu Ängsten, Depressionen und Essstörungen. Diesen Unterschieden scheinen Geschlechtsdichotomien in Struktur und Funktion von Gehirn und ZNS insgesamt zugrunde zu liegen. Wir suchen nach Antworten auf die Frage, ob diese Unterschiede nur Auswirkungen von Hormonen sind oder ob es zwischen männlichen und weiblichen Gehirnen fundamentale Unterschiede der Genexpression gibt, die aus Unterschieden in ihrer Geschlechtschromosomenkonstitution resultieren.

4.1 Einführung

In den letzten Jahrzehnten haben wir bei der Gleichberechtigung von Frauen und Männern in der Gesellschaft und am Arbeitsplatz enorme Fortschritte erzielt. Auch wenn in manchen Bereichen wie z. B. Gehältern und beruflichen Rollen weiterhin Ungerechtigkeiten bestehen, herrscht die allgemeine Überzeugung, dass Gleichberechtigung der Geschlechter ein erstrebenswertes Ziel darstellt, das beträchtliche Mühen wert ist. Vor diesem Hintergrund zeigt sich jedoch immer deutlicher, dass sich Männer und Frauen sowohl in schulischen/akademischen Leistungen wie auch in einem breiten Spektrum von Verhaltensmerkmalen grundlegend unterscheiden. Es wäre auch erstaunlich, wenn die offensichtlichen anatomischen und funktionalen Dichotomien zwischen den Geschlechtern, die aus inter- und intrageschlechtlicher Selektion in der Evolution entstanden sind, nicht zumindest bis zu einem gewissen Grade Parallelen im Verhalten aufwiesen (Craig et al. 2004). Sowohl Erbe wie Umwelt tragen zu den beobachteten Geschlechtsunterschieden im menschlichen Verhalten bei.

Wir gehen davon aus, dass Gene auf den Geschlechtschromosomen, die nicht unmittelbar das Geschlecht determinieren und deren Funktionen zumindest teilweise unabhängig von hormonellen Einflüssen sind, wichtig für die Entwicklung von Geschlechtsunterschieden bei verhaltenssteuernden Gehirnfunktionen sind. Der Evolutionsprozess, der zur Entwicklung der heteromorphen X und Y Chromosomen beim Säugetier und zu einem das männliche Geschlecht determinierenden Schalter, dem SRY-Gen führte, bedingt vielfältige Implikationen. Unter anderem sind dies unterschiedliche Profile der Genexpression im männlichen und weiblichen Geschlecht und die dazugehörige Inaktivierung der meisten Gene auf einem der beiden X-Chromosomen beim weiblichen Geschlecht. In diesem Kapitel präsentieren wir die wissenschaftlichen Belege für die Annahme, dass das X-Chromosom ein Reservoir für Gene darstellt, die dem männlichen Geschlecht Selektionsvorteile bieten, auch in Bezug auf das Verhalten. Außerdem stellen wir Ergebnisse von Zwillingsstudien vor, die zeigen, dass das Einzelgen oder die verschiedenen Gene, die an sozialer Kompetenz beteiligt sind, auf dem X-Chromosom liegen könnten. Das Kapitel schließt mit einer Diskussion über die potenziellen Beiträge jener X-chromosomal vererbten Gene, die der Inaktivierung entgehen oder die der genomischen Prägung unterliegen.

4.2 Wie bedeutsam sind Geschlechtsunterschiede in Kognition und Verhalten?

4.2.1 Unterschiede im Verhalten und in schulischen Leistungen

Viele Ansichten zu Geschlechtsunterschieden im Verhalten sind stark durch in den meisten Fällen unbegründete Stereotype geprägt. Dennoch ist inzwischen durch zahlreiche Forschungsergebnisse belegt, dass solche Stereotype auf realen, empirisch messbaren Unterschieden zwischen Männern und Frauen in Kognition und Verhalten basieren können. Bei der Untersuchung kognitiver und verhaltensbezogener Geschlechtsunterschiede in der normalen Population wird beispielsweise konsistent beobachtet, dass Frauen bei Aufgaben zu **verbalen Fähigkeiten** wie Wortlernen und -gedächtnis besser abschneiden (z. B. Fenson et al. 1994; Kramer et al. 1997; ► Kap. 6). Signifikante Unterschiede finden sich darüber hinaus in der sehr frühen verbalen und (in geringerem Ausmaß) auch in der nonverbalen kognitiven Entwicklung, wobei sich diese Bereiche allerdings stark überlappen (Galsworthy et al. 2000).

In der frühen schulischen Entwicklung scheinen Mädchen in einer Vielzahl von Fächern überlegen zu sein, insbesondere in Fächern, für die sprachliche Fähigkeiten notwendig sind. (http://www.standards.dfes.gov.uk und http://www.oecd.org/home/). Es ist jedoch nicht klar, ob diese besseren Leistungen von Mädchen auf schnellere Entwicklung kognitiver und analytischer Fähigkeiten zurückgehen oder aus Verhaltensunterschieden resultieren, z. B. dass Mädchen im Unterricht größere Aufmerksamkeit zeigen und seltener Störungen verursachen.

Verhaltensunterschiede zwischen Jungen und Mädchen bei der Gruppenarbeit

In einer aktuellen Studie zum Verhalten in gemischten Schulklassen bestätigte sich die obige Vermutung bezüglich der Tendenz, störendes Verhalten zu zeigen. Es wurde festgestellt, dass während der Arbeit in Zweiergruppen signifikant mehr antisoziale Vorfälle auftraten als bei Gruppen- oder Einzelarbeit oder bei stillem Arbeiten. Am häufigsten kam es während der Gruppenarbeit zu ablenkenden Vorfällen. In 76% der Fälle gingen die Störungen von Jungen aus, von Mädchen nur in 21%. Fast all diese Interaktionen fanden zwischen gleichgeschlechtlichen Paaren statt, obwohl alle Arbeitsgruppen gemischt waren (Jones 1995; Eslea 1999; Eslea u. Rees 2001).

Für Verhaltensuntersuchungen besonders interessant ist die Beobachtung, dass schon sehr kleine Mädchen den emotionalen Zustand eines Gegenübers durch Interpretation von dessen Gesichtausdruck besser einschätzen können, was auf besser entwickelte **soziale und empathische Fähigkeiten** und auch auf größere Fortschritte bei der Entwicklung einer theory of mind verweist (Dunn et al. 1991; Baron-Cohen 2002).

In Fächern wie **Mathematik** und **Physik** sind Jungen in der schulischen Entwicklung leicht überlegen, was sich in besseren Noten niederschlägt. Sie können darüber hinaus später bessere Eignung für Ingenieurberufe zeigen (Lawson et al. 2004). Aber sogar hier schließen Frauen in ihrer Leistung auf. Männer sind außerdem in einigen Aufgaben überlegen, bei denen **räumliche Fähigkeiten** erforderlich sind, z. B. zeigen sie bessere Leistungen beim Kartenlesen und in verwandten Aufgaben, bei denen ein Input-operate-output-Prozess durchgeführt werden muss (Galea u. Kimura 1993; Geary 1996; Kimura 1999; ► Kap. 6). Dennoch ist die Sachlage nicht ganz so einfach, denn in manchen räumlichen Aufgaben sind Frauen den Männern überlegen, sie haben z. B. ein besseres Gedächtnis für Objekte, Orte und Landmarken als Männer, erkennbar an 60–70% besseren Leistungen in Aufgaben, die diese Fähigkeiten messen (Silverman u. Eals 1992).

Typisch für Männer ist die Fähigkeit zu »systematisieren«. Laut Baron-Cohen (2002) spiegelt dieser Begriff den männlichen Drang, die Regeln eines Systems zu analysieren, um Vorhersagen über sein Verhalten machen zu können. Baron-Cohen (2003) hat das Konzept einer **empathizing systemizing theory** entworfen, wobei Frauen besser im empathizing und Männer besser im systemizing sind; bei den meisten Individuen sind diese beiden Komponenten jedoch ausgeglichen. Aus diesem Konzept folgt, dass bestimmte Verhaltensweisen, wie sie bei Autismus und Autismus-Spektrum-Störungen auftreten, auf eine extreme Ausprägung des systemizing elements hinweisen könnten (z. B. Baron-Cohen 2005).

Untersuchungen unserer nächsten Verwandten unter den Primaten zeigen einige Parallelen zu den Beobachtungen bei Menschen. Junge weibliche Schimpansen lernen durch genaue Beobachtung ihrer Mütter bestimmte Fertigkeiten, wie das Fangen von Termiten, viel schneller (Lonsdorf et al. 2004).

Der schnellere Erwerb dieser Fertigkeiten wurde mit den größeren Fortschritten von Mädchen beim Schreiben und Zeichnen verglichen. In diesem Fall werden die Unterschiede darauf zurückgeführt, dass der weibliche Nachwuchs den Müttern mehr Aufmerksamkeit widmet, während der männliche Nachwuchs mehr Zeit mit Toben und allgemein mit körperlichen Aktivitäten verbringt und leichter ablenkbar ist. Es ist vorstellbar, dass die Balgereien und rauen Spiele dabei helfen, körperliche und soziale Fertigkeiten zu entwickeln, die für die Jagd notwendig sind. Dies erinnert an das häufigere Auftreten von Aufmerksamkeitsdefiziten und Hyperaktivität bei männlichen Menschen.

Kooperation und Wettbewerb in Gruppen

Zu Geschlechtsunterschieden bei der Kooperation innerhalb von Gruppen und dem Wettbewerb zwischen Gruppen gibt es sehr aktuelle und interessante Befunde. Rivalität zwischen Gruppen ist in menschlichen Gesellschaften weit verbreitet und umfasst ein Spektrum, das von ritualisierter oder offener Kriegsführung über Bandenstrukturen bis hin zu Mannschaftssport reicht. Auch wenn Frauen sich manchmal daran beteiligen, tun sie dies in geringerem Maße als Männer. In einem Experiment mit strukturierten Spielen, bei denen es um Kooperation bei Transaktionen von öffentlichen Gütern ging, zeigte sich, dass das Verhalten von Männern in der Gruppe stärker durch die Annahme, man befände sich in einer Konkurrenzsituation mit rivalisierenden Gruppen, beeinflusst wurde. Frauen dagegen trugen im Allgemeinen eher zum »Wohlergehen« der Gruppe bei (van Vugt u. De Cremer 2006).

Sehr deutliche Geschlechtsunterschiede kann man auch in der Verbreitung bestimmter Verhaltensweisen und Verhaltensstörungen beobachten. Natürlich variieren die Merkmale von Individuen innerhalb eines Geschlechts stark und es gibt viele Überlappungen zwischen den Geschlechtern. Dennoch haben Studien Unterschiede zwischen den Durchschnittswerten der Geschlechter für viele Merkmale demonstriert, unter anderem für die Anfälligkeit für bestimmte psychische Störungen.

Es wird allgemein beobachtet, dass Männer mit höherer Wahrscheinlichkeit aggressives und gewalttätiges Verhalten zeigen (z. B. Moffitt et al. 2001), auch wenn die in einigen Ländern momentan bei Frauen erkennbare Tendenz, es den Männern im Alkoholkonsum gleichzutun, den statistischen Geschlechtsunterschied verringern könnte. Männer werden auch mit höherer Wahrscheinlichkeit wegen Gewaltverbrechen zu Gefängnisstrafen verurteilt (http://www.ojp.usdoj.gov.bjs/). Weiterhin wird bei Männern häufiger ein Aufmerksamkeitsdefizitsyndrom mit Hyperaktivität (ADHS), geistige Retardierung, Alkoholismus, Autismus und Asperger-Syndrom diagnostiziert (► Kap. 12 und 13). Im Gegensatz dazu zeigen sich Frauen anfälliger für Angst- und Panikstörungen, depressive Störungen und Essstörungen wie Bulimie und Anorexia nervosa (Sikich u. Todd 1988; Kessler 1998; ► Kap. 14 und 19).

Die Ursachen dieser verblüffenden Unterschiede sind ein beliebtes Thema für Spekulationen und für die Forschung. Für eine fundierte Erforschung muss man allerdings die Auswirkungen evolutionärer Kräfte auf genetische und biologische Aspekte berücksichtigen, die der sexuellen Differenzierung und den Dimorphismen im Verhalten zugrunde liegen.

4.3 Erbe und Umwelt bei Gehirnentwicklung und Verhalten

4.3.1 Die Rolle der Gene

Wie bei allen multifaktoriellen Merkmalen, ob es sich nun um Diabetes oder die Attraktivität für das andere Geschlecht handelt, herrscht Übereinstimmung, dass wahrscheinlich Erbe und Umwelt zum Phänotyp eines Individuums beitragen. Daher hängt die interindividuelle Variationsbreite für solche Merkmale zum Teil von der genetischen Ausstattung und zum Teil von Umwelteinflüssen ab. Tatsächlich liegt die **Heritabilität** (ein Maß für den Varianzanteil eines Merkmals, der bei gegebenen Umweltbedingungen auf genetische Ursachen zurückgeführt werden kann) für viele Verhaltensstörungen zwischen 40–50% (z. B. antisoziales Verhalten) und 80–90% (z. B. Schizophrenie und Störungen des autistischen

Spektrums). Sogar Merkmale, die unter der allgemeinen Bezeichnung »Temperament« zusammengefasst werden, womit ein Profil verschiedener Persönlichkeitsdimensionen beschrieben wird, haben eine Heritabilität von etwa 50% (Rutter 2006).

Der starke Einfluss der Gene auf die Gehirnentwicklung kann daher nicht ignoriert werden. Untersuchungen zur Genexpression haben gezeigt, dass im Gehirn etwa die Hälfte der ca. 30.000 charakterisierten Gene wirksam werden (z. B. Saito-Hisaminato et al. 2002). Aber auch Varianten von Genen, die nicht gehirnspezifisch wirken, können die Gehirnentwicklung schon in frühen Entwicklungsphasen grundlegend beeinflussen. Ein Phenylalanin-Hydroxylase-Mangel, der durch Mutationen auf der Kodierregion des Gens PAH verursacht wird, das normalerweise in der Leber exprimiert wird, kann beispielsweise extreme Konsequenzen für den IQ haben (z. B. Guttler u. Woo 1986).

Gene sind an Aufbau und Erhaltung neuraler Netzwerke und an der Signalübertragung zwischen Synapsen beteiligt. Spannende neue Untersuchungen haben gezeigt, dass Gene die grobe Morphologie von Kopf und Gehirn beeinflussen, wie sich anhand der Charakterisierung von Einzelgenen zeigte, die an Mikrozephalie (Kopfumfang >3 Standardabweichungen unterhalb der Norm) (z. B. Woods et al. 2005) und an Sprache beteiligt sind, wie z. B. FOXP2 (Fisheret al. 2003). Außerdem kann eine Vielzahl genetischer Defekte mit Auswirkungen auf Gehirn und Verhalten auf einen einzigen Lokus zurückgeführt werden, wie wir im Folgenden näher beschreiben werden. Für manche Defekte wurde inzwischen sogar das verantwortliche Gen identifiziert. Insgesamt scheint zweifelsfrei festzustehen, dass Gene die Entwicklung von Kognition und Verhalten wesentlich beeinflussen.

Daher überrascht es nicht, dass viele Versuche unternommen wurden, Gene zu identifizieren, die Intelligenz und Verhaltensstörungen zugrunde liegen. Bis vor kurzem wechselten sich Behauptungen und Gegenbehauptungen ab, so dass sich keine überzeugenden Kandidaten herauskristallisierten. Bei Schizophrenie zum Beispiel sind erst vor zwei oder drei Jahren greifbare Fortschritte erzielt worden. Verschiedene Forschergruppen haben inzwischen eine Handvoll Gene identifiziert, diese Befunde konnten auch repliziert werden (Craddock et al. 2006). Der Grund für die langsamen Fortschritte ist möglicherweise, dass an den meisten komplexen Verhaltensweisen eine große Anzahl genetischer Faktoren beteiligt sind, wobei jeder einzelne nur einen kleinen Beitrag zum Phänotyp insgesamt leistet.

4.3.2 Die Rolle der Umwelt

Obwohl Heritabilitätsstudien die große Bedeutung von Genwirkungen zeigen, weisen sie auch darauf hin, dass die Umwelt einen großen Varianzanteil beim Verhalten erklärt. Es gibt zahlreiche Belege für den enormen Einfluss frühkindlicher Erfahrungen auf die langfristige Entwicklung. Die Rolle einiger Gene für Verhaltensstörungen wurde sogar erst geklärt, nachdem die Auswirkungen der Umwelt einkalkuliert worden waren. Zwei passende Beispiele sollen diesen Punkt illustrieren. Seit langer Zeit ist bekannt, dass Opfer von frühkindlich erlebtem Missbrauch und Gewalt oft selbst ähnliche Verhaltensweisen zeigen, sobald sie Eltern werden – der sog. »Teufelskreis der Gewalt«. In der ersten Studie hierzu konnten Caspi et al. (2002) zeigen, dass diese Reaktion von einer genetischen Variation des Monoaminoxidase-Gens (MAOA) abhängt. Mehr zur Interaktion von Genen und Umwelt folgt in einem der nächsten Abschnitte.

Das zweite Beispiel stammt aus Untersuchungen zu Depressionen. Auch hier wurde festgestellt, dass Stress in Form verschiedener Lebensereignisse wie Tod der Eltern, Verlust des Partners oder erhebliche Geldprobleme häufig einer klinischen Depression vorausgehen. In derartigen Situationen scheint eine weit verbreitete hochaktive Variante des Gens, das für den Serotonin-Transporter kodiert, ein gewisses Maß an Schutz zu bieten. Träger der niedrigaktiven Variante dieses Gens haben dagegen ein erheblich größeres Risiko, Symptome einer klinischen Depression zu entwickeln (Caspi et al. 2003). Dieser Befund konnte in einer späteren Studie repliziert werden (Kim-Cohen et al. 2006).

Diese beiden Beispiele illustrieren, wie wichtig es ist, Umwelt und genetischen Hintergrund sowie deren Interaktion zu berücksichtigen, wenn man die Komplexität von Verhalten entschlüsseln möchte.

4.4 Untersuchungen zur Gehirnanatomie zeigen biologische Grundlagen von Verhaltensunterschieden

Aber zurück zur Betrachtung von Geschlechtsunterschieden in ZNS-Funktionen und im Verhalten. Es gibt deutliche Unterschiede zwischen den Gehirnen von Männern und Frauen, am augenscheinlichsten ist der **Größenunterschied**, wobei das männliche Gehirn im Durchschnitt 11% schwerer ist (▶ Kap. 5). Ob dieser Unterschied signifikant bleibt, wenn man die Unterschiede in der durchschnittlichen Körpergröße der Geschlechter berücksichtigt, wurde vielfach diskutiert (Swaab u. Hofman 1984; Hines 2004). Jedoch ist das weibliche Gehirn keinesfalls nur eine verkleinerte Version des männlichen. Doppelecho-Magnetresonanztomographie (MRT) bei gesunden Männern und Frauen im Alter zwischen 18 und 45 Jahren zeigte, dass Frauen einen größeren Prozentanteil **grauer Substanz** aufweisen als Männer. (Die graue Substanz umfasst Nervenzellkörper und Dendriten, die weiße Substanz dagegen die axonalen Verbindungsfasern.) Außerdem verteilt sich die graue Substanz bei Frauen symmetrisch auf beide Hemisphären, während bei Männern der Prozentsatz grauer Substanz in der linken Hemisphäre höher ist.

Diese Resultate stimmen mit früheren Beobachtungen überein, dass Frauen eine geringere hemisphärische Spezialisierung aufweisen (Hiscock et al. 1995). Angesichts der anerkannten Befunde, dass die linke Hemisphäre für verbale und die rechte für räumliche Verarbeitungsprozesse dominant ist, besteht hier bezüglich der offensichtlichen Implikationen für Geschlechtsunterschiede bei kognitiven Funktionen weiterer Forschungsbedarf (z. B. Johnson et al. 2002).

Neuere bildgebende Studien haben Geschlechtsunterschiede in der zerebralen Entwicklung und der Gehirnfunktion während der Adoleszenz beschrieben (Yurgelun-Todd et al. 2002). Außerdem weisen manche Gehirnregionen Geschlechtsunterschiede im Volumen auf, beispielsweise sind die frontalen und medialen paralimbischen Kortizes bei Frauen größer. Im Gegensatz dazu sind der frontomediale Kortex, die Amygdala und der Hypothalamus bei Männern größer (z. B. Witleson 1991). Solche Größenunterschiede können beträchtlich sein: Der dritte interstitielle Nukleus des anterioren Hypothalamus, INAH3, eine Zellgruppe in der medialen präoptischen Region des Hypothalamus, ist z. B. bei Männern dreimal so groß (LeVay 1991).

Weitere Unterschiede könnten mit kognitiven Geschlechtsunterschieden zusammenhängen, beispielsweise sind bei Frauen die an Sprachfunktionen beteiligten Wernicke- und Broca-Areale im Vergleich zu Männern proportional größer. Andere Beispiele sind der Nucleus suprachiasmaticus des Hypothalamus, die Massa intermedia und manche Areale des Neokortex (Witelson 1991).

Die insgesamt überzeugendsten Geschlechtsunterschiede betreffen den Grad der **Lateralisierung**, Befunde dazu stammen von Patienten mit Hirnläsionen. Ältere Studien zeigten, dass bei Frauen die Leistung in verbalen Aufgaben sowohl durch links- wie rechtshemisphärische Schädigung beeinträchtigt wird, bei Männern jedoch nur durch Schädigung der linken Hemisphäre, was die Annahme einer stärkeren Rechts-Links-Spezialisierung bei Männern unterstützt (Kimura u. Harshman 1984). Diese Unterschiede lassen sich teilweise dadurch erklären, dass bei Frauen Teile des Corpus callosum, eines großen Nervenfasersystems, das die Hemisphären verbindet, stärker ausgeprägt sind, wodurch die interhemisphärische Kommunikation verbessert werden könnte (Holloway et al. 1993). Weiterhin gibt es Belege für Geschlechtsunterschiede in der anterioren/posterioren Organisation des Gehirns, da Aphasien bei Frauen öfter nach Schädigung der vorderen Gehirnregionen auftreten, bei Männern dagegen, wenn die Schädigung eher hinten liegt (z. B. Kimura 1992).

Interessante Untersuchungen eines ausgeprägten Geschlechtsdimorphismus des Gesangssystems im Gehirn von Zebrafinken haben gezeigt, dass bei männlichen Vögeln sowohl Muskeln wie Hirnregionen, die den Gesang steuern, vergrößert sind. Offenbar wird die geschlechtsspezifische Entwicklung dieses Merkmals durch gehirninterne Faktoren reguliert – wahrscheinlich durch die Expression von Genen auf den Geschlechtschromosomen, die wiederum den Östradiolspiegel beeinflussen oder auf Östradiol reagieren. Die Maskulinisierung dieses Merkmals erfolgt daher unabhängig von Testosteron, das in den Testes produziert wird (Wade u. Arnold 2004). Weitere direkte Effekte von geschlechtschromosomalen Genen auf Gehirn und Verhalten werden in den folgenden Abschnitten vorgestellt.

Sogar bei Drosophila wurde ein spezielles Gen gefunden, das Geschlechtsunterschiede der neuralen Verschaltungen im Gehirn determiniert. Man fand einen Zusammenhang zwischen dem Genprodukt des entsprechenden Lokus (fru) und der Produktion bestimmter Neuronen, deren Anzahl und Projektionsmuster sich zwischen den Geschlechtern stark unterscheiden. Das fru-Gen fördert die Entwicklung von Neuronen mit für männliche Gehirne spezifischen Dendritenbäumen, während der Entwicklung weiblicher Gehirne sterben diese Neuronen ab. Diese besonderen Neuronen sollen für das männliche heterosexuelle Werbeverhalten von Bedeutung sein (Kimura et al. 2005).

Insgesamt gesehen ist es daher wohl unvermeidlich, dass die Entwicklung männlicher und weiblicher Gehirne unterschiedlichen Pfaden folgt. Obwohl allgemein anerkannt ist, dass den Geschlechtshormonen eine wichtige Rolle für die Steuerung solch dimorpher Entwicklungsprofile zukommt, kann auch die Expression von Genen, die unabhängig von Hormoneinflüssen sind, bedeutsame geschlechtsspezifische Auswirkungen haben. Es sei angemerkt, dass es a priori keinen Grund gibt, weshalb eine direkte genetische Steuerung der geschlechtlichen Differenzierung des Verhaltens sich nicht unabhängig von der hormonellen Steuerung entwickeln sollte.

4.5 Geschlechtschromosomen und Geschlechtsdetermination

Man nimmt an, dass die menschlichen X- und Y-Chromosomen, die sich inzwischen in ihrer Form und Genausstattung sehr stark unterscheiden, von einem ursprünglich homologen Paar abstammen. Die erst kürzlich durchgeführte Charakterisierung der praktisch vollständigen Sequenz beider Chromosomen (Rozen et al. 2003; Skaletsky et al. 2003; Ross et al. 2005) beleuchtete einige wesentliche Besonderheiten. Neben den pseudoautosomalen Regionen des X-Chromosoms an den Enden des kurzen (PAR1 auf Xpter) und des langen (PAR2 auf Xqter) Arms existieren noch weitere homologe Regionen. Auf den **pseudoautosomalen Regionen** befinden sich etwa ein Dutzend Gene, die meisten davon auf PAR1. Diese Regionen ermöglichen lokale Paarung und die obligatorische Rekombination innerhalb von PAR1 zwischen X- und Y-Chromosom während der Meiose. Die DNA zwischen den beiden PAR des Y-Chromosoms wird als **männlich-spezifische Region** (MSR) bezeichnet und enthält Sequenzen, die hauptsächlich für das Y-Chromosom spezifisch sind. Sie enthält darüber hinaus sehr lange Palindrome, die intrachromosomale Rekombination und DNA-Konvertierung begünstigen könnten (Rozen et al. 2003; Skaletsky et al. 2003). Ein großer Teil des langen Arms des Y-Chromosoms bleibt über den Zellzyklus relativ kondensiert. Diese sog. **heterochromatische Region** kann interindividuell Größenunterschiede aufweisen, ohne dass dies erkennbare Auswirkungen auf den Phänotyp hat. Das verbleibende **euchromatische Segment** der MSR enthält nur etwa 23 Mb und trägt die Information für etwa 80 proteinkodierende Einheiten, die für verschiedene Proteine und Mitglieder der Proteinfamilie kodieren (Skaletsy et al. 2003).

Individuen mit funktionsfähiger Chromosomenkonstitution, denen nur der kurze Arm des Y-Chromosoms fehlt, schlagen den weiblichen Entwicklungsweg ein (das weibliche Geschlecht wird daher auch als das »vorgegebene« Geschlecht bezeichnet). Ein Gen, **SRY**, das sich auf dem kurzen Arm des Y-Chromosoms unmittelbar unterhalb von PAR1 befindet, bildet den Hauptschalter, welcher die Kaskade der männlichen Entwicklung auslöst. Wenn es bei der männlichen Meiose in dieser Region zu einem illegitimen Crossing-over zwischen X- und Y-Chromosom kommt, kann SRY möglicherweise auf das X-Chromosom verschoben werden. Wenn dieses X-Chromosom mit der Translokation auf den Nachwuchs vererbt wird, kann ein männliches Lebeweisen mit einer klaren XX-Chromosomenkonstitution entstehen. Die grundlegende Bedeutung von SRY wurde demonstriert, indem man ein kleines (14 Kb) DNA-Fragment des Maus-Homologs Sry in befruchtete Eier injizierte. Nach Verpflanzung dieser Eier in pseudoschwangere Mäuse entwickelte sich ein Teil der XX-chromosomalen Mäuse zu Männchen, der einzige erkennbare Unterschied war Unfruchtbarkeit

(Koopman et al. 1991). Eine Annahme besagt, dass SRY die vorgegebene Entwicklung von Ovarien, denen der autonome Eintritt von Keimzellen in die Meiose vorausgeht, blockiert, indem es vor Beginn der Meiose die Ausbildung von Hodensträngen initiiert, dadurch werden Keimzellen in den Strängen sequestriert und deren Meiose gehemmt (Yao et al. 2002).

Obwohl SRY oft als der »Hauptschalter« bezeichnet wird, erfordert die geschlechtliche Differenzierung die Beteiligung und Interaktion weiterer Gene in einer komplexen Abfolge. In Abwesenheit von SRY schaltet das X-chromosomale Gen **DAX1**, das einen Rezeptor für den Testis-determinierenden Faktor kodiert, die Gene für männliche Entwicklung aus. Daraufhin kommt es unter Beteiligung der Gene für weibliche Entwicklung zur Ausbildung von Ovarien. Wenn jedoch durch Duplikation der DAX1-Region eine doppelte Dosis des Genprodukts entsteht, kann dies bei einem XY-männlichen Individuum zur Geschlechtsumkehr führen (Bardoni et al. 1994). Ebenso kann die transgene Überexpression von DAX1 bei Mäusen mit einem Y-Chromosom, auf dem sich ein »schwaches« Sry befindet, zur Entwicklung von XY-Weibchen führen (Swain et al. 1998). Ebenfalls auf dem X-Chromosom befindet sich das Gen (AR), das für den Androgenrezeptor kodiert, an 17-Hydroxytestosteron bindet und notwendig ist, damit das Hormon die Zielgene im Zellkern beeinflussen kann. Mutationen, die die Funktion des Rezeptors blockieren, führen zur Entwicklung von Individuen mit testikulärer Feminisierung (TFM). Diese sind äußerlich phänotypisch weiblich, aber unfruchtbar mit innen liegenden primitiven Testes.

Neben den Genen, die sich bei Säugern auf den Geschlechtschromosomen befinden, wurden verschiedene weitere Gene identifiziert, die an der komplexen Kaskade der Geschlechtsdetermination beteiligt sind. Das Expressionsniveau der Gene SOX9 (Chromosom 17), SF1 (steroidogener Faktor 1; Chromosom 9); WT1 (Wilms-Tumor-1-Gen; Chromosom 11), WNT4 (Wingless-Genfamilie Mitglied 4; Chromosom 1) und AMH (Anti-Müllersches-Hormon, Chromosom 19) scheint ebenfalls zur Geschlechtsdeterminierung beizutragen (z. B. Luo et al. 1994; Morohashi et al. 2000; Nachtigal et al. 1998; Jordan et al. 2001; Mishina et al. 1996). Vor kurzem wurde außerdem die Bedeutung der Transkriptionsfaktoren WNT4, GATA4 und FOG1 für die Gonadenentwicklung aufgezeigt (Jordan et al. 2001; Tevosian et al. 2002).

Die Rolle von Hormonen und hormonunabhängigen Wirkungen der Geschlechtschromosomen wird im Folgenden in separaten Abschnitten dargestellt.

4.6 Einfluss von Hormonen auf Gehirn und Verhalten

Frühe Tierexperimente zeigten eine Schlüsselrolle für **Testosteron** und vermutlich auch für seinen aktiveren Metaboliten, 5-Alpha-Dihydroxytestosteron (DHT, der bei der Bindung an den Androgenrezeptor mindestens dreimal potenter als Testosteron ist) als Auslöser einer typisch männlichen Gehirnentwicklung. Ihre Einwirkung fördert die Ausbildung anatomischer Geschlechtsunterschiede und in der Folge geschlechtlich dimorphe Verhaltensweisen und Funktionen (z. B. Goy u. McEwen 1980; Arnold u. Gorski 1984).

Veränderungen der Gonadenhormone können grundlegende Auswirkungen auf das Verhalten haben. Das vielleicht bekannteste Beispiel für die Wirkung von Testosteron auf Verhalten ist die Kastration männlicher Tiere; durch Kastration wird die Produktion von Gonadenhormonen gestoppt, der Sexualtrieb und das Aggressionsverhalten verringert. Wenn man einer kastrierten Ratte jedoch Testosteron verabreicht, zeigt sie mit höherer Wahrscheinlichkeit Aufreitverhalten auf empfängnisbereiten Weibchen und Aggressionsverhalten gegenüber anderen Männchen. Darüber hinaus spielt aber auch die zeitliche Steuerung der Testosteroneinwirkung eine große Rolle. Bei der Geburt kastrierte Ratten zeigen nach Verabreichung von Testosteronpropianat im Erwachsenenalter dennoch weniger Angriffsverhalten als Kontrolltiere. Wenn diese kastrierten Tiere aber bereits seit der Geburt Testosteron erhielten, entsprach ihr Angriffsverhalten dem der Kontrolltiere (einen Überblick über die frühen Forschungsergebnisse gibt Herbert 1977). Diese Studien demonstrieren daher, dass Steroidhormone ihre Wirkungen auf Verhalten einerseits über Gehirnorganisation und -entwicklung entfalten, andererseits auch durch direkte funktionale Einflüsse der zirkulierenden Hormone.

Bei Nagetieren wurde festgestellt, dass ein typisch männliches Hormonniveau in frühen Entwicklungsphasen die Entwicklung einer typisch männlichen neuralen Struktur in verschiedenen geschlechtlich dimorphen Regionen des Gehirns wie dem präoptischen Areal (POA) fördert (Nordeen et al. 1985; Dohler et al. 1984). Darüber hinaus sind diese Unterschiede unabhängig vom adulten Hormonniveau (Übersicht in Arnold u. Gorski 1984; ▶ Kap. 2). Erst kürzlich wurde deutlich, dass Veränderungen des Hormonstatus während Pubertät und Kindheit die Struktur und Funktion neuraler Schaltkreise wahrscheinlich dauerhaft beeinflussen (Sisk u. Zehr 2005).

Allerdings beobachteten Grunt und Young bereits im Jahr 1953, dass bei kastrierten Meerschweinchen individuelle Verhaltensunterschiede auch nach Gabe von Testosteronersatz erhalten blieben. Diese Befunde legen nahe, dass Unterschiede in den genetischen Vorgaben die Effekte von Veränderungen im Steroidniveau modulieren können. Tatsächlich zeigten Untersuchungen mit Mäusen (Compaan et al. 1993) genetische Unterschiede in der Empfänglichkeit für Testosteron und Östradiol, die pränatal eine zentrale Rolle bei der Organisation der Entwicklung steroidabhängiger neuraler Systeme spielen.

4.7 Hormonunabhängige Genwirkungen auf Gehirn und Verhalten

4.7.1 Autosomale Gene

Obwohl sich die Erforschung von Genwirkungen auf Geschlechtsunterschiede schwerpunktmäßig auf die Geschlechtschromosomen konzentriert, gibt es überzeugende Belege dafür, dass in frühen Entwicklungsphasen auch autosomale Loci beteiligt sind. Dewing et al. (2003) fanden durch Transkriptanalyse mittels Mikroarray oder RT-PCR in den Gehirnen männlicher und weiblicher Mäuse (10,5 Tage nach der Begattung, also bevor Gonadenhormone die Entwicklung beeinflussen können) mehr als 50 über das Genom verteilte Gene, die bei ihrer Expression Geschlechtsunterschiede aufwiesen. Also können sowohl geschlechtschromosomale wie autosomale Gene direkten Einfluss auf die frühe geschlechtliche Differenzierung des Gehirns nehmen, und zwar unabhängig von den offensichtlicheren, hormonell gesteuerten Einflüssen. Dieser Einfluss von Genen auf die Gehirnentwicklung könnte auf ihren potenziellen Rollen bei der Transkription und der Kontrolle der Translation basieren. Da beim Menschen die Sekretion von Testosteron und Östrogen erst 7–8 Wochen nach der Empfängnis beginnt, haben Gene in diesem Zeitfenster die Gelegenheit, hormonunabhängige Wirkungen zu entfalten.

4.7.2 Gene auf dem Y-Chromosom

Man könnte meinen, dass definitionsgemäß alle Gene, die auf der nicht-pseudoautosomalen Region des Y-Chromosoms liegen, nur bei Männern exprimiert werden. Im Grunde ist dies auch richtig. Komplizierter wird die Angelegenheit allerdings dadurch, dass für einige dieser Loci Pendants auf dem X-Chromosom existieren; da diese aber normalerweise genügend Unterschiede aufweisen, sind auch ihre Genprodukte unterscheidbar und ihre Expressionsprofile und Funktionen meist verschieden. Einige dieser Gene sind an Produktion und Reifung der Spermien beteiligt, weitere werden in anderen Geweben exprimiert. Xu et al. (2002) haben mittels RT-PCR die Expression von acht derartigen X-Y-homologen Genen im Gehirn von Mäusen 13,5 Tage nach der Begattung, bei der Geburt und im adulten Tier untersucht. Transkripte von sechs Y-chromosomalen Genen wurden in einer oder sogar mehreren Entwicklungsphasen entdeckt (Usp9y, Ube1ly, Uty, Smcy, Dby und Eif2s3y). Zu beachten ist dabei, dass diese Gene unabhängig von testikulären Sekretionen wirken, denn sie werden in ähnlicher Form auch in experimentell erzeugten XY-weiblichen Mäusen exprimiert. In den Untersuchungen zu hormonunabhängiger Genexpression im Mäusegehirn, die im vorigen Abschnitt beschrieben wurden, waren zwei Y-chromosomale Gene in männlichen Gehirnen stärker exprimiert: Dead Box Polypeptid (Dby) und der eukaryotische Transkriptionsfaktor (Eif2s3y) (Dewing et al. 2003).

SRY wird nicht nur in den Hoden, sondern auch in weiteren Geweben exprimiert. Besonders interessant im Hinblick auf seine Funktionen ist dabei seine Expression im Gehirn. Das äquivalente Gen bei Ratten, Sry, wird in der Substantia nigra exprimiert (einer Gehirnregion, die normalerweise an motorischen Funktionen beteiligt ist). Dewing et al. (2006) schalteten mittels RNAi (RNA-Interferenz oder -Hemmung) Injektionen die Genfunktion reversibel aus und konnten so zeigen, dass derart behandelte Ratten motorische Probleme entwickeln, die einigen der Symptome von Morbus Parkinson beim Menschen ähneln. Obwohl dieser Befund etwas überraschend ist, da zu erwarten war, dass Sry eher typisch männliche Verhaltensweisen anstelle von motorischen Funktionen beeinflusst, ist denkbar, dass die Expression von Sry in frühen Entwicklungsstufen oder in anderen Gehirnregionen andersartige Konsequenzen haben kann.

4.7.3 Gene auf dem X-Chromosom

Während man das männliche Geschlecht an der Kombination eines Y-Chromosoms mit einem einzelnen X-Chromosom erkennt, besitzt das weibliche Geschlecht zwei Kopien des X-Chromosoms, die sich genetisch unterscheiden können. Beide Kombinationen haben unmittelbare Auswirkungen auf den Beitrag des X-Chromosoms zu Gehirnentwicklung und Verhalten. Zunächst hat die männliche Hemizygotie zur Folge, dass die Selektion von evolutionär vorteilhaften rezessiven X-chromosomalen Allelen bei ihrem ersten Auftreten bevorzugt im männlichen Geschlecht erfolgt. Ross et al. (2005) fanden 32 **MAGE-Gene** (Genorte mit Wirkung auf die Antigenproduktion in Testis und Tumoren) auf dem X-Chromosom, aber nur vier im übrigen Genom. Ihrer Ansicht nach erklärt sich dieses Phänomen möglicherweise mit einer Fixation von Genen mit rezessiven Allelen, die vorteilhaft für Männer sind, auf dem X-Chromosom. Dies träfe insbesondere zu, wenn diese Gene noch dazu irgendwelche schädlichen Wirkungen bei Frauen hätten. Basierend auf der Annahme, dass bei Männern eine Selektion auf kognitive Fähigkeiten stattfindet, äußerten Zechner et al. (2001) eine ähnliche Vermutung für an Kognitionen beteiligten Genen. Es ist zu erwarten, dass weitere Gene, die an geschlechtsselektierten Merkmalen und Verhaltensweisen beteiligt sind, ähnliches Verhalten zeigen. Beeindruckende Belege hierfür stammen aus der detaillierten Sequenzanalyse des menschlichen X-Chromosoms.

Zweitens hat Hemizygotie des X-Chromosoms bei männlichen Lebewesen zur Folge, dass sich schädliche X-chromosomale Mutationen bei ihnen mit höherer Wahrscheinlichkeit im Phänotyp zeigen – ein gutes Beispiel dafür ist Hämophilie. Einige dieser Mutationen haben schwere Auswirkungen auf Verhalten und Kognition. Die Debatte über die mögliche Konzentration von Kognitionsgenen auf dem X-Chromosom ist derzeit sehr aktuell. Als Beleg dafür wird unter anderem angeführt, dass Gene, die geistige Retardierung verursachen, in großer Zahl auf dem X-Chromosom liegen, verglichen mit ihrer Konzentration auf Autosomen (Ropers et al. 2003; Ropers u. Hamel 2005). Die Datenbank Online Mendelian Inheritance in Man (OMIM) benennt 25 X-chromosomale Loci, die mit geistiger Retardierung im Allgemeinen zusammenhängen (bezeichnet als nicht-syndromale XGR) sowie 15 für geistige Retardierung, die im Zusammenhang mit definierten Syndromen stehen (bezeichnet als syndromale XGR) – ► http://www3.ncbi.nlm.nih.gov/Omim/.

Die Relevanz dieser Ergebnisse muss vor dem Hintergrund beurteilt werden, dass etwa die Hälfte aller Gene im Gehirn exprimiert werden und viele davon bei Defekten zu geistiger Retardierung führen. Obwohl die X-chromosomal vererbte geistige Retardierung (XGR) für den Hauptanteil des um 30–50% höher liegenden Anteils geistiger Retardierung bei Männern verantwortlich sein soll und die meisten der bisher identifizierten Gene nur einen sehr geringen Anteil der Fälle erklären, scheint bei etwa 6% der betroffenen Familien nur ein einziges Gen für eindeutig X-chromosomal vererbte geistige Retardierungen verantwortlich zu sein (Mandel u. Chelley 2004). Die Autoren schlussfolgern, dass die monogene XGR bei männlicher geistiger Retardierung eine erheblich geringere Prävalenz hat als bisher angenommen. In den letzten Jahren wurde das X-Chromosom auch in Verbindung mit verschiedenen anderen Merkmalen wie Homosexualität, affektiven Störungen und antisozialem

Verhalten gebracht, was zum Teil kontrovers diskutiert wurde (Craig et al. 2004).

Zwei X-chromosomale Gene, die verstärkt im weiblichen Gehirn transkribiert werden, wurden im Gehirn der Maus durch eine Analyse von mRNA-Profilen vor Beginn der Gonadenentwicklung identifiziert. Dabei handelt es sich um die Gene für den eukaryotischen Transkriptionsfaktor Eif2s3x und für ein Tetratricopeptid-Repeat (TPR)-Protein, Utx, von dem angenommen wird, das es an Protein-Protein-Interaktionen beteiligt ist (Dewing et al. 2003); zusätzlich zum XIST-Gen, das nur von dem inaktiven X-Chromosom exprimiert wird und daher spezifisch weiblich ist. Interessanterweise zeigte ein X-chromosomales Gen auch stärkere Expression in männlichen Gehirnen: Cbp/p300 interacting transactivator 1 (das Homologe beim Menschen wird auch als melanozytenspezifisches Gen 1, MSG1, bezeichnet, es befindet sich auf Xp 13.1).

Die häufigste erbliche Ursache geistiger Retardierung ist das Fragile-X-Syndrom, das bei Männern mit einer Inzidenz von etwa 1:4000 auftritt (Turner et al. 1996). Das Syndrom wird durch die Expansion eines CGG-Trinukleotids in der 5' untranslatierten Region von Exon 1 des X-chromosomalen FMR1-Gens auf mehr als 200 Repeats verursacht. Diese Mutation führt zur Methylierung des Promotor-Abschnittes des Gens und zur Stilllegung des FMR-Proteins (FMRP). FMRP ist ein selektives RNA-bindendes Protein, das einen Messenger-Ribonukleoprotein (mRNP)-Komplex erzeugt, der mit Polyribosomen im Gehirn assoziiert ist und die Proteintranslation sowohl in vitro (Laggerbauer et al. 2001) wie auch in vivo (Li et al. 2001; Stefani et al. 2004) unterdrücken kann. Es wird angenommen, dass die proximale Ursache der geistigen Retardierung beim Fragilen-X-Syndrom in einer Fehlsteuerung der Translation von verschiedenen, normalerweise mit FRMP-assoziierten mRNA sowie von Signaltransduktionsmolekülen liegt (Brown et al. 2001; Miyashiro u. Eberwine 2004; Zalfa u. Bagni 2004).

Die Auftretenshäufigkeit von Repeat-Expansionen dieser Länge in der Population ist zwar signifikant (1 in 4000), aber nicht ausreichend, um Geschlechtsunterschiede in der Kognition erklären zu können. Allerdings mehren sich Hinweise, dass auch Repeat-Expansionen mit deutlich geringerer Länge eine Beeinträchtigung geistiger Fähigkeiten verursachen können. Youings et al. (2006) fanden in ihrer groß angelegten Studie beispielsweise ein erhöhtes Vorkommen von sog. Grauzonenallelen (41–55 Repeats) und Prämutationen (55–200 Repeats) in einer Stichprobe von Jungen, die sonderpädagogische Förderung benötigen. Die beiden Genotypen zusammengenommen hatten eine Häufigkeit von 4,4% in der Stichprobe, verglichen mit 2,9% bei den Müttern der Jungen. Darüber hinaus konnten wir kürzlich in einer männlichen Stichprobe von Kindern (4- bis 7-Jährige) und Heranwachsenden eine signifikante negative Korrelation zwischen Allel-Länge und dem Normwert für den IQ und für allgemeine kognitive Fähigkeiten feststellen. Die Vermutung liegt daher nahe, dass auch bei Allel-Längen, die im Normalbereich liegen, längere Repeats Beeinträchtigungen der kognitiven Leistungsfähigkeit verursachen können (Loat et al. 2006).

4.7.4 Potenzielle Rolle von Genen, die der Inaktivierung entgehen

Untersuchungen zur **X-Inaktivierung** bieten einerseits eine Methode, um ein potenzielles relatives Ungleichgewicht zwischen dem X-chromosomalen Gen-Output von Männern und Frauen festzustellen, andererseits einen theoretischen Ansatz, um anhand von Zwillingsstudien X-chromosomale Gene mit Verhaltenseffekten zu finden.

Man geht davon aus, dass die X- und Y-Chromosomen die evolutionären Nachfahren eines ursprünglich homologen Chromosomenpaares sind und dass das Y-Chromosom wahrscheinlich durch eine Reihe von Deletionen und Umlagerungen gestrafft wurde, deren potenziell schädliche Auswirkungen durch das Vorhandensein äquivalenter Informationen auf dem X-Chromosom maskiert wurde. Die entstandenen Mutationen können daher selektionsneutral sein oder durch ihre Effekte auf die Spermienreifung und/oder -beweglichkeit sogar einen Selektionsvorteil bieten. Im Endergebnis käme es dabei zu einer reduzierten Genausstattung, die letztlich zu beträchtlichen Gendosis-Unterschieden zwischen den Geschlechtern führt.

Eine Theorie nimmt daher an, dass zum Zweck der Dosiskompensation derjenige Teil des X-Chromosoms inaktiviert wird, der keine dem Y-Chromosom äquivalente Information enthält.

Zur X-Inaktivierung kommt es in einer Frühphase der embryonalen Entwicklung. In jeder Zelle werden dabei normalerweise nach dem Zufallsprinzip alle X-Chromosomen außer einem inaktiviert. Die Zelllinien, die von jeder Elternzelle abstammen, behalten dieses Muster der Inaktivierung entweder des väterlichen oder des mütterlichen X-Chromosoms bei. Der kritische Genlokus, XIST, befindet sich im X inactivation center auf Xq 13 und wird nur vom inaktiven X-Chromosom exprimiert. Offenbar verteilen sich die nicht-translatierten Transkripte und bedecken das gesamte Chromosom, wodurch es zur initialen Abschaltung der Transkription kommt. Aufrechterhalten wird diese Blockade wahrscheinlich auf jedem einzelnen Lokus durch Prozesse, an denen DNA-Methylierung und Histonmodifikationen beteiligt sind (z. B. Okamato et al. 2004). Allmählich stellt sich jedoch heraus, dass diese **Inaktivierung unvollständig** ist, so dass außer den pseudoautosomalen Abschnitten viele Gene teilweise oder vollständig der Inaktivierung entgehen. Solche »Flüchtlinge« werden daher in weiblichen Lebewesen stärker exprimiert als in männlichen, was möglicherweise die genetische Dichotomie zwischen den Geschlechtern vergrößert und zu Geschlechtsunterschieden im Verhalten beiträgt. Verschiedene Gene, die proximal zu PAR1 liegen, entgehen entweder vollständig oder partiell der Inaktivierung (dazu gehört auch das Kallman-Syndrom-Gen KAL1, und das Steroidsulfatase-Gen STS). Der Mensch besitzt für keines dieser Gene Homologe auf dem Y-Chromosom, obwohl das Y-Chromosom funktionslose Pseudogene beherbergt (z. B. Disteche 1995, 1999). Spekulationen zufolge könnten solche Loci Teil einer größeren pseudoautosomalen Region gewesen sein, die durch eine Serie von Chromosomenveränderungen, wie z. B. perizentrische Inversionen der ursprünglichen Y-Chromosomen, verloren gegangen sind (Fraser et al. 1987; Page et al. 1987; Lahn u. Page 1999). Grob gesagt stellt X-Inaktivierung daher das Mittel dar, durch das die Geschlechter einander in ihrer Genexpression ähnlicher werden. Sie bietet jedoch auch eine Basis für das Entstehen von Geschlechtsunterschieden als Folge von Expressionsunterschieden bei Genen, die der Inaktivierung entgangen sind. Daher ist es wichtig, die Anzahl, Gewebespezifität und Funktion derjenigen Gene zu ermitteln, die der Inaktivierung entgehen, um so die Relevanz dieses Phänomens richtig einschätzen zu können.

Die Interpretation von X-Inaktivierungsprofilen bringt einige Komplikationen mit sich, insbesondere wenn man bedenkt, dass potenziell etwa 1000 X-chromosomale Gene zu überprüfen sind. Abgesehen von Untersuchungen, die sich auf ein einziges oder wenige Gene konzentrierten, waren die hauptsächlich verwendeten Methoden:
- RT-PCR (eine Technik, mit der die relative Konzentration von RNA-Transkripten bestimmt werden kann) an somatischen Mensch/Maus- oder Mensch/Hamster-Zellhybriden mit einem inaktiven menschlichen X-Chromosom
- Verwendung von Mikroarrays zum Vergleich der Expressionsverhältnisse zwischen Männern und Frauen
- Seit kurzem die allelspezifische Transkriptanalyse (z. B. Carrel et al. 1999; Craig et al. 2004; Carrel u. Willard 2005)

Jeder dieser Ansätze ist nur eingeschränkt für Untersuchungen von Gehirn und Verhalten des Menschen verwendbar. Zunächst einmal variieren Ausmaß und Bandbreite der X-Inaktivierung in den verschiedenen Spezies, was einfache Vergleiche zwischen Experimentaltieren und Menschen unmöglich macht. Außerdem tritt die Inaktivierung in unterschiedlichen Geweben in verschiedenen Phasen ein und kann daher gewebespezifische Unterschiede aufweisen. Untersuchungen zur Expression eines inaktivierten X-Chromosoms in somatischen Zellhybriden haben nur begrenzte Aussagekraft, da sie keine quantitativen Daten liefern und der Inaktivierungsstatus des X-Chromosoms in Hybridzellen nicht notwendigerweise repräsentativ für das X-Chromosom in normalem menschlichen Gewebe ist. Die Untersuchung frischer Gewebe mit Mikroarrays beschränkt sich beim Menschen auf Fibroblasten oder aus dem Blut gewonnene Zellen, außerdem beschränkt sich die Aussagekraft der Methode auf Gene, die darin auf signifikantem

Niveau exprimiert werden. Dennoch ergeben sich bei einer Kombination der beiden Ansätze starke Überlappungen, wenn man die signifikantesten Beobachtungen aus der Mikroarray-Studie (Craig et al. 2004) mit dem Ergebnis der RT-PCR-Studien zu somatischen Zellhybriden (Carrel u. Willard 2005) vergleicht (◘ Tab. 4.1). Auch andere Studien liefern Hinweise darauf, dass die aufgelisteten Gene SEDL, DDX3 und UTX der X-Inaktivierung entgehen (Sudbrack et al. 2001).

Insgesamt scheinen 1/5 aller auf dem X-Chromosom befindlichen Gene der Inaktivierung zu entgehen (Carrel et al. 1999; Carrel u. Willard 2005). Ein Teil dieser X-chromosomalen Gene besitzt Homologe auf dem Y-Chromosom, der Mehrzahl fehlt jedoch dieses Y-Homolog was dazu führt, dass weibliche Lebewesen vermutlich ein höheres Transkriptionsniveau haben als männliche. Möglicherweise spielt die Gendosis in diesen Fällen keine Rolle; die größere Gendosis im weiblichen Geschlecht könnte allerdings auch für die normale Funktion der Ovarien oder für ein geschlechtsspezifisches Verhalten relevant sein. Tatsächlich zeigte eine Überprüfung

◘ Tab. 4.1. Vergleich von Genen, die stärker in menschlichen Lymphozyten exprimiert werden (relative Expression mit Affymetrix-Mikroarray ermittelt) mit Daten aus Untersuchungen zu Inaktivierungsprofilen von Carrel und Willard (2005). In der letzten Spalte ist die Anzahl der menschlichen Zellhybriden mit einem inaktiven X-Chromosom aufgelistet, bei denen das fragliche Gen der X-Inaktivierung entging

Gene	Mittelwert Frauen	Standard-abweichung	Mittelwert Männer	Standard-abweichung	Verhältnis Frauen/Männer	Carrel u. Willard 2005
STK3	63,84	10,67	34,36	17,49	1,86	9 von 9
ZFX	57	15,39	20,78	10,72	2,74	9 von 9
EIF2S3*	298,12	80,92	182,48	53	1,63	9 von 9
SCML2	74,88	11,14	42,82	7,14	1,75	9 von 9
UTX	51,4	9,41	29,48	14,19	1,74	9 von 9
SYP	31,84	14,13	10,16	3,17	3,13	2 von 9
UTX	115,9	11,35	65,16	14,77	1,78	9 von 9
SRSP2	47,22	7,94	26,68	14,73	1,77	9 von 9
SEDL	66,24	9,7	45,82	13,14	1,45	9 von 9
DDX3	57,76	10,36	38,66	5,43	1,49	9 von 9
UTX*	189,93	12,97	134,24	35,48	1,41	9 von 9
SMCL1	928,38	94	647,04	118,19	1,43	7 von 9
SOX3	26,28	3,9	18,9	5,1	1,39	Nicht ermittelt
TBL1	36,28	5,03	28,28	7,32	1,28	7 von 9
STS	105,36	12,31	86,76	6,95	1,21	9 von 9
ARHGEF6	41,4	4,06	31,02	11,68	1,33	Nicht ermittelt
COL4A6	19,92	6,69	10,94	8	1,82	Nicht ermittelt
CLCN4	321,04	23,43	289,02	10,34	1,11	5 von 9
PCTK1	14,5	4,02	5,54	4,33	2,62	9 von 9

der mittels Mikroarray- und inaktive X-Hybridentechnik identifizierten Gene, dass die Inaktivierung Konsequenzen für Unterschiede im geschlechtsspezifischen Verhalten haben könnte. Ein signifikanter Anteil der so identifizierten Loci scheint Steuerungsfunktionen bei Transkription, Translation und bei Proteininteraktionen zu übernehmen und wird darüber hinaus im Gehirn exprimiert (■ Tab. 4.2). Zwei wichtige Loci, die der Inaktivierung entgehen und im weiblichen Gehirn auf höherem Niveau exprimiert werden, wurden auch im Gehirn weiblicher Mäuse in einer Phase vor Beginn der Produktion gonadaler Hormone stärker exprimiert gefunden. Dieser übereinstimmende Befund ist in Anbetracht der Verschiedenheit der verwendeten Methoden sehr interessant. Diese beiden Loci, **Eif2s3x** und **Utx**, sind jeweils an der Regulation einer Reihe von Gentranskripten und Protein-Protein-Interaktionen beteiligt und könnten daher in der frühen Gehirnentwicklung von Bedeutung sein.

Wie bereits erwähnt ist bei X/Y-homologen Loci von Mäusen der Beitrag des Y-chromosomalen Gens zum Expressionsniveau im Gehirn oft kleiner als der des X-chromosomalen Gens. Also können X- und Y-Homologe nicht nur in unterschiedlichen Phasen der Gehirnentwicklung und in unterschiedlichen Regionen exprimiert werden, es kann darüber hinaus noch Geschlechtsunterschiede im aufsummierten Expressionsniveau geben, sogar bei X-chromosomalen Genen mit funktionstüchtigem Y-Äquivalent (Xu et al. 2002).

4.7.5 Zwillingsstudien und Inaktivierung: eine Methode zur Identifikation X-chromosomaler Gene mit Verhaltenseffekten

Oberflächlich betrachtet könnte man annehmen, dass eine X-Inaktivierung nach dem Zufallsprinzip dazu führt, dass sich in den Zellen eine 50:50-Verteilung von aktiven väterlichen (Xp^a) und mütterlichen (Xm^a) X-Chromosomen befindet. Statt dessen kommt es häufig zu Inaktivierungsmustern mit Präferenz für eines der beiden X-Chromosomen (die sog. **skewed inactivation**). Solche Muster können das Ergebnis eines stochastischen Prozesses sein, insbesondere dann, wenn sich Gewebe aus relativ wenigen Ausgangszellen entwickelt. In manchen Fällen resultieren extreme Muster von skewed inactivation jedoch aus Mutationen und X-chromosomalen Umlagerungen (Hear et al. 1997). Es gibt auch Berichte über Stammbäume, in denen durch skewed inactivation das X-Chromosom, welches Mutationen auf dem XIST-Lokus aufweist, abgeschaltet wird (Plenge et al. 1997). Weiterhin wurde vermutet, dass skewed inactivation etwas mit Zwillingsbildung zu tun hat und die Überzahl weiblicher Zwillingspaare erklären kann (Bunge et al. 1986) – die Befunde dazu sind jedoch umstritten. Dennoch ist erwiesen, dass skewed inactivation grundlegende phänotypische Unterschiede zwischen monozygoten (MZ) weiblichen Zwillingen verursacht. Vielleicht am überzeugendsten wurde dieses Phänomen an sechs weiblichen MZ-Zwillingspaaren demonstriert, die diskordant für Duchenne-Muskeldystrophie waren (Tiberio 1994; Brown u. Robinson 2000).

Man kann die Annahme randomisierter X-Inaktivierung zugrunde legen, um zu zeigen, dass dichoriale MZ-Zwillingsbildung im Gegensatz zu monochorialer MZ-Zwillingsbildung bereits vor dem Zeitpunkt der X-Inaktivierung beginnt (Puck 1998). Während dies im ersten Fall zu ausgeprägterer skewed inactivation führen könnte, sollte das gesamte Ausmaß der skewed inactivation bei weiblichen monozygoten Zwillingen zu durchschnittlich höherer Diskordanz für polymorphe X-chromosomale Merkmale führen als bei ihren männlichen Pendants. Aktuelle Forschungsarbeiten verweisen auf ein hohes Maß genetischer Heterogenität, so dass im Durchschnitt auf jedem Gen einer oder mehrere Single-Nukleotid-Polymorphismen und verstreut variable Repeats einfacher Sequenzen auftreten können. Infolgedessen ist das Potenzial für Heterozygosität auf jedem Lokus beträchtlich. In Verbindung mit unserem Wissen, dass viele multifaktorielle Phänotypen, so auch Verhaltensmerkmale, auf einer großen Zahl von **quantitative trait loci** (QTL) basieren sowie aufgrund der angenommenen X-chromosomalen Konzentration von Loci für Kognitionen resultiert daraus die Annahme, dass man über einen Vergleich der Korrelationen innerhalb monozygoter weiblicher und männlicher Zwillingspaare Verhaltensweisen

Tab. 4.2. Funktion und Expressionsdaten für Gene, die bei Frauen stärker exprimiert werden (Craig et al. 2004)

Gen	Ort	Funktion	Expressionsdaten aus den Genexpressionsdaten der GNF
SCML2	Xp22	Mitglied der Polycomb Group, die für Transkriptionsrepressoren kodieren, welche homöotische Gene regulieren	Exprimiert über Medianwert im fötalen Gehirn und Kortex
TBL1	Xp22.3	Teil der Regulation von Beta-Catenin-abhängigen Transkriptionsfaktoren	Exprimiert über Medianwert im gesamten Gehirn und Amygdala
STS (ARAS)	Xp22.32	Beteiligt am Hormonmetabolismus	Keine Daten
ZFX	Xp22.2-p21.3	Zinkfingerprotein – vermutlich ein Transkriptionsfaktor	Exprimiert über Medianwert im fötalen Gehirn und N. caudatus
EIF2S3	Xp22.2–XP22.1	Translationsinitiationsfaktor	Exprimiert auf hohem Niveau in Lymphozyten und lymphoblastoiden Zelllinien/Pankreas (Maus-Gehirn)
U2AF1RS2	Xp22.1	Potenzieller Splicing-Faktor	Exprimiert über Medianwert in verschiedenen Hirngeweben und 3× Median im Thalamus
CRSP2	Xp11.4 – p11.2	Kofaktor, notwendig für Aktivierung des Enhancer-Bindungsfaktors SP1	Exprimiert über Medianwert in den meisten Hirngeweben
DDX3	Xp11.3-p11.2	Mutmaßliche RNA-Helikase	Exprimiert über Medianwert im fötalen Gehirn und Corpus callosum
UTX	Xp11.2	Vermittlung von Protein-Protein-Interaktionen	Exprimiert über Medianwert in verschiedenen Hirngeweben und Annäherung an 3× Median im Corpus callosum
SYP	Xp11.23-p11.22	Integrales Membranprotein von synaptischen Vesikeln	Exprimiert über 3× Medianwert in verschiedenen Hirngeweben
ATRX	Xq13	Alpha-Thalassämie-Syndrom mit mentaler Retardierung	Exprimiert über Medianwert im Corpus callosum und Rückenmark
ALEX2	Xq21-33-q22.2	Armadillo-Repeat Protein	Exprimiert zwischen Median- und 3× Medianwert in verschiedenen Hirngeweben
MST4	Xq26.1	Potenzieller Regulator von mitogen-aktivierten Proteinkinase-Kaskaden	Keine Daten
SOX3	Xq26-q27	Mitglied einer Familie von Transkriptionsfaktoren, die an der Regulation der embryonalen Entwicklung und der Determination des Zellschicksals beteiligt sind. Einige Mutationen, die zu mentaler Retardierung führen	Scheint auf Medianwert in vielen Geweben, einschließlich des Gehirns, exprimiert zu werden

identifizieren kann, die zumindest teilweise über X-chromosomale Gene determiniert werden.

In einer vorläufigen Untersuchung von neun Verhaltensweisen oder kombinierten Verhaltensmerkmalen bei je 1000 MZ weiblichen und männlichen Zwillingspaaren aus der Twins-early-development-Kohorte (TED) konnten wir feststellen, dass die weiblichen Zwillingspaare bei den meisten untersuchten Verhaltensweisen geringere Korrelationen aufwiesen als die männlichen (mit Ausnahme des Merkmals Ängstlichkeit). Drei der untersuchten Verhaltensmerkmale (Probleme mit Gleichaltrigen, prosoziales Verhalten und verbale Fähigkeiten) zeigten für die weiblichen Zwillinge signifikant geringere Korrelationskoeffizienten. Darüber hinaus stellten wir fest, dass dieselben Verhaltensweisen bei dizygoten (DZ) männlichen Zwillingen ebenfalls signifikant geringere Korrelationen zeigten. Obwohl diese Resultate auf den ersten Blick den Beobachtungen bei MZ-Zwillingen zu widersprechen scheinen, stützen sie eigentlich die Hypothese, dass die fraglichen Verhaltensweisen zumindest teilweise durch Gene auf dem X-Chromosom beeinflusst werden. Dies ergibt sich aus der Tatsache, dass das gemeinsame väterliche X-Chromosom bei Mädchen geteilt wird, so dass Abweichungen, die aus differenzieller Vererbung der beiden mütterlichen X-Chromosomen resultieren, durch das Vorhandensein des gemeinsamen väterlichen X-Chromosoms abgemildert werden.

Bei Männern wirken sich dagegen alle QTL-Unterschiede, die aus der Vererbung des einen oder des anderen mütterlichen X-Chromosoms resultieren, voll aus. Da das männliche Geschlecht für X-chromosomale Gene, die kein Y-Homolog besitzen, hemizygot ist, könnte es besonders extreme Phänotypen ausbilden, die durch Allele auf dem X-Chromosom gesteuert werden. Das weibliche Geschlecht besitzt dagegen zwei Allele, jedes davon ist normalerweise in 50% der Zellen inaktiviert, die Wirkungen der beiden mitteln sich aus und sind daher wahrscheinlich weniger extrem. Dieser Befund könnte das allgemein bekannte, aber nur selten diskutierte Phänomen erklären, dass viele Merkmale bei Männern eine größere Varianz in der Population aufweisen als bei Frauen (Hedges u. Nowell 1995). In Folgeuntersuchungen mit den inzwischen älteren Zwillingen wurden die früheren Befunde repliziert, darüber hinaus wurden die vorhandenen Informationen über die fraglichen Verhaltensweisen durch Berichte von Eltern und Lehrern ergänzt. Die zusätzlichen Daten aus diesen Studien lieferten überraschenderweise auch Hinweise darauf, dass es X-chromosomale QTL für die mangelnde soziale Kompetenz von Individuen mit Autismus-Spektrum-Störungen gibt.

Weitere Forschung ist nötig, um zu klären, ob der gefundene potenzielle Zusammenhang zwischen X-chromosomalen QTL und Problemen mit Gleichaltrigen sowie sozialen Defiziten durch zusätzliche Befunde erhärtet werden kann. In diesem Zusammenhang muss auch daran erinnert werden, dass Autismus-Spektrum-Störungen (ASS) und antisoziales Verhalten häufiger bei Männern auftreten. Weitere relevante Befunde für beide Verhaltensstörungen werden im Folgenden vorgestellt.

Autismus und Autismus-Spektrum-Störungen

Eine spannende, aber bisher nicht zufriedenstellend erklärte Beobachtung machten Skuse et al. (1997) mit ihren Tests zu sozialer Kognition bei X0-Mädchen mit **Turner-Syndrom**. Die Betroffenen erben ihr einziges X-Chromosom entweder von ihrem Vater ($45X^p$) oder ihrer Mutter ($45X^m$). Die erste Gruppe erreichte signifikant höhere Werte in sozialer Kompetenz als die zweite. Dieser Befund lässt vermuten, dass das väterliche Allel (das auf die Töchter vererbt wird) eine Überlegenheit bei kognitiven Fähigkeiten, die an sozialer Kompetenz beteiligt sind, vermittelt. Dieselben Autoren stellten auch fest, dass Mädchen mit einem normalen Karyotyp bessere sozialkognitive Fähigkeiten besitzen als Jungen. Ursprünglich wurde angenommen, dass diese Resultate auf die Existenz eines mütterlich geprägten Gens verwiesen, das ansonsten eine Überlegenheit in den Fertigkeiten vermittelt, die für bessere reziproke soziale Kommunikation notwendig sind. Im weiteren Sinne könnte man diese Daten auch so interpretieren, dass X-chromosomale Gene zu den Unterschieden im Sozialverhalten zwischen Männern und Frauen beitragen. Solch ein Genlokus würde nur vom väterlichen X-chromosomalen Allel transkribiert und daher in

Männern nicht exprimiert. Trotz der potenziellen Relevanz dieser Untersuchungen wurden sie bislang nicht adäquat repliziert.

Mutationen eines X-chromosomales Gens, MECP2 (Methyl-CpG-bindendes Protein), verursachen das **Rett-Syndrom**, eine schwerwiegende Entwicklungsstörung, von der nur Mädchen betroffen sind und die vermutlich für männliche Kinder tödlich ist (verbunden mit Enzephalopathie beim Neugeborenen). Das MECP2-Protein bindet an einige wenige CpG-Inseln und reguliert wahrscheinlich die Promotor-Regionen einiger Gene, zu denen interessanterweise das FMR1-Gen gehört, außerdem ein wichtiges Enzym, das in den Neurotransmittermetabolismus, für den das BDNF-Gen kodiert, eingebunden ist (Chen et al. 2003). Wichtig in diesem Zusammenhang ist, dass Rett-Patienten im Alter von 1–4 Jahren deutlich autistisches Verhalten zeigen und dass 70% aller Patienten mit Autismus auch bis zu einem gewissen Grad geistige Retardierung aufweisen. So scheint zumindest oberflächlich eine gewisse Überlappung der beiden Störungsbilder zu bestehen. Kürzlich wurden 24 Autismuspatienten auf Mutationen des MECP2-Gens untersucht, bei fünf davon fand man Varianten oder Mutationen in der Kodierregion oder der 3'-untranslatierten Region (Shibayama et al. 2004).

Antisoziales Verhalten

Während im Tierversuch eine Korrelation zwischen Testosteronniveau und Aggression gut dokumentiert ist (Turner 1994), sind die Daten beim Menschen widersprüchlicher. Obwohl einige Forschungsarbeiten zeigten, dass Aggression und Testosteron tatsächlich positiv korreliert sind (Archer 1991), erweist sich die Interpretation als problematisch. Beispielsweise zeigte eine Studie, dass bei 12- bis 13-jährigen Jungen zwar eine positive Korrelation zwischen Testosteron und aggressivem Verhalten bestand, nicht aber bei 15- bis 16-jährigen (Turner 1994).

Die ersten Belege für einen Zusammenhang zwischen einem bestimmten Genlokus und Geschlechtsunterschieden bei antisozialem Verhalten stammt aus der Untersuchung eines niederländischen Stammbaums, in dem mehrere männliche Mitglieder geistige Retardierung (borderline) zusammen mit impulsiver Aggression und unangemessenem Verhalten bei Stress aufwiesen. Brunner et al. (1993) konnten zeigen, dass dies auf einer Nonsense-Mutation des X-chromosomalen **MAOA-Gens** beruhte, die ein funktionsuntüchtiges Protein erzeugt. MAOA ist ein wichtiges Enzym, welches das Niveau von Serotonin, Dopamin und Noradrenalin reguliert; Anomalien im Metabolismus all dieser Transmitter stehen im Zusammenhang mit verstärkter Aggressionsneigung. MAOA-Knockout-Mäuse zeigen ebenfalls erhöhte Aggressionsneigung (Craig 1994).

Interessanterweise gibt es in der Population einen weit verbreiteten Polymorphismus in der Promotor-Region von MAOA, der entweder »starke« oder »geringe« Expression bewirkt. Da die Daten zu den potenziellen Auswirkungen dieses Polymorphismus auf aggressives und antisoziales Verhalten sehr widersprüchlich sind, zeigen sich keine reproduzierbaren Muster (Craig 2005). In den letzten Jahren finden sich jedoch zunehmend Belege für die erstmals von Caspi et al. (2002) vorgebrachte Annahme einer Interaktion zwischen genetischen und umweltgesteuerten Prädispositionen für Aggression. Man stellte fest, dass Jungen mit dem niedrigaktiven Allel, die Opfer von Misshandlung waren, mit erheblich höherer Wahrscheinlichkeit antisoziale Verhaltensweisen und einen Hang zur Gewalttätigkeit entwickelten als Jungen mit hoher MAOA-Aktivität. Starke MAOA-Expression scheint eine Schutzwirkung gegen die potenziell aggressionssteigernden Folgen von Misshandlungen in der Kindheit zu bieten. Nach dieser Untersuchung von 2002 haben verschiedene weitere Studien das Phänomen erforscht. Eine rigorose Metaanalyse der aktuell vorliegenden Daten bestätigt, dass das Risiko für aggressives Verhalten durch Wechselwirkungen zwischen Genen und Umwelt determiniert wird. Niedrigaktives MAOA und Misshandlung in der Kindheit sind einzeln potenzielle Risikofaktoren, zusammen sind sie jedoch nützlichere Prädiktoren als jeder für sich allein. Allerdings sind die bislang festgestellten Effekte spezifisch für Männer, für Frauen liegen nicht genug Daten vor, um allgemeine Schlussfolgerungen ziehen zu können (Kim-Cohen et al. 2006).

4

Fazit

Wir haben gesehen, dass sich Männer und Frauen in vielen relevanten Aspekten unterscheiden, von hormonellem Status, Gehirnstruktur und Genexpression bis hin zu den sichtbaren Auswirkungen dieser biologischen Substrate im Verhalten, z. B. im kognitiven Stil oder der Anfälligkeit für psychische Störungen. Die potenziellen Konsequenzen differenzieller Genexpression für geschlechtstypisches Verhalten werden gegenwärtig intensiv erforscht, wobei viele der spezifischen Folgewirkungen von Genen, die der X-Inaktivierung entgehen, noch nicht gänzlich verstanden sind. Immerhin wird ihre Bedeutung zunehmend anerkannt. Männer und Frauen unterlagen über tausende von Jahren unterschiedlichem Selektionsdruck, daher wäre es erstaunlich, wenn sich die Gene auf den Geschlechtschromosomen in der Evolution nicht unterschiedlich entwickelt hätten. Auch wenn Kommentare über Geschlechtsrollen von Vertretern der political correctness abgelehnt werden, ist die Tatsache unübersehbar, dass Männer in der Menschheitsgeschichte die Rolle von Jägern und Sammlern übernommen haben. Ihr Konkurrieren mit anderen Männern um Nahrung, Ressourcen und Frauen sowie die fehlende biologische Notwendigkeit einer bedeutenden Investition in die Aufzucht der Kinder steht im Einklang mit der Entwicklung von Merkmalen wie Aggression, Konkurrenzdenken und räumlichen Fähigkeiten. Für Frauen dagegen war es wahrscheinlich wichtiger, die Kinder aufzuziehen und in einer kooperativen Gemeinschaft überleben zu können, daher entwickelten sie eher kommunikative und soziale Kompetenzen. Obwohl sich diese Geschlechtsrollen in den letzten Generationen massiv gewandelt haben, hinkt die Evolution dieser Entwicklung unvermeidlich hinterher, so dass ihr Einfluss auf unser Verhalten noch in vielen zukünftigen Generationen zu sehen sein wird. Da die Existenz von Genen, die Verhalten und Hirnfunktionen beeinflussen, in Anbetracht der zahlreichen Belege nicht mehr bezweifelt werden kann, reicht ein kleiner Verständnisfortschritt, um zu akzeptieren, dass einige dieser Gene potenziell und real unterschiedliche Auswirkungen in den beiden Geschlechtern haben. Natürlich können nicht alle Geschlechtsunterschiede auf diese Weise erklärt werden, denn Umweltfaktoren wie Lebenserfahrungen und soziokulturelle Einflüsse, ebenso wie andere biologische Mechanismen, beispielsweise Hormonveränderungen, spielen ebenso eine Rolle für Verhaltensunterschiede zwischen Männern und Frauen. Man könnte sogar argumentieren, dass nach frühen Entwicklungsstadien, in denen die Gene eine geschlechtlich divergente Gehirnentwicklung programmieren, solche Umwelteinflüsse zunehmend an Bedeutung gewinnen, selbst wenn sie auf Gehirne einwirken, die neutral unterschiedlich verschaltet sind.

Wir sind sicher, dass ein besseres Verständnis für die subtilen, aber dennoch deutlichen Geschlechtsunterschiede im Verhalten und Denken nicht nur unser grundlegend klinisches Wissen vermehren wird, sondern auch Hinweise dafür liefern wird, was wir verändern müssen, um in verschiedenen Bereichen die bestmögliche Lebensqualität zu erzielen, beispielsweise durch die Entwicklung eines erfolgversprechenden Schul- und Ausbildungssystems oder bei der Prävention und Behandlung geistiger Störungen.

Literatur

Archer J (1991) The influence of testosterone on human aggression. Br J Psychol 82:1–28

Arnold AP, Gorski RA (1984) Gonadal steroid induction of structural sex differences in the central nervous system. Annu Rev Neurosci 7:413–442

Bardoni B, Zanaria E, Guioli S et al. (1994) A dosage sensitive locus at Xp21 is involved in male to female sex reversal. Nat Genet 7:497–501

Baron-Cohen S (2002) The extreme male brain theory of autism. Trends Cog Sci 6:248–254

Baron-Cohen S (2003) The essential difference: men, women and the extreme male brain. Penguin, London

Baron-Cohen S (2005) Sex differences in the brain: implications for explaining autism. Science 310:819–823

Brown CJ, Robinson WP (2000) The causes and consequences of random and non-random X-chromosome inactivation in humans. Clin Genet 58:353–63

Brown V, Jin P, Ceman S et al. (2001) Microarray identification of FMRP-associated brain mRNAs and altered mRNA translational profiles in fragile X syndrome. Cell 107:477–87

Brunner HG, Nelen M, Breakefield XO et al. (1993) Abnormal behavior associated with a point mutation in the structural gene for monoamine oxidase A. Science 262:578–580

Burn J, Povey S, Boyd Y et al. (1986) Duchenne muscular dystrophy in one of monozygotic twin girls. J Med Genet 23:494–500

Carrel L, Cottle AA, Goglin KC, Willard HF (1999) A first-generation X-inactivation profile of the human X chromosome. Proc Natl Acad Sci USA 96:14440–14444

Carrel L, Willard HF (2005) X-inactivation profile reveals extensive variability in X-linked gene expression in females. Nature 434:400–404

Caspi,A, McClay J, Moffitt TE et al. (2002) Role of genotype in the cycle of violence in maltreated children. Science 297:851–854

Caspi A, Sugden K, Moffitt TE, Taylor A, Craig IW, Harrington H, McClay J, Mill J, Martin J, Braithwaite A, Poulton R (2003) Influence of life stress on depression: moderation by a polymorphism in the 5-HTT gene. Science 301:386–389

Chen WG, Chang Q, Lin Y et al. (2003) Derepression of BDNF transcription involves calcium-dependent phosphorylation of MECP2. Science 302:885–889

Compaan JC, van Wattum G, de Ruiter AJ et al. (1993) Genetic differences in female house mice in aggressive response to sex steroid hormone treatment. Physiol Behav 54:899–902

Craddock N, O'Donovan MC, Owen MJ (2006) Genes for schizophrenia and bipolar disorder? Implications for psychiatric nosology. Schizophrenia Bulletin 32:9–16

Craig I (1994) Misbehaving monoamine oxidase gene. Curr Biol 4:175–177

Craig IW (2005) The role of monoamine oxidase A, MAOA, in the aetiology of antisocial behaviour: the importance of gene environment interactions. In: Molecular Mechanisms influencing aggressive behaviours. Novartis Foundation Symposium 268. Wiley & Sons, Chichester. pp 227–237

Craig I, Harper E, Loat CS (2004) The genetic basis for sex differences in human behaviour: role of the sex chromosomes. Ann Hum Genet 68:269–284

Craig IW, Mill J, Craig GM, Loat C, Schalkwyk LC (2004) Application of micro-arrays to the analysis of the inactivation status of human X-linked genes expressed in lymphocytes. Eur J Hum Gen 12:639–646

Dewing P, Shi T, Horvath S et al. (2003) Sexually dimorphic gene expression in mouse brain precedes gonadal differentiation. Brain Res Mol Brain Res 118:82–90

Dewing P, Chiang CW, Sinchak K et al. (2006) Direct regulation of adult brain function by the male-specific factor SRY. Curr Biol 16:415–420

Disteche CM (1995) Escape from X inactivation in human and mouse. Trends Genet 11:17–22

Disteche CM (1999) Escapees on the X chromosome. Proc Natl Acad Sci USA 96:14180–14182

Dohler KD, Coquelin A, Davis F, Hines M, Shryne JE, Gorsk RA (1984) Pre- and postnatal influence of testosterone propionate and diethylstilbestrol on differentiation of the sexually dimorphic nucleus of the preoptic area in male and female rats. Brain Research 302:291–295

Dunn J, Brown J, Slomkowski C et al. (1991) Young children's understanding of other people's feelings and beliefs: individual differences and their antecedents. Child Dev 62:1352–1366

Eslea M (1999) Attributional styles in boys with severe behaviour problems. BJEP 69:33-45

Eslea M, Rees J (2001) At what age are children most likely to be bullied at school? Aggr Beh 27:419–429

Fenson L, Dale PS, Reznick JS et al. (1994) Variability in early communicative development. Monogr Soc Res Child Dev 59:1–173

Fisher S, Lai CS, Monaco AP (2003) Deciphering the genetic basis of speech and language disorders. Annu Rev Neurosci 26:57–80

Fraser N, Ballabio A, Zollo M et al. (1987) Identification of an incomplete coding sequence for steroid sulphatase on the human Y-chromosome: evidence for an ancestral pseudoautosomal gene? Development 101:127–132

Galea LA, Kimura D (1993) Sex differences in route learning. Pers Indiv Diff 14:53–65

Galsworthy MJ, Dionne G, Dale PS et al. (2000) Sex differences in the etiology of early verbal and non-verbal development. Dev Sci 3 206–215

Geary D (1996) Sexual selection and sex differences in mathematical abilities. Behav Brain Sci 19:229–284

Goy RW, McEwen BS (1980) Sexual differentiation in the brain. MIT Press, London

Gur RE, Turetsky BI, Matsui M et al. (1999) Sex differences in brain gray and white matter in healthy young adults: correlations with cognitive performance. J Neuroscience 19:4065–4072

Guttler F, Woo SLC (1986) Molecular genetics of PKU. J Inherit Metab Dis 9:58–68

Heard E, Clerc P, Avner P (1997) X-chromosome inactivation in mammals. Annu Rev Genet 31:571–610

Hedges LV, Nowell A (1995) Sex differences in mental test scores, variability, and numbers of high- scoring individuals. Science 269:41–45

Herbert J (1977) Hormones and Behaviour. Proc Roy Soc B. 199:425–443

Hines M (2004) Brain gender. Oxford University Press, Oxford

Hiscock M, Israelian M, Inch R, Jacek C, Hiscock-Kalil C (1995) Is there a sex difference in human laterality? II. An exhaustive survey of visual laterality studies from six neuropsychology journals. Journal of Clinical, Experimental Neuropsychology 17:590–610

Holloway RL, Anderson PJ, Defendini R et al. (1993) Sexual dimorphism of the human corpus callosum from three independent samples: relative size of the corpus callosum. Am J Phys Anthropol 92:481–498

Johnson BW, McKenzie KJ, Hamm JP (2002) Cerebral asymmetry for mental rotation: effects of response hand, handedness and gender. Neuroreport 13:1929–1932

Jones K, Charlton T, Wilkin J (1995) Classroom behaviours which teachers find troublesome. Ed Studs 21 139–153

Jordan BK, Mohammed M, Ching ST et al. (2001) Up-regulation of WNT-4 signaling and dosage-sensitive sex reversal in humans. Am J Hum Genet 68:1102–1109

Kessler RC (1998) Sex differences in DSM-III-R psychiatric disorders in the United Staes: Results from the national comorbidity study. JAMWA 5:148–159

Kim-Cohen J, Caspi A, Taylor A, Williams B, Newcombe R, Craig IW, Moffitt TE (2006) MAOA, maltreatment, and gene-environment interaction predicting childrens mental health: New evidence and a meta-analysis. Biol Psychiat 11:903–913

Kimura D (1992) Sex differences in the brain. Scientific American 267:80–87

Kimura D (1999) Sex and cognition. MIT Press, Cambridge

Kimura D, Harshman RA (1984) Sex differences in brain organization for verbal and non-verbal functions. Prog Brain Res 61:423-41

Kimura K, Ote M, Tazawa T, Yamamoto D (2005) Fruitless specifies sexually dimorphic neural circuitry in the Drosophila brain. Nature 438:229–233

Koopman P, Gubbay J, Vivian N et al. (1991) Male development of chromosomally female mice transgenic for Sry. Nature 351:117–121

Kramer JH, Delis DC, Kaplan E et al. (1997) Developmental sex differences in verbal learning. Neuropsych 11:577–584

Laggerbauer B, Ostareck D, Keidel EM et al. (2001) Evidence that fragile X mental retardation protein is a negative regulator of translation. Hum Mol Genet 10:329–338

Lahn BT, Page DC (1999) Four evolutionary strata on the human X chromosome. Science 286:964–967

Lawson J, Baren Cohen S, Wheelwright S (2004) Empathising and systemising in adults with and without Asperger Syndrome. J Autism Dev Disord 34:301–310

LeVay S (1991) A difference in hypothalamic structure between heterosexual and homosexual men. Science 253:1034–1037

Li Z, Zhang Y, Ku L, Wilkinson KD, Warren ST, Feng Y (2001) The fragile X mental retardation protein inhibits translation via interacting with mRNA. Nucleic Acids Res 29:2276–2283

Loat CS, Asbury K, Galsworthy MJ, Plomin R, Craig IW (2004) X inactivation as a source of behavioural differences in monozygotic female twins. Twin Research 7:54–61

Loat CS, Craig GM, Plomin R, Craig IW (2006) Investigating the relationship between FMR1 allele length and cognitive ability in children: a subtle effect of the normal allele range on the normal ability range? Annal. Hum Gen 70:555–565

Lonsdorf EV, Eberly LE, Pusey AE (2004) Nature 428:715–716

Luo X, Ikeda Y, Parker KL (1994) A cell-specific nuclear receptor is essential for adrenal and gonadal development and sexual differentiation. Cell 77:481–490

Mandel J-L, Chelley J (2004) Monogenic X-linked mental retardation: is it as frequent as currently estimated? The paradox of the ARX (Aristaless X) mutations. Eur J Hum Gen 12:689–693

Mishina Y, Rey R, Finegold MJ et al. (1996) Genetic analysis of the Mullerian-inhibiting substance signal transduction pathway in mammalian sexual differentiation. Genes Dev 10:2577–2587

Miyashiro K, Eberwine J (2004) Fragile X syndrome: (What's) lost in translation? Proc Natl Acad Sci USA 101:17329–17330

Moffitt TE, Caspi A, Rutter M et al. (2001) Sex differences in Antisocial Behaviour: conduct disorder, delinquency and violence in the Dunedin Longitudinal Study. Cambridge University Press, Cambridge

Morohashi K, Mukai T, Kawabe K et al. (2000) Adrenocortical and gonadal differentiation regulated by transcription factors, Ad4BP/SF-1 (NR5A1) and Dax-I (NROB1). Endocr Res 26:953

Nachtigal MW, Hirokawa Y, Enyeart-VanHouten DL. et al. (1998) Wilms' tumor 1 and DAX-1 modulate the orphan nuclear receptor SF-1 in sex-specific gene expression. Cell 93:445–454

Nordeen EJ, Nordeen KW, Sengelaub DR et al. (1985) Androgens prevent normally occurring cell death in a sexually dimorphic spinal nucleus. Science 22:671–673

Okamoto I, Otte AP, Allis D, Reinberg D, Heard E (2004) Epigenetic dynamics of imprinted X inactivation during early mouse development. Science 303:644–649

Page DC, Mosher R, Simpson EM et al. (1987) The sex-determining region of the human Y chromosome encodes a finger protein. Cell 51:1091–1104

Paus T, Otaky N, Caramanos Z et al. (1996) In vivo morphometry of the intrasulcal gray matter in the human cingulated, paracingulate and superior-rostral sulci: hemispheric asymmetries, gender differences and probability maps. J Comp Neurol 376:664–673

Plenge RM, Hendrich BD, Schwartz C et al. (1997) A promoter mutation in the XIST gene in two unrelated families with skewed X-chromosome inactivation. Nat Genet 17:353–356

Puck J (1998) The timing of twinning: more insights from X inactivation. Am J Hum Genet 63:327–328

Ropers H-H, Hamel BC (2005) X-linked mental retardation. Nature Reviews Genetics 6:46–57

Ropers H-H, Hoeltzenbein M, Kalscheuer V et al. (2003) Non-syndromic X-linked mental retardation: where are the missing mutations? Trends Genet 19:316–320

Ross M, Grafham D, Coffey AJ, Scherer S McLay K et al (2005) The DNA sequence of the X-chromosome. Nature 434:325–337

Rozen S, Skaletsky H, Marszalek JD et al. (2003) Abundant gene conversion between arms of palindromes in human and ape Y chromosomes. Nature 423:873–876

Rutter M (2006) Genes and behavior: Nature-nurture interplay explained. Blackwell, Oxford

Saito-Hisaminato A, Katagiri T, Kakiuchi S et al. (2002) Genome-wide profiling of gene expression in 29 normal human tissues with a cDNA micro-array. DNA Research 9:35–45

Shibayama A, Cook EH Jr, Feng J et al. (2004) MECP2 structural and 3'-UTR variants in schizophrenia, autism and other psychiatric diseases: a possible association with autism. Am J Med Genet B Neuropsychiatr Genet 128:50–53

Sikich L, Todd RD (1988) Are the neurodevelopmental effects of steroid hormones related to sex differences in psychiatric illness? Psychiatr Dev 4:277–309

Silverman I, Eals M (1992) Sex differences in spatial abilities: Evolutionary theory and data. In: Barkow JH, Cosmides L, Tooby J (eds) The adapted mind, pp 533–549. Oxford University Press, New York

Sisk CL, Zehr JL (2005) Pubertal hormones organize the adolescent brain and behaviour. Front Neuroendocrinol 26:163–74

Skaletsky H, Kuroda-Kawaguchi T, Minx PJ. et al. (2003) The male-specific region of the human Y chromosome is a mosaic of discrete sequence classes. Nature 423:825–837

Skuse DH, James RS, Bishop DV. et al. (1997) Evidence from Turner's syndrome of an imprinted X-linked locus affecting cognitive function. Nature 387:705–708

Stefani G, Fraser CE, Darnell JC, Darnell RB (2004) Fragile X mental retardation protein is associated with translating polyribosomes in neuronal cells. J Neurosci 24:7272–7276

Sudbrack, R, Wieczorek G, Nuber UA, Mann W, Kirchner R et al (2001) X chromosome-specific cDNA arrays: identification of genes that escape inactivation and other applications. Hum Mol Gen 10:77–83

Swaab DF, Hofman MA (1984) Sexual differentiation of the human brain: A historical perspective. Prog Brain Res 61:361–374

Swain A, Narvaez V, Burgoyne P et al. (1998) Dax1 antagonises Sry action in mammalian sex determination. Nature 397:761–767

Tevosian SG, Albrecht KH, Crispino JD et al. (2002) Gonadal differentiation, sex determination and normal Sry expression in mice require direct interaction between transcription partners GATA4 and FOG2. Development 129:4627–4634

Tiberio G (1994) MZ female twins discordant for X-linked diseases: A review. Acta Genet Med Gemellol 43:207–214

Turner AK (1994) Genetic and hormonal influence on male violence. In: Archer J (ed) Male violence. Routledge, New York

Turner G, Webb T, Wake S, Robinson H (1996) Prevalence of fragile X syndrome. Am J Med Genet 64:196–197

van Vugt M, De Cremer D (2006) Gender differences in the influence of intergroup competition on intragroup cooperation. (in prep)

Wade J, Arnold AP (2004) Sexual differentiation of the zebra finch song system. Ann NY Acad Sci 1016:540–559

Witelson SF (1991) Neural sexual mosaicism: sexual differentiation of the human temporo-parietal region for functional asymmetry. Psychoneuroendocrinology 16:131–153

Woods CG, Bond J, Enard W (2005) Autosomal recessive primary microcephaly (MDPH): a review of clinical, molecular, and evolutionary findings. Am J Hum Genet 76:717–728

Xu J, Burgoyne PS, Arnold AP (2002) Sex differences in sex chromosome gene expression in mouse brain. Hum Mol Genet 11:1409–1419

Yao HH, Tilmann C, Zhao GQ et al. (2002) The battle of the sexes: opposing pathways in sex determination. Novartis Found Symp 244:187-98

Youings SA, Murray A, Dennis N, Ennis S, Lewis C, McKechnie N, Pound M, Sharrock A, Jacobs P (2000) FRAXA and FRAXE: the results of a five year survey. J Med Genet 37:415–421

Yurgelun-Todd DA, Killgore WD, Young AD (2002) Sex differences in cerebral tissue volume and cognitive performance during adolescence. Psychol Rep 91:743–757

Zalfa F, Bagni C (2004) Molecular insights into mental retardation: multiple functions for the fragile X mental retardation protein? Curr Issues Mol Biol 6:73–88

Zechner U, Wilda M, Kehrer-Sawatzki H et al. (2001) A high density of X-linked genes for general cognitive ability: a run-away process shaping human evolution. Trends Genet 17:697–701

II Psychische Funktionen

Wir sind unser Gehirn. Alles was wir denken, fühlen, planen und erinnern, unsere geheimsten Wünsche und unsere offenen Erklärungen, unsere Eigenarten, Meinungen und Handlungsweisen; sie alle sind identisch mit der strukturierten Aktivität von Milliarden Nervenzellen unseres Gehirns. Dieses gewaltige System vielfach miteinander verwobener Neurone ist die morphologische Entsprechung unsereres momentanen Ichs. Die Feinstruktur unseres Gehirns und somit unsere Identität ändert sich jeden Augenblick ein kleines bisschen durch den ununterbrochene Strom von Wahrnehmungen und Handlungen, die ihre Spuren in den synaptischen Kontakten zwischen unseren Nervenzellen hinterlassen. Und so wird auch dieses Buchkapitel Ihr Gehirn verändern und sich festsetzen in die Sphäre Ihrer Gedanken.

5.1 Einführung

Wenn wir unser Gehirn sind, dann müssen Geschlechtsunterschiede des Denkens und Handelns auf geschlechtsabhängige Differenzen in der anatomischen und funktionellen Organisation des Gehirns zurückgeführt werden können. Solche anatomischen Unterschiede zwischen den Geschlechtern nennt man »Sexualdimorphismen«. Wahrscheinlich etablieren sich diese Sexualdimorphismen in der frühen Entwicklungsphase des Nervensystems unter dem Einfluss von Sexualhormonen. Diesen prägenden Effekt von Steroiden nennt man »organisierend«. Früher glaubte man, dass die dabei entstehenden neuroanatomischen Geschlechtsunterschiede so subtil sind, dass man sie mit einfachen neuroanatomischen Mitteln nicht sehen kann. Ferner nahm man an, dass nach dem Abschluss der Hirnentwicklung Sexualhormone nur noch zuvor etablierte Schaltkreise aktivieren oder dämpfen können, aber nicht mehr in der Lage sind, die Hirnanatomie zu verändern. Diesen Funktionsmechanismus von Steroiden bei Erwachsenen nennt man »aktivierend«.

Die meisten dieser Annahmen haben sich als falsch herausgestellt, da Sexualhormone ein Leben lang die Morphologie des Gehirns verändern können und somit die Unterscheidung zwischen »organisierend« und »aktivierend« kaum noch Sinn macht. Trotzdem gebraucht man noch beide Begriffe, sieht sie aber als fließende Übergänge. Auch die Ansicht, dass Sexualdimorphismen extrem subtil sind, wurde verworfen. Mittlerweile wurden Geschlechtsunterschiede des Gehirns entdeckt, die sogar mit einer einfachen Lupe sichtbar sind. Von diesen Entdeckungen wird nun die Rede sein.

Wir wollen strukturelle und funktionelle Sexualdimorphismen des Gehirns auf drei Ebenen abhandeln:
- Die erste ist der Neokortex. Es ist wahrscheinlich, dass kognitive Geschlechtsunterschiede durch diese kortikalen Differenzen entstehen.
- Die zweite Ebene sind die subkortikalen Sexualdimorphismen, die evtl. mit den unterschiedlichen sexuellen Orientierungen und Handlungsweisen von Männern und Frauen im Zusammenhang stehen.
- Die dritte Ebene bilden Geschlechtsunterschiede der zerebralen Asymmetrien, die wahrscheinlich einen Teil der Unterschiede in den kognitiven Strategien und Leistungen zwischen Männern und Frauen bedingen.

5.2 Neokortex

5.2.1 Allgemeine kortikale Geschlechtsdimorphismen

Studien zu **Gehirngrößenunterschieden** zwischen Männern und Frauen haben eine lange Tradition und wurden früher mit einfachen volumetrischen Techniken durchgeführt. Aus dieser Zeit stammen die Beobachtungen, dass Männer ein größeres und schwereres Gehirn haben als Frauen (Broca 1861). Spätere Studien erkannten, dass Hirngröße mit Körpergröße kovariiert und somit der Geschlechtsunterschied evtl. eine simple Folge des Größenunterschieds zwischen den Geschlechtern sein könnte (Zusammenfassung in Ankney 1992). Hirngröße und Hirngewicht sind allerdings ein grobes und letztendlich nichts sagendes Maß. Ein sinnvoller Geschlechtsvergleich sollte stattdessen die Feinstruktur des Gehirns quantitativ erfassen. Dies ist allerdings nicht einfach.

Erstens ist es praktisch unmöglich, die **Anzahl der Neuronen** im menschlichen Gehirn zu zählen. Allein der menschliche Neokortex besitzt mehr als 20 Milliarden Nervenzellen (Pakkenberg u. Gundersen 1997). Die Anzahl der Körnerzellen im Kleinhirn liegt sogar um 110 Milliarden (Andersen et al. 2003). Ihr Auszählen würde selbst für ein einziges Gehirn Jahrtausende erfordern. Man muss also Proben entnehmen und von der Auszählung dieser Proben auf das Gesamtgehirn schließen.

Zweitens ergeben sich durch den Wasserverlust des Gehirns während der Vorbereitung für die Histologie morphometrische Probleme. Durch diese Hirnschrumpfung überschätzt man die Zellzahlen im lebenden Gehirn, wenn man nur die Anzahl der Neuronen im (geschrumpften) mikroskopischen Hirnschnitt zählt und dann auf das Lebendvolumen hochrechnet. Auch das Mehrfachzählen von Nervenzellen in aufeinander folgenden Schnittserien ist sehr wahrscheinlich und muss mit geeigneten Korrekturfaktoren kontrolliert werden.

Bildgebende Verfahren konnten in den letzten Jahren weitere Evidenzen für Geschlechtsunterschiede in der Hirnorganisation zusammentragen. Nopoulos et al. (2000) und Carne et al. (2006) wiesen nach, dass der von Pakkenberg und Gundersen (1997) berichtete Geschlechtsunterschied im Kortex bestätigt werden, im Kleinhirn aber kein entsprechender Sexualdimorphismus gefunden werden kann. Das bedeutet, dass das männliche Gehirn nicht insgesamt größer ist, sondern nur bezüglich seiner Hirnrinde mehr Neurone aufweist. Auch die Messungen im Kernspintomographen zeigen, dass dieser Geschlechtseffekt nicht durch die unterschiedliche Körpergröße von Frauen und Männern entsteht (Raz et al. 2004). Obwohl Frauen einen etwas höheren Anteil von grauer zu weißer Substanz haben, sind die absoluten Werte sowohl für die graue Substanz als auch für das Gesamtvolumen des Neokortex bei Männern höher (Lemaitre et al. 2005; Luders et al. 2005). Zwar haben Frauen ein komplexeres Faltungsmuster im superiofrontalen und parietalen Kortex, aber dieses Faktum besagt nur etwas über die dreidimensionale Anordnung des Kortex und nichts über seine Volumenmaße (Luders et al. 2004). Aus diesen Resultaten ergeben sich zwei verschieden Fragen:

- Welche Faktoren erzeugen diese neokortikalen Sexualdimorphismen?
- Welche funktionellen Konsequenzen haben sie?

Geschlechtsunterschiede in der Größe des Neokortex sind schon wenige Jahre nach der Geburt

Messung der Neuronenzahl

Pakkenberg und Gundersen (1997) arbeiteten mit dem »optischen Dissektor«, dem modernsten und zuverlässigsten morphometrischen Verfahren, und berichteten, dass der weibliche Neokortex durchschnittlich 19,3 und der männliche 22,8 Milliarden Nervenzellen beherbergt. Dies ist ein Unterschied von 16%. Im Alterszeitraum von 20–70 Jahren verlieren beide Geschlechter ungefähr 10% neokortikale Neurone, also ca. 85.000 pro Tag. Die neokortikale Zellzahl und Körpergröße korrelieren mit r=0,39. Wird dieser Zusammenhang für den Altersabbau korrigiert, sinkt die Korrelation auf r=0,30, ist aber immer noch signifikant. Wird sie allerdings für das Geschlecht korrigiert, sinkt sie auf r=0,10 und ist nicht mehr signifikant. Das Geschlecht ist der bedeutendste Prädiktor für Hirngröße und diese beiden Variablen korrelieren mit 0,47. Der Geschlechtsunterschied in der Neuronenzahl des Neokortex ist somit ein Faktum, dass nicht durch das größere Körpergewicht von Männern erklärt werden kann, sondern unabhängig davon besteht. Dies bestätigt auch eine große Zahl früherer Studien (Breedlove 1994).

nachweisbar (Giedd et al. 1996). Das bedeutet, dass die geschlechtsabhängige Differenzierung der Hirnrinde entweder direkt genetisch kodiert wird oder indirekt über die pränatalen männlichen oder weiblichen Sexualhormone entsteht. Tatsächlich ist die kortikale Dichte gonadaler Rezeptoren vor der Geburt maximal (Clark et al. 1988). Zudem entfalten Sexualhormone während der frühen Hirnentwicklung unumkehrbare Wirkungen auf die Hirnmorphologie (Pilgrim u. Hutchison 1994). Außerdem zeigen sich anatomische Sexualdimorphismen vor allem in Hirnregionen, in denen die Dichte der Androgenrezeptoren sehr hoch ist (Goldstein et al., 2001). All dies macht es wahrscheinlich, dass Geschlechtsunterschiede in der Hirnorganisation durch die **pränatale Wirkung von Sexualhormonen** bedingt sind (Kawata 1995).

Das Hirnvolumen korreliert positiv mit dem Kopfumfang (Wickett et al. 2000), Anzahl neokortikaler Neurone (Pakkenberg u. Gundersen 1997), Geschlecht (Luders et al., 2005) und Intelligenz (Andreasen et al. 1993), aber nicht mit dem sozioökonomischen Status der Person (Ivanovic et al. 2004). Sowohl der Zusammenhang zwischen Hirnvolumen und Geschlecht (Pakkenberg u. Gundersen 1997) als auch der zwischen Hirnvolumen und **Intelligenz** (Wickett et al. 2000) liegen bei ca. r=0,50. Kann man dann auch einen Zusammenhang zwischen Geschlecht und Intelligenz erwarten? Es gibt keine starken Evidenzen für diesen Zusammenhang (Mackintosh 1998). Allerdings argumentiert Lynn (1994), dass dies daran liegt, dass bei der Erstellung des am häufigsten verwendeten Intelligenztests, dem Wechsler IQ-Test, diejenigen Subkomponenten entfernt wurden, die einen starken Geschlechtsunterschied zugunsten von Männern erzeugen. Tatsächlich wird der mentale Rotationstest, der die deutlichsten Geschlechtseffekte zeigt, in den meisten IQ-Verfahren nicht eingesetzt. Obwohl somit viele Intelligenztests so konzipiert wurden, dass sie Geschlechtsunterschiede minimieren, gibt es trotzdem Evidenzen, dass Männer einen leichten IQ-Vorteil von bis zu 4 Punkten haben (Lynn 1994; Alexopoulos 1996). Eventuell spiegelt dieser leichte Intelligenzvorteil die größere Anzahl neokortikaler Neurone im Gehirn von Männern wieder. Auf der anderen Seite haben Frauen in einem anderen häufig verwendeten IQ-Test, dem Stanford-Binet, leichte Vorteile (Hines 2004).

Nach wie vor lässt sich die Frage nach möglichen Intelligenzunterschieden zwischen den Geschlechtern nicht befriedigend beantworten. Neuroanatomische Geschlechtsunterschiede sind biologische Phänomene. Intelligenz ist dagegen ein psychologisches Konstrukt, dessen Messung mit Annahmen und Operationalisierungen verbunden ist. Heutige Verfahren sind meist so konstruiert, dass sie keine Geschlechtsunterschiede erzeugen. Man kann natürlich Intelligenztests entwerfen, die durch den Einsatz geschlechtssensitiver Subtests Frauen bzw. Männer bevorzugen. Ein objektiver Standard für die Messung von Geschlechtsunterschieden in der Intelligenz existiert somit nicht.

5.2.2 Kortikale Subregionen

Analysiert man die neokortikalen Regionen im Einzelnen, zeigt sich, dass es einige kritische Regionen gibt, die regionale Geschlechtsunterschiede aufweisen (◘ Abb. 5.1).

Planum temporale. Ein kritisches Areal für Geschlechtsdimorphismen ist das Planum temporale, ein posterior des auditorischen Kortex gelegenes Areal auf der Oberfläche des Gyrus temporalis superior. Traditionell wird angenommen, dass das Planum temporale mit Sprachprozessen in Zusammenhang steht, da es zum Teil mit dem Wernicke-Areal überlappt (Moffat et al. 1998; doch siehe Habib u. Robichon 2003). Das Planum temporale ist bei den meisten Menschen linkshemisphärisch größer (Geschwind u. Levitsky 1986). Diese Asymmetrie scheint bei Frauen aber signifikant reduziert zu sein (De Courten-Meyers 1999; Shapleske et al. 1999; doch siehe Zaidel et al. 1995) oder sogar vollständig zu fehlen (Kulynych et al. 1991). Die reduzierte Asymmetrie des Planum temporale könnte evtl. mit der geringeren Sprachasymmetrie von Frauen in Zusammenhang stehen (McGlone 1977). Darüber hinaus findet man Geschlechtsunterschiede auch in dem zytoarchitektonischen Aufbau des Planum temporale (Witelson et al. 1995). Die Schichten II und IV weisen bei Frauen eine höhere Packungsdichte auf. Da in Lamina IV

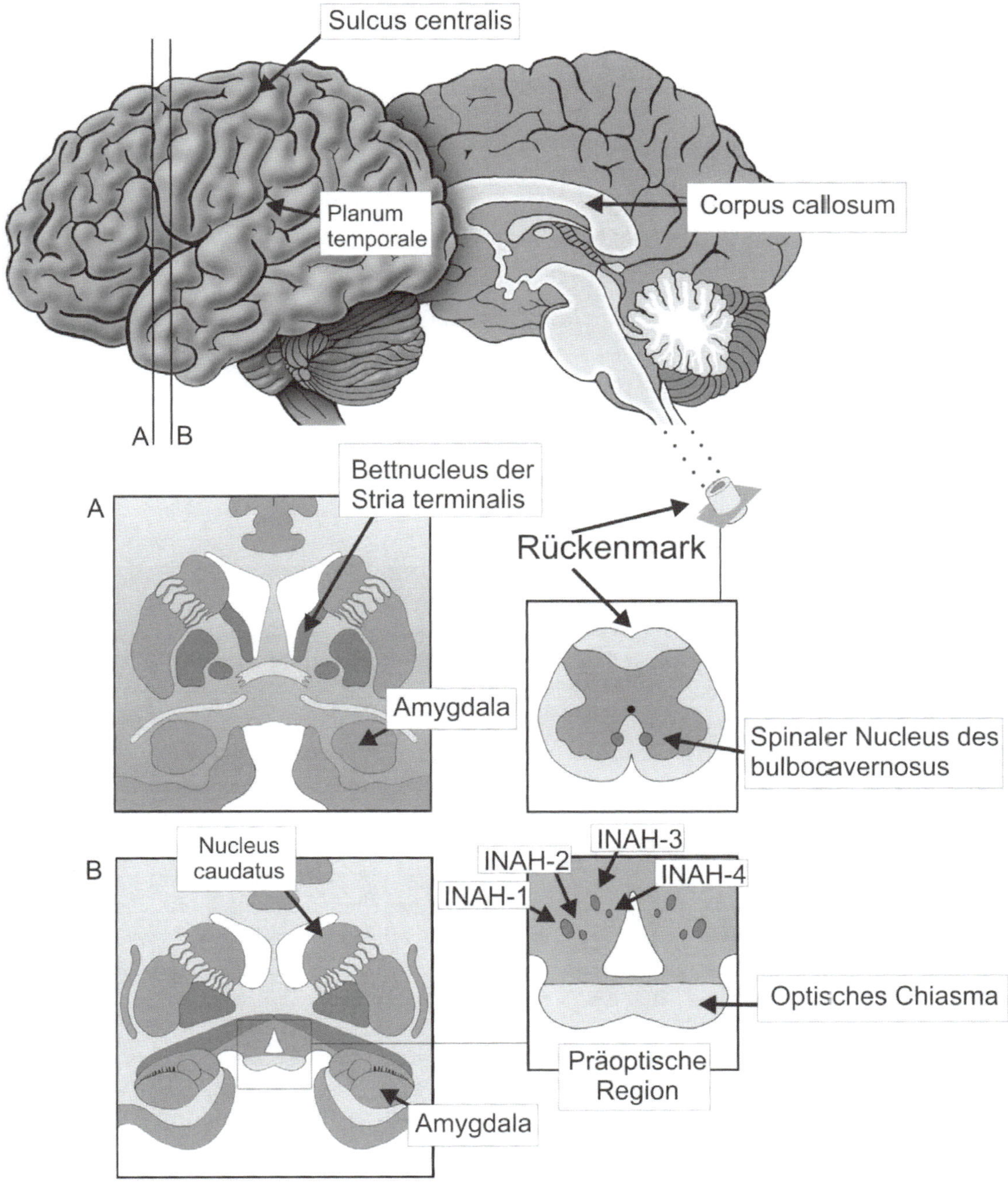

Abb. 5.1. Schematische Darstellung der Hirnregionen, bei denen sich Geschlechtsunterschiede nachweisen lassen. Oben sind zwei Hirnhälften dargestellt, wobei die linke in seitlicher und die rechte in medialer Ansicht vorliegt. Der Pfeil auf das Planum temporale verweist eigentlich auf den Sulcus lateralis auf dem das Planum temporale aufliegt (hier nicht sichtbar). Die mit A und B gekennzeichneten Striche geben zwei Frontalschnittebenen wieder, bei deren unten ein kleiner Ausschnitt in Vorderansicht gezeigt wird. Die Schnittebene B wird rechts unten noch weiter vergrößert, um die Details der präoptischen Region zu zeigen. Nur die im Text besprochenen Strukturen wurden in den Teilabbildungen bezeichnet

die Fasern aus dem Thalamus terminieren, könnte dieser Sexualdimorphismus auf geschlechtsspezifische Unterschiede in der Verarbeitung auditorischer Informationen im Sprachsystem hindeuten. Hutsler und Galuske (2003) zeigten, dass sich im Wernicke-Areal Kolumnen von Neuronen nachweisen lassen, die konstante Abstände zueinander aufweisen. Linksseitig sind die Abstände zwischen diesen Kolumnen größer und könnten somit mehr Verarbeitungsraum für den auditorischen Input aus dem Thalamus bereitstellen. Eine höhere Packungsdichte in dieser Eingangsschicht bei Frauen würde evtl. somit eine weniger differenzierte Analyse des frequenzspezifischen Inputs bedeuten.

Sulcus centralis. Der Sulcus centralis markiert die Grenze zwischen Frontal- und Parietalkortex. Rechtshändige Männer weisen einen deutlich tieferen Sulcus centralis in der linken Hemisphäre auf als in der rechten. Dieser Geschlechtsdimorphismus interagiert mit Händigkeit, sodass die Asymmetrie des Sulcus centralis bei rechtshändigen Männern mit zunehmender Linkshändigkeit abnimmt und 62% der konsistent linkshändigen Männer sogar eine invertierte Asymmetrie zeigen. Frauen zeigen keine entsprechende Asymmetrie (Amunts et al. 2000).

5.2.3 Corpus callosum

Das Corpus callosum verbindet die beiden kortikalen Hemisphären miteinander (◘ Abb. 5.1). Bis zu 800 Millionen Fasern verlaufen durch diese Kommissur und machen sie zur größten interhemisphärischen Verbindung des menschlichen Gehirns (Aboitiz et al. 1992; Tomasch 1954). Der posteriore Teil des Corpus callosums (Isthmus und Splenium) stellt die Interaktion zwischen den visuellen Arealen sicher und scheint bei Frauen größer zu sein (Clark u. Zaidel 1994; DeLacoste-Utamsing u. Holloway 1982; Holloway et al. 1993; Oka et al. 1999; Steinmetz et al. 1992). Prinzipiell könnte dieser Unterschied ein Artefakt sein, dass durch Gehirngrößendifferenzen zwischen den Geschlechtern entsteht (Jäncke et al. 1997). Allerdings finden einige Autoren auch nach entsprechenden Hirngrößenkorrekturen geschlechtsspezifische Größendifferenzen (Holloway et al. 1993) während andere nur sehr geringe (Constant u. Ruther 1996; Matano u. Nakano 1998) oder gar keine Geschlechtsunterschiede im Corpus callosum beobachtet haben (Aboitiz et al. 1992; Hopper et al. 1994; Weis et al. 1989).

Auch Metaanalysen brachten keine Klarheit. Auf der Basis von 43 Studien finden Driesen u. Raz (1995), dass das relative Ausmaß des Corpus callosums bei Frauen größer ist, das absolute hingegen bei Männern. Im Gegensatz fanden Bishop und Wahlsten (1997) in ihrer Metaanalyse von 49 Studien weder absolute noch relative Geschlechtsunterschiede in der Form oder Größe des Spleniums.

Tierexperimentelle Untersuchungen weisen auf die Wirkung gonadaler Steroidhormone wie Östradiol oder Testosteron, die Geschlechtsunterschiede im Corpus callosum erzeugen könnten (Fitch u. Denenberg 1998; Mack et al. 1993; Nunez u. Juraska 1998). In einer Humanstudie, an der 70 männliche Versuchspersonen teilnahmen, korrelierte die Konzentration von Testosteron der untersuchten Probanden mit der Morphologie des posterioren Teils des Corpus callosums (Moffat et al. 1997). Die Autoren vermuten, dass dem Steroidhormon Testosteron während einer frühen Phase der Individualentwicklung eine bedeutende Rolle beim Aufbau der callosalen Architektur zukommt.

Zusammengefasst lässt sich sagen, dass für geschlechtsspezifische Unterschiede des Corpus callosums kein klares Bild existiert. Eventuell ließe sich ein Teil der anatomischen Varianz reduzieren, wenn das individuelle Niveau von Geschlechtshormonen stärker berücksichtigt werden würde.

5.3 Subkortikale Regionen

Lange Zeit war unklar, wo man im Gehirn nach Sexualdimorphismen suchen muss. Das änderte sich, nachdem Hirnregionen gefunden wurden, deren Nervenzellen Rezeptoren für Sexualhormone besitzen. Diese liegen vor allem in der Amygdala, in Kernen der präoptischen Region sowie im Bettnukleus der Stria terminalis (BNST). Tatsächlich unterscheiden sich all diese Bereiche anatomisch zwischen Männern und Frauen. Und diese Areale haben noch etwas gemeinsam: Sie alle verarbeiten bei Nagetieren wie z. B. Ratten und Hamstern Informationen über **Pheromone**, die ihnen das **Vomeronasalorgan** (VON) liefert.

Pheromone sind biochemische Substanzen, die innerhalb einer Art für die soziale Kommunikation verwendet werden. Das Riechen von Pheromonen kann das sexuelle Interesse zwischen Männchen und Weibchen wecken oder auch zwischen Männchen Aggressionshandlungen erzeugen. Pheromone werden durch das VNO an der Basis der Nasenöffnung wahrgenommen. Das VNO projiziert dann direkt bzw. über den akzessorischen olfaktorischen Bulbus zu den oben aufgelisteten Strukturen des Gehirns (Guillamón u. Segovia 1997). Der Sexualdimorphismus des gesamten Systems ist bei Ratten wahrscheinlich eine Folge seiner Einbettung in das pheromonale System, da alle Strukturen, die sich zwischen Männchen und Weibchen unterscheiden, Pheromoneindrücke verarbeiten und Informationen aus dem VNO erhalten. Bei Menschen ist die Situation merkwürdig: Unser VNO scheint nicht mehr funktionstüchtig zu sein und trotzdem besitzen wir noch die Sexualdimorphismen in seinen früheren Projektionszielen. Wie kommt das?

Das menschliche VNO findet sich noch bei den meisten Individuen (Knecht et al. 2001), hat aber keine Verbindungen mehr zum Gehirn (Keverne 2002). Genetische Studien zeigen, dass Vorfahren der Altweltaffen, aus denen sich dann später Menschenaffen und auch der Mensch entwickelten, vor ca. 23 Millionen Jahren die Fähigkeit verloren, Pheromone im VNO zu verarbeiten (Zhang u. Webb 2003). Fast zeitgleich entwickelte sich bei Altweltaffen das trichromatische Farbsehen (und somit die Möglichkeit, die Farbe Rot wahrzunehmen) sowie die stark durchbluteten genitalen Schwellungen während der geschlechtsbereiten Tage bei Weibchen (die von Männchen als Aufforderung wahrgenommen werden). Wahrscheinlich durchliefen unsere Vorfahren eine Veränderung, an deren Ende nicht mehr olfaktorische, sondern visuelle sexuelle Signale verwendet wurden. Das VNO verlor seine Bedeutung und ist heute bei Erwachsenen nicht mehr sexualdimorph, obwohl es während der fötalen Entwicklung noch Geschlechtsunterschiede aufweist (Smith et al. 1997).

Und trotzdem reagieren wir auf einige Pheromone. Pheromone aus dem Achselschweiß von Frauen sind z. B. in der Lage, den Zyklus von Frauen zu synchronisieren (McClintock 1984). Pheromone aus dem männlichen Achselschweiß führen bei Frauen und männlichen Homosexuellen zu Aktivierungen in hypothalamischen Regionen, die mit Sexualverhalten in Zusammenhang stehen (Savic et al. 2005). Heterosexuelle Männer zeigen keine entsprechenden Aktivierungen. Das bedeutet, dass wir evtl. auch ohne ein funktionstüchtiges VNO Pheromone ähnlich verarbeiten wie Nager. Wahrscheinlich hat unser primäres olfaktorisches System im Laufe der Evolution die Fähigkeit erworben, Pheromone zu verarbeiten. Da diese bei Frauen und Männern unterschiedliche Wirkungen haben, besitzen wir zusätzlich die Sexualdimorphismen der Amygdala, des Bettnukleus der Stria terminalis und der präoptischen Region. Von diesen Strukturen wird nun die Rede sein.

5.3.1 Bettnukleus der Stria terminalis

Der Bettnukleus der Stria terminalis (BNST) liegt im ventralen Vorderhirn und kommuniziert über die Stria terminalis mit der medialen Amygdala (◘ Abb. 5.1). Dichte und Verteilung von Androgen- und Östrogenrezeptoren in der BNST sind bei Frauen und Männern unterschiedlich (Fernandez-Guasti et al. 2000; Kruijver et al. 2003). Zwei Forschungsgruppen konnten zeigen, dass die Volumina von Unterregionen der BNST bei Männern größer sind als bei Frauen (Allen u. Gorski 1990; Zhou et al. 1995). Die Situation bei Ratten ist identisch, nur dass hier in anderen Subregionen der BNST auch größere Volumina für Weibchen gefunden wurden und gezeigt werden konnte, dass diese Geschlechtsdimorphismen von frühen organisierenden Effekten der Sexualhormone abhängen (Guillamón u. Segovia 1997). Bei Menschen belegt die Arbeit von Zhou et al. (1995), dass bei Mann-zu-Frau-Transsexuellen die Größe des BNST dem von Frauen entsprach. Da diese Struktur nicht durch spätere Hormonsubstitutionen zu schrumpfen scheint und nicht mit der sexuellen Orientierung kovariiert, könnte der Größenunterschied etwas mit der Geschlechtsidentität zu tun haben. Bei Ratten zeigen Neurone des BNST erhöhte Aktivität beim Riechen von Weibchen, die geschlechtsbereit sind (Kelliher et al. 1999). Läsionen der BNST führen zu der Unfähigkeit der Männchen, nur durch diese Geruchsstoffe eine Erektion zu erzielen (Liu et al. 1997).

5.3.2 Amygdala

Goldstein et al. (2001) wiesen nach, dass bei Männern das Volumen der Amygdala relativ zum Gesamtvolumen des Gehirns größer ist. Die Amygdala ist ein aus vielen Substrukturen zusammengesetzter Bereich des limbischen Systems, das sowohl mit der Verarbeitung emotionaler Prozesse als auch mit der emotionsabhängigen Konsolidierung von Gedächtnisinhalten in Zusammenhang steht (◘ Abb. 5.1). Im Folgenden soll besonders ihre Rolle bei der geschlechtsspezifischen Gedächtnismodulation dargestellt werden.

Emotionale Erregung, wie z. B. beim Betrachten einer schrecklichen Filmszene, führt zur Aktivierung der Amygdala (Canli et al. 2002). Diese wiederum moduliert andere Hirnstrukturen, die an der Bildung von Gedächtnisspuren zu dieser Filmszene beteiligt sind (McGaugh et al. 1996). Das bedeutet, dass die Amygdala nicht bei allen Gedächtnisbildungsprozessen involviert ist, sondern nur bei solchen mit emotionaler Bedeutung. Ferner scheint die Amygdala nicht beim Abruf, sondern nur bei der Bildung emotional getönter Gedächtnisinhalte eine Rolle zu spielen. Wie dies passiert, konnte zu einem großen Teil im Tierexperiment geklärt werden.

Das **Adrenalin** des Nebennierenmarkes wird vor allem in stressinduzierenden Lernsituationen freigesetzt (McCarty und Gold 1981). Adrenalininjektionen nach Lernsitzungen erhöhen den Erinnerungserfolg (McGaugh 1983). Die gedächtnisfördernde Wirkung von Adrenalin scheint durch die Amygdala vermittelt zu sein, da die elektrische Reizung der Amygdala die Gedächtniskonsolidierung verändert und diese Wirkung durch periphere Adrenalinvergabe nach dem Lernen moduliert wird (Liang et al. 1985). Läsionen der Amygdala verhindern diesen gedächtnisfördernden Effekt der Adrenalinvergabe. Da Adrenalin nur marginal die Blut-Hirn-Schranke passiert, müssen die im peripheren Nervensystem vermittelten Wirkungen von Adrenalin die Amygdala erreichen. Tatsächlich moduliert Adrenalin die peripheren Anteile des Vagusnervs. Dieser projiziert u. a. auf den Nucleus solitarius des Hirnstamms, der wiederum mit noradrenergen Fasern in die Amygdala projiziert (McGaugh et al. 1996).

Die Wirkung dieser noradrenergen Projektion kann durch den β-adrenerge Antagonisten **Propranolol** beeinflusst werden. Wenn direkt nach einer Lernsitzung Propranolol in die Amygdala injiziert wird, entfällt die gedächtnisfördernde Wirkung der Adrenalinvergabe (Liang et al. 1986). Demnach moduliert das Nebennierenmark über die Adrenalinfreisetzung indirekt die Amygdala. Die Projektionen der Amygdala zum Hippokampus und zum präfrontalen Kortex beeinflussen entsprechend dem Grad der emotionalen Erregung die Konsolidierung der Gedächtnisbildung.

Diese tierexperimentellen Ergebnisse legten die Grundlage für Untersuchungen am Menschen. Cahill et al. (1994) lasen ihren Versuchspersonen zwei Geschichten vor, die mit jeweils 12 Bildern illustriert waren. Eine der Geschichten war emotional neutral, die andere aufwühlend. Allerdings war die emotionale Geschichte nur in ihrem mittleren Handlungsstrang aufregend, während Anfang und Ende der Handlung neutral waren. Während der Sitzung bekamen die Versuchspersonen entweder Propranolol oder ein Plazebo. Eine Woche später erinnerte sich die die Plazebogruppe besonders an den aufwühlenden Mittelteil der emotionalen Geschichte und weniger an den Anfangs- oder Schlussteil. Die Propranololgruppe zeigte eine reduzierte Erinnerung für den mittleren Teil des emotionalen Films, konnte sich aber an alles andere sehr gut erinnern. In einer nachfolgenden Studie konnte bei einer Patienten, die praktisch keine Amygdala mehr besaß, ein ähnlicher Effekt gezeigt werden (Cahill et al. 1995).

Schauen Versuchspersonen einen emotional aufwühlenden Film an oder betrachten sie abstoßende bzw. sexuell erregende Bilder, kommt es zur Aktivierung der Amygdala. Bei Männern ist diese Aktivierung hauptsächlich rechtsseitig, bei Frauen linksseitig (Canli et al. 2002; Cahill et al. 2004). Je größer die rechtsseitige (bei Männern) bzw. die linksseitige (bei Frauen) amygdaläre Aktivierung ist, desto besser können sich die Versuchsperson an die gesehenen Szenen erinnern (Cahill et al. 2001). Aus der Forschung zur Asymmetrie der visuellen Informationsverarbeitung ist bekannt, dass die linke Hemisphäre eine Tendenz zur Analyse lokaler Stimuluskomponenten hat, während rechtshemisphärisch eher globale Musteranteile verarbeitet werden (Evert u. Kmen 2003). Die Links-rechts-Unterschiede der Amygdalaaktivierung könnten evtl. implizieren, dass Frauen bei emotional erregenden Ereignissen die Tendenz haben, Stimulusdetails zu speichern, während Männer eher allgemeine Zusammenhänge enkodieren. Cahill und van Stegeren (2003) testeten diese Hypothese, indem sie weiblichen bzw. männlichen Versuchspersonen Propranolol bzw. Plazebo verabreichten und sie dann eine emotionale Geschichte hören ließen. Eine Woche später wurden die Versuchspersonen unerwartet auf ihre Erinnerungen zu dem Film befragt. Tatsächlich erinnerten sich in der Propranololgruppe Frauen weniger häufig an periphere Details und Männer seltener an zentrale Elemente.

Zusammengefasst ergibt sich folgendes Szenario: Emotional aufwühlende bzw. stressinduzierende Situationen führen zu einer Freisetzung von Adrenalin in der Nebennierenrinde. Das im Blut zirkulierende Adrenalin aktiviert den Nervus vagus, welcher über den Nucleus solitarius die Prozesse der Amygdala moduliert. Abhängig vom Grad der Erregung können die Projektionen der Amygdala in den Hippokampus und das Frontalhirn den Grad der Gedächtniskonsolidierung für das emotionale Ereignis beeinflussen. Dadurch, dass bei Frauen die amygdaläre Aktivierung primär linksseitig ist, neigen Frauen dazu, die Details eines emotionalen Ereignisses zu behalten. Die rechtsseitige amygdaläre Aktivierung bei Männern führt dagegen eher zu einer Speicherung essenzieller Hauptmerkmale des Ereignisses.

5.3.3 Präoptische Region

Im Jahre 1971 entdeckten Raisman und Field, dass sich die Proportionen unterschiedlicher Synapsentypen in der Grenzregion der präoptischen Region (POA) zum BNST zwischen weiblichen und männlichen Ratten unterschieden. Wurden männliche Rattenjungen früh kastriert, entsprachen ihre Synapsen denen von Weibchen. Bekamen weibliche Rattenjungen Androgene, entwickelte sie als ausgewachsene Tiere ein männliches Synapsenmuster. Diese Arbeit war die Initialzündung für Untersuchungen zu morphologischen Geschlechtsunterschieden in subkortikalen Regionen.

Die POA liegt vor und über der Kreuzung der optischen Nerven (optisches Chiasma) und bildet den vorderen Abschluss des Hypothalamus (◘ Abb. 5.1). Sie beherbergt eine Vielzahl von Kernen, die wahrscheinlich mit verschiedenen Aspekten des Sexualverhaltens assoziiert sind (Balthazart et al. 1998). Entsprechend unterscheiden sich Männer und Frauen in der Dichte und Verteilung von Androgen- und Östrogenrezeptoren in diesem Bereich des Hypothalamus (Fernandez-Guasti et al. 2000; Kruijver et al. 2003). 1978 entdeckten Gorski et al., dass bei männlichen Ratten ein Kern im medialen Aspekt der POA sechsmal so groß ist wie bei Weibchen. Sie nannten diese Struktur den **sexually dimorphic nucleus** des POA (SDN-POA). Entsprechend den Konzeptionen der »organisierenden« Effekte von Sexualhormonen reduziert eine Kastration männlicher Ratten die Vergrößerung der SDN-POA bei der Geburt, während die Vergabe von Androgenen bei der Geburt zu einer Vergrößerung dieser Struktur bei weiblichen Ratten führt. Offensichtlich führt die Anwesenheit von Androgenen im männlichen Embryo zu einer Erhöhung der Neuronenanzahl von neugeborenen Neuronen, die in den SDN-POA einwandern, während beim weiblichen Jungtier mehr Neurone absterben (Jacobson u. Gorski 1981). Dadurch maximiert sich der Unterschied in der Anzahl der SDN-POA-Neurone zwischen den Geschlechtern.

Bei sexuell unerfahrenen männlichen Ratten führen Läsionen der SDN-POA zu einer verzögerten Kopulation mit geschlechtsbereiten Weibchen sowie zu einer Verlängerung der Zeit bis zur Ejakulation (De Jonge et al. 1989). Es ist sehr wahrscheinlich, dass diese Verhaltenseffekte nicht das Resultat motorischer, sondern motivationaler Natur sind. Männliche Tiere mit SDN-POA-Läsionen haben kein Interesse, sich in der Nähe geschlechtsbereiter Weibchen aufzuhalten (Balthazart et al.

1998). Sexuelle Handlungen führen bei Männchen zu einer dramatischen neuralen Aktivierung der SDN-POA (Mas 1995), und eine Kopulation zieht einen erhöhte metabolischen Umsatz nach sich (Wood u. Newman 1993).

Der bei Weibchen wesentlich kleinere SDN-POA spielt ebenfalls bei der Regulation des Sexualverhaltens eine Rolle, wenn auch deutlich anders als bei Männchen. Läsionen dieser Struktur bei weiblichen Ratten führen zur Auslösung der Lordosis, eine Aufforderungshandlung zur Kopulation, bei der das Weibchen ihr Hinterteil und den Schwanz hebt, damit es vom Männchen bestiegen werden kann. Offensichtlich liegt die Funktion der SDN-POA im intakten weiblichen Tier in der Hemmung der Lordosis (McCarthy und Becker 2002).

5.3.4 Nucleus bulbocavernosus

Die Musculi bulbocavernosus und ischiocavernosus sind bei Männern mit der Basis des Penis und bei Frauen mit der Basis der Klitoris verbunden. Die Motoneurone, die die Kontraktion des M. bulbocavernosus kontrollieren befinden sich am medialen Rand des spinalen Ventralhorns im lumbalen Rückenmark (◘ Abb. 5.1). Sie bilden einen eigenen Hirnkern, den spinalen Nucleus des bulbocavernosus (SNB). Da die entsprechenden Muskeln bei Männern wesentlich größer sind, ist der männliche SNB größer als der weibliche (Forger et al. 1992). Bei Ratten haben die Weibchen keine entsprechenden Muskeln und daher vermutlich als adulte Tiere keinen SNB. Sie werden aber mit einem SNB und

Nucleus interstitialis des anterioren Hypothalamus

Auch bei Menschen findet sich ein Sexualdimorphismus in der Region, die dem SDN-POA der Ratte entspricht. Hier liegen vier kleine Hirnkerne, die von Allen und Gorski (1991) Nucleus interstitialis des anterioren Hypothalamus 1–4 (INAH 1–4) benannt wurden. INAH 1–4 beim Menschen zeigen die gleichen neurochemischen Merkmale wie SDN-POA bei Ratten (Gao u. Moore 1996). INAH 3 ist bei männlichen Rhesusaffen (Byne 1998) und Männern (Byne et al. 2000) größer und hat mehr Nervenzellen als bei Frauen. Allerdings entsteht der Sexualdimorphismus bei Menschen zwischen dem 4. und 10. Lebensjahr (Swaab et al. 1992) und somit deutlich nach der Hauptwirkung embryonaler bzw. fötaler organisierender Effekte durch Sexualhormone. Es ist somit möglich, dass zwar die Grundlage des Geschlechtsunterschieds in der menschlichen präoptischen Region früh angelegt wird, aber erst spät nachweisbar ist. Es ist allerdings auch denkbar, dass Androgene den Sexualdimorphismus erst in späteren Entwicklungsphasen bedingen und somit Umwelteinflüssen unterliegen können (Cooke et al. 1999). Im Jahre 1991 konnte LeVay bestätigen, dass INAH 3 bei Männern größer ist als bei Frauen. Darüber hinaus zeigten seine Daten, dass INAH 3 bei homosexuellen Männern signifikant kleiner ist als bei heterosexuellen und ungefähr das Volumen aufweist wie bei Frauen (über die sexuelle Orientierung dieser Frauen hatte er keine Auskunft). Potenzielle hirnstrukturelle Veränderungen in Folge einer AIDS Erkrankung konnten ausgeschlossen werden. Zehn Jahre später untersuchte ein neues Team von Wissenschaftlern mit wesentlich mehr Gehirnen von hetero- und homosexuellen Menschen die präoptische Region. Sie bestätigten, dass der INAH 3 bei Männern signifikant größer ist und mehr Neuronen beinhaltet. Auch in dieser Studie konnten potenzielle Effekte durch AIDS ausgeschlossen werden. Homosexuelle Männer hatten eine deutliche Tendenz zu einem kleineren INAH-3-Volumen als heterosexuelle Männer, die Anzahl der Nervenzellen war aber nicht unterschiedlich. Insgesamt bedeuten diese Ergebnisse, dass nicht nur das Geschlecht, sondern auch die sexuelle Orientierung eine Größendifferenz im Volumen von neuronalen Strukturen in der präoptischen Region nach sich ziehen könnte. Da nicht die Zellzahl betroffen ist, sondern das Volumen, resultiert der Unterschied wahrscheinlich aus Differenzen in dem Raum, den dendritische und axonale Verschaltungen einnehmen.

den entsprechenden Muskeln geboren. Eine Woche nach der Geburt sterben sowohl Muskeln als auch der SNB ab (Rand u. Breedlove 1987). Eine einzige Testosteroninjektion bei Weibchen sichert das Überleben des SNB (Breedlove und Arnold 1983). Hierbei wird auch das Überleben der Muskeln gesichert. Die Motorneurone sterben deshalb nicht ab, weil ihre Zielmuskeln erhalten bleiben (Fishman u. Breedlove 1988).

5.4 Zerebrale Asymmetrien

Frauen und Männer unterscheiden sich bei einigen verbalen und räumlichen kognitiven Fähigkeiten (▶ Kap. 6). Sowohl verbale (primär linkshemisphärische) als auch räumliche (primär rechtshemisphärische) Verarbeitungsprozesse sind lateralisiert (Hugdahl u. Davidson 2002). Die Mehrzahl der Untersuchungen weist zudem daraufhin, dass die Lateralisation dieser Funktionen bei Männern stärker ausgeprägt ist als bei Frauen (McGlone 1980; Meinschaefer et al 1999; Rasmjou et al. 1999). Nach lokalisierten Hirnläsionen zeigen z. B. Männer stärkere verbale Defizite nach linkshemisphärischen Schädigungen und ausgeprägtere visuell-räumliche Defizite nach rechtshemisphärischen Läsionen, während die Defizite für Frauen weniger hemisphärenspezifisch sind (McGlone 1977; Inglis u. Lawson 1981). Die Geschlechtsunterschiede bei Untersuchungen an hirngesunden Probanden sind zum Teil nicht sehr konsistent, lassen sich aber trotzdem in Metaanalysen nachweisen (Voyer 1996). Wenn sich Männer und Frauen sowohl in einigen kognitiven Leistungen als auch in der Lateralisation dieser Fähigkeiten unterscheiden, ist es denkbar, dass die Geschlechtsunterschiede in den Asymmetrien und in den kognitiven Leistungen kausal verknüpft sind.

Güntürkün und Hausmann (2003) entwickelten auf Grundlage dieser Überlegungen und tierexperimenteller Evidenzen (Skiba et al. 2000; Keysers et al. 2000) das Konzept der **dualen Kodierung zerebraler Asymmetrien.** Es sieht vor, dass Lateralisationen sowohl aus strukturellen Links-Rechts-Unterschieden des Gehirns als auch aus asymmetrischen Interaktionen zwischen den Hemisphären resultieren. Die strukturelle Ebene wird wahrscheinlich in der frühen Ontogenese festgelegt, ist überdauernd und entspricht dem Prinzip der organisierenden Effekte. Einige kritische Regionen für solche strukturelle Asymmetrieunterschiede zwischen Männern und Frauen wurden bereits in ▶ Kap. 5.2.2 besprochen. Die asymmetrische Interaktionsebene resultiert dagegen aus dem momentanen kommissuralen Austausch zwischen den Hemisphären und kann dynamisch über kurze Zeitabstände variieren. Tatsächlich gibt es einige Evidenzen für asymmetrische Interaktionen über das Corpus callosum (Marzi et al. 1991; Novicka et al. 1996; Nalcaci et al. 1999). Geschlechtsunterschiede könnten somit sowohl eine strukturelle (statische und überdauernde) als auch eine dynamische (kurzfristig veränderbare) Ebene besitzen. Die dynamische Ebene kann durch die momentane Konzentration von Sexualhormonen moduliert werden und variiert somit z. B. bei Frauen über den Zyklus. Dieser Zusammenhang soll nun erläutert werden.

Zerebrale Asymmetrien verändern sich bei Frauen über die verschiedenen Phasen des **Menstruationszyklus.** Allerdings liefern die bisherigen Studien ein recht heterogenes Bild bezüglich der Art und Richtung der Veränderungen. Einige Untersuchungen fanden die größten Hemisphärenasymmetrien während der Zyklusphasen mit hohen Steroidhormonkonzentrationen (meist mittluteale Phase) (Objekterkennung: Bibawi et al. 1995; dichotisches Hören: Hampson 1990; Sanders u. Wenmoth 1998; Linien halbieren: McCourt et al. 1997). In anderen Aufgaben erscheint dagegen zur gleichen Zyklusphase keine Asymmetrie (Gesichtserkennung: Bibawi et al. 1995; lexikale Entscheidung: Chiarello et al. 1989; Heister et a. 1989; Rode et al. 1995). Andere Studien finden die stärksten Lateralisationsmuster während der Menses (niedrigstes Hormonniveau von Östradiol und Progesteron) (Gesichtserkennung: Heister et al. 1989; Objektvergleich: Rode et al. 1995; dichotisches Hören von verbalen Stimuli: Mead u. Hampson 1996; dichotisches Hören von Musik: Sanders u. Wenmoth 1998). Sanders und Wenmoth (1998) beobachteten komplementäre Modulationen der Asymmetrien mit einem Rechts-Ohr-Vorteil für verbale Aufgaben während der mittlutealen Phase und einem Links-Ohr-Vorteil für dichotische Musikaufgaben während der Menses.

Ein Teil der Widersprüche resultiert aus der Tatsache, dass nur die wenigsten Studien die Hormonkonzentrationen der Frauen zum Testzeitpunkt tatsächlich gemessen haben. Da ein großer Prozentsatz weiblicher Versuchspersonen ein anderes Hormonbild zeigen, als aus der Angabe ihres Zyklustages geschlussfolgert, ist die Kontrolle dieser Variable extrem wichtig (Gordon et al. 1986). Außerdem testen alle diese Studien jede Frau mehrmals zu hormonell distinkten Zyklusphasen. Diese Messwiederholung stellt aber eine weitere konfundierende Variable dar, weil sie zu »Carry-over-Effekten« führen kann (Hampson 1990; Hausmann u. Güntürkün 1999; Mead u. Hampson 1996).

Die erste Studie, die all diese konfundierenden Effekte kontrollierte, untersuchte funktionelle zerebrale Asymmetrien bei spontanzyklischen Frauen zur Menses und zur mittlutealen Zyklusphase mit sowohl links- (Wortvergleich) als auch rechtshemisphärischen (geometrische Figuren und Gesichterdiskrimination) visuellen Halbfeldaufgaben (Hausmann u. Güntürkün 2000). Messungen der Speichel-Steroidhormonkonzentrationen sorgten für die Post-hoc-Validierung der Zyklusphasen. Die Ergebnisse der jungen Frauen wurden mit denen von Männern und postmenopausalen Frauen verglichen, die ebenfalls zweimal, mit einem Intertestintervall von 14 Tagen, mit diesen Aufgaben getestet wurden. Die spontanzyklischen Frauen zeigten unabhängig von der verwendeten Aufgabe eine reduzierte zerebrale Asymmetrie zur mittlutealen Hormonhochphase, wohingegen deutliche Links-rechts-Unterschiede zur Menses auftraten (■ Abb. 5.2). Männer und postmenopausale Frauen zeigten starke funktionelle zerebrale Asymmetrien, die über beide Messzeitpunkte stabil blieben. In der Gruppe der spontanzyklischen Frauen korrelierte Progesteron, in der figuralen Vergleichsaufgabe signifikant mit der Asymmetriestärke. Je höher die Konzentration von Progesteron bei der einzelnen Probandin war, umso stärker reduzierte sich die funktionelle zerebrale Asymmetrie.

Die meisten Experimente wählen zur Untersuchung der Wirkung von Sexualhormonen auf Asymmetrien ein Querschnittsdesign, bei dem Frauen zu verschiedenen Phasen ihres Zyklus untersucht werden. Hausmann et al. (2002) untersuchten diese Frage in einer Längsschnittstudie bei der 12 spontanzyklische Frauen in einem drei-

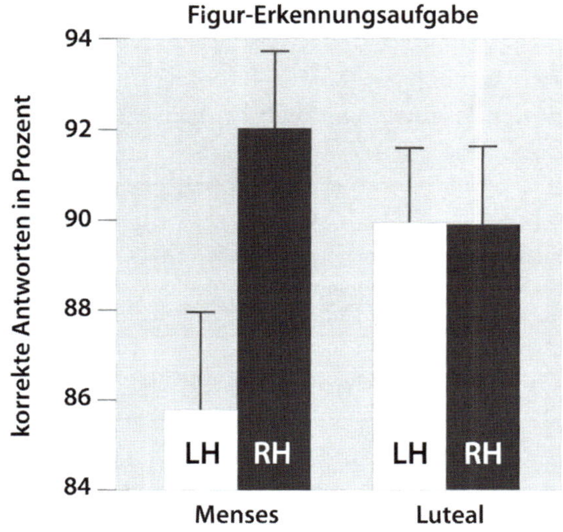

■ **Abb. 5.2.** Leistung der linken (LH) bzw. rechten Hemisphäre (RH) junger Frauen während der Menses bzw. der lutealen Phase ihres Menstruationszyklusses in einer Figurerkennungsaufgabe. Hierbei mussten die Versuchspersonen angeben, ob eine geometrische Figur, die sie sich einige Sekunden anschauten, identisch ist mit einer zweiten, die ihnen für Sekundenbruchteile im linken oder rechten visuellen Halbfeld dargeboten wurde. Die rechte Hirnhälfte ist bei solchen Aufgaben überlegen. Dies zeigt sich bei jungen Frauen nur während der Hormonniedrigphase der Menses

tägigen Abstand über einen Zeitraum von sechs Wochen mit den drei bereits genannten visuellen Halbfeldaufgaben untersucht wurden. Zu diesen 15 Messzeitpunkten wurden neben den Verhaltensdaten Blutproben von jeder Probandin erhoben, um die Serumkonzentrationen von Progesteron, Östradiol, Testosteron, LH (luteinisierendes Hormon) und FSH (follikelstimulierendes Hormon) zu ermitteln. Durch dieses Vorgehen gelang eine nahezu perfekte Validierung der Zyklusphasen. Erneut korrelierte Progesteron sowohl im Querschnitt als auch im Längsschnitt negativ mit der Asymmetriestärke in der figuralen Vergleichsaufgabe. Östradiol zeigte dagegen insbesondere im Querschnittsdesign einen gleichgerichteten Effekt auf beide Hemisphären und veränderte dadurch die zerebrale Asymmetrie nicht.

Aus diesen Daten wurde die Hypothese der **progesteronmodulierten interhemisphärischen Interaktion** formuliert (Hausmann u. Güntürkün 2000). Dieses Modell basiert auf der Annahme, dass der interhemisphärische Informationstransfer einen zentralen Mechanismus darstellt, um funktionelle zerebrale Asymmetrien zu generieren bzw. aufrechtzuerhalten (Hellige 1993; Chiarello u. Maxfield 1996). Da die linke und die rechte Hemisphäre parallele und teilweise voneinander unabhängige Prozessoren repräsentieren, werden regulative Mechanismen notwendig, die die Outputs der beiden Prozessoren koordinieren, selektieren und integrieren. Die interhemisphärische Inhibition könnte der Mechanismus sein, durch den die Leistung des bilateralen Systems vereint wird (Chiarello u. Maxfield 1996).

Die durch das Corpus callosum verlaufenden Axone stammen zu 95% von exzitatorischen glutamatergen Pyramidalneuronen (Conti u. Manzoni 1994). Trotzdem führt die kallosale Erregung durch die sekundäre Aktivierung GABAerger Interneurone durch Pyramidalneurone der kontralateralen Seite (Toyama u. Matsunami 1976), zu einer weitverbreiteten Inhibition in der kontralateralen Hemisphäre (Conti u. Manzoni 1994; Innocenti 1980). Das Corpus callosum übt demnach auf die kontralaterale Hirnhälfte keine einfache Exzitation oder Inhibition aus, sondern induziert dort ein kurzes exzitatorisches postsynaptisches Potenzial, dem eine längere Inhibition folgt (Kawaguchi 1992). Unterbricht man pharmakologisch durch einen Non-NMDA-Glutamat-Rezeptorblocker den Interhemisphärischen Transfer, unterbindet man sowohl die kurze exzitatorische als auch die lange inhibitorische Wirkung (Kawaguchi 1992). Dieser Effekt könnte sich funktionell in schwächeren zerebralen Asymmetrien ausdrücken.

Physiologische Dosen von Progesteron besitzen ähnliche pharmakologische Eigenschaften (Smith et al. 1987a,b). Daraus lässt sich folgern, dass Progesteron die kortikokortikale Transmission reduziert, indem es insbesondere die exzitatorische Antwort der Neurone auf Glutamat unterdrückt. Dieser Effekt könnte während der mittlutealen Phase des Menstruationszyklus zu einer funktionellen Entkopplung beider Hemisphären und damit zu einer temporären Reduktion der funktionellen Asymmetrie führen. Obwohl Östradiol im Gegensatz zu Progesteron die neuronale Antwort auf Glutamat um bis zu 86% erhöht (Smith et al. 1988), werden bei der kombinierten Wirkung von Progesteron und Östradiol (ähnlich der mittlutealen Phase) die Glutamatrezeptoren so herunterreguliert, wie durch Progesteron allein (Smith et al. 1987a).

Hausmann et al. (2006) haben die Annahmen dieser Hypothese einer direkten physiologischen Überprüfung mittels transkranieller Magnetstimulation unterworfen. Hierbei wurde bei 13 Frauen in drei verschiedenen Zyklusphasen der Motorkortex über der Repräsentation des kontralateralen Daumens aktiviert. Da die kortikale Erregung als Inhibition auch über das Corpus callosum auf die homotope kontralaterale Seite transferriert wird, lässt sich die transkallosale Hemmung aus der Länge der ipsilateralen »silent period« im Elektromyogramm des ersten M. interosseus des Daumens abschätzen.

Die Studie zeigte, dass der **interhemisphärische Transfer zyklusabhängig** variiert und einen Zusammenhang mit den Progesteron- und Östradiolkonzentrationen aufweist. In einer weiteren Studie (Hausmann et al., in Bearbeitung) wurde ein einfaches Reaktionszeitparadigma (Poffenberger 1912) verwendet, um die zyklusbedingten Veränderungen in der interhemisphärischen Transferzeit (IHTT) mittels Elektroenzephalogramm (EEG) zu messen. Poffenberger nahm an, dass es möglich ist die Interhemisphärische Transferzeit abzuschätzen. Da sowohl die visuellen als auch die distal motorischen Projektionen kontralateral verlaufen, sollte die Hand schneller auf einen visuellen Reiz reagieren, der ihr im ipsilateral visuellen Halbfeld präsentiert wurde (ungekreuzter Pfad). Muss die Hand dagegen auf einen Reiz im kontralateral visuellen Halbfeld reagieren, (ungekreuzter Pfad) dann sollte die Reaktion mit einer kurzen Verzögerung auftreten. Dieser Zeitunterschied zwischen der gekreuzten und ungekreuzten Bedingung wurde als direkter Schätzer der IHTT angenommen. Die IHTT bei gesunden Probanden liegt zwischen 2 und 6 ms (Braun 1992). Auf der neuronalen Ebene lässt sich die IHTT durch die Messung der evozierten Potenziale (EP) bestimmen. Die EP-IHTT über den okzipitalen und parietalen Hirnarealen werden abgeleitet von den frühen EP-Komponenten nach lateraler Stimulation der visuellen Halbfelder und variieren über verschiedene Studien zwischen 5 und 20 ms (Brown et al. 1994). Tatsächlich konnte gezeigt werden, dass die EP-IHTT während der lutealen Phase signifikant länger als während der Menses ausfällt. Diese Ergebnisse unterstützen somit die Annahme, dass die interhemisphärische Interaktion über den Menstruationszyklus variiert.

Neuere Studien zu der aktivierenden Hormoneffekten auf die funktionelle Hemisphärenasymmetrie und die interhemisphärische Interaktion deuten darauf hin, dass auch Östradiol in der Lage ist die Interaktion zwischen der linken und rechten Hemisphäre zu modulieren (Hausmann 2005; Holländer et al. 2005). Diese aktuellen Befunde könnten dafür sprechen, dass verschiedene Sexualhormone durch ihre spezifischen neuromodulatorischen Eigenschaften unterschiedliche Aspekte der interhemisphärischen Interaktion beeinflussen können. Das Ziel zukünftiger Forschung wird es sein, diese spezifischen Hormonwirkungen zu beschreiben und das bisherige Modell zur hormonmodulierten interhemisphärischen Entkopplung zu präzisieren (Hausmann 2005).

Fazit

Männer und Frauen haben unterschiedliche Gehirne. Die neuroanatomischen Geschlechtsunterschiede finden sich auf allen Ebenen, vom Neokortex bis zum Rückenmark. Die Geschlechtsdifferenzen in den subkortikalen Strukturen sind wahrscheinlich maßgeblich an den Mechanismen der sexuellen Orientierung und der sexuellen Handlungsweisen beteiligt. Für die Geschlechtsunterschiede des Neokortex existiert momentan noch kein klares funktionelles Korrelat, aber wahrscheinlich sind sie, ähnlich wie die zerebralen Asymmetrien, an der Generierung kognitiver Geschlechtsunterschiede beteiligt. Zerebrale Asymmetrien sind wahrscheinlich das kombinierte Ergebnis struktureller Asymmetrien und Links-Rechts-Unterschieden in der interhemisphärischen Kommunikation über die Kommissuren. Da dieser kommissurale Transfer durch die Konzentration von weiblichen Sexualhormonen moduliert wird, verändern sich bei Frauen kommissurale Interaktionen und somit Lateralisationen und kognitive Prozesse während des weiblichen Monatszyklus.

Literatur

Aboitiz F, Scheibel AB, Fischer RS, Zaidel E (1992) Fiber composition of the human corpus callosum. Brain Research 598:143–153

Alexopoulos DS (1996) Sex differences and IQ. Pers Indiv Diff 20:445–450

Allen LS, Gorski RA (1990) Sexual difference in the bed nucleus of the stria terminalis of the human brain. J Comp Neurol 302:697–706

Allen LS, Gorski RA (1991) Sexual dimorphism of the anterior commissure and massa intermedia of the human brain. J Comp Neurol 312: 97–104

Amunts K, Jäncke L, Mohlberg H, Steinmetz H, Zilles K (2000) Interhemispheric asymmetry of the human motor cortex related to handedness and gender. Neuropsychologia 38:304–312

Andreasen NC, Flaum M, Swayze II V, O'Leary DS, Alliger R, Cohen G, Ehrhardt J, Yuh WTC (1993) Intelligence and brain structure in normal individuals. Am J Psychiat 150:130–134

Andersen BB, Gundersen HJ, Pakkenberg B (2003) Aging of the human cerebellum: a stereological study. J Comp Neurol 466:356–365

Ankney CD (1992) Sex differences in relative brain size: The mismeasure of woman, too? Intelligence 16:329–336

Balthazart J, Absil P, Gerard M, Appeltants D, Ball GF (1998) Appetitive as well as consummatory male sexual behavior in Japanese quail are differentially regulated by subregions of the preoptic medial nucleus. J Neurosci 18:6512–6527

Bibawi D, Cherry B, Hellige JB (1995) Fluctuations of perceptual asymmetry across time in women and men: Effects related to the menstrual cycle. Neuropsychologia 33:131–138

Bishop KM, Wahlsten D (1997) Sex differences in the human corpus callosum: myth or reality? Neuroscience and Biobehavioral Reviews 21:581–601

Braun CMJ (1992) Estimation of interhemispheric dynamics from simple unimaual reaction to extrafoveal stimuli. Neuropsychology Review 3:321–65

Breedlove SM (1994) Sexual differentiation of the human nervous system. Ann Rev Psychol 45:389–418

Breedlove SM, Arnold AP (1983) Hormonal control of a developing neuromuscular system II Sensitive periods for the androgen-induced masculinization of the rat spinal nucleus of the bulbocavernosus. J Neurosci 3:424–432

Broca P (1861) Perte de la parole, ramollissement chronique et destruction partielle du lobe anterieur gauche du cerveau. Bull Soc Anthropol 2:235–238

Brown WS, Larson EB, Jeeves MA (1994) Directional asymmetries in interhemispheric transmission time: Evidence from visual evoked potentials. Neuropsychologia 32:439–448

Byne W (1998) The medial preoptic and anterior hypothalamic regions of the rhesus monkey: cytoarchitectonic comparison with the human and evidence for sexual dimorphism. Brain Res 793:346–350

Byne W, Lasco MS, Kemether E, Shinwari A, Edgar MA, Morgello S, Jones LB, Tobet S (2000) The interstitial nuclei of the human anterior hypothalamus: an investigation of sexual variation in volume and cell size, number and density. Brain Res 856:254–258

Byne W, Tobet S, Mattiace LA, Lasco MS, Kemether E, Edgar,MA, Morgello S, Buchsbaum MS, Jones LB (2001) The interstitial nuclei of the human anterior hypothalamus: an investigation of variation with sex, sexual orientation, and HIV status. Horm Behav 40:86–92

Cahill L, van Stegeren A (2003) Sex-related impairment of memory for emotional events with ß-adrenergic blockade. Neurobiol Learn Mem 79:81–88

Cahill L, Prins B, Weber M, McGaugh JL (1994) ß-adrenergic activation and memory for emotional events. Nature371:702–704

Cahill L, Babinsky R, Markowitsch HJ, McGaugh JL (1995) The amygdala and emotional memory. Nature 377:296

Cahill L, Haier RJ, White NS, Fallon J, Kilpatrick L, Lawrence C, Potkin SG, Alkire MT (2001) Sex-related difference in amygdala activity during emotionally influenced memory storage. Neurobiol Learn Mem 75:1–9

Cahill L, Uncapher M, Kilpatrick L, Alkire MT, Turner J (2004) Sex-related hemispheric lateralization of amygdala function in emotionally influenced memory: an FMRI investigation. Learn Mem 11:261–266

Canli T, Desmond JE, Zhao Z, Gabriel JDE (2002) Sex differences in the neural basis of emotional memories. Proc Natl Acad Sci USA 99:10789–10794

Carne RP, Vogrin S, Litewka L, Cook MJ (2006) Cerebral cortex: an MRI-based study of volume and variance with age and sex. J Clin Neurosci 13:60–72

Chiarello C, Maxfield L (1996) Varieties of interhemispheric inhibition, or how to keep a good hemisphere down. Brain and Cognition 30:81–108

Chiarello C, McMahon MA, Schaffer K (1989) Visual cerebral lateralization over phases of the menstrual cycle: A preliminary investigation. Brain and Cognition 11:18–36

Clark AS, MacLusky NJ, Goldman-Rakic PS (1988) Androgen binding and metabolism in the cerebral cortex of the developing rhesus monkey. Endocrinology 123:932–940

Clarke JM, Zaidel E (1994) Anatomical-behavioral relationships: corpus callosum morphometry and hemispheric specialization. Behavioral Brain Research 64:185–202

Constant D, Ruther H (1996) Sexual dimorphism in the human corpus callosum? A comparison of methologies. Brain Research 727:99–106

Conti F, Manzoni T (1994) The neurotransmitters and postsynaptic actions of callosally projecting neurons. Behavioural Brain Research 64:37–53

Cooke BM, Tabibnia G, Breedlove SM (1999) A brain sexual dimorphism controlled by adult circulating androgens. Proc Natl Acad Sci USA 96:7538–7540

De Courten-Meyers GM (1999) The human cerebral cortex: gender differences in structure and function. Journal of Neuropathology and Experimental Neurology 58:217–226

De Jonge FH, Louwerse AL, Ooms MP, Evers P, Endert E, Van der Poll NE (1989) Lesions of the SDN-POA inhibit sexual behavior of male Wistar rats. Brain Res Bull 23:483–492

De Lacoste-Utamsing C, Holloway RL (1982) Sexual dimorphism in the human corpus callosum. Science 16:1431–1432

Driesen NR, Raz N (1995) The influence of sex, age, and handedness on the corpus callosum morphology: a meta analysis. Psychobiology 23:240–247

Evert DL, Kmen M (2003) Hemispheric asymmetries for global and local processing as a function of stimulus exposure duration. Brain and Cognition 51:115–142

Fernandez-Guasti A, Kruijver FP, Fodor M, Swaab DF (2000) Sex differences in the distribution of androgen receptors in the human hypothalamus. J Comp Neurol 425:422–435

Fishman RB, Breedlove SM (1988) Neonatal androgen maintains sexually dimorphic muscles in the absence of innervation. Muscle Nerve 11:553–560

Fitch RH, Denenberg VH (1998) A role for ovarian hormones in sexual differentiation of the brain. Behavioral Brain Science 21:311–327

Forger NG, Hodges LL, Roberts SL, Breedlove SM (1992) Regulation of motoneuron death in the spinal nucleus of the bulbocavernosus. J Neurobiol 23: 1192–1203

Gao B, Moore RY (1996) The sexually dimorphic nucleus of the hypothalamus contains GABA neurons in rat and man. Brain Res 742:163–171

Geschwind N, Levitsky W (1968) Human brain: left-right asymmetries in temporal speech regions. Science 161:186–187

Giedd J, Snell J, Lange N, Rafapakse J, Kaysen D, Vaituzis C, Vauss R, Hamburger S, Kozuch P, Rapoport J (1996) Quantitative magnetic resonance imaging of human brain development: ages 4–18. Cerebral Cortex 6:551–560

Goldstein JM, Seidman LJ, Horton NJ, Makris N, Kennedy DN, Caviness VS, Faraone SV, Tsuang MT (2001) Normal sexual dimorphism of the adult human brain assessed by in vivo magnetic resonance imaging. Cereb Cortex 11:490–497

Gorski RA, Gordon JH, Shryne JE, Southam AM (1978) Evidence for a morphological sex difference within the medial preoptic area of the rat brain. Brain Res 148:333–346

Guillamón A, Segovia S (1997) Sex differences in the vomeronasal system. Brain Res Bull 44:377–382

Güntürkün O, Hausmann M (2003) The dual coding hypothesis of human cerebral asymmetries. J Neurol Sci (Turk) 20:140–150

Habib M, Robichon F (2003) Structural correlates of brain asymmetry: studies in left-handed and dyslexic individuals In: Hugdahl K, Davidson RJ (eds) The asymmetrical brain, 2nd ed. MIT, Cambridge, pp 681–716

Hampson E (1990) Variations in sex related cognitive abilities across the menstrual cycle. Brain and Cognition 14:26–43

Hausmann M (2005) Hemispheric asymmetry in spatial attention across the menstrual cycle. Neuropsychologia 43:1559–1567

Hausmann M, Güntürkün O (1999) Sex differences in functional cerebral asymmetries in a repeated measures design. Brain and Cognition 41:263–275

Hausmann M, Güntürkün O (2000) Steroid fluctuations modify functional cerebral asymmetries: The hypothesis of progesterone-mediated interhemispheric decoupling. Neuropsychologia 38:1362–1374

Hausmann M, Becker C, Gather U, Güntürkün O (2002) Functional cerebral asymmetries during the menstrual cycle: a cross-sectional and longitudinal analysis. Neuropsychologia 40:808–816

Hausmann M, Tegenthoff M, Sänger J, Janssen F, Güntürkün O, Schwenkreis P (2006) Transcallosal inhibition across the menstrual cycle: A TMS study. Clin Neurophysiol 117:26–32

Hellige JB (1993) Hemispheric asymmetry: what´s right and what´s left. Harvard University Press, Cambridge

Heister G, Landis T, Regard M, Schroeder-Heister P (1989) Shift of functional cerebral asymmetry during the menstrual cycle. Neuropsychologia 27:871–880

Hines M (2004) Brain gender. Oxford University Press, Oxford

Holländer A, Hausmann M, Hamm JP, Corballis MC (2005) Sex hormonal modulation of hemispheric asymmetries in the attentional blink. Journal of the International Neuropsychological Society 11:263–272

Holloway RL, Anderson PJ, Defendini R, Harper C (1993) Sexual dimorphism of the human corpus callosum from three independent samples: relative size of the corpus callosum. American Journal of Physical Anthropology 92:481–498

Hopper KD, Patel S, Cann TS, Wilcox T, Schaeffer JM (1994) The relationship of age, gender, handedness, and sidedness to the size of the corpus callosum. Academic Radiology 1:243–248

Hugdahl K, Davidson RJ (2002) Brain asymmetry, 2nd ed. MIT Press, Cambridge

Hutsler J, Galuske RA (2003) Hemispheric asymmetries in cerebral cortical networks. Trends Neurosci 26:429–435

Inglis J, Lawson JS (1981) Sex differences in the effects of unilateral brain damage on intelligence. Science 212:693–695

Innocenti GM (1980) The primary visual pathway through the corpus callosum: morphological and functional aspects in the cat. Arch Ital Biol 118:124–188

Ivanovic DM, Leiva BP, Castro CG, Olivares, M G, Jansana, J M M, Castro, V G, Almagia AAF, Toro TD, Urrutia MSC, Miller PT, Bosch EO, Larrain CG, Perez H T (2004) Brain development parameters and intelligence in Chilean high school graduates. Intell 32:461–479

Jacobson CD, Gorski RA (1981) Neurogenesis of the sexually dimorphic nucleus of the preoptic area in the rat. J Comp Neurol 196:519–529

Jäncke L, Staiger JF, Schlaug G, Huang Y, Steinmetz H (1997) The relationship between corpus callosum size and forebrain volume. Cerebral Cortex 7:48–56

Kawaguchi Y (1992) Receptor subtypes involved in callosal-induced postsynaptic potentials in rat frontal agranular cortex in vitro. Exp Brain Res 88:33–40

Kawata M (1995) Roles of steroid hormones and their receptors in structural organization in the nervous system. Neurosci Rev 24:1–46

Kelliher KR, Liu YC, Baum MJ, Sachs BD (1999) Neuronal Fos activation in olfactory bulb and forebrain of male rats having erections in the presence of inaccessible estrous females. Neurosci 92:1025–1033

Keverne EB (2002) Pheromones, vomeronasal function, and gender-specific behavior. Cell 108 735–738

Keysers C, Diekamp B, Güntürkün O (2000) Evidence for asymmetres in the phasic intertectal interactions in the pigeon (Columba livia) and their potential role in brain lateralisation. Brain Res 852:406–413

Knecht M, Kuhnau D, Huttenbrink KB, Witt M, Hummel T (2001) Frequency and localization of the putative vomeronasal organ in humans in relation to age and gender. Laryngoscope 111:448–452

Kruijver FP, Balesar R, Espila AM, Unmehopa UA, Swaab DF (2003) Estrogen-receptor-beta distribution in the human hypothalamus: similarities and differences with ER alpha distribution. J Comp Neurol 466:251–277

Kulynych JJ, Vladar K, Jones DW, Weinberger DR (1994) Gender differences in the normal lateralization of the supratemporal cortex: MRI surface-rendering morphometry of Heschl´s gyrus and the planum temporale. Cerebral Cortex 4:107–118

Lemaitre H, Crivello F, Grassiot B, Alperovitch A, Tzourio C, Mazoyer MB (2005) Age- and sex-related effects on the neuroanatomy of healthy elderly. Neuroimage 26:900–911

LeVay SA (1991) difference in hypothalamic structure between heterosexual and homosexual men. Science 253:1034–1037

Liang KC, Bennett C, McGaugh JL (1985) Peripheral epinephrine modulates the effects of post-training amygdala stimulation on memory. Behav Brain Res 15:93–100

Liang KC, Juler RG, McGaugh JL (1986) Modulating effects of posttraining epinephrine on memory: involvement of the amygdala noradrenergic system. Brain Res 368:125–133

Liu YC, Salamone JD, Sachs BD (1997) Lesions in medial preoptic area and bed nucleus of stria terminalis: differential effects on copulatory behavior and noncontact erection in male rats, J Neurosci 17:5245–5253

Luders E, Narr KL, Thompson PM, Thompson PM, Rex DE, Jancke L, Steinmetz H, Toga AW (2004) Gender differences in cortical complexity. Nature Neurosci 7:799–800

Luders E, Narr KL, Thompson PM, Woods RP, Rex DE, Jancke L, Steinmetz H, Toga AW (2005) Mapping cortical gray matter in the young adult brain: effects of gender. Neuroimage 26:493–501

Lynn R (1994) Sex differences in intelligence and brain size: a paradox resolved. Pers Indiv Diff 17:257–271

Mack CM, Fitch RH, Cowell PE, Schrott LM, Denenberg VH (1993) Ovarian estrogen acts to feminize the female rat´s corpus callosum. Developmental Brain Research 71:115–119

Mackintosh NJ (1998) Reply to Lynn. J Biosoc Sci 30:533–539

Marzi CA, Bisiacchi P, Nicoletti R (1991) Is interhemispheric transfer of visuomotor information asymmetric? Evidence from a meta-analysis. Neuropsychologia 29:1163–77

Mas M (1995) Neurobiological correlates of masculine sexual behavior. Neurosci Biobehav Rev 19:261–277

Matano S, Nakano Y (1998) Size comparison of the male and female human corpus callosum from autopsy samples. Zeitschrift für Morphologie und Anthropologie 82:67–73

McCarty R, Gold PE (1981) Plasma catecholamines: effects of footshock level and hormonal modulators of memory storage. Horm Behav 15:168–182

McCarthy MM, Becker JB (2002) Neuroendocrinology of sexual behavior in the female. In: Becker JB, Breedlove SM, Crews D, McCarthy MM (eds) Behavioral endocrinology. MIT Press, Cambridge, pp 117–151

McClintock MK (1984) Estrous synchrony: Modulation of ovarian cycle length by female pheromones. Physiol Behav 32:701–705

McCourt ME, Mark VW, Radonovich KJ, Willison SK, Freeman P (1997) The effects of gender, menstrual phase and practice on the perceived location of the midsagittal plane. Neuropsychologia 35:717–724

McGaugh JL (1983) Hormonal influences on memory. Annu Rev Psychol 34:297–323

McGaugh JL, Cahill L, Roozendaal B (1996) Involvement of the amygdala in memory storage: Interaction with other brain systems. Proc Natl Acad Sci USA 93:3508–13514

McGlone J (1977) Sex differences in the cerebral organization of verbal functions in patients with unilateral brain lesions. Brain 100:775–793

McGlone J (1980) Sex differences in human brain asymmetry: A critical survey. Behavioral and Brain Sciences 3:215–263

Mead LA, Hampson E (1996) Asymmetric effects of ovarian hormones on hemispheric activity: Evidence from dichotic and tachistoscopic tests. Neuropsychology 10:578–87

Meinschaefer J, Hausmann M, Güntürkün O (1999) Laterality effects in the processing of syllable structure. Brain and Language 70:287–293

Moffat SD, Hampson E, Lee DH (1998) Morphology of the planum temporale and the corpus callosum in left handers with evidence of left and right hemisphere speech representation. Brain 121:2369–79

Moffat SD, Hampson E, Wickett JC, Vernon PA, Lee DH (1997) Testosterone is correlated with regional morphology of the human corpus callosum. Brain Research 767:297–304

Nalcaci E, Basar-Eroglu C, Stadler M (1999) Visual evoked potential interhemispheric transfer time in different frequency bands. Clin Neurophysiol 110:71–81

Nopoulos P, Flaum M, O'Leary D, Andreasen NC (2000) Sexual dimorphism in the human brain: evaluation of tissue volume, tissue composition and surface anatomy using magnetic resonance imaging. Psychiat Res Imag 98:1–13

Novicka A, Grabowska A, Fersten E (1996) Interhemispheric transmission of information and functional asymmetry of the human brain. Neuropsychologia 34:147–51

Nunez JL, Juraska JM (1998) The size of the splenium of the rat corpus callosum: influence of hormones, sex ratio, and neonatal cryoanethesia. Developmental Psychobiology 33:295–303

Oka S, Miyamoto O, Janjua NA, Honjo-Fujiwara N, Ohkawa M, Nagao S, Kondo H, Minami T, Toyoshima T, Itano T (1999) Re-evaluation of sexual dimorphism in human corpus callosum. Neuroreport 10:937–940

Pakkenberg B, Gundersen HJG (1997) Neocortical neuron number in humans: effect of sex and age. J Comp Neurol 384:312–320

Pilgrim C, Hutchison JB (1994) Developmental regulation of sex differences in the brain: can the role of gonadal steroids be redefined? Neurosci 60:843–855

Poffenberger AT (1912) Reaction time to retinal stimulation with special reference to the time lost in conduction through nerve centres. Archives of Psychology 23:1–73

Raisman G, Field PM (1971) Sexual dimorphism in the preoptic area of the rat. Science 173:731–733

Rand MN, Breedlove SM (1987) Ontogeny of functional innervation of bulbocavernosus muscles in male and female rats. Brain Res 430:150–152

Rasmjou S, Hausmann M, Güntürkün O (1999) Hemispheric dominance and gender in the perception of an illusion. Neuropsychologia 37:1041–1047

Raz N, Gunning-Dixon F, Head D, Rodrigue KM, Williamson A, Acker JD (2004) Aging, sexual dimorphism, and hemispheric asymmetry of the cerebral cortex: replicability of regional differences in volume. Neurobiol Aging 25:377–396

Rode C, Wagner M, Güntürkün O (1995) Menstrual cycle affects functional cerebral asymmetries. Neuropsychologia 33:855–865

Sanders G, Wenmoth D (1998) Verbal and music dichotic listening task reveal variations in functional cerebral asymmetry across the menstrual cycle that are phase and task dependent. Neuropsychologia 36:869–874

Savic I, Berglund H, Lindström P (2005) Brainresponses to putative pheromones in homosexual men. Proc Natl Acad Sci USA 102:7356–7361

Smith TD, Siegel MI, Mooney MP, Burdi AR, Burrows AM, Todhunter JS (1997) Prenatal growth of the human vomeronasal organ. Anat Rec 248:447–455

Shapleske J, Rossel SL, Woodruff PW, David,AS (1999) The planum temporale: a systematic, quantitative review of its structural, functional and clinical significance. Brain Research Review 29:26–49

Skiba M, Diekamp B, Prior H, Güntürkün O (2000) Lateralized interhemispheric transfer of color cues: evidence of dynamic coding principles of visual lateralization in pigeons. Brain Lang 73:254–273

Smith SS, Waterhouse BD, Chapin JK, Woodward DJ (1987a) Progesterone alters GABA and glutamate responsiveness: a possible mechanism for its anxiolytic action. Brain Res 400:353–359

Smith SS, Waterhouse BD, Woodward DJ (1987b) Locally applied progesterone metabolites alter neuronal responsiveness in the cerebellum. Brain Res Bull 18:739–747

Smith SS, Waterhouse BD, Woodward DJ (1988) Locally applied estrogens potentiate glutamate-evoked excitation of cerebral Purkinje cells. Brain Res 475:272–282

Steinmetz H, Jäncke L, Kleinschmidt A, Schlaug G, Volkmann J, Huang Y (1992) Sex but no hand difference in the isthmus of the corpus callosum. Neurol 42:749–752

Swaab DF, Gooren LJ, Hofman MA (1992) The human hypothalamus in relation to gender and sexual orientation. Progr Brain Res 93:205–217

Tomasch J (1954) Size, distribution, and number of fibers in the human corpus callosum. Anat Rec 119:119–135

Toyama K, Matsunami K (1976) Convergence of specific visual and commissural impulses upon inhibitory interneurons of the cat´s visual cortex. Neurosci 1:107–112

Voyer D (1996) On the magnitude of laterality effects and sex differences in functional literalities. Laterality 1:51–83

Weis S, Weber G, Wenger E, Kimbacher M (1989) The controversy about a sexual dimorphism of the human corpus callosum International. Journal of Neuroscience 47:169–173

Wickett JC, Vernon PA, Lee, D H (2000) Relationship between factors of intelligence and brain volume. Pers Indiv Diff 29:1095–1122

Witelson SF, Glezer II, Kigar DL (1995) Women have greater density of neurons in the posterior temporal cortex. Journal of Neuroscience 15:3418–3428

Witelson SF, Kigar DL (1992) Sylvian fissure morphology and asymmetry in men and women: Bilateral differences in relation to handedness in men. Journal of Comparitive Neurology 323:175–182

Wood RJ, Newman SW (1993) Mating activates androgen receptor containing neurons in chemosensory pathways of the male Syrian hamster brain. Brain Res 614:65–77

Zaidel E, Aboitiz F, Clarke J (1995) Sexual dimorphism in interhemispheric relations: anatomical-behavioral convergence. Biological Research 28:27–43

Zhang J, Webb DM (2003) Evolutionary deterioration of the vomeronasal pheromone transduction pathway in catarrhine primates. Proc Natl, Acad Sci USA 100:8337–8341

Zhou J, Hofman MA, Gooren LJG, Swaab DF (1995) A sex difference in the human brain and its relation to transsexuality. Nature 378:68–70

Inspektor Craddock: »Ich glaube, bloß ein Weibergehirn und bestimmt auch nur Ihres konnte auf so was kommen.« Miss Marple: »Es mag Sie ja irritieren, Inspektor, das weibliche Gehirne manchmal den männlichen überlegen sind, doch Sie müssen sich nun leider damit abfinden.« *(Agatha-Christie-Verfilmung »16 Uhr 50 ab Paddington«)*

»Männer sind Frauen geistig überlegen«, »Frauen können nicht einparken«, »Männer können nicht zuhören«, »Frauen können keine Landkarten lesen«, »Männer können sich nur auf eine Sache gleichzeitig konzentrieren«, »Frauen sind geschickter«, »Frauen verwechseln Links und Rechts«. Dies ist nur einer kleine Auswahl von Vorurteilen, die uns die Teilnehmer zu Beginn eines Einführungskurses zu kognitiven Geschlechtsunterschieden nannten. Solche und ähnliche Vorteile über die Unterschiede in den mentalen Fähigkeiten von Frauen und Männern gelten sicherlich nicht nur für Bochumer Psychologiestudenten, sondern sind tief verwurzelt in unserer Gesellschaft. Dieses Kapitel möchte einen kleinen Einblick in die Forschung zu den empirischen Befunden kognitiver Geschlechtsunterschiede geben und die Frage beantworten, ob sich Männer und Frauen tatsächlich in bestimmten Denkprozessen und Fertigkeiten voneinander unterscheiden. Lassen sich bestimmte Vorurteile wissenschaftlich belegen?

6.1 Einführung

In der Tat beobachtet eine Vielzahl von Studien Geschlechtsunterschiede in kognitivem Verhalten. Das bedeutet nicht, dass ein Geschlecht generell intelligenter ist als das andere, sondern dass es spezifische kognitive Funktionen gibt, in denen sich Frauen und Männer voneinander unterscheiden. Von vornherein sei dabei angemerkt, dass es sich hier nicht um absolute, sondern relative Leistungsunterschiede handelt. Die kognitiven Unterschiede innerhalb einer Geschlechtergruppe sind deutlich größer als zwischen den Geschlechtern. Aufgrund dieser großen Überschneidung sind Leistungsvoraussagen alleine auf der Basis der Geschlechtszugehörigkeit eines Individuums nicht möglich.

Als Ursachen für kognitive Geschlechtsunterschiede sind sowohl biologische als auch soziale Faktoren diskutiert worden. Aussagen darüber, welche dieser Faktorengruppen bedeutsamer für kognitive Geschlechtsunterschiede sind, lassen sich in der Regel nicht treffen. Beide Faktorengruppen haben sich als relevant herausgestellt. Darüber hinaus gibt es einige Beispiele dazu, wie diese Faktoren miteinander interagieren bzw. wie soziale Einflüsse durch biologische Faktoren vermittelt werden können und vice versa. Kognitive Geschlechtsunterschiede werden in der aktuellen Forschung im Rahmen eines psychobiosozialen Ansatzes untersucht. Der Ausbau eines solchen Modells ist sicherlich eine der größten Herausforderungen der aktuellen Geschlechterforschung. Das vorliegende Überblickskapitel gibt einen kleinen Einblick in die aktuelle Forschung kognitiver Geschlechtsunterschiede und räumt so mit einer Vielzahl der Mythen und Vorurteile in diesem faszinierenden Gebiet auf.

6.2 Geschlechtsunterschiede in spezifischen kognitiven Funktionen

Geschlechtsunterschiede bei Laut- und Formtests

Ein britisches Forscherteam berichtete 1975 in dem renommierten amerikanischen Wissenschaftsmagazin Science von einem einfachen Experiment. Coltheart und seine Mitarbeiter (1975) instruierten männliche und weibliche Versuchspersonen, alle Buchstaben des Alphabets zu zählen, die den Laut »e« enthalten (Lauttest). In einem zweiten Teilexperiment sollten die gleichen Versuchspersonen die Buchstaben zählen, die als Großbuchstaben eine Rundung enthalten (Formtest). Alle Versuchspersonen sollten die beiden Aufgaben mental durchführen, ohne dabei die Buchstaben laut auszusprechen oder sie zu notieren. Die Gesamtleistung in beiden Aufgaben unterschied sich für die untersuchten Personen nicht voneinander. Allerdings zeigte sich, dass die Leistung in den beiden Aufgabentypen mit dem Geschlecht der Probanden variierte. Deutlich mehr Frauen als Männer führten die verbale Aufgabe (Lauttest) korrekt durch, wohingegen die räumliche Aufgabe (Formtest) von deutlich mehr Männern korrekt gelöst wurde. Diese Untersuchung zeigte zweierlei: Einerseits unterscheiden sich Männer und Frauen nicht in der Gesamtleistung dieses Tests, sondern nur in den spezifischen Aufgabentypen, des Weiteren zeigen Männer durchschnittlich bessere Leistungen in der räumlichen Aufgabe, wohingegen Frauen durchschnittlich bessere Leistungen im verbalen Test aufweisen. Das Ergebnis von besseren räumlichen Leistungen von Männern (Beispiel Formtest) und besseren sprachlichen Leistungen von Frauen (Beispiel Lauttest) konnte in mehreren nachfolgenden Studien repliziert werden.

Die kanadische Psychologin Doreen Kimura hat eine Liste von spezifischen kognitiven Funktionen zusammengestellt, für die in der Fachliteratur häufig Geschlechtsunterschiede beschrieben wurden, d. h. Funktionen, in denen Frauen durchschnittlich bessere Leistungen zeigen als Männer, und umgekehrt Frauen im Durchschnitt den Männern überlegen sind (Kimura 2002). Einige dieser spezifischen kognitiven Funktionen sind in ◘ Abb. 6.1 aufgeführt. Grundsätzlich lassen sich die Tests grob in wenige Funktionsbereiche unterteilen. In spezifischen verbalen und feinmotorischen Aufgaben sind Frauen den Männern eher überlegen, während in spezifischen räumlichen Aufgaben die Männer durchschnittlich bessere Leistungen zeigen.

Kann dies als ein klarer Hinweis für die oben genannten Vorurteile angesehen werden? Die Geschlechterforschung der letzten Jahrzehnte zeigt, dass es keine globalen Funktionskategorien gibt, in denen das eine oder das andere Geschlecht einen eindeutigen Leistungsvorteil aufzeigt.

6.2.1 Raumkognition

Insgesamt werden drei Kategorien der Raumkognition voneinander unterschieden. Hierbei handelt es sich um die räumliche Wahrnehmung, räumliche Visualisierung und mentale Rotation (Linn u. Petersen 1985).

Räumliche Wahrnehmung. Bei den Tests zur räumlichen Wahrnehmung müssen die Versuchspersonen räumliche Beziehungen zwischen Objekten oder in Bezug zum eigenen Körper herstellen. Zu diesen Tests gehört z. B. der **Rod-and-frame-Test**, bei dem die Versuchspersonen einen Stab vertikal in einem Rahmen platzieren müssen, der um einige Winkelgrad gedreht ist (Witkin et al. 1962). Ein anderes prominentes Beispiel ist der **Wasserlevel-Test** (Inhelder u. Piaget 1958). Dieser Test verlangt das Einzeichnen einer horizontalen Linie in einer gekippten Flasche (◘ Abb. 6.1c).

Räumliche Visualisierung. Die räumliche Visualisierung bezeichnet eine Funktion bei der eine komplizierte, mehrstufige mentale Manipulation räumlicher Informationen verlangt wird (◘ Abb. 6.1). Diese Aufgabe kann auch räumliche Prozesse beinhalten, wie sie bei der räumlichen Wahrnehmung und der mentalen Rotation gefordert werden. Zu solchen Aufgaben gehören z. B. die »**versteckten Figuren**« (hidden figures) oder der **Paper-folding-Test**.

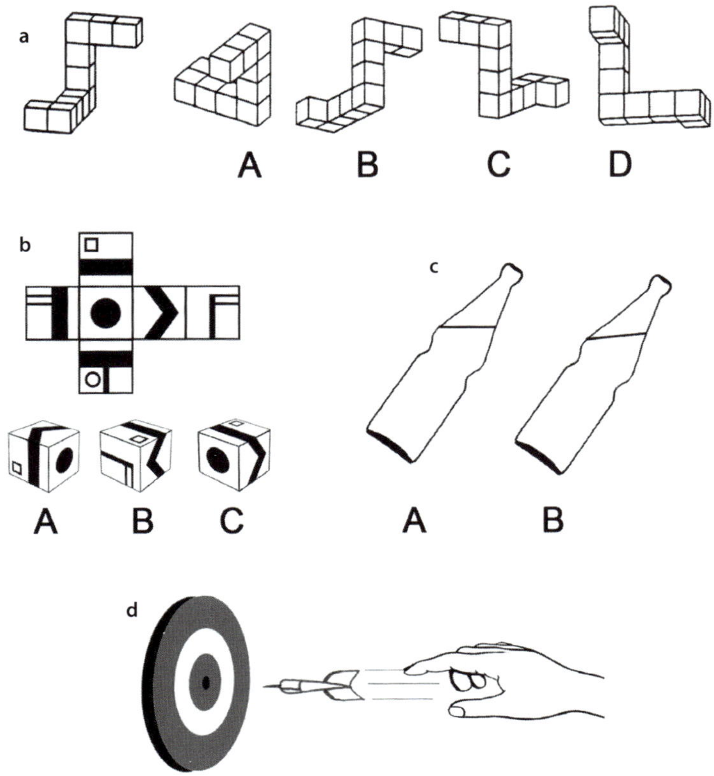

◘ Abb. 6.1a–d. Die funktionellen Domänen der Männer. **a** Mentaler Rotationstest (Peters 1995). Es sollen die zwei Vergleichsfiguren markiert werden, die die Originalfigur in rotierter Position abbilden. Richtige Antwort ist A und C. **b** Test zur räumlichen Visualisierung. Probanden müssen entscheiden, welcher Würfel der Faltvorlage nicht entspricht. Richtige Antwort ist B. **c** Wasserlevel-Test. Probanden müssen die physikalisch korrekte Alternative nennen. Richtige Antwort ist A. **d** Zielgerichtetes Werfen

Mentale Rotation. Hierbei geht es um die räumliche Fähigkeit, dreidimensionale (3D) Figuren schnell und möglichst akkurat um eine oder mehrere räumliche Achsen mental zu rotieren, um zwei oder mehrer Objekte so miteinander vergleichen zu können (◘ Abb. 6.1a).

Geschlechtsunterschiede in der Raumkognition lassen sich jedoch nicht für alle diese Aufgaben beobachten. Basierend auf den Richtlinien für die **Effektstärke d** von Cohen (1977) bezeichnet ein d von 0,20, 0,50 und 0,80 (Minimalwerte) kleine, mittlere und große Effektstärken. Insbesondere Aufgaben zur mentalen Rotation zeigen in verschiedenen Studien sehr robuste Geschlechtsunterschiede von bis zu einer ganzen Standardabweichung (d=1,00) oder sogar darüber hinaus (Linn u. Peterson 1985; Masters u. Sanders 1993). Für die Aufgaben zur räumlichen Wahrnehmung und Visualisierung, die einen Geschlechtsunterschied zeigen, ist die Effektstärke d mit 0,50 dagegen eher moderat (Kimura 2002). Die mentale Rotation kann somit sicherlich als ein Sonderfall räumlichen Vorstellungsvermögens und kognitiver Geschlechtsunterschiede insgesamt angesehen werden.

Der **mentale Rotationstest** (Vandenberg u. Kuse 1978) gilt als der geschlechtssensitivste Papier-Bleistift-Test, der in der (neuro-)psychologischen Forschung bekannt ist. In einer einfacheren Variante des Tests müssen die Probanden entscheiden, ob es sich bei zwei abstrakten Würfelfiguren (Shepard u. Metzler 1971) um identische, aber rotierte Stimuli handelt, oder ob sich diese Figuren voneinander unterscheiden (Spiegelbild) und nicht durch mentales Rotieren um eine oder mehrere Achsen in Übereinstimmung gebracht werden können. In einer revidierten Fassung des mentalen Rotationstests (Peters 1995), werden den Versuchspersonen eine Ausgangsfigur sowie vier Vergleichsfiguren gezeigt. Aufgabe der Probanden in diesem Papier-Bleistift-Test ist es genau die beiden Vergleichsfiguren zu markieren, die die Originalfigur in rotierter Position abbilden. Die zwei weiteren Figuren unterscheiden sich deutlich vom Original und zeigen in der Regel eine gespiegelte Figur. Insgesamt besteht der Test aus 24 solcher Items, die unter Zeitdruck in zwei unterschiedlichen Sätzen à 12 Items absolviert werden müssen (◘ Abb. 6.1a).

Bestimmte **Charakteristika der Aufgabe**, die nicht in direkten Zusammenhang mit der mentalen Rotation stehen, beeinflussen die Stärke des Leistungsunterschiedes zwischen Männern und Frauen zum Teil erheblich. Die Tatsache, dass es sich bei den Shepard-Metzler-Figuren um dreidimensionale (3D) Stimuli handelt, scheint die Stärke des Geschlechtsunterschiedes in diesen Papier-Bleistift-Tests nur unwesentlich zu beeinflussen. Der starke Geschlechtsunterschied bleibt in dem gleichen Ausmaß erhalten, wenn die Probanden »schwierige« zweidimensionale (2D) Figuren mental rotieren müssen (Collins u. Kimura 1997). Als ein wesentlicher Leistungsfaktor wurde der Zeitzwang bei der Durchführung der verschiedenen mentalen Rotationstests diskutiert. Obwohl Widersprüche existieren (z. B. Prinzel u. Freeman 1995; Resnick 1993), beobachteten einige Studien, dass sich die Geschlechtsunterschiede nahezu auflösen, wenn die Probanden genügend Zeit zur Lösung der Aufgaben zur Verfügung haben (Goldstein et al. 1990; Voyer 1997). Eine aktuelle Studie von Peters (2005) untersuchte den Faktor Zeit bei der Durchführung des mentalen Rotationstest auf verschiedene Art und Weise. Diese Studie untersuchte in einem ersten Experiment die geschlechtsspezifische Leistungsverteilung in Abhängigkeit von der fortschreitenden Zeit. Die Ergebnisse, die auf einer großen Stichprobe basierten (N=1765), zeigten, dass der Geschlechtsunterschied im Fortlauf des Experiments ansteigt, und dass weniger Frauen als Männer das letzte Item innerhalb eines Aufgabensatzes erreichten. Wird den Versuchspersonen im Vergleich zur Standardbedingung doppelt soviel Zeit zur Durchführung des Tests gelassen, so zeigte sich allerdings ein unverändert starker Geschlechtsunterschied, obwohl die Leistung für beide Geschlechter beträchtlich anstieg. Das letzte Ergebnis spricht klar dagegen, dass es sich bei dem Zeitdruck um einen kritischen Leistungsfaktor in dieser Aufgabe handelt. Eine andere Studie (Kerkman et al. 2000) lässt vermuten, dass der Faktor Zeit, vermittelt durch geschlechtsspezifische Lösungsstrategien, vielleicht doch einen Einfluss auf die Leistungsunterschiede in der mentalen Rotation nehmen könnte. Wenn Frauen nur zwei rotierte bzw. gespiegelte Figuren miteinander vergleichen müssen, so sind sie in etwa gleich schnell und akkurat wie eine männliche Vergleichsgruppe. Wenn jedoch mehrere Figuren mit dem Original für die Lösung eines Items verglichen werden müssen, dann zeigen Männer einen Vorteil. Diese Befund könnten dafür sprechen, dass Frauen jede der vier Vergleichsfiguren mit dem Original vergleichen (um absolut sicher zu gehen), wohingegen Männern sofort zum nächsten Item wechseln, wenn die beiden gesuchten identischen/rotierten Figuren identifiziert worden sind. Männer verzichten auf die Gegenprobe. Diese Strategie deckt sich mit den Aussagen von Versuchspersonen nach dem Absolvieren des mentalen Rotationstest in einer eigenen unpublizierten Studien. Zumindest beim Paarvergleich von Shepard-Metzler Figuren ließen sich trotz großer Leistungsunterschiede weder Reaktionszeitunterschiede in der Beantwortung der einzelnen Items zwischen Männern und Frauen beobachten, noch gab es einen Zusammenhang zwischen dem Leistungs- und dem Reaktionsmaß (Peters 2005). Insgesamt scheinen Leistungsfaktoren, die nicht in direktem Zusammenhang zur Raumkognition stehen, nur zum Teil die robusten Geschlechtsunterschiede in der mentalen Rotation zu beeinflussen.

Geschlechtsunterschiede in der Raumkognition zeigen sich aber nicht ausschließlich zugunsten der männlichen Population. In einem Test zum **Ortsgedächtnis von Objekten** (object location memory, Eals u. Silverman 1994) wurde eine Überlegenheit für Frauen beobachtet. Aufgabe der Versuchspersonen in diesem Papier-Bleistift Test ist das Memorieren einer Ansammlung von Objekten und deren Position auf einem Blatt Papier. In der zweiten Phase des Tests erhalten die Versuchspersonen ein weiteres Blatt, auf dem einige Objektpaare ihre Position getauscht haben. Diese Objektpaare sollen von den Versuchspersonen ohne Zeitrestriktionen markiert werden (◘ Abb. 6.2d). Der weibliche Vorteil im object location memory konnte in mehreren Studien repliziert werden (James u. Kimura 1997; McBurney et al. 1997; Postma et al. 1998). Verändert man die Aufgabe jedoch so, dass ausschließlich Positionen rekonstruiert werden müssen (alle Objekte waren identisch), dann schneiden Frauen deutlich schlechter in diesem Test ab, und es findet sich ein Vorteil für Männer (James u. Kimura 1997; Postma et al. 1998).

Dies könnte dafür sprechen, dass Frauen, anders als Männer, ein gemeinsames System für die Objektidentität und dessen Lokalisation nutzen (James u. Kimura 1997). Diese Annahme passt auch zu der Beobachtung, dass sich Frauen eher an Landmarken orientieren (»Am Hauptbahnhof links abbiegen, dann die breite Allee entlang, am Arbeitsamt vorbei ... das weiße Haus, neben dem Postgebäude ...«), wohingegen Männer eher geometrische Informationen bei der Navigation einbeziehen (»nach 200 Metern links abbiegen, dann 500 Meter in südöstliche Richtung ...« (Miller u. Santoni 1986; Ward et al. 1986). Darüber hinaus zeigen neuere Befunde, dass der Kontext einen wesentlichen Einfluss auf den Geschlechtsunterschied im object location memory hat. Der klassische weibliche Vorteil in dieser Aufgabe zeigt sich nur dann, wenn konkrete Objekte verwendet werden, was vermutlich auf die weibliche Überlegenheit im verbalen Gedächtnis zurückgeführt werden kann (siehe nächster Abschnitt). Ein männlicher Vorteil zeigt sich dagegen, wenn die Lokalisation abstrakter Objekte wiedergegeben werden muss, wobei vermutlich insbesondere räumliche Lösungsstrategien an Effektivität gewinnen (Choi u. L'Hirondelle 2005).

Ähnliche geschlechtsspezifische Prozesse lassen sich beim **Labyrinthlernen** beobachten. Bei Frauen lässt sich die Leistung beim Navigieren durch ein virtuelles Labyrinth gleichermaßen durch räumliche (z. B. mentaler Rotationstest) wie auch durch sprachliche Faktoren (Wortschatztest und Test zur verbalen Kreativität) vorhersagen, wohingegen bei Männern fast ausschließlich räumliche Faktoren zum tragen kommen (Moffat et al. 1998). Dies könnte bedeuten, dass Frauen, anders als Männer, auch verbale Strategien einsetzen, um bestimmte räumliche Probleme zu lösen.

Insgesamt zeigen die Studien, dass es sich bei der Raumkognition mit seinen Subkategorien um ein multidimensionales Konzept handelt, und dass das Auftreten von Geschlechtsunterschieden sowie deren Richtung von spezifischen Leistungsfaktoren, ihrer jeweiligen Operationalisierung und der individuellen kognitiven Strategie abhängt.

6.2.2 Sprachliche Kognition

Hartnäckig hält sich das Vorurteil, dass Frauen generell bessere verbale Leistungen zeigen als Männer. Insgesamt lassen sich aber nur wenige verbale Funktionen finden, die tatsächlich einen konsistenten und robusten Vorteil für Frauen finde aufweisen.

Eine umfassende Metaanalyse (Hyde u. Linn 1988) untersuchte auf der Basis von 165 Studien Geschlechtsunterschiede in den verschiedensten verbalen Aufgabentypen (Wortschatz, Analogien, Leseverständnis, Sprachproduktion, Anagramme etc.). Für beinahe alle Aufgabentypen (mit Ausnahme der Analogien, männlicher Vorteil) konnte für Kinder im Alter von fünf Jahren oder jünger sowie für Erwachsene älter als 26 Jahre ein Vorteil für das weibliche Geschlecht gefunden werden. Im Alter zwischen 5 und 26 Jahren zeigten sich kaum Geschlechtsunterschiede. Die (gewichtete) mittlere Effektstärke d von 0,11 ist über alle Aufgabentypen hinweg insgesamt jedoch so klein, dass die Autoren hieraus ableiteten, dass tatsächlich keine Geschlechtsunterschiede in verbalen Fähigkeiten existieren. Die amerikanische Psychologin Diane Halpern (2000) gibt in ihrer Monographie jedoch zu bedenken, dass die Metastudie beinahe 20 Jahre alt ist, und dass das Ausmaß verbaler Geschlechtsunterschiede auf der Basis neuerer Befunde tatsächlich unterschätzt wurde. Halpern bezieht sich dabei auf den klaren weiblichen Vorteil in Aufgaben, die das Verfassen von Texten erfordern, grammatikalische Konstruktionen und einen akkuraten Gebrauch von Wörtern etc. involvieren. Darüber hinaus merkt die Autorin an, dass junge Mädchen im Alter bis zu fünf Jahren bessere Sprachleistungen zeigen (McGuiness 1976; Smolak 1986), ca. einen Monat früher zu sprechen beginnen (z. B. Gazzaniga et al. 1998) sowie im Kleinkindalter ein größeren Wortschatz aufweisen als gleichaltrige Jungen (Huttenlocher et al. 1991).

Sowohl in der klinischen als auch in der experimentellen Forschung wird die **Wortflüssigkeit** häufig in Zusammenhang mit verbalen Geschlechtsunterschieden genannt (Lezak 1995). In Aufgaben zur

Wortflüssigkeit müssen Versuchspersonen in einer begrenzten Zeit möglichst viele Wörter generieren, die entweder mit dem gleichen Anfangsbuchstabe beginnen (**letter fluency**, ◘ Abb. 6.2c) oder die zu einer spezifischen Kategorie (z. B. Tiere) gehören (**category fluency**). Bei der Wortflüssigkeit handelt es sich jedoch um eine Funktion, die nicht nur Sprachfunktionen, wie z. B. die Größe des Vokabulars oder das verbale Langzeitgedächtnis misst, sondern darüber hinaus auch Aufmerksamkeitsprozesse, Antwortgeschwindigkeit und exekutive Funktionen, wie z. B. Arbeitsgedächtnis, Monitoring, Suchstrategien, Vermeiden von Regelverstößen (z. B. keine Eigennamen nennen) etc. (Ruff et al. 1997).

Tatsächlich ist die Literatur uneindeutig, ob Frauen den Männern tatsächlich in dieser sprachlichen Funktion überlegen sind (Maturanath et al. 2003). Hines (1990) berichtet in einer Studie von einem weiblichen Vorteil mit einer Effektstärke d von 1,2. Crossley et al. (1997) beobachteten, dass ältere Frauen den Männern nur in der letter fluency überlegen sind, nicht aber in der category fluency. Eine andere Studie findet sogar eine bessere category fluency bei Männern (Kempler et al. 1998). Gründe für diese inkonsistenten Ergebnisse basieren vermutlich auf der häufig fehlenden Kontrolle der Schuldbildung, des Alters oder der kulturellen Unterschiede. In einer aktuellen Studie verschwinden Geschlechtsunterschiede in beiden Aufgabentypen zur Wortflüssigkeit, wenn das Alter und die Schulbildung kontrolliert werden (Maturanath et al. 2003).

Ein konsistenter weiblicher Vorteil lässt sich scheinbar insbesondere in Aufgaben zum **verba-**

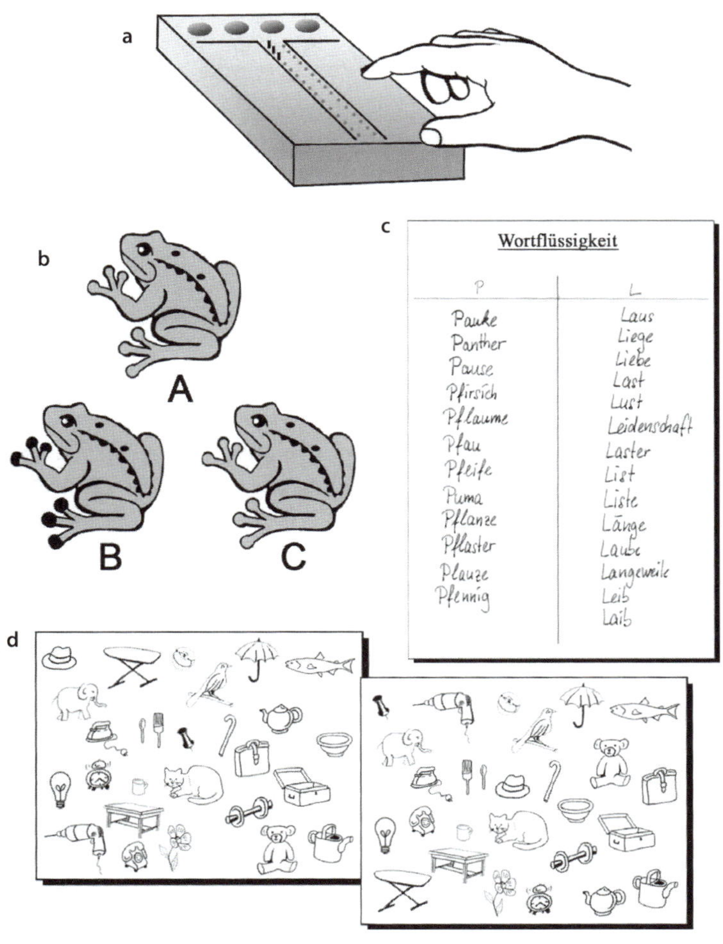

◘ **Abb. 6.2a–d.** Die funktionellen Domänen der Frauen. **a** Purdue-pegboard-Test untersucht die komplexe Willkürmotorik. Stifte, Unterlegscheiben etc., müssen auf vordefinierte Art und Weise und unter Zeitdruck auf einem Steckbrett arrangiert werden. **b** Beispiel eines Tests zur Wahrnehmungsgeschwindigkeit. Item B unterscheidet sich von den beiden anderen Alternativen. **c** Letter-fluency-Test. Probanden sollen in einer begrenzten Zeit möglichst viele Wörter generieren, die mit den Anfangsbuchstaben »P« und »L« beginnen. **d** Object location memory. In Phase 1 muss eine Ansammlung von Objekten sowie deren Position auf einem Blatt Papier memoriert werden. In Phase 2 erhalten die Probanden ein zweites Blatt, auf dem einige Objektpaare ihre Position getauscht haben. Diese gilt es zu markieren

len Gedächtnis beobachten. Dieser Geschlechtsunterschied findet sich vor allem dann, wenn zuvor gelernte Wortlisten frei wiedergegeben werden müssen (Bleeker et al. 1988; Chipman u. Kimura 1998; Kramer et al. 1988). Beim einfachen Wiedererkennen von gelernten Wörtern beobachteten diese Studien keinen Geschlechtsunterschied. Insgesamt geht Kimura (2002) jedoch davon aus, dass Aufgaben zum verbalen Gedächtnis den stärksten Geschlechtsunterschied zugunsten von Frauen ausmachen. Basierend auf ihrer eigenen Forschung (Chipman u. Kimura 1998) ergeben sich Effektstärken d zwischen 0,58 und 0,97 bei der freien Wiedergabe einer Wortliste.

6.2.3 Wahrnehmungsgeschwindigkeit

Die Wahrnehmungsgeschwindigkeit bezeichnet die Fähigkeit zum raschen Auffinden von Unterschieden zwischen Objekten (◘ Abb. 6.2b). Tests zur Wahrnehmungsgeschwindigkeit sind Bestandteil nahezu aller bekannten Intelligenztests. Die Wahrnehmungsgeschwindigkeit spielt eine wichtige Rolle in der neuropsychologischen Diagnostik und in Studien zum kognitiven Altern (Burns u. Nettelbeck 2005). Ein prominentes Beispiel für einen Wahrnehmungsgeschwindigkeitstest ist der **Zahlen-Symbol-Test** (digit symbols), ein Subtest des Wechsler-Intelligenztests. In dieser Aufgabe wird den Versuchspersonen eine Liste von Zahlen-Symbol-Paaren vorgegeben. Auf einem Antwortbogen müssen den Zahlen dann die entsprechenden Symbole möglichst schnell zugeordnet werden. Geschlechtsunterschiede in Tests zur Wahrnehmungsgeschwindigkeit favorisieren konsistent Frauen (Halpern 2000; Kimura 1999). Auf der Basis von Subtestanalysen verschiedener Intelligenztest kommen unterschiedliche Autoren zu dem Schluss, dass die Effektstärke d für den Geschlechterunterschied in der Wahrnehmungsgeschwindigkeit als klein bis moderat angesehen werden kann (Feingold 1992; Hedges u. Nowell 1995).

Diese Annahme konnte in einer aktuellen Studie auf der Basis von 653 Versuchspersonen im Alter zwischen 8 und 78 Jahren mit einer mittleren Effektstärke d von 0,42 bestätigt werden (Burns u. Nettelbeck 2005). Der Zahlen-Symbol-Test misst dabei nicht nur die psychomotorische Geschwindigkeit, sondern insbesondere auch das Enkodieren und die Evaluation symbolischer Information (Guilford 1967) und bildet somit zum Teil auch verbale Gedächtnisprozesse ab (Royer 1978). Für den Geschlechtsunterschied in der Wahrnehmungsgeschwindigkeit könnte dies bedeuten, dass dieser mit dem symbolischen (verbalen) versus räumlichen Charakter der Aufgabe in Zusammenhang steht (Majeres 1983).

Diese Befunde zeigen, wie untrennbar räumliche oder verbale Prozesse mit anderen kognitiven Funktionsbreichen verbunden sein können. Darüber scheint die Wahl der kognitiven (verbalen/räumlichen) Strategie die Leistungen in bestimmten Problemlösungsaufgaben auf geschlechtsspezifische Art und Weise zu beeinflussen. In einer eigenen unpublizierten Studie beobachteten wir, dass die Wahrnehmungsgeschwindigkeit nur bei Männern ein guter Prädiktor für das Abschneiden in der mentalen Rotationsaufgabe ist, nicht aber bei Frauen. Bei Letzteren scheint die Leistung in räumlichen Tests eher mit verbalen Testleistungen wie z. B. der Wortflüssigkeit in Zusammenhang zu stehen (s. oben, Abschnitt Raumkognition: Moffat et al. 1998).

6.2.4 Motorische Fertigkeiten

Große Geschlechtsunterschiede sind auch in motorischen Aufgaben beobachtet worden. Wie jedoch in den anderen Funktionsbereichen auch, lassen sich hier Aufgabentypen finden, bei denen mal Frauen und mal Männer durchschnittlich bessere Leistungen zeigen. Zahlreiche Studien beobachten, dass Frauen durchschnittlich bessere Leistungen in **feinmotorischen** Aufgaben zeigen als Männer. Zu den klassischen feinmotorischen Tests gehört z. B. der **Purdue-pegboard-Test** (◘ Abb. 6.2a) oder der **Grooved-pegboard-Test**. Hierbei handelt es sich um Steckbretttests zur Erfassung der feinmotorischen Schnelligkeit und Genauigkeit (Lezak 1995). Der weibliche Vorteil in diesen Tests basiert auf einer präziseren und schnelleren Kontrolle der Finger- und Handmuskulatur sowie der Fähigkeit, verschiedene Einzelbewegungen zu einer komplexen motorischen Handlung zu vereinen.

Für solche und ähnliche Aufgaben wurde ein »echter« Geschlechtsunterschied jedoch in Frage gestellt, da die statistische Kontrolle der Fingergröße den Geschlechtsunterschied auflöste (Peters et al. 1990). Auch die direkte Kontrolle durch den Gebrauch von Pinzetten anstelle der Finger bei der Manipulation der kleinen Objekte (Stifte, Unterlegscheiben etc.) eliminierte den sonst robusten Geschlechtseffekt (Peters u. Campagnaro 1996). Das erklärt aber nicht, warum Geschlechtsunterschiede in solchen feinmotorischen Aufgaben insbesondere dann auftreten, wenn die nicht-dominante Hand verwendet wird (Bryden u. Roy 2005). Andere Studien konnten den potenziellen Handeffekt nicht bestätigen und lassen eher vermuten, dass der weibliche Vorteil vielleicht doch primär zentralnervösen Ursprungs sein könnte (Hall u. Kimura 1995).

Ganz andere Ergebnisse zeigt dagegen die sog. **Finger-tapping-Aufgabe**, bei der eine möglichst schnelle Abfolge von einfachen Fingerbewegungen (in der Regel mit dem Zeigefinger) in einer vorgebenden Zeit durchgeführt werden muss. In diesen Tests sind männliche Probanden nicht nur schneller (größere Tapping-Frequenz) sonder auch regelmäßiger (kleinere Intertap-Variabilität) als Frauen (z. B. Bornstein 1986; Hausmann et al. 2004; Peters 1980; Schmidt et al. 2000). Obwohl dieser durchschnittliche männliche Vorteil sehr wahrscheinlich durch die Wirkung von Testosteron auf die Finger- und Handmuskulatur bedingt ist (Schmidt et al. 2000), nimmt der männliche Vorteil mit einem Komplexitätsanstieg des auszuführenden motorischen Programms ab (Hausmann et al. 2004). Diese Befunde sprechen daher eher für einen generellen weiblichen Vorteil in der feinmotorischen Koordination, wenn peripher-physiologische Faktoren kontrolliert werden.

Einer der stärksten und robustesten Geschlechtsunterschiede, die in der Literatur beschrieben worden sind, ist derjenige bei **zielgerichteten motorischen Fertigkeiten**, wie dem präzisen Werfen eines Projektils auf ein stationäres oder sich bewegendes Ziel oder auch beim Auffangen eines Objektes (◘ Abb. 6.1d). Das zielgerichtete Werfen ist eine motorische Aufgabe, bei der Informationen über die Lokalisation des Ziels, die Richtung und Geschwindigkeit der Zielbewegung von Händen, Armen und des gesamten Körpers koordiniert werden müssen. Wenn sich darüber hinaus das Zielobjekt bewegt, dann sind eine besonders schnelle räumliche Analyse und ein genaues Timing bei der Ausrichtung der Muskelgruppenaktivität gefordert.

Hierbei schnitten die Männer mit ähnlichen Effektstärken wie bei der mentalen Rotation deutlich besser ab als die Frauen (Hall u. Kimura 1995; Sykes Tottenham et al. 2005; Watson u. Kimura 1989, 1991). Wichtig dabei ist, festzustellen, dass diese Geschlechtsunterschiede nicht auf Unterschiede im Körperbau oder unterschiedliche Sportgewohnheiten reduzierbar sind (Watson u. Kimura 1989, 1991). Auch geschlechtsspezifische Unterschiede in der Anatomie (z. B. längere Arme bei Männern) oder Biomechanik (z. B. höhere Wurfgeschwindigkeiten bei Männern) scheinen für das Auftreten von Geschlechtsunterschieden in diesen Aufgaben irrelevant zu sein, da sie bei den Wurfaufgaben, bei denen das Ziel nur wenige Meter entfernt ist, weniger ins Gewicht fallen. Eine längere Armlänge scheint beim Zielwerfen sogar eher von Nachteil zu sein, da durch sie motorische Ungenauigkeiten am distalen Ende des Armes verstärkt würden. Dafür spricht auch, dass die Körpergröße von Männern negativ mit der Leistungen beim Fangen von Objekten korreliert (Watson u. Kimura 1991).

Zumindest innerhalb des näheren extrapersonalen Raumes beeinflusst die Entfernung des Ziels den Geschlechtsunterschied nicht (Sykes Tottenham et al. 2005). Es ist vielmehr wahrscheinlich, dass diese Geschlechtsunterschiede mit dem männlichen Vorteil in der Raumkognition zusammenhängen könnten, da sowohl das zielgenaue Werfen als auch das Fangen eine präzise räumliche (3D) Analyse der Zielkoordinaten erfordern. Einige Studien konnten tatsächlich einen statistischen Zusammenhang zwischen den Leistungswerten von Versuchspersonen in verschiedenen Papier-Bleistift Tests zur Raumkognition und der Zielgenauigkeit beim Werfen beobachten (Jardine u. Martin 1983; Watson u. Kimura 1988). Solche Zusammenhänge zeigten sich aber nicht immer (Watson u. Kimura 1991).

6.2.5 Mathematische Fähigkeiten

Hartnackig hält sich das Vorurteil eines männlichen Vorteils in den mathematischen Fähigkeiten. Wie bei den anderen kognitiven Funktionsbereichen jedoch auch, handelt es sich bei den mengenbezogenen oder mathematischen Fähigkeiten um ein multidimensionales Konzept, von denen einige Funktionsbereiche Geschlechtsunterschiede in die eine oder andere Richtung zeigen und andere nicht (Hampson 2000).

Auf der Basis von 100 Studien kommt eine Metaanalyse (Hyde et al. 1990) zu dem Schluss, dass der männliche Vorteil mit einer durchschnittlichen gewichteten Effektstärke d von 0,15 (basierend auf 254 Effektstärken) insgesamt sehr klein ist. Für numerische Kalkulationen zeigte sich sogar ein weiblicher Vorteil mit einer Effektstärke d von 0,14. Obwohl die Geschlechtsunterschiede in der mathematischen Kompetenz minimale Effektstärken aufweisen, muss an dieser Stelle gesagt werden, dass die große Mehrheit der eingeschlossenen Studien an Kindern und Jugendlichen durchgeführt wurde, sich aber starke, altersbedingte Trends beobachten ließen. Über alle Studien gemittelt zeigten Schülerinnen der Grund- und Mittelschule (bis zum 14. Lebensjahr) eine leichte Überlegenheit in der mathematischen Kompetenz. Im weiteren Altersverlauf ließ sich dagegen ein kleiner männlicher Vorteil in der Highschool ($d=0,29$) beobachten, der mit $d=0,41$ bei College-Studenten und bei Erwachsenen mit $d=0,59$) auf eine moderate Effektstärke anstieg. Neben dem Alter sorgten auch die ethnische Zugehörigkeit und andere Stichprobenkriterien für eine große Variationsbreite in den Effektgrößen der einzelnen eingeschlossenen Studien.

Generelle Annahme ist es, dass Frauen insbesondere besser in der numerischen Kalkulation abschneiden als Männer (Kimura 2002), wohingegen Männer dagegen bessere Leistungen in Aufgaben zur Geometrie, Wahrscheinlichkeitsrechnung und Statistik zeigen, was durch den Gebrauch von visuell-räumlichen Strategien gekennzeichnet sein könnte (Hampson 2000). Damit sind insbesondere Kompetenzen in der mentalen Rotation gemeint (z. B. Geary 1996). Tatsächlich gibt es aber kaum empirische Daten, die diese Annahme untermauern. Friedman (1995) kommt auf der Grundlage seiner Metaanalyse sogar zu der Überzeugung, dass die Leistung in mathematischen Tests stärker mit verbalen Fähigkeiten korreliert als mit räumlichen Kompetenzen. Der Zusammenhang zwischen räumlichen und mathematischen Fähigkeiten ist vermutlich durch eine gemeinsame Kovariation mit der Intelligenz bedingt und steht in keinem kausalen räumlich-mathematischen Zusammenhang (Linn u. Petersen 1985; s. auch Geary et al. 2000). Kimura (1999) berichtet von einer eigenen Studie, in der der Zusammenhang zwischen der Leistung in mathematischen Problemlösungsaufgaben mit einem mentalen Rotationstest nicht größer war als mit einem Wortschatztest. Die kanadische Wissenschaftlerin kommt ebenfalls zu dem Schluss, dass das Ergebnis eher dafür spricht, dass die Fähigkeit, abstrakte Figuren mental zu rotieren, nicht mehr zur mathematischen Begabung beiträgt als ein generelles Intelligenzmaß (Kimura 1999, $p=0,70$).

Neben einer besseren Fähigkeit, Informationen im Kurzzeitgedächtnis zu repräsentieren bzw. zu manipulieren, sind Personen mit guten Leistungen in mathematischen Problemaufgaben besser darin, die verbal gestellten Probleme so zu übersetzen, dass sie numerisch gelöst werden können (Dark u. Benbow 1990). Dies könnte dafür sprechen, dass Männer und Frauen sich vielleicht gar nicht in der mathematischen Begabung per se unterscheiden, beide Geschlechter aber unterschiedliche Basiskompetenzen einsetzen, die sich je nach Aufgabentyp als mehr oder weniger effektiv erweisen. Wird die Lösungsstrategie experimentell beeinflusst, z. B. indem man die Probanden ermutigt. eine räumliche Strategie bei der Lösung eines mathematischen Problems anzuwenden, so kann sich der Geschlechtsunterschied reduzieren (Geary 1996).

6.3 Ursachen kognitiver Geschlechtsunterschiede

Auch wenn wir geschlechtsspezifische Unterschiede in spezifischen Funktionsbereichen akzeptieren, so ist damit noch nicht die Frage geklärt, woher diese Unterschiede eigentlich stammen bzw. wodurch sie bedingt sind. Als potenzielle Ursachen kognitiver Geschlechtsunterschiede werden sowohl biologische, als auch soziokulturelle Einflüsse angenommen.

Der folgende Abschnitt versucht einen kurzen Überblick über die besonders augenfälligen Ursachen kognitiver Geschlechtsunterschiede zu geben bzw. verweist auf die entsprechenden Kapitel in diesem Buch, die sich mit den geschlechtsspezifischen Unterschieden beschäftigen, die als Ursachen kognitiver Geschlechtsunterschiede diskutiert werden.

6.3.1 Hirnstrukturen

Eine mögliche Ursache kognitiver Geschlechtsunterschiede sind die hirnstrukturellen Unterschiede zwischen den Geschlechtern. Diese als **Sexualdimorphismen** bezeichneten Unterschiede beziehen sich insbesondere auf den Neokortex und seine spezifischen Subarealen, aber auch auf subkortikale Strukturen. Eine besondere Bedeutung für kognitive Geschlechtsunterschiede scheint der **Hemisphärenasymmetrie** zuzukommen, die als ein fundamentales Organisationsprinzip des menschlichen Gehirns angesehen werden kann. Für eine detaillierte Beschreibung der Sexualdimorphismen und ihrer funktionellen Relevanz sei an dieser Stelle auf ▶ Kap. 5 verwiesen.

Obwohl es plausibel ist, anzunehmen, dass die strukturellen Unterschiede zwischen dem männlichen und weiblichen Gehirn ursächlich an den kognitiven Geschlechtsunterschieden beteiligt sind, wird neuerdings die Möglichkeit diskutiert, dass die Sexualdimorphismen den kognitiven Geschlechtsunterschieden sogar entgegenwirken. Die Annahme dieser Hypothese ist es, dass transiente geschlechtsspezifische Unterschiede in der Genexpression während der Hirnentwicklung zu permanenten Sexualdimorphismen führen, aber sie gleichzeitig auch verhindern können. Letzteres, indem sie die differenzierenden Effekte kompensieren, die durch Geschlechtsunterschiede in den gonadalen Hormonspiegeln und der gonosomalen Genexpression verursacht werden (De Vries 2004; De Vries u. Boyle 1998). Wenn diese Annahme stimmt, so würde das bedeuten, dass die hirnstrukturellen Unterschiede zwischen Frauen und Männern für die bemerkenswerten Gemeinsamkeiten im kognitiven Verhalten beider Geschlechter verantwortlich sind.

6.3.2 Geschlechtshormonelle Einflüsse

Die Neurowissenschaften gehen davon aus, dass die kognitiven Geschlechtsunterschiede zu einem erheblichen Teil auf die Wirkungen von Sexualhormonen zurückgehen. Der folgende Abschnitt gibt einen Überblick über die organisierenden und aktivierenden Effekte von Sexualhormonen auf kognitives Verhalten. Organisierende Effekte von Sexualhormonen beeinflussen die neuronale Entwicklung insbesondere während der prä- und neonatalen Individualentwicklung. Aktivierende Effekte von Sexualhormonen beeinflussen die funktionelle Interaktion innerhalb einer bereits existierenden neuronalen Struktur, gewöhnlich beginnend mit der Pubertät bis ins höhere Alter (▶ Kap. 1).

Organisierende Hormoneffekte

Die tierexperimentelle Forschung zeigt, dass das räumliche Denken zum Teil bereits durch die hormonelle Umwelt vor der Geburt determiniert wird (z. B. Williams et al. 1990; Williams u. Meck 1991). Obwohl der Zusammenhang zwischen der frühen hormonellen Umwelt und den kognitiven Fähigkeiten beim Menschen aus ethischen Gründen eher indirekt untersucht worden ist, gibt es auch hier deutliche Hinweise für einen solchen Zusammenhang. Um den organisierenden Einfluss von Sexualhormonen auf kognitive Leistungen zu testen, werden häufig Frauen und Männer untersucht, die aufgrund verschiedener, meist genetischer Ursachen, vor oder früh nach der Geburt einer ungewöhnlichen geschlechtshormonellen Umwelt ausgesetzt waren. Hierbei handelt es sich um Erkrankungen, bei denen Männer und Frauen sehr niedrige oder sehr hohe Konzentrationen von Sexualhormonen im Blut aufweisen. Dazu gehören z. B.:

- Androgeninsensitivitäts-Syndrom (AIS, vollständige oder partielle Androgeninsensitivität durch Mutation des Androgenrezeptors)

- Hypogonadotroper Hypogonadismus (Androgenmangel durch Gonadenunterfunktion)
- Klinefelter-Syndrom (Androgenmangel durch Gonadenunterfunktion im Pubertätsalter, XXY-Genotyp)
- Turner-Syndrom (Östrogenmangel durch Gonadendysgenesie, X0-Genotyp)
- Androgenitales Syndrom (congenital andrenal hyperplasia, CAH)

Die meisten Studien untersuchten kognitive Effekte bei Patienten mit **androgenitalem Syndrom** (CAH) (Hines et al. 2004), die aufgrund eines genetischen Defekts u. a. eine exzessive Androgensekretion in der Nebenniere aufweisen. Bei Mädchen führt CAH zu einer Vermännlichung des Genitales, was das erste Anzeichen für diese Störung ist und gewöhnlich sehr früh chirurgisch korrigiert wird. Durch eine korrigierende Hormontherapie wird die exzessive Androgensekretion gestoppt. Im Idealfall sind die Androgenspiegel nur vor und kurz nach der Geburt erhöht, so dass ihre Wirkung auf mentale Fähigkeiten im späteren Leben mit größter Wahrscheinlichkeit durch den hormonellen Einfluss während eines zeitlich begrenzten frühen Zeitraumes bedingt ist (Kimura 1999).

Frühere Untersuchungen berichten davon, dass CAH-Mädchen eine überdurchschnittliche Intelligenz aufweisen (Kimura 1999). Neuere Untersuchungen zeigen, dass insbesondere räumliche Fähigkeiten bei androgenexponierten CAH-Mädchen erhöht sind (Hampson et al. 1998; Resnick et al. 1986). Es handelt sich hierbei um die gleichen räumlichen Tests, in denen Männer durchschnittlich besser abschneiden als Frauen: mentale Rotation, hidden figures, paper folding (▶ Kap. 6.1). Weniger zuverlässige Unterschiede bei CAH-Kindern wurden dagegen für die Wortflüssigkeit oder die Wahrnehmungsgeschwindigkeit beobachtet.

Eine neuere Studie (Hines et al. 2003), die auf eine vergleichsweise große CAH-Stichprobe zurückgreifen konnte, beobachtete im Vergleich zu einer weiblichen Kontrollgruppe dagegen keine bessere räumliche Leistung in der mentalen Rotation bei CAH-Mädchen, wohl aber ein besseres zielgerichtetes Werfen. Die Autoren schließen dennoch nicht aus, dass Sexualhormone auf die Entwicklung räumlicher Fähigkeiten einwirken, sondern halten es für möglich, dass der organisierende Hormoneffekt die verschiedenen kognitiven Funktionen zu unterschiedlichen Zeitpunkten beeinflussen könnte. Die organisierende Androgenwirkung könnte das zielgerichtete Werfen pränatal, die mentale Rotation aber erst postnatal beeinflussen, d. h. zu einem Zeitpunkt, zu dem die Hormonspiegel der teilnehmenden CAH-Patienten bereits klinisch reguliert wurden (Hines et al. 2003). Darüber hinaus untersuchte diese Studie CAH-Patienten im Alter zwischen 12 und 45 Jahren, so dass auch aktivierende Hormoneffekte zum Testzeitpunkt (s. unten) nicht ausgeschlossen werden können.

Die Zusammenhänge zwischen der Leistung in einer bestimmten kognitiven Aufgabe und der frühen geschlechtshormonellen Umwelt sind häufig sehr komplex. Es ist z. B. denkbar, dass CAH-Mädchen eher als Jungen aufwachsen, da den Eltern das genetische Geschlecht ihrer Kinder in der Regel unbekannt ist. Tatsächlich scheinen die Erfahrungen von CAH-Kindern teilweise sogar durch die hormonelle Umwelt vermittelt zu werden. In einer der wenigen Untersuchungen, die sich mit solchen Wechselwirkungen befasste, konnten die amerikanischen Psychologinnen Sheri A. Berenbaum und Melissa Hines zeigen, dass CAH-Mädchen, ähnlich wie gleichaltrige gesunde Jungen, von sich aus typisches Jungen-Spielzeug (Autos, Flugzeuge, Bauklötze usw.) bevorzugen und sich weniger für typisches Mädchen-Spielzeug (Puppen, Küchengegenstände usw.) interessieren (Berenbaum u. Hines, 1992). Die beiden Wissenschaftlerinnen sehen dieses Ergebnis als deutlichen Hinweis darauf, dass die frühe hormonelle Umwelt bei Mädchen einen »vermännlichenden« Effekt auf die Präferenz geschlechtsspezifischen Spielzeugs haben und so die kognitive Entwicklung geschlechtsspezifisch beeinflussen kann.

Es ist auch falsch davon auszugehen, dass sich die Raumkognition mit steigenden Androgenkonzentrationen stetig verbessert. Die Androgenüberproduktion führt bei CAH-Jungen, im Vergleich zu einer gesunden männlichen Kontrollgruppe, zu einer verminderten räumlichen Leistung (Hampson et al. 1998). Obwohl eine Reihe von Widersprüchen existieren (Hines et al. 2003), deuten die Ergebnisse insgesamt eher darauf hin, dass die Raumkognition durchschnittlich besser bei Menschen funktioniert, die früh **mittleren** Konzentrationen männlicher Sexualhormone ausgesetzt waren.

Studien, die mit jungen Männern und Frauen durchgeführt wurden, die unter normalen hormonellen Bedingungen aufgewachsen sind, lassen zum Teil ähnliche Schlussfolgerungen zu, wie Untersuchungen an Menschen mit geschlechtshormonellen Anomalien. Die Androgenspiegel im unteren männlichen Normalbereich scheinen auch hier mit besseren räumlichen Fähigkeiten zusammenzuhängen, d. h. Frauen mit hohen Testosteronkonzentrationen zeigen bessere räumliche Leistungen als Frauen mit niedrigen Konzentrationen. Bei Männern ist dieser Zusammenhang genau entgegengesetzt. Männer mit niedrigen Testosteronspiegeln zum Testzeitpunkt zeigen die besten räumlichen Leistungen (Gouchie u. Kimura 1991). Unbekannt ist jedoch, inwieweit die pränatalen bzw. früh postnatalen Hormonkonzentrationen mit den aktuellen Spiegeln korrespondieren.

Aktivierende Hormoneffekte

Menstruationszyklus. Die aktivierenden Effekte durch Sexualhormone zeigen sich z. B. darin, dass bestimmte kognitive Prozesse bei gesunden jungen Menschen durch natürliche Schwankungen in den Sexualhormonspiegeln beeinflusst werden können. Sicherlich die dramatischsten hormonellen Schwankungen innerhalb eines kurzen Zeitraums finden sich bei Frauen während ihres Menstruationszyklus. Aus diesem Grund ist der weibliche Zyklus Gegenstand zahlreicher Studien geworden, die den Einfluss von Sexualhormonen auf mentale Prozesse untersuchen.

Wenn Sexualhormone aktivierende Effekte auf kognitive Fähigkeiten haben, dann sollte die Leistung in spezifischen sprachlichen und räumlichen Tests über die Phasen des weiblichen Zyklus variieren. In diesem Zusammenhang wird insbesondere für die Raumkognition ein Einfluss hormoneller Faktoren diskutiert (Phillips u. Silverman 1997). Die Befundlage zu den dynamischen Fluktuationen in den Leistungen räumlicher Aufgaben während unterschiedlicher Phasen des Menstruationszyklus ist jedoch sehr widersprüchlich (Epting u. Overman 1998). Ein Teil der Widersprüche resultiert u. a. aus der Tatsache, dass nur die wenigsten Studien die Konzentrationen der Sexualhormone bei ihren Probandinnen gemessen haben (► Kap. 5).

Rotationstest und Zyklusphase

In einer eigenen Untersuchung (Hausmann et al. 2000) registrierten wir die hormonellen Schwankungen in einer Gruppe von Frauen über einen Zeitraum von sechs Wochen. Dadurch gelang eine nahezu präzise Bestimmung der Zyklusphasen. Alle Probandinnen wurden mit einer Auswahl räumlicher Tests während der Menstruation, die sich insbesondere durch niedrige Östradiolkonzentrationen auszeichnet, und während der mittlutealen Phase (hohe Östradiolspiegel) untersucht. In einem der verwendeten räumlichen Tests, dem mentalen Rotationstest, beobachteten wir deutlich bessere Leistungen während der Menstruation im Vergleich zur mittlutealen Phase. Die Leistungsschwankungen zeigten dabei einen starken Zusammenhang mit Östradiol und Testosteron. Je höher der Testosteronspiegel in Verbindung mit einem niedrigen Östradiolspiegel war, desto besser war die Leistung in dem 3D-mentalen Rotationstest. In den beiden anderen verwendeten räumlichen Aufgaben, einer 2D-mentalen Rotationsaufgabe und den hidden figures, zeigten sich dagegen keine Interaktionen mit der Zyklusphase. Ähnlich wie in den Untersuchungen zu den kognitiven Geschlechtsunterschieden scheinen bestimmte Charakteristika der Aufgabe (► Kap. 6.1) einen Einfluss darauf zu haben, ob sich Zykluseffekte zeigen oder nicht.

In Studien zu den zyklusabhängigen Fluktuationen in den kognitiven Fähigkeiten wurde beobachtet, dass Frauen in den Phasen hoher Östradiolspiegel besonders gut in den kognitiven Funktionen abschneiden, in denen sie den Männern durchschnittlich überlegen sind. Im Gegensatz dazu schneiden Frauen in der Menstruation besser in den Tests ab, in denen Männer durchschnittlich bessere Leistungen zeigen (Hampson 1990a b; Hampson u. Kimura 1988, Phillips u. Silverman 1997; siehe aber auch Epting u. Overman 1998). Diese Beobachtungen stimmen zum Teil mit den Ergebnissen überein, die von aktivierenden Effekten der Androgensubstitution auf räumlichen und verbale Fähigkeiten bei Frau-zu-Mann-Transsexuellen berichten (van Goozen et al. 1994; van Goozen et al. 1995; Slabbekoorn et al. 1999, siehe Kapitel 6).

Die Studien zum Menstruationszyklus legen die Vermutung nahe, dass die beobachteten Geschlechtsunterschiede in spezifischen räumlichen Aufgaben darauf zurückzuführen sind, dass die Mehrheit der Probandinnen zu Zeitpunkten getestet worden sind, die sich durch schlechtere räumliche Leistungen auszeichnen, also **nicht** während der relativ kurzen Menstruationsphase (McKeever 1995). Diese Ergebnisse zeigen die Notwendigkeit, den Menstruationszyklus in jede Untersuchung zu den kognitiven Geschlechtsunterschieden mit einzubeziehen (Rogers, 2001).

Hormonschwankungen bei Männern. Natürliche Fluktuationen in den Hormonspiegeln zeigen sich nicht nur bei Frauen, sondern lassen sich auch bei Männern beobachten. Der männliche Testosteronspiegel unterliegt **Tages- und saisonalen Schwankungen**. Die männlichen Testosteronkonzentrationen sind am Morgen höher als am Abend. Außerdem zeigen Männer deutlich niedrigere Testosteronspiegel im Frühling als im Herbst. Die Tagesschwankungen in den Testosteronspiegeln zeigen tatsächlich einen Zusammenhang mit der räumlichen Leistung, mit den besten Testresultaten bei mittleren Testosteronkonzentrationen. Allerdings zeigte sich dieser Effekt nur bei Rechtshändern. Linkshänder zeigten keinen Zusammenhang zwischen Testosteron und der Leistung in verschiedenen räumlichen Tests (Moffat u. Hampson 1996). Bezüglich der saisonalen Testosteronschwankungen ließ sich bei Männern eine bessere räumliche Leistung im Frühling im Vergleich zum Herbst beobachten, was mit der Annahme kompatibel ist, dass niedrige Testosteronspiegel bei Männern mit besseren räumlichen Fähigkeiten einhergehen (Kimura u. Hampson 1994).

Über welchen neuronalen Mechanismus Sexualhormone kognitive Leistungen beeinflussen, ist weitestgehend unbekannt. Es gibt jedoch zahlreiche Studien die zeigen, dass Geschlechtshormone die Hirnorganisation modulieren können, die den spezifischen kognitiven Funktionen zugrunde liegen (▶ Kap. 5).

6.3.3 Geschlechterrollen und Geschlechtsstereotypen

Neben biologischen Faktoren werden auch ganz andere Ursachen diskutiert. Die Interpretation der jeweiligen Testsituation hat einen wesentlichen Einfluss darauf, wie eine Person in bestimmten kognitive Tests abschneidet. In diesem Zusammenhang zeigen Untersuchungen zu den Geschlechterrollen, dass eine Versuchsperson sich stärker anstrengt, eine bestimmte kognitive Aufgabe zu lösen, wenn die Person davon überzeugt ist, dass mit dieser Aufgabe Funktionen getestet werden, die eher konsistent mit der eigenen Geschlechterrolle sind. Tatsächlich schneiden weibliche Studenten mit einer eher maskulinen Geschlechterrolle besser im **Embedded-figures-Test** (ein Test zur räumlichen Visualisierung) ab, wenn dieser Test in der Instruktion als räumlicher Test deklariert wurde. Frauen mit einer eher weiblichen Geschlechterrolle schneiden deutlich besser ab, wenn man die Versuchspersonen glauben machte, dass dieser Test ein Empathiemaß ist (Massa et al. 2005). Bei der männlichen Stichprobe dieser Studie hatte die Geschlechterrolle dagegen keinen Einfluss auf die Testleistung.

Die Beobachtung, dass die kognitive Leistung von Frauen und Männern durch solche Geschlechtsstereotypen beeinflusst wird, steht momentan im Fokus zahlreicher sozialpsychologischer Studien. Claude M. Steele von der Stanford Universität in Kalifornien hat in diesem Zusammenhang den Begriff des **stereotype threat** geprägt (Steele 1997). Dieses Konstrukt kennzeichnet ein Phänomen, bei dem die negativen Stereotypen, die einer Gruppe gesellschaftlich zugesprochen werden, die eigenen kognitiven Fähigkeiten negativ beeinflussen können, wenn die Identifikation zu der stereotypisierten Gruppe aktiv ist, bzw. aktiviert wurde. Dieses Phänomen ist übrigens nicht auf Geschlechtergruppen begrenzt und kann selbst dann auftreten, wenn die betroffene Person selbst nicht an ein entsprechendes Stereotyp glaubt (Steele 1997).

Die Aktivierung eines Stereotyps scheint sich jedoch nicht nur negativ auszuwirken, sondern kann die Leistung auch positiv beeinflussen (Shih et al. 1999). Im Einklang mit dem Stereotyp, dass Asiaten bessere mathematische Fähigkeiten zeigen als andere ethnische Gruppen (Stehen 1987), zeigten amerikanische Frauen asiatischer Herkunft bessere Leistungen in einem Mathematiktest, wenn das Stereotyp ihrer ethnische Zugehörigkeit aktiviert wurde, als eine Kontrollgruppe ohne Aktivierung dieses Stereotyps. In der gleichen Studie zeigten amerikanische Frauen asiatischer Herkunft jedoch schlechtere Leistungen in dem Mathematiktest, wenn ausschließlich die Geschlechteridentität aktiviert wurde. Letzterer Befund stimmt mit dem Stereotyp überein, dass Frauen schlechtere mathematische Fähigkeiten aufweisen als Männer (Hedges u. Nowell 1995). Eine solche positive und negative Wirkung von Geschlechtsstereotypen auf mathematische Fähigkeiten zeigte sich nicht nur bei Erwachsenen, sondern konnte zum Teil bereits im Vorschulalter beobachtet werden (Ambady et al. 2001).

Interessanterweise scheint es möglich zu sein, Geschlechtsunterschiede in bestimmten mathematischen Fähigkeiten aufzuheben, wenn der Test vor der Durchführung als nicht geschlechtssensitiv beschrieben wird und so die existierenden Geschlechtsstereotypen abgeschwächt werden (Spencer et al. 1999). Eine aktuelle Studie beobachtete sogar, dass allein das Wissen der Versuchspersonen über das Phänomen des stereotype threat ausreicht, um die Geschlechtsunterschiede in den mathematischen Fähigkeiten zu eliminieren (Johns et al. 2005). Solche Befunde sind nicht nur von praktischem Interesse für Schule und Erziehung, sondern auch von theoretischer Bedeutung für die Geschlechterforschung, da die Mehrheit der Versuchspersonen, die an Experimenten zu den kognitiven Geschlechtsunterschieden teilnimmt, sich eben dieser Tatsache bewusst ist. Implizit aktive Geschlechtsstereotype können so die wahren kognitiven Leistungen beeinflussen. Diese Tatsache führt sicherlich zur Überschätzung der wahren kognitiven Geschlechtsunterschiede und könnte ein Grund dafür sein, dass die Stärke der kognitiven Geschlechtsunterschiede in den verschiedenen Studien zum Teil stark variiert.

6.4 Der psychobiosoziale Ansatz

Wie andere Autoren (z. B. Halpern 1997, 2000) bin ich der Meinung, dass die Anlage- und Umwelt-Diskussion in eine Sackgasse führt. Auch geht es schon lange nicht mehr darum, die Gewichte biologischer oder sozialer Faktoren zu bestimmen. Das Ziel der gegenwärtigen Geschlechterforschung sollte vielmehr sein, die komplexe Interaktion zwischen diesen Faktoren zu verstehen. Leider fokussieren viele Forschergruppen immer noch nur eine der Faktorengruppen, ohne dabei auch nur ansatzweise die andere Gruppe von Einflussfaktoren ebenfalls zu berücksichtigen. Ein Grund dafür liegt sicherlich darin, dass eine solche Forschung multidisziplinäre Kompetenzen erfordert, bei der experimentelle Paradigmen aus den Bio-, Entwicklungs-, Neuro- und Sozialwissenschaften kombiniert werden müssen. Ein anderer wesentlicher Grund basiert auf der Tatsache, dass die Wissenschaft nach eleganten einfachen Antworten strebt, um komplexe Sachverhalte erklären zu können. Wie dieses Kapitel (hoffentlich) zeigen konnte, werden einfache Erklärungsmodelle den Interaktionen zwischen biologischen, psychologischen und sozialen Einflussfaktoren nicht gerecht, um kognitive Geschlechtsunterschiede in ihrer Gesamtheit und Komplexität zu erfassen (◘ Abb. 6.3).

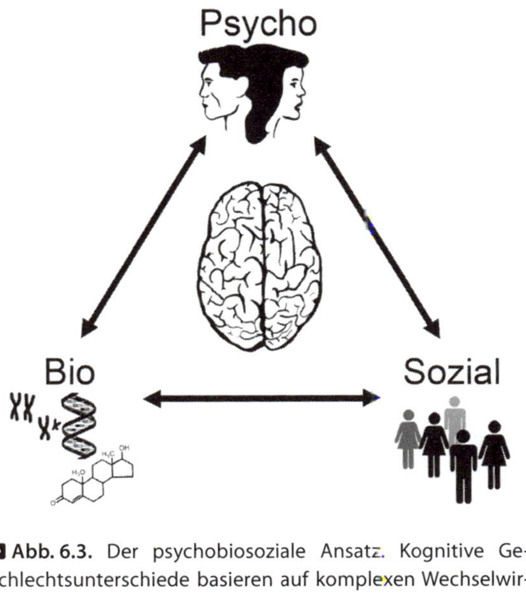

◘ **Abb. 6.3.** Der psychobiosoziale Ansatz. Kognitive Geschlechtsunterschiede basieren auf komplexen Wechselwirkungen zwischen biologischen, psychologischen und sozialen Einflussfaktoren

Einige wenige Studien haben versucht, kognitive Geschlechtsunterschiede im Rahmen eines psychobiosozialen Ansatzes zu untersuchen. Eine dieser Studien (Halpern u. Tan 2001) untersuchte den Zusammenhang zwischen den zyklusabhängigen Hormonfluktuationen und den geschlechtssensitiven kognitiven Fähigkeiten (mentale Rotation, Wahrnehmungsgeschwindigkeit) in Abhängigkeit der kulturspezifischen Geschlechterrollen (Nordamerika versus Osttürkei). Die wesentlichen Ergebnisse lassen sich folgendermaßen zusammenfassen:

- Die erwarteten kognitiven Geschlechtsunterschiede zeigten sich in beiden Kulturen.
- Die tatsächliche kognitive Leistung folgte nicht den existierenden Geschlechtsstereotypen (obwohl in der türkischen Stichprobe typische männliche und weibliche Stereotypen auftraten).
- Die kognitiven Leistungen zeigten Zusammenhänge mit der Zyklusphase und den aktuellen Östradiol- und Progesteronspiegeln.

In einer eigenen Studie (Hausmann et al. 2007, in Bearbeitung) untersuchten wir eine Stichprobe von 116 Versuchspersonen, davon 61 Frauen, mit einer Batterie geschlechtssensitiver kognitiver Tests (3D- und 2D-mentale Rotation, Wortflüssigkeit, Wahrnehmungsgeschwindigkeit). Im Anschluss an die kognitiven Tests wurden Speichelproben erhoben, um die Östradiol- und Testosteronspiegel bestimmen zu können. Die Versuchspersonen wurden zufällig auf zwei Gruppen aufgeteilt, von denen die erste einen Fragebogen bearbeiteten, der die existierenden Geschlechtsstereotypen dieser Gruppe in den nachfolgenden kognitiven Funktionen abbildeten und darüber hinaus eine Stereotypenaktivierung bewirken sollte. Die zweite Gruppe erhielt einen identischen, aber geschlechtsneutralen Fragebogen. Obwohl keine Geschlechtsunterschiede in der Wahrnehmungsgeschwindigkeit auftraten, zeigte sich erwartungsgemäß eine bessere Leistung in der Wortflüssigkeit bei Frauen und Männer bessere Ergebnisse in der mentalen Rotation. Eine robuste männliche Überlegenheit in der 3D-mentalen Rotation trat jedoch nur in der Gruppe auf, bei der die Geschlechtsstereotypen vorher durch den Fragebogen aktiviert wurden, nicht aber in der Krontrollgruppe.

Interessanterweise gaben Frauen wie Männer im Stereotypenfragebogen an, dass Männer es sich bei der mentalen Rotation um eine männliche Domäne handelt. Die Ergebnisse dieser Studie sprechen dafür, dass erst die Aktivierung dieses Stereotyps zu einem robusten Geschlechtsunterschied in der 3D-mentalen Rotation führte. Bemerkenswerterweise zeigten Männer nach Aktivierung der Geschlechtsstereotype einen Testosteronspiegel, der im Vergleich zu der männlichen Kontrollgruppe um beinahe 100% erhöht war. Wenn sich dieser Hormonanstieg nach der Stereotypenaktivierung bestätigen sollte und nicht nur einen Selektionsbias darstellt, dann könnte dieses Ergebnis bedeuten, dass der kognitive Effekt der Geschlechtsstereotypenaktivierung durch Sexualhormone vermittelt wird.

Natürlich sollten anhand solcher Befunde keine verfrühten Schlüsse gezogen werden, aber diese Beispiele deuten an, wie kognitive Geschlechtsunterschiede durch das Zusammenspiel von biologischen, psychologischen und sozialen Faktoren beeinflusst sein könnten.

6.5 Alltagsrelevanz kognitiver Geschlechtsunterschiede

Die Übertragbarkeit der Testergebnisse auf den Alltag ist problematisch. Die meisten der hier vorgestellten psychologischen Tests messen spezifische kognitive Fähigkeiten. Damit unterscheiden sie sich deutlich von Alltagsproblemen, für deren Bewältigung in der Regel ein ganzes Potpourri verschiedener Kompetenzen aufgewendet werden muss. Aus diesem Grund macht die Tatsache, dass Frauen in einigen spezifischen Aufgaben zum räumlichen Vorstellungsvermögen im Durchschnitt schlechter abschneiden, sie nicht zwangsläufig zu einer Geschlechtergruppe, die schlecht einparken kann, wie es immer wieder in populärwissenschaftlichen Publikationen zu lesen ist, und wogegen vermutlich auch die Unfallstatistiken sprechen. Das Einparken ist ein komplexes, aus einer ganzen Reihe verschiedener Verhaltensweisen zusammengesetztes Verhalten, das deutlich mehr mentale Prozesse erfordert als ausschließlich räumliche Informationsverarbeitung. Manuelles Geschick sowie eine hohe Wahrnehmungsgeschwindigkeit, Domänen, in denen Frauen durchschnittlich besser abschneiden als Männer, sind sicherlich nur zwei weitere kognitive Funktionen, die beim Einparken nützlich sind. Aufgrund der zuletzt genannten Fähigkeiten könnte man sich auch vorstellen, dass Frauen die besseren Einparker sind. Die Häufigkeit des Parkens, die Vertrautheit mit einem Fahrzeugtyp usw. sind sicherlich weitere Faktoren, die über die Einparkfähigkeit entscheiden.

Geschlechtsunterschiede in der kognitiven Leistung beziehen sich immer nur auf die durchschnittliche Leistung oder auf die Extremebereiche in einer Leistungsverteilung der Geschlechtergruppen. Voraussagen über die kognitive Kompetenz eines Individuums allein auf der Basis des Geschlechts sind nicht möglich. Dass eine Geschlechtergruppe für bestimmte Berufe generell besser oder weniger gut geeignet ist, lässt sich aus den Forschungsergebnissen ebensowenig ableiten. Es ist vorstellbar, dass die individuellen Stärken und Schwächen in bestimmten kognitiven Funktionen, die teilweise durch hirnstrukturelle, hormonelle oder soziale Faktoren mit beeinflusst werden, das Interesse an bestimmten Berufen erhöhen oder reduzieren. Unabhängig von dem genetischen oder hormonellen Geschlecht wird jemand mit miserablen räumlichen Fähigkeiten vermutlich ebenso wenig Pilot(in) werden wollen, wie jemand mit schwachen sprachlichen Fähigkeiten sich für ein Germanistikstudium begeistern wird. Ausnahmen davon werden Männer und Frauen gleichermaßen betreffen.

Die Summe der geschlechtsspezifischen strukturellen und funktionellen Besonderheiten könnte aber ein Grund dafür sein, dass Männer und Frauen manchmal unterschiedliche Wege finden, bestimmte Probleme zu lösen. Das bedeutet nicht zwangsläufig, dass eine Strategie besser ist als die andere, sondern nur, dass es häufig mehrere Wege gibt, ein bestimmtes Problem zu lösen.

Fazit

Auch wenn die genauen neuronalen Mechanismen zum großen Teil noch im Verborgenen liegen, so zeigt die Geschlechterforschung der letzten Jahrzehnte eindeutig, dass sich Frauen und Männer in bestimmten kognitiven Fähigkeiten unterscheiden. Auf der biologischen Seite sind die hirnstrukturellen Unterschiede zwischen Männern und Frauen sowie geschlechtshormonelle Einflüsse die wohl bedeutsamsten Faktoren. Auf der soziokulturellen Seite sind insbesondere die Geschlechterrollen und Geschlechtsstereotypen als Wirkfaktoren beschrieben worden. Es handelt sich hierbei jedoch nicht um dichotome Ursachenkategorien, sondern um Faktoren, die stark miteinander interagieren und im Rahmen eines psychobiosozialen Ansatzes betrachtet werden müssen.

Literatur

Ambady N, Shih M, Kim A, Pittinsky TL (2001) Stereotype susceptibility in children: effects of identity activation on quantitative performance. Psychol Sci 12:385–390

Berenbaum SA, Hines M. (1992) Early androgens are related to childhood sex-typed toy preferences. Psychol Sci 3:203–206

Bleeker ML, Bolla-Wilson K, Agnew J, Meyers DA (1988) Age related sex differences in verbal memory. J Clin Psychol 44:403–411

Bornstein RA (1986) Normative data on intermanual differences on the tests of motor performance. J Clin Exp Neuropsychol 8:12–20

Bryden PL, Roy EA (2005) A new method of administering the Grooved Pegboard Test: performance as a function of handedness and sex. Brain Cogn 58:258–268

Burns NR, Nettelbeck T (2005) Inspection time and speed of processing: sex differences on perceptual speed but not IT. Pers Ind Dif 39:439–446

Chipman K, Kimura D (1998) An investigation of sex differences on incidental memory for verbal and pictorial material. Learn Individ Differ 10:259–272

Choi J, L'Hirondelle N (2005) Object location memory: a direct test of the verbal memory hypothesis. Learn Individ Differ 15:237–245

Cohen J (1977) Statistical power analysis for the behavioral science, 2nd ed. Academic Press, New York

Collins DW, Kimura D (1997) A large sex difference on a two-dimensional mental rotation task. Behav Neurosci 111:845–849

Colteheart D, Hull E, Slater D (1975) Sex differences in imagery and reading. Nature 253:438–440

Crossley M, D'Arcy C, Rawson SB (1997) Letter and category fluency in community-dwelling Canadian seniors: a comparison of normal participants to those with dementia of the Alzheimer vascular type. J Clin Exp Neuropsychol 19:52–62
Dark VJ, Benbow CP (1990) Enhanced problem translation and short-term memory: components of mathematical talent. J Educ Psychol 82:420–429
De Vries GJ (2004) Minireview: Sex differences in adult and developing brains: compensation, compensation, compensation. Endocrinology 145:1063–168
De Vries GJ, Boyle PA (1998) Double duty for sex differences in the brain. Behav Brain Res 92:205–213
Eals M, Silverman I (1994) The hunter-gatherer theory of spatial sex differences: proximate factor mediating the female advantage in recall of object arrays. Ethol Sociobiol 15:95–105
Epting LK, Overman WH (1998) Sex-sensitive tasks in men and women: A search for performance fluctuations across the menstrual cycle. Behav Neurosci 112:1304–1317
Feingold A (1992) Sex differences in variability in intellectual abilities: a new look at an old controversy. Rev Educ Res 62:61–84
Friedman L (1995) The space factor in mathematics: gender differences. Rev Educ Res 65:22–50
Gazzaniga MS, Ivry RB, Mangun GR (1998) Cognitive neuroscience: the biology of the mind. Norton, New York
Geary DC (1996) Sexual selection and sex differences in mathematical abilities. Beh Brain Sci 19:229–247
Geary DC, Saults SJ, Liu F, Hoard MK (2000) Sex differences in spatial cognition, computational fluency, and arithmetical reasoning. J Exp Child Psychol 77:337–353
Goldstein D, Haldane D, Mitchell C (1990) Sex differences in visual-spatial ability: the role of performance factors. Mem Cognit 18:546–550
Gouchie C, Kimura D (1991) The relationship between testosterone levels and cognitivive ability patterns. Psychoneuroendocrinology 4:323–334
Guilford JP (1967) The nature of human intelligence. Stanford University Press, Standford
Hall JAY, Kimura D (1995) Sexual orientation and performance on sexually dimorphic tasks. Arch Sex Behav 24:395–407
Halpern DF (2000) Sex differences in cognitive abilities, 3rd ed. Lawrence Erlbaum, Mahwah
Halpern DF, Tan U (2001) Stereotypes and steroids: using a psychobiosocial model to understand cognitive sex differences. Brain Cogn 45:392–414
Hampson E (1990a) Estrogen-related variations in human spatial and articulatory-motor skills. Psychoneuroendocrinology 15:97–111
Hampson E (1990b) Variations in sex-related cognitive abilities across the menstrual cycle. Brain Cogn 14:26–43
Hampson E, Kimura D (1988) Reciprocal effects of hormonal fluctuations on human motor and perceptual-spatial skills. Behav Neurosci 102:456–459
Hampson E, Rovet JF, Altmann D (1998) Spatial reasoning in children with congenital adrenal hyperplasia due to 21-hydroxylase deficiency. Dev Neuropsychol 14:299–320
Hausmann M, Kirk IJ, Corballis MC (2004) Influence of task complexity on manual asymmetries. Cortex 40:103–110
Hausmann M, Schoofs D, Jordan K (2007) Interaction between sex hormones and gender stereotypes on cognitive sex differences. In Bearbeitung
Hausmann M, Slabbekoorn D, Van Goozen SHM, Cohen-Kettenis PT, Güntürkün O (2000) Sex hormones affect spatial abilities across the menstrual cycle. Behav Neurosci 114:1245–1250
Hedges LV, Nowell A (1995) Sex differences in mental test scores, variability, and numbers of high scoring individuals. Science 269:41–45
Hines M (1990) Gonadal hormones and human cognitive development. In: Balthazart J (ed) Brain and behavior in vertebrates 1: Sexual differentiation, neuroanatomical aspects, neurotransmitters and neuropeptides. Karger, Basel, pp 51–63
Hines M, Fane BA, Pasterski VL, Mathews GA, Conway GS, Brook C (2003) Spatial abilities following prenatal androgen abnormality: targeting and mental rotations performance in individuals with congenital adrenal hyperplasia. Psychoneuroendocrinology 28:1010–26
Hines M, Brook C, Conway GS (2004) Androgen and psychosexual development: core gender identity, sexual orientation and recalled childhood gender role behavior in women and men with congenital adrenal hyperplasia (CAH). J Sex Res 41:75–81
Huttenlocher J, Haight W, Bryk A, Seltzer M, Lyons T (1991) Early vocabulary growth: relation to language input and gender. Dev Psych 27:236–248
Hyde JS, Fennema E, Lamon SJ (1990) Gender differences in mathematics performance: a meta-analysis. Psychol Bull 105:139–155
Hyde JS, Linn MC (1988) Gender differences in verbal ability: a meta analysis. Psychol Bull 104:53–69
Inhelder B, Piaget J (1958) The growth of logical thinking from childhood to adolescence. Basic, New York
James TW, Kimura D (1997) Sex differences in remembering the locations of objects in an array: location shift versus location-exchanges. Evol Hum Behav 18:155–163
Johns M, Schmader T, Martens A (2005) Knowing is half the battle. Teaching stereotype threat as a means of improving women's math performance. Psychol Sci 16:175–179
Jardine R, Martin NG (1983) Spatial ability and throwing accuracy. Behav Genet 13:331–340
Kempler D, Teng EL, Dick M, Taussig M, Davis DS (1998) The effects of age, education, and ethnicity on verbal fluency. J Int Neuropsychol Soc 4:531–538
Kerkman DD, Wise JC, Harwood EA (2000) Impossible »mental rotation« problems. A mismeasure of women's spatial abilities. Learn Individ Differ 12:253–269
Kimura D (1999) Sex and Cognition. MIT Press, Cambridge
Kimura D (2002) Sex hormones influence human cognitive pattern. Neuro Endocrinol Lett 23:67–77
Kimura D, Hampson E (1994) Cognitive pattern in men and women is influenced by fluctuations in sex hormones. Curr Directions Psychol Sci 3:57–61
Kramer JH, Delis DC, Daniel M (1988) Sex differences in verbal learning. J Clin Psychol 44:907–915
Lezak MD (1995) Neuropsychological assessment, 2nd ed. Oxford University Press, New York

Linn MC, Petersen AC (1985) Emergence and characterization of sex differences in spatial abilities: a meta analysis. Child Dev 56:1479–1498

Majeres RL (1983) Sex differences in symbol-digit substitution and speed matching. Intelligence 7:313–327

Massa LJ, Mayer RE, Bohon LM (2005) Individual differences in gender role beliefs influence spatial ability test performance. Learn Individ Differ 15:99–111

Masters MS, Sanders B (1993) Is the gender difference in mental rotation disappearing? Behav Genet 23:337–341

Mathuranath PS, George A, Cherian PJ, Alexander A, Sarma SG, Sarma PS (2003) Effects of age, education and gender on verbal fluency. J Clin Exp Neuropsychol 25:1057–1064

McBurney DH, Gaulin SJC, Devineni T, Adams C (1997) Superior spatial memory of women: stronger evidence for the gathering hypothesis. Evol Hum Behav 18:165–174

McGuiness D (1976) Sex differences in the organization of perception and cognition. In:Lloyd B, Archer J (eds) Exploring sex differences. Academic Press, New York, pp 123–156

McKeever WF (1995) Hormone and hemisphericity hypothesis regarding cognitive sex differences: possible future explanatory power, but current empirical chaos. Learn Individ Differ 7:323–340

Miller LK, Santoni V (1986) Sex differences in spatial abilities: strategic and experiential correlates. Acta Psychol (Amst) 62:225–235

Moffat SD, Hampson E, Wickett JC, Vernon PA, Lee DH (1997) Testosterone is correlated with regional morphology of the human corpus callosum. Brain Res 767:297–304

Moffat SD, Hampson E, Hatzipantelis M (1998) Navigation in a virtual maze: sex differences and correlation with psychometric measures of ability in humans. Evol Hum Behav 19:73–87

Peters M (2005) Sexdifferences and the factor time in solving Vandenberg and Kuse mental rotation performance. Brain Cogn 57: 176–184

Peters M, Campagnaro P (1996) Do women really excel over men in manual dexterity? J Exp Psychol Human Perception and Performance 27:1107–1112

Peters M, Laeng B, Latham K, Jackson M, Zaiyouna R, Richardson C (1995) A redrawn Vandenberg & Kuse mental rotation test: different versions and factors that affect performance. Brain Cogn 28:39–58

Peters M, Servos P, Day R (1990) Marked sex differences on a fine motor skill task disappear when finger size is used as covariate. J Appl Psychol 75:87–90

Phillips K, Silverman I (1997) Differences in the relationship of menstrual phase to spatial performance in two- and three dimensional tasks. Horm Behav 32:167–175

Postma A, Izendoorn I, De Haan EHF (1998) Sex differences in object location memory. Brain Cogn 36:334–345

Prinzel LJ, Freeman FG (1995) Sex differences in visuo-spatial ability: task difficulty, speed accuracy tradeoff, and other performance factors. Can J Psychol 49:530–539

Resnick SM (1993) Sex differences in mental rotation: an effect of time limits? Brain Cogn 21:71–79

Resnick SM, Berenbaum SA, Gottesman II, Bouchard TJ Jr (1986) Early hormonal influences of cognitive functioning in congenital adrenal hyperplasia. Dev Psychol 22:191–198

Rogers L (2001) Sexing the brain. Columbia University Press, New York

Royer FL (1978) Sex differences in symbol-digit substitution task performance. Intelligence 2:145–151

Ruff RM, Light RH, Parker SB, Levin HS (1997) The psychological construct of word fluency. Brain Lang 57:394–405

Shepard RN, Metzler J (1971) Mental rotation of three-dimensional objects. Science 171:701–703

Shih M, Pittinsky TL, Ambady, N (1999) Stereotype susceptibility: identity salience and shifts in quatitative performance. Psychol Sci 10:80–83

Slabbekoorn D, Van Goozen SHM, Megens J, Gooren LJG, Cohen-Kettenis PT (1999) Activating effects of cross-sex hormones on cognitive functioning: a study of short-term and long-term hormone effects in transsexuals. Psychoneuroendocrinology 24:423–447

Smolak L (1986) Infancy. Englewood Cliffs, Prentice-Hall, New York

Spencer SJ, Steele CM, Quinn DM (1999) Stereotype threat and women's math performance. J Exp Soc Psychol 35:4–28

Steele CM (1997) A threat in the air. How stereotypes shape intellectual identity and performance. Am Psychol 52:613–629

Steen LA (1987) Mathematics education: a predictor of scientific competitiveness. Science 237:251–253

Sykes Tottenham L, Saucier DM, Elias LJ, Gutway C (2005) Men are more accurate than women in aiming at targets in both near space and extrapersonal space. Percept Mot Skills 101:3–12

Vandenberg SG, Kuse AR (1987) Mental rotation, a group test of three-dimensional spatial visualization. Percept Mot Skills 47:599–601

Van Goozen SHM, Cohen-Kettenis PT, Gooren LJG, Frijda NH, Van de Poll NE (1994) Activating effects of androgens on cognitive performance: causal evidence. Neuropsychologia 32:1153–1157

Van Goozen SHM, Cohen-Kettenis PT, Gooren LJG, Frijda NH, Van de Poll NE (1995) Gender differences in behaviour: activating effects of cross-gender hormones. Psychoneuroendocrinology 20:343–363

Voyer D (1997) Scoring procedure, performance factors, and magnitude of sex differences in spatial performance. Am J Psychol 110:259–276

Ward SL, Newcombe N, Overton WF (1986) Turn left at the church, or three miles north: a study of direction giving and sex differences. Environ Behav 18:192–213

Watson NV, Kimura D (1989) Right-hand superiority for throwing but not for intercepting. Neuropsychologia 27:1399–1414

Watson NV, Kimura D (1991) Nontrivial sex differences in throwing and intercepting: relation to psychometrically-defined spatial functions. Neuropsychologia 12:375–385

Williams CL, Meck WH (1991) The organizational effects of gonadal steroids on sexually dimorphic spatial ability. Psychneuroendocrinology 16:155–176

Williams CL, Barnett AM, Meck WH (1990) Organizational effects of early gonadal secretions on sexual differentiation in spatial memory. Behav Neurosci 104:84–97

Witkin HA, Dyk RB, Faterson HF (1962) Psychological differentiation. Wiley, New York

Dank zahlreicher entwicklungspsychologischer Untersuchungen ist unser Wissen um die Prozesse der normalen Geschlechtsentwicklung in den letzten drei Jahrzehnten beträchtlich angewachsen. Wenn es jedoch um Abweichungen vom der normalen Entwicklung geht, bleibt noch vieles rätselhaft (Cohen-Kettenis u. Pfafflin 2003). Es gibt nur wenige empirische Arbeiten zu atypischer Geschlechtsentwicklung, zum einen, weil solche Fälle selten sind, zum anderen, weil manche Untersuchungen aus ethischen Gründen nicht durchführbar sind. In diesem Kapitel geben wir einen kurzen Überblick über die aktuellen Theorien zu atypischer Geschlechtsentwicklung, wie man sie bei Kindern mit Geschlechtsidentitätsstörung (GIS) und erwachsenen Transsexuellen beobachtet. Besondere Aufmerksamkeit gilt hierbei möglichen biologischen Erklärungsansätzen.

7.1 Terminologie und Diagnose

Der Begriff transsexuell tauchte in der Fachliteratur erstmals 1923 in den Arbeiten von Hirschfeld auf. In seinen Arbeiten unterschied er jedoch noch nicht zwischen Transvestitismus, effeminierter Homosexualität und Transsexualität. Erst in den späten 40er-Jahren wurde der Begriff in seiner modernen Bedeutung gebraucht: zur Beschreibung von Individuen, die dauerhaft in der sozialen Rolle des anderen Geschlechts leben möchten (oder tatsächlich leben) und sich einer Geschlechtsumwandlung unterziehen möchten (Cauldwell 1949). Dieser Wunsch nach einer Geschlechtsumwandlung resultiert aus einer erlebten Diskrepanz zwischen dem biologisch vorgegebenen Geschlecht einerseits und dem Empfinden von sich selbst als männlich oder weiblich andererseits. Im Jahr 1973 prägte Fisk den Begriff **Geschlechtsdysphorie-Syndrom**. Dieser Begriff umfasste Transsexualität und andere Geschlechtsidentitätsstörungen. Geschlechtsdysphorie bezeichnet den Stress, der aus einem Konflikt zwischen Geschlechtsidentität und dem biologischen Geschlecht resultiert.

In dem weit verbreiteten psychiatrischen Klassifikationssystem Diagnostic and Statistic Manual of Mental Disorders III (DSM-III; Diagnostisches und Statistisches Manual psychischer Störungen) tauchte Transsexualität erstmals 1980 als eigenständige Diagnose auf (American Psychiatric Association 1980). Für Kinder wurde eine separate Diagnose, Geschlechtsidentitätsstörung in der Kindheit, eingeführt. In der aktuellen Fassung des DSM, dem DSM-IV (American Psychiatric Association 1994), gibt es nur eine spezielle Diagnose, Geschlechtsidentitätsstörung. Hier wird die Geschlechtsidentitätsstörung als im Grunde einheitliche Störung angesehen, die sich über verschiedene Wege entwickeln und in unterschiedlicher Intensität auftreten kann (Bradley et al. 1991). Infolgedessen impliziert die Diagnose einer Geschlechtsidentitätsstörung keine spezielle Behandlung mehr.

7.1.1 Kinder

Bei Kindern kann sich eine GIS bereits im Alter von zwei Jahren entwickeln. Kleine Kinder sagen möglicherweise, dass sie dem anderen Geschlecht angehören oder es später tun werden. Kinder mit GIS scheinen bei bestimmten Aspekten geschlechtsbezogenen Lernens einen Entwicklungsrückstand zu haben (Zucker et al. 1999). Kleine Kinder mit GIS benennen die Geschlechter mit geringerer Wahrscheinlichkeit korrekt als Kinder ohne GIS. Sie machen auch mehr Fehler, wenn sie auf Fragen zur Stabilität des Geschlechts über die Zeit und über Situationen antworten. Daher ist möglich, dass Kinder mit GIS mehr kognitive Verwirrung über das Thema Geschlechter erleben. Es ist allerdings auch möglich, dass diese »kognitiven Fehler« eigentlich Verzerrungen der Realität darstellen, motiviert durch den starken Wunsch, dem anderen Geschlecht anzugehören (mehr Details hierzu in Cohen-Kettenis u. Pfafflin 2003).

7.1.2 Geschlechtsidentitätsstörung bei Jungen

Jungen mit einer Geschlechtsidentitätsstörung interessieren sich normalerweise eher dafür, mit Spielsachen für Mädchen zu spielen, und finden die Spiele und Aktivitäten von Mädchen (z. B. Seilspringen) viel reizvoller als die Spiele und Aktivitäten von Jungen (z. B. Fußball). Die meisten Jungen mit einer GIS zeigen eine deutliche Präferenz für Mädchen als Spielkameraden. Wenn die Freundinnen heranwachsen, finden diese es manchmal schwierig, ihre Freundschaft zu einem Jungen aufrechtzuerhalten. Da Feminität bei Jungen kaum akzeptiert ist, werden Jungen mit GIS häufig von anderen Jungen gehänselt oder sogar schikaniert. Die Stichelei steigert sich mit zunehmendem Alter, insbesondere wenn die Jungen sich auf weibliche Art bewegen oder mit hoher Stimme sprechen (Rekers u. Morey 1989). Jungen mit GIS sagen oft, dass sie darunter leiden, ein Junge zu sein und einen männlichen Körper zu haben. Manche Jungen scheinen ihre Genitalien geradezu abzulehnen. Wenn sie duschen, verstecken sie ihre Genitalien und setzen sich beim Urinieren hin.

7.1.3 Geschlechtsidentitätsstörung bei Mädchen

Mädchen mit einer Geschlechtsidentitätsstörung zeigen im gleichen Alter wie Jungen ebenfalls typische gegengeschlechtliche Verhaltensweisen. Ihr jungenhafter Kleidungsstil ist jedoch weniger deutlich und fällt meist erst mit dem Eintritt in die Schule auf. Stattdessen berichten Eltern lediglich, dass ihre Töchter von klein auf gern bequeme Kleidung und ihr Haar sehr kurz tragen und meist für Jungen gehalten werden.

Mädchen mit GIS spielen bevorzugt mit Jungen und interessieren sich für die Spielsachen von Jungen; außerdem mögen sie Sport und wildere Spiele. Gegengeschlechtliches Verhalten wird bei Mädchen eher akzeptiert als bei Jungen, daher werden Mädchen mit GIS weniger gehänselt und geächtet als Jungen mit GIS. Mädchen sind auch in ihren Bewegungen nicht immer deutlich maskulin. Manche Mädchen versuchen allerdings, sich auf typisch jungenhafte Weise zu bewegen. Andere Mädchen bemühen sich, möglichst tief zu sprechen.

Mädchen mit GIS können sehr darunter leiden, ein Mädchen zu sein und einen weiblichen Körper zu haben. Im Gegensatz zu Jungen zeigen sie weniger Ablehnung ihrer eigenen Genitalien, beschäftigen sich aber viel damit, wie es wäre, einen Penis zu haben. Der Gedanke, dass sie Brüste entwickeln und zu menstruieren beginnen, wenn sie älter werden, ist ihnen normalerweise zuwider.

7.2 Prävalenz und Geschlechterverhältnis in der Geschlechtsidentitätsstörung

Die meisten Kinder mit einer Geschlechtsidentitätsstörung entwickeln sich nach der Pubertät nicht zu Transsexuellen. Prospektive Untersuchungen von Jungen mit GIS (z. B. Zucker u. Bradley 1995), zeigen, dass dieses Phänomen eher mit späterer Homosexualität als mit späterer Transsexualität zusammenhängt. Diese Resultate stimmen mit retrospektiven Studien überein, aus denen hervorgeht, dass männliche und weibliche Homosexuelle mehr gegengeschlechtliches Verhalten in der Kindheit erinnern als männliche und weibliche Heterosexuelle (einen Überblick dazu geben Bailey u. Zucker 1995). Für dieses Resultat wurden verschiedene Erklärungen vorgeschlagen. Möglicherweise treten Identitätsstörungen in der Kindheit mit variablerem Schweregrad auf als im Erwachsenenalter. Wenn dies gilt, werden nur die extremeren gegengeschlechtlichen Fälle später zu Transsexuellen, die milderen Fälle werden Homo- oder Heterosexuelle.

Es liegen keine epidemiologischen Untersuchungen vor, aus denen Daten über die Prävalenz von GIS in der Kindheit hervorgehen. Die Prävalenz kann nur auf Grundlage indirekter Quellen geschätzt werden. Auf Grundlage der retrospektiven Feststellung (Bailey u. Zucker 1995), dass viele homosexuelle Männer und Frauen sich an gegengeschlechtliches Verhalten in der Kindheit erinnern, könnte die Prävalenz von Homosexualität einen Anhaltspunkt für die Prävalenz von GIS in der Kindheit liefern. Laut Sandfort (1998) beträgt diese 2–6% für Männer und 2% für Frauen.

Schätzungen der Prävalenz von Transsexualität unter (älteren) Heranwachsenden und Erwachsenen (16 Jahre und älter) basieren normalerweise auf der Zahl der Transsexuellen, die in den größeren Zentren behandelt werden, oder auf Antworten von Spezialkliniken für Transsexuelle sowie von Psychiatern und Psychologen in verschiedenen Ländern oder Regionen bezüglich der Anzahl ihrer transsexuellen Patienten. Die Zahlen unterscheiden sich je nach Studie erheblich. Die wissenschaftliche Dachorganisation für Geschlechtsdysphorie (World Professional Association for Transgender Health, WPATH, früher: Harry Benjamin International Gender Dysphoria Association, HBIGDA) gründete ihre Prävalenzschätzungen auf epidemiologische Daten aus den Niederlanden. Laut diesen Daten ist einer von 11.900 Männern und eine von 30.400 Frauen transsexuell. Weitere Beobachtungsstudien, die noch nicht durch systematische Untersuchungen gestützt werden, vermuten eine noch höhere Prävalenz. In den meisten Untersuchungen erscheint Transsexualität bei Männern häufiger als bei Frauen. Normalerweise wird ein 3:1- oder 2:1-Verhältnis beobachtet (Überblick in Landèn et al. 1996). Die Mehrzahl der präpubertären Kinder, die in Spezialkliniken für Transsexuelle behandelt werden, sind Jungen. Das Verhältnis Jungen zu Mädchen beträgt in Kanada 5,75:1 (n=358), in den Niederlanden 2,93:1 (n=130) (Cohen-Ketteniset al. 2003) und in Großbritannien (n=53) 3,81:1 (DiCeglie et al. 2002).

7.3 Theorien zur atypischen Geschlechtsentwicklung

In der Erforschung determinierender Faktoren für starke Unzufriedenheit mit dem eigenen Geschlecht wurden bei Kindern und Erwachsenen mit GIS unterschiedliche Faktoren untersucht. Unzufriedenheit mit dem eigenen Geschlecht bei Kindern

Beispiel

Larissa beantragte mit 16 Jahren eine Geschlechtsumwandlung (sex reassignment surgery, SRS). Ihr Vater war Buchhalter, ihre Mutter Hausfrau. Larissa hatte zwei Schwestern, die ältere Schwester studierte, die jüngere besuchte noch die Mittelschule. Larissa war immer ein ruhiges, »pflegeleichtes« Kind. Als Kind verhielt sie sich nicht mädchentypisch, das taten ihre Schwestern allerdings auch nicht, daher alarmierte ihr Verhalten ihre Eltern nicht. Im Gegensatz zu ihren Schwestern hatte sie jedoch Spaß an Fußball und besaß einige sehr enge männliche Freunde. Als auch sie zur Mittelschule ging, wurde sie noch stiller als davor und begann, einen unglücklichen Eindruck auf ihre Eltern zu machen. Ihre männlichen Freunde besuchten andere Schulen. Im Gegensatz zu ihren Schwestern hatte sie niemals Verabredungen mit Jungen und wurde zum Einzelgänger. Ihre Schulnoten blieben aber gut und es gab keine weiteren Anzeichen dafür, dass etwas nicht stimmte. Als ihre Mutter eines Tages bemerkte, dass sie ein sehr enges T-Shirt ihrer Schwester anzog, um ihre Brüste zu verstecken, wurde ihre Transsexualität offenbar. Trotz des Schocks suchten ihre Eltern unmittelbar nach Hilfe. Der Hausarzt verwies sie an unsere Klinik. Larissa erfüllte alle notwendigen Kriterien für einen Behandlungsbeginn zwischen 16 und 18 Jahren. Mit 17 Jahren wurde die Menstruation medikamentös unterbunden und nach weiteren vier Monaten Testosteron verschrieben. Ein Jahr später unterzog sie sich einer Brustoperation, Uterus und Eierstöcke wurden entfernt. Mit 19 Jahren erfolgte die Personenstandsänderung. In dieser Phase besuchte Larissa/Lars bereits die Universität. Mit 23 Jahren suchte er wieder unsere Klinik auf, mit dem Wunsch nach äußerlicher Angleichung des Genitals an das männliche Geschlecht, eine sog. Metaidoioplastik (Umwandlung der hormonell hypertrophierten Klitoris in einen Mikropenis und Konstruktion eines Neoskrotums aus den großen Schamlippen mit Hodenprothesen). An der Universität hatte er seinen Master in Psychologie abgeschlossen und arbeitete in einer Klinik für die Behandlung psychischer Störungen. Er hatte seit mehr als vier Jahren eine stabile Beziehung. Lars wollte auch den letzten chirurgischen Schritt machen, um sich vollständiger als Mann zu fühlen. Er hatte Wege gefunden, seine Sexualität ohne Koitus auszuleben. Vor einiger Zeit erhielt die Klinik zwei Karten von ihm: eine mit der Ankündigung seiner Hochzeit, eine mit der Ankündigung der Adoption einer Tochter.

wurde bislang kaum hinsichtlich biologischer Faktoren untersucht. Die wenigen vorliegenden Daten verweisen darauf, dass dieses Phänomen mit dem Geschlechterverhältnis der Geschwister und mit der Geburtsreihenfolge von Brüdern und Schwestern zusammenhängt, außerdem mit der Händigkeit und einem ängstlichen Temperament, was vermuten lässt, dass biologische/hormonelle Faktoren eine Rolle spielen (Überblick bei Cohen-Kettenis u. Pfäfflin 2003). Extreme Geschlechtsdysphorie im Erwachsenenalter (Transsexualität) wurde mit genetischen und hormonellen Faktoren in Verbindung gebracht, wobei die Mehrzahl der Befunde aus Einzelfallstudien stammt oder die Untersuchungen Inkonsistenzen aufweisen. Bis heute gibt es nicht eine einzige Studie, die schwere Geschlechtsdysphorie zweifelsfrei mit hormonellen Störungen oder genetischen Abweichungen verknüpft. Einige sehr beeindruckende Studien verweisen jedoch auf eine somatische Verursachung (Zhou et al. 1995).

7.3.1 Biopsychologische Theorien

Physisches Erscheinungsbild

Das Erscheinungsbild von Kindern kann bei den Eltern Gefühle und Verhaltensweisen auslösen, welche die kindliche Geschlechtsentwicklung beeinflussen. Tatsächlich zeigen klinische und experimentelle Untersuchungen (Green 1987; Zucker et al. 1993), dass Jungen mit GIS ein attraktives Äußeres haben, während für Mädchen mit GIS das Gegenteil gilt (Fridell et al. 1996). Es ist denkbar, dass die körperlichen Merkmale (Gesicht) des Kindes von klein auf zu Verstärkung einer atypischen Geschlechtsrolle durch die Eltern beitragen. Es bleibt jedoch sehr unwahrscheinlich, dass die Faktoren, bei denen Unterschiede zwischen Kindern mit und ohne GIS auftreten, für sich allein ausreichen, um GIS zu induzieren. Aus diesem Grunde postulieren einige Theorien, dass diese Faktoren nur in Kombination mit anderen zu einer gegengeschlechtlichen Identität bei Kindern führen.

Ängstlichkeit als Temperamentsmerkmal

Seit den frühen 90er-Jahren sind zwei relativ umfassende Theorien formuliert worden, die der ätiologischen Forschung über GIS in der Kindheit neue Impulse gegeben haben. Coates (1990) führt an, dass während einer kritischen Entwicklungsphase multiple kumulative Risikofaktoren zusammenkommen müssen, und dass manche Jungen aufgrund ihres ängstlichen Temperamentes eine Anfälligkeit für GIS entwickeln. Aufgrund des Zusammenwirkens dieser Faktoren verfügen sie über wenig oder gar keine Erfahrung mit anderen Jungen, was mit ihrer Entwicklung maskuliner Spielfertigkeiten interferiert. Laut Coates (1990) ist die Lebenssituation vieler Mütter von GIS-Kindern während der ersten drei Lebensjahre des Kindes durch eine chronisch dysfunktionale Familie oder ein traumatisches Erlebnis (z. B. Todesfall oder schwere Krankheit in der Familie) geprägt. Die resultierende Psychopathologie der Mutter führt zu einer Prädisposition des Kindes für chronische Trennungsangst und Depressionen, wobei Jungen gegengeschlechtliche Symptome als Schutzwall gegen ihre Trennungsangst entwickeln.

Unsicherheit über den Selbstwert

Zucker u. Bradley (1995) haben verschiedene Aspekte der obigen Ideen in eine umfassendere Theorie integriert. Ihrer Ansicht nach ist die »Unsicherheit über den Selbstwert« eine zentrale Komponente für die Entwicklung von GIS. Aufgrund dieser Unsicherheit steht die Identifikation mit dem anderen Geschlecht für die Identifikation mit einem sichereren oder höher bewerteten Geschlecht. Laut Zucker u. Bradley (1995) müssen zwei Bedingungen erfüllt sein, damit das Gefühl entsteht, das andere Geschlecht sei sicherer. Erstens müssen Kinder solch starke emotionale Verzweiflung erleben, dass sie nach einer »Lösung« zum Überleben suchen. Diese Verzweiflung kann aus allgemeinen Faktoren resultieren, die mit dem Temperament des Kindes, den Merkmalen der Eltern oder beidem zusammenhängen. Zweitens müssen während einer sensiblen Entwicklungsphase (d. h. wenn das Kind ein kohärentes Selbstgefühl entwickelt) spezifische Faktoren zu einer Situation führen, in der die resultierende Unsicherheit und Angst gegengeschlechtliches Verhalten induziert.

Ein allgemeiner prädisponierender Faktor ist eine konstitutionell bedingte Neigung zu einem **sehr hohen Erregungsgrad in stressgeladenen Situationen.** Laut Zucker u. Bradley (1995) haben diese Kinder größere Schwierigkeiten bei der Regulation ihrer eigenen Affekte, insbesondere im Kontext einer unsicheren Mutter-Kind-Beziehung. Ein anderer allgemeiner Faktor sind Schwierigkeiten der Eltern mit ihrer Affektregulation, die ebenfalls konstitutionell begründet sein können. Solche Schwierigkeiten können verhindern, dass das Kind eine sichere Bindung an die Eltern entwickelt, oder dazu führen, dass die Eltern Probleme nicht effektiv lösen und schlecht Grenzen setzen können. Wenn die Eltern nur unzureichend Grenzen aufzeigen, wird gegengeschlechtliches Verhalten nicht ausreichend sanktioniert und derartiges Verhalten nimmt zu. Auf diese Weise verschlechtern sich Eltern-Kind-Beziehungen, die schon vorher aufgrund von Bindungsproblemen problematisch waren, noch weiter. Die Situation ermöglicht dem Kind auch, sich vorzustellen, dem anderen Geschlecht anzugehören und verstärkt damit die gegengeschlechtlichen Interessen und Verhaltensweisen des Kindes.

Die Bedeutung von Faktoren, die Zucker u. Bradley als zentral für die Entwicklung einer GIS bezeichnen, wurde auch in einigen Studien aufgezeigt. So fanden sich in einigen Studien Hinweise auf vermehrte psychopathologische Variablen bei Eltern von Jungen mit GIS (Marantz u. Coates 1991; Rekers et al. 1983; Wolfe 1990): Daher ist es möglich, dass emotionale Unverfügbarkeit der Eltern bei deren Söhnen zu Unsicherheit und daher Identifikation mit dem anderen Geschlecht führen kann.

In beiden Theorien, sowohl von Coates wie von Zucker und Bradley, wird ein ängstliches Temperament des Kindes als ein Faktor angesehen, der das Kind konstitutionell anfällig für die Entwicklung einer GIS macht. Eine Studie mit einer großen Stichprobe kanadischer und niederländischer Kinder (n=448) stellte fest, dass Verhaltensprobleme vorherrschend internalisiert wurden (Cohen-Kettenis et al. 2003). Die Untersuchung basierte auf Elternberichten und bestätigte die Vorstellung, dass Kinder mit GIS mehr internalisierte Probleme haben (Ängste und Depressionen). Eine Untersuchung, in der physiologische Reaktionen getestet wurden, stützte diese Beobachtungen aber nicht uneingeschränkt (Wallien et al. 2007).

7.3.2 Biologische Theorien

Organisierende Wirkungen von Geschlechtshormonen

Mit dem Prozess geschlechtlicher Differenzierung ist nicht nur die Ausbildung der internalen und externalen Genitalien gemeint, sondern auch die Differenzierung des Gehirns in männlich oder weiblich. Die pränatale Einwirkung gonadaler Steroide organisiert die neuralen Schaltkreise im sich entwickelnden Gehirn. Diese Wirkungen werden als »organisierend« bezeichnet, während hormonelle »aktivierende« Effekte eine Wirkung auf das Nervensystem haben, durch die bestimmte Verhaltensmuster ausgelöst werden. Diese Wirkungen sind nicht permanent, da die Verhaltensänderungen das Ergebnis veränderter Hormonniveaus sind.

Eine Diskrepanz zwischen der Differenzierung der Genitalien einerseits und der geschlechtlichen Differenzierung des Gehirns andererseits wurde als eine mögliche Erklärung für GIS oder Transsexualität vorgeschlagen. Bislang fehlen allerdings noch zweifelsfreie neurophysiologische Belege für diese attraktive Hypothese. Aktuelle systematische Studien zum Vorkommen von Östrogenrezeptoren vom Typ **ER-alpha** und **ER-beta** in denjenigen Regionen des Gehirns, die wahrscheinlich für die geschlechtliche Differenzierung relevant sind, wie Nuklei des Hypothalamus, verweisen auf potenzielle Geschlechtsunterschiede in den Expressionsmustern von sowohl ER-alpha als auch -beta, die eher auf »aktivierende« denn auf »organisierende« Wirkungen schließen lassen (Kruijver et al. 2002, 2003).

Darüber hinaus zeigen aktuelle Forschungsergebnisse, dass **XY-** und **XX-Gehirnzellen** unterschiedliche Muster der Genexpression aufweisen, die die Zelldifferenzierung und -funktion unabhängig von den maskulinisierenden Effekten gonadaler Sekretion beeinflussen. Beispielsweise wurde ein spezifischer direkter Effekt des auf dem Y-Chromosom lokalisierten SRY-Gens auf das männliche Gehirn demonstriert, der dem Einfluss gonadaler Hormone vorausgeht (Dewing et al. 2006).

Zur Verifizierung der Annahme, dass pränatale Geschlechtshormone die Entwicklung von Transsexualität beeinflussen, wurde in verschiedenen Untersuchungen die Prävalenz von GIS bei klinischen Auffälligkeiten wie beispielsweise abnormer pränataler Hormoneinwirkung ermittelt und/oder Unterschiede zwischen transsexuellen und nicht von GIS betroffenen Subgruppen bezüglich biologischer Merkmale untersucht. Ähnliche Studien sind auch mit erwachsenen Homosexuellen durchgeführt worden (Überblicksarbeiten zu biologischer Forschung über Homosexualität z. B. von Ellis u. Ebertz 1997; Gooren 1988; Zucker u. Bradley 1995).

Anomalien in pränatalen Hormoneinwirkungen

Wenn Androgene ein entscheidender Faktor für die Ausbildung der Geschlechtsidentität wären, würden genetisch weibliche Individuen, die einem abnorm hohen Niveau von Testosteron ausgesetzt sind (wie in Fällen von kongenitaler adrenaler Hyperplasie), vermutlich eine männliche Geschlechtsidentität entwickeln, auch wenn sie als Mädchen aufgezogen werden. Über einige wenige solcher Fälle wurde berichtet (Dessens, Slijper u. Drop 2005). Obwohl die Betroffenen ein erhöhtes Risiko für geschlechtsbezogene Probleme haben könnten (z. B. aufgrund ihres zweideutigen Genitals oder Reaktionen der Umwelt auf diese Ambiguität), wollen die meisten ihr späteres Leben nicht als Männer verbringen. Dasselbe scheint für Personen mit partieller Androgeninsensitivität zu gelten, die als Mädchen aufgezogen wurden (Mazur 2005). Bei Männern und Frauen, die in utero Substanzen mit (de)maskulinisierenden oder feminisierenden Eigenschaften ausgesetzt waren, wurde nur selten der Wunsch beobachtet, in der Rolle des anderen Geschlechts zu leben (Collaer u. Hines 1995). Dessens et al. (1999) fanden allerdings drei Transsexuelle in einer Stichprobe von 243 Männern und Frauen, die im Mutterleib antiepileptischer Medikation ausgesetzt waren, die der Mutter während der Schwangerschaft verabreicht wurde. In Anbetracht der Seltenheit von Transsexualität ist dies eine bemerkenswerte hohe Rate. Insgesamt scheint sich die Geschlechtsidentität entsprechend dem Geschlecht zu entwickeln, in dem man aufgezogen wird, auch wenn in vielen Studien einige Aspekte von Geschlechtsrollenverhalten als atypisch festgestellt wurden (Cohen-Kettenis 2005).

Neuroendokrine Regulation des luteinisierenden Hormons

In einer Reihe weiterer Untersuchungen ging man davon aus, dass die neuroendokrine Steuerung des **luteinisierenden Hormons** (LH) beim Menschen ebenso wie bei niederen Säugetieren einen verlässlichen Indikator für die geschlechtliche Differenzierung des Gehirns darstellt. Von der Annahme ausgehend, dass man Transsexualität mit einem pränatalen Ungleichgewicht der Steroidhormone erklären kann, wurde postuliert, dass Mann-zu-Frau-Transsexuelle (MzF) genau wie Frauen einen Anstieg des LH-Niveaus aufweisen, der über einen durch exogene Östrogenstimulation ausgelösten positiven Feedback-Mechanismus vermittelt wird. Das Gegenteil wurde für Frau-zu-Mann-Transsexuelle (FzM) erwartet. Die Hypothese basierte auf tierexperimentellen Resultaten und fand Unterstützung aus zwei Humanstudien (Dörner et al. 1976; Seyler et al. 1978), andere kamen jedoch zu anderen Resultaten (Goodman et al. 1985; Spijkstra et al. 1988; Spinder et al. 1989; Wiesen u. Futterweit 1983).

Da der positive Feedback-Effekt des Östrogens auch bei Homosexuellen beobachtet wurde, wurde vorgeschlagen, dass diese Reaktion eher im Zusammenhang mit der sexuellen Orientierung als mit Transsexualität stehe. In einer Untersuchung (Dörner, Rohde, Schott u. Schnabl 1983) wurde ein positives Östrogen-Feedback nur bei denjenigen Transsexuellen gefunden, die sich von Sexualpartnern desselben biologischen Geschlechts angezogen fühlen. Dieses Einzelresultat kann jedoch nicht mit der pränatalen geschlechtlichen Differenzierung des Gehirns in Zusammenhang gebracht werden. Gooren (1986a,b) zeigte, dass MzF-Transsexuelle nur nach einer Östrogenbehandlung, bei erniedrigtem Testosteronniveau einen positiven Feedback-Effekt von Östrogen zeigten. Seiner Ansicht nach sollte die Annahme, dass die neuroendokrinen Regulation der LH-Ausschüttung ein verlässlicher Indikator der geschlechtlichen Differenzierung des Gehirns sei, verworfen werden.

Sexuell dimorphe Nuklei im Gehirn

Eine dritte Forschungsrichtung zu biologischen Determinanten von GIS befasst sich mit Untersuchungen zu sexuell dimorphen Kerngebieten bei Transsexuellen. Beim Menschen sind verschiedene Nuklei im Hypothalamus im Hinblick auf Größe und/oder Form sexuell dimorph (Überblick in Gorski 2000). Diese Geschlechtsunterschiede im Hypothalamus könnten möglicherweise Geschlechtsunterschieden in der Geschlechtsidentität und/oder der sexuellen Orientierung zugrunde liegen.

Bei sechs MzF-Transsexuellen wurde festgestellt, dass der zentrale Teil des Bed Nucleus der Stria terminalis (BSTc) nicht nur signifikant kleiner war als bei männlichen Kontrollpersonen (gemessen an der Neuronenzahl), sondern auch vollständig innerhalb der Bandbreite weiblicher Kontrollpersonen lag (Zhou et al. 1995). Das Gegenteil wurde für einen FzM-Transsexuellen festgestellt (Kruijver et al. 2000). Zu beachten ist, dass nicht transsexuelle Männer, die aus medizinischen Gründen Östrogene einnahmen, keine Verkleinerung des BSTc aufwiesen. Daher ist es unwahrscheinlich, dass dieser Größenunterschied auf die Hormonbehandlung der Transsexuellen zurückzuführen ist.

Die meisten Untersuchungen zur geschlechtlichen Differenzierung des Gehirns wurden jedoch an Tieren durchgeführt, was eine Übertragung der Befunde auf die entsprechenden Prozesse beim Menschen erschwert. In niederen Tieren scheint das Vorhandensein oder Fehlen von Testosteron während einer kritischen Phase der geschlechtlichen Differenzierung des Gehirns die Morphologie bestimmter Gehirnkerne zu beeinflussen. Insbesondere die Entwicklung und Differenzierung der zentralen Komponente des **medialen präoptischen Nukleus** (MPNc) wird durch Testosteron und – aufgrund topischer starker Expression von Aromatase – durch Östradiol gesteuert. Darüber hinaus liegen sowohl prä- wie perinatal geschlechtsspezifische Unterschiede bei der Expression von **Progesteronrezeptoren** in dieser Region vor, die unmittelbar mit der Einwirkung von Testosteron zusammenhängen. Die Induktion von Progesteronrezeptoren könnte daher ein Mechanismus sein, durch den Testosteron die sexuell dimorphe Regionen im Hypothalamus geschlechtlich differenziert (Quadros et al. 2002).

Kognitive Fähigkeiten, funktionelle zerebrale Asymmetrien, Händigkeit und Verhältnis der Fingerlängen zueinander

Eine vierte Forschungsrichtung widmet sich geschlechtsbezogenen kognitiven Funktionen, funktionellen zerebralen Asymmetrien und Händigkeit bei Personen mit GIS. Geschlechtsunterschiede in diesen Bereichen sind gut belegt, wobei die Unterschiede in der funktionellen Asymmetrie gering sind (Bryden 1988; Harris 1992; Hiscock et al. 1994).

Kognitive Fähigkeiten. Im Allgemeinen verarbeiten Männer verbale Stimuli lateralisierter als Frauen und zeigen eine schwächere Bevorzugung der rechten Hand. Im Hinblick auf spezifische kognitive Funktionen wurde festgestellt, dass Frauen Männern tendenziell in bestimmten verbalen Aufgaben überlegen sind, wohingegen Männer in bestimmten visuell-räumlichen Aufgaben überlegen sind (z. B. Halpern 1992; Linn u. Peterson 1985). Es gibt Hinweise auf einen Zusammenhang zwischen pränatalen hormonellen Einflüssen einerseits und funktioneller zerebraler Asymmetrie, geschlechtsbezogenen kognitiven Fähigkeiten und Händigkeit andererseits. Diese Hinweise stammen aus prä- und postpubertären klinischen Stichproben, wie beispielsweise Frauen mit CAH, sowie aus Untersuchungen normaler Kinder (Übersicht in Hines 2004). Im Hinblick auf die Ursachen von Transsexualität, führt die Hypothese, dass eine gegengeschlechtliche Identität (teilweise) auf abnorme pränatale Einwirkung von Geschlechtshormonen auf das Gehirn zurückzuführen ist, dazu, bei FzM stärker männertypische Merkmale und Funktionen zu erwarten und bei MzF eher frauentypische Merkmale und Funktionen.

Im Bereich derjenigen kognitiven Fähigkeiten, bei denen Frauen besser abschneiden, zeigten effeminierte Jungen und Heranwachsende einen höheren verbalen als Handlungs-IQ in den Wechsler Intelligenztests. Darüber hinaus war auch die Score für den Faktor verbales Verständnis höher als für den Faktor Wahrnehmungsorganisation (Money

u. Epstein 1967). Obwohl Zucker u. Bradley (1995) bei 164 präpubertären Jungen und 25 Mädchen mit GIS keine Unterschiede zwischen Wechslers Verbal- und Handlungs-IQ fanden, stellten sie fest, dass die Jungen in zwei verbalen Subtests (Wortschatz und allgemeines Verständnis), die auf dem Faktor verbales Verständnis basierten, besser abschnitten als in zwei eher »räumlichen« Subtests (Mosaiktest und Figurenlegen). Im Vergleich mit einer klinischen Stichprobe und normalen Kontrollen schienen die Jungen mit GIS ein relatives Defizit bei räumlichen Fähigkeiten zu haben, jedoch keinen relativen Vorteil bei verbalen Fähigkeiten. Die Resultate anderer Studien sind jedoch inkonsistent und es muss angemerkt werden, dass die Wechsler-Skalen nicht zu dem Zweck konstruiert wurden, Konstrukte mit großen Geschlechtsunterschieden zu messen. In einer anderen Studie unterschieden sich die Werte von acht MzF-Transsexuellen im Embedded-figures-Test signifikant von einer männlichen, aber nicht von einer weiblichen Kontrollgruppe (La Torre et al. 1976).

Funktionelle zerebrale Asymmetrie. Beim Test lateralisierter Verarbeitung von visuell präsentierten verbalen und räumlichen Stimuli zeigten sich keine Unterschiede zwischen 12 FzM-Transsexuellen und Kontrollen (Herman et al. 1993). 10 männliche Kontrollpersonen zeigten stärkere Lateralisationsmuster für nonverbale (aber nicht für verbale) Stimuli als 13 MzF-Transsexuelle und 10 weiblichen Kontrollpersonen (Cohen u. Forget 1995). Auch Cohen-Kettenis et al. (1998) berichten über weibliche Muster kognitiver Funktionen und funktioneller zerebraler Asymmetrien bei MzF-Transsexuellen. In dieser Studie zeigten 44 MzF-Transsexuelle weniger funktionale zerebrale Asymmetrien bei der Verarbeitung auditiver verbaler Stimuli und gaben in einem Fragebogen geringere Lateralisierung an, darüber hinaus waren ihre Leistungen in einem verbalen Gedächtnistest besser als die von männlichen Kontrollen. Allerdings wurden bei der mentalen Rotation keine Unterschiede gefunden. Weil die Standardabweichungen groß und die Geschlechtsunterschiede in der männlichen und weiblichen Transsexuellen-Gruppe kleiner als in den weiblichen und männlichen Kontrollgruppen waren, kann aber nicht ausgeschlossen werden, dass die Resultate in einer größeren Stichprobe signifikant geworden wären. Unerwarteterweise zeigten die 34 FzM-Transsexuellen im Vergleich zur weiblichen Kontrollgruppe geringere anstatt stärkere Lateralisierung. In einem verbalen Gedächtnistest zeigten die FzM-Transsexuellen das vorhergesagte Muster geschlechtsuntypischer kognitiver Leistung, in visuell-räumlichen Fähigkeiten wurden jedoch keine Unterschiede gefunden. In einer späteren Studie, an der ausschließlich ein spezifischer Subtyp von Transsexuellen teilnahm (Transsexuelle, die sich von Partnern ihres eigenen biologischen Geschlechts angezogen fühlen) lag deren Leistung in visuell-räumlichen Aufgaben zwischen der normaler männlicher und weiblicher Kontrollgruppen (van Goozen et al. 2002).

Händigkeit. Mögliche Händigkeitsunterschiede zwischen gegengeschlechtlichen Individuen und Kontrollen wurden bei Kindern und Erwachsenen untersucht. Diesen Untersuchungen lag die Annahme zugrunde, dass pränatale Hormoneinwirkung sowohl GIS wie auch Nicht-Rechtshändigkeit erkläre, obwohl bereits andere Mechanismen zur Erklärung von (Nicht-)Rechtshändigkeit vorgeschlagen wurden (z. B. Annett 1985; Coren 1995). Bei 205 Jungen mit GIS wurde im Vergleich zu einer klinischen Kontrollgruppe und drei Populationsstudien mit gesunden Jungen (Zucker et al. 2001) häufiger Linkshändigkeit festgestellt. In anderen Untersuchungen wurden ebenfalls erhöhte Prozentzahlen für Nicht-Rechtshändigkeit bei unbehandelten erwachsenen MzF- und FzM-Transsexuellen festgestellt (Cohen-Kettenis et al. 1998; Green u. Young 2001; Herman et al. 1993; Orlebeke et al. 1992; Slabbekoorn et al. 2000; Watson u. Coren 1992; Wisniewski et al. 2005).

Fingerlängenverhältnis. Auch das Verhältnis der Länge von Zeigefinger zu Ringfinger (2. und 4. Finger, 2D:4D-Verhältnis) soll negativ mit pränataler Androgeneinwirkung korreliert sein, dieser Parameter wurde ebenfalls im Zusammenhang mit den Ursachen von Transsexualität untersucht. Es zeigte sich, dass das 2D:4D-Verhältnis bei MzF-Transsexuellen höher ist als bei normalen männlichen Kontrollpersonen (Schneider et al. 2006).

Geburtsreihenfolge und Geschlechterverhältnis der Geschwister

Geburtenreihenfolge. Bei Männern scheint ein Zusammenhang zwischen der Anzahl älterer Brüder und der sexuellen Orientierung zu bestehen. Blanchard (2001) nennt dies den »Geburtsreihenfolgeeffekt von Brüdern«. Dieser Effekt wurde in drei Untersuchungen mit Kindern, Heranwachsenden und Erwachsenen mit geschlechtsbezogenen Problemen beobachtet. Bei Frauen konnte kein derartiger Effekt festgestellt werden. Blanchard (1997, 2001) postuliert, dass dieser Effekt die progressive Immunisierung der Mütter gegenüber Minor-Histokompatibilitäts-Antigenen, die mit dem Y-Chromosom verbunden sind (H-Y Antigene) widerspiegelt, die ab einer sehr frühen Entwicklungsphase des männlichen Fötus auf den Zelloberflächen vorhanden sind. Er nimmt an, dass die Antikörper der Mutter die Plazentaschranke überwinden und in das Gehirn des Fötus gelangen, wodurch eine typisch männliche Gehirnentwicklung verhindert wird Da jeder nachfolgende männliche Fötus die mütterliche Immunisierung verstärkt, steigt die Wahrscheinlichkeit von Homosexualität bei später geborenen Söhnen. Nicht homosexuelle gegengeschlechtliche Personen zeigen diesen Geburtsreihenfolgeeffekt nicht, daher scheint er eher mit Homosexualität als mit gegengeschlechtlicher Identität zusammenzuhängen.

Im Gegensatz zu Jungen werden Mädchen mit GIS eher früh in einer Geschwisterreihenfolge geboren (Zucker et al. 1998). Zur Erklärung führen die Autoren an, dass frühgeborene Mädchen aktiver sind als später geborene (Eatonet al. 1989) und dass ältere Geschwister verbal und körperlich aggressiver sind als jüngere (Abramovitch et al. 1986). Diese Temperamentsmerkmale könnten früher geborene Mädchen zu maskulinen Verhaltensweisen und Interessen prädisponieren.

Geschlechterverhältnis der Geschwister. Das Geschlechterverhältnis von Geschwistern ist das Verhältnis von Brüdern zu Schwestern in einer gegebenen Gruppe. In hellhäutigen Populationen liegt das Geburtenverhältnis von männlichen zu weiblichen lebend geborenen Kindern bei 106:100. In den meisten Untersuchungen zur Geburtsreihenfolge wurde darüber hinaus das Geschlechterverhältnis der Geschwister berechnet. Für Mädchen oder Frauen mit GIS ergaben sich aus dem Geschlechterverhältnis keine deutlichen Hinweise. Blanchard (1997) stellte jedoch in einer Überblicksarbeit zu den 13 Studien mit Männern fest, dass das Geschlechterverhältnis der Geschwister sich nur in einer kombinierten homosexuell weiblichen/transsexuellen Stichprobe (n=896) signifikant von 106 unterschied, nicht jedoch in homosexuellen (n=2365) oder heterosexuellen (n=5308) Stichproben. Er berechnete das Verhältnis älterer und jüngerer Geschwister und zeigte so, dass das Geschlechterverhältnis der Geschwister nicht nur durch eine große Zahl älterer Brüder geprägt war. Die femininen/transsexuellen Männer besaßen darüber hinaus mehr jüngere Brüder als jüngere Schwestern. Daher ist es möglich, dass die Befunde zum Geschlechterverhältnis von Geschwistern nicht mit der sexuellen Orientierung, sondern nur mit einer Identifikation mit dem anderen Geschlecht zusammenhängen.

Die Resultate verweisen außerdem auf eine besondere Art der Entwicklung von Geschlechtsproblemen, bei der sowohl ein später Platz in der Geburtsreihenfolge wie auch eine große Zahl an Brüdern von Bedeutung sind. Blanchard (1997) lieferte auch eine psychosoziale Post-hoc-Erklärung für diesen Befund: Eltern bemühten sich möglicherweise weniger um die »Maskulinisierung« eines femininen Sohnes, wenn bereits mehr Geschwister in der Familie vorhanden sind. Alternativ könnten die hohen Geschlechterverhältnisse der Geschwister aus starken mütterlichen Immunreaktionen auf das H-Y-Antigen resultieren, da Zygoten, die stärkere mütterliche Immunreaktionen hervorrufen, bei der Einnistung bevorzugt werden. Daher könnten starke Immunreaktionen auf das H-Y-Antigen eine gegengeschlechtliche Identität und ein hohes Geschlechterverhältnis der Geschwister verursachen, wohingegen schwache Immunreaktionen lediglich Homosexualität verursachen könnten.

Genetische Faktoren

Aus den betrachteten Untersuchungen kann gefolgert werden, dass hormonelle Faktoren bei der Entwicklung von GIS oder Transsexualität eine Rolle spielen. Es ist jedoch ebenfalls klar geworden, dass Steroide in komplexe Regelkreise eingebunden sind und nicht exklusiv agieren. Die Entwicklung von Geschlechtsidentität muss als ein orchestrales Zusammenwirken verschiedener genetischer, hormoneller und soziopsychologischer Faktoren verstanden werden.

Numerische oder strukturelle **chromosomale Anomalien** wurden im Zusammenhang mit Transsexualität bereits seit langem vermutet, aber nie bewiesen. Sogar spezielle Analysen des Lokus des **Androgenrezeptors** auf Chromosom X_{q12}, der geschlechtsbestimmenden Region (SYR) auf Chromosom $Y_{p11.3}$, sowie des **Azoospermien-Faktors** (AZF) auf dem langen Arm des Y-Chromosoms haben bei jeweils 30 transsexuellen Personen beider Geschlechter keine Mikrodeletionen aufgezeigt (Hengstschläger u. van Trotsenburg 2003). Nicht apparente strukturelle oder numerische Aberrationen sind bei Transsexuellen, ebenso wie in der allgemeinen Population, zufällig und daher nicht geeignet, die Diagnose in Frage zu stellen.

In einer verhaltensgenetischen Studie mit 309 Zwillingen (Kindern und Heranwachsenden) jedoch betrug die Prävalenz von GIS-Symptomen 2,3% und die geschätzte Heritabilität von GIS lag bei 62% (Coolidge et al. 2002). In zwei anderen Untersuchungen wurde eine erbliche Komponente für atypisches Geschlechtsverhalten festgestellt (Coolidge et al. 2002; Iervolino et al. 2005; Knafo et al. 2005).

Für verschiedene Krankheiten wie Arteriosklerose, Hypertonie, Osteoporose oder Thrombose, aber auch für neuropsychiatrische Störungen, wurden krankheitsrelevante polymorphe genetische Veränderungen (Polymorphismen) gefunden. Vor kurzem wurden **polymorphe Mutationen** auch im Zusammenhang mit möglichen Ursachen von Transsexualität genannt (Henningson et al. 2005). Henningson und Kollegen stellten die Hypothese auf, dass ein langes Allel auf dem ER-beta-Gen die Anfälligkeit für Transsexualität erhöhen könne, und dass bestimmte Varianten von Genen (Polymorphismen), die für den Androgenrezeptor und Aromatase kodieren, ebenso wie ER-beta auch, das Risiko für Transsexualität erhöhen könnten. Größeres Wissen über Mutationen und Polymorphismen liefert in der risikobehafteten Situation transsexueller Personen, die quasi existenziell von der Hormonersatztherapie abhängen, sicherlich eine gewisse Entlastung. Beispielsweise führt eine polymorphe Mutation (M158V) des Enzyms Catechol-O-Methyltransferase zu einer geringeren Aktivitätsrate und damit zu einer erhöhten Langzeitbelastung mit östrogenaktiven Metaboliten. Diese Mutation tritt bei etwa 25% der weißhäutigen Bevölkerung auf, sie wurde in Zusammenhang mit hormonsensitiven Tumoren, Herzerkrankungen und der Wirksamkeit von Hormonersatztherapie in Zusammenhang gebracht. Bislang gibt es keine Hinweise darauf, dass eine polymorphe Mutation eines Enzyms, das an der Metabolisierung von Steroiden beteiligt ist, mit den Ursachen von Transsexualität zusammenhängt.

Zusammenfassung

Die Resultate der bislang durchgeführten Untersuchungen weisen in keine einheitliche Richtung. Besonders bei FzM-Transsexuellen sind inkonsistente Resultate an der Tagesordnung. Beispielsweise konnten Haraldsen et al. (2003) die verschiedenen kognitiven Unterschiede zwischen Transsexuellen und Kontrollen nicht replizieren. Darüber hinaus scheinen die potenziellen Wirkungen von Geschlechtshormonen zwischen MzF- und FzM-Transsexuellen zu unterscheiden. Zum Test der Hypothese, dass Transsexualität auch durch Geschlechtshormone determiniert wird, sind multidisziplinäre Forschungsarbeiten mit größeren und homogeneren (Sub-)Gruppen von Transsexuellen erforderlich.

7.4 Verändern sich transsexuelle Gehirne nach der Geburt?

Untersuchungen zu Gehirnfunktionen von Transsexuellen sind nicht nur interessant, weil wir daraus neue Einsichten in die Entwicklung einer Geschlechtsidentitätsstörung gewinnen können, sondern auch weil sie die einzigartige Gelegenheit bieten, an körperlich gesunden Probanden die Wirkung von Steroiden des anderen Geschlechts auf Gehirnfunktionen zu studieren.

Derartige Untersuchungen sind ansonsten hauptsächlich bei gesunden Frauen über den Verlauf ihres Menstruationszyklus und mit postmenopausalen Frauen vor und während Hormonersatztherapie durchgeführt worden. In diesen Studien sind jedoch die Veränderungen der Hormonniveaus relativ klein, was die Untersuchung ihrer Effekte erschwert, wenn man zur Verbesserung der Ergebnisvalidität gleichzeitig andere Einflussquellen ausschließen will. Auch basierten insbesondere die frühen Studien auf Selbstauskünften der Frauen zu ihrem Menstruationszyklus, anstatt auf Erhebungen des Hormonstatus aus dem Blutplasma. Diese Methode lässt einige der Resultate fragwürdig erscheinen.

In aktuelleren Studien wurden stattdessen zur Ermittlung der spezifischen Zyklusphase Blutproben entnommen, weiterhin wurden geschlechtsspezifische Tests durchgeführt, um aktivierende Effekte von Östrogenen auf kognitive Fähigkeiten zu untersuchen. Hiermit konnten Veränderungen in bestimmten kognitiven Fähigkeiten über den **Menstruationszyklus** besser untersucht werden. Viele, jedoch nicht alle dieser Studien kamen zu dem Ergebnis, dass Frauen in kognitiven Aufgaben, in denen weibliche Personen normalerweise gut abschneiden, während der Midlutealphase bessere Leistungen zeigen als während den übrigen Zyklusphasen. Diese Resultate weisen darauf hin, dass verbale und feinmotorische Fähigkeiten durch Östrogen gefördert werden (Überblick in Sherwin 2003).

Bei **perimenopausalen Frauen** zeigten sich noch stärkere Hinweise auf aktivierende Hormonwirkungen. Der Beginn einer Östrogenbehandlung zum Zeitpunkt der Menopause oder kurz nach einer Ovariektomie stellt den besten Schutz für das Gedächtnis bei Frauen dar. Eine Östrogenbehandlung erst lange Zeit nach einer natürlichen Menopause hat kaum oder keine förderlichen Wirkungen auf kognitive Leistungen (Sherwin 2006). Umgekehrt ist die Leistung in visuellen und räumlichen Aufgaben (in denen normalerweise Männer besser abschneiden) bei Frauen in solchen Phasen ihres Menstruationszyklus besser, in denen das Östrogenniveau relativ niedrig ist. Interessanterweise zeigten sich Verbesserungen nicht nur in solchen Bereichen, in den bekanntermaßen Geschlechtsunterschiede auftreten (Überblick in Hines 2004).

Andere Untersuchungen wurden mit Personengruppen durchgeführt, die an angeborenen Erkrankungen oder Veränderungen im Zusammenhang mit gestörter Synthese von Steroidhormonen leiden, z. B. an **idiopathischen hypogonadotrophen Hypogonadismus** (IHH). Männer mit idiopathischem Hypogonadismus zeigen im Vergleich zu Kontrollen und Personen mit erworbenem Hypogonadismus defizitäre räumliche Fähigkeiten (Hier u. Crowley 1982). Dieser Befund und die Beobachtung, dass Androgenersatztherapie die räumlichen Fähigkeiten nicht verbessert, verweist auf einen dauerhaften »organisierenden« Einfluss von Androgenen auf das Gehirn, der vor oder während der Pubertät von Jungen stattfindet.

Langzeitbehandlungen mit Geschlechtshormonen in hoher Dosierung wurden bislang noch selten untersucht. Aus offensichtlichen ethischen Gründen können solche Untersuchungen nicht bei gesunden Probanden durchgeführt werden. Transsexuelle sind die einzigen gesunden Personen, die sich einer solchen Behandlung unterziehen. Für sie sind die körperlichen Auswirkungen, die den meisten Menschen als negative Nebenwirkungen erscheinen (z. B. tiefe Stimme und Bartwuchs bei Frauen und Gynäkomastie (Brustwachstum) bei Männern) positive Hauptwirkungen.

In mehreren Studien wurde die kognitive Leistungsfähigkeit von Transsexuellen vor Beginn der **gegengeschlechtlichen Hormonbehandlung** und 3–4 Monate danach verglichen. Man weiß, dass die untersuchten Funktionen empfindlich für Geschlechtsunterschiede sind und nimmt an, dass diese Unterschiede auf das Niveau zirkulierender Geschlechtshormone zurückzuführen sind. Die Hypothese lautete, dass gegengeschlechtliche Hormone die kognitiven Funktionen in Richtung des anderen Geschlechts verändern würden, da diese Funktionen mit dem Niveau der Geschlechtshormone zusammenhängen. Die in diesen Untersuchungen verwendeten Aufgaben messen räumliche und verbale Fähigkeiten und bestimmte Formen des verbalen Gedächtnisses. Van Goozen et al. (1994, 1995) stellten fest, dass sich einige geschlechtsspezifische Fähigkeiten nach der Hormonbehandlung veränderten. Nach Testosteronbehandlung verbesserten sich die visuell-räumlichen Fähigkeiten von FzM-Transsexuellen, während ihre Leistung in verbaler Flüssigkeit schlechter wurde. In der Untersuchung von 1995 wurden die Resultate repliziert und zusätzlich auch MzF-Transsexuelle einbezogen. Die Blockade von Androgenrezeptoren und die Gabe von Östrogenen führten bei ihnen zu einer Verschlechterung der räumlichen Fähigkeiten und einer Verbesserung bestimmter verbaler Fähigkeiten.

In anderen Studien konnten diese Resultate jedoch nicht immer repliziert werden. Miles et al. (1998) fanden in Aufgaben zu verbaler Flüssigkeit und räumlichen Fähigkeiten keine Unterschiede zwischen einer Gruppe von 29 MzF-Transsexuellen mit Östrogenbehandlung und einer Gruppe von 30 MzF-Transsexuellen ohne Östrogenbehandlung. Slabbekoorn et al. (1999) untersuchten nicht nur kurzfristige, sondern auch langfristige Wirkungen der Hormone auf räumliche Fähigkeiten. Vor der Hormonbehandlung zeigten MzF-Transsexuelle bessere Leistungen in Aufgaben zu räumlichen Fähigkeiten als FzM-Transsexuelle. Bei einer zweiten Messung drei Monate nach Beginn der Hormonbehandlung war dieser Unterschied verschwunden. Nach dieser Zeit wurde die Hormonbehandlung für fünf Wochen vor dem operativen Eingriff ausgesetzt; hier wurden die räumlichen Fähigkeiten nochmals vor (dritter Messzeitpunkt) und nach Aussetzung der Hormonbehandlung (vierter Messzeitpunkt) getestet. Auf diese Weise wurde überprüft, ob die Effekte reversibel waren. Dies schien jedoch nicht der Fall zu sein. Die Resultate waren invertiert und die Unterschiede zwischen den MzF- und FzM-Transsexuellen hatte sich weiter vergrößert.

Van Goozen et al. (2002) untersuchten darüber hinaus die Interaktion zwischen potenziellen organisierenden und aktivierenden Hormonwirkungen auf räumliche Fähigkeiten. In dieser Studie wurden keine aktivierenden Effekte gefunden. Eine Ursache für die Unterschiede zwischen diesen und den früheren Resultaten liegt möglicherweise in den Merkmalen der untersuchten Stichprobe. In der Untersuchung von 2002 wurden lediglich homosexuelle Transsexuelle getestet (in der Literatur wird dieser Begriff für Transsexuelle verwendet, die sich von Personen desselben biologischen Geschlechts angezogen fühlen; die Ähnlichkeit zwischen dieser Gruppe und der vorher beschriebenen primären (early-onset) Transsexualität ist groß). Der Grund für diese Auswahl war, dass man in dieser Studie auch potenzielle organisierende Effekte der Geschlechtshormone (siehe unten) untersuchen wollte und diese primär in der homosexuellen Gruppe erwartet wurden. Es ist möglich, dass die homosexuelle Patientengruppe weniger empfänglich für Veränderungen des Hormonniveaus ist als die nicht-homosexuellen Patienten.

Wisniewski et al. (2005) untersuchten 27 MzF-Transsexuelle, die Hormone über einen Mindestzeitraum von drei Monaten verwendeten. Sie testeten diese Gruppe mit den kognitiven Aufgaben »identische Bilder«, »mentale Rotation« und »visuelles Ortsgedächtnis« (building memory) und verglichen die Resultate mit einer männlichen Kontrollgruppe. Da sie keine Unterschiede in der Leistung zwischen diesen beiden Gruppen fanden, zeigten sich in dieser Untersuchung keine Hinweise auf aktivierende Effekte.

Eine mit MRI durchgeführte Studie (Hulshoff-Pol et al. 2006) zur Messung von Veränderungen in der Gehirnstruktur als Folge gegengeschlechtlicher Hormonbehandlung zeigte, dass – verglichen mit Kontrollen – eine Behandlung mit Antiandrogenen und Östrogenen die Gehirnvolumina von MzF-Transsexuellen auf weibliche Proportionen veränderte, während eine Androgenbehandlung bei FzM-Transsexuellen die Volumina des gesamten Gehirns und des Hypothalamus in Richtung auf männliche Proportionen veränderte.

Zusammengefasst bleibt es daher unklar, ob die Geschlechtshormone einen aktivierenden Einfluss auf die kognitiven Fähigkeiten ausüben, bei denen sich Geschlechtsunterschiede zeigen. Es gibt Hinweise darauf, dass Veränderungen infolge der Hormonbehandlung nur bei räumlichen Fähigkeiten auftreten. Die unterschiedlichen Ergebnisse sind nicht selten auf bestimmte Merkmale der untersuchten Stichprobe zurückzuführen, wie beispielsweise auf den Subtyp von Transsexuellen. Es ist denkbar, dass bestimmte Subtypen empfindlicher auf hormonelle Einflüsse reagieren als andere. Obwohl es den Anschein hat, dass nach gegengeschlechtlicher Hormonbehandlung strukturelle Veränderungen im Gehirn auftreten, sind mehr Untersuchungen erforderlich, um die ersten Befunde in diesem Bereich zu untermauern.

Es gibt zunehmende, aber immer noch weitgehend indirekte Belege dafür, dass die Gehirne mancher Typen von Transsexuellen (insbesondere MzF-Transsexuelle, die sich sexuell von Männern angezogen fühlen; van Goozen et al. 2002) pränatal einem atypischen Niveau von Geschlechtshormonen ausgesetzt waren. Jedoch reicht eine solche Hormoneinwirkung allein höchstwahrscheinlich nicht aus, um eine gegengeschlechtliche Identität zu entwickeln. Trotz gewisser maskuliner Interessen und Verhaltensweisen, bei 46,XX-CAH-Frauen beispielsweise, entwickelt die Mehrzahl keine Geschlechtidentitätsstörung. Andererseits gibt es nur schwache Belege dafür, dass für andere Typen Transsexueller, beispielsweise für MzF-Transsexuelle, die sich sexuell von Frauen angezogen fühlen, die pränatale Hormoneinwirkung auf das Gehirn einen signifikanten Faktor darstellt.

Bei Frauen ist das Bild noch unklarer, sogar für FzM-Transsexuelle, die sich von Frauen angezogen fühlen (van Goozen et al. 2002). Bei ihnen sind Belege für die Hormonhypothese wesentlich uneinheitlicher als für ihre männlichen Pendants. Es kann auch nicht ausgeschlossen werden, dass außer den organisierenden Hormonwirkungen noch andere biologische Faktoren zu Formen von gegengeschlechtlicher Entwicklung führen können. Beispielweise wurde kürzlich gezeigt, dass bei Mäusen genetische Einflüsse auf die Gehirnentwicklung der Ausbildung der Gonaden vorausgehen. Daher sind Gonadenhormone wahrscheinlich nicht allein für Geschlechtsunterschiede in der Gehirnentwicklung verantwortlich (Dewing 2003, 2006). Beim Menschen wurde ein weiterer Mechanismus, nämlich die progressive Immunisierung von Müttern gegen H-Y-Antigene, als eine Erklärung für GIS bei Männern vorgeschlagen. Obwohl die vorhandenen empirischen Daten zu einem solchen Mechanismus passen, fehlen noch direkte Belege für diesen Mechanismus.

Aus Untersuchungen von Kindern mit GIS stammen Hinweise auf Umwelteinflüsse, insbesondere auf Einflüsse der Eltern. Die meisten dieser Kinder entwickeln sich jedoch später zu Homosexuellen und nicht zu Transsexuellen. Die Bedeutung dieser Befunde aus der Kindheit für das Verständnis von GIS bei Heranwachsenden und Erwachsenen ist daher nicht eindeutig (Cohen-Kettenis u. Pfafflin 2003). Es ist denkbar, dass Umweltmerkmale wie die Praxis der Kindererziehung, die mit der Familienkonstellation und mit Psychopathologien der Eltern zusammenhängen, zu manchen, aber sicher nicht allen Formen von GIS führen können. Für die Entwicklung bestimmter, vielleicht milder Formen von Geschlechtsidentitätsstörungen könnten sie ein ausreichender Faktor sein. Für die Entwicklung anderer Formen sind Umweltfaktoren möglicherweise nicht ausreichend oder nicht einmal notwendig.

Fazit

Es ist unwahrscheinlich, dass Transsexualität durch einen einzigen psychologischen oder biologischen Faktor verursacht wird, auch wenn Hinweise vorliegen, dass genetische und hormonelle Faktoren eine Rolle spielen. Insbesondere gibt es zunehmende, aber weitgehend indirekte Belege, dass die Gehirne bestimmter Typen von gegengeschlechtlichen Personen (insbesondere MzF-Transsexuellen, die sich sexuell von Männern angezogen fühlen) pränatal einem atypischen Niveau von Geschlechtshormonen ausgesetzt waren. Jedoch reicht eine solche Hormoneinwirkung allein wahrscheinlich nicht aus, um eine gegengeschlechtliche Identität zu entwickeln. Obwohl es Anzeichen dafür gibt, dass Struktur und Funktion der Gehirne von Transsexuellen sich infolge der Hormonbehandlung verändern, sind noch weitere Untersuchungen nötig, um einschätzen zu können, ob solche Auswirkungen Implikationen für die Behandlung haben.

Literatur

Abramovitch R, Corter C, Pepler DJ, Stanhope L (1986) Sibling and peer interactions: A final follow-up and a comparison. Child Development 57:217–229

Annett M (1985) Left, right, hand and brain: The right shift theory. Erlbaum, Hillsdale

Bailey JM, Zucker KJ (1995) Childhood sex-types behavior and sexual orientation: A conceptual analysis and quantitative review. Developmental Psychology 31:43–55

Bakker A, van Kesteren P, Gooren LJG, Bezemer PD (1993) The prevalence of transsexualism in the Netherlands. Acta Psychiatr Scan 87:237–238

Blanchard R (1997) Birth order and sibling sex ratio in homosexual\versus heterosexual males and females. Annual Review Sex Research 8:27–67

Blanchard R (2001) Fraternal birth order and the maternal immune hypothesis of male homosexuality. Hormones Behavior 40:105–114

Bradley SJ, Blanchard R, Coates S, Green R, Levine SB, Meyer-Bahlburg HFL, Pauly IB, Zucker KJ (1991) Interim report of the DSM-IV Subcommittee on Gender Identity Disorders. Archives of Sexual Behavior 20:333–343

Bryden MP (1988) Cerebral specialization: Clinical and experimental assessment. In: Boller F, Grafman J (eds) Handbook of neuropsychology. Elsevier, Amsterdam, pp 143–159

Cauldwell DC (1949) Psychopathia transexualis. Sexology 16:274–280

Coates S (1990) Ontogenesis of boyhood gender identity disorder. J Am Ac Psychoanal 18:414–438

Cohen H, Forget H (1995) Auditory cerebral lateralization following cross-gender hormone therapy. Cortex 31:565–573

Cohen-Kettenis PT (2005) Psychological long-term outcome in intersex conditions. Hormone Research 64 (Suppl 2):27–30

Cohen-Kettenis PT, Pfäfflin F (2003) Transgenderism and intersexuality in childhood and adolescence: Making choices. Sage Publications, Thousand Oaks

Cohen-Kettenis PT, Owen A, Bradley SJ, Kaijser VG, Zucker KJ (2003) Demographic characteristics, social competence, and behavior problems in children with gender identity disorder: A cross-national, cross-clinic comparative analysis. J Abnorm Child Psychology 31:41–53

Cohen-Kettenis PT, van Goozen SHM, Doorn C, Gooren LJG (1998) Cognitive ability and cerebral lateralization in transsexuals. Psychoneuroendocrinology 23:631–641

Collaer ML, Hines M (1995) Human behavioral sex differences: a role for gonadal hormones during early development? Psychological Bulletin 118:55–107

Coolidge FL, Thede LL, Young SE (2002) The heritability of gender identity disorder in a child and adolescent twin sample. Behavior Genetics 32:251–257

Coren S (1995) Family patterns in handedness: Evidence for indirect inheritance mediated by birth stress. Behav Genet 25:517–524

Dessens AB, Slijper FM, Drop SL (2005) Gender dysphoria and gender change in chromosomal females with congenital adrenal hyperplasia. Arch Sex Behavior 34:389–397

Dessens AB, Cohen-Kettenis PT, Mellenbergh GJ, van de Poll,N, Koppe JG, Boer K (1999) Prenatal exposure to anticonvulsants and psychosexual development. Arch Sex Behavior 28:31–44

Dewing P, Shi T, Horvath S, Vilain E (2003) Sexually dimorphic gene expression in mouse brain precedes gonadal differentiation. Brain Res Mol Brain Res 118:82-90

Dewing P, Chiang CW, Sinchak K, Sim H, Fernagut PO, Kelly S, Chesselet MF, Micevych PE, Albrecht KH, Harley VR, Vilain E (2006) Direct regulation of adult brain function by the male-specific factor SRY. Curr Biology 16:415–420

Di Ceglie D, Freedman D, McPherson S, Richardson P (2002) Children and adolescents referred to a specialist gender identity development service: Clinical features and demographic characteristics. International Journal of Transgenderism 6, http://www.symposion.com/ijt/ijtvo06no01_01.htm

Dörner G, Rohde W, Schott GS, Schnabl C (1983) On the LH response to oestrogen and LHRH in transsexual men. Exp Clin Endocrinol 82:257–267

Dörner G, Rohde W, Seidel K, Haas W, Schott GS (1976) On the evocability of a positive oestrogen feedback action on LH secretion in transsexual men and women. Endokrinologie 67:20–25

Eaton, WO, Chipperfield, JG, Singbeil, CE (1989) Birth order and activity level in children. Dev Psychol 25:668–672

Ellis L, Ebertz L (1997) Sexual orientation. Toward a biological understanding. Praeger, London

Fisk NM (1973) Gender dysphoria syndrome (the how, what and why of a disease). In: Laub DF, Gandy P (ed) Proceedings of the 2nd Interdisciplinary symposium on gender dysphoria syndrome. Division of Reconstructive and Rehabilitation Surgery. Stanford University Medical Center, Stanford

Fridell SR, Zucker KJ, Bradley SJ, Maing DM (1996) Physical attractiveness of girls with gender identity disorder. Arch Sex Behavior 25:17–31

Goodman RE, Anderson DC, Bulock DE, Sheffield B, Lynch SS, Butt, WR (1985) Study of the effect of estradiol on gonadotropin levels in untreated male-to-female transsexuals. Arch Sex Behavior 14:141–147

Gooren LJG (1986a) The neuroendocrine response of luteinizing hormone to estrogen administration in heterosexual, homosexual and transsexual subjects. J Clin Endocrinol Metabol 63:583–588

Gooren LJG (1986b) The neuroendocrine response of luteinizing hormone to estrogen administration in the human is not sex specific but dependent on the hormonal environment J Clin Endocrinol Metab 63:589–593

Gooren LJG (1988) An appraisal of endocrine theories of homosexuality and gender dysphoria. In Sitsen JMA (ed) Handbook of sexology, vol 6: The pharmacology and endocrinology of sexual function. Elsevier, Amsterdam, pp 410–424

Gorski,RA (2000) Sexual differentiation of the nervous system. In: Kandel ER, Schwartz JH, Jessell TM (eds) Principles of neural science, 4th ed. Mc Graw-Hill, New York, pp 1131–1148

Green R (1974) Sexual identity conflict in children and adults. Basic Books, New York

Green R (1987) The »sissy boy syndrome« and the development of homosexuality. Yale University Press, New Haven

Green R, Young R (2001) Hand preference, sexual preference, and transsexualism. Arch Sex Behavior 30:565–574

Halpern DF (1992) Sex differences in cognitive abilities (2nd ed.). Hillsdale, NJ: Erlbaum.

Haraldsen IR, Opjordsmoen S, Egeland T, Finset A (2003) Sex-sensitive cognitive performance in untreated patients with early onset gender identity disorder. Psychoneuroendocrinology 28:906–915

Harris LJ (1992) Left-handedness In: Rapin I, Segalowitz SJ (eds) Handbook of neuropsychology. Elsevier, Amsterdam, pp 145–208

Harry Benjamin International Gender Dysphoria Association (2001) The Standards of Care for Gender Identity Disorders. 6th version; Symposion Publishing, Düsseldorf

Hengstschläger M, van Trotsenburg M, Repa C, Marton E, Huber JC, Bernaschek G (2003) Gonosomal aberrations and transsexualism. Fertil Sterility 79:639–640

Henningson S, Westberg L, Nilsson S, Lundstrom B, Ekselius L, Bodlund O, Lindstrom E, Hellstrand M, Rosmond R, Eriksson E, Landén M (2005) Sex steroid-related genes and male-to-female transsexualism. Psychoneuroendocrinology 30:657–664

Herman A, Grabowska A, Dulko S (1993) Transsexualism and sex related differences in hemispheric asymmetry. Acta Neurobiol Exp 53:269–274

Hier DB, Crowley WF (1982) Spatial ability in androgen-deficient men. New England J Med 306:56–80

Hines M (2004) Brain gender. Oxford University Press, London

Hirschfeld M (1923) Die intersexuelle Konstitution. Jahrbuch für sexuelle Zwischenstufen 23:3–27

Hulshoff Pol HE, Cohen-Kettenis PT, van Haren N, Peper JS, Brans RGH, Cahn W, Schnack, HG, Gooren LJG, Kahn RS (2006) Changing your sex changes your brain: Influences of testosterone and estrogen on adult human brain structure. Eur J Endocrinol 155:107–144

Iervolino AC, Hines M, Golombok SE, Rust J, Plomin R (2005) Genetic and environmental influences on seks-typed behavior during the preschool years. Child Development 76:826–840

Knafo A, Lervolono AC, Plomin R (2005) Masculine girls and feminine boys: Genetic and environmental contributions to atypical gender development in early childhood. J Pers Soc Psychology, 88:400–412

Kruijver FP, Zhou J, Pool CW, Hofman MA, Gooren LJG, Swaab DF (2000) Male-to-female transsexuals have female neuron numbers in a limbic nucleus. Journal of Clinical Endocrinology and Metabolism 85:2034–2041

Kruijver FP, Balesar R, Espila AM, Unmehopa UA, Swaab DF (2002) Estrogen receptor-alpha distribution in the human hypothalamus in relation to sex and endocrine status. J Comp Neurology 454:115–139

Kruijver FP, Balesar R, Espila AM, Unmehopa UA, Swaab DF (2003) Estrogen-receptor-ß distribution in the human hypothalamus: Similarities and differences with ERα distribution. J Comp Neurology 466:251–77

Landèn M, Wålinder J, Lundström B (1996) Prevalence, incidence and sex ratio of transsexualism. Acta Psychiatr Scand 9:221–223

La Torre RA, Gossmann I, Piper WE (1976) Cognitive style, hemispheric specialization, and tested abilities of transsexuals and nontranssexuals. Percept Mot Skills 43: 719–722

Linn MC, Petersen AC (1985) Emergence and characterization of sex differences in spatial ability: A meta-analysis. Child Development 56:1479–1498

Marantz S, Coates S (1991) Mothers of boys with gender identity disorder: A comparison of matched controls. J Am Ac Child Adolesc Psychiatry 30:310-315

Mazur T (2005) Gender dysphoria and gender change in androgen insensitivity or micropenis. Arch Sex Behavior 34:411–421

Miles C, Green R, Sanders G, Hines M (1998) Estrogen and memory in a transsexual population. Hormones and Behavior 34:199–208

Money J, Epstein R (1967) Verbal aptitude and eonism and prepubertal effeminacy: A feminine trait. Transactions of the New York Academy of Sciences 29, 448–454

Orlebeke JF, Boomsma DI, Gooren LJG, Verschoor AM, van den Bree MJM (1992) Elevated sinistrality in transsexuals. Neuropsychology 6:351–355

Quadros PS, Lopez V, De Vries GJ, Chung WCJ, Wagner CK (2002) Progesterone receptors and the sexual differentiation of the medial preoptic nucleus. J Neurobiol 51:24–32

Rekers GA Morey SM (1989) Sex types body movements as a function of severity on degree of gender disturbance in boys. J Psychol Hum Sex 2:183–196

Rekers GA, Mead SL, Rosen AC, Brigham SL (1983) Family correlates of male childhood gender disturbance. J Genet Psychology 142:31–42

Roberts CW, Green R, Williams K, Goodman M (1987) Boyhood gender identity development: A statistical contrast between two family groups. Dev Psychology 23:544–557

Sandfort TGM (1998) Homosexual and bisexual behaviour in European countries In: Hubert MC, Bajos N, Sandfort TGM (eds), Sexual behaviour and HIV/AIDS in Europe. UCL Press, London, pp 68–105

Schneider HJ, Pickel J, Stalla GK (2006) Typical female 2nd–4th finger length (2D:4D) ratios in male-to-female transsexuals – possible implications for prenatal androgen exposure. Psychoneuroendocrinoly 31:265–269

Seyler LE Jr, Canalis E, Spare S, Reichlin S (1978) Abnormal gonadotropin secretory responses to LRH in transsexual women after diethylstilbestrol priming. J Clin Endocrinol Metabolism 47:176–183

Sherwin BB (2003) Estrogen and cognitive functioning in women. Endocrinological Review 24:133–151

Sherwin BB (2006) Estrogen and cognitive aging in women. Neuroscience 138:1021–1026

Slabbekoorn D, van Goozen SHM, Sanders G, Gooren LJG, Cohen-Kettenis PT (1999) Activating effects of cross-sex hormones on cognitive functioning: A study of short term and long term hormone effects in transsexuals. Psychoneuroendocrinology 24:423–447

Slabbekoorn D, van Goozen SHM, Sanders G, Gooren LJG, Cohen-Kettenis PT (2000) The dermatoglyphic characteristics of transsexuals: Is there evidence for an organizing effect of sex hormones. Psychoneuroendocrinology 25:365–375

Spijkstra JJ, Spinder T, Gooren, LJG (1988) Short-term patterns of pulsatile luteinizing hormone secretion do not differ between male-to-female transsexuals and heterosexual men. Psychoneuroendocrinology 13:279–283

Spinder T, Spijkstra JJ, Gooren LJG, Burger CW (1989) Pulsatile luteinizing hormone release and ovarian steroid levels in female-to-male transsexuals compared to heterosexual women. Psychoneuroendocrinology 14, 97–102

van Goozen SHM, Cohen-Kettenis PT, Gooren LJG, Frijda NH, Van de Poll NE (1994) Activating effects of androgens on cognitive performance, causal evidence in a group of female-to-male transsexuals. Neuropsychologia 32:1153–1157

van Goozen SHM, Cohen-Kettenis PT, Gooren LJG, Frijda,NH, van de Poll NE (1995) Gender differences in behavior: Activating effects of cross-sex hormones. Psychoneuroendocrinology 20:343–363

van Goozen SHM, Slabbekoorn D, Gooren LJG, Sanders G, Cohen-Kettenis PT (2002) Organizing and activating effects of sex hormones in homosexual transsexuals. Behav Neuroscience 116:982–988

Wallien MSC, van Goozen SHM, Cohen-Ketteris PT (2007) Physiological correlate of anxiety inchildren with gender-identity disorder. European Child and Adolescent Psychiatry (im Druck)

Watson DB, Coren S (1992) Left-handedness in male-to-female transsexualism [Letter to the editor]. J Am Med Assoc 267:1342

Wiesen M, Futterweit W (1983) Normal plasma gonadotropin response to gonadotropin-releasing hormone after diethylstilbestrol priming in transsexual women. J Clin Endocrinol Metabolism 57:197–199

Wisniewski AB, Prendeville MT, Dobs AS (2005) Handedness, functional cerebral hemispheric lateralization, and cognition in male-to-female transsexuals receiving cross-sex hormone treatment. Arch Sex Behavior 34:167–172

Wolfe SM (1990) Psychopathology and psychodynamics of parents of boys with a gender identity disorder. Unpublished doctoral dissertation. City University of New York

Zhou J, Hofman MA, Gooren LJG, Swaab DF (1995) A sex difference in the human brain and its relation to transsexuality. Nature 378:68–70

Zucker KJ, Bradley SJ (1995) Gender identity disorder and psychosexual problems in children and adolescents. Guilford Press, New York London

Zucker KJ, Wild J, Bradley SJ, Lowry CB (1993) Physical attractiveness of boys with gender identity disorder. Arch Sex Behavior 22:23–36

Zucker KJ, Lightbody S, Pecore K, Bradley SJ, Blanchard R (1998) Birth order in girls with gender identity disorder. Eur Child Adolesc Psychiatry 7:30–35

Zucker KJ, Bradley SJ, Kuksis M, Pecore K, Birkenfeld-Adams A, Doering RW, Mitchell JN, Wild J (1999) Gender constancy judgments in children with gender identity disorder: Evidence for a developmental lag. Arch Sex Behavior 28:475–502

Zucker KJ, Beaulieu N, Bradley SJ, Grimshaw GM, Wilcox A (2001) Handedness in boys with gender identity disorder. J Clin Child Psychol Psychiatry 42:767–776

Frauen sind emotionaler als Männer. Sie fürchten und ekeln sich stärker und sind öfter traurig. Diese Aussagen spiegeln das Laienverständnis über Geschlechterdifferenzen in der Emotionalität wieder, finden sich aber auch in der wissenschaftlichen psychologischen Literatur. Deshalb erscheint es nahe liegend, mittels bildgebender Verfahren wie funktioneller Magnetresonanz- und Positronenemissionstomographie einen Blick in das »emotionale Gehirn« zu werfen, um mögliche neurobiologische Grundlagen dieser Unterschiede aufzufinden. Im folgenden Kapitel wird der Frage nachgegangen, ob es geschlechterspezifische neuronale Korrelate der emotionalen Verarbeitung von Angst, Ekel und Traurigkeit gibt. Dabei werden drei unterschiedliche Prozesse näher betrachtet, nämlich das Emotionserleben, die Emotionserkennung sowie das Gedächtnis für emotional relevante Reize.

8.1 Geschlecht und emotionales Erleben

Unterscheiden sich Männer und Frauen im Erleben der Basisemotionen? In der wissenschaftlichen Literatur gibt es zahlreiche Hinweise dafür, dass dem so ist. So berichten Frauen, im alltäglichen Leben häufiger und intensiver Angst zu empfinden, d. h. sie besitzen Fragebogendaten zufolge eine größere Ängstlichkeit (z. B. Egloff u. Schmukle 2004). Auch experimentelle Bedrohungsreize werden von Probandinnen negativer und erregender bewertet (Bradley et al. 2001). Ähnliches gilt für das aktuelle Ekelerleben sowie die Ekelempfindlichkeit, also die zeitlich stabile Neigung einer Person mit Abscheu und Widerwillen zu reagieren, die gemäß Selbstbeschreibungen beim weiblichen Geschlecht stärker ausgeprägt sind als beim männlichen (z. B. Schienle et al. 2002). Schließlich schildern Frauen häufiger, niedergeschlagen zu sein und stufen in Studien zur emotionalen Verarbeitung solche Bilder, die Verlust oder Krankheit darstellen als unangenehmer ein und beschreiben die dadurch ausgelöste Traurigkeit als intensiver, als dies Männer tun (Bradley et al. 2001).

Die aufgeführten Geschlechterdifferenzen finden sich nicht nur im »normalen« Emotionserleben, sondern lassen sich ebenso bei pathologischen Manifestationen ausfindig machen. Epidemiologische Studien konnten wiederholt nachweisen, dass solche psychischen Störungen, die durch intensive und schwer kontrollierbare Zustände der Angst und Niedergeschlagenheit gekennzeichnet sind, häufiger in der weiblichen Bevölkerung vorkommen (z. B. Epidemiological Catchment Area Study, Regier et al. 1990; General Health Survey, Jacobi et al. 2002). Obwohl über die verschiedenen Studien hinweg eine große Streubreite der berichteten Prävalenzen vorliegt, besteht dennoch Übereinstimmung darin, dass Frauen ein erhöhtes Erkrankungsrisiko für **Angststörungen** wie spezifische Phobien, Panikstörungen/Agoraphobien, generalisierte Angststörungen und posttraumatische Belastungsstörungen tragen (Regier et al. 1990).

Von Tierphobien (Spinnen, Schlangen) sind Frauen ca. 4-mal häufiger betroffen als Männer (Fredrikson et al. 1996). Bei der Panikstörung, bei der die Befürchtung, einen unerwarteten und unkontrollierbaren Angstanfall mit ausgeprägten körperlichen Symptomen zu erleiden im Vordergrund steht, was häufig zu situationsbezogenen Vermeidungsreaktionen führt (Agoraphobie), sind bis zu zwei Drittel der Patienten weiblich. Ein zu Ungunsten der weiblichen Bevölkerung verschobenes Erkrankungsrisiko ähnlichen Ausmaßes findet sich auch bei der generalisierten Angststörung, deren Leitsymptom übermäßige Sorgen sind. Schließlich reagieren Frauen etwa doppelt so häufig wie Männer mit einer posttraumatischen Belastungsstörung nach einem einschneidenden Erlebnis (Übersicht in Schmidt-Traub u. Lex 2005). Insgesamt finden die verschiedenen epidemiologischen Studien des In- und Auslandes somit etwa doppelt so häufig Angststörungen bei Frauen im Vergleich zu Männern.

Ein ähnliches Verhältnis zeigt sich bei **depressiven Störungsbildern.** Sowohl Episoden einer Major Depression als auch chronische depressive Verstimmungen (Dysthymien) sind in der weiblichen Bevölkerung weiter verbreitet. Frauen erkranken 2- bis 3-mal häufiger an unipolaren Depressionen als Männer (Kessler et al. 2003; Wittchen 2004). Darüber hinaus weisen sie ein früheres Ersterkrankungsalter auf, haben mehr Rückfälle im Laufe ihres Lebens und unterscheiden sich demnach auch in der Syndromschwere (Wittchen 2004).

Obwohl keine psychische Störung explizit als »Ekelstörung« bezeichnet wird, existieren dennoch Syndrome, für die übersteigerte Ekelreaktionen kennzeichnend sind. Hierzu zählen vor allem Angststörungen wie Tierphobien und Waschzwänge, bei denen das ausgeprägte Vermeidungsverhalten häufig durch die Befürchtung einer Kontamination, also Ekel, motiviert ist. Wie bereits vorher beschrieben, überwiegen diese Störungen in der weiblichen Bevölkerung.

An dieser Stelle sei darauf hingewiesen, dass die Daten zum alltäglichen emotionalen Erleben, zu Einstufungen der affektiven Qualität von experimentellen Stimuli sowie zum Vorkommen psychischer Störungen, wie sie in epidemiologischen Untersuchungen erfasst werden, auf subjektiven Darstellungen der Befragten basieren. Die berichteten Unterschiede im emotionalen Erleben könnten daher auch auf Differenzen in der affektiven Expressivität zurückgehen. So konnten verschiedene Studien zeigen, dass Frauen eine markantere emotionale Mimik aufweisen und bereitwilliger über ihr emotionales Erleben Auskunft geben (Kring u. Gordon 1998). Dies mag auch ihre größere Bereitschaft erklären, bei psychischen Störungen therapeutische Hilfe anzunehmen (Schmidt-Traub u. Lex 2005).

Schließlich scheinen Frauen emotionale Ereignisse besser zu erinnern als Männer. Sie memorieren in Experimenten mehr emotionsrelevante Vorkommnisse innerhalb eines festgelegten Zeitrahmens und produzieren diese Erinnerungen schneller sowie mit intensiveren Begleitemotionen (Seidlitz u. Diener 1998). Auch dieser Befund könnte die unterschiedlichen Berichte bezüglich des emotionalen Erlebens von Männern und Frauen erklären.

Die Literatur belegt somit Geschlechterunterschiede im emotionalen Erleben, der emotionalen Expressivität und der Gedächtnisleistung für emotionale Ereignisse. Für alle drei Bereiche könnte es neurobiologische Korrelate geben.

8.2 Emotionen und Gehirn

Reagieren weibliche und männliche Gehirne unterschiedlich auf emotional relevante Reize? Bevor dieser Frage nachgegangen wird, sollen zunächst allgemeine neurobiologische Emotionsmodelle (Adolphs 2002; Davidson et al. 1999, 2000; Rolls 1999, LeDoux 1996, 2000; Damasio 1999, 2000) beschrieben werden.

Übereinstimmung besteht bei allen Theorien darin, dass eine evolutionsbiologische Herkunft von Emotionen und deren Verankerung in spezifischen Strukturen bzw. Netzwerken im Gehirn angenommen wird. Emotionen haben dabei die Funktion, den Organismus darauf vorzubereiten, adäquat mit der Umwelt zu interagieren. Im Rahmen von Furchtreaktionen geht es darum, lebensbedrohliche Reize schnell und zuverlässig zu identifizieren, um dann auf sie mit Verhaltensmustern wie Flucht, Bewegungsstarre, Unterwerfung oder Aggression rasch, situationsgerecht und flexibel zu antworten. Auch Ekel stellt eine sinnvolle Reaktion des Organismus auf eine Bedrohung dar, nämlich auf die Gefährdung durch unbekömmliche oder giftige Nahrung; er ist mit spezifischen Reaktionskomponenten wie Übelkeit und Erbrechen verknüpft. Schließlich tritt Traurigkeit als Reaktion auf Trennung und Verlust auf. Die adaptive Funktion besteht in der Auslösung von Hilfereaktionen bei anderen Individuen, wodurch die soziale Verbundenheit und Gruppenzugehörigkeit gefördert wird. Zusätzlich motiviert Kummer, wie Ekel und Angst auch, die Person selbst, etwas zur Ursachenbeseitigung der Negativemotion beizutragen (Izard 1999).

Aufgrund dieser basalen bioregulatorischen Emotionsfunktionen liegt es nahe anzunehmen, dass sich im Laufe der Evolution neuronale Schaltkreise für die Dekodierung von Bedrohungsreizen sowie für eine effiziente Verhaltenssteuerung entwickelt haben. Zurzeit gibt es jedoch keine einheitliche Vorstellung darüber, wie eine solche emotionale Verarbeitung im Gehirn organisiert ist, sondern es bestehen unterschiedliche, sich zum Teil ausschließende Konzeptionen. Dazu zählen:

- Funktionelle Asymmetrien beider Hemisphären
- Spezifische Emotionsprozessoren im Gehirn
- Integrative zentrale Netzwerke

Ein Hauptvertreter der Annahme einer **lateralisierten Verarbeitung** von emotionsrelevanten Reizen ist Richard Davidson (Überblick bei Davidson et al. 2000). Er postuliert, dass es beim Erleben solcher Gefühle, die Annäherungsverhalten motivieren (z. B. Freude, Ärger) zu einer relativen Zunahme der Aktivierung in der linken Hemisphäre kommt. Das komplementäre rechtshemisphärische Rektionsmuster zeigt sich dann, wenn das Rückzugssystem involviert wird, also Emotionen wie Angst oder Traurigkeit erlebt werden. Relevant für die Verarbeitung der verschiedenen Emotionen ist nach diesem Ansatz vor allem der **Präfrontalkortex**. Gestützt wird das Modell durch zahlreiche Experimente, die als Methode das Elektroenzephalogramm verwendeten, sowie durch Läsionsstudien, bei denen Schädigungen des linken Präfrontalkortex gehäuft mit dem Auftreten depressiver Symptome gepaart waren. Neben dem aktuellen Erleben positiver und negativer Emotionen, die nach Davidson auf einer funktionellen frontalen Asymmetrie basieren, nimmt er weiterhin an, dass es hier auch zeitlich stabile Aktivierungsmuster gibt, die erklären können, warum eine Person zu einem bestimmten »affektiven Stil« neigt, also eher »Annäherungs- oder Rückzugsstimmungen« hat bzw. vulnerabel für bestimmte psychische Störungen ist, wie Depressionen oder Angststörungen.

Im Modell von LeDoux (1996, 2002) wird eine spezifische Hirnstruktur genannt, die mit der Verarbeitung von Bedrohungsreizen beschäftigt ist, nämlich die **Amygdala**. Sobald dieser Kernbereich über den Thalamus Signale aus dem Wahrnehmungsapparat erhält, wird – ohne die Beteiligung des sensorischen Kortex – bereits hier entschieden, ob das Wahrgenommene eine aversive Qualität besitzt. Vom zentralen Nukleus der Amygdala gehen zahlreiche Verbindungen zu anderen Kerngebieten aus, von denen die motorischen und vegetativen Komponenten der Angstreaktion gesteuert werden. Verarbeitungen dieser Art finden statt, bevor aus einfachen Sinneswahrnehmungen besondere Objektmerkmale herauskristallisiert, d. h. die ihnen eigene Bedrohlichkeit bewusst wahrgenommen wurde. In diesem automatisierten, raschen Verarbeitungsmodus liegt der biologisch-adaptive Vorteil begründet, und zwar im Sinne von rechtzeitig eingeleitetem Flucht- bzw. Angriffsverhalten. Es handelt sich also um ein emotionales Frühwarnsystem. Davon unabhängig erhält die Amygdala aus dem Neokortex Signale. Dadurch ist es möglich, wenn auch wesentlich langsamer, die akute Aversivität des Wahrgenommenen als solche bewusst zu erleben und die Vermeidungsstrategie daraufhin situationsgerecht zu gestalten. Insofern besitzt die Amygdala eine Schlüsselfunktion innerhalb eines zentralen Angstnetzwerkes.

Edmund Rolls (1999) vertritt ein **integratives neurobiologisches Emotionsmodell**, das im Wesentlichen auf der Basis tierexperimenteller Befunde entwickelt wurde. Er definiert Emotionen als Zustände, die durch positive bzw. negative Verstärker ausgelöst werden und sich in ein Zwei-Achsen-Schema einordnen lassen, dessen eine Achse die Darbietung, die andere Achse dagegen das Ausbleiben von Belohnung oder Bestrafung repräsentiert. Darüber hinaus wird berücksichtigt, ob ein Individuum in einer entsprechenden Situation eine aktive oder passive Verhaltensantwort zeigt. Auf diese Weise sind verschiedenste Emotionen beschreibbar und, auf Verstärkungskontingenzen bezogen, in eine funktionale Ordnung zu bringen. So entsteht Ärger, wenn aktiv auf das Ausbleiben oder die vorzeitige Beendigung einer Belohnung reagiert wird oder Traurigkeit, wenn lediglich eine passive Antwort möglich ist. Die neuronalen Bahnen, die für die emotionale Verarbeitung benötigt werden, involvieren nach Rolls (1999) sensorische Kortizes, die ihre Information zur Amygdala, zur Insula und zum orbitofrontalen Kortex (OFC) schicken. Insbesondere die Amygdala sowie der OFC sind mit der Dekodierung des Verstärkerwertes eines Reizes beschäftigt. Sie arbeiten nicht emotionsspezifisch, sondern emotionsübergreifend.

Antonio Damasio (1999, 2000) postuliert in seinem Modell, dass beim Erleben von Emotionen solche Hirnregionen aktiviert werden, die mit der **Repräsentation** und/oder der **Regulation des Körperzustandes** beschäftigt sind. Dazu gehören sowohl subkortikale (z. B. Hypothalamus, Hirnstamm) als auch kortikale Areale (z. B. anteriorer zingulärer Kortex (ACC), Insula, sekundäre somatosensorische Kortizes). Alle genannten Regionen erhalten auf direktem oder auch indirektem Weg Signale aus dem inneren Milieu, den Viszera und dem muskuloskelettalen System. Darüber hinaus sind Strukturen wie die Insula und der ACC nicht nur in der Lage, Informationen zu empfangen, sondern sind auch aktiv an der Aufrechterhaltung der Homöostase beteiligt. Es besteht somit eine enge Beziehung zwischen der Überwachung des aktuellen Körperzustandes und dem Gefühlsleben. Durch das Zusammenwirken der genannten Strukturen können unterschiedliche Erregungsmuster entstehen, die mit dem Empfinden spezifischer Emotionen einhergehen. Somit sind im Gehirn repräsentierte distinkte perzeptuelle Landschaften des Körperzustandes die Basis für das Erleben unterschiedlicher affektiver Qualitäten. Diese können zudem durch kortikale Einflüsse modifiziert werden, die u. a. von Strukturen wie dem orbitofrontalen Kortex ausgehen. Somit enthält das Konzept Damasios (1999, 2000) klare emotionsspezifische Komponenten, die sich mit der Annahme eines integrativen Gesamtsystems vereinen.

Darüber hinaus existieren verschiedene Vorstellungen bezüglich neuronaler Systeme, die für die **Emotionserkennung** wichtig sind (Übersicht bei Adolphs 2002). Dabei wird davon ausgegangen, dass eine große Anzahl unterschiedlicher Hirnstrukturen für die Wahrnehmung und Klassifizierung affektiv bedeutsamer Reize notwendig ist. Dazu zählen vor allem der okzipitotemporale Kortex, die Amygdala, der orbitofrontale Kortex, die Basalganglien und der Parietalkortex. Inwieweit bestimmte Hirnregionen auf die Analyse distinkter Emotionssignale spezialisiert sind, wird – wie auch für den Bereich des affektiven Erlebens – kontrovers diskutiert.

Schließlich arbeiten bei der **Enkodierung** von und der **Erinnerung** an emotional relevante Ereignisse solche Areale zusammen, die generell in Gedächtnisprozesse involviert sind, wie z. B. der dorsolaterale Präfrontalkortex (DLPFC) oder der Hippokampus, aber auch solche, die für die Dekodierung von Reizsalienz und -valenz entscheidend sind, wie die Amygdala (Cahill et al. 2001).

8.3 Gehirnaktivierung bei Stimulierung mit emotionsrelevanten Reizen

Wie dargelegt bestehen also unterschiedliche Vorstellungen darüber, wie die affektive Verarbeitung im Gehirn organisiert ist, und je nach zugrunde gelegtem Modell für ein spezifisches Experiment sind andere emotionsassoziierte Aktivierungsmuster zu erwarten. Da gerade bildgebende Verfahren wie die funktionelle Magnetresonanztomographie (fMRT) und die Positronenemissionstomographie (PET) Einblicke in die neurobiologischen Komponenten der aktuellen emotionalen Verarbeitung ermöglichen, soll anhand von Experimenten, die diese Methoden verwendeten, geklärt werden, ob sich hierbei Geschlechterunterschiede auffinden lassen. Dabei werden im Folgenden insbesondere neuere Arbeiten betrachtet, die seit 2000 veröffentlicht wurden und sich mit folgenden Aspekten beschäftigten:

- Dekodierung emotionaler Reize (emotion recognition)
- Emotionales Erleben (feeling)
- Erinnerung an emotionale Stimuli (memory for emotion)

Das Standardparadigma für die Untersuchung der Emotionserkennung im Humanbereich besteht aus der **Präsentation emotionaler Mimik**. Den Probanden werden dabei Bilder dargeboten, auf denen Personen beispielsweise einen ängstlichen, traurigen, ärgerlichen oder angewiderten Gesichtsausdruck zeigen. Am häufigsten wurde hierzu das **Bilderset von Ekman und Friesen** (1976) verwendet. Analysiert man Reaktionen auf Emotionsausdruck, so interessiert den Forscher deren kommunikative Funktion. Mimische Signale können unter anderem wichtige Informationen über Bedrohungssignale liefern, ohne dass ein Individuum direkt dieser Bedrohung ausgesetzt sein muss (z. B. ängstliche Ausdrücke von flüchtenden Personen). Inwieweit bei der Analyse der mimischen Information auch emotionales Erleben beim Betrachter ausgelöst wird, ist umstritten. Manche Autoren (z. B. Hatfield et al. 1994) gehen davon aus, dass emotionale Mimik »kontaminierend« wirkt. Dies bedeutet, dass durch Nachahmung des gesehenen Ausdrucks ein vergleichbares emotionales Empfinden im Beobachter entsteht, wobei es Hinweise dafür gibt, dass Frauen eine stärker ausgeprägte »emotionale Nachahmungsneigung« aufweisen als Männer (Hatfield et al. 1994).

In der Mehrzahl der Neuroimaging-Experimente zur Dekodierung affektiver Mimik wurde jedoch nicht erhoben, ob Emotionen tatsächlich induziert wurden. Einzelne Studien, in denen dies doch geschah, kamen zum Ergebnis, dass Freudemimik noch am ehesten in der Lage war die Zielemotion im Empfänger auszulösen, während dies kaum gelang, wenn es sich um Expressionen von Angst oder Traurigkeit handelte (z. B. Kesler-West et al. 2001). Wurden Gesichtsausdrücke gezeigt, die Ärger widerspiegelten, provozierte dies eher Angst oder andere negative Gefühle beim Betrachter (Hatfield et al. 1994). Folglich gibt es keine direkte Übereinstimmung zwischen der gesendeten und der im Beobachter hervorgerufenen Emotion.

Die Mehrzahl der Befunde aus dem Neuroimaging-Bereich scheint für die Bedeutung spezifischer Hirnareale für die Dekodierung bestimmter emotionaler mimischer Signale zu sprechen. So wurde wiederholt eine distinkte **Amygdalaaktivierung** als Reaktion auf **Angstmimik** gefunden, während **Ekel** selektiv die **Insula** involvierte (z. B. Killgore et al. 2001, Phillips et al. 1997). Andere Arbeitsgruppen konnten diese Spezialisierung allerdings nicht nachweisen und fanden bei unterschiedlicher Mimik (Freude, Angst, Ekel) Amygdalareaktionen (Breiter et al. 1996; Winston et al. 2003). Interessanterweise sind die Aktivierungsdaten bezüglich Trauermimik so uneinheitlich, dass noch keine Hypothesen bezüglich eines spezifischen neuronalen Korrelates für diesen Reiztypus formuliert wurden (Phillips et al. 1998).

Neben der kommunikativen haben Emotionen auch eine motivierende Funktion, indem sie der Initiierung spezifischer Verhaltensprogramme dienen (Rolls 1999). Um bei den Teilnehmern von Emotionsexperimenten affektive Zustände auszulösen, wurden in der Vergangenheit verschiedene Induktionsmethoden gewählt. So kamen akustische, gustatorische, olfaktorische und taktile **Emotionsauslöser** zum Einsatz; außerdem wurde mit Skripten gearbeitet, die emotionale Imaginationen leiteten. Am häufigsten wurden jedoch szenische Materialen verwendet, d. h. Bilder mit typischen Auslösern der Zielemotionen. Dazu zählen Szenen mit bedrohlichen Inhalten für Angst (z. B. Waffen, Raubtiere), mit abstoßenden für Ekel (z. B. Körperausscheidungen) oder mit Verlustthematik für Traurigkeit (z. B. Tod, Krankheit). Ein hierfür validiertes Stimulusset stellt das **International Affective Picture System** (IAPS; Lang et al. 1997) dar. Dieses ist allerdings nicht nach den Basisemotionen, sondern nach den Dimensionen Valenz und Erregung organisiert.

Betrachtet man die Ergebnisse zu zentralen Aktivierungsmustern aufgrund emotionalen Erlebens, so ist die Befundlage weit weniger einheitlich als für den Bereich des Erkennens. So fanden einige Forscher, dass Szenen zur Angst- und Ekelinduktion dieselben Areale, nämlich die Amygdala und die Insula aktivierten, wie die korrespondierenden mimischen Signale (z. B. Phillips et al. 2000; Wicker et al. 2003). Andere Arbeitsgruppen wiesen demgegenüber eine Involvierung der Amygdala beim Erleben verschiedener Basisemotionen, wie Angst, Ekel oder auch Freude nach (z. B. Damasio et al. 2000; Schienle et al. 2002). Somit halten sich die Belege für distinkte bzw. integrative Emotionsprozessoren im Gehirn die Waage. Als relevant für das Erleben von Traurigkeit wurden durch eine Metaanalyse zinguläre Areale identifiziert; die Emotionsspezifität dieses Befundes ist jedoch fraglich (Phan et al. 2002).

Vergleichsweise wenige Arbeiten beschäftigten sich mit dem Bereich des »**emotionalen Gedächtnisses**«. Befunde aus Neuroimaging-Studien weisen daraufhin, dass die Amygdala für die Enkodierung emotionaler Stimuli und für die Konsolidierung von Gedächtnisinhalten bedeutsame Funktionen ausübt. So korrelierte die Langzeitgedächtnisleistung für affektiv bedeutsame Reize positiv mit der Amygdalaaktivierung während der Enkodierung (Cahill et al. 1996).

Am Beispiel von fMRT- und PET-Befunden soll nun im Folgenden geklärt werden, ob und in welchen Hirnregionen es geschlechtsabhängige Unterschiede in der Aktivierung beim Erkennen von

Emotionssignalen, beim affektiven Erleben und bei der Erinnerung an emotionale Reize gibt, wobei aus Gründen der Vergleichbarkeit ausschließlich solche Arbeiten vorgestellt werden, die visuelle Stimulation bzw. Imaginationstechniken einsetzten.

8.3.1 Studien zu Geschlechterunterschieden bei der Dekodierung emotionaler Mimik

Furcht

In einer fMRT-Studie gingen Killgore et al. (2001) der Frage nach, ob geschlechts- und altersabhängige Effekte in der Aktivierung limbischer Strukturen bei der Betrachtung von Bildern mit Angstmimik existieren. Die Probanden, 19 Kinder und Jugendliche im Alter zwischen neun und 17 Jahren, betrachteten Angstgesichter bzw. ein Fixationskreis. Bei den 10 weiblichen Teilnehmern fand sich eine positive Korrelation des Alters mit der Aktivierungsdifferenz zwischen dorsolateralem Präfrontalkortex (DLPFC) und Amygdala, während bei den männlichen Teilnehmern ein entgegengesetzter Trend vorhanden war. Die Korrelationskoeffizienten unterschieden sich signifikant zwischen den beiden Gruppen. Die Autoren sehen das Ergebnis als Hinweis auf einen geschlechtsabhängigen Dimorphismus bei der Entwicklung präfrontal-amydalärer Schleifen. Kritisch muss jedoch angemerkt werden, dass das Alter in der weiblichen Stichprobe deutlich stärker streute und das Fehlen signifikanter Korrelationen in der männlichen Gruppe durch einzelne Ausreißerwerte erklärbar ist. Außerdem wurden keine weiteren Indikatoren für den körperlichen bzw. pubertären Entwicklungsstand der Probanden neben dem chronologischen Alter erhoben, so dass die Interpretation der Autoren gewagt scheint.

In derselben Arbeitsgruppe (Killgore u. Yurgelun-Todd 2001) wurden 13 erwachsene Probanden (sieben Männer, sechs Frauen) mit Angst- und Freudemimik konfrontiert, wobei nach jeder Präsentation zu entscheiden war, um welche dargestellte Emotion es sich handelte. Es zeigten sich keine geschlechtsbezogenen Reaktionsunterschiede der Amygdala bei der Betrachtung angstrelevanter Bilder relativ zu einer Fixationsbedingung. Darüber hinaus war die Interaktion der Faktoren Geschlecht und Aktivierungslateralisierung statistisch nicht signifikant. Ein bedeutsamer Interaktionseffekt wurde allerdings während der Betrachtung von Freude-Mimik gefunden, der durch die stärkere rechtsseitige Amygdalaaktivierung der Männer bedingt war.

Die Verarbeitung von mimischen Angstsignalen bei Kindern war auch der Fokus einer fMRT-Studie von Thomas et al. (2001). 12 Kinder mit einem Durchschnittsalter von 11 Jahren und vergleichbarem Tanner-Status (Index körperlicher und hormoneller Reifung) betrachteten zweimal hintereinander Bildersets mit ängstlich blickenden und affektiv neutralen Gesichtern. Relativ zu einer Fixationsbedingung wiesen beide Gruppen eine signifikante Amygdalaktivierung in der Angst- und Neutral-Bedingung auf. Die Gesichtsausdrücke waren in Dreiviertel der Fälle korrekt zugeordnet worden, wobei nicht berichtet wird, ob sich Jungen und Mädchen in der Klassifikationsleistung unterschieden. Mit der wiederholten Bilddarbietung nahm die Reaktionsamplitude ab, jedoch nur bei Jungen. Die Autoren vermuten deshalb, dass das Ausbleiben der Habituation in der weiblichen Stichprobe deren größere Sensitivität für Bedrohungsreize widerspiegelt.

Entwicklungsbezogene Geschlechterunterschiede bei der Verarbeitung mimischer Reize bildeten auch den Gegenstand der fMRT-Studie von McClure et al. (2004). Teilnehmer waren 17 Jugendliche im Alter zwischen neun und 17 Jahren sowie 17 Erwachsene (25–36 Jahre). Ihre Aufgabe bestand in der Betrachtung von Angst-, Ärger-, Freude- und Neutralmimik, wobei zu entscheiden war, wie intensiv der Sender die Emotion empfunden hatte. Beim Vergleich der Ärger- mit der Neutralbedingung zeigte sich, dass erwachsene Frauen (nicht aber Mädchen) stärkere Reaktionen der Amygdala und des orbitofrontalen Kortex aufwiesen als die männliche Stichprobe. Ein ähnlicher Befund ergab sich auch bei der Kontrastierung von Ärger und Angst. Die Analyse der subjektiven Beurteilungen der gesendeten Emotionen ergab keine Geschlechterdifferenzen. Es blieb jedoch offen, welche Emotionen in den Empfängern ausgelöst wurden. So kann – wie oben beschrieben – die Betrachtung eines feindseligen Gesichtsausdruckes zu Angst führen; ebenso ist es aber auch möglich, dass mit Abscheu oder Ärger reagiert wird.

Tessitore et al. (2005) gingen der Frage nach, ob sich jüngere und ältere Menschen in der neuronalen Verarbeitung von Angst- bzw. Aggressionsgesichtern unterscheiden. Dabei war es die Aufgabe der beiden Stichproben (Gruppe 1: M = 67 Jahre, sieben Frauen, acht Männer; Gruppe 2: M = 25 Jahre, Geschlechterverhältnis 6:6) festzustellen, ob zwei emotionale Ausdrücke (Angst oder Ärger) mit einem Zielreiz übereinstimmten. In der Kontrollbedingung waren geometrische Figuren zu vergleichen. Beide Gruppen unterschieden sich nicht in der Genauigkeit, jedoch in der Geschwindigkeit der Aufgabenbewältigung mit einem Nachteil für die ältere Stichprobe. Die emotionalen Gesichtsausdrücke (Angst und Ärger) führten zu einer Aktivierung der Amygdala, des ACC sowie präfrontaler und parietookzipitaler Regionen. In keiner der beiden Altersgruppen waren dabei geschlechtsspezifische Aktivierungen feststellbar.

Schließlich sei noch auf zwei fMRT-Arbeiten zur Verarbeitung ängstlicher Gesichtsausdrücke verwiesen (Monk et al. 2003; Nelson et al. 2003), bei denen die Autoren – ohne näher auf die Befunde einzugehen – keine Hinweise dafür fanden, dass der Faktor Geschlecht die Hirnaktivierung beeinflusste.

Trauer

Lee et al. (2002) führten eine fMRT-Studie zur Erkennung von Trauer- und Freudemimik durch. Den Probanden wurden Bildpaare bestehend aus jeweils einem neutralen und einem affektiven Ausdruck präsentiert, wobei mittels Knopfdruck anzuzeigen war, um welche Emotion es sich handelte. Die Autoren berechneten Analysen getrennt für Frauen (n=12) und Männer (n=12). Bei der Betrachtung von traurigen Gesichtern waren die männlichen Teilnehmer durch Aktivierungen in bilateralen frontalen, in rechtstemporalen Regionen sowie im rechten N. lentiformis gekennzeichnet; bei Frauen hingegen waren der linke N. lentiformis nebst linken parietalen und rechten okzipitalen Regionen involviert. Obwohl die Autoren beide Gruppen nicht direkt miteinander verglichen, schlussfolgerten sie, dass geschlechtsspezifische neuronale Korrelate der Dekodierung emotionaler Mimik existieren. In einer neueren Studie mit vergleichbarem Design (Lee et al. 2005) wurde ein anderes Aktivierungsmuster gefunden. Hier waren Männer (n=8) in beiden affektiven Bedingungen (Traurigkeit und Freude) durch eine rechtsseitige Insula- und linksseitige Thalamusaktivierung gekennzeichnet, die bei ihnen eine signifikant größere Ausdehnung hatte als bei Frauen (n=8).

Kesler-West et al. (2001) verwendeten ebenfalls Bilder mit Gesichtsausdrücken, die unter anderem Traurigkeit und Angst widerspiegelten. Nach der Beendigung des Scannens hatten die Probanden jedes Bild bezüglich der dargestellten Emotion klassifiziert sowie Intensitätseinstufungen dafür abgegeben. Hier zeigten sich keine Unterschiede zwischen der weiblichen (n=10) und männlichen (n=11) Stichprobe. Außerdem hatten die Probanden berichtet, dass sie während der Betrachtung die Zielemotionen nicht selbst erlebt hatten. Die fMRT-Daten beinhalteten, dass es in der Traurigkeits- relativ zur Freude-Bedingung bei den Männern zu einer linkshemisphärischen Aktivierung gekommen war, während es keine Lateralisierung bei den Frauen gab. Der Interaktionseffekt war statistisch signifikant.

Ekel

Meines Wissens existiert nur eine einzige Arbeit zur Verarbeitung von Ekelmimik mit Testung von Geschlechterunterschieden (Schroeder et al. 2004). In diesem fMRT-Experiment hatten Frauen (n=10) und Männer (n=10) eine vergleichbare Aktivierung des insulären Kortex sowie medialer temporaler Regionen bei der Betrachtung von mimischen Ekelreizen gezeigt. In einer PET-Studie von Hall et al. (2004) wurden Reaktionen auf eine Kombination verschiedener Gesichtsausdrücke untersucht, unter denen sich auch Ekelmimik befand. Hier hatten acht Männer und acht Frauen die Aufgabe, eines von zwei Gesichtern mit emotionalem Ausdruck auszuwählen, welches einem dritten entsprach. Die Leistung bei dieser »emotion matching task« war bei beiden Geschlechtern über die Emotionskategorien Ekel, Freude, Traurigkeit, Ärger, Angst und Überraschung vergleichbar. Relativ zu einer Aufgabe, bei der die Identität der gezeigten

Gesichter überprüft werden musste, waren Frauen bei der Emotionszuordnung durch einen stärkeren zerebralen Blutfluss in der rechten Amygdala sowie im linken fusiformen Gyrus gekennzeichnet. Bei Männern zeigte sich mehr Aktivierung im rechtshemisphärischen medialen frontalen und superioren okzipitalen Gyrus. Dieses Reaktionsmuster sehen die Autoren als Resultat der eher analytischen Herangehensweise der männlichen Stichprobe bei der Verarbeitung emotionaler Mimik, da nur sie den medialen Präfrontalkortex nutzten, der für die Modulation und Inhibition emotionaler Reaktionen relevant ist. Beim Gruppenvergleich wurde allerdings ein für multiples Testen unkorrigiertes Kriterium verwendet.

8.3.2 Studien zu Geschlechterunterschieden beim Erleben von Emotionen

Damasio et al. (2000) führten ein PET-Experiment durch, in dem sich die Probanden an persönliche Episoden ihres Lebens erinnerten, die mit den vier Emotionen Freude, Traurigkeit, Ärger und Angst verknüpft waren. Die Zielemotionen wurden mit ausreichender Intensität realisiert und waren im Vergleich zu einer affektiv neutralen Imagination mit Aktivierungsmustern assoziiert, die sowohl emotionsübergreifende als auch distinkte Komponenten aufwiesen. So fand sich über alle Emotionsbedingungen hinweg eine Zunahme der Durchblutung im Bereich der rechten Insula. Beim Erleben von Freude waren der rechte posteriore zinguläre Kortex und der rechte somatosensorische Integrationskortex aktiviert, während eine relative Deaktivierung in diesen Regionen bei Traurigkeit auftrat. Im Rahmen der Testung von Geschlechtsunterschieden (16 Frauen, 16 Männer) gab es ein einziges statistisch signifikantes Ergebnis, das darin bestand, dass Frauen in allen Emotionsbedingungen eine stärkere Aktivierung der linken anterioren Insula gezeigt hatten.

Das Ziel der fMRT-Studie von Schneider et al. (2000) war es, bei den 26 Teilnehmern (13 Frauen, 13 Männer) Traurigkeit bzw. Freude auszulösen. Diese betrachteten dafür Bilder mit Darstellungen der Zielemotionen durch Schauspieler mit der Instruktion, die Stimmung nachzuempfinden bzw. deren Geschlecht zu bestimmen (Kontrollbedingung). Die ausgelöste Intensität der Emotionen wurde von den Probanden auf 5-stufigen Skalen bewertet und unterschied sich nicht zwischen den Geschlechtern. Männer zeigten jedoch während der Traurigkeits- relativ zu einer Ruhebedingung eine stärkere rechtsseitige Amygdalaaktivierung als Frauen; bei Freude ergaben sich keine Geschlechterunterschiede. Darüber hinaus war in der männlichen Stichprobe eine positive Korrelation zwischen erlebter Traurigkeitsintensität und rechter Amygdalaaktivierung (r=0,64) feststellbar, die in der weiblichen nicht signifikant war (r=0,14). Die Autoren schlussfolgern, dass eine traurige Stimmung bei Männern zu einer stärker fokussierten und lateralisierten Aktivierung führt.

In der fMRT-Studie von Hariri et al. (2001) wurden Szenen aus dem International Affective Picture System (IAPS, Lang et al. 1997) und Bilder mit Angst- und Ärger-Mimik verwendet. Sechs Frauen und sechs Männer betrachteten diese Reize sowie geometrische Figuren (Kontrollbedingung) während sie eine Zuordnungsaufgabe ausführten. Weder bei der Szenen- noch der Mimik-Bedingung ergaben sich Geschlechterunterschiede bezüglich der Amydalareaktion.

Das IAPS kam ebenfalls in der fMRT-Studie von Wrase et al. (2003) zum Einsatz. Eine weibliche und männliche Stichprobe mit jeweils 10 Probanden sahen affektiv neutrale, negative und positive Szenen. Beide Gruppen waren vergleichbar hinsichtlich der Bewertung der affektiven Qualität der Bilder, der Hautleitwert- und der Schreckreflex-Reaktionen während der Bildbetrachtung. Bei der Kontrastierung der hämodynamischen Reaktionen zwischen den Geschlechtern waren Männer durch eine intensivere Aktivität des inferioren und medialen frontalen Gyrus sowie der linken Amygdala bei positiven Bildern (Sport, Erotika) gekennzeichnet; ansonsten gab es keine geschlechtsbezogenen Unterschiede.

Sabatinelli et al. (2004) registrierten die Aktivität des visuellen Assoziationskortex mittels fMRT bei Stimulation durch IAPS-Bilder der Kategorien Erotik, Familie, Haushaltsgegenstände, neutrale und ärgerliche Gesichtsausdrücke, Bedrohungsszenen sowie Verletzungen. Die 14 untersuchten Männer reagierten stärker bei der Betrachtung von erotischen Szenen als die 14 Frauen. Dies wird von den Autoren als selektiver Aufmerksamkeitseffekt interpretiert, der evolutionsbiologisch betrachtet einen Vorteil bezüglich der Partnerselektion bieten soll. Die zuvor gefundenen Geschlechtsunterschiede derselben Arbeitsgruppe, die in der stärkeren Aktivierung visueller Areale bei Frauen während aversiver Stimulation bestanden, konnten nicht repliziert werden (Lang et al. 1998).

In einer fMRT-Untersuchung von Schienle et al. (2005) betrachteten 51 Männer und 41 Frauen Ekel und Angst auslösende Bilder. Nach den Einschätzungen der Probanden zufolge konnten beide Emotionen spezifisch ausgelöst werden, wobei Frauen angaben, diese intensiver zu fühlen. In den fMRT-Daten zeigten sich über das gesamte Gehirn betrachtet keine Geschlechterdifferenzen. Die Analyse von spezifischen emotionsrelevanten Hirnregionen im Rahmen von sog. Region-of-interest-Analysen erbrachte keine Gruppenunterschiede für die Ekel relevante Szenen, jedoch für solche der Kategorie »Angst«. Männer reagierten mit einer stärkeren bilateralen Aktivierung der Amygdala und des fusiformen Gyrus auf Bilder, die Bedrohungen durch menschliche Angreifer bzw. Tiere zeigten. Beide Geschlechter unterschieden sich während den Emotionsbedingungen nicht in der Lateralisierung der Aktivierung.

Eine Auswahl derselben Bilder war in einer Studie von Stark et al. (2003) verwendet worden, an der 10 Frauen und neun Männer teilnahmen. Hier gab es keinerlei statistisch signifikante Geschlechtereffekte. Ebenso unterschieden sich beiden Gruppen nicht in den subjektiven Ratings bezüglich der erlebten Angst und des Ekels.

Der Fokus der fMRT-Studie von Nitschke et al. (2006) lag beim Vergleich involvierter Hirnstrukturen während der Antizipation bzw. der tatsächlichen Präsentation aversiver Bilder (u. a. Verletzungen). Den Probanden (11 Frauen, 10 Männern) wurde in einer Vorbereitungsphase durch einen Signalreiz angezeigt, dass eine negative bzw. neutrale IAPS-Szene gezeigt würde. Sowohl während der Erwartung als auch während der Betrachtung der aversiven relativ zu den neutralen Bilder waren die Amygdala, die Insula, der ACC, der orbitofrontale Kortex (OFC) und der dorsolaterale Präfrontalkortex (DLPFC) involviert. In keiner dieser Regionen zeigten sich geschlechtsbezogene Aktivierungsunterschiede.

Schließlich gingen Wager et al. (2003) im Rahmen einer Metaanalyse von insgesamt 65 Neuroimaging-Studien der Frage nach, ob sich Unterschiede zwischen Männern und Frauen bei der Verarbeitung von Reizen mit positiver und negativ Valenz ergeben. In beiden Valenz-Bedingungen zeigten Frauen eine stärkere Hirnstammaktivierung, während Männer generell eine ausgeprägtere Involvierung des linksseitigen inferioren frontalen sowie posterioren Kortex aufwiesen. Es konnte keine signifikante frontale Lateralisierung bezüglich positiver/negativer Valenz nachgewiesen werden, sondern je nach betrachteter Hirnregion waren die Aktivierungsasymmetrien unterschiedlich. Kritisch muss zu dieser Studie angemerkt werden, dass sich die Stichproben deutlich hinsichtlich der Geschlechterzusammensetzung und des Alters unterschieden. Darüber hinaus variierten die verwendeten emotionalen Stimuli (z. B. emotionale Worte, Filme, Gesichter, Szenen) und die zugeordneten Aufgaben für die Probanden (z. B. Klassifizierung, Emotionserleben, Erinnerung).

8.3.3 Studien zu Geschlechterunterschieden bei der Erinnerung an emotionale Reize

Im Rahmen einer PET-Untersuchung erfassten Cahill et al. (2001) die Amygdalareaktionen von 11 Männern und 11 Frauen auf emotionsrelevante (Ekel, Angst) und neutrale Filmsequenzen. Die beiden Stichproben hatten direkt nach der Betrachtung der insgesamt 24 Sequenzen vergleichbare affektive Einstufungen dafür abgegeben. Drei Wochen nach der Emotionsinduktion wurde überprüft, wie viele Filme erinnert werden konnten (freie Wiedergabe), wobei sich beide Gruppen nicht in der Anzahl unterschieden. Bei den Männern ergab sich eine positive Korrelation der rechtsseitigen Amygdalaaktivität mit der Gedächtnisleistung für emotionale Filme, während Frauen ein komplementäres Lateralisierungsmuster aufwiesen.

Die fMRT-Studie von Canli et al. (2002) ging ebenfalls der Frage nach, ob sich Männer und Frauen in der Evaluation und im Gedächtnis für emotionale Reize unterscheiden. Dazu betrachteten 12 Männer und 12 Frauen zunächst negative und neutrale Bilder, die einzeln hinsichtlich der ausgelösten emotionalen Erregung eingestuft wurden. Drei Wochen nach dem Scannen fand ein Wiedererkennenstest statt, bei dem neue und bekannte Bilder präsentiert wurden. Die Analyse der Verhaltensdaten erbrachte, dass Frauen mehr Bilder als stark erregend einstuften und diese besser erinnerten als Männer. Bei der Korrelation der Erregungseinstufungen mit der Gehirnaktivierung erwiesen sich verschiedene Regionen für beide Geschlechter als relevant; dazu zählten die linke Amygdala, die linke Insula, der linke ACC und präfrontale Areale. Nur bei Frauen gab es darüber hinaus eine positive Korrelation der Erregung mit der Hippokampus-, und nur bei Männern mit der Putamen-Aktivität. Weiterhin existierte eine geschlechtsspezifische Asymmetrie: In der weiblichen Stichprobe waren signifikant mehr links- im Vergleich zu rechtshemisphärischen Clustern aktiviert. Für hoch erregende Bilder bestand eine positive Korrelation der Erinnerungsleistung mit der linksseitigen Amygdalaaktivierung bei Frauen und mit der rechtsseitigen bei Männern, was die Autoren auf unterschiedliche Enkodierungsstrategien zurückführen. In beiden Geschlechtern erwiesen sich der ACC, präzentrale und okzipitale Regionen als wichtig für das korrekte Wiedererkennen. Somit gab es große Überschneidungen bezüglich evaluations- und erinnerungsbezogener Aktivierungen in beiden Geschlechtergruppen, aber auch einzelne klare Unterschiede.

In einer aktuellen fMRT-Studie der Arbeitsgruppe um Cahill (2004) wurde erneut untersucht, ob es geschlechtsspezifische Amygdalaeffekte bei einer emotionalen Gedächtnisaufgabe gibt. Zwölf Männer und 11 Frauen betrachteten affektiv relevante Bilder mit unterschiedlicher Intensität, während fMRT-Aufnahmen registriert wurden. Zwei Wochen später erfolgte die Durchführung eines Wiedererkennens-Test. Im Gegensatz zu früheren Studien (Canli et al. 2002) zeigten Männer eine überlegene Gedächtnisleistung für erregende Bilder. Bei ihnen war die Anzahl memorierter Bilder diesen Typus mit der Aktivierung der rechten Amygdala assoziiert, während es bei Frauen die linke war.

Van Stegeren et al. (2005) beschäftigten sich ebenfalls mit dem Gedächtnis für aversive Szenen im Rahmen einer fMRT-Studie. Die Probanden (15 Frauen, 15 Männer) hatten jedes Bild hinsichtlich der induzierten Erregung auf einer 4-stufigen Skala bewertet und zwei Wochen nach dem Scannen einen Gedächtnistest bezüglich der Bilder absolviert. In der Studie war unter anderem der Effekt eines Beta-Blockers untersucht werden; hier soll jedoch lediglich auf die Placebogruppe eingegangen werden. Die Ergebnisse beinhalteten, dass Frauen relativ zu Männern mehr Bilder als extrem intensiv eingestuft hatten. In beiden Geschlechtergruppen gab es vergleichbare positive Korrelationen zwischen der Gedächtnisleitung und der emotionalen Intensität der Bilder. Während der Betrachtung erfolgreich enkodierter Bilder zeigte sich eine linksseitige Amygdalaaktivierung bei Frauen, jedoch nicht bei Männern.

In der Studie von Sergerie et al. (2005) war es die Aufgabe der Probanden (neun Frauen, neun Männer), Schwarzweiß-Photographien zu betrachten, auf denen insgesamt 84 ängstliche, fröhliche oder neutrale Gesichtsausdrücke dargestellt waren. Die Instruktion dabei lautete, das Geschlecht der gezeigten Personen mittels Knopfdruck rückzumelden und sich jedes Bild einzuprägen. In einer zweiten Versuchsphase wurden diese Stimuli zusammen mit 84 neuen präsentiert, wobei zu entscheiden war, ob es sich um ein bekanntes oder zuvor noch nicht gesehenes Bild handelte. Ängstliche Gesichter wurden am besten memoriert. Bei der Kontrastierung von erinnerten vs. vergessenen emotionalen Bildern zeigte sich eine linkshemisphärische Beteiligung des dorsolateralen Präfrontalkortex (DLPFC), die sich nicht zwischen den Geschlechtern unterschied.

Schließlich untersuchten Piefke et al. (2005) neuronale Korrelate des autobiographischen Gedächtnisses bei 10 Frauen und 10 Männern via fMRT. Von ihnen wurden persönliche Erinnerungen erfragt, die sich hinsichtlich zweier Faktoren unterschieden, nämlich der Zeit (Erinnerungen aus der Kindheit und der jüngeren Vergangenheit) und der Valenz (positiv und negativ). Die Berichte wurden in Sätzen zusammengefasst und visuell präsentiert. Über alle vier Bedingungen hinweg zeigten Frauen eine differentielle Aktivierung der rechten Insula und des rechten DLPFC, während bei Männern der linke parahippokampale Gyrus involviert war. Dies wurde als Resultat geschlechtsspezifischer kognitiver Strategien bei der Gedächtnisabfrage gedeutet. In beiden Gruppen waren darüber hinaus der bilaterale posteriore zinguläre Kortex, temporookzipitale und hippokampale Regionen sowie der linke DLPFC beteiligt.

8.4 Kritische Wertung

Die Verwendung von bildgebenden Verfahren zur Untersuchung der neurobiologischen Basis von Geschlechterdifferenzen bei der Verarbeitung emotional relevanter Reize gilt heute als vielversprechender Forschungsansatz. Dabei wird häufig vom Vorliegen eines sexuellen Dimorphismus ausgegangen: Frauen reagieren demnach insbesondere auf negative Emotionsreize mit stärkerer neuronaler Aktivierung, während Männer eine deutlichere Aktivierungslateralisierung aufweisen. Damit soll die größere Emotionalität des weiblichen Geschlechts bzw. die unterschiedliche Herangehensweise von Männern und Frauen bei der Dekodierung affektiv bedeutsamer Reize erklärt werden.

Diese Aussage steht jedoch, gerade was den Neuroimaging-Bereich betrifft, auf einer schwachen empirischen Basis. So stellt Zald (2003) in seinem Übersichtsartikel zur Bedeutung der Amygdala für die emotionale Evaluation sensorischer Reize fest, dass eine Bewertung der Befundlage bezüglich des Vorliegens von Geschlechtereffekten schwierig ist, da nur etwa die Hälfte der durchgeführten Experimente mit bildgebenden Verfahren überhaupt gemischte Stichproben verwendete und lediglich in vereinzelten Untersuchungen gezielte Vergleiche der Amygdalaaktivierung zwischen den Geschlechtern angestellt wurden. Auch in der Meta-Analyse von Wager et al. (2003) mit insgesamt 65 fMRT- und PET-Emotionsstudien waren die Stichproben in 22 Fällen ausschließlich männlich und in 14 ausschließlich weiblich. Damit ist die Geschlechterdifferenzforschung im Bereich der affektiven Neurowissenschaften zurzeit noch völlig unzureichend.

In den wenigen Arbeiten, in denen direkte Vergleiche ausgeführt wurden, waren Geschlechterunterschiede über das ganze Gehirn hinweg betrachtet kaum vorhanden. Dies bedeutet, dass eine vergleichbare Gesamtaktivierung bei Männern und Frauen vorlag. Von einer evolutionsbiologischen Perspektive aus gesehen erscheint dies auch sinnvoll, da die korrekte Entschlüsselung primärer Emotionsauslöser (z. B. Angst- und Ekelreize) sowie eine adäquate Anpassungsreaktion darauf für beide Geschlechter gleichermaßen relevant ist. Wurden in Neuroimaging-Studien geschlechtsspezifische Effekte identifiziert, so betrafen diese in der Regel lokalisierte Aktivierungen. Für den Bereich der Emotionserkennung bezogen sich diese fast ausschließlich auf die Amygdala; darüber hinaus wurden vereinzelt Unterschiede in präfrontalen Regionen (DLPFC, OFC) detektiert (Killgore et al. 2001; Thomas et al. 2001; McClure et al. 2004). Auch bei Untersuchungen zum emotionalen Gedächtnis waren Geschlechterdifferenzen auf den Bereich des DLPFC und der Amygdala beschränkt (Cahill et al. 2001; Canli et al. 2001; Piefke et al. 2005; van Stegeren et al. 2005). Schließlich waren in Experimenten zum emotionalen Erleben Männer durch stärkere bilaterale Aktivierungen der Amygdala und des Gyrus fusiformis als Antwort auf Bedrohungsszenen gekennzeichnet (Schienle et al. 2005). Männer zeigten weiterhin intensivere hämodynamische Reaktionen auf erotisches Material im Bereich der linken Amygdala, des ventralen Präfontalkortex und des visuellen Assoziationskortex (Sabatinelli et al. 2004; Wrase et al. 2003) sowie eine stärkere Involvierung der rechten Amygdala beim Erleben von Traurigkeit (Schneider et al. 2000). Über verschiedene Emotionsbedingungen hinweg (Angst, Freude, Traurigkeit, Ärger) war die linkshemisphärische Insula-Aktivierung bei Frauen größer als die bei Männern (Damasio et al. 2000).

Neben Geschlechterunterschieden in der Aktivierung emotionsrelevanter Hirnstrukturen wurde deren Lateralisierung untersucht. Gezielte Tests finden sich dabei aber nur selten in der Neuroimaging-Literatur (Cahill et al. 2004; Canli et al. 2002; Kesler-West et al. 2001; Killgore u. Yorgelun-Todd 2001; Nitschke et al. 2005; Schienle et al. 2005). In diesen Arbeiten zeigten sich zum Teil ausgeprägtere Lateralisierungen bei Männern im Vergleich zu Frauen (Kesler-West et al. 2001; Schneider et al.

2000), aber auch konträre geschlechtsspezifische Asymmetrien (Canli et al. 2002; Cahill et al. 2004) oder keine Differenzen zwischen Männern und Frauen (Killgore u. Yorgelun-Todd 2001; Nitschke et al. 2005; Schienle et al. 2005). Darüber hinaus traten geschlechtsunabhängige modellinkompatible Lateralisierungsmuster auf, wie linkshemisphärische Aktivierungen bei negativen Emotionen (Wager et al. 2003; Schienle et al. 2005).

Die Befunde sind somit uneinheitlich und schwer interpretierbar, auch deshalb, weil die gefundenen geschlechtsspezifischen Aktivierungen häufig keine Entsprechung in den Verhaltensdaten aufweisen. So ergaben sich in Experimenten zum emotionalen Erleben (Sabatinelli et al. 2004; Schneider et al. 2000; Wrase et al. 2003) keine Unterschiede bezüglich der Einstufungen der affektiven Bildqualitäten zwischen Männern und Frauen, obwohl Differenzen in neuronalen Aktivierungsmuster bestanden. In der Studie von Schienle et al. (2005) waren sogar gegensätzliche subjektive und hämodynamische Reaktionen zu verzeichnen; so hatte die weibliche Stichprobe die Bedrohungsszenen als erregender eingestuft, die männliche Stichprobe wies jedoch die stärkere Amygdalareaktion auf.

Im Falle der Gedächtnisleistung für affektiv bedeutsame Reize zeigten sich ebenfalls Divergenzen zwischen Neuroimaging- und Verhaltensdaten. Hier unterschieden sich Männer und Frauen nicht in der Performanz beim Wiedererkennen oder bei der freien Wiedergabe, es wurden jedoch differentielle Aktivierungseffekte gefunden (Cahill et al. 2001; Piefke et al. 2005). Ähnliches gilt für den Bereich der Klassifikationsleistung für emotionale Mimik, die in beiden Geschlechtergruppen trotz neuronaler Reaktionsunterschiede vergleichbar war (Kesler-West et al. 2001; McClure et al. 2004; Tessitore et al. 2005).

Was bedeuten demnach geschlechtsassoziierte Aktivierungsdifferenzen? Zunächst sei darauf hingewiesen, dass es im Rahmen psychophysiologischer Untersuchungen nicht ungewöhnlich ist, dass Indikatoren verschiedener Verhaltensebenen dissoziiert sind, d. h. dass der Verbalreport und somatische Reaktionen nicht übereinstimmen. Dies kann unter anderem darauf zurückgeführt werden, dass einzelne Parameter durch unterschiedliche Zeitverläufe gekennzeichnet oder der Introspektion nur schwer zugänglich sind. Im Falle der differentiellen Rekrutierung der Amygdala bei Männern als Reaktion auf bedrohliche und sexuelle Stimuli lässt sich auch daran denken, dass Prozesse, wie z. B. Aufmerksamkeits- oder Orientierungsreaktionen abgebildet wurden. Demnach wären Männer lediglich attentiver für bestimmte Hinweissignale der Umwelt, insbesondere für solche, die die Fortpflanzung und Aggressionsbereitschaft betreffen, nicht aber emotionaler. Bei der Interpretation geschlechtsspezifischer Aktivierungslateralisierungen muss auch bedacht werden, dass diese auf unterschiedliche Weise zustande gekommen sein können. Es ist möglich, dass die Hemisphären von Männern und Frauen tatsächlich unterschiedlich involviert waren. Es ist jedoch auch vorstellbar, dass unterschiedliche lokale Aktivierungen und Deaktivierungen bei beiden Geschlechtern oder Unterschiede bei der Aufgabeninvolvierung (Motivation) vorhanden waren (Grabowsky et al. 2003). Selbst beim Auffinden von Geschlechtereffekten liegt deren Bedeutung somit nicht immer gleich auf der Hand.

Abschließend erscheint es noch notwendig auf methodische Probleme der aufgeführten Emotionsstudien einzugehen. Hier kam es vor, dass Aktivierungsmuster bei der Betrachtung emotionaler Mimik nur getrennt für Männer und Frauen untersucht wurden und augenscheinliche Divergenzen als Geschlechterunterschiede interpretiert wurden (Lee et al. 2002). Auch bei van Stegeren et al. (2005) wird von der Replikation geschlechtsbezogener amydalärer Aktivierungsunterschiede bei einer emotionalen Gedächtnisaufgabe gesprochen, da Frauen eine über- und Männer eine unterschwellige Aktivierung zeigten. Der direkte Vergleichstest fehlt jedoch. Schließlich wird das Auffinden signifikanter Rechts-Links-Unterschiede in der Gruppe der Männer, während diese in der weiblichen Stichprobe unterhalb der statistischen Signifikanzschwelle liegen, als Hinweis auf eine stärkere Lateralisierung der Männer interpretiert, obwohl die Interaktion der Faktoren Geschlecht und Lateralisierung nicht signifikant war (Killgore u. Yurgelun-Todd 2001).

Die genannten Untersuchungen bilden sicherlich Ausnahmen, doch auch wenn es Vergleichstests gab, sind diese zum Teil hinsichtlich der statistischen Standards hinterfragbar. So wurde in vielen Studien in bestimmten Hirnregionen nach geschlechtbezogenen Aktivierungsunterschieden gesucht. Dazu dienten so genannte Region-of-interest (ROI)-Analysen, in denen das Suchvolumen auf zuvor festgelegte Hirnareale beschränkt war. Dieses Vorgehen ist adäquat; häufig werden aber bei solchen ROI-Tests minimale und nicht für multiples Testen korrigierte Effekte berichtet (z. B. Fischer et al. 2004; Hall et al. 2004).

Dies mag zum Teil erklären, warum die Geschlechterbefunde zur emotionalen Verarbeitung in der Neuroimaging-Literatur heterogen sind und nur wenige Replikationen vorliegen. Allerdings muss auch bemerkt werden, dass sich die Designs der einzelnen Studien deutlich voneinander unterschieden, was natürlich die Vergleichbarkeit der Ergebnisse erschwert. Exemplarisch soll hier die Problematik der gewählten Kontrollbedingung in einem experimentellen Paradigma genannt werden. In den verschiedenen Arbeiten betrachteten die Probanden in der nicht affektiven Bedingung zum Teil Fixationskreise, neutrale Stimuli (Gesichter, Szenen), oder sie lasen Instruktionen. Da die Auswertung von Neuroimaging-Daten die Kontrastierung von jeweils zwei Bedingungen beinhaltet, ist die Wahl der Kontrollkondition entscheidend für das resultierende Aktivierungsmuster. Nachweislich kann auch die mit der Stimulation assoziierte Aufgabe das Aktivierungsmuster beeinflussen (z. B. Critchley et al. 2000). Es macht einen Unterschied, ob ein sog. »passive viewing« zum Einsatz kommt oder ob die Probanden eine bestimmte Aufgabe ausführen. Bei mimischer Stimulation bestand die typische Aufgabe in der Geschlechterdiskrimination, während bei Szenen oder Imaginationen mit Instruktionen gearbeitet wurde, die das Einfühlen bzw. Nachfühlen der Zielemotion implizierten.

Obwohl nur vereinzelte Hinweise auf geschlechtsspezifische Aktivierungen gefunden wurden, kann nicht ausgeschlossen werden, dass diese dennoch in größerem Ausmaß als bisher nachgewiesen existieren. Ein Nichtauffinden von solchen Effekten könnte auf messmethodische Probleme zurückgehen, z. B. auf Schwierigkeiten bei der Erfassung des MR-Signals von sehr kleinen Strukturen, die sich in der Nähe von Gefäßen befinden. Auch die Verwendung generell sehr kleiner Stichproben ($n \approx 10$) wirkt dem Auffinden geringfügiger geschlechtsassoziierter Aktivierungsunterschiede entgegen. Schließlich könnten die Unterschiede von komplexerer Natur sein als bisher angenommen. Neben einfachen Divergenzen in Intensität oder Lateralität der Aktivierung könnten sich Männer und Frauen bezüglich der Konnektivität bestimmter Hirnareale unterscheiden, also darin, wie zentrale Netzwerke zeitlich und funktional zusammenarbeiten. Solche Hypothesen sind jedoch zurzeit aufgrund noch nicht voll ausgereifter Auswertungsansätze nur schwer testbar. Darüber hinaus ist es vorstellbar, dass weitere Faktoren, wie Alter, Persönlichkeit, Lernerfahrungen u.ä. mit dem Geschlecht interagieren und so einfache Haupteffekte überdecken.

Schließlich wäre die Untersuchung von Individuen mit extremen Ausprägungen bzw. Dysfunktionen im emotionalen Erleben, Erkennen und Gedächtnis ein vielversprechender Ansatz zum Auffinden möglicher Geschlechterdifferenzen, der bisher jedoch kaum genutzt wurde. So liegen meines Wissens keine Neuroimgaging-Studien zu Angststörungen, wie Tierphobien, posttraumatischen Belastungsstörungen, Panikstörungen und generalisierten Angststörungen vor, in denen Geschlechtervergleiche vorgenommen wurden. Solche Tests finden sich auch nur vereinzelt für den Depressionsbereich (z. B. Irwin et al. 2004). Hier besteht somit großer Forschungsbedarf.

Zusammenfassend kann festgehalten werden, dass die Ähnlichkeiten in der Gehirnaktivierung von Männern und Frauen bei der emotionalen Verarbeitung die Unterschiede deutlich übertreffen (Wager u. Ochsner 2005). ■ Abb. 8.1 illustriert diesen Befund. Dargestellt sind die Aktivierungen von 51 Männern und 41 Frauen bei der Betrachtung Ekel und Angst auslösender Bilder (Schienle et al. 2005). Dabei war die Gesamtaktivierung in beiden Gruppen über beide Bedingungen hinweg vergleichbar (links). Aktivierungsdifferenzen betrafen spezifische Hirnareale, nämlich die Amygdala und ein visuelles Areal (Gyrus fusiformis), die bei der Betrachtung von bedrohungsrelevanten Szenen bei Männern stärker rekrutiert wurden (rechts). Aus der Sicht des Neuroimaging werden Geschlechterdifferenzen in der Emotionalität somit häufig überschätzt.

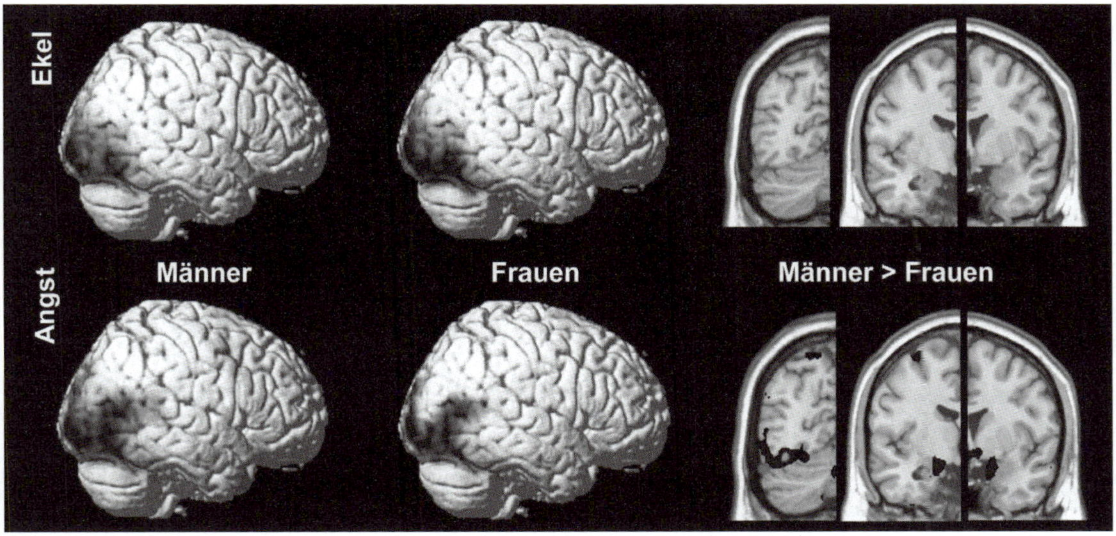

Abb. 8.1. Gehirnaktivierung bei Männern und Frauen während der Betrachtung Ekel und Angst auslösender Szenen

Fazit

Gegenstand dieses Kapitels bildeten Neuroimaging-Studien zu Geschlechterunterschieden im Emotionserlebnis, in der Emotionserkennung sowie im Gedächtnis für emotional relevante Reize. Die ausgewählten Untersuchungen beschäftigten sich mit visuellen Reizen, die den Basisemotionen Angst, Ekel und Traurigkeit zuzuordnen waren. Die kritische Betrachtung der Daten zeigte, dass sich die Aktivierungsmuster von Männern und Frauen weitgehend gleichen, und dass Abweichungen nur in geringem Ausmaß und unsystematisch vorhanden sind.

Literatur

Adolphs R (2002) Neural systems for recognizing emotion. Current Opinion in Neurobiology 12:169–177

Bradley MM, Codispoti M, Sabatinelli D, Lang PJ (2001) Emotion and motivation II: Sex differences in picture processing. Emotion 1:300–319

Breiter HC, Nancy L, Etcoff P, Whalen J, Kennedy WA, Rauch SL, Buckner RL, Strauss MM, Hyman SE, Rosen BR (1996) Response and habituation of the human amygdala during visual processing of facial expression. Neuron 17:875–887

Cahill et al. (1996) Amygdala activity at encoding correlates with long-term, fee recall of emotional information. Proceedings of the National Academy of Science 93:8016–8021

Cahill et al. (2001) Sex-related differences in amygdala activity during emotionally influenced memory storage. Neurobiology of Learning and Memory 75:1–9

Cahill et al. (2004) Sex-related hemispheric lateralization of amygdala function in emotionally influenced memory: an fMRI investigation. Learning and Memory 11:261–266

Canli T, Desmond JE, Zhao Z, Gabrieli JD (2002) Sex differences in the neural basis of emotional memories. Proceedings of the National Academy of Science 99:10789–10894

Critchley H, Daly H, Phillips M, Brammer M, Bullmore E, Williams S, Van Amelsvoort T, Robertson D, David A, Murphy D (2000) Explicit and implicit neural mechanisms for processing of social information from facial expressions: A functional magnetic resonance imaging study. Human Brain Mapping 9:93–105

Damasio AR (1999) The feeling of what happens. Body and emotion in the making of consciousness. Harcourt Brace and Company, New York

Damasio AR, Grabowski TJ, Bechara A, Damasio H, Ponto LLB, Parvizi J, Hichwa RD (2000) Subcortical and cortical brain activity during the feeling of self-generated emotions. Nature Neuroscience 3:1049–1056

Davidson RJ, Irwin W (1999) The functional neuroanatomy of emotion and affective style. Trends in Cognitive Science 3:11–21

Davidson RJ, Jackson DC, Kalin NH (2000) Emotion, plasticity, context, and regulation: Perspectives from affective neuroscience. Psychological Bulletin 126:890–909

Egloff B, Schmukle SC (2004) Gender differences in implicit and explicit anxiety measures. Personality and Individual Differences 36:1807–1815

Ekman P, Friesen WV (1976) Pictures of facial affect. Consulting Psychologists Press, Palo Alto

Fischer H, Sandblom J, Herlitz A, Fransson P, Wright C, Bäckman L (2004) Sex-differentiated brain activation during exposure to female and male faces. Neuroreport 15:235–238

Fredrikson M, Annas P, Fischer G, Wik P (1996) Gender and age differences in the prevalence of specific fears and phobias. Behaviour Research and Therapy 34:33–39

Grabowski TJ, Damasio H, Eichhorn GR, Tranel, D (2003) Effects of gender on blood flow correlates of naming concrete entities. Neuroimage 20:940–954

Hall GBC, Witelson SF, Szechtman H, Nahmias C (2004) Sex differences in functional activation patterns revealed by increased emotion processing demands. Neuroreport 15:219–223

Hariri AR, Tessitore A, Mattay VS, Fera F, Weinberger DR (2002) The amygdala response to emotional stimuli: a comparison of faces and scenes. Neuroimage 17:317–323

Hatfield E, Cacioppo JT, Rapson RI (1994) Emotional contagion. Cambridge University Press, Cambridge

Irwin W, Anderle MJ, Abercrombie HC, Schaefer SM, Kalin NH, Davidson RJ (2004) Amygdalar interhemispheric functional connectivity differs between the non-depressed and depressed human brain. Neuroimage 21:674–686

Izard CE (1999) Die Emotionen des Menschen. Beltz, Weinheim

Jacobi F, Wittchen H-U, Hölting C, Sommer S, Lieb R, Höfler M, Pfister H (2002) Estimating the prevalence of mental and somatic disorders in the community: aims and methods of the German National Health Interview and Examination Survey. International Journal of Methods and Psychiatric Research 11:1–18

Kessler RC, Berglund P, Demler O, Jin R (2003) The epidemiology of major depressive disorder: results from the National Comorbidity Survey Replication (NCS-R). Journal of the American Medical Association 289:3095–3105

Kesler-West ML, Andersen AH, Smith CD, Avison MJ, Davis CE, Kryscio RJ, Blonder LX (2001) Neural substrates of facial emotion processing using fMRI. Cognitive Brain Research 11:213–26

Killgore WDS, Oki M, Yurgelun-Todd DA (2001) Sex-specific developmental changes in amygdala responses to affective faces. Neuroreport 12:427–433

Killgore WDS, Yurgelun-Todd DA (2001) Sex differences in amygdala activation during the perception of facial affect. Neuroreport 12:2543–2547

Kring AM, Gordon AH (1998) Sex differences in emotion: expression, experience, and physiology. Journal of Personality and Social Psychology 74:686–703

Lang PJ, Bradley MM, Cuthbert B (1997) International Affective Picture System. Gainsville, Center for Research in Psychophysiology, University of Florida

Lang PJ, Bradley MM, Fitzsimmons JR (1998) Emotional arousal and activation of the visual cortex: an fMRI analysis. Psychophysiology 35:199–210

LeDoux JE (1996) The emotional brain: The mysterious underpinnings of emotional life. Simon & Schuster, New York

LeDoux JE (2000) Emotion circuits in the brain. Annual Reviews in Neuroscience 23:55–184

Lee TMC, Liu H-L, Hoosain R, Liao W-T, Wu, C-T, Yuen KSL, Chan CCH, Fox PT, Gao J-H (2002) Gender differences in neural correlates of recognition of happy and sad faces in humans assessed by functional magnetic resonance imaging. Neuroscience Letters 333:13–16

Lee TMC, Liu H-L, Chan CCH, Fang SY, Gao JH, (2005) Neural activities associated with emotion recognition observed in men and women. Molecular Psychiatry 10:450–455

McClure EB, Monk CS, Nelson EE, Zarahn E, Leibenluft E, Bilder RM, Charney DS, Ernst M, Pine DS (2004) A developmental examination of gender differences in brain engagement during evaluation threat. Biological Psychiatry 55:1047–1055

Monk CS, McClure EB, Nelson EE, Zarahn E, Bilder RM, Leibenluft E, Charney DS, Ernst M, Pine DS (2003) Adolescent immaturity in attention-related brain engagement to emotional facial expressions. Neuroimage 20:420–428

Nelson EE, McClure EB, Monk CS, Zarahn E, Leibenluft E, Pine DS, Ernst M (2003) Developmental differences in neuronal engagement during implicit encoding of emotional faces: an event-related fMRI study. Journal of Child Psychology and Psychiatry 44:1015–1024

Phan KL, Wager T, Liberzon I (2002) Functional neuroanatomy of emotion: a meta-analysis of emotion activation studies in PET and fMRI. Neuroimage 16:331–348

Phillips ML, Young AW, Senior C, Brammer M, Andrews C, Calder AJ, Bullmore ET, Perett DI, Rowland D, Williams SCR, Gray JA, Davis AS (1997) A specific neural substrate for perceiving facial expression of disgust. Nature 389:495–498

Phillips ML, Bullmore ET, Howard R, Woodruff PWR, Wright IC, Williams SCR, Simmons A., Andrew C, Brammer M, David AS (1998) Investigation of facial recognition memory and happy and sad facial expression perception. Psychiatry Research, Neuroimaging 83:127–138

Phillips ML, Marks IM, Senior C (2000) A differential response in obsessive-compulsive disorder patients with washing compared with checking symptoms to disgust. Psychological Medicine 30:1037–50

Piefke M, Weiss PH, Markowitsch HJ, Fink GR (2005) Gender differences in the functional neuroanatomy of emotional episodic autobiographical memory. Human Brain Mapping 24:313–324

Regier DA, Narrow WE, Rae DS (1990) The epidemiology of anxiety disorders: The epidemiological catchment area (ECA) experience. Journal of Psychiatric Research 24:3–14

Rolls E (1999) The brain and emotion. Oxford University Press, Oxford

Sabatinelli D, Flaisch T, Bradley MM, Fitzsimmons JR and Lang PJ (2004) Affective picture perception: gender differences in visual cortex. Neuroreport 15:1109–1112

Schienle A, Stark R, Walter B, Blecker C, Ott U, Sammer G et al. (2002) The insula is not specifically involved in disgust processing: an fMRI study. Neuroreport 13:2023–2026

Schienle A, Schäfer A, Stark R, Walter B, Vaitl D (2005) Gender differences in the processing of disgust- and fear-inducing pictures: an fMRI study. Neuroreport 16:277–280

Seidlitz L, Diener E (1998) Sex differences in the recall of affective experiences. Journal of Personality and Social Psychology 74:262–271

Schmidt-Traub S, Lex T-P (2005) Angst und Depression. Hogrefe, Göttingen

Schneider F, Habel U, Kesler C, Salloum JB, Posse S (2000) Gender differences in regional cerebral activity during sadness. Human Brain Mapping 9:226–238

Schroeder U, Hennenlotter A, Erhard P, Haslinger B, Stahl R, Lange KW, Ceballos-Baumann AO (2004) Functional neuroanatomy of perceiving surprised faces Human Brain Mapping 23:181–187

Sergerie K, Lepage M, Armony JL (2005) A face to remember: emotional expression modulates prefrontal activity during memory formation. Neuroimage 24:580–585

Van Stegeren AH, Goekoop R, Everaerd W, Scheltens P, Barkhof F, Kuijer JPA, Rombouts ARB (2005) Noradrenalin mediates amygdala activation in men and women during encoding of emotional material. Neuroimage 24:898–909

Tessitore A, Hariri AR, Fera F, Smith WG, Das S, Weinberger DR, Mattay VS (2005) Functional changes in the activity of brain regions underlying emotion processing in elderly. Psychiatry Research, Neuroimaging 139:9–18

Thomas KM, Drevets WC, Whalen PJ, Eccard CH, Dahl RE, Ryan ND, Casey BJ (2001) Amygdala response to facial expressions in children and adults. Biological Psychiatry 49:309–316

Wager TD, Phan KL, Liberzon I and Taylor F (2003) Valence, gender, and lateralization of functional brain anatomy in emotion: a meta-analysis of findings from neuroimaging. Neuroimage 19:513–531

Wager TD, Ochsner KN (2005) Sex differences in the emotional brain. Neuroreport 16:85–87

Wicker B, Keysers C, Plailly J, Royet J-P, Gallese V, Rizzolatti G (2003) Both of us are disgusted in my insula: the common neural basis of seeing and feeling disgust. Neuron 40:655–664

Wild B, Erb M, Bartels M (2001) Are emotions contagious? Evoked emotions while viewing emotionally expressive faces: quality, quantity, time course and gender differences. Psychiatry Research 102:109–124

Winston JS, O'Doherty J, Dolan RJ (2003) Common and distinct responses during direct in incidental processing of multiple facial emotions. Neuroimage 84–97

Wittchen H-U (2004) Vortrag: Diagnostik und Epidemiologie depressiver Störungen. Regionalsymposium Depression. Klinik für Psychiatrie und Psychotherapie der Universität Duisburg-Essen 17.07.2004

Wrase J, Klein S, Gruesser SM, Hermann D, Flor H, Mann K (2003) Gender differences in the processing of standardized emotional visual stimuli in humans: an fMRI study. Neuroscience Letters 348:41–45

Zald DH (2003) The human amygdala and the emotional evaluation of sensory stimuli. Brain Research Reviews 41:88–123

In der Forschung zu Geschlechtsunterschieden bei sensorischen Funktionen werden deren Beiträge zu individuellen Unterschieden betont. Welche Rolle das Geschlecht für die olfaktorische Wahrnehmung spielt, interessiert insbesondere die differenzielle Psychologie und biologische Disziplinen. Wir wissen inzwischen, dass interindividuelle Unterschiede bei olfaktorischen Fähigkeiten mit verschiedenen anderen Faktoren wie Alter, Krankheiten usw. zusammenhängen. Geschlechtsunterschiede scheinen allerdings ein komplexes und verwirrendes Terrain zu sein, das noch weitgehend unerforscht ist. In diesem Kapitel werden deskriptive Daten präsentiert, die zeigen, dass Frauen Männern in olfaktorischen Fähigkeiten überlegen sein können, insbesondere bei Identifikations- und Diskriminationsaufgaben. Obwohl ein Großteil dieser Studien methodische Schwächen aufweist, resultiert daraus doch die Frage nach den Ursachen dieses Geschlechtsunterschiedes. Die beiden gängigsten Hypothesen lassen vermuten, dass eine weibliche Überlegenheit in kognitiven Aufgaben bzw. größere Erfahrung bezüglich Geruchsstimuli bei Frauen existieren. Aktuelle Fortschritte in so unterschiedlichen Feldern wie Genetik oder Bildgebung des Gehirns könnten in der näheren Zukunft zu einem besseren Verständnis geschlechtsspezifischer Prozesse in der Olfaktion beitragen.

9.1 Einführung

Die Forschung zu menschlichen Wahrnehmungsleistungen hat den chemischen Sinnen Geschmack und Geruch im Vergleich zum Gehör, zum Gesichts- und Tastsinn bislang verhältnismäßig wenig Aufmerksamkeit gewidmet. In den letzten Jahren sind jedoch einige Publikationen zum Geruchssinn erschienen und haben diesem Mangel etwas abgeholfen. Verschiedene Untersuchungen beschäftigten sich mit physiologischen, psychologischen und behavioralen Aspekten. Typisch für die Geruchswahrnehmung sind große **interindividuelle Unterschiede** in der Reaktion auf Duftstoffe, zu denen verschiedene Faktoren beitragen. Die wichtigsten sind Alter und Geschlecht. Wie man inzwischen weiß, verändern sich die olfaktorischen Fähigkeiten mit zunehmendem Alter. Geschlechtsunterschiede bei olfaktorischen Fähigkeiten stellen dagegen ein komplexeres, verwirrenderes Feld mit mehr ungeklärten Aspekten dar (Brand u. Millot 2001). Die Forschung zu Geschlechtsunterschieden bei sensorischen Funktionen hat deren Beiträge zu interindividuellen Unterschieden betont (Velle 1992). Die Vorstellung von Geschlechtsunterschieden bei olfaktorischen Fähigkeiten interessiert insbesondere die differenzielle Psychologie und die biologischen Disziplinen und lässt sich lang zurückverfolgen.

Die erste Forschungsarbeit zu diesem Thema stammt von Toulouse und Vaschide, die bereits im Jahre 1899 behaupteten, dass Frauen Männern hinsichtlich Sensibilität, Wahrnehmungs- und Diskriminationsfähigkeiten überlegen seien. Basierend auf einer Untersuchung von 237 Probanden beiderlei Geschlechts und verschiedenen Alters stellten sie anhand verschiedener Aufgaben fest, dass sich die olfaktorischen Fähigkeiten von Frauen früher entwickeln (Toulouse u. Vaschide 1899a, 1899b). In späteren Studien wurden zunächst

- die getesteten Gerüche (natürliche und synthetische Gerüche, Gerüche, die aus einem Molekül oder aus einer Mischung verschiedener Moleküle bestehen),
- die olfaktorischen Aufgaben (Entdeckung, Identifikation, Abruf) sowie
- die Untersuchungsmethoden (psychophysische, elektrophysiologische, bildgebende Methoden) variiert.

Noch später begann man damit, auch extrinsische Faktoren (z. B. kulturelle, pathologische Aspekte) zu analysieren.

In Untersuchungen des menschlichen Geruchssinnes wurde häufig ein Geschlechtseffekt gefunden. Der erste Teil dieses Kapitels präsentiert deskriptive Daten zu verschiedenen olfaktorischen Funktionen (Sensibilität, Diskrimination, Identifikation) und beschreibt, ob und in welchen Bereichen Geschlechtsunterschiede auftreten. Zusätzlich werden einige Anmerkungen zur Methodik gemacht. Da die genauen Ursachen der beobachteten Geschlechtsunterschiede in der olfaktorischen Wahrnehmung weiterhin ungeklärt sind, stellt der zweite Teil dieses Kapitels einige spekulative Erklärungen zu den möglichen Ursachen vor, für die verschiedene Faktoren verantwortlich sein können.

9.2 Deskriptive Daten

Während in einigen Studien Geschlechtsunterschiede in der olfaktorischen Wahrnehmung festgestellt wurden, fand man in anderen Untersuchungen keine Unterschiede – daher ist dieser Punkt umstritten. Ob Übereinstimmungen erzielt werden, hängt wahrscheinlich zum großen Teil von der Art der untersuchten Funktionen ab.

9.2.1 Sensibilität

Geruchsschwellen weisen eine extreme Variabilität zwischen Probanden auf, die interindividuellen Unterschiede bei der **olfaktorischen Sensibilität** sind jedoch im Durchschnitt relativ gering – von Krankheitsfällen und Alterungsprozessen abgesehen. Eine Reihe von Untersuchungen fanden keine signifikanten Geschlechtsunterschiede bei der Wahrnehmungsschwelle für N-Butanol (Koelega 1970), Safrol (Koelega u. Köster 1974), Pyridin – einem Geruch nach verdorbener Milch – (Dorries et al. 1989) und Phenylethylalkohol (PEA) – einem Duft nach Rosen (Zatorre u. Jones-Gotman 1990). Stevens und O'Connell (1991) bestätigten dieses Resultat für PEA und fünf weitere Duftstimuli. Im Gegensatz dazu wurden Geschlechtsunterschiede in der Sensibilität für Pyridin und M-Xylen (Koelega u. Koster 1974) und Amylacetat (Koelega 1994a,b) bereits bei 20-Jährigen festgestellt. Die Überlegenheit von Frauen in Aufgaben, in denen Gerüche entdeckt werden sollen, scheint nicht kulturabhängig zu sein, sie wurde in vielen verschiedenen Ländern für die Gerüche von Rosen, Eugenol, Mercaptans und Amylacetat gefunden (Gilbert u. Wysocki 1987). Koelega (1979) konnte in seiner Untersuchung an 40 rechtshändigen Probanden keine Geschlechtsunterschiede bei den unilateralen Wahrnehmungsschwellen für Amylacetat finden. Zu denselben Resultaten kamen Zatorre und Jones-Gotman (1990) mit ihrer Untersuchung der unilateralen Wahrnehmungsschwelle für Phenylethylalkohol, ebenso wie Betchen und Doty (1998), die 66 Männer und 72 Frauen mit demselben Stimulus testeten. Pendse (1987) fand keine Leistungsasymmetrie der Nasenlöcher bei Männern, Frauen hingegen zeigten eine bessere Leistung mit dem rechten als mit dem linken Nasenloch.

Die Stichproben in Bildgebungsstudien sind normalerweise klein. In der fMRI-Untersuchung von Levy et al. (1997) mit einer Stichprobe von acht Frauen und neun Männern fand sich kein Geschlechtsunterschied bei der Intensitätseinschätzung der drei verwendeten Gerüche (Pyridin, Amylacetat und Menthon). Allgemein zeigten Frauen in den aktivierten Gehirnarealen eine schwächere Reaktion auf die Geruchsstimuli als Männer. Unterschiede in der Lokalisierung der Aktivierung wurden jedoch nicht gefunden. Yousem et al. (1999) verglichen in einem fMRI-Experiment die Gehirnaktivierungen rechtshändiger Frauen und Männer nach Stimulation des N. olfactorius. Im Gegensatz zu der Untersuchung von Levy war die Aktivierung bilateraler inferofrontaler Regionen bei Frauen größer als bei Männern.

In einer neueren Studie verwendeten Olofsson und Nordin (2004) drei verschiedene Konzentrationen von Pyridin, um Geschlechtsunterschiede mittels psychophysikalischer (Intensitätseinschätzungen) und elektrophysiologischer (chemosensorische ereigniskorrelierte Potenziale, CSEKP) Methoden zu untersuchen. Die Resultate zeigten, dass Frauen Pyridin intensiver wahrnehmen als Männer, speziell in der höchsten Konzentration. Diese Geschlechtsunterschiede in der wahrgenommenen Intensität spiegelten sich in den chemosensorischen EKP, in denen bei Frauen mehr frühe Komponenten (P1, N1) auftraten. Außerdem war bei Frauen die Amplitude der P2/P3-Komponente (die späte positive Komponente) größer, was frühere Resultate bestätigte (Evans et al. 1995; Morgan et al. 1997). Für die Autoren zeigen diese Befunde, dass die beobachteten Geschlechtsunterschiede in der Wahrnehmung auf einem relativ hohen Niveau der neuralen Verarbeitung basieren. Lundström und Hummel (2006) erforschten geschlechtsspezifische Hemisphärenunterschiede bei olfaktorischen ereigniskorrelierten Potenzialen (EKP) mit einem Pfefferminzöl-Stimulus. Die Resultate zeigten keine signifikanten Unterschiede der olfaktorischen Sensibilität zwischen Männern und Frauen. Allerdings fand sich eine geschlechtsspezifische Hemisphärenasymmetrie: Bei Frauen waren die Amplituden über der linken Hemisphäre größer, bei Männern über der rechten.

9.2.2 Hedonische Valenz

Bei der olfaktorischen Wahrnehmung spielt die hedonische Valenz eine wesentliche Rolle. Die Charakterisierung eines Geruchs als angenehm/unangenehm ist bei jeder olfaktorischen Stimulation von großer Bedeutung, sie war jedoch kaum jemals Gegenstand von geschlechtervergleichenden Analysen. Geschlechtsunterschiede bei der Bewertung eines Geruchs als angenehm scheinen von der Art des Geruchs abhängig zu sein (Wysocki u. Gilbert 1989). Männer bewerten beispielsweise Amylacetat als angenehmer, Frauen Eugenol und Rosenduft. In der Untersuchung von Olofsson und Nordin (2004) wurde Pyridin von Frauen als unangenehmer bewertet als von Männern. In einer anderen Studie untersuchten Dijksterhuis et al. (2002) Geschlechtsunterschiede bezüglich der hedonischen Valenz von 16 verschiedenen Substanzen. Es zeigten sich keine Unterschiede zwischen Männern und Frauen in den hedonischen Bewertungen, allerdings fand sich bei Männern ein signifikanter Effekt des stimulierten Nasenloches, nicht jedoch bei Frauen. Bei Männern führte die Stimulation des rechten Nasenloches zu einer höheren hedonischen Bewertung als die des linken.

Geschlechtsunterschiede konnten auch in der Intensitäts- und hedonischen Bewertung von **Körpergerüchen** gefunden werden. Im Vergleich zu Männern bewerten Frauen den Geruch von Achsel- und Vaginalsekretionen und Androstenon (einem Bestandteil von Schweiß) als intensiver und weniger angenehm (Doty et al. 1975; Doty 1987). Bei heterosexuellen Paaren bewerteten Männer den Geruch ihrer Partnerin stets als angenehm, während die Bewertung des Partnergeruchs durch die Frau kulturell bedingt variierte (Schleidt et al. 1981). Zur Identifikation ihres eigenen Körpergeruchs waren 59,4% der getesteten Frauen, aber nur 5,6% der Männer in der Lage (Platek et al. 2001). Hold und Scheidt (1977) stellten fest, dass der eigene Körpergeruch von Frauen als angenehm, von Männern dagegen als unangenehm bewertet wird.

9.2.3 Diskrimination – Identifikation

Im Gegensatz zu ihrer ausgeprägten Fähigkeit, Gerüche wahrzunehmen, ist die Fähigkeit von Menschen, einen individuellen **Geruch zu erkennen und zu identifizieren**, sehr begrenzt. Unterschiede zwischen Jungen und Mädchen in der Identifikationsleistung wurden bereits beschrieben (Richman et al. 1992, 1995). Erwachsene Frauen zeigen marginal bessere Leistungen als Männer im Benennen einzelner Gerüche (Cain 1982; Doty et al. 1985; Oberg et al. 2002; Engen 1987). Über Geschlechtsunterschiede bei der Diskrimination der wahrgenommenen Geruchsqualität, einer Diskriminationsleistung höherer Ordnung, ist wenig bekannt (Gilbert et al. 1989). Für die weibliche Überlegenheit bei der Diskrimination von Geruchsqualitäten könnten zwei Faktoren in Betracht kommen. Zum einen spielen bei der Geruchsidentifikation verbale Fähigkeiten, in denen Frauen überlegen sind, eine Rolle. Zum anderen kommen Frauen im Allgemeinen bei der Hausarbeit, z. B. beim Kochen, häufiger mit olfaktorischen Reizen in Kontakt als Männer, so dass sie möglicherweise einfach mehr Erfahrung mit Geruchsstoffen haben (Klutky 1990). Es ist bekannt, dass die Sensibilität für bestimmte Gerüche bei Erwachsenen durch wiederholte Exposition verbessert werden kann (Doty 1991a). Weiterhin ist gut dokumentiert, dass Erfahrung die Fähigkeit zur Wahrnehmung und Diskrimination bestimmter Gerüche steigern kann (Distel et al. 1997, 1999; Hudson 1999).

Hummel et al. (1998) verglichen Rechts- und Linkshänder und stellten fest, dass Frauen unabhängig von ihrer Händigkeit etwas bessere Geruchsdiskriminationsleistungen zeigten als Männer. Gilbert et al. (1989) verglichen die Fähigkeit, über beide Nasenlöcher separat wahrgenommene Gerüche als identisch zu erkennen. Dabei scheint die Asymmetrie der Nasenlöcher bei Männern größer zu sein als bei Frauen – ein Resultat, das auch von Millot und Brand (2000) bestätigt wurde. In weiteren Untersuchungen zeigten Frauen unabhängig von der Art des Geruchs bessere Leistungen bei der Identifikation von Körpergerüchen, gleichgültig, ob es sich um Geruch der Achseln (Doty 1977; Schleidt et al. 1981), der Hand (Wallace 1977) oder des Atems (Doty et al. 1982a) handelte. Doty et al. (1985) demonstrierten in ihrem Vergleich von vier verschiedenen Populationen, dass sich die Identifikationsleistungen in den ethnischen Gruppen unterschieden. Allerdings zeigten in jeder Population Frauen bessere Leistungen als Männer. Diese Daten lassen vermuten, dass Geschlechtsunterschiede in der Geruchsidentifizierung, falls sie vorhanden sind, ethnische oder kulturelle Grenzen überschreiten.

Die Auswirkungen des **Alters** auf die Leistung in olfaktorischen Identifikations- und Diskriminationsaufgaben sind gut bekannt (Doty et al. 1984), der Leistungsabfall mit zunehmendem Alter scheint sich jedoch zwischen Männern und Frauen zu unterscheiden (Lehrner et al. 1999; Larsson et al. 2005). Dieser altersbedingte Leistungsabfall bei olfaktorischen Fähigkeiten hängt zum Teil mit strukturellen Veränderungen im olfaktorischen System zusammen (Meisami et al. 1998). In der ersten publizierten Längsschnittstudie, die den Geruchssinn bei Erwachsenen erforschte, replizierten und erweiterten Ship et al. (1996) frühere Resultate aus Querschnittstudien (Ship u. Weiffenbach 1993), indem sie zeigten, dass der Leistungsabfall bei der Geruchsidentifikation bei Männern und Frauen ähnlich verläuft, die Verschlechterung bei Frauen aber ca. 20 Jahre später eintritt. Männer erfahren eine frühere und intensivere Beeinträchtigung ihrer Fähigkeit zur Geruchsidentifikation als Frauen. Die Leistung der Männer verschlechtert sich im Alter von ca. 55 Jahren signifikant, dieser Leistungsabfall wird bei Frauen erst im Alter von 75 Jahren erkennbar. Aktuelle Untersuchungen zeigen, dass – im Vergleich mit jüngeren Frauen – gesunde Frauen bis zum Alter von ca. 80 Jahren nur geringe Veränderungen der sensorischen Funktionen zeigen (Larsson u. Bäckman 1993; 1997).

Viele Untersuchungen haben sich mit olfaktorischen Prozessen bei so unterschiedlichen Krankheiten wie Gehirnläsionen, Epilepsie, Alzheimer-Demenz, Morbus Parkinson und Chorea Huntington befasst. Vergleichende Studien zu Geschlechtsunterschieden haben sich dagegen stärker mit psychiatrischen Störungen beschäftigt, insbesondere mit **Schizophrenie** (Moberg et al. 1999). In der Untersuchung von Kopala et al. (1989) war die olfaktorische Identifikationsleistung und -genauigkeit bei männlichen Schizophreniepatienten signifikant geringer als bei weiblichen Schizophreniepatienten und der männlichen und weiblichen Kontrollgruppe. Kopala und Clark (1990) stellten fest, dass 50% der männlichen Patienten mit Schizophrenie an einer olfaktorischen Agnosie litten.

9.2.4 Gedächtnis

Das Gedächtnis für Gerüche ist in zahlreichen Studien untersucht worden (Übersichten bei Schab u. Crowder 1995; Annett 1996; Herz u. Engen 1996). Die meisten stellten fest, dass das Geschlecht keinen Einfluss auf die Kurzzeit- und Langzeit-Wiedererkennensleistung hat (Richardson u. Zucco 1989). Klukty (1990) fand allerdings eine signifikante Überlegenheit von Frauen gegenüber Männern in Aufgaben zum olfaktorischen Gedächtnis im Vergleich zu Aufgaben zum auditorischen oder visuellen Gedächtnis, wo kein solcher Unterschied auftrat. Bromley und Doty (1995) stellten in ihrer Untersuchung Geschlechtsunterschiede für bestimmte Wiedererkennungsaufgaben von Gerüchen fest, bei denen die Frauen den Männern überlegen waren. Lehrner (1993) testete die **Wiedererkennungsleistung für Gerüche** mit einem 2-Alternative-forced-choice-Test mit Behaltensintervallen von bis zu 21 Tagen. Frauen zeigten dabei über alle Behaltensintervalle bessere Leistungen als Männer, eine Analyse der Konsistenz der Benennungsleistung ergab aber keinen Vorteil für die Frauen. Diesem Autor zufolge beruht die Überlegenheit der Frauen eher auf sensorischen als auf kognitiven Faktoren – eine kontroverse Hypothese (Larsson et al. 2003). In ähnlicher Weise erforschten Choudhury et al. (2003) den Einfluss des Geschlechts auf die Leistung in einem standardisierten Test des Kurzzeitgedächtnisses für Gerüche mit Behaltensintervallen von 10, 20, 30 und 60 Sekunden, sie konnten zeigen, dass Frauen in allen Behaltensintervallen bessere Leistungen zeigten als Männer. In einer neueren Studie (Doty u. Kerr 2005) wurde demonstriert, dass bei Frauen, nicht jedoch bei Männern, die Behaltensleistung für mit dem linken Nasenloch wahrgenommene Gerüche besser war als mit dem rechten. Den Autoren zufolge zeigen diese Ergebnisse wahrscheinlich einen größeren Rückgriff auf linkshemisphärische semantische Prozesse.

9.2.5 »Sonderfall Androstenon«

Androstenon wurde erstmals im Speichel von Ebern isoliert und als ein chemisches Signal identifiziert, welches das Sexualverhalten dieser Spezies beeinflusst. Später konnte Androstenon auch aus menschlichem Achselschweiß und aus Urin isoliert werden. Um dieses mutmaßliche Sexualpheromon beim Menschen zu erforschen, wurden in den letzten Jahrzehnten zahlreiche Studien zu Geschlechtsunterschieden bei der Sensibilität für diese Substanz oder ihren Auswirkungen auf Verhalten durchgeführt. Ein beträchtlicher Prozentsatz normaler Erwachsener – laut Aussagen der Studien 26,8–44,3% der männlichen Population und 7,6–25% der weiblichen Population – konnte diese Substanz nicht detektieren (Griffiths u. Patterson 1970; Dorries et al. 1989; Baydar et al. 1993). Ein großer Teil der Probanden, die als anosmisch für Androstenon klassifiziert wurden, konnte dieses Molekül jedoch nach wiederholter Exposition wahrnehmen (Wysocki et al. 1989). Auch zeigten viele Probanden mit dieser spezifischen Anosmie dennoch eine psychophysiologische Reaktion auf diesen Geruch, beispielsweise eine elektrodermale Reaktion. Van Troller et al. (1983) haben zahlreiche Geschlechtsunterschiede bei elektrodermalen Reaktionen beschrieben, die sich auf die Latenzzeit, Dauer und Amplitude dieser Reaktion beziehen.

Geschlechtsunterschiede bei der Sensibilität für Androstenon können bereits bei jungen Menschen auftreten (Dorries et al. 1989), die Überlegenheit von Frauen bei der Wahrnehmung dieses Geruchs zeigt sich in allen Altersgruppen (Wysocki u. Gilbert 1989) sowohl in Stichproben aus den USA wie aus Afrika (Wysocki u. Beauchamp 1991; Barber 1997). Die National Geographic Smell Survey stellte einen schwachen, aber konstant zunehmenden Unterschied in der Intensitätswahrnehmung zwischen Männern und Frauen im Alter zwischen 20 und 80 Jahren fest. Bei der Bewertung von Androstenon als angenehm scheinen ebenfalls starke Geschlechtsunterschiede vorzuliegen, Männer bewerteten den Geruch angenehmer als Frauen (Griffiths u. Patterson 1970; Koelega 1980; Wysocki u. Gilbert 1989). Die hedonischen Bewertungen von Frauen änderten sich jedoch im Verlauf ihres Menstruationszyklus signifikant, sofern sie keine oralen Kontrazeptiva einnahmen (Grammer 1993). In der Untersuchung von Filsinger et al. (1984) fand sich eine signifikante Wechselwirkung von Geschlecht und dem präsentierten Geruch. Männer bewerteten einen auf einem Foto gezeigten Mann unter Einwirkung von Alpha-Androstenon als passiver als unter Einwirkung von Methylanthranilat (Bedingung: angenehm), Skatol (Bedingung: unangenehm) oder wenn kein Geruch einwirkte, außerdem passiver als Frauen (die sich selbst als weniger sexy einschätzten). Filsinger et al. (1990) zeigten darüber hinaus, dass Männer, die diesen Geruch als angenehm empfanden, den auf dem Foto gezeigten Mann positiv bewerteten.

Androstenon scheint die Präferenz von Probanden für Objekte oder Orte geschlechtsabhängig zu beeinflussen. Kirk-Smith und Booth (1980) notierten die Häufigkeit, mit der bestimmte Sitzplätze im Wartezimmer eines Arztes benutzt wurden, in Abhängigkeit davon, ob sie mit Androstenon imprägniert waren oder nicht. Sie stellten fest, dass Frauen die imprägnierten Sitzplätze bevorzugten und Männer diese vermieden. Eine ähnliche Studie, die in einem Theater durchgeführt wurde, erbrachte vergleichbare Resultate (Clark 1978).

Androstenol, ein weiteres Sexualpheromon, das durch einen moschusartigen Geruch gekennzeichnet ist, ist ein Bestandteil des Achselschweißes. Bereits 1961 berichtete Kloek, dass spezifische Anosmien für dieses Molekül bei Männern (38%) häufiger auftreten als bei Frauen (22%). Koelega und Koster (1974) stellten bei Frauen eine höhere Sensibilität für zwei verschiedene Formen von Androstenol fest. In der Studie von Gustavson et al. (1987) wurde die Wirkung von Androstenol im Vergleich mit einem Kontrollgeruch auf die Präferenz für Toilettenkabinen untersucht. Männer vermieden die mit Androstenol behandelten Kabinen, während bei Frauen der Geruch die Auswahl der Kabinen nicht beeinflusste.

Koelaga und Koster (1974) und Koelega (1994a) fanden auch einen Geschlechtsunterschied in der Sensibilität für **Moschus** R1 (11-Oxohexadecanolid) zugunsten von Frauen, der aber nur für Nichtraucher zu gelten schien (Koelega 1980). In der National Geographic Smell Survey wurde eine synthetische moschusartige Komponente (Galaxolid) getestet. Frauen zeigten bei der Entdeckung und Identifikation dieses Geruchs bessere Leistungen als Männer. Im Vergleich zu Männern bewerteten sie den Geruch außerdem als angenehmer und seine Intensität als höher (Wysocki u. Gilbert 1989). Später zeigten Baydar et al. (1993), dass mehr Frauen als Männer eine gleichzeitige Anosmie für Galaxolid und Androstenon aufwiesen. Sie folgerten daraus, dass es eine geschlechtsspezifisch modulierte Verbindung zwischen den Fähigkeiten zur Wahrnehmung von Androstenon und Galaxolid gibt.

Der Körpergeruch spielt wahrscheinlich eine Rolle für die interindividuelle Attraktivität. Dies wurde von Rikowski und Grammer (1999) postuliert, die bei weiblichen Probanden eine positive Korrelation zwischen dem Körpergeruch und der eingeschätzten Attraktivität männlicher Probanden feststellten. Dieses Phänomen ist möglicherweise auf eine olfaktorische Präferenz für Individuen mit einer anderen genetischen Ausstattung zurückzuführen (Wedekind u. Füri 1997)

Weiterhin wurde festgestellt, dass Männer mit **Schizophrenie** eine höhere olfaktorische Sensibilität für Androstenon haben als normale Männer, ein Unterschied, der bei Frauen nicht auftritt (Bradley 1984). Diese Befunde könnten auf eine veränderte Ausschüttung von Sexualsteroiden bei männlichen Schizophrenen zurückzuführen sein (Brooksband u. Pryse-Phillips 1964).

9.2.6 Anmerkungen zur Methodik

Diese Übersicht zeigt deutlich, dass die Forschungsresultate und Perspektiven zu Geschlechtsunterschieden beim menschlichen Geruchssinn sehr widersprüchlich sind. Zum besseren Verständnis von olfaktorischen Geschlechtsunterschieden ist noch sehr viel mehr Forschung notwendig. Leider zeigen sich in den vorhandenen Forschungsarbeiten eine Reihe von methodischen und konzeptuellen Schwächen. Das vorrangige Problem sind **zu kleine Stichproben**. Häufig können Geschlechtsunterschiede nur einen geringen Anteil der Gesamtvarianz aufklären. Bei Verwendung einer großen Stichprobe könnten hingegen möglicherweise Schlussfolgerungen gezogen werden, die eine kleine Stichprobe nicht zulässt. Außerdem sind die Merkmale der männlichen und weiblichen Stichproben manchmal nicht klar genug definiert.

Das zweite Problem ist, dass häufig keine standardisierten Tests verwendet werden und dass man der **Validität** und **Reliabilität** der verwendeten Tests keine Aufmerksamkeit schenkt. Daher können die Forscher nur sehr bedingt davon ausgehen, dass die Resultate olfaktorischer Tests tatsächlich die Funktionen messen, die damit gemessen werden sollen – dies betrifft insbesondere kognitive olfaktorische Aufgaben. Darüber hinaus gilt, dass im Vergleich zu den immens vielen Gerüchen, die das olfaktorische System diskriminieren kann, bislang nur eine sehr geringe Anzahl von Testsubstanzen in der Untersuchung von Geschlechtsunterschieden im olfaktorischen System verwendet wurden. Häufig wurden auch reine, chemisch gut definierte, monomolekulare Substanzen verwendet und kaum jemals Alltagsgerüche. Hinsichtlich der chemischen Zusammensetzung bezieht sich die Frage nach den verwendeten Substanzen auf

- die Zusammensetzung von Geruchssubstanzen (Verwendung gemischter oder einzelner Gerüche), die bezüglich der trigeminalen Komponente der olfaktorischen Stimulation eine Rolle spielen könnte (Doty 1995; Brand 2006), zu der es fast keine Untersuchungen zu Geschlechtsunterschieden gibt,
- die Bedeutung der Molekularstruktur, beispielsweise der Chiralität (Hildebrand u. Shepherd 1997; Laska u. Teubner 1999), und
- pheromonale Substanzen.

Was **Pheromone** anbetrifft, geht man davon aus, dass Menschen ein **Vomeronasalorgan** (VNO) besitzen (obwohl dessen Vorhandensein noch nicht systematisch beobachtet wurde). Die funktionale Bedeutung des VNO ist aber noch umstritten. Aufgrund der räumlichen Nähe dieses Organs zum olfaktorischen Epithel und seiner möglichen Bedeutung für Physiologie und Verhalten scheinen hier geschlechtervergleichende Studien notwendig zu sein. Bislang wurde nur in der Untersuchung von Monti-Bloch et al. (1994) die Möglichkeit eines geschlechtlichen Dimorphismus des VNO in Betracht gezogen und verschiedene spezifische Reaktionen von Männern und Frauen auf die verwendeten Vomeropherine aufgezeigt. Eine Herausforderung für die Zukunft besteht sicherlich darin, herauszufinden, bei welchen Aspekten der olfaktorischen Funktionen Geschlechtsunterschiede auftreten. Zu diesem Zweck müssen Forscher ihre Experimente sorgfältig planen und dabei die Grenzen spezifischer Tests und der getesteten Stichproben berücksichtigen.

9.3 Mögliche Ursachen

Signifikante Unterschiede zwischen Männern und Frauen stellen eine Herausforderung für die psychologische und biologische Forschung dar – sie werfen Fragen bezüglich der Ursachen sowie möglicher funktioneller Konsequenzen auf. Obwohl die Ursachen der beobachteten Unterschiede bislang nicht bekannt sind, sollten verschiedene Hypothesen näher betrachtet werden.

9.3.1 Anatomische Unterschiede

Eine erste mögliche Ursache sensorischer Geschlechtsunterschiede liegt in der Anatomie. Unterschiede bei olfaktorischen Fähigkeiten könnten auf anatomische Unterschiede zwischen Männern und Frauen in der Form der **nasalen Luftwege** oder der olfaktorischen neuralen Verbindungen zurückzuführen sein. Nur wenige Untersuchungen haben sich bislang mit dieser Frage beschäftigt. Verschiedene Aspekte wie Atmungswege, Oberfläche und Gefäßbildung des olfaktorischen Epithels, anatomische und funktionelle Besonderheiten des Bulbus olfactorius waren niemals Gegenstand einer vergleichenden Analyse der Geschlechter. Die einzigen dazu veröffentlichten Arbeiten befassen sich mit den Nasenhöhlen und der Mundhöhle. In vielen Studien wurde vermutet, dass die Unterschiede im Volumen der Nasenhöhlen für die Unterschiede in olfaktorischen Fähigkeiten verantwortlich sind. Leopold (1988) zeigte, dass Unterschiede im Bereich der mittleren Nasenmuschel am bedeutsamsten sind. Hornung et al. (1999) stellten fest, dass eine Vergrößerung des Raumes der Nasenhöhle um die Riechspalte die olfaktorischen Fähigkeiten im Allgemeinen verbessert, sie vermuteten daher, dass möglicherweise anatomische Unterschiede im Aufbau der Nase zwischen Männern und Frauen bestehen, die zu deren unterschiedlichen olfaktorischen Fähigkeiten beitragen. Auch kann die Mundhöhle zur olfaktorischen Wahrnehmung beitragen, weil Geruchsstoffe das olfaktorische Epithel über die retronasale Route erreichen können.

Aus der Untersuchung von Griep et al. (1996) ergaben sich keine signifikanten Unterschiede in der Geruchswahrnehmung zwischen Trägern von Teilprothesen und Kontrollpersonen mit natürlichem Gebiss oder einer Vollprothese. Es wurde allerdings eine Tendenz zu schlechterer Geruchswahrnehmung bei Männern mit Teilprothese beobachtet, speziell bei denen, die eine seltene Mundhygiene angaben.

Geschlechtsunterschiede im Gehirn sind von vielen Säugetieren bekannt. **Gehirnregionen**, in denen am häufigsten geschlechtliche Dimorphismen auftreten, sind der Hypothalamus und das olfaktorische System. Beim Menschen betreffen einige dieser anatomischen Unterschiede kortikale Regionen, die mit der Verarbeitung olfaktorischer Information befasst sind (Doty et al. 1997). Die Großhirnhemisphären weisen geschlechtliche Dimorphismen auf (Conklin u. Polemics 1997), wobei zerebrale Asymmetrien bei Männern häufig ausgeprägter sind als bei Frauen. Gegenwärtig gibt es allerdings keine Belege für die Hypothese, dass anatomische Unterschiede im Zerebrum eine Rolle für die unterschiedlichen olfaktorischen Leistungen von Männern und Frauen spielen (Brand 1999), dasselbe gilt für das autonome Nervensystem (Brand et al. 1999). Neue Bildgebungstechniken werden zukünftig zweifellos Fortschritte in diesem Bereich ermöglichen.

9.3.2 Genetische Unterschiede

Eine zweite mögliche Ursache für sensorische Geschlechtsunterschiede ist die Genetik. Dieser Zusammenhang wurde am Beispiel der Farbwahrnehmung klar demonstriert. Die verschiedenen Formen der Farbenblindheit basieren auf rezessiven Genen auf dem X-Chromosom, die nicht für bestimmte visuelle Pigmente kodieren können. Infolgedessen tritt Farbenblindheit in den beiden Geschlechtern mit unterschiedlicher Häufigkeit auf. Beim Menschen gibt es vielfältige Mechanismen, mit denen die Gene den Geruchssinn beeinflussen, aber Genaueres dazu ist noch nicht bekannt. Wahrscheinlich resultieren die beobachteten Geschlechtsunterschiede teilweise aus Unterschieden im genetischen Programm von Männern und Frauen im Zusammenhang mit der Ausschüttung von Östrogenen und Androgenen während des Fötalstadiums und nach der Geschlechtsreife. Genetische Aspekte des Geruchssinns wurden hauptsächlich im Zusammenhang mit der molekularen Grundlage olfaktorischer Funktionen untersucht (Buck u. Axel 1991 – Nobelpreis 2004 für Medizin und Physiologie).

Die genetische Determinierung von Geschlechtsunterschieden bei olfaktorischen Fähigkeiten ist bis heute ungeklärt, obwohl sie schon vor 10 Jahren untersucht wurde (Wysocki u. Beauchamp 1991). Segal et al. (1995) testeten in ihrer Untersuchung die Identifikationsleistung für 40 unterschiedliche Gerüche (aus dem University of Pennsylvania Smell Identification Test) sowie die Wahrnehmungsschwellen für Phenylethylalkohol bei monozygoten und dizygoten Zwillingen. Ein genetischer Einfluss auf die Geruchswahrnehmung wurde für Männer, aber nicht für Frauen, angenommen. Beim Mann kommen ausbleibende sexuelle Reifung und Störungen des Geruchssinns gemeinsam in einer Erbkrankheit, dem sog. Kallmann-Syndrom, vor (Bouloux et al. 1992).

9.3.3 Hormonelle Unterschiede

Die dritte mögliche Ursache sensorischer Geschlechtsunterschiede besteht in hormonellen Einflüssen. Es ist seit langem bekannt, dass Geschlechtshormone die olfaktorische Sensibilität modulieren (Le Magnen 1982; Doty 1986). Ein bekanntes Beispiel sind die messbaren Veränderungen der Sensibilität von Frauen über ihren **Menstruationszyklus**. Die olfaktorische Leistung erreicht während der Ovulationsphase ihren Höhepunkt und lässt dann während der Menstruation nach (Koelega u. Köster 1974; Doty et al. 1981; Velle 1987). Diese Veränderungen treten auch bei Frauen auf, die **orale Kontrazeptiva** einnehmen, was die Vermutung nahe legt, dass die Veränderungen nicht über Steroidkonzentrationen ovarialen Ursprungs, sondern zweifellos durch einen infradianen Rhythmus, der vom ZNS bestimmt wird, reguliert werden (Doty et al. 1981, 1982b, 1987). Der Einfluss anderer Hormone, speziell der Schilddrüsen- und Nebennierenhormone, wurde bei endokrinen Störungen untersucht, bislang allerdings ohne klare Resultate.

In anderen Untersuchungen wurden mögliche hormonelle Einflüsse auf die Geruchswahrnehmung während der **Schwangerschaft** untersucht. Gilbert und Wysocki (1991) fanden in einer groß angelegten Querschnittstudie (National Geographic Smell Survey) heterogene Veränderungen in den olfaktorischen Fähigkeiten während der Schwangerschaft. Laska et al. (1996) zeigten in einer Längsschnittstudie über den Verlauf der Schwangerschaft und unter Verwendung einer großen Bandbreite von Gerüchen, dass die geringen Veränderungen von einem Schwangerschaftstrimester zum nächsten nicht mit der Entwicklung der Schwangerschaft zusammenzuhängen schienen.

Zykluslängen von 29,5±3 Tagen werden als normal für den Menstruationszyklus angesehen. Diese Zykluslängen findet man häufiger bei Frauen, die wöchentlich Geschlechtsverkehr haben als bei Frauen, für die das nicht zutrifft. In der Untersuchung von Cutler et al. (1986) wurden die Zykluslängen von kinderlosen Frauen nach regelmäßiger olfaktorischer Gabe von männlichem Axillarextrakt über mehrere Wochen gemessen. Im Vergleich zu Kontrollgruppen, die nur Ethanol erhielten, zeigten diese Frauen eine geringere Variabilität ihrer Zykluslänge und seltener Zyklen mit ungewöhnlicher Länge.

Veränderungen der Sensibilität über den Menstruationszyklus und während der Schwangerschaft unterstützen die Annahme, dass Geschlechtshormone für die Sollwerteinstellung der olfaktorischen Genauigkeit wichtig sind. Die den hormonellen Einflüssen zugrunde liegenden Mechanismen müssen allerdings noch geklärt werden.

9.3.4 Kognitive Unterschiede

Die Auffassung, dass für bestimmte kognitive Fähigkeiten Geschlechtsunterschiede bestehen, war bereits weit verbreitet, noch bevor diese empirisch dokumentiert wurden (Ellis 1928). Seitdem haben viele Übersichtsarbeiten und Metaanalysen Unterschiede zwischen Männern und Frauen bei bestimmten kognitiven Fähigkeiten aufgezeigt (► Kap. 6). Insbesondere in verbalen Aufgaben schneiden Frauen im Allgemeinen besser ab als Männer. Die Überlegenheit von Frauen in olfaktorischen Aufgaben könnte einen kognitiven Vorteil widerspiegeln, den man auch in den anderen Sinnessystemen findet. Zur Überprüfung der Hypothese eines kausalen Zusammenhangs zwischen Geschlechtsunterschieden in olfaktorischen und kognitiven Fähigkeiten sind jedoch weitere empirische Forschungsarbeiten nötig. Die beiden wichtigsten Hypothesen zu olfaktorischen Geschlechtsunterschieden als Folge von kognitiven Geschlechtsunterschieden konzentrieren sich auf ontogenetische bzw. phylogenetische Aspekte.

Von einem **ontogenetischen Standpunkt** betrachtet ist es denkbar, dass sich die Lernerfahrungen der beiden Geschlechter unterscheiden. Diese Hypothese geht davon aus, dass Frauen im Allgemeinen häufiger mit olfaktorischen Reizen umgehen, so dass sie einfach mehr Erfahrung mit diesen Stimuli haben könnten. Die Hypothese steht allerdings zum Teil in Widerspruch zu Untersuchungsergebnissen über olfaktorische Fähigkeiten von Kindern. Laut Doty (1991b) kann man Geschlechtsunterschiede bei olfaktorischen Fähigkeiten bereits in den ersten Tagen nach der Geburt (Balogh u. Porter 1986; Makin u. Porter 1989) und auch bei 4- bis 5-jährigen Kindern (Verron u. Gauthier 1976; Porter u. Moore 1981; Marlier u. Schall 1989) feststellen.

Außerdem gibt es in diesem Bereich einen Aspekt, dem nur wenig Aufmerksamkeit gewidmet wurde, nämlich Suggestionen oder **Vorstellungen von Gerüchen**, die signifikante geschlechtsbezogene Interaktionen verursachen können (Gilbert et al. 1997). Diese Hypothese wird durch Bildgebungsstudien gestützt. Levy et al. (1999) überprüften per fMRI die Gehirnaktivierung bei der Vorstellung von Gerüchen. Bei normalen Probanden war die Aktivierung bei Vorstellung von Gerüchen (Banane und Pfefferminz) geringer als bei der tatsächlichen Wahrnehmung dieser Gerüche (Amylacetat und Menthon). Die Aktivierung bei der Vorstellung von Bananengeruch war bei Männern signifikant größer als bei Frauen, dasselbe berichteten die Autoren zuvor bereits für den tatsächlichen Geruch von Amylacetat (Levy et al. 1997). Die relativen Verhältnisse dieser Reaktionen sahen aber deutlich anders aus: das Verhältnis von Aktivierung bei Vorstellung von Bananengeruch zu Aktivierung bei tatsächlicher Wahrnehmung von Amylacetat war bei Frauen zweimal so hoch wie bei Männern. Dies könnte bedeuten, dass einige olfaktorische Stimuli für Frauen größere Bedeutung haben als für Männer. Diese Resultate sind konsistent mit der Hypothese von Henkin (1997), dass Frauen mit einigen olfaktorischen Stimuli möglicherweise effizienter umgehen können als Männer, und könnten zum Teil mit Geschlechtsunterschieden im kognitiven Stil zusammenhängen.

Es ist verführerisch, aus **phylogenetischer Perspektive** über eine mögliche Erklärung von Geschlechtsunterschieden bei olfaktorischen Fähigkeiten zu spekulieren. Trotz der Tatsache, dass fast alle Lebewesen im Tierreich über Geruchssinn verfügen und dass dieser in einem phylogenetisch früh entwickelten Teil des Gehirns lokalisiert ist, wissen wir sehr wenig über Geschlechtsunterschiede bei der Geruchsverarbeitung und die zugrunde liegenden evolutionären Mechanismen. Eine solche Hypothese nimmt aus einer sehr langfristigen evolutionären Perspektive heraus an, dass sich die Arbeitsteilung der Geschlechter sehr früh entwickelt hat. Frauen waren dabei wahrscheinlich hauptsächlich für die Betreuung des Nachwuchses verantwortlich und leisteten einen Beitrag zur Nahrungsversorgung durch das Sammeln von Nahrung, hauptsächlich von Pflanzen, wobei sie giftige und nichtgiftige, potenziell nahrhafte Pflanzen identifizieren und diskriminieren mussten. Die starken Veränderungen der sozialen Bedingungen in der jüngsten Phase der Evolution haben sich auf den Geruchssinn nicht ausgewirkt. Auf die Frage der Bedeutung von Geschlechtsunterschieden im Geruchssinn beim modernen Menschen gibt es bisher noch keine Antwort.

9.3.5 Umweltunterschiede

Möglicherweise existieren auch umweltbedingte Geschlechtsunterschiede. Insbesondere könnten Männer stärker als Frauen den Einwirkungen bestimmter Substanzen wie Schadstoffen und Chemikalien, hauptsächlich in der Arbeitsumgebung, ausgesetzt sein, die sich wiederum auf Leistungen des Geruchssinnes auswirken könnten (Corwin et al. 1995). Auch Raucher zeigen schlechtere Leistungen bei Aufgaben zu Wahrnehmungsschwellen als Nichtraucher (Berglund u. Nordin 1992), wobei die Menge des Zigarettenkonsums Auswirkungen auf die Leistungen des Geruchssinnes hat (Frye et al. 1990). Allerdings gab es keine Unterschiede bezüglich der wahrgenommenen Intensität (Berglund u. Nordin 1992). Geschlechtsunterschiede beim Geruchssinn könnten auch auf Unterschieden im Zigarettenkonsum der Geschlechter beruhen.

Fazit

Ein Überblick über die Literatur zu Geschlechtsunterschieden im menschlichen Geruchssinn zeigt, dass trotz der vielen Widersprüche, die teilweise auf methodische Probleme zurückzuführen sind, dennoch in einigen Bereichen Übereinstimmung herrscht. Erstens sind die beobachtbaren Unterschiede in anatomischer und physiologischer Hinsicht minimal. Zweitens finden sich kaum Geschlechtsunterschiede hinsichtlich der Sensibilität der Wahrnehmung, wobei die Resultate in Abhängigkeit vom getesteten Geruch variieren und Androstenon eine Ausnahme bildet. Diese Geschlechtsunterschiede scheinen sich mit zunehmendem Alter zu verstärken. Untersuchungen zu kognitiven olfaktorischen Aufgaben (Identifikation, Erkennung, Gedächtnis) berichten übereinstimmend über signifikante Überlegenheit der Frauen. Drittens scheint die Überlegenheit von Frauen bei Aufgaben, in denen überschwellige Konzentrationen getestet wurden, unabhängig von kulturellen Faktoren zu sein.

Die genauen Ursachen dieser Geschlechtsunterschiede bei olfaktorischen Fähigkeiten sind noch nicht geklärt, sie sind wahrscheinlich multifaktoriell bedingt. In diesem Bereich ist ein endgültiger und schlüssiger Beleg für eine Hypothese nur schwer zu finden, daher sind weitere Untersuchungen erforderlich, um den Geschlechtseffekt beim menschlichen Geruchssinn besser zu verstehen. Aktuelle Fortschritte in so unterschiedlichen Bereichen wie Genetik und Bildgebung des Gehirns könnten zu einem besseren Verständnis der beteiligten Prozesse beitragen.

Literatur

Annett JM (1996) Olfactory memory: a case study in cognitive psychology. J Psychol 130:309–319

Balogh RD, Porter RH (1986) Olfactory preferences resulting from more exposure in human neonates. Infant Behav Develop 9:395–401

Barber, CE (1997) Olfactory acuity as a function of age and gender: a comparison of African and American samples. Int J Aging Dev 44:317–334

Baydar A, Petrzilka M, Schott MP (1993) Olfactory thresholds for androstenone and Galaxolide: sensitivity, insensitivity and specific anosmia. Chem Senses 18:661–668
Berglung B, Nordin S (1992) Detectability and perceived intensity for formaldehyde odor in smokers and nonsmokers. Chem Senses 17:291–306
Betchen SA, Doty RL (1998) Bilateral detection thresholds in dextrals ans sinistrals reflect the more sensitive side of the nose, which is not lateralized. Chem Senses 23:453–457
Bouloux PMG, Munroe P, Kirk J, Besser GM (1992) Sex and smell – an enigma resolved. J Endocrinol 133:323–326
Bradley EA (1984) Olfactory acuity to a pheromonal substance and psychotic illness. Biol Psychiat 19:899–905
Brand G (1999) La latéralisation olfactive chez l'homme. Revue de la litérature. Neurophysiol Clin/Clin Neurophysiol 29:495–506
Brand G (2006) Olfactory/trigeminal interactions in nasal chemoreception. Neurosci Biobehav Rev 30:908–917
Brand G, Millot JL (2001) Sex differences in human olfaction: between evidence and enigma. Q J Exp Psychol 54B:259–270
Brand G, Millot JL, Henquell D (1999) Olfaction and hemispheric asymmetry: unilateral stimulation and bilateral electrodermal recordings. Neuropsychobiology 39:160–164
Bromley SM Doty RL (1995) Odor recognition is better under bilateral than unilateral test conditions. Cortex 31:25–40
Brooksband BWL, Pryse-Phillips W (1964) Urinary 16-androsten-3-ol, 17 oxosteroids and mental illness. Brit Med J 20:1602–1606
Buck L, Axel R (1991) A novel multigene family may encode odorant receptors: a molecular basis for odor recognition. Cell 65:175–187
Cain WS (1982) Odor identification by males and females: predictions vs performance. Chem Senses 7:129–142
Choudhury ES, Moberg P, Doty RL (2003) Influences of age and sex on a microencapsulated odor memory test. Chem Senses 28:799–805
Clark T (1978) Whose pheromone are you? World Medicine 26:21–23
Conklin H, Polemics J (1997) Brain dimorphisms and sex: a review. Int J Comp Psychol 10:25–56
Corwin J, Loury M, Gilbert AN (1995) Workplace, age and sex as mediators of olfactory function: data from the National Geographic Smell Survey. J Gerontol B-Psychol 50:179–186
Cutler WB, Preti G, Krieger A, Huggins GR, Garcia CR, Lawley HJ (1986) Human axillary secretions influence women's menstrual cycles: the role of donor extract from men. Horm Behav 20:463–473
Dijksterhuis GB, Moller P, Bredie WLP, Rasmussen G, Martens M (2002) Gender and handedness effects on hedonicity of laterally presented odours. Brain Cognition 50:272–281
Distel H, Schicker, I, Ayabe-Kanamura S, Kobayakawa T, Saito S, Martinez-Gomez M, Hudson R (1997) Influence of experience on the perception of every day odors. In: Kruse HP, Rothe M (eds) Flavour perception, aroma evaluation. Universität Potsdam, Berlin, pp 47–60
Distel H, Ayabe-Kanamura S, Martinez-Gomez M, Schiker I, Kobayakawa T, Saito S, Hudson R (1999) Perception of everyday odors – correlations between intensity, familiarity and strengh of hedonic judgement. Chem Senses 24:191–199
Dorries KM, Schmidt HJ, Beauchamp GK, Wysocki CJ (1989) Changes in sensitivity to the odor of androstenone during adolescence. Dev Psychobiol 22:423–435
Doty RL (1977) A review of recent psychophysical studies examining the possibility of chemical communication of sex and reproductive state in humans. In: Muller-Schwarze D, Mozell MM (eds). Chemical signals in vertebrates. Plenum Press, New York, pp 273–286
Doty RL (1986) Gender and endocrine-related influences upon olfactory function. In: Meiselman HL, Rivlin RS (eds) Clinical measurement of taste and smell. Macmillan, New York, pp 377–413
Doty RL (1987) The primates III: humans. In: Brown RE, MacDonald DW (eds) Social odours in mammals. Oxford University Press, Oxford, pp 806–832
Doty RL (1991a) Influences of aging on human olfactory function. In: Laing DG, Doty RL, Breipohl W (eds) The human sense of smell. Berlin: Springer, Berlin Heidelberg New York Tokyo, pp 155–163
Doty RL (1991b) Olfactory function in neonates. In: Laing DG, Doty RL, Breipohl W (eds) The human sense of smell. Berlin: Springer, Berlin Heidelberg New York Tokyo, pp 181–195
Doty RL (1995) Intranasal trigeminal chemoperception. In: Doty RL (ed) Handbook of olfaction and gustation. Dekker, New York, pp 821–833
Doty RL, Kerr K (2005) Episodic odor memory: influences of handedness, sex, and side of nose. Neuropsychologia 43:1749–1753
Doty RL, Ford M, Preti G, Huggins G (1975) Human vaginal odors change in pleasantness and intensity during the menstrual cycle. Science,190:1316–1318
Doty RL, Snyder P, Huggins G, Lowry LD (1981) Endocrine, cardiovascular and psychological correlates of olfactory sensitivity changes during the human menstrual cycle. J Comp Physiol Psychol 95:45–60
Doty, RL, Green, PA, Ram, C, Yankell, SL (1982a) Communication of gender from human breath odors: relationship to perceived intensity and pleasantness. Horm Behav 16:13–22
Doty RL, Hall JW, Flickinger GL, Sondheimer SJ (1982b) Cyclical changes in olfactory and auditory sensitivity during the menstrual cycle: no attenuation by oral contraceptive medication. In Breipohl W (ed) Olfaction and endocrine regulation. IRL Press, London, pp 35–42
Doty RL, Shaman P, Applebaum S, Giberson R, Sikorsky L, Rosenberg L (1984) Smell identification ability: Changes with age. Science 226:1441–1443
Doty RL, Applebaum S, Zusho H, Settle RG (1985) Sex differences in odor identification ability: a cross-cultural analysis. Neuropsychologia 23:667–672
Doty RL Bromley SM, Moberg PJ, Hummel T (1997) Laterality in human nasal chemoreception. In: Christman S (ed) Cerebral asymmetries in sensory and perceptual processing. Elsevier, Amsterdam, pp. 497–542

9

Ellis RS (1928) The psychology of individual differences. Appleton, New York

Engen T (1987) Remembering odors and their names. American Scientist 75:497–503

Evans WJ, Cui L Starr A (1995) Olfactory event-related potentials in normal human subjects: effect of age and gender. Electroencephalogr. Clin Neurophysiol 95:293–301

Filsinger EE, Braun JJ, Monte WC Linder D (1984) Human (Homo sapiens) responses to the pig (Sus Scrofa) sex pheromone 5 alpha-androst-16-en-3-one. J Comp Psychol 98:219–222

Filsinger EE, Braun JJ, Monte WC (1990) Sex differences in response to the odor of alpha androstenone. Percept. Mot. Skills 70:216–218

Frye RE, Schwartz BS, Doty RL (1990) Dose related effects of cigarette smoking on olfactory function. J Am Med Assoc 263:1233–1236

Gilbert AN, Wysocki CJ (1987) The national geographic smell survey results. Nat Geogr Mag 172:514–525

Gilbert AN, Wysocki CJ (1991) Quantitative assessment of olfactory experience during pregnancy. Psychosom Med 53:693–700

Gilbert AN, Greenberg MS, Beauchamp GK (1989) Sex, handedness and side of nose modulate human odor perception. Neuropsychologia 27:505–511

Gilbert AN, Knasko SC, Sabini J (1997) Sex differences in task performance associated with attention to ambient odor. Arch Environ Health 52:195–199

Grammer K (1993) 5á-androst-16-en- 3-one: a male pheromone? A brief report. Ethol Sociobiol 14:201–208

Griep MI, Collys K, Mets TF, Slop D, Laska M, Massart DL (1996) Sensory detection of food odour in relation to dental status, gender and age. Gerodontology 13:56–62

Griffiths NM, Patterson RLS (1970) Human olfactory responses to 5-alpha-androst-16-en-3-one principal component of boar taint. J Sci Food Agric 21:4–6

Gustavson AR, Dawson ME, Bonett DG (1987) Androstenol, a putative human pheromone, affects human male choice performance. J Comp Psychol 101:210–212

Henkin RI (1997) Brain mapping of olfaction by functional magnetic resonance imaging: differences between men and women. Aromachol Rev 6:1–3

Herz RS, Engen T (1996) Odor memory: review and analysis. Psychol Bull Rev 3:300–313

Hildebrand JG Shepherd GM (1997) Mechanisms of olfactory discrimination: converging evidence for common principles across phyla. Annu Rev Neurosci 20:595–631

Hold B, Schleidt M (1977) The importance of human odor in non verbal communication. Zeitschrift für Tierpsychologie 43:225–238

Hornung DE, Donald A, Leopold MD (1999) Relationship between uninasal anatomy and uninasal olfactory ability. Arch Otolaryngol Head Neck Surg 125:53–58

Hudson R (1999) From molecule to mind: the role of experience in shaping olfactory function. J Comp Physiol A 185:297–304

Hummel T, Mohammadian P, Kobal G (1998) Handedness is a determining factor in lateralized olfactory discrimination. Chem Senses 23:541–544

Kirk-Smith MD, Booth DA (1980) Effects of androstenone on choice of location in other's presence. In: van der Starre H (ed) Olfaction and taste VII. IRL Press, London, pp 397–400

Kloek J (1961) The smell of some steroids sex hormones and their metabolites: reflections and experiments concerning the significance of smell for the mutual relation of the sexes. Psychiat Neurol Neuroch 64:309–344

Klukty N (1990) Sex differences in memory performance for odors, tone sequences and colors. Z Exp Angew Psychol 37:437–446

Koelega HS (1970) Extraversion, sex arousal and olfactory sensitivity. Acta Psychol 34:51–56

Koelega HS (1979) Olfaction and sensory asymmetry. Chem Senses Flav 4:89–95

Koelega HS (1980) Preference for and sensitivity to the odours of androstenone and musk. In: van der Starre H (ed) Olfaction and taste, VII. IRL Press, London, p 436 (abstract)

Koelega HS (1994a) Sex differences in olfactory sensitivity and the problem of the generality of smell acuity. Percept Mot Skills 78:203–213

Koelega HS (1994b) Prepubescent children may have specific deficits in olfactory sensitivity. Percept Mot Skills 78:191–199

Koeleg HS, Koster EP (1974) Some experiments on sex differences in odor perception. Ann NY Acad Sci 237:234–246

Kopala L, Clark C (1990) Implications of olfactory agnosia for understanding sex differences in schizophrenia. Schizophr Bull 16:255–261

Kopala L, Clark C, Hurwitz TA (1989) Sex differences in olfactory function in schizophrenia. Am J Psychiat 146:1320–1322

Larsson M, Bäckman L (1993) Semantic activation and episodic odor recognition in young and older adults. Psychol Aging 8:582–588

Larsson M, Bäckman L (1997) Age-related differences in episodic odor recognition: the role of access to specific odor names. Memory 5:361–378

Larsson M, Lövdén M, Nilsson L (2003) Sex differences in recollective experience for olfactory and verbal information. Acta Psychol 112:89–103

Larsson M, Oberg C, Backman L (2005) Odor identification in old age: Demographic, sensory and cognitive correlates. Aging Neuropsychol Cog 12:231–244

Laska M, Teubner P (1999) Olfactory discrimination ability of human subjects for ten pairs of enantiomers. Chem Senses 24:161–170

Laska M, Koch B, Heid B, Hudson R (1996) Failure to demonstrate systematic changes in olfactory perception in the course of pregnancy: a longitudinal study. Chem Senses 21:567–571

Lehrner J (1993) Gender differences in long-term odor recognition memory: verbal versus sensory influences and consistency of label use. Chem Senses 18:17–26

Lehrner J, Glück J, Laska M (1999) Odor identification, consistency of label use, olfactory threshold and their relationships to odor memory over the human lifespan. Chem Senses 24:337–346

Le Magnen J (1982) Olfacto-endocrine relationships: past and future lines of investigations. In: Breipohl W (ed) Olfaction and endocrine regulation. IRL Press, London, pp 1–9

Leopold DA (1988) The relationship between nasal anatomy and human olfaction. Laryngoscope 189:371–381

Levy LM, Henkin RI, Hutte, A, Lin CS, Martins D, Schellinger D (1997) Functional MRI of human olfaction. J Comput Assist Tomogr 2: 849–856

Levy LM, Henkin RI, Lin CS, Hutter A, Schellinger D (1999) Odor memory induces brain activation as measured by functional MRI. J Comput Assist Tomogr 23:487–498

Lundström JN, Hummel T (2006) Sex-specific hemispheric differences in cortical activation to a bimodal odor. Behav. Brain Res 166:197–203

Makin JW, Porte, RH (1989) Attractiveness of lactating females breast odors to neonates. Child Development 60:803–810

Marlier L, Schaal B (1989) Olfactory, tactile and auditory cues in the recognition of individuality in children. 21st International Ethological Conference, Utrecht

Meisami Z, Mikhail L, Baim D, Bhatnagar KP (1998) Human olfactory bulb: Aging of glomeruli and mitral cells and a search for the accessory olfactory bulb. Ann NY Acad Sci 855:708–715

Millot JL, Brand G (2000) Behavioral lateralization during spontaneous smelling tasks. Percept. Mot Skills 90:444–450

Moberg PJ, Agrin R, Gur RE, Gur RC, Turetsky BI, Doty RL (1999) Olfactory dysfunction in schizophrenia: a qualitative and quantitative review. Neuropsychopharmacology 21:325–340

Monti-Bloch L, Jennings-White C Dolberg DS (1994) The human vomeronasal system. Psychoneuroendocrinology 19:673–686

Morgan CD, Covington JW, Geisler JD, Polich J, Murphy C (1997) Olfactory event-related potentials: older males demonstrate the greatest deficits. Electroencephalogr Clin Neurophysiol 104:351–358

Oberg C, Larsson M, Backman L (2002) Differential sex effects in olfactory functioning: The role of verbal processing. J Int Neuropsychol Soc 8:691–698

Olofsson JK, Nordin S (2004) Gender differences in chemosensory perception and event-related potentials. Chem Senses 29:629–637

Pendse SG (1987) Hemispheric asymmetry in olfaction on a category judgement task. Percept. Mot Skills 64:495–498

Platek SM, Burch RL, Gallup GG (2001) Sex differences in olfactory self-recognition. Physiol Behav 73:635–640

Porter RH, Moore JD (1981) Human kin recognition by olfactory cues. Physiol Behav 27:493–495

Richardson JTE, Zucco GM (1989) Cognition and olfaction: a review. Psychol Bull 105:352–360

Richman RA, Post EM, Sheehe PR, Wright HN (1992) Olfactory performance during childhood. I Development of an odorant identification test for children. J Pediatr 121:908–911

Richman RA, Wallac, K, Sheehe PR (1995) Assessment of an abbreviated odorant identification task for children: a rapid screening device for schools and clinics. Acta Paediatr 84:434–437

Rikowski A, Grammer K (1999) Human body odour, symmetry and attractiveness. Proc R Soc Lond B-Biol Sci 266:869–874

Schab FR, Crowder RG (1995) Memory for odors. Lawrence Erlbaum, Hilldale

Schleidt M, Hold B Attili G (1981) A cross-cultural study on the attitude towards personal odours. J Chem Ecol 7:19–31

Segal N, Topolski TD, Wilson SM, Brown KW, Araki L (1995) Twin analysis of odor identification and perception. Physiol Behav 57:605–609

Ship JA Weiffenbach JM (1993) Age, gender, medical treatment, and medication effects on smell identification. J Gerontol 48:M26–M32

Ship JA, Pearson JD, Cruise LJ, Brant LJ, Metter EJ (1996) Longitudinal changes in smell identification. J Gerontol 51A: M86–M91

Stevens DA, O'Connell RJ (1991) Individual differences in thresholds and quality reports of human subjects to various odors. Chem Senses 16:57–67

Toulouse E, Vaschide N (1899a) Mesure de l'odorat chez l'homme et chez la femme. Comp Rend Soc Biol 51:381–383

Toulouse E, Vaschide N (1899b) Mesure de l'odorat chez des enfants. Comp Rend Soc Biol 51:487–489

van Tolle C, Kirk-Smith M, Wood N, Lombard J, Dodd GH (1983) Skin conductance and subjective assessments associated with the odour of 5-a-androsténone-3-one. Biol Psychol 16:85–107

Velle W (1987) Sex differences in sensory functions. Perspect Biol Med 4:490–523

Velle W (1992) Sex differences in sensory functions. In: van der Dennen JMG (ed). The nature of sexes: the sociobiology of sex differences and »the battle of the sexes«. Origin Press, Groningen, pp. 29–54

Verron H, Gaultier C (1976) Processus olfactifs et structures relationnelles. Psychol Franç 21:205–209

Wallace P (1977) Individual discrimination of humans by odors. Physiol Behav 19:577–579

Wedekind C, Füri S (1997) Body odour preferences in men and women: do they aim for specific MHC combinations or simple heterozygosity. Pro. R Soc Lond B-Biol Sci 264:1471–1479

Wysocki CJ, Gilbert AN (1989) National geographic smell survey: effects of age are heterogeneous. Ann NY Acad Sci 561:12–28

Wysocki CJ, Beauchamp GK (1991) Individual differences in human olfaction. In: Wysocki CJ, Kare MR (eds) Genetics of perception and communications. Chemical Senses, vol 3. Dekker, New York, pp 353–373

Wysocki CJ, Dorries KM, Beauchamp GK (1989) Ability to perceive androstenone can be acquired by ostensibly anosmic people. Proc Natl Acad Sci 86:7976–7978

Yousem DM, Maldjian JA, Siddiqi F, Hummel T, Alsop DC, Geckle RJ, Bilker WB, Doty RL (1999) Gender effects on odor-stimulated functional magnetic resonance imaging Brain Res 818:480–487

Zatorre RJ, Jones-Gotman M (1990) Right nostril advantage for discrimination of odor. Percept Psychophys 47:526–531

10.1 Schlafen Männer und Frauen unterschiedlich?

Hartmut Schulz, Stephany Fulda

Die psychosexuelle Determination des zentralen Nervensystems wird primär durch genetische Faktoren und das endokrine Milieu bestimmt (Money u. Ehrhardt 1972) und sekundär durch die Ausbildung und Übernahme der Geschlechterrolle (Eibl-Eibesfeldt 1984). Es kann davon ausgegangen werde, dass diese Differenzierung nicht nur das Verhalten im Wachen, sondern auch das Schlafverhalten und den zirkadianen Schlaf-Wach-Rhythmus beeinflusst. In diesem Kapitel soll ein Überblick über geschlechtsspezifische Differenzen des Schlafverhaltens gegeben und versucht werden, den Anteil biologischer, psychischer und sozialer Verursachungen für geschlechtsspezifische Variation im Schlafverhalten aufzuklären, soweit das bei der beschränkten Datenlage möglich ist. Dabei muss davon ausgegangen werden, dass die Größe der individuellen Differenzen zwischen Männern und Frauen geringer ist als die Größe der intraindividuellen Veränderungen über die Lebensspanne hinweg.

10.1.1 Zirkadianer Schlaf-Wach-Rhythmus

Der zirkadiane Schlaf-Wach-Rhythmus ist durch die regelhafte Abfolge einer langen Schlaf- und einer langen Wachphase innerhalb von 24 Stunden gekennzeichnet. Der Schlaf-Wach-Zyklus steht in enger Beziehung mit metabolischen Veränderungen und als deren Ausdruck mit dem zirkadianen Rhythmus der **Körperkerntemperatur**. Ein weiterer Marker für die zirkadiane Phasenlage ist die Sekretion von **Melatonin** aus dem Pinealorgan mit einem Maximum in der Dunkelphase, die beim Menschen üblicherweise der Schlafphase entspricht.

Unter frei wählbaren Bedingungen und bei Ausschluss von äußeren Zeitgebern sind die selbst gewählten Schlafzeiten von Frauen länger als die von Männern. Außerdem ist die Periode des freilaufenden zirkadianen Rhythmus der Körpertemperatur bei Frauen signifikant kürzer (Wever 1979). Einer kurzen Periode des zirkadianen Rhythmus unter zeitgeberfreien Bedingungen entspricht im normalen 24-Stunden-Tag eine **Vorverlagerung** der Schlafphase.-In Übereinstimmung damit zeigten ältere Frauen im Vergleich zu Männern unter normalen häuslichen Lebensbedingungen eine Vorverlagerung des zirkadianen Temperaturrhythmus um 1,25 Stunden (Campbell et al. 1989). Unter den experimentellen Bedingungen einer konstanten Routine (constant routine – liegende Körperposition während 24 Stunden bei gleichmäßiger schwacher Beleuchtung), die in der Chronobiologie angewendet wird, um maskierende Verhaltenseffekte zu kontrollieren, wurde dieser Unterschied in der Phasenlage bei notwendigerweise kleiner Fallzahl allerdings nicht gefunden, hingegen eine größere Amplitude des Temperaturrhythmus bei älteren Frauen (Czeisler et al. 1992; Monk et al. 1995). Höhere Amplituden der Temperaturkurven bei Frauen fanden auch Moe et al. (1991) sowie Campbell et al. (1989) unter Bedingungen mit Zeitgebern (entrained condition). Entsprechende Daten für jüngere Frauen fehlen vor allem wegen der systematischen Veränderungen der Körpertemperatur im Menstruationszyklus.

In guter Übereinstimmung mit den genannten Daten zur Phasenlage der Körpertemperatur bei Frauen lagen in einer aktimetrischen Untersuchung mit 400 Erwachsenen, davon 53% Frauen, im Altersbereich von 20–70 Jahren, bei Frauen auch die Bettzeiten früher als bei Männern (Reyner u. Horne 1995). Roenneberg (2004) bestätigte die frühere Phasenlage von Frauen anhand einer großen Datenbasis von 25.000 Personen, die den Münchner Fragebogen zur Typisierung des Chronotyps (Munich Chrono Type Questionnaire, MCTQ) ausgefüllt hatten. Während Knaben und Mädchen im Alter von 10 Jahren eine frühe Phasenlage ihres Schlafes haben, verlagert sich die Phase während der Pubertät auf eine spätere Zeit. Diese Entwicklung hin zu einer späteren Phasenlage verläuft jedoch bei weiblichen und männlichen Jugendlichen unterschiedlich. Junge Frauen erreichen im Mittel mit 19,5 Jahren den Gipfel dieser Verschiebung hin zu späteren Schlafzeiten. Bei männlichen Jugendlichen hingegen dauert die Verschiebung länger und erreicht erst mit 20,9 Jahren ihr Maximum.

Nach Erreichen des geschlechtsspezifischen Maximums beginnt bei Frauen und Männern eine langsame, über mehrere Dekaden andauernde Entwicklung wieder in Richtung früherer Schlafzeiten. Die Verlaufskurven für Frauen und Männern differieren in der 2. Lebensdekade deutlich, und nähern sich mit zunehmendem Lebensalter wieder an, so dass ab der 5. Lebensdekade im Chronotyp zwischen Männern und Frauen kein Unterschied mehr zu erkennen ist (◘ Abb. 10.1). Die Autoren der Untersuchung schlagen vor, den markanten Umschlagpunkt von der Phasenrückverlagerung zur Phasenvorverlagerung als Endpunkt der Pubertät und als Beginn des Erwachsenenalters anzusehen und interpretieren damit Geschlechtsunterschiede im Chronotyp als Folge eines unterschiedlichen biologischen Altersverlaufs.

Die Komplexität der Geschlechtsunterschiede bei zirkadianen Rhythmen zeigt sich auch in der unterschiedlichen Koordinierung der Phase verschiedener Rhythmen bei Frauen und Männern. So fanden Campbell et al. (1989) ein frühes Minimum der Körperkerntemperatur bei älteren Frauen im Vergleich zu älteren Männern, ohne dass sich jedoch die Phase des Schlafes zwischen den beiden Gruppen unterschied. Ähnliches beobachteten Carskadon et al. (1998) in einer Studie mit Jugendlichen. Hier lag die Phase des Melatoninrhythmus bei Mädchen früher als bei Jungen, obwohl sich die zeitliche Position des Schlafes nicht unterschied. Schließlich fand Griefahn (2002) in der Studie mit konstanter Routine deutliche Unterschiede in der Phase der zirkadianen Rhythmen der Körperkerntemperatur und der Melatoninsekretion bei Männern und Frauen mit dem gleichen Chronotyp. So lagen die Phasen für die Körpertemperatur und das Melatonin bei weiblichen Morgentypen deutlich früher als bei männlichen Morgentypen. Entsprechendes galt auch für männliche und weibliche Abendtypen.

Zusammenfassend ergeben sich aus den chronobiologischen Untersuchungen Hinweise auf eine **längere Bettruhe** sowie eine **frühere Phasenlage der Frauen.** Diese Geschlechtsunterschiede scheinen jedoch altersabhängig zu sein, wobei sich der Unterschied in der Phasenlage der Schlafzeit zwischen Frauen und Männern mit zunehmendem Alter nivelliert.

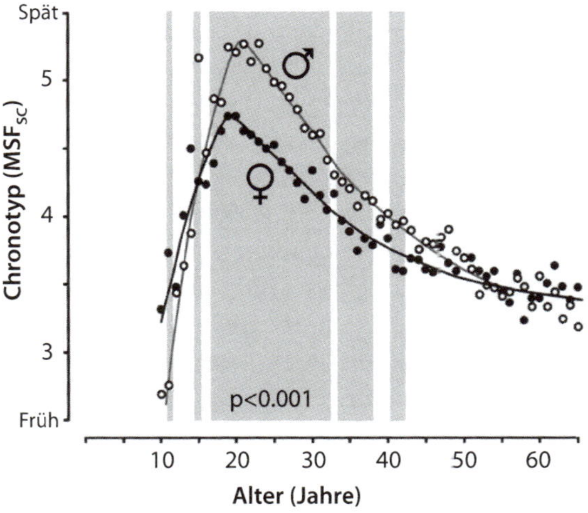

◘ **Abb. 10.1.** Die altersabhängige Veränderung des Chronotyps verläuft bei Männern und Frauen unterschiedlich. Grau unterlegte Bereiche zeigen signifikante Geschlechtsunterschiede an. Der Chronotyp bestimmt die individuell präferierte Phasenlage für Zubettgehen und Aufstehen (Morgen- versus Abendtyp) sowie weitere Merkmale wie die Tageszeit des subjektiven Leistungsmaximums. Zur Bestimmung des Chronotyps wurden verschiedene Fragebögen entwickelt, die teils über das Internet abgerufen werden können. (Aus Roenneberg et al. 2004)

10.1.2 Die Schlafdauer in Bevölkerungsstudien

In drei großen deutschen Studien (3755 Studienteilnehmer der SHIP, 27.301 Teilnehmer der EPIC-Potsdam Studie und 1312 Teilnehmer der Dortmunder Gesundheitsstudie), die den Altersbereich von 25–74 Jahren abdeckten, wurde kein Einfluss von Geschlecht oder Alter auf die mittlere nächtliche Schlafdauer beobachtet (http://www.egms.de/en/meetings/gmds2005/05gmds093.shtml). Diese Ergebnisse stimmen mit den Daten einer repräsentativen Umfrage zu den Schlafgewohnheiten der deutschen Bevölkerung überein (Meier 2004). In dieser Umfrage bei 1000 Männern und Frauen ab 14 Jahre ergab sich eine vergleichbare Verteilung der Schlafzeiten von Männern und Frauen (◘ Tab. 10.1). Allenfalls in der Gruppe derer, die an Wochentagen länger als acht Stunden schlafen, überwiegt der Anteil der Frauen. An Wochenendtagen sind es dann sowohl ein Viertel der Frauen als auch der Männer, die länger als acht Stunden schlafen.

10

Auch mit dem Alter ändert sich die mittlere Schlafdauer nur wenig, allerdings nimmt die Streubreite der Schlafzeiten im höheren Alter deutlich zu. Eine Zusammenfassung der Ergebnisse früherer Studien zu altersabhängigen Veränderungen der Schlafdauer findet sich bei Spiegel (1981).

Am anderen Ende des Altersspektrums, nämlich in der Zeitspanne von der Geburt bis zum 16. Lebensjahr, zeigte eine Züricher Longitudinalstudie ebenfalls keine Geschlechtsunterschiede. In dieser Studie wurde das Schlafverhalten von 493 Teilnehmern, deren Schlafverhalten schon in den ersten beiden Lebensjahren 7-mal erfasst wurde, anschließend bis zum 16. Lebensjahr in einjährigen Abständen untersucht (Iglowstein et al. 2003). In Übereinstimmung mit früheren Untersuchungen bei Kindern fand sich auch in der Züricher Langzeitstudie kein systematischer Effekt des Geschlechts auf die Schlafdauer.

Ähnlich wie bei Männern besteht auch bei Frauen eine Beziehung zwischen der selbst berichteten mittleren Schlafdauer und der Mortalität. In beiden Geschlechtern ist das Mortalitätsrisiko bei einer Schlafdauer von sieben Stunden am geringsten und erhöhte sich sowohl bei kürzeren als auch bei längeren Schlafdauern (◘ Tab. 10.2; Patel et al. 2004). Diese Daten sprechen nicht für die Annahme eines erhöhten Schlafbedarfs bei Frauen.

10.1.3 Geschlechtsunterschiede im gemessenen Schlaf gesunder Personen

In einer Metaanalyse über 65 Studien mit insgesamt 3577 Personen im Alter von 5–102 Jahre fassten Ohayon et al. (2004) die Ergebnisse von objektiven Schlafmessungen mittels **Polysomnographie** oder Aktimetrie zusammen. In 17 dieser Studien mit 539 Frauen und 506 Männern wurden Geschlechtsunterschiede in den Schlafparametern geprüft. Auf dem Hintergrund einer monoton abnehmenden **Schlafdauer** und **Schlafeffizienz** (Schlafzeit/Bettzeit × 100) mit zunehmendem Lebensalter in der Gesamtgruppe waren die altersabhängigen Veränderungen der Schlafdauer und -effizienz bei Frau-

◘ **Tab. 10.2.** Relatives Mortalitätsrisiko bei unterschiedlichen Schlafdauern (Patel et al. 2004)

Schlafdauer	Relatives Risiko	95%-Konfidenzintervall
5 h oder weniger	1,15	1,02–1,29
6 h	1,01	0,94–1,08
7 h (Referenzgruppe)	1,00	–
8 h	1,12	1,05–1,20
9 h oder länger	1,42	1,27–1,58

◘ **Tab. 10.1.** Verteilung der Schlafdauern bei Männern und Frauen (N=1000) an Wochentagen. (Meier 2004)

Schlafdauer	<5 h	5–6 h	6–7 h	7–8 h	>8 h
Männer	1,4%	16,3%	39,5%	31,4%	11,4%
Frauen	2,5%	16,5%	31,5%	31,9%	17,6%

en stärker ausgeprägt als bei Männern. Auch die alterskorrelierte Zunahme des Leichtschlafs (Stadium 1) und die Abnahme der REM-Latenz waren bei Frauen ausgeprägter. Unabhängig vom Alter war die Gesamtschlafzeit bei Frauen im Vergleich zu Männern länger (Effektstärke, ES 0,26) während sich für die Schlafeffizienz kein Unterschied ergab. In der **Schlafstruktur** zeigten sich Geschlechtsunterschiede mit längeren Einschlafzeiten (ES 0,35) aber weniger Wachzeiten nach dem Einschlafen (ES 0,38) bei Frauen. Bei den **Schlafstadien** unterschieden sich Frauen und Männern nicht im prozentualen Anteil von Stadium 1, während Frauen weniger Stadium 2 (ES 0,43), aber mehr Tiefschlaf (Stadien 3 und 4) aufwiesen (ES 0,49) und auch etwas mehr REM-Schlaf (ES 0,16).

Auch wenn man neuere schlafpolygraphische Untersuchungen an gesunden Frauen und Männern in die Betrachtung mit einbezieht, bleibt das Bild uneinheitlich. Während Voderholzer et al. (2003) bei Gesunden keine signifikanten Geschlechtsunterschiede in schlafpolygraphischen Daten fanden, hatten Frauen in einer Untersuchung von Goel et al. (2005) kürzere Schlaflatenzen und längere Schlafzeiten. Hingegen gab es zwischen Männern und Frauen keine Unterschiede in den Anteilen der Schlafstadien am Gesamtschlaf. Die unterschiedlichen Ergebnisse der beiden letztgenannten Studien können u. a. auch durch die unterschiedliche Altersverteilung der Probanden bedingt sein. Während Goel et al. junge gesunde Schläfer im Altersbereich von 18–30 Jahre untersuchten, waren die Personen in der Untersuchung von Voderholzer et al. im Schnitt doppelt so alt, und der Altersbereich war wesentlich breiter (19–79 Jahre). Da Schlafparameter alterssensitiv sind, kann der fehlende Gruppenunterschied bei Vorderholzer et al. zumindest teilweise durch die Altersheterogenität der untersuchten Gruppen bedingt sein.

Besondere Aufmerksamkeit erfuhr der geschlechtsspezifische Unterschied im **Anteil des Tiefschlafes** (Schlafstadien 3 und 4 oder slow wave sleep, SWS), der in vielen, wenn auch nicht allen Studien gefunden wurde (Ohayon et al. 2004; Voderholzer et al. 2003; Goel et al. 2005), da der Anteil langsamwelliger Delta-Aktivität EEG (Frequenz 0,5–2,0 Hz; Amplitude ≥75 µV) als Ausdruck von Schlafintensität interpretiert wird (Borbély u. Achermann 1992). Ein Grund für die uneinheitlichen Ergebnisse könnte die Unterteilung des SWS in die Schlafstadien 3 (mit einem Anteil von 20–50% hochamplitudiger Deltawellen) und Stadium 4 (mit mehr als 50% hochamplitudiger Deltawellen) bei der visuellen Schlafauswertung sein. In der schon erwähnten Untersuchung von Gaillard (1990) ergab sich eine signifikante Wechselwirkung derart, dass Frauen im Mittel zwar weniger Stadium 3 aufwiesen als Männer (32 Minuten versus 40 Minuten), dafür aber mehr Stadium 4 (81 Minuten versus 66 Minuten).

Die Ergebnisse einiger Studien deuten darauf hin, dass die alterskorrelierte Abnahme der **Deltaaktivität** bei Frauen und Männern unterschiedlich verläuft. Ehlers und Kupfer (1987) fanden bei Männern und Frauen im Alter von 20–30 Jahre vergleichbare Werte für SWS (% S3 und S4). In den nachfolgenden Dekaden von 30 und 40 Jahren kam es dann bei Männern, nicht aber bei Frauen, zu einer Abnahme von SWS. Die Abnahme von SWS auf das typisch niedrige Niveau des alten Menschen fand bei Frauen später statt.

Als reliable Alternative zur visuellen Auswertung wurden in mehreren Studien auch computergestützte Algorithmen zur Erkennung von Deltaaktivität im Schlaf-EEG eingesetzt. Tatsächlich zeigen Untersuchungen mit automatischer Analyse übereinstimmend einen Geschlechtsunterschied mit höheren Amplituden oder höherer Power im Deltafrequenzbereich bei Frauen als bei Männern (Armitage 1995). Mourtazaev et al. (1995) fanden bei Frauen um 40% höhere Amplituden im Deltafrequenzbereich (0,5–2,0 Hz) als bei Männern. ◘ Abb. 10.2 zeigt den Anteil von Deltaaktivität in den ersten vier Schlafzyklen bei Frauen und Männern (Latta et al. 2005).

Die möglichen Ursachen für die unterschiedliche Deltapower bei Frauen und Männern wird derzeit kontrovers diskutiert. Der Geschlechtsunterschied gilt für die absolute, nicht aber für die relative Deltapower. Darüber hinaus haben Kemp et al. (2000) ein alternatives Analyseverfahren für die Analyse der Deltaaktivität entwickelt, die sog. slow-wave microcontinuity, das nach Meinung der Autoren eine Unterscheidung zwischen schlafspezifischen und anderen physiologischen oder anatomischen Effekten erlaubt. Sie schließen aus ihren

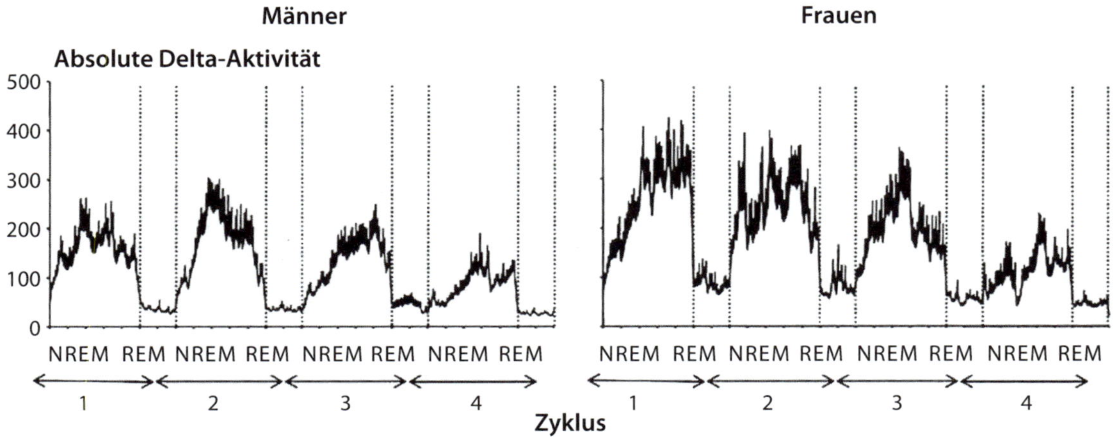

Abb. 10.2. Mittelwertprofil (±SEM) der Deltaaktivität (μV²) im Schlaf-EEG der ersten vier Schlafzyklen der Nacht bei älteren Männern (links) und Frauen (rechts). (Aus Latta et al. 2005)

Ergebnissen, dass es sich bei dem geschlechtsspezifischen Unterschied der Deltaaktivität im Schlaf-EEG um einen nicht-schlafspezifischen Effekt handelt, der durch andere physiologische oder auch anatomische Unterschiede, wie z. B. die unterschiedliche Kalottendicke bei Männern und Frauen, bedingt sein könnte.

Zusammenfassend ergeben die polysomnographischen Untersuchungen Hinweise auf Geschlechtsunterschiede, die allerdings in der Tendenz nicht einheitlich sind. Frauen haben längere Schlafzeiten, weniger Wachzeiten im Schlaf, höhere Anteile an SWS sowie eine höhere Power im Delta-Frequenzbereich. Dies könnte auf einen »besseren« Schlaf bei Frauen hinweisen, jedoch bei einer verlängerten Schlaflatenz. Die alterskorrelierte Abnahme der Schlafdauer und der Schlafeffizienz bei Frauen jedoch stärker ausgeprägt als bei Männern. Damit ergibt sich insgesamt ein noch uneinheitliches Bild für den normalen Schlaf. Im Folgenden sollen geschlechtsspezifische Unterschiede bei Schlafstörungen behandelt werden.

10.1.4 Schlafstörungen

Populationsstudien zeigen Unterschiede in der Prävalenz von Schlafstörungen bei Frauen und Männern (Krishnan u. Collop 2006) (Tab. 10.3). In den folgenden Abschnitten werden die verschiedenen Schlafstörungen nach ihren geschlechtsspezifischen Prävalenzen gruppiert.

Insomnie

Eine Metaanalyse zu Geschlechterdifferenzen in der Prävalenz der Insomnie, die über 29 Studien und mehr als eine Million Teilnehmer berechnet wurde, ergab ein relatives Risiko (risk ratio) von 1,41 (1,28–1,55), d. h. die Wahrscheinlichkeit an einer Insomnie zu erkranken ist bei Frauen etwa 1,5-mal so hoch als bei Männern (Zhang u. Wing 2006). Wie die Daten zur Insomnie in Tab. 10.3 zeigen, können die Prävalenzzahlen zwischen den einzelnen Studien in Abhängigkeit von der Definition der Insomnie und den verwendeten Befragungsinstrumenten deutlich variieren. Das relative Risiko von Frauen, an Insomnie zu leiden, war jedoch in allen Studien um einen ähnlichen Betrag erhöht. Die höhere Insomnieprävalenz von Frauen gilt sowohl für die akute Insomnie (Anpassungsinsomnie) als auch für die chronische psychophysiologische Insomnie (American Academy of Sleep Medicine 2005). Die von Voderholzer et al. (2003) geäußerte Vermutung, dass die höhere Prävalenz der Insomnie bei Frauen Folge einer höheren Rate von Depressionen und Angsterkrankungen sei, wurde von anderen Autoren mit dem Argument bezweifelt, dass diese Erkrankungen in der Gesamtbevölkerung zu selten seien, um die hohe

Tab. 10.3. Prävalenz von Schlafstörungen bei Frauen und Männern

Studie	Land	Anzahl	Alter (Jahre)	Prävalenz (%)	
				Frauen	Männer
Insomnie[1]					
Mellinger et al. 1985	USA			20	14
Wittchen et al. 2001	Deutschland	19.155	16–80+	29,7	21,8
Weyerer u. Dilling 1991	Deutschland	1539	50–70+	34,3	21,4
Ohayon u. Roth 2001	Europa	24.600	15–80+	13,5	8,5
Meier 2004	Deutschland	1000	≥14	24,1	13,0
Restless-leg-Syndrom[2]					
Allen et al. 2005	Europa, USA	15.391	>18	6,2	2,8
Berger et al. 2004	Deutschland	4107	20–79	13,4	7,6
Bjorvatn et al. 2005	Norwegen, Dänemark	2005	>18	13,4	9,4
Ohayon u. Roth 200	Europa	18.980	15–100	7,1	3,6
Tison et al. 2005	Frankreich	10.263	18–80+	10,8	5,8
Schlafbezogene Atmungsstörungen[3]					
Young et al. 1993	USA	626	30–60	4	9
Bixler et al. 1998, 2001	USA	1741	20–99	2	7
Durán et al. 2001	Spain	400	30–70	7	14

[1]Übersicht bei Ohayon 2002, Metaanalyse bei Zhang u. Wing 2006
[2]Übersicht bei Zucconi u. Ferini-Strambi 2004
[3]Übersicht bei Jordan u. McEvoy 2003; Young et al. 2002; Diagnosekriterium AHI ≥15

Prävalenz für Insomnie bei Frauen ausreichend zu erklären.

Das höhere relative Risiko von Frauen für Insomnie kontrastiert mit dem Befund schlafpolygraphischer Untersuchungen, die eine vergleichbare Schlafqualität bei Männern und Frauen fanden. Beim derzeitigen Kenntnisstand muss offen bleiben, ob die höhere Prävalenz für Insomnie bei Frauen

- aus den weiter oben beschriebenen Unterschieden in der physiologischen Schlafstruktur,
- aus anderen physiologischen Unterschieden oder
- aus unterschiedlichen sozialen Rollen und Aufgaben resultiert.

Um letztere Frage zu klären, müssten weit mehr als in bisherigen Studien Modelle entwickelt werden, die Faktoren wie beispielsweise den sozialen Status, die Art der Berufsarbeit, das Einkommen und den Familienstatus kontrollieren.

Restless-leg-Syndrom (RLS)

Auch beim RLS ist das relative Risiko für Frauen mit etwa 1,5–2,0 höher als für Männer, bei Prävalenzangaben von 6–13% für Frauen und 3–9% für Männer (Tab. 10.3). Gehäuft tritt RLS während der Schwangerschaft auf. Da dies vor allem für Frauen mit einer positiven Familienanamnese gilt, ist die Schwangerschaft eher als Auslöser denn als Ursache der Symptomatik anzusehen (Montplaisir et al. 2005).

Schlafbezogene Atmungsstörungen

Eine Schlafstörung mit deutlich höherer Prävalenz bei Männern ist das obstruktive **Schlafapnoe-**

Syndrom (OSAS) (◘ Tab. 10.3). In einer umfassenden US-amerikanischen Studie von Personen im mittleren Lebensalter fand sich eine symptomatische Schlafapnoe bei 4% der Männer und 2% der Frauen (Young et al. 1993). Zudem zeigen Männer einen früheren Beginn der Erkrankung. Bei Frauen steigt die Erkrankungsrate erst nach der Menopause an, erreicht aber auch dann nicht das Niveau der Männer. In einer großangelegten griechischen Schlaflaborstudie bei 1010 Patienten mit OSAS, davon 844 Männer und 166 Frauen, unterschieden sich die Gruppen zwar nicht im Körpergewicht (BMI 31,6±5,5 bei Männern und 32,5±8,1 bei Frauen); die weiblichen Patienten waren jedoch mit 56,9±10,6 Jahren signifikant älter als männliche Patienten mit 50,6±11,7 Jahren. Der

◘ **Tab. 10.4.** Mechanismen, die zu geschlechtsspezifischen Unterschieden beim Auftreten von OSAS beitragen

Parameter	Männer	Frauen
Fett und sein Verteilungsmuster		
Body Mass Index (Körpermasse, BMI)	++	+++
Fettverteilung im Oberkörper	+++	+
Nackenumfang	++	+
Fettgehalt des Nackens	+	+
Weiches Gewebe des Nackens	++	+
Volumen des weichen Gaumens	++	+
Volumen der Zunge	++	+
Obere Atemwege, Anatomie und Funktion		
Pharynxgröße	++	+
Kollapsneigung der oberen Atemwege	++	+
Widerstand der oberen Atemwege im Wachen	++	+
Widerstand der oberen Atemwege im Schlaf	+	+
Muskelaktivität der oberen Atemwege im Wachen	+	+
Kontrolle der Ventilation		
Nachentladung des Genioglossus und des Diaphragmas	+	+
Hyperkapnischer Ventilationsantrieb – im Wachen	++	+
Zentraler Antrieb der oberen Atemwegsmuskulatur	+	+
Apnoe-Schwelle im NREM-Schlaf	+	++
Erhöhter zentraler Atemantrieb (erhöhte Chemosensitivität)	+	++
Hormonstatus		
Gesteigerte Ventilation durch Progesteron	+	+++
Aktivität der oberen Atemwegsmuskulatur durch Progesteron	+	+++
Pharynxkollapsibilität durch Testosteron	+++	+
Leptinniveau	++	+++

Für die Zitate der Untersuchungen, auf denen die beschriebenen Geschlechtsunterschiede basieren, verweisen wir auf die Arbeit von Kapsimalis und Kryger (2002). Viele Untersuchungen, die in die Tabelle eingingen, wurden bei Gesunden durchgeführt. Die Anzahl der Pluszeichen ist ein qualitativer Index für den Vergleich von Männern und Frauen. So ist z. B. ist der Nackenumfang bei Männern mit OSAS größer als bei Frauen. Bei einigen Mechanismen stimmten die Ergebnisse verschiedener Untersuchungen nicht überein.

Apnoe-Hypopnoe-Index (AHI) als Indikator der Schwere der schlafbezogenen Atmungsstörung war bei Männern mit 42,4±28,2 kritischen Atemereignissen pro Stunde höher als bei Frauen die einen mittleren AHI von 32,6±28,7 aufwiesen. Schließlich war der Schlaf der weiblichen Patienten in verschiedenen Aspekten (Einschlafdauer, Schlafeffizienz und Wachzeit nach dem Einschlafen) stärker gestört als der der männlichen Patienten (Vagiakis et al. 2006).

Auch das relative Risiko für **Schnarchen** ist in allen epidemiologischen Studien bei Männern 1,4- bis 2,7-mal höher als bei Frauen (Hoffstein 2005). Das Ergebnis weist auf einen möglicherweise hormonell bedingten Unterschied in der Regulation der Wandspannung der oberen Atemwege und der Kollapsneigung bei Männern und Frauen hin.

In einer Übersichtsarbeit haben Kapsimalis und Kryger (2002) die Mechanismen bewertet, die im Zusammenhang mit dem protektiven Effekt des weiblichen Geschlechts auf schlafbezogene Atmungsstörungen untersucht worden sind (◘ Tab. 10.4). Einige der beschriebenen Effekte sind kritisch zu beurteilen, da sie auf Unterschieden zwischen Stichproben gesunder Männern und Frauen basieren und nur eine Minderheit der Gesamtpopulation schlafbezogene Atmungsstörungen entwickelt. Als zwei gesicherte Risikofaktoren nehmen die Autoren jedoch den Einfluss von Hormonen auf die pathophysiologischen Unterschiede zwischen den Geschlechtern sowie Unterschiede in der Kollapsneigung der oberen Atemwege zwischen Männern und Frauen an.

Schlafstörungen mit Tagesschläfrigkeit als Leitsymptom

Bei den beiden Hauptformen von Schlafstörungen mit Tagesschläfrigkeit als Leitsymptom, nämlich bei der **Narkolepsie** und bei der **idiopathischen Hypersomnie**, sind Männer und Frauen in etwa gleich häufig betroffen (Partinen u. Hublin 2005).

Tagesschläfrigkeit ist jedoch über diese Krankheitsgruppen hinaus ein häufiges Problem schon bei Jugendlichen, das auch die schulischen Leistungen beeinträchtigt (Gibson et al. 2006). In einer großen holländischen Untersuchung mit 1718 Jungen und 1749 Mädchen war Müdigkeit, gemessen mit einem mehrdimensionalen Fragebogen (Checklist Individual Strength, CIS), ein häufiges Problem, wobei in dieser Studie Mädchen mit 20,5% häufiger betroffen waren als Jungen mit 6,5% (◘ Abb. 10.3; ter Wolbeek et al. 2006). Dieses Ergebnis stimmt mit der Aussage einer Übersichtsarbeit überein, deren Autoren ebenfalls einen höheren Anteil von Tagesschläfrigkeit bei Mädchen im Schulalter und Frauen im jungen Erwachsenenalter angaben, jedoch keine klaren Geschlechtsunterschiede in der Tagesschläfrigkeit im mittleren und höheren Lebensalter fanden (Partinen u. Hublin 2005).

Auch in einer neueren Studie zur Schläfrigkeit, die auf einer normativen amerikanischen Population mit 703 Personen im Altersbereich von 20–98 Jahren basiert, ergaben sich keine signifikanten Geschlechtsunterschied im Punktwert der Epworth Schläfrigkeits-Skala (ESS), einer häufig

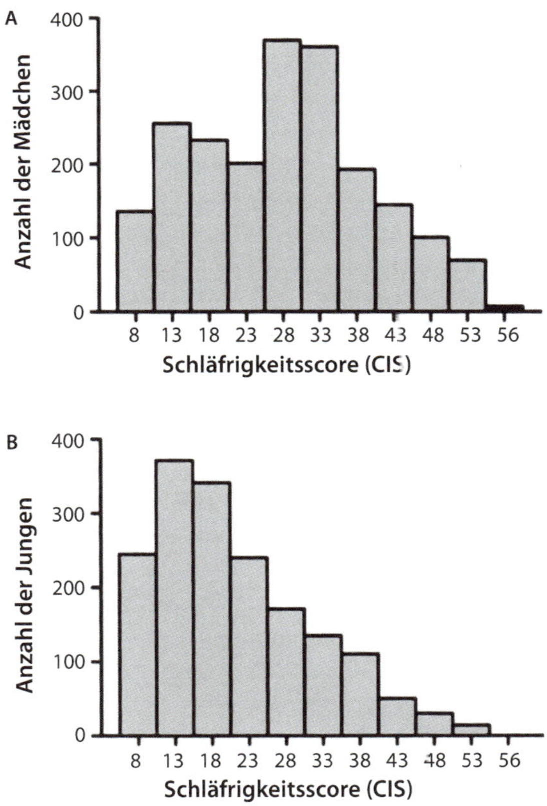

◘ **Abb. 10.3.** Verteilung der Schläfrigkeits-Scores bei Mädchen (A) und Jungen (B), gemessen mit der mehrdimensionalen Skala Checklist Individual Strength (CIS). (Aus ter Wolbeek et al. 2006)

verwendeten, validen Skala zur Selbstbeurteilung der Schlafneigung in unterschiedlichen Alltagssituationen (Sanford et al. 2006).

Bei der sehr seltenen Form der periodischen Hypersomnie, dem **Kleine-Levin-Syndrom** mit etwa 200 in der Literatur beschriebenen Fällen, überwiegen männliche Personen im Verhältnis von 4:1 (American Academy of Sleep Medicine 2005).

Parasomnien

Als Parasomnien werden ungewöhnliche, den Schlaf begleitende oder störende motorische Entäußerungen oder Verhaltensweisen bezeichnet wie z. B. Sprechen im Schlaf, Schlafwandeln, Schlaflähmung oder REM-Schlaf-Verhaltensstörung (RBD). Diese sind häufig an bestimmte Phasen des Schlafes (REM- oder Non-REM-Schlaf) oder an Zustandsübergänge (Einschlafen, Aufwachen, Übergang von Tief- in Leichtschlaf) gebunden (American Academy of Sleep Medicine 2005). Partinen und Hublin (2005) nennen verschiedene Gründe, wie z. B. die Verschiedenheit der Störungen sowie die Schwierigkeit, sie zuverlässig zu beobachten, die das Fehlen zuverlässiger epidemiologischer Daten erklären.

Die **Arousalstörungen aus dem Non-REM-Schlaf** heraus (verwirrtes Erwachen, Schlafwandeln und Pavor nocturnus) zeigen keine geschlechtsspezifischen Unterschiede in ihrer Prävalenz (American Academy of Sleep Medicine 2005). Das Auftreten von **Alpträumen** ist häufiger bei Mädchen beschrieben worden (American Academy of Sleep Medicine 2005). Genaue Prävalenzzahlen zur Häufigkeit der **schlafbezogenen Essstörungen** (night eating syndrome) fehlen noch, es scheint aber häufiger bei Frauen aufzutreten (American Academy of Sleep Medicine 2005).

Von den REM-Schlaf assoziierten Parasomnien zeigt die **REM-Schlaf-Verhaltensstörung** (RBD) sowohl als idiopathische RBD als auch in Verbindung mit anderen neurologischer Erkrankungen, wie z. B. Morbus Parkinson, eine sehr viele höhere Prävalenz bei Männern als bei Frauen auf (Verhältnis 9:1), wobei die Krankheit vorwiegend Männer im Alter über 50 Jahre betrifft (Schenck et al. 1986; Schenck u. Mahowald 2002).

Schließlich gibt es bei der **Enuresis nocturna,** einer typischen Parasomnie des Kindesalters ein häufigeres Auftreten bei Knaben mit einem Verhältnis von bis zu 3:1 (Laberge et al. 2000; Shang et al. 2006; Stein et al. 2001).

Zusammenfassend ergibt sich ein differenziertes Bild mit krankheitsspezifischen Unterschieden in den Prävalenzraten für Frauen und Männer (◘ Tab. 10.3). Schlüssige Erklärungen für den Einfluss des Geschlechts auf die Prävalenz von Schlafstörungen fehlen derzeit weitgehend. Um hier weiterzukommen werden zuverlässige Daten einschließlich möglicher biologischer und sozialer Einflussfaktoren benötigt.

10.1.5 Geschlechtsspezifische Reaktionen im Schlafverhalten auf Stressoren

Die teils ausgeprägten Unterschiede zwischen Männern und Frauen bei Schlafstörungen könnten zumindest teilweise durch geschlechtsspezifisch unterschiedliche Reaktionen auf Stressoren bedingt sein. Diese Annahme wurde in einer Studie mit zwei unterschiedlichen Stressoren bei männlichen und weiblichen Mäusen (C57BL/6J) geprüft (Koehl et al. 2006). Die Tiere wurden entweder einem sechsstündigem **Schlafentzug** oder einer einstündigen **Bewegungseinschränkung** als Stressoren ausgesetzt. Während sich männliche und weibliche Tiere in ihrer Reaktion auf Schlafentzug nicht unterschieden, waren die Veränderungen des Schlafes auf den Stressor Fixierung geschlechtsspezifisch. Männliche Tiere zeigten nach dem Ende der Bewegungseinschränkung initial eine stärkere Schlafhemmung sowie einen stärkeren Rebound von REM-Schlaf. Das Ergebnis weist auf geschlechtsspezifische Unterschiede in der Stressempfindlichkeit und im Reaktionsverhalten des Schlafes auf Stressoren hin.

10.1.6 Frauenspezifische Einflussfaktoren auf den Schlaf

Außer den bisher besprochenen Unterschieden im normalen oder gestörten Schlaf zwischen Männern und Frauen, gibt es in der Lebensgeschichte von Frauen geschlechtsspezifische Faktoren, die durch hormonelle Umstellungen charakterisiert sind und zum Teil mit sozialen Veränderungen assoziiert sind. Über beide Wege kann das Schlafverhalten in diesen Lebensituationen beeinflusst werden.

Menstruationszyklus

Der Zeitpunkt der Regelblutung in dem normalerweise 28-tägigen menstruellen Zyklus wird als Tag 1 bezeichnet. Die 14-tägige Phase bis zum Eisprung (Ovulation) wird als präovulatorische, follikuläre Phase, die nachfolgende 14-tägige Phase als postovulatorische, luteale Phase. In der 14-tägigen ovariellen Reifungsphase steigt der ovariale Östradiolspiegel stetig an und gleichzeitig werden die hypophysären Hormone LH und FSH gehemmt. Im Zeitraum zwischen dem 12. und dem 15. Zyklustag, der Ovulationsphase, kommt es nach einem weiteren Anstieg von Östradiol, zu einem steilen Anstieg von LH und FSH mit der Folge des Follikelsprungs und der Freisetzung des befruchtungsfähigen Eizelle (Ovulation). Mit der Ovulation setzt ein plötzlicher Anstieg des Progesteronspiegels im Blut ein und als Folge der thermogenen Wirkung des Progesterons steigt die Körperkerntemperatur etwa 0,5°C. Im Falle der Befruchtung kommt es zum Einnisten eines befruchteten Eies in die Uterusschleimhaut (Endometrium). Bei ausbleibender Befruchtung stirbt das Endometrium ab und wird mit der Menstruationsblutung ausgeschwemmt.

Die wechselnden Phasen des Menstruationszyklus können aufgrund hormoneller Umstellungen und damit verbundener physiologischer Vorgänge die Schlafregulation beeinflussen (Parry et al. 2006a). Dabei erleben einige Frauen in der prämenstruellen Phase und während der Menstruation eine erniedrigte Schlafqualität (Baker u. Driver 2004) und in der postmenstruellen Phase Schläfrigkeit. Damit in Übereinstimmung beobachteten Shibui et al. (2000) in einer Schlaflaborstudie in der lutealen Phase, d. h. nach dem Eisprung, einen höheren Anteil an langsamwelligem Schlaf (Tiefschlaf) als in der follikulären Phase.

Wie bei der Komplexität der Fragestellung und den zu kontrollierenden Einflussvariablen zu erwarten, gibt es nur wenige schlafpolygraphische Studien, die zu unterschiedlichen Zeiten des menstruellen Zyklus durchgeführt wurden. Die schon weiter oben beschriebene Diskrepanz zwischen subjektiver Schlafbeurteilung und objektiven Messungen des Schlafes mittels Polysomnographie (PSG) zeigt sich auch bei Schlafuntersuchungen im Menstruationszyklus. Im Unterschied zu Angaben über gestörten Schlaf, vor allem gegen Ende der lutealen Phase und während der Menstruation, zeigten die PSG-Untersuchungen für diese Zeitspanne bei jungen Frauen weder verlängerte Einschlaflatenzen noch eine reduzierte Schlafeffizienz (Armitage et al. 2005). In einer PSG-Untersuchung, die bei neun jungen Frauen über alle Nächte eines Menstruationszylus durchgeführt wurde, ergaben sich auch keine Unterschiede in der Dauer oder Abfolge der Tiefschlafphasen mit langsamwelliger Deltaaktivität im EEG. In Übereinstimmung mit anderen Untersuchungen zeigte sich jedoch in der lutealen Phase eine Zunahme von Schlafstadium 2 sowie eine erhöhte Schlafspindelaktivität. Schließlich kam es in der lutealen Phase, verglichen mit der follikulären Phase des Menstruationszyklus zu einer Verkürzung der REM-Latenz und einer geringen Abnahme der Menge an REM-Schlaf (Driver et al. 1996; Armitage et al 2005). Es wird vermutet, dass die Veränderungen des Schlafes im Menstruationszyklus durch ZNS-aktive Neurosteroide bewirkt werden (Driver u. Baker 1998).

Schwangerschaft

Eine Zunahme von Schlafstörungen in der Schwangerschaft kann durch Veränderungen im hormonellen Milieu, dem Wachstum des Fötus und dadurch bedingte Einschränkungen der Beweglichkeit im Schlaf, aber auch durch die Erwartung der Geburt und durch Ängste bedingt sein. Außerdem treten während der Schwangerschaft vermehrt spezifische Schlafstörungen wie Schlafapnoe und RLS auf. Als Folge des gestörten Nachtschlafs kann es vermehrt zu Müdigkeit und Tagesschläfrigkeit kommen (Wolfson u. Lee 2005; Parry et al. 2006a). Neben dem Anstieg des Progesteronspiegels von 20–30 ng/ml im ersten Trimester der Schwangerschaft auf 300–400 ng/ml im dritten Trimester, können andere physiologische Veränderungen den Schlaf in der Schwangerschaft verändern und beeinträchtigen, beispielsweise das vermehrte nächtliche Wasserlassen. Eine Tendenz zu vermehrtem Schlaf findet sich im ersten Trimester, geht aber im zweiten und dritten Trimester in einen Schlaf mit vermehrten Wachphasen und einer reduzierten Schlafeffizienz über. Vor allem gegen Ende der Schwangerschaft können Unbequemlichkeiten der Lage, verbunden mit Rückenschmerzen, unregelmäßige Uteruskontraktionen, periodische Beinbewegungen und Beinkrämpfe im Schlaf sowie schlafbezogene Atmungsstörungen zu diesen Schlafunterbrechungen beitragen. PSG-Untersuchungen zeigten in allen Stadien der Schwangerschaft eine Abnahme des Tiefschlafs, der durch langsamwellige Deltaaktivität im Schlaf-EEG gekennzeichnet ist (Driver u. Shapiro 1992; Brunner et al. 1994). Umgekehrt kommt es nach der Geburt zu einem Anstieg des langsamwelligen Schlafs.

Menopause

Die Menopause bezeichnet den Zeitpunkt an dem aufgrund eines Nachlassens der Ovarialfunktion die Fortpflanzungsfähigkeit der Frau endet. Die Umstellung beginnt mit einer menopausalen Übergangsphase, der Perimenopause. In diesem Zeitraum kommt es zu einer Verlängerung des Menstruationszyklus sowie zu einem Ausbleiben von zwei oder mehr Zyklen in Folge. Der Beginn der Postmenopause ist durch eine 12-monatige Amenorrhö definiert. Das Klimakterium beginnt mit der Perimenopause, etwa um das 50. Lebensjahr.

Im Zusammenhang mit den hormonellen Umstellungen mit erniedrigten Werten der ovariellen Hormone (Östrogen und Progesteron) und erhöhten Werten der hypophysären Gonatropine sowie den häufigen menopausalen, vasomotorischen Beschwerden wie Hitzewallungen und nächtlichem Schwitzen treten vermehrt Schlafstörungen im Sinne einer Insomnie und Müdigkeit am Tage auf (Moe 2005). Nach einigen Studien kommt es in diesem Lebensabschnitt zu einer Verdoppelung der Schlafstörungen, verglichen mit der der Prämenopause (Young et al. 2003). Die Unterschiede bleiben auch dann bestehen, wenn konfundierende Faktoren wie das Alter und depressive Störungen kontrolliert wurden. Auch hier ist es wieder so, dass die subjektiv erlebten Schlafstörungen weit ausgeprägter sind als die objektiven schlafpolygraphischen (PSG) Befunde (Shaver et al. 2001; Young et al. 2003). In einem Vergleich menopausaler depressiver Frauen mit Kontrollpersonen war der Schlaf der depressiven Frauen sowohl objektiv als auch subjektiv stärker gestört, sie waren seltener Morgentypen und sie klagten mehr über Hitzewallungen (Parry et al. 2004)

Gesichert sind bei postmenopausalen Frauen ein Anstieg von schlafbezogenen Atmungsstörungen (Bixler et al. 2001; Young et al. 2003), eine Gewichtszunahme sowie ein höheres Risiko für Bluthochdruck. Alle drei Faktoren sind abhängig voneinander und erhöhen das Mortalitätsrisiko. Weitere Untersuchungen sind notwendig, um den Beitrag der Menopause und des Alters an diesem Gesamtrisiko weiter aufzuschlüsseln.

Parry et al. (2006b) untersuchten in einer Übersichtsarbeit den möglichen Zusammenhang zwischen depressiven Störungen bei Frauen in der Menopause und den Veränderungen des Schlafs und der zirkadianen Rhythmen von Melatonin, Kortisol und Thyreoidea-stimulierendes Hormon (TSH) und Prolaktin in dieser Lebensphase, sowie den Effekt von Therapiemaßnahmen. Während die vorliegenden Untersuchungen für die Hormone Kortisol, TSH und Prolaktin keinen systematischen Unterschied zwischen Frauen mit einer Depression und gesunden menopausalen Frauen ergaben, war die nächtliche Melatoninsekretion bei depressiven Frauen erhöht und es kam zu einem verzögerten Absinken der Melatoninsekretion am Morgen. Unter dem Einfluss einer Östrogenbehandlung zeigte sich bei gesunden Frauen keine Veränderung in den genannten Hormonen, hingegen kam es bei depressiven Frauen zu einem Anstieg von Prolaktin und zu einer Abnahme von TSH.

Bis zur Veröffentlichung der möglichen negativen Folgen einer Hormonersatztherapie (Writing Group for the Women's Health Initiative 2002), wurde diese im großen Maßstab auch bei gesunden postmenopausalen Frauen angewendet. In den Jahren zuvor wurde in mehreren Studien nachgewiesen, dass es unter der Östrogenbehandlung oder Hormonersatztherapie zu einer Abnahme der Hitzewallungen und einer Verbesserung der Schlafqualität mit verkürzter Schlaflatenz kam, außedem zu weniger nächtlichen Wachphasen und einer Zunahme des REM-Schlafs (Polo-Kantola et al. 1998; Parry 2004; Moe 2005).

Fazit

Trotz einer vergleichbaren Grundstruktur unterscheidet sich der Schlaf von Frauen und Männern in mehrfacher Hinsicht. Schlafpolygraphisch besteht ein Unterschied im Ausmaß langsamwelliger Deltaaktivität im Schlaf-EEG mit höheren Anteilen der absoluten Deltapower bei Frauen. Die Ursache dieses Phänomens sowie seine Bedeutung für die Schlafregulation sind noch nicht schlüssig geklärt. Bemerkenswert ist weiterhin der Befund, dass die subjektiv beurteilte Schlafqualität bei Frauen häufiger beeinträchtigt ist als bei Männern und dass Frauen häufiger an Insomnie leiden. Männer zeigen hingegen über alle Lebensphasen hinweg ein höheres Risiko für schlafbezogene Atmungsstörungen, auch wenn das relative Risiko für diese Störung bei Frauen nach der Menopause stark ansteigt.

Der Schlaf von Frauen wird darüber hinaus in den verschiedenen Lebensphasen zusätzlich durch Änderungen des hormonellen Milieus und damit assoziierten biologischen Veränderungen modifiziert, beginnend mit der Menarche, während des Menstruationszyklus, in der Schwangerschaft und in der Menopause. Die Studienlage ist derzeit in vielen Bereichen ungenügend. Weitgehend ungeklärt ist zudem die Frage, welche Anteile biologische, psychologische und soziale Faktoren, beziehungsweise deren Wechselwirkungen an den Unterschieden im Schlafverhalten, der Schlafstruktur und in der erlebten Schlafqualität von Männern und Frauen haben.

Literatur

Allen RP, Walters AS, Montplaisir J, Hening W, Myers A, Bell TJ, Ferini-Strambi L (2005) Restless legs syndrome prevalence and impact. REST general population study. Arch Int Med 165:1286–1292

American Academy of Sleep Medicine (2005) ICSD-2 – International classification of sleep disorders: Diagnostic and coding manual, 2nd ed. American Academy of Sleep Medicine, Westchester, Ill.

Armitage R (1995) The distribution of EEG frequencies in REM and NREM sleep stages in healthy young adults. Sleep 18:334–341

Armitage R, Baker FC, Parry BL (2005) The menstrual cycle and circadian rhythms. In: Kryger MH, Roth T, Dement WC (eds) Principles and practice of sleep medicine, 4th ed. Saunders, Philadelphia, pp 1266–1286

Baker FC, Driver HS (2004) Self-reported sleep across the menstrual cycle in young, healthy women. J Psychosom Res 56:239–243

Berger K, Luedemann J, Trenkwalder C, John U, Kessler C (2004) Sex and the risk of restless legs syndrome in the general population. Arch Int Med 164:196–202

Bixler EO, Vgontzas AN, Ten Have T, Tyson K, Kales A (1998) Effects of age on sleep apnea in men. I. Prevalence and severity. Am J Respir Crit Care Med 157:144–148

Bixler EO, Vgontzas AN, Lin HM, Ten Have T, Rein J, Vela-Bueno A, Kales A (2001) Prevalence of sleep-disordered breathing in women: effects of gender. Am J Respir Crit Care Med 163:608–613

Bjorvatn B, Leissner L, Ulfberg J, Gyring J, Karlsborg M, Regeur L, Skeidsvoll H, Nordhus IH, Pallesen S (2005) Prevalence, severity and risk factors of restless legs syndrome in the general adult population in two Scandinavian countries. Sleep Med 6:307–312

Borbély AA, Achermann P (1992) Concepts and models of sleep regulation. J Sleep Res 1:63–79

Brunner DP, Munch M, Biedermann K, Huch R, Borbély AA (1994) Changes in sleep and sleep electroencephalogram during pregnancy. Sleep 17:576–582

Campbell SS, Gillin JC, Kripke DF, Erikson P, Clopton P (1989) Gender differences in the circadian temperature rhythms of healthy elderly subjects: relationships to sleep quality. Sleep 12:529–536

Carskadon MA, Wolfson AR, Acebo C, Tzichinsky O, Seifer R (1998) Adolescent sleep patterns, circadian timing, and sleepiness at a transition to early school days. Sleep 21:871–881

Driver HS, Shapiro CM (1992) A longitudinal study of sleep stages in young women during pregnancy and postpartum. Sleep 15:449–453

Driver HS, Baker FC (1998) Menstrual factors in sleep. Sleep Med Rev 2:213–229

Driver HS, Dijk DJ, Werth E, Biedermann K, Borbély AA (1996) Sleep and the sleep electroencephalogram across the menstrual cycle in young healthy women. J Clin Endocrinol Metab 81:728–735

Driver H, Cachon J, Dableh L, Cushing M, Baker F, Cote K, Wolfson A (1999) Gender representation in sleep research. J Sleep Res 8:157–159

Durán J, Esnaola S, Rubio R, Iztueta A (2001) Obstructive sleep apnea-hypopnea and related clinical features in a population-based sample of subjects aged 30 to 70 yr. Am J Respir Crit Care Med 163:685–689

Ehlers CL, Kupfer DJ (1997) Slow-wave sleep: do young adult men and women age differently? J Sleep Res 6:211–215.

Eibl-Eibesfeldt I (1995) Die Biologie des menschlichen Verhaltens. Grundriß der Humanethologie, 3. Aufl. Piper, München Zürich

Gaillard J-M (1990) Le sommeil, ses mécanismes et ses troubles. Doin éditeurs, Paris

Gibson ES, Powles AC, Thabane L, O'Brien S, Molnar DS, Trajanovic N, Ogilvie R, Shapiro C, Yan M, Chilcott-Tanser L (2006) »Sleepiness« is serious in adolescence: two surveys of 3235 Canadian students. BMC Publ Health 6:116

Goel N, Kim H, Lao P (2005) Gender differences in polysomnographic sleep in young healthy sleepers. Chronobiol Int 22:905–915

Griefahn B (2002) The validity of the temporal parameters of the daily rhythm of melatonin levels as an indicator of morningness. Chronobiol Int 19:561–577

Hoffstein V (2005) Snoring and upper airway resistance. In. Kryger MH, Roth T, Dement WC (eds) Principles and practice of sleep medicine, 4th ed. Saunders, Philadelphia, pp 1001–1012

Iglowstein I, Jenni OG, Molinari L, Largo RH (2003) Sleep duration from infancy to adolescence: reference values and generational trends. Pediatrics 111:302–307

Jordan AS, McEvoy RD (2003) Gender differences in sleep apnea: epidemiology, clinical presentation and pathogenic mechanisms. Sleep Med Rev 7:377–389

Kapsimalis F, Kryger MH (2002) Gender and obstructive sleep apnea syndrome, part 2: mechanisms. Sleep 25:499–506

Kemp B, Zwinderman AH, Tuk B, Kamphuisen HAC, Oberyé JJL (2000) Analysis of a sleep-dependent neuronal feedback loop: the slow-wave microcontinuity of the EEG. IEEE Trans Biomed Engineering 47:1185–1194

Koehl M, Battle S, Meerlo P (2006) Sex differences in sleep: the response to sleep deprivation and restraint stress in mice. Sleep 29:1224-1231

Krishnan V, Collop NA (2006) Gender differences in sleep disorders. Curr Opin Pulm Med 12:383–389

Laberge L, Tremblay RE, Vitaro F, Montplaisir J (2000) Development of parasomnias from childhood to early adolescence. Pediatrics 106:67–74

Latta F, Leproult R, Tasali E, L'Hermite-Balériaux M, Copinschi G, Van Cauter E (2005) Sex differences in nocturnal growth hormone and prolactin secretion in healthy older adults: relationship with EEG variables. Sleep 28:1519–1524

Meier U (2004) Das Schlafverhalten der deutschen Bevölkerung – eine repräsentative Studie. Somnologie 8:87-94

Mellinger GD, Balter MB, Uhlenhuth EH (1985) Insomnia and its treatment. Arch Gen Psychiat 42:225–232

Moe KE (2005) Menopause. In: Kryger MH, Roth T, Dement WC (eds) Principles and practice of sleep medicine, , 4th ed. Saunders, Philadelphia, pp 1287–1296

Moe KE, Prinz PN, Vitiello MV (1991) Healthy elderly women and men have different entrained circadian temperature rhythms. J Am Geriatr Soc 39:383–387

Money J, Ehrhardt AA (1972) Man and women, boy and girl: the differentiation and dimorphism of gender identity from conception to maturity. John Hopkins University Press, Baltimore

Montplaisir J, Allan RP, Walters AS, Ferini-Strambi L (2005) Restless legs syndrome and periodic limb movements during sleep. In. Kryger MH, Roth T, Dement WC (eds) principles and practice of sleep medicine, 4th ed. Saudners, Philadelphia, pp 839–852

Mourtazaev MS, Kemp B, Zwinderman AH, Kamphuisen HAC (1995) Age and gender affect different characteristics of slow waves in the sleep EEG. Sleep 18:557-564

Ohayon MM (2002) Epidemiology of insomnia: what we know and what we still need to learn. Sleep Med Rev 6:97–111

Ohayon MM, Roth T (2001) What are the contributing factors for insomnia in the general population? J Psychosom Res 51:745–755

Ohayon MM, Roth T (2002) Prevalence of restless legs syndrome and periodic limb movement disorder in the general population. J Psychosom Res 53:547–554

Ohayon MM, Carskadon MA, Guilleminault C, Vitiello MV (2004) Meta-analysis of quantitative sleep parameters from childhood to old age in healthy individuals: developing normative sleep values across the human lifespan. Sleep 27:1255–1273

Parry BL, Meliska CJ, Martinez LF, Basavaraj N, Zirpoli GG, Sorenson D, Maurer EL, Lopez A, Markova K, Gamst A, Wolfson T, Hauger R, Kripke D (2004) Menopause: neuroendocrine changes and hormone replacement therapy. J Am Med Womens Assoc 59:135–145

Parry BL, Martínez LF, Maurer EL, López AM, Sorenson D, Meliska CJ (2006a) Sleep, rhythms and women's mood. Part I. Menstrual cycle, pregnancy and postpartum. Sleep Med Rev 10:129–144

Parry BL, Martínez LF, Maurer EL, López AM, Sorenson D, Meliska CJ (2006b) Sleep, rhythms and women's mood. Part II. Menopause. Sleep Med Rev 10:197–208

Partinen M, Hublin C (2005) Epidemiology of sleep disorders. In: Kryger MH, Roth T, Dement WC (eds) principles and practice of sleep medicine, 4th ed. Saunders, Philadelphia, pp 626–647

Patel SR, Ayas NT, Malhotra MR, White DP, Schernhammer ES, Speizer FE, Stampfer MJ, Hu FB (2004) A prospective study of sleep duration and mortality risk in women. Sleep 27:440–444

Polo-Kantola P, Erkkola R, Helenius H, Irjala K, Polo O (1998) When does estrogen replacement therapy improve sleep quality? Am J Obstet Gynecol 178:1002–1009

Reyner LA, Horne JA (1995) Gender- and age-related differences in sleep determined by home-recorded sleep logs and actimetry from 400 adults. Sleep 18:127-134

Roenneberg T, Kuehnle T, Pramstaller PP, Ricken J, Havel M, Guth A, Merrow M (2004) A marker for the end of adolescence. Curr Biol 14:1038–1039

Sanford SD, Lichstein KL, Durrence HH, Riedel BW, Taylor DJ, Bush AJ (2006) The influence of age, gender, ethnicity, and insomnia on Epworth sleepiness scores: A normative US population. Sleep Med 7:319–326

Schenck CH, Bundlie SR, Ettinger MG, Mahowald MW (1968) Chronic behavioral disorders of human REM sleep: a new category of parasomnia. Sleep 9:293–308

Schenck CH, Mahowald MW (2002) REM sleep behavior disorder: clinical, developmental, and neuroscience perspectives 16 years after its formal identification in sleep. Sleep 25:120–138

Shang CY, Gau SSF, Soong WT (2006) Association between childhood sleep problems and perinatal factors, parental mental distress and behavioral problems. J Sleep Res 15:63–73

Shaver JLF, Giblin E, Paulsen V (1991) Sleep quality subtypes in midlife women. Sleep 14:18–23

Shibui K, Uchiyama M, Okawa M, Kudo Y, Kim K, Liu X, Kamei Y, Hayakawa T, Akamatsu T, Ohta K, Ishibashi K (2000) Diurnal fluctuation of sleep propensity and hormonal secretion across the menstrual cycle. Biol Psychiat 48:1062–1068

Spiegel R (1981) Sleep and sleeplessness in advanced age. MTP Press, Lancaster

Stein MA, Mendelsohn J, Obermeyer WH, Amromin J, Benca R (2001) Sleep and behavior problems in school-aged children. Pediatrics 107:E60–69

ter Wolbeek M, van Doornen LJ, Kavelaars A, Heijnen CJ (2006) Severe fatigue in adolescents: a common phenomenon? Pediatrics 117:1078–1086

Tison F, Crochard A, Léger D, Bouée S, Lainey E, El Hasnaoui A (2005) Epidemiology of restless legs syndrome in French adults. A nationwide survey: The INSTANT study. Neurology 65:239–246

Vagiakis E, Kapsimalis F, Lagogianni I, Perraki H, Minaritzoglou A, Alexandropoulou K, Roussos C, Kryger M (2006) Gender differences on polysomnographic findings in Greek subjects with obstructive sleep apnea syndrome. Sleep Med 7:424–430

Voderholzer U, Al-Shajlawi A, Weske G, Feige B, Riemann D (2003) Are there gender differences in objective and subjective sleep measures? A study of insomniacs and healthy controls. Depress Anxiety 17:162–172

Wever RA (1979) The circadian system of man – results of experiments under temporal isolation. Springer, Berlin Heidelberg New York Tokyo

Wever RA (1984) Sex differences in human circadian rhythms: intrinsic periods and sleep fractions. Experientia 40:1226–1234

Weyerer S, Dilling H (1991) Prevalence and treatment of insomnia in the community: results from the Upper Bavarian Field Study. Sleep 14:392–398

Wittchen HU, Krause P, Höfler M, Winter S, Spiegel B, Hajak G, Riemann D, Pittrow D, Steiger A, Pfister H (2001) NISAS-2000 – die »Nationwide Insomnia Screening and Awareness Study«. Insomnien und Schlafstörungen in der allgemeinärztlichen Versorgung. Nervenheilkunde 20:4–16

Wolfson AR, Lee KA (2005) Pregnancy and the postpartum period. In: Kryger MH, Roth T, Dement WC (eds) Principles and practice of sleep medicine, 4th ed. Saunders, Philadelphia, pp 1278–1286

Writing Group for the Women's Health Initiative (2002) Risks and benefits of estrogen plus progestin in healthy postmenopausal women: Principal results from the Women's Health Initiative randomized controlled trial. JAMA 288:2819–2825

Young T, Finn L, Austin D, Peterson A (2003) Menopausal status and sleep-disordered breathing in the Wisconsin Sleep Cohort Study. Am J Respir Crit Care Med 167:1181-1185

Young T, Palta M, Dempsey J, Skatrud J, Weber S, Badr S (1993) The occurrence of sleep-disordered breathing among middle-aged adults. N Engl J Med 328:1230–1235

Young T, Rabago D, Zgierska A, Austin D, Laurel F (2003) Objective and subjective sleep quality in menopausal, perimenopausal, and postmenopausal women in the Wisconsin Sleep Cohort Study. Sleep 26:667–672

Zhang B, Wing YK (2006) Sex differences in insomnia: a meta-analysis. Sleep 29:85–93

Zucconi M, Ferini-Strambi L (2004) Epidemiology and clinical findings of restless legs syndrome. Sleep Med 5:293–299

10.2 Traumerleben bei Männern und Frauen

Michael Schredl

> Heute Nacht, im Traum, unglücklicherweis,
> Tät ich an der schmutzigsten Magd mich laben,
> Und ich konnte doch für denselben Preis
> Die allerschönste Prinzessin haben.
> *(Heinrich Heine)*

10.2.1 Einführung

Träume haben die Menschen schon immer fasziniert; so ist es nicht verwunderlich, dass Geschlechtsunterschiede in der Traumerinnerung und im Trauminhalt Gegenstand zahlreicher Studien waren. Obwohl die Studien deutliche Unterschiede zwischen den Träumen von Männern und Frauen aufzeigen, liegen bisher nur wenige Studien vor, die versuchen, diese Unterschiede auf einer empirisch fundierten Basis zu erklären. Bevor die Befunde im Einzelnen vorgestellt werden, ist eine Definition des Träumens wichtig.

Definition. Der Traum oder Traumbericht ist eine Erinnerung an die psychische Aktivität, die während des Schlafes stattfindet (Schredl 1999a).

Zunächst macht diese Definition deutlich, dass hier andere veränderte Bewusstseinszustände wie z. B. Erleben unter Narkose, Tagträume, Nahe-Todes-Erlebnisse oder Erlebnisse unter psychoaktiven Substanzen, vom Träumen als psychische Aktivität während des Schlafes unterschieden werden. Zum anderen wird deutlich, dass Traumberichte immer eine Rückerinnerung darstellen, die zwei Schwellen überwinden muss: den Schlaf-Wach-Übergang und die Zeit. Aufgrund der hohen Traumerinnerung bei REM-Weckungen (80–90% Erinnerungsrate) und der ebenfalls recht hohen Erinnerungsrate bei NREM-Weckungen (über 50%; Nielsen 2000) gehen viele Forscher davon aus, dass die psychische Aktivität während des ganzen Schlafes andauert. Dies bedeutet, das Gehirn – bzw. im Falle des Träumens – das Bewusstsein schläft nie (Wittmann u. Schredl 2004).

10.2.2 Traumerinnerung

Trotz der Tatsache, dass davon ausgegangen werden kann, dass jede Nacht geträumt wird, ist die Traumerinnerung im Alltag sehr variabel (Schredl 1999b). Es gibt Personen, die sich fast jeden Morgen an Träume erinnern, und andere behaupten, überhaupt nicht zu träumen. Auch innerhalb einer Person gibt es häufig Phasen mit erhöhter oder erniedrigter Traumerinnerung. Die Großzahl der Studien zum Geschlechtsunterschied in der Traumerinnerung bezieht sich auf Fragebogendaten, auch wenn weitere Methoden existieren, die Traumerinnerung zu messen (Traumtagebuch, Laborweckung).

Die Vorgabe einer Skala innerhalb eines **Fragebogens** hat den Vorteil, dass die Zielvariable (Traumerinnerung im Alltag) durch die retrospektive Messung nicht beeinflusst wird, allerdings können Erinnerungseffekte eine ungünstige Rolle spielen. Beim **Traumtagebuch** sind Erinnerungsfehler minimiert, da sofort nach dem Erwachen notiert wird, ob eine Traumerinnerung vorliegt. Allerdings zeigen viele Studien, dass die Traumerinnerung durch die Messung beeinflusst wird. Sie nimmt zu, wenn die ProbandInnen ihren Träumen mehr Beachtung schenken (Schredl 2002a). Bei der **Laborweckung** liegen aufgrund des hohen methodischen Aufwands keine größeren Studien, die eine passable Abschätzung von Geschlechtsunterschieden erlauben, vor, zumal für diese Studien häufig hochmotivierte Personen ausgewählt werden, so dass hier kaum Verallgemeinerungen möglich sind.

Trotz dieser messtechnischen Einflüsse weisen die Methoden zur Messung der Traumerinnerungshäufigkeit moderate Interkorrelationen auf (z. B. zwischen Fragebogenskala und Traumtagebuch: r=0,557, p<0,0001, N=285; Schredl 2002a). Zudem zeigen sowohl die Fragebogenskalen (Schredl 2004a) als auch die Tagebuchmethoden (Schredl u. Fulda 2005) hohe Reliabilitätswerte. In ◘ Tab. 10.5 sind die wichtigsten Studien zu Geschlechtsunterschieden in der Traumerinnerung dargestellt.

In fast allen Studien sind kleine bis mittlere Effekte nachgewiesen worden, d. h., Frauen erinnern sich in der Regel etwas häufiger an Träume als Männer. Lediglich in der österreichischen Studie (Stepansky et al. 1998) zeigte sich kein Effekt. In den beiden anderen repräsentativen Studien (Borbely 1984; Schredl u. Piel 2003) waren Effekte nachzuweisen, so dass das negative Ergebnis schwer zu erklären ist. Auch für die Messung der Traumerinnerung mit der Tagebuchmethode zeigte sich ein Geschlechtseffekt (d=0,16, n=285; Schredl 2002a; d=0,48, N=444; Schredl 2004b) in der Richtung, dass Frauen mehr Träume notierten.

Nielsen et al. (1999) findet bereits für 13-Jährige deutliche Geschlechtsunterschiede; für jüngere Kinder weisen die meisten Befunde (z. B. Foulkes 1982; Keßels 2004) keine Unterschiede in der Traumerinnerung zwischen Jungen und Mädchen auf. Dabei ist allerdings zu beachten, dass die Datenbasis sehr klein ist, groß angelegte Fragebogenuntersuchungen fehlen in diesem Altersbereich völlig.

Angesichts der stabilen Befunde zum Geschlechtsunterschied bei Erwachsenen stellt sich die Frage, ob es Variablen gibt, die diese Unterschiede aufklären können. Da die Traumerinnerungshäufigkeit mit einer Vielzahl von Faktoren, z. B. Persönlichkeitsdimensionen wie Offenheit für Erfahrungen, Kreativität, Schlafverhalten, Interesse an Träumen in Verbindung steht (Überblick in Schredl u. Montasser 1996–97), bietet es sich an, für Variablen, die selbst Geschlechtsunterschiede aufweisen, zu überprüfen, ob Unterschiede in diesen Variablen die Unterschiede in der Traumerinnerung erklären können. Sowohl für das **Schlaf-**

◘ Tab. 10.5. Geschlechtsunterschiede in der subjektiv eingeschätzten Traumerinnerungshäufigkeit

Autoren	Anzahl	Altersbereich	Effektstärke
Heerwagen (1889)	406	Erwachsene	0,53
Wynaendts-Francken (1907)	300	Erwachsene	0,44
Middleton (1942)	277	Studierende	0,38
Giambra (1979)	1200	17–93 Jahre	0,28
Borbely (1984)	1000	>16 Jahre	0,15[1]
Gruber (1988)	1468	19,8 Jahre	0,35
Pagel et al. (1995)	265	Erwachsene	0,34
Giambra et al. (1996)	2328	17–77 Jahre	0,26
Stepansky et al. (1998)	1000	14–69 Jahre	0,00
Nielsen et al. (1999)	600	13 Jahre	0,50
	600	16 Jahre	0,55
Schredl (2000)	762	18–65 Jahre	0,47
Schredl (2002b)	941	18–93 Jahre	0,33
Schredl u. Piel (2003)	5946	>18 Jahre	0,25

[1]Mögliche Unterschätzung, da nur 2 von 5 Kategorien publiziert wurden.

verhalten (niedrigere subjektive Schlafqualität bei Frauen, Schredl et al. 1998) und höheres **Interesse bzw. positivere Einstellung zu Träumen** (Domino 1982; Schredl et al. 1996; d=0,64, N=444; Schredl 2004b) wurden ebenfalls stabile Geschlechtsunterschiede nachgewiesen.

Während die Schlafvariablen wie subjektive Schlafqualität und häufiges nächtliches Erwachen keinen Einfluss auf den Geschlechtsunterschied zeigten, wurde der Geschlechtseffekt durch statistische Berücksichtigung der Variable »Beschäftigung mit Träumen« fast zum Verschwinden gebracht (Schredl 2000). Das heißt, der in dieser Studie nachgewiesene Geschlechtsunterschied in der Häufigkeit, mit der sich die Person mit ihren Nachtträumen beschäftigte (d=0,71, N=722), erklärte den Geschlechtsunterschied in der Traumerinnerung. Dies scheint plausibel, da die bewusste Beachtung der Träume bei vielen Menschen zu einer deutlichen Steigerung der Traumerinnerung führt (Cory et al. 1975). Allerdings ist es auch möglich, dass eine höhere Traumerinnerung zu einem größeren Interesse und einer positiveren Einstellung zu Träumen führt, so dass eine kausale Erklärung des Geschlechtsunterschieds in der Traumerinnerung durch die Variable »Interesse an Träumen« nicht möglich ist.

Andere Variablen wie emotionale Intensität der Träume, Gefühlstönung der Träume oder die Anlaufzeit am Morgen scheinen für die Erklärung der Geschlechtsunterschiede in der Traumerinnerung nicht in Frage zu kommen, da sie im Falle des Auspartialisierens keine signifikanten Effekte zeigten (Schredl 2002, 2003).

So lässt sich zusammenfassen, dass Frauen sich im Mittel häufiger an ihre Träume erinnern als Männer. Bisher wurde nur der Faktor »Beschäftigung mit Träumen« als erklärender Faktor für diesen Geschlechtsunterschied identifiziert.

10.2.3 Trauminhalt

Die in diesem Abschnitt dargestellten Befunde basieren auf der Methode der Trauminhaltsanalyse. Eine ausführliche Beschreibung ist in Schredl (1999a) enthalten. Da es für die Bewertung der Ergebnisse wichtig ist, die Methode in Grundzügen zu kennen, wird sie hier kurz erläutert. Ein oder mehrere externe Beurteiler schätzen die Traumberichte, die meist in eine zufällige Abfolge gebracht werden, anhand von vordefinierten Skalen, z. B. Realitätsnähe, Vorkommen von Aggressionen, ein. Der Vorteil der Methode besteht in einer guten Reliabilität, das bedeutet folgendes: Wird das gleiche Traummaterial von unterschiedlichen Ratern beurteilt, ist die Übereinstimmung der Skalenwerte in der Regel recht hoch (Domhoff 1996). Für manche Skalen ist ein Vortraining notwendig, um sehr gute Werte zu erzielen (Schredl et al. 2004).

Das Hauptproblem der Methode liegt in der Validität; Schredl und Doll (1998) sowie Schredl und Erlacher (2003) konnten zeigen, dass sowohl die Gefühlsintensität als auch die Anzahl der bizarren Elemente im Traum von den externen Beurteilen im Vergleich zum Eigenurteil der TräumerInnen unterschätzt wurde. Dies basiert auf der einfachen Tatsache, dass der Traumbericht als Analyseeinheit der Trauminhaltsanalyse nicht die komplette Information über das im Traum erlebte Geschehen enthält.

Die erste Inhaltsanalyse einer großen Stichprobe von Traumberichten (N=1000), die in den Jahren 1948–1952 gesammelt wurden, wurde von Hall und Van de Castle 1966 publiziert. Sie verwendeten fünf Träume von je 100 männlichen und 100 weiblichen Studierenden. Eine Auswahl der wichtigsten Ergebnisse ist in ◘ Tab. 10.6 dargestellt.

In Männerträumen sind häufiger Umgebungen zu finden, die im Freien (outdoor) liegen, ebenso ein höherer Anteil an Männern als Traumpersonen, an unbekannten Personen, mehr physische Aggression, Waffen und Sexualität. In Frauenträumen finden sich mehr Traumpersonen, explizit genannte Emotionen, Haushaltsartikel und Kleidungsstücke.

Durch Nachfolgestudien (Hall et al. 1982; Domhoff 1996; Schredl et al. 1998, 2003) konnten viele der Unterschiede bestätigt werden. So zeigte sich durchgehend ein Unterschied bezüglich des Anteils der männlichen Traumpersonen, der **Sexualität** und der **physischen Aggressionen** (◘ Tab. 10.6). So weisen z. B. die Träume von Sigmund Freud, die er publiziert hat (N=28) 72% männliche Traumpersonen auf (Hall 1984); eine vergleichbare Zahl wie in den Stichproben von

Tab. 10.6. Geschlechtsunterschiede im Trauminhalt (Hall u. Van de Castle 1966)

Variable	Frauen (N=500 Träume)	Männer (N=500 Träume)
Settings (outdoor/(indoor + outdoor)	39%	52%
Anteil männlicher Traumpersonen	48%	67%
Anteil unbekannter Traumpersonen	42%	55%
Physische Aggressionen/alle Aggressionen	34%	50%
Sexualität im Traum	3,6%	11,6%
Objekte im Traum[1]:		
Haushaltsartikel	10,5%	8,1%
Waffen	0,8%	3,0%
Kleidung	10,2%	5,7%
Explizit genannte Emotionen pro Traum	0,70	0,48
Anzahl der Traumpersonen pro Traum	2,7	2,2

[1]Gesamtzahl für die Objekte für Männer (N=2422), für Frauen (N=2659)

Tab. 10.7. Geschlechtsunterschiede im Trauminhalt (Schredl u. 1998)

Variable	Frauen (N=177)	Männer (N=69)	Effektstärke	Signifikanztest
Traumlänge	84,9±57,4	91,8±77,8	0,10	t=0,7/p=0,5068
Realitätsnähe	2,47±0,82	2,58±0,86	0,11	z=0,8/p=0,4284
Emotionale Intensität	2,14±1,42	1,91±1,25	–0,14	z=–1,0/p=0,3280
Anteil männlicher Traumpersonen	0,50±0,42	0,66 ±,36	0,33	t=2,3/p=0,0101
Verbale Interaktionen	59,3%	55,1%	–0,08	χ^2=1,4/p=0,243
Physische Interaktionen	11,9%	13,0%	0,03	χ^2=0,1/p=0,800
Sexualität	3,4%	8,7%	0,23	χ^2=3,0/p=0,042
Physische Aggression	5,1%	15,9%	0,36	χ^2=7,8/p=0,003

Männern. Auch ist es wahrscheinlich kein Zufall, dass das Eingangszitat von Heinrich Heine einen sexuellen Traum andeutet; Sexualität ist in Männerträumen ein häufigeres Thema.

Nicht bestätigt wurden die Ergebnisse bezüglich der **Traumemotionen**. Wenn die Selbsturteile der Träumenden herangezogen wurden, ergaben sich keine Unterschiede zwischen Männern und Frauen (Schredl et al. 1998). Dies steht möglicherweise in Zusammenhang mit der eingeschränkten Validität der Gefühlseinschätzung durch externe Beurteiler (s. oben). Auch allgemeine Charakteristika wie Traumlänge (Anzahl der Wörter pro Bericht), Realitätsnähe und Anzahl der verbalen und physischen Interaktionen scheinen sich nicht zwischen Männern und Frauen zu unterscheiden (Tab. 10.7; Übersicht in Schredl et al. 1998).

Interessanterweise scheinen die Geschlechtsunterschiede über die Zeit recht stabil zu bleiben. Ca. 30 Jahre nach ihrer ersten großen Studie (Hall u. Van de Castle 1966) konnten die Autoren (Hall et al. 1982) zeigen, dass die meisten Geschlechtsunterschiede, z. B. vermehrte physische Aggressionen, Geschlechtsverhältnis der Traumpersonen, genauso wieder aufzufinden waren. Auch in einer neueren Studie (Schredl et al. 2003) wurden die Geschlechtsunterschiede, die um ca. 1950 auftraten, repliziert. Auch für sog. typische Träume zeigte sich eine weitgehende Stabilität der Geschlechtsunterschiede (Griffith et al. 1958, Nielsen et al. 2003; Schredl et al. 2004). Schredl und Piel (2005) untersuchten zwei Geschlechtsunterschiede (Thema Arbeit, Verstorbene Personen im Traum) über einen Zeitraum von 1956–2000 (vier repräsentative Querschnittsuntersuchungen des Instituts für Demoskopie, Allensbach). Auch hier zeigte sich trotz der Zunahme der Arbeitsthemen ein stabiler Geschlechtsunterschied, Männer träumten häufiger von der Arbeit. Von Frauen waren verstorbene Personen im Traum in allen vier Untersuchungen häufiger angegeben worden.

Ein weiterer interessanter Geschlechtsunterschied bezieht sich auf das Geschlecht von bedrohlichen Menschen in **Angstträumen** von Kindern und Jugendlichen (◘ Tab. 10.8).

Sowohl für Mädchen als auch für Jungen zeigte sich, dass unbekannte Männer die häufigste aggressive Figur darstellen, während Frauen nur ca. 20% der bedrohlichen Traumfiguren ausmachen (Schredl u. Pallmer 1998). Obwohl bisher keine spezifischen Untersuchungen vorliegen, scheint die Parallele, dass in unserer Gesellschaft der Großteil der Gewalttaten von Männern begangen wird (Brannon 1996), interessant und einleuchtend.

10

Geschlechtsunterschiede im Traum: eine Zuordnungsstudie (Schredl et al. 2004)

In dieser Studie wurde die Frage gestellt, ob es externen Beurteilern gelingt, das Geschlecht des Träumers/der Träumerin überzufällig richtig zu erkennen. Dafür wurden 200 Träume (100 Männerträume, 100 Frauenträume) aus anderen trauminhaltsanalytischen Studien ausgewählt. In 26 Fällen wurden Träume ausgeschlossen, die einen expliziten Geschlechtsbezug aufwiesen, z. B. Ableisten von Zivildienst, lackierte Zehennägel, Tragen eines Brautkleides. In 73 Träumen wurden Veränderungen vorgenommen, um direkte Rückschlüsse auf das Geschlecht zu verhindern, z. B. »Mein Freund« wurde zu »Mein Freund/Meine Freundin«. Die 200 Träume wurden in eine zufällige Abfolge gebracht und durch zwei Beurteilerinnen bewertet. Zusätzlich schätzten sie die subjektive Sicherheit in das Urteil auf einer vierstufigen Ratingskala ein. Beurteilerin 1 hatte 64% korrekte Zuordnungen (d=0,28) und Beurteilerin 2 64,5% (d=0,29). Berücksichtigt man, dass die Ratewahrscheinlichkeit bei 50% liegt, ist die Detektierbarkeit des Geschlechts als eher gering einzuschätzen (vgl. die Effektstärke von ca. 0,30). Diese Effektstärke ist vergleichbar mit den Ergebnissen der inhaltsanalytischen Studien (◘ Tab. 10.6). Interessanterweise hatten beide Beurteilerinnen mehr Vertrauen in die Einschätzung von Frauenträumen als bei Männerträumen, obwohl die Anzahl der Treffer nicht besser war. Spannend wäre eine Nachfolgestudie mit männlichen Beurteilern. Die Implikation dieser Ergebnisse für den klinischen Alltag sollte sein, dass man sehr vorsichtig damit umgehen sollte, zu viel Information aus einem einzigen Traumbericht über die Person herauszulesen.

◘ **Tab. 10.8.** Menschliche Aggressoren im Traum (Schredl u. Pallmer 1998)

Aggressoren	Alle (N=111)	Mädchen (N=76)	Jungen (N=35)
Männlich (unbekannt)	49,7%	48,7%	51,4%
Weiblich (unbekannt)	3,6%	5,3%	0,0%
Männlich (bekannt)	27,8%	26,2%	31,4%
Weiblich (bekannt)	18,9%	19,8%	17,2%

Traumbeispiel 1. Eine wiederholende Sequenz von einer Autofahrt von meiner Wohnung zu der meines Freundes/meiner Freundin, auf der ich dauernd im Stau stand und eine Zigarette nach der anderen rauchte und Flower-Power-Musik im Radio lief, ich kam nie an.

Traumbeispiel 2. Ich öffnete gerade die Tür zur Wohnung meiner Eltern. Als ich eintrat, beschlich mich ein unangenehmes Gefühl. Ich wusste, dass meine Eltern nicht da sind, hatte aber das Gefühl, dass Leute in der Wohnung sind, die mir auflauerten. Ich wagte mich vorsichtig weiter in den Flur hinein und blickte kurz ins Wohnzimmer, welches in einem merkwürdig düster-roten Licht erschien. Außerdem war die Balkontür offen und der Wind blies den Vorhang ins Zimmer. Ich hatte nicht den Mut, weitere Räume zu besichtigen, sondern lief aus der Wohnung und benachrichtigte von der Nachbarin aus die Polizei.

Die beiden Traumbeispiele stammen aus der Studie von Schredl et al. (2004). Bei dem ersten Traumbeispiel waren sich beide Beurteilerinnen sicher, dass es sich um einen Männertraum handelte, was aber nicht der Fall war. Beim zweiten Beispiel tippten die Beurteilerinnen auf einen Frauentraum, der allerdings tatsächlich von einem Mann berichtet wurde. Diese ausgewählten Beispiele zeigen, wie schwer es im Einzelfall ist, eine richtige Geschlechtszuordnung zu machen. In der Regel würde man mehr Traummaterial benötigen, um Rückschlüsse auf den Träumer/die Träumerin ziehen zu können.

Aufgrund der konsistenten Befunde zu einigen Geschlechtsunterschieden stellt sich die Frage, wie diese Unterschiede im Trauminhalt zu erklären sind. Legt man die **Kontinuitätshypothese**, die besagt, dass sich das Wachleben im Traum widerspiegelt und für die viele empirische Befunde vorliegen (Übersicht in Schredl 2003), zugrunde, so lassen sich z. B. die Unterschiede bezüglich der Sexualität im Traum oder der physischen Aggression im Traum leicht erklären, da Metaanalysen entsprechende Unterschiede für das Wachleben zeigen (Sexualität: Oliver u. Hyde 1993; physische Aggression: Eagly 1987). Die höhere Empathie bei Frauen – operationalisiert als Persönlichkeitsdimension (d=–0.97; Feingold 1994) – erklärt möglicherweise das häufigere Auftreten von verstorbenen Personen im Traum (Schredl u. Piel 2005), als Ausdruck einer höheren emotionalen Bezogenheit in zwischenmenschlichen Beziehungen.

Während Hall (1984) als eine Erklärungsmöglichkeit des Übergewichts an männlichen Traumpersonen in Männerträumen (im Gegensatz zu einem ausgewogenen Verhältnis von männlichen und weiblichen Traumfiguren in Frauenträumen) den **Ödipuskomplex** heranzieht, konnten Schredl und Jacob (1998) nachweisen, dass das Geschlechtsverhältnis von der **Wachumgebung** abhängt. Der männliche Träumer hatte in einer männerdominierten Umgebung (Studium der Elektrotechnik) 63% männliche Traumpersonen, während er in der »weiblichen« Umgebung (Studium der Psychologie) nur zu 51% von Männern träumte. Für eine Stichprobe von 35 Frauen zeigte sich, dass die Zeit, die mit Männern respektive Frauen am Tag (vor allem am Wochenende) verbracht wurde, direkt mit dem Geschlechtsverhältnis der Traumpersonen korrelierte (Schredl et al. 1998).

Ebenfalls spannend war die Analyse der Traumpersonen bei einer Gruppe von Singles versus einer Gruppe von Personen mit fester Partnerschaft (Schredl 2001). Während sich bei den **Singles** der häufig gefundene Geschlechtsunterschied (Hall 1984) zeigt (61% männliche Traumpersonen in Männerträumen, 48% männliche Traumpersonen in Frauenträumen), war dieser für Personen mit **fester Partnerschaft** nicht zu finden (49% Männer in Männerträumen, 52% Männer in Frauenträumen). Dies lag schlicht daran, dass häufig vom Partner/von der Partnerin geträumt wurde. Auch Lortie-Lussier et al. (1992) konnte nachweisen, dass berufstätige Frauen ein »männlicheres« Traummuster aufweisen. Insgesamt weisen diese Studien klar darauf hin, dass die Unterschiede im Traum die Geschlechtsunterschiede im Wachzustand widerspiegeln; also im Einklang mit der Kontinuitätshypothese des Träumens stehen.

Fazit

Frauen erinnern sich häufiger an Träume als Männer. Ein Faktor, der damit zusammenhängt, ist das positivere Interesse an Träumen bei Frauen. Allerdings ist bis heute unklar, ob dieser Faktor kausal wirkt und wie es bei der Sozialisation zu Geschlechtsunterschieden in der Traumerinnerungshäufigkeit kommt. Auch im Trauminhalt konnten stabile Unterschiede aufgezeigt werden; so träumen Männer häufiger von physischer Aggression, Sexualität und Arbeit, während für Frauen häufiger von Personen und Kleidung träumen. Diese Unterschiede spiegeln Unterschiede im Wachleben der Geschlechter wider, so dass diese Befunde in Einklang mit der Kontinuitätshypothese des Träumens stehen.

Literatur

Brannon L (1996) Gender: psychological perspectives. Allyn & Bacon, Boston

Borbely A (1984) Schlafgewohnheiten, Schlafqualität und Schlafmittelkonsum der Schweizer Bevölkerung: Ergebnisse einer Repräsentativumfrage. Schweizerische Ärztezeitung 65:1606–1613

Cory TL, Orniston DW, Simmel E, Dainoff M (1975) Predicting the frequency of dream recall. Journal of Abnormal Psychology 84:261–266

Domhoff GW (1996) Finding meaning in dreams: a quantitative approach. Plenum Press New York

Domino G (1982) Attitudes toward dreams, sex differences and creativity. Journal of Creative Behavior 16:112–122

Eagly AH (1987) Sex differences in social behavior: a social-role interpretation. Lawrence Erlbaum Hillsdale

Feingold A (1994) Gender differences in personality: a meta-analysis. Psychological Bulletin 116:429–456

Foulkes D (1982) Children's dreams: Longitudinal studies. John Wiley & Sons New York

Giambra LM (1979) Sex differences in daydreaming and related mental activity from the late teens to the early nineties. International Journal of Aging and Human Development 10:1–34

Giambra LM, Jung RE, Grodsky A (1996) Age changes in dream recall in adulthood. Dreaming 6:17–31

Griffith RM, Miyagi O, Tago A (1958) The universality of typical dreams: Japanese vs. Americans. American Anthropologist 60:1173–1179

Gruber, R. E. (1988) Dreaming style and waking personality. University of Cincinnati: Unpublished Dissertation

Hall CS (1984) »A ubiquitous sex difference in dreams« revisited. Journal of Personality and Social Psychology 46:1109–1117

Hall CS, Van de Castle R. (1966) The content analysis of dreams. Appleton-Century-Crofts, New York

Hall CS, Domhoff GW, Blick KA, Weesner KE (1982) The dreams of college men and women in 1959 and 1980: a comparison of dream contents and sex differences. Sleep 5:188–194

Heerwagen F (1889) Statistische Untersuchungen über Träume und Schlaf. Philosophische Studien 5:301–320

Keßels T (2004) Angstträume bei neun- bis elfjährigen Kindern. Praxis der Kinderpsychologie und Kinderpsychiatrie 53:19–38

Lortie-Lussier M, Simond S, Rinfret N, de Koninck J (1992) Beyond sex differences: familiy and occupational roles' impact on women's and men's dreams. Sex Roles 26:79–96

Middleton WC (1942) The frequency with which a group of unselected college students experiences colored dreaming and colored hearing. Journal of General Psychology 27:221–229

Nielsen TA (2000) A review of mentation in REM and NREM sleep: »covert« REM sleep as a possible reconcilation of two opposing models. Behavioral and Brain Sciences 23:851–866

Nielsen TA, Laberge L, Tremblay R, Frank V, Montplaisir J (1999) Prevalence of bad dream recall in 13 and 16 year olds: a longitudinal study. Sleep Supplement 22:S178

Nielsen TA, Zadra AL, Simard V, Saucier S, Stenstrom P, Smith C, Kuiken D (2003) The typical dreams of Canadian university students. Dreaming 13:211–235

Oliver MB, Hyde JS (1993) Gender diffenences in sexuality: a meta-analysis. Psychological Bulletin 114:29–51

Pagel JF, Vann BH, Altomare CA (1995) Reported association of stress and dreaming: Community background levels and changes with disaster (hurricane Iniki). Dreaming 5:43–55

Schredl M (1999a) Die nächtliche Traumwelt: Einführung in die psychologische Traumforschung. Kohlhammer, Stuttgart

Schredl M (1999b) Dream recall. Research, clinical implications and future directions. Sleep and Hypnosis 1:99-108: A1–A4

Schredl M (2000) Gender differences in dream recall. Journal of Mental Imagery 24:169–176

Schredl M (2001) Dreams of singles: Effects of waking-life social contacts on dream content. Personality and Individual Differences 31:269–275

Schredl M (2002a) Questionnaires and diaries as research instruments in dream research: methodological issues. Dreaming 12:17–26

Schredl M (2002b) Messung der Traumerinnerung: Skala und Daten gesunder Personen. Somnologie, 6, 34-38

Schredl M (2002/2003) Factors influencing the gender difference in dream recall frequency. Imagination Cognition and Personality 22:33–39

Schredl M (2003) Continuity between waking and dreaming: A proposal for a mathematical model. Sleep and Hypnosis 5:38–52
Schredl M (2004a) Reliability and stability of a dream recall frequency scale. Perceptual and Motor Skills 98:1422–1426
Schredl M (2004b) Traumerinnerung: Modelle und empirische Untersuchungen. Tectum Marburg
Schredl M, Doll E (1998) Emotions in diary dreams. Consciousness and Cognition 7:634–646
Schredl M, Erlacher D (2003) The problem of dream content analysis validity as shown by a bizarreness scale. Sleep and Hypnosis 5:129–135
Schredl M, Fulda S (2005) Reliability and stability of dream recall frequency. Dreaming, 15, 240–244
Schredl M, Jacob S (1998) Ratio of male and female characters in a dream series. Perceptual and Motor Skills 86:198–200
Schredl M, Montasser A (1996–97) Dream recall: State or trait variable? – Part I: model, theories, methodology and trait factors and Part II: state factors, investigations and final conclusions. Imagination, Cognition and Personality 16:181–210, 239–261
Schredl M Pallmer R (1998) Geschlechtsunterschiede in Angstträumen von SchülerInnen. Praxis der Kinderpsychologie und Kinderpsychiatrie 47:463–476
Schredl M, Piel E (2003) Gender differences in dream recall frequency: data from four representative German samples. Personality and Individual Differences 35:1185–1189
Schredl M, Piel E (2005) Gender differences in dreaming: Are they stable over time? Personality and Individual Differences 39:309–316
Schredl M, Nürnberg C, Weiler S (1996) Dream recall, attitude toward dreams, and personality. Personality and Individual Differences 20:613–618
Schredl M, Loßnitzer T, Vetter S (1998) Is the ratio of male and female dream characters related to the waking-life pattern of social contacts? Perceptual and Motor Skills 87:513–514
Schredl M, Sahin V, Schäfer G (1998) Gender differences in dreams: Do they reflect gender differences in waking-life? Personality and Individual Differences 25:433-442
Schredl M, Ciric P, Bishop A, Gölitz E, Buschtöns D (2003) Content analysis of German students' dreams: comparison to American findings. Dreaming 13:237–243
Schredl M, Burchert N, Grabatin Y (2004) The effect of training on interrater reliability in dream content analysis. Sleep and Hypnosis 6:139–144
Schredl M, Ciric P, Götz S, Wittmann L (2004) Typical dreams: stability and gender differences. Journal of Psychology 138:485–494
Schredl M. Schwenger C, Dehe A (2004) Gender differences in dreams: a matching study. Counseling and Clinical Psychology Journal 1:61–67
Stepansky R, Holzinger B, Schmeiser-Rieder A, Saletu B, Kunze M, Zeitlhofer J (1998) Austrian dream behavior: results of a representative population survey. Dreaming 8:23–30
Wittmann L, Schredl M (2004) Does the mind sleep? An answer to »What is a dream generator?« Sleep and Hypnosis 6.177–178
Wynaendts-Francken CJ (1907) Träume bei Männern und Frauen. Neurologisches Centralblatt 26:941

Der »kleine« Unterschied beim Schmerz

Stefan Lautenbacher

»Der Mann kann sich nur als Held zeigen, indem er angreift, das heißt, indem er Schmerzen zufügt. Die Frau dagegen zeigt ihr Heldentum, indem sie die Schmerzen erträgt.« *(Ernst Wilhelm Julius Bornemann)*
»Frauen können mehr Schmerzen ertragen als Männer. Vor allem mehr fremde Schmerzen.« *(Sigmund Graff)*
»Ein Indianer kennt keinen Schmerz.« *(Sprichwort)*
»Jeder weiß schon Bescheid, also fehlt Information.« *(Der Autor)*

11.1 Einführung

Jüngste Aktivitäten im Bereich der Grundlagen- und klinischen Forschung haben erneut bestätigt, dass geschlechtsassoziierte Faktoren eine ganz wichtige Rolle beim Schmerz spielen. In der epidemiologischen Forschung konnte beispielsweise nachgewiesen werden, dass Frauen bei bestimmten Schmerzsyndromen eindeutig in der Mehrzahl sind. Hierzu gehören beispielsweise die Migräne, der temporomandibulare Schmerz, der Reizdarm und die Fibromyalgie (▶ Kap. 11.2.1). Auch in Laborstudien haben sich zumindest für bestimmte Schmerzstimuli konsistente Geschlechtsunterschiede ergeben, wobei Frauen bei Berücksichtigung einer Vielzahl von Reaktionsmaßen schmerzsensibler erscheinen (▶ Kap. 11.2.2).

Es gibt daher wenig Zweifel, dass der »kleine Unterschied« zwischen den Geschlechtern bei der Schmerzverarbeitung sehr bedeutsam sein kann. Über die Mechanismen, die diesen Unterschieden zugrunde liegen, herrscht jedoch noch ziemliche Unklarheit (▶ Kap. 11.3.1 und 11.3.2). Einige Autoren halten neurobiologische Größen wie Sexualhormone, Schmerzhemmmechanismen, genetische Faktoren etc. für besonders relevant, andere favorisieren psychosoziale Faktoren wie Geschlechterrollen, Schmerzbewältigung (Coping) und motivational-emotionale Größen. In diesem Kapitel sollen nun die Geschlechtsunterschiede in der Schmerzverarbeitung genauer beschrieben und das verfügbare Wissen über die zugrunde liegenden Mechanismen übersichtsartig dargestellt werden.

Beispiel

»Frau M. (45 Jahre, früher Verwaltungsfachkraft, jetzt frühberentet) leidet seit 13 Jahren unter chronischen Schmerzen. Es begann mit Schmerzen in einer Schulter, bald kam die andere hinzu. Mittlerweile leidet sie auch unter Schmerzen im Rücken, in den Armen und Beinen. Manchmal kann Sie ohne Hilfe, nicht mehr das Haus verlassen. Sie hat bereits eine Odyssee durch viele Arztpraxen hinter sich; dabei hat sie ein Vielzahl von Diagnosen eingesammelt, aber meist Ratlosigkeit bei der Behandlung erlebt. Das Umfeld reagiert von »die soll sich nicht so anstellen« bis »es ist so traurig, dass ihr keiner helfen kann«. Frau M. kann sich nur mehr schlecht bewegen und hat daher deutlich an Gewicht zugenommen. Sie hat in letzter Zeit begonnen, den Schmerz als Teil ihres Lebens zu akzeptieren, was ihr ein wenig geholfen hat. Ihr Mann kann nicht verstehen, dass das helfen soll, und meint, sie müsste im Gegenteil mehr gegen den Schmerz kämpfen, um ihren Verantwortlichkeiten gerecht zu werden. Ihre beiden Söhne im Alter von 10 und 13 Jahren sehen das manchmal auch so und erleben ihren Vater als das leuchtende Beispiel. Frau M. fühlt sich daher immer wieder sehr allein und niedergeschlagen. Natürlich nimmt sie regelmäßig Schmerzmittel ein, um einigermaßen über den Tag zu kommen, und hat deshalb schon chronische Magen-Darm-Probleme.«

So ähnlich und in Ichform geschrieben lesen sich viele der Zuschriften in den Internetforen der Fibromyalgie-Selbsthilfegesellschaften. Die Fibromyalgie ist ein starker Muskel- und Sehnenschmerz, der weite Teile des Körpers befällt und mit einer erhöhten Druckschmerzhaftigkeit verbunden ist. Die meisten Zuschriften kommen von Frauen. Das ist kein Zufall, weil die Fibromyalgie mindesten viermal häufiger bei Frauen als bei Männern vorkommt. Das Geschlecht scheint also hier ein kritischer Faktor zu sein.

11.2 Geschlechtsunterschiede

11.2.1 Klinische Evidenz

Wenn man Geschlechtsunterschiede in der Verarbeitung von Schmerzen zum Thema machen will, können wichtige Fragen durch die Epidemiologie beantwortet werden. Gibt es Unterschiede in der Häufigkeit und Intensität klinischer Schmerzprobleme? Zur sinnvollen Beantwortung dieser Fragen gilt es, zwischen verschiedenen Schmerzproblemen zu unterscheiden und das Alter der Patienten zu berücksichtigen.

Für akute und chronische **Schulter- und Nackenschmerzen** beispielsweise gibt es Hinweise, dass über eine breite Altersspanne 10% mehr Frauen als Männer über Beschwerden klagen. Diese Schmerzarten werden mit dem Alter häufiger; der Geschlechtsunterschied bleibt dabei weitgehend stabil (LeResche 2006). Anders ist dies bei dem mit dem Alter dramatisch zunehmenden Gelenkschmerzen. Hier ergeben sich die höheren Prävalenzen für Frauen erst ab dem 45. Lebensjahr.

Im Gegensatz zu den Schulter- und Nackenschmerzen nehmen **Abdominalschmerzen** (Menstruationsbeschwerden nicht eingerechnet) mit dem Alter ab. Wiederum ist die Prävalenz bei Frauen über die gesamte Lebensspanne jedoch um 7–10% höher. Speziell bei dem mit gastrointestinalen Schmerzen verbundenen **Reizdarm** (»irritable bowel syndrome, IBS) findet sich ein Prävalenzverhältnis von 2:1 zwischen Frauen und Männern (Mayer at al. 2004).

Auch der **Kopfschmerz** ist eine weibliche Domäne. Spannungskopfschmerzen sind ebenfalls bei Frauen häufiger als bei Männer. Sie nehmen in ihrer Prävalenz mit dem Alter ab und – zum kleinen Trost für das weibliche Geschlecht – tun dies stärker bei Frauen. Migräne ist eine Erkrankung des mittleren Lebensalters mit den höchsten Prävalenzen zwischen 25 und 45 Jahren. Frauen sind wiederum deutlich häufiger betroffen als Männer. Ähnliches gilt – sowohl was die Alters- als auch was die Geschlechterverteilung anbelangt – für das **temporomandibuläre Schmerzsyndrom** (Schmerzen in den Kiefergelenken und in der Kaumuskulatur) (LeResche 2000).

Diese Aufzählung könnte man noch länger fortsetzen. Dies sei mit dem Verweis auf ◘ Tab. 11.1 getan, in der die Prävalenzverhältnisse von Frauen und Männern für eine Reihe von Schmerzsyndromen dargestellt sind. Der Trend ist fast immer ganz

◘ Tab. 11.1. Verhältnis von Frauen zu Männern bei einer Reihe von Schmerzproblemen in der erwachsenen Allgemeinbevölkerung. (Nach LeResche 2000)

Schmerzart	Zahl der Studien	Prävalenzverhältnis weiblich/männlich	
		Range	Median
Kopfschmerz (allgemein)	15	1,1–3,1	1,3
Migräne	14	1,6–6,0	2,5
Temporomandibulärer Schmerz	10	1,2–2,6	1,5
Brennender Mundschmerz	2	1,3–2,5	1,9
Nackenschmerzen	5	1,0–3,3	1,4
Schulterschmerz	5	1,0–2,2	1,3
Rückenschmerz	4	0,9–1,3	1,2
Knieschmerzen	4	1,0–1,9	1,6
Abdominalschmerz	4	1,2–1,3	1,25
Fibromyalgie	4	2,0–6,8	4,3

klar: Frauen berichten häufiger über Schmerzen als Männer.

Bislang war von Schmerzsyndromen die Rede. Auch bei Betrachtung von Schmerz als einzelnem Symptom findet sich ein ähnliches Bild. **Schmerzbezogene Einzelsymptome** sind in der Allgemeinbevölkerung bei Frauen häufiger als bei Männern. Zudem haben Frauen auch noch ein erhöhtes Risiko, unter mehr als einem solcher Symptome gleichzeitig zu leiden. Im jüngeren und mittleren Erwachsenenalter ist das Risiko hierfür bei Frauen doppelt so groß als bei Männern; dieser Unterschied verliert sich erst im höheren Lebensalter (LeResche 2000, 2006).

Gibt es keine Schmerzprobleme, die bei Männern häufiger sind als bei Frauen? Die hierfür zu nennenden Beispiele wie Clusterkopfschmerz, postherpetische Trigeminusneuralgie, bestimmte Neuropathien und Tumoren etc. sind eher die Ausnahme (Holdcroft u. Berkley 2005).

Die Epidemiologie weist Frauen bereits in der Allgemeinbevölkerung als deutlich schmerzgeplagter aus. Mehr Frauen suchen zudem wegen Schmerzen Behandlung. In klinischen Populationen sind die Geschlechtsunterschiede daher viel dramatischer als in der Allgemeinbevölkerung. Frauen werden nicht nur häufiger zu Patienten, sondern erleben als Patienten auch meist intensivere und beeinträchtigendere Schmerzen. **Komorbide psychische Störungen** (z. B. Depression, Angst, Schlafstörungen) sind ebenfalls bei Frauen häufiger (Bingefors u. Isacson 2004).

11.2.2 Experimentelle Evidenz

Die Untersuchung von Geschlechtsunterschieden in der **Nozizeption** an Tieren hat erstaunlicherweise weder Tradition, da meist Tiere nur eines Geschlechts untersucht wurden, noch bislang konsistente Ergebnisse produziert, weil sich die Unterschiede schon in verschiedenen Stämmen einer Spezies oft nicht replizieren ließen.

Besser untersucht sind die Effekte von **Sexualhormonen** (▶ Kap. 1). Kastrierte männliche Ratten zeigten in bestimmten experimentellen Settings eine Zunahme nozizeptiver Reaktionen nach Gabe von Östradiol, während ovariektomierte weibliche Ratten nach Behandlung mit Testosteron eine Abnahme nozizeptiver Reaktionen aufwiesen. Die Einflüsse der Sexualhormone können früh (noch prä- und neonatal) als organisierende Effekte, die dann weitgehend stabil bleiben, oder später beim adulten Tier als aktivierende Effekte auftreten. Die einfache Gleichung, Östradiol und Progesteron wirken hyperalgetisch und Testosteron hypoalgetisch, stimmt aber im Tiermodell schon nicht, weil die beschriebenen Wirkungen nur bei bestimmten nozizeptiven Tests und animalen Schmerzmodellen auftreten (Aloisi et al. 2006; Craft et al. 2004).

Effekte von Sexualhormonen können bei Menschen nicht so einfach experimentell untersucht werden, da sich Hormongaben meist und die Ausschaltung der Gonaden ganz verbieten. Die häufigste wissenschaftliche Herangehensweise war daher bislang, Frauen über den menstruellen Zyklus hin zu untersuchen. Die mittlerweile durchgeführten zahlreichen Studien zeigen mehr Widerspruch als Übereinstimmung an, was auch an den vielfältigen methodischen Unterschieden (Stichprobe, Reaktionsparameter, Induktionsmethode) gelegen haben mag (Rollman et al. 2000). Die Mehrzahl der Studien lässt aber glauben, dass die Schmerzempfindlichkeit in den lutealen (15. bis 24. Zyklustag) und prämenstruellen (ab dem 25. Zyklustag) Phasen höher ist als in den menstruellen (1. bis 4. Zyklustag) und follikulären (5. bis 14. Zyklus). Andere Studien zeigten hingegen keine menstruellen Effekte oder gar Effekte mit anderer Phasenlage an. Riley et al. (1999), die eine Metaanalyse zu dieser Thematik durchgeführt hatten, schlossen daher auch, dass die verschiedenen Phasen des menstruellen Zyklus unterschiedliche Effekte auf die Schmerzsensibilität ausüben, dass diese Effekte jedoch im Allgemeinen nur mäßig sind und die Unterschiede zwischen Frauen und Männern bestenfalls teilweise erklären können.

Experimentelle Untersuchungen zu Geschlechtsunterschieden, speziell mit Erhebungen von **Schmerz- und Toleranzschwellen**, sind mittlerweile so häufig geworden, dass bereits mehrere Übersichtsartikel und eine Metaanalyse publiziert wurden. Fillingim und Maixner (1995) berichteten über 34 Studien zur Thematik und fanden in ungefähr zwei Dritteln positive Nachweise von

Geschlechtsunterschieden. Frauen erwiesen sich hierbei unabhängig vom Ort der Stimulation als schmerzempfindlicher im Vergleich mit Männern. Bestimmte Stimulationsformen (z. B. Druck) produzierten konsistentere Geschlechtsunterschiede als andere (z. B. Hitze). Riley et al. (1998) führten die bislang einzige Metaanalyse durch, wobei nur 22 Studien zum Zeitpunkt der Erhebung die methodischen Kriterien erfüllten, die Riley et al. für den Nachweis von Geschlechtsunterschieden forderten. ◘ Tab. 11.2 zeigt die wichtigsten Ergebnisse. Frauen wiesen fast durchgängig niedrigere Werte sowohl bei Messung der Schmerz- als auch bei Messung der Toleranzschwelle für die meisten der verwendeten Schmerzreize auf. Die Unterschiede waren jedoch am deutlichsten bei Verwendung von schmerzhaften Druckreizen gefolgt von elektrischen Reizströmen und thermischen Schmerzreizen. In jüngster Zeit haben es technische Weiterentwicklungen ermöglicht, auch die viszerale Schmerzsensibilität auf Geschlechtsunterschiede hin zu untersuchen. Vor allem die ösophageale Schmerzsensibilität von Frauen erwies sich hierbei als erhöht. In anderen Abschnitten des Gastrointestinaltraktes waren Geschlechtsunterschiede weniger ausgeprägt (Arendt-Nielsen et al. 2004).

Rollman und Lautenbacher (2001) veranlassten die besonders ausgeprägten Geschlechtsunterschiede bei Verwendung von **Druckreizen** zu einer Reihe von Hypothesen, die experimentelle und klinische Befunde gleichzeitig in Perspektive bringen sollten. Die hohe Empfindlichkeit für Druckreize charakterisiert auch eine Reihe von Schmerzsyndromen, die vor allem durch chronische Muskelschmerzen (musculoskeletal pain) auffallen. Hierzu gehören die Fibromyalgie, das myofasziale und das temporomandibuläre Schmerzsyndrom sowie der Spannungskopfschmerz. Alle diese Schmerzsyndrome sind überwiegend bei Frauen zu finden. Muskelschmerzen und erhöhte Druckschmerzhaftigkeit scheinen

◘ **Tab. 11.2.** Effektgrößen für Geschlechtsunterschiede (Frauen < Männer) in Schmerz- und Toleranzschwellen sortiert nach der physikalischen Methode zur experimentellen Schmerzinduktion (modifiziert nach Riley et al. 1998)

Schmerzmaß	Zahl der Studien	Zahl der Versuchspersonen	Mittelwert der Effektgröße	Standardabweichung der Effektgröße	Effektgröße korrigiert[1]
Schmerzschwelle					
Druck	5	949	0,82	0,28	0,59
Thermische	8	502	0,41	0,47	0,46
Elektrische	3	130	0,61	0,24	0,59
Ischämische	1	67	0,18		
Alle	16	1696	0,55		0,51
Toleranzschwelle					
Druck	3	41.343	0,76	0,44	1,18
Thermische	1	37	0,09		
Elektrische	5	223	0,63	0,29	0,64
Ischämische	1	67	0,16		
Alle	10	41.670	0,57		1,17

[1]Gewichtet mit dem Stichprobenumfang

also eine Domäne der Frau zu sein. Interessanterweise werden bei der Stimulation mit Druckreizen neben Hautnozizeptoren auch Nozizeptoren in muskulärem Gewebe aktiviert. Diese Deep-tissue-Nozizeptoren scheinen wiederum stärker von den absteigenden Bahnen des endogenen Schmerzhemmsystems moduliert zu werden als nozizeptive Afferenzen aus der Haut. Experimentelle und klinische Befunde könnten somit gleichermaßen dadurch erklärbar sein, dass Frauen im Durchschnitt eine schlechtere endogene Schmerzhemmung über das aus dem Mittelhirn absteigende Bahnsystem haben.

Jüngste Befunde zur zeitlichen **Summation von Schmerzwahrnehmungen** unterstützen diese Idee. Bei kurzfristig wiederholter Reizung (Intervalle kleiner als fünf Sekunden) mit potenziell schmerzhaften Stimuli nimmt die Schmerzwahrnehmung deutlich zu. Bei Frauen ist dieser Effekte klar stärker ausgeprägt (Fillingim et al. 1998; Sarlani et al. 2004; Lautenbacher 2004). Diese Form der zentralen Sensitivierung wird ebenfalls durch das absteigende endogene Schmerzsystem moduliert und gilt als Risikofaktor bei der Schmerzchronifizierung.

Ein häufig gehörtes Argument ist, dass die unterschiedliche Schmerzsensibilität bei Frauen und Männern Konsequenz einer auf den unterschiedlichen Geschlechterrollen basierenden Selbstpräsentation, also eine späte Bearbeitung von bis dahin geschlechtsneutralen Sinnesempfindungen sei. Ohne den Einfluss von Geschlechterrollen negieren zu wollen, gibt es aber klare Hinweise, dass die erwähnten Geschlechtsunterschiede schon früh in der sensorischen Verarbeitung noxischer Reize auftreten (Mylius et al. 2005).

Das zentralnervös nachweisbare stärkere Reagieren von Frauen auf noxische Reize gilt aber nicht für alle anderen Reaktionssysteme. So sind beispielsweise nach Verabreichung von schmerzhaften Reizen eine stärkere Ausschüttung von Kortisol und eine deutlichere Erhöhung des Herzschlages und des Blutdruckes bei Männern beschrieben worden (Zimmer et al. 2003; Tousignant-Laflamme et al. 2005). Vegetative und endokrine Reaktionen auf schmerzhafte Reize können somit andersgeartete Geschlechtsunterschiede aufweisen.

11.3 Verantwortliche Mechanismen

Die den Geschlechtsunterschieden zugrunde liegenden Mechanismen werden meist in neurobiologische und psychosoziale unterteilt. Zu den ersten werden Sexualhormone, Opioidhemmmechanismen, genetische Faktoren etc. gezählt, zu den zweiten gehören Geschlechterrolle, Schmerzbewältigung (Coping), motivational-emotionale Größen, etc. Im Folgenden soll ein Überblick über die meist diskutierten Faktoren gegeben werden.

11.3.1 Neurobiologische Faktoren

Geschlechtshormone

Es gibt verlässliche Hinweise, wenn auch noch keine zwingenden Beweise, sowohl aus Tier- als auch aus Humanstudien, dass die gonadalen Steroide die Schmerzverarbeitung beeinflussen (Fillingim u. Ness 2000; Kuba u. Quinones-Jenab 2005). Beispielsweise variiert die Schmerzsensibilität nicht hormonell verhütender Frauen systematisch, wenn auch nicht stark mit dem **menstruellen Zyklus**. In einigen Studien wurde mit Hilfe experimenteller Schmerzreize luteal (15. bis 24. Zyklustag) und prämenstruell (ab dem 25. Zyklustag) die höchste Schmerzsensibilität festgestellt (▶ Kap. 11.2.2). Das Gesamtbild ist aber noch äußerst heterogen und es scheint eine Vielzahl von moderierenden Faktoren zu geben (Sherman u. LeResche 2006).

Des Weiteren scheint die **exogene Gabe von Sexualhormonen** das Risiko, klinische Schmerzprobleme zu entwickeln, zu beeinflussen. Beispielsweise konnte nachgewiesen werden, dass eine Substitutionstherapie mit Östrogen die Schmerzstärke von Patienten mit orofazialem Schmerzsyndrom erhöht (Wise et al. 2000). Fillingim und Edwards (2001) maßen bei postmenopausalen Frauen, die sich einer Substitutionstherapie unterzogen, zudem stärkere Reaktionen auf experimentelle Reize als bei vergleichbaren Frauen ohne eine solche Therapie und bei Männern. Eine italienische Arbeitsgruppe, die die Entwicklung von Transsexuellen nach operativer Geschlechtsangleichung und während nachfolgender Unterstützung dieses Prozesses durch Agonisten und Antagonisten für das jeweils angestrebte Hormonprofil beobachteten, fanden erste Hinweise dafür, dass eine Stärkung der Testosteroneffekte zu einem Nachlassen von bestehenden Schmerzen führt, während die Stärkung der Östrogeneffekte gerade gegenteilige Wirkung mit Zunahme und Neuenstehung von Schmerzen hatte (Aloisi et al. in Druck). Auch in Tierversuchen konnten insbesondere die Sexualhormone aus den Ovarien und speziell das Östrogen wiederholt mit einer erhöhten Sensibilität für experimentelle Schmerzreize und einer Zunahme klinischer Schmerzen in Verbindung gebracht werden, was sehr wahrscheinlich auf einer Wechselwirkung mit dem endogenen Opioidsystem beruht (Aloisi et al. 2006).

Endogene Opioidaktivität

Das bekannteste und am besten untersuchte endogene Schmerzhemmsystem ist das Opioidsystem. Die Effekte vieler physikalischer und psychologischer Therapiemaßnahmen fußen ebenso auf diesem System wie natürlich die Wirkung von Opiatanalgetika. Es gibt klare Hinweise, wie eben ausgeführt, dass es Wechselwirkungen zwischen Geschlechtshormonen und dem endogenen Opioidsystem gibt, was vermuten lässt, dass das Opioidsystem zu Geschlechtsunterschieden beitragen könnte. So gibt es eindeutige tierexperimentelle Hinweise, dass die Morphinanalgesie bei intakten männlichen Tieren oder bei kastrierten männlichen Tieren nach Testosterongabe stärker ist als bei weiblichen Tieren. Hingegen scheint die Gabe von Östradiol bei ovariektomierten weiblichen Tieren zumindest die über μ-Opioidrezeptoren vermittelte Analgesie abzuschwächen. Die κ-bindenden Opioide werden hingegen in ihrer Wirkung eher verstärkt (Craft et al. 2004).

Beim Menschen scheinen die Verhältnisse eher umgekehrt. Frauen scheinen von Opiatanalgetika eher mehr zu profitieren als Männer, wobei bislang keine klare Differenzierung zwischen μ- und κ-System gefunden wurde (Fillingim u. Gear 2004). Diese Widersprüche zwischen Human- und Animaldaten sowie zwischen den verschiedenen eingesetzten Schmerzmodellen erlauben noch keine abschließende Bewertung zu den Geschlechtsunterschieden in der **Opiatanalgesie**.

Erste Versuche, das absteigende Schmerzhemmsystem, das neben serotoninergen und noradrenergen Schnittstellen auch opioiderge Links aufweist, auf Geschlechtsunterschiede beim Menschen zu untersuchen, haben stattgefunden. Das Hemmsystem wird dabei in der Regel durch Schmerzreize aktiviert. Die Befundlage ist bislang aber noch sehr uneinheitlich (Lautenbacher 2004).

11.3.2 Psychosoziale Faktoren

Motivational-emotionale und kognitive Reaktionen

Angst, Depression, schmerzbezogene Kognitionen und Schmerzbewältigungsstrategien sind erwiesenermaßen wichtige Einflüsse auf die Schmerzverarbeitung und zugleich Kandidaten für die Verursachung von Geschlechtsunterschieden.

Depression und bestimmte **Ängste** sind prävalenter unter Frauen und häufig mit Schmerzbeschwerden und anderen körperlichen Symptomen assoziiert (► Kap. 8 und 19). Auch in Experimenten konnte nachgewiesen werden, dass emotionale Belastungen wie die Auslösung schmerzbezogener Ängste mit einer stärkeren Schmerzreagibilität assoziiert sind. Solche Einflüsse können aber bei Frauen und Männer unterschiedlich wirken, wie Fillingim et al. (1996) nachweisen konnten. Sie zeigten, dass Effizienz- und Kontrollerwartungen und die so modulierten Ängste experimentelle Schmerzreaktionen auf geschlechtsspezifische Weise beeinflussen. Des Weiteren gibt es klare Hinweise aus klinischen Studien, dass Ängste das Schmerzerleben von Männern stärker beeinflussen als das von Frauen, währenddessen bei Frauen die Zusammenhänge zwischen dem klinischen Schmerz einerseits und Depression sowie Frustration andererseits bedeutsamer sind (Myers et al. 2003).

Erwähnenswert zur Dokumentation von geschlechtsspezifischen Effekten von kognitiven Strategien zur **Schmerzbewältigung** sind beispielsweise Ergebnisse von Keogh und Kollegen (Keogh u. Herdenfeldt 2002; Keogh et al. 2000). Sie beschäftigten sich mit den Auswirkungen der Aufmerksamkeitslenkung auf das Schmerzerleben und konnten zeigen, dass günstige Strategien bei Männern beispielsweise in der Hinwendung zum Schmerz und in der Konzentration auf sensorische Aspekte bestehen, wovon Frauen kaum profitieren.

Geschlechterrollen

Es ist verführerisch anzunehmen, dass Geschlechterrollen das Schmerzerleben entscheidend mitbedingen. Genauer gesagt entspräche es den gängigen Rollenstereotypen, zu vermuten, dass es zur femininen Rolle gehört, Schmerzen bereitwillig zu berichten, während die maskuline Rolle zu einer stoischen Einstellung und zur Tendenz, den Schmerz zu verleugnen, verpflichtet. Instrumente, die speziell die Messung der Geschlechterrolle in Bezug zum Schmerz versuchen, scheinen sich in der Tat zur interindividuellen Varianzaufklärung bei Frauen und Männern gut zu eignen. Mit dem Gender-role-expectation-of-pain-Fragebogen konnten Myers et al. (2003) beispielsweise eine Reihe von experimentellen Schmerzmaßen besser vorhersagen als mit dem biologischen Geschlecht. Das Geschlechterrollen-Inventar konnte die Geschlechtsunterschiede aber nicht vollständig erklären.

Situationsunspezifische Rollenerwartungen eignen sich zur Vorhersage von Geschlechtsunterschieden in der Schmerzverarbeitung weniger und scheinen ihrerseits vom biologischen Geschlecht in ihrer Wirkung abzuhängen. Otto und Dougher (1985) errechneten eine signifikante Korrelation zwischen den Maskulinität/Feminität-Werten ihrer Versuchspersonen und deren Schmerzschwellen. Dieser Zusammenhang galt nur für Männern, nicht aber für Frauen. Den üblichen Geschlechtsunterschied zwischen Männern und Frauen in den Schmerzschwellen konnte dieser Zusammenhang wiederum nicht vollständig erklären.

Es gilt in diesem Zusammenhang nicht nur die Geschlechterrolle des Probanden/Patienten, sondern auch die des Untersuchers zu berücksichtigen. In einer Studie von Levine und De Simone (1991) waren die Untersucher aufgefordert, sich nach Geschlechterrollen stereotypisch zu kleiden und zu verhalten. In dieser Situation gaben die männlichen Versuchspersonen signifikant niedrigere Schmerzbeurteilungen im Eiswassertest ab, wenn sie von der »weiblichen« Untersucherin befragt wurden im Vergleich zum »männlichen« Untersucher. Frauen ließen sich auf diese Weise nicht von der Geschlechterrolle des Untersuchers beeinflussen. In dieser Studie war die Präsentation des Geschlechts jedoch stereotypisch überzeichnet; Untersuchungen, die den Versuchsleitern situationsangemessenere Geschlechterrollen vorgaben, ließen im Gegensatz hierzu nur minimale Effekte finden.

Geschlechtsspezifische Interaktionen mit Auswirkungen auf das Schmerzerleben könnten sich natürlich auch zwischen den Partnern ergeben. Hier scheint sich als Trend über mehrere Studien festhalten zu lassen, dass die auf Schmerzverhalten kontingente Zuwendung des Partners und dessen diesbezügliche Besorgtheit bei Männern das Schmerzerleben und -verhalten verstärkt. Frauen bleiben hingegen von den partnerschaftlichen Reaktionen weitgehend unbeeindruckt, wenn sie Schmerzen haben (Fillingim et al. 2003).

11.4 Klinische Implikationen

Es ist sicherlich zu früh, geschlechtsspezifische Formen der Schmerzbehandlung schon jetzt zu fordern. Hierfür ist das verfügbare Wissen noch zu wenig belastbar. Trotzdem ist eine Optimierung der Schmerzbehandlung in Zukunft nur bei Berücksichtigung des Faktors Geschlecht vorstellbar. Hier sei nochmals an die Unterschiede in der Wirksamkeit von Opiatanalgetika erinnert (Fillingim u. Gear 2004). Eine sehr interessante Perspektive ergibt sich auch durch neuere Veröffentlichungen, in denen die Effekte multimodaler Programme zur Behandlung chronischer Schmerzen präsentiert werden. Zum einen scheinen die zeitliche Stabilität von Effekten geschlechtsspezifisch zu variieren (Keogh et al. 2005), zum anderen die Prädiktoren für eine erfolgreiche Behandlung zwischen Frauen und Männern zu differieren (Edwards et al. 2003). So war Angst bei Männern ein positiver Prädiktor, bei Frauen hingegen ein negativer, was sicherlich die Berücksichtigung dieser Emotion in einem Behandlungsprogramm wiederum zur Frage des Geschlechts machen sollte.

Fazit

Frauen leiden häufiger und intensiver unter Schmerzen; zudem erweisen sie sich auch als schmerzempfindlicher. Diese Unterschiede sind eindeutig vorhanden, aber nicht dramatisch. Das Gemeinsame zwischen den Geschlechtern ist meist größer als das Trennende. Es gibt mehrere Wirkungsmechanismen, die sich der psychosozialen und neurobiologischen Beschreibungsebene zuordnen lassen, die die beschriebenen Geschlechtsunterschiede in der Schmerzverarbeitung zum Teil erklären können. Es macht jedoch keinen Sinn, in diesem Zusammenhang an konkurrierende Erklärungsansätze zu denken. Es gilt vielmehr, die Interaktion zwischen den verschiedenen Wirkungsmechanismen zu untersuchen. Beispielsweise ist es besser, Geschlechtshormone und Geschlechterrollen nicht als sich ausschließende Konzepte anzusehen, sondern stattdessen ihre Interaktion in der Verursachung von Geschlechtsunterschieden in der Schmerzverarbeitung zu untersuchen.

Literatur

Aloisi AM, Craft RM, Marchand S (2006) The effects of gonadal hormones on pain. In: Flor H, Kalso E, Dostrovsky JO (Hrsg) Proceedings of the 11th World Congress on Pain. IASP Press, Seattle, pp 301–310

Aloisi AM, Bachiocco V, Costantino A, Stefani R, Ceccarelli I, Bertaccini A, Meriggiola CM (2007) Cross-sex hormone administration changes pain in transsexual women and men. Pain (in Druck)

Arendt-Nielsen L, Bajaj P, Drewes AM (2004) Visceral pain: gender differences in response to experimental and clinical pain. Eur J Pain 8:465–472

Bingefors K, Isacson D (2004) Epidemiology, co-morbidity, and impact on health-related quality of life of self-reported headache and musculoskeletal pain – a gender perspective. Eur J Pain 8:435-450

Craft RM, Mogil JS, Aloisi AM (2004) Sex differences in pain and analgesia: the role of gonadal hormones. Eur J P 8:397–411

Edwards R, Augustson E, Fillingim RB (2003) Differential relationship between anxiety and treatmeant-associated pain reduction among male and female chronic pain patients. Clin J Pain 19:208–216

Fillingim RB, Doleys DM, Edwards RR, Lowery D (2003) Spousal responses are differentially associated with clinical variables in women and men with chronic pain. Clin J Pain 19:217–224

Fillingim RB, Edwards RR (2001) The association of hormone replacement therapy with experimental pain responses in postmenopausal women. Pain 92:229–234

Fillingim RB, Gear RW (2004) Sex differences in opioid analgesia: clinical and experimental findings. Eur J Pain 8:413-425

Fillingim RB, Keefe KJ, Light KC, Booker DK, Maixner W (1996) The influence of gender and psychosocial factor on pain perception. J Gender Cult Health 1:21–36

Fillingim RB, Maixner W (1995) Gender differences in the response to noxious stimuli. Pain Forum 4:209–221

Fillingim RB, Maixner W, Kincaid S, Silva S (1998) Sex differences in temporal summation but not sensory-discriminative processing of thermal pain. Pain 75:121–127

Fillningim RB, Ness TJ (2000) The influence of menstrual cycle and sex hormones on pain responses in humans. In: Fillingim RB (ed) Sex, gender, and pain. IASP Press, Seattle, pp 191–207

Holdcroft A, Berkley K (2005) Sex and gender differences in pain and its relief. In: MacMahon S, Koltzenburg M (eds) Wall and Melzack's textbook of pain. Elsevier Churchill Livingstone, London, pp 1181–1199

Keogh E, Hatton K, Ellery D (2000) Avoidance versus focused attention and the perception of pain: differential effects for men and women. Pain 85:225–230

Keogh E, Herdenfeldt M (2002) Gender, coping and the perception of pain. Pain 97:195–201

Keogh E, McCracken LM, Eccleston C (2005) Do men and women differ in their response to interdisciplinary chronic pain management? Pain 114:37–46

Kuba T, Quinones-Jenab V (2005) The role of female gonadal hormones in behavioural sex differences in persistent and chronic pain: clinical versus preclinical studies. Brain Res Bull 66:179–188

Lautenbacher S (2004) Sex differences in pain inhibition and pain summation in humans. XX vs. XY 2:21–25

LeResche L (2000) Epidemiologic perspectives on sex differences in pain. In: Fillingim RB (ed) Sex, gender, and pain. IASP Press, Seattle, pp 233–249

LeResche L (2006) Gender, sex, and clinical pain. In: Flor H, Kalso E, Dostrovsky JO (eds) Proceedings of the 11th World Congress on Pain. IASP Press, Seattle, pp 543–555

Levine FM, De Simone LL (1991) The effects of experimenter gender on pain report in male and female subjects. Pain 44:69–72

Mayer EA, Berman S, Chang L, Naliboff BD (2004) Sex-based differences in gastrointestinal pain. Eur J Pain 8:451–463

Myers CD, Riley JL III, Robinson ME (2003) Psychosocial contributions to sex-correlated differences in pain. Clin J Pain 19:225–232

Mylius V, Kunz M, Schepelmann K, Lautenbacher S (2005) Sex differences in nociceptive withdrawal reflex and pain perception. Somatosens Mot Res 22:207–211

Otto MW, Dougher MJ (1985) Sex differences and personality factors in responsivity to pain. Percept Mot Skills 61:383-390

Riley JL III, Robinson ME, Wise EA, Myers CD, Fillingim RB (1998) Sex differences in the perception of noxious experimental stimuli: a meta-analysis. Pain 74:181–187

Riley JL III, Robinson ME, Wise EA, Price DD (1999) A meta-analytic review of pain perception across the menstrual cycles. Pain 81:225–235

Rollman GB, Lautenbacher S (2001) Sex differences in musculoskeletal pain. Clin J Pain 17:20-24

Rollman GB, Lautenbacher S, Jones KS (2000) Sex and gender differences in response to experimentally induced pain in humans. In: Fillingim RB (ed) Sex, gender, and pain. IASP Press, Seattle, pp 165–190

Sarlani E, Grace EG, Reynolds MA, Greenspan JD (2004) Sex differences in temporal summation of pain and aftersensations following repetitive noxious mechanical stimulation. Pain 109:115–123

Sherman JJ, Leresche L(2006) Does experimental pain response vary across the menstrual cycle? A methodological review. Am J Physiol Regul Integr Comp Physiol 291: R245–256

Tousignant-Laflamme Y, Rainville P, Marchand S (2005) Establishing a link between heart rate and pain in healthy subjects: a gender effect. J Pain 6:341–347

Wise EA, Riley JL 3rd, Robinson ME (2000) Clinical pain perception and hormone replacement therapy in postmenopausal women experiencing orofacial pain. Clin J Pain 16:121–126

Zimmer C, Basler HD, Vedder H, Lautenbacher S (2003) Sex differences in cortisol response to noxious stress. Clin J Pain 19:233–239

III Erkrankungen des ZNS

Geschlechtsunterschiede in der Entwicklung psychischer Störungen

Wolfgang Ihle, Manfred Laucht, Martin H. Schmidt, Günter Esser

12.1 Einführung

Geschlechtsunterschiede bezüglich verschiedener Diagnosen psychischer Störungen des Erwachsenenalters sind seit langem bekannt und sind z. B. auch im DSM-IV dokumentiert (Hartung u. Widiger 1998). So gilt als unstrittig, dass Frauen und auch bereits weibliche Jugendliche eine wesentlich höhere Wahrscheinlichkeit besitzen, an einer depressiven Störung, einer Angststörung, einer somatoformen Störung oder einer Essstörung zu erkranken (Attie u. Brooks-Gunn 1995; Cicchetti u. Toth 1995; Ihle et al. 2000, Kessler et al. 1994; Weissman et al. 1991). Dissoziale Persönlichkeitsstörungen stärkerer Ausprägung und auch Störungen durch Substanzgebrauch sind dagegen vor allem bei Männern anzutreffen (Dishion et al. 1995; Ihle et al. 2000).

In einer aktuellen Übersichtsarbeit zur Prävalenz psychischer Störungen in Europa stellen Wittchen und Jacobi (2005) die Ergebnisse von 27 Studien in 16 verschiedenen europäischen Ländern vor. In diesen Studien waren über 150.000 Erwachsene (18–65 Jahre) einbezogen. Die Ergebnisse zu den geschlechtsspezifischen Prävalenzraten der wichtigsten psychischen Störungen sind in ◘ Abb. 12.1 dargestellt.

33,2% der Frauen und 21,7% der Männer wiesen mindestens eine Störung im letzten Jahr auf (Geschlechtsverhältnis Frauen : Männer = 1,5:1), wobei alle Störungsgruppen außer psychotischen Störungen (keine Geschlechtsunterschiede) und Störungen durch Substanzgebrauch (Geschlechtsverhältnis Frauen : Männer = 1:4,3) bei Frauen mindestens doppelt so häufig wie bei Männern auftraten. Die Ergebnisse von Wittchen und Jacobi (2005) bestätigen damit die bisherigen Befunde des Erwachsenenalters (z. B. Kroenke u. Spitzer 1998) in eindrucksvoller Form.

Uneindeutiger und auch weniger gut untersucht sind hingegen Geschlechtsunterschiede psychischer Störungen des Kindes- und Jugendalters (Ihle u. Esser 2002). In der vorliegenden Arbeit wird der Versuch unternommen, anhand von zwei eigenen Längschnittstudien, die die Entwicklung von der Geburt bis zum Alter von 25 Jahren abdecken, Geschlechtsunterschiede psychischer Störungen zu dokumentieren, auf unterschiedliche Verläufe ein-

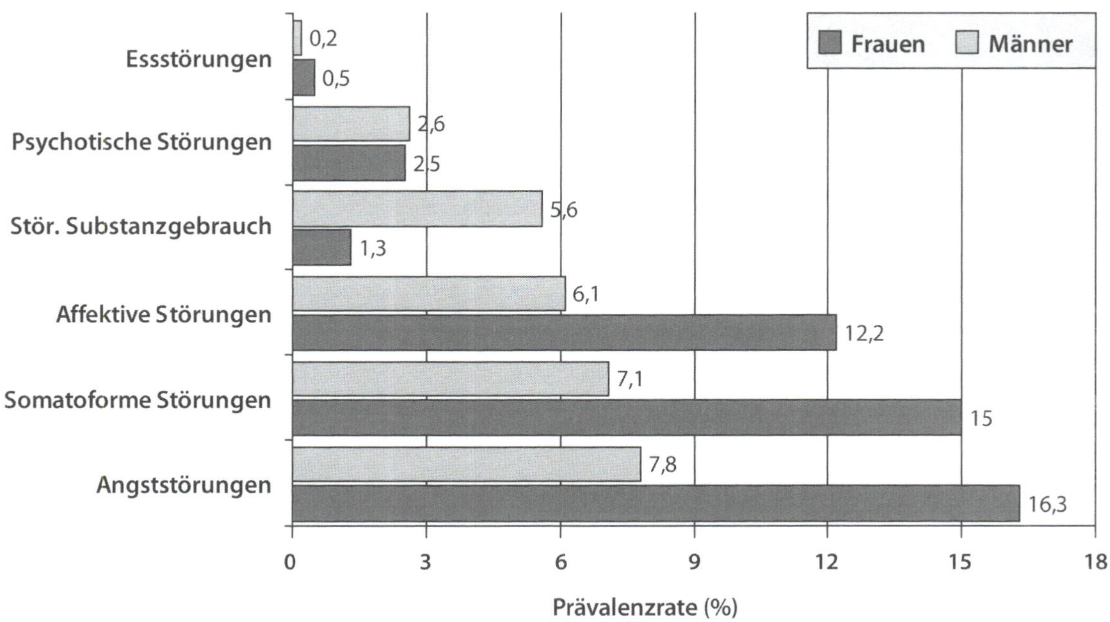

◘ **Abb. 12.1.** Geschlechtsspezifische 12-Monats-Prävalenzraten psychischer Störungen im Erwachsenenalter. (Nach Wittchen u. Jacobi 2005)

zugehen sowie die Frage der geschlechtsspezifisch unterschiedlichen Bedeutung von Risikofaktoren anzusprechen. In beiden Studien wurden psychische Störungen mit einer jeweils altersangepassten, aber insgesamt einheitlichen Methodik über den gesamten Zeitraum erfasst. Die einbezogenen Studien werden im Folgenden kurz vorgestellt.

12.2 Die Mannheimer Längsschnittstudien

Die im Folgenden dargestellten Ergebnisse entstammen den Mannheimer Längsschnittstudien, die am Zentralinstitut für Seelische Gesundheit durchgeführt wurden und werden. Dabei handelt es sich um die bisher einzigen bundesdeutschen Studien, die die Entwicklung vom Kindes- bis zum Erwachsenenalter untersuchen konnten.

Die erste Studie (**Mannheimer Kurpfalzerhebung**) ist epidemiologisch angelegt und begleitete eine Ausgangsstichprobe von 399 achtjährigen Mannheimer Kindern über vier Erhebungswellen bis zum Alter von 25 Jahren. Die Studie befasste sich u. a. mit der Prävalenz und dem Verlauf psychischer Störungen und umschriebener Entwicklungsstörungen. Hierbei kam zu jedem Messzeitpunkt (8, 13, 18 und 25 Jahre) ein umfangreiches Instrumentarium (Eltern- und Probanden-Interview, Fragebogen und Beobachtungsverfahren, bei den ersten beiden Wellen zusätzlich EEG, Neurologie und Leistungstestbatterie) zum Einsatz.

Die zweite Studie (**Mannheimer Risikokinderstudie**) ist ebenfalls als prospektive Längsschnittsstudie angelegt. Die Studie begleitet eine systematisch ausgewählte Kohorte von Kindern in ihrer Entwicklung von der Geburt bis ins Jugendalter. Die Ausgangsstichprobe umfasste 384 erstgeborene Kinder. Als Risikofaktoren wurden organische Belastungen (prä- und perinatale Komplikationen) und psychosoziale Belastungen (bei Geburt bestehende ungünstige familiäre Lebensverhältnisse) erfasst. Beide Risiken wurden in drei Ausprägungsstufen von keiner bis schwerer Belastung unterteilt und in einem zweifaktoriellen (3×3) Versuchsplan vollständig miteinander kombiniert. Bei der Zuordnung der Kinder auf die resultierenden neun Zellen des Designs wurde so verfahren, dass alle Gruppen annähernd gleich groß und hinsichtlich des Geschlechts ausbalanciert waren. In der vorliegenden Übersicht wurden die Ergebnisse der ersten vier (3 Monate, 2 Jahre, 4½ Jahre und 8 Jahre) Erhebungswellen einbezogen. In dieser Studie kam ebenfalls ein umfangreiches Instrumentarium (Eltern-Interview, Fragebogen- und Beobachtungsverfahren, EEG und Leistungstestbatterie, Mikroanalyse der Eltern-Kind-Interaktion) zu jedem der Messzeitpunkte zum Einsatz.

Die Mannheimer Kurpfalzerhebung wird u. a. in Blanz et al. (1991) und Esser et al. (1990, 2000), die Mannheimer Risikokinderstudie in Laucht et al. (1997, 2000a, b) ausführlich dargestellt.

12.3 Geschlechtsunterschiede in der Gesamtprävalenz und störungsspezifischen Prävalenz psychischer Störungen

In ◘ Abb. 12.2 sind die Geschlechtsverhältnisse in Bezug auf die Gesamtprävalenz psychischer Störungen vom Säuglings- bis zum frühen Erwachsenenalter dargestellt.

Vom Kleinkindalter (2 Jahre) bis zur Frühadoleszenz (13 Jahre) zeigten sich durchweg höhere Raten psychischer Störungen bei Jungen, wohingegen im Säuglingsalter und im späten Jugendalter/frühen Erwachsenenalter keine Geschlechtsunterschiede in der Gesamtprävalenz festzustellen sind. Diese Befunde stimmen mit den Ergebnissen der Dunedin Study, der derzeit weltweit wichtigsten Längsschnittstudie (u. a. Anderson et al. 1987; McGee et al. 1990; Feehan et al. 1994; Newman et al. 1996) überein, die bis zum Alter von 11 Jahren höhere Raten bei Jungen finden (Geschlechtsverhältnis 1,7:1), nicht jedoch im Alter von 15 (Geschlechtsverhältnis 0,7:1), 18 (Geschlechtsverhältnis 0,8:1) und 21 Jahren (Geschlechtsverhältnis 0,9:1). Sowohl in der Dunedin Study als auch der Mannheimer Kurpfalzerhebung sind die für das Erwachsenenalter ansonsten berichteten deutlich erhöhten Raten für Frauen nicht bestätigt worden. Dies ist darauf zurückzuführen, dass in beiden Studien mit dissozial-aggressiven Störungen und Persönlichkeitsstörungen Störungsgruppen berücksichtigt wurden, bei denen bei Männern erhöhte Raten gefunden werden und die in anderen

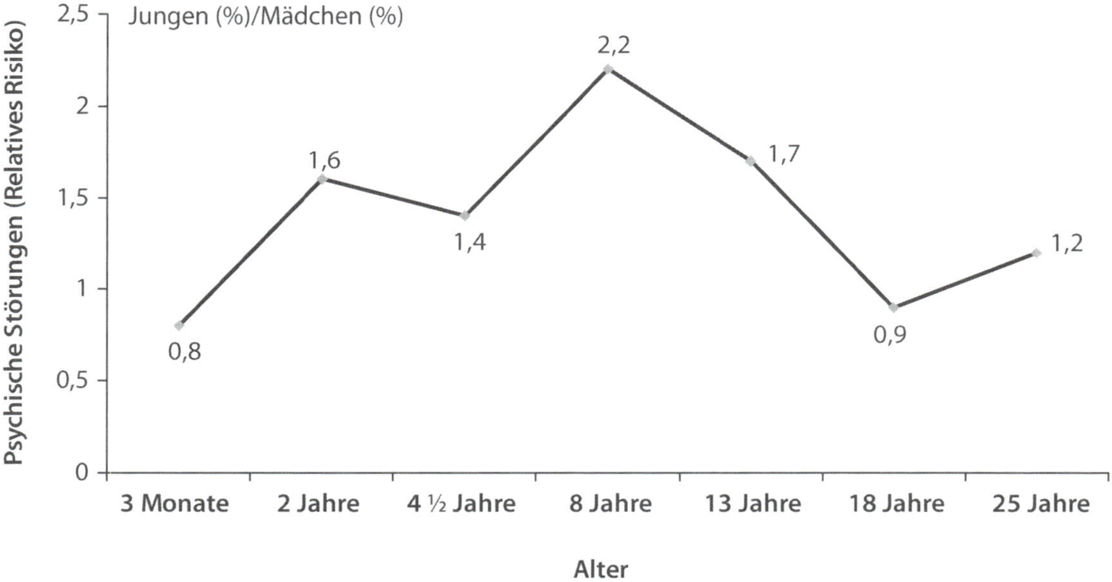

Abb. 12.2. Geschlechtsverhältnis in Bezug auf die Gesamtprävalenzraten psychischer Störungen vom Säuglings- bis zum frühen Erwachsenenalter (Ergebnisse der Mannheimer Längsschnittstudien)

epidemiologischen Studien des Erwachsenenalters nicht erfasst werden.

Im Folgenden gehen wir auf die Geschlechtsunterschiede der Gesamtprävalenz und der störungsspezifischen Prävalenz (Diagnose- und Symptomebene) vom Säuglings- bis zum frühen Erwachsenenalter ein.

12

12.3.1 Unterschiede im Säuglingsalter (Risikokinderstudie, 3 Monate)

Im Bezug auf das Säuglingsalter sind Begriffe wie »Psychopathologie«, oder »psychische Störungen« zu Recht in Frage gestellt worden. Der weitgehend andere Charakter der Auffälligkeiten und ihre niedrige Persistenz (Laucht et al. 1993) führten zur Favorisierung von Begriffen wie Regulationsprobleme oder Temperamentsauffälligkeiten. Ein Geschlechtsvergleich im Säuglingsalter hinsichtlich schwerwiegenderer Probleme der beschriebenen Art zeigte keine signifikanten Unterschiede mit einer tendenziell höheren Auffälligkeitsrate bei den Mädchen (17% versus 13%). Die Verteilung der einzelnen Auffälligkeiten wie Fütterstörungen, Schlafstörungen, hypermotorisches Verhalten, dysphorisches Verhalten, Veränderungsangst, Kontaktangst, verminderte Belastbarkeit zeigte absolut numerisch ebenfalls ein uneinheitliches Bild. Im Säuglingsalter weisen Jungen signifikant häufiger Verdauungsstörungen (Dreimonatskoliken, 43% versus 31%) auf. Auch hinsichtlich des motorischen und kognitiven Entwicklungsstandes fanden sich keine signifikanten Unterschiede zwischen Mädchen und Jungen.

12.3.2 Unterschiede im Kleinkindalter (Risikokinderstudie, 2 Jahre)

Die im Säuglingsalter (noch) nicht beobachtbaren Geschlechtsunterschiede zeigten sich in der erwarteten Richtung bereits nachdrücklich im Kleinkindalter. Jungen zeigten insgesamt häufiger psychische Auffälligkeiten (24% versus15%) und dies insbesondere im Bereich hyperkinetischer Störungen (10% versus 3%) und autistischen Verhaltens (5% versus 2%). Keine signifikanten Unterschiede ergaben sich im Bezug auf oppositionelles Verhalten und Ängste. Auf Symptomebene zeigten die Mädchen häufiger Bauchschmerzen (10% versus 2%), Nägelkauen (3% versus 0%) und Kontaktstörungen (29% versus 19%). Die eher funktionellen Bauchschmerzen der Mädchen im Kleinkindalter sind nicht mit den häufigeren Dreimonatskoliken der Jungen vergleichbar. Es liegt hier keine bemerkenswerte Umkehr der Geschlechter vor. Jungen waren wie aufgrund der höheren Prävalenz hyperkinetischer Störungen zu erwarten, deutlich unaufmerksamer (36% versus 16%), impulsiver (17% versus 5%) und hyperaktiver (29% versus 15%). In 17 weiteren erfassten Einzelsymptomen waren keine signifikanten Geschlechtsunterschiede festzustellen.

Während sich bezüglich des motorischen Entwicklungsstandes keine Geschlechtsunterschiede zeigten, hatten Mädchen einen deutlichen Vorsprung in kognitiven Parametern. Dieser Vorsprung war vor allem auf eine bessere Sprachentwicklung zurückzuführen, während im nonverbalen Bereich die Unterschiede nicht signifikant waren.

12.3.3 Unterschiede im Vorschulalter (Risikokinderstudie, 4;6 Jahre)

Die Gesamtrate der psychischen Auffälligkeiten in diesem Alter spiegelte relativ genau die Geschlechtsverhältnisse im Alter von 2 Jahren wider. 33% auffälligen Jungen standen 23% auffällige Mädchen gegenüber. Erneut zeigten sich signifikante Differenzen für die Diagnosen hyperkinetisches Syndrom (14% versus 5%) und autistisches Verhalten (4% versus 1%), während sich bezüglich oppositionellen Verhaltens (7% versus 9%) und emotionaler Störungen (7% versus 7%) ausgeglichene Geschlechtsverhältnisse ergaben.

Auf Symptomebene bestätigten sich die Geschlechtsdifferenzen für Bauchschmerzen (13% versus 4%) und Stereotypien (Nägelkauen, Daumenlutschen etc., 35% versus 24%) zu Lasten der Mädchen sowie für die Einzelsymptome des hyperkinetischen Syndroms (Hyperaktivität, Aufmerksamkeitsstörung, Impulsivität) zu Lasten der Jungen. Hinzu kamen signifikante Geschlechtsunterschiede zu Lasten der Jungen bei destruktivem und aggressivem Verhalten (12% versus 3%). In 20 weiteren erfassten Symptomen zeigten sich keine signifikanten Unterschiede zwischen Mädchen und Jungen.

Die kognitiven Leistungen der Mädchen waren insgesamt signifikant besser. Obwohl die absoluten numerische Differenzen nur 5 IQ-Punkte betrugen, zogen sich die Unterschiede durch faktisch alle gemessenen Teilbereiche, waren also nicht wie im Alter von 2 Jahren auf die verbalen Leistungen beschränkt. Auch bei der nonverbalen Intelligenz, der Visuomotorik und tendenziell der Mengenwahrnehmung (eine Vorstufe mathematischen Denkens) schnitten die Mädchen besser ab. Deutliche Vorteile der Mädchen zeigten sich auch in den sozialen Anpassungsleistungen (Funktionsniveau). Mädchen hatten bessere Beziehungen zu Gleichaltrigen, waren selbstständiger und betrieben anspruchsvollere Freizeitaktivitäten.

12.3.4 Unterschiede im Grundschulalter (Kurpfalzerhebung und Risikokinderstudie, 8 Jahre)

Die Raten psychischer Störungen waren in der Risikokinderstudie unter den Achtjährigen bei Jungen (34%) erneut signifikant höher als bei Mädchen (24%). Bei insgesamt niedrigeren Raten in der Repräsentativstichprobe (der Kurpfalzerhebung) fiel das Geschlechtsverhältnis noch deutlicher zu ungunsten der Jungen aus (22% versus 10%). Die Daten aus der Repräsentativstichprobe bilden dabei die »wahren« Verhältnisse realistischer ab als die Ergebnisse aus der Risikokinderstudie. Erneut sind die Diagnosen hyperkinetisches Syndrom (Verhältnis männlich zu weiblich = 8:1) und Störung des Sozialverhaltens (4:1) für den Geschlechtsunterschied verantwortlich, während sich keine signifikanten Unterschiede im Bereich emotionaler und anderer Störungen fanden. Auf Symptomebene zeigten sich höhere Raten der Jungen für Aufmerksamkeitsstörungen (24% versus 10%), Leistungs- (13% versus 7%) und Disziplinstörungen in der Schule (5% versus 1%), Wutanfälle (21% versus 4%), Zerstörung fremden Eigentums (5% versus 0%) sowie Kontaktstörungen (20% versus 8%), Stereotypien (11% versus 5%) und Enkopresis (5% versus 0%).

Mit der eindeutig höheren Psychopathologie der Jungen korrespondiert ein Vorsprung der Mädchen in den sozialen Anpassungsleistungen (Funktionsniveau). Erneut hatten Mädchen bessere Beziehungen zu Gleichaltrigen, waren selbstständiger und betrieben anspruchsvollere Freizeitaktivitäten. Dagegen zeigten sich in beiden Untersuchungen keinerlei Intelligenzunterschiede zwischen Mädchen und Jungen. Unterschiede ergaben sich im Hinblick auf einzelne Teilleistungen und schulleistungsbezogene Fertigkeiten. So hatten die Mädchen Vorteile im Rechtschreiben und Lesen, die Jungen im Rechnen.

12.3.5 Unterschiede in der Adoleszenz (Kurpfalzerhebung, 13 Jahre)

Entgegen klinischen Erfahrungen hatten die Jungen auch im Alter von 13 Jahren noch einen absolut numerischen Vorsprung (22% versus 13%) in der Gesamtrate der psychischen Störungen. Diese Differenz verfehlte allerdings knapp das statistische Signifikanzniveau, lediglich in der Diagnose hyperkinetischer Störungen (5% versus 0%) ergaben sich noch statistisch bedeutsame Unterschiede, die sich auch in höheren Symptomhäufigkeiten für Ablenkbarkeit (26% versus 12%) und Hyperaktivität (25% versus 7%) dokumentieren. Mädchen zeigten häufiger Durchschlafstörungen (6% versus 2%) und Enuresis (5% versus 1%).

Obwohl sich die Geschlechtsunterschiede bezüglich der allgemeinen Intelligenz und auch der meisten spezifischen Teilleistungen im Grundschulalter weitgehend nivelliert hatten, traten entsprechende Differenzen in der Adoleszenz wieder zu Tage. Absolut numerisch waren die Unterschiede zu Lasten der Jungen (4 IQ-Punkte) zwar nicht sehr groß, sie zogen sich jedoch konsistent durch zahlreiche Einzeltests (z. B. Kreativität, kognitive Reflexivität, Visuomotorik).

12.3.6 Unterschiede am Ende des Jugendalters (Kurpfalzerhebung, 18 Jahre)

Die Gesamtrate psychischer Störungen war am Ende des Jugendalters ausgeglichen (Jungen: 15%, Mädchen: 17%), in keiner der erfassten Diagnosegruppen ergaben sich signifikante Unterschiede, wobei seltenere Störungen wie Anorexia nervosa oder Schizophrenie in einer Feldstichprobe nicht häufig genug auftreten, um signifikante Geschlechtsunterschiede aufzeigen zu können. Auf Symptomebene zeigten Mädchen häufiger ausgeprägte Kopfschmerzen (11% versus 5%) magersüchtiges Verhalten (4% versus 0%) und depressive Verstimmungen (28% versus 16%), Jungen zeigten häufiger Alkoholmissbrauch (14% versus 1%), Gebrauch illegaler Substanzen (13% versus 1%), Aggressivität gegen andere mit Körperverletzung (13% versus 1%) und Hyperaktivität (15% versus 6%). Während sich bezüglich des Schulerfolgs keine signifikanten Differenzen ergaben, zeigten Mädchen einen insgesamt höheren Reifeindex, der sich jedoch allein auf den Bereich Partnerschaft (stabile Partnerbeziehung, Integration von Eros und Sexus) zurückführen ließ.

12.3.7 Unterschiede im frühen Erwachsenenalter (Kurpfalzerhebung, 25 Jahre)

Für die Gesamtrate psychischer Störungen ergab sich kein signifikanter Geschlechtsunterschied bei den jungen Erwachsenen (Männer 20%, Frauen 17%). Die jungen Männer unserer Stichprobe zeigten jedoch tendenziell schwerere Formen psychischer Störungen mit dringender Behandlungsbedürftigkeit und wiesen eine erhöhte Wahrscheinlichkeit für komorbide Störungen auf. Deutliche Geschlechtsunterschiede zeigten sich bei externalisierenden versus internalisierenden Störungen. Das Frauen-Männer-Verhältnis bei internalisierenden Störungen beträgt 2,9:1, bei den externalisierenden Störungen des frühen Erwachsenenalters hingegen 1:4,7. Während die jungen Männer signifikant häufiger Störungen durch Substanzgebrauch (6% versus 0%) und Störungen des Sozialverhaltens (7% versus 2%) zeigten, dominierten die jungen Frauen im Bereich emotionaler Störungen (8% versus 1%), keine Unterschiede ergaben sich für Persönlichkeitsstörungen. Auf der Symptomebene fand sich eine höhere Symptombelastung der jungen Frauen für Kopfschmerzen, Somatisierungssymptome, Phobien, für die jungen Männer für Impulsivität, Ablenkbarkeit, Hyperkinese, Alkohol

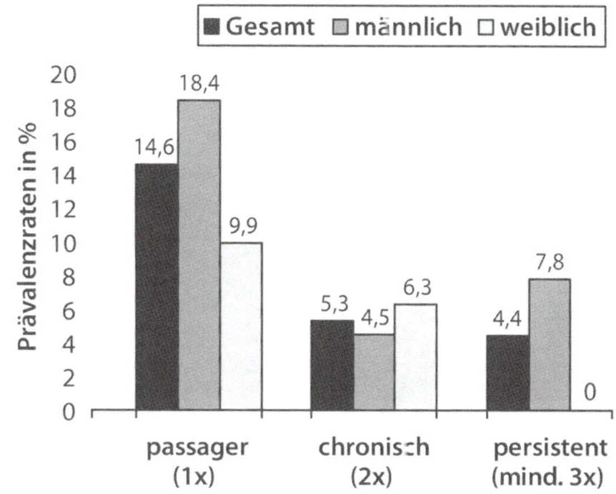

Abb. 12.3. Verlaufstypen dissozial-aggressiver Störungen: Geschlechtsspezifische Häufigkeiten. (Nach Ihle et al. 2005)

und Drogenmissbrauch sowie Aggressivität gegen andere mit Körperverletzung. Bezüglich des Reifeindexes konnten die Unterschiede zwischen Männer und Frauen Ausgangs des Jugendalters exakt repliziert werden.

Diese Befunde stimmen mit einer Vielzahl anderer Studien überein, die höhere Raten von dissozialen Störungen und Substanzmissbrauch bei Männern, jedoch höhere Raten von Angststörungen, depressiven Störungen und Somatisierungsstörungen bei Frauen berichten (Hartung u. Widiger 1998; Wittchen u. Perkonigg 1996). Das Wissen über die Veränderung des Frauen-Männer-Verhältnisses spezifischer psychischer Störungen im Zeitverlauf ist bisher jedoch begrenzt und bedarf weiterer prospektiver Längsschnittstudien (Angold u. Costello 1995).

Im Folgenden werden wir uns mit der Stabilität psychischer Störungen sowie der geschlechtsspezifischen Wirkung von Risikofaktoren auseinandersetzen. Da im vorliegenden Buch depressiven Störungen (► Kap. 19) und hyperkinetischen Störungen (► Kap. 13) eigene Kapitel gewidmet sind, werden wir uns im vorliegenden Beitrag auf Befunde zu den häufigsten psychischen Störungen des Kindes- und Jugendalters (aggressiv-dissoziale Störungen und Angststörungen) beschränken.

12.4 Geschlechtsunterschiede in der Stabilität psychischer Auffälligkeiten

Bezüglich der Stabilität der psychischen Auffälligkeiten (Vorliegen der Störung bei beiden Messzeitpunkten) waren entscheidende Geschlechtsunterschiede lediglich im Jugendalter (zwischen 13 und 18 Jahren) festzustellen. Während bei Jungen Disziplinschwierigkeiten in der Schule (76% versus 0%), Alkoholmissbrauch (27% versus 8%) und Stehlen (28% versus 0%) eine höhere Persistenz zeigten, waren bei Mädchen Kopfschmerzen (73% versus 41%), Ängste (69% versus 29%) und depressive Verstimmungen (60% versus 34%) im Jugendalter stabiler. Dieser Befund reflektiert auch die diagnosenspezifische Stabilität psychischer Störungen in dieser Altersgruppe: jeweils 70% der 13-jährigen dissozialen Jungen und emotional gestörten Mädchen sind im Alter von 18 Jahren weiterhin psychisch auffällig, während dies für die entsprechenden Komplementärgruppen (emotional gestörte Jungen und dissoziale Mädchen) nur für jeweils knapp 30% zutrifft. In Abb. 12.3 sind die unterschiedlichen Verlaufstypen aggressiv-dissozialer Störungen dargestellt.

Am häufigsten treten bei beiden Geschlechtern passagere aggressiv-dissoziale Störungen auf. Diese nur zu einem Untersuchungszeitpunkt auftretenden Störungen machen 60,1% (bei Männern 59,9%, bei Frauen 61,1%) der gesamten dissozial-aggressiven Störungen aus. Zu mindestens zwei Untersuchungszeitpunkten werden von 5,3% (% (bei Männern 4,5%, bei Frauen 6,3%) der Gesamtstichprobe die ICD-10-Kriterien dissozial-aggressiver Störungen erfüllt. Damit macht dieser chronische Verlaufstyp 21,8% (bei Männern 14,6%, bei Frauen 38,9%) der gesamten dissozial-aggressiven Störungen aus. Persistente Störungen über mindestens 3 Untersuchungszeitpunkte treten nur beim männlichen Geschlecht auf. Dieser ungünstigste Verlaufstyp macht ingesamt 18,1% (bei Männern sogar 25,3%) der gesamten dissozial-aggressiven Störungen aus. Auch in unserer Studie zeigte sich demnach, dass die Entwicklungsprognose aggressiv-dissozialer Störungen des Kindes- und Jugendalters sehr ungünstig ist.

Dieser Befund und der Geschlechtsunterschied in der Störungspersistenz (deutlich ungünstigerer Verlauf bei Jungen) stimmt mit den Ergebnissen der wichtigsten amerikanischen Studien (Patterson, DeBaryshe u. Ramsey 1989; Loeber 1991) überein. Persistente Störungen über mindestens drei Messzeitpunkte und damit mindestens 10 Jahre traten bei 4,4% unserer Gesamtstichprobe auf. Dieses Ergebnis bestätigt aktuelle Längsschnittstudien in Kanada (Tremblay 2002), wonach 4% der Untersuchungsteilnehmer von 3–15 Jahren ein stabil hohes Aggressionsniveau zeigten.

12.5 Geschlechtsspezifische Wirkung von Risikofaktoren

Für die Ursachen der Geschlechtsunterschiede im Erwachsenenalter existieren in der Literatur verschiedene psychosoziale, biologische und sozialwissenschaftliche Erklärungsansätze (Kämmerer 2001; Riecher-Rössler u. Bitzer 2004):

- Die **psychosozialen Erklärungen** berücksichtigen u. a. die geschlechtsspezifischen Wahrnehmungs- und Verhaltensmuster. Das betrifft z. B. das erlernte Rollenverhalten oder das unterschiedliche Körperbewusstsein von Männern und Frauen.
- Als **biologische Erklärungsfaktoren** werden u. a. die genetische Disposition sowie auch physiologische und hormonelle Regulationsmechanismen aufgeführt.
- Die **sozialwissenschaftlichen Erklärungsansätze** berücksichtigen die spezifischen Lebensbedingungen und Partizipationschancen von Frauen und Männern. Diese beziehen u. a. die unterschiedlichen Erfahrungen in den Bereichen Schule, Ausbildung, Arbeitsmarkt und Familie ebenso wie im Gesundheitswesen mit ein.

Jungen gelten allgemein als vulnerabler, also anfälliger gegen Stressfaktoren als Mädchen. Dieser Befund lässt sich bereits aus den höheren Prävalenzraten psychischer Störungen bei Jungen im Vorschul- und Grundschulalter (bei gleicher Belastung mit psychosozialen Stressoren beider Geschlechter) ableiten. Aufschlussreicher sind daher Analysen, die die Wirkung von Stressoren unterschiedlicher Lebensabschnitte auf beide Geschlechter thematisieren. Im Folgenden wurden die Stressoren aus vier Lebensabschnitten in ihrer geschlechtsspezifischen Wirkung auf Angststörungen und Störungen des Sozialverhaltens bzw. Sucht des frühen Erwachsenenalters (25 Jahre) betrachtet. Die Kinder bzw. Jugendlichen waren bei Eintritt der jeweiligen Stressoren 0 bis 6, 6 bis 13, 13 bis 18, oder 18 bis 25 Jahre alt. Zu den Stressoren zählten u. a. psychische oder schwere körperliche Erkrankungen eines Elternteils, chronischer Streit zwischen den Eltern, eine längere Trennung von einem Elternteil, chronische Belastungen wie Arbeitslosigkeit eines Elternteils oder beengte Wohnverhältnisse, Vernachlässigung des Kindes, Verlust wichtiger Freunde oder anderer Bezugspersonen.

Wie ▣ Abb. 12.4 und ▣ Abb. 12.5 zeigen, erklären bei jungen Männern für beide Diagnosegruppen die Stressoren der frühen und mittleren Kindheit vergleichsweise große Varianzanteile, während bei jungen Frauen Stressoren aus diesen Lebensabschnitten relativ unbedeutend sind. Bei Frauen sind eher Stressoren des Jugend- und frühen Erwachsenenalters geeignet, spätere Störungen aufzuklären. Dies sind Befunde, für die Replikationen noch ausstehen, die aber möglicherweise interessante Ansatzpunkte für geschlechtsspezifische Prävention psychischer Störungen bieten könnten.

12.6 Altersübergreifende Darstellung

Bei der **störungsspezifischen Betrachtungsweise** zeigen sich bei Jungen durchgehend höhere Raten von hyperkinetischen Störungen, dissozial-aggressiven Störungen, Störungen durch Substanzgebrauch sowie monosymptomatischen Störungen wie Tics und Enkopresis, während Mädchen höhere Raten von Essstörungen und psychosomatischen Störungen aufweisen. Keine Geschlechtsunterschiede zeigen sich in der Häufigkeit psychotischer Störungen. Ein differenziertes Bild zeigt sich für depressive Störungen und Angststörungen. Während **depressive Störungen** im späten Jugendalter und frühen Erwachsenenalter doppelt so häufig beim weiblichen Geschlecht vorkommen, treten diese im Schulalter häufiger bei Jungen auf. Dies erklärt sich vor allem durch eine Abnahme internalisierender Störungen bei Jungen und einer gleichzeitigen Zunahme bei den Mädchen (Ihle et al. 2000).

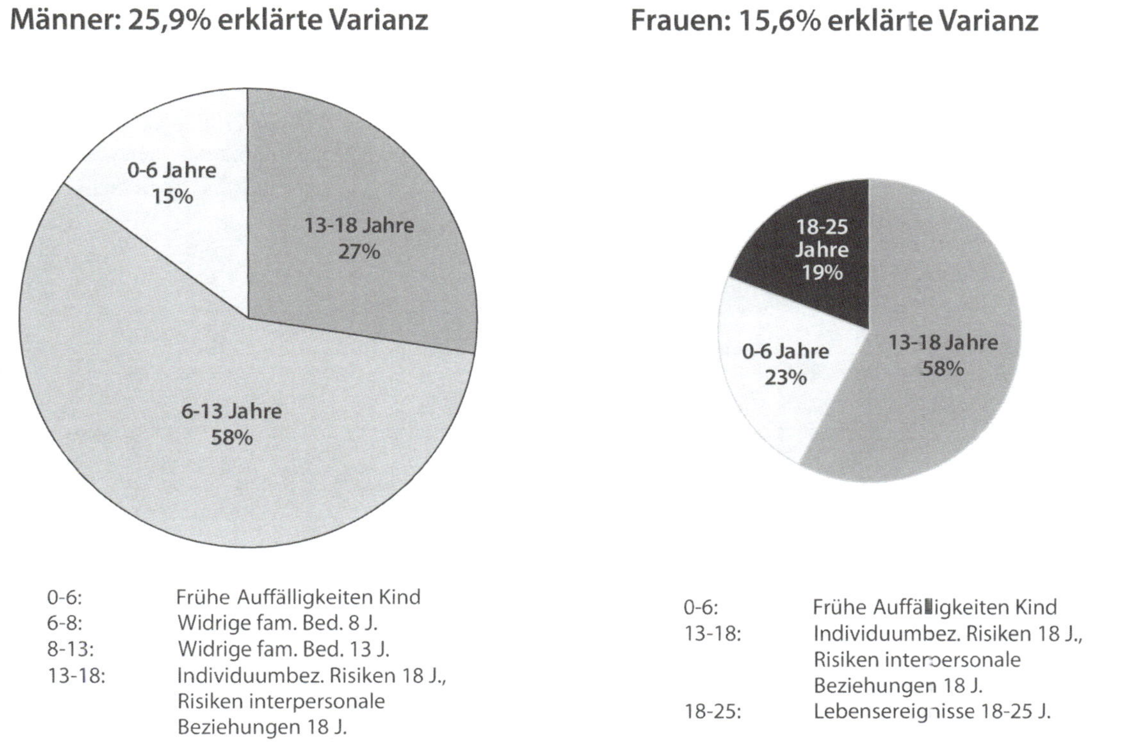

Abb. 12.4. Chronologische Betrachtung der Bedeutung von Risikofaktoren des Kindes- und Jugendalters für Angststörungen im frühen Erwachsenenalter (Ergebnisse hierarchischer multipler Regressionsanalysen)

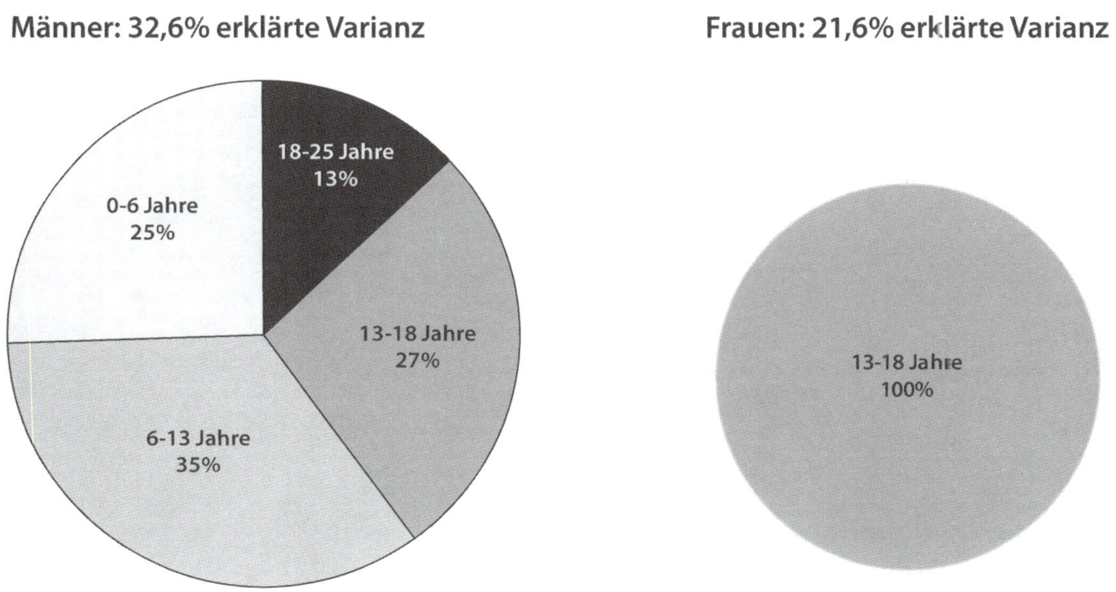

Abb. 12.5. Chronologische Betrachtung der Bedeutung von Risikofaktoren des Kindes- und Jugendalters für dissozial-aggressive Störungen und Störungen durch Substanzgebrauch im frühen Erwachsenenalter (Ergebnisse hierarchischer multipler Regressionsanalysen)

Nicht ganz so eindeutig stellt sich die Befundlage für **Angststörungen** dar: Jedoch gibt es auch hier einige Belege, dass die im frühen Erwachsenenalter gefundenen 2- bis 3-fachen Raten bei Frauen im Jugendalter noch nicht in dieser Form auftreten bzw. im Schulalter mindestens ebenso häufig bei Jungen auftreten (Ihle et al. 2000). Beeindruckend stellt sich in unserer Studie die Veränderung des Geschlechtsverhältnisses internalisierender und externalisierender Störungen dar. In ◘ Abb. 12.6 und 12.7 sind die geschlechtsspezifischen kumulierten Inzidenzraten der häufigsten Störungen vom Grundschul- bis zum frühen Erwachsenenalter (Kurpfalzerhebung) dargestellt.

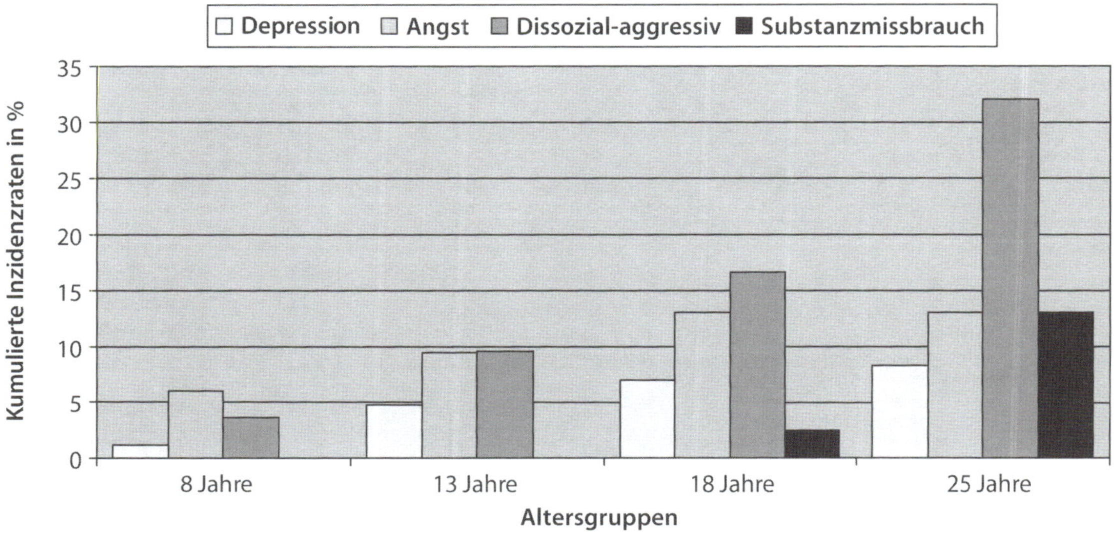

◘ **Abb. 12.6.** Kumulierte Inzidenzraten der häufigsten psychischen Störungen vom Grundschul- bis zum frühen Erwachsnenalter (Jungen/Männer). (Nach Ihle et al. 2006)

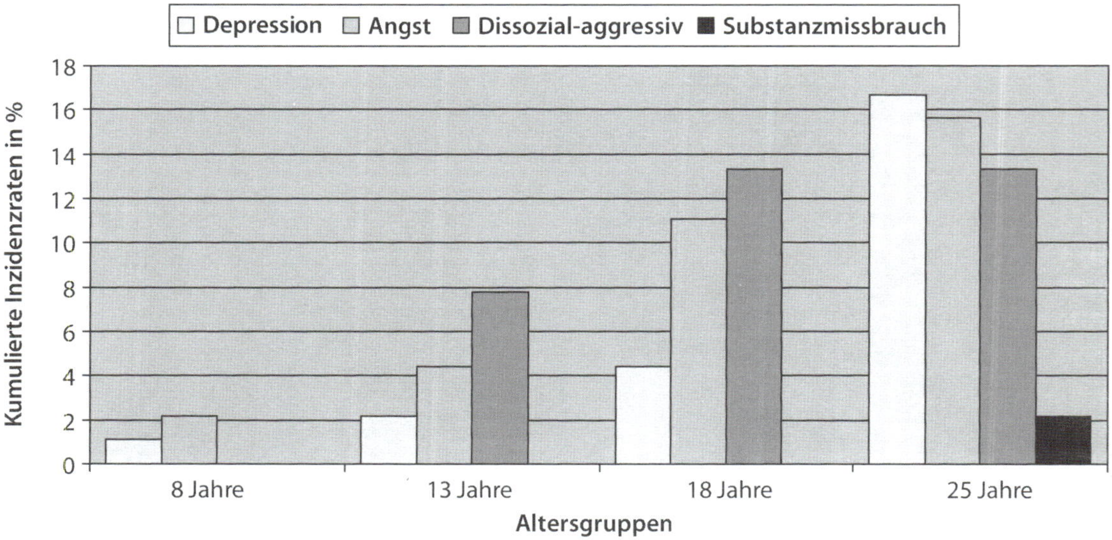

◘ **Abb. 12.7.** Kumulierte Inzidenzraten der häufigsten psychischen Störungen vom Grundschul- bis zum frühen Erwachsenenalter (Mädchen/Frauen). (Nach Ihle et al. 2006)

Während in Übereinstimmung mit anderen Studien (u. a. Angold u. Worthman 1993) im Grundschulalter und im frühen Jugendalter tendenziell die Jungen unserer Stichprobe höhere Raten **internalisierender Störungen** zeigten, kehrte sich das Verhältnis im späten Jugendalter um. Während Angststörungen im Grundschul- und frühen Jugendalter die zweithäufigste Störungsgruppe bei den Jungen darstellt, und damit zu den häufigsten psychischen Störungen des Kindes- und Jugendalters gehört (Bernstein et al. 1996), treten diese im Übergang zum Erwachsenenalter bei jungen Männern kaum auf. Im frühen Erwachsenenalter ergaben sich schließlich erstmals signifikant höhere Raten internalisierender Störungen bei den Frauen. Dies drückt sich in höheren Raten von Angststörungen, depressiven Störungen und psychosomatischen Störungen aus und bestätigt Befunde von Angst u. Dobler-Mikola (1985), Fichter (1990), Kessler et al. (1994), Robins u. Regier (1991) und Wittchen et al. (1992).

Ebenso eindrücklich sind die zeitlichen Veränderungen bei den **externalisierenden Störungen**. Während im Grundschulalter Jungen signifikant häufiger diese Störungen zeigten, ergaben sich im Jugendalter keine signifikanten Geschlechtsunterschiede. Im Übergang vom Jugend- zum Erwachsenenalter kam es hingegen zu einem hochsignifikanten Geschlechtseffekt. Dieser Unterschied kommt vor allem durch die starke Zunahme von Störungen durch Substanzgebrauch und auch dissozialen Störungen bei den jungen Männern und die Abnahme von dissozialen Störungen bei den jungen Frauen zustande.

Fazit

Psychische Störungen des Kindes- und Jugendalters sind in hohem Maße geschlechtsabhängig. Vom Kleinkindalter bis zum Alter von 13 Jahren werden fast durchgehend höhere Gesamtprävalenzraten bei Jungen gefunden, wogegen im Zuge der Adoleszenz eine Angleichung der Raten erfolgt. Häufig, jedoch nicht durchgehend, werden ab dem späten Jugendalter höhere Gesamtraten bei den Mädchen gefunden. Dieser Geschlechtsunterschied verschwindet, wenn auch dissozial-aggressive Störungen in die Analysen einbezogen werden.

Literatur

Anderson JC, Williams S, McGee R, Silva PA (1987) DSM-III disorders in preadolescent children. Archives of General Psychiatry 44:69–76

Angold A, Costello EJ (1995) Developmental epidemiology. Epidemiologic Reviews 17:74–82

Angold A, Worthman, CW (1993) Puberty onset of gender differences in rates of depression: a developmental, epidemiologic and neuroendocrine perspective. Journal of Affective Disorders 29:145–158

Angst J, Dobler-Mikola A (1985) The Zurich Study – V. Anxiety and phobia in young adults. European Archives of Psychiatry and Neurological Sciences 234:408–418

Attie I, Brooks-Gunn J (1995) The development of eating regulation across the life span. In: Cicchetti D, Cohen DJ (eds) Developmental psychopathology: Risk, disorder, and adaption, vol. 2, pp 332–368. Wiley & Sons, New York

Bernstein GA, Borchardt CM, Perwien AR (1996) Anxiety disorders in children and adolescents A review of the past 10 years. Journal of the American Academy of Child and Adolescent Psychiatry 35:1110–1119

Blanz, B, Schmidt, MH, Esser, G (1991) Familial adversities and child psychiatric disorders. Journal of Child Psychology and Psychiatry 32:939–950

Cicchetti D, Toth SL (1995) Developmental psychopathology and disorders of affect. In: Cicchetti D, Cohen DJ (eds), Developmental psychopathology: Risk, disorder, and adaption, vol. 2, pp 369–420. Wiley & Sons, New York

Dishion TJ, French DC, Patterson GR (1995) The development and ecology of antisocial behavior. In: Cicchetti D, Cohen DJ (eds) Developmental psychopathology: Risk, disorder, and adaption, vol. 2, pp 421–471. Wiley & Sons, New York

Esser G, Schmidt MH, Woerner W (1990) Epidemiology and course of psychiatric disorders in school-age children – Results of a longitudinal study. Journal of Child Psychology and Psychiatry 31:243–263

Esser G, Ihle W, Schmidt MH, Blanz B (2000) Der Verlauf psychischer Störungen vom Kindes- zum Erwachsenenalter. Zeitschrift für Klinische Psychologie und Psychotherapie 29:276–283

Feehan M, McGee R, NadaRaja S, Williams SM (1994) DSM-III-R disorders in New Zealand 18-year-olds. Australian and New Zealand Journal of Psychiatry 28:87–99

Fichter MM (1990) Verlauf psychischer Erkrankungen in der Bevölkerung. Springer, Berlin Heidelberg New York Tokyo

Hartung CM, Widiger TA (1998) Gender differences in the diagnosis of mental disorders: conclusions and controversies of the DSM-IV. Psychological Bulletin 123:260–278

Ihle W, Esser G (2002) Epidemiologie psychischer Störungen im Kindes- und Jugendalter. Prävalenz, Verlauf, Komorbidität und Geschlechtsunterschiede. Psychologische Rundschau 53:159–169

Ihle W, Esser G, Schmidt MH (2005) Aggressiv-dissoziale Störungen und rechtsextreme Einstellungen: Prävalenz, Geschlechtsunterschiede, Verlauf und Risikofaktoren. Verhaltenstherapie und Verhaltensmedizin 26:81–101

Ihle W, Esser G, Schmidt MH, Blanz B (2000) Prävalenz, Komorbidität und Geschlechtsunterschiede psychischer Störungen vom Grundschul- bis ins frühe Erwachsenenalter. Zeitschrift für Klinische Psychologie und Psychotherapie 29:263–275

Ihle W, Frenzel T, Esser G (2006) Epidemiologie und Verlauf psychischer Störungen im Kindes- und Jugendalter. In: Mattejat F (Hrsg) Lehrbuch der Psychotherapie. Band 4: Verhaltenstherapie mit Kindern, Jugendlichen und Familien, S. 85–96.: CIP Medien, München

Kämmerer A (2001) Weibliches Geschlecht und psychische Störungen – epidemiologische, diagnostische und ätiologische Überlegungen. In Franke A, Kämmerer A (Hrsg) Klinische Psychologie der Frau – ein Lehrbuch. Hogrefe, Göttingen, S. 51–90

Kessler RC, McConagle KA, Zhao S, Nelson CB, Hughes M, Eshleman S, Wittchen H-U, Kendler KS (1994) Lifetime and 12-month prevalence of DSM-III-R psychiatric disorders in the United States: Results from the National Comorbidity Survey. Archives of General Psychiatry 51:8–19

Kroenke K, Spitzer RL (1998) Gender differences in the reporting of physical and somatoform symptoms. Psychosomatic Medicine 60:150–155

Laucht M, Esser G, Schmidt MH (1993) Psychische Auffälligkeiten im Kleinkind- und Vorschulalter. Kindheit und Entwicklung 2:143–149

Laucht M, Esser G, Schmidt MH (1997) Developmental outcome of infants born with biological and psychosocial risks. Journal of Child Psychology and Psychiatry 38:843–853

Laucht M, Esser G, Schmidt MH (2000a) Längsschnittforschung zur Entwicklungsepidemiologie psychischer Störungen: Zielsetzung, Konzeption und zentrale Ergebnisse der Mannheimer Risikokinderstudie. Zeitschrift für Klinische Psychologie und Psychotherapie 29:246–262

Laucht M, Esser G, Schmidt MH, Baving L, Gerhold M, Hoesch I, Ihle W, Steigleider P, Stock B, Stöhr R-M, Weindrich D (2000b) Behavioral sequelae of perinatal insults and early family adversity at 8 years of age. Journal of the American Academy of Child and Adolescent Psychiatry 39:1229–1237

Loeber, R (1991) Antisocial behavior: more endless than changeable? Journal of the American Academy of Child and Adolescent Psychiatry 30:385–397

McGee R, Feehan M, Williams S, Partridge F, Silva PA, Kelly J (1990) DSM-III disorders in a large sample of adolescents. Journal of the American Academy of Child and Adolescent Psychiatry 29:611–619

Newman DL, Moffitt TE, Caspi A, Magdol L, Silva PA, Stanton WR (1996) Psychiatric disorder in a birth cohort of young adults: Prevalence, comorbidity, clinical significance, and new case incidence from ages 11 to 21. Journal of Consulting and Clinical Psychology 64:552–562

Patterson GR, DeBaryshe BD, Ramsey E (1989) A developmental perspective on antisocial behavior. American Psychologist 44:329–335

Riecher-Rössler A, Bitzer J (2004) Frauengesundheit. Ein Leitfaden für die ärztliche und psychotherapeutische Praxis. Urban & Fischer, München Jena

Robins LN, Regier DA (1991) Psychiatric disorders in America. The Epidemiological Catchment Area Study. Maxwell Macmillan, New York

Tremblay RE (2002) The development of aggressive behaviour during childhood. In: Hartup WW, Silbereisen RK (eds) Growing points in developmental science: an introduction. Psychology Press, New York, pp 241–265

Weissman M, Bruce M, Leaf P, Florio L, Holzer C (1991) Affective disorders. In: Robins L, Reigier D (eds) Psychiatric disorders in America. Free Press, New York, pp 53–80

Wittchen H-U, Essau CA, Zerssen D von, Krieg CJ, Hecht H (1992) Life-time and sixmonth prevalence of mental disorders in the Munich Follow-Up Study. European Archives of Psychiatry and Clinical Neurosciences 241:247–258

Wittchen H-U, Jacobi F (2005) Size and burden of mental disorders in Europe – a critical review and appraisal of 27 studies. European Neuropsychopharmacology 15:357–376

Wittchen H-U, Perkonigg A (1996) Epidemiologie psychischer Störungen Grundlagen, Häufigkeit, Risikofaktoren und Konsequenzen. In: Ehlers A, Hahlweg K (Hrsg) Grundlagen der Klinischen Psychologie. Band 1 der Serie II Klinische Psychologie der Enzyklopädie der Psychologie. Hogrefe, Göttingen, S. 69–144

Ursachen der Geschlechtsunterschiede in der Prävalenz der Aufmerksamkeits-defizit-/Hyperaktivitäts-Störung

Kerstin Konrad, Thomas Günther

Die Aufmerksamkeitsdefizit-/Hyperaktivitäts-Störung (ADHS) ist die häufigste psychische Störung des Kindes- und Jugendalters. Sie ist gekennzeichnet durch ein situationsübergreifendes Verhaltensmuster von motorischer Unruhe, Unaufmerksamkeit und Impulsivität, das mit klinisch bedeutsamen Beeinträchtigungen im sozialen, schulischen oder beruflichen Funktionsbereich verbunden ist. Jungen sind etwa drei- bis neunmal so häufig betroffen wie Mädchen (APA 1994). Die Symptomatik manifestiert sich früh (vor dem 7. Lebensjahr) und zeigt bei ca. 20% der Patienten eine Persistenz im Erwachsenenalter (Biederman et al. 1996). Während die motorische Hyperaktivität im Laufe der Entwicklung abnimmt, dominieren die Aufmerksamkeitsstörung und Impulsivität das Krankheitsbild im Erwachsenenalter.
ADHS hat weit reichende Konsequenzen für die Entwicklung des Patienten. So weisen die betroffenen Kinder in erheblichem Maße schulische Schwierigkeiten und Probleme mit Gleichaltrigen auf (Merrell u. Tymms 2001). Im Erwachsenenalter besteht zudem ein hohes Risiko für soziale Isolation, schwere Verkehrsunfälle, dissoziale Entwicklungen und Drogenmissbrauch (Weiss u. Hechtman 1993).

13.1 Klassifikation

Diagnostische Kriterien der Aufmerksamkeitsdefizit-/Hyperaktivitäts-Störung nach DSM-IV

Die Klassifikationssysteme psychischer Störungen (ICD-10 und DSM IV) definieren das Aufmerksamkeitsdefizit-Syndrom als eine Störung mit Beginn im Kleinkindalter, der Kindheit und Adoleszenz. Nach DSM-IV **müssen** für eine ADHS-Diagnose entweder A1 und/oder A2 **sowie** B, C, D E zutreffen.

- **A1 Unaufmerksamkeit:** Sechs (oder mehr) der folgenden Symptome von Unaufmerksamkeit sind während der letzten sechs Monate in einem mit dem Entwicklungsstand des Kindes nicht zu vereinbarenden und unangemessenen Ausmaß vorhanden gewesen:
  a) Beachtet häufig Einzelheiten nicht oder macht Flüchtigkeitsfehler bei den Schularbeiten, bei der Arbeit oder bei anderen Tätigkeiten.
  b) Hat oft Schwierigkeiten, längere Zeit die Aufmerksamkeit bei Aufgaben oder beim Spielen aufrechtzuerhalten.
  c) Scheint häufig nicht zuzuhören, wenn andere ihn/sie ansprechen.
  d) Führt häufig Anweisungen anderer nicht vollständig durch und kann Schularbeiten, andere Arbeiten oder Pflichten am Arbeitsplatz nicht zu Ende bringen (nicht aufgrund oppositionellem Verhaltens oder Verständigungsschwierigkeiten).
  e) Hat häufig Schwierigkeiten, Aufgaben und Aktivitäten zu organisieren.
  f) Vermeidet häufig, oder hat eine Abneigung gegen oder beschäftigt sich häufig nur widerwillig mit Aufgaben, die länger dauernde geistige Anstrengungen erfordern (wie Mitarbeit im Unterricht oder Hausaufgaben).
  g) Verliert häufig Gegenstände, die für Aufgaben oder Aktivitäten benötigt werden (z. B. Spielsachen, Hausaufgabenhefte, Stifte, Bücher oder Werkzeug).
  h) Lässt sich oft durch äußere Reize leicht ablenken.
  i) Ist bei Alltagstätigkeiten häufig vergesslich.

▼

- **A2 Hyperaktivität und Impulsivität:** Sechs (oder mehr) der folgenden Symptome der Hyperaktivität und Impulsivität sind während der letzten sechs Monate beständig in einem mit dem Entwicklungsstand des Kindes nicht zu vereinbarenden und unangemessenen Ausmaß vorhanden gewesen:
  - **Hyperaktivität**
    a) Zappelt häufig mit Händen oder Füssen oder rutscht auf dem Stuhl herum.
    b) Steht in der Klasse oder in Situationen, in denen Sitzen bleiben erwartet wird, häufig auf.
    c) Läuft herum oder klettert exzessiv in Situationen, in denen dies unpassend ist (bei Jugendlichen oder Erwachsenen kann dies auf ein subjektives Unruhegefühl beschränkt bleiben).
    d) Hat häufig Schwierigkeiten, ruhig zu spielen oder sich mit Freizeitaktivitäten ruhig zu beschäftigen.
    e) Ist häufig »auf Achse« oder handelt oftmals, als wäre er/sie »getrieben«.
    f) Redet häufig übermäßig viel.
  - **Impulsivität**
    g) Platzt häufig mit Antworten heraus, bevor die Frage zu Ende gestellt ist
    h) Kann nur schwer warten, bis er/sie an der Reihe ist
    i) Unterbricht und stört andere häufig (platzt z. B. in Gespräche oder Spiele anderer hinein)
- **B**: Einige Symptome der Hyperaktivität-Impulsivität oder Unaufmerksamkeit, die Beeinträchtigungen verursachen, treten bereits vor dem Alter von sieben Jahren auf.
- **C**: Beeinträchtigungen durch diese Symptome zeigen sich in zwei oder mehr Bereichen (z. B. in der Schule bzw. am Arbeitsplatz und zu Hause).
- **D**: Es müssen deutliche Hinweise auf klinisch bedeutsame Beeinträchtigungen in sozialen, schulischen oder beruflichen Funktionsbereichen vorhanden sein.
- **E**: Die Symptome treten nicht ausschließlich im Verlauf einer so genannten tiefgreifenden Entwicklungsstörung, einer Schizophrenie oder einer anderen psychotischen Störung auf und können auch nicht durch eine andere psychische Störung besser erklärt werden (z. B. affektive Störung, Angststörung, dissoziative Störung oder eine Persönlichkeitsstörung).

Subtypen:

- **TYP 1:** Wenn die Kriterien A1 und A2 während der letzten sechs Monate erfüllt waren: DSM-IV 314.01 (ICD-10 F90.00) Aufmerksamkeitsdefizit-/Hyperaktivitätsstörung, **Mischtypus**
- **TYP 2:** Wenn Kriterium A1, nicht aber Kriterium A2 während der letzten sechs Monate erfüllt war: DSM-IV 314.00 (ICD-10 F98.8) Aufmerksamkeitsdefizit-/Hyperaktivitätsstörung, Vorwiegend **unaufmerksamer Typus**
- **TYP 3:** Wenn Kriterium A2, nicht aber Kriterium A1 während der letzten sechs Monate erfüllt war: DSM-IV 314.01 (ICD-10 F90.1) Aufmerksamkeitsdefizit-/Hyperaktivitätsstörung, Vorwiegend **hyperaktiv-impulsiver Typus**

Forschungskriterien des ICD-10 (nach Schlottke u. Lauth 1996)

- **G1: Unaufmerksamkeit.** Mindestens sechs Monate lang mindestens sechs der folgenden Symptome von Unaufmerksamkeit in einem mit dem Entwicklungsalter des Kindes nicht zu vereinbarenden und unangemessenen Ausmaß (Auswahl an Indikatoren):
  1. Unaufmerksamkeit gegenüber Details oder Sorgfaltsfehler.
  2. Aufmerksamkeit kann bei Aufgaben oder bei Spielen häufig nicht aufrechterhalten werden.
  3. Hören scheinbar nicht, was ihnen gesagt wird.
  4. Können oft Erklärungen nicht folgen.
  5. Können häufig Aufgaben und Aktivitäten nicht organisieren.
  6. Vermeiden ungeliebte Arbeiten.

▼

7. Verlieren häufig Gegenstände.
8. Werden häufig von externen Reizen abgelenkt.
9. Sind im Verlauf alltäglicher Verrichtungen oft vergesslich.

- **G2: Überaktivität.** Mindestens sechs Monate lang mindestens drei der folgenden Symptome von Überaktivität in einem mit dem Entwicklungsstand des Kindes nicht zu vereinbarenden und unangemessenen Ausmaß (Auswahl an Indikatoren):
  10. Herumfuchteln mit Händen und Füßen.
  11. Platz im Klassenraum verlassen.
  12. In unpassenden Situationen herumlaufen oder extensiv klettern.
  13. beim Spielen unnötig laut sein.
  14. Trotz sozialer Einflussnahme ein anhaltendes Muster extensiver motorischer Unruhe an den Tag legen.
- **G3 Impulsivität.** Mindestens sechs Monate lang mindestens eines der folgenden Symptome von Impulsivität in einem mit dem Entwicklungsstand des Kindes nicht zu vereinbarenden und unangemessenen Ausmaß (Auswahl an Indikatoren):
  15. Häufig mit der Antwort herausplatze.
  16. Nicht warten können, bis sie an der Reihe sind.
  17. Andere häufig unterbrechen und stören.
  18. Reden häufig exzessiv.
- **G4**: Beginn vor dem 7. Lebensjahr.
- **G5**: Symptomausprägung. Die Kriterien sollten in mehr als einer Situation erfüllt sein (der Nachweis situationsübergreifender Symptome erfordert normalerweise Informationen von verschiedenen Bezugspersonen und Datenquellen, Eltern, Lehrern, Schule).
- **G6**: Die Symptome in G1–G3 verursachen ein deutliches Leiden oder Beeinträchtigungen der sozialen, schulischen oder beruflichen Funktionsfähigkeit.
- **G7**: Die Störung erfüllt nicht die Kriterien für eine tiefgreifende Entwicklungsstörung (F84), diejenigen für eine manische Störung (F30), eine depressive Störung (F32) oder eine Angststörung (F41) sind nicht erfüllt.

13

Den diagnostischen Leitlinien nach DSM-IV (Diagnostic and Statistical Manual of the American Psychiatric Association 1994) und ICD-10 (Dilling et al. 1993) ist **gemeinsam**, dass sie einen frühen Beginn der Symptomatik (vor dem 7. Lebensjahr) annehmen, die Symptome mindestens sechs Monate lang und in einem für den Entwicklungsstand untypischen Ausmaß bestehen müssen und in mindestens zwei Lebensbereichen (z. B. zu Hause und in der Schule) auftreten sowie zu deutlichen und klinisch relevanten Beeinträchtigungen in verschiedenen Lebensbereichen führen (Döpfner u. Lehmkuhl 2000).

Ein wesentlicher **Unterschied** zwischen dem amerikanischen und europäischen Klassifikationssystem ist allerdings, dass im ICD-10 zwar auch zwischen Unaufmerksamkeit- und Hyperaktivität als zwei verschiedenen Verhaltensausprägungen unterschieden wird; anders als im DSM-IV müssen jedoch sowohl Merkmale der Aufmerksamkeitsstörung als auch Symptomkriterien der Hyperaktivität und Impulsivität erfüllt sein. Der unaufmerksame Subtyp nach DSM-IV kann im ICD-10 bislang nur unter »andere nicht näher bezeichnete Verhaltens- und emotionale Störung mit Beginn in der Kindheit und Jugend« (F 98.8) verschlüsselt werden, da nach Meinung der WHO es zum Zeitpunkt der Entwicklung des ICD-10 noch zu wenige empirische Befunde gab, die eine »reine« Aufmerksamkeitsstörung als eigenständige Kategorie rechtfertigen würden (ICD-10, Dilling et al. 1991).

13.2 Epidemiologie

Prävalenz. Etwa 5–10% aller Kinder (Faraone et al. 2003) und 4% der Erwachsenen (Biederman 2005) zeigen Symptome im Sinne eines ADHS. Allerdings schwanken die Prävalenzraten in Abhängigkeit von der Art der untersuchten Stichprobe (Inanspruchnahme-Populationen, bevölkerungsbasierte Studien), der verwendeten diagnostischen Verfahren (klinische Diagnose, Fragebogen, strukturierte Interviews), einer adäquaten Berücksichtigung der Auswirkung auf das psychosoziale Funktionsniveau und des zugrunde liegenden Klassifikationssystems. Legt man eine bevölkerungsbasierte Stichprobe zugrunde, die mittels strukturierter oder semistrukturierter Interviews entsprechend der DSM-IV-Kriterien untersucht wurde, so ergibt sich in der Altersgruppe von 4–17 Jahren eine Prävalenz von 2–7%, bei Anwendung der strenger gefassten Kriterien nach ICD-10 eine von 1–2% (Buitelaar 2002). Nach Erhebungen im Rahmen des Kinder- und Jugendsurveys des Robert Koch-Instituts, Berlin, wurde in Deutschland für Kinder und Jugendliche bis zum 17. Lebensjahr eine mittlere Prävalenzrate von 3,9% ermittelt (Huss 2004).

Geschlechterverhältnis. Jungen sind häufiger betroffen als Mädchen. Bereits in den ersten Beschreibung dieses Verhaltenssyndroms durch George Still (1902) wurde die **ausgeprägte Knabenlastigkeit** erwähnt. In epidemiologischen Studien, die im wesentlichen auf Inanspruchnahmepopulationen basierten, variierten die Angaben zum Geschlechterverhältnis zwischen 3:1 und 10:1 (Gaub u. Carlson 1997). Allerdings lassen neuere Studien Zweifel daran aufkommen, dass die Prävalenzrate der ADHS-Störung bei Jungen tatsächlich derart höher ist. Populationsbasierte Studien weisen auf eine geringere Diskrepanz im Vorkommen der ADHS bei Jungen und Mädchen hin als dies in klinischen Studien der Fall ist. In einer Fragebogenstudie mit mehr als 10.000 Probanden berichteten Cuffe et al. (2005) von einem Verhältnis von Jungen zu Mädchen von ca. 2:1. Dies bedeutet, dass in klinischen Stichproben die Anzahl der Jungen bis zu 5-mal höher ist als in nicht-klinischen Populationen.

Bemühungen, separate Prävalenzdaten für ADHS bei Mädchen in einer nicht-klinischen Stichprobe zu bestimmen, führten zu geschätzten Lebenszeitprävalenzraten von insgesamt 9,9%, wobei 4% die DSM-IV-Kriterien des unaufmerksamen Subtyps, 2,2% des hyperaktiv-impulsiven Subtyps und 3,7% die des kombinierten Subtyps der ADHS erfüllten (Hudziak et al. 1998).

Es stellt sich die Frage, warum soviel weniger Mädchen mit ADHS in klinischen Stichproben vorhanden sind. Da in den nicht-klinischen Stichproben die Prävalenzraten zwischen Jungen und Mädchen nicht so stark voneinander abweichen, deutet sich hier eine Gefahr an, dass ADHS bei Mädchen seltener erkannt, nicht diagnostiziert und möglicherweise auch seltener behandelt wird. Mögliche Ursachen für dieses Phänomen sollen in diesem Kapitel deshalb ausführlich behandelt werden. Aber auch in nicht-klinischen Stichproben ist das Vorkommen von ADHS bei Jungen und Mädchen nicht gleich häufig. Mögliche biologische und psychosoziale Erklärungsmodelle für die Jungenlastigkeit des ADHS-Syndroms sollen ebenfalls im Folgenden vorgestellt werden.

13.3 Geschlechtsspezifische Unterschiede bezüglich Symptomatik, Komorbidität und assoziierten klinischen Korrelaten

13.3.1 Symptomatik

Lange Zeit dominierte das hyperaktive Symptombild in den diagnostischen Klassifikationssystemen. So wurden die Symptome »zappelt«, »rennt oder klettert permanent« oder »kann nicht auf dem Stuhl sitzen bleiben« als klassische Kernsymptome angesehen. Das häufigere Vorkommen der ADHS beim männlichen Geschlecht wurde entsprechend darauf zurückgeführt, dass bei Jungen allgemein die Verteilungskurven für die motorische Aktivität im Vergleich zu Mädchen nach rechts verschoben sind. Mädchen mit ADHS zeichnen sich durch einen niedrigeren Schweregrad der hyperaktiv-impulsiven Symptomatik aus. Dieser Bias ist möglicherweise aufgrund des hohen Stellenwertes der hyperaktiv-impulsiven Symptomatik im ICD-10 im europäischen Klassifikationssystem noch gravierender als im DSM-IV.

Das häufigere Vorkommen von hyperaktiv-impulsiven Symptomen bei Jungen ist auch assoziiert mit einer erhöhten Rate an **expansiven Störungen**, wie dem oppositionellen Trotzverhalten oder einer Störung des Sozialverhaltens (► Kap. 13.3.2). Hierbei gilt es ferner zu berücksichtigen, dass expansive Verhaltensweisen in der Schule auffälliger sind als unaufmerksames Verhalten. Kinder die unruhig, oppositionell oder aggressiv sind und dazwischen rufen, stören durch ihr Verhalten den Unterricht deutlich mehr und fallen eher auf als Kinder die »nur« unaufmerksam sind. Daher werden Jungen mit einem ADHS vermutlich häufiger und früher diagnostisch abgeklärt und auch häufiger behandelt als Mädchen.

Dieser **Überweiser-Bias** ist auch bei anderen Störungsbildern, wie z. B. der Legasthenie, beschrieben. Auch hier gibt es große Prävalenzunterschiede zwischen klinischen und nicht-klinischen Stichproben (Shaywitz et al. 1990). In einer Studie mit einer nicht-klinischen Stichprobe konnte gezeigt werden, dass Legasthenie bei Mädchen und Jungen mit Unaufmerksamkeitssymptomen des ADHS assoziiert ist (Willcutt et al. 2005). Jedoch gibt es bei Jungen auch einen deutlichen Zusammenhang mit den hyperaktiven und impulsiven Symptomen. Aufgrund dessen wird auch hier durch einen Überweiser-Bias in den klinischen Stichproben eine höhere Diskrepanz zwischen der Auftretenshäufigkeit von Legasthenie bei Jungen und Mädchen erzeugt.

Dieser Überweiser-Bias beschränkt sich jedoch nicht nur auf die Schule. ADHS-Symptome rufen auch bei Eltern negative Gefühle hervor, wie z. B. Traurigkeit, Scham, Wut, Resignation und das Gefühl von Inkompetenz. In einer Studie wurden Mütter von Kindergartenkindern mit einem hypothetischen Mädchen mit ADHS und einem hypothetischen Jungen mit ADHS konfrontiert (Maniadaki et al. 2005). Mit Fragebögen wurde unter anderem untersucht, welche Emotionen das Verhalten der Kinder hervorruft und wie gut die Mutter ihre Kompetenz einschätzt, die Situation zu »meistern« und kontrollieren zu können. Bezüglich der emotionalen Reaktionen der Mütter konnte kein Unterschied zwischen Jungen und Mädchen festgestellt werden. Obwohl das Verhalten der Kinder identisch war, waren die Mütter bei den Mädchen stärker davon überzeugt, mit der Situation gut umgehen und sie kontrollieren zu können. Die Ursache für hyperaktives Verhalten wurde bei Mädchen eher im biologischen Bereich gesucht und Mädchen wurden eher nicht für die Verhaltensprobleme verantwortlich gemacht. Demnach reagieren Mütter auf ADHS-Mädchen anders als auf Jungen mit ADHS. Dazu passen die Ergebnisse einer anderen Studie, in der typische ADHS-Verhaltensweisen bei Mädchen als weniger problematisch eingeschätzt werden als bei Jungen (Ohan u. Johnston 2005).

Zusammenfassend kann also festgestellt werden, dass Mädchen mit ADHS-Symptomen weniger auffallen, da sie weniger hyperaktive und impulsive Verhaltensweisen zeigen. Wenn Mädchen hyperaktiv und impulsiv sind, dann wird ihr Verhalten als weniger problematisch eingeschätzt. Unaufmerksamkeitssymptome werden insgesamt als weniger störend angesehen. Gute Aufmerksamkeitsprozesse sind jedoch essenziell um schulisch, beruflich und im sozialen Bereich erfolgreich zu sein (Derryberry u. Rothbart 1997; Kochanska et al. 1997) und Defizite in diesen Bereichen gefährden die soziale und kognitive Entwicklung der Kinder und Jugendlichen. Dies führt dazu, dass die Behandlungsbedürftigkeit bei Mädchen, die lediglich unaufmerksam sind, weniger expansive Probleme haben und aufgrund dessen mit Eltern und Lehrern weniger Probleme haben, oft nicht erkannt wird (Carlson et al. 1997; Biederman et al. 2002; Cuffe et al. 2005).

Ob es auch einen Unterschied in der ADHS-Symptomatik zwischen Jungen und Mädchen in klinischen Inanspruchnahmepopulationen gibt, wird derzeit noch kontrovers diskutiert. In einer neueren Studie kamen Biedermann und Kollegen (2005) zu dem Schluss, dass sich Jungen und Mädchen mit ADHS, die in klinischen Institutionen in den USA behandelt werden, nicht hinsichtlich der Symptomatik, des Alters der Erstmanifestation der Symptomatik, den daraus resultierenden Einschränkungen und der Dauer der Erkrankung unterscheiden. Der kombinierte Subtyp nach DSM-IV (Typ 1; ▶ Übersicht) käme in beiden Geschlechtsgruppen gleich häufig vor und in den Bereichen Schule, psychosoziale Einschränkungen und familiäre Belastung gäbe es ebenfalls keine Unterschiede. Auch gäbe es keine Persönlichkeitsunterschiede (Cukrowicz et al. 2006). Mädchen und Jungen mit ADHS seien gleich impulsiv und erbrächten vergleichbare schulische Leistungen (Gaub et al. 1997). Bereits Gaub und Carlson (1997) wiesen in ihrem Übersichtsartikel darauf hin, dass in klinischen Stichproben der Schweregrad der ADHS-Störung bei Mädchen und Jungen vergleichbar ist.

13.3.2 Komorbidität

ADHS geht häufig einher mit anderen Erkrankungen, wobei oppositionelles Trotzverhalten, Störung des Sozialverhaltens, affektive Störungen, Angststörungen und Teilleistungsstörungen die häufigsten sind (Biederman 2005). Je stärker die ADHS-Symptomatik und je mehr komorbide Störungen vorliegen, desto stärker ist die Einschränkung der Lebensqualität (Klassen et al. 2004).

Wie oben bereits erwähnt, sprechen die meisten Studien dafür, dass Jungen mit ADHS häufiger als Mädchen **expansive Störungen** haben (Carlson et al. 1997; Gaub et al. 1997; Abikoff et al. 2002; Biederman et al. 2002; Quinn 2005; Seidman 2006). Jungen mit einem ADHS sind häufiger oppositionell und aggressiv, wohingegen Mädchen mehr indirekt aggressiv agieren, z. B. durch sozial manipulierendes oder ausgrenzendes Verhalten (Maniadaki et al. 2005), und verbal aggressiver sind (Abikoff et al. 2002).

Wenn Mädchen mit ADHS jedoch komorbide expansive Störungen aufweisen, dann gibt es Hinweise darauf, dass sie in der Schule und im Umgang mit ihrer Familie sozial stärker eingeschränkt sind als Jungen (Biederman et al. 1999; Carlson et al. 1997). Dies kann damit erklärt werden, dass expansive Verhaltensweisen eher in Übereinstimmung sind mit männlichen Rollenerwartungen, d. h. bei gleichem expansivem Verhalten ruft dies bei einem Mädchen in der sozialen Umgebung negativere Reaktionen hervor als bei einem Jungen.

Bei den **affektiven Störungen** und den **Angststörungen** deutet hingegen die Mehrzahl der Befunde darauf hin, dass das weiblichen Geschlecht häufiger betroffen ist (Biederman 2005; Levy et al. 2005). Eine **Lese- und Schreibschwäche** als Teilleistungsstörung kommt wiederum bei Jungen mit ADHS häufiger vor (Seidman 2006).

Es gibt jedoch auch Befunde, dass es bezüglich expansiver Störungen und komorbider Legasthenie keine Unterschiede zwischen den Geschlechtern gibt. Levy und Kollegen (2005) gehen davon aus, dass die Komorbidität expansiver Störungen mit dem Ausmaß der ADHS Symptome assoziiert ist und nicht mit dem Geschlecht. Da Hyperaktivität und Impulsivität bei Jungen häufiger und ausgeprägter sind, seien auch die expansiven Störungen häufiger. Mädchen mit vergleichbarer Ausprägung der Hyperaktivität und Impulsivität haben demnach auch vergleichbare Diagnosen im Bereich der expansiven Störungen. Auch beim Lesen und Schreiben konnte unter Berücksichtigung des Schweregrads der ADHS-Symptomatik kein Unterschied zwischen den Geschlechtern mehr festgestellt werden (Rucklidge u. Tannock 2002).

Ferner gibt es Hinweise aus klinischen Stichproben, dass Mädchen mit ADHS im Vergleich zu Jungen ein erhöhtes Risiko für die Entwicklung eines **Substanzabusus** haben (Biederman et al. 1999; Biederman et al. 2002; Quinn 2005).

13.3.3 Neuropsychologie

ADHS ist charakterisiert durch ein Defizit der exekutiven Funktionen, insbesondere im Bereich der Inhibition. Dies wurde in einer Vielzahl von Studien mit unterschiedlichen Paradigmen, wie z. B. dem Go-No-Go-Test, dem Stroop-Test, der Stop-Signal-Aufgabe oder dem Flanker-Task (Übersicht in Konrad u. Herpertz-Dahlmann 2004) gezeigt.

Die Mehrzahl der Studien hat dabei nicht explizit Geschlechterunterschiede kontrolliert. In zwei jüngeren Studien konnte jedoch gezeigt werden, dass sich in neuropsychologischen Paradigmen keine Unterschiede zwischen Jungen und Mädchen mit ADHS zeigten (Seidman 2006; Biederman et al. 2005). Auch Castellanos et al. (2000) berichteten von vergleichbaren Defiziten in okulomotorischen Inhibitionsaufgaben bei Mädchen mit ADHS wie sie zuvor bei Jungen berichtet wurden.

Wenn in neuropsychologischen Untersuchungen Geschlechtsunterschiede zwischen Jungen und Mädchen mit ADHS festgestellt wurden, dann zeigten sich diese Unterschiede auch bei gesunden Kontrollprobanden (Yang et al. 2004).

13.3.4 Neurophysiologische und Bildgebungsbefunde

Eine Vielzahl von Studien hat **morphometrische Veränderungen** bei Kindern und Jugendlichen mit ADHS untersucht, wobei sich die Befunde insgesamt als äußerst heterogen und wenig spezifisch darstellten (Übersicht bei Durston 2003). Zusammenfassend sprechen die Befunde dafür, dass bei Kindern mit ADHS relativ globale kortikale und subkortikale Volumenveränderungen vorzuliegen scheinen. Für Jungen mit ADHS fand die Mehrzahl der Studien morphometrische Abweichungen im Bereich des rechten präfrontalen Kortex, Corpus callosum, Globus pallidus und in bestimmten Kleinhirnarealen. Bei Mädchen mit ADHS liegen weniger Untersuchungen vor, und diese sprechen bislang primär für ein reduziertes Volumen des Nucleus caudatus und des Kleinhirnwurms (Castellanos et al. 2000). Signifikante geschlechtsspezifische Unterschiede in der Hirnanatomie von Jungen und Mädchen mit ADHS wurden bislang allerdings nicht gefunden.

Quantitative **EEG-Studien** und **Studien mit evozierten Potenzialen** haben ebenfalls eine Reihe von ADHS-spezifischen Abweichungen verdeutlicht. Dabei berichteten jüngere Studien von qualitativen Unterschieden in den EEG-Kohärenzen bei Mädchen mit ADHS, die sich so nicht bei ADHS-Jungen fanden (z. B. Barry et al. 2006). Auch einige ältere PET-Studien wiesen darauf hin, dass eine Reduktion des zerebralen Glukosemetabolismus in frontostriatalen Arealen bei Mädchen mit ADHS besonders ausgeprägt ist (z. B. Ernst et al. 1997). Allerdings muss für all diese Befunde kritisch festgestellt werden, dass die Generalisierbarkeit aufgrund von kleinen Stichproben und zum Teil schlecht kontrollierten Stratifikationsproblemen nur sehr eingeschränkt ist und es dringend weiteren Replikationsstudien bedarf.

▣ Tab. 13.1 fasst noch einmal typische ADHS-Charakteristika bei Jungen und Mädchen im Vergleich zusammen.

▣ **Tab. 13.1.** Typische ADHS-Charakteristika bei Jungen und Mädchen im Vergleich. (Modifiziert nach Staller et al. 2006)

	Jungen versus Mädchen
Hyperaktiv-impulsive Symptome	>
Unaufmerksame Symptome	<
Schulleistungen (anhand objektiver Tests)	=
Schulleistungen (anhand Lehrereinschätzungen)	>
Defizit in sozialen Fähigkeiten	=
Vermindertes Selbstwertgefühl	=
IQ-Defizite	? >
Exekutive Funktionsdefizite	?
Komorbiditäten	
Externalisierende Störungen	>
Internalisierende Störungen	?=
Substanzabusus	<

< weniger Probleme bei Jungen
> mehr Probleme bei Jungen
= keine geschlechtsspezifischen Unterschiede
? keine Schlussfolgerungen aufgrund unzureichender Datenlage möglich

13.4 Der Einfluss biologischer Faktoren

13.4.1 Genetische Faktoren

Formalgenetische Studien sprechen dafür, dass ca. 80% des ADHS genetisch determiniert ist (Smidt et al. 2003), wobei mehrere Gene und Umweltfaktoren bei der Entstehung der Störung vermutlich zusammenwirken (multifaktorielle Vererbung). Die Anzahl der beteiligten Gene ist unklar. Es ist nicht davon auszugehen, dass stets die gleiche Allelkombination zum Phänotyp führt, vielmehr ist genetische Heterogenität wahrscheinlich. In Zwillingsstudien wurde von einer 50- bis 80%-igen Konkordanz zwischen eineigen Zwillingen und einer 33%-igen Konkordanz bei zweieiigen Zwillingen berichtet. Familienstudien weisen auf eine höhere Inzidenz für das Syndrom bei Verwandten ersten und zweiten Grades von ADHS-Patienten hin. Das Geschlecht scheint jedoch keinen Einfluss auf die familiäre Transmissionsrate von ADHS oder komorbiden Erkrankungen zu haben. So sind beispielsweise die Korrelationen von zweieiigen Zwillingen unterschiedlichen Geschlechts ähnlich denen der gleichgeschlechtlichen; zudem fallen sie unabhängig davon ähnlich aus, ob der Indexpatient männlich oder weiblich ist (Goodman u. Stevenson 1989).

Molekulargenetische Studien konnten eine Reihe von Kandidatengenen insbesondere im Bereich des **dopaminergen Systems** bestätigen (z. B. DRD4; DRD5; DAT1, SNAP25 etc). Diese Polymorphismen, die mit ADHS assoziiert sind, treten unabhängig vom Geschlecht auf. Auch die vier unabhängigen Genomscans ergaben keinen Hinweis auf starke Kopplungseffekte auf einer X-chromosomalen Region (Hebebrand et al. 2006). Dies spricht gegen eine einfache genetische Erklärung für die Knabenlastigkeit des ADHS-Syndroms.

13.4.2 Prä-, peri- und postnatale Risikofaktoren

Schwangerschafts- und Geburtskomplikationen, ein erniedrigtes Geburtsgewicht, Infektionen und Toxine (z. B. pränatale Alkohol-, Benzodiazepin- oder Nikotinexposition), ZNS-Erkrankungen und -verletzungen sowie ungünstige psychosoziale Bedingungen gelten als exogene Risikofaktoren (Taylor et al. 2004). Pränatale Alkohol- und Nikotinexposition sind sogar bedeutsame eigenständige Risikofaktoren (Thapar et al. 2003).

Eine Vielzahl älterer Untersuchungen hat darauf hingewiesen, dass bei Jungen häufiger Geburtskomplikationen auftreten, sie häufiger an Infektionskrankheiten leiden und sehr viel häufiger als Mädchen von Entwicklungsverzögerungen betroffen sind (Gualtieri u. Hicks 1985). Mädchen werden von Geburt an und in allen Entwicklungsphasen als reifer beschrieben als Jungen (Tanner 1978). Verschiedene Erklärungsmodelle für diese **selective male affliction theory**, wie z. B. die Attribution zum Y-Chromoson und die Tatsache, dass Jungen über 4–5% weniger Chromsomenmaterial verfügen oder eine mütterliche Immunreaktivität auf den männlichen Fetus als Ursache, konnten empirisch nicht bestätigt werden. Vorstellbar ist aber, dass die höhere Rate an prä-, peri-, und postnatalen Belastungsfaktoren bei Jungen zu minimalen Schädigungen in den für hypoxische Effekte besonders sensiblen Neuronen des Striatums führen, welche wiederum ätiologisch mit ADHS assoziiert sein könnten.

Taylor und Ounsted (1972) haben vorgeschlagen, dass aufgrund der rascheren Reifungsprozesse bei Mädchen nur die extrem stark abweichenden Mädchen in den pathologischen Bereich fallen, was in älteren Studien sich zunächst scheinbar bestätigt fand. So wiesen Mädchen mit hyperkinetischem Syndrom einen niedrigeren IQ, Sprachstörungen und neurologische Auffälligkeiten auf, was für eine minimale Hirnschädigung als Ursache sprach (James u. Taylor 1990). Jedoch haben spätere Studien dies nicht bestätigen können.

13.4.3 Geschlechtsabhängige Hirnentwicklung

Ein interessanter Zusammenhang zwischen der hohen Jungenlastigkeit und dem frühen Manifestationsalter der ADHS einerseits und dem typischen geschlechtsspezifischen Muster der Hirnentwicklung wurde kürzlich aufgezeigt (Durston et al. 2001). So geht man heute davon aus, dass bis in die Adoleszenz hinein regionale Volumenveränderungen des Gehirns stattfinden, die sich hinsichtlich des Gesamtvolumens des Gehirns in ihrer Summe gegenseitig aufheben (Giedd et al. 1997). Insgesamt sind das männliche Gehirn und seine anatomischen Strukturen im Vergleich zum weiblichen Gehirn durchschnittlich 10% größer (Reiss et al. 1996; Giedd et al. 1997). Das Volumen der **weißen Substanz** nimmt bis zum Jugendalter anteilsmäßig zu (Reiss et al. 1996) und ist auf die fortschreitende Myelinisierung der Axone durch Oligodendrozyten zurückzuführen (Yakovlev u. Lecours 1967). Die **graue Substanz** unterliegt ebenfalls dynamischen Veränderungen, die schon vor der Geburt beginnen und bis zur Adoleszenz andauern (Jacobson 1991). Ihr Volumen nimmt bis zum Kindesalter zunächst zu, erreicht um das 12. Lebensjahr einen Höhepunkt und reduziert sich anschließend durch anhaltenden Zelltod von Neuronen und Gliazellen bis zum Erwachsenenalter (Giedd et al. 1997, 1999).

Gleichzeitig reduziert sich das Volumen der Basalganglien und des damit assoziierten frontalen Kortex, wobei insbesondere der Kopf des **Nucleus caudatus** betroffen ist (Thompson et al. 2000). Luna und Sweeney (2001) gehen davon aus, das diese Veränderungen eine kritische Periode während der Reifung frontostriataler Kreisläufe darstellen. Der Nucleus caudatus ist im Gegensatz zu allen übrigen zentralnervösen Strukturen im weiblichen Gehirn überdurchschnittlich größer als im männlichen (Giedd et al. 1997). Die ersten Anzeichen eines ADHS sind meist bereits im Vorschulalter erkennbar und damit fällt der Hauptmanifestationszeitpunkt der ADHS-Symptomatik (und auch der Tic-Störungen) genau in dieses Zeitfenster der frühen Maturationsprozesse frontostriataler Strukturen. Beide Störungen zeichnen sich des Weiteren durch eine ausgeprägte Knabenlastigkeit aus, die mit den offensichtlich vorhandenen geschlechtsspezifischen Unterschieden während der Hirnreifung in den frontostriatalen Kreisläufen assoziiert sein könnte. Allerdings handelt es sich hierbei lediglich um einen korrelativen Zusammenhang, der der weiteren Überprüfung bedarf.

13.4.4 Hormonelle Faktoren

Sexualhormone haben vielfältige Einflüsse auf die Entwicklung der Hirnstruktur und Hirnfunktion. Dabei können grob frühe pränatale hormonelle Einflüsse und später in der Entwicklung während der Pubertät einsetzende Einflussfaktoren unterschieden werden. Beispielsweise wird heute angenommen, dass das Y-Chromosom der männlichen Feten die Information zur Steuerung der Differenzierung der Keimdrüsenanlage kodiert. Am Ende des 3. Monates synthetisieren die Leydig-Zellen der Hoden vorübergehend **Testosteron** im männlichen Fetus. Testosteron steuert nicht nur die Differenzierung der äusseren Geschlechtsorgananlage, sondern auch die Entwicklung z. B. hypothalamischer Strukturen, die später die Ausschüttung der Sexualhormone regulieren. Nach der 12. Woche wird die Testosteronsynthese eingestellt und erst in der Pubertät wieder aufgenommen.

Testosteron scheint auch eine entscheidende modulierende Funktion auf das **dopaminerge Neurotransmittersystem** zu nehmen, das vermutlich maßgeblich an der ADHS-Ätiologie beteiligt ist. So konnte in tierexperimentellen Studien gezeigt werden, dass Testosteron die dopaminerge Aktivität und das Neuritenwachstum im mesolimbischen System beeinflusst sowie die Entwicklung dopaminerger Neurone im frontalen Kortex modulieren kann (Taylor 1998). In einer interessanten Studie konnten King et al. (2000) ferner im hypertensiven Rattenmodell (einen Tiermodell für ADHS) aufzeigen, dass die frühe Exposition mit Androgenen (ähnlich wie bei männlichen Feten) bei gleichzeitiger genetischer Disposition für ADHS-Symptome zu einer verstärkten Entwicklung von Verhaltenssymptomen führen kann.

Bei Menschen fehlen allerdings weitestgehend Studien zum Einfluss hormoneller Faktoren auf die Gehirnentwicklung und die Prädisposition für ADHS: Während im Bereich der Aggressionsforschung einige Studien auf einen positiven Zusammenhang zwischen dem Grad der Aggressivität und dem Testosteronspiegel bei Kindern mit disruptiven Störungen hingewiesen haben, ist dies für den Schweregrad der ADHS-Symptomatik so nicht nachgewiesen worden (Scerbo u. Kolko 1994). Auch fehlen Hinweise darauf, dass es unter Einnahme von **Anabolika** zu einer Exazerbation von ADHS-Symptomen kommt, wie es z. B. bei Tic-Erkrankungen beschrieben ist (Leckman u. Scahill 1990). Dies könnte darauf hinweisen, dass frühe, organisierende hormonelle Einflüsse auf die Hirnentwicklung entscheidender sein dürften als die erst in der Pubertät einsetzenden Einflussfaktoren.

13.5 Implikationen für die Diagnostik

ADHS-Symptome werden in der Regel mit Hilfe von **semistrukturierten Interviews**, wie z. B. mit dem K-SADS-PL (Delmo et al. 2001) oder dem K-DIPS (Unnewehr et al. 1995) überprüft oder durch **Fragebögen** (z. B. CBCL, Arbeitsgruppe Kinder-, Jugendlichen- und Familiendiagnostik 1998) bzw. **Verhaltensbögen** (z. B. Conners Rating Scales; Hudziak et al. 2005) oder DISYPS (Döpfner et al. 2000) verifiziert. Dabei werden sowohl die Eltern- als auch, wenn möglich, Lehrerbeurteilungen eingeholt.

All diese diagnostischen Instrumente fragen sowohl den Symptomkomplex der Hyperaktivität/Impulsivität als auch Unaufmerksamkeitsymptome ab. Dennoch konnte vor kurzem nachgewiesen werden, dass **objektive Daten der motorischen Aktivität** besser in der Lage waren, die Lehrereinschätzungen der Unaufmerksamkeitssymptomen zu erklären als neuropsychologische Parameter aus Aufmerksamkeitsparadigmen (Konrad et al. 2005). Konkret bedeutet dies, dass ein Kind ohne Hyperaktivität/Impulsivität in den Verhaltensbögen und Interviews möglicherweise im Bereich Unaufmerksamkeit als unauffällig eingestuft wird, obwohl neuropsychologisch erhebliche Aufmerksamkeitsdefizite vorhanden sein können. Dies beinhaltet dann die Gefahr, Mädchen mit vorherrschend unaufmerksamer Symptomatik zu übersehen.

Bezüglich der Aufmerksamkeitsprozesse sind die verwendeten Verfahren demnach nicht ausreichend sensibel und valide, d. h. Unaufmerksamkeit ist viel schwieriger zu diagnostizieren als Hyperaktivität/Impulsivität. Um Aufmerksamkeitsdefizite festzustellen, könnten zusätzlich objektive Verfahren eingesetzt werden, die Aufmerksamkeitsprozesse gezielt untersuchen, z. B. mit der PC-gestützten **Testbatterie zur Aufmerksamkeitsüberprüfung** (TAP) von Fimm u. Zimmermann (2001; s. auch Günther et al. 2005). Diese sind allerdings deutlich aufwändiger als die oben genannten Interview- und Fragebogenverfahren. Sie können jedoch dazu beitragen, dass klinisch relevante Aufmerksamkeitsdefizite auch bei Kindern ohne Hyperaktivität/Impulsivität sicher erkannt und gezielt behandelt werden können. Allerdings beinhalten sie auch die Gefahr, fälschlicherweise eine Aufmerksamkeitsstörung falsch-positiv zu diagnostizieren.

Eine andere Möglichkeit, mädchenspezifische Besonderheiten im diagnostischen Prozess besser zu berücksichtigen, liegt in der **Anpassung der Interviews und Fragebögen.** So wird z. B. angenommen, dass sich hyperaktiv-impulsives Verhalten bei Mädchen nicht so sehr in motorischer Überaktivität äußert, sondern eher durch eine Art »Hypergesprächigkeit« oder »emotionale Hyperaktivität« (Quinn 2005). Auch Ohan und Johnston (2005) haben festgestellt, dass die angewendeten Kriterien des DSM-IV vornehmlich als »typisch männlich« eingestuft werden können. Sie haben für ADHS, oppositionelles Trotzverhalten und Störung des Sozialverhaltens sensiblere »weibliche« Items entwickelt (▶ Übersicht unten), die es besser ermöglichen sollen, mögliche Defizite in diesen Bereichen auch bei Mädchen zu erkennen. Die »weiblichen Modifikationen« betreffen insbesondere eine Anpassung der Kriterien für den Hyperaktivität/Impulsivität-Komplex (▶ Übersichten DCM-IV und ICD-10). Daraus lässt sich die Hypothese ableiten, dass bei einer Anpassung der Interviews und Fragebögen auch mehr Mädchen im Bereich der Hyperaktivität und Impulsivität auffällig wären. Ob Mädchen unter Berücksichtigung veränderter diagnostischer Kriterien tatsächlich mehr hyperaktiv-impulsive Symptome und expansive Störungen aufweisen, bedarf jedoch der empirischen Überprüfung in weiteren Forschungsarbeiten.

Modifikation der diagnostischen Kriterien für weibliche Patienten für ADHS, oppositionelles Trotzverhalten und Störung des Sozialverhalten (Ohan et al. 2005)

- ADHS
  - Kichert und redet übermäßig viel.
  - Schreibt Mitteilungen oder Briefchen anstatt sich auf den Unterricht zu konzentrieren.
  - Redet ohne nachzudenken.
  - Wechselt impulsiv oder ohne nachzudenken Freunde.
  - Wechselt impulsiv die Themen in einer Unterhaltung.
  - Redet und flüstert im Unterricht anstatt sich auf den Unterricht zu konzentrieren.
  - Malt und kritzelt während des Unterrichts.
  - Vergesslich bei sozialen Aktivitäten (z. B. Vergessen von Verabredungen).
- Oppositionelles Trotzverhalten
  - Bei Verärgerung starrt sie trotzig, rollt mit den Augen oder schüttelt den Kopf.
  - Straft andere mit Verachtung, wenn sie wütend ist.
  - Schreit oder weint um sich aus der Affäre zu ziehen.
  - Verbittert und nachtragend
  - Verweigert oder ignoriert Regeln und Anforderungen von Erwachsenen.
  - Heimtückisch und hinterhältig wenn es darum geht aus selbst verursachten Problemen heraus zu kommen.
- Störung des Sozialverhaltens
  - Erpresst oder schikaniert andere gefühlsmäßig.
  - Erzählt bewusst Lügen oder verrät Geheimnisse um anderen zu Schaden oder in Verlegenheit zu bringen.
  - Ist Mitglied in einer Gruppe die grausam ist zu anderen.
  - Verlässt mit jemandem vom anderen Geschlecht die Schule während der Schulzeit
  - Ist emotional grausam zu anderen (z. B. üble Nachrede).
  - Hat hinter dem Rücken anderer Gegenstände von nicht unerheblichem Wert entwendet.

13.6 Implikationen für die Behandlung

Pharmakologische Behandlungsmaßnahmen. Stimulanzien (z. B. **Methylphenidat**, MPH) stellen die Behandlungsmethode der ersten Wahl bei Patienten mit ADHS dar. Als Medikament zweiter Wahl kann nach dem derzeitigen Kenntnisstand **Atomoxetin** angesehen werden. Alle anderen Präparate sind Medikamente der dritten Wahl und sollten nur angewandt werden, wenn die Medikamente der ersten und zweiten Wahl nicht wirksam sind oder ausgeprägte unerwünschte Wirkungen aufweisen. Zahlreiche Studien belegen die signifikante Wirkung von Stimulanzien in der Therapie der Kernsymptome der ADHS. Die weitaus meisten Studien liegen für Methylphenidat vor, doch gibt es auch hinreichend Belege für die signifikante Wirkung von Amphetaminen und Pemolin und neuerdings Atomoxetin bei Kindern mit ADHS (Gerlach 2004).

Prinzipiell gibt es keine Hinweise auf geschlechtsabhängige Unterschiede bezüglich der Wirksamkeit der verschiedenen Präparate zur Behandlung von ADHS. So scheinen kurzwirksame Stimulanzien (z. B. Methylphenidat, D-Amphetamin), Retardpräparate (z. B. Methylphenidat-HCI) und andere Medikamente (z. B. Atomoxetin) bei Mädchen nicht anders zu wirken als bei Jungen (Sharp et al. 1999; Stevens et al. 2005; Staller u. Faraone 2006). Auch die Dosis der Medikation scheint bei Jungen und Mädchen nicht unterschiedlich zu sein. Die absolute Dosis von Stimulanzien wird mit dem Alter höher, wohingegen jüngere Kinder höhere gewichtsbezogene Dosen (d. h. in mg pro kg Körpergewicht) erhalten. Das Geschlecht hat jedoch keinen Einfluss auf die Dosierung (Lipkin et al. 2005).

Die Untersuchungen basieren jedoch fast ausschließlich auf Daten von Kindern mit ADHS unter 12 Jahren (Seidman 2006), es gibt wenige Studien im Bereich der Adoleszenz oder des Erwachsenenalters. In der Pubertät verändert sich insbesondere bei den Mädchen der Hormonhaushalt und es liegen erste Studien aus einer Arbeitsgruppe vor, die vermuten lassen, dass junge Frauen in Abhängigkeit von ihrem Zyklus anders auf Stimulanzien (**D-Amphetamin**) regieren (Justice u. de Wit 1999; Justice u. de Wit 2000a,b). In einer plazebokontrollierten Studie nahmen gesunden Frauen eine Einzeldosis von 15 mg D-Amphetamin ein. Es konnte gezeigt werden, dass die Wirkung des D-Amphetamins bei gesunden Frauen bei einem erhöhten Östrogen- und niedrigem Progesteronspiegel stärker ist (White et al. 2002). Daraus kann man die Vermutung ableiten, dass bei weiblichen Jugendlichen oder Erwachsenen die Wirkung der Medikation durch die hormonellen Schwankungen im Rahmen des weiblichen Zyklus beeinflusst wird. Allerdings fehlen hier noch systematische Studien mit größeren Stichproben, die dies genauer untersucht haben.

Psychologische Behandlungsmaßnahmen. Neben den pharmakologischen Behandlungsoptionen haben sich psychoedukative und verhaltenstherapeutische Maßnahmen, insbesondere ein Elterntraining sowie eine verhaltenstherapeutische Intervention im Kindergarten bzw. in der Schule als effektiv erwiesen. Geschlechtsunterschiede hinsichtlich der nicht-pharmakologischen Behandlungsoptionen des ADHS könnten hier, insbesondere aufgrund der unterschiedlichen Komorbiditätsraten, besonderes relevant sein. Dies sei anhand der Ergebnisse der sog. MTA-Studie erläutert (► MTA-Studie).

Ferner ist eine geschlechtsabhängige Differenzierung der Therapieziele denkbar. Schaut man sich beispielsweise in Follow-up-Studien klinischer Stichproben die Prognosen von Jugendlichen mit einem ADHS an (Consensus Statement 2002), so gibt es Risikofaktoren die bei Mädchen und Jungen unterschiedlich zu gewichten sind. So ist z. B. das Risiko in der Frühadoleszenz Mutter bzw. Vater zu werden, bei ADHS insgesamt bei beiden Geschlechtern gleichermaßen erhöht, allerdings sind die sozialen Folgen für die Mädchen häufig weitaus schwerwiegender. Auch die möglicherweise mädchenspezifisch erhöhte Rate zur Entwicklung eines Substanzabusus sollte bei psychosozialen Interventionen Berücksichtigung finden, d. h. dass z. B. im Rahmen von Verhaltens- oder familientherapeutischen Interventionen andere Behandlungsziele verfolgt werden müssen.

MTA-Studie

Im Rahmen der Mutimodal Treatment Study of Children with ADHD (MTA) wurde die Wirksamkeit verschiedener Behandlungsformen des ADHS bei 579 Kinder im Alter von 7–10 Jahren in sechs Zentren der USA überprüft. Die erste Gruppe erhielt eine individuell angepasste MPH-Behandlung, die zweite Gruppe eine intensive Verhaltenstherapie mit Behandlungskomponenten für die Schule, die Eltern und das Kind. In der dritten Gruppe wurde eine kombinierte Behandlung aus medikamentöser und Verhaltenstherapie durchgeführt; eine vierte Gruppe wurde einer Standardtherapie zugeordnet (medikamentöse Behandlung durch Hausärzte ohne genaue Dosisanpassung). Insgesamt stellte sich die reine Stimulanzienbehandlung als am effektivsten heraus, allerdings variierten die Effekte für die Kombinationsbehandlung und die alleinige Verhaltenstherapie in Abhängigkeit von den komorbiden Störungen. So zeigte sich eine Überlegenheit der Kombinationsbehandlung von medikamentöser und Verhaltenstherapie nur für die Gruppe der Patienten, die neben der ADHS auch noch eine Störung des Sozialverhaltens aufwiesen (Jensen u. Abikoff 2000). Außerdem erwies sich die alleinige Verhaltenstherapie als besonders effektiv bei Kindern mit einer komorbiden Angststörung. Dies spricht dafür, dass bei Mädchen mit komorbiden Ängsten möglicherweise verhaltenstherapeutische Interventionen stärker als Behandlungsmethode mit oberer Priorität berücksichtigt werden sollten.

13.7 Schlussfolgerungen

Ziel dieses Kapitels war es, Ursachen für Prävalenzunterschiede zwischen Jungen und Mädchen mit einem ADHS zu erläutern. Die wichtigsten Befunde sollen in einem einfachen Model noch einmal zusammengefasst werden (◘ Abb. 13.1).

Jungen mit einem ADHS sind eher hyperaktiv und impulsiv, wohingegen Mädchen eher unaufmerksam sind. Bei Mädchen geht das ADHS zudem häufiger mit einer affektiven Erkrankung oder einer Angststörung einher. Bei Jungen treten dahingegen eher expansive Störungen wie oppositionelles Verhalten oder eine Störung des Sozialverhaltens als komorbide Erkrankung auf. Es ist davon auszugehen, dass der Symptomkomplex des ADHS und der komorbiden Erkrankungen einander beeinflussen oder sogar verstärken. Hyperaktiv-impulsives Verhalten in Kombination mit expansiven Störungen ist auffälliger und führt eher dazu, dass der/die Betroffene früher klinisch vorstellig wird, und eine Diagnostik oder Behandlung durchgeführt wird. Dieser Überweiserbias wird zudem noch von geschlechtsspezifischen Rollenerwartungen moduliert, d. h. identisches Störverhalten wird bei Jungen als schwerwiegender eingeschätzt als bei Mädchen. Insgesamt führt dies dazu, dass Mädchen in klinischen Gruppen deutlich unterrepräsentiert sind und das Jungen zu Mädchen Verhältnis bis zu 10:1 liegt.

Der Überweiser-Bias könnte einerseits mit einer Unterrepräsentation von Mädchen aber auch möglicherweise mit einer Überrepräsentation von Jungen assoziiert sein. Dies ist empirisch nicht eindeutig geklärt. Aktuelle Studien zeigten, das bei adäquater Berücksichtigung des Kriteriums, dass ADHS mit Beeinträchtigungen (impairment) in der Entwicklung verbunden sein muss, die ADHS-Erkrankung insgesamt nicht überdiagnostiziert wird und die Prävalenzraten in den letzten Jahren auch relativ konstant geblieben sind. Allerdings wird gerade die durch die Symptomatik bedingte Beeinträchtigung in der Entwicklung in der klinischen Praxis häufig nicht ausreichend berücksichtigt. Auch konnte gezeigt werden, dass trotz der Zunahme der Verschreibung von Stimulanzien in den letzten 10 Jahren immer noch die Verschreibungsrate deutlich unter der Prävalenzrate liegt, dass aber zum Teil die falschen Kinder diagnostiziert und behandelt wurden (Huss 2004). Möglicherweise fallen hier insbesondere Jungen mit expansiven Verhaltensweisen in die Gruppe der falsch-positiv diagnostizierten Kinder und Jugendlichen.

Die Prävalenzunterschiede – insbesondere in den klinischen Stichproben – machen deutlich, dass bei vielen Mädchen ein ADHS nicht erkannt wird und sie daher auch nicht behandelt werden. Dies liegt insbesondere daran, dass Aufmerksamkeitsstörungen schwieriger zu verifizieren und weniger klinisch auffällig sind als eine motorische Unruhe. Sind die Mädchen jedoch einmal diagnostiziert, dann gibt es keine Unterschiede in der medikamentösen Behandlung, weder im Bereich der Effektivität noch im Bereich der Medikamentenwahl oder deren Dosierung. Möglicherweise werden Jungen eher einer Behandlung zugeführt, selbst wenn sie die Kriterien für ADHS nicht erfüllen. Im Bereich der nicht-medikamentösen Therapie, könnten aufgrund unterschiedlicher Komorbiditätsmuster und Prognosen hinsichtlich des längerfristigen Verlaufs bei Jungen und Mädchen mit ADHS geschlechtsspezifische Indikationen und Anpassung der Behandlungsziele sinnvoll sein.

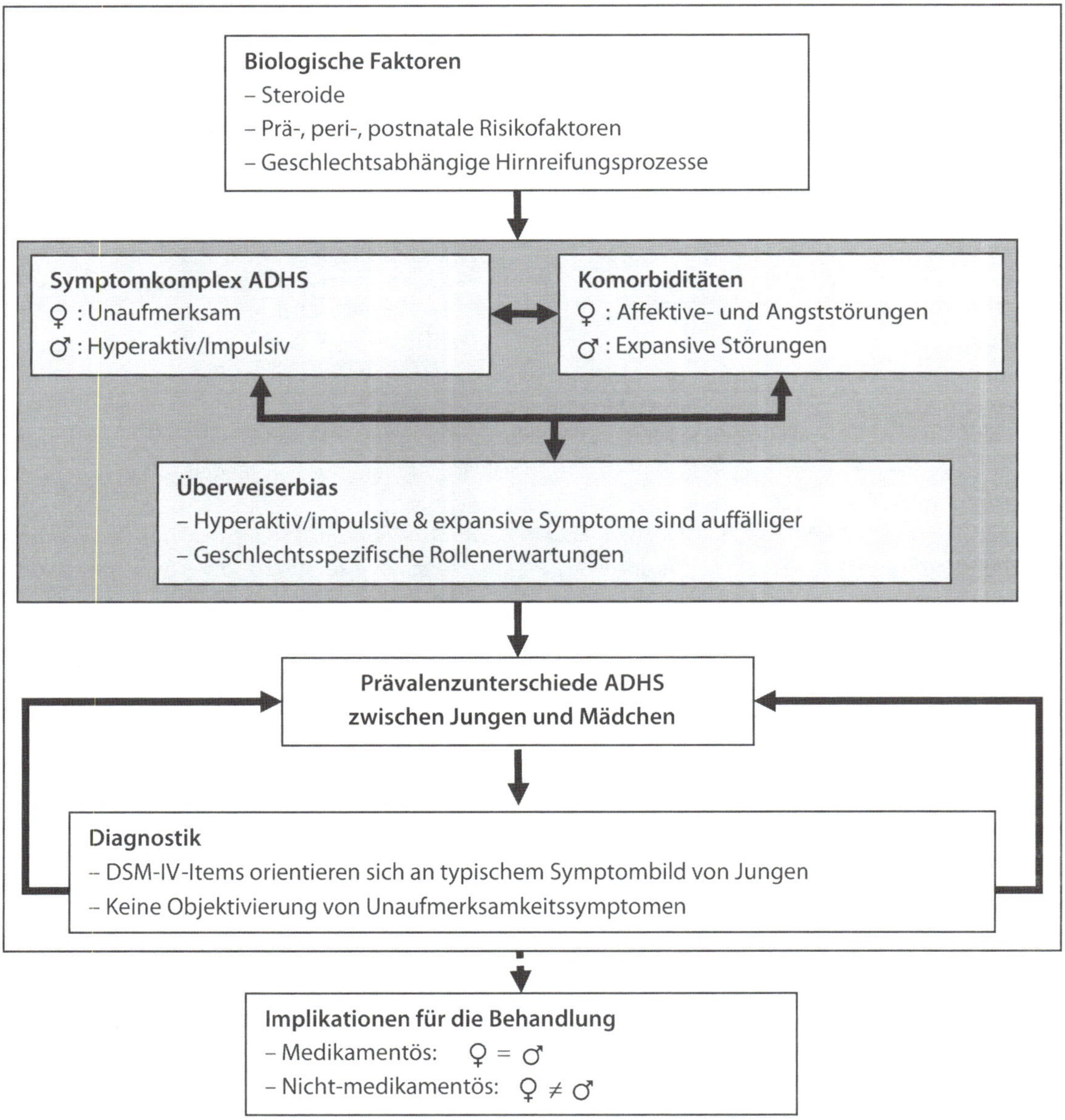

Abb. 13.1. Zusammenfassung der Faktoren, die geschlechtsabhängige Prävalenzunterschiede der ADHS, beeinflussen

Fazit

Die ADHS war bis in die 90er-Jahre eine fast reine »Jungenkrankheit«. Aber auch heute sind die Diagnosekriterien noch eher jungentypisch. Dies bedeutet, dass diagnostische Verfahren angepasst werden müssten, um auch Mädchen mit einem ADHS sicher und rechtzeitig zu erkennen. Zwei mögliche Schritte in diese Richtung wären:

- Neuropsychologische Untersuchungen zur Validierung der Aufmerksamkeitsstörung
- Anpassung der Diagnosekriterien, so dass auch mädchentypische Verhaltensweisen für die zugrunde liegende Pathologie sicher erkannt werden

Auch wenn das Verhältnis in nicht-klinischen Stichproben deutlich geringer ist als in klinischen Populationen, sind auch hier deutliche Prävalenzunterschiede zwischen Jungen und Mädchen festzustellen. Dies lässt sich möglicherweise auf biologische Faktoren, insbesondere auf geschlechtsabhängige Unterschiede in prä-, peri- und postnatalen Risikofaktoren und unterschiedliche Hinreifungsprozesse, die zum Teil durch Sexualhormone moduliert werden, zurückführen.

Literatur

Abikoff HB, Jensen PS, Arnold LL, Hoza B, Hechtman L, Pollack S et al. (2002) Observed Classroom behavior of children with ADHD: relationship to gender and comorbidity. Journal of Abnormal Child Psychology 30:349–359

American Psychiatric Association (1994) Diagnostic and Statistical Manual of Mental Disorders – DSM-IV, 4 ed. American Psychiatric Association, Washington DC

Arbeitsgruppe Kinder- Jugendlichen- und Familiendiagnostik (1998) Elternfragebogen über das Verhalten von Kindern und Jugendlichen (CBCL 4-18), 2. Aufl.: Hogrefe Testzentrale, Göttingen

Barry RJ, Clarke AR, McCarthy R, Selikowitz M (2006) Age and gender effects in EEG coherence: III. Girls with attention-deficit/hyperactivity disorder. Clinical Neurophysiology 117:243–251

Biederman J (2005) Attention-deficit/hyperactivity disorder: a selective overview. Biological Psychiatry 57:1215–1220

Biederman J, Faraone S, Milberger S, Guite J, Mick E, Chen L et al. (1996) A prospective 4-year follow-up study of attention-deficit hyperactivity and related disorders. Archives of General Psychiatry 53:437–446

Biederman J, Faraone SV, Mick E, Williamson S, Wilens TE, Spencer TJ et al. (1999) Clinical correlates of ADHD in females: findings from a large group of girls ascertained from pediatric and psychiatric referral sources. Journal of the American Academy of Child and Adolescent Psychiatry 38:966–975

Biederman,J, Kwon A, Aleardi M, Chouinard V, Marino T, Cole H et al. (2005) Absence of gender effects on attention deficit hyperactivity disorder: findings in nonreferred subjects. American Journal of Psychiatry 162:1083–1089

Biederman J, Mick E, Faraone SV, Braaten E, Doyle A, Spencer T et al. (2002) Influence of gender on attention deficit hyperactivity disorder in children referred to a psychiatric clinic. American Journal of Psychiatry 159:36–42

Buitelaar JK (2002) Epidemiological aspects: What have we learned over the last decade? In: Sandberg S (ed) Hyperactivity and attention disorders of childhood. Cambridge University Press, Cambridge, pp 30–63

Carlson CL, Tamm L, Gaub M (1997) Gender differences in children with ADHD, ODD, and co-occuring ADHD/ODD IDENTIFIED IN A SCHOOL POPULATION. Journal of the American Academy of Child and Adolescent Psychiatry 36:1706–1714

Consensus Statement (2002) Consensus Statement on ADHD. European Child and Adolescent Psychiatry 11:96–98

Cuffe SP, Moore CG, McKeown RE (2005) Prevalence and correlates of ADHD symptoms in the national health interview survey. Journal of Attention Disorders 9:392-401

Cukrowicz KC, Taylor J, Schatschneider C, Iacono WG (2006) Personality differences in children and adolescents with attention-deficit/hyperactivity disorder, conduct disorder, and controls. Journal of Child Psychology and Psychiatry 47:151–159

Delmo C, Weiffenbach O, Gabriel M, Stadler C, Poustka F (2001) Diagnostisches Interview Kiddie-Sads-Present and Lifetime Version (K-SADS-PL), 5. ed. www.kgu.de/zpsy/kinderpsychiatrie/ksadspl.html

Derryberry D Rothbart M K (1997) Reactive and effortful processes in the organization of temperament. Development and Psychopathology 9:633–652

Dilling H, Mombour W, Schmidt MH (1993) Internationale Klassifikation psychischer Störungen: ICD-10. Hans Huber, Bern

Döpfner M, Lehmkuhl G (2000) Diagnostik-System für psychische Störungen im Kindes- und Jugendalter nach ICD-10 / DSM-IV, 2 ed. Hogrefe Testzentrale, Göttingen

Durston S (2003) A review of the biological bases of ADHD: what have we learned from imaging studies? Mental Retardation and Developmental Disabilities Research Reviews 9:184–195

Durston S, Hulshoff Pol HE, Casey BJ, Giedd JN, Buitelaar JK, van Engeland H (2001) Anatomical MRI of the developing human brain: what have we learned? Journal of the American Academy of Child and Adolescent Psychiatry 40:1012–1020

Ernst M, Cohen RM, Liebenauer LL, Jons, PH, Zametkin AJ (1997) Cerebral glucose metabolism in adolescent girls with attention-deficit/hyperactivity disorder. Journal of the American Academy of Child and Adolescent Psychiatry 36:1399–1406

Faraone SV, Sergeant J, Gillberg C, Biederman J (2003) The worldwide prevalence of ADHD: Is it an American condition? World Psychiatry 2:104–113

Fimm B, Zimmermann P (2001) Ergänzungsmanual zur Testbatterie zur Aufmerksamkeitsprüfung (TAP) Version 1.6 – Kinder- und Jugendlichen Normen.:Psytest, Herzogenrath

Gaub M, Carlson CL (1997) Gender Differences in ADHD: A meta-analysis and critical review. Journal of the American Academy of Child and Adolescent Psychiatry 36:1036–1045

Gerlach M (2004) Pharmakologie von Methylphenidat. In Schulte-Markwort M, Warnke A (eds) Methylphenidat. Thieme, Stuttgart, pp. 5–13

Giedd JN, Blumenthal J, Jeffries NO, Castellanos FX, Liu H, Zijdenbos A et al. (1999) Brain development during childhood and adolescence: a longitudinal MRI study. Nature Neuroscience 2:861–863

Giedd JN, Castellanos FX, Rajapakse JC, Vaituzis AC, Rapoport JL (1997) Sexual dimorphism of the developing human brain. Progress in Neuro-Psychopharmacology and Biological Psychiatry 21:1185–1201

Goodman R, Stevenson J (1989) A twin study of hyperactivity – II. The aetiological role of genes, family relationships and perinatal adversity. Journal of Child Psychology and Psychiatry 30:691–709

Gualtieri CT, Hicks RE (1985) Neuropharmacology of methylphenidate and a neural substrate for childhood hyperactivity. The Psychiatric Clinics of North America 8:875–892

Günther T (2005) Attentional dysfunctions and its pharmacological modulation in childhood psychiatric disorders: Evidence from Neuropsychological Studies. Neuropsych Publishers Maastricht

Günther T, Herpertz-Dahlmann B, Konrad K (2005) Reliabilität von Aufmerksamkeits- und verbalen Gedächtnis- Tests bei gesunden Kindern und Jugendlichen – Implikationen für die klinische Praxis. Zeitschrift für Kinder- und Jugendpsychiatrie und Psychotherapie 33:169–179

Hebebrand J, Dempfel A, Saar K, Herpertz-Dahlmann B, Linder M, Kiefl H et al. (2006) A genome-wide scan for attention-deficit/hyperactivity disorders in 155 German sib-pairs. Molecular Psychiatry 11:196–205

Hudziak JJ, Derk, EM, Althoff RR, Rettew DC, Boomsma DI (2005) The genetic and environmental contributions to attention deficit hyperactivity disorder as measured by the Conners´ Rating Scales – revised. American Journal of Psychiatry 162:1614–1620

Hudziak JJ, Heath AC, Madden PF, Reich W, Bucholz KK, Slutske W et al. (1998) Latent class and factor analysis of DSM-IV ADHD: a twin study of female adolescents. Journal of the American Academy of Child and Adolescent Psychiatry 37:848–857

Huss M (2004) Was wird aus Kindern mit Aufmerksamkeits-Defizit-Hyperaktivitäts-Störung? MMW Fortschritte der Medizin 146:36–39

Jacobson M (1991) Developmental neurobiology. Plenum Press, New York

James A, Taylor E (1990) Sex differences in the hyperkinetic syndrome of childhood. Journal of Child Psychology and Psychiatry 31:437–446

Jensen PS, Abikoff H (2000) Tailoring treatments for individuals with attention-deficit/hyperactivity disorder: clinical and research perspectives. In Brown TE (ed) Attention-deficit disorders and comorbidities in children, adolescents, and adults. American Psychiatric Press, Washington, pp 637–652

Justice AJ, de Wit H (1999) Acute effects of d-amphetamine during the follicular and luteal phases of the menstrual cycle in women. Psychopharmacology 145:67–75

Justice AJ, de Wit H (2000a) Acute effects of d-amphetamine during the early and late follicular phases of the menstrual cycle in women. Pharmacology, Biochemistry and Behavior 66:509–515

Justice AJ, de Wit H (2000b) Acute effects of estradiol pretreatment on the response to d-amphetamine in women. Neuroendocrinology 71:51–59

King JA, Barkley RA, DelvilleY, Ferris C F (2000) Early androgen treatment decreases cognitive function and catecholamine innervation in an animal model of ADHD. Behavioral Brain Research 107:35–43

Klassen AF, Miller A, Fine S (2004) Health-Related Quality of Life in Children and Adolescents Who Have a Diagnosis of Attention-Deficit/Hyperactivity Disorder. Pediatrics 114: e541–547

Kochanska G, Murray K, Coy KC (1997) Inhibitory control as a contributor to conscience in childhood: from toddler to early childhood. Child Development 68:490–507

Konrad K, Günther T, Heinzel-Gutenbrunner M, Herpertz-Dahlmann B (2005) Clinical evaluation of subjective and objective changes in motor activity and attention in children with attention-deficit/hyperactivity disorder in a double-blind methylphenidate trial. Journal of Child and Adolescent Psychopharmacology 15:180–190

Konrad K, Herpertz-Dahlmann B (2004) Neuropsychologie der Aufmerksamkeitsdefizit/Hyperaktivitätsstörung. In: Lautenbacher S, Gauggel S (eds) Neuropsychologie psychischer Störungen. Springer, Berlin Heidelberg New York Tokyo, pp 387–410

Leckman JF, Scahill L (1990) Possible exacerbation of tics by androgenic steroids. New England Journal of Medicine 322:1674

Levy F, Hay DA, Bennett KS, McStephen M (2005) Gender differences in ADHD subtype comorbidity. Journal of the American Academy of Child and Adolescent Psychiatry 44:368–376

Lipkin PH, Cozen MA, Thompson RE, Mostofsky,S H (2005) Stimulant dosage and age, race, and insurance type in a sample of children with attention-deficit/hyperactivity

disorder. Journal of Child and Adolescent Psychopharmacology 15:240–248
Luna B, Sweeney J A (2001) Studies of brain and cognitive maturation through childhood and adolescence: a strategy for testing neurodevelopmental hypotheses. Schiziphrenia Bulletin 27:443–455
Maniadaki K, Sonuga Barke E, Kakouros E, Karaba R (2005) Maternal emotions and self-efficacy beliefs in relation to boys and girls with AD/HD. Child Psychiatry and Human Development 35:245–263
Merrell C, Tymms PB (2001) Inattention, hyperactivity and impulsiveness: their impact on academic achievement and progress. British Journal of Educational Psychology 71:43–56
Ohan JL, Johnston C (2005) Gender appropriateness of symptom criteria for attention-deficit/hyperactivity disorder, oppositional-defiant disorder, and conduct disorder. Child Psychiatry and Human Development 35:359–381
Quinn PO (2005) Treating adolescent girls and women with ADHD: gender-specific issues. Journal of Clinical Psychology 61:579–587
Reiss AL, Abrams MT, Singer HS, Ross JL, Denckla MB (1996) Brain development, gender and IQ in children. A volumetric imaging study. Brain 119:1763–1774
Rucklidge JJ, Tannock R (2002) Neuropsychological profiles of adolescents with ADHD: effects of reading difficulties and gender. Journal of Child Psychology and Psychiatry 43:988–1003
Scerbo AS, Kolko D J (1994) Salivary testosterone and cortisol in disruptive children: relationship to aggressive, hyperactive, and internalizing behaviors. Journal of the American Academy of Child and Adolescent Psychiatry 33:1174–1184
Schlottke PF, Lauth G W (1996) Diagnostische Kriterien (DSM-IV und ICD-10). Kindheit und Entwicklung 2:85–89
Seidman LJ (2006) Neuropsychological functioning in people with ADHD across the lifespan. Clinical Psychology Review
Sharp WS, Walter JM, Marsh WL, Ritchie GF, Hamburger SD, Castellanos FX (1999) ADHD in girls: clinical comparability of a research sample. Journal of the American Academy of Child and Adolescent Psychiatry 38:40–47
Shaywitz SE, Shaywitz BA, Fletcher JM, Escobar MD (1990) Prevalence of reading disability in boys and girls. Journal of the American Medical Association 264:998–1002
Smidt J, Heiser P, Dempfel A, Konrad K, Hemminger U, Kathöfer A et al. (2003) Formalgenetische Befunde zur ADHD. Fortschritte der Neurologie-Psychiatrie 71:366-377
Staller J, Faraone SV (2006) Attention-deficit hyperactivity disorder in girls: epidemiology and management. CNS Drugs 20:107–123
Stevens J, Harman JS, Kelleher KJ (2005) Sociodemographic and economic comparisons of children prescribed longer-acting versus short-acting stimulant medications for attention deficit hyperactivity disorder. Journal of Behavioral Health Services and Research 32:430–437
Tanner JM (1978) Growth at adolescence. Blackwell, Oxford
Taylor DC, Ounsted C (1972) The nature of gender differences explored through ontogenetic analyses of sex ratios in disease. In: Ounsted C, Taylor DC (eds) Gender differences: Their ontogeny and significance Churchill Livingstone, London, pp 215–240
Taylor E (1998) Clinical foundation of hyperactivity research. Behavioral Brain Research 94:11–24
Taylor E, Döpfner M, Sergeant J, Asherson P, Banaschewski T, Buitelaar J et al. (2004) European clinical guidelines for hyperkinetic disorder – first upgrade. European Child and Adolescent Psychiatry 13 (Suppl. 1):i7-i30
Thapar A, Fowler T, Rice F, Scourfield J, van den Bree M, Thomas H et al. (2003) Maternal smoking during pregnancy and attention deficit hyperactivity disorder symptoms in offspring. American Journal of Psychiatry 160:1985–1989
Thompson CK, Fix SC, Gitelman DR, Parrish TB, Mesulam M-M (2000) FMRI studies of agrammatic sentence comprehension before and after treatment. Brain and Language 74:387–391
Unnewehr S, Schneider S, Margraf J (1995). Kinder DIPS – Diagnostisches Interview bei psychischen Störungen im Kindes und Jugendalter. Springer, Berlin Heidelberg New York Tokyo
Weiss G, Hechtman LT (1993) Hyperactive children grown up. ADHD in children, adolescents, and adults. Guilford Press, New York
White TL, Justic, AJ, de Wit H (2002) Differential subjective effects of D-amphetamine by gender, hormone levels and menstrual cycle phase. Pharmacology, Biochemistry and Behavior 73:729–741
Willcutt EG, Doyle AE, Nigg JT, Faraone SV, Pennington BF (2005) Validity of the executive function theory of attention-deficit / hyperactivity disorder: a meta-analytic review. Biological Psychiatry 57:1336–1346
Yakovlev PI Lecours A (1967) The myelogenetic cycles of regional maturation in the brain. In: Minkowski A (ed) Regional development of the brain in early life. Blackwell, Oxford, pp 3–65
Yang P, Jong YJ, Chung LC, Chen CS (2004) Gender differences in a clinic-referred sample of Taiwanese attention-deficit/hyperactivity disorder children. Psychiatry and Clinical Neurosciences 58:619–623

»Eine Frau kann niemals schön genug und dünn genug sein.« *(Lady Windsor, Witwe König Edward VIII. von England)*

Das Thema ist ein Dauerbrenner in Frauenzeitschriften und Wochenmagazinen, vor allem im Frühjahr. Fast ausschließlich für Frauen werden Diäten und andere Methoden propagiert, die ein schnelles und unproblematisches Erreichen der Idealfigur versprechen. Für Männer spielen diese Themen offenbar nur eine untergeordnete Rolle. Auch die Auftretenshäufigkeit klinisch bedeutsamer Essstörungen wie der Magersucht oder der Bulimie scheint bei Frauen erheblich höher zu sein als bei Männern. Für Frauen gibt es möglicherweise viel mehr Verbindungen zwischen Alltagsproblemen und dem Essverhalten als für Männer, insbesondere dann, wenn Gefühle betroffen sind.

Sind deshalb nur Frauen vulnerabel für Störungen des Essverhaltens? In diesem Kapitel wird versucht, nach einer Beschreibung der wichtigsten klinischen Essstörungen der Frage aufgrund der wissenschaftlichen Literatur nachzugehen.

14.1 Charakteristika klinischer Essstörungen

14.1.1 Anorexia nervosa und Bulimia nervosa

Anorexia nervosa, auch bekannt als Pubertätsmagersucht, wird charakterisiert durch das anhaltende Streben nach Gewichtsverlust durch absichtlich herbeigeführtes Abnehmen. Dieses wird von anorektischen Patientinnen durch strikte Reduktion der Kalorienaufnahme, exzessive körperliche Aktivität sowie in einigen Fällen auch durch Erbrechen oder den Missbrauch von Abführmitteln (Laxanzien) oder Entwässerungstabletten (Diuretika) erreicht. Das äußerlich auffallendste Merkmal ist der gravierende Gewichtsverlust, der häufig 50% des Ausgangsgewichtes überschreitet und bis zur lebensbedrohlichen Unterernährung gehen kann.

Dem Wortsinn nach bedeutet Bulimia »Ochsenhunger« (von griechisch limos = Hunger; bous = Stier, Ochse) und nimmt somit Bezug auf das Hauptmerkmal der Störung, das wiederholte Auftreten von Essattacken (binge eating). Diese sind gekennzeichnet durch das rasche und hastige Herunterschlingen größerer Nahrungsmengen, das mit der subjektiven Wahrnehmung einhergeht, die Kontrolle über das eigene Essverhalten verloren zu haben. Essattacken treten meist im Geheimen auf. Um einer Gewichtszunahme vorzubeugen, werden unmittelbar nach einer Essattacke gegenregulierende Maßnahmen wie beispielsweise Erbrechen, Missbrauch von Laxanzien, Diuretika oder Appetitzügler eingesetzt (purging behaviour). Zwischen den Essattacken kann bei den Patientinnen ein ausgeprägtes, restriktives Diätverhalten beobachtet werden.

Bei der verzehrten Nahrung handelt es sich vorwiegend um sehr fetthaltige (hochkalorische), leicht essbare Nahrung, die einen relativ geringen Proteinanteil hat und keiner aufwendigen Zubereitung bedarf.

14.1.2 Binge-eating-Störung (BED)

Obwohl Stunkard bereits 1955 binge eating als ein hervorstechendes Essverhaltensmuster bei übergewichtigen Patienten beschrieb, ist dieses Phänomen erst in den letzten Jahren systematisch untersucht worden. Die Charakteristika der Binge-eating-Störung nach den Forschungskriterien des DSM-IV sind in der Übersicht zusammengefasst.

Das entscheidende Abgrenzungsmerkmal zur Bulimia nervosa ist das Fehlen kurzfristiger kompensatorischer Verhaltensweisen nach dem Auftreten des Essanfalls, so dass die meisten Betroffenen als **übergewichtig** eingestuft werden müssen.

Charakteristika der Binge-eating-Störung nach DSM-IV

- **A.** Wiederholte Episoden von »Fressanfällen«. Eine Episode von »Fressanfällen« ist durch die beiden folgenden Kriterien charakterisiert:
  - (1) Essen einer Nahrungsmenge in einem abgrenzbaren Zeitraum (z. B. in einem zweistündigen Zeitraum), die definitiv größer ist als die meisten Menschen in einem ähnlichen Zeitraum unter ähnlichen Umständen essen würden.
  - (2) Ein Gefühl des Kontrollverlustes über das Essen während der Episode (z. B. ein Gefühl, dass man mit dem Essen nicht aufhören kann bzw. nicht kontrollieren kann, was und wieviel man isst).
- **B.** Die Episoden von »Fressanfällen« treten gemeinsam mit mindestens drei der folgenden Symptome auf:
  - (1) wesentlich schneller essen als normal,
  - (2) essen bis zu einem unangenehmen Völlegefühl,
  - (3) essen großer Nahrungsmengen, wenn man sich körperlich nicht hungrig fühlt,
  - (4) allein essen aus Verlegenheit über die Menge, die man isst,
  - (5) Ekelgefühle gegenüber sich selbst, Deprimiertheit oder große Schuldgefühle nach dem übermäßigen Essen
- **C.** Es besteht deutliches Leiden wegen der »Fressanfälle«.
- **D.** Die »Fressanfälle« treten im Durchschnitt an mindestens 2 Tagen in der Woche für 6 Monate auf.
- **E.** Die »Fressanfälle« gehen nicht mit dem regelmäßigen Einsatz von unangemessenen kompensatorischen Verhaltensweisen einher (z. B. »Purging-Verhalten«, fasten oder exzessive körperliche Betätigung) und sie treten nicht ausschließlich im Verlauf einer Anorexia nervosa oder Bulimia nervosa auf.

14.2 Thesen zur Geschlechtsspezifität von Essstörungen

Anhand von fünf Thesen soll die Geschlechtsspezifität gestörten Essverhaltens im Hinblick auf empirische Belege untersucht werden.

14.2.1 Die Häufigkeit für klinische Essstörungen ist bei Frauen höher als bei Männern

Legt man die Diagnosekriterien des DSM-III zugrunde und benutzt klinische Interviews zur Diagnosesicherung, betragen die Prävalenzraten in der Allgemeinbevölkerung für die **Anorexia nervosa** je nach Studie zwischen 0,2 und 0,8%. Für die **Bulimia nervosa** berichten Fairburn und Beglin (1990) eine Prävalenzrate von 1,9%. Von den jeweils betroffenen Personen sind bei der Anorexia nervosa 95% der Fälle Frauen, bei der Bulimia nervosa 80% der Fälle.

Für die Prävalenz der **Binge-eating-Störung** in der Allgemeinbevölkerung liegen bislang keine methodisch sorgfältigen epidemiologischen Studien vor. Untersucht wurden klinische Stichproben von Personen, die an Programmen zur Gewichtsreduktion teilnehmen. Die Häufigkeit für das Vorliegen einer Binge-eating-Störung beträgt hier bis zu 29%. 60% solcher Fälle sind Frauen, 40% sind Männer (Spitzer et al. 1993).

14.2.2 Frauen unterliegen einem höheren Schlankheitsdruck als Männer

Dies soll in drei Bereichen aufgezeigt werden:

Fotomodelle. Die in der Werbung auftretenden weiblichen Fotomodelle sind erheblich schlanker als ihre männlichen Kollegen. Fotomodelle oder Schönheitsköniginnen, die für viele Frauen den Vergleichstandard schlechthin darstellen, sind deutlich schlanker als der Durchschnitt. Dies legt eine

Untersuchung von Garner et al. (1980) nahe, die die Körperformen und den Gewichtsstatus von Teilnehmerinnen von Schönheitswettbewerben analysiert haben. Das Körpergewicht der Modelle betrug nur 82% des Gewichts der amerikanischen Durchschnittsfrau. Die Körperformen waren charakterisiert durch schmale Hüften und kleine Brüste.

Die in der Werbung für Männermode dargestellten Fotomodelle sind dagegen in der Regel zwar schlank, jedoch in Gewicht und Figur weit mehr dem Durchschnitt angenähert als dies bei Frauen der Fall ist.

Attraktivität und Selbstwertgefühl. Attraktivität und Selbstwertgefühl von Frauen erheblich stärker von Figur und Gewicht bestimmt als bei Männern, bei denen es diesbezüglich mehr auf Geld, Intelligenz und Macht ankommt. Frauen werden vor allem aufgrund äußerlich sichtbarer Merkmale als attraktiv und begehrenswert beurteilt. Ein positives Selbstwertgefühl hängt deshalb in hohem Ausmaß von einer schlanken Figur und einem möglichst niedrigen Körpergewicht ab. Für viele Frauen gehören der Gang auf die Waage und der kritische Blick in den Spiegel zu den wichtigsten Selbstprüfungen, denen sie sich täglich unterziehen und ihre Befindlichkeit weitgehend vom Ergebnis abhängig machen. Empirische Untersuchungen zeigen, dass diese Zusammenhänge bereits bei jungen Mädchen beobachtet werden können.

Wichstrom (1995) untersuchte eine repräsentative Stichprobe von 11.315 Jugendlichen in Norwegen und fand signifikante geschlechtsspezifische Assoziationen zwischen Selbstwertgefühl und der Wahrnehmung von Figur und Gewicht. Ein niedrigeres Selbstwertgefühl in Abhängigkeit vom Körpergewicht nur bei Mädchen stellten auch Hill und Pallin (1998) fest.

Bei der Beurteilung von Männern spielen körperbetonende Merkmale zwar auch eine Rolle, sind jedoch weit weniger bedeutsam für Selbstwertgefühl und Anziehungskraft. Männer werden als attraktiv eingeschätzt, wenn sie reich und intelligent sind und darüber hinaus noch über Macht und Einfluss verfügen.

Karrierechance. Frauen machen beruflich eher Karriere, wenn sie äußerlich attraktiv, d. schlank sind und eine gute Figur haben. Frauen, die bis in Führungspositionen aufgestiegen sind, zeichnen sich nicht nur durch fachliche Kompetenz aus, sondern häufig auch durch gutes Aussehen in Gestalt einer schlanken Figur. Empirische Untersuchungen zeigen, dass übergewichtige Frauen bei Bewerbungsgesprächen eher abgelehnt werden als normalgewichtige oder schlanke Bewerberinnen. (Roe u. Eickwort 1976; Puhl u. Brownell 2001). Der Weg in eine Chefetage ist für viele Frauen deshalb mit Diäten gepflastert. Empirisch belegt ist, dass Frauen, die in hohem Ausmaß gezügeltes Essverhalten praktizieren, ein höheres Bildungsniveau und bessere berufliche Positionen aufweisen als spontane Esser (Dewberry u. Ussher 1994). Als Paradebeispiel für diese Argumentation kann die amerikanische Außenministerin Condolezza Rice angeführt werden, die nicht nur fast schon anorektisch anmutet, sondern ihre täglichen Maßnahmen zur Gewichtskontrolle in einer Talkshow auch noch öffentlich präsentierte.

Um als Mann Karriere machen zu können, ist eine gute Figur keine notwendige Bedingung. Fachliche und intellektuelle Kompetenz, sowie soziale Fertigkeiten sind ausschlaggebend für den beruflichen Aufstieg. Häufig scheint Übergewicht den erfolgreichen Topmanager sogar auszuzeichnen.

14.2.3 Frauen benutzen zur Gewichtsabnahme häufiger gesundheitsschädliche essensbezogene Praktiken als Männer

Um Gewicht zu reduzieren, eignen sich neben Diät und körperlicher Aktivität kurzfristig auch andere Maßnahmen, die jedoch langfristig negative Auswirkungen auf die Gesundheit haben können. Solche gesundheitsschädlichen Maßnahmen, wie z. B. der Missbrauch von Diuretika, Laxanzien, Appetitzüglern oder das Erbrechen nach einer Mahlzeit werden von vielen Patientinnen mit einer klinischen Essstörung regelmäßig durchgeführt. Empirische Studien belegen, dass gesundheitsschädliche Praktiken zur Gewichtsreduktion auch bei Frauen ohne die Diagnose einer klinischen Essstörung sehr viel häufiger vorkommen als bei Männern.

◘ Tab. 14.1. Prozentualer Anteil von Personen, die innerhalb des letzten Jahres mindestens einmal wöchentlich die aufgeführten Maßnahmen zur Gewichtsreduktion verwendet haben. Alle Unterschiede sind bei sehr hoher Effektstärke signifikant

	Prozentanteil (Frauen versus Männer)
Diuretika	3,4 versus 1,2
Laxanzien	6,9 versus 1,2
Appetitzügler	6,0 versus 2,5
Erbrechen	1,3 versus 0,9

Westenhöfer (1992) untersuchte eine repräsentative Bevölkerungsstichprobe von 884 Männern und 954 Frauen. Verglichen wurde, wie viele Frauen und wie viele Männer Maßnahmen zur Gewichtsreduktion praktiziert haben (◘ Tab. 14.1) (jeweils Frauen versus Männer)

Ergebnisse an 943 Männern und Frauen aus dem angloamerikanischen Raum bestätigen die aus Deutschland stammenden Daten (Neumark-Sztainer et al. 1999).

14.2.4 Emotionsbezogenes Essverhalten ist bei Frauen häufiger als bei Männern

Nahrungsaufnahme kann als Mittel zur Emotionsregulation eingesetzt werden. Insbesondere negative Emotionen können durch Essverhalten vermindert werden. Die Neigung, Stress durch Essen zu bewältigen, wird in der Kindheit erlernt und kann mit Übergewicht in Zusammenhang stehen (Kaplan u. Kaplan 1957; Bruch 1973). Bei Männern und Frauen empirisch untersucht wurden negative Emotionen wie Angst, Ärger, depressive Stimmung oder Langeweile. In naturalistischen Studien von Leon und Chamberlain (1973), Buchanan (1973) und Hoiberg et al. (1980) zeigten sich signifikante Zusammenhänge zwischen negativen Emotionen und Essverhalten, die bei Frauen signifikant stärker ausgeprägt waren als bei Männern. Das Binge-eating-Syndrom wird fast ausschließlich von Frauen als Reaktion auf Angstgefühle, depressive Stimmung oder Frustration angegeben (Marcus et al. 1985; Loro u. Orleans 1981).

Laborstudien mit experimenteller Emotionsinduktion bestätigten die korrelativen Ergebnisse (Robinson et al. 1980; Pine 1985). Die Geschlechtsunterschiede im emotionsbedingten Essverhalten traten vor allem dann besonders deutlich auf, wenn Süßspeisen (z. B. Schokolade oder Eiscreme) als Nahrungsmittel zur Affektregulation angeboten wurden (Ganley 1989).

14.2.5 Weibliche Geschlechtshormone machen Frauen besonders anfällig für Störungen bei der Nahrungsaufnahme

Es ist lange bekannt, dass weibliche gonadale Steroidhormone sowohl die Nahrungsaufnahme als auch den Energiestoffwechsel beeinflussen (Wade u. Schneider 1992). Veränderungen des Energiestoffwechsels (z. B. erniedrigter Ruheumsatz) können zu unerwünschter Gewichtszunahme führen, wenn nicht gegensteuernde Maßnahmen bei der Nahrungsaufnahme ergriffen werden.

Zwei neuere tierexperimentelle Arbeiten liefern empirische Belege für den Zusammenhang zwischen **Östradiol** und Metabolismus. Ferrer-Lorente et al. (2005) konnten bei Ratten durch Östradiolgabe eine signifikante Absenkung des Kalorienverbrauchs auslösen. Benutzt man die Akkumulation von Fettgewebe als Indikator für die Erniedrigung des Energieverbrauchs, so konnten Toth et al. (2001) zeigen, dass bei Ratten ein signifikanter Zusammenhang zwischen Östradiol und Fettgewebe besteht.

Auch Humanstudien sprechen für unsere These. Nagata et al (2005) untersuchten 324 postmenopausale Frauen und fanden eine signifikante positive Korrelation zwischen Östradiolspiegeln und der Fettaufnahme. Östradiol hängt nicht nur mit Aspekten der Nahrungsaufnahme, sondern auch direkt mit klinisch relevanten Essstörungssymptomen zusammen. Dafür sprechen die Daten von Klump et al. (2005) die in zwei unabhängigen Stichproben von jeweils 24 bzw. 25 Frauen signifikante positive Korrelationen zwischen Östradiol in der Follikelphase und Fragebogenskalen zur Erfassung anorektischer und bulimisches Symptome fanden.

Der Effekt des Östradiols wird vermutlich vermittelt durch die Interaktion des Steroidhormons mit Peptiden, die direkten Einfluss auf die Steuerung der Nahrungsaufnahme haben. Stimulierende Effekte auf das Essverhalten haben **Galanin** (GAL) und **Neuropeptid Y** (NPY). Die zentrale Aktivität beider Peptide ist in hohem Ausmaß von der Östradiolsekretion abhängig. Dies ist tierexperimentell belegt durch Leibowitz et al. (1998) , die Östradiolkonzentrationen im Serum, Neuropeptid Y. und Galanin in verschiedenen Hirnregionen und die Nahrungsaufnahme sowie die Nahrungspräferenz während des Zyklus bei weiblichen Ratten gemessen haben. Hohe Östradiolkonzentrationen vor der Ovulation waren verbunden mit hoher Peptidaktivität für Galanin und Neuropeptid Y, die wiederum zu erhöhter Nahrungsaufnahme und einer Präferenz für fettreiche Nahrung führte.

Auf Frauen übertragen hieße dies, dass durch die Hormonausschüttung während des weiblichen Zyklus kurzfristig ein Essverhalten gefördert wird, das langfristig zu Übergewicht führen würde, wenn nicht Maßnahmen zur Gewichtskontrolle ergriffen werden. Diese Maßnahmen (z. B. gezügeltes Essverhalten, Erbrechen, exzessives körperliches Training) können dann den Weg in eine klinische Essstörung bahnen.

Für Männer gelten diese Zusammenhänge nicht, da die in höheren Konzentrationen als bei Frauen vorhandene Androgene (z. B. Testosteron) keine derartigen Wirkungen auf das Essverhalten aufweisen.

Fazit

Für alle fünf Thesen finden sich stichhaltige empirische Belege zur Erklärung von Geschlechtsunterschieden im Hinblick auf gestörtes Essverhalten. Männer könnten jedoch in Zukunft anfälliger für solche Störungen werden, da der Schlankheitsdruck auf Männer wächst und vor allem emotionsinduzierte Störungen des Essverhaltens zunehmend auch Männer betreffen können (Edman et al. 2005).

Literatur

Bruch H (1973) Obesity, anorexia nervosa, and the person within. Basic Books, New York

Buchanan JR (1973) Five year psychoanalytic study of obesity. Am J Psychoanal 33:30–41

Dewberry C, Ussher JM (1994) Restraint and perception of body weight among British adults. J Soc Psychol 134:609–619

Edman JL, Yates A, Aruguete MS, DeBord KA (2005) Negative emotion and disorderes eating among obese college students. Eat Behav 6:308–317

Fairburn CG, Beglin SJ (1990) The assessment of eating disorders: Interview or self-report questionnaire? Int J Eat Disord 16:363–370

Ferrer-lorente R, Garcia-Pelaez B, Gomez-Olles S, Fernandez-Lopez JA, Remesar X, Alemany M (2005) Effects of oral esterone on rat balance. Steroids 70:667–672

Ganley RM (1989) Emotion and eating in obesity: a review of the literature. Int J Eat Disord 8:343–361

Garner DM, Garfinkel PE, Schwartz DE, Thompson M (1980) Cultural expectations of thinness in women. Psychol Reports 47:483–491

Hill AJ, Pallin V (1998) Dietary awareness and low self-worth: related issues in 8-year-old girls. Int J Eat Disord 24:405–413

Hoiberg A, Berard SP, Watten RH (1980) Correlates of obesity. J Clin Psychol 36:983–991

Kaplan HI, Kaplan W (1957) The psychosomatic concept of obesity. J Nerv Ment Dis 125:181–201

Klump LK, Gobrogge KL, Perkins PS, Thorne D, Sisk CL, Breedlove SM (2005) Preliminary evidence that gonadal hormones organize and activate disordered eating. Psychol Med 36:539–546

Leibowitz SF, Akabayashi A, Alexander JT, Wang J (1998) Gonadal steroids and hypothalamic galanin and neuropetitide Y: Role in eating behaviour and body weight control in female rats. Endocrinology 139:1771–1780

Leon GR, Chamberlain K (1973) Emotional arousal, eating patterns and body image as differential factors associated with varying success in maintaining a weight loss. J Consult Clin Psychol. 40:474–480

Loro AD Jr, Orleans CS (1981) Binge eating in obesity: preliminary findings and guidelines for behavioural analysis and treatment. Addict. Behav 6:155–166

Marcus MD, Wing RR, Lamparski DM (1985) Binge eating and dietary restraint in obese patients. Addict Behav 10:163–168

Nagata C, Nagao Y, Shibuya C, Kashiki Y, Shimizu H (2005) Fat intake is associated with serum estrogen and androgen concentrations in postmenstrual Japanese women. J Nutr 135:2862–2865

Neumark-Sztainer D, Sherwood NE, French SA, Jeffery RW (1999) Weight control behaviour among adult men and women: cause for concern? Obes Res 7:179–188

Pine CJ (1985) Anxiety and eating behaviour in obese and nonobese American Indians and white Americans. J Pers Soc Psychol 49:774–780

Puhl R, Brownell KD (2001) Bias, discrimination and obesity. Obes Res 9:788–805

Robinson RG, Folstein MF, Simonson M, McHugh PR (1980) Differential antianxiety response to caloric intake between normal and obese subjects. Psychosom Med 42:415–427

Roe DA, Eickwort KR (1976) Relationship between obesity and associated health factors with unemployment among low income women. J Am Med Womens Assoc 31:193–204

Spitzer, RL, Devlin M, Walsh BT, Hasin D, Wing R, Marcus M, Stunkard AJ, Wadden T, Yanovski S, Agras WS, Mitchell J, Nonas C (1993) Binge eating disorder: Its further validation in a multisided study. Int J Eat Disord 13:137–153

Toth MJ, Poehlman ET, Matthews DE, Tchernof A, MacCoss MJ (2000) Effects of estradiol and progersterone on body composition, protein synthesis, and lipoprotein lipase in rats. Am J Physiol Endocrinol Metab 280:496–501

Wade GN, Schneider JG (1992) Metabolic fuels and reproduction in female mammals. Neurosci Biobehav Rev 16:235–272

Westenhöfer J (1992) Gezügeltes Essen und Störbarkeit des Eßverhaltens. Hogrefe, Göttingen

Wichstrom L (1995) Social, psychological and physical correlates of eating problems. A study of the general adolescent population in Norway. Psychol Med 25:567–579

Multiple Sklerose – eine neuro-immunendokrine Erkrankung

Norbert Sommer

»Wir dürfen jedenfalls die praktische Folgerung daraus ziehen, dass wir uns da für berechtigt halten, die Schwangerschaft zu vermeiden, wo eine multiple Sklerose schon vorliegt. ... Ist das Leiden während einer Gravidität entstanden, oder hat es sich während einer solchen verschlimmert, so wird man die Möglichkeit eines artifiziellen Aborts bzw. die Sterilisation denken müssen.«
(R. Beck 1913)

»Die Beobachtung, daß etwa bei 20% unserer Patientinnen die ersten Zeichen ihrer Multiplen Sklerose sich während oder nach ihrer Schwangerschaft entwickelt hatten, entspricht den in der Literatur niedergelegten Zahlen.«
(K. Kulig 1956)

»Insgesamt jedoch – so haben Untersuchungen gezeigt – haben Schwangerschaften und Entbindungen keinen ungünstigen Einfluss auf den Gesamtverlauf der MS. Nach neuesten Studien soll eine Schwangerschaft nach Ausbruch der MS den Verlauf sogar günstig beeinflussen.«
(U. Schäfer u. S. Poser 2002)

15.1 Einführung

Die Multiple Sklerose (MS) ist eine chronische, entzündlich-demyelinisierende Erkrankung des Zentralnervensystems (ZNS), betrifft also Gehirn und Rückenmark, wobei heute eine autoimmune Ätiologie allgemein angenommen wird. Sie ist die häufigste Entmarkungserkrankung des ZNS in Nordeuropa und Nordamerika (Prävalenz 1:1000) und die häufigste chronisch-neurologische Erkrankung, die bei jungen Erwachsenen zu bleibender Behinderung führt.

Geschlechtsspezifische Elemente lassen sich bei der MS auf mehreren Ebenen nachweisen. Die Erkrankung ist bei Frauen etwa doppelt so häufig als bei Männern, wie dies für viele Autoimmunerkrankungen typisch ist, ohne dass eine genaue Ursache dafür bekannt wäre. Außerdem wird der Verlauf einer MS durch eine Schwangerschaft beeinflusst, was einen hormonellen Einfluss sehr wahrscheinlich macht. Schließlich haben bestimmte Krankheitssymptome und -folgen bei Frauen und Männern unterschiedliche Auswirkungen, was zu Unterschieden in Wahrnehmung, Diagnosestellung und Lösungsansätzen führt. Diese geschlechtsspezifischen Aspekte werden hier im Kontext einer allgemeinen Übersicht über die MS dargestellt.

15.2 Verlauf

Der Erkrankungsverlauf kann schubförmig oder chronisch-progredient, also mit schleichender neurologischer Verschlechterung einhergehen. Ein Erkrankungsschub ist eine neurologische Symptomatik, die über Tage bis wenige Wochen zunimmt und sich dann wiederum über einige Wochen langsam zurückbildet. Die formale Definition des Schubes beinhaltet, dass die Symptome mindestens 24 Stunden anhalten, mit einem Zeitintervall von mindestens 30 Tagen zum Beginn vorausgegangener Schübe auftreten und nicht durch Änderungen der Körpertemperatur (sog. Uhthoff-Phänomen) oder im Rahmen von Infektionen erklärbar sind.

Bei den meisten Patienten (etwa 80%) beginnt die Erkrankung schubförmig, wobei sich anfangs die neurologischen Ausfälle oft vollständig zurückbilden. Im weiteren Verlauf sind die Remissionen häufig inkomplett. Der schubförmige Verlauf kann in eine chronisch-progrediente, also schleichende Verschlechterung übergehen (sekundär-progredient). Bei den restlichen Patienten verläuft die Erkrankung von Beginn an progredient (primär-progredient). Eine Einteilung der verschiedenen Verlaufsformen zeigt ◘ Abb. 15.1.

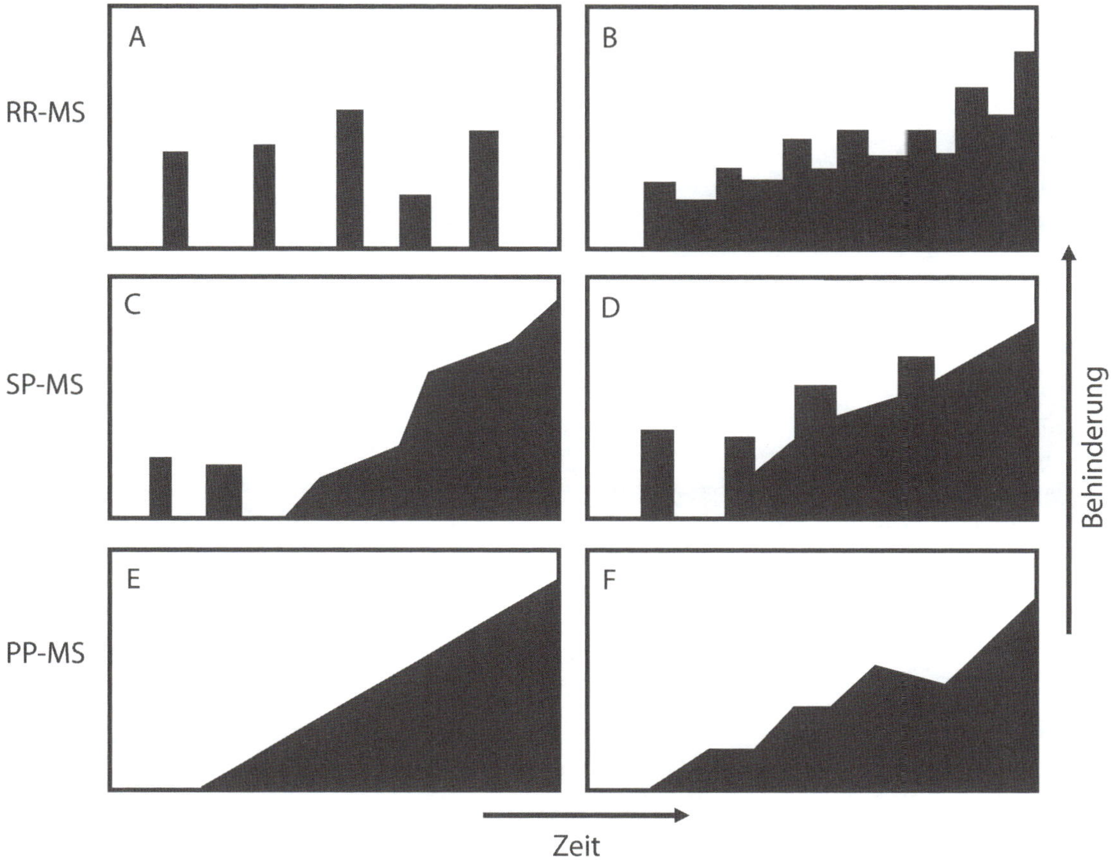

Abb. 15.1. Verlaufstypen der Multiplen Sklerose. Bei etwa 80% der Patienten beginnt die Erkrankung schubförmig (RR-MS, relapsierend-remittierende MS) mit kompletten (**A**) oder inkompletten (**B**) Remissionen. In etwa 50% der Fälle ist der schubförmige Verlauf nach 10 Jahren in einen sekundär-progredienten (SP-MS) Verlauf ohne (**C**) oder mit weiteren Schübe (**D**) übergegangen. Bei etwa 15% der Patienten besteht von Anfang an eine schleichende Verschlechterung, also eine primär-progrediente MS (PP-MS) (**E**), bei der stabile Phasen und zeitweise leichte Verbesserungen (**F**) durchaus vorkommen können. Kommt es in seltenen Fällen bei einer PP-MS im späteren Verlauf erst zu einzelnen Schüben spricht man von einer relapsierend-progredienten MS (hier nicht dargestellt)

15.3 Symptomatik

Die Symptomatik der MS ist äußerst vielfältig, da praktisch jede Region des ZNS vom Krankheitsprozess betroffen sein kann. Besonders häufig sind Sehstörungen (z. B. bei einer isolierten Sehnerventzündung), Sensibilitätsstörungen, Paresen (Lähmungen), Koordinationsstörungen (z.B. bei Beteiligung des Kleinhirns), Blasen- und Sexualfunktionsstörungen (v. a. bei Rückenmarksbeteiligung). Häufige und typische Symptome sind in ◘ Tab. 15.1 zusammengefasst (Poser et al. 1979).

Neben diesen, meist fokal gut lokalisierbaren Symptomen, kann es bei einer MS auch zu weniger spezifischen zerebralen Symptomen wie Depression, Abgeschlagenheit (sog. Fatigue) und kognitiven Störungen kommen (◘ Tab. 15.2).

Depression. Eine Depression tritt bei MS-Patienten dreimal häufiger als in der Allgemeinbevölkerung auf. Die Lebenszeitprävalenz liegt bei etwa 50% der MS-Patienten (Siegert u. Abernethy 2005; Haupts 2005). Auch wenn die Ursache der Depression bei MS-Kranken multifaktoriell ist, gibt es

Tab. 15.1. Häufige und typische (dabei nicht notwendigerweise häufige) Symptome der Multiplen Sklerose

Symptom	Als Erstmanifestation	Im Verlauf
Störungen der Sehkraft und der Augenbewegungen	100%	49%
Lähmungen	43%	88%
Gefühlsstörungen	41%	87%
Störungen der Bewegungskoordination	23%	82%
Störungen der Blasen- und Mastdarmfunktion	10%	63%

Tab. 15.2. Weitere typische Manifestationen der Multiplen Sklerose im Vergleich zur übrigen Bevölkerung

Symptom	Bei MS-Patienten im Erkrankungsverlauf	In der übrigen Bevölkerung
Trigeminusneuralgie	1–2%	0,01–0,02%
Epilepsie	3–5%	0,7%
Fatigue	75–90%	3–30%
Depression	40–60%	10–20%

doch Hinweise, dass der Erkrankungsprozess im Gehirn eine wichtige Rolle spielt und die Depression nicht einfach als adäquate Reaktion auf die körperliche Erkrankung zu erklären ist (»Wenn ich MS hätte, wäre ich auch niedergeschlagen.«). So sind Depressionen bei MS-Patienten häufiger als bei Patienten mit anderen schweren neurologischen Erkrankungen, z. B. Rückenmarkserkrankungen oder Motoneuronerkrankungen. MS-Patienten mit vorwiegender Gehirnbeteiligung scheinen häufiger depressiv zu sein als solche mit überwiegend spinaler Symptomatik. Neuere Ergebnisse weisen darauf hin, dass Patienten mit vorwiegend kortikalen Läsionen besonders gefährdet sind, eine Depression zu erleiden (Zarei 2006). Eine erhöhte Suizidrate wurde ebenfalls für MS-Patienten berichtet, wobei vor allem Männer unter 30 Jahren gefährdet waren (▶ Kap. 19). Das Suizidrisiko war innerhalb der ersten fünf Jahre nach Diagnosestellung am größten, korrelierte also nicht mit dem Ausmaß der körperlichen Behinderung (Stenager et al. 1992).

Fatigue. Von einer Depression abzugrenzen ist die sog. Fatigue-Symptomatik. Diese abnorme Ermüdbarkeit bei leichten körperlichen Belastungen tritt bei 75–90% der MS-Patienten auf, ist für 50–60% das schlimmste Symptom der MS und wahrscheinlich das Symptom, das am häufigsten zur vorzeitigen Berentung führt. Die Patienten berichten, dass sie das Gefühl haben, »tonnenschwere Sandsäcke an Armen und Beinen zu tragen«, oder dass sie auch nach einer Ruhepause »genauso müde wie zuvor« sind. Wie bei der Depression, ist auch die Ätiologie der Fatigue bei der MS nicht im Detail bekannt. Ein Zusammenhang mit Änderungen der Kortex-Erregbarkeit, Nachweis einer Hirnatrophie oder mit erhöhten Tumornekrosefaktor-α-Werten wurden berichtet (Flachenecker et al. 2004). Es besteht keine Assoziation der Fatigue-Symptomatik mit Alter, Geschlecht, Dauer der Erkrankung oder der Lokalisation von zerebralen Läsionen und lediglich eine schwache Assoziation mit dem Auftreten einer Depression, dem Ausmaß der neurologischen Ausfälle oder dem MS-Verlaufstyp.

Kognitive Störungen. Kognitive Störungen, in der Regel als allgemeine Verlangsamung der Informationsverarbeitung, treten bei der MS nicht selten auf (65%), sind aber in der Regel nicht schwer ausgeprägt. Nur wenige MS-Patienten erleiden eine ausgeprägte Demenz. Bei kognitiven Störungen, wie auch bei Aspekten der Krankheitsverarbeitung scheinen Geschlechtsunterschiede zu bestehen, die weiter unten im Kapitel ausgeführt sind.

15.4 Diagnostik

Die Diagnose der Multiplen Sklerose ist zunächst klinisch und stützt sich auf den Nachweis von **zeitlich und räumlich** disseminierten ZNS-Läsionen. Beispielsweise könnte ein typischer Patient eine Sehnerventzündung erleiden und dann nach Monaten bis Jahren einen zweiten Schub mit Schwäche und Sensibilitätsstörungen der Beine aufweisen. In diesem Fall wären die Diagnosekriterien der zeitlichen und räumlichen Dissemination im Sinne einer MS bereits ohne weitere apparative Zusatzuntersuchung erfüllt (vorausgesetzt relevante Differenzialdiagnosen würden ausgeschlossen).

Diagnostik der Multiplen Sklerose

- Kernspintomographie: Nachweis disseminierter Läsionen in Gehirn und Rückenmark
- Liquoruntersuchung: Nachweis von Entzündungsparametern, insbesondere sog. oligoklonaler Banden
- Neurophysiologische Untersuchungen, vor allem evozierte Potenziale mit Nachweis einer Leitungsverzögerung zentraler Nervenbahnen

Die in der Übersicht aufgeführten Untersuchungen bringen mit hoher Sensitivität (MRT und Liquor jeweils >90%) MS-typische Befunde zutage, die allerdings nicht an sich spezifisch für eine MS sind. So können bei verschiedenen infektiösen, entzündlichen, vaskulären oder tumorösen Erkrankungen zumindest gelegentlich ähnliche klinische, MRT- oder Liquorbefunde nachgewiesen werden. In Einzelfällen können dann invasivere diagnostische Maßnahmen, bis hin zur Hirngewebsbiopsie, notwendig sein.

Von Bedeutung für die praktische klinische Tätigkeit ist, dass 2001 neue Diagnosekriterien erarbeitet wurden, die 2005 aktualisiert und vereinfacht wurden (sog. **McDonald-Kriterien**, nach dem britischen MS-Forscher und Leiter der Arbeitsgruppe von 2001). Diese Kriterien nehmen wesentliche Punkte älterer Diagnoseklassifikationen auf, ergänzen diese aber durch Zuhilfenahme der heute weithin verfügbaren Kernspintomographie. Konkret besagen die McDonald-Kriterien, dass mit Hilfe genau definierter kernspintomographischer Befunde (Anzahl, Lokalisation, Art und zeitliches Auftreten der Läsionen) eine zeitliche und räumliche Dissemination von Läsionen und damit eine MS bereits früh (Minimum 30 Tage) nach einem ersten klinischen Schub festgestellt werden kann. Eine solch frühe Diagnosestellung wäre noch vor 15–20 Jahren für die meisten Neurologen überflüssig oder sogar verpönt gewesen (»der Patient wird beunruhigt, ohne dass ich etwas für ihn tun kann«). Heute wird in Anbetracht der ständig steigenden Zahl an Therapiemöglichkeiten (s. unten) eine frühzeitige Diagnosestellung und gegebenenfalls ein früher Therapiebeginn als Standard betrachtet.

15.5 Prognose

Ein wesentliches Charakteristikum der MS ist die **große Variabilität der Symptome und des Verlaufes**. Dies führt zu der, oft als bedrohlich empfundenen, fehlenden Vorhersagbarkeit der Erkrankung. Daten aus Zeiten vor Einführung der Immuntherapien zeigen, dass ein MS-Patient im Prinzip keine wesentlich reduzierte Lebenserwartung hat, aber nach etwa 15 Jahren mit einer dauerhaften **Beeinträchtigung seiner Gehfähigkeit** rechnen muss. Allerdings ist die Streubreite sehr groß und gute und schlechte Ausnahmen sind nicht selten. Ein Teil der MS-Patienten (weniger als 5%) erleiden einen sehr schweren Verlauf und versterben innerhalb weniger Jahre an Komplikationen der neurologischen Behinderung. Andererseits existiert ein signifikanter Anteil von Patienten (15–20%) mit gutartigem Verlauf, die über mehrere Jahrzehnte keine nennenswerte Beeinträchtigung ihrer neurologischen Funktionen und ihrer Berufstätigkeit hinnehmen müssen.

Prognoseparameter. Gute Prognoseparameter existieren nicht. Patienten mit rein sensiblen Symptomen oder Sehstörungen haben eher eine bessere Prognose im Vergleich zu Patienten mit multifokaler Erstmanifestation, Kleinhirnsymptomen, oder motorischen Ausfällen. Für eine längerfristig eher gute Prognose spricht auch ein großer zeitlicher Abstand zwischen den ersten Schüben, ein gutartiger Verlauf innerhalb der ersten 5 Jahre und eine geringe Läsionslast in der MRT. Die neuen Therapien werden zweifelsohne eine grundsätzliche Verbesserung der Prognose und damit eine Änderung der öffentlichen Wahrnehmung dieser Erkrankung bringen.

15.6 Therapie

Regelmäßig überarbeitete Grundsätze der MS-Therapie sind über die Leitseiten der Deutschen Gesellschaft für Neurologie (www.dgn.org) und der Deutschen Multiple Sklerose Gesellschaft (www.dmsg.de) frei zugänglich. Die Therapiemöglichkeiten haben sich in den letzten 15 Jahren deutlich verbessert, was insbesondere auf die Einführung von nachgewiesenermaßen wirksamen Langzeitimmuntherapien zurückzuführen ist. Als Therapien der ersten Wahl werden **Interferon-β** und **Glatirameracetat** zur Reduktion der Schubrate und **Mitoxantron** zur Stabilisierung einer raschen Progredienz erfolgreich eingesetzt. Für sehr aktive MS-Fälle wurde im Jahr 2006 das hochwirksame **Natalizumab** zugelassen, dessen Handhabung aber zur Vermeidung schwerer Nebenwirkungen MS-Zentren vorbehalten ist. Es sei betont, dass sich eine sehr große Zahl neuer Immuntherapien bereits in der klinischen Prüfung befindet und es zu erwarten ist, dass ständig neue Therapien auf den Markt kommen werden. ◘ Tab. 15.3 zeigt die in Deutschland zugelassenen Langzeitimmuntherapien für die Multiple Sklerose.

Neben den Langzeitimmuntherapien, die versuchen, den zugrunde liegenden Krankheitsprozess einzudämmen, stehen eine Reihe anderer Therapien in bestimmten Krankheitssituationen zur Verfügung. Akute Krankheitsschübe werden mit hochdosierten **Kortikosteroidinfusionen** behandelt, um eine schnellere und komplettere Rückbildung zu erreichen. Bei schweren Schüben steht zusätzlich die **Plasmapherese** zur Verfügung. Dies ist ein Verfahren, bei dem Blutplasma des Patienten abgefiltert und durch eiweiß- und elektrolythaltige Lösungen ersetzt wird.

◘ **Tab. 15.3.** Immuntherapien der Multiplen Sklerose (Stand Ende 2006)

Präparat	Zulassung	Anwendung	Indikationen
Interferon-β1b (Betaferon)	1995	Subkutane Injektion jeden zweiten Tag	Schubförmige MS Sekundär-progrediente MS Erstes demyelinisierendes Ereignis verdächtnig auf MS
Interferon-β1a (Avonex)	1997	Intramuskuläre Injektion wöchentlich	Schubförmige MS Sekundär-progrediente MS Erstes demyelinisierendes Ereignis verdächtig auf MS
Interferon-β1a (Rebif)	1998	Subkutane Injektion dreimal pro Woche	Schubförmige MS
Azathioprin (Imurek)	2000	Täglich oral	Schubförmige MS
Glatirameracetat (Copaxone)	2001	Tägliche subkutane Injektion	Schubförmige MS
Mitoxantron (Ralenova)	2003	Intravenöse Infusionen im Abstand von 3 Monaten	Aktive sekundär-progrediente MS
Natalizumab (Tysabri)	2006	Intravenöse Infusionen im Abstand von 4 Wochen	Hochaktive schubförmige MS

Daneben besteht die Langzeitbetreuung dieser chronisch Kranken in einer adäquaten **symptomatischen Therapie**. Diese besteht aus Physiotherapie, Ergotherapie und medikamentöse Therapien zur Besserung von Spastik, Schmerzen, Blasenstörungen, Sexualfunktionsstörungen, Koordinationsstörungen, Fatigue, Depression und kognitiven Störungen. Rehabilitationsmaßnahmen sind außerdem, in Abhängigkeit vom Erkrankungsstadium, prinzipiell sehr hilfreich, um eine langfristige physische und psychische Stabilisierung der Patienten zu unterstützen. Im Rahmen des großen finanziellen Drucks auf allen Ebenen des Gesundheitssystems ist es sehr zu begrüßen, dass auch diese nicht ursächlich, sondern rein symptomorientierten Therapieansätze in kontrollierten klinischen Studien untersucht werden, um die Wirksamkeit dieser zum Teil kostenintensiven Maßnahmen wissenschaftlich eindeutig zu belegen oder verwerfen zu können. Als Beispiel sei angeführt, dass Behandlungsmethoden der Physiotherapie und Rehabilitation, die bisher in der Regel aufgrund persönlicher Erfahrungen angewandt wurden, inzwischen in kontrollierten Studien eine deutlich besseres wissenschaftliches Fundament haben als noch vor wenigen Jahren (Liu et al. 2003, Craig et al. 2003).

15.7 Pathogenese

In den letzten Jahren, insbesondere seit Anfang der 1990er-Jahre ist eine enorme Fülle an pathogenetischen Daten zur Multiplen Sklerose zusammengetragen worden. Dennoch sind letztlich Ursache und genauer Entstehungsmechanismen nicht bekannt. Im Prinzip ist heute unbestritten, dass die MS eine

- entzündliche und degenerative (wahrscheinlich Autoimmun-) Erkrankung ist, bei der
- Umgebungsfaktoren bei der Manifestation eine wichtige Rolle spielen und
- eine eindeutige genetische Komponente vorliegt.

Hauptargumente für die Autoimmunhypothese sind:

- Entzündlich-demyelinisierende und degenerative histopathologische Veränderungen
- Ansprechen auf immunmodulatorische Therapien
- Ähnlichkeit zum Tiermodell der MS, der sog. experimentell autoimmunen Enzephalomyelitis (EAE)

15.7.1 Genetik

Erbliche Faktoren spielen eine wichtige Rolle bei der Entstehung der MS. Die Tatsache, dass die MS familiär gehäuft auftreten kann, ist seit Ende des 19. Jahrhundert bekannt (Sommer et al. 1996). Die MS ist ein gutes Beispiel für die Untersuchung von komplexen Erbgängen (Beginn und klinischer Verlauf sehr variabel, unterschiedliche Penetranz). Dies führte zu einer Reihe von beispielhaften Untersuchungen einschließlich Zwillingsuntersuchungen, Untersuchungen an leiblichen und adoptierten Angehörigen, Versuche mit molekularen und immunologischen Methoden, Suszeptibilitätsgene (»Kandidatengene«) zu definieren und schließlich großen »Genom-Screens«. ◘ Tab. 15.4 zeigt die Konkordanzrate (d. h. die Übereinstimmung des Merkmals MS) für unterschiedliche Verwandtschaftsgrade.

Carter-Effekt. Männer vererben die MS doppelt so häufig an ihre Kinder wie Frauen. Dieser Befund wurde kürzlich an über 200 Familien mit mehreren MS-Betroffenen reproduziert. Dieser sog Carter-Effekt (nach dem Englischen Genetiker Cedric O. Carter, 1917–1984), der typischerweise bei polygenen Erbgängen auftritt, wird damit erklärt, dass das weniger betroffene Geschlecht eine schwerere genetische Belastung tragen muss (»Männer sind resistenter gegen MS«), damit die Erkrankung überhaupt zum Ausbruch kommt. Dadurch werden die Nachkommen stärker genetisch belastet (Kantarci et al. 2006).

Kandidatengene. Die Gene, die die Suszeptibilität für die MS modulieren, sind kaum bekannt. Selbst große Genom-Screens, bei denen das gesamte Genom an großen, gut definierten Populationen mit Sonden nach Kandidaten-Loci abgesucht wurde, verliefen im Prinzip enttäuschend. Der einzige Genort, von dem unzweifelhaft eine Rolle in der Manifestation der MS nachgewiesen wurde, ist der

Tab. 15.4. Konkordanzrate für Multiple Sklerose

	Genetische Übereinstimmung	Konkordanzrate für MS
Zwillingsstudien		
Eineiige (monozygote) Zwillinge	100%	21–31%
Zweieiige (dizygote) Zwillinge	50%	3–5%
Familienuntersuchungen		
Verwandte 1. Grades (Eltern, Geschwister, Kinder)	50%	3–5%
Verwandte 2. Grades (Geschwister der Eltern, Großeltern)	25%	2%
Verwandte 3. Grades (Vettern, Cousinen)	12,5%	1–2%
Untersuchungen mit adoptierten Angehörigen		
Biologische Verwandte 1. Grades	50%	5%
Adoptierte Kinder oder Geschwister	Keine	0,1%*

*Häufigkeit somit wie in der Allgemeinbevölkerung

HLA (human leukocyte antigen)-Lokus. Dieser enthält Gene des Haupthistokompatibilitätskomplex (MHC, major histocompatibility antigen), auch Transplantationsantigene genannt. Die resultierenden Proteine sind in der Zellmembran aller Körperzellen verankert und spielen eine Schlüsselrolle bei der immunologischen Erkennung von körpereigenen und körperfremden Strukturen (Selbst oder Nicht-Selbst) und somit auch bei Transplantationen. Für viele Autoimmunerkrankungen wurden Assoziationen mit bestimmten HLA-Typen nachgewiesen. In der nordeuropäischen und nordamerikanischen Bevölkerung ist die MS vor allem mit HLA-DR1501 assoziiert. Dieser Befund ist robust, allerdings quantitativ vergleichsweise gering. So tragen etwa 30% aller Nordeuropäer HLA-DR1501, unter den MS-Patienten ist dieser Anteil 60%, also um Faktor 2 erhöht.

Zusammengefasst spielen wahrscheinlich eine große Anzahl (möglicherweise 20–30) von Genen eine Rolle, die die Wahrscheinlichkeit, an einer MS zu erkranken, nach oben oder nach unten regulieren. Offensichtlich ist das Gewicht eines einzelnen Gens dabei gering und in unterschiedlichen Populationen verschieden ausgeprägt, was die Suche schwierig macht.

15.7.2 Umweltfaktoren

Umweltfaktoren spielen ebenfalls eine wichtige Rolle in der Manifestation der MS. Auch hier ist es allerdings nicht gelungen, einen oder mehrere Umweltfaktoren mit entscheidender Rolle zu identifizieren. Die Prävalenz der MS ist in Nordeuropa, Nordamerika und Südaustralien am höchsten. Allein dieses Verteilungsmuster ist prinzipiell sowohl durch Umwelteinflüsse (ähnliches Klima, ähnliche Infektionen) als auch durch genetische Voraussetzungen (Abstammung von nordeuropäischen Auswanderern) erklärbar.

Migration. Als Hinweise für die Rolle von Umweltfaktoren werden vor allem »MS-Epidemien« und Migrationsstudien angeführt. In der Mitte des 20. Jahrhundert erregte ein scheinbar epidemisches Auftreten der MS auf nordeuropäischen Inseln, z. B. den Färöern, Aufsehen und wurde in Zusammenhang mit einer unbekannten Infektion nach Stationierung britischer Truppen gebracht. Ein Beispiel für eine Migrationsstudie ist die Untersuchung der MS-Häufigkeit bei westindischen Einwanderern nach England in den 1950er-Jahren. Während die Einwanderungsgeneration selbst noch einen gewissen »protektiven« Effekt ihres Herkunftslandes aufwies, ist die Inzidenz in der ersten, bereits in England geborenen Generation gleich der allgemeinen englischen Bevölkerung (Elian et al. 1990).

Virale und bakterielle Faktoren. In den vergangenen Jahrzehnten wurden wiederholt bestimmte Viren und Bakterien als Ursache (!) oder als Auslöser der MS beschuldigt, ohne dass für eine dieser Hypothesen bisher auch nur annähernd ausreichende Evidenz vorgelegt werden konnte. Als mögliche Erreger wurden u. a. diskutiert: Epstein-Barr-Virus, Herpes-simplex-1-Virus, humanes Herpes-Virus 6, Zytomegalie-Virus, Corona-Virus, Parainfluenza-Virus und Chlamydien. Ein prinzipielles Konzept in der Entstehung von Autoimmunerkrankungen ist hierbei das sog. **molekulare Mimikry**. Bei einer Infektion kommt es zu Abwehrreaktionen des Immunsystems. Falls eine zufällige Ähnlichkeit von Eiweißstrukturen des Erregers und körpereigenen Molekülen besteht, kann es zu einer immunologischen Kreuzreaktion und in deren Folge, wenn Kontrollmechanismen versagen, zu einer Autoimmunerkrankung kommen.

Epidemiologisch klar nachgewiesen ist inzwischen ein statistischer Zusammenhang zwischen MS-Schüben und vorausgehenden **unspezifischen Atemwegsinfektionen** (Marrie et al. 2000). Fragestellungen zu Infektion und MS fokussieren sich zurzeit vor allem auf das Epstein-Barr-Virus. Dieses Doppelstrang DNA-Virus aus der Gruppe der Herpes-Viren führt meist zu einer asymptomatischen Infektion, gelegentlich zur infektiösen Mononukleose (Pfeiffer-Drüsenfieber) und selten zu bösartigen Tumoren (v. a. B-Zell-Lymphomen). Neuere Untersuchungen zeigen, dass die EBV-Antikörpertiter im Serum von MS-Patienten höher als bei Kontrollpersonen sind. Praktisch alle MS-Patienten sind seropositiv, während 5–10% der allgemeinen Bevölkerung seronegativ sind. Kinder, bei denen bereits eine MS diagnostiziert wurde, haben im Vergleich mit Kontrollpersonen eine deutlich höhere Immunreaktivität gegen EBV, aber nicht gegen andere verbreitete Viren. MS-Patienten haben häufiger als Kontrollen eine infektiöse Mononukleose in der Vorgeschichte und bei MS-Patienten waren Immunreaktionen gegen einzelne EBV-Proteine in Serum und Liquor höher als bei Kontrollen (Cepok et al. 2005).

15.7.3 Immunologie und histopathologische Heterogenität

Eine große Anzahl von immunologischen Untersuchungen bei der MS und insbesondere auch an ihrem Tiermodell der **experimentellen autoimmunen Enzephalomyelitis** (EAE), hat eine Fülle von wertvollen Einzeldaten erbracht, die allerdings noch nicht nahtlos in ein homogenes pathogenetisches Konzept passen. Bei der Schädigung des ZNS-Gewebes spielen neben **CD4-positiven T-Helferzellen** eine Reihe anderer Komponenten des Immunsystems eine Rolle, wie z. B. $CD8^+$-T-Zellen, Autoantikörper, Komplementfaktoren und Bestandteile des unspezifischen Immunsystems. Allerdings scheint die Aktivierung von autoreaktiven CD4-positiven-T-Helferzellen und ihre Differenzierung in einen sog. Th1-Phänotyp (definiert durch die Produktion von Th1-Zytokinen, v. a. Interferon-γ) und einen Th2-Phänotyp einer der entscheidenden Schritte bei der Entstehung des Autoimmunprozesses zu sein.

Die Unterscheidung von CD4-positiven T-Helferzellen in Th1- und Th2-Zellen ist eine relativ neue funktionelle Unterscheidung aufgrund von Zytokinmustern (Mosmann u. Coffman 1989). **Th1-Zellen** produzieren die Zytokine Interferon-γ, das Makrophagen aktiviert, und Interleukin (IL)-2, das eine T-Zellproliferation induziert. Th1-Zellen und ihre Zytokine induzieren also vornehmlich eine zellvermittelte Immunantwort. **Th2-Zellen** produzieren vor allem IL-4 und IL-5, was vor allem die Bildung von Antikörpern fördert. Diese Th1- versus Th2-Differenzierung beinhaltet ein positives Feedback-System: Th1-Zellen und -Zytokine beeinflussen eine Immunantwort in Richtung Th1 und hemmen eine Th2-Differenzierung. Umgekehrt kann eine Th2-Antwort sich selbst amplifizieren und eine Th1-Antwort hemmen (◘ Abb. 15.3; ► Kap. 15.3 und 15.3.2).

Zielantigene. Eines der Hauptprobleme bei immunologischen Untersuchungen zur MS ist, dass ein eindeutiges Zielantigen im ZNS bisher nicht definiert werden konnte. Bisher untersucht wurden vor allem die beiden quantitativ wichtigsten Proteine, das **basische Myelinprotein** (MBP) und das **Proteolipidprotein** (PLP), die zusammen 80% des Myelinproteins ausmachen, aber auch seltene ZNS-Proteine wie Myelin-Oligodendrozyten-Glykoprotein (MOG), 2'-3'-zyklische Nukleotid 3'-Phosphodiesterase (CNPase) und noch einige andere. Stark vereinfacht kann man zusammenfassen, dass im Prinzip T-Zellreaktionen gegen diese Autoantigene bei MS-Patienten und bei Gesunden ohne wesentliche Unterschiede nachzuweisen sind. Die immunologische Spezifität der oligoklonalen Banden im Liquor, das klinische Hauptindiz für die ablaufende Immunreaktion, ist ebenfalls nicht eindeutig.

Histopathologische Klassifikation. Ein wesentlicher Befund der letzten Jahre ist, dass MS-Läsionen histopathologisch in verschiedene Muster unterteilt werden können. Hierbei scheint bei einem individuellen Patienten (in allen Läsionen) ein bestimmtes Muster vorzuherrschen. Nach Brück, Lassmann und Lucchinetti (Übersicht bei Brück u. Stadelmann 2005) können vier histopathologische Typen unterschieden werden (► Übersicht).

Histopathologische Typen der MS-Läsionen

- Typ 1: Die Läsion wird dominiert von T-Zellen und Makrophagen. Es kommt zu einer Demyelinisierung, allerdings mit nur geringem Oligodendrozytenverlust.
- Typ 2: Neben T-Zellen und Makrophagen sind auch Antikörper und Komplement in den Läsionen nachweisbar. Es kommt zur Zerstörung von reifen Oligodendrozyten mit nachfolgender Remyelinisierung.
- Typ 3: Es kommt zur Demyelinisierung zusammen mit einer Oligodendrozytendystrophie. Möglicherweise spielen Mechanismen, die nicht immunologisch bedingt sind hierbei eine Rolle.
- Typ 4: Es kommt zu einem primären Oligodendrozytentod mit sekundärer Entmarkung. Dieses Muster ist bisher nur bei einigen wenigen Patienten mit primärprogressiver MS gefunden worden.

Die ersten beiden Typen, bei denen die entzündliche Komponente im Vordergrund steht, sind deutlich häufiger, als die Typen 3 und 4, bei denen die degenerative Komponente dominiert. Die Datenlage, insbesondere im Hinblick auf eine Korrelation zum klinischen Verlauf ist aufgrund der niedrigen Biopsie- und Sektionsfrequenz hier noch nicht endgültig. Ein Hauptaugenmerk wird derzeit auf die Korrelation zwischen histopathologischen und kernspintomographischen Befunden gelegt, ohne dass zum gegenwärtigen Zeitpunkt klinisch-praktisch verwertbare Ergebnisse vorzuweisen sind.

15.7.4 Entzündung im Zentralnervensystem – nur Zerstörung oder auch Protektion?

Die MS ist eine chronisch-entzündliche Erkrankung des ZNS, bei der es durch die Entzündungsreaktion zur Demyelinisierung und somit zum Funktionsverlust kommt. Bereits früh im Verlauf ist aber auch eine degenerative Komponente in Form eines massiven axonalen Verlusts in frischen ZNS-Läsionen nachweisbar (Lassmann 2003).

Seit einiger Zeit gibt es auch Hinweise, dass autoimmune T-Zellen in verletzte ZNS-Areale einwandern können und eine Art Schadensbegrenzung vermitteln können (Moalem et al. 1999). Darüber hinaus konnte gezeigt werden, dass humane T- und B-Zellen und Makrophagen in der Lage sind, den brain-derived neurotrophic factor (BDNF) zu produzieren. BDNF gehört neben nerve growth factor (NGF), Neurotrophin 3 (NT3) und Neurotrophin 4/5 (NT4/5) zu den klassischen **Neurotrophinen.** Diese kleinen endogenen Proteine haben antiapoptotische Effekte, die bei der Entwicklung des Nervensystems eine entscheidende Rolle spielen (Kerschensteiner et al. 2003).

Andererseits konnte durch eine Gabe von exogenem NGF die Entzündungsreaktion und die klinischen Symptome im Tiermodell der EAE abgeschwächt werden (Arredondo et al. 2001). Zusammengefasst ergeben sich also erste Hinweise, dass die Interaktion zwischen Immun- und Nervensystem nicht nur einseitig aus Schutz und konsekutiv Zerstörung des Nervensystems durch Bestandteile des Immunsystems besteht. Vielmehr sind die Wechselwirkungen komplexer und das Immunsystem kann neurotrophe/protektive Eigenschaften wahrnehmen, während das Nervensystem seinerseits immunmodulatorisch/suppressiv tätig werden kann.

15.7.5 Stress und Glukokortikoidstoffwechsel

Stress wird landläufig für viele Krankheiten als Teilursache verantwortlich gemacht. Harte wissenschaftliche Befunde für eine solche Annahme, selbst für den scheinbar offensichtlichen Zusammenhang zwischen Stress und Herzerkrankungen, sind aber noch relativ spärlich. Bemerkenswerterweise haben sich in den letzten Jahren auch bei einer so heterogenen und variabel verlaufenden Erkrankung wie der MS interessante Befunde hinsichtlich Stress und endokrinen Veränderungen ergeben, die hier kurz ausgeführt werden.

Eine aktuelle Metaanalyse fasst zahlreiche, im Laufe der letzten Jahre erschienene, wenn auch sehr unterschiedlich konzipierte Studien zu Rolle von Stress als Auslöser von MS-Schüben zusammen (Mohr et al. 2004, ◘ Abb. 15.2). In der Tat besteht eine konsistenter Zusammenhang zwischen Stresssituationen und nachfolgenden MS-Schüben etwa in der Größenordnung von Faktor 2. Dieser Effekt ist in 13 der 14 ausgewählten Arbeiten in vergleichbarem Ausmaß nachweisbar. Einzig eine Studie aus Israel kommt zu einem gegenteiligen Effekt. Im Gegensatz zur Untersuchung von Alltagsstress in den anderen Studien untersucht diese Studie den Effekt einer traumatischen lang andauernden (>1 Monat) lebensbedrohlichen Erfahrung, nämlich die Zeit des Raketenangriffs auf Tel Aviv im Golfkrieg von 1991. Hierbei wird das Schubrisiko etwa um den Faktor 2 erniedrigt (Nisipeanu et al. 1993). Dieses Ergebnis zeigt, dass Art und Ausmaß des Stresses einen Einfluss auf dessen biologischen Effekt hat. Passend dazu zeigen tierexperimentelle Untersuchungen, dass bei der EAE Stress unter bestimmten Bedingungen zu einer Stimulation von Kortikosteroiden und zur Schubreduktion führen kann, während in anderen Experimenten »milder« Stress eher zu einer Aktivierung der Erkrankung beiträgt.

Eine neue über zwei Jahre durchgeführte große prospektive Studie mit 101 MS-Patienten bestätigt,

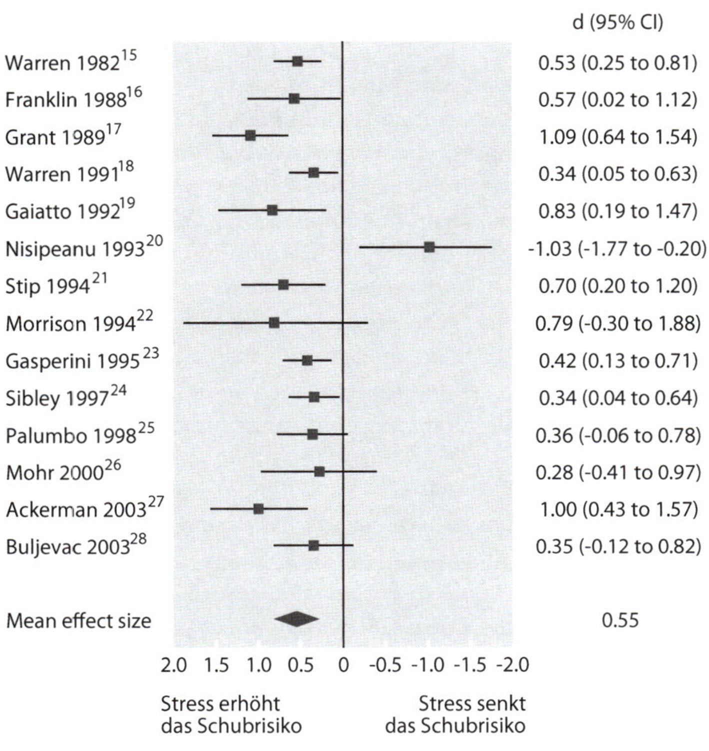

◘ **Abb. 15.2.** Effekt von Stress auf die Schubrate der Multiplen Sklerose. (Aus Mohr et al. 2004)

dass akute Stressereignisse, nicht aber chronische Probleme, einen Schub provozierten, und dass sich dies besonders bei Männern und Patienten mit niedrigem Behinderungsgrad auswirkt. Die Autoren sehen sich bezüglich einer **bidirektionalen Stresskrankheitshypothese** als Circulus vitiosus bestätigt: Stress löst Schübe aus, Schübe wiederum führen zu Stress (Brown et al. 2006).

Endokrine Untersuchungen zu biologischen Stressparametern zeigen, dass bei MS-Patienten, eine Veränderung des Steroidstoffwechsels gefunden wird, wie dies für Patienten mit Depression seit langem bekannt ist (Heuser et al. 1994). So fanden Grasser et al. (1996) bei 10 von 19 MS-Patienten eine **Störung der Hypothalamus-Hypophysen-Nebennieren-Achse.** Mittels des kombinierten Dexamethason-Suppression/Corticotropin-releasing-hormone-Stimulationstest (Dex-CRH-Test) zeigten die Autoren, dass die gefundenen Störungen heterogen waren. So fand sich bei sechs Patienten eine überschießende Kortisolantwort, bei vier Patienten dagegen überhaupt keine Stimulierbarkeit. Dieser Befund war unabhängig von vorausgehenden Steroid- oder Immuntherapien und vom psychopathologischen Befund und wird als Störung auf der Glukokortikoidrezeptor-Ebene interpretiert. Darauf aufbauend fanden Schumann et al. (2002), dass die Kortisolantwort im Dex/CRH-Test bei 53 MS-Patienten negativ mit der Anzahl an kontrastmittelaufnehmenden (also frischen aktiven) Läsionen im Kernspintomogramm, korrelierte. Dies könnte bedeuten, dass dieser endokrine Regulationsmechanismus eine wichtige Rolle bei der Kontrolle und Begrenzung der immunologischen Aktivität im ZNS spielt.

15

Zusammenfassend könnte Stressbegrenzung, sei es mittels verbesserter psychologischer Krankheitsverarbeitung (Coping) oder mit Hilfe biologisch-pharmakologischer Ansätze, ein wichtiger Aspekt für zukünftige Therapiestrategien sein.

15.8 Geschlechtsspezifische Aspekte der Multiplen Sklerose

Die MS ist keine ausgesprochene Frauenerkrankung. Frauen sind jedoch häufiger betroffen als Männer, wie dies auch bei den meisten anderen Autoimmunerkrankungen der Fall ist. Der Grund für die Geschlechtspräferenz bei Autoimmunerkrankungen ist nicht bekannt, nicht zuletzt, da dieses Phänomen noch kaum Gegenstand der Grundlagenforschung ist. Autoimmunerkrankungen sind häufig und betreffen mindestens 3% der Bevölkerung der westlichen Industriestaaten. Prävalenz und Inzidenz einiger Autoimmunerkrankungen und deren Geschlechterverteilung sind in ◘ Tab. 15.5 dargestellt. Die meisten Autoimmunerkrankungen treten bei Frauen im Alter zwischen dem 20. und 40. Lebensjahr auf, was einen hormonellen Einfluss bei der Entstehung nahe legt. Passend dazu ist bei MS und auch Myasthenia gravis die Geschlechterverteilung altersabhängig. Vor dem 40. Lebensjahr sind beide Erkrankungen bei Frauen häufiger, bei späterem Erkrankungsbeginn sind beide Geschlechter jeweils gleich häufig betroffen. Einige Befunde passen allerdings nicht in dieses einheitliche Bild. So gibt es Erkrankungen mit bisher unerklärter männlicher Dominanz, z. B. die Bechterew-Erkrankung und die Gruppe der chronisch inflammatorisch demyelinisierenden Polyneuropathien (CIDP). Außerdem sind MS und einige andere untersuchte Autoimmunerkrankungen (z. B. Thyreoiditis) bereits im Kindesalter bei Mädchen häufiger als bei Jungen.

Geschlechtsspezifische Unterschiede des Immunsystems wurden wiederholt postuliert, sind aber erst vor kurzem ins Blickfeld molekularer immunologischer Untersuchungen gerückt. Die allgemeine Feststellung, dass Frauen ein »stärkeres Immunsystem« als Männer haben, wird als Erklärung genutzt, um das häufigere Auftreten von Autoimmunerkrankungen, aber auch beispielsweise die höhere Lebenserwartung zu erklären (McCarthy 2000). Stark vereinfacht dargestellt wurde postuliert, dass Frauen eher eine Th1-Immunantwort mit Produktion von proinflammatorischen Zytokinen generieren, während die Immunantwort bei Männern etwas mehr in Richtung einer Th2-Antwort verschoben ist, was sich in stärkerer Produktion antiinflammatorischer Zytokine und Stimulation der Antikörperproduktion ausdrückt (◘ Abb. 15.3). Während einer Schwangerschaft ist es notwendig, dass der Fötus, der immunologisch gewissermaßen ein Transplantat (mit der Hälfte der genetischen Materials vom Vater, also »halbfremd«) darstellt,

Tab. 15.5. Prävalenz, Inzidenz und Geschlechtsverteilung einiger ausgewählter Autoimmunerkrankungen (Näherungswerte nach verschiedenen Quellen)

	Prävalenz (pro 100.000)	**Frauen : Männer**	**Inzidenz (pro 100.000 pro Jahr)**	**Frauen : Männer**
Alle Autoimmunerkrankungen	3000	4:1	80	
Neurologische Autoimmunerkrankungen				
Multiple Sklerose – Erkrankungsbeginn <40 Jahren – Erkrankungsbeginn >40 Jahren	100	2:1	2–7	 – 3:1 – 1:1
Myasthenia gravis – Erkrankungsbeginn <40 Jahren – Erkrankungsbeginn >40 Jahren	10	2:1	 – 4 – 5–20	 – 3:1 – 1:1
Chronisch inflammatorisch demyelinisierende Polyneuropathie (CIDP) und ihre Unterformen	? 10	1:4		
Andere Autoimmunerkrankungen				
Rheumatoide Arthritis	500	6:1		
Systemischer Lupus erythematodes	50	7:1	3–5	5:1
Morbus Bechterew	100	1:4	1,5	1:4

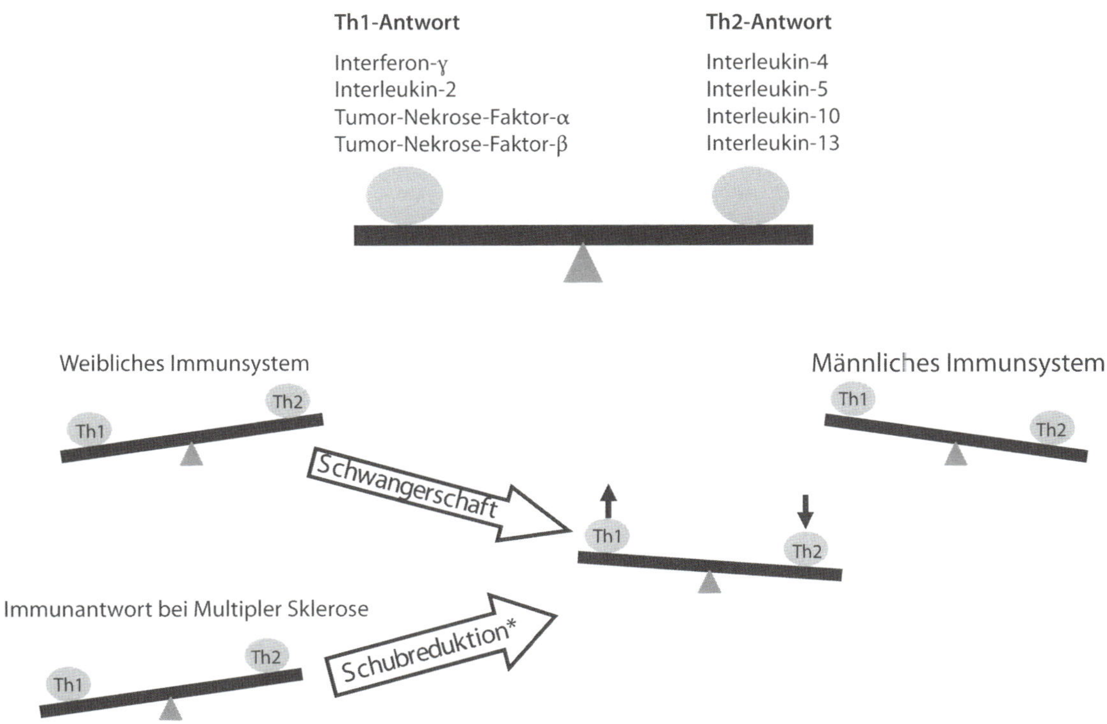

Abb. 15.3. Geschlechts- und schwangerschaftstypische Immunantworten

nicht abgestoßen wird. Hierfür wird das mütterliche Immunsystem in Richtung einer Th2-Immunantwort moduliert (Raghupathy 1997). Dies ermöglicht eine erfolgreiche Schwangerschaft und stabilisiert parallel dazu eine vorliegende Multiple Sklerose, die klassischerweise als Th1-Erkrankung gesehen wird (s. oben) und durch einen Th2-Shift abschwächt werden kann.

So plausibel und schlüssig diese Erklärungen klingen mögen, sollen sie nicht darüber hinweg täuschen, dass erst ein Teil davon durch konkrete molekulare Daten nachgewiesen ist und ein substantieller Anteil dieser Befunde in tierexperimentellen Modellen erhoben wurde.

15.8.1 Schwangerschaft und Multiple Sklerose

Noch mindestens bis in die 1950er-Jahre hinein wurde eine Multiple Sklerose als Kontraindikation für eine Schwangerschaft angesehen (s. oben). Heute ist es allgemein verbreiteter und gut fundierter Kenntnisstand, dass Schwangerschaften keinen ungünstigen Einfluss auf den Gesamtverlauf der Multiplen Sklerose haben. Diese auffallende Kehrtwende der Auffassungen ist nicht leicht zu erklären. Vermutlich hat das Auftreten von MS-Schüben nach Ende der (früher ohnehin häufigeren) Schwangerschaften dazu geführt, dass dieser Zusammenhang stärker wahrgenommen wurde, als das Ausbleiben von Schüben während einer Schwangerschaft.

Letztlich hat sich erst mit der Durchführung konkreter klinischer Studien die heute etablierte Auffassung durchgesetzt. Heute ist klar, dass das Schubrisiko im Laufe einer Schwangerschaft abnimmt und in den ersten drei Monaten postpartal vorübergehend zunimmt. Der Langzeitverlauf einer Multiplen Sklerose wird durch eine Schwangerschaft jedoch nicht beeinflusst.

In einer der größten Studien wurden in 12 europäischen Ländern die Schubhäufigkeiten bei 254 Frauen mit MS vor, während und nach insgesamt 269 Schwangerschaften verglichen (Confavreux et al. 1998). Die durchschnittliche Schubrate im Jahr vor der Schwangerschaft war 0,7, fiel während der Schwangerschaft kontinuierlich ab und erreichte im dritten Trimenon 0,2 (hochgerechnet pro Jahr) im Mittel. In den drei Monaten nach Ende der Schwangerschaft kam es zu einem vorübergehenden Anstieg der Schubhäufigkeit auf 1,2 mit anschließendem Abfall auf die Frequenz vor der Schwangerschaft (■ Abb. 15.4). Patientinnen, die stillten, hatten im Jahr nach der Entbindung eine leichte, aber statistisch signifikante Reduktion ihrer Schubrate. Die Schubrate im Gesamtverlauf der 33-monatigen Beobachtungszeit war durch die Schwangerschaft nicht verändert und ebenso fand sich kein Einfluss der Schwangerschaft auf die insgesamt langsam fortschreitende Behinderung. Ähnliche Ergebnisse wurden im Prinzip in allen neueren gut durchgeführten Studien gefunden, wobei ein Einfluss des Stillens in den meisten Studien nicht nachweisbar ist.

Eine schwedische Studie mit 153 Frauen zeigt darüber hinaus, dass bei Frauen, die geboren haben, ein niedrigeres MS-Erkrankungsrisiko besteht und dass im Falle des Auftretens einer MS, diese nach einer durchgemachten Schwangerschaft ein geringeres Progressionsrisiko hat als bei Nulliparae (Runmaker et al. 1995).

Untersuchungen zu **immunologischen Veränderungen bei Schwangerschaften**, mit oder ohne MS, sind bisher leider spärlich. Gesunde Frauen zeigen in einer Schwangerschaft einen Anstieg der Blutleukozyten, insbesondere der Population der T-Zellen, ohne dass sich wesentliche Unterschiede bei einzelnen Subpopulationen im Vergleich zu nicht schwangeren Kontrollpersonen nachweisen lassen. Bei MS-Patientinnen wurden in einer Studie eine Reduktion der CD8-positiven Lymphozyten und des CD4/CD8-Verhältnisses gefunden, ohne dass ein Zusammenhang mit der klinischen Krankheitsaktivität vorlag (Birk et al. 1990). Ob andere Schwangerschaftsproteine (z. B. α-Fetoprotein) einen relevanten immunologischen Einfluss haben, ist bisher ebenfalls noch kaum untersucht.

Zusammengefasst ist der messbare Einfluss einer Schwangerschaft auf die MS wissenschaftlich gut etabliert, und es wird MS-Patientinnen heute nicht mehr von einer geplanten Schwangerschaft abgeraten. Auf welchen immunologischen Veränderungen dies beruht, ist kaum untersucht, könnte aber von großer Bedeutung sein, da die

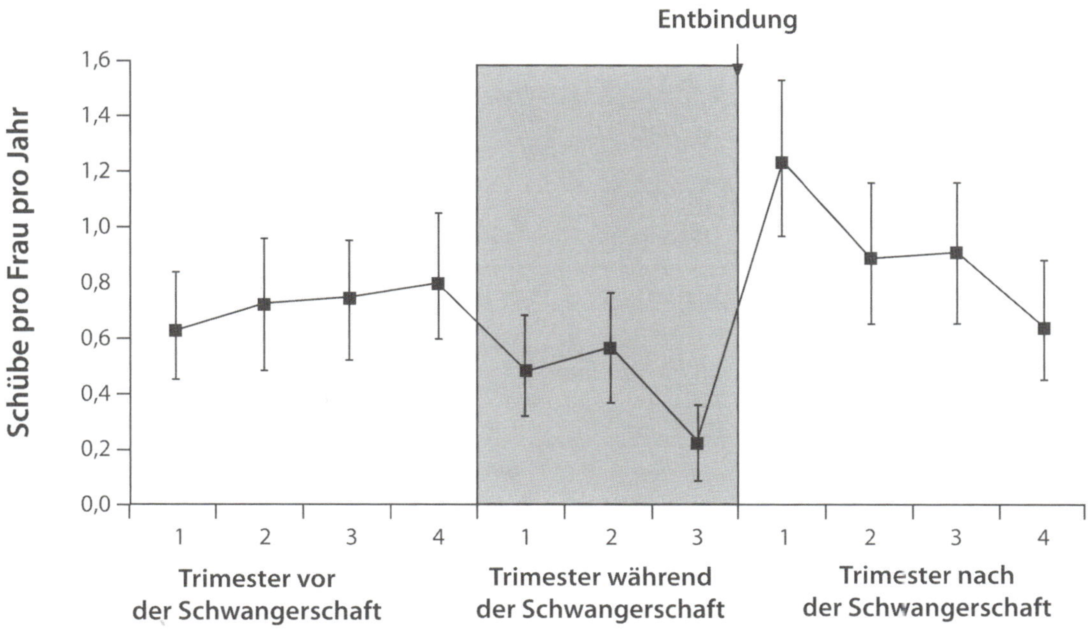

Abb. 15.4. Effekt einer Schwangerschaft auf die Schubrate. (Aus Confavreux et al. 1998)

geschilderte Schubreduktion in einer Schwangerschaft ein größerer »therapeutischer Effekt« ist, als der der meisten heute verfügbaren Immuntherapien!

15.8.2 Therapeutische Ansätze

Therapeutische Versuche mit **Östrogenen** wurden zunächst im Tiermodell durchgeführt. Die Gabe von Östriol oder Östradiol reduzieren die Erkrankungsschwere einer EAE und sind begleitet von einer sog. Immundeviation, also einem Shift von einer Th1- zu einer Th2-Antwort. Die in diesen Modellen verwendeten Dosierungen sind aber nicht auf die klinische Situation beim Menschen übertragbar. Niedrigere Dosierungen im Tiermodell hatten einen deutlich geringeren Effekt.

Die Frage, ob **hormonellen Kontrazeptiva** das Risiko, an einer MS zu erkranken, beeinflussen, wurde wiederholt diskutiert. Aus methodischen Gründen (große heterogene Populationen und Kontrollgruppen) kamen aber nur wenig verwertbare Daten zustande. Diese weisen nicht auf eine Änderung des MS-Risikos hin.

In einer Therapiestudie an 10 Patientinnen mit MS (sechs mit schubförmigem, vier mit sekundär-progredientem Verlauf) wurde das Schwangerschaftsöstrogen **Östriol** in einer Dosis von 8 mg/Tag oral über einen Zeitraum von sechs Monaten verabreicht. Unter dieser Therapie wurden Serumöstriolspiegel erreicht, wie sie im sechsten Schwangerschaftsmonat auftreten. Es kam zu einer Reduktion der zellulären Immunantwort (nachgewiesen mittels Hauttestung und Interferon-γ Produktion in der Zellkultur) und zu einer Reduktion der kernspintomographisch messbaren Krankheitsaktivität. Eine Änderung der Schubrate wurde nicht gefunden, was bei Phase-I/II-Studien dieser Größe praktisch kaum möglich ist (Sicotte et al. 2002).

Weitere klinische Studien mit diesem Ansatz sind sicherlich gerechtfertigt. Es darf aber nicht darüber hinweg gesehen werden, dass eine Langzeitanwendung von Östrogenen erhebliche Nebenwirkungen haben kann. Neben einem erhöhten Thromboserisiko wird auch die Entstehung hormonabhängiger Tumoren begünstigt. Durch Kombination der Östrogene mit Gestagenen sinkt zwar das Risiko eines Gebärmutterschleimhaut

(Endometrium)-Karzinoms, demgegenüber steigt das Brustkrebsrisiko in Abhängigkeit von der Einnahmedauer.

15.8.3 Geschlechtsspezifische Symptome und deren Therapie

Trotz der eindeutigen Geschlechtspräferenz sind viele Themen, die Frauen betreffen, ungenügend untersucht. Hierzu gehören die Sicherheit der Immuntherapien während Schwangerschaft und Stillzeit, der Einfluss von Menstruationszyklus und Kontrazeption auf die Erkrankung und die Therapie geschlechtsspezifischer Symptome wie Blasen- und Sexualfunktionsstörungen, auf die hier eingegangen wird.

Blasenfunktionsstörungen. Blasenfunktionsstörungen sind selten eine Erstmanifestation einer MS (<3%), treten aber bei den meisten Patienten (60–90%, je nach Quelle) im Krankheitsverlauf auf und haben einen deutlich negativen Einfluss auf die Lebensqualität. Das Vorhandensein von Blasenfunktionsstörungen korreliert mit spinalen Erkrankungsherden deutlich besser als mit zerebralen Herden, dem Ausmaß der Behinderung oder der Krankheitsdauer. In Einzelfällen können Komplikationen durch Infektionen sogar lebensbedrohlich sein. Die Manifestation der Blasenfunktionsstörungen ist komplex. Anfangs dominiert meist eine Dranginkontinenz, später besteht häufiger Harnverhalt oder Inkontinenz. Trotz zahlreicher Studien und vielfältigen praktischen Empfehlungen (Trinkmenge, Beckenbodentraining, Biofeedback, Medikamente, Katheterisierung) existieren kaum geschlechtsspezifische Untersuchungen. Die Kapitel über Blasenstörungen in Textbüchern, Monographien und Übersichtsartikeln zur MS sind fast durchgehend »neutral« gehalten und enthalten kaum diagnostisch oder therapeutisch geschlechtsspezifische Aussagen.

Sexualfunktionsstörungen. Sexualfunktionsstörungen sind ähnlich häufig wie Blasenstörungen und es besteht eine hohe Korrelation zwischen beiden. Bei Männern werden Sexualfunktionsstörungen häufiger (etwa 75%) als bei Frauen (etwa 50%) berichtet. Frauen beklagen dabei am häufigsten Störungen der Orgasmusfähigkeit (37%), verminderte vaginale Lubrikation (36%) und verminderte Libido (31%). Bei Männern kommt es am häufigsten zu erektiler Dysfunktion (63%), Störungen der Ejakulation (50%) und verminderter Libido (40%) (Zorzon et al. 2001). Im Verlauf der Erkrankung scheint die Zunahme von Sexualfunktionsstörungen überproportional zuzunehmen

Die überwiegende Anzahl von Untersuchungen zur Therapie von Sexualfunktionsstörungen befasst sich mit **Erektionsstörungen** bei Männern. Grundsätzlich umfasst die Behandlung von Sexualfunktionsstörungen bei Menschen mit MS psychotherapeutische Verfahren, medikamentöse und (für Männer mit Erektionsstörungen) auch nicht-medikamentöse und invasive Therapien (Vakuumpumpen, Schwellkörperautoinjektion). Die medikamentösen Therapieverfahren sind seit der Einführung des Phosphodiesterase-5-Hemmer Sildenafil (Viagra) revolutioniert worden. Auch bei MS-Patienten wurde ein deutlicher Effekt auf die erektile Dysfunktion nachgewiesen. Während 24% eine Verbesserung mit Placebo berichteten, war dies bei 90% der Patienten mit Sildenafil der Fall.

Spezifische Therapien für **weibliche Sexualfunktionsstörungen** sind bisher nicht verfügbar. Immerhin wurde eine Studie zu Sildenafil bei Frauen mit MS publiziert und zeigte eine leichte Verbesserung der Lubrikation, ohne dass andere Parameter wie Orgasmusfähigkeit beeinflusst worden wären (DasGupta 2004). Daten zur Psychotherapie bei MS-Patienten mit Sexualfunktionsstörungen sind ebenfalls rar. Eine Pilotstudie untersuchte neun MS-Betroffene und ihre Partner und fand, dass zwölf psychologische Beratungssitzungen über drei Monate zu einer signifikanten Verbesserung der Störungen und der Paarkommunikation führte (Foley et al. 2001).

15.8.4 Weitere geschlechtsspezifische Aspekte

Kognitive Störungen. Kognitive Störungen können zu jedem Zeitpunkt des Erkrankungsverlaufes der MS auftreten. Sie sind selten schwer, allerdings sind leichte kognitive Störungen, speziell Gedächtnisstörungen – eher Störungen von Sprache und Aufmerksamkeit – bei MS-Patienten auch im frühen Verlauf der Erkrankung wiederholt berichtet worden. Überaschenderweise scheinen kognitive Einschränkungen bei Männern häufiger als bei Frauen zu sein (Beatty et al. 2002). Von 503 Patienten in verschiedenen Krankheitsstadien einer italienischen Untersuchung, die mit einer neuropsychologischen Testbatterie untersucht wurden, zeigten 56% kognitive Einschränkungen unterschiedlichen Ausmaßes. Von den 183 Männern hatten 53% leichte, 9% schwere kognitive Einschränkungen. Bei den 320 Frauen hatten 45% leichte, 8% schwere Einschränkungen. Bemerkenswert war darüber hinaus, dass bei Männern die neuropsychologischen Defekte mit der Erkrankungsdauer, -schwere, niedrigem Ausbildungsniveau und dem APOE-e4-Allel – einem Risikofaktor für Alzheimer-Erkrankung – korrelierten. Bei Frauen korrelierten die kognitiven Einschränkungen mit keiner der untersuchten Variablen (Savettieri et al. 2004).

Coping. Krankheitsverarbeitung ist ein aktuelles, intensiv diskutiertes Problem bei chronischen Krankheiten im Allgemeinen. Die Akzeptanz einer chronischen Krankheit ist mit einer besseren medizinischen Prognose und mit einer höheren Lebensqualität vergesellschaftet. Bei der MS erhöht eine angemessene Krankheitsverarbeitung und -akzeptanz die Kooperation (Compliance) in der Anwendung der modernen aufwändigen (meist parenteralen) Immuntherapien, die früh im Krankheitsverlauf wirksam sind, auch wenn die Betroffenen dann noch kaum subjektive Einschränkungen durch die MS haben.

Suizide können Ausdruck einer MS-bedingten Depression (s. oben), aber auch eines Coping-Problems sein. Suizide sind bei der MS häufiger als in der übrigen Bevölkerung. Eine Untersuchung an über 5000 MS-Patienten des dänischen MS-Registers zeigt, dass 1,4% der Männer und 0,7% der Frauen Suizid begehen. Die höchste Suizidrate findet sich bei Männern mit Symptombeginn vor dem 30. Lebensjahr und innerhalb der ersten fünf Erkrankungsjahre, also in einer Zeit, in der die körperliche Behinderung durch die Erkrankung in der Regel gering, aber die emotionale Belastung und die Auswirkungen auf die Lebensplanung am höchsten sind (Stenager et al. 1992). In diesem Zusammenhang ist auch die Beobachtung von Bedeutung, dass MS-betroffene Männer deutlich mehr von einer Ehe oder Partnerschaft profitierten als Frauen. Auch wenn in dieser Studie (Harrison et al. 2004) kein Zusammenhang zwischen Akzeptanz der Erkrankung und Grad der Behinderung bestand, waren bei Männern sowohl ein geistiger als auch ein körperlicher Gewinn aus einer Partnerschaft nachzuweisen. MS-betroffene Frauen profitierten nicht von einer Partnerschaft, stattdessen entwickelte sich eine zunehmende Krankheitsakzeptanz im Laufe der Zeit unabhängig von Familienstand oder Partnerschaft.

Fehldiagnosen. Ein weiterer bemerkenswerter Geschlechtsunterschied liegt schließlich noch bei der Diagnosestellung. Die MS mit ihren vielfältigen Manifestationsmöglichkeiten wurde bis in die 1990er-Jahre hinein im Durchschnitt erst fünf Jahre nach Beginn der ersten Symptome diagnostiziert. Eine Untersuchung aus Israel (Levin et al. 2003) beschäftigt sich mit der Häufigkeit und Art von Fehldiagnosen bei 50 Patienten, bei denen schließlich eine MS vorlag. Die Rate an anfänglichen Fehldiagnosen lag bei den 33 Frauen mit 64% deutlich höher als bei den 17 Männern (47%). Während die Fehldiagnosen bei den männlichen Patienten meist orthopädische Erkrankungen oder Infektionen waren, wurden bei den Patientinnen oft psychiatrische Probleme (u. a. Angststörung, Somatisierung oder Konversion) oder medizinisch nicht erklärbare Störungen diagnostiziert.

Dieses Phänomen erinnert stark an das 1991 erstmals beschriebene **Yentl-Syndrom** bei der koronaren Herzerkrankung. Frauen mit Herzinfarkt warten selbst länger zu, ihre Beschwerden werden ärztlicherseits oft als »atypisch« interpretiert und sie werden später therapiert. Auch wenn die MS, im Gegensatz zur »Männer- und Managerkrankheit« Herzinfarkt, eher eine Frauenkrankheit ist, finden sich zwischen beiden bemerkenswerte Parallelen. Der Terminus Yentl-Syndrom (Healy 1991) beruht auf einer Kurzgeschichte Isaac Singers und einem Film mit Barbra Streisand, in dem die junge osteuropäische Jüdin Yentl sich nicht mit ihrer Frauenrolle abfinden will, aber erst als Mann verkleidet auf eine Religionsschule gelassen wird.

Fazit

Die Multiple Sklerose ist eine chronische, entzündlich-demyelinisierende Erkrankung des Zentralnervensystems und die häufigste chronisch-neurologische Erkrankung, die bei jungen Erwachsenen zu bleibender Behinderung führt. Sowohl Erkrankungsmanifestation als auch -verlauf sind äußerst variabel, was die Einschätzung der Langzeitprognose im Einzelfall schwierig macht. Allerdings werden neue und laufend zunehmende Therapiemöglichkeiten ohne Zweifel das Bild der Erkrankung grundsätzlich verändern und ihre Prognose verbessern. In der Pathogenese der MS spielen sowohl genetische Faktoren als auch Umwelteinflüsse eine Rolle.
Ein wesentlicher neuer Befund ist, dass MS-Läsionen histopathologisch in vier Muster unterteilt werden können. Bei zwei dieser Muster steht der entzündliche Prozess im Vordergrund, bei zwei weiteren Typen die degenerative Komponente. Es ist zu hoffen, dass eine Korrelation zwischen histopathologischen und kernspintomographischen bzw. klinischen Befunden zu individuelleren Therapien führt.
Geschlechtsspezifische Elemente betreffen zahlreiche Aspekte der Multiplen Sklerose. Frauen sind häufiger betroffen, wie dies bei vielen (aber keinesfalls allen) Autoimmunerkrankungen der Fall ist. Hormonelle Einflüsse sind daher wiederholt postuliert worden, aber auf molekularer Ebene noch kaum konkret nachweisbar. Eindrücklich ist der Einfluss der Schwangerschaft auf die MS. In einer Schwangerschaft ist das Risiko für MS-Schübe deutlich reduziert; im letzten Drittel einer Schwangerschaft ist das Risiko sogar so gering, dass es die Effizienz der meisten heute verfügbaren immunmodulatorischen Therapie übertrifft. Eine gute (und zumindest durch Tiermodelle gestützte) Hypothese ist, dass es in der Schwangerschaft zu einer sog. Immundeviation, also einer Umstellung von einer Th1- zu einer Th2-Antwort, kommt, was sich günstig auf den Erkrankungsverlauf auswirkt. Ansätze, die mit Hilfe von Hormonen die Erkrankung abschwächen sollen, stecken allerdings erst in den Anfängen. Neben diesen molekularen Aspekten spielen aber auch eine Reihe allgemeiner klinische Beobachtungen eine Rolle in der geschlechtsspezifischen Betreuung von MS-Patienten. So werden Sexualfunktionsstörungen bei Frauen deutlich weniger beachtet bzw. berichtet als bei Männern, wohingegen kognitive Einschränkungen und auch Suizide aufgrund einer MS-bedingten Depression bei Männern häufiger sind.

Literatur

Arredondo LR, Deng C, Ratts RB, Lovett-Racke AE, Holtzmann DM, Racke MK (2001) Role of nerve growth factor in experimental autoimmune encephalomyelitis. Eur J Immunol 31:625–633

Beatty WW, Aupperle RL (2002) Sex differences in cognitive impairment in multiple sclerosis. Clin Neuropsychol 16:472-480

Beck R (1913) Multiple Sklerose, Schwangerschaft und Geburt. Dtsch. Zeitschr. f. Nervenheilkunde 46:127–145

Birk K, Ford C, Smeltzer S, Ryan D, Millar R, Rudick RA (1990) The clinical course of multiple sclerosis during pregnancy and the puerperium. Arch Neurol 47:738–742

Brown RF, Tennant CC, Sharrock M, Hodgkinson S, Dunn SM, Pollard JD (2006) Relationship between stress and relapse in multiple sclerosis: part I. Important features. Multiple Sclerosis 12:453–464

Brück W, Stadelmann C (2005) The spectrum of multiple sclerosis: new lessons from pathology. Curr Opin Neurol 18:221–224

Cepok S, Zhou D, Srivastava R, Nessler S, Stei S, Büssow K, Sommer N, Hemmer B (2005) Identification of Epstein-Barr virus proteins as putative targets of the immune response in multiple sclerosis. J Clin Invest 115:1352–1360

Confavreux C, Hutchinson M, Hours MM, Cotinvis-Tourniaire P, Moreau T (1998) Rate of pregnancy-related relapse in multiple sclerosis. Pregnancy in Multiple Sclerosis Group. N Eng J Med 339:285–291

Craig J, Young CA, Ennis M, Baker G, Boggild M (2003) A randomised controlled trial comparing rehabilitation against standard therapy in multiple sclerosis patients receiving intravenous steroid treatment. J Neurol Neurosurg Psychiatry 74:1225–1230

DasGupta R, Wiseman OJ, Kanabar G, Fowler CJ (2004) Efficacy of sildenafil in the treatment of female sexual dysfunction due to multiple sclerosis. J Urol 171:1189-1193

Elian M, Nightingale S, Dean G (1990) Multiple sclerosis among United Kingdom-born children of immigrants from the Indian subcontinent, Africa and the West Indies. J Neurol Neurosurg Psychiatry 53:906–911

Flachenecker P, Bihler I, Weber F, Gottschalk M, Toyka KV, Rieckmann P (2004) Cytokine mRNA expression in patients with multiple sclerosis and fatigue. Mult Scler 10:165–169

Foley FW, LaRocca NG, Sanders AS, Zemon V (2001) Rehabilitation of intimacy and sexual dysfunction in couples with multiple sclerosis. Multiple Sclerosis 7:417–421

Grasser A, Möller A, Backmund H, Yassouridis A, Holsboer F (1996) Heterogeneity of hypothalamic-pituitary-adrenal system response to a combined dexamethasone-CRH test in multiple sclerosis. Exp Clin Endocrinol 104:31–37

Harrison T, Stuifbergen A, Adachi E, Becker H (2004) Marriage, impariment, and acceptance in persons with multiple sclerosis. West J Nurs Res 26:266–285

Haupts M (2005) Depression. In: Henze, T (Hrsg) Symptomatische Therapie der Multiplen Sklerose. Thieme, Stuttgart New York, S 105–112

Healy B (1991) The Yentl syndrome. N Engl J Med 325:274–276

Heuser I, Yassouridis A, Holsboer F (1994) The combined dexamethasone/CRH test: a refined laboratory test for psychiatric disorders. J Psychiat Res 28:314–356

Kantarci OH, Barcellos LF, Atkinson EJ, Ramsay PP, Lincoln R, Achenbach SJ, De Andrade M, Hauser SL, Weinshenker BG (2006) Men transmit MS more often to their children vs women. The Carter effect. Neurology 67:305–310

Kerschensteiner M, Stadelmann C, Dechant G, Wekerle H, Hohlfeld R (2003) Neurotrophic cross-talk between the nervous and immune systems: Implications for neurological diseases. Ann Neurol 53:292

Kulig K (1956) Gestationsprozesse und Multiple Sklerose. Dtsch Zeitschr f Nervenheilkunde 174:460–468

Lassmann H (2003) Axonal injury in multiple sclerosis. J Neurol Neurosurg Psych 74:695–697

Levin N, Mor M, Ben-Hur T (2003) Patterns of misdiagnosis of multiple sclerosis. Isr Med Assoc J 5:489–490

Liu C, Playford ED, Thompson AJ (2003) Does neurorehabilitation have a role in relapsing-remitting multiple sclerosis? J Neurol 250:1214–1218

McCarthy M (2000) The »gender gap« in autoimmune disease. Lancet 356:1088

Moalem G, Leibowitz-Amit R, Yoles E, Mor F, Cohen IR, Schwartz M (1999) Autoimmune T cells protect neurons from secondary degeneration after central nervous system axotomy. Nature Med 5:49–55

Mohr DC, Hart SL, Julian L, Cox D, Pelletier D (2004) Association between stressful life events and exacerbation in multiple sclerosis: a meta-analysis. BMJ 328:731

Mosmann TR, Coffman RL (1989) TH1 and TH2 cells: different patterns of lymphokine secretion lead to different function properties. Annu Rev Immunol 7:145–173

Nisipeanu P, Korczyn AD (1993) Psychological stress as risk factor for exacerbations in multiple sclerosis. Neurology 43:1311–1312

Polman CH, Reingold SC, Edan G, et al. (2005) Diagnostic criteria for multiple sclerosis: 2005 revisions to the »McDonald Criteria«. Ann Neurol 58:840–846

Poser S, Wikstrom J, Bauer HJ (1979) Clinical data and the identification of spezial forms of multiple sclerosis in 1271 cases studied with standardized documentation system. J Neurol Sci 40:159–168

Raghupathy R (1997) Th1-type immunity is incompatible with successful pregnancy. Immunol today 18:478–482

Runmaker B, Andersen O (1995) Pregnancy is associated with a lower risk of onset and a better prognosis in multiple sclerosis. Brain 118:253–261

Savettieri G, Messina D, Andreoli V, Bonavita S, Caltagirone C, Cittadella R, et al. (2004) Gender-related effect of clinical and genetic variables on the cognitive impairment in multiple sclerosis. J Neurol 251:1208–1214

Schäfer U, Poser S (2002) Multiple Sklerose. Ein Leitfaden für Betroffene, 7. Aufl. Blackwell, Berlin, S 87f

Schumann EM, Kümpfel T, Then Bergh F, Trenkwalder C, Holsboer F, Auer DP (2002) Activity of the hypothalamic-pituitary-adrenal axis in multiple sclerosis: correlations with Gadolinium-enhancing lesions and ventricular volume. Ann Neurol 51:763–767

Sicotte NL, Liva SM, Klutch R et al. (2002) Treatment of multiple sclerosis with the pregnancy hormone estriol. Ann Neurol 52:421–428

Siegert RJ, Abernethy DA (2005) Depression in multiple sclerosis: a review. J Neurol Neurosurg Psychiatry 76:469–475

Sommer N, Zipp F, Rösener M, Dichgans J, Martin R (1996) Der Einfluß genetischer Faktoren auf die multiple Sklerose. Nervenarzt 67:457–464

Stenager EN, Stenager E, Koch-Henriksen N, et al. (1992) Suicide and multiple sclerosis: an epidemiological investigation. J Neurol Neurosurg Psychiatry 55:542–545

Zarei M (2006) Clinical characteristics of cortical multiple sclerosis. J Neurol Sci 245;53–58

Zorzon M, Zivadinov R, Monti Bragadin L, Moretti R, De Masi R, Nasuelli D, Cazzato G (2001) Sexual dysfunction in multiple sclerosis: a 2-year follow-up study. J Neurol Sci 187:1–5

Der Göttinger Physiologe Arnold Adolph Berthold (1803–1861) führte 1849 ein Experiment durch, das die Endokrinologie mitbegründete: Er kastrierte einige Hähne und replantierte die kastrierten Hoden in die Bauchhöhle der kastrierten Tiere oder in die Bauchhöhle von weiblichen Tieren. In den Tieren, die durch das Hodengewebe mit männlichen Hormonen versorgt wurden, kam es zur Ausdifferenzierung der entsprechenden Morphologie und Verhaltensweisen der Hähne. Dieses Experiment macht deutlich, dass eine Vielzahl geschlechtsspezifischer Eigenschaften – wenn nicht sogar das Vollbild der Geschlechtsdifferenzierung – durch die Einwirkung von Hormonen oder hormonproduzierenden Organen determiniert wird. Dies spiegelt sich auch in den Wirkungen auf Gesundheits- und Krankheitsprozesse wider und bestimmt so auch die Gewebsreaktionen bei Schädigungsprozessen im ZNS. In der Vergangenheit wurden im Hinblick auf neuroprotektive Wirkungen insbesondere die Wirkungen von Östrogenen genauer untersucht.

16.1 Hormonelle Wirkungsmechanismen im ZNS

16.1.1 Zur physiologischen und pathophysiologischen Bedeutung von Hormonen

Geschlechtsspezifische Einflussfaktoren auf die Hirnentwicklung und Hirnfunktionen wurden in einer Reihe von Studien untersucht. Entsprechend einem Großteil der Erkenntnisse bilden Hormone und die durch diese Hormone ausgeübten Wirkungen hier wesentliche Einflussfaktoren. Daher lag es nahe, den entsprechenden Einfluss von Hormonen oder Hormonentzug auch in pathophysiologischen Modellen in präklinischen Ansätzen weiter zu untersuchen. Im humanen Bereich war es dagegen möglich, z. B. die Auswirkungen einer Hormonersatztherapie bei postmenopausalen Frauen auf verschiedenste Parameter einschließlich der Inzidenz von kardiovaskulären Ereignissen und auch Hirninfarkten weiter aufzuklären. Die diesbezügliche Diskussion im Hinblick auf benefizielle Effekte von Hormonen und speziellerweise von Östrogenen ist derzeit noch nicht abgeschlossen.

Nach wie vor gibt es auch wenig Einigkeit darüber, welche spezifischen der pleiotropen Effekte der Hormone mit einem positiveren Verlauf im Gesundheits- und Krankheitsfall verbunden sind. Trotz der detaillierten präklinischen Erkenntnisse über Hormone und ihre Wirkungsmechanismen ist es bisher nur in einigen Ansätzen gelungen, einzelne Wirkungswege auch mit spezifischen Verläufen zu verknüpfen und hier entsprechende Daten abzuleiten. Dies liegt sowohl an der Komplexität der Wirkungen von Hormonen mit direkten und indirekten zellulären und geweblichen Effekten als auch an der Komplexität der Regulationsvorgänge im Organismus, durch welche entsprechende Effekte auch im zeitlichen Verlauf wie z. B. in der präpubertären Periode oder im postmenopausalen Zeitfenster unterschiedlich vermittelt werden. Hier treffen Hormone auch auf der Gewebeseite auf zum Teil völlig unterschiedliche Voraussetzungen. Beispielhaft gilt dies für die differenzierte Ausprägung von unterschiedlichen Hormonrezeptoren: Hier können nicht nur für das gleiche Hormon in verschiedenen Zellen und Geweben unterschiedliche Rezeptorausstattungen nachgewiesen werden, sondern diese variieren während der unterschiedlichen zellulären und metabolischen Aktivitätszustände und in den jeweiligen Zellen und Geweben.

Dies ist insbesondere bei pathologischen Prozessen wie z. B. degenerativen Erkrankungen des ZNS oder bei akuten hirnschädigenden Ereignissen wie Durchblutungsstörungen z. B. bei ischämischen oder hämorrhagischen Hirninfarkten von großer Bedeutung. Die komplexen Einwirkungen geschlechtsspezifischer Faktoren wie z. B. von Hormonen treffen hier nicht nur aufgrund des Entwicklungsstadiums des Organismus auf einen spezifischen Zell- und Gewebezustand, sondern darüber hinaus auf eine pathophysiologisch zeitlich differenziert ablaufende Schädigung, die durch prozesshaft ablaufende lokale und zeitliche Bedingungen charakterisiert ist. Gerade in diesem heterogenen Wirkungs- und Beziehungsgeflecht erscheint es sinnvoll, Substanzen und Einflussfaktoren spezifisch im jeweiligen zeitlichen Zusammenhang in Bezug auf die zu untersuchenden Wirkungseffekte und Effektorparameter zu definieren.

16.1.2 Pleiotrope Wirkungsmechanismen von Östrogenhormonen im ZNS

Die differenzierenden und differenzierten Effekte von Geschlechtshormonen auf das Hirngewebe im Verlauf der pränatalen und neonatalen Entwicklung sowie darüber hinaus wurden z. B. von Fitch et al. (1998) beschrieben. Neben Wirkungen, die über die klassischen intrazellulären Östrogenrezeptoren, den Östrogenrezeptor-α und den Östrogenrezeptor-β vermittelt werden, konnten weitere und oftmals direkte Effekte auf Synaptogenese, exzitatorisch wirkende N-Methyl-D-Aspartat-Rezeptoren (NMDA-Rezeptoren) und eine Reihe anderer Wirkungen einschließlich direkter Membranwirkungen und Wirkungen auf andere Neurotransmitter beschrieben werden (McEwen et al. 1999). So beeinflussen Östrogene auch die serotonergen, cholinergen und dopaminergen Systeme des Gehirns (O'Keane et al. 1991, 1992; Wieck et al. 1989).

Oft werden derartige Effekte auch durch indirekte Mechanismen vermittelt. So wird z. B. die Wachstumshormonsekretion während des Menstruationszyklus auch durch Östrogene in ausgeprägtem Maße beeinflusst, was zusätzlich wiederum auch die Aktivität anderer Neurotransmittersysteme des Gehirns verändert (Wieck et al. 1989). Insbesondere bestehen enge Beziehungen zwischen Östrogenen und dem cholinergen System, dessen Defektzustände wiederum in Zusammenhang mit physiologischen und pathologischen Gedächtnisprozessen und damit auch dem Morbus Alzheimer gebracht werden (Luine 1985).

Da es sich beim endokrinen Wirkungsprinzip um einen sehr früh in der Entwicklung entstandenen Mechanismus handelt, der die Vermittlung von Fernwirkungen im gesamten Körper auf der Basis sekretierter Moleküle, der Hormone, umfasst, konnten in den Lebewesen in der weiteren Phylogenese eine Vielzahl von Effektormechanismen entstehen, die das Prinzip weiter bis auf die zelluläre Ebene hinab verfeinerten:

Zum einen üben Hormone wie Östrogene **direkte Wirkungen auf andere Moleküle** aus. Dazu zählen u. a. die antioxidativen Wirkungen von Östrogenen und auch anderen Hormonen (Übersicht bei Behl et al.1999, 2000; Teepker et al. 2003; Vedder et al. 2000). Derartige Prozesse basieren auf direkten Interaktionen zwischen Östrogenen und anderen Molekülen, sog. **Redoxprozessen.** Andere direkte Wirkungen in Form von Molekülinteraktionen können zu karzinogenen Effekten führen (Zhu et al. 1993; Liehr et al. 1997; Zhu 2003; Brandlow u. Sepkovic 2004) oder in Wechselwirkungen mit antioxidativen Substanzen wie Glutathion einmünden (Gridley et al. 1998; Schmidt et al. 2002). Derartige Redoxinteraktionen mit Molekülen, die auf dem Austausch von Elektronen aufgrund der molekularen Affinitätsunterschiede beruhen, wurden damit spezifisch für Östrogene beschrieben, spielen jedoch vermutlich auch bei anderen Geschlechtshormonen wie Gestagenen und Testosteron eine direkte oder indirekte Rolle.

Weiterhin werden unterschiedlichste **Hormonwirkungen durch Hormonmetaboliten** vermittelt. Bei Östrogenen sind es hier z. B. die 2- oder 4-Hydroxyöstrogene, die differenziell ausgeprägte chemische Eigenschaften im Vergleich zu den Ausgangsmolekülen aufweisen, wie z. B. eine erhöhte antioxidative Wirkung (Teepker et al. 2003).

Derartige direkte, sog. **nongenomische Wirkungen** können den klassischen genomischen Effekten der Hormone, die in der Genregulation, d. h. einer direkten Beeinflussung der zellulären Genaktivität und der Proteinsynthese bestehen, gegenübergestellt werden. Entsprechende **genomische Effekte** wurden für alle Steroidhormone beschrieben und basieren auf dem Prinzip einer direkten Interaktion des Hormons mit intrazellulären Rezeptoren, die weitere zelluläre Wirkungen auslösen. Der sog. **Hormonrezeptorkomplex** beeinflusst dann die Transkriptionsaktivität an bestimmen Genorten, den »steroidresponsiven Elementen« (SRE). Da diese Steuerungsvorgänge über eine Vielzahl von Hormonen und Hormonmetaboliten sowie eine Vielzahl von Rezeptoren auch wechselseitig beeinflusst werden und zum Teil gleichzeitig oder zell- oder gewebespezifisch auf eine Vielzahl von Körperzellen und Gewerben einwirken, ist es vorstellbar, dass hier eine im Einzelnen unübersichtliche Vielfalt von Prozessen bereits durch die Einwirkung eines Hormons auf eine Zelle initiiert wird (z. B. Behl u. Holsboer 1999; Bora et al. 2005; Ikeda u. Inou 2004; Manthey u. Behl 2006). Diese Auslösung von komplexen Vorgängen bereits durch die Einwirkung lediglich eines Hormons macht die Geschlechtsdifferenzierung und die komplexen damit verbundenen Vorgänge zumindest vom Prinzip her erklär- und verstehbar.

Viele dieser Prozesse regeln sich selber (Autoregulation), so dass es zu zyklisierenden oder homöostatischen Regelkreisen kommt. Beispiele für **zyklisierende Regelkreise** sind der weibliche Zyklus und die damit verbundenen zyklisch wiederkehrenden Veränderungen, Beispiele für **homöostatische Prozesse** sind Vorgänge und stoffliche und biologische Gegebenheiten, die sich im Laufe der weiblichen und männlichen Entwicklung einstellen oder Prozesse, die z. B. Geburt und Schwangerschaft determinieren. Oft kommt es auch zu Wechselwirkungen zwischen homöostatischen und zyklisierenden Prozessen, die sich dann gegenseitig zum Teil in Form von labilen Gleichgewichten beeinflussen.

Nachdem ursprünglich bevorzugt geschlechtsdifferenzierende Wirkungen von Östrogenen während der Entwicklung und entsprechende strukturelle und funktionelle Effekte, die ebenfalls mittelbar zur Geschlechtsdifferenzierung beitragen, untersucht wurden, gibt es mittlerweile eine Vielzahl von Daten, die klar belegen, dass Östrogene auch während des weiteren Lebenslaufes der Organismen kontinuierlich entscheidende Einflüsse auf eine Vielzahl von Geweben des Körpers ausüben. Dies betrifft auch das Gehirn. Hier beeinflussen Östrogene Differenzierung und Funktionen einzelner Neuronengruppen (McEwen 1999) – sogar differenziert im Verlauf des weiblichen Zyklus (Maguire et al. 2005; Dazzi et al. 2006).

Spezifisch werden in diesem Bereich weiterhin sog. »neurotrope«, »neuroprotektive« und auch »psychotrope oder psychoprotektive« Wirkungen beschrieben: Dabei bezeichnen **neurotrope** Wirkungen Effekte auf das Teilungsverhalten von Nervenzellen und deren Differenzierungseigenschaften. **Neuroprotektive** Wirkungen beschreiben direkte »Schutzwirkungen« von Hormonen auf Nervenzellen und -gewebe unter schädigenden Einflüssen. **Psychotrope** oder **psychoprotektive** Effekte werden mit oftmals positiven modulierenden Wirkungen auf Gefühl und Verhalten, z. B. über Effekte auf das serotonerge oder das dopaminerge Neurotransmittersystem, in Verbindung gebracht.

Auf der Basis der vorliegenden Daten ist es unmittelbar sinnvoll, geschlechtsspezifische Prozesse und damit auch die Geschlechtsspezifität von Schädigungsprozessen wie vaskulären Prozessen oder neurodegenerativen und neurotoxischen Prozessen mit Hormoneinwirkungen in Verbindung zu bringen. Exemplarisch sollen hier in der Folge einige hirnschädigende oder das Gehirn funktionell beeinträchtigende Ursachen und deren geschlechtsspezifische Ausprägung beschrieben werden.

16.2 Östrogenhormone und Krankheitsprozesse

16.2.1 Östrogene bei der Schizophrenie

Das Auftreten der Schizophrenie zeigt geschlechtsspezifische Häufigkeiten. So kommt es im Unterschied zum Verlauf bei Männern beim weiblichen Geschlecht zu zwei Häufigkeitsgipfeln mit vorausgehender verminderter Inzidenz und einem nachfolgenden erhöhten Auftreten der Erkrankung mit dem Eintreten der postpubertären Phase und der postmenopausalen Zeitperiode (Häfner et al. 1993; Häfner 2003; ▶ Kap. 18). Daraus wurde eine Schutzwirkung der Östrogene oder spezifisch weiblicher Einflussfaktoren abgeleitet.

Da sich auch psychopathologisch, d. h. im Hinblick auf die Ausprägung der Schizophrenie-typischen Denk- und Verhaltensstörungen, zeitlich spezifische Beziehungen zum weiblichen Zyklus herstellen lassen (Häfner 2003; Seeman 1997) sowie weitere Befunde bestehen, die auf einen engeren

Zusammenhang zwischen Hormonen, der schizophrenen Symptomatik an sich und dem zeitlichen Auftreten der schizophrenen Symptomatik deuten, erscheint hier ein Zusammenhang zwischen den beiden Parametern – d. h. der Psychopathologie und hormonellen Veränderungen – zumindest möglich, wenn nicht sogar sehr wahrscheinlich.

Da die Schizophrenie aufgrund jüngster Erkenntnisse mit chronischen hirnpathologischen Veränderungen und insbesondere auch mit Veränderungen des Stoffwechsels **freier Radikale** in Verbindung gebracht wird (Doo et al. 1997), eröffnen sich auch in diesem Zusammenhang Hinweise auf weitere pathophysiologische Zusammenhänge: Östrogene zeigen sowohl direkte antioxidative und die Lipidperoxidation hemmende Wirkungen (Behl et al. 1995, 1997; Vedder et al. 1999; Simpkins et al. 2005), interagieren mit dem an antioxidativen Prozessen beteiligten Glutathion (Gridley et al. 1998; Schmidt et al. 2002) und induzieren darüber hinaus weitere antioxidative Systeme im ZNS (Schmidt et al. 2005). Im weiteren interagieren Östrogene mit dem in die Pathophysiologie der Schizophrenie involvierten wichtigen Neurotransmitter Dopamin, dessen Biosynthese auch mit Redoxprozessen in der Zelle gekoppelt ist (Dazzi et al. 2006).

Da freie Radikale auch wesentlich in andere Hirnfunktionsstörungen sowohl chronischer Art wie z. B. dem Morbus Alzheimer (Behl et al. 1997, 1998) als auch in die Pathophysiologie akuter Schädigungen wie den Schlaganfall (Moro et al. 2005) involviert sind, haben derartige Befunde auch Implikationen für eine Reihe weiterer Erkrankungen, die mit Störungen des Metabolismus sog. freier Radikale verbunden sind. Dies gilt letztlich für eine Vielzahl neurologisch-psychiatrischer Erkrankungen, bei denen neurotoxische oder neurodegenerative Vorgänge eine Rolle spielen oder die in Störungen des antioxidativen Stoffwechsels und eine gesteigerte Oxidation der im ZNS vorhandenen Membranfette einmünden. Derartige prooxidative Vorgänge und die durch diese verursachten Schädigungen bilden oftmals kritische Endpunkte von pathologischen Prozessen, die meist bereits eine erhebliche Zellschädigung und damit verbundene Gewebezerstörung anzeigen.

Im Hinblick auf die Ergebnisse humaner Studien zu den Wirkungen von Östrogenen bei Schizophrenie bleibt kritisch anzumerken, dass bei einer Vielzahl von Untersuchungen zu den Auswirkungen einer Hormonersatztherapie (»hormone relacement therapy«, HRT), oft weder pharmakologisch einheitliche Östrogene noch eine Monotherapie mit Östrogenen zur Anwendung kam. Auch spezifische Wirkungsarten und -eigenschaften der verwendeten Substanzen wurden in diesen Studien in der Regel nicht berücksichtigt oder flossen nicht einmal in die Diskussion ein. Dies gilt z. B. für die vorliegenden antioxidativen Eigenschaften der einzelnen Östrogene oder Hormongemische und für die spezifischen Redoxkapazitäten der verwendeten Substanzen. Weitere Implikationen ergeben sich hier insbesondere in Bezug auf das scheinbar vermehrte Auftreten von Tumorerkrankungen in den untersuchten Gruppen. Gerade im Hinblick auf Östrogene wurden aus bestimmten präklinischen Studienansätzen auch tumorpromovierende Eigenschaften abgeleitet (Brandlow u. Sepkovic 2004; Seeger et al. 2006), die spezifisch durch einzelne Moleküle oder ihre Redoxzustände vermittelt werden können. Die verhältnismäßig geringen Zahlen des Anstiegs entsprechender Tumorerkrankungen, die mittlerweile durch neuere Daten darüber hinaus teilweise in Frage gestellt wurden (Dietel et al. 2005), machen deutlich, dass hier in Einzelfällen – unter Umständen bei vorliegender spezifischer Voraussetzung wie einer Prädisposition zum Tumorleiden – auch pathologische Wirkungen von Östrogenen zum Tragen kommen können.

Ähnliches gilt für die Wirkungen von Östrogenen auf das dopaminerge und serotonerge Neurotransmittersystem und seine Funktionen und Funktionsstörungen, die oft mit den sog. **psychotropen Wirkungen** der Hormone in Verbindung gebracht werden. Auch in diesem Bereich wäre es sinnvoll, einzelnen hormonellen Substanzen spezifische Wirkungen zuzuordnen und in klinischen Studien zu überprüfen, ob derartige präklinische Befunde durch die Ergebnisse der Studien reflektiert werden. Dies gilt insbesondere in Bezug auf die oftmals gestellte Behandlungsindikation für Östrogene oder eine Hormonersatztherapie, die zu einer Verbesserung entsprechender psychischer Defizite beitragen soll. Einzelne Daten deuten in der Tat darauf hin, dass Östrogengaben auch die kognitiven Funktionen im Störungsfall verbessern können (Bieber und Cohen, 2001). Allerdings ist derzeit unklar, auf welchem detaillierten Wirkungsmechanismus die Effekte beruhen oder bei welchem Erkrankungszustand hier welche Art von Östrogenen wirksam und einsetzbar ist.

16.2.2 Östrogene beim Schlaganfall

Geschlechtsspezifische Krankheitsbedingungen und Verlaufsunterschiede

Inzidenz. Grundsätzlich nimmt die Schlaganfallhäufigkeit mit dem Alter zu. Dies bedeutet, dass der Schlaganfall im wesentlichen Patienten im höheren Lebensalter betrifft. Da die Lebenserwartung beim weiblichen Geschlecht zum Teil 10 Jahre oder mehr gegenüber Männern erhöht ist, ist der Schlaganfall beim weiblichen Geschlecht nominell von größerer Bedeutung. Dies betrifft zum einen die Inzidenz, d. h. das Auftreten des Schlaganfalls, der bei Frauen im höheren Lebensalter und damit ganz allgemein bei Frauen erhöht ist, andererseits auch die Todesfallrate nach Schlaganfall, die bei Frauen ungefähr doppelt so hoch ist wie bei Männern (Czlonkovska u. Kobajashi 2003). Dies hängt vermutlich ebenfalls mit dem höheren Lebensalter und dem daraus resultierenden veränderten körperlichen Grundzustand sowie der erhöhten Gesamtinzidenz zusammen.

Risikofaktoren. Die Risikofaktoren für den Schlaganfall sind bei Männern und Frauen ähnlich: Bluthochdruck, Diabetes, Fettstoffwechselstörungen, Herzrhythmusstörungen, Herzerkrankung, vorherige Durchblutungsstörungen des Gehirns, Rauchen und Alkohol, erhöhtes Körpergewicht und verminderte körperliche Aktivität.

Aufgrund der vorgeschilderten epidemiologischen Besonderheiten, aber auch aufgrund einer Geschlechtsspezifität kommt es bei Frauen zu einer erhöhten Schlaganfallhäufigkeit bei Vorliegen dieser Risikofaktoren. Dies betrifft nicht nur die Todesfallrate, sondern auch das Ausmaß und die Häufigkeit körperlicher Einschränkungen. Als möglicher Faktor wurde erwogen, dass z. B. die Blutöstrogenkonzentration, die postmenopausal erheblich fällt, mit dieser erhöhten Anfälligkeit verbunden ist. Daher wurden verschiedene Studien initiiert, die die Auswirkungen einer Hormonersatztherapie auf die Schlaganfallhäufigkeit und den Verlauf nach Schlaganfall untersuchten. Im weiteren wurden in diese Studien auch Risikofaktoren miteinbezogen, die für einen Schlaganfall determinieren könnten.

Auf diese Untersuchungen soll daher in der Folge näher eingegangen werden.

Andere Ergebnisse, z. B. der **American Heart Association** (AHA 2002) zeigen, dass in Amerika, wo 40.000 Frauen pro Jahr einen Schlaganfall erleiden, bei Frauen eine erhöhte Inzidenz im Vergleich

Framingham-Studie

Eine der größten und immer noch laufenden Studien zur Frage des Geschlechts und der menopausalen Veränderungen sowie Störungen des ZNS bei Frauen ist die Framingham-Studie (http://www.nhlbi-nih.gov/about/framingham/index.html). Diese Studie wurde 1946 initiiert und hat zum Ziel, kardiovaskuläre Erkrankungen einschließlich des Schlaganfalls hinsichtlich ihres Auftretens und der damit verbundenen Faktoren zu untersuchen. Ergebnisse aus dieser Studie haben deutlich gemacht, dass Schlaganfälle bei Frauen später und mit teilweise geringerer Frequenz als bei Männern auftraten (Murabito 1995). Gerade das Ergebnis, dass geschlechtsspezifische Unterschiede in den Gruppen im Alter zwischen 45 und 54 Jahren am deutlichsten ausgeprägt waren, sich aber in der nächsten 10-Jahres-Gruppe (55–64 Jahre) deutlich annäherten (Wolf 1990), war von erheblicher Bedeutung für einen möglichen Zusammenhang mit hormonellen Veränderungen. Ähnliche Effekte wurden auch durch andere Untersuchungen beschrieben (Stokes et al. 1987; Paganini-Hill 2001). Interessanterweise ist die Schlaganfallhäufigkeit grundsätzlich bei Männern höher als bei Frauen (Stegmayr et al. 1997) und nimmt mit dem Alter bei beiden Geschlechtern zu (Prencipe et al. 1997).

zu Männern besteht. Dies wurde von den Untersuchern mit der höheren Lebenserwartung der Frauen in Verbindung gebracht. Diese Ergebnisse werden auch durch weitere Daten gestützt, die zeigten, dass insbesondere bei Frauen, die älter als 85 Jahre waren, eine höhere Schlaganfallhäufigkeit auftritt (Barker u. Mullooly 1997). Diese Befunde blieben jedoch nicht unwidersprochen (Giroud et al. 1991). Damit wird deutlich, dass die Untersuchungssituation und das Lebensalter sowie andere Einflüsse einschließlich hormoneller Gegebenheiten die Schlaganfallinzidenz beeinflussen und hier je nach Untersuchungssituation zu unterschiedlichen Studienergebnissen führen.

Ähnliches gilt auch für Folgeerkrankungen wie die Depression (Kotila et al. 1998) sowie weitere funktionelle Einschränkungen, die nach dem Schlaganfallereignis auftraten (z. B. Leibson et al. 1998; Holroyd-Leduc et al. 2000; Di Carlo et al. 2003). Derartige Befunde würden die Hypothese eines breiteren Schutzes durch Östrogene unterstützen. Weiterhin würden sie mit der Annahme übereinstimmen, dass der **Östrogenschutz** bei Frauen in der Postmenopause und im Alter weitgehend wegfällt, während bei Männern über die Umwandlung von Testosteron in Östrogene auch im Alter eine gewisse – wenn auch verminderte – Synthese von Östrogenen erfolgt und hier mit einem entsprechenden Schutz verbunden ist. Ähnliche Annahmen würden auch durch Mortalitätsdaten gestützt, die darauf hindeuten, dass vor allem ältere Frauen eine erhöhte und geschlechtsspezifische Inzidenz für Todesfälle nach einer Hirnischämie zeigen (AHA 2002; Ayala et al. 2002). Diese Daten zeigten auch eine erhöhte prozentuale Todesfallhäufigkeit für Frauen im höheren Lebensalter auf (AHA 2002: 38,6% schlaganfallbedingete Todesfälle bei Männern und 61,4% bei Frauen).

16.2.3 Östrogene und andere Hormone bei der Alzheimer-Erkrankung

Die Alzheimer-Erkrankung tritt im höheren Lebensalter mit zunehmender Inzidenz auf und ist funktionell durch eine Einschränkung der Gedächtnisleistungen und der kognitiven Leistungen charakterisiert. Morphologisch kommt es zu einem Untergang insbesondere cholinerger Neurone, die mit der Bildung von senilen Plaques und neurofibrillären Faserbündeln verknüpft ist. Funktionell ist Nervenwachstumsfaktor ein wesentlicher trophischer Faktor für diese cholinergen Neurone; dieser wiederum wird auch von Östrogenen beeinflusst (Gibbs 1994). **Apolipoprotein E4** spielt für die Prozessierung des β-Amyloidproteins eine wesentliche Rolle, was im Hinblick auf genetische Faktoren von Bedeutung ist. Mit den direkten Wirkungen von Östrogenen auf die prooxidativen Effekte von β-Amyloidprotein (Behl et al. 1997) und die Effekte auf eine vermehrte metabolische Synthese der löslichen Form des Amyloidpräkursormoleküls gegenüber der unlöslichen Form, dessen vermehrte Bildung zum Morbus Alzheimer beiträgt (Xu et al. 1998; Jaffe et al. 1994), wurden Wirkungen von Östrogenen beschrieben, die eine Rolle bei dieser Erkrankung spielen. Im Weiteren scheinen indirekte benefizielle Effekte durch Interaktionen mit Apolipoprotein E4 (APOE4) vermittelt zu werden. So konnte gezeigt werden, dass eine Östrogenersatztherapie die kognitiven Defizite insbesondere bei älteren Frauen, die APOE4 negativ sind, wesentlich verbessert (Yaffe et al. 2000).

Zusätzlich werden Effekte von Östrogenen auf **Nervenwachstumsfaktor** (NGF) beschrieben, der spezifisch das Wachstum cholinerger Neurone im Sinne eines neurotrophen Faktors fördert (Gibbs 1994; Granholm et al. 2002). Diese Daten korrelieren zum Teil auch mit klinischen Daten in Alzheimer-Patienten, die eine entsprechende Verbesserung der kognitiv-mnestischen Parameter unter einer Östrogentherapie nachweisen konnten (Fillit et al. 1986; Doraismay et al. 1997; ▶ Kap. 17). Aktuelle Ergebnisse weisen darauf hin, dass zusätzlich vaskuläre Ereignisse bei der Alzheimer-Erkrankung eine Rolle spielen könnten. Auch für derartige Prozesse konnte gezeigt werden, dass Östrogene hier spezifische Effekte ausüben können (Rodin u. Thomas 2001).

16.2.4 Östrogene und andere neurologische Erkrankungen

Migräne

Migräne ist eine sehr häufige Erkrankung, die auch eine Alters- und Geschlechtsabhängigkeit zeigt. Sie tritt 2- bis 3-mal häufiger bei Frauen als bei Männern auf. Im weiteren ist Migräne oft mit psychiatrischen Erkrankungen, Epilepsie und auch dem Schlaganfall insbesondere in Frauen unterhalb des 45. Lebensjahrs vergesellschaftet. Dies macht deutlich, dass hier den verschiedenen Krankheitsarten ähnliche Ursachen zugrunde liegen könnten. Gemeinsame Mechanismen, die in diesem Zusammenhang diskutiert werden könnten, sind Elektrolytveränderungen infolge von Hormonen, eine vermehrte Erregbarkeit des Gehirns sowie veränderte Transmittersysteme wie z. B. des exzitatorischen Systems (NMDA, N-Methyl-D-Aspartat, NMDA) oder des GABA (Gamma-Aminobuttersäure)-ergen Systems. Dabei konnte u. a. gezeigt werden, dass Östrogene mit dem exzitatorischen NMDA-System interagieren (El-Bakri et al. 2004) und so die Erregbarkeit der Nervenzellen modulieren. Progesteron, ein weiteres Hormon, und seine Derivate sowie die sogenannten Neurosteroide modulieren dagegen inhibitorische GABA-erge Wirkungen (Wetzel et al. 1999).

Morbus Parkinson

Auch im Hinblick auf die Parkinson-Erkrankung ist ein Zusammenhang mit den Wirkungen von Östrogenen wahrscheinlich. Dieser konnte u. a. für die klinische Symptomatik hergestellt werden (Shulman 2002; Cyr et al. 2002) und beruht zumindest teilweise wahrscheinlich auf einer direkten Interaktion mit dem Dopaminsystem. Weiterhin sind freie Radikale in die Pathophysiologie des Morbus Parkinson involviert. Es ist hinreichend bekannt, dass Östrogene ebenfalls mit freien Radikalen in der Zelle und auch in dopaminergen Neuronen interagieren können. Des Weiteren konnte molekulargenetisch gezeigt werden, dass Gene, die in die Entstehung der familiären Formen des Morbus Parkinson involviert sind, auch durch Östrogene beeinflusst werden können. Dies gilt z. B. für den Ubiquitin-mediierten Stoffwechselweg der Proteindegradation (Ikeda u. Inohue 2004), wenn auch bisher nicht für das α-Synucelin. Insbesondere letzteres ist auch in die Alzheimer-Erkrankung involviert (Trujanovski et al. 2002).

Traumatische Hirnverletzungen

Nach traumatischen Hirnverletzungen (Neurotrauma) wurde für Frauen ein besserer Verlauf im Vergleich zu Männern beschrieben. Dies könnte mit direkten antioxidativen Wirkungen der Östrogene sowie entsprechenden Wirkungen von Progesteron verbunden sein (Roof u. Hall 2000; Baire et. al. 2004).

Insbesondere für die Lipidperoxidation, einen Endpunkt einer großen Zahl von Hirnschädigungen, konnten geschlechtsspezifische Effekte gezeigt werden (Bayir et al. 2004; Grosswasser et al. 1998). Hier wurde deutlich, dass bei Frauen lediglich die Hälfte lipid-prooxidativer Prozesse nachweisbar war, wie sie bei Männern gefunden werden konnte (75,4 gegenüber 154,8). Dies korreliert sehr gut mit tierexperimentellen (Roof u. Hall 1993, 2000) und präklinischen Daten, die einen entsprechenden **antioxidativen Effekt von Östrogenen** auch im menschlichen Hirngewebe nachweisen konnten (Vedder et al. 1999).

16.3 Neuroprotektive Wirkungen von Östrogenen

16.3.1 Der Einfluss einer Östrogenersatztherapie auf hirnschädigende Ereignisse

Herz-und-Östrogen/Progesteron-Ersatztherapie-Studie (HERS). Die HERS (Heart and Estrogen-Progestin Replacement Study) untersuchte als erste randomisierte Studie die Wirkungen einer kombinierten Östrogenersatztherapie (Östrogen und Medroxyprogesteroneazetat) auf koronare und zentrale beeinträchtigende Ereignisse. Hier ergab sich keine Erniedrigung des Risikos für entsprechende Ereignisse wie z. B. den Schlaganfall oder transitorisch-ischämische Attacken (TIA), jedoch eine dreifach erhöhte Häufigkeit venöser Thromboembolien (Hulley et al. 1998). Interessanterweise zeigte sich hier, dass die hormonsubstituierten Patientinnen ein initial erhöhtes Risiko kardiovaskulärer Ereignisse aufwiesen, das jedoch in späteren Jahren im Vergleich zur Gesamtgruppe abnahm. Diese Befunde könnten in dem Sinne interpretiert werden, dass das System unter bestimmten Umständen mit einer erhöhten initialen Häufigkeit thromboembolischer Komplikationen reagiert, sich dann jedoch unter chronischer Gabe – unter Umständen auch nur während eines gewissen Zeitraumes – stabilisiert und hier einen gewissen Schutz bietet. Allerdings konnten derartige Befunde in der zugehörigen Follow-up-Studie nach sechs und acht Jahren nicht mehr bestätigt werden (Grady et al. 2002), so dass insgesamt für eine Kombinationstherapie von Östrogenen und Progesteron keine klaren protektiven Effekte nachgewiesen werden konnten.

Women's Estrogen for Stroke Trial (WEST). In einer weiteren Studie, die die Zusammenhänge zwischen Östrogengabe und Schlaganfall untersuchte (Women's Estrogen for Stroke Trial; Viscoli et al. 2001) wurden vorwiegend ältere Frauen eingeschlossen, die bereits eine kardiovaskuläre Erkrankung aufwiesen (TIA oder Schlaganfall 90 Tage vor Studieneinschluss). Hier ergab sich eine Erhöhung der Todesfälle nach Schlaganfällen unter der alleinigen Therapie mit Östradiol. In dieser Studie wurde 17-β-Östradiol verwendet; es konnten somit keine Befunde erhoben werden, die die Annahme einer entsprechenden protektiven Wirkung der Substanz im Hinblick auf Schlaganfälle oder andere ischämische Ereignisse unterstützten .

Women's Health Initiative (WHI). Auch in der WHI-Studie (http://www.nhlbi.gov/whi/) beinhalteten zwei Behandlungsarme eine Hormonersatztherapie; zum einen erhielten Frauen mit einer vorherigen Hysterektomie randomisiert Plazebo oder Östrogene, zum anderen wurde eine Gruppe Frauen mit einem intakten Uterus mit einem Plazebo oder einer Östrogen-Progesteron-Kombination behandelt. Letztere Therapie wurde 2005 abgebrochen, da unter der kombinierten Östrogen- und Progesterontherapie eine erhöhte Häufigkeit von Tumorerkrankungen der weiblichen Brust und eine erhöhte Schlaganfallinzidenz gefunden wurden (Rossouw et al. 2002). Die weiteren »Outcome-Parameter« ergaben ebenfalls keine eindeutigen positiven Befunde, sondern zeigten zusammengenommen ebenfalls eher negative Effekte, z. B. im Hinblick auf kardiovaskuläre Ereignisse oder pulmonale Embolien.

Damit ergibt sich zusammenfassend trotz der vielen Einzelfallbeobachtungen aus dem klinischen Bereich auf der Basis der derzeit vorliegenden Studien keine klare oder gar eindeutige Datenlage im Hinblick auf neuroprotektive Effekte einer Hormonersatztherapie mit Östrogenen oder einer Kombinationsbehandlung mit Östrogen und Progesteron auf Schlaganfallereignisse oder das Auftreten transitorisch-ischämischer Attacken bei älteren Frauen. Andererseits machen die vorliegenden Studien deutlich, dass eine Reihe von moderierenden Einflussparametern wie z. B. Effekte nach einer akuten Gabe oder Effekte unter prolongierter Gabe einschließlich der noch vorliegenden Restaktivität von Östrogenen hier durchaus eine Rolle spielen könnten.

16.3.2 Neuroprotektion durch Östrogene in Tiermodellen mit fokaler und globaler Hirnischämie

Aus einer Reihe von klinischen Beobachtungen wird deutlich, dass Frauen im mittleren Lebensalter einen besseren Verlauf und eine geringere Inzidenz von Hirnschädigungen aufweisen, wenn sie unter entsprechenden Bedingungen mit Männern verglichen werden. Ähnliches gilt auch für Tiere wie z. B. Nager und insbesondere weibliche Tiere. Dies führte zu entsprechenden experimentellen Ansätzen, um die zugrunde liegenden Faktoren weiter zu charakterisieren. So konnte z. B. nachgewiesen werden, dass in weiblichen Nagern spontane vaskulär bedingte Schlaganfallereignisse mit Todesfolge mit geringerer Häufigkeit als in männlichen Tieren auftraten. Eine Ovarektomie führte zu einer erhöhten Häufigkeit, die durch eine nachfolgende Östrogensubstitution wieder vermindert werden konnte. Dies ergibt sich aus den Arbeiten von McCullough u. Hurn (2003), wird jedoch auch durch andere Daten belegt (Yamori et al. 1976; Alkayed et al. 1998).

Entsprechende weiterführende Untersuchungen beinhalteten sowohl eine totale dauerhafte Unterbindung der Blutzufuhr durch Verschluss der mittleren Zerebralarterie (Arteria cerebri media beim Menschen) oder durch einen zeitlich begrenzten, sog. transienten Verschluss, um hier auch

Reperfusionsanteile mit zu simulieren. Bei all diesen Untersuchungen, die zusammengefasst z. B. bei McCullough u. Hurn (2003) dargestellt sind, ergab sich, dass eine Ausschaltung der östrogenvermittelten Wirkungsstrecken durch Ovarektomie, Rezeptorantagonisten oder die Verwendung von älteren Tieren (reproduktive Seneszenz) dazu führte, dass entsprechende Ausfälle in vermehrter Häufigkeit auftraten (Alkayed et al. 1998; Sawada et al. 2000; Alkayed et al. 2000). Die chronische oder akute Östrogengabe dagegen führte zu ausgeprägten Verbesserungen gegenüber dem östrogendefizienten Status unter nahezu allen Bedingungen (Übersicht bei McCullough u. Hurn 2003). Dabei konnte gezeigt werden, dass insbesondere 17-β-Östradiol, das physiologische Östrogen, hier entsprechende protektive Effekte zeigte. Kaum untersucht wurden unter diesen Bedingungen kombinierte Hormonpräparate, z. B. Östrogene und Progesterone, wie sie oft bei der Hormonersatztherapie zur Anwendung kommen.

In weiteren Studien konnte auch für männliche Tiere gezeigt werden, dass hier eine Östrogensubstitution entsprechende positive Wirkungen zeigt. Dabei ergab sich, dass die physiologischen Bedingungen, d. h. die Bedingungen, unter denen Östrogene im Organismus vorhanden sind, bei weiblichen Tieren nicht mehr durch zusätzliche Östrogengabe verstärkt werden konnten, während bei männlichen Tieren nach Östrogensubstitution ein zusätzlicher Effekt nachweisbar war. Im weiteren konnten spezifische Bedingungen analysiert werden, die deutlich machen, dass unterschiedlichste Mechanismen wie vaskuläre Effekte, gliale Effekte, d. h. Wirkungen auf die Gliazellen des ZNS, und Effekte auf den Intermediärstoffwechsel im Hinblick auf die Schädigungsereignisse und die Wirksamkeit von Östradiol unter diesen definierten Ischämiebedingungen von Bedeutung sind. Auch konnten einzelne morphologische Eigenarten der Effekte herausgearbeitet werden, so z. B. ein erhöhter nekrotischer Zelltod unter Östrogengabe in der hippokampalen CA1-Region (Harukuni et al. 2001).

Damit wird deutlich, dass bei den Wirkungen von Östrogenen unter Ischämiebedingungen entsprechende neuroprotektive Effekte tier- und zellexperimentell nahezu ausnahmslos nachgewiesen werden konnten. Es wird aus diesen Ansätzen aber auch deutlich, dass die spezifische Definition von den experimentellen Bedingungen, unter denen die Substanzen gegeben werden, die chemische Definition der Hormone, sowie die Definition der Zeitintervalle, in denen diese verabreicht werden, von entscheidender Bedeutung sind. Erst eine rigorose Definition dieser Bedingungen im humanen System – die jedoch aus praktikablen Erwägungen sehr schwierig sein wird – könnte hier zu klareren experimentellen Verhältnissen und entsprechenden aussagekräftigeren Daten führen. Insbesondere bleibt zu bemerken, dass Östrogene derzeit nicht in der Akutbehandlung des Schlaganfalls eingesetzt werden, sondern lediglich die Auswirkung einer chronischen Gabe von Östrogenen wie z. B. einer Hormonersatztherapie auf die entsprechenden Schlaganfallparameter und die funktionellen Ergebnisse unter diesen Bedingungen beschrieben werden. Daher wird es notwendig sein, sich in Zukunft weiter von beiden Seiten – d. h. der klinischen und der präklinischen Ebene – an die optimalen Bedingungen einer Östrogengabe heranzuarbeiten, um benefizielle Effekte zu klären und diese für die Therapie verfügbar zu machen.

16.4 Ausblick

Die vorhandenen Daten machen deutlich, dass es markante Geschlechtsunterschiede in Bezug auf hirnschädigende Ereignisse gibt. Eine Vielzahl von Daten sprechen dafür, dass die Ausprägung und der Verlauf von hirnschädigenden Ereignissen beim weiblichen Geschlecht milder verlaufen und im Hinblick auf die Prognose als besser zu beurteilen sind als beim männlichen Geschlecht. Auch ist die Inzidenz pathologischer Ereignisse ganz allgemein bei Frauen und unter Östrogensubstitution zumindest im Tierexperiment beim weiblichen Geschlecht geringer ausgeprägt.

Dies ändert sich jedoch, wenn es zu einer Verminderung der zirkulierenden Östrogene kommt, wie es in der Menopause der Fall ist. Dann kommt es bei Frauen zu einer erhöhten Inzidenz und schwereren Krankheitsverläufen. Entsprechende Effekte sind bei Männern schwerer nachweisbar. Dies ist experimentell darin begründet, dass die

Östrogenspiegel zwar in der Andropause abfallen, jedoch immer noch ausreichend Östrogene aus den verbliebenen Androgenen produziert werden. Allerdings kommt es zu funktionellen Einschränkungen beim männlichen Geschlecht, falls Testosteron nicht mehr – z. B. durch ein verminderte oder fehlende Tätigkeit des Enzyms Aromatase – zu Östrogenen umgewandelt wird (Balthazart et al. 2004; Bimonte-Nelson et al. 2003).

Aus der Gruppe der Geschlechtshormone wirken insbesondere Östrogene im Krankheitsfall über eine Vielzahl von Mechanismen zytoprotektiv: Dieses gilt für die Beeinflussung von Stoffwechselwegen, die Interaktion mit Wachstumsfaktoren und metabolischen intrazellulären Vorgängen, die Interaktion mit Transmittersystemen sowie die generellen Effekte auf den Zellstoffwechsel durch genomische und direkte membranäre Mechanismen. Auch direkte antioxidative Wirkungen entweder im Zellstoffwechsel, beim Stoffwechsel von Neurotransmittern wie dem Dopamin oder direkt im Hirngewebe in Zusammenhang mit der Beeinflussung der Lipidperoxidation sind hier von Bedeutung. Im Hinblick auf Progesteron spielen u. a. antiexzitatorische Mechanismen eine Rolle, wie sie direkt durch dieses Hormon und seine Metaboliten ausgeübt werden.

Aufgabe der Zukunft wird es sein, pathophysiologische Hauptstoffwechselwege herauszuarbeiten, deren Beteiligung auch in klinischen Krankheitsmodellen und Studien entsprechend berücksichtigt werden kann. Gleichzeitig wird zwischen den eher physiologischen Verhältnissen zugeordneten Wirkungsbedingungen der Hormone oder den eher pathophysiologischen Verhältnissen zugeordneten Bedingungen, d. h. den hormonelle Effekten unter Krankheits- oder Gesundheitsbedingungen, zu unterscheiden sein (z. B. Liehr 1984; Dykens et al. 2005; Jefcoate et al. 2000). Bedeutsame Modulationsfelder für definierte Substanzen, Hormone und Hormonderivate könnten hier z. B. die Beeinflussung der neurozellulären Erregbarkeit, die Wechselwirkungen mit pro- und antioxidativen Prozessen einschließlich der Lipidperoxidation, Effekte auf zelluläre Intermediärprozesse wie den Kalziumstoffwechsel sowie Effekte auf Transmittersysteme wie das cholinerge System, das serotonerge und das dopaminerge System sowie das NMDA-System und das GABA-erge System darstellen. All diese Prozesse sind unter Gesundheitszuständen beeinflussbar und werden durch homöostatische und zyklische Prozesse moduliert. Bei Erkrankungen oder im präklinischen Vorstadium wirken derartige Prozesse in einer hierarchischen Weise kompensatorisch. Diese betrifft zunächst rein funktionelle Aspekte und mündet später in strukturelle Veränderungen, wie sie durch eine vermehrte Produktion von unlöslichem β-Amyloid, vermehrte prooxidative Prozesse und eine vermehrte Lipidperoxidation mit dem damit verbundenen zeitlich später auftretenden Zelluntergang wiedergespiegelt werden.

Zur pharmakologischen Dissektion dieser Pathomechanismen und Wirkungsbedingungen müssen Substanzen entwickelt werden, die mit den einzelnen Teilprozessen spezifisch interagieren und unter Umständen in den entsprechenden zeitlichen Fenstern zur positiven Beeinflussung der pathologischen Vorgänge appliziert werden können. Weiterhin wird es notwendig sein, präklinische und molekulare Erkenntnisse zur Theoriebildung und zum detaillierten experimentellen Studiendesign heranzuziehen, um diese dann an soweit wie möglich definierten hochkomplexeren biologischen Systemen einschließlich des Menschen weiter herauszuarbeiten. Erst derartige Ansätze werden es ermöglichen, die äußert komplexen Wirkungen von Hormonen und insbesondere Östrogenen auf den verschiedensten Ebenen weiter aufzuklären.

Fazit

Hormone üben vielfältige Wirkungen auf den Organismus aus. Sie sind nicht nur entscheidend in physiologische Vorgänge involviert, sondern beeinflussen auch pathophysiologische Prozesse und Krankheiten auf den verschiedenen Ebenen von der Zelle bis hin zu koordinierenden und übergreifenden Wirkungen auf den Gesamtorganismus.

Insbesondere für die Gruppe der Östrogene wurden dabei benefizielle Wirkungen bei den unterschiedlichsten Krankheiten beschrieben, und zwar sowohl auf die zelluläre Ebene in Form von sog. zyto- oder neuroprotektiven

▼

Effekten als auch mit sog. psychoprotektiven Auswirkungen auf die Verhaltensebene. Die zugrunde liegenden Effektormechanismen sind dabei in ihrer Gesamtheit derzeit noch weitgehend unklar, obwohl eine Vielzahl von präklinischen Ansätzen auch verschiedene, in diesem Zusammenhang relevante Stoffwechselwege detaillierter beschreiben konnten.

Dabei wurden unter anderem Zusammenhänge zwischen metabolischen Effekten und vaskulären ZNS-Erkrankungen – wie z. B. der zerebralen Ischämie und der zerebralen Blutung –, der Schizophrenie, dem Morbus Parkinson und anderen Bewegungsstörungen sowie der Migräne und neurotraumatologischen Schädigungen beschrieben.

Zukünftig wird es notwendig sein, anhand der vorliegenden Daten Parameter zu definieren, die die Untersuchung der spezifischen Auswirkungen von einzelnen Hormonen auf relevante Krankheitsprozesse sowohl im Hinblick auf die pathophysiologische Relevanz als auch auf zukünftige therapeutische Aspekte erlauben.

Literatur

AHA (American Heart Association) (2002) Heart Disease and Stroke Statistics - 2003. Update. American Heart Association, Dallas

Alkayed NJ et al. (1998) Gender-linked brain injury in experimental stroke. Stroke 29:159–165

Alkayed NJ et al. (2000) Neuroprotective effects of female gonadal steroide in repoductively senescent female rats. Stroke 31:161–168

Ayala C, Croft JB, Greenlund KJ, Keenan NL, Donehoo RS, Malarcher AM, Mensah GA (2002) Sex differences in US mortality rates for stroke and stroke subtypes by race/ethnicity and age. 1995–1998. Stroke 33: 1197–1201

Bayir H, Marion DW, Puccio AM, Wisniewski SR, Janesko KL, Clarks RS, Kochanek PM (2004) Marked gender effect on lipid peroxidation after sever traumatic brain injury in adult patients. J Neurotauma 21:1–8

Barker WH, Mullooly JP 1997. Stroke in a defined elderly population. 1967-1985: A less lethal and disabling but no less common disease. Stroke 28: 284–290.

Behl C (1997) Amyloid beta-protein toxicity and oxidative stress in Alzheimer's disease. Cell Tissue Res 290:471–480 (review)

Behl C, Holsboer F (1998) Oxidative stress in the pathogenesis of Alzheimer's disease and antioxidant neuroprotection. Fortschr Neurol Psychiatr 66:113–121 (German review)

Behl C, Holsboer F (1999) The female sex hormone oestrogen as a neuroprotectant. Trends Pharmacol Sci 20:441–444 (review)

Behl C, Manthey D (2000) Neuroprotective activities of estrogen: an update. J Neurocytol 29:351–358. (review)

Behl C, Widmann M, Trapp T, Holsboer F (1995) 17-beta estradiol protects neurons from oxidative stress-induced cell death in vitro. Biochem Biophys Res Commun 216:473–482

Behl C, Skutella T, Lezoualch F, Post A, Widmann M, Newton CJ, Holsboer F (1997) Neuroprotection against oxidative stress by estrogens: structure-activity relationship. Mol Pharmacol 51:535–541

Bieber EJ, Cohen DP (2001) Estrogens and hormone replacement therapy: is there a role in the preservation of cognitive function? Int J Fertil Womens Med 46:206–209

Bimonte-Nelson Ham Singleton RS, Nelson ME, Eckman CB, Barber J, Scott TY, Granholm AC (2003) Testosterone, but not nonaromatizable dihydrotestosterone, improves working memory and alters nerve growth factor levels in aged male rats. Exp Neurol 181:301–312

Bora SH, Liu Z, Kecojevic A, Merchenthaler I, Koliatsos VE (2005) Direct, complex effects of estrogens on basal forebrain cholinergic neurons. Exp Neurol 194:506–522

Brandlow HL, Sepkovic DW (2004) Steroids as procarcinogenic agents. Ann NY Acad Sci 1028:216–232 (review)

Cyr M, Calon F, Morissettte M, Di Paolo T (2002) Estrogenic modulation of brain activity: implications for schizophrenia and Parkinson's disease. J Psychiatry Neurosi 27:12–27 (review)

Czionkowska A, Kobayashi A (2003) Does gender exert influence on stroke? Neurol Neurochir Pol 37 (Suppl 3):51–62

Dazzi L, Seu E, Cherchi G, Barbieri PP, Matzeu A, Biggio G (2007) Estrous cycle-dependent changes in basal and ethanol. induced activity of cortical dopaminergic neurons in the rat. Neuropsychopharmacology 32:982–901

Di Carlo A, Lamassa M, Baldereschi M, Pracucci G, Basile AM, Wolfe CD, Giroud M, Rudd A, Ghetti A, Inzirtari D; European BIOMED Study of Stroke Care Group (2003) Sex difference in the clinical presentation resource use, and 3-month outcome of acutw stroke in Europe: Data from an multinational hospital-based registry. Stroke 34:1114–1119

Dietel M, Lewis MA, Shapiro S (2005) Hormone replacement therapy: pathological aspects of hormone-sensitive cancers in women relevant to epidemiological studies on HRT: a mini-review. Hum Reprod 20:2052–2060

Do KQ, Trabesinger AH, Kirsten-Kruger M, Lauer CJ, Dydak U, Hell D, Holsboer F, Boesiger P, Cuenod M (2000) Schizophrenia: gluthatione deficit in cerebrospinal fluid and prefrontal cortex in vivo. Eur J Neurosci 12:3721–3728

Doraismay PM, Krishen A, Martin WL et al. (1997) Gender concurrent oestrogen use and cognition in Alzheimer's disease. Int J Geriatr Pschopharmacol 40:34–37

Dykens JA, Moos WH, Howell N (2005) Development of 17-alpha-estradiol as a neuroprotective therapeutic agent: rationale and results from a phase I clinical study. Ann NY Acad Sci 1052:116–135 (review)

El-Bakri NK, Islam A, Zhu S, Elhassan A, Mohamed A, Winblad B, Adam A (2004) Effects of estrogen and progesterone treatment on rat hippocampal NMDA recptors: relationship to Morris water maze performance. J Cell Mol Med 8:537–544

Fillit H, Weinreb H, Cholst I et al. (1986) Observations in a preliminary open trial of estradiol therapy for senile dementia-Alzheimer's type. Psychoneuroendocinology 11:337–345

Fitch H, Denenberg V (1998) A role for ovarian hormones in sexual differentiation of the brain. Behav Brain Scienes 21:311–352

Gibbs RB (1994) Estrogen and nerve growth factor-related systems in brain. Effects on basal forebrain cholinergic neurons and implications for learning and memory processes and aging. Ann NY Acad Sci 743:165–196; discussion 197–199 (review)

Giroud M, Milan C, Beuriat P, Gras P, Essayagh E, Arveux P, Dumas R (1991) Incidence and survial rates during a two-year period of intracerebral and subarachnoid harmorrhages, cortical infarcts, lacunes and transient ischemic attacks. The Stroke Registry of Dijon: 1985-1989. Int J Epidemol 20:892–899

Granholm AC, Ford KA, Hyde LA, Bimonte HA, Hunter CL, Nelson M, Albeck D, Sanders LA, Mufson EJ, Crnic LS (2002) Estrogen restores cognition and cholinergic phenotype in an animal model of Down syndrome. Physiol Behav 77:371–385

Grady D, Herrington D, Bittner V, Blumenthal R, Davidson M, Hlatky M, Hsia J, Hullery S, Herd A, Khan S, Newby LK, Waters D, Vittinghoff E, Wenger N; HERS Research Group (2002) Cardiovascular disease outcome during 6.8 years of hormone therapy: Heart and Estrogen/progestin Replacement Study follow-up (HERS II). JAMA 288:49–57

Gridley KE, Green PS, Simpkins JW (1998) A novel, synergistic interaction between 17 ß-Estradiol and glutathione in the protection of neurons against ß-Amyolid 25-35-Inducced toxicity in vitro. Molecular Pharmacology 54:874-880

Harukuni et al (2001) Deleteious effect of ß estradiol in a rat model of transient forbrain ischemia. Brain Res 900:137–142

Holroyd-Leduc JM, Kapral MK, Austin PC, Tu JV (2000) Sex differences an similarities in the management and outcome of stroke patients. Stroke 31:1833–1837

Hulley S, Grady D, Bush T, Furberg C, Herrington D, Riggs B, Vittinghoff E (1998) Randomized trial of estrogen plus progestin for secondary prevention of coronary heart disease in postmenopausal women. Heart and Estrogen/progestin Replacement Study (HERS) Research Group. JAMA 280:605–613

Ikeda K, Inou S (2004) Estrogen receptors and their downstream targets in cancer. Arch Histol Cytol 67:435–442

Jaffe A, Toran-Allerand D, Greengard P et al. (1994) Estrogen regulates matabolism of Alzheimer amyolid ß precursor protein. J Biol Chem 269:13065–13068

Jefcoate CR, Liehr JG, Santen RJ, Sutter TR, Yager JD, Yue W, Santner SJ, Tekmal R, Demers, Pauley R, Naftolin F, Mor G, Bernstein L (2000) Tissue-specific synthesis and oxidative metabolism of estrogens. J Natl Cancer Inst Monogr 27:95–112 (review); J Cancer Prev 6:3–10 (review)

Kotila M, Numminen H, Waltimo O, Kaste M (1998) Depression after stroke: Resultats of the FINNSTROKE Study. Stroke 29:368–372

Leibson CL, Ransom JE, Brown RD, O'Fallon WM, Hass SL, Whisnant JP (1998) Stroke-attributable nursing home use. Neurology 51:163–168

Liehr JG (1984) Modulation of estrogen-induced carcinogenesis by chemical modifications. Arch Toxicol 55:119–122

Liehr JG (1997) Dual role of oestrogens as hormones and procarcinogens: tumour initiation by metabolic activation of oestrogens. Eur J Cancer Prev 6: 3–10

Luine V (1998) Estradiol increases choline acetyltransferase activity in specific basal forebrain nuclei and projection areas of female rats. Exp Neurol 89:484–490

Maguire JL, Stell BM, Rafizadeh M, Mody I (2005) Ovarian cycle-linked changes in GABA(A) receptors mediating tonic inhibition alter seizure susceptibility and anxiety. Nat Neurosci 8:797–804

Manthey D, Behl C (2006) From structural biochemistry to expression profiling: neuroprotective activities of estrogen. Neuroscience 138:845–850 (review)

Mc Ewen BS (1999) The molecular and neuroanatomincal basis for oestrogen effects in the central nervous system. J Clin Endocrinol Metab 84:1790–1797

Moro MA, Almeida A, Bolanos JP, Lizasoain I (2005) Mitochondrial respiratory chain and free radical generation in stroke. Free Radic Biol Med 39:1291–304

Murabito JM (1995) Women and cardiovascular disease: Contributions from the Framingham Heart Study. J Am Med Womens Assoc 50:35–39, 55

O'Keanne V, Dinan TG (1992) Sex steroid effets on growth hormone response to pyridostigmine throughout the menstrual cyde. J Clin Endocrinol Metab 75:11–14

O'Keane V, O'Hanlan M, Webb M et al. (1991) d-Fenfluramine/prolactin response throughout the menstrual cyde evidence for an oestrogen-induced alteration. Clin Endocrinol 34:289–292

Paganini-Hill A (2001) Hormone replacement therapy and stroke: Risk protection or no effect? Maturitas 38:243–261

Prencipe M,Ferretti C, Casini AR, Santini M, Giubilei F, Culasso F (1997) Stroke disability and dementia. Results of a population survey. Stroke 28:531–536

Rhodin JA, Thomas T (2001) A vascular connection to Alzheimer's disease. Microcirculation 8:207–220

Roof RL, Hall ED (2000) Gender differences in acute CNS trauma and stroke: neuroprotectiv effects of estrogen and progesterone. J Neurotraums 17:367–388

Rossouw JE, Anderson GL, Prentice RL, LaCroix AZ, Kooperberg C, Stefanick ML, Jackson RD, Beresford SA, Howard BV, Johnson KC, Kotchen JM, Ocker J; Writing Group for the Women's Health Initiative Investigators (2002) Risk and benefits of estrogen plus progestin in healthy postmenopausal women: Principal results from the Women's Health Initiative randomized controlled trial. JAMA 288:321–333

Sawada M et al. (2000) Estrogen receptor antagonist ICI 182,780 exearcerbates ischemic injury in female mouse. J Cereb Blood Flow Metab 20:112–118

Schmidt AJ, Krieg JC, Vedder H (2005) Antioxidative and steroid systems in neurological and psychiatric disorders. World J Biol Psychiatry 6:26–35 (review)

Schmidt AJ, Krieg JC, Vedder H (2002) Differential effects of glucocorticoids and gonadal steroids on glutathione levels in neuronal and glial cell systems. J Neurosci Res 67:544–550

Seeger H, Wallwiener D, Kraemer E, Mueck AO (2006) Comparison of possible carcinogenic estradiol metabolites: effects on proliferation, apoptosis and metastasis of human breast cancer cells. Maturitas 54:72–77

Seeman MV (1997) Psychopathology in women and man; focus on female hormons. Am J Psychiatry 154:1641–1647

Shulmann LM (2002) Is there connaction between estrogen and Parkinson's disease? Parkinsonism Relat Disord 8:289–285

Stegmayr B, Asplund K, Kuulasmaa K, Rajakangas AM, Thorvaldsen P, Tuomilehto J (1997) Stroke incidence and mortality correlated to stroke risk factors in the WHO MONICA Project: An ecological study of 18 populations. Stroke 28:1367–1374

Stokes J 3rd, Kannel WB, Wolf PA, Cupples LD, D'Agostino RB (1987) The relative importance of selected risk factors for the various manifestations of cardiovacular disease among men and women from 35 to 64 years old: 30 years of follow-up in the Framingham Study. Circulation 75 (6 Pt 2):V 64–V73

Teepker M, Anthes N, Fischer S, Krieg JC, Vedder H (2003) Effects of oxidative challenge and calcium on ATP-levels in neuronal cells. Neurotoxicology 28:19–26

Teepker M, Anthes N, Krieg JC, Vedder H (2003) 2-OH-estradiol, an endogenous hormone with neuroprotective functions. J Psychiatr Res 37:517–523

Trojanowski JQ (2002) Emerging Alzheimer's disease therapies: focusing on the future. Neurobiol Aging 23:985–990

Vedder H, Anthes N, Stumm G, Wurz C, Behl C, Krieg JC (1999) Estrogen hormones reduce lipid peroxidation in cells and tissues of the central nervous system. J Neurochem 72:2531–2538

Vedder H, Teepker M, Fischer S, Krieg JC (2000) Characterization of the neuroprotective effects of estrogens on hydrogen peroxide-induced cell death in hippocampal HT22 cells: time and dose-dependency. Exp Clin Endocrinol Diabetes 108:120–127

Wetzel CH, Vedder H, Holsboer F, Zieglgansberger W, Deisz RA (1999) Bidirectional effects of the neuroactive steroid tetrahydrodeoxycorticosterone on GABA-activated Cl – currents in cultured rat hypothalamic neurons. Br J Pharmacol 127:863–868

Viscoli, CM, Brass, LM, Kernan, WN, Sarrel, PM, Suissa, S, Horwitz, RI (2001) A clinical trial of estrogen-replacement therapy after ischemic stroke. N Engl J Med 345(17):1243–1249

Wieck A, Hirst AD, Kumar R et al. (1989) Growth hormone secretion by human females markedly affected by menstrual cyde phase. Br J Clin Pharmacol 27:700–701

Wolf PA (1990) An overview of the epidemiology of stroke. Stroke 21 (Suppl II):4–6

Xu H, Guoras GK, Greenfield JP, et al. (1998) Oestrogen reduces neuronal generation of Alzheimer ß amyloid peptides. Nature Med 4:447–451

Yaffe K, Haan M, Byers A, et al. (2000) Estrogen use, APOE, and cognitive decline evidence of gene-environment interactions. Neurology 54:1949–1954

Yamori Y, et al. (1976) Procedings prophylactic trials for stroke in stroke-rone SHR ; effect of sex hormones. Jpn. Heart J 17:404–406

Zhu BT, Roy D, Liehr JG (1993). The carcinogenic activity of ethinyl estrogens is determined by both their hormonal characteristics and their conversion to catechol metabolites. Endocrinology 132:577–583

Zhu BT (2003) Medical hypothesis: hyperhomocysteinemia is a risk factor for estrogen-induced hormonal cancer. Int J Oncol 22:499–508

16

»Sehen wir uns genötigt, das Weib für schwachsinnig im Vergleiche mit dem Manne zu erklären, so ist damit doch nichts zum Nachtheile des Weibes gesagt.«
(aus P. J. Möbius 1903, S. 30 »Über den physiologischen Schwachsinn des Weibes«)

17.1 Einführung

Die erhebliche Steigerung der individuellen Lebenserwartung im 20. Jahrhundert hat den Bevölkerungsaufbau in den Industrienationen nachhaltig verändert, so dass ältere Menschen einen immer größer werdenden Teil der Bevölkerung ausmachen. Eine der Folgen hiervon ist auch ein Anstieg altersassoziierter Erkrankungen in unserer Gesellschaft. Eine der wohl wichtigsten Gruppen der altersassoziierten Erkrankungen sind die Demenzerkrankungen.

Die möglichen Ursachen einer Demenz sind vielfältig und umfassen neurodegenerative und vaskuläre Prozesse, ernährungsbedingte Mangelerscheinungen sowie internistische Erkrankungen. Gebräuchlich ist jedoch die grobe Unterteilung der Demenz in primär degenerative und vaskuläre Demenzformen (Diehl 2003). Während der neuronale Zelluntergang bei den primär degenerativen Erkrankungen wesentlich durch intra- und extrazelluläre Proteinablagerungen verursacht wird, so sind Erkrankungen der Hirngefäße an der Entstehung der vaskulären Demenz beteiligt. Gemeinsam ist allen Demenzformen, dass es sich immer um eine sekundäre Verschlechterung kognitiver Leistungen handelt, die zumeist progredient verläuft. Hierbei treten typischerweise Leistungseinbußen im Bereich des Gedächtnisses, der Aufmerksamkeit, der Sprache, der Orientierung und der exekutiven Funktionen auf. Folge dieser Leistungseinbußen sind Beeinträchtigungen der Alltagskompetenz, die im Verlauf der Erkrankung zunehmend einem Autonomieverlust und damit zu Abhängigkeit von Betreuung und Pflege führen.

So wundert es nicht, dass in deutschen Alten- und Pflegeheimen durchschnittlich 60–70% der Plätze von Personen in Anspruch genommen werden, die an einer mittelschweren bis schweren Demenz leiden (Schäufele et al. 2002). Interessanterweise liegt der Frauenanteil in deutschen Alten- und Pflegeheimen zumeist um die 70% und steigt mit zunehmender Hochaltrigkeit auf 80–90% an. Folglich scheint man in deutschen Alten- und Pflegeheimen in überwiegender Mehrzahl demenzkranke Frauen anzutreffen. Was sind die Ursachen hierfür? Ist die Demenz vorwiegend eine altersassoziierte Frauenkrankheit? Gibt es tatsächlich Hinweise darauf, die die Hypothese eines »physiologischen Schwachsinns des Weibes« (siehe Zitat von Möbius im Trailer) bestätigen?

Bei gesunden Personen kann die Hypothese von Möbius sicher widerlegt werden. So zeigt sich bei Untersuchung der kognitiven Leistungen jüngerer Personen (erfasst u. a. durch Schulleistungen und den Hochschulleistungen) ganz im Gegenteil, dass die weiblichen Schüler und Studenten in ihren kognitiven Leistungen zumeist den männlichen Schülern und Studenten überlegen sind (Diperte u. Buchmann 2006; Halpern 1997; ▶ Kap. 6). Darüber, ob das weibliche Gehirn im Alter nun häufiger als das männliche von einem kognitiven Abbau als Folge einer demenziellen Erkrankung betroffen ist, soll das vorliegende Kapitel Auskunft geben.

Es liegt mittlerweile eine Vielzahl von Studien vor, die sich mit Geschlechtsunterschieden in der Demenz, vor allem bei Alzheimer-Erkrankungen, beschäftigen. Die Forschungsbefunde zu Geschlechtsunterschieden in der Alzheimer-Demenz umfassen ein weites Spektrum und erstrecken sich sowohl auf Studien zur Epidemiologie, Neuropsychologie, Psychopathologie, Endokrinologie und Genetik.

17.2 Geschlechtsunterschiede in der Alzheimer-Demenz

Epidemiologie. Die Alzheimer-Demenz (AD) ist nach epidemiologischen und klinischen Untersuchungen die häufigste Demenzform, mit einem Anteil von rund zwei Dritteln an allen Demenzerkrankungen, was einer Krankenzahl von etwa 650.000 in Deutschland entspricht (Bickel 2000).

Pathogenese. Neuropathologisch liegen der Alzheimer-Demenz charakteristische neurodegenerative Veränderungen zugrunde, nämlich die extrazellulären Ablagerungen von β-Amyloid und anderen Eiweißen (**Plaques**) und die intrazellulären Umwandlungen zytoskelettaler Elemente (**Neurofibrillenbündel**). Die Plaques entstehen nach fehlerhafter Spaltung des Amyloid-Precurser-Protein (APP) und sind ohne spezifische Lokalisation im Kortex und im Kleinhirn verstreut (Cummings et al. 1998). Bei den neurofibrillären Bündeln handelt es sich um »flammenförmige« Strukturen abnormer Faserbildung, die zumeist innerhalb neuronaler Zellkörper lokalisiert sind. Die neurofibrillären Bündel bestehen zum größten Teil aus hyperphosphoryliertem Tau-Protein (Iqbal et al. 2005).

Symptomatik. Im Verlauf der Alzheimer-Erkrankung kommt es zu einem Abbau der kognitiven Funktionen, insbesondere der Gedächtnisleistungen, der sprachlichen, exekutiven Funktionen und der Aufmerksamkeitsleistungen. Aber auch psychopathologische Veränderungen, wie Depressionen, Agitiertheit, Aggressivität und Halluzinationen, treten bei Alzheimer-Patienten auf.

Die Literatur zu Geschlechtsunterschieden in der Alzheimer-Demenz ist sehr umfänglich und sowohl in epidemiologischen als auch in ätiopathogenetischen Untersuchungen ließen sich Geschlechtsunterschiede nachweisen.

17.2.1 Prävalenz[1]

Es liegt eine Vielzahl von Studien vor, die die Prävalenzrate der Alzheimer-Demenz von Frauen und Männern untersucht haben. Allein in Europa wurden seit den 1990er-Jahren etwa 14 Prävalenzstudien durchgeführt, in denen geschlechtsspezifische Prävalenzangaben zu finden sind (siehe Übersichtsarbeit von Berr et al. 2005). Die Datenlage zu Geschlechtsunterschieden in der Alzheimer-Prävalenz sind recht homogen und weisen auf signifikant höhere Prävalenzzahlen für Frauen hin (Bachman et al. 1992; Barker et al. 2002; Corso et al. 1992; Folstein et al. 1991; Graves et al. 1996; Kiyohara et al. 1994; Lopez et al. 1995; Manubens et al. 1995; Ravaglia et al. 2002; Tognoni et al. 2005; Woo et al. 1998). Auch nach statistischer Kontrolle des Alters war die Häufigkeit der Alzheimer-Demenz bei den Frauen im Vergleich zu den Männern signifikant erhöht.

Der Nachteil dieser Prävalenzangaben ist jedoch, dass die Möglichkeit besteht, dass Geschlechtsunterschiede in der Prävalenz der Alzheimer-Demenz lediglich auf Unterschieden in der Überlebensdauer nach Diagnosestellung beruhen. So gibt es Hinweise darauf, dass die Überlebensdauer nach Diagnosestellung einer Alzheimer-Demenz bei Frauen signifikant länger ist als bei Männern (Buchanan et al. 2004; Claus et al. 1999; Gambassi et al. 1999; Lapane et al. 2001). Um Geschlechtsunterschiede im Alzheimer-Risiko unabhängig vom Einfluss der Überlebensdauer nach Manifestation der Erkrankung erfassen zu können, sind Studien zur Inzidenzrate der Alzheimer-Demenz besser geeignet.

17.2.2 Inzidenz[2]

Im Gegensatz zu den Befunden aus Prävalenzstudien fallen die Ergebnisse aus Studien zu Geschlechtsunterschieden in der Inzidenzrate der Alzheimer-Demenz sehr heterogen aus. Während einige Autoren von einer deutlich erhöhten Inzidenzrate bei Frauen berichteten (Bebert et al. 1995; Brayne et al. 1995; Edland et al. 2002; Fratiglioni et al. 1997; Yoshitake et al. 1995), fanden sich in ande-

1 Angaben zur Prävalenz geben Auskunft über die Anzahl der Erkrankten in einer bestimmten Population. Es wird unterschieden zwischen Punktprävalenz (Anzahl der Erkrankten zu einem ganz bestimmten Zeitpunkt) und der Periodenprävalenz (Anzahl der Erkrankten in einem definierten Zeitraum (z. B. innerhalb eines Jahres = Jahresprävalenz; oder über das ganze Leben hinweg = Lebenszeitprävalenz). Die berichteten Daten beziehen sich alle auf Angaben zu Punktprävalenzen.

2 Angaben zur Inzidenz geben Auskunft über die Rate der Neuerkrankungen innerhalb eines definierten Zeitraums

ren Studien keine Hinweise auf Genusunterschiede in der Inzidenzrate der Alzheimer-Demenz (Bachman et al. 1993; Hebert et al. 2001; Paykel et al. 1994). Als Gründe für diese kontroverse Befundlage werden zumeist zu kleine und nicht-repräsentativem Stichprobengrößen angeführt. Aber auch Unterschiede in den jeweils untersuchten Altersbereichen bzw. eine oftmals zu starke Limitierung der untersuchten Altersbereiche könnten zu den heterogenen Befunden beigetragen haben. In einigen neueren Studien wurde nun versucht, möglichst große Stichproben mit einem möglichst breiten Altersspanne zu untersuchen, um dadurch ein repräsentativeres wie auch differenzierteres Bild über Geschlechtsunterschiede in der Inzidenzrate der Alzheimer-Demenz geben zu können. Als eine der bedeutsamsten Studien ist hier sicherlich die EURODEM-Studie (European Studies of Dementia) zu nennen (Andersen et al. 1999).

17.2.3 Kognitive Leistungseinbußen

Vergleicht man die kognitiven Leistungseinbußen von weiblichen und männlichen Alzheimer-Patienten miteinander, ohne zwischen den unterschiedlichen kognitiven Funktionsbereichen zu differenzieren, lassen sich zumeist keine signifikanten Geschlechtsunterschiede erkennen. So unterschied sich der kognitive Abbau in der Vielzahl von Studien, in denen nur ein Gesamt-Score als Indikator für das kognitive Leistungsniveau erfasst wurde, nicht signifikant zwischen den Geschlechtern (Chui et al. 1994; Mortimer et al. 1992; O'Hara et al. 2002; Stern et al. 1994a b). Bei gesonderter Betrachtung einzelner kognitiver Funktionsbereiche hingegen scheinen durchaus Geschlechtsunterschiede bei den Alzheimer-Patienten zu bestehen und wiederum scheinen die Frauen stärker betroffen zu sein.

EURODEM-Studie

In die Studie flossen die Daten von 12.914 Teilnehmern über 65 Jahre (Frauen = 7361, Männer = 5553) ein (Altersspanne 65 bis über 90 Jahren). Alle Teilnehmer waren zu Beginn der Studie kognitiv unbeeinträchtigt. Der kognitive Status der Personen wurde über einen Zeitraum von etwa drei Jahren erfasst. In diesem Zeitraum erkrankten 528 Teilnehmer an einer Alzheimer-Demenz. Die Ergebnisse dieser Studie weisen darauf hin, dass Geschlechtsunterschiede in der Inzidenzrate der Alzheimer-Demenz erst ab höherem Alter ins Gewicht fallen. So war die Inzidenzrate der Alzheimer-Demenz bis etwa zum 80. Lebensjahr zwischen den Geschlechtern gleich, und erst ab dem 85. Lebensjahr zeigte sich die Inzidenzrate bei den Frauen signifikant erhöht. Das heißt, dass das Risiko an einer Alzheimer-Demenz zu erkranken für Frauen über 85 Jahren deutlich größer ist als für Männer der gleichen Altersklasse (◘ Abb. 17.1). Dieser Befund wurde in einer neueren Studie aus den Niederlanden bestätigt (Ruitenberg et al. 2001). Der kognitive Status von 7046 Teilnehmern über 55 Jahren (Frauen = 4220, Männer = 2826) wurde in einem Zeitraum von 10 Jahren insgesamt dreimal untersucht. Auch hier ergaben sich signifikante Geschlechtsunterschiede in der Inzidenzrate der Alzheimer-Demenz erst ab hohem Lebensalter (ca. 90. Lebensjahr). Die Ursachen dafür, dass sich die Inzidenzrate zwischen den Geschlechtern erst ab hohem Lebensalter unterscheidet, sind bislang leider noch unklar (Ruitenberg et al. 2001).

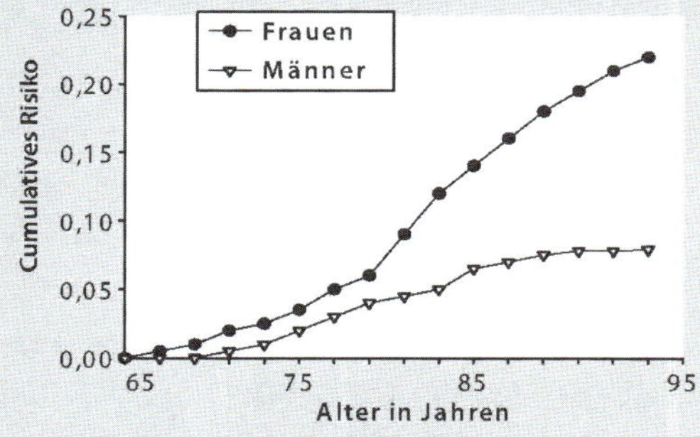

◘ **Abb. 17.1.** Geschlechtsspezifische Angabe zum Risiko einer 65-jährigen Person, bis zum 95. Lebensjahr an einer Alzheimer-Demenz zu erkranken. (Nach Andersen et al. 1999)

Sprachleistungen. Insbesondere der Abbau sprachlicher Fertigkeiten im Rahmen der Alzheimer-Demenz verläuft bei Frauen und Männern vermutlich unterschiedlich. Die Befunde aus Querschnitts- und Längsschnittuntersuchungen weisen darauf hin, dass die Leistungseinbußen im sprachlichen Bereich bei weiblichen Alzheimer-Patienten deutlich stärker ausfallen. So konnte nachgewiesen werden, dass die Wortfindung (Buckwalter et al. 1996; McPherson et al. 1999), die Sprachproduktion (McPherson et al. 1999) und das Sprachverständnis (Ripich et al. 1995) bei weiblichen im Vergleich zu männlichen Alzheimer-Patienten signifikant stärker beeinträchtigt sind und zudem der Abbau dieser Fertigkeiten bei den weiblichen Patienten schneller voranschreitet. Diese Ergebnisse blieben auch bestehen, nachdem das Alter und der Schweregrad der Demenz in den Analysen berücksichtigt wurden. Allerdings scheinen die sprachlichen Fertigkeiten nicht unabhängig von anderen kognitiven Fertigkeiten zu sein. So berichteten Bayles et al. (1999), dass sich die sprachlichen Leistungen zwischen den Geschlechtern nicht mehr signifikant voneinander unterschieden, als die Orientierungsleistungen (Fähigkeit zur zeitlichen und örtlichen Orientierung) als Kovariate in den Analysen miteinbezogen wurden.

Orientierungsleistungen. Bezüglich der Orientierungsleistungen gibt es interessanterweise ebenfalls Hinweise auf signifikante Geschlechtsunterschiede bei Alzheimer-Patienten. So berichten Buckwalter et al. (1993) in einer Studie von signifikant schlechteren Leistungen der weiblichen Alzheimer-Patienten in der Orientierungsleistung sowie im Bereich des Kurzzeitgedächtnisses. Allerdings ließen sich diese Ergebnisse in zwei neueren Studien derselben Arbeitsgruppe nicht replizieren (Buckwalter et al. 1996; Henderson u. Buckwalter 1994).

Folglich weist die Mehrzahl der Befunde darauf hin, dass der kognitive Abbau bei weiblichen und männlichen Alzheimer-Patienten im Allgemeinen ähnlich zu verlaufen scheint; nur bezüglich begrenzter Teilgebiete ließen sich Geschlechtsunterschiede beobachten. Streng genommen zeigen sich konstante Geschlechtsunterschiede allein in den sprachlichen Fertigkeiten (Wortfindung, Sprachproduktion, Sprachverständnis) mit einer stärkeren Beeinträchtigung dieser bei den weiblichen Alzheimer-Patienten. Dieser Befund einer stärkeren Beeinträchtigung der sprachlichen Fertigkeiten bei weiblichen Alzheimer-Patienten ist sehr erstaunlich, weil Frauen (ohne kognitive Beeinträchtigung) den Männern gerade in sprachlichen Fertigkeiten (wie der Wortgenerierung, der Sprachproduktion) überlegen sind (Weiss et al. 2005).

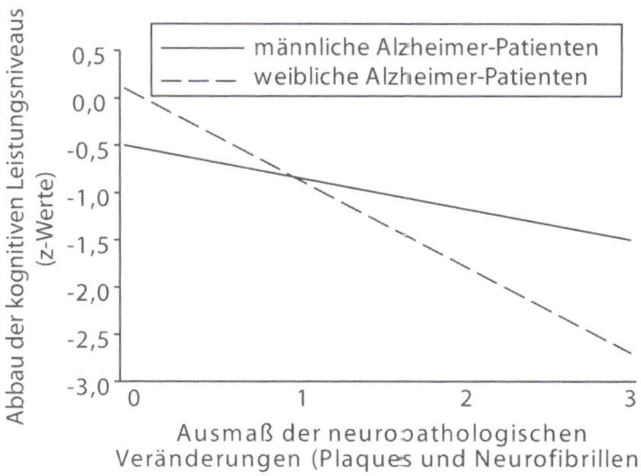

Abb. 17.2. Geschlechtsspezifische Angabe zum Verhältnis von neuropathologischen Veränderungen (Post-mortem-Untersuchung des Gehirns) und kognitiven Leistungseinbußen der Alzheimer-Patienten. (Nach Barnes et al. 2005)

Eine neue, sehr interessante Studie untersuchte den Einfluss des Geschlechts auf den Zusammenhang zwischen neuropathologischen Veränderungen (Post-mortem-Untersuchung des Gehirns) und kognitiven Leistungseinbußen der Alzheimer-Patienten (Gesamt-Score als Indikator für das kognitive Leistungsniveau; Barnes et al. 2005). Hier zeigten Frauen bei vergleichbaren neuropathologischen Veränderungen deutlich stärkere kognitive Leistungseinbußen im Vergleich zu männlichen Alzheimer-Patienten (Abb. 17.2). Die Autoren kommen aufgrund dieser Befunde zu dem Schluss, dass bei Alzheimer-typischen neuropathologischen Veränderungen die Wahrscheinlichkeit einer klinischen Manifestation von kognitiven Einbußen bei Frauen deutlich größer ist.

17.2.4 Psychopathologische Auffälligkeiten

Nicht nur bezüglich der kognitiven Leistungseinbußen ließen sich bei den Alzheimer-Patienten signifikante Geschlechtsunterschiede nachweisen, sondern weibliche und männliche Alzheimer-Patienten scheinen sich auch in den psychopathologischen Auffälligkeiten voneinander zu unterscheiden.

So weist die Befundlage darauf hin, dass an Alzheimer erkrankte Frauen im Vergleich zu Männern stärkere Rückzugstendenzen zeigen und oftmals versuchen, Sozialkontakte jeglicher Art zu meiden (Ott et al. 2000). Des Weiteren treten affektive Auffälligkeiten gehäufter bei weiblichen Alzheimer-Patienten auf, so sind diese emotional labiler, zeigen häufiger unangemessenes Lachen oder Weinen und auch Depressionen treten bei ihnen zahlreicher als bei männlichen Alzheimer-Patienten auf (Cohen et al. 1993). Weibliche Alzheimer-Patienten zeigen zudem eine stärkere Tendenz, Vorräte zu horten und Hilfsangebote zurückzuweisen (Ott et al. 1996). Psychotische Symptome wie Wahn und optische Halluzinationen scheinen bei weiblichen Patienten in einem früheren Krankheitsstadium als bei männlichen Patienten aufzutreten (Cohen et al. 1993; Jost u. Grossberg 1996).

Aggressive Verhaltensweisen hingegen – sowohl auf verbaler wie auch auf physischer Ebene – lassen sich weitaus häufiger bei männlichen als bei weiblichen Alzheimer-Patienten beobachten (Eustace et al. 2001; Ott et al. 1996 und 2000). Auch Symptome wie exzessives Essen, exzessives Schlafen und Apathie treten bei männlichen Alzheimer-Patienten gehäufter auf (Ott et al. 1996).

Diese Geschlechtsunterschiede in den psychopathologischen Auffälligkeiten spiegeln sich auch in der medikamentösen Therapie wider. So berichten Ott et al. (2000), dass männliche Alzheimer-Patienten im Vergleich zu weiblichen Patienten weitaus häufiger sedierende Medikamente verschrieben bekommen. Weibliche Alzheimer-Patienten hingegen erhalten deutlich häufiger Antidepressiva.

17.3 Zugrunde liegende Mechanismen der Geschlechtsunterschiede

Was sind nun die Gründe dafür, dass das Alzheimer-Risiko bei Frauen ab einem Alter von 85 Jahren erhöht ist, bzw. dafür, dass sich das klinische Erscheinungsbild der Alzheimer-Demenz bei Frauen und Männern unterscheidet? Welche Mechanismen könnten den Genusunterschieden zugrunde liegen? Bei der Beantwortung dieser Frage werden in der Literatur insbesondere endokrinologische und genetische Ursachen diskutiert.

17.3.1 Endokrinologische Ursachen

Seit längerer Zeit wird erörtert, ob die Sexualhormone eine Rolle bei den Geschlechtsunterschieden in der Alzheimer-Prävalenz spielen. Hierbei scheinen vor allem die **Östrogene** von besonderer Bedeutung zu sein. Erste Hinweise darauf lieferten Befunde aus quasiexperimentellen Studien. So konnte gezeigt werden, dass das Risiko für die Alzheimer-Demenz bei Frauen, die nach der Menopause Östrogene substituiert hatten, deutlich geringer war als bei Frauen, die keine Östrogene eingenommen hatten (Henderson et al. 1994; Paganini-Hill u. Henderson 1996). Aufgrund methodologischer Probleme (bei den Studien handelte es sich um nicht-randomisierte und nicht-plazebokontrollierte Studien) ist jedoch fraglich, inwieweit die Ergebnisse dieser Studien wirklich aussagekräftig sind. Dessen ungeachtet waren diese ersten quasiexperimentellen Studien dennoch von enormer Bedeutung, da die aussichtsreichen Befunde eines möglicherweise protektiven Östrogeneffekts auf die Alzheimer-Demenz der Anstoß einer Vielzahl weiterer Studien waren. So liegen mittlerweile zahlreiche quasiexperimentelle wie auch experimentelle Studien vor, die den Zusammenhang zwischen Östrogensubstitution und dem Alzheimer-Risiko untersuchten (s. unten, Quasiexperimentelle und experimentelle Humanstudien) Auch zur neuroprotektiven Wirkung der Östrogene wurden zahlreiche tierexperimentellen Studien in den letzten Jahren durchgeführt (s. nachfolgenden Abschnitt).

Tierexperimentelle Studien zur neuroprotektiven Wirkung von Östrogenen

Eine Vielzahl von Befunden aus tierexperimentellen In-vitro- und In-vivo-Untersuchungen weist darauf hin, dass Östrogene (hierzu zählen Östradiol, Östron und Östriol) neuroprotektiv wirken (Übersicht bei Behl u. Manthey 2000; Sohrabji 2005; ► Kap. 16). Dabei tragen Östrogene auf vielfältige Weise zur

Struktur, zum Erhalt und zur Funktion von Nervenzellen bei (Behl 2001). So konnte nachgewiesen werden, dass Östrogene das Nervenwachstum und die Bildung von Synapsen über eine Beeinflussung des Nerve Growth Factors (NGF) und des Brain Derived Nerve Growth Factors (BDNGF) fördern (Granholm 2000). Des Weiteren wirken Östrogene auch als neuroprotektive Antioxidantien. Das heißt, Östrogene fangen freie Radikale ab und verhindern dadurch deren oxidierenden (zerstörerischen) Einfluss auf die Nervenzellen (Verminderung des oxidativen Stresses) (Behl 2001). Eine Schlüsselrolle in der Alzheimer-Pathologie spielt die neuropathologische Spaltung von APP (**Amyloid-Precursor-Protein**) in β-Amyloid, das sich zu neuritischen Plaques zusammenlagert. Es gibt Hinweise darauf, dass Östrogene die nicht-pathologische Spaltung von APP in Fragmente fördert, die weniger wahrscheinlich als β-Amyloid aggregieren (Inestrosa et al. 1998). Darüber hinaus beeinflussen Östrogene mehrere Neurotransmittersysteme, wie z. B. das cholinerge System. So konnte gezeigt werden, dass Östrogene die Azetylcholinsynthese stimulieren (Birge u. Mortel 1997). Auch die regionale zerebrale Durchblutung scheint durch Östrogene verbessert (Wang et al. 2000) und die zerebrale Glukoseutilisation erhöht zu werden (Schonknecht et al. 2003).

Neuroprotektive Wirkung von Östrogenen im ZNS

- Stimulieren Nervenwachstum.
- Schützen vor oxidativen Nervenschädigungen.
- Reduzieren die pathologische Spaltung von APP in β-Amyloid.
- Verbessern Azetylcholinsynthese.
- Fördern die Glukoseverwertung.
- Erhöhen den zerebralen Blutfluss.

Quasiexperimentelle und experimentelle Humanstudien zum Einfluss einer Östrogensubstitution auf das Demenzrisiko

Im Gegensatz zu den tierexperimentellen Studien, in denen eine neuroprotektive Wirkung von Östrogenen auf vielfältige Weise nachgewiesen werden konnte, ist die Befundlage aus humanexperimentellen Studien weitaus heterogener und bedauerlicherweise weniger vielversprechend.

Angeregt durch die aussichtsreichen Befunde von Henderson et al. (1994) (eines protektiven Effekts durch Östrogensubstitution) wurde in den darauf folgenden Jahren eine Vielzahl ähnlicher quasiexperimenteller Studien durchgeführt. In Übereinstimmung mit Henderson et al. (1994) wies auch die Mehrzahl dieser Beobachtungsstudien darauf hin, dass der Prozentsatz an Alzheimer-Patienten bei den Frauen mit Östrogensubstitution geringer war als bei Frauen ohne Östrogensubstitution (Baldereschi et al. 1998; Doraiswamy et al. 1997; Tang et al. 1996). Auch für die kognitiven Leistungen zeigte sich ein positiver Östrogeneffekt, so waren die kognitiven Leistungen der Alzheimer-Patienten mit Östrogensubstitution deutlich besser als die Leistungen der Patientinnen ohne Östrogensubstitution (Asthana et al. 2001; Doraiswamy et al. 1997; Henderson 1996 und 1997; Schneider et al. 1997). Hier zeigten sich vor allem die sprachlichen Fertigkeiten unter Östrogensubstitution weniger beeinträchtigt.

Der Nachteil dieser quasiexperimentellen Studie liegt jedoch in den methodischen Mängeln, die die Interpretation der Befunde erschweren. Eines der Hauptprobleme besteht z. B. darin, dass nicht ausgeschlossen werden kann, dass sich die Frauen mit und ohne Östrogensubstitution schon im Voraus in relevanten Bereichen voneinander unterschieden. So ist es möglich, dass die Frauen, die sich einer Östrogenersatzbehandlung unterzogen, einer höheren sozialen Schicht entstammten, oder ein höheres Bildungsniveau hatten (ein höheres Bildungsniveau ist ein protektiver Faktor für die Entwicklung einer Alzheimer-Demenz; Wilson et al. 2004). Zur Reduktion dieser methodologischen Mängel sind randomisierte, plazebokontrollierte Studien notwendig, um den Einfluss einer Östrogensubstitution auf die Entwicklung einer Alzheimer-Demenz valider erfassen zu können.

Die größte und wohl wichtigste randomisierte und plazebokontrollierte Studie der letzten Jahre zum Einfluss einer Östrogensubstitution auf das Demenzrisiko ist die Women's Health Initiative Memory Study (WHIMS; Shumaker et al. 2003, 2004).

Women's Health Initiative Memory Study

Die Studie schloss 4532 postmenopausale Frauen über 65 Jahre ein, bei denen zu Beginn der Studie noch keine Demenzerkrankung nachweisbar war. Die Frauen wurden randomisiert der Verumgruppe (Östrogen mit Progestin; N=2229) und der gematchten Plazebogruppe (N=2303) zugewiesen. Die kognitiven Leistungen der Probanden wurden über 4½ Jahren hinweg in regelmäßigen Abständen (ca. ein Jahr) durch unterschiedliche kognitive Leistungstests untersucht. Innerhalb dieses Zeitraumes erkrankten 61 Frauen an einer Demenz (zumeist an einer Alzheimer-Demenz). Erschreckenderweise kamen 66% dieser Frauen aus der Östrogengruppe (N=40). Das erhöhte Demenzrisiko in der Östrogengruppe zeichnete sich bereits im zweiten Studienjahr ab und war in allen Altersgruppen gleich. Nicht nur das Demenzrisiko an sich, sondern auch der Abbau kognitiver Leistungen im Allgemeinen (gemessen mit Hilfe des Mini-Mental State Examination, MMSE) verlief in der Östrogengruppe signifikant steiler als in der Plazebogruppe. Aufgrund dieser alarmierenden Ergebnisse wurde die WHIMS-Studie schließlich abgebrochen (Shumaker et al. 2003, 2004). Viele Autoren kommen aufgrund dieser und ähnlicher Befunde (Almeida et al. 2006) zu dem Schluss, dass eine Östrogensubstitution keinen nennenswerten neuroprotektiven Einfluss hat und aufgrund des womöglich sogar erhöhten Demenzrisikos von einer Östrogenersatztherapie bei Frauen abzuraten sei (Almeida et al. 2006; Almeida u. Flicker 2005; Hogervorst et al. 2003; Pinkerton u. Henderson 2005; Rapp et al. 2003). Zu einem ähnlichen Ergebnis kommen auch die Autoren einer Cochrane-Metaanalyse zum Einfluss von Östrogenen auf die kognitive Leistungsfähigkeit von weiblichen Alzheimer-Patienten (Hogervorst et al. 2002). So fanden sich in der Metaanalyse keinerlei Hinweise darauf, dass der Abbau kognitiver Leistungen der Alzheimer-Patienten unter Östrogentherapie langsamer verlief.

Sind diese Befunde nun ein Beleg dafür, dass eine Östrogensubstitution nach der Menopause keinerlei Effekte auf das Alzheimerrisiko hat?

Drei neuere Arbeiten sprechen sich gegen diese Schlussfolgerung aus (Harman et al. 2005; Henderson 2004, 2006). Insbesondere die Ergebnisse der WHIMS Studie werden von den Autoren dieser drei neueren Arbeiten kritisch hinterfragt. Die Hauptkritik der Autoren liegt darin, dass nur Frauen ab dem 65. Lebensjahr in diese Studie miteingeschlossen wurden. Dadurch erhielten die Teilnehmerinnen erst Jahre nach der Menopause (also nach einem jahrelang deutlich reduziertem Östrogenspiegel)[3] einen plötzlichen Hormonschub. Dies könnte nach Meinung der Autoren (Harman et al. 2005; Henderson 2004, 2006) die Wirksamkeit der Östrogensubstitution beeinträchtigt haben. Die Autoren fordern deshalb Studien, die den Einfluss einer Östrogenersatztherapie auf das Risiko einer Alzheimer-Demenz bei Frauen direkt nach der Menopause untersuchen sollen. Solche Studien müssten aber durch regelmäßige Kontrollen begleitet werden, um mögliche Nebenwirkungen des Östrogens (siehe WHIMS-Studie) frühzeitig zu erkennen.

Zusammenfassend lässt sich also sagen, dass die Befunde aus tierexperimentellen Studien auf deutliche neuroprotektive Effekte von Östrogenen hinweisen. In humanexperimentellen Studien hingegen ließen sich keine eindeutigen Hinweise darauf finden, dass eine Östrogensubstitution nach der Menopause das Alzheimer-Risiko bei Frauen vermindert. Als mögliche Ursache dieser diskrepanten Befunde führen einige Autoren Mängel in den humanexperimentellen Studien an. So seien die Studienteilnehmer zu Beginn der Östrogensubstitution bereits viel zu alt gewesen, was den protektiven Effekt einer Östrogensubstitution beeinträchtigt habe.

17.3.2 Genetische Ursachen

Auch bezüglich der genetischen Risikofaktoren für die Entwicklung einer Alzheimer-Demenz scheinen

[3] Mit dem Beginn der Menopause (dieser liegt im Durchschnitt bei 51 Jahren (Santoro 2005)) sinkt der Östrogenspiegel bei den Frauen stark ab (Freedman 2002; Miller et al. 2005).

17

Geschlechtsunterschiede zu bestehen. Insbesondere das Vorhandensein des Gens für die Produktion des Plasmaproteins Apolipoprotein (kodiert auf Chromosom 19) scheint für die Geschlechter eine unterschiedliche Rolle zu spielen (Gatz et al. 2003). Dieses **ApoE-Gen** kommt in drei häufigen Varianten vor (diese bezeichnet man als Allele ε2, ε3 und ε4), von denen jeder Mensch wegen seiner doppelten genetischen Ausstattung eine zufällige Kombination zweier dieser Unterformen trägt. Menschen, die einen oder auch zwei Sätze des Allels ε4 (ApoEε4) tragen, scheinen nun ein erhöhtes Risiko zu haben, später in ihrem Leben eine Alzheimer-Demenz zu entwickeln (Prävalenzrate von ApoEε4: 0,10–0,18). Das Apolipoprotein ist ein Plasmaprotein, das eine besondere Rolle als Trägermolekül von Lipiden und Cholesterin spielt. Es scheint sowohl an der Plaquebildung als auch an Neurofibrillenbildung beteiligt zu sein. Der genaue Wirkmechanismus ist jedoch noch weitestgehend unklar (Strittmatter 2000).

Es konnte in unterschiedlichen Studien gezeigt werden, dass das Vorhandensein des Allels ApoEε4 vor allem bei Frauen ein prädisponierender genetischer Faktor für die Entwicklung einer Alzheimer-Demenz zu sein scheint, wohingegen bei Männern der Zusammenhang zwischen ApoEε4 und der Alzheimer-Demenz deutlich schwächer ausfällt (Bretsky et al. 1999; Farlow 1997; Farrer et al. 1997; Green et al. 2002). Wie ist dies zu erklären? Es gibt erste Hinweise darauf, dass die ApoEε4-Genexpression erheblich durch die »weiblichen« Sexualhormone (Östrogene) moduliert wird. So konnten Lambert et al. (2004) zeigen, dass Östrogene (bzw. Östrogen-Rezeptor-Komplexe) in den Zellkern wandern und dort als Transkriptionsfaktor im Promotorgenabschnitt die Genexpression von ApoEε4 modulieren. Es wird vermutet, dass diese Interaktion zwischen Östrogenen und ApoE möglicherweise der Grund dafür ist, dass das Vorhandensein des Allels ApoEε4 vorrangig bei Frauen ein Alzheimer-Risiko darstellt (Lambert et al. 2004). Diese Interaktion könnte des Weiteren auch ein Grund dafür sein, dass die Ergebnisse der WHIMS-Studie zum Einfluss einer Östrogensubstitution auf das Alzheimer-Risiko negativ ausfielen. Womöglich ist der neuroprotektive Effekt einer Östrogensubstitution primär bei Frauen ohne ApoEε4 zu finden. In zukünftigen Studien zum Einfluss einer Östrogensubstitution auf das Alzheimerrisiko sollte deshalb das Vorhandensein von ApoEε4 als wichtige Moderatorvariable berücksichtigt werden.

17.4 Geschlechtsunterschiede in anderen Demenzformen

Über Geschlechtsunterschiede bei anderen Demenzformen ist im Gegensatz zu Alzheimer-Demenz nur sehr wenig bekannt. Allein zu der **vaskulären Demenz** (der zweithäufigsten Demenzform) und der fronto-temporalen Demenz liegen einige Angaben zu Geschlechtsunterschieden vor.

So gibt es Hinweise darauf, dass mehr Männer als Frauen von einer vaskulären Demenz betroffen sind (höhere Prävalenzraten für Männer in der Mehrzahl der Studien) (Bowirrat et al. 2002; Meyer et al. 2000). Die Angaben zu Geschlechtsunterschieden in der Inzidenzrate der vaskulären Demenz sind hingegen weitaus heterogener. So finden sich in einigen Studien höhere Inzidenzraten bei Männern (Hagnell et al. 1983 und 1992; DiCarlo et al. 2002; Ruitenberg et al. 2001), in anderen hingegen ließen sich keine Geschlechtsunterschiede nachweisen (Andersen et al. 1999; Copeland et al. 1999; Fitzpatrick et al. 2004; Sachdev et al. 2006). Vaskuläre Demenzen sind Folge von zerebrovaskulären Erkrankungen, wie z. B. von Schlaganfällen. Deshalb soll an dieser Stelle ► Kap. 16 verwiesen werden.

Zu Geschlechtsunterschieden in der **fronto-temporalen Demenz** (dritthäufigste Demenzursache) liegen kaum Befunde vor. Es gibt erste Hinweise darauf, dass die Prävalenzrate bei Männern im Vergleich zu Frauen erhöht sein könnte (Ratnavalli et al. 2002). Des Weiteren berichten Diehl und Kurz (2002) interessanterweise von Geschlechtsunterschieden hinsichtlich der psychopathologischen Auffälligkeiten von Patienten mit frontotemporaler Demenz. Ähnlich wie bei der Alzheimer-Demenz zeigten die männlichen Demenzpatienten mehr aggressives und sozial unangemessenes Verhalten im Vergleich zu den weiblichen Patienten. Die Gründe hierfür sind noch unbekannt.

Weitere Forschung ist hier unbedingt notwendig, um auch bei anderen Formen der Demenz ein differenzierteres Bild über Geschlechtsunterschiede zu erhalten.

Fazit

Die große Mehrzahl der Demenzpatienten sind Frauen. Gründe hierfür sind zum einen die längere Lebenserwartung von Frauen, zu anderen aber auch Geschlechtsunterschiede hinsichtlich des Erkrankungsrisikos.

Die meisten Befunde zu Geschlechtsunterschieden in der Demenz liegen bislang für die Alzheimer-Demenz vor. Hier zeigte sich, dass ab dem 85. Lebensjahr das Risiko an einer Alzheimer-Demenz zu erkranken für Frauen im Vergleich zu Männern deutlich größer ist. Darüber hinaus sind die verbalen Fähigkeiten bei weiblichen Alzheimer-Patienten deutlich stärker als bei männlichen Alzheimer-Patienten beeinträchtigt. Insgesamt scheint zu gelten, dass bei gleichen hirnpathologischen Veränderungen die Wahrscheinlichkeit von kognitiven Leistungseinbußen bei Frauen größer ist. Die Ursachen der Genusunterschiede bei Alzheimer-Patienten sind noch weitestgehend unklar. Es scheinen aber insbesondere die Östrogene bzw. das Absinken des Östrogenspiegels nach der Menopause eine Rolle zu spielen. Inwieweit eine Östrogensubstitution bei Frauen das Risiko für eine Erkrankung vermindern kann, muss durch weitere Studien geklärt werden.

Literatur

Almeida OP, Flicker L (2005) Association between hormone replacement therapy and dementia: is it time to forget? Int Psychogeriatr 17:155–164

Almeida OP, Lautenschlager NT, Vasikaran S, Leedman P, Gelavis A, Flicker L (2006) A 20-week randomized controlled trial of estradiol replacement therapy for women aged 70 years and older: effect on mood, cognition and quality of life. Neurobiol Aging 27:141–149

Andersen K, Launer LJ, Dewey ME, Letenneur L, Ott A, Copeland JR, Dartigues JF, Kragh-Sorensen P, Baldereschi M, Brayne C, Lobo A, Martinez-Lage JM, Stijnen T, Hofman A (1999) Gender differences in the incidence of AD and vascular dementia: The EURODEM Studies. EURODEM Incidence Research Group. Neurology 53:1992–1997

Asthana S (2005) Estrogen, cognition, and dementia. Ann NY Acad Sci 1055:228

Asthana S, Baker LD, Craft S, Stanczyk FZ, Veith RC, Raskind MA, Plymate SR (2001) High-dose estradiol improves cognition for women with AD: results of a randomized study. Neurology 57:605–612

Bachman DL, Wolf PA, Linn RT, Knoefel JE, Cobb JL, Belanger AJ, White LR, D'Agostino RB (1993) Incidence of dementia and probable Alzheimer's disease in a general population: the Framingham Study. Neurology 43:515–519

Baldereschi M, Di CA, Lepore V, Bracco L, Maggi S, Grigoletto F, Scarlato G, Amaducci L (1998) Estrogen-replacement therapy and Alzheimer's disease in the Italian Longitudinal Study on Aging. Neurology 50:996–1002

Barnes LL, Wilson RS, Bienias JL, Schneider JA, Evans DA, Bennett DA (2005) Sex differences in the clinical manifestations of Alzheimer disease pathology. Arch Gen Psychiatry 62:685–691

Bayles KA, Azuma T, Cruz RF, Tomoeda CK, Wood JA, Montgomery EB, Jr. (1999) Gender differences in language of Alzheimer disease patients revisited. Alzheimer Dis Assoc Disord 13:138–146

Behl C (2001) Estrogens against Alzheimer disease? The female sexual hormone as a protective neurohormone. MMW Fortschr Med 143 Suppl 2:33–35

Behl C, Manthey D (2000) Neuroprotective activities of estrogen: an update. J Neurocytol 29:351–358

Berr C, Wancata J, Ritchie K (2005) Prevalence of dementia in the elderly in Europe. Eur Neuropsychopharmacol 15:463–471

Bickel H (2000) Dementia syndrome and Alzheimer disease: an assessment of morbidity and annual incidence in Germany. Gesundheitswesen 62:211–218

Birge SJ, Mortel KF (1997) Estrogen and the treatment of Alzheimer's disease. Am J Med 103:36S–45S

Bowirrat A, Friedland RP, Korczyn AD (2002) Vascular dementia among elderly Arabs in Wadi Ara. J Neurol Sci 203–204:73–76

Brayne C, Gill C, Huppert FA, Barkley C, Gehlhaar E, Girling DM, O'Connor DW, Paykel ES (1995) Incidence of clinically diagnosed subtypes of dementia in an elderly population. Cambridge Project for Later Life. Br J Psychiatry 167:255–262

Bretsky PM, Buckwalter JG, Seeman TE, Miller CA, Poirier J, Schellenberg GD, Finch CE, Henderson VW (1999) Evidence for an interaction between apolipoprotein E genotype, gender, and Alzheimer disease. Alzheimer Dis Assoc Disord 13:216–221

Buchanan RJ, Wang S, Ju H, Graber D (2004) Analyses of gender differences in profiles of nursing home residents with Alzheimer's disease. Gend Med 1:48–59

Buckwalter JG, Sobel E, Dunn ME, Diz MM, Henderson VW (1993) Gender differences on a brief measure of cognitive functioning in Alzheimer's disease. Arch Neurol 50:757–760

Buckwalter JG, Rizzo AA, McCleary R, Shankle R, Dick M, Henderson VW (1996) Gender comparisons of cognitive performances among vascular dementia, Alzheimer di-

sease, and older adults without dementia. Arch Neurol 53:436–439
Chiu NT, Lee BF, Hsiao S, Pai MC (2004) Educational level influences regional cerebral blood flow in patients with Alzheimer's disease. J Nucl Med 45:1860–1863
Chui HC, Lyness SA, Sobel E, Schneider LS (1994) Extrapyramidal signs and psychiatric symptoms predict faster cognitive decline in Alzheimer's disease. Arch Neurol 51:676–681
Claus JJ, Walstra GJ, Bossuyt PM, Teunisse S, van Gool WA (1999) A simple test of copying ability and sex define survival in patients with early Alzheimer's disease. Psychol Med 29:485–489
Cohen D, Eisdorfer C, Gorelick P, Luchins D, Freels S, Semla T, Paveza G, Shaw H, Ashford JW (1993) Sex differences in the psychiatric manifestations of Alzheimer's disease. J Am Geriatr Soc 41:229–232
Copeland JR, McCracken CF, Dewey ME, Wilson KC, Doran M, Gilmore C, Scott A, Larkin BA (1999) Undifferentiated dementia, Alzheimer's disease and vascular dementia: age- and gender-related incidence in Liverpool. The MRC-ALPHA Study. Br J Psychiatry 175:433–438
Cummings JL, Vinters HV, Cole GM, Khachaturian ZS (1998) Alzheimer's disease: etiologies, pathophysiology, cognitive reserve, and treatment opportunities. Neurology 51: S2–17
Di CA, Baldereschi M, Amaducci L, Lepore V, Bracco L, Maggi S, Bonaiuto S, Perissinotto E, Scarlato G, Farchi G, Inzitari D (2002) Incidence of dementia, Alzheimer's disease, and vascular dementia in Italy. The ILSA Study. J Am Geriatr Soc 50:41–48
Diehl J, Kurz A (2002) Frontotemporal dementia: patient characteristics, cognition, and behaviour. Int J Geriatr Psychiatry 17:914–918
Diehl RR (2003) Dementia. Fortschr Neurol Psychiatr 71:617–628
Diprete TA, Buchmann C (2006) Gender-specific trends in the value of education and the emerging gender gap in college completion. Demography 43:1–24
Doraiswamy PM, Bieber F, Kaiser L, Krishnan KR, Reuning-Scherer J, Gulanski B (1997) The Alzheimer's Disease Assessment Scale: patterns and predictors of baseline cognitive performance in multicenter Alzheimer's disease trials. Neurology 48:1511–1517
Edland SD, Rocca WA, Petersen RC, Cha RH, Kokmen E (2002) Dementia and Alzheimer disease incidence rates do not vary by sex in Rochester, Minn. Arch Neurol 59:1589–1593
Eustace A, Kidd N, Greene E, Fallon C, Bhrain SN, Cunningham C, Coen R, Walsh JB, Coakley D, Lawlor BA (2001) Verbal aggression in Alzheimer's disease. Clinical, functional and neuropsychological correlates. Int J Geriatr Psychiatry 16:858–861
Farlow MR (1997) Alzheimer's disease: clinical implications of the apolipoprotein E genotype. Neurology 48:S30–S34
Farrer LA, Cupples LA, Haines JL, Hyman B, Kukull WA, Mayeux R, Myers RH, Pericak-Vance MA, Risch N, van Duijn CM (1997) Effects of age, sex, and ethnicity on the association between apolipoprotein E genotype and Alzheimer disease. A meta-analysis. APOE and Alzheimer Disease Meta Analysis Consortium. JAMA 278:1349–1356
Ferri CP, Prince M, Brayne C, Brodaty H, Fratiglioni L, Ganguli M, Hall K, Hasegawa K, Hendrie H, Huang Y, Jorm A, Mathers C, Menezes PR, Rimmer E, Scazufca M (2005) Global prevalence of dementia: a Delphi consensus study. Lancet 366:2112–2117
Fitzpatrick AL, Kuller LH, Ives DG, Lopez OL, Jagust W, Breitner JC, Jones B, Lyketsos C, Dulberg C (2004) Incidence and prevalence of dementia in the Cardiovascular Health Study. J Am Geriatr Soc 52:195–204
Fratiglioni L, Viitanen M, von SE, Tontodonati V, Herlitz A, Winblad B (1997) Very old women at highest risk of dementia and Alzheimer's disease: incidence data from the Kungsholmen Project, Stockholm. Neurology 48:132–138
Freedman MA (2002) Quality of life and menopause: the role of estrogen. J Womens Health (Larchmt) 11:703–718
Fritsch T, McClendon MJ, Smyth KA, Ogrocki PK (2002) Effects of educational attainment and occupational status on cognitive and functional decline in persons with Alzheimer-type dementia. Int Psychogeriatr 14:347–363
Gambassi G, Lapane KL, Landi F, Sgadari A, Mor V, Bernabie R (1999) Gender differences in the relation between comorbidity and mortality of patients with Alzheimer's disease. Systematic Assessment of Geriatric drug use via Epidemiology (SAGE) Study Group. Neurology 53:508–516
Gatz M, Fiske A, Reynolds CA, Wetherell JL, Johansson B, Pedersen NL (2003) Sex differences in genetic risk for dementia. Behav Genet 33:95–105
Granholm AC (2000) Oestrogen and nerve growth factor – neuroprotection and repair in Alzheimer's disease. Expert Opin Investig Drugs 9:685–694
Greene RA (2000) Estrogen and cerebral blood flow: a mechanism to explain the impact of estrogen on the incidence and treatment of Alzheimer's disease. Int J Fertil Womens Med 45:253–257
Hagnell O, Lanke J, Rorsman B, Ohman R, Ojesjo L (1983) Current trends in the incidence of senile and multi-infarct dementia. A prospective study of a total population followed over 25 years; the Lundby Study. Arch Psychiatr Nervenkr 233:423–438
Halpern DF (1997) Sex differences in intelligence. Implications for education. Am Psychol 52:1091–1102
Harman SM, Naftolin F, Brinton EA, Judelson DR (2005) Is the estrogen controversy over? Deconstructing the Women's Health Initiative Study: A critical evaluation of the evidence. Ann NY Acad Sci 1052:43–56
Hayward CS, Kelly RP, Collins P (2000) The roles of gender, the menopause and hormone replacement on cardiovascular function. Cardiovasc Res 46:28–49
Hebert LE, Scherr PA, Beckett LA, Albert MS, Pilgrim DM, Chown MJ, Funkenstein HH, Evans DA (1995) Age-specific incidence of Alzheimer's disease in a community population. JAMA 273:1354–1359
Hebert LE, Scherr PA, McCann JJ, Beckett LA, Evans DA (2001) Is the risk of developing Alzheimer's disease greater for women than for men? Am J Epidemiol 153:132–136

Henderson VW, Paganini-Hill A, Emanuel CK, Dunn ME, Buckwalter JG (1994) Estrogen replacement therapy in older women. Comparisons between Alzheimer's disease cases and nondemented control subjects. Arch Neurol 51:896–900

Henderson VW, Buckwalter JG (1994) Cognitive deficits of men and women with Alzheimer's disease. Neurology 44:90–96

Henderson VW, Watt L, Buckwalter JG (1996) Cognitive skills associated with estrogen replacement in women with Alzheimer's disease. Psychoneuroendocrinology 21:421–430

Henderson VW (1997) The epidemiology of estrogen replacement therapy and Alzheimer's disease. Neurology 48: S27–S35

Henderson VW (1997) Estrogen, cognition, and a woman's risk of Alzheimer's disease. Am J Med 103:11S–18S

Henderson VW (2004) Hormone therapy and Alzheimer's disease: benefit or harm? Expert Opin Pharmacother 5:389–406

Henderson VW (2006) Estrogen-containing hormone therapy and Alzheimer's disease risk: understanding discrepant inferences from observational and experimental research. Neuroscience 138:1031–1039

Hogervorst E, Yaffe K, Richards M, Huppert F (2002) Hormone replacement therapy to maintain cognitive function in women with dementia. Cochrane Database Syst Rev CD003799

Inestrosa NC, Marzolo MP, Bonnefont AB (1998) Cellular and molecular basis of estrogen's neuroprotection. Potential relevance for Alzheimer's disease. Mol Neurobiol 17:73–86

Iqbal K, Alonso AC, Chen S, Chohan MO, El-Akkad E, Gong CX, Khatoon S, Li B, Liu F, Rahman A, Tanimukai H, Grundke-Iqbal I (2005) Tau pathology in Alzheimer disease and other tauopathies. Biochim Biophys Acta 1739:198–210

Jost BC, Grossberg GT (1996) The evolution of psychiatric symptoms in Alzheimer's disease: a natural history study. J Am Geriatr Soc 44:1078–1081

Lambert JC, Coyle N, Lendon C (2004) The allelic modulation of apolipoprotein E expression by oestrogen: potential relevance for Alzheimer's disease. J Med Genet 41:104–112

Lapane KL, Gambassi G, Landi F, Sgadari A, Mor V, Bernabei R (2001) Gender differences in predictors of mortality in nursing home residents with AD. Neurology 56:650–654

Lee DY, Lee JH, Ju YS, Lee KU, Kim KW, Jhoo JH, Yoon JC, Ha J, Woo JI (2002) The prevalence of dementia in older people in an urban population of Korea: the Seoul study. J Am Geriatr Soc 50:1233-1239

McPherson S, Back C, Buckwalter JG, Cummings JL (1999) Gender-related cognitive deficits in Alzheimer's disease. Int Psychogeriatr 11:117–122

Meyer JS, Rauch GM, Rauch RA, Haque A, Crawford K (2000) Cardiovascular and other risk factors for Alzheimer's disease and vascular dementia. Ann NY Acad Sci 903:411–423

Miller VM, Clarkson TB, Harman SM, Brinton EA, Cedars M, Lobo R, Manson JE, Merriam GR, Naftolin F, Santoro N (2005) Women, hormones, and clinical trials: a beginning, not an end. J Appl Physiol 99:381–383

Mortimer JA, Ebbitt B, Jun SP, Finch MD (1992) Predictors of cognitive and functional progression in patients with probable Alzheimer's disease. Neurology 42:1689–1696

O'Hara R, Thompson JM, Kraemer HC, Fenn C, Taylor JL, Ross L, Yesavage JA, Bailey AM, Tinklenberg JR (2002) Which Alzheimer patients are at risk for rapid cognitive decline? J Geriatr Psychiatry Neurol 15:233–238

Ott BR, Tate CA, Gordon NM, Heindel WC (1996) Gender differences in the behavioral manifestations of Alzheimer's disease. J Am Geriatr Soc 44:583–587

Ott BR, Lapane KL, Gambassi G (2000) Gender differences in the treatment of behavior problems in Alzheimer's disease. SAGE Study Group. Systemic assessment of geriatric drug use via epidemiology. Neurology 54:427–432

Paganini-Hill A, Henderson VW (1996) Estrogen replacement therapy and risk of Alzheimer disease. Arch Intern Med 156:2213–2217

Paykel ES, Brayne C, Huppert FA, Gill C, Barkley C, Gehlhaar E, Beardsall L, Girling DM, Pollitt P, O'Connor D (1994) Incidence of dementia in a population older than 75 years in the United Kingdom. Arch Gen Psychiatry 51:325–332

Pinkerton JV, Henderson VW (2005) Estrogen and cognition, with a focus on Alzheimer's disease. Semin Reprod Med 23:172–179

Rapp SR, Espeland MA, Shumaker SA, Henderson VW, Brunner RL, Manson JE, Gass ML, Stefanick ML, Lane DS, Hays J, Johnson KC, Coker LH, Dailey M, Bowen D (2003) Effect of estrogen plus progestin on global cognitive function in postmenopausal women: the Women's Health Initiative Memory Study: a randomized controlled trial. JAMA 289:2663–2672

Ratnavalli E, Brayne C, Dawson K, Hodges JR (2002) The prevalence of frontotemporal dementia. Neurology 58:1615-1621

Ripich DN, Petrill SA, Whitehouse PJ, Ziol EW (1995) Gender differences in language of AD patients: a longitudinal study. Neurology 45:299–302

Ruitenberg A, Ott A, van Swieten JC, Hofman A, Breteler MM (2001) Incidence of dementia: does gender make a difference? Neurobiol Aging 22:575–580

Sachdev PS, Brodaty H, Valenzuela MJ, Lorentz L, Looi JC, Berman K, Ross A, Wen W, Zagami AS (2006) Clinical determinants of dementia and mild cognitive impairment following ischaemic stroke: The Sydney Stroke Study. Dement Geriatr Cogn Disord 21:275–283

Santoro N (2005) The menopausal transition. Am J Med 118:8–13

Sohrabji F (2005) Estrogen: a neuroprotective or proinflammatory hormone? Emerging evidence from reproductive aging models.Ann NY Acad Sci 1052:75–90

Schaufele M, Bickel H, Weyerer S (2002) Which factors influence cognitive decline in older adults suffering from dementing disorders? Int J Geriatr Psychiatry 17:1055–1063

Schneider LS, Farlow MR, Pogoda JM (1997) Potential role for estrogen replacement in the treatment of Alzheimer's dementia. Am J Med 103:46S–50S

Schonknecht P, Henze M, Hunt A, Klinga K, Haberkorn U, Schroder J (2003) Hippocampal glucose metabolism is associated with cerebrospinal fluid estrogen levels in postmenopausal women with Alzheimer's disease. Psychiatry Res 124:125–127

Seshadri S, Zornberg GL, Derby LE, Myers MW, Jick H, Drachman DA (2001) Postmenopausal estrogen replacement therapy and the risk of Alzheimer disease. Arch Neurol 58:435–440

Sherwin BB, McGill J (2003) Oestrogen plus progestin doubles the risk of dementia in post-menopausal women. Evid Based Ment Health 6:111

Shumaker SA, Legault C, Rapp SR, Thal L, Wallace RB, Ockene JK, Hendrix SL, Jones BN, III, Assaf AR, Jackson RD, Kotchen JM, Wassertheil-Smoller S, Wactawski-Wende J (2003) Estrogen plus progestin and the incidence of dementia and mild cognitive impairment in postmenopausal women: the Women's Health Initiative Memory Study: a randomized controlled trial. JAMA 289:2651–2662

Shumaker SA, Legault C, Kuller L, Rapp SR, Thal L, Lane DS, Fillit H, Stefanick ML, Hendrix SL, Lewis CE, Masaki K, Coker LH (2004) Conjugated equine estrogens and incidence of probable dementia and mild cognitive impairment in postmenopausal women: Women's Health Initiative Memory Study. JAMA 291:2947–2958

Stern RG, Mohs RC, Davidson M, Schmeidler J, Silverman J, Kramer-Ginsberg E, Searcey T, Bierer L, Davis KL (1994) A longitudinal study of Alzheimer's disease: measurement, rate, and predictors of cognitive deterioration. Am J Psychiatry 151:390–396

Stern Y, Albert M, Brandt J, Jacobs DM, Tang MX, Marder K, Bell K, Sano M, Devanand DP, Bylsma F, . (1994) Utility of extrapyramidal signs and psychosis as predictors of cognitive and functional decline, nursing home admission, and death in Alzheimer's disease: prospective analyses from the Predictors Study. Neurology 44:2300–2307

Strittmatter WJ (2000) Apolipoprotein E and Alzheimer's disease. Ann NY Acad Sci 924:91–92

Tang MX, Jacobs D, Stern Y, Marder K, Schofield P, Gurland B, Andrews H, Mayeux R (1996) Effect of oestrogen during menopause on risk and age at onset of Alzheimer's disease. Lancet 348:429–432

Wang PN, Liao SQ, Liu RS, Liu CY, Chao HT, Lu SR, Yu HY, Wang SJ, Liu HC (2000) Effects of estrogen on cognition, mood, and cerebral blood flow in AD: a controlled study. Neurology 54:2061–2066

Weiss EM, Deisenhammer EA, Hinterhuber H, Marksteiner J (2005) Gender differences in cognitive functions. Fortschr Neurol Psychiatr 73:587–595

Wilson RS, Li Y, Aggarwal NT, Barnes LL, McCann JJ, Gilley DW, Evans DA (2004) Education and the course of cognitive decline in Alzheimer disease. Neurology 63:1198–1202

Yoshitake T, Kiyohara Y, Kato I, Ohmura T, Iwamoto H, Nakayama K, Ohmori S, Nomiyama K, Kawano H, Ueda K (1995) Incidence and risk factors of vascular dementia and Alzheimer's disease in a defined elderly Japanese population: the Hisayama Study. Neurology 45:1161–1168

Mit einfachen statistischen Methoden der Krankenzählung hat Emil Kraepelin (1909–1915) bereits beobachtet, dass Frauen mit Dementia praecox im Mittel mehrere Jahre später zur Erstaufnahme kommen als Männer mit der gleichen Diagnose. Obwohl diesem früh entdeckten Geschlechtsunterschied in der klinischen Praxis lange Zeit keine besondere Aufmerksamkeit zugewandt worden war, konnten Angermeyer u. Kühn (1988) in ihrem Review bereits mehr als 50 Studien erfassen, die unabhängig von ihrer Zielsetzung Kraepelins Ergebnisse repliziert und ein höheres Erstaufnahmealter, teilweise auch ein höheres Ersterkrankungsalter, für Schizophrenie bei Frauen im Vergleich zu Männern gefunden haben. Die Geschlechtsunterschiede schizophren Erkrankter beschränken sich jedoch nicht auf das Ersterkrankungsalter. Wir werden systematisch die wesentlichen Krankheitsdomänen und geschlechtsrelevanten Einflussfaktoren unter dem Gesichtspunkt untersuchen, ob sie Unterschiede zwischen Männern und Frauen aufweisen.
Bei allen krankheitsbezogenen Unterschieden ist zu bedenken, dass auch das Verhalten und Erleben gesunder Männer und Frauen Unterschiede aufweist, die teilweise altersabhängig sind. Auch die »normalen« Geschlechtsunterschiede sind mit solchen der Hirnentwicklung und Hirnfunktionen assoziiert. Aus diesen Gründen müssen, soweit wie möglich, diese Geschlechtsunterschiede und ihre Alterstrends berücksichtigt werden, wenn Aussagen über krankheitsassoziierte Unterschiede zwischen Männern und Frauen gemacht werden sollen. Die Ergebnisse auf der epidemiologischen, klinischen und biologischen Ebene sind schließlich auf Hinweise und Ergebnisse zu prüfen, die zur Erklärung der gefundenen Geschlechtsunterschiede beitragen.

18.1 Geschlechtsunterschiede im Morbiditätsrisiko

Die **Diagnose** einer Psychose oder einer Schizophrenie hat dann Einfluss auf die Geschlechtsverteilung des Krankheitsrisikos, wenn sie Kriterien enthält, die ungleich über die beiden Geschlechter verteilt sind. Studien auf der Grundlage der Feighner-Kriterien (Feighner et al. 1972) wie Alter bis zu 40 Jahren oder DSM-III-Diagnosen (APA 1980) mit der Altersspezifikation »bis zu 45 Jahren« führen konsistent zu einem höheren Lebenszeitrisiko für Männer als Frauen. ◘ Tab. 18.1 illustriert den Einfluss, den diagnostische Definitionen mit unterschiedlichen Altersgrenzen auf die Inzidenzraten für Schizophrenie von Männern und Frauen haben. Der wichtigste Grund ist die ungleiche Verteilung des Krankheitsausbruchs über den gesamten Altersrange, was wir noch demonstrieren werden. Altersbegrenzungen in Diagnosendefinitionen, die einen mehr oder weniger großen Teil der Späterkrankungen ausschließen, haben einen wesentlichen Einfluss auf das Geschlechterverhältnis des Morbiditätsrisikos (linke Spalte in ◘ Tab. 18.1).

Eine nicht verzerrte Analyse des Lebenszeitrisikos von Männern und Frauen für Schizophrenie steht aus dem gleichen Grund vor erheblichen praktischen Schwierigkeiten. Studien mit diesem Ziel müssen unter Anwendung geschlechtsneutraler diagnostischer Kriterien ohne Alterslimit eine hinreichend große Zahl aller so definierten Fälle aus einer entsprechend großen Bevölkerung erfassen. Diese schwer zu realisierenden Voraussetzungen beschränkt in hohem Maße die Zahl der Studien, die valide Beiträge zu dieser Frage leisten können.

Die meisten Studien, die diesen Voraussetzungen hinreichend gerecht wurden, haben gezeigt, dass das Erkrankungsrisiko für Schizophrenie, über den gesamten Altersrange betrachtet, annähernd das gleiche für Männer und Frauen ist (Seeman

■ Tab. 18.1. Geschlechterverhältnis der Schizophrenieinzidenz auf der Grundlage verschiedener diagnostischer Kriterien für Schizophrenie. (Nach Castle 2000)

	Inzidenzrate (100.000/Jahr)		
Diagnostische Kriterien	Frauen	Männer	Verhältnis Frauen : Männer
ICD-9 (Schizophrenie und schizophrenieähnliche Erkrankungen) (WHO 1978)			
Gesamter Altersrange	17,6	19,2	0,92:1[1]
Onset <45 Jahre	17,8	25,2	0,71:1
Onset >45 Jahre	17,1	10,4	1,64:1
DSM-III			
Onset <45 Jahre	6,3	13,9	0,45:1
Feighner-Kriterien			
Onset <40 Jahre	6,0	14,8	0,41:1

[1] Wird der gesamte Altersrange (bis 85 und älter) berücksichtigt, ist das kumulative Lebenszeitrisiko der Frauen wegen der höheren Erkrankungsraten an Spätschizophrenien höher als jenes der Männer (Helgason u. Magnusson 1989; Jablensky 2003)

1982; Helgason u. Magnusson 1989; Hambrecht et al. 1992; Castle et al. 1993; Häfner u. an der Heiden 1997; Castle 2000; Goldstein u. Lewine 2000; Moldin 2000; Jablensky 2003), was in der ersten Zeile von ■ Tab. 18.1 sichtbar ist.

Dennoch ist nicht zu übersehen, dass eine große Zahl von früheren, hauptsächlich klinischen Studien ein **höheres Morbiditätsrisiko für Männer** im Vergleich zu Frauen berichtet haben (Übersicht bei Lewine 1988; Häfner u. an der Heiden 1997). Die meisten dieser Studien wurden in den USA publiziert. Die Gründe dafür sind

- die bereits erwähnte Begrenzung der Diagnosendefinition auf jüngere Altersgruppen (45 Jahre in DSM-III),
- die damit zusammenhängende Tendenz auch in revidierten diagnostischen Kriterien (DSM-IIIR: APA 1987 und DSM–IV: APA 1994), bei älteren Menschen die Diagnose Schizophrenie zu vermeiden und stattdessen eine »late paraphrenia«, Altersparanoia oder eine paranoide Störung zu diagnostizieren,
- das Überwiegen meist junger schwarzer Männer bei den Erstaufnahmen in öffentliche psychiatrische Krankenhäuser der USA in Studien, die sich auf Krankenhauspopulationen gründeten.

18.2 Geschlechtsunterschiede im Ersterkrankungsalter

Unterschiede im **Erstaufnahmealter**, wie sie Kraepelin (1909–1915) berichtet und von Angermeyer u. Kühn (1988) referiert worden waren, können durch eine unterschiedliche Latenzzeit zwischen Krankheitsausbruch und Krankenhausaufnahme beeinflusst und damit auch von Geschlechtsunterschieden im Hilfesuchverhalten und in den Entscheidungsprozessen zur Erstaufnahme mitbegründet sein. Die Kernfrage nach den Geschlechtsunterschieden im **Ersterkrankungsalter**, die alleine für die Frage des Einflusses von Geschlechtsfaktoren auf die Krankheit von Relevanz ist, steht vor erheblichen Erfassungsschwierigkeiten. Das Erreichen gültiger Ergebnisse setzt, wie bereits erwähnt, eine präzise, von Geschlechtsfaktoren unabhängige Diagnose und eine präzise Definition und Erfassung des Erkrankungsbeginns voraus. Außerdem muss eine hinreichend große epidemiologische Stichprobe untersucht werden, die einen breiten, für die Herkunftspopulation repräsentativen Altersrange umfasst. Bisher hat nur eine kleine Zahl von Studien diese Voraussetzungen erfüllt. Vergleiche des Erstaufnahmealters zwischen Männern und Frauen, die an repräsentativen Stichproben schizophren Erkrankter aller Altersstufen durchgeführt wurden, beispielsweise von Castle et al. (1998) am Camberwell-Fallregister oder von Häfner et al. (1989; Löffler et al. 1994) am nationalen dänischen Fallregister – sie ergaben Altersunterschiede von mehreren Jahren zwischen Männern und Frauen –, können aus den oben angeführten Gründen zunächst nur Hinweise auf den Geschlechtsunterschied im Erkrankungsbeginn geben.

Die **WHO-10-Länderstudie** (Determinants of Outcome of Severe Mental Disorders; Jablensky et al. 1992) hatte den Versuch unternommen, durch frühe Fallerfassung mit Unterstützung von Vorfelddiensten, etwa eingeborene Heiler, schizophren Erkrankte nahe am Krankheitsausbruch zu erfassen. Die Auswertung der gepoolten Daten ergab ein signifikant höheres Ersterkrankungsalter für Frauen als Männer mit einem Mittelwert von 3,4 Jahren (Hambrecht et al. 1994). Die Variation des Unterschieds zwischen den Zentren war allerdings erheblich: 0,3–5,1 Jahre, wobei die am stärksten nach unten abweichenden Ergebnisse in deutlich selektierten Stichproben erzielt worden waren.

In unserer Erstaufnahmestudie am dänischen Fallregister konnte die Konfundierung des Geschlechtsunterschieds im Ersterkrankungsalter durch soziale Faktoren weitgehend ausgeschlossen werden (Häfner et al. 1989). Die bisher sorgfältigste Untersuchung von Geschlechtsunterschieden im Ersterkrankungsalter und anderer Geschlechtsunterschiede in der Schizophrenie wurde in der **ABC (Age-Beginning-Course)-Schizophreniestudie** mit einer bevölkerungsbezogenen Stichprobe erster Krankheitsepisoden von Schizophrenie und Schizophreniespektrumstörungen (N=232) aus einer Bevölkerung von etwa 1,5 Millionen im Ersterkrankungsalter zwischen 12 und 59 Jahren durchgeführt (Häfner et al. 1993a, 1995). Zur präzisen Erfassung des Krankheitsausbruchs entwickelten die Autoren auf der Grundlage bewährter internationaler Instrumente das Interview für die retrospektive Erfassung des Beginns von Schizophrenie (**IRAOS** – Interview for the Retrospective Assessment of the Onset and Course of Schizophrenia –; Häfner et al. 1990, 1999a, 2003). Sie definierten den Erkrankungsbeginn auf zwei Ebenen:

- den Beginn der präpsychotischen Prodromalphase mit dem Erstauftreten von Symptomen und abnormem Verhalten,
- mit dem Auftreten des ersten psychotischen Symptoms den Beginn der Psychose.

Zur Validierung der Daten wurden mit einer anderen Form desselben Instruments jeweils ein naher Angehöriger interviewt und vorhandene Dokumente (Aufzeichnungen von Hausärzten etc.) verwertet. Das mittlere Ersterkrankungsalter zeigte einen signifikanten Geschlechtsunterschied von 3–4 Jahren (◘ Abb. 18.1; Häfner et al. 1995). Dieser signifikante Unterschied blieb über alle Meilensteine des frühen Krankheitsverlaufs, vom Erkrankungsbeginn über das erste negative, das erste positive Symptom bis zum Höhepunkt (Maximum der Symptome) der ersten Episode, bestehen (Häfner et al. 1995).

18.3 Geschlechtsunterschiede in der Altersverteilung des Krankheitsausbruchs

Um der Frage nachzugehen, ob der Altersunterschied beim Erkrankungsbeginn über den gesamten Altersrange gleich verteilt ist, verglichen die Autoren die Onsets für Männer und Frauen in jeweils 5-Jahres-Altersgruppen über die Altersspanne von 12–59 Jahren (Häfner et al. 1999b). Das Ergebnis lässt erkennen, dass bei beiden Geschlechtern Erkrankungen an einer schizophrenen Psychose vor dem 15. Lebensjahr extrem selten sind (◘ Abb. 18.2). Von da an steigt beim männlichen Geschlecht die Erkrankungshäufigkeit steil an und erreicht ihr Maximum in der Altersgruppe 15–25 Jahren, um danach wieder monoton abzusinken. Bei Frauen steigt die Ersterkrankungsrate mit dem Alter etwas langsamer an und erreicht einen flacheren Gipfel im Alter zwischen 15 und 30 Jahren. Der größte Altersunterschied in der Ersterkrankungshäufigkeit bildet sich nicht im jüngeren, sondern im mittleren bis höheren Lebensalter. Auffallend ist dabei, dass Frauen vom Eintrittsalter in die **Menopause** an, der Altersgruppe 45–50, einen zweiten, kleineren Gipfel von Ersterkrankungen mit signifikantem Unterschied gegenüber der Er-

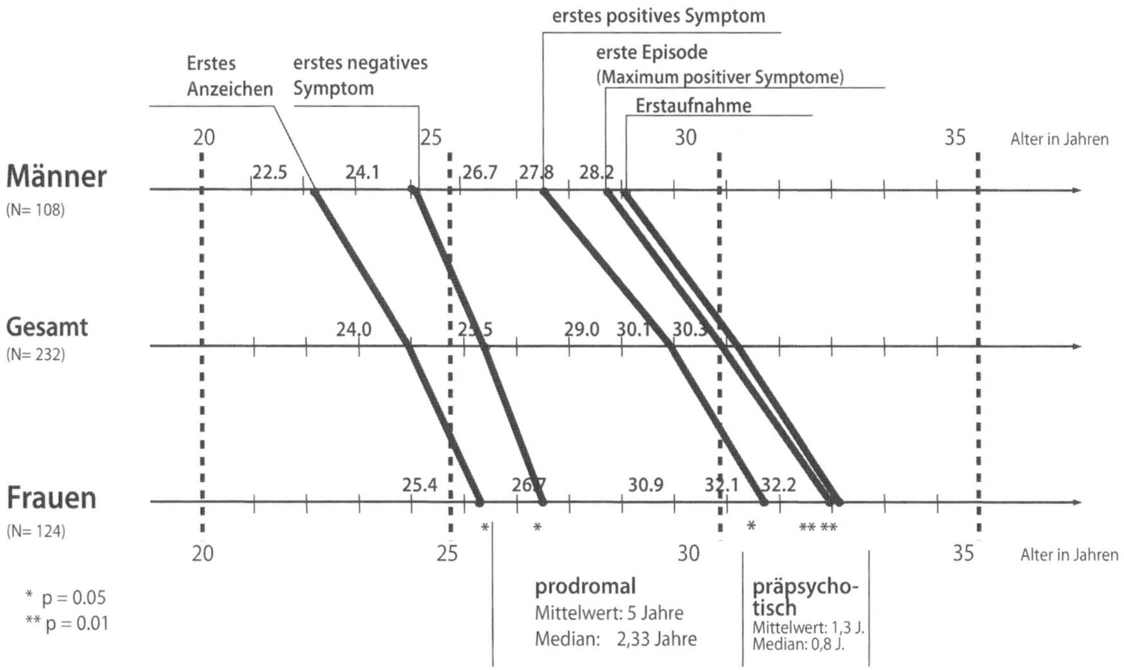

Abb. 18.1. Altersmittelwerte für fünf Definitionen von Krankheitsausbruch bis Erstaufnahme wegen Schizophrenie – ABC-Erstepisodenstichprobe mit weiter Definition (N=232). (aus Häfner 1996)

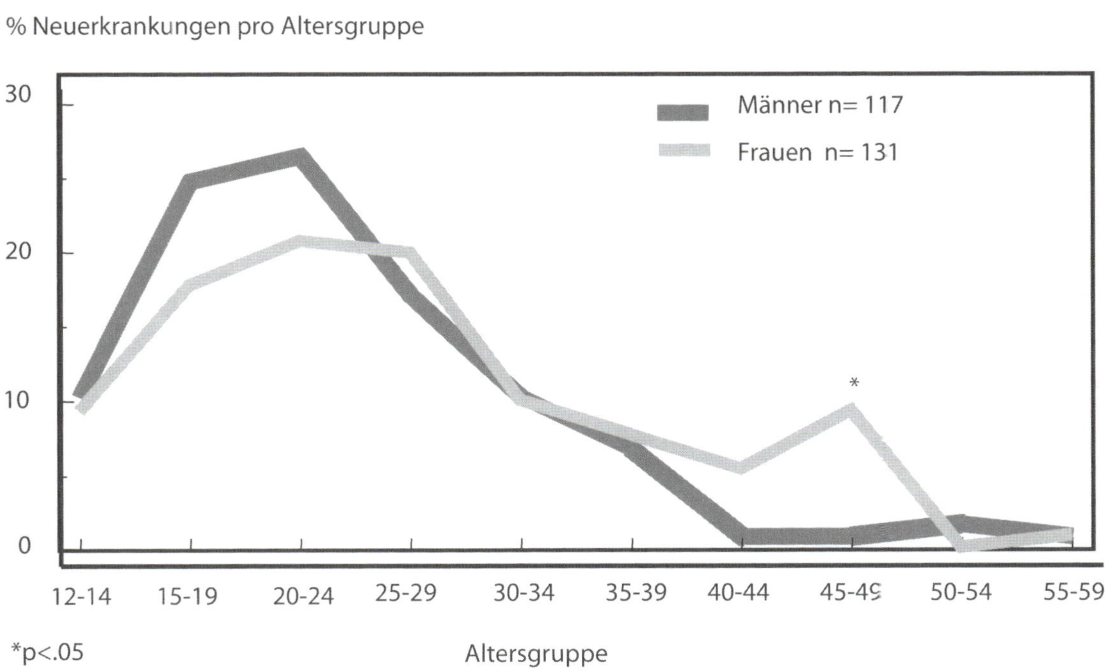

Abb. 18.2. Geschlechtsspezifische Verteilung des Krankheitsausbruchs (erstes Zeichen) über den Lebenszyklus – ABC-Schizophreniestudie. (aus Häfner et al. 1993b)

krankungshäufigkeit in der gleichen Altersgruppe bei Männern aufweisen. Dieses epidemiologische Verteilungsmuster des Ersterkrankungsalters bei den Geschlechtern gab den Autoren einen Hinweis auf eine mögliche kausale Erklärung des Geschlechtsunterschieds.

Ähnliche Verteilungsmuster über den gesamten Altersrange unter Einschluss des höheren und hohen Lebensalters zeigten die bereits zitierte Analysen der Erstaufnahmedaten aus dem dänischen Fallregister (Häfner et al. 1989) und die Fallregisterstudie von Castle et al. (1998). **Im höheren und hohen Lebensalter** sind Ersterkrankungen an Schizophrenie und anderen nahen Psychosen **bei Frauen wesentlich häufiger** als bei Männern. Das Geschlechterverhältnis der alterskorrigierten Inzidenzraten jenseits des 60. Lebensjahrs variiert zwischen 1 (Männer) und 2 (Frauen) und 1 und 4 (Castle et al. 1993; van Os et al. 1995; Howard et al. 1993; Jeste et al. 1988). Symptomatik und Verlauf der Krankheit sind in dieser Altersphase auch bei früher Erkrankten mit langer Krankheitsdauer bei Frauen im Mittel schwerer als bei Männern (Retterstol u. Opjordsmoen 1994; Häfner et al. 2001), während Früherkrankungen hinsichtlich Symptomatik und mittelfristigen Verlaufs bei Männern konsistent schwerer sind als bei Frauen (Häfner et al. 1999b).

Die Häufung schizophrener Erkrankungen bei Frauen des mittleren und höheren Lebensalters wird bei der Berechnung des Morbiditätsrisikos auf Lebenszeit in der Regel nicht berücksichtigt. Der Grund ist, dass die traditionelle, von Kraepelin eingeführte Konzeption der Schizophrenie von einer Krankheit der Adoleszenz und des jüngeren Erwachsenenalters ausgeht, was ursprünglich auch in der bereits erwähnten Altersbegrenzung der Diagnose Schizophrenie in DSM-III und in den Feighner-Kriterien Niederschlag gefunden hatte.

Ein zweiter Grund liegt in der diagnostischen Unsicherheit hinsichtlich der Zuordnung von Wahnerkrankungen des höheren Lebensalters zur Diagnose Schizophrenie. Im Gegensatz zu den im jüngeren Alter ausbrechenden Schizophrenien, die häufig mit mentaler Desorganisation, erheblichen affektiven Symptomen und kognitiver Beeinträchtigung verbunden sind, gehen die Wahnerkrankungen des höheren und hohen Lebensalters häufig mit geistiger Klarheit ohne mentale Desorganisation einher und führen in der Regel auch nicht mehr zum sozialen Abstieg. Im Vordergrund der Späterkrankungen steht die Positivsymptomatik mit dem Leitsymptom paranoider Wahn. Auch bei restriktiver Diagnose nach DSM-IIIR erreichen die Inzidenzraten in der Altersgruppe über 60 in geeigneten epidemiologischen Studien Größenordnungen, die nicht erheblich unter den Inzidenzraten der Altersperiode vor 60 liegen (Castle et al. 1993; van Os et al. 1995). Werden jedoch die Wahnerkrankungen des Alters, die lange Zeit als Altersparanoia und dergleichen diagnostiziert worden waren, auch dem Schizophreniespektrum zugeordnet, was korrekt wäre, dann steigen die Inzidenzraten der Spätschizophrenien noch einmal deutlich an. Der erhebliche Häufigkeitsunterschied der Späterkrankungen zwischen Männern und Frauen findet sich sowohl für die restriktive Diagnose (DSM-IIIR) als für die weite Diagnose »Schizophreniespektrumstörungen«.

Ob dieser signifikante Häufigkeitsunterschied schizophrener Erkrankungen im hohen Lebensalter der gleichen kausalen Erklärung zugänglich ist, die für die Altersverteilung von Onset im Altersrange unter 60 geltend gemacht wird, ist fraglich.

18.4 Geschlechtsunterschiede in der prämorbiden sozialen und beruflichen Anpassung

Retrospektive Studien von Patientenpopulationen zeigen übereinstimmend eine größere Häufigkeit von prämorbiden Defiziten in kognitiven, sozialen und beruflichen Leistungen bei Männern als bei Frauen auch im Erwachsenenalter (McGlashan u. Bardenstein 1990; Mueser et al. 1990a; Moldin 2000). Auch die israelische Rekrutenstudie (Weiser et al. 2000), die zum Zeitpunkt der Musterung bei beiden Geschlechtern einen Set kognitiver, sozialer und pathologischer Daten erhob, fand bei den 4–10 Jahre später schizophren Erkrankten gleichartige Geschlechtsunterschiede.

In diesem Zusammenhang ist allerdings die Frage aufzuwerfen, in welchem Ausmaß die Untersuchung prämorbider Veränderungen in den letzten Jahren vor Ausbruch der Krankheit bereits zu einem Teil die Prodromalsymptomatik der in Entwicklung begriffenen Schizophrenie erfasst hat. Nachdem Männer im Mittel mehrere Jahre früher erkranken als Frauen und das Musterungsalter in den Maximalbereich des Risikoalters fällt, ist damit zu rechnen, dass bei den schizophren erkrankenden Männern mehr Prodromalphasen erfasst werden als bei den später erkrankenden Frauen. Für einen exakten Geschlechtsvergleich des prämorbiden Leistungsniveaus ist deshalb die präzise Erfassung von Krankheitsausbruch notwendig, sofern die Definition von prämorbid nicht auf den Lebensabschnitt vor Eintritt des Risikoalters beschränkt wird.

18.5 Geschlechtsunterschiede in der normalen Entwicklung und in nichtpsychotischen Störungsrisiken

Die Frage nach der Bedeutung von Geschlechtsunterschieden für Symptomatik und Verlauf der Schizophrenie führt zum Versuch der Berücksichtigung »normaler« Unterschiede im Erleben und Verhalten zwischen Jungen und Mädchen, Männern und Frauen. Es steht nämlich außer Zweifel, dass in die Geschlechtsunterschiede, die in der Krankheit beobachtet werden, auch die normalen Unterschiede zwischen den Geschlechtern mit eingehen. Auch wenn die Trennung zwischen diesen normalen und den krankheitsassoziierten Unterschieden im Erleben, Verhalten und in der Symptomatik schwierig ist, der Versuch ihrer Berücksichtigung ist bei der Bewertung der krankheitsbedingten Geschlechtsdifferenzen nicht zu umgehen.

Die normale Entwicklung des Verhaltens in der frühen Kindheit unterscheidet sich nur sehr wenig zwischen den Geschlechtern (Richman et al. 1982; Earls 1987; ► Kap. 12). Erst im späteren Kindesalter zeigen Jungen mehr expansives Verhalten und eine geringfügig größere Häufigkeit von Aufmerksamkeitsdefiziten als Mädchen. Mädchen dagegen sind ängstlicher und zeigen häufiger Angststörungen (Anderson et al. 1987; Campball 1990; Cohen et al. 1993). Von der Pubertät an schlagen die psychischen Gesundheitsrisiken bei Männern und Frauen unterschiedliche Wege ein. Männer weisen eine größere Häufigkeit von Hyperaktivität, Aufmerksamkeitsstörungen, dissozialem und aggressivem Verhalten und antisozialer Persönlichkeit auf, während Frauen eine größere Häufigkeit von Angststörungen und affektiven Erkrankungen entwickeln.

Rosenfield (2000) unterscheidet zwischen **externalisierenden Störungen**, einschließlich antisozialem Verhalten und Substanzmissbrauch, die häufiger bei Männern anzutreffen sind, und **internalisierenden Störungen**, die Angst und Depression umfassen und häufiger bei Frauen sind. Der Einfluss von kulturellen Faktoren und die Bedeutung des unmittelbaren Lebensumfelds, beispielsweise die unterschiedliche örtliche Verfügbarkeit von Alkohol und/oder psychoaktiven, insbesondere illegalen, Substanzen mit Abhängigkeitspotenzial, müssen hier unberücksichtigt bleiben.

Die internalisierenden und externalisierenden Störungen gehen nach Rosenfields Ansicht auf die Kindheit oder die frühe Adoleszenz zurück: »Unterschiede in der Sozialisierung von Männern und Frauen und unterschiedliche genetische und hormonelle Dispositionen spielen vermutlich eine zentrale Rolle bei der Entstehung dieser Störungen,« so dass sie sehr wahrscheinlich nicht mit dem Krankheitsprozess der Schizophrenie zusammenhängen. Auch im **Krankheitsverhalten** weisen Frauen im Erwachsenenalter Defizite in der aktiven Bewältigung von Belastungen und mehr gelernte Hilflosigkeit im Vergleich zu Männern auf (Pearlin et al. 1981), andererseits aber eine größere Bereitschaft zur Reduzierung ihrer Erwartungen bei chronischen Krankheiten (Weber 1996). Diese Unterschiede in alters- und geschlechtsspezifischen Verhaltenstrends müssen beim Vergleich von Symptomatik, Verhalten und Lebensqualität in der Schizophrenie berücksichtigt werden.

Die **Pubertät** nimmt eine bedeutende Position in der Entwicklung des Geschlechtsunterschieds im normalen Verhalten und in der psychiatrischen Morbidität zwischen Männern und Frauen ein. Einen entscheidenden Einfluss auf das Manifestationsrisiko der Psychose scheinen die starken hormonellen und Verhaltensänderungen, die mit der Pubertät angestoßen werden, jedoch nicht zu haben, obgleich die Hypothese, Schizophrenie gehe auf eine Hirnentwicklungsstörung zurück, eine solche Vermutung nahe legt. In Verbindung mit der Annahme einer dadurch begrenzten Bewältigungskapazität der Risikopersonen wird mit dem Eintritt ins Erwachsenenalter eine die Krankheit auslösende Überforderung dieser Verarbeitungskapazität angenommen (Nuechterlein et al. 1994; Murray u. Fearon 1999; McGlashan u. Hoffman 2000; Bebbington u. Kuipers 2003).

Die später zu diskutierende Hypothese einer **protektiven Wirkung von Östrogen** für das Erkrankungsrisiko an Schizophrenie veranlasste Cohen et al. (1999) die Hypothese zu prüfen, dass ein früherer Eintritt in die Pubertät bei Frauen mit einem späteren Ausbruch der Psychose korreliert. Die zitierte Studie bestätigte diesen Zusammenhang und führte den Effekt auf den früheren Anstieg der Östrogensekretion und der damit vermuteten höheren Schutzwirkung zurück. Es ist jedoch bisher nicht gelungen, diesen Zusammenhang zu replizieren (Ruiz et al. 2000; Hochman u. Lewine 2004), was im Hinblick auf die epidemiologischen Daten zum Geschlechtsunterschied im Ersterkrankungsalter bei früh ausbrechenden Schizophrenien nicht verwundert. Die Geschlechtsunterschiede im Ersterkrankungsalter sind in der Jugend und in der Adoleszenz gering. Sie steigen, wie ■ Abb. 18.2 zeigte, erst im mittleren Alter auf erhebliche Werte an.

18.6 Geschlechtsunterschiede bei den Präkursoren

Die großen Bevölkerungsgeburtskohortenstudien in England (Done et al. 1994a,b; Crow et al. 1995; Jones et al. 1995), Nordfinnland (Isohanni et al. 1998) und Neuseeland (Cannon et al. 2001) haben weitgehend übereinstimmend demonstriert, dass dem Ausbruch einer Schizophrenie im Erwachsenenalter leichte **Entwicklungsverzögerungen oder -anomalien** vorausgehen. Sie scheinen bereits in der frühen Kindheit in Gestalt leichter neuromotorischer Entwicklungsdefizite jedoch weitgehend in gleicher Häufigkeit bei Jungen und Mädchen aufzutreten. Vom Schulalter an zeigen sich leichte **Verhaltensanomalien** als Vorläufer der Schizophrenie und leichte Mängel in der Sprachfähigkeit und teilweise auch bei Schulleistungen. In einer der beiden britischen Geburtskohortenstudien konnte demonstriert werden, dass sich die genannten Anomalien bei Mädchen einige Jahre später manifestieren als bei Knaben (Crow et al. 1995). Die Abweichungen von der Norm liegen im Vergleich mit später nicht schizophren erkrankenden Kontrollen in der Regel innerhalb der Größenordnung einer Standardabweichung.

Diese Anomalien sind besonders ausgeprägt bei Kindern schizophrener Mütter, wie die Hochrisikostudien übereinstimmend erkennen lassen (Erlenmeyer-Kimling et al. 1993; Cannon et al. 1993; Cannon u. Mednick 1993; Parnas et al. 1993). Hier ist die Tendenz zu erkennen, dass Jungen im Schulalter höhere Werte kognitiver Beeinträchtigung aufweisen als Mädchen (Erlenmeyer-Kimling et al. 1984; Castle 2000). Walker et al. (1995) analysierten in der Kindheit aufgenommene Videoaufzeichnungen von im Erwachsenenalter für Schizophrenie diskordanten Geschwistern. Sie konnten ebenfalls zeigen, dass die später an Schizophrenie Erkrankenden milde neuromotorische und Verhaltensanomalien in der Kindheit aufwiesen. Verhaltensanomalien manifestierten sich in dieser Studie ebenfalls etwas später bei Mädchen als bei Jungen, aber ähnlich wie in den Verhaltensmustern normaler Kinder zeigten Jungen primär einen Trend zum externalisierenden Verhalten (z. B. Hyperaktivität, körperliche und verbale Aggressivität, mangelnde Verhaltenskontrolle, während Mädchen bevorzugt ein internalisierendes Verhalten (z. B. Introvertiertheit,. Schüchternheit, depressive Verstimmung, soziale Ängste) zeigten.

Die Folgerung, die aus diesen weitgehend übereinstimmenden Ergebnissen zu Präkursoren der Krankheit in Kindheit und Jugend zu ziehen ist, lautet, dass dem Ausbruch der Schizophrenie offenbar von früher Kindheit an leichte, dem jeweiligen Entwicklungsstadium entsprechende Anomalien auf neuromotorischer, emotionaler, kognitiver und Verhaltensebene vorausgehen. Sie sind wahrscheinlich mit leichten Entwicklungsstörungen des Gehirns assoziiert, ein wesentlicher Risikofaktor für das Auftreten von Schizophrenie im Erwachsenenalter. Sie dienen als einer der Gründe für die heuristische Erklärung der Krankheit als ein auf

18

Hirnentwicklungsstörungen zurückgehendes Leiden (Weinberger 1995; Murray u. Lewis 1987).

Geschlechtsunterschiede zwischen diesen leichten Entwicklungsanomalien finden sich offensichtlich nach ihrer Art und in denselben Altersperioden, in denen ähnliche Unterschiede in der normalen Entwicklung der Geschlechter registriert werden. Das bedeutet, dass die angesprochenen Geschlechtsunterschiede dieser Vorläufer der Schizophrenie wahrscheinlich überwiegend nicht durch die Krankheit, sondern durch den Einfluss der normalen geschlechtsspezifischen Entwicklungsunterschiede bewirkt werden. Ob auch das etwas verspätete Auftreten einiger Verhaltensanomalien bei den später an Schizophrenie erkrankenden Mädchen auf Unterschiede in der normalen Entwicklung der Geschlechter oder auf Vorläufer der späteren Manifestation der Krankheit zurückzuführen ist, lässt sich derzeit noch nicht mit Verlässlichkeit beurteilen. Eine Erklärung durch die schützende Wirkung früher Östrogensekretion, die von der Verzögerung des Ausbruchs der Krankheit bei früherer Menstruation (Cohen et al. 1999) nahe gelegt wird, lässt sich derzeit nicht unterstützen, weil dieses Studienergebnis bisher nicht repliziert werden konnte (s. oben).

18.7 Geschlechtsunterschiede bei Diagnosen, Subtypen und Symptomen

In der Literatur zu Geschlechtsunterschieden in der Schizophrenie wird überwiegend, nicht konsistent, eine größere Häufigkeit positiver und affektiver Symptome sowie ein akuter Beginn bei Frauen und eine größere Häufigkeit von negativen Symptomen sowie ein schleichender Beginn bei Männern berichtet (Castle et al. 1993; Jablensky 2003; Helmchen et al. 2000). Während mehrere Studien über eine größere Häufigkeit negativer Symptome, z. B. affektive Verflachung, Antriebsmangel und sozialer Rückzug, bei Männern berichten, haben einige Studien auch größere Häufigkeiten von Halluzinationen und Wahnsymptomen im Vergleich zu Frauen gefunden (Goldstein u. Link 1988; Bardenstein u. McGlashan 1990; Lewis 1992). Eine beträchtliche Zahl von Studien fand keine signifikanten Geschlechtsunterschiede in der Symptomatik der ersten schizophrenen Psychose (Fennig et al. 1995; Kendler u. Walsh 1995; Moldin 2000). Die Inkonsistenz der Ergebnisse hat wahrscheinlich mit Unzulänglichkeiten der Studiendesigns zu tun, beispielsweise mit nicht-repräsentativen und kleinen Samples, Unterschieden im Behandlungsstatus, vor allem aber mit der Vernachlässigung des Krankheitsstadiums und des Alters der Probanden beim Geschlechtsvergleich.

Um der Klärung dieser Frage näher zu kommen, verglichen wir in einem bevölkerungsbezogenen Sample erster schizophrener Episoden (N=232) im Alter von 12–59 Jahren verschiedene Diagnosen, Subtypen, Symptomcluster und Symptome zwischen Männern und Frauen in verschiedenen Krankheitsstadien:

- querschnittlich bei Erstaufnahme (= in der ersten psychotischen Episode),
- kumulativ über den frühen Krankheitsverlauf vom Krankheitsausbruch bis zur Erstaufnahme und
- querschnittlich beim Krankheitsausbruch.

Vergleiche in späteren Verlaufsstadien haben wir in sechs Querschnitten über fünf Jahre ab Erstaufnahme, aber wegen des vermuteten zeit- und geschlechtsabhängigen Einflusses von Umweltfaktoren auf die Symptomatik nicht in dieser differenzierten Form bis auf die Ebene einzelner Symptome vorgenommen (▶ Kap. 18.8). Beim Einfluss des Alters auf die Symptomatik beschränken wir uns auf den später darzustellenden Vergleich der ersten Episoden von Früh- und Späterkrankungen.

Die Verlaufsperioden der Krankheit, die dem Geschlechtsvergleich zugrunde liegen, sind

- die präpsychotische Prodromalphase vom ersten Krankheitszeichen bis zum Auftreten des ersten psychotischen Symptoms mit einer mittleren Dauer von 4,8 Jahren und
- das psychotische Frühstadium vom Auftreten des ersten psychotischen Symptoms bis zum Höhepunkt der ersten Episode (definiert durch das erste Maximum psychotischer Symptome) mit einer mittleren Dauer von 1,1 Jahren bzw. bis zur Erstaufnahme mit einer mittleren Dauer von 1,3 Jahren (Häfner et al. 1995).

◘ Tab. 18.2. Vergleich von klinischen und operationalen Diagnosen, CATEGO-Subklassen, -Scores und Definitionsindex bei Erstaufnahme (= in der ersten psychotischen Episode) zwischen Männern und Frauen – ABC-Erstepisodenstichprobe (N=232, = 84% von 276 Erstaufnahmen) (aus Häfner 2003).

Diagnose (%)[1]	**Frauen (N=124)**	**Männer (N=108)**	**P**
Schizophrenie mit weiter Definition (ICD-9: 295, 297, 298.3, 298.4)	100%	100%	
Schizophrenie ICD 295	87,1%	88,0%	n.s.
Operationalisierte Diagnosen			
CATEGO ICD 295	79,0%	73,1%	n.s.
CATEGO-Klasse S+	73,4%	67,6%	n.s.
CATEGO – affektive Psychose	13,7%	13,0	n.s.
Scores (Mittelwerte)[2]			
PSE: Definitionsindex	7,47	7,49	n.s
CATEGO: Gesamtscore	40,67	41,44	n.s
CATEGO-Subscores			
DAH (Wahn, Halluzinationen	10,83	10,01	n.s
BSO (Verhalten, Sprache)	8,04	7,85	n.s
SNR (spezifisches neurotisches Syndrom)	7,11	7,68	n.s
NSN (nichtspezifisches neurotisches Syndrom)	14,69	15,91	n.s

[1]chi^2-Tests; [2]t-Tests; n.s. nicht signifikant

Wie ◘ Tab. 18.2 zeigt, fanden sich signifikante Geschlechtsunterschiede in keiner der geprüften klinischen oder operationalisierten Diagnosen, Scores oder Syndromen in der psychotischen Episode (Häfner et al. 1995). Auch die 10 häufigsten Initialsymptome der Schizophrenie zeigten keine signifikanten Geschlechtsunterschiede mit Ausnahme eines Symptoms, Sorgen, das signifikant häufiger bei Frauen war (Häfner et al. 1995). Dieses Symptom ist jedoch nach den Ergebnissen epidemiologischer Bevölkerungsstudien (Choquet u. Ledoux 1994; Döpfner et al. 1997) eher spezifisch für normales weibliches Verhalten als für die Erkrankung (Häfner 1995).

Dieses eindeutige Ergebnis kommt wahrscheinlich durch das homogene Krankheitsstadium (Prodromalstadium, erste psychotische Episode), die Repräsentativität der Stichprobe und den weiten Altersrange von 12–59 Jahren zustande. Es unterstützt die Annahme, dass die nicht eindeutig gesicherten, aber vielfach gefundenen Geschlechtsunterschiede der Symptomatik in der Literatur eher methodische Mängel denn wirkliche Geschlechtsunterschiede widerspiegeln. Die Interaktion von Symptomausprägung und Geschlecht mit dem Alter, die eine erhebliche Fehlerquelle bei vergleichenden Studien darstellt, wurde in der Mehrzahl berichteter Analysen nicht berücksichtigt.

Die Mehrzahl vergleichender neuropsychologischer Studien weisen ebenfalls deutliche methodische Mängel auf und sind in ihren Ergebnissen nicht konsistent (Goldstein u. Lewine 2000; Fitzgerald u. Seeman 2000). Goldberg et al. (1995) untersuchten in einer sorgfältig geplanten Studie vier unabhängige Kohorten an Schizophrenie erkrankter Männer und Frauen mit einem umfangreichen Testarsenal. Sie fanden keine nennenswerten Geschlechtsunterschiede in den neuropsychologischen Testergebnissen. Die größten Geschlechtsunterschiede hinsichtlich der Ergebnisse finden sich auch hier vorwiegend bei Studien an kleinen, nichtrepräsentativen Samples. Der Stand der Forschung erlaubt jedenfalls noch keine verlässli-

Tab. 18.3. Art des Krankheitsbeginns und erster Symptome in der Schizophrenie – ABC-Erstepisodenstichprobe (N=232) (nach Häfner et al. 1995).

Art des Krankheitsbeginns[1]	Gesamt (N=232)	Männer (N=108)	Frauen (N=124)
Akut (<1 Monat)	18%	19%	17%
Subakut (> 1 Monat <1 Jahr)	15%	11%	18%
Schleichend oder chronisch (>1 Jahr)	68%	70%	65%
Art erster Symptome[1]			
Negative oder nichtspezifische	73%	70%	76%
Positive	7%	7%	6%
Beide Kategorien	20%	22%	19%

[1]Bei keiner der Variablen außer »Sorgen« bestand ein signifikanter Geschlechtsunterschied

chen Aussagen über Geschlechtsunterschiede der neuropsychologischen Befunde bei Schizophrenie. Es liegt aber nahe zu vermuten, dass auch diese Domäne der Krankheitsmerkmale bei Einschluss des gesamten Risikoalters keine wesentlichen Geschlechtsunterschiede aufweist.

Der Vergleich empirischer Subtypen mittels sechs clusteranalytisch gefundener Symptommuster, die wir von der psychotischen Frühphase (vom ersten psychotischen Symptom bis zur Erstaufnahme mit einer mittleren Dauer von 1,3 Jahren) gewonnen haben, wovon zwei die positive und Desorganisationssymptomatik, zwei weitere die negative und affektive Symptomatik abbildeten, zeigten keine signifikanten Geschlechtsunterschiede (Löffler u. Häfner 1999).

Zur Prüfung der klinischen Hypothese, dass ein schleichender Beginn, ein langer präpsychotischer Krankheitsverlauf und ein hebephrener Subtyp häufiger bei Männern sind, während ein akuter Krankheitsbeginn mit überwiegend positiven Symptomen häufiger bei Frauen ist, definierten wir drei klinische Subtypen von Krankheitsbeginn (akut: ≤4 Wochen vom Auftreten des ersten Krankheitszeichens bis Erstaufnahme, subakut: ≤1 Jahr, schleichend: >1 Jahr) und drei Kategorien von Symptomen (positiv, negativ und unspezifisch) (Tab. 18.3). Keiner der Subtypen und keine der Symptomkategorien zeigten beim Vergleich von Mittelwerten des genannten Altersspektrums der Ersterkrankungen signifikante Unterschiede zwischen den Geschlechtern. Dies deutet darauf hin, dass diese krankheitsnahen Charakteristika der Schizophrenie – Symptome, psychopathologische Subtypen, Arten des Krankheitsbeginns, Prodromalstadium und der frühe Abschnitt des psychotischen Stadiums – keine größeren Unterschiede zwischen Männern und Frauen aufweisen, wenn sie sorgfältig auf der Grundlage von Mittelwerten über den gesamten Altersrange verglichen werden (Häfner et al. 1995). Jablensky (1995) fasste bei kritischer Analyse der Literatur die berichteten Ergebnisse zu Geschlechtsunterschieden in der Symptomexpression folgendermaßen zusammen: »Es gibt keine eindeutigen Belege für konsistente Geschlechtsunterschiede im Symptomprofil der Schizophrenie, insbesondere was die Häufigkeit von positiven und negativen Symptomen anbelangt.« Dem ist zuzustimmen.

18.8 Geschlechtsunterschiede bei sekundären Verhaltensmustern im Verlauf der Schizophrenie

Eindeutige Geschlechtsunterschiede finden sich jedoch in sekundären Merkmalen oder Komplikationen der Krankheit, nämlich bei Alkohol- und Substanzmissbrauch, bei aggressivem und kriminellem Verhalten, insbesondere bei gewalttätigen Delikten (s unten). All diese Charakteristika finden sich signifikant häufiger bei schizophren erkrankten Männern im Vergleich zu Frauen. Das Risiko konzentriert sich auf die Altersperiode von der Adoleszenz bis zum jungen und mittleren Erwachsenenalter. Dieselben Risiken finden sich, im Wesentlichen konzentriert auf dieselbe Altersperiode, bei Männern in der Allgemeinbevölkerung signifikant häufiger als bei Frauen (Choquet u. Ledoux 1994; Döpfner et al. 1997; Jenkins et al. 1997; Kandel 2000), was die Annahme nahe legt, dass wir es hier wiederum nicht mit im engeren Sinne krankheitsassoziierten, sondern mit normalen Verhaltensunterschieden der Geschlechter zu tun haben.

Wir haben, um diesen Geschlechtsunterschieden im Sozialverhalten im Detail nachzugehen und Geschlechtsunterschiede im Krankheitsverhalten erfassen zu können, alle Items, die wir zum Zeitpunkt der ersten psychotischen Episode an unserem Erstepisodensample (N=232) erhoben hatten zwischen den Geschlechtern verglichen. Es handelt sich um insgesamt 303 Items aus:
- PSE (Present State Examination; Wing et al. 1974) zur Erfassung der Symptome
- PIRS (Psychological Impairments Rating Schedule; Biehl et al. 1989) zur Erfassung der funktionellen Beeinträchtigung
- SANS (Scale for the Asseessment of Negative Symptoms; Andreasen 1983 zur Erfassung der Negativsymptomatik
- IRAOS (Interview for the Retrospective Assessment of the Onset and Course of Schizophrenia; Häfner et al. 1999a) zur Erfassung von Prodromi und Frühverlauf

Das Ergebnis bestätigt noch einmal das Fehlen substanzieller Unterschiede in der schizophrenen Symptomatik, und zwar sowohl auf der Ebene der positiven als auch der negativen Symptomatik (◘ Tab. 18.4; Häfner et al. 1999b). Die wenigen Unterschiede, die nach Kontrolle für Mehrfachtestung bei Männern signifikant häufiger waren, konzentrieren sich auf acht sozial adverse Verhaltensitems: Selbstvernachlässigung, mangelndes Interesse an einem Arbeitsplatz, soziale Unaufmerksamkeit, mangelnde Freizeitaktivität, Kommunikationsdefizite, soziale Behinderung (Gesamteinschätzung), Interesselosigkeit und mangelnde Körperpflege. Analoge Unterschiede in Verhaltensmerkmalen finden sich auch im Vergleich von kumulativen Werten des Frühverlaufs, nämlich beim bereits erwähnten Alkohol- und Substanzmissbrauch. Das sind Charakteristika, die sich ebenfalls als sozial adverses Verhalten klassifizieren lassen. Das einzige Item, das bei Frauen in der ersten psychotischen Episode signifikant häufiger zu beobachten war, ist Überanpassung/Konformität und damit ein sozial positives Verhaltensitem. Wiederum ist zu vermerken, dass dieser Unterschied, der hier für den gesamten Altersrange geprüft ist, maximal in der Periode zwischen Adoleszenz und mittlerem Erwachsenenalter zu beobachten ist und im höheren Lebensalter verschwindet (Häfner et al. 1999b).

Das sozial positive Verhalten der Frauen verweist tendenziell auf eine bessere **Compliance** und

◘ Tab. 18.4. Verhaltensmerkmale mit signifikanten Geschlechtsunterschieden (aus insgesamt 303 PSE-, PIRS-, SANS-, DAS- und IRAOS-Items)[1] – ABC-Erstepisodenstichprobe (N=232) (aus Häfner 1998).

	Häufiger bei Frauen	Häufiger bei Männern
Kumulativ bis zur Erstaufnahme	Unruhe	Substanzmissbrauch Alkoholmissbrauch
Querschnittlich bei Erstaufnahme	Überanpassung/Konformität	Selbstvernachlässigung Mangelndes Interesse an einer Arbeit Soziale Unaufmerksamkeit Verminderte Freizeitaktivität Kommunikationsdefizite Soziale Behinderung (Gesamteinschätzung) Interessenlosigkeit Mangelnde Hygiene

[1]Für Alpha-Korrektur validiert mit »Split-half«-Verfahren

ein generell günstigeres Krankheitsverhalten in der Schizophrenie, während das sozial negative Krankheits- und Bewältigungsverhalten der Männer ungünstige Folgen für die soziale Integration schizophren Erkrankter damit auch für den sozialen Verlauf der Krankheit haben könnte.

Wirft man wiederum die Frage auf, ob diese Geschlechtsunterschiede im **Sozialverhalten** auf die Krankheit oder auf normale Eigenschaften der Geschlechter zurückzuführen sind, dann ist zu berücksichtigen, dass Bevölkerungsstudien zum Thema konsistent eine größere Häufigkeit nicht nur von Gewaltkriminalität, Alkohol- und Substanzmissbrauch, sondern auch von durchaus vergleichbaren sozialen Verhaltensauffälligkeiten, aggressivem Verhalten und antisozialer Persönlichkeit bei Männern in der Adoleszenz und im jungen Erwachsenenalter im Vergleich zu Frauen zeigen (Choquet u. Ledoux 1994; Döpfner et al. 1997; Jenkins et al. 1997; Kandel 2000). Diese Befunde legen den Schluss nahe, dass es sich auch hier um ein geschlechts- und altersspezifisches Krankheitsverhalten denn um den Ausdruck der Krankheit Schizophrenie handelt.

Um die angesprochenen Folgen dieses unterschiedlichen **Krankheitsverhaltens** von Männern und Frauen vor allem in der sozialen Domäne zu demonstrieren, haben wir den Verlauf der acht sozial adversen Verhaltensitems bei beiden Geschlechtern über fünf Jahre ab Erstaufnahme in fünf Querschnitten untersucht (Häfner et al. 1998a). ◘ Abb. 18.3 macht deutlich, dass der in der Mehrzahl der Studien demonstrierte ungünstigere soziale Verlauf der Schizophrenie bei Männern im Vergleich zu Frauen weitgehend durch die großen Unterschiede im Krankheitsverhalten der Geschlechter erklärt werden kann. Wenn man dazu den symptombezogenen Verlauf (CATEGO-Gesamtscore) über die gleiche Periode wiederum über fünf Querschnitte analysiert (◘ Abb. 18.3b), dann zeigt sich wie im Frühverlauf und in der ersten psychotischen Episode kein Unterschied zwischen den Geschlechtern (Häfner 1998). Dasselbe Bild ergibt sich auch für CATEGO-Teilscores.

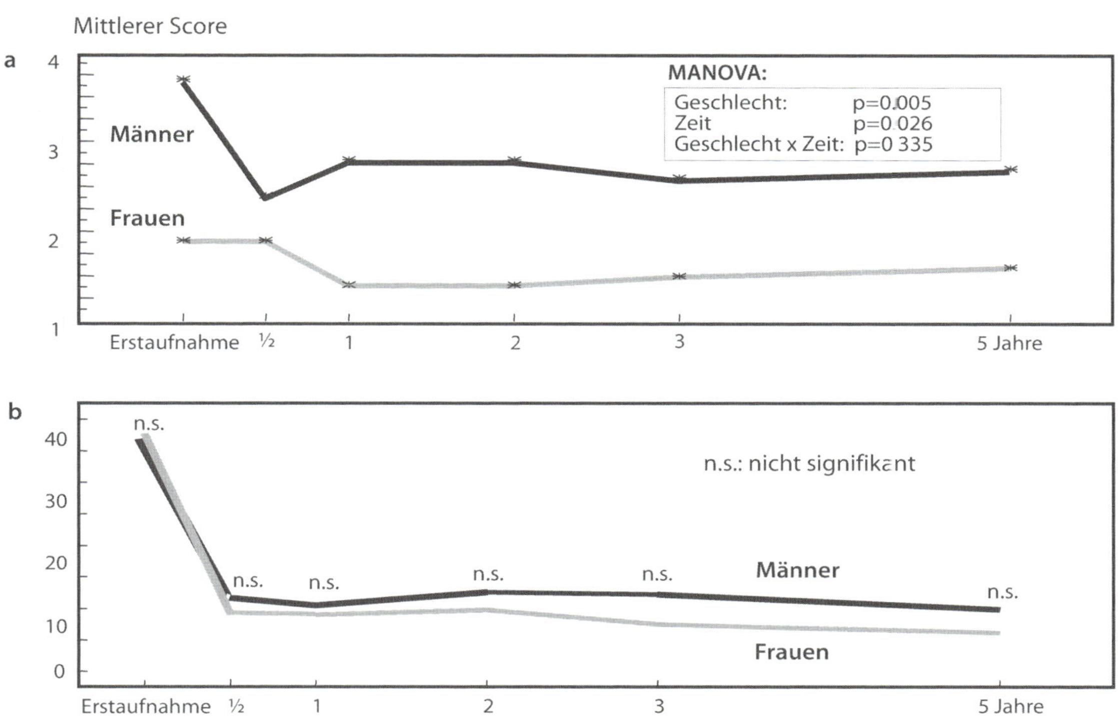

◘ **Abb. 18.3a,b.** Sozial adverses Verhalten und schizophrene Gesamtsymptomatik über fünf Jahre nach Erstaufnahme (sechs Querschnitte) – ABC-Verlaufsstichprobe erster Krankheitsepisoden von Schizophrenie und schizophrenieähnlichen Störungen (N=115). **a** Sozial adverses Verhalten (Mittelwert). **b** CATEGO-Gesamtscore

18.9 Erklärung von Geschlechtsunterschieden durch die Östrogenwirkung

18.9.1 Protektive Wirkung von Östrogen

Die Annahme, dass der Geschlechtsunterschied im Ersterkrankungsalter durch eine Schutzwirkung des Geschlechtshormons Östrogen verursacht wird, ist von Mendelson et al. (1977), Seeman (1981), Loranger (1984), Häfner (1987), Lewine (1988) und Seeman (1996) aufgestellt worden. Einige Studien konnten jedoch keinen Geschlechtsunterschied im Ersterkrankungsalter finden: Zwei Inanspruchnahmestudien in Indien (Murthy et al. 1988; Gangadhar et al. 2002) und eine japanische Studie (Shimizu et al. 1998) fanden, dass das Erstaufnahmealter für Schizophrenie nicht niedriger, sondern teilweise geringfügig höher für Männer als Frauen ist. Eine in Kroatien durchgeführte Fallregisterstudie (Folnegovic u. Folnegovic-Smalc 1994) fand keinen signifikanten Unterschied im Ersterkrankungsalter in einer großen Stichprobe von 679 Patienten. Bei der Interpretation dieser Ergebnisse muss in Betracht gezogen werden, dass die Inanspruchnahme von psychiatrischen Diensten in den ersten drei zitierten Studien vermutlich nicht in allen Alters- und Geschlechtsgruppen nahe bei 100% liegt. Insbesondere in Indien unterliegt das Hilfesuchverhalten bei psychischen Erkrankungen alters- und geschlechtsabhängigen kulturellen und familiären Selektionsfaktoren, so dass eine Verzerrung der Alters- und Geschlechtszusammensetzung der Inanspruchnahmepopulationen nicht ausgeschlossen werden kann.

Bei der kroatischen Studie ist zu berücksichtigen, dass die Emigration vorwiegend junger Männer, von der das Untersuchungsgebiet betroffen wurde, die Alters- und Geschlechtszusammensetzung der Risikopopulation beeinflusst haben könnten (Folnegovic u. Folnegovic-Smalc 1994). Eine kanadische Studie von 113 Patienten (Addington et al. 1996), die ebenfalls keine Geschlechtsdifferenz im Ersterkrankungsalter fand, hatte wahrscheinlich durch den Ausschluss älterer Altersgruppen mit Überrepräsentation von Frauen die Erfassung des Geschlechtsunterschieds im Ersterkrankungsalter großenteils verfehlt.

Eine endgültige Antwort auf die Frage, ob das mittlere Ersterkrankungsalter unter Berücksichtigung des gesamten Altersspektrums in allen Ländern und Kulturen für Frauen mehrere Jahre höher ist als für Männer, konnte noch nicht gegeben werden. Alle methodisch sorgfältig durchgeführten Untersuchungen an hinreichend großen repräsentativen Samples haben jedoch einen Unterschied von mehreren Jahren gefunden. Faraone et al. (1994) wandten eine nonparametrische Methode zur Bereinigung der Abweichung der Altersverteilung der hinsichtlich ihres Ersterkrankungsalters untersuchten Männer und Frauen von der normalen Altersverteilung der Geschlechter an. Die nicht korrigierten Daten wiesen einen Altersunterschied von vier Jahren im mittleren Ersterkrankungsalter auf. Nach der Korrektur zeigte die Verteilung des Ersterkrankungsalters eine leichte Verschiebung zu älteren Altersgruppen hin, aber das höhere Ersterkrankungsalter von Frauen im Vergleich zu Männern blieb signifikant. Vorerst wird man davon ausgehen können, dass der Geschlechtsunterschied im Ersterkrankungsalter wahrscheinlich ein valider und vermutlich auch ein kulturunabhängiger Befund ist.

Dieser Geschlechtsunterschied schrumpft oder verschwindet nur dann, wenn nur Fälle mit einer familiären Belastung durch schizophrene Erkrankungen in der ersten Generation verglichen werden (DeLisi et al. 1994; Kendler u. Walsh 1995; Albus u. Maier 1995; Könnecke et al. 2000). Darauf ist noch zurückzukommen (► Kap. 18.9.6).

Die Erklärung des späteren Ersterkrankungsalters der Frauen mit dem Vorhandensein von Östrogen im weiblichen Organismus lag nahe, nachdem DiPaolo u. Falardieu (1985), Fields u. Gordon (1982) und Hruska (1986) frühzeitig gezeigt hatten, dass im Tierversuch kurzfristige Östrogengaben zu einer dosisabhängigen Modulation des dopaminergen Systems führten. Eine kontrollierte tierexperimentelle Studie (Häfner et al. 1991; Gattaz et al. 1992) prüfte die Effekte einer vierwöchigen Gabe von 17-β-E2 auf Apomorphin-induziertes dopaminerges Verhalten

- bei neugeborenen Ratten,
- bei erwachsenen, ovarektomierten Ratten und
- bei scheinovariektomierten Kontrolltieren.

Das Ergebnis zeigte eine signifikante Minderung des Apomorphin-stimulierten dopaminergen Verhaltens im Vergleich zu den beiden Kontrollengruppen (die eine ovariektomiert, die andere scheinoperiert, beide plazebobehandelt). In Post-mortem-Analysen konnten die Autoren zeigen, dass Östrogen die D2-Rezeptorsensitivität reduziert.

18.9.2 Biochemische und genomische Mechanismen der Östrogenwirkung im Gehirn

Seit der Entdeckung der Schutzwirkung von Östrogen auf das Psychoserisiko hat die neurobiologische Forschung vermehrte Anstrengungen unternommen, um die Rolle von Östrogen bei Hirnentwicklung und Hirnfunktionen aufzuklären. Östrogenrezeptoren gehören zur Familie der nukleären Steroidrezeptoren (Evans 1988; Vedder u. Behl 2005). Östrogen reguliert die Aktivität einzelner auf Hormone reagierender Gene und setzt in der Zelle komplexe metabolische Prozesse durch Induktion von Genexpressionsmustern in Gang. Die gegenwärtig bekannten **Östrogenrezeptoren**, ERα und ERβ, werden mehr oder weniger reichlich im Hippokampus (Shughrue et al. 1997) und in den Transmittersystemen des Vorderhirns – Serotonin, Dopamin und Norepinephrin exprimiert – (McEwen u. Alves 1999). Die ERα- und ERβ-induzierte Genexpression ist an der neuroprotektiven Wirkung von Östrogen beteiligt. Die Gene für das neuroprotektiv wirksame Neurotrophin **BDNF** (brain-derived neurotrophic factor; Singh et al. 1995; Sohrabji et al. 1995; ▶ Kap. 16) werden von Östrogen reguliert (Vedder u. Behl 2005), und die Transkription des **bcl-2-Gens**, das bei apoptotischem Zelltod eine wichtige Rolle spielt, wird von Östrogen durch ein cAMP-Reaktionselement in der promotorischen Region beeinflusst (Dong et al. 1999).

Neurotrophe Effekte sind an Zellen in vitro durch das Wachstum von Axonen und Dendriten und durch die Bildung von Synapsen mit einer erhöhten Anzahl neuronaler Verbindungen demonstriert worden (Behl 2002).

Heyer et al. (2005) untersuchten auch die grundlegende neuroprotektive Wirkung von 17-β-Östradiol an primären Neuronen des Hippokampus. Die Anwendung von Östrogen vor einer 15-stündigen Hypoxie führte zu einer signifikanten Verminderung von neuronalem Zelltod. Interessanterweise war die Vulnerabilität für Hypoxie und die **direkte** protektive Wirkung von Östrogen ausgeprägter in männlichen als in weiblichen Neuronen.

Neuroprotektive Interventionen sind im Tierexperiment auch bei hypoxischer/ischämischer oder traumatischer Hirnschädigung durchgeführt worden, in einigen Fällen mit positiven Ergebnissen. Es fehlte jedoch bisher an gesicherten klinischen Belegen für vergleichbare neuroprotektive Therapieeffekte beim Menschen (DeKeyser et al. 1999).

Das bedeutet, dass Östrogen breite neurotrophische und neuromodulatorische Effekte besitzt, die offenbar das Risiko der Manifestation einer Psychose reduzieren kann. In wiefern dies bereits durch einen organisatorischen Effekt auf die Hirnentwicklung erfolgt, lässt sich mangels bestätigender Daten bisher nur vermuten. Die biochemischen und genomischen Effekte bieten sich jedoch zur Erklärung, weshalb von der Pubertät an die schizophrene Psychose bei Frauen nicht nur später zum Ausbruch kommt, sondern anfangs auch milder verläuft, während vom Zeitpunkt des Klimakteriums an mit dem Absinken der Östrogenproduktion die bis dahin unterdrückten Erkrankungen noch verspätet zum Ausbruch kommen. Im Gegensatz dazu ist die Schizophrenie bei Männern, die offenbar über keinen analogen Schutzmechanismus verfügen, bereits im frühen Lebensalter vergleichsweise schwerer und erwartungsgemäß auch häufiger. Erst nach dem Menopausealter kehrt sich das Verhältnis um. Es kommt zu dem erwähnten zweiten Gipfel von Krankheitsausbrüchen bei Frauen und ab Zeitpunkt des Rückgangs der Östrogensekretion von der Menopause an zu vergleichsweise schwererer Symptomatik und ungünstigerem Verlauf im Vergleich zu Männern (Retterstol u. Opjordsmoen 1994; Häfner et al. 1998b,c).

In diesem Zusammenhang ist zu erwähnen, dass die Geschlechtsunterschiede im neuralen Gewebe und an Neuronen und Zellmembranen nicht ausschließlich auf die Wirkung der Gonadenfunktion zurückgehen. Neuere Studien haben gezeigt, dass die Geschlechtschromosomen auch einen direkten Effekt auf die Differenzierung von Zellen im Zentralnervensystem haben, so dass die Geschlechtsunterschiede insoweit nicht ausschließlich auf die organisatorischen Effekte der Gonadenhormone in der Entwicklung des ZNS zurückgehen (Dewing et al. 2006; ► Kap. 4). Andererseits tragen diese Differenzierungsprozesse im Zusammenhang mit der im Laufe des Entwicklungsprozesses hinzutretenden Sekretion der Gonadenhormone vermutlich nicht nur zu den beschriebenen »normalen« Geschlechtsunterschieden im Erleben und Verhalten und zu Unterschieden im Ersterkrankungsalter und Symptomatik der Schizophrenie, sondern auch zu Geschlechtsunterschieden im Erkrankungsrisiko von ADHS (Biederman et al. 2002; Gerhson 2002; ► Kap. 13), Gilles-de-la-Tourette-Syndrom (Freeman et al. 2000) und anderen mit dem Risikofaktor »Hirnentwicklungsstörung« assoziierten Störungsmustern bei.

Ein Hinweis, dass die aus Tierexperimenten gewonnenen Erklärungshypothesen zur aktuellen Östrogenwirkung auch auf die menschliche Schizophrenie anwendbar sind, ist an der Tatsache zu sehen, dass Frauen mit Schizophrenie mit einem normalen **menstruellen Zyklus** prämenstruell zu einer Exazerbation der Symptomatik neigen (Hallonquist et al. 1993; Althaus et al. 2000; Choi et al. 2001; Hoff et al. 2001). In einer klinischen Vergleichsstudie fanden Riecher-Rössler et al. (1994a,b) an 32 an Schizophrenie erkrankten Frauen und 29 depressiv erkrankten Frauen – beide Gruppen mit normalen menstruellen Zyklen – signifikante Korrelationen zwischen steigendem Östrogenplasmaspiegel und Symptommaßen für Schizophrenie, aber keine solche Korrelation mit Symptommaßen für Depression (vgl. Hallonquist et al. 1993; Dalton 1959; Endo et al. 1978).

18.9.3 Hypoöstrogenismus und Schizophrenie

Der Zusammenhang von niedrigem Östrogenplasmaspiegel und vermehrter Symptomatik und die Hypothese, höhere Östrogenplasmaspiegel böten einen relativen Schutz gegen den Ausbruch der Schizophrenie, erweckten die alte Hypothese wieder, der Hypoöstrogenismus sei ein substanzieller Risikofaktor für schizophrene Psychosen. In frühen klinischen Studien wurde ohne beweisende empirische Daten ein prämorbider Hypoöstrogenismus als ätiologischer Risikofaktor für Schizophrenie vermutet (Kraepelin 1909; Kretschmer 1921; Bleuler 1943; Riecher-Rössler 2005). Inzwischen liegen mehrere indirekte Prüfungen der Hypothese vor. Bergemann et al. (2005) fanden an 75 schizophren erkrankten Frauen im Prämenopausenalter mit aktiven menstruellen Zyklen bei einer mittlerer Krankheitsdauer von 7,5 Jahren im Vergleich mit Normwerten einen eindeutigen Hypoöstrogenismus. Das ist noch kein Beweis, sondern allenfalls ein Hinweis auf die Hypothese. Die Frauen waren überdies mit verschiedenen Neuroleptika behandelt worden und wiesen großenteils erhöhte Prolaktinwerte auf. Die Autoren bedachten nicht, dass die mit konventionellen Neuroleptika behandelten Patientinnen einen erhöhten Hypoöstrogenismus entwickelt haben könnten. Wegen der Ubiquität der Defizite nahmen sie jedoch an, dass schizophren erkrankte Frauen vor dem Prämenopausenalter meist an Geschlechtshormondysregulation mit Hypoöstrogenismus leiden. Eine größere Zahl von Studien (Hoff et al. 2001; Zhang-Wong u. Seeman 2002; Choi et al. 2001; Huber et al. 2001; Canuso et al. 2002; Übersicht bei Riecher-Rössler 2005) untersuchte Erstepisodensamples von Schizophrenie und fand auch in diesem frühen Krankheitsstadium niedrigere Östrogenspiegel als bei gesunden Kontrollen.

Die eingangs angesprochene Hypothese, ein prämorbides Defizit an Östrogensekretion biete keinen ausreichenden Schutz gegen dopaminerge Überfunktion oder Dysbalance und erhöhe so das Schizophrenierisiko, kann so noch nicht als bestätigt gelten. Ein empirischer Nachweis ist jedoch aufwendig. Er wäre mit einer prospektiven kontrollierten Kohortenstudie mit einer hinreichenden Zahl von Hochrisikopersonen möglich. Die Kausalbeziehung könnte auch in Gegenrichtung bestehen, nämlich dass stabile prämorbide Verhaltensmuster oder eine über mehrere Jahre ablaufende Prodromalphase zu erniedrigten Östrogenwerten geführt haben. Das erklärt allerdings das spätere Erkrankungsalter der Frauen genauso wenig wie den vermuteten prämorbiden Hypoöstrogenismus. In diesem Kontext ist zu berücksichtigen, dass Defizite in Kommunikabilität und Sozialverhalten häufig bereits in Kindheit und Jugend und im intersexuellen und Partnersuchverhalten in der Adoleszenz der später an Schizophrenie Erkrankenden zu beobachten sind (Malmberg et al. 1998; Jones et al. 1998; Jones 1999; Davidson et al. 1999). Die physiologische Interaktion zwischen aktivem Sexualverhalten und Gonadenhormonsekretion wirkt in beide Richtungen. Es ist schwer, im Nachhinein zwischen einem Hypoöstrogenismus als Folge von asexuellem Verhalten und einem Hypoöstrogenismus als Ursache einer schwachen Libido zu unterscheiden. Beide können mit einem erhöhten Schizophrenierisiko verbunden sein. Dennoch kann die Annahme von Hypoöstrogenismus als Risikofaktor für die weibliche Schizophrenie, auch wenn sie mit dem höheren Erkrankungsalter der Frauen bei weitgehend geschlechtsgleichen Krankheitsformen nicht leicht vereinbar ist, noch nicht als wertlos abgelegt werden, solange sie noch nicht verlässlich widerlegt ist.

18.9.4 Adjuvante Östrogenbehandlung der Schizophrenie

Die neuroleptikaähnliche Wirkung von Östrogen gab frühzeitig den Anlass, eine schizophrene Psychose mit dem Gonadenhormon Östrogen zu behandeln. Die theoretische Bedeutung liegt in der Tatsache, dass zuverlässige Belege für kausale Effekte in Interventionsstudien gewonnen werden. Kulkarni et al. (1999, 2002) prüften die Östrogenhypothese an Frauen in der schizophrenen Episode mit adjuvanter Östrogenmedikation bei traditioneller Neuroleptikatherapie. Die Autoren führten eine systematische Therapievergleichsstudie mit zwei unterschiedlichen Östradioldosen als adjuvante Behandlung zusätzlich zur Standardtherapie mit Haloperidol durch. Sie stellten eine rasche, signifikante dosisabhängige Besserung der gesamten Symptomatik fest. In zwei Pilotstudien – die eine durchgeführt an schizophren erkrankten Männern – fanden Kulkarni et al. (1999, 2002) auch, dass eine adjuvante Östradiolbehandlung der reinen Antipsychotikagabe von der zweiten Woche an überlegen war. Die längerfristige Wirksamkeit ist noch ungeklärt. Felthous et al. (1980) haben berichtet, dass auch die zusätzliche orale Einnahme eines kombinierten Östrogen-Progesteron-Kontrazeptivs zur Besserung psychotischer Symptomen führt.

Obwohl mehrere Forschergruppen in offenen Studien an Frauen mit akuter Psychose erfolgreich mit adjuvanter Östrogentherapie behandelten, kam eine vor kurzem erschienene Cochrane-Metaanalyse (Chua et al. 2005) zu dem Schluss, dass eine Östrogenbehandlung mit oder ohne Progesteron bei psychotisch erkrankten Frauen keine überzeugenden Vorteile gegenüber einer Plazebobehandlung bietet. Der wesentliche Grund ist, dass es noch an Therapievergleichsstudien mit Zufallszuweisung für eine Metaanalyse mangelt.

Häfner et al. (2006) haben kürzlich darauf hingewiesen, dass **Östrogen** die einzige bisher bekannte Substanz und der einzige einfach anwendbare biologische Faktor ist, der mit hinreichender Wahrscheinlichkeit das Risiko des Ausbruchs einer Schizophrenie aufschieben und die Symptomatik reduzieren kann. Östrogen wäre damit eine aussichtsreiche Basis für Versuche zur **Prävention der Psychose**. Der Grund, weshalb dieses präventive Potenzial noch nicht zur Anwendung kam, liegt in klinischen Bedenken wegen erhöhter Risiken für Brustkrebs, Herzerkrankungen und thromboembolischer Komplikationen bei langfristiger Östrogenbehandlung (Women's-Health-Initiative-Studie: Grimes u. Lobo 2002; Kuller 2003; Million-Women-Studie: Beral 2003). Ein weiteres Problem im Zusammenhang mit langfristiger Östrogenbehandlung stellen die unerwünschten hormonellen Nebenwirkungen vor allem bei Männern dar. Deshalb verbindet sich gegenwärtig einige Hoffnung mit der Entwicklung von Östrogenpräparaten, die sich auf Neuronen und das zentrale Transmittersystem auswirken, aber keine Wirkung auf das Brust- oder das Gebärmuttergewebe haben (selective estrogen receptor modulators, SERM). Die Entwicklung von geeigneten SERM-Molekülen zur Vorbeugung schizophrener Erkrankungen steht jedoch noch in den Anfängen.

18.9.5 Psychoserisiko in der Schwangerschaft und Postpartumpsychosen

Die Sekretion und der Blutspiegel von Gonadenhormonen, insbesondere von Östrogen, variieren nicht nur mit dem menstruellen Zyklus, sondern auch mit Schwangerschaft und Geburt. Diese Zu- und Abnahmen der Östrogenkonzentration im Plasma könnten auch Einfluss auf das Schizophrenierisiko und das Symptomausmaß haben. Postpartumpsychosen sind vergleichsweise häufig. Sie sind hauptsächlich durch affektive und durch diagnostisch nicht eindeutig klassifizierbare Syndrome charakterisiert. Kendell et al. (1987) fanden sowohl eine geringere Psychosehäufigkeit während der Schwangerschaft, wenn die Östrogenplasmaspiegel hoch waren, als auch eine beträchtliche Zunahme an Postpartumerkrankungen. Seeman (1997) verglich psychotische Symptome bei Frauen, die schon vorher an Schizophrenie erkrankt waren, vor und während einer Schwangerschaft und nach Niederkunft. Sie stellte eine Zunahme von Symptomen in Phasen niedriger Östrogenkonzentration, häufige Remissionen während der Schwangerschaft, wenn die Östrogenspiegel hoch waren, und das Wiederaufflackern von Symptomen nach der Geburt, wenn die Östrogenkonzentrationen wieder fielen. Auch Chang u. Renshaw (1986) haben niedrigere Rückfallraten schizophren erkranktrer Frauern während der Schwangerschaft bei erhöhten Östrogenplasmawerten und erhöhte Rückfallraten nach der Geburt berichtet. Schwere Erkrankungsformen an Schizophrenie werden von Geburt und Wochenbett offenbar nicht stark beeinflusst, wie Davies et al. (1995) herausgefunden haben. Eine familiäre Belastung mit bipolarer Erkrankung scheint dagegen ein wichtiger genetischer Risikofaktor für Postpartumpsychosen zu sein (Jones u. Craddock 2002).

Während in der Schwangerschaft der Hormonstatus relativ stabil bleibt, unterliegt er nach Geburt beträchtlichen Schwankungen. Aus diesem Grunde sind zuverlässige Messungen des Hormonspiegels erst einige Wochen nach der Niederkunft möglich, wenn die Werte sich wieder stabilisiert haben (Gregoire 2005; Harris et al. 1989; Nott et al. 1976; Davies et al. 1995).

Im Hinblick auf diese Ergebnisse war es von Interesse zu versuchen, das hohe Rückfallrisiko von Postpartumpsychosen nach der nächsten Schwangerschaft durch eine präventive Östrogenbehandlung zu vermindern. Dazu sind mehrere offene Studien durchgeführt worden, meist an kleinen Stichproben. In einer solchen offenen, aber systematisch kontrollierten Studie behandelten Kumar et al. (2003) 29 Frauen, die an einer bipolaren oder einer schizoaffektiven Störung erkrankt waren, mit 200, 400 oder 800 mcg Östradiol transdermal über 12 Tage nach der Geburt und mit reduzierten Dosen an weiteren 12 Tagen. Die Rückfallrate ging entgegen der Erwartung nicht zurück. Davies et al. (1995) konnten ebenfalls keine protektive Wirkung einer vor der Geburt verabreichten adjuvanten Östrogentherapie nachweisen.

Gregorie et al. (1996) führten einen Doppelblindversuch mit Zufallszuweisung durch, während dessen 63 Frauen monatlich mit Östradiolhautpflastern (200 mg/Tag) behandelt wurden, während die Kontrollen Plazebopflaster bekamen. Die meisten dieser Frauen litten jedoch an Postpartumdepression. 26 depressive Patientinnen erhielten zusätzlich Antidepressiva. Nach einem Monat zeigte die östrogenbehandelte Gruppe eine signifikante Besserung im Vergleich zu der Plazebogruppe. Die Inkonsistenz dieser Ergebnisse vor allem gegenüber der Studie von Kumar et al. (2003), ist schwer erklärbar. Vermutlich spielt die vorwiegend depressive Symptomatik eine Rolle. Analoge Studien an den seltenen Wochenbettpsychosen mit eindeutig schizophrenen Symptomen mit adjuvanter Östrogenbehandlung sind bisher nicht veröffentlicht worden.

Abgesehen von der Tatsache, dass bei psychischen Störungen, die unmittelbar nach der Entbindung auftreten, depressive Syndrome und affektive Psychosen weitaus überwiegen, ist es nicht einfach, zu gesicherten Daten zu gelangen, die einen Zusammenhang zwischen einer erniedrigten Östgrogenplasmakonzentration in der Postpartumphase und dem Psychose- oder Schizophrenierisiko belegen lassen. Der Zusammenhang zwischen Symptomexazerbation oder -besserung bei vorbestehenden chronischen oder rezidivierenden Psychosen – ausgenommen besonders schwere Fälle – ist bei zunehmender oder abnehmender Östrogenplasmakonzentration während der Schwangerschaft und nach der Geburt besser belegt (Seeman 1997). Erfolge von Interventionsversuchen mit Östrogen in diesem Zusammenhang können derzeit nicht als gesichert gelten.

18.9.6 Gleichgewicht zwischen Psychosedisposition und Schutzwirkung von Östrogen

DeLisi et al. (1994), Kendler u. Walsh (1995), Albus u. Maier (1995) und Könnecke et al. (2000) haben signifikant geringere Geschlechtsunterschiede im Ersterkrankungsalter bei schizophren Erkrankten mit familiärer Belastung für Schizophrenie berichtet. In der Studie von Albus u. Maier (1995) verschwand der signifikante Geschlechtsunterschied im Ersterkrankungsalter bei schizophren erkrankten Geschwistern eines schizophren Erkrankten. Die familiär nicht belasteten Kontrollen wiesen einen höheren Geschlechtsunterschied von 5,7 Jahren im Vergleich zum Mittelwert auf. In unserer Replikationsstudie (Könnecke et al. 2000) fiel der Geschlechtsunterschied im Alter beim Ausbruch der Psychose für familiär belastete Patienten (mindestens ein Verwandter ersten Grades mit Schizophrenie) von 4,2 Jahren in der Gesamtstichprobe auf 1,6 Jahre und somit ebenfalls unter die Signifikanzgrenze. Das Erkrankungsalter in dieser Gruppe war nun bei Frauen geringfügig niedriger als bei Männern. In sporadischen Fällen (keine psychisch erkrankte Verwandten) betrug der Geschlechtsunterschied dagegen hochsignifikante 4,9 Jahre. In Übereinstimmung mit der Östrogenhypothese ging die Veränderung des Geschlechtsunterschieds im Ersterkrankungsalter zwischen familiär belasteten und nicht belasteten Fällen zu Lasten der Frauen, während Männer keine signifikanten Unterschiede im Ersterkrankungsalter zwischen familiär belasteten und nicht belasteten Fällen zeigten (◻ Abb. 18.4).

Diese Ergebnisse stützen die Hypothese von Albus u. Maier (1995), wonach der verzögernde oder protektive Effekt von Östrogen auf den Ausbruch der Psychose umso schwächer ausfällt, je stärker die genetische Disposition ist. Wir prüften, ob auch andere für Schizophrenie ätiologisch relevante Risikofaktoren wie Schwangerschafts- und Geburtskomplikationen die Schutzwirkung von Östrogen zu schwächen vermögen. Tatsächlich zeigten diese Faktoren Effekte, die in die gleiche Richtung gingen – Minderung des Ersterkrankungsalters bei Frauen –, aber geringer ausfielen als bei familiärer Belastung. Östrogen scheint also in der Lage zu sein, den Ausbruch der Schizophrenie umso mehr hinauszuschieben, je schwächer die individuelle Vulnerabilität oder Krankheitsdisposition ist.

18.9.7 Kann der Östrogeneffekt den günstigeren sozialen Verlauf der Schizophrenie bei Frauen erklären?

Wie schon erwähnt, zeigt die Mehrzahl einschlägiger Studien prämenopausal einen sozial günstigeren Verlauf der Schizophrenie bei Frauen im Vergleich zu Männern, während der symptombezogene Verlauf, über den gleichen Altersrange verglichen, keine signifikanten Unterschiede aufweist. Der Versuch, die Faktoren zu isolieren, die für diesen Geschlechtsunterschied des Krankheits-

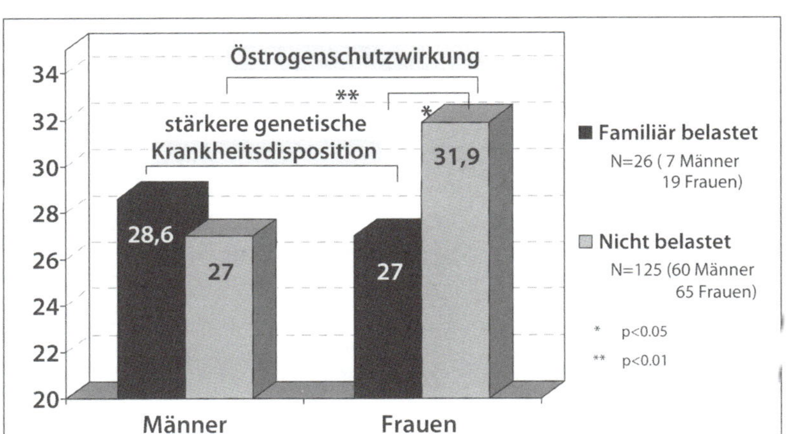

◻ **Abb. 18.4.** Die Interaktion (biologische Balance) zwischen Stärke der Krankheitsdisposition (Indikator: familiäre Belastung) und antagonistischer Östrogenwirkung: Alter beim ersten psychotischen Symptom für Männer und Frauen mit/ohne familiäre Belastung mit Schizophrenie – ABC-Erstepisodenstichprobe (N=232). (Aus Könnecke et al. 2000)

verlaufs von Bedeutung sind, führt zur Feststellung, dass der mehrjährige Altersunterschied bei Krankheitsausbruch vor allem im Hauptrisikoalter zwischen Adoleszenz und jungem Erwachsenenalter mit einem deutlichen Unterschied des sozialen Entwicklungsstands zwischen Männern und Frauen assoziiert ist. Vergleicht man zum Zeitpunkt des Krankheitsausbruchs schizophren erkrankende Männer und Frauen hinsichtlich sechs wesentlicher sozialer Rollen, die zum Erreichen des grundlegenden sozialen Status des Erwachsenenalters in unserer Kultur erfüllt sein müssen, dann stehen die Männer (◘ Tab. 18.5 zeigt) in wichtigen sozialen Rollen, maximal bei Ehe und stabiler Partnerschaft, gegenüber den Frauen deutlich zurück (Häfner et al. 1998c). Die signifikante Wirkung des **sozial negativen Krankheitsverhaltens** der Männer auf den 5-Jahres-Verlauf war in Abb. 18.3a dargestellt. Es gilt deshalb, bei der Prüfung der Prädiktoren des sozialen Verlaufs zu berücksichtigen, dass sich der unterschiedliche soziale Entwicklungsstand der Geschlechter bei Krankheitsausbruch wegen einer möglichen Beeinträchtigung des Aufstiegs durch die Krankheit und der soziale Nachteil der Männer wegen des sozial adversen Krankheitsverhaltens im weiteren sozialen Verlauf stabilisieren könnte.

Um diese Fragen beantworten zu können, erfassten wir den sozialen Ausgang nach fünf Jahren, operationalisiert mit dem Anteil der Patienten, die ihren Lebensunterhalt selbst verdienten. Wir analysierten die Vorhersagekraft der beiden genannten, zwischen den Geschlechtern unterschiedlichen sozialen Prädiktoren, nämlich die **Nichterfüllung von** einer oder mehrerer der sechs **sozialen Rollen** zum Zeitpunkt des Ausbruchs der Psychose und das Krankheitsverhalten, operationalisiert mit der Anzahl der sozial adversen Items bei **Erstaufnahme.** Außerdem haben wir die bekannten Prognosefaktoren des sozialen Verlaufs, nämlich das Ausmaß der Symptomatik, gemessen mit PSE bei Erstaufnahme, die Art des Krankheitsbeginns (akut, subakut, chronisch), das Alter beim Ausbruch des ersten psychotischen Symptoms und das Geschlecht als Prädiktoren berücksichtigt. Mit schrittweiser logistischer Regression testeten wir die Vorhersage von finanzieller Unabhängigkeit fünf Jahre nach Erstaufnahme durch die genannten Prädiktoren (Häfner 2000b, 2003). Wie ◘ Abb. 18.5 auf der rechten Seite zeigt, erreichten die traditionellen Krankheitsvariablen, Symptomatik, Alter bei und Art des Krankheitsausbruchs und das Geschlecht, in diesem Modell keine signifikante prädiktive Bedeutung. Die einzigen **Prädiktoren**, die finanzielle Unabhängigkeit nach fünf Jahren signifikant vorhersagten, waren die Anzahl nicht erfüllter sozialer Rollen bei Krankheitsausbruch und mit einem leicht niedrigerem relativem Risiko (odds ratio) das sozial adverse Krankheitsverhalten.

Diese beiden sozialen Prädiktoren werden jedoch von Alter und Geschlecht mit determiniert. Sie sind wahrscheinlich Mediatorvariablen, die den

◘ Tab. 18.5. Die Erfüllung sozialer Rollen bei Männern und Frauen beim Auftreten des ersten Zeichens der Krankheit – ABC-Erstepisodenstichprobe (nach Häfner 1996).

Soziale Rolle	Männer (N=108, ME[1]=22,5)	p	Frauen (N=108, ME=25,4)	Gesamt (N=232, ME=24,0)
Schulbildung	70%	n.s	69%	70%
Berufsausbildung	41%	n.s.	38%	39%
Berufstätigkeit	37%	2	52%	45%
Eigenes Einkommen	44%	n.s.	55%	50%
Eigene Wohnung	39%	2	54%	47%
Ehe, stabile Partnerschaft	28%	3	52%	41%

[1]ME: mittleres Ersterrankungsalter in Jahren; [2]$p \leq 0{,}05$; [3]$\leq 0{,}01$; n.s.= nicht signiifkant

Einfluss der Primärvariablen, Geschlecht und Alter, auf den sozialen Ausgang vermitteln. Deshalb prüften wir mit einem pfadanalytischen Modell den Einfluss von Geschlecht und Alter beim ersten psychotischen Symptom auf die beiden genannten Mediatorvariablen. Die Ergebnisse sind eindeutig (◘ Abb. 18.5). Männliches Geschlecht zeigt signifikante mittlere bis hohe Partialkorrelationskoeffizienten direkt mit der Mediatorvariablen »sozial adverses Krankheitsverhalten« und, indirekt durch das Ersterkrankungsalter vermittelt, mit der Anzahl nicht erfüllter sozialer Rollen beim Ausbruch der Psychose. Analoge, der Erwartung entsprechende Effekte zeigt das weibliche Geschlecht.

Dieses Ergebnis spiegelt eindeutig einen **indirekten Effekt von Geschlecht und Ersterkrankungsalter** auf den unterschiedlichen sozialen Verlauf der Schizophrenie bei Männern und Frauen, vermittelt durch die sozialen Folgen des Geschlechtsunterschieds im Ersterkrankungsalter und das Krankheitsverhalten, wider. Da hinter dem höheren Ersterkrankungsalter der Frauen ein protektiver Effekt von Östrogen zu vermuten ist, kann davon ausgegangen werden, dass sich die protektive Wirkung des Östrogens, und zwar zusammen mit dem sozial positiveren Krankheitsverhalten, indirekt auch auf den günstigeren sozialen Verlauf der Schizophrenie bei Frauen auswirkt. Dies bedeutet, dass der Geschlechtsunterschied im sozialen Verlauf der Schizophrenie nicht aus der Krankheit selbst resultiert, sondern das Ergebnis der protektiven Wirkung des Östrogens bei Frauen und einer geschlechtsspezifischen, altersgebundenen Verhaltensdisposition bei Männern ist.

Diese Aussage hat aber nur für den prämenopausalen Verlauf der Krankheit Gültigkeit. Im postmenopausalen Alter sind, wie schon angesprochen, Symptomatik und Verlauf der Schizophrenie bei Frauen wegen des Fortfalls der Schutzwirkung von Östrogen und der Minderung des sozial negativen Krankheitsverhaltens der Männer deutlich ungünstiger als jene bei Männern.

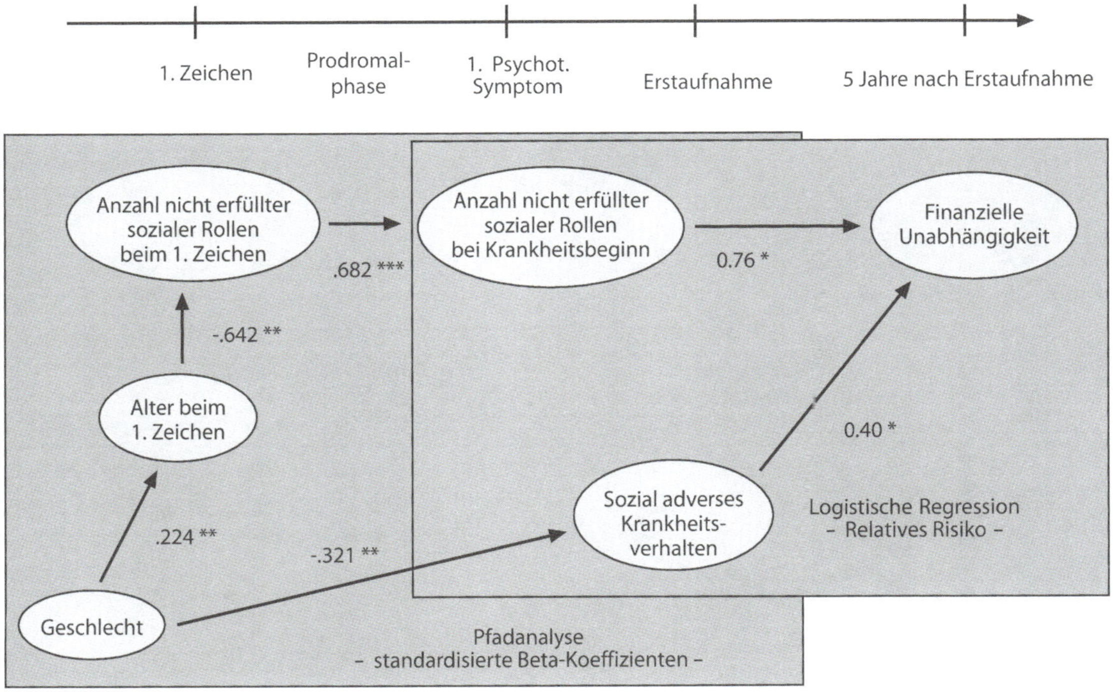

◘ **Abb. 18.5.** Modell zur Vorhersage des sozialen Verlaufs der Schizophrenie fünf Jahre nach Erstaufnahme: Analyse der direkten und der vermittelnden kausalen Faktoren – ABC-Verlaufsstichprobe (N=115) erster Krankheitsepisoden (aus Häfner 2000b)

18.10 Geschlechtsunterschiede im Langzeitverlauf

Es gibt nur wenige methodisch zuverlässige Langzeitverlaufsststudien zur Schizophrenie, die mit repräsentativen Erstepisodensamples über eine Periode von 10 Jahren oder länger durchgeführt wurden. Drei dieser Studien (an der Heiden et al. 1995, 1996; Opjordsmoen 1991; Goldstein 1988) zeigten – allerdings ohne Berücksichtigung des Alters der Kranken -, dass im Frühverlauf der Schizophrenie beobachtete Geschlechtsunterschiede über lange Follow-up-Perioden schwächer werden oder verschwinden. Harrison et al. (1996) berichteten an einem kleinen Erstaufnahmesample, dass der Gechlechtseffekt über 13 Jahre bestehen blieb, wenn soziodemographische Variablen bei Erstaufnahme und Art des Frühverlaufs kontrolliert wurden.

Die Mannheimer Erstaufnahmestudie an 70 an Schizophrenie erkrankten Patienten, die an 10 Querschnitten über 15,5 Jahre untersucht wurden zeigte bei der Symptomatik mit PSE-CATEGO-Gesamtscores und -Teilscores ein ähnlich hohes Maß an Stabilität (an der Heiden et al. 1995) wie die Studie von Harrison et al. (1996). Frauen zeigten signifikant niedrigere Symptommaße nur in den ersten zwei Jahren nach der Erstaufnahme. 2–15,5 Jahre nach Erstaufnahme wiesen Männer und Frauen fast gleiche Symptommaße auf (◘ Abb. 18.6).

In den letzten neun Monaten vor dem 15,5-Jahres-Follow-up ließen die Anteile günstiger (keine Symptome oder Behinderung vorhanden) mit 60% und ungünstiger (mindestens ein positives oder negatives Kernsymptom oder Behinderung) Verläufe mit 40% keinen Geschlechtsunterschied mehr erkennen. Zwei Drittel der symptomfreien Frauen und ein Zehntel der symptomfreien Männer nahmen jedoch weiterhin Neuroleptika ein. Man kann davon ausgehen, dass auch dieser Geschlechtsunterschied auf das geschlechtsspezifische Krankheitsverhalten zurückzuführen ist, d. h. auf das generell kooperativere Verhalten und

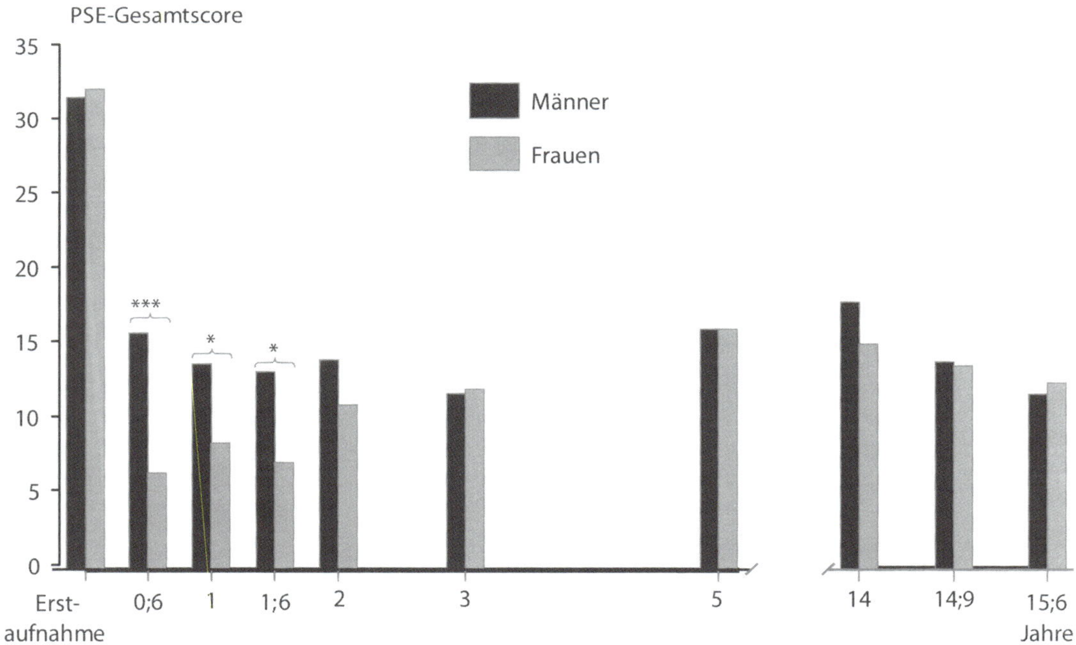

◘ **Abb. 18.6.** Verlauf der Symptomatik (PSE-Gesamtscore) über 15,5 Jahre nach Erstaufnahme (10 Querschnitte) für Männer und Frauen (Mannheimer Erstaufnahmekohorte der WHO-Disability-Studie; N=70); der signifikant günstigere Verlauf bei Frauen gleicht sich nach zwei Jahren jenem der Männer an (aus Häfner 2000a, auf der Grundlage von Daten aus an der Heiden et al. 1996)

18

die bessere Compliance von Frauen im Vergleich zu Männern. Eine alternative Erklärung, die wir nicht falsifizieren können, lautet, dass schizophren erkrankte Männer, denen es vergleichsweise gut geht, zur Erhaltung ihres Zustands weniger auf neuroleptische Medikation angewiesen sind als Frauen. Da die Gruppe mit vorhandenen Symptomen keine signifikanten Geschlechtsunterschiede in der Einnahme von Neuroleptika aufwies, ist diese alternative Erklärung nicht sehr wahrscheinlich.

Der Geschlechtsunterschied in sozialer Behinderung, der beim 5-Jahres-Follow-up noch zu beobachten war, verschwand bei späteren Querschnitten, wahrscheinlich aufgrund des altersabhängigen Rückgangs des sozial negativen Verhaltens der Männer.

Trotz des ähnlichen Ausgangs in Hinblick auf die Maße von Symptomatik (PSE-CATEGO) und sozialer Beeinträchtigung (WHO-DAS, Psychiatric Disability Assessment Schedule; WHO 1988; Jung et al. 1989) nach 15,5 Jahren in der Studie von an der Heiden et al. (1996; Häfner 2003) waren zwischen Männern und Frauen erhebliche Unterschiede im objektiven sozialen Status zu registrieren. 71% der Männer und lediglich 23% der Frauen hatten nie geheiratet. Folglich lebten nur 28% der männlichen Patienten, aber 53% der weiblichen in ehelicher Gemeinschaft und 28% der Männer, aber nur 5% der Frauen in einem betreuten Apartment oder Heim. Naturgemäß hatten auch mehr als zweimal so viele Frauen wie Männer Kinder. Ein interessantes Ergebnis war, dass kein Geschlechtsunterschied im Beschäftigungsstatus zu beobachten war, was mit den wenig unterschiedlichen Behinderungsmaßen von Männern und Frauen im Langzeitverlauf gut übereinstimmt (◘ Tab. 18.6).

Die Tatsache, dass Frauen nach Ausbruch der Krankheit mit ihrem Leben besser zurecht kommen als Männer, hat wahrscheinlich mit dem höheren sozialen Entwicklungsstand der Frauen bei Krankheitsausbruch und mit ihrem weniger sozial adversen Verhalten im Verlauf der Krankheit zu tun. Ein großer Anteil der schizophren erkrankten Frauen, die vor dem Krankheitsausbruch oder im Laufe der 15-jährigen Beobachtungsperiode geheiratet hatten, war jedoch – meist krankheitsbedingt – wieder geschieden worden. Einige von ihnen hatten erneut geheiratet. Wahrscheinlich haben auch die traditionellen Rollen und Erwartungen der Geschlechter beim Partnersuchverhalten schizophren erkrankter Frauen das Finden eines neuen Partners und die Gründung einer Partnerschaft nach einer gescheiterten Partnerschaft zusätzlich erleichtert.

◘ Tab. 18.6. Vergleich der Lebenssituation schizophren erkrankter Männer und Frauen 15,5 Jahre nach Erstaufnahme (Mannheimer Kohorte der WHO-Disability-Studie, N=70 bei Einschluss in die Studie). (Aus Häfner 2003, auf der Grundlage von Daten aus an der Heiden et al. 1996)

	Frauen (N=22)	Männer (N=34)	p
Altersmittelwert[1]	44 Jahre	41 Jahre	n.s.
Symptome oder Behinderung vorhanden	59%	62%	n.s.
Nie verheiratet	23%	71%	2
Verheiratet	42%	19%	t
Lebt mit (Ehe-)partner/in[1]	53%	28%	3
Lebt im Heim	5%	28%	t
Hat eigene Kinder	45%	26%	3
Reguläres Beschäftigungsverhältnis	26%	31%	n.s.

[1]n=51 wegen fehlender Daten; $p \leq 0{,}1$; [2]$p \leq 0{,}01$; [3]$p \leq 0{,}05$; n.s.= nicht signifikant

18.11 Neuroleptikabehandlung

18.11.1 Geschlechtsunterschiede

Eine ganze Reihe von Studien hat Geschlechtsunterschiede in der Wirkung von Neuroleptika bei Männern und Frauen untersucht (Übersicht bei Seeman 2004). Methodologisch zuverlässige, geblindete Studien mit Zufallszuweisung von hinreichend großen Stichproben fehlen jedoch. Die häufig vertretene Annahme lautet, dass aufgrund der neuroleptikaähnlichen Wirkung von Östrogen schizophren erkrankte Frauen günstiger auf eine Neuroleptikabehandlung reagieren als Männer oder dass sie kleinerer Dosen bedürfen. Die frühe Studie von Seeman (1983), in der die Dosis pro Kilogramm Körpergewicht kontrolliert wurde, zeigte, dass bei prämenopausalen Frauen eine Behandlung mit Neuroleptika der ersten Generation schneller und besser zur Remission führte als bei Männern. Seitdem hat die Autorin mehrere Beobachtungen publiziert, die das ursprüngliche Ergebnis bestätigen und erweitern (Seeman 1989; Dickson 2000). Aber nicht alle Befunde konnten repliziert werden.

Auf der einen Seite zeigten Gattaz et al. (1994), dass perimenstruelle Frauen in der Niedrigöstrogenphase des menstruellen Zyklus niedrigerer Dosen und kürzerer Behandlungsperioden bis zur Remission bedürfen als Patientinnen in einer Hochöstrogenphase des Zyklus. In einer offenen Studie konnten Lindamer et al. (2001) demonstrieren, dass bei Frauen, die mit einer adjuvanten Hormonersatztherapie behandelt wurden, niedrigere Neuroleptikadosen notwendig waren. Auch in dieser Studie wurden Unterschiede im Körpergewicht berücksichtigt.

Mehrere Autoren haben jedoch berichtet, dass unter natürlichen Bedingungen schizophren erkrankte Frauen häufig mit höheren Neuroleptikadosen als Männer behandelt wurden, vermutlich weil bei Frauen positive Symptome häufiger registriert werden als bei jungen Männern. Im Gegensatz zu all diesen Befunden fanden Salokangas (1995) in einer Beobachtungsstudie über drei Jahre an 1097 ambulant behandelten Patienten mit Schizophrenie, dass die täglichen Neuroleptikadosen bei Frauen im Alter von 20–59 Jahren mehr oder weniger stabil über Zeit blieben. Während und nach der Menopause nahmen die erforderlichen Dosen jedoch, anders als aufgrund der Östrogenhypothese und der epidemiologischen Daten (schwerere Erkrankungen als bei jungen Frauen) zu erwarten war, leicht ab. Dasselbe traf auch auf die Männer derselben Altersgruppen zu. Salokangas konnte die postmenopausale Zunahme der erforderlichen Neuroleptikadosis, die von Seeman berichtet worden war, nicht bestätigen.

Wahrscheinlich liegt der Grund dieser kontroversen Ergebnisse in den großen Schwierigkeiten, die agonistischen Effekte einer leicht unterschiedlichen antipsychotischen Medikation und einer leicht milderen Symptomatik durch natürliche Östrogensekretion bei schizophren Erkrankten Frauen zuverlässig zu erfassen. Einmal schafft der exakte Vergleich der Symptommaße zwischen Frauen und Männern in klinischen Studien erhebliche Probleme. Eine der Voraussetzungen sind präzise Vergleiche in denselben Altersgruppen. Ein weiterer Faktor, der den Vergleich erschwert, besteht in den Unterschieden von Selbstbeurteilung und der klinischen Beurteilung der notwendigen Dosis einer Neuroleptikabehandlung. Die dahinter stehenden subjektiven Therapiebedürfnisse sind vermutlich zwischen Frauen und Männern nicht identisch und kleine Unterschiede objektiver Wirksamkeit sind schwer, präzise zu erfassen. Geschlechtsunterschiede in der Pharmakodynamik und die Notwendigkeit, Körpergewicht und Hormonstatus in hinreichend kurzen Abständen präzise zu erfassen, machen die Untersuchung auch nicht einfacher. Diese Komplexität des erforderlichen Designs ist wahrscheinlich der Grund, weshalb es bisher keine Studien gibt, die alle methodischen Voraussetzungen hinreichend berücksichtigen. Was die atypischen Neuroleptika angeht, die durch eine größere Zahl von Rezeptoraffinitäten und eine schwächere Herunterregulierung der D2-Rezeptoren charakterisiert sind, so ist das gegenwärtige Wissen über mögliche agonistische Östrogeneffekte noch gering. Aufgrund der Trends, die einige Ergebnisse andeuten, sollte bei der Therapieplanung das Geschlecht und das Alter der Patienten sorgfältig in Betracht gezogen werden (Seeman 2004).

18.11.2 Östrogen und extrapyramidale Nebenwirkungen in der Neuroleptikabehandlung

Studien über Geschlechtsunterschiede im Auftreten von extrapyramidalen Nebenwirkungen (extrapyramidal side-effects, EPS) im Zusammenhang mit der Behandlung durch Neuroleptika der ersten Generation lieferten ebenfalls inkonsistente Ergebnisse. Labelle et al. (2001) untersuchten 292 erwachsene Patienten, die eine Schizophreniediagnose nach DSM-IIIR erhalten hatten (206 Männer, 98 Frauen). Die Patienten wurden täglich über acht Wochen mit 1–6 mg Risperidon behandelt. Hinsichtlich EPS (Parkinsonismus, Dystonie und Dyskinesie) wurde zwischen den Geschlechtern kein Unterschied gefunden.

Dagegen berichteten Leung u. Chue (2000) in einem Review über klinische Studien, die bei schizophren erkrankten Frauen trotz einer leicht höheren Neuroleptikadosis (mg/kg Körpergewicht) weniger EPS und tardive Dyskinesien (TD) fanden. Andere Autoren (z. B. Halliday et al. 2002) berichteten über vermehrte Akathisie bei Frauen bei Behandlung mit Neuroleptika der ersten Generation mit der Vermutung eines additiven Effektes von Östrogen. Thompson et al. (2000) berichteten, dass EPS bei neuroleptikabehandelten Patienten, die höhere Östrogenplasmaspiegel aufwiesen, geringer waren. Gegenwärtig kann nur festgestellt werden, dass Östrogen möglicherweise einen gewissen protektiven Effekt gegen EPS und TD besitzt, doch die nur begrenzt konsistenten Ergebnisse und der Mangel an exakter Prüfung bei Berücksichtigung aller relevanten Faktoren erlauben es noch nicht, diesen Effekt als gesichert anzusehen (Ellingrod et al. 2000; Liao et al. 2001).

Der funktionelle Widerspruch zwischen einer vermuteten Abnahme der von antidopaminergen Effekten der Neuroleptika erzeugten EPS und TD mittels der neuroleptikaähnlichen dopaminantagonistischen Wirkung von Östrogen wird von Van Hartesveld u. Joyce (1986) durch differentielle Östrogeneffekte in den mesolimbischen und den mesostriatalen Leitungsbahnen erklärt. Morissette u. DiPaolo (1993) vermuten, dass Östrogen eine zu Dopamin gegensätzliche Wirkung hat. Nach ihren Ergebnissen reduziert Östrogen die dopaminerge Transmission und führt zu einer kompensatorischen Zunahme der Dichte von Dopaminbindungsstellen. Insbesondere die Bindungsstellen im Striatum nehmen mit steigendem Östrogenspiegel zu.

Der noch unbewiesene günstige Effekt von Östrogen auf das EPS- und TD-Risiko neuroleptischer Therapie verliert an Bedeutung, wenn die typischen Neuroleptika mit ihrem erhöhten Risiko für EPS und TD mehr und mehr durch atypische Neuroleptika ersetzt werden. Diese Substanzen, z. B. Clozapin, besitzen eine niedrigere Affinität zu D2-Rezeptoren und sind mit geringeren EPS und hormonellen Nebenwirkungen, z. B. Prolaktinzunahme, die zur unerwünschten Milchsekretion führt, verbunden (Rosenheck et al. 1997).

18.12 Geschlechtsunterschiede in der Hirnentwicklung und in strukturellen Hirnabnormitäten

Die Hirnentwicklung läuft bei männlichem und weiblichem Geschlecht unterschiedlich ab und führt zum **strukturellen Dimorphismus**. Beim weiblichen Geschlecht reift das Gehirn schneller als beim männlichen. Das weibliche Gehirn scheint dadurch in der Entwicklungszeit weniger vulnerabel für Schädigungen zu sein als das männliche. Östrogen (Seeman u. Lang 1990; Häfner et al. 1991) könnte durch seine neurotrophe Wirkung auf Genexpression, Neuronenwachstum und -differenzierung zum Schutz gegen Schädigung beitragen. Dadurch könnte es für den Unterschied zwischen Männern und Frauen im Morbiditätsrisiko für Erkrankungen, die auf Hirnentwicklungsstörungen zurückgehen, verantwortlich sein (Crick u. Zahn-Waxler 2003; De Bellis et al. 2001). Das könnte beispielsweise für das Gilles-de-la-Tourette-Syndrom, für Hyperaktivität-Aufmerksamkeitsstörungen und für schwere Grade von Schreib- und Leseschwäche zutreffen. Bei Schizophrenie beschränkt sich jedoch der krankheitsassoziierte Geschlechtsunterschied auf das Ersterkrankungsalter und so auf eine Verzögerung des Krankheitsausbruchs

Castle u. Murray (1991) nahmen an, dass Geschlechtsunterschiede im Ersterkrankungsalter auf das häufigere Vorkommen von prä- und perinatalen Komplikationen und damit auf häufigere Hirnentwicklungsstörungen beim männlichen Geschlecht zurückgehen könnten. Castle (2000) erklärt außerdem das Überwiegen von Frauen bei Schizophrenien und Wahnerkrankungen des höheren Lebensalters mit unterschiedlichen Alterungsprozessen des weiblichen und des männlichen Gehirns. Seiner Ansicht nach setzt der Verlust an Dopaminrezeptoren bei Frauen zwar früher ein, führt aber im späten Alter zu einem Überschuss im Vergleich mit Männern. Dieser differentielle Prozess des Verlusts an Dopaminrezeptoren könnte nach Meinung von Castle auch für eine bisher nicht gesicherte größere Häufigkeit von TD bei älteren Frauen nach einer längerfristigen Neuroleptikabehandlung verantwortlich sein.

Auch die Unterscheidung von zwei Typen der Schizophrenie mit unterschiedlichem Ersterkrankungsalter wird mit alternativen Ursachen erklärt:

- Typ 1 – vorwiegend genetisch übertragen – soll hauptsächlich bei Frauen vorkommen und mehr psychotische Symptome und günstige Verläufe zeigen.
- Typ 2 – das Kraepelinsche Defizitsyndrom, durch Hirnentwicklungsstörungen charakterisiert – soll mit negativen Symptomen und ungünstigen Verläufen verbunden sein und hauptsächlich bei Männern auftreten (Crow 1980).

Aber diese Hypothese, die als Erklärungshypothese eine Zeit lang favorisiert wurde, konnte in anspruchsvollen Studien nicht gestützt werden (Geddes u. Lawrie 1995; Jones et al. 1998; Könnecke et al. 2000). Insoweit liegen auf der Ebene der Hirnentwicklung nur interessante, aber unbestätigte Theorien zur Erklärung der Geschlechtsunterschiede bei Schizophrenie vor.

Castle (2000) betonte in Übereinstimmung mit unseren Ausführungen (▶ Kap. 18.5), dass das Verständnis der Geschlechtsunterschiede bei der Schizophrenie die Berücksichtigung biologischer, psychologischer und sozialer Geschlechtsunterschiede in der normalen Entwicklung voraussetzt. Die globalen Unterschiede in der kognitiven Leistung eines reifen männlichen und eines reifen weiblichen Gehirns, die von mehreren Autoren angesprochen werden, sind bescheiden und scheinen auch in der Schizophrenie eine geringere Rolle zu spielen (Goldberg et al. 1995).

Der Geschlechtsunterschied in der normalen Hirnmorphologie zeigt bei Frauen ein größeres Ausmaß bihemisphärischer Lokalisation von Funktionen und eine stärker ausgeprägte **Lateralisation** bei Männern. Crow (1997) hat auf der Grundlage dieser Geschlechtsunterschiede in der Lateralisation eine spekulative Theorie formuliert: Mit der verzögerten Hirnreifung und der Zunahme der Hirngröße entwickelte sich beim Homo sapiens die Fähigkeit für intensive Kommunikation und sprachliche Interaktion. Crow (1997) versteht Schizophrenie als das Resultat eines Mangels an zerebraler Lateralisation und der mit Lateralisation verbundenen Entwicklung der Sprachfähigkeit in diesem Stadium der Evolution. »Schizophrenie ist der Preis, den der Mensch für die Sprachfähigkeit zahlt. Geschlechtsunterschiede im Grad der Hemisphärendifferenzierung könnten für den Geschlechtsunterschied im Ersterkrankungsalter verantwortlich sein.« Aber diese in die Evolution des Homo sapiens projizierte Hypothese ist schwer zu validieren.

Eine Reihe neuroanatomischer und mit bildgebenden Verfahren, insbesondere mit **struktureller Magnetresonanztomographie**, durchgeführter Studien haben gezeigt, dass morphologische Abnormitäten in der ersten Krankheitsepisode häufiger bei schizophren erkrankten Männern sind als bei Frauen (Andreasen et al. 1990; Bogerts et al. 1990; Castle u. Murray 1991; Lewine u. Seeman 1995; Goldstein 1996). Aber es gibt auch mehrere Studien, die keine über den normalen Geschlechterdimorphismus hinausgehenden strukturellen Unterschiede im Gehirn schizophren Erkrankter gefunden haben (Flaum et al. 1995). Mehrere strukturelle MRT-Studien fanden, dass vergrößerte Seitenventrikel (Andreasen et al. 1990) und kleinere Hippokampusformationen (Bogerts et al. 1990) bei schizophren erkrankten Männern häufiger als bei Frauen sind. Crow et al. (1989) fanden in einer Post-morten-Studie ein vergrößertes Planum temporale bei männlichen, aber nicht bei weiblichen Patienten mit Schizophrenie. Andererseits haben einige Studien Ventrikelerweiterung bei Frauen, aber nicht bei Männern gefunden (Nasrallah et al. 1990; Gur et al. 1991).

Obwohl in jüngster Zeit Erstepisodenstudien mit Kontrolle konfundierender Faktoren wie IQ, Ethnizität und soziale Klasse durchgeführt worden sind, ist es noch zu früh für eine definitive Beurteilung von Geschlechtsunterschieden in den strukturellen Hirnanomalien bei der Schizophrenie. Die Gründe für diese Inkonsistenz sind vielfach diskutiert worden. Sie haben wahrscheinlich vorwiegend mit den methodischen Schwierigkeiten dieser Studien (Goldstein 1993, 1995a, b; Lauriello et al. 1997; Goldstein u. Lewine 2000) und mit den kleinen, meist nichtrepräsentativen Stichproben (Moldin 2000) zu tun. Vergleichende Analysen auf der Grundlage funktionell bildgebender Verfahren und neurophysiologischer Parameter haben ebenfalls noch keine endgültigen Antworten auf die Frage der Geschlechtsunterschiede bei Schizophrenie erbracht.

18.13 Geschlechtsunterschiede bei schizophrenen Erkrankungen des höheren und hohen Lebensalters

Die erheblich höheren Inzidenzraten für Schizophreniespektrumstörungen bei Frauen im Vergleich zu Männern nach dem Menopausenalter, insbesondere im hohen Lebensalter (>60 Jahre) und ihre schwerere Symptomatik sind wahrscheinlich nicht allein durch Östrogendefizite zu erklären. Die Suche nach möglichen Erklärungsbeiträgen hat zu berücksichtigen, dass die Risikofaktoren von Früh- und Spätschizophrenien unterschiedlich sind. Risikofaktoren für früh ausbrechende Schizophrenien sind in erster Linie die familiäre Belastung mit Schizophrenie durch Angehörige ersten Grades und die Beeinträchtigung der Hirnentwicklung in Schwangerschaft, unter der Geburt oder in der frühen Kindheit, hauptsächlich durch Ereignisse, die das in Entwicklung begriffene Gehirn schädigen (Cannon et al. 2002) und durch Virusenzephalitiden und bakterielle Meningoenzephalitiden in den ersten Lebensjahren (Gattaz et al. 2002; Rantakallio et al. 1997). Bei Spätschizophrenien spielt die genetische Belastung und spielen Schwangerschafts- und Geburtskomplikationen keine wesentliche Rolle mehr (Könnecke et al. 2000). An ihre Stelle treten leichte kognitive Beeinträchtigung, Sinnesdefekte, in erster Linie Hörverlust, erlebte Einsamkeit und paranoide Persönlichkeit (Jablensky 2003). Das bedeutet, dass das schizophrene Syndrom im Alter durch andere neurobiologische Dysfunktionen als in der Jugend ausgelöst wird.

Bisher sind die Zusammenhänge zwischen diesen Faktoren und dem Erkrankungsrisiko an schizophrenen Syndromen im höheren und hohen Lebensalter noch unzureichend aufgeklärt worden. Es liegt nahe, eine unterschiedliche Verteilung dieser Risikofaktoren und eine durch normale Geschlechtsunterschiede im Alter verursachte unterschiedliche Vulnerabilität oder Resilienz gegenüber diesen Faktoren als Beitrag zu den signifikant höheren Morbiditätsraten der Frauen im Vergleich zu den Männern zu vermuten. Mehr aber lässt sich darüber noch nicht aussagen.

18.14 Geschlechtsunterschiede der Symptomatik über das gesamte Altersspektrum erster Episoden

Das Lebensalter hat jedoch auch einen von Geschlecht relativ unabhängigen selektiven Einfluss auf Kernsymptome der Schizophrenie, dessen Ausmaß lange Zeit den Glauben nährte, es handle sich nicht um dieselbe Krankheit. Ein Vergleich der Symptomatik in 5-Jahres-Altersgruppen über den gesamten Altersrange von 15 bis über 75 Jahre in einem Sample von 1109 konsekutiven Erstaufnahmen mit Schizophreniespektrumsstörungen (Häfner et al. 1998b) zeigte eine signifikant lineare Zunahme der Häufigkeit von paranoidem und systematisiertem Wahn von Werten um 30% in der Jugend und Adoleszenz auf Werte um 60% bei Schizophrenen im hohen Lebenshalter und eine gegengerichtete Abnahme von Symptomen mentaler Desorganisation mit hohen Werten bei Früherkrankungen zu Werten nahe Null bei Spätschizophrenien. Dieser signifikant lineare Alterstrend findet sich mit geringen Unterschieden bei beiden Geschlechtern. Die Autoren führen ihn auf Entwicklungsprozesse von Gehirn und Persönlichkeit zurück, die mit Abnahme der psychischen Vulnerabilität im frühen Alter und Zunahme von Resilienz und rationalprotektiver Abwehr im höheren Alter einhergehen.

Fazit

Frauen erkranken im Vergleich zu Männern im Mittel einige Jahre später an Schizophrenie. Von der Menopause an tritt bei Frauen ein zweiter Erkrankungsgipfel auf. Danach bleibt ihre Erkrankungshäufigkeit bis ins hohe Lebensalter signifikant höher als bei Männern. Abgesehen vom Einfluss des Lebensalters zeigt das Kernsyndrom der Schizophrenie keine wesentlichen Geschlechtsunterschiede in der Prodromalphase, der ersten Episode und im Langzeitverlauf. Die erheblichen Geschlechtsunterschiede im sozialen Verlauf gehen auf die günstigeren sozialen Ausgangsbedingungen der Frauen bei späterem Krankheitsausbruch und auf das sozial negatives Krankheitsverhalten der Männer zurück. Vor dem Menopausenalter weisen Frauen eine mildere Symptomatik und einen günstigeren Verlauf, nach dem Menopausenalter eine schwerere Symptomatik und einen ungünstigeren Verlauf als Männer auf. Bei Männern treten die schwersten Krankheitsformen im jungen Lebensalter auf.
Die Verminderung der Sekretion des Schutzfaktors Östrogen erhöht die Vulnerabilität und führt zu einem Anstieg von Ersterkrankungen und zu etwas schwereren Formen bei jüngeren Frauen. In familiären Fällen sinkt, in sporadischen Fällen steigt der Geschlechtsunterschied im Ersterkrankungsalter deutlich an. Dies geht auf eine biologische Balance zwischen der Stärke der Krankheitsdisposition und der Schutzwirkung von Östrogen zurück. Die neurobiologischen Grundlagen sind in einer biochemischen (u. a. Sensitivitätsminderung der D2-Rezeptoren) und genomischen Wirkung, vielleicht auch in neuroprotektiven Effekten von Östrogen zu suchen.
Eine adjuvante Östrogentherapie psychotischer Episoden scheint bei gleichzeitiger neuroleptischer Basisbehandlung dosisabhängig zu einer rascheren Verminderung der Symptomatik zu führen. Die Primärfaktoren, etwa Ausmaß und Altersveränderung der Östrogensekretion, natürliche Geschlechtsunterschiede im Verhalten und das Ersterkrankungsalter, werden im sozialen Verlauf teilweise über vermittelnde Faktoren, etwa den kognitiven und sozialen Entwicklungsstand bei Krankheitsausbruch und das soziale Verhalten, wirksam.
Östrogen ist die einzige bisher bekannte, präventiv wirksame Substanz, die einen Aufschub des Erkrankungsrisikos und eine Milderung der Symptomatik der Schizophrenie erhoffen lässt. Die Entwicklung wirksamer Substanzen ohne ernstere Nebenwirkungen und Folgerisiken steht jedoch hier noch in ihren Anfängen.

Literatur

Addington D, Addington P, Patten S (1996) Gender and affect in schizophrenia. Can J Psychiatry 41:265–268
Albus M, Maier W (1995) Lack of gender differences in age at onset in familial schizophrenia. Schizophr Res 18:51-57
Althaus G, Pfuhlmann B, Franzek E (2000) Der Einfluss des Menstruationszyklus auf die Manifestation psychiatrischer Erkrankungen. Fortschr Neurol Psychiatr 68:357–362
an der Heiden W, Krumm B, Müller S, Weber I, Biehl H, Schäfer M (1995) Mannheimer Langzeitstudie der Schizophrenie. Nervenarzt 66:820–827
an der Heiden W, Krumm B, Müller S, Weber I, Biehl H, Schäfer M (1996) Eine prospektive Studie zum Langzeitverlauf schizophrener Psychosen: Ergebnisse der 14-Jahres-Katamnese. ZMP 5:66–75
Anderson JC, Williams S, McGee R, Silva PA (1987) DSM-III disorders in preadolescent children: prevalence in a large community sample. Arch Gen Psychiatry 44:69–76
Andreasen NC (1983) The scale for the assessment of negative symptoms (SANS). University of Iowa, Iowa City
Andreasen NC, Ehrhardt JC, Swayze VW, Alliger RJ, Yuh WTC, Cohen G, Ziebell S (1990) Magnetic resonance imaging of the brain in schizophrenia: the pathophysiologic significance of structural abnormalities. Arch Gen Psychiatry 47:35–44
Angermeyer MC, Kühn L (1988) Gender differences in age at onset of schizophrenia. Eur. Arch Psychiatry Neurol Sci 237:351–364
APA – American Psychiatric Association (1980) Diagnostic and Statistical Manual of Mental Disorders, 3rd ed. American Psychiatric Association, Washington
APA – American Psychiatric Association (1987) DSM-III-R: Diagnostic and Statistical Manual of Mental Disorders. American Psychiatric Association, Washington
APA – American Psychiatric Association (1994) Diagnostic and Statistical Manual of Mental Disorders, 4th ed. American Psychiatric Association, Washington

Bardenstein KK, McGlashan TH, (1990) Gender differences in affective, schizoaffective, and schizophrenic disorders. Schizophr Res 3:159–172

Bebbington PE, Kuipers E (2003) Schizophrenia and psychosocial stresses. In: Hirsch SR, Weinberger D (eds) Schizophrenia, 2nd edn. Blackwell Publishing, Oxford, pp 613-636

Behl C (2002) Neuroprotective effects of estrogens in the central nervous system: mechanisms of action. In Häfner H (ed) Risk and protective factors in schizophrenia – towards a conceptual model of the disease process. Steinkopff, Darmstadt, pp 263–270

Beral V (2003) Breast cancer and hormone-replacement therapy in the Million Women Study. Lancet 362:419–427

Bergemann N, Mundt C, Parzer P, Jannakos I, Nagl I, Salbach B, Klinga K, Runnebaum B, Resch F (2005) Plasma concentrations of estradiol in women suffering from schizophrenia treated with conventional versus atypical antipsychotics. Schizophr Res 73:357–366

Biederman J, Mick E, Faraone SV, Braaten E, Doyle A, Spencer T, Wilens TE, Frazier E, Johnson MA (2002) Influence of gender on attention deficit hyperactivity disorder in children referred to a psychiatric clinic. Am J Psychiatry 159:36–42

Biehl H, Maurer K, Jablensky A, Cooper JE, Tomov T (1989) The WHO Psychological Impairments Rating Schedule (WHO/PIRS). I. Introducing a new instrument for rating observed behaviour and the rationale of the psychological impairment concept. Br J Psychiatry 155:68–70

Bleuter M (1943) Die spätschizophrenen Krankheitsbilder. Neurol XV 9:259–290

Bogerts B, Ashtari M, Degreef G, Alvis JMJ, Bilder RM, Lieberman JA (1990) Reduced temporal limbic structure volumes on magnetic resonance images in first episode schizophrenia. Psychiatry Res Neuroimag 35:1–13

Campball SB (1990) Behavior problems in preschool children. Guilford, New York

Cannon M, Caspi A, Moffitt T, Harrington H-L, Taylor A, Murray RM, Poulton R (2002) Evidence for early-childhood, pan-developmental impairment specific to schizophreniform disorder. Results from a longitudinal birth cohort. Arch Gen Psychiatry 59:449–456

Cannon TC, Mednick SA (1993) The schizophrenia high risk project in Copenhagen: three decades of progress. Acta Psychiatr Scand Suppl 370:33–47

Cannon TD, Mednick SA, Parnas J, Schulsinger F, Praestholm J, Vestergaard A (1993) Developmental brain abnormalities in the offspring of schizophrenic mothers: I. Contributions of genetic and perinatal factors. Arch Gen Psychiatry 50:551–564

Canuso CM, Goldstein JM, Wojcik J, Dawson R, Brandman D, Klibanski A, Schildkraut JJ, Green AL (2002) Antipsychotic medication, prolactin elevation, and ovarian function in women with schizophrenia and schizoaffective disorder. Psychiatry Res 111:11–20

Castle DJ (2000) Women and schizophrenia: an epidemiological perspective. In: Castle DJ, McGrath J, Kulkarni J (eds) Women and schizophrenia. Cambridge University Press, Cambridge, pp. 19–34

Castle DJ, Murray RM (1991) The neurodevelopmental basis of sex differences in schizophrenia. Psychol Med 21:565–575

Castle DJ, Murray RM (1993) The epidemiology of late-onset schizophrenia. Schizophr Bull 4:691-699

Castle DJ, Wessely S, Murray RM (1993) Sex and schizophrenia: effects of diagnostic stringency, and association with premorbid variables. Br J Psychiatry 162:658–664

Castle DJ, Wessely S, van Os J, Murray RM (1998) Psychosis in the inner city. Psychology Press, East Sussex

Choi SH, Kang SB, Joe SH (2001) Changes in premenstrual symptoms in women with schizophrenia: a prospective study. Psychosom Med 6:822–329

Choquet M, Ledoux S (1994) Epidémiologie et adolescence. In: Confrontations psychiatriques, vol 27 (no 35). Rhone-Poulenc rorer specia, Paris, pp 287–309

Campball SB (1990) Behavior problems in preschool children. Guilford, New York

Chang SS, Renshaw DC (1986) Psychosis and pregnancy. Compr Ther 12:36–41

Choi SH, Kang SB, Joe SH (2001) Changes in premenstrual symptoms in women with schizophrenia: a prospective study. Psychosom Med 6:822–829

Chua W, de Izquierdo SA, Kulkarni J, Mortimer A, Chua WL (2005) Estrogen for schizophrenia. Chochrane Database Syst Rev 19:CD004719

Cohen P, Cohen J, Kasen S, Velez CN, Hartmark D, Johnson J, Rojas M, Brook J, Streuning EL (1993) An epidemiological study of disorders in late childhood and adolescence, I: age and gender specific prevalence. J Child Psychol Psychiatry 34:851–867

Cohen RZ, Seeman MV, Gotowiec A, Kopala L (1999) Earlier puberty as a predictor of later onset of schizophrenia in women. Am J Psychiatry 156:1059–64

Crick NR, Zahn-Waxler C (2003) The development of psychopathology in females and males: current progress and future challenges. Dev Psychopathol 15:719–742

Crow TJ (1980) Molecular pathology of schizophrenia: more than one disease process. Br Med J 260:66–68

Crow TJ (1997) Is schizophrenia the price that Homo sapiens pays for language? Schizophr Res 28:127–141

Crow TJ, Ball J, Bloom SR, Brown R, Bruton CJ, Colter N, Frith CD, Johnstone EC, Owens DG, Roberts GW (1989) Schizophrenia as an anomaly of development of cerebral asymmetry. A post-mortem study and a proposal concerning the genetic basis of the disease. Arch Gen Psychiatry 46:1145–1146

Crow TJ, Done DJ, Sacker A (1995) Birth cohort study of the antecedents of psychosis: ontogeney as witness to phylogenetic origins. In: Häfner H, Gattaz WF (eds) Search for the causes of schizophrenia, vol III. Springer, Berlin, Heidelberg, pp 3–20

Dalton K (1959) Menstruation and acute psychiatric illness. Br Med J 1:148–149

Davidson M, Reichenberg A, Rabinowitz J, Weiser M, Kaplan Z, Mark M (1999) Behavioral and intellectual markers for schizophrenia in apparently healthy male adolescents. Am J Psychiatry 156 1328–1335

Davies A, McIvor RJ, Kumar C (1995) Impact of childbirth on a series of schizophrenic mothers: a comment on the possible influence of oestrogen on schizophrenia. Schizophr Res 16:25–31

De Bellis MD, Keshavan MS, Beers SR, Hall J, Frustaci K, Masalehdan A, Noll J, Boring AM (2001) Sex differences in brain maturation during childhood and adolescence. Cerebral Cortex 11:552-557

DeKeyser J, Sulter G, Luiten PG (1999) Clinical trials with neuroprotective drugs in acute ischaemic stroke: are we doing the right thing? Trends Neurosci 22:535–540

DeLisi LE, Bass N, Boccio A, Shilds G, Morganti C, Vita A (1994) Age of onset in familial schizophrenia. Arch Gen Psychiatry 51:334–335

Dewing P, Chiang CW, Sinchak K, Sim H, Fernagut PO, Kelly S, Chesselet MF, Micevych PE, Albrecht KH, Harley VR, Vilain E (2006) Direct redulation of adult brain function by the male-specific factor SRY. Curr Biol 16:415–420

Dickson RA, Seeman MV, Corenblum B (2000) Hormonal side effects in women: Typical versus atypical antipsychotic treatment. J Clinical Psychiatry 61 (Suppl. 3):10–15

DiPaolo T, Falardeau P (1985) Modulation of brain and pituitary dopamine receptors by estrogens and prolactin. Prog. Neuro-Psychopharmacol. Biol. Psychiatry 9:473-480

Done D, Crow TJ, Johnstone EC, Sacker A (1994a) Childhood antecedents of schizophrenia and affective illness: social adjustment at ages 7 and 11. Br Med J 309:699–703

Done DJ, Sacker A, Crow TJ (1994b) Childhood antecedents of schizophrenia and affective illness: Intellectual performance at ages 7 and 11. Scizophr Res 11:96–97

Dong L, Wang W, Wang F, Stoner M, Reed JC, Harigai M, Samudio I, Kladde MP, Vyhlidal C, Safe S (1999) Mechanisms of transcriptional activation of bcl-2 gene expression by 17beta-estradiol in breast cancer cells. J Biol Chem 274:32099–32107

Döpfner M, Pluck J, Berner W, Fegert JM, Huss M, Lenz K, Schmeck K, Lehmkuhl U, Poustka F, Lehmkuhl G (1997) Psychische Auffälligkeiten von Kindern und Jugendlichen in Deutschland – Ergebnisse einer repräsentativen Studie: Methodik, Alters-, Geschlechts- und Beurteilereffekte. Zeitschrift für Kinder- und Jugendpsychiatrie Psychotherapie 25:218–233

Earls F (1987) Sex differences in psychiatric disorders: origins and developmental influences. Psychiatr Dev 1:1–23

Ellingrod V, Schultz SK, Arndt S (2000) Association between cytochrome P4502D6 (CYP2D6) genotype, neuroleptic exposure and abnormal involuntary movement scale (AIMS) score. Schizophr Res 36:1–3

Endo M, Daiguji M, Asano Y, Yanashita I, Lakahashi S (1978) Periodic psychosis occurring in association with the menstrual cycle. J Clin Psychiatry 39:456–461

Erlenmeyer-Kimling L, Kestenbaum C, Bird H, Hilldoff U (1984) Assessment of the New York high-risk project subjects in sample A who are now clinical deviants. In: Watt N, Anthony N, Wynne EJ, Rolf LC (Eds.) Children at risk for schizophrenia: A longitudinal perspective. Cambridge University Press, Cambridge

Erlenmeyer-Kimling L, Cornblatt BA, Rock D, Roberts S, Bell M, West A (1993) The New York high-risk project: anhedonia, attentional deviance, and psychopathology. Schizophr Bull 19:141–153

Evans RM (1988) The steroid and thyroid hormone receptor superfamily. Science 240:889–895

Faraone SV, Chen WJ, Goldstein JM, Tsuang MT (1994) Gender differences in age at onset of schizophrenia. Br J Pychiatry 164:625–629

Feighner JP, Robins E, Guze SB, Winokur G, Woodruff RA jr., Munoz R (1972) Diagnostic criteria for use in psychiatric research. Arch Gen Psychiatry 26:57–67

Felthous AR, Robinson DB, Conroy RW (1980) Prevention of recurrent menstrual psychosis by an oral contraceptive. Am J Psychiatry 137:245–246

Fennig S, Putnam K, Bromet EJ, Galambos N (1995) Gender, premorbid characteristics and negative symptoms in schizophrenia. Acta Psychiatr Scand 92:173–177

Fields JZ, Gordon JH (1982) Estrogen inhibits the dopaminergic supersensitivity induced by neuroleptics. Life Sciences 30:229–234

Fitzgerald P, Seeman MV (2000) Women and schizophrenia: treatment implications. In: Castle DJ, McGrath J, Kulkarni J (eds) Women and schizophrenia. Cambridge University Press, Cambridge, pp 95–110

Flaum M, Swayze VW, O'Leary DS, Yuh, WT, Ehrhardt JC, Arndt SV, Andreasen NC (1995) Effects of diagnosis, laterality, and gender on brain morphology in schizophrenia. Am J Psychiatry 152:704–714

Folnegovic Z, Folnegovic-Smalz V (1994) Schizophrenia in Croatia: age of onset differences between males and females. Schizophr Res 14:83–91

Freeman RD, Fast DK, Burd L, Kerbeshian J, Robertson MM, Sandor (2000) An international perspective on Tourette syndrome: selected findings from 3,500 individuals in 22 countries. Dev Med Child Neurol 42:436–47

Gangadhar BN, Panner Selvan C, Subbakrishna DK, Janakiramaiah N (2002) Age-at-onset and schizophrenia: reversed gender effect. Acta Psychiatr Scand 105:317–319

Gattaz WF, Behrens S, De Vrie J, Häfner H (1992) Östradiol hemmt Dopamin-vermittelte Verhaltensweisen bei Ratten – ein Tiermodell zur Untersuchung der geschlechtsspezifischen Unterschiede bei der Schizophrenie. Fortschr Neurol Psychiatr 60:8–16

Gattaz WF, Vogel P, Riecher-Rössler A, Soddu G (1994) Influence of the menstrual cycle phase on the therapeutic response in schizophrenia. Biol Psychiatry 36:137–139

Gattaz WF, Abrahao AL, Foccacia R (2002) Environmental risk factors of psychosis. In: Häfner H (ed) Risk and protective factors in schizophrenia. Steinkopff-Verlag, Darmstadt, pp 133–138

Geddes J, Lawrie S (1995) Obstetric complications and schizophrenia: a meta-analysis. Br J Psychiatry 167:786–793

Gershon J (2002) A meta-analytic review of gender differences in ADHD. J Atten Disord 5:143–54

Goldberg TE, Gold JM, Torrey EF, Weinberger DR (1995) Lack of sex differences in the neuropsychological performance of patients with schizophrenia. Am J Psychiatry 152:883–888

Goldstein JM (1988) Gender differences in the course of schizophrenia. Am J Psychiatry 145:684–689

18

Goldstein JM (1993) Impact of sampling biases in explaining discrepancies in studies on gender and schizophrenia: a reply. Schizophr Bull 19:9–14

Goldstein JM (1995a) The impact of gender on understanding the epidemiology of schizophrenia. In: Seeman MV (ed) Gender and psychopathology. American Psychiatric Press, Washington, pp 159–199

Goldstein JM (1995b) Gender and the famial transmission of schizophrenia. In: Seeman MV (ed) Gender and psychopathology. American Psychiatric Press, Washington

Goldstein JM (1996) Sex and brain abnormalities in schizophrenia: fact or fiction? Harvard Rev Psychiatry 4:110–115

Goldstein JM, Lewine RRJ (2000) Overview of sex differeces in schizophrenia: where have we been and where do we go from here? In: Castle DJ, McGrath J, Kulkarni J (eds) Women and schizophrenia. Cambridge University Press, Cambridge, pp 111–143

Goldstein JM, Link BG (1988) Gender and the expression of schizophrenia. J Psychiatr Res 22:141–155

Gregoire A (2005) Estrogens in perinatal disorders. In: Bergemann N, Riecher-Rössler A (eds) Estrogen effects in psychiatric disorders. Springer, Wien New York, pp 191–206

Gregoire AJP, Kumar R, Everitt B, Henderson AF, Studd JW (1996) Transdermal oestrogen for treatment of severe postnatal depression. Lancet 347:930–933

Grimes DA, Lobo RA (2002) Perspectives on the Women's Health Initiative trial of hormone replacement therapy. Obstet Gynecol 100:1344–1353

Gur RE, Mozley PD, Resnick SM Shtasel D, Kohn M, Zimmerman R, Herman G, Atlas G, Grossman R, Erwin R (1991) Magnetic resonance imaging in schizophrenia: I. Volumetric analysis of brain and cerebrospinal fluid. Arch Gen Psychiatry 48:407–412

Häfner H (1987) Epidemiology of schizophrenia. In: Häfner H, Gattaz WF, Janzarik W (eds) Search for the causes of schizophrenia. Springer, Berlin Heidelberg New York Tokyo, pp 47–74

Häfner H (1995) Was ist Schizophrenie? Gustav Fischer, Stuttgart Jena

Häfner H (1996) The epidemiology of onset and early course of schizophrenia. In: Häfner H, Wolpert EM (eds) New research in psychiatry. Hogrefe & Huber, Seattle Toronto, pp 33–60

Häfner H (1998) Ist es einzig die Krankheit? In: Möller H-J, Müller N (eds) Schizophrenie – Moderne Konzepte zu Diagnostik, Pathogenese und Therapie. Springer, Wien, pp 37–59

Häfner H (2000a) Gender differences in schizophrenia. In: Frank E (ed) Gender and its effects on psychopathology. American Psychopathological Association Series. American Psychiatric Press, Washington, pp 187–228

Häfner H (2000b) Ist es alles nur die Krankheit? (Schriften der Mathematisch-naturwissenschaftlichen Klasse der Heidelberger Akademie der Wissenschaften Nr. 7). Springer, Berlin Heidelberg New York Tokyo

Häfner H (2003) Gender differences in schizophrenia. Psychoneuroendocrinology 28:17–45

Häfner H, an der Heiden W (1997) Epidemiology of schizophrenia. Can J Psychiatry 42:139–151

Häfner H, Riecher A, Maurer K, Löffler W, Munk-Jörgensen P, Strömgren E (1989) How does gender influence age at first hospitalization for schizophrenia? A transnational case register study. Psychol Med 19:903–918

Häfner H, Riecher A, Maurer K, Meissner S, Schmidtke A, Fätkenheuer B, Löffler W, an der Heiden W (1990) Ein Instrument zur retrospektiven Einschätzung des Erkrankungsbeginns bei Schizophrenie (Instrument for the retrospective assessment of the onset of schizophrenia – »IRAOS«) – Entwicklung und Ergebnisse. Z Klin Psychol 19:230–255

Häfner H, Behrens S, de Vry J, Gattaz WF, Löffler W, Maurer K, Riecher-Rössler A (1991) Warum erkranken Frauen später an Schizophrenie? Nervenheilkunde 10:154–163

Häfner H, Maurer K, Löffler W, Riecher-Rössler A (1993a) The influence of age and sex on the onset and early course of schizophrenia. Br J Psychiatry 162:80–86

Häfner H, Riecher-Rössler A, an der Heiden W, Maurer K, Fätkenheuer B, Löffler W (1993b) Generating and testing a causal explanation of the gender difference in age at first onset of schizophrenia. Psychol Med 23:925–940

Häfner H, Maurer K, Löffler W, Bustamante S, an der Heiden W, Riecher-Rössler A, Nowotny B (1995) Onset and early course of schizophrenia. In: Häfner H, Gattaz WF (eds) Search for the causes of schizophrenia, vol. III. Springer, Berlin Heidelberg New York Tokyo, pp 43–66

Häfner H, an der Heiden W, Löffler W, Maurer K, Hambrecht M (1998a) Beginn und Frühverlauf schizophrener Erkrankungen. In: Klosterkötter J (Hrsg) Frühdiagnostik und Frühbehandlung psychischer Störungen. Bayer-ZNS-Symposium, Bd. XIII. Springer, Berlin Heidelberg New York Tokyo, pp 1–28

Häfner H, Hambrecht M, Löffler W, Munk-Jorgensen P, Riecher-Rössler A (1998b) Is schizophrenia a disorder of all ages? A comparison of first episodes and early course over the life-cycle. Psychol Med 28:351–365

Häfner H, an der Heiden W, Behrens S, Gattaz WF, Hambrecht M, Löffler W, Maurer K, Munk-Jörgensen P, Nowotny B, Riecher-Rössler A, Stein A (1998c) Causes and consequences of the gender difference in age at onset of schizophrenia. Schizophr Bull 24:99–113

Häfner H, Löffler W, Maurer K, Riecher-Rössler A, Stein A (1999a) Instrument für die retrospektive Erfassung des Erkrankungsbeginns und -verlaufs bei Schizophrenie und anderen Psychosen. Huber, Bern

Häfner H, Maurer K, Löffler W, an der Heiden W, Stein A, Könnecke R, Hambrecht M (1999b) Onset and prodromal phase and determinants of the course. In: Gattaz WF, Häfner H (eds) Search for the causes of schizophrenia. Vol. IV Balance of the century. Steinkopff, Darmstadt, pp 35–58

Häfner H, Löffler W, Riecher-Rössler A, Häfner-Ranabauer W (2001) Schizophrenie und Wahn im höheren und hohen Lebensalter. Nervenarzt 72:347–357

Häfner H, Löffler W, Maurer K, Riecher-Rössler A, Stein A (2003) IRAOS – Interview for the retrospective assessment of the onset and course of schizophrenia and other psychoses. Hogrefe & Huber, Göttingen

Häfner H, Ehrenreich H, Gattaz WF, Louza MR, Riecher-Rössler A, Kulkarni J (2006) Oestrogen – a protective factor in schizophrenia? Current Psychiatry Reviews 2:339–362

Halliday J, Farrington S, Macdonald S, Mac Ewan T, Sharkey V, McCreadie R (2002) Nithsdale schizophrenia surveys 23: movement disorders. 20-year review. Br J Psychiatry 181:422–427

Hallonquist JD, Seeman MV, Lang M, Rector NA (1993) Variaton in symptom severity over the menstural cycle of schizophrenics. Biol Psychiatry 33:207–209

Hambrecht M, Maurer K, Sartorius N, Häfner H (1992) Transnational stability of gender differences in schizophrenia? An analysis based on the WHO Study on Determinants of Outcome of Severe Mental Disorders. Eur Arch Psychiatry Clin Neurosci 242:6–12

Hambrecht M, Riecher-Rössler A, Fätkenheuer B, Louza MR, Häfner H (1994) Higher morbidity risk for schizophrenia in males: Fact or fiction? Compr Psychiatry 35:39–49

Harris B, Johns S, Fung H, Thomas R; Walker R; Read G; Riad-Fahmy D (1989) The hormonal environment of postnatal depression. Br J Psychiatry 154:660–667

Harrison G, Croudace T, Mason P, Glazebrook C, Medley I (1996) Predicting the long-term outcome of schizophrenia. Psychol Med 26:697–705

Helgason T, Magnusson H (1989) The first 80 years of life. A psychiatric epidemiological study. Acta Psychiatr Scand 79 (Suppl 348):85-94

Helmchen H, Henn F, Lauter H, Sartorius N (Hrsg.) (2000) Schizophrene und affektive Störungen, 4. Aufl. (Psychiatrie der Gegenwart 5). Springer, Berlin Heidelberg New York Tokyo

Heyer A, Hasselblatt M, von Ahsen N, Hafner H, Siren AL, Ehrenreich H (2005) In vitro gender differences in neuronal survival on hypoxia and in 17beta-estradiol-mediated neuroprotection. J Cereb Blood Flow Metab 25:427–30

Hochman KM, Lewine RR (2004) Age of menarche and schizophrenia onset in women. Schizophr Res 69:183–188

Hoff AL, Kremen WS, Wieneke MH, Lauriello J, Blankfeld HM, Faustman WO, Csernansky JG, Nordahl TE (2001) Association of estrogen levels with neuropsychological performance in women with schizophrenia. Am J Psychiatry 158:1134–1139

Howard R, Castle DJ, Wessely S, Murray RM (1993) A comparative study of 470 cases of early-onset and late-onset schizophrenia. Br J Psychiatry 163:352–357

Hruska RE (1986) Evaluation of striatal dopamine receptors by estrogen: Dose and time studies. J Neurochem 47:1980–1915

Huber TJ, Rollnik J, Wilhelms J, von zur Mühlen A, Emrich HM, Schneider U (2001) Estradiol levels in psychotic disorders. Psychoneuroendocrinology 26:27–35

Isohanni M, Rantakallio P, Jones P, Järvelin M-R, Isohanni I, Mäkikyrö T, Moring J (1998) The predictors of schizophrenia in the 1966 Northern Finland Birth Cohort study. Schizophr Res 29:11

Jablensky A (1995) Schizophrenia: the epidemiological horizon. In: Hirsch SR, Weinberger DR (eds) Schizophrenia. Blackwell Science, Oxford, pp 206–252

Jablensky A (2003) The epidemiological horizon. In: Hirsch SR, Weinberger D (eds) Schizophrenia, 2nd ed. Blackwell Publishing, Oxford, pp 203-231

Jablensky A, Sartorius N, Ernberg G, Anker M, Korten A, Cooper JE, Day R, Bertelsen A (1992) Schizophrenia: manifestations, incidence and course in different cultures. A World Health Organization ten-country study. Psychol Med Monogr Suppl 20. Cambridge University Press, Cambridge

Jenkins R, Bebbington P, Brugha T, Farrell M, Gill B, Lewis G, Meltzer H, Petticrew M (1997) The national psychiatric morbidity survey of Great Britain. Psychol Med 27:765–774

Jeste DV, Harris MJ, Pearlson GD, Rabins P, Lesser I, Miller B, Coles C, Yassa R (1988) Late-onset schizophrenia. Studying clinical validity. Psychiatric Clinics of North America 11:1–13

Jones I, Craddock N (2002) Do puerperal psychotic episodes identify a more familial subtype of bipolar disorder? Results of a family history study. Psychiatr Genet 12:177-80

Jones PB (1999) Longitudinal approaches to the search for the causes of schizophrenia: Past, present and future. In: Gattaz WF, Häfner H (eds) Search for the causes of schizophrenia, vol. IV Balance of the century. Steinkopff, Darmstadt, pp 91–119

Jones PB, Murray RM, Rodgers B (1995) Childhood risk factors for adult schizophrenia in a general population birth cohort at age 43 years. In: Mednick SA, Hollister JM (eds) Neural development in schizophrenia. Plenum Press, New York, pp 151–176

Jones PB, Rantakallio P, Hartikainen AL, Isohanni M, Sipilä P (1998) Schizophrenia as a long-term outcome of pregnancy, delivery, and perinatal complications: a 28-year follow-up of the 1966 North Finland general population birth cohort. Am J Psychiatry 155:355–364

Jung E, Krumm B, Biehl H, Maurer K, Bauer-Schubart C (1989) DAS – Mannheimer Skala zur Einschätzung sozialer Behinderung. Beltz, Weinheim

Kandel DB (2000) Gender differences in the epidemiology of substance dependence in the United States. In: Frank E (ed) Gender and its effects on psychopathology. American Psychopathological Association, Washington, pp 231–252

Kendell RE, Chalmers JC, Platz C (1987) Epidemiology of puerperal psychoses. Br J Psychiatry150:662-73

Kendler KS, Walsh D (1995) Gender and schizophrenia: results of an epidemiologically based family study. Br J Psychiatry 167:184-192

Kessler RC, McGonagle KA, Zhao S, Nelson CB, Hughes M, Eshleman S, Wittchen H-U, Kendler KS (1994) Lifetime and twelve month prevalence of DSM-III-R psychiatric disorders in the United States. Arch Gen Psychiatry 51:8–19

Könnecke R, Häfner H, Maurer K, Löffler W, an der Heiden W (2000) Main risk factors for schizophrenia: increased familial loading and pre- and peri-natal complications antagonize the protective effect of oestrogen in women. Schizophr Res 44:81–93

Kraepelin E (1909) Psychiatrie, Bd. 1–4. Barth, Leipzig

Kretschmer E (1921) Körperbau und Charakter. Springer, Berlin Heidelberg New York Tokyo

Kulkarni J, de Castella A, Taffe J, Burger H, Reidel A (1999) Clinical estrogen trials in patients with schizophrenia. Current Opinion in Psychiatry 12 (Suppl 1):184–185

Kulkarni J, De Castella A, Downey M, Hammond J, Reidel A, Ward S, White S, Taffe J, Fitzgerald P, Burger H (2002) Clinical estrogen trials in schizophrenia. In: Häfner H, an der Heiden W, Resch F, Schröder J (eds) Risk and protective factors in schizophrenia – towards a conceptual model of the disease process. Steinkopff Verlag, Berlin Heidelberg New York Darmstadt, pp 27–284

Kuller LH (2003) Hormone replacement therapy and risk of cardiovascular disease: implications of the results of the Women's Health Initiative. Arterioscler Thromb Vasc Biol 23:11–16

Kumar C, McIvor RJ, Davies T, Brown N, Papadopoulos A, Wieck A, Checkley SA, Campbell IC, Marks MN (2003) Estrogen administration does not reduce of rate of recurrence of affective psychosis after childbirth. J Clin Psychiatry 64:112–118

Labelle A, Light M, Dunbar F (2001) Risperidone treatment in outpatients with schizophrenia: no evidence of sex differences in treatment response. Can J Psychiatry 46:534–541

Lauriello J, Hoff A, Wieneke MH, Blankfeld H, Faustman WO, Rosenbloom M, DeMent S, Sullivan EV, Lim KO, Pfefferbaum A (1997) Similar extent of brain dysmorphology in serverely ill women and men with schizophrenia. Am J Psychiatry 154:819–825

Leung C, Chue P (2000) Sex differences in schizophrenia, a review of the literature. Acta Psychiatr Scand Suppl 401:3–38

Lewine RRJ (1988) Gender and schizophrenia. In: Nasrallah HA (ed) Handbook of schizophrenia, Vol. 3. Elsevier, Amsterdam, pp 389–397

Lewine RRJ, Seeman MV (1995) Gender, brain and schizophrenia: anatomy of differences/differences of anatomy. In: Seeman MV (ed) Gender and psychopathology. American Psychiatric Press, Washington DC, pp 131-158

Lewis S (1992) Sex and schizophrenia: vive la difference. Br J Psychiatry 161:445–450

Liao D, Yeh Y, Chen H (2001) Association between the Ser9Gly polymorphism of the dopamine D3 receptor gene and tardive dyskinesia in Chinese schizophrenic patients. Neuropsychobiology 44:95–98

Lindamer LA, Buse DC, Lohr JB, Jeste DV (2001) Hormone replacement therapy in postmenopausal women with schizophrenia: positive effect on negative symptoms? Biol Psychiatry 49:47–51

Löffler W, Häfner H (1999) Dimensionen der schizophrenen Symptomatik. Nervenarzt 70:416–429

Löffler W, Häfner H, Fätkenheuer B, Maurer K, Riecher-Rössler A, Lützhøft J, Skadhede S, Munk-Jørgensen P, Strömgren E (1994) Validation of Danish case register diagnosis for schizophrenia. Acta Psychiatr Scand 90:196–203

Loranger AW (1984) Sex difference in age of onset of schizophrenia. Arch Gen Psychiatry 41:157–161

Maccoby EE, Jacklin CN (1974) The psychology of sex differences. Stanford University Press, Stanford

Malmberg A, Lewis G, David A, Allebeck P (1998) Premorbid adjustment and personality in people with schizophrenia. Br J Psychiatry 172:308–313

McGlashan TH, Bardenstein KK (1990) Gender differences in affective, schizoaffective, and schizophrenic disorders. Schizophr Bull 16:319–329

McGlashan TH, Hoffman RE (2000) Schizophrenia as a disorder of developmentally reduced synaptic connectivity. Arch Gen Psychiatry 57:637–64

McEwen BS, Alves SE. (1999) Estrogen actions in the central nervous system. Endocr Rev 20:279–307

Mendelson WB, Gillin JC, Wyatt RJ (1977) Sexual physiology and schizophrenia. Acta Scientifica Venezolana 28:417–425

Moldin SO (2000) Gender and schizophrenia: An overview. In: Frank E (ed) Gender and its effects on psychopathology. American Psychiatric Press, Inc., Washington, DC, pp 169–186

Morissette M, DiPaolo T (1993) Sex and estrous cycle variations of rat striatal dopamine uptake sites. Neuroendocrinology 58:16–22

Mueser KT, Bellack AS, Morrison RL, Wixted JT (1990a) Social competence in schizophrenia: premorbid adjustment, social skill, and domains of functioning. J Psychiatr Res 24:51–63

Murray RM, Lewis SW (1987) Is schizophrenia a neurodevelopmental disorder? Br Med J 295:681–682

Murray RM, Fearon P (1999) The developmental 'risk factor' model of schizophrenia. J Psychiatr Res 33:497–499

Murthy GVS, Janakiramaiah N, Gangadhar BN, Subbarrishna DK (1998) Sex differences in age at onset of schizophrenia: discrepant findings from India. Acta Psychiatr Scand 97:321–325

Nasrallah R, Schwartzkopf SB, Olson SC, Coffman JA (1990) Gender differences in schizophrenia on MRI brain scans. Schizophr Bull 16:205–210

Nott PM, Franklin M, Armitage C, Gelder MC (1976) Hormonal changes and mood in the puerperium. Br J Psychiatry 128:379–383

Nuechterlein KH, Dawson ME, Ventura J, Gitlin M, Subotnik KL, Snyder KS, Mintz J, Bartzokis G (1994) The vulnerability-stress model of schizophrenia relapse: a longitudinal study. Acta Psychiatr Scand Suppl. 89:58–64

Opjordsmoen S (1991) Long-term clinical outcome of schizophrenia with special reference to gender differences. Acta Psychiatr Scand 83:307–313

Parnas J, Cannon TD, Jacobsen B, Schulsinger H, Schulsinger F, Mednick SA (1993) Lifetime DSM-IIIR diagnostic outcomes in offspring of schizophrenic mothers: Results from the Copenhagen High-Risk Study. Arch Gen Psychiatry 50:707–714

Pearlin LI, Lieberman MA, Menaghan E, Mullan JT (1981) The stress process. J Health Soc Behav 22:337–356

Rantakallio P, Jones P, von Wendt L (1997) Association between central nervous system infections during childhood and adult onset of schizophrenia and other psychoses. Int J Epidemiol 26:837–843

Retterstol N, Opjordsmoen S (1994) Differences in diagnosis and long-term course and outcome between monosymptomatic and other delusional disorders. Psychopathology 27:240–246

Richman N, Stevenson J, Graham P (1982) Preschool to school: a behavioural study. Academic Press, London

Riecher-Rössler A, Häfner H (1993) Schizophrenia and oestrogens – is there an association? Eur Arch Psychiatry Clin Neurosci 242:323–328

Riecher-Rössler A, Häfner H, Stumbaum M, Maurer K, Schmidt R (1994a) Can estradiol modulate schizophrenic symptomatology? Schizophr Bull 20:203–214

Riecher-Rössler A, Häfner H, Dütsch-Strobel A, Oster M, Stumbaum M, van Gülick-Bailer M, Löffler W (1994b) Further evidence for a specific role of estradiol in schizophrenia? Biol Psychiatry 36:492–495

Riecher-Rössler A (2005) Estrogens and schizophrenia. In: Bergemann N, Riecher-Rössler A (eds) Estrogen effects in psychiatric disorders. Springer, Wien New York, pp 31–52

Rosenfield S (2000) Gender and dimensions of the self: Implications for internalizing and externalizing behavior. In: Frank E (ed) Gender and its effects on psychopathology. American Psychopathological Association Series. American Psychiatric Press, Washington, pp 23–36

Rosenheck R, Cramer J, Xu W, Thomas J, Henderson W, Frisman L, Fye C, Charney D (1997) A comparison of clozapine and haloperidol in hospitalised patients with refractory schizophrenia. N Engl J Med 337:809–815

Ruiz A, Blanco R, Santander J, Miranda E (2000). Relationship between sex differences in onset of schizophrenia and puberty. J Psychiatr Res 34:349–353

Salokangas RKR (1995) Gender and the use of neuroleptics in schizophrenia – further testing of the estrogen hypothesis. Schizophr Res 16:7–16

Seeman MV (1981) Gender and the onset of schizophrenia: Neuro-humoral influences. Psychiatr J Univ Ottawa 6:136–138

Seeman MV (1982) Gender differences in schizophrenia. Can J Psychiatry 27:107–112

Seeman MV (1983) Interaction of sex, age and neuroleptic dose. Compr Psychiatry 24:125–128

Seeman MV (1989) Neuroleptic prescription for men and women. Social Pharmacol 3:219–236

Seeman MV (1996) The role of estrogen in schizophrenia. J Psychiatry Neurosci 21:123–127

Seeman MV (1997). Psychopathology in women and men. Focus on female hormone. Am J Psychiatry 154:1641–1647

Seeman MV (2004) Gender differences in the prescribing of antipsychotic drugs. Am J Psychiatry 161:1324–1333

Seeman MV, Lang M (1990) The role of estrogens in schizophrenia gender differences. Schizophr Bull 16:185–194

Shimizu A, Kurachi M, Noda M,Yamaguchi N, Torii H, Isaki K (1988) Influence of sex on age at onset of schizophrenia. Japanese Journal of Psychiatry and Neurology 42:35–40

Shughrue PJ, Lane MV, Merchenthaler I (1997) Comparative distribution of estrogen receptor and X and B MRNA in the rat central nervous system. J Compr Neurol 388:507–525

Singh M, Meyer EM, Simpkins JW (1995) The effect of ovariectomy and estradiol replacement on brain-derived neurotrophic factor mRNA expression in cortical and hippocampal brain regions of female Sprague Dawley rats. Endocrinology 136:2320–2324

Sohrabji F, Miranda R, Torran-Allerand CD (1995) Identification of a putative estrogen response element in the gene encoding brain-derived neurotrophic factor. Proc Natl Acad Sci USA 92:11110–11114

Thompson KN, Kulkarni J, Sergejew AA (2000) Extrapyramidal symptoms and oestrogen. Acta Psychiatr Scand 101:130–134

Van Hartesvelt C, Joyce J (1986) Effects of oestrogen on the basal ganglia. Neurosci Biobehav Rev 10:1–14

Van Os J, Howard R, Takei N, Murray R (1995) Increasing age is a risk factor for psychosis in the elderly. Soc Psychiatry Psychiatr Epidemiol 30:161-164

Vedder H, Behl C. (2005) Estrogens in neuropsychiatric disorders: From physiology to pathophysiology. In: Bergemann N, Riecher-Rössler A (eds) Estrogen effects in psychiatric disorders. Springer, Wien New York, pp 1–30

Walker EF, Weinstein J, Baum K, Neumann CS (1995) Antecedents of schizophrenia: Moderating effects of development and biological sex. In: Häfner H, Gattaz WF (eds) Search for the causes of schizophrenia, vol. III. Springer, Berlin Heidelberg Now York Tokyo, pp 21–42

Weber I (1996) Lebenszufriedenheit einer Kohorte Schizophrener 15,5 Jahre nach stationärer Aufnahme. Doctoral thesis for a Doctor scientiarum humanarum of the Mannheim Faculty of Clinical Medicine of the Ruprecht Karls University of Heidelberg

Weinberger DR (1995) Schizophrenia as a neurodevelopmental disorder. In: Hirsch SR, Weinberger DR (eds) Schizophrenia. Blackwell, Oxford, pp 293–323

Weiser M, Reichenberg A, Rabinowitz J, Kaplan Z, Mark M, Nahon D, Davidson M (2000) Gender differences in premorbid cognitive performance in a national cohort of schizophrenic patients. Schizophr Res 45:185–190

WHO – World Health Organization (1978) Mental disorders: glossary and guide to their classification in accordance with the ninth revision of the International Classification of Diseases. WHO, Geneva

WHO-World Health Organization (1988) Psychiatric Disability Assessment Schedule (WHO/DAS). WHO, Geneva

Wing JK, Cooper JE, Sartorius N (1974) Measurement and classification of psychiatric symptoms: An instruction manual for the PSE and CATEGO program. Cambridge University Press, London

Zhang-Wong J, Seeman MV (2002) Antipsychotic drugs, menstrual regularity, and osteoporosis risk. Arch Women Ment Health 5:93–98

Epidemiologische Studien zeigen, dass psychische Störungen bei Männern und Frauen insgesamt ähnlich häufig anzutreffen sind (Ernst 2001). Dagegen finden sich deutliche Geschlechtsunterschiede in der Häufigkeit spezieller psychischer Störungen. Frauen leiden häufiger an affektiven – hier speziell depressiven – Störungen, Angststörungen, Essstörungen und somatoformen Störungen, während Männer häufiger die Kriterien für Substanzmissbrauch und -abhängigkeit, antisoziale Persönlichkeitsstörung und Störungen der Impulskontrolle erfüllen. Bipolare Störungen und nichtaffektive psychotische Störungen kommen dagegen mit insgesamt niedrigerer Prävalenz bei Männern und Frauen etwa gleich häufig vor (Kessler et al. 2005; Wittchen u. Jacobi 2005).
Mit am besten dokumentiert sind die höheren Erkrankungsraten von Frauen bei den depressiven Störungen. Das vorliegende Kapitel zeigt Evidenzen aus aktuellen Studien dazu auf und diskutiert die wichtigsten Erklärungshypothesen für den Geschlechtsunterschied in der Häufigkeit dieser Störungen.

19.1 Evidenz

Unter die unipolaren depressiven Störungen, die durch ausschließlich depressive, nicht aber manische oder hypomanische Phasen gekennzeichnet sind, sind nach ICD-10 und DSM-IV singuläre und rezidivierende typische bzw. majore depressive Episoden und die dysthyme Störung subsumiert. Bereits ältere Arbeiten zeigten für diese Störungsbilder einen klaren Trend zu höheren Erkrankungsraten bei Frauen (Übersicht bei Nolen-Hoeksema 1990). Während der letzten Jahre lieferte eine Reihe methodisch anspruchsvoller Studien hierzu neue Evidenzen. Eine Übersicht über die wichtigsten Arbeiten gibt ◼ Tab. 19.1

Wie daraus hervorgeht, variieren die absoluten Prävalenzraten zwischen den Studien beträchtlich. Dies ist zum Teil auf unterschiedliche Erhebungsmethodik und divergierende Diagnosesysteme zurückführbar, zum Teil spiegeln sich hier auch tatsächliche Unterschiede zwischen den untersuchten Ländern bzw. Zentren wieder. Im Vergleich zu den Männern weisen Frauen durchgängig höhere Erkrankungsraten auf (Geschlechterverhältnis 1,3:1 bis 4,1:1, ungewichtete mittlere Ratio 2,0, ◼ Tab. 19.1). Insbesondere die beiden weltweiten Multicenterstudien (Weissman et al. 1996; Maier et al. 1999) machen deutlich, dass das erhöhte Depressionsrisiko von Frauen über verschiedene soziokulturelle Settings hinweg identifizierbar ist.

Altersbezogene Geschlechtsunterschiede. Die Depressionsraten von Jungen und Mädchen driften erst in der Pubertät auseinander, in der Vorpubertät sind Jungen mindestens so häufig wie Mädchen betroffen (Essau u. Petermann 1995). In der mittleren Pubertät steigen die Raten insgesamt an, jedoch mit einem deutlicheren Anstieg bei den Mädchen, und im Alter von 18 Jahren ist das typische Geschlechterverhältnis von ca. 2:1 bereits erreicht (Lewinsohn et al. 1993; Hankin et al. 1998; Oldehinkel et al. 1999; ◼ Tab. 19.1). Unklar ist, ob sich die Depressionsraten im höheren Alter wieder annähern, es gibt sowohl Belege für (z. B. Gutierrez-Lobos et al. 2002; Bebbington et al. 2003) als auch gegen diese Annahme (Mirowsky 1996; Prince et al. 1999; Angst et al. 2002a, Cairney u. Wade 2002).

Zunahme von Depressionen in jüngeren Geburtskohorten. Aus früheren Studien kristallisierte sich bereits ein Trend zur Zunahme depressiver Störungen in jüngeren Geburtskohorten heraus (Fombonne 1998), der durch jüngere Arbeiten Bestätigung findet (z. B. Kessler et al. 1994; 2003; 2005; Sandanger et al. 1999; Murphy et al. 2000). Indirekte Evidenz hierfür zeigt sich auch anhand der neueren

Tab. 19.1. Aktuelle Befunde zur Prävalenz depressiver Störungen bei Frauen und Männern

Studie/Autoren	Land	Alter (Jahre)	n (ca.)	Diagnosekriterien	Männer (%)	Frauen (%)	Geschlechtsverhältnis
Erwachsene							
NCS Kessler et al. 1994[1]	USA	15–54	8000	DSM-III-R MDD Dysthymie	 12,7 4,8	 21,3 8,0	 1,7 1,7
Weissman et al. 1996[1]	Weltweit	18+	38.000	DSM-III-R MDD	k.A.	k.A.	2.1[2]
NEMESIS Bijl et al. 1998[1]	Niederlande	18–64	7000	DSM-III-R MDD Dysthymie	10,9 3,8	20,1 8,9	1,8 2,3
WHO-PPGHC Maier et al. 1999[1]	Weltweit	18–65	25.900	ICD-10 DE	 13,8	 26,1	 1,9
Murphy et al. 2000[1]	Kanada	18+	1400	DSM-III-R MDD	 4,4	 11,5	 2,6
BGS 98/99 Wittchen et al. 2000[1]	Deutschland	18–65	4200	DSM-IV Depressive Störungen[3]	 11,9	 24,5	 2,1
ODIN Ayuso-Mateo et al. 2001[1,4]	Europa	18–64	8700	ICD-10 DE Dysthymie	 5,2 0,8	 7,9 1,0	 1,5 1,3
Depression 2000 Jacobi et al. 2002[4,5]	Deutschland	15+	20.400	ICD-10 DE	 8,7	 13,0	 1,5
DEPRES Angst et al. 2002a[6]	Europa	16+	78.000	DSM-IV MDD	 7,6	 14,9	 2,0
ESEMeD Alonso et al. 2004[1]	Europa	18+	21.400	DSM-IV Affektive Störungen	 9,5	 18,2	 1,9
NCS-R Kessler et al. 2003[1]	USA	18+	9100	DSM-IV MDD	 k.A.	 k.A.	 1,7
ENCP Task Force Wittchen u. Jacobi 2005[6]	Europa	18–65	150.000	DSM-IV MDD	 5,5	 11,2	 2,0
Jugendliche							
OADP Lewinsohn et al. 1993[1]	USA	15–19	1700	DSM-III-R MDD Dysthymie	 15,2 1,7	 31,6 4,1	 2,1 2,4
NCS Kessler u. Walters 1998[1]	USA	15–24	1700	DSM-III-R MDD	 10,5	 20,6	 2,0
DMHDS Hankin et al. 1998[1]	Australien	18	1000	DSM-III-R MDD	 14,1	 27,5	 2,0
EDSP Oldehinkel et al. 1999[1]	Deutschland	14–17	1300	DSM-IV MDD Dysthymie	 5,4 1,1	 8,0 2,3	 1,5 2,1
Olsson u. v. Knorring 1999[1]	Schweden	16–17	2300	DSM-III-R MDD	 2,8	 11,5	 4,1

[1]Lebenszeitprävalenz
[2]Ungewichteter Median über 10 Studien
[3]einschl. depressive Episoden, Dysthymie und bipolare Störungen
[4]Punktprävalenz (≤4 Wochen)
[5]Fragebogendiagnose (ICD-10-Kriterien)
[6]12-Monats-Prävalenz

NCS (-R) National Comorbidity Survey (Replication); *NEMESIS* Netherlands Mental Health Survey and Incidence Study; *BGS* Bundesgesundheitssurvey 1998/99; *WHO PPGHC* World Health Organization Study of Psychological Problems in General Health Care; *ODIN* Outcomes of Depression International Network; *DEPRES* Depression Research in European Society; *ENCP* European College of Neuropsychopharmacology; *OADP* Oregon Adolescent Depression Project; *NCS* National Comorbidity Survey; *DMHDS* = Dunedin Multidisciplinary Health and Development Study; *EDSP* Early Developmental Stages of Psychopathology Study; *MDD* Major Depression; *DE* depressive Episode

Studien an Jugendlichen (■ Tab. 19.1), wonach bis zum jungen Erwachsenenalter bereits 3–15% der Jungen und 11–32% der Mädchen mindestens eine depressive Episode durchlaufen hatten. Während es als unwahrscheinlich betrachtet wird, dass diese Zunahme auf genetische Ursachen zurückführbar ist, werden als Bedingungsfaktoren mangelnde elterliche Fürsorge und fehlende Bindungen sowie Leistungsanforderungen diskutiert (z. B. Fombonne 1998), es fehlen jedoch systematische Untersuchungen, die diesen Trend empirisch erklären könnten. Offen ist auch, ob sich parallel zu dieser Zunahme die Depressionsraten von Männern und Frauen annähern. Einzelne Studien identifizierten einen Anstieg der Raten bei den Männern und eine Stagnation bei den Frauen, andere dagegen nicht (z. B. Wauterickx u. Bracke 2005; Übersicht bei Kühner 2003). Auch die in ■ Tab. 19.1 aufgelisteten aktuellen Studien an Jugendlichen sprechen gegen eine solche parallele Annäherung in jüngeren Geburtskohorten. Darüber hinaus ermittelten Kessler et al. (1994) anhand des großen NCS-Datensatzes zwar einen ca. 5-fachen Anstieg der Depressionsraten in der jüngsten gegenüber der ältesten Geburtskohorte, jedoch keine Abnahme des prävalenzbezogenen Geschlechterungleichgewichts in aufeinander folgenden Geburtsjahrgängen.

Inzidenzraten und Krankheitsverlauf. Longitudinalstudien, die eine prospektive Abschätzung von Inzidenzraten depressiver Störungen in einem bestimmten Zeitfenster erlauben, finden durchgängig höhere Neuerkrankungsraten bei Mädchen und Frauen. Die entsprechenden Inzidenzratenverhältnisse liegen bei der 12–20-Monats-Inzidenz für Major Depression zwischen 1,6 und 3,4 (Lewinsohn et al. 1993; Eaton et al. 1997; Oldehinkel et al. 1999; Bijl et al. 2002). Weniger konsistente Belege finden sich für einen ungünstigeren Krankheitsverlauf bei Frauen. Während verschiedene Bevölkerungs- und Patientenstudien hier keine Geschlechtsunterschiede identifizierten, findet eine Mehrzahl auch höhere Rückfall- oder Chronifizierungsraten bei Frauen (Übersicht bei Kühner 2003).

Diagnostische Subgruppen und Art der Symptome. Der Geschlechtsunterschied in den Erkrankungsraten ist beschränkt auf die unipolaren Depressionen. Bei den bipolaren Störungen – auch bei breiter Definition – findet er sich nicht, hier differieren allerdings Verlauf und symptomatische Ausgestaltung (Kühner 2003). Bei den unipolaren Depressionen ist der gender gap bei der saisonal abhängigen Depression besonders ausgeprägt (Winkler et al. 2002), dasselbe gilt für die atypische Depression (z. B. Angst et al. 2002b, Matza et al. 2003; Marcus et al. 2005).

Während **depressive Kernsymptome** wie Traurigkeit, Niedergeschlagenheit und Anhedonie von Frauen und Männern etwa gleich häufig genannt werden, klagen Frauen häufiger als Männer über **körperliche Depressionssymptome** wie Energieverlust, Müdigkeit, Schlaf- und Appetitstörungen und über Verlangsamung (Kessler et al. 1994; Maier et al. 1999; Silverstein 2002; Szadoczy et al. 2002; Marcus et al. 2005).

Bei depressiven Frauen sind auch sog. **atypische Symptome** wie Gewichtszunahme, Appetitsteigerung und vermehrter Schlaf häufiger, und manche Autoren gehen davon aus, dass der Geschlechtsunterschied in der Depressionsprävalenz weitgehend auf die höhere Prävalenz atypischer Depressionen bei Frauen zurückführbar ist (Angst et al. 2002b). Darüber hinaus nennen depressive Frauen häufiger als depressive Männer auch eine ängstliche Symptomatik mit Nervosität, Panik und Herzklopfen (Angst et al. 2002a; Szadoczy et al. 2002) sowie körperliche Beschwerden und Schmerzen (Silverstein 2002; Lewinsohn et al. 2003).

Symptomschwere. Verschiedene Arbeiten zeigen, dass der gender gap in den Prävalenzraten mit einer Zunahme der Zahl an Symptomen größer wird und Frauen insgesamt mehr Symptome berichten als Männer (z. B. Maier et al. 1999; Angst et al. 2002a). Dagegen war in einer europaweiten Bevölkerungsstudie von Angst et al. (2002a) das Geschlechterverhältnis bei der unterschwelligen Depression nahezu ausgeglichen.

Komorbidität. Frauen weisen insgesamt höhere Komorbiditätsraten psychischer Störungen auf als Männer (Bijl et al. 1998; Kessler et al. 2005). Auch in der Häufigkeit spezifischer komorbider Störungen unterscheiden sich die Geschlechter: bei Frauen überwiegen Angststörungen, bei Männern

Alkohol- und Drogenmissbrauch oder -abhängigkeit (de Graaf et al. 2002). Auch entwickeln Männer eine Depression häufiger im Gefolge der Substanzerkrankung, während Frauen häufiger sekundäre Substanzerkrankungen bei primärer depressiver Störung entwickeln (Kessler et al. 1996; de Graaf et al. 2002; Dixit u. Crum 2000).

Im Folgenden werden aktuelle Erklärungshypothesen zur Klärung des Geschlechtsunterschieds in der Häufigkeit unipolarer Depressionen überblicksartig diskutiert. Diese konzentrieren sich neben Artefakthypothesen auf genetische, hormonelle, persönlichkeitsbedingte und psychosoziale Risikofaktoren.

19.2 Erklärungshypothesen

19.2.1 Artefakte

Der Vergleich von Daten aus reinen Bevölkerungsstudien und Studien im primären Versorgungsbereich (Weissman et al. 1996; Gater et al. 1998; Maier et al. 1999) zeigt, dass die Größenordnung, in der die Depressionsraten von Frauen die der Männer übersteigen, in beiden Erhebungssettings ähnlich ist. Dies spricht gegen eine **inanspruchnahmebedingte Verzerrung** der Prävalenzschätzungen. Auch die ärztlichen Erkennungsraten von Depressionen waren nach den Ergebnissen der multizentrischen WHO-Allgemeinarztstudie für Männer und Frauen ähnlich (Gater et al. 1998). Neue Untersuchungen (Kühner 1999; Kendler et al. 2001a; Klose u. Jacobi 2004) widersprechen auch der **Recall-Artefakthypothese**, die eine bessere Erinnerungsbereitschaft für negative affektive Zustände bei Frauen als eigentliche Ursache für deren höhere Depressionsraten postuliert. Gegen die Hypothese, dass Frauen eher bereit sind, depressive Symptome zuzugeben, sprechen Beobachtungen aus den epidemiologischen Studien, wonach Frauen nicht wesentlich häufiger als Männer sog. **stigmatisierende Kernsymptome** wie Traurigkeit oder Anhedonie schildern, sondern eher ausgeprägte Symptome im Bereich körperlich-vegetativer Beschwerden (Übersicht bei Kessler 2003).

Eine weitere Artefakthypothese kritisiert einen **kriteriumsbezogenen Geschlechterbias** in den gängigen Diagnosesystemen wie DSM-IV oder ICD-10, wonach hier »weibliche« Symptome überrepräsentiert sind, während das depressive Erleben von Männern möglicherweise nicht adäquat erfasst wird. So führte Rutz (2001) den Begriff der »männlichen« Depression ein, der anstatt der depressiven Leitsymptome Niedergeschlagenheit und Anhedonie durch höhere Reizbarkeit, geringe Stresstoleranz und antisoziale Züge gekennzeichnet ist. Hierzu ist jedoch anzumerken, dass viele der Studien, die Evidenzen für höhere Depressionsraten bei Frauen lieferten, in den 80er-Jahren unter Anwendung von DSM-III-Kriterien durchgeführt wurden, in denen Irritabilität als depressives Leitsymptom enthalten war. Auch zeigen klinische und populationsbasierte Studien entgegen der Annahme keine höheren Reizbarkeitswerte bei Männern (z. B. Lewinsohn et al. 2003; Perlis et al. 2005).

Die hier angesprochene Diskussion berührt jedoch auch die Frage der grundsätzlichen Validität der derzeitigen Klassifikationen, die sich hauptsächlich auf die Beschreibung psychopathologischer Symptome konzentrieren. So sind z. B. bestimmte neurobiologische Krankheitskorrelate, wie der Mangel an serotonerger Transmission, auch bei vielen anderen psychischen Störungen relevant (z. B. Schizophrenie, Angststörungen, Essstörungen, Borderline-Störung, antisozialer Persönlichkeitsstörung und Störungen der Impulskontrolle), die sich in anderen psychopathologischen Symptomen äußern und zum Teil durch höhere Prävalenzraten bei Männern charakterisiert sind.

Insgesamt kann festgestellt werden, dass mögliche Artefakte zwar berücksichtigt werden sollten, ihr Erklärungspotenzial jedoch als zu klein betrachtet wird, um relevante Anteile am Überwiegen der Depressionsraten bei Frauen zu erklären. Vielmehr ist davon auszugehen, dass es sich hierbei um ein reales Phänomen handelt.

19.2.2 Genetische Faktoren

Genetisches Risiko

Eine Beteiligung genetischer Faktoren bei der Ätiopathogenese depressiver Störungen ist anhand von Familien-, Zwillings- und Adoptionsstudien inzwischen gut belegt. Die Konkordanzraten monozygoter gegenüber dizygoten Zwillingen wird auf 44% gegenüber 20% geschätzt (McGuffin et al. 2003). Eine Metaanalyse von Sullivan et al. (2000) an mehr als 20.000 Zwillingspaaren aus klinischen und nichtklinischen Stichproben schätzt die Heritabilität unipolarer Depressionen auf ca. 35%, dies zeigt, dass neben der genetischen Disposition soziale und Umweltfaktoren eine bedeutsame Rolle spielen. Angenommen wird eine multifaktorielle Genese mit mehreren beteiligten Genen, deren pathologische Varianten das Erkrankungsrisiko erhöhen, ohne jedoch im Einzelnen notwendige oder hinreichende Voraussetzung für das Auftreten der Erkrankung zu sein. Die systematische Identifikation und Lokalisierung spezieller Dispositionsgene stehen jedoch noch am Anfang. Ein Problem hierfür liegt in der vermuteten ätiologischen Heterogenität der Erkrankung selbst, da die potenzielle Zahl beteiligter Gene gegenüber eher homogenen Erkrankungen erhöht ist, zum anderen erschweren wahrscheinliche Gen-Umwelt-Interaktionen (s. unten) die Identifikation entsprechender Kandidatengene (Maier 2004).

Nach der Metaanalyse von Sullivan et al. (2000) haben Männer und Frauen ein vergleichbares genetisches Risiko, an einer depressiven Störung zu erkranken. Neuere Analysen der Arbeitsgruppe um Kendler (Kendler et al. 2001b, 2006) weisen dagegen auf einen stärkeren genetischen Einfluss für Frauen hin, insbesondere bei breiter Diagnosendefinition (Frauen 40–42%, Männer 29–31%). Darüber hinaus gibt es Hinweise, dass ein Teil der genetischen Risikofaktoren für Frauen und Männer unterschiedliche Auswirkungen haben bzw. nur für ein Geschlecht von Bedeutung sind (Sullivan et al. 2000; Abkevich et al. 2003; Fullerton et al. 2003; Holmans et al. 2004; Nash et al. 2004; Kendler et al. 2006).

Gen-Umwelt-Interaktionen

Bei der Frage des Zusammenhangs zwischen molekularen Funktionen von Genen, Verhalten und psychosozialen Faktoren weist eine Mehrzahl jüngerer Studien darauf hin, dass die Anfälligkeit für Depressionen möglicherweise durch bestimmte Gen-Umwelt-Interaktionen erklärbar ist. Das **Serotonintransportergen** (5-HTT-Gen, lokalisiert auf Chromosom 17) enthält die Erbinformation für ein Protein, das den Serotonintransport im Gehirn steuert. Serotonin steuert als Neurotransmitter beim Menschen u. a. Affekt, Schlafrhythmus, Sexualität und Körpertemperatur; depressive Zustände sind häufig durch einen Serotoninmangel gekennzeichnet. Für die Transkriptionskontrollregion der Sequenz, die 5-HTT kodiert, wurde ein Polymorphismus mit einem langen und einem kurzen Allel identifiziert, wobei das kurze Allel eine reduzierte 5-HTT-Funktion aufweist.

Erstmalig fanden Caspi et al. (2003), dass Personen mit der langen Variante des 5-HTT-Gens relativ resistent gegen Stress sind, während Personen mit kurzem Allel (s/s-Genotyp) auf belastende Lebensereignisse besonders vulnerabel reagieren. Entsprechende Befunde zur Gen-Umwelt-Interaktion des 5-HTT-Gens mit psychischen Stressoren berichteten in der Folge u. a. Eley et al. (2004), Kaufman et al. (2004), Fox et al. (2005), Grabe et al. (2005), Kendler et al. (2005) und Wilhelm et al. (2006). Zwei weitere Arbeiten konnten diesen Zusammenhang allerdings nicht bestätigen (Gillespie et al. 2005; Surtees et al. 2006).

Inwieweit geschlechtsspezifische Gen-Umwelt-Interaktionen als mögliche Ursachen der höheren Depressionsraten bei Frauen gelten können, lässt sich anhand dieser ersten Arbeiten noch nicht schlüssig beantworten. Sollte dies der Fall sein, so müsste der Zusammenhang zwischen 5-HTT-Polymorphismus und Stress für beide Geschlechter unterschiedlich eng ausfallen. Tatsächlich berichten Eley et al. (2004) für Adoleszente und Grabe et al. (2005) für Erwachsene über deutlichere 5-HTT-Stress-Interaktionen bei Mädchen und Frauen. Allerdings fehlt in diesen Studien die Betrachtung möglicher differenzieller – und damit nicht gleichermaßen erfasster – psychosozialer Risikoprofile für Männer und Frauen, auch lagen in beiden Studien kleinere männliche Stichprobengrößen vor, die die statistische Power zur Identifizierung solcher Effekte herabsetzen. Andere Studien berichten über einen fehlenden Einfluss des Geschlechts auf die Enge der beobachteten Gen-Umwelt-Interaktion (Caspi et al. 2003; Kendler et al. 2005; Wilhelm et al. 2006).

19.2.3 Hormonelle Faktoren

Biologische Erklärungsversuche befassen sich hauptsächlich mit der Rolle weiblicher Sexualhormone, insbesondere des **Östrogens** und des **Progesterons** für die höheren Depressionsraten bei Frauen. Östrogenrezeptoren sind im Kortex und in limbischen Strukturen weit verbreitet. In Tiermodellen wurde aufgezeigt, dass Östrogen die Synthese, den Metabolismus und die Ausschüttung von Neurotransmittern moduliert, die wiederum Kognition und Affekte beeinflussen, wie Serotonin, Dopamin und Norepinephrin (Amin et al. 2005). Östrogen ist auch an der Steuerung neuroendokrinologischer Systeme beteiligt, wie dem der **Hypophysen-Nebennierenrinden-Achse** (HHNA), die bei depressiven Erkrankungen ebenfalls dysreguliert ist.

Angenommen wird zum einen, dass ein Ungleichgewicht, ein rapider Abfall oder sonstige Veränderungen im Östrogen- und Progesteronspiegel Frauen einem erhöhten Risiko für Depressionen aussetzen. Besonders vulnerable Phasen sind demnach Menarche, prämenstruelle Phase, Postpartumphase sowie (Peri-)Menopause (Übersicht bei Amin et al. 2005). Zum anderen wird angenommen, dass eine Funktion des Östrogens darin besteht, die Wirkung von Stresshormonen (Glukokortikoiden) abzumildern, und ein zyklisch oder sonstig bedingter Östrogenmangel Frauen stressanfälliger und damit ebenfalls depressionsvulnerabler macht (Young u. Altemus 2004). Eine dritte Argumentation betont die Rolle des Sexualhormons **Oxytozins** als biologisches Substrat interpersoneller Bedürfnisse von Frauen und der daraus resultierenden Vulnerabilität bei Frustration dieser Bedürfnisse (Cyranowski et al. 2000; Goldberg 2006). Die Ausschüttung von Oxytozin scheint wiederum über Östrogen verstärkt zu werden, wie zumindest im Tiermodell nachgewiesen wurde (McCarthy et al. 1996; Übersicht bei. Taylor et al. 2000).

Hormonelle Umstellungsphasen

Direkte Einflüsse hormoneller Faktoren auf die höheren Depressionsraten von Frauen im Vergleich zu Männern setzen zunächst voraus, dass die epidemiologischen Daten Häufungen depressiver Erkrankungen in den postulierten vulnerablen Phasen (Menarche, prämenstruelle, postnatale und (peri-)menopausale Phase) anzeigen und zudem quantitativ messbare Beziehungen zwischen Hormonlevels und Depressivität identifizierbar sind. Welche Evidenzen finden sich hierzu?

Pubertät. Wie bereits erwähnt, entwickeln sich in der Pubertätsphase die Depressionsraten von Mädchen und Jungen tatsächlich dramatisch auseinander. Ergebnisse zum direkten Einfluss von Geschlechtshormonen auf das Auseinanderdriften der Depressionsraten in der Pubertät sind derzeit jedoch noch uneinheitlich. Im Vergleich zum chronologischen Alter ist der pubertäre Reifungsgrad ein besserer Prädiktor adoleszenter Depression bei Mädchen (Patton et al. 1996). Angold et al. (1999) fanden eine direkte Beziehung zwischen dem Anstieg der Geschlechtshormone und negativem Affekt bei Mädchen, während andere Studien hierzu überwiegend negative Befunde lieferten (Übersicht bei Hankin u. Abramson 2001). Der Pubertätsstatus von Jungen und Mädchen ist allerdings nicht als isolierte biologische Größe zu betrachten, da komplexe Interaktionen mit sozialen und kulturellen Einflussgrößen zu berücksichtigen sind (Übersicht bei Kühner 2001). So ist z. B. der Zusammenhang zwischen Eintritt der Menarche und Depressivität bei Mädchen in verschiedenen ethnischen Settings ganz unterschiedlich (Hayward et al. 1999; Wichstrom 1999), ebenso der Zusammenhang zwischen besonders frühem oder spätem Einsetzen der Menarche und Depressivität von Mädchen in verschiedenen Kulturen (Wichstrom 1999).

Schließlich ist das Auseinanderdifferenzieren von Geschlechtsrollen in der Adoleszenz, als »**gender intensification**« (Wichstrom 1999) bezeichnet, für Mädchen mit mehr Stress verbunden als für Jungen, was sich u. a. in größerer Unzufriedenheit mit dem eigenen Körperbild und stressvollen interpersonellen Lebensereignissen und Belastungen ausdrückt. Beide Phänomene sind bei Mädchen enger mit Depressivität assoziiert als bei Jungen (Übersicht bei Crick u. Zahn-Waxler 2003). Verschiedene Entwicklungsmodelle berücksichtigen entsprechend – wenn auch mit unterschiedlicher Gewichtung – biologische, psychologische und psychosoziale Risikofaktoren der Adoleszenz, um den stärkeren Anstieg der Depressionsraten von Mädchen in dieser Übergangsphase zu erklären (Übersicht bei Crick u. Zahn-Waxler 2003). Empirische Überprüfungen solcher Modelle unter Einschluss hormoneller Faktoren stehen jedoch noch aus.

Prämenstruelles dysphorisches Syndrom. Zur Häufigkeit des prämenstruellen dysphorischen Syndroms (PMDS) werden in retrospektiven Befragungen häufig deutliche Überschätzungen angegeben. Eine methodisch gut kontrollierte prospektive Studie an mehreren tausend Frauen fand eine zyklusabhängige Vulnerabilität für ausgeprägte affektive Symptome mit einer Prävalenz von ca. 1% (Ramcharan et al. 1992). Andere Autoren berichten von einer mittleren Prävalenz von etwa 5% (Landen u. Eriksson 2003). Es wird angenommen, dass bei der PMDS eine erhöhte Sensibilität für Veränderungen der Östrogen- und Progesteronkonzentrationen wirksam ist, die sich negativ auf den Serotoninstoffwechsel auswirkt. Allerdings ist die empirische Befundlage zum Zusammenhang zwischen Serotonin und Östrogenkonzentrationen über den Menstruationszyklus hinweg derzeit völlig inkonsistent, wahrscheinlich mitbedingt durch die beschränkten Möglichkeiten der reliablen Erfassung der zentralnervösen Serotoninfunktion (Amin et al. 2005).

Von verschiedenen Autoren wird inzwischen empfohlen, das PMDS nicht als Variante depressiver Störungen, sondern als eigenständige diagnostische Kategorie zu betrachten, da sich sowohl die Leitsymptome (Reizbarkeit und Affektlabilität), die Phasendauer als auch die Wirklatenz der antidepressiven Medikation (SSRI) von denen der Depressionen deutlich unterscheiden (Landen u. Eriksson 2003).

Postpartumphase. Die Postpartumdepression (PPD) trifft nach einer Metaanalyse von O'Hara u. Swain (1996) ca. 13% aller entbindenden Frauen. Diese Rate ist, entgegen der landläufigen Meinung, gegenüber den Depressionsraten nichtgebärender Frauen vergleichbarer Altersgruppen nicht wesentlich erhöht (Brockington 2004). Dies spricht – auf die Allgemeinbevölkerung bezogen – gegen eine substanzielle Bedeutung hormoneller Faktoren auf die Entwicklung der PPD. Auch Männer entwickeln postpartale Depressionen, wenn auch mit niedrigerer Prävalenz (ca. 4–5%, Ballard et al. 1994). Zwei große Metaanalysen (Beck 2001; O'Hara u. Swain 1996) identifizierten als beste Prädiktoren mütterlicher PPD übereinstimmend Merkmale wie Depression in der Anamnese und während der Schwangerschaft, fehlende Unterstützung durch den Partner und das soziale Netzwerk sowie stressvolle Lebensereignisse, während bislang keine Evidenzen für direkte Zusammenhänge mit hormonellen Faktoren vorliegen.

Studien aus verschiedenen nichtwestlichen Ländern (Türkei, China, Indien) zeigen zusätzlich zu den bekannten Risikofaktoren einen klaren Effekt des weiblichen Geschlechts des Neugeborenen auf die Entwicklung mütterlicher postnataler Depression auf (Goldbort 2006). Interkulturelle Beobachtungen weisen weiterhin darauf hin, dass in Kulturen mit niedriger PPD-Prävalenz entbindende Mütter besonders ausgeprägte soziale Unterstützung erfahren (Miller 2002). Umgekehrt liegen die Raten in Ländern, in denen Frauen wenig Kontrolle über ihre reproduktive Gesundheit haben, überproportional hoch (23–35%; Patel et al. 2002). Diese Befunde sind mit einfachen hormonellen Modellen schlecht vereinbar. Sie unterstreichen zum einen die Bedeutung psychosozialer Faktoren bei der PPD, zum anderen legen sie nahe, dass bei der weitaus überwiegenden Zahl betroffener Frauen eine allgemeine Vulnerabilität gegenüber Depression vorliegt, die nicht auf die postpartale Phase beschränkt ist. Allerdings mag hier ätiologische Heterogenität eine Rolle spielen: Bloch et al. (2000) fanden bei einer Subgruppe von Frauen mit ursprünglich postpartalem Depressionsbeginn eine ausgeprägte Sensitivität gegenüber hormonellen Schwankungen, wie sie nach der Entbindung vorliegen. Einschränkend sei jedoch erwähnt, dass es sich hierbei um eine Studie mit kleiner Fallzahl handelt, die bis dato häufig zitiert, empirisch jedoch noch nicht repliziert wurde.

(Peri-)Menopause. Für die Übergangsphase in die Menopause zeigten ältere Längsschnittstudien an der Bevölkerung keinen disproportionalen Anstieg der Neuerkrankungsraten bei Frauen, jedoch ein etwas erhöhtes Rückfallrisiko für Frauen mit früheren Episoden (Harlow et al. 2003). Zwei neuere Arbeiten fanden dagegen eine signifikante Zunahme depressiver Symptome bzw. depressiver Episoden in der Perimenopause bei nicht vorbelasteten Frauen (Cohen et al. 2006; Freeman et al. 2006). Unklar ist bislang, inwieweit der hormonelle Status einen direkten Einfluss auf die Entwicklung depressiver Symptome ausüben bzw. indirekte Effekte über vasomotorische Symptome oder kritische Lebensereignisse in dieser Phase den Zusammenhang modulieren. Longitudinalstudien zeigen, dass die wichtigsten Prädiktoren depressiver Episoden in der Perimenopause frühere depressive Episoden und aktuelle psychosoziale Belastungsfaktoren darstellen (Alder 2001). Weitere Erklärungsvarianz liefert die Schwere und Dauer der vasomotorischen Symptome (Avis et al. 2003). Auch die Befundlage zur Effektivität der Östrogenersatztherapie auf die depressive Symptomatik menopausaler Frauen ist inkonsistent (Amin et al. 2005), sie ist derzeit am ehesten über die direkte Wirkung auf vasomotorische Symptome und darüber vermittelte indirekte Wirkung auf die psychische Symptomatik erklärbar (Avis et al. 2003).

Geschlechtsunterschiede in der neuroendokrinen Stressantwort

Stressbezogene Modelle der Depression betonen die Rolle der endokrinen Aktivität der **HHNA** für die dynamische Anpassung des Organismus an alltägliche und majore Stressoren. Stresshormone wie **Kortisol** und **Adrenalin** sind wichtige Mediatoren der Allostase in Reaktion auf Umweltstimulation. Bei exzessiver oder anhaltend chronischer Überlastung resultieren kumulative Veränderungen des endokrinen Anpassungssystems, gekennzeichnet durch chronische Dysregulationen der HHNA, die wiederum die Entstehung körperlicher und psychischer Erkrankungen begünstigt.

Mehrheitlich weisen neuroendokrinologische Befunde bei Depressiven auf eine Überaktivität des HHNA-Systems hin, die sich unter anderem durch Hyperkortisolismus bzw. der Störung der Sekretionsrhythmik des Kortisols äußert (z. B. Raison u. Miller 2003). Jedoch werden auch pathologische Abweichungen in Richtung Unteraktivierung beobachtet, wie sie z. B. für die atypische Depression kennzeichnend sind (Stetler u. Miller 2005).

In neuerer Zeit wird die Hypothese diskutiert, dass Frauen aufgrund einer stärkeren Dysregulation der HHNA einem erhöhten Depressionsrisiko ausgesetzt sind. Neben der höheren Inzidenz früherer Traumata bei Frauen wird hier eine modulierende Funktion von Sexualhormonen auf die stressbezogene HHNA-Antwort vermutet (z. B. Weiss et al. 1999; Young u. Altemus 2004).

Eine Mehrzahl von Studien aus der experimentellen Tierforschung zeigt, dass weibliche Ratten eine größere HHNA-Antwort auf Stress zeigen als männliche (Young u. Altemus 2004). Auch weisen östrogenbehandelte weibliche Ratten eine höhere endokrine Stressreaktion und verzögerte Erholung auf als nicht behandelte (Burgess u. Handa 1992; Viau u. Meaney 1991). Niedrige Dosen von Östradiol üben dagegen hemmende Effekte auf die HHNA-Aktivität aus (Young et al. 2001). Entsprechende Befunde aus dem Humanbereich sind eher widersprüchlich. Eine Zusammenfassung einschlägiger Studien durch Kudielka u. Kirschbaum (2005) legt nahe, dass entweder keine Geschlechtsunterschiede in der Kortisolantwort auf psychische Stressoren zu erwarten sind, oder aber Männer im Vergleich zu Frauen eine höhere Stressresponse zeigen. Zyklusabhängige Geschlechtsunterschiede finden sich dahingehend, dass Frauen in der Lutealphase, d. h. bei geringer Östrogenproduktion, auf psychischen Stress eine ähnliche Kortisolausschüttung zeigen, dagegen in der Follikelphase, d. h. bei hoher Östrogenkonzentration, eine niedrigere als Männer, ebenso wie Frauen, die Kontrazeptiva einnehmen (Kirschbaum et al. 1999). Während eine Zuführung von Östrogen bei gesunden Männern die Stress-Response erhöht (Kirschbaum et al. 1996), hat z. B. die Östrogenbehandlung postmenopausaler Frauen keinen Einfluss auf die Stress-Response (Kudielka et al. 1999). Young und Altemus (2004) schließen daraus, dass die Wirkung des Östrogens im Hinblick auf die endokrine Stressreaktion bei Männern und Frauen unterschiedlich ist oder die Zugabe von Östrogen bei Männern die angenommene sedierende Wirkung des Testosterons auf die Stressreaktion abschwächt.

Die Intensität der Kortisolreaktion ist altersabhängig. Für höhere Altersgruppen werden sowohl für Männer als auch für Frauen ausgeprägtere Reaktionen berichtet, nach einer Metaanalyse von

Otte et al. (2005) ist dieser Alterseffekt bei Frauen jedoch deutlicher. Er wird mit der nachlassenden Produktion von Östrogen und Testosteron in Zusammenhang gebracht (Kudielka u. Kirschbaum 2005; Otte et al. 2005). Unklar bleibt allerdings, ob eher ältere Männer oder ältere Frauen absolut höhere Kortisolwerte aufweisen (Kudielka et al. 2004; Goldman et al. 2004).

Wie aus den bisherigen Ausführungen deutlich wird, besteht ein Widerspruch zu der eingangs aufgeworfenen These höherer Depressionsraten von Frauen durch eine stärkere Dysregulation der HHNA darin, dass zum einen die Kortisolwerte in höherem Alter anzusteigen scheinen, die Depressionsraten, wie aus Bevölkerungsstudien bekannt, in diesen Altersgruppen dagegen eher sinken. Postmenopausale Frauen weisen entsprechend eher niedrigere Depressionsraten auf als prämenopausale Frauen (s. Trailer).

Bezogen auf klinische Populationen finden sich nur wenige Arbeiten, die Geschlechtsunterschiede in der endokrinen Stressreaktion untersuchten. Während Peeters et al. (2003) bei depressiven Frauen höhere Kortisolantworten auf negative Alltagsereignisse fanden als bei männlichen Patienten, berichten Young et al. (2004) über vergleichbare Reaktionen von depressiven Männern und Frauen auf den Trierer Stresstest, ebenso wie Rubin et al. (2006) in einer Studie mit pharmakologischer Stimulierung der Stressachse. Bos et al. (2005) fanden bei depressiven Männern höhere basale Kortisolwerte als bei depressiven Frauen. Darüber hinaus hatten depressive Frauen mit rekurrenter Depression höhere Kortisolwerte als Frauen mit einer einzelnen Episode, während ein solcher Interaktionseffekt bei Männern nicht identifizierbar war.

Insgesamt ist nach derzeitigem Wissensstand eine kausale Verbindung zwischen Geschlechtshormonen, Dysregulation der HHNA und den höheren Depressionsraten von Frauen nicht zuverlässig etabliert. Zusätzlich scheint es so, dass Frauen nicht generell stressvulnerabler sind als Männer, sondern sich die Geschlechter eher in Bezug auf spezifische Stressorenbereiche unterscheiden, die mit der unterschiedlichen Geschlechtsrolle von Frauen und Männern verknüpft sind (z. B. Kendler et al. 2001c, ► Kap. 19.2.6). Geschlechtsspezifische Reaktionen in Abhängigkeit von der Qualität des Stressors finden sich in gesunden Stichproben auch in der endokrinen Stressantwort, z. B. bei experimenteller Provokation. Demnach scheinen Frauen größere Kortisolreaktionen auf interpersonelle Stressoren, wie soziale Zurückweisung, zu zeigen (Kiecolt-Glaser u. Newton 2001; Stroud et al. 2002), während Männer auf eine insgesamt breitere Palette von Stressoren stärker reagieren, wie z. B. auf öffentliches Reden und mentale Aufgaben (Kiecolt-Glaser u. Newton 2001). Diese Befunde weisen darauf hin, dass die »Geschlechtsrelevanz« eines Stressors geeignet ist, die endokrine Stress-Antwort zu modulieren. Die Untersuchung von Assoziationen geschlechtsrollenrelevanter Stressoren mit der HHNA-Aktivität bietet interessante Perspektiven, in der Depressionsforschung hat dieser Aspekt bis jetzt jedoch keine Beachtung gefunden.

Der mögliche Einfluss des Oxytozins

Cyranowski et al. (2000) entwickelten ein Interaktionsmodell von biologischen und psychosozialen Faktoren, um die während der Pubertät beginnenden Geschlechtsunterschiede in den Depressionsraten zu erklären. In der Pubertät beginnt unter dem Einfluss von Östrogen und Progesteron die verstärkte Produktion des hypothalamen Peptids Oxytozin. Bei Säugetieren steuert Oxytozin u. a. selektive Paarbindung und stimuliert mütterliches Bindungsverhalten. In Übertragung auf das Humanmodell wird postuliert, dass die interpersonellen Bedürfnisse von Frauen mit dem Wunsch nach Beziehungsnähe und Intimität auf Oxytozin-gesteuerte Mechanismen zurückführbar sind, die durch soziale Reaktionen verstärkt werden. Die biologische Bereitschaft von Frauen zur Affiliation stellt nach Cyranowski et al. (2000) aus phylogenetischer Sicht einen zunächst adaptiven Prozess dar. Treten jedoch stressvolle Lebensereignisse auf - insbesondere im Bereich zwischenmenschlicher Beziehungen – so macht die hieraus resultierende Frustration interpersoneller Bedürfnisse Mädchen und Frauen besonders depressionsanfällig. Als komplizierende Risikofaktoren werden unsichere elterliche Bindungen, ein ängstlich-gehemmtes Temperament und geringe instrumentelle Coping-Fähigkeiten betrachtet (z. B. die Tendenz zur passiven Rumination, ► Kap. 19.2.5).

Bis heute existieren allerdings keine Untersuchungen aus der Humanforschung, die den postulierten Zusammenhang zwischen Oxytozin und deren Einfluss auf die Entwicklung depressiver Störungen bei Frauen auf eine empirische Grundlage stellen, sodass dieses Modell derzeit noch als rein spekulativ zu betrachten ist.

19.2.4 Primäre Angststörungen

Nach den Ergebnissen größerer epidemiologischer Studien erhöht die Diagnose einer primären Angststörung das Risiko für die Entwicklung nachfolgender depressiver Störungen (Breslau et al. 1995; Maier et al. 1999; Parker u. Hadzdi-Pavlovic 2001; Goodwin, 2002). Während dieser Zusammenhang für Frauen und Männer gleichermaßen gültig ist (Breslau et al. 1995; Maier et al. 1999) – einzelne Studien fanden sogar einen Trend für ein höheres Risiko bei Männern (Szadoczky et al. 2002; Goodwin 2002) – sind Frauen von primären Angststörungen wesentlich häufiger betroffen (Breslau et al. 1995; Maier et al. 1999; Parker u. Hadzdi-Pavlovic 2001; Szadoczky et al. 2002; Goodwin 2002).

Schätzungen ergaben, dass das Vorhandensein primärer Angststörungen ca. 50% der Assoziation zwischen Geschlecht und Depressionsprävalenz erklärt, wobei die statistische Kontrolle von komorbidem Substanzmissbrauch diesen Zusammenhang nicht substantiell reduziert (Breslau et al. 1995).

19.2.5 Persönlichkeitsfaktoren

Für den Bereich persönlichkeitsbezogener Vulnerabilitätsfaktoren weisen Metaanalysen auf ein niedrigeres Selbstwertgefühl und eine geringere Assertivität von Mädchen und Frauen hin (Feingold 1994; Kling et al. 1999). Diese Geschlechtseffekte sind betragsmäßig eher schwach ausgeprägt und finden sich am ehesten in der späten Adoleszenz und bei jungen Erwachsenen, somit ist unklar, inwieweit sie bereits Konsequenzen erhöhter Depressivität bei Mädchen und Frauen darstellen. Auch für das Merkmal Neurotizismus (Costa et al. 2001) gilt diese Einschränkung: Zum einen finden sich die deutlichsten Geschlechtsunterschiede im jüngeren Erwachsenenalter, zum anderen ist dieses Merkmal querschnittlich stark konfundiert mit aktueller Depressivität. Dagegen identifizierte die Metaanalyse von Feingold (1994) höhere Ängstlichkeitswerte bei Mädchen bereits vor Eintritt der Pubertät, also vor dem Auseinanderdriften der Depressionsraten von Jungen und Mädchen.

Relativ konsistent finden sich Geschlechtsunterschiede in Traits, die auf eine stärkere interpersonelle Orientierung von Frauen hinweisen (Feingold 1994; Costa et al. 2001). Solche Merkmale sind zunächst nicht depressiogen per se, sie mögen jedoch die Vulnerabilität von Mädchen und Frauen gegenüber interpersonellem Stress erhöhen (Cyranowski et al. 2000). Das Konzept der »**unmitigated communion**« von Helgeson (1994) beinhaltet die exzessive Sorge um zwischenmenschliche Beziehungen, die Stützung des Selbstkonzepts auf andere und die Vernachlässigung eigener gegenüber den Bedürfnissen anderer Menschen. Diese Extremvariante interpersonaler Orientierung soll bei Männern und Frauen gleichermaßen mit erhöhter Depressivität einhergehen, bei Frauen und adoleszenten Mädchen jedoch häufiger vorkommen, während bei Männern eine extrem selbstbezogene Orientierung (»**unmitigated agency**«) häufiger sei. Beide Persönlichkeitsvarianten gehen nach Helgeson (1994) mit unterschiedlichen interpersonellen Problemen einher. Zu diesen konzeptuell interessanten Überlegungen besteht allerdings noch weiterführender theoretischer und empirischer Klärungsbedarf.

Eine der aktuell prominentesten kognitiven Theorien zu Geschlechtsunterschieden bei Depressionen (**Response-styles-Theorie**; Nolen-Hoeksema 1991, 2004) befasst sich mit der Rolle von emotionsfokussierendem symptombezogenem Grübeln (**Rumination**), das eine Exazerbation depressiver bzw. dysphorischer Verstimmungszustände zur Folge haben und bei Mädchen und Frauen ausgeprägter sein soll. Dagegen soll kognitive und verhaltensmäßige Ablenkung (Distraktion) depressionsreduzierend wirken und bei Männern stärker ausgeprägt sein. Rumination und Distraktion werden hier als bewusst eingesetzte zielvolle Coping-Strategien im Umgang mit depressiven Verstimmungen betrachtet. Neuere Arbeiten zur externen Validität dieser Theorie finden Belege für die postulierten Effekte ruminativen Copings und assoziierte Geschlechtsunterschiede in der Bevölkerung (Nolen-Hoeksema et al. 1999; Nolen-Hoeksema 2000) sowie erste Hinweise für einen negativen Effekt symptombezogener Rumination auf den Verlauf klinisch depressiver Episoden (Kühner u. Weber 1999; Schmaling et al. 2002). Geschlechtsunterschiede in der Ruminationstendenz wurden bereits in der frühen Adoleszenz, d. h. vor dem Auseinanderdriften der Depressionsraten, identifiziert (Broderick 1998; Ziegert u. Kistner 2002). Rumination scheint bei Mädchen auch eine interpersonelle Funktion zu haben. Rose (2002) fand, dass gemeinsames Ruminieren (co-ruminating) von Mädchen deren interpersonelle Beziehungen bestärkte, dies jedoch mit höheren Ausprägungen von Internalisierungsproblemen einherging.

Das Ruminationskonzept wird auch im neuropsychologischen Kontext untersucht. So zeigen depressive Patienten im fMRI eine erhöhte Aktivierung der Amygdala auf negative verbale Stimuli, die mit selbstberichteter Rumination korreliert (Siegle et al. 2002). Heller (1993) verweist darauf, dass verbale Strategien wie Rumination posteriore linkshemisphärische Hirnregionen aktivieren und damit geeignet sind, die depressionstypische Links-Rechts-Diskrepanz aufrecht zu erhalten oder zu verstärken. Dagegen aktivieren distraktive Verhaltensweisen – wie körperliche Aktivität – anteriore linkshemisphärische Regionen, die nach dem Modell von Davidson (2002) mit positivem Affekt assoziiert sind. Es könnte damit spekuliert werden, dass geschlechtsakzentuierte Coping-Strategien assoziierte neuronale Mechanismen aktivieren, die dann wiederum mit einer Veränderung entsprechender Stimmungskomponenten einhergehen. Zu solchen Überlegungen fehlen derzeit jedoch systematische Untersuchungen; in den Neurowissenschaften mangelt es insgesamt an Studien, die den Geschlechteraspekt bei affektiven Störungen adäquat berücksichtigen.

Die Response-styles-Theorie erklärt die Geschlechtsunterschiede im symptombezogenen Coping durch Unterschiede in der **Geschlechtsrollensozialisation**: Jungen werden für aktives, stimmungskontrollierendes Verhalten verstärkt, während Mädchen und Frauen lernen, dass die Beschäftigung mit negativen Gefühlen und deren Ursachen angemessenes geschlechtstypisches Verhalten darstellt. Für entsprechende Sozialisationspraktiken finden sich zahlreiche Beispiele in der Literatur (Zahn-Waxler 2000). So diskutieren Eltern emotionsbezogene Gesprächsinhalte ausführlicher mit Mädchen als mit Jungen, insbesondere auch solche, die mit Traurigkeit assoziiert sind (Fivush et al. 2000; Garside u. Klimes 2002), und Mädchen scheinen negative Ereignisse detaillierter zu enkodieren als Jungen (Übersicht bei Hankin u. Abramson 2001). Solche geschlechtsspezifische Lernerfahrungen beeinflussen Inhalte und Komplexität des emotionsbezogenen autobiographischen Gedächtnisses, welches damit zumindest partiell ein sozial konstruiertes Phänomen darstellt (Davis 1999).

19.2.6 Psychosoziale Stressoren

Psychosoziale Faktoren bilden den Hintergrund für Stressoren und chronische Belastungen, denen Frauen in besonderer Weise ausgesetzt sind, und die nachweislich das Depressionsrisiko erhöhen. Im makrosozialen Bereich sind z. B. Faktoren wie niedriges Ausbildungsniveau, geringer sozialer Status, Armut, ökonomisches Ungleichgewicht und geringe Macht und Handlungskontrolle zu berücksichtigen. Solche strukturellen Benachteiligungen haben negative Auswirkungen auf die psychische Gesundheit von Männern und Frauen (Belle u. Doucet 2003), Frauen sind gegenüber Männern in den meisten Kulturkreisen bezüglich dieser Faktoren jedoch mehr oder weniger deutlich benachteiligt. So sind allein erziehende Frauen, die in Armut leben, einem besonders hohen Depressionsrisiko ausgesetzt (Brown u. Moran 1997; Coiro 2001).

Die Zusammenhänge zwischen **sozialer Benachteiligung** und psychischer Gesundheit sind komplex. Neben finanziellen Aspekten sind z. B. geringes Autonomieerleben, fehlende Kontrolle über Entscheidungsprozesse, die erhöhte Wahrscheinlichkeit für unkontrollierbare Lebensereignisse, wie körperliche und sexuelle Gewalt oder unvorhergesehene Trennungen (Bassuk et al. 1998; Brown u. Moran 1997), zu berücksichtigen. Darüber hinaus ist soziale Benachteiligung häufig mit chronischen Belastungen wie unzureichende oder unsichere Wohnverhältnisse, alleinige Verantwortung für Kinder, chronische Partnerkonflikte und unsicherer oder gefährlicher Arbeitsplatz assoziiert (Belle u. Doucet 2003). Dabei wird das soziale Unterstützungsnetwerk, das in der Regel Stresspuffer und Schutzfaktor gegen Depression darstellt, häufig zu einer weiteren Quelle von Stress und Belastung, da die Netzwerkmitglieder ähnlich problematischen Bedingungen ausgesetzt sind. Oft wird der Partner nicht als unterstützend erlebt, chronische Partnerkonflikte und Trennungen sind an der Tagesordnung (Belle u. Doucet 2003). Gleichzeitig ist jedoch die Abhängigkeit vom sozialen Netzwerk bei sozial benachteiligten Frauen größer als bei Frauen in ökonomisch stabileren Verhältnissen. Entsprechend fanden Riley u. Eckenrode (1986), dass die Reziprozität von Unterstützungsanforderungen im sozialen Netzwerk insbesondere bei sozial benachteiligten, nichtberufstätigen Frauen das Depressionsrisiko erhöhte.

Auch das **soziale Ungleichgewicht innerhalb einer Gesellschaft** beeinflusst die körperliche und psychische Gesundheit der Mitglieder (Kahn et al. 2000). Kawachi et al. (1999) zeigten, dass Statusunterschiede zwischen Männern und Frauen, berechnet anhand eines kombinierten Index aus politischer Beteiligung, ökonomischer Unabhängigkeit, Berufstätigkeit und Verdienst, mit Mortalitäts- und Morbiditätsraten von Männern und Frauen und mit der Häufigkeit schwerer ehelicher Gewalt gegen Frauen assoziiert war. Ähnlich berichten Chen et al. (2005), dass Frauen in US-Bundesstaaten mit geringem ökonomischen Autonomie-Index und geringerer Entscheidungsmöglichkeit bezüglich der eigenen Reproduktivität die höchsten Depressionswerte aufwiesen.

In traditionellen **Partnerschaften** weisen Befunde epidemiologischer Studien darauf hin, dass für Männer Verheiratetsein protektiver gegen Depression ist als für Frauen (z. B. Gutierrez-Lobos et al. 2000; Übersicht bei Bebbington 1999), wobei der Zusammenhang zwischen Zivilstand und Depressionsrisiko interkulturell variabel ist. Bei Frauen scheinen dagegen eher qualitative Aspekte der Partnerschaft mit Depressivität assoziiert zu sein (Weissman 1987). Berufstätigkeit ist sowohl für Männer als auch für Frauen mit einem niedrigeren Depressionsrisiko assoziiert (Bebbington 1999; Gutierrez-Lobos et al. 2000). Die Mehrzahl vorliegender Studien bestätigt, dass **Berufstätigkeit** bei Frauen im Sinne eines Stresspuffers Belastungen in anderen, z. B. familiären Rollenbereichen abzumildern vermag. Dies jedoch nur bis zu einem gewissen Grad: multiple **Rollenüberlastungen** gehen einher mit reduziertem psychischen Wohlbefinden und erhöhen das Depressionsrisiko von Frauen (Übersicht bei Kühner 2001). Empirische Belege hierzu finden sich bezüglich der Asymmetrie familiärer Rollen in Familien mit kleinen Kindern (Haw 1995) oder zur Pflege kranker oder alter Angehöriger, welche in den weitaus meisten Fällen Aufgabe von Frauen ist (Yee u. Schulz 2000; Pinquart u. Sorensen 2006).

Das unterschiedliche Ausmaß an Rollenbelastungen vermag einen Teil des höheren Depressionsrisikos von Frauen erklären. Im Rahmen einer größeren Gemeindestudie berechneten Nolen-Hoeksema et al. (1999) einen partnerschaftlichen Ungleichheitsindex im Hinblick auf solche Rollenbelastungen. Die Autoren fanden, dass dieser Index die Zunahme depressiver Symptomatik über die Zeit vorhersagte und einen substanziellen Anteil des Geschlechtsunterschieds in den Depressionsraten erklärte. Ähnlich ermittelten Maier et al. (1999) anhand der Daten der WHO-Allgemeinarztstudie, dass ca. 50% der geschlechtsbezogenen Divergenzraten depressiver Störungen durch soziale Rollenungleichheit erklärbar waren.

Neue Untersuchungen aus der Life-event-Forschung bestätigen frühere Befunde (**Cost-of-caring-Theorie**; Kessler u. Mc Leod 1984), wonach Männer und Frauen dasselbe Risiko haben, auf belastende Lebensereignisse mit Depressionen zu reagieren, Frauen jedoch mehr Ereignissen ausgesetzt sind, die ihr soziales Umfeld betreffen, und solchen Netzwerkereignissen gegenüber auch vulnerabler sind (Kendler et al. 2001b). Auch in der Adoleszenz erleben Mädchen mehr interpersonellen Stress und reagieren darauf eher mit Depressivität als Jungen (Shih et al. 2006; Übersicht bei Hankin u. Abramson 2001). Maciejewski et al. (2001) fanden auch, dass Frauen auf weiter entfernte interpersonelle Verluste und Krisen sensibler reagierten als Männer. In dieser Studie war die Geschlechterdifferenz im stressbezogenen Depressionsrisiko wesentlich niedriger bei Personen, die bereits frühere depressive Episoden erlebt hatten. Dies legt nahe, dass der Zusammenhang zwischen psychosozialen Risikofaktoren und Depressionsentwicklung mit zunehmender Krankheitsdauer kleiner wird und damit möglicherweise auch geschlechtsrollenbezogene Unterschiede in Reaktion auf psychosoziale Stressoren undeutlicher werden.

Nazroo et al. (1997) fanden schließlich, dass normative Geschlechtsrollenerwartungen den Zusammenhang zwischen stressvollen Lebensereignissen und Depression deutlich modulierten. In dieser Studie zeigten nur Paare mit traditioneller Rollenverteilung eine geschlechtsspezifische Depressionsvulnerabilität auf kritische familiäre Ereignisse. Bei Paaren ohne klare Rollentrennung hatten Männer und Frauen dieselbe Wahrscheinlichkeit, auf solche Stressereignisse eine klinische Depression zu entwickeln.

19.2.7 Körperliche und sexuelle Gewalt

Spezielle traumatische Stressoren stellen schließlich körperliche, psychische und sexuelle Gewalt dar (Golding 1999; Campbell 2002), die mit der Entwicklung einer Vielzahl psychischer Störungen einhergehen. Gewalt in der Partnerschaft wird von Männern und Frauen praktiziert, Frauen sind jedoch wesentlich häufiger Opfer. So sind nach Zahlen des BMFSJ (2004) ca. 13% der Frauen in Partnerschaft aktueller **häuslicher Gewalt** ausgesetzt. Als Folgen häuslicher Gewalt sind neben psychischen und körperlichen Verletzungen auch längerfristige pathologische Veränderungen der endokrinen HHNA zu berücksichtigen (Griffin et al. 2005).

Untersuchungen zur Häufigkeit von **sexuellem Missbrauch in der Kindheit** (childhood sexual abuse, CSA) berichten über unterschiedliche Prävalenzraten, u. a. in Abhängigkeit von der Art der Befragung. Nach retrospektiven Bevölkerungsbefragungen aus internationalen Studien berichten ca. 7–36% der Frauen und 3–29% der Männer, dass mindestens einmal in ihrem Leben intendierter oder vollzogener Missbrauch stattgefunden hat (Putnam 2003). Eine konservative Schätzung (Cutler u. Nolen-Hoeksema 1991) berechnete eine Missbrauchsinzidenz von 7–19% bei Mädchen und 37% bei Jungen. Beide Untersuchungen fanden ein ca. zwei- bis dreifach erhöhtes Risiko für Mädchen gegenüber Jungen, CSA-Opfer zu werden. CSA in der Kindheit ist mit unterschiedlichen psychischen Störungen im Erwachsenenalter assoziiert, wobei der Zusammenhang mit Depression, Suizidalität und posttraumatischer Belastungsstörung am engsten ist (Dallam et al. 2001; Paolucci et al. 2001). Nach Putnam (2003) ist die Lebenszeitprävalenz depressiver Störungen bei sexuell missbrauchten gegenüber nicht missbrauchten Frauen um den Faktor 3 bis 5 erhöht; die statistische Kontrolle dieses Risikofaktors reduzierte den Geschlechtsunterschied in den Depressionsraten in einen nichtsignifikanten Bereich (Whiffen u. Clark 1997).

Neben retrospektiven Befragungen an klinischen Stichproben finden sich zunehmend Evidenzen aus prospektiv angelegten Gemeindestudien für einen Zusammenhang zwischen CSA und adulter Depression (Fergusson et al. 2002; Levitan et al. 2003; Matza et al. 2003). Hier werden überproportional hohe Assoziationen mit atypischer Depression berichtet, die, ähnlich wie die posttraumatische Belastungsstörung, häufiger mit einer chronischen Unterregulierung der HHNA-Achse einhergeht (z. B.Levitan et al. 2003; Matza et al. 2003; Heim et al. 2004; Meinlschmidt u. Heim 2005). Der Zusammenhang zwischen Missbrauch und späterer Depression ist nach den Ergebnissen neuerer Studien additiv zum Einfluss sonstiger familiärer Risikofaktoren (z. B. Hill et al. 2001). Identifizierte neurophysiologische Konsequenzen von CSA schließen unter anderem Auswirkungen auf die Stressvulnerabilität der HHNA und das Immunsystem ein (Heim et al. 2004; Putnam 2003).

Neuroanatomisch findet sich bei Erwachsenen mit CSA u. a. ein reduziertes Hippokampusvolumen, ähnlich der Beobachtung bei schwerer Depression (z. B. Duman u. Monteggia 2006), sowie ein vermindertes Volumen des Corpus callosum, das mit dem Auftreten dissoziativer und posttraumatischer Belastungssymptome assoziiert ist. Daneben sind psychologische Langzeitfolgen des häufig chronisch verlaufenden Traumas im Sinne erlernter Hilflosigkeit und ungünstiger kognitiver Attribuierungsprozesse zu berücksichtigen (Weiss et al. 1999).

Der Zusammenhang zwischen Missbrauch und späterer Depression ist enger bei Frauen als bei Männern. Weiss et al. (1999) führen dies auf die höhere endokrine Stressreaktivität von Frauen aufgrund des Einflusses weiblicher Geschlechtshormone zurück. Andere Studien zeigen jedoch, dass betroffene Jungen häufiger als Mädchen Substanzabhängigkeit und externale Störungen in Reaktion auf das Trauma entwickeln (z. B. Garnefski u. Arend 1998) und aufgrund ihrer Problematik häufiger in Gefängnisse oder in Suchtkliniken anzutreffen sind als in psychiatrischen Kliniken (Putman 2003). Darüber hinaus müssten nachweisliche Einflussfaktoren wie Schwere und Dauer des Missbrauchs und die Beziehung des Täters zum Opfers kontrolliert werden, um eine bessere Klärung für die Geschlechtsunterschiede in Reaktion auf sexuellen Missbrauch zu erzielen (Dallam et al. 2001).

Fazit

Neuere epidemiologische Studien bestätigen in beeindruckender Weise die höheren Erkrankungsraten depressiver Störungen bei Frauen. Dieser Geschlechtsunterschied erweist sich als robust über unterschiedliche Beobachtungssettings hinweg (Bevölkerungs- und Behandlungsstichproben, kulturelle Kontexte).
Weitgehende Einigkeit besteht darüber, dass Artefakte wie unterschiedliches Inanspruchnahmeverhalten kein substanzielles Erklärungspotenzial liefern. Bezüglich der genetischen Belastung ist die Befundlage nicht eindeutig, ebenso wenig wie die zur Frage potenziell unterschiedlich relevanter Gen-Umwelt-Interaktion für Männer und Frauen. Genetische Einflüsse für Frauen und Männer überlappen sich nur teilweise. Untersuchungen zu Depressionen in hormonellen Umstellungsphasen (z. B. postpartal, perimenopausal) weisen vor allem auf Risikofaktoren wie frühere Krankheitsepisoden und aktuelle psychosoziale Stressfaktoren hin, während direkte Zusammenhänge mit endokrinen Variablen bislang nicht überzeugend dokumentiert sind. Hier mag jedoch auch eine Rolle spielen, dass die methodische Basis zum reliablen Monitoring solcher Parameter derzeit noch nicht den notwendigen Voraussetzungen entspricht. Für die Übergangsphase der Pubertät wären Effekte hormoneller Faktoren am plausibelsten im Rahmen eines interaktiven Modells zu überprüfen, das das Zusammenspiel mit wahrnehmbaren körperlichen Veränderungen, geschlechtsspezifischen intrapsychischen Verarbeitungsmustern und sozialen Reaktionen beim Auseinanderdifferenzieren von Geschlechtsrollen berücksichtigt. Befunde zum Einfluss von Geschlechtshormonen auf die höheren Depressionsraten von Frauen über die Beeinflussung der endokrinen Stressachse sind derzeit ebenfalls noch widersprüchlich.
Der Einfluss psychosozialer Faktoren lässt sich daran erkennen, dass das Geschlechterverhältnis in den Depressionsraten in Abhängigkeit entsprechender Merkmale (z. B. Familienstand, Berufstätigkeit) variiert. Spezifische Benachteiligungen und psychosoziale Belastungen erhöhen für beide Geschlechter das Depressionsrisiko, Frauen sind solchen Faktoren jedoch häufiger ausgesetzt. Hierzu zählen Armut, Fehlen von Macht, Status und Anerkennung, potenzielle Rollenüberlastung und sexueller Missbrauch. Geschlechtsrollenaspekte äußern sich auch in intrapsychischen Faktoren, wie interpersonale Orientierung, dispositionale Empathie, erhöhte Ängstlichkeit, verminderte Selbstsicherheit und ruminatives Grübeln, wie auch in einer erhöhten Verletzbarkeit gegenüber interpersonellen und Netzwerkstressoren. Geschlechtsrollenaspekte scheinen weiterhin die endokrine Stressantwort von Männern und Frauen zu modulieren, und es kann vermutet werden, dass diese sich auch auf der Ebene neurophysiologischer Aktivität abbilden lassen. Schließlich beeinflussen geschlechtsspezifische Sozialisationsprozesse das Erlernen und die Ausrichtung emotionaler Reaktionen im Hinblick auf den Umgang mit negativen Stimmungen und Stressoren und tragen somit zur Erklärung der unterschiedlichen Risiken für die Entwicklung von Internalisierungs- und Externalisierungsstörungen von Frauen und Männern bei.

Literatur

Abkevich V, Camp NJ, Hensel CH, Neff CD, Russell DL, Hughes DC, Plenk AM, Lowry MR, Richards RL, Carter C, Frech GC, Stone S, Rowe K, Chau CA, Cortado K, Hunt A, Luce K, O'Neil G, Poarch J, Potter J, Poulsen GH, Saxton H, Bernat-Sestak M, Thompson V, Gutin A, Skolnick MH, Shattuck D, Cannon-Albright L (2003) Predisposition locus for major depression at chromosome 12q22–12q23.2. Am J Hum Genet 73:1271–1281

Alder B (2001) The perimenopause. In Steiner M, Yonkers KA, Eriksson E (eds) Mood disorders in women. Martin Dunitz, London, pp 383–397

Alonso J, Angermeyer MC, Bernert S et al (2004) Prevalence of mental disorders in Europe: results from the European Study of the Epidemiology of Mental Disorders (ESEMeD) project. Acta Psychiatr Scand Suppl. 420:21–27

Angold A, Costello EJ, Erkanli A, Worthman CM (1999) Pubertal changes in hormone levels and depression in girls. Psychol Med 29:1043–1053

Angst J, Gamma A, Gastpar M, Lépine J-P, Mendlewicz J, Tylee A (2002a) Gender differences in depression: epidemiological findings from the Europaen DEPRES I and II studies. Eur Arch Psychiatry Clin Neurosci 252:201–209

Angst J, Gamma A, Sellaro R, Zhang H, Merikangas K (2002b) Toward validation of atypical depression in the community: results of the Zurich cohort study. J Affect Disord 72:125-138

Ayuso-Mateos JL, Vazquez-Barquero JL, Dowrick C et al. (2001) Depressive disorders in Europe: prevalence figures from the ODIN study. Br J Psychiatry 179:308–316

Ballard CG, Davis R, Cullen PC, Mohan RN, Dean C (1994) Prevalence of postnatal psychiatric morbidity in mothers and fathers. Br J Psychiatry 164:782–788

Bassuk EL, Buckner JC, Perloff JN, Bassuk SS (1998) Prevalence of mental health and substance use disorders among homeless and low-income housed mothers. Am J Psychiatry 155:1561–1564

Bebbington PE (1999) Psychosocial causes of depression. J Gend Specif Med 2:52–60

Bebbington P, Dunn G, Jenkins R, Lewis G, Brugha T, Farrell M, Meltzer H (2003) The influence of age and sex on the prevalence of depressive conditions: A report from the National Survey of Psychiatric Morbidity. Int Rev Psychiatry 15:74–83

Beck CT (2001) Predictors of postpartum depression: an update. Nurs Res 50:275–285

Belle D, Doucet J (2003) Poverty, inequality, and discrimination as sources of depression among U.S. women. Psychology of Women Quarterly 27:101–113

Bijl RV, Ravelli A, van Zessen G (1998) Prevalence of psychiatric disorder in the general population: results of The Netherlands Mental Health Survey and Incidence Study (NEMESIS). Soc Psychiatry Psychiatr Epidemiol 33:587–595

Bloch M, Schmidt PJ, Danaceau M, Murphy J, Nieman L, Rubinow DR (2000) Effects of gonadal steroids in women with a history of postpartum depression. Am J Psychiatry 157:924–930

Bos EH, Bouhuys AL, Geerts E, Van Os TWDP, Van der Spoel ID, Brouwer WH, Ormel J (2005) Cognitive, physiological, and personality correlates of recurrence of depression. J Affect Disord 87:221–229

Breslau N, Schultz L, Peterson E (1995) Sex differences in depression: a role for preexisting anxiety. Psychiatry Res 58:1–12

Brockington I (2004) Postpartum psychiatric disorders. Lancet 363:303–310

Broderick PC (1998) Early adolescent gender differences in the use of ruminative and distracting coping strategies. Journal of Early Adolescence 18:173–191

Brown GW, Moran PM (1997) Single mothers, poverty and depression. Psychol Med 27:21–33

Bundesministerium für Familie, Senioren, Frauen und Jugend (BMFSFJ) (2004) Lebenssituation, Sicherheit und Gesundheit von Frauen in Deutschland. Eine repräsentative Untersuchung zu Gewalt gegen Frauen in Deutschland. Koelblin-Fortuna-Druck, Baden-Baden

Burgess LH, Handa RJ (1992) Chronic estrogen-induced alterations in adrenocorticotropin and corticosterone secretion, and glucocorticoid receptor-mediated functions in female rats. Endocrinology 131:1261–1269

Cairney J, Wade TJ (2002) The influence of age on gender differences in depression: Further population-based evidence on the relationship between menopause and the sex difference in depression. Soc Psychiatry Psychiatr Epidemiol 37:401–408

Campbell JC (2002) Health consequences of intimate partner violence. Lancet 359:1331–1336.

Caspi A, Sugden K, Moffitt TE, Taylor A, Craig IW, Harrington H, McClay J, Mill J, Martin J, Braithwaite A, Poulton R (2003) Influence of life stress on depression: Moderation by a polymorphism in the 5-HTT gene. Science 301:386–389

Chen YY, Subramanian SV, Acevedo-Garcia D, Kawachi I (2005) Women's status and depressive symptoms: a multilevel analysis. Soc Sci Med 60:49–60

Coiro MJ (2001) Depressive symptoms among women receiving welfare. Women Health 32:1-23

Costa PJ, Terracciano A, McCrae RR (2001) Gender differences in personality traits across cultures: Robust and surprising findings. J Pers Soc Psychol 81:322–331

Cutler SE, Nolen-Hoeksema S (1991) Accounting for sex differences in depression through female victimization: Childhood sexual abuse. Sex Roles 24:425-438

Cyranowski JM, Frank E, Young E, Shear MK (2000) Adolescent onset of the gender difference in lifetime rates of major depression: a theoretical model. Arch Gen Psychiatry 57:21–27

Dallam SJ, Gleaves DH, Cepeda-Benito A, Silberg JL, Kraemer HC, Spiegel D (2001) The effects of child sexual abuse: Comment on Rind, Tromovitch, and Bauserman (1998) Psychol Bull 127:715–733

Davidson RJ, Pizzagalli D, Nitschke JB, Putnam K (2002) Depression: Perspectives from affective neuroscience. Annu Rev of Psychol 53:545–574

Davis PJ (1999) Gender differences in autobiographical memory for childhood emotional experiences. J Pers Soc Psychol 76:498-510

De Graaf R, Bijl RV, Smit F, Vollebergh WAM, Spijker J (2002) Risk factors for 12-month comorbidity of mood, anxiety, and substance use disorders: Findings from the Netherlands Mental Health Survey and Incidence Study. Am J Psychiatry 159:620–629

Dixit AR, Crum RM (2000) Prospective study of depression and the risk of heavy alcohol use in women. Am J Psychiatry 157:751–758

Duman RS, Monteggia LM (2006) A neurotrophic model for stress-related mood disorders. Biol Psychiatry 59:1116–1127

Eley TC, Sugden K, Corsico A, Gregory AM, Sham P, McGuffin P, Plomin R, Craig IW (2004) Gene-environment interaction analysis of serotonin system markers with adolescent depression. Mol Psychiatry 9:908–915

Ernst C (2001) Geschlechtsunterschiede bei psychischen Erkrankungen. Die bessere und die schlechtere Hälfte? Geschlechtsunterschiede in der Prävalenz psychischer Krankheiten aus epidemiologischer Sicht. In Riecher-Rössler A, Rohde A (Hrsg) Psychische Erkrankungen bei Frauen. Karger, Basel, 47–61

Essau CA, Petermann U (1995) Depression bei Kindern und Jugendlichen. Zeitschrift für klinische Psychologie, Psychopathologie und Psychotherapie 43:18-33

Feingold A (1994) Gender differences in personality: a meta-analysis. Psychol Bull 116:429–456

Fergusson DM, Swain-Campbell NR, Horwood LJ (2002) Does sexual violence contribute to elevated rates of anxiety and depression in females? Psychol Med 32:991–996

Fivush R, Brotman MA, Buckner JP, Goodman SH (2000) Gender differences in parent-child emotion narratives. Sex Roles 42:233–253

Fombonne E (1998) Increased rates of psychosocial disorders in youth. Eur Arch Psychiatry Clin Neurosci 248:14–21

Fox NA, Nichols KE, Henderson HA, Rubin K, Schmidt L, Hamer D, Ernst M, Pine DS (2005) Evidence for a gene-environment interaction in predicting behavioral inhibition in middle childhood. Psychol Sci 16:921–926

Fullerton J, Cubin M, Tiwari H, Wang C, Bomhra A, Davidson S, Miller S, Fairburn C, Goodwin G, Neale MC, Fiddy S, Mott R, Allison DB, Flint J (2003) Linkage analysis of extremely discordant and concordant sibling pairs identifies quantitative-trait loci that influence variation in the human personality trait neuroticism. Am J Hum Genet 72:879–890

Garnefski N, Arend E (1998) Sexual abuse and adolescent maladjustment: differences between male and female victims. J Adolesc 21:99–107

Garside RB, Klimes-Dougan B (2002) Socialization of discrete negative emotions: Gender differences and links with psychological distress. Sex Roles 47:115-128

Gater R, Tansella M, Korten A, Tiemens BG, Mavreas VG, Olatawura MO (1998) Sex differences in the prevalence and detection of depressive and anxiety disorders in general health care settings: report from the World Health Organization Collaborative Study on Psychological Problems in General Health Care. Arch Gen Psychiatry 55:405–413

Gillespie NA, Whitfield JB, Williams B, Heath AC, Martin NG (2005) The relationship between stressful life events, the serotonin transporter (5-HTTLPR) genotype and major depression. Psychol Med 35:101–111

Golding JM (1999) Intimate partner violence as a risk factor for mental disorders: A meta-analysis. Journal of Family Violence 14:99–132

Goldman N, Weinstein M, Cornman J, Singer B, Seeman T, Goldman N, Chang MC (2004) Sex differentials in biological risk factors for chronic disease: estimates from population-based surveys. J Womens Health 13:393–403

Goodwin RD (2002) Anxiety disorders and the onset of depression among adults in the community. Psychol Med 32:1121–1124

Grabe HJ, Lange M, Wolff B, Volzke H, Lucht M, Freyberger HJ, John U, Cascorbi I (2005) Mental and physical distress is modulated by a polymorphism in the 5-HT transporter gene interacting with social stressors and chronic disease burden. Mol Psychiatry 10:220–224

Griffin MG, Resick PA, Yehuda R (2005) Enhanced cortisol suppression following dexamethasone administration in domestic violence survivors. Am J Psychiatry 162:1192–1199

Hankin BL, Abramson LY (2001) Development of gender differences in depression: an elaborated cognitive vulnerability-transactional stress theory. Psychol Bull 127:773–796

Hankin BL, Abramson LY, Moffitt TE, Silva PA, McGee R, Angell KE (1998) Development of depression from preadolescence to young adulthood: emerging gender differences in a 10-year longitudinal study. J Abnorm Psychol 107:128–140

Harlow BL, Wise LA, Otto MW, Soares CN, Cohen LS (2003) Depression and its influence on reproductive endocrine and menstrual cycle markers associated with perimenopause: The Harvard study of moods and cycles. Arch Gen Psychiatry 60:29–36

Haw CE (1995) The family life cycle: a forgotten variable in the study of women's employment and well-being. Psychol Med 25:727–738

Hayward C, Gotlib IH, Schraedley PK, Litt IF (1999) Ethnic differences in the association between pubertal status and symptoms of depression in adolescent girls. J Adolesc Health 25:143–149

Heim C, Newport DJ, Heit S, Graham YP, Wilcox M, Bonsall R, Miller AH, Nemeroff CB (2000) Pituitary-adrenal and autonomic responses to stress in women after sexual and physical abuse in childhood. J Am Med Assoc 284:592–297

Heim C, Plotsky PM, Nemeroff CB (2004) Importance of studying the contributions of early adverse experience to neurobiological findings in depression. Neuropsychopharmacology 29:641–648

Helgeson VS (1994) Relation of agency and communion to well-being: Evidence and potential explanations. Psychol Bull 116:412–428

Heller W (1993) Gender differences in depression: perspectives from neuropsychology. J Affect Disord 29:129–143

Hill J, Pickles A, Burnside E, Byatt M, Rollinson L, Davos R, Harvey K (2001) Child sexual abuse, poor parental care and adult depression: evidence for different mechanisms. Br J Psychiatry 179:104–109

Holmans P, Zubenko GS, Crowe RC, Depaulo J-RJ, Scheftner WA, Weissman MM, Zubebenko WN, Boutelle S, Murphy-Eberenz K, MacKinnon D, McInnis MG, Marta DH, Adams P, Knowles JA, Gladis M, Thomas J, Chellis J, Miller E, Levinson DF (2004) Genomewide significant linkage to recurrent, early-onset major depressive disorder on chromosome 15q. Am J Hum Genet 74:1154–1167

Jacobi F, Höfler M, Meister W, Wittchen HU (2002) Prävalenz, Erkennungs- und Verschrei- bungsverhalten bei depressiven Syndromen. Eine bundesdeutsche Hausarztstudie. Nervenarzt 73:651–658

Kahn RS, Wise PH, Kennedy BP, Kawachi I (2000) State income inequality, household income, and maternal mental and physical health: Cross sectional national survey. Br Med J 321:1311–1315

Kaufman J, Yang B-Z, Douglas-Palumberi H, Houshyar S, Lipschitz D, Krystal JH, Gelernter J (2004) Social supports and serotonin transporter gene moderate depression in maltreated children. Proc Natl Acad Sci U S A 101:17316–17321

Kawachi I, Kennedy BP, Gupta V, Prothrow-Stith D (1999) Women's status and the health of women and men: A view from the States. Soc Sci Med 48:21–32

Kendler KS, Gardner CO, Prescott CA (2001a) Are there sex differences in the reliability of a lifetime history of major depression and its predictors? Psychol Med 31:617–625

Kendler KS, Gardner CO, Neale MC, Prescott CA (2001b) Genetic risk factors for major depression in men and women: similar or different heritabilities and same or partly distinct genes? Psychol Med 31:605–616

Kendler KS, Thornton LM, Prescott CA (2001c) Gender differences in the rates of exposure to stressful life events and sensitivity to their depressogenic effects. Am J Psychiatry 158:587–593

Kendler KS, Kuhn JW, Vittum J, Prescott CA, Riley B (2005) The interaction of stressful life events and a serotonin transporter polymorphism in the prediction of episodes of major depression. Arch Gen Psychiatry 62:529–535

Kendler KS, Gatz M, Gardner CO, Pedersen NL (2006) A Swedish national twin study of lifetime major depression. Am J Psychiatry 163:109–114

Kessler RC (2003) Epidemiology of women and depression. J Affect Disord 74:5–13

Kessler RC, McLeod JD (1984) Sex differences in vulnerability to undesirable life events. American Sociological Review 49:620–631

Kessler RC, Walters EE (1998) Epidemiology of DSM-III-R major depression and minor depression among adolescents and young adults in the National Comorbidity Survey. Depress Anxiety 7:3–14

Kessler RC, McGonagle KA, Nelson CB, Hughes M, Swartz M, Blazer DG (1994) Sex and depression in the National Comorbidity Survey. II: Cohort effects. J Affect Disord 30:15–26.

Kessler RC, Berglund P, Demler O, Jin R, Koretz D, Merikangas KR, Rush AJ, Walters EE, Wang PS (2003) The epidemiology of major depressive disorder: results from the National Comorbidity Survey Replication (NCS-R). JAMA 289:3095–3105

Kessler RC, Chiu WT, Demler O, Walters EE (2005) Prevalence, severity, and comorbidity of 12-month DSM-IV disorders in the National Comorbidity Survey Replication. Arch Gen Psychiatry 62:617–627

Kiecolt-Glaser JK, Newton TL (2001) Marriage and health: his and hers. Psychol Bull 127:472–503

Kirschbaum C, Wolf OT, May M, Wippich W, Hellhammer DH (1996) Stress- and treatment-induced elevations of cortisol levels associated with impaired declarative memory in healthy adults. Life Sci 58:1475–1483

Kirschbaum C, Kudielka BM, Gaab J, Schommer NC, Hellhammer DH (1999) Impact of gender, menstrual cycle phase, and oral contraceptives on the activity of the hypothalamic-pituitary-adrenal axis. Psychosom Med 61:154–162

Kling KC, Hyde JS, Showers CJ, Buswell BN (1999) Gender differences in self-esteem: a meta-analysis. Psychol Bull 125:470–500

Klose M, Jacobi F (2004) Can gender differences in the prevalence of mental disorders be explained by sociodemographic factors? Arch Women Ment Health 7:133-148

Kudielka BM, Kirschbaum C (2005) Sex differences in HPA axis responses to stress: a review. Biol Psychol 69:113–132

Kudielka BM, Schmidt-Reinwald A, Hellhammer DH, Kirschbaum C (1999) Psychological and endocrine responses to psychosocial stress and dexamethasone/ corticotropin-releasing hormone in healthy postmenopausal women and young controls: the impact of age and a two-week estradiol treatment. Neuroendocrinology 70:422–430

Kudielka BM, Buske-Kirschbaum A, Hellhammer DH, Kirschbaum C (2004) Differential heart rate reactivity and recovery after psychosocial stress (TSST) in healthy children, younger adults, and elderly adults: the impact of age and gender. Int J Behav Med 11:116–121

Kühner C (1999) Gender differences in the short-term course of unipolar depression in a follow-up sample of depressed inpatients. J Affect Disord 56:127–139

Kühner C (2003) Gender differences in unipolar depression: an update of epidemiological findings and possible explanations. Acta Psychiatr Scand 108:163-174

Kühner C, Weber I (1999) Responses to depression in unipolar depressed patients: an investigation of Nolen-Hoeksema's response styles theory. Psychol Med 29:1323–1333

Levitan RD, Parikh SV (2003) Childhood trauma and depression: comment. Am J Psychiatry 160:1188

Lewinsohn PM, Hops H, Roberts RE, Seeley JR, Andrews JA (1993) Adolescent psychopathology: I. Prevalence and incidence of depression and other DSM-III-R disorders in high school students. J Abnorm Psychol 102:133–144

Lewinsohn PM, Petit JW, Joiner TEJ, Seeley JR (2003) The symptomatic expression of major depressive disorder in adolescents and young adults. J Abnorm Psychol 112:244–252

Maciejewski PK, Prigerson HG, Mazure CM (2001) Sex differences in event-related risk for major depression. Psychol Med 31:593–604

Maier W (2004) Genetik der Depression: Gegenwärtiger Erkenntnisstand und Perspektiven. Bundesgesundheitsblatt.Gesundheitsforschung. Gesundheitsschutz 47:487-492

Maier W, Gansicke M, Gater R, Rezaki M, Tiemens B, Urzua RF (1999) Gender differences in the prevalence of depression: a survey in primary care. J Affect Disord 53:241–252
Marcus SM, Young EA, Kerber KB, Kornstein S, Farabaugh AH, Mitchell J, Wisniewski SR, Balasubramani GK, Trivedi MH, Rush AJ (2005) Gender differences in depression: Findings from the STAR*D study. J Affect Disord 87:141–150
Matza LS, Revicki DA, Davidson JR, Stewart JW (2003) Depression with atypical features in the National Comorbidity Survey: classification, description, and consequences. Arch Gen Psychiatry 60:817–826
McGuffin P, Rijsdijk F, Andrew M, Sham P, Katz R, Cardno A (2003) The heritability of bipolar affective disorder and the genetic relationship to unipolar depression. Arch Gen Psychiatry 60:497–502
Meinlschmidt G, Heim C (2005) Decreased cortisol awakening response after early loss experience. Psychoneuroendocrinology 30:568–576
Miller LJ (2002) Postpartum depression. JAMA 287:762–765.
Murphy JM, Laird NM, Monson RR, Sobol AM, Leighton AH (2000) Incidence of depression in the Stirling County Study: historical and comparative perspectives. Psychol Med 30:505–514
Nash MW, Huezo-Diaz P, Williamson RJ, Sterne A, Purcell S, Hoda F, Cherny SS, Abecasis GR, Prince M, Gray JA, Ball D, Asherson P, Mann A, Goldberg D, McGuffin P, Farmer A, Plomin R, Craig IW, Sham PC (2004) Genome-wide linkage analysis of a composite index of neuroticism and mood-related scales in extreme selected sibships. Hum Mol Genet 13:2173–2182
Nazroo JY, Edwards AC, Brown GW (1997) Gender differences in the onset of depression following a shared life event: a study of couples. Psychol Med 27:9–19
Nolen-Hoeksema S (1991) Responses to depression and their effects on the duration of depressive episodes. J Abnorm Psychol 100:569–582
Nolen-Hoeksema S (2000) The role of rumination in depressive disorders and mixed anxiety/depressive symptoms. J Abnorm Psychol 109:504–511
Nolen-Hoeksema S (2004) The RESPONSE STYLES THEORY. In Papageorgiou C, Wells A (eds) Depressive rumination: Nature, theory and treatment. Wiley & Sons, Sussex, pp 107–123
Nolen-Hoeksema S, Larson J, Grayson C (1999) Explaining the gender difference in depressive symptoms. J Pers Soc Psychol 77:1061–1072
O'Hara MW, Swain AM (1996) Rates and risk of postpartum depression - a meta-analysis. Int Rev Psychiatry 8:37–54
Oldehinkel AJ, Wittchen HU, Schuster P (1999) Prevalence, 20-month incidence and outcome of unipolar depressive disorders in a community sample of adolescents. Psychol Med 29:655-668
Olsson GI, von Knorring AL (1999) Adolescent depression: prevalence in Swedish high-school students. Acta Psychiatr Scand 99:324–331
Otte C, Hart S, Neylan TC, Marmar CR, Yaffe K, Mohr DC (2005) A meta-analysis of cortisol response to challenge in human aging: Importance of gender. Psychoneuroendocrinology 30:80–91
Paolucci EO, Genuis ML, Violato C (2001) A meta-analysis of the published research on the effects of child sexual abuse. J Psychol 135:17–36
Parker G, Hadzi-Pavlovic D (2001) Is any female preponderance in depression secondary to a primary female preponderance in anxiety disorders? Acta Psychiatr Scand 103:252–256
Patel V, Rodrigues M, Desouza N (2002) Gender, poverty, and postnatal depression: a study of mothers in Goa, India. Am J Psychiatry 159:43–47
Patton GC, Hibbert ME, Carlin J, Shao Q, Rosier M, Caust J, Bowes G (1996) Menarche and the onset of depression and anxiety in Victoria, Australia. J Epidemiol Community Health 50:661–666
Peeters F, Nicholson NA, Berkhof J (2003) Cortisol Responses to Daily Events in Major Depressive Disorder. Psychosom Med 65:836–841
Perlis RH, Fraguas R, Fava M, Trivedi MH, Luther JF, Wisniewski SR, Rush AJ (2005) Prevalence and clinical correlates of irritability in major depressive disorders: a preliminary report from the Sequenced Treatment Alternatives to Relieve Depression study. J Clin Psychiatry 66:159–166
Pinquart M, Sorensen S (2006) Gender differences in caregiver stressors, social resources, and health: an updated meta-analysis. J Gerontol B Psychol Sci Soc Sci 61:33–45
Putnam FW (2003) Ten-year research update review: Child sexual abuse. J Am Acad Child Adolesc Psychiatry 42:269–278
Raison CL, Miller AH (2003) When Not Enough Is Too Much: The Role of Insufficient Glucocorticoid Signaling in the Pathophysiology of Stress-Related Disorders. Am J Psychiatry 160:1554–1565
Ramcharan D, Love EJ, Fick GH, Goldfien A (1992) The epidemiology of premenstrual symptoms in a population-based sample of 2650 urban women: attributable risk and risk factors. J Clin Epidemiol 45:377–392
Riley D, Eckenrode J (1986) Social ties: subgroup differences in costs and benefits. J Pers Soc Psychol 51:770–778
Rose AJ (2002) Co-rumination in the friendships of girls and boys. Child Dev 73:1830-1843
Sandanger I, Nygard JF, Ingebrigtsen G, Sorensen T, Dalgard OS (1999) Prevalence, incidence and age at onset of psychiatric disorders in Norway. Soc Psychiatry Psychiatr Epidemiol 34:570–579
Schmaling KB, Dimidjian S, Katon W, Sullivan M (2002) Response styles among patients with minor depression and dysthymia in primary care. J Abnorm Psychol 111:350–356
Shih JH, Eberhart NK, Hammen CL, Brennan PA (2006) Differential exposure and reactivity to interpersonal stress predict sex differences in adolescent depression. J Clini Child Adolesc Psychol 35:103–115
Siegle GJ, Steinhauer SR, Thase ME, Stenger VA, Carter CS (2002) Can't shake that feeling: event-related fMRI assessment of sustained amygdala activity in response to emotional information in depressed individuals. Biol Psychiatry 51:693–707
Silverstein B (2002) Gender differences in the prevalence of somatic versus pure depression: A replication. Am J Psychiatry 159:1051–1052

Stetler C, Miller GE (2005) Blunted cortisol response to awakening in mild to moderate depression: regulatory influences of sleep patterns and social contacts. J Abnorm Psychol 114:697-705

Stroud LR, Salovey P, Epel ES (2002) Sex differences in stress responses: Social rejection versus achievement stress. Biol Psychiatry 52:318–327

Sullivan PF, Neale MC, Kendler KS (2000) Genetic epidemiology of major depression: review and meta-analysis. Am J Psychiatry 157:1552–1562

Surtees PG, Wainwright NWJ, Willis-Owen SAG, Luben R, Day NE, Flint J (2006) Social adversity, the serotonin transporter (5-HTTLPR) polymorphism and major depressive disorder. Biol Psychiatry 59:224–229

Szadoczky E, Rihmer Z, Papp ZS, Vitrai J, Fueredi J (2002) Gender differences in major depressive disorder in a Hungarian community survey. Int J Psychiatry Clin Practice 6:31–37

Viau V, Meaney MJ (1991) Variations in the hypothalamic-pituitary-adrenal response to stress during the estrous cycle in the rat. Endocrinology 129:2503-2511

Weiss EL, Longhurst JG, Mazure CM (1999) Childhood sexual abuse as a risk factor for depression in women: psychosocial and neurobiological correlates. Am J Psychiatry 156:816-828

Weissman MM (1987) Advances in psychiatric epidemiology: rates and risks for major depression. Am J Public Health 77:445–451

Weissman MM, Bland RC, Canino GJ, Faravelli C, Greenwald S, Hwu HG et al. (1996) Cross-national epidemiology of Major Depression and Bipolar Disorder. JAMA 276: 293–299

Whiffen VE, Clark SE (1997) Does victimization account for sex differences in depressive symptoms? Br J Clin Psychol 36:185–193

Wichstrom L (1999) The emergence of gender difference in depressed mood during adolescence: the role of intensified gender socialization. Dev Psychol 35:232–245

Wilhelm K, Mitchell PB, Niven H, Finch A, Wedgwood L, Scimone A, Blair IP, Parker G, Schofield PR (2006) Life events, first depression onset and the serotonin transporter gene. Br J Psychiatry 188:210–215

Wittchen HU, Müller N, Schmidtkunz B, Winter S, Pfister H (2000) Erscheinungsformen, Häufigkeiten und Versorgung von Depressionen. Ergebnisse des bundesweiten Gesundheitssurveys »Psychische Störungen«. Fortschritte der Medizin Bd 118; Sonderheft I/2000 S 4–10

Yee JL, Schulz R (2000) Gender differences in psychiatric morbidity among family caregivers: a review and analysis. Gerontologist 40:147–164

Young EA, Altemus M (2004) Puberty, ovarian steroids, and stress. In: Dahl RE, Spear LP (eds) Adolescent brain development: Vulnerabilities and opportunities. New York Academy of Sciences, New York, pp 124–133

Young EA, Altemus M, Parkison V, Shastry S (2001) Effects of estrogen antagonists and agonists on the ACTH response to restraint stress in female rats. Neuropsychopharmacology 25:881–891

Zahn-Waxler C (2000) The development of empathy, guilt, and internalization of distress: Implications for gender differences in internalizing and externalizing problems. In: Davidson RJ (ed) Anxiety, depression, and emotion. Oxford University Press, New York

Ziegert DI, Kistner JA (2002) Response styles theory: Downward extension to children. J Clin Child Adolesc Psychol 31:325–334

Stichwortverzeichnis

Symbole

A

B

C

D

I

K

L

M

Q

R

S

X

Y

Z

Printed by Printforce, the Netherlands